Post-doctorial Papers,
Institute of Law, Chinese Academy of Social Sciences
Vol. 2

中国社会科学院
法学博士后论丛

第二卷

中国社会科学院
法学博士后流动站主编

中国社会科学出版社

图书在版编目（CIP）数据

中国社会科学院［法学博士后论丛］·第二卷/中国社会科学院法学博士后流动站主编 . —北京：中国社会科学出版社，2008.10

ISBN 978 - 7 - 5004 - 7257 - 5

Ⅰ. 中… Ⅱ. 中… Ⅲ. 法学 - 文集 Ⅳ. D90 - 53

中国版本图书馆 CIP 数据核字（2008）第 151251 号

出版策划 任 明

特邀编辑 李晓丽

责任校对 韩天炜

技术编辑 李 建

出版发行 中国社会科学出版社

社 址 北京鼓楼西大街甲 158 号 邮 编 100720

电 话 010 - 84029450（邮购）

网 址 http：//www.csspw.cn

经 销 新华书店

印 刷 北京奥隆印刷厂 装 订 广增装订厂

版 次 2008 年 10 月第 1 版 印 次 2008 年 10 月第 1 次印刷

开 本 710×980 1/16

印 张 42.5 插 页 2

字 数 785 千字

定 价 75.00 元

编辑和出版说明

为了集中反映中国社会科学院法学研究所博士后研究人员的工作成果，展现博士后研究人员的学术风采和水平，优化学术资源，我们决定编辑出版《中国社会科学院［法学博士后论丛］》，并成立中国社会科学院法学博士后论丛编辑委员会。

作为一套系列性丛书，本论丛计划从 2003 年起，在已出站博士后的研究报告中，精选出符合论丛出版质量要求的研究报告，编辑出版一至若干卷。本论丛的编辑规范，执行的是由北京图书馆学位学术论文收藏中心和全国博士后管委会办公室 1994 年 9 月联合下发的《博士后研究报告编写规则》。此规则为目前中国博士后研究报告编写规则的国家标准。

本论丛所发表的博士后研究报告，是每位博士后研究人员在其博士后研究报告的基础上，重新编写的一篇约五万字篇幅的能够反映博士后研究报告概貌、理论预设、主题思想、创新点、理论贡献等精华内容的报告。因此，它不是简单地对原研究报告的浓缩，而是在原研究报告基础上的再创造成果。

博士后论丛是每位博士后研究人员在中国社会科学院法学研究

所从事博士后研究工作期间学术生活经历的一段值得记忆的历史记载，是每位博士后研究人员学术水平和实力的展示，也是中国社会科学院法学研究所博士后学术水平整体实力的展示。

我们出版本论丛，也是希望得到社会各界对中国社会科学院法学研究所博士后研究工作的检验。我们热切地希望得到各方面的批评、评论和建议。

中国社会科学院法学博士后流动站

2003 年 12 月

/目录/

/CONTENT/

· 中国社会科学院 ［法学博士后论丛］ ·

法律冲突问题研究

On Issues of Conflict of Laws

博士后姓名　董　皞

流　动　站　中国社会科学院法学研究所

研 究 方 向　法学理论

博士毕业学校、导师　武汉大学　何华辉　李龙

博 士 后 合 作 导师　李步云　夏勇　刘作翔

研 究 工 作 起 始 时 间　2002 年 10 月

研 究 工 作 期 满 时 间　2004 年 8 月

作 者 简 介

　　董皞，男，汉族，陕西延长县人，1956 年 9 月出生，法学博士，中国共产党党员，高级法官。广东省珠海市中级人民法院院长、党组书记。兼任国家行政学院行政法研究中心兼职研究员，中山大学行政法研究中心兼职研究员，中国政法大学兼职教授，国家法官学院兼职教授，广东法官学院兼职教授。兼任中国法学会行政法学研究会理事，广东省法学会宪法学研究会副总干事，广东省法学会行政法学研究会副总干事，广东省法官协会理事。

　　1983 年、1991 年、1998 年先后就读于西北政法学院、中国政法大学、武汉大学，获法学学士、法学硕士、法学博士学位。2002 年 10 月在中国社会社科院法学研究所进站做博士后研究。

　　出版学术著作、法学书籍 20 余部，在《法学研究》、《中国法学》、《政法论坛》等报刊杂志发表学术论文 50 多篇。其中：专著《司法解释论》于 1999 年获湖北省 1998 年度优秀博士论文奖、2002 年获广东省法学会优秀科研成果一等奖、2000 年 6 月获广东省法学会 20 年"法学研究优秀成果奖"；论文《论行政行为司法监督的范围和依据》于 1998 年 8 月获中国法学会行政法学研究会组织的中国行政法学第二届论文评选二等奖；论文《论行政审判对行政规范的审查与适用》于 2000 年 11 月获全国法院第 12 届优秀学术论文评选二等奖；论文《司法功能与司法公正、司法权威》于 2003 年 12 月被广东省委宣传部评为广东省精神文明建设第五届"五个一工程"入选作品。

法律冲突问题研究

董　皞

内容摘要：本文在对法律冲突问题进行法理研究的基础上，以我国国内法律冲突为重点，通过对法律冲突现象的深入认识，提出了法律冲突的定义。分析了法律冲突的直接原因及法律冲突的潜在原因，并对法律冲突与法律和谐统一的关系以及法律冲突所起的消极与积极两方面的作用进行了阐述。进一步提出了判定法律冲突的意义、要素和方法，明确了解决法律冲突的途径、机制和原则。建议制定《法律冲突规范法》，同时对《法律冲突规范法》的指导思想、基本原则及解决法律冲突的机制等《法律冲突规范法》的基本轮廓进行了勾画。

关键词：法律冲突　研究

一、什么是法律冲突

（一）法律冲突现象是一种社会现象

1. 法律冲突的特点

（1）法律冲突现象是一种普遍的社会现象。法律冲突现象之所以是社会现象，首先，因为这种冲突是基于现实社会中的各种矛盾、冲突和差异的存在。比如体制冲突、利益冲突、文化冲突、观念冲突，以及地域、文化、经济等条件和水平的差异，在立法过程中或法律条文中必然会得到反映。其次，因为这种冲突在法律规范和社会现实之间会产生互动作用。一方面社会现实中的各种矛盾、冲突和差异导致了法律冲突的产生；另一方面法律冲突又稳固、加剧这些矛盾、冲突和差异，或者是协调、促使这些矛盾、冲突和差异的解决。法律冲突现象之所以具有普遍性，首先，因为法律冲突问题有可能渗入社会生活的各个领域。法律冲突有可能发生在各个层面和各个方面的法律规范之间。另外，法律冲突也是法律领域的普遍现象，其次，法律冲突作为一种社会现实的客观反映，在产生它的社会基础和原因不能彻底消除的情况下，法律冲突问题也将与之同在，我们只能通过防止、协调的方式予以减少或解决法律冲突问题而不能彻底消灭它。

（2）法律冲突现象表现为不同法律或法律条款对同一调整对象规定的不一致。从法律冲突的简单现象看，法律冲突就是法律对同一问题规定不同。有的叫"不一致"，有的叫"相抵触"，有的叫"相冲突"。这几个概念同时在使用，但总是被混同而不加以区分。法律冲突的情况是非常复杂的，需要加以区分以利于区别不同的冲突采用不同的方法予以协调和解决。通常情况下，我们总是简单地用"不一致"三个字对冲突给予笼统的概括。应该说只要是"冲突"就肯定存在"不一致"，但是否"不一致"就必然是"冲突"或"抵触"，这是值得认真研究的。

（3）法律冲突现象可能发生于国际法领域也可能发生于国内法领域。法律冲突最早在国际私法领域引起关注并逐渐发展成为一个学科，因而在相当长的一个时期，法律冲突被认为是国际私法独有的现象。法律冲突这个概念也被认为是国际私法的专有名词。"'法律冲突'一词，本是国际私法的基础概念，指的是不同国家对同一问题作了不同的法律规定，而又需要承认外国法的情形。"① 其实法律冲突同样普遍地存在于国内法领域。这种法律冲突既可能发生在国内法律的各个领域和部门，也可能发生在法律的不同层次和结构中。从法理学的角度来看，法律冲突是法律领域普遍存在的一种现象，但它长期以来并未引起法理学者对这一问题的重视。

（4）法律冲突现象具有多样性。法律冲突现象可能发生于不同立法主体制定的法律规范之间，也可能发生于同一立法主体制定的法律规范之间；可能发生于不同法律规范之间，也可能发生于同一法律规范不同法律条文之间；可能是法律条文之间直接的字面意思的不一致，也可能是法律精神或立法目的的不一致。这种情况的出现，有可能是立法者所代表的立场、利益或所观察的角度不同，也可能是立法过程中出现了疏忽大意，或者是同样的问题在不同的条件中立法者认为应当有所区别等等原因。

（5）法律冲突现象在我国的特殊表现。法律冲突现象在我国的特殊表现，是由我国"一国两制三法系四法域"的国情和多层级多区域多元化立法体制的状况所决定的。我国法律冲突的外延包括：①第一层次，我国内国法与外国

① 刘莘：《国内法律冲突与立法对策》，中国政法大学出版社2003年版，第3页。

法之间的冲突。②第二层次，我国内国法包括大陆法、香港法、澳门法、台湾法相互之间的法律冲突。③第三层次，在我国大陆法中包括：地方法和中央法、此地方法与彼地方法、下级地方法与上级地方法之间的法律冲突；权力机关与权力机关、行政机关与权力机关、行政机关与行政机关、下级权力机关与上级权力机关、下级行政机关与上级行政机关制定的规范性法律文件之间的法律冲突。④第四层次，在我国除了宪法、法律、行政法规、地方性法规以及部委规章、各级政府规章，自治区、自治州、自治县的自治条例和单行条例之外，还有大量无立法权的权力和行政机关制定的规范性文件。它们与法律、法规、规章之间以及它们相互之间的冲突是否应当或如何纳入研究的视野，这也将是一个十分重大的课题。

（6）法律冲突现象的存在并不意味着冲突的法律有一个必然无效。这是因为产生法律冲突的原因是复杂的，并且每一个法律的产生或之所以如此都有一定意义上或一定范围内的合理理由。在有些情况下，法律冲突只是表现为解决具体利益冲突时所遇到的在诸多有效的法律之间出现的多种选择，而每一种法律的有效性与合理性都是不容置疑的。所不同的是不同的法律适用的范围或条件不同，面对一个具体利益冲突时只能选择其中一种法律作为当下应当适用的法律，而其他法律则是在另外的场景中应当适用的法律。因而，法律冲突并不必然导致冲突的一方法律无效。但必须明确提出的是，法律冲突中反映出的上述现象，并不能对这一结论作出一个完全否定的回答，特别是在公法领域、在法律基本精神和基本原则方面产生的冲突，一般来说会导致冲突的一方法律无效。

2. 法律冲突的显现

（1）法律冲突在法律执行阶段的显现。从法律的实施或者执法阶段看，所实施的法律是由执法机关单方面选择的，法律规范也是由执法机关主动直接予以贯彻的，由于执法活动的单方面性和执法机关的主动性，虽然熟知法律又细心的执法人员在选择所实施的法律时有可能发现法律冲突问题，但这个环节也仍然是容易被疏忽的。因为执法主体较注重的是当前实施的法律本身，法律冲突问题并不作为关注的重点。

（2）法律冲突在法律适用中的显现。从法律适用即运用司法程序处理案件的阶段看，执法活动或当前案件应当选择适用何种法律往往是案件争议的焦点。各方当事人都会尽力寻找并举出自己主张适用的法律，而不同利益的当事人往往会选择规定完全不同的法律。所以法律冲突的问题在这个阶段最容易显现出来。因此法律适用阶段在实践中显现法律冲突的概率较高，这一阶段提出法律冲突的问题比较多，解决法律冲突的迫切性较强。这种现象对于我们研究协调和解决法律冲突的时机和方法有着重要的意义。

3. 法律的和谐统一与法律冲突问题

（1）法治国与法律统一。

第一，法律的和谐统一是法治国的必然要求。建设法治国家必须遵循法治基本原则，要求建立一个门类齐全（一张"疏而不漏的法网"）、结构严谨（如部门法划分合理，法的效力等级明晰，实体法与程序法配套）、内部和谐（不能彼此矛盾与相互重复）、体制科学（如概念、逻辑清晰，法的名称规范，生效日期、公布方式合理）、协调发展（如法与政策、法与改革协调一致等）的法律体系。① 具体含义是说，法治的基础在于建立国家内部统一的具有普遍约束力和一体遵行的法律体系，并保证其遵守和执行，不允许各地区、各部门各行其是，制定和推行有悖于统一性法治原则的法律、法规和规章。恩格斯提出："在现代国家中，法不仅必须适应总的经济状况，不仅必须是它的表现，而且还必须是不因内在矛盾而自己推翻自己的内部和谐一致的表现。"② 特别是近现代以来，由于社会关系日益复杂，各种社会关系客观上的不同地位和特征，必然对法律调整提出不同的要求，从而形成法律体系多层次的等级结构。这表现为基本法律部门、亚法律部门、子法律部门和同一法律部门内具有不同地位和效力的法律规范。

第二，法律的和谐统一是实现法律功能的重要保障。法律功能的实现是法律规范的要求由应然向实然、由可能性向现实性的转化。而这个转化能否顺利完成，法律体系与法律规定自身的和谐统一起着相当重要的作用。关于这一点，恩格斯概括出一条基本法学原理：法律的内容和它的实施过程都必须遵循法律自身的内在要求。③ 立法者可以依据一定的法律原则，对相互冲突的法律规范进行修改和完善，执法者和司法者也可以在法律适用中根据一定的法律原则，对相互冲突的法律规范进行取舍，以进一步维护法制协调统一。因此，法律功能的正常、充分发挥，要求法律必须保护内部体系及外部关系的充分协调，特别是在法律制度之间、法律规范之间、法律部门之间都应具有内在的统一。

第三，法律的和谐统一是法律顺利运行的前提。"法律是人类理性思维意识的产物，这种理性思维意识主要表现为法律的有目的性。法律是一种有目的性的社会规范和行为模式，它代表了法律创制者的一种目的性追求"。④ 人类

---

① 李步云：《法理探索》，湖南人民出版社 2003 年版，第 18—25 页。

② 恩格斯：《马克思恩格斯选集》（4），人民出版社 1972 年版，第 483 页。

③ 同上书，第 484 页。

④ 刘作翔：《迈向民主与法治的国度》，山东人民出版社 1999 年版，第 33 页。

创制法律、适用法律、遵守法律的目的就是使法律所调整的社会关系进入一种良好的秩序状态。要达到这个目的，前提是法律秩序本身具有内在的和谐统一性与系统性。整个法律系统与子系统以及子系统之间的构成合理严密，在一个法律体系里，一切法律部门都要统一于宪法，法律部门之间要和谐，法律规范之间要相互联系、相互协作。如果各子系统相互冲突、相互矛盾，则会导致整个法律秩序出现混乱和无序，法律就无法顺利运行。

（2）法律冲突的作用。法律冲突是一种客观实在，像所有客观实在具有两面性一样，法律冲突也具有两面性，即积极的一面和消极的一面。

第一，法律冲突的消极作用。

①法律争端产生的机会增多。法律冲突尽管表现为各个国家或地区间的法律规定的不一致，形成法律内容上的冲突，但就其本质而言依然是一种利益冲突。一般来说，遇到法律争端适用本国法律比适用外国法会更有利一些。在这种前提下，当发生法律适用争端，特别是国际法律争端时，各国都竞相选择适用本国或有利于本国的法律来解决争端，从而会导致适用法律的国际争端的产生，有的甚至相持不下，最终导致案件的无法判决或无法执行。这种争执产生的原因是由于各国在一定条件下承认外国法律在内国的域外效力，即一国法律不仅适用于本国境内的一切人，而且适用于居住在外的本国人。"任何国家在制定法律时都可以依照自己的主权确定本国法律具有某种域外效力，但这种域外效力只是一种虚拟的或自设的域外效力，只有当别的国家根据主权原则和平等互利原则承认其效力时，这种虚拟的域外效力才变成现实的域外效力。"[①]所以，当虚拟的域外效力无法变成现实的域外效力时，国际法律争端便产生了。

②国内法制统一和法律权威受到影响。就国内法而言法律冲突问题所产生的明显弊端至少有两个：

一是影响国内法制的统一。法制统一是法治国家的基本要求，一方面，国内法都源于一个基础规范即国家的宪法，任何法律的精神和原则以及内容都以宪法为依据而创制，并不得与宪法相违背。一个国家的法律体系就是以宪法为最高法律效力，其他各种规范均以宪法为依据或服从宪法精神，从而形成一个金字塔式排列的等级序列，低层级的规范不得与高层级的规范相抵触，体系内的规范之间要协调一致。我国《立法法》第78条、87条、88条的规定也充分体现了这一精神。另一方面，如果法律发生冲突，将给社会和社会秩序带来不稳定甚至混乱。法律之间发生冲突人们将会无所适从，当纠纷发生时不知道

---

① 　肖永平：《肖永平论冲突法》，武汉大学出版社2002年版，第10页。

该选择适用何种法律解决纠纷，并且有可能由于竞相选择适用对自己有利的法律而产生新的纠纷。"法律打架对法治的危害是非常致命的，它导致法不同文、造成社会秩序的混乱，给国家和老百姓的利益都会造成损害。而且立法违法的损害比司法中的错案要严重得多。因为它不是损害一个人，而是一个群体或是每一个人。"①

二是影响国内法律的权威。法律得到遵从一方面靠的是国家强制力的保障实施，另一方面要靠人们对法律的信从，而对法律的信从则来自于法律的权威，法律的权威则源于法律本身的公平、正义与和谐统一。首先，我认为，从法律的公平正义与和谐统一的关系看，一个在内部体系上不能达到和谐统一要求的法律就不能认为它是公平正义的法律。如果各法律之间对同一调整对象的规定不一致甚至产生矛盾，互相冲突，法律对相同的调整对象作了不同的规定，适用不同的法律将导致不同的结果，这样的法律，无论如何也不能认为它是公平和正义的。一个谈不上公平与正义的法律，如果能产生权威的效应是无法想象的。其次，从法律冲突本身的存在对人们的心理影响来说，它使人们面对不一致甚至矛盾的两个法律规定无所适从，无法对自己的行为模式作出正确的判断和选择，由此而导致的是对法律的抱怨和不信任。"法律打架，会使公民和社会组织的各方面的利益受到损害，更严重影响公民对法律的尊重和信仰。"② 这种状况将严重损害法律的信誉，导致法律的不被遵守。"邦国虽有良法，要是人民不能全部遵循，仍然不能实行法治。"③

③法律适用上的困惑。一是由于法律选择上的不一致导致的司法不公。法律适用从某种意义上来说就是一种选择适用法律的活动，从众多的不同类别、不同性质、不同内容的法律中选择适用于当前案件的法律的活动。司法的公与不公有些甚至是大部分情况下就在于法律适用者所选择的法律是否正是最该适用于当前案件的法律。"设立司法机构负责在案件中适用法律，并且对案件在法律上的是非曲直作出最终判断和结论，乃是法律制度至关紧要的部分。司法没有权威，法律便没有权威。"④ 如果说法律规定互相之间不一致发生冲突，且不同的法律对同一社会关系都有管辖权，那么在这种情况下，可能会出现两种结果：一是法官故意偏袒某一方当事人从而选择适用对其有利而对另一方不利的法律，法律冲突的存在成了产生司法不公的温床；二是法官对法律原则和

---

① 蔡定剑："法律冲突及其解决途径研讨会"，载《人民法院报》2001 年 10 月 29 日。

② 刘莘：《国内法律冲突及立法对策》，中国政法大学出版社 2003 年版，第 124 页。

③ 亚里士多德：《政治学》，商务印书馆 1983 年版，第 199 页。

④ 夏勇："法治是什么"，载《中国社会科学》1999 年第 4 期。

精神理解和把握不准，当两个调整同一对象的法律产生冲突时，适用了本不该适用于本案的法律规定，从而导致违背法律原则和精神的判决结果。"法律冲突直接导致不同地区的法院甚至是同一法院的法官都有可能在司法活动中针对同类案件，适用相互冲突的不同法律规范，得出完全不同的裁判，造成在适用法律时事实上的不公平，从而破坏司法应有的公正品德。"①

三是由于解决法律冲突的途径和方法上的不一致导致解决冲突的矛盾产生。法律冲突是一种客观存在，在法律适用过程中必须正视法律冲突并解决它，然而对于法律冲突的认识和解决是相当复杂的。首先，两个法律规定之间是否存在冲突？是否存在冲突问题的决定权在哪里？其次，如果冲突确实存在，解决冲突的方法是什么？由法官直接选择适用法律，还是送请由有关部门进行裁决？或宣布冲突的某一法律无效或予以撤销？这在不同的国家有不同的做法，如何设定完全取决于这个国家的宪政制度。由于我国的司法审查制度尚不完善，在司法实践中由法律冲突引发的解决法律冲突的方式方法的矛盾并不少见，而且往往争议较多，影响较大。

④潜伏着利益冲突的法律冲突成了利益争执的有力依据。法律冲突的根本原因是利益冲突。"改革开放以来，经济利益多元化，经济上的利害关系冲突加剧，不同的经济利益产生不同的立法需求，利益的多元化使立法利益的含量越来越高，法律背后是经济利益，许多法律的冲突实际是经济利益之争。"②当潜伏着利益冲突的法律冲突被引入现实的利益冲突之中时，法律冲突就有了实际意义，它不仅表现为抽象的法律条款，而是地地道道的成了一方利益的忠实代表，当两个或两个以上的不同法律同时调整某一社会关系时，几个代表不同利益的法律就会被不同的利益集团所利用，不同的利益集团以代表各自的法律为武器捍卫自己的利益，不仅是冠冕堂皇的，而且是完全合法的。如各汽车产地的地方保护问题，在天津，只让跑夏利车；在上海，只允许桑塔纳占领出租车市场；在长春，捷达出租车比其他出租车享受更优惠的待遇，等等。③

第二，法律冲突的积极作用。

法律冲突作为一种社会存在自然有它产生和存在的理由，我们研究法律冲突及其产生和存在的理由，有利于我们克服和避免法律冲突的消极因素，充分认识和发挥它的积极因素，使得法律冲突的消极作用与积极作用形成良性互动。"极端地讲，有冲突是好事，有冲突才有发展的动力，表明在往前走，但

---

① 刘莘：《国内法律冲突与立法对策》，中国政法大学出版社 2003 年版，第 113 页。

② 同上。

③ 蔡定剑："法律冲突及其解决途径"，载《中国法学》1999 年第 3 期。

也不能太严重，导致法制的破坏。有冲突，就要建立解决冲突的机制，这个机制也不能是完全静止的，本身也是在不断完善。"① 当然法律冲突的积极作用和消极作用对于维护国家法制统一这一点，不能完全画等号。应该说法律冲突的消极作用对于法制的统一的危害性远远大于它的积极作用。

①法律冲突有利于法律适应和保障不同地区差别和不同利益需要的公平实现。黑格尔有句名言，"凡是存在的都是合理的"。尽管此语过于绝对化，但凡是客观存在都有它之所以存在的理由和原因这一点的确不假，就其理由和原因而言，客观存在的事实都有其一定的合理性。法律冲突也是一种客观存在，它反映了立法者不同的价值观、地区间经济文化的差别、利益集团间不同的需求，这些观念、差别、需求也是一种客观现实的反映和要求，在某种意义上也有一定的合理性。我们不能违背立法的目的，以至于为了避免法律冲突而不顾现实差别的需要，强行将法律统一化，生搬硬套到并不适合它存在的地方。而是应当承认这种差别的现实，允许法律调整差异的存在，运用法律冲突解决规则，选择适用切合本地实际情况的法律。所以，法律冲突的存在并不是绝对要予以避免甚至消除，在一定的条件下，它的积极作用也是显而易见的。

②法律冲突提供了认识各级各地利益关系的途径。首先，对于法律冲突形成的原因来说，法律冲突是现象，我们要透过法律冲突这个现象来分析和认识在法律冲突后面的利益冲突和职责不明、权限不清的本质。"凡是有法律冲突存在的地方，常常就是职能和权力划分最不清晰，存在问题最多、最突出的地方。"② 法律冲突的存在时刻提示我们：要妥善地解决法律冲突问题，就要从根本上解决利益冲突和职责权限不清的问题。其次，在冲突的法律之间，有时低位阶的法律规范关注到了更为深刻的问题，提出了更为合理的方案，为修改高位阶的法律规范奠定了基础、创造了条件。最后，对法律冲突这一社会现象的研究，既可以丰富和发展法学理论的宝库，又可以为国家立法和司法实践提供理论准备。

③法律冲突是建立和完善法律冲突解决机制的驱动力。法律冲突是一种特殊的法律现象。法律冲突的存在影响正常的法律秩序。但法律冲突又是一种不依人们主观意志为转移的客观实在，我们必须正视它的存在并解决它。为了认识和解决法律冲突我们必须对它加以关注并进行深入研究，由此会产生一批专门研究法律冲突问题的专家和学者，会创设法律冲突问题的一整套相关理论。我们会研究创制并完善解决法律冲突的机制。

---

① 王晨光："法律冲突及其解决途径研讨会发言"，载《人民法院报》2001 年 10 月 29 日。
② 刘莘：《国内法律冲突及立法对策》，中国政法大学出版社 2003 年版，第 139 页。

（二）法律冲突的原因

法律冲突作为一种法律社会现象，必然有它发生的原因，而原因背后则还有原因。法律冲突的直接原因显而易见，主要就是法律规定之间的不一致，实则，导致这种不一致的各种潜在因素，即所谓原因背后的原因，才是产生法律冲突的根源。在这里我引入两个不同的概念，即法律冲突的直接原因和法律冲突的潜在原因。我认为二者是有所区别的。这里所说的法律冲突的原因是指法律冲突的直接原因，也就是法律冲突是怎样产生的，而非法律之间为什么会产生冲突。法律冲突的潜在原因则是指后者，即法律之间为什么会产生冲突，它是导致法律冲突的潜在因素，而这种潜在因素和法律冲突之间有着某种必然的联系。

1. 法律冲突的直接原因

（1）法律规定的不一致。不同法律对同一调整对象所作的规定不同是法律冲突最直接最主要的原因。法律冲突的后果是选择不同的法律适用于某一个具体案件以调整某一法律关系，选择不同的法律所得出的结论是完全不同的。结论不同是法律冲突的后果，而规定不同则是法律冲突的原因。如果在任何情况下，对同一调整对象各个不同立法主体制定的法律都是完全一致的，那就不存在法律冲突的问题，在这种情况下，适用法律的结论也都是完全一致的，也就不存在各种不同利益方为选择适用结论对自己有利的那一个法律而发生争执的问题。所以，同一案件处理结论不同是由于适用了不同的法律，而不同法律之间规定的不一致正是这种结论不一致或叫法律冲突的直接原因。

（2）案件事实将不同的法律连接在一起。一般来说，特别是在国与国之间，法律对同一调整对象规定的不同是一种很正常的社会现象。在通常情况下各国的法律在本国范围内适用，不涉及同外国法之间进行选择适用的问题，因而尽管各国对同一调整对象的法律规定不同，也不会发生法律适用上的冲突。只有当一个具体案件的法律事实具有涉及两个或两个以上国家的法律因素，而这些国家对该法律事实的规定并不相同时，才会发生应当判定这些法律规定之间是否冲突，应当选择适用那一国法律的问题。如果没有具体的案件事实，除非研究需要否则没必要将两个不同国家的法律进行比较是否存在冲突，更不可能发生选择适用的问题。即使在同一个国家的不同法律中，法律冲突的发生往往不以法律适用于具体案件的法律事实为前提，但与具体案件事实相联系从而发现法律冲突可以说是法律冲突发现的诸途径中最为常见的途径。

（3）法官或有关机关对调整同一对象的法律作了不同的解释。法律也是一种客观实在，在一般情况下这种客观实在容易被人们所认识，也就是说法律规定的内容的含义是容易被我们所把握的，但这仅仅是说在一般情况下而已。在有些特殊的条件下或特殊的环境中法律的真正含义并不那么容易把握，或者有那么一些法律规定本身的真正含义往往也不那么容易把握。通常情况下，法律的含义是清楚明白的，适用法律的条件和环境也是正常的，法官或有关机关对两个法律之间的一致性问题容易取得共识，因而法律之间是否存在冲突一般不会引发争议。但法律并不总是清楚明白的，适用法律的条件和环境也并不总是在普通的情况下。因此，在个别情况下，往往会就法律之间是否存在不一致或是否为法律冲突的问题发生和争议，争议的最后结果就是形成统一冲突规范或争议的裁决机制。无论什么规范或机制，法官或有关机关对法律规定是否存在冲突的解释乃是最权威、最有效的解释，法官或有关机关认定为法律冲突的才是法律意义上的法律冲突。所以，法官或有关机关对调整同一对象的不同法律所作的不同解释也是法律冲突的原因之一。

2. 法律冲突的潜在原因

从法律冲突的三个直接原因来看，法律冲突的潜在原因也有三个方面，即一是导致法律规定不同的原因，二是导致适用不同法律的原因，三是导致法官解释不同的原因，其中导致法律规定不同的原因是产生法律冲突最根本最主要原因。可以这么说，导致法律规定不同的原因是产生法律冲突的内因，而导致适用不同法律的原因和法官解释不同的原因是产生法律冲突的外因。

（1）以一定范围的地域为基础的国家或地区间的经济基础、历史传统、意识形态的差异。

首先，关于经济基础决定上层建筑包括法律制度及其具体内容这一点，马克思主义法学家曾经作了非常精辟的论述："社会不是以法律为基础的，那是法学家们的幻想。相反的，法律应该以社会为基础。法律应该是社会共同的、由一定物质生产方式所产生的利益和需要的表现，而不是单个的个人恣意横行。现在我手里拿的这本《拿破仑法典》（Code Napoleon）并没有创立现代的资产阶级社会。相反的，产生于 18 世纪并在 19 世纪继续发展的资产阶级社会，只是在这本法典中找到了它的法律表现。这一法典一旦不再适应社会关系，它就会变成一叠不值钱的废纸。"①

事实上居住在地球上的人类之间的物质条件或经济基础的差异主要来自于不同地域差异，这种地域的差异则直接表现为国际间或地区间的差异，导致各国对同类或同一调整对象作出不同法律规定的原因主要就在于此。世界上的任

---

① 马克思：《马克思恩格斯全集》（6），人民出版社 1961 年版，第 291—292 页。这段话是 1844 年 2 月 8 日马克思在法庭上的发言，题目是《对民主主义者莱茵区域委员会的审判》。

何国家无不以一定地域为基础，而每个地域的自然条件、经济状况、民族传统等形成了这一地域与其他地域相区别的独特性，即使在一国内中央和地方的关系问题上，各国情况也有很大差别。在联邦制国家州享有高度的自治权，享有处理本地区事务的立法权。在单一制国家尽管更注重法制的统一，但也赋予地方政府一定的自治权，地方政府也拥有一定权限的立法权。"由于地域广阔，各个行政区域的物质生活条件不同，政治、经济、文化发展很不平衡，作为地方性法规在将这些经济关系'翻译'为法的原则时，必然带有'地方特征'"①。这些带有地方特征的地方性法规之间的不一致也是导致法律冲突的重要原因。但要注意的是这种地域的经济基础差异绝不是导致法律冲突的唯一原因。

其次，历史传统、意识形态等等因素相互作用的原因。关于这一点，恩格斯也有一段基础性的论述："根据唯物史观，历史过程中的决定性因素归根到底是现实生活的产生和再生产。无论马克思和我都从来没有肯定过比这更多的东西。如果有人在这里加以歪曲，说经济因素是唯一决定性因素，那么他就把这个命题变成毫无内容的、抽象的、荒诞无稽的空话。"②从恩格斯的论述中，我们可以推导出这样的结论：对于法律来说，经济基础也并非唯一的决定性因素，上层建筑领域的诸因素比如历史传统、法律文化等有时也对法律的发展起着某种决定性的作用。毋庸置疑，这些因素同样左右着法律的具体内容，这都是导致各国或各地法律规定不一致的重要因素。

（2）以价值评判标准为导向的立法者在价值取向选择上的差异。立法者作为法律创制的主体，它对法律的认识状况决定着法律创制的结果。"由于立法者之社会历练不同、知识素质不同、职业岗位不同、性格特征不同、观察方法不同等等"③，他们的价值观念也难免出现不同甚至相互冲突的情况，这就使得"处在同时代的立法往往具有不同的法律认知，即使在议会立法这种明显具有民主性的立法形式下，不同议员的议案也往往受议员个人认识状况的规定"④。因此，不同的立法者所持的价值评判标准不同，他们所选择的价值取向也必然有所差别，这种差别反映在法律的创制上，就表现为调整同一对象的法律之间发生规定不一致的情况。

在不同国家或地区，甚至同一国家或地区的不同时期，对某些同样性质或

---

① 张钜："建立法律规范的冲突规范"，载《山西大学学报》（社会科学版），第23卷第4期，1996年，第30页。

② 恩格斯：《马克思恩格斯选集》（4），人民出版社1972年版，第506页。

③ 谢晖：《价值重建与规范选择——中国法制现代沉思》，山东人民出版社1998年版，第389页。

④ 同上。

特征的行为规定了不同的法律责任或后果。比如对所谓见义勇为行为的价值观念及其发展变化在各国法律中就有不同的反映。有人认为"舍身救人"、"大义灭亲"是真正、彻底的高尚道德行为，只有极少数人才能做到，不能以此强求一般的人。"人莫不有私"，立法不可不照顾人性。违背人性之立法是要失败的。但也有人认为，"见人危难必予救助"的法律精神，"在格外标榜'个人本位'、'权利本位'的现代欧美，竟有规定，实在出乎我们意料。通常被认为鼓励人与人之间冷漠自私的资本主义法，竟然有这样的强迫公民救人危难，为人申冤，把高尚道德变成全民法定义务的规范，不是很令我们这些从前受惯了批资反资教育的人大开眼界吗?"①

不同法律创制者的价值评判标准和价值取向不同，必然导致各个不同立法主体制定的法律之间的不一致，从而导致法律冲突。

（3）以内容明确稳定为特征的法律与多变莫测的现实社会的差异。

第一，由于社会发展给立法者所带来的观念变化的不同步，形成不同立法者对同一调整对象的观念不同或同一立法者对同一调整对象不同时期的观念不同，从而导致法律冲突。"社会在变化，人类在发展，需要立法加以规范的新生事物层出不穷，关于道德、秩序、公平、正义、价值诸观念也并非一成不变。"② 立法者首先是人，是生物学和社会学意义上的人，其次才是立法者，作为人的立法者，其观念也会随着社会发展变化而变化，他们与普通人不同的是，他们的思想观念和价值取向必然而且能够反映在立法之中。但人们对社会的认识由于其阅历、知识、地位、环境等的不同而不同，这种认识的不同也决定其价值观念及其选择。立法者作为一个社会群体是由各种不同民族、不同阶层利益团体、文化结构的人员构成的，所以，不同的立法者提交的立法草案以及提出的立法意见不可能是完全相同的，有时甚至可能是互相矛盾或对立的，这种现象进一步扩展到不同国家、不同地区、不同层级，其结果就有可能产生这些国家、地区层级制定的法律之间发生冲突。由于人们对社会的认识程度会随着时间的变化而变化，故而同一国家、地区或层级对同一调整对象在不同时期制定的法律之间也可能发生冲突。"不同的立法者对社会的发展变化的反应是不同的，除时间上有快慢外，所产生的结果即价值观念和思想认识变化也必有差异，这些不同的观念和认识体现在立法中，就会导致法律上见解的不一。而观念发生变化的同一立法者，在不同时期制定的法律也会有所不同。"③ 比

---

① 范忠信：《中西法文化的暗合与差异》，中国政法大学出版社 2001 年版，第 251 页。

② 董皞：《司法解释论》，中国政法大学出版社 1999 年版，第 23 页。

③ 刘莘：《国内法律冲突与立法对策》，中国政法大学出版社 2003 年版，第 70—71 页。

如，全国人大常委会先后在 1986 年、1995 年不到 10 年间两次修改组织法和选举法，不仅从法律条文的数量上而且从法律根本内容上作了全面修改，1986 年对两个法律的修改分别占总条文的 36% 和 44%。1981 年以来先后对《刑法》作出的修改和补充多达 20 多次，有的修改还涉及了《刑法》基本原则的修改。

第二，立法者对社会现象认识的局限性及不同立法者对社会现象认识程度的差异，造成重复立法、多头立法、差别立法甚至矛盾立法现象，从而导致法律冲突。人对社会的认识具有局限性这一点无须再加赘述。立法者也是如此。"立法者立法通常是以社会现象的典型情况为依据的。同时，立法者虽然要考虑各种可能性，但总是无法穷尽所有可能性。此外，随着立法多样化，各类法律明确规则之间的相互联系越来越复杂，这也会使立法者难以认识辨清其间的相互矛盾。"① 立法者的立法活动完全是建立在对所立法之法的调整对象充分认识的基础之上，认识越全面越深刻所制定的法律就越清楚越准确。如果对立法调整的对象分类不清，定性不准，在操作中产生职权交叉或责任缺失，造成重复立法，多头立法，对同一调整对象的规定形成差别甚至矛盾的情况就在所难免。矿泉水既是水资源同时又是矿产资源。1986 年全国人大常委会制定了《矿产资源法》，于是国务院有关部门将矿泉水列为矿产资源的范围，因此，矿泉水的开发利用按照《矿产资源法》规定的程序办理，并征收使用费。1988 年全国人大常委会又制定了《水资源保护法》，国务院有关部门又把矿泉水纳入地下水资源的范围，并征收相关费用。同样是矿泉水却被分别纳入了两个不同法律的调整范围，采取了不同的调整程序，实行了不同的收费办法和标准，导致了法律冲突。

第三，立法者对现实社会的认识总是滞后，立法者的行动对现存法律修订的反映总是迟缓，认识与现状、行动与需要之间的时间差，导致法律立、改、废的不及时和不协调，从而形成新法与旧法之间的冲突。"有时立法机关因适应社会发展需要而制定了某一领域或某一方面的新法律，但其他领域或其他方面的法律尚未修改或废止，从而导致相互冲突。此种现象在社会转型时期尤为明显。新旧关系共存，新旧力量较量，从而加剧了新旧法的冲突。"② 比如，《中华人民共和国行政复议法》和《中华人民共和国土地管理法》关于当事人提起行政诉讼权利规定的法律冲突问题。全国人大常委会于 1998 年 8 月 29 日通过的《土地管理法》第 13 条规定："当事人对有关人民政府处理决定不服

① 刘星：《法律是什么》，广东旅游出版社 1997 年版，第 64 页。
② 刘莘：《国内法律冲突与立法对策》，中国政法大学出版社 2003 年版，第 69—70 页。

的，可以在接到处理决定通知之日起三十日内，向人民法院起诉。"而1999年4月29日同一机关通过的《行政复议法》第30条第2款规定，"根据国务院或省、自治区、直辖市人民政府对行政区划的勘定、调整或者征用土地的决定，省、自治区、直辖市人民政府确认土地、矿藏、水流、森林、山岭、草原、荒地、滩涂、海域等自然资源的所有权或者使用权的行政复议决定为最终决定"，即不得提起行政诉讼。两个法律对当事人就同一行为的诉讼权利作了截然相反的规定，而且两个规定都是同一立法者一先一后在相差不到一年的时间内作出的规定，是基于什么样的认识变化还是由于立法者一时粗疏所致，不得而知，但两个法律之间规定的冲突确是存在的。

（4）以字义具有一定模糊性为特点的法律与立法者对作为立法依据的该法律理解的有限性的差异。

第一，作为立法依据的法律的文字具有模糊性，不同的立法者对模糊的文字内容在理解上产生歧义，导致其所制定的法律同作为立法依据的法律或不同的立法者制定的不同法律之间产生法律冲突。一方面，法律文字本身具有一定的模糊性，"文字虽为表达意思之工具，但究其系一种符号，其意义须由社会上客观的观念代之。因而著于法条之文字，果能表达立法者意思否，自非立法者所能左右。"[①] 因为，不同的立法者面对同一文字语言阅读得到的意义可能是完全不同的。如"车辆"一词，人们对"汽车"可列入"车辆"并无异议，但"自行车"或"摩托车"是否列为车辆，就可能产生争议。另一方面，立法者在下列场合有时还会特意使用一些模糊词语：由于立法客体之复杂多变性，使用精确的词语对该客体不具包容性或对其运动变化不具适应性，立法者就会求助模糊语言，以模糊之语言把握模糊之客体。"含糊不一定是毛病……故意模糊在法律中是很普通的，立法者经常愿意授予某机构最广泛的裁量权。"[②] 像法律文字本身模糊性带来的后果一样，特意模糊的法律同样带来理解上的歧义，依此法为立法依据而制定的法律也有可能产生与此法或不同立法者所立之法相互之间的冲突。

第二，立法者在对作为立法依据的法律文字进行理解和解释时本身就会产生歧义，导致立法者根据自己的理解创制的法律有可能与原法律本意或立法意图不符，从而产生法律冲突。洛克在谈到解释时说："在神或人的法律方面，人们底解释便无穷尽。注解又引起注解来，解释又发生新的解释；因此，人们常常要来限制，来分别，来变化这些道德文字底意义，而无所底止。……许多

---

① 郑玉波：《民法总则》，台北三民书局1979年版，第39页。

② ［美］费里曼著，李英译：《法律制度》，中国政法大学出版社1994年版，第308—309页。

人在初读经文或法典时，虽然对其字句底意义，自己觉得已经了解，可是他们一求助于注解家，则往往反觉失掉原来的意义，而正因为那样解说，自己反生起（或增加）了疑惑，使那些地方含糊起来。"① 立法者在阅读作为立法依据的法律准备创制一个新的法律时所面临的也是同样的情况。当他无法确定这个法律的准确含义或在几个可能的理解中确定其中一个含义，那么如何保证这个被确定的含义就是这个法律真正的含义？而谁又能知道这个法律真正的含义又是什么呢？法律起草过程是一个漫长复杂的过程，在这个过程中，代表各种利益、愿望的观点互相交锋、折中、妥协，最终的结果才确认在法律文本之中，要准确地确认或寻求其中某一意图是困难的，甚至是不现实的。

（三）法律冲突的分类

1. 几种不同的法律冲突分类

（1）法律冲突的一般分类。法律冲突的分类主要是国际私法学者所作的分类，可以概括为以下几种：

第一，四分法。② 四分法主要是将法律冲突分为：

①国际法律冲突：即国家间的法律冲突，是指不同国家的法律就同一问题的规定不同，并且都主张自己的法律应适用于某一涉外民事关系，而且适用不同国家的法律最终将对当事人的利益产生不同的效果，由此引起的法律适用上的冲突即为国际法律冲突。

②区际法律冲突：指由于位于一主权国家境内的不同地区的法律各不相同而引起的在法律适用上的冲突。区际法律冲突经常发生在联邦制国家。但由于历史、社会原因，区际法律冲突也会在一些单一制国家发生，如中国。

③时际法律冲突：指一国在不同时间颁布的调整同一社会关系的新法与旧法之间由于内容不同所引起的冲突。

④人际法律冲突：指一国对不同宗教、种族或不同阶级的人适用不同的国内法，这些不同的国内法在同一法律关系中适用可能会得出不同的结果所引起的法律冲突。

第二，五分法。③

①公法冲突与私法冲突。

---

① ［英］洛克：《人类理解论》，商务印书馆1959年版，第467页。

② 主要有：丁伟：《冲突法论》，法律出版社1996年版，第3页；李双元：《国际私法学》，北京大学出版社2000年版，第5—8页；顾宇：《国际私法》，中国档案出版社2002年版，第25—26页；李双元：《国际私法》，武汉大学出版社1987年版，第9—12页。

③ 韩德培：《国际私法》，高等教育出版社2001年版，第86—87页。

依照法律冲突发生的领域为标准，分为公法冲突和私法冲突。公法领域，如刑法、行政法领域发生的冲突为公法冲突。私法领域，如民法、商法领域发生的冲突为私法冲突。

②积极冲突和消极冲突。

依照法律冲突的内容来分，分为积极冲突和消极冲突。对于同一社会关系，如果有关法律的规定不同，而竞相调整这一社会关系，即为积极的法律冲突。对于同一社会关系，有关法律的规定相同，而竞相调整这一社会关系，或有关法律的规定不同，但都不调整这一社会关系，即为消极的法律冲突。

③空间上的法律冲突、时际法律冲突和人际法律冲突。

依法律冲突的性质为标准，分为空间上的法律冲突、时际法律冲突和人际法律冲突。空间上的法律冲突就是不同地区之间的法律冲突，包括国际法律冲突和区际法律冲突。时际法律冲突指可能影响同一社会关系的新法与旧法，前法与后法之间的冲突。人际法律冲突是指适用于不同种族、民族、宗教、部落以及不同阶级的人的法律之间的冲突。

④立法冲突、司法冲突和守法冲突。

依法律冲突发生阶段为标准，分为立法冲突、司法冲突和守法冲突。立法冲突是指立法者立法权限的相互冲撞和侵越，以及不同的立法文件在解决同一问题时内容上的差异并由此导致效力上的抵触。司法冲突是指不同法院对同一案件行使司法管辖权的冲突和法院在解决具体纠纷时选择应适用的法律的矛盾。守法冲突是指法律关系当事人因立法冲突而导致其法律义务的不一致、不平等甚至相互矛盾。

⑤平面的法律冲突和垂直的法律冲突。

依法律冲突的效力来看，分为平面的法律冲突和垂直的法律冲突。平面的法律冲突是指发生冲突的法律处于同一层次、同一水平线上，甚至处于同等地位，如国际法律冲突、区际法律冲突、普通法与衡平法之间的冲突等。垂直的法律冲突是指发生冲突的法律处于不同层次，它们之间的关系是上下关系或纵向关系，如中央立法与地方立法之间的冲突，宪法与普通法之间的冲突，国际法与国内法之间的冲突等。

第三，六分法。①

①公法冲突与私法冲突。

②空间上的法律冲突、时际法律冲突和人际法律冲突。

③积极的法律冲突和消极的法律冲突。

---

① 肖永平：《肖永平论冲突法》，武汉大学出版社 2002 年版，第 5—6 页。

④真实冲突和虚假冲突。真实冲突是指在涉外民商事案件中，两国或两州以上法律均具有适用可能性，且各国或各州均具有适用其本国法或本州法的政府利益，即其政策在适用其法律而有所增进。虚假冲突是指在涉外民商事案件所涉及的各国之间表面上存在着法律冲突，但有的国家对适用其法律有利害关系，其他有关国家并不存在此种利害关系，即法律上的利害关系并不反映实际利益的冲突。

⑤立法冲突、司法冲突和守法冲突。

⑥平面的法律冲突和垂直的法律冲突。

（2）区际法律冲突的分类。

第一，三分法。①

①联邦制国家内的州际或省际法律冲突。

②单一制国家内的地方间的法律冲突。

③从同一主权单位内不同团体中产生的人际法律冲突。

第二，六分法。②

①在政合国与君合国内的区际法律冲突。

②联邦制国家内的法律冲突。

③省际法律冲突（即国家的自治管辖权内的冲突）。

④地方间的法律冲突（即国家的非自治管辖权内的冲突）。

⑤兼并区际法律冲突（即被兼并地区与兼并国以前的地区的法律之间的冲突）。

⑥殖民地间的法律冲突（即殖民国的法律与其殖民地的法律之间，或者属同一殖民国的各殖民地的法律相互之间的法律冲突）。

第三，四分法。③

①以国家结构形式为标准，将区际法律冲突分为单一制国家内的区际法律冲突和联邦制国家内的区际法律冲突。

②以社会制度为标准，将区际法律冲突划分为具有相同社会制度的各法域之间的区际法律冲突和具有不同社会制度的各法域之间的区际法律冲突。

③以法系为标准，将区际法律冲突分为属同一法系的不同法域之间的区际法律冲突和非属同一法系的不同法域之间的区际法律冲突。

---

① ［英］卡恩·韦罗因德：《国际私法的一般问题》（英文版），1976年版，第147—148页。

② ［匈］萨瑟：《西方国家、社会主义国家和发展中国家的冲突法》（英文版），1974年版，第235页。

③ 黄进：《区际冲突》，台北永然文华出版股份有限公司1996年版，第93—96页。

（3）中国国内法律冲突分类。①

第一，纵向冲突。

纵向立法冲突是指在不同效力等级的法律文件之间，效力等级低的法律文件与效力等级高的法律文件之间的冲突。

①法律与宪法的冲突。

②行政法规与法律的冲突。包括：a. 实施性的行政法规与法律的冲突；b. 自主性的行政法规与法律冲突；c. 根据授权制定的行政法规与法律冲突；

③地方性法规与法律、行政法规的冲突。包括：a. 自主性的地方性法规越权；b. 实施性的地方性法规与法律、行政法规不一致。

④规章与法律、法规的冲突。包括：a. 规章越权；b. 规章与法律法规相抵触。

第二，横向冲突。

立法的横向冲突主要是指相同效力等级的法律文件间的冲突。

①一般法律与基本法律的冲突。

②法律之间、行政法规之间的冲突。

③部门规章之间的冲突。

④地方性法规之间、地方政府规章之间的冲突。

⑤同一法律、法规、规章中法条冲突。

第三，地方与部门法律规范之间的冲突。

地方与部门法律规范之间的冲突是指由于中央与地方事权划分不明确，且制定的法律规范之间又不存在等级高低之分，各自在划分不明确的立法领域所作的规定不一致而导致的法律冲突。

①国务院部门规章与地方性法规之间的冲突。

②地方政府规章与部门规章之间的冲突。

（4）法理学者对法律冲突类型的看法。②

第一，法律冲突具有多元性：作为规范体系，存在着法律规范之间的冲突；作为一个法权体系，存在着法律权利（权力）之间的冲突；法作为一种文化现象，存在着法律文化冲突；法作为一个价值体系，存在着法律诸价值之间的冲突，等等。

第二，多元法律冲突：包括法系之间的冲突，法律体系之间的冲突，一国法律体系内部之间的冲突，自然法与实在法的冲突，国际法与国内法之间的冲

---

① 刘莘：《国内法律冲突与立法对策》，中国政法大学出版社 2003 年版，第 3—52 页。

② 范忠信、侯猛：《法律冲突问题的法理认识》，载《江苏社会科学》，第 61—65 页。

突，国家法与民间法之间的冲突，法律与类法律包括政策、习惯、道德等之间的冲突。

第三，法律冲突的形态：动态法律冲突和静态法律冲突。

2. 对法律冲突分类的再认识

（1）法律冲突研究的目的、范围与法律冲突的分类。本课题研究法律冲突旨在认识法律冲突的本质和原因，分清法律冲突的类型和表现形式，明确法律冲突的范围和状态，从而达到判定法律冲突并解决法律冲突的效果。因此，这里所研究的法律冲突与分类，是与法律冲突的本质、原因、内容、类型、形式、范围、状态、后果等相联系的法律冲突的分类。

第一，从法律冲突的本质来看，它表现为法律调整的社会关系方面发生的冲突，而权力与权利关系是法尤其是宪法所调整的最重要的法律关系之一，因此，法律权力和法律权利的冲突在法律冲突中占有非常重要的地位。"法权冲突从形式上看，具体表现为权利——权力冲突，权利——权利冲突和权力——权力冲突，从内容上看具体表现为权利、权力背后的利益冲突，归根到底是相应主体间的财产冲突。"① 只要有主体间财产冲突的存在必然就会产生权力与权利之间的互相冲突，这种权力与权利的冲突必然需要以法律进行调整，同时也必然会在法律中得以反映。法律冲突是法律社会中一种不可消除、不可避免的法律社会现象。所以，从法律权力（权利）的角度对法律冲突分类，对于认识法律冲突的本质具有重要意义。

第二，从法律冲突的内容看，法律是对各种社会物质和精神关系的一种记载、反映和调整，这种调整有宏观上的控制、中观上的指导、微观上的把握。法律对不同范围、不同层次的社会物质和精神关系的调整力度是不同的，有的粗疏一些，有的则精细一些，有的严格一些，有的宽泛一些，有的深入一些，有的浅显一些等，不一而同。这些不同调整力度表现在法律内容中，反映出法律对这些调整对象具体规定的不一致，这种不一致大致可以分为两种情况：一种是不同的法律对同一调整对象所规定的性质、原则或精神方面的冲突；一种是不同法律对同一调整对象所做的有关数量、幅度、范围等具体规定方面的冲突。这两种情况的冲突虽然都表现为法律规定的不一致，但冲突的性质、程度、幅度、量度有着较大的差别，这种差别是否达到或突破了法律冲突的"量变"与"质变"的临界点，涉及是否由于规定的不一致，已经达到了"抵触"的程度，形成了法律冲突的问题。因此，从法律冲突的内容研究法律冲突问题对于法律冲突的判定具有非常重要的意义。

---

① 童之伟：《法权与宪政》，山东人民出版社 2001 年版，第 41—42 页。

第三，从法律冲突的形式看，整个世界的法律或整个法律的世界的法律之间无不表现为不具有隶属性质的横向平行关系和具有隶属性质的纵向层级关系两种。这种关系实质上反映的是国家与国家之间、一个国家内部的地区与地区之间、中央与地方之间的关系。在国与国之间，无论大小，主权平等，彼此独立，一般来说不存在附属关系，因而国家间的法律大致可以说是横向平行关系。"在主权平等的国际社会，各国立法权彼此独立，不同社会制度的国家制定的法律在本质上必然不同，内容上的差异和相互之间的冲突在所难免。"[①]但是一国内的法律冲突情况就完全不同了，尽管在一个国家内部存在着这么一个严密有序的统一法律等级体系，但在这个体系内，法律冲突的问题还是可能发生的。"高级规范和低级规范之间的可能冲突的问题，不仅发生在制定法（或习惯法）和司法判决的关系方面，而且也发生在宪法和法律之间的关系方面。"[②] 当然这种冲突的判断和认定以及处理还有很多复杂的因素并不是应当在本节中讨论的问题，但在一国内纵向层级关系方面的法律冲突是完全有可能存在的，而这种关系的法律冲突在判断及解决的方法上有其不同于横向平行关系的法律冲突的特殊性。故从法律冲突隶属的纵向和横向关系进行分类，对于法律冲突的制定和解决都有积极的作用。

第四，从法律冲突的形态来看，法律冲突的形态有静态与动态两种。有的法理学者把法分为静态法与动态法[③]，这里虽然采用了法律的静态概念和动态概念，但同所谓"静态法"和"动态法"是完全不同的含义。这里所说的静态是就法律的存在方式而言、动态是就法律的运行过程而言。当法律被立法者所创制并公布以后，它表现为以文字为载体的法律文本静态的存在方式。当法律尚未被适用于具体的调整某一个别的社会关系时，它纯粹只是一个法律规范的文本，一般来说只具有被研究和被讨论的意义。但法律毕竟不是散文和小说，也不是理论专著，而是国家立法机关制定的由国家强制力保障实施的国家规范。因而即使在静态下存在或发现的法律冲突问题，也应当有严格的程序，严肃、认真、及时地予以解决。当法律被具体适用于调整某一个别社会关系时，法律就进入积极的运行过程，表现为动态方式。法律的运行过程十分复杂，其动态方式也表现出多样性的特点。特点之一，表现为法律的运行过程与个别案件相结合，对法律的理解和解释是在具体的司法环境之中，法律适用具

---

①　肖永平：《肖永平论冲突法》，武汉大学出版社 2002 年版，第 4 页。

②　［奥］凯尔森著，沈宗灵译：《法与国家的一般理论》，中国大百科全书出版社 1996 年版，第175 页。

③　同上书，第 3—200 页。

有明确的对象和特定目的；特点之二，表现为多个法律对同一个案件有竞相管辖权，而不同的法律规定之间，有着不同程度的不一致，这些不一致是否形成了"法律抵触"，究竟应该适用哪一个法律，存在法律适用上的选择问题；特点之三，表现为法官在审理具体案件过程中必须对不同法律之间是否存在冲突问题作出判定，而相关的解决法律冲突或违宪审查机制方面尚存在需要进一步协调的矛盾。所以，区分法律冲突的静态和动态两种不同形态，在法律冲突的解决机制和方法上是有着较大差别的。

第五，从法律冲突的范围看，法律都是以一定的地域或一定的领域为范围。在地域或领域的范围之内为内部，在地域或领域的范围之外为外部，以不同的大小地域或大小领域进行划分，可以划分出很多完全不同的内部和外部的范围，每一个地域或领域可能既是一个更大的地域或领域的内部范围，同时又是另一个地域或领域的外部范围。但总体上来说，无外乎内部关系和外部关系两种。对于法律规定之间不一致从而产生法律冲突以及避免和解决冲突这一点来说，无论是原因、过程或处理方式，都由于内部冲突和外部冲突这两种冲突的不同有所不同。所以我们在研究法律冲突的分类时，必须将内部冲突与外部冲突加以区分。

第六，从法律冲突的程度看，法律冲突主要表现为法律规定之间的不一致。这种不一致的情况也是千差万别相当复杂的，既包括基本原则和基本精神方面不一致，也包括具体规定的范围和幅度方面的不一致；既包括性质和类别的不一致，也包括文字表述方式的不一致，甚至还有标点符号不一致导致的法律含义上的不一致，等等。这些不一致实际是在法律冲突的程度上的差别，有些属于深层次的冲突，比如法律的基本原则和精神方面的冲突；有些是属于浅层次的冲突，比如法律调整的数量、幅度的些微差别。因此，科学准确地划分法律冲突的性质与程度，直接关系到对法律冲突构成的理解与判定，确定法律之间是否存在冲突，如何选择适用法律以及如何解决法律冲突的问题。

第七，从法律冲突的适用看，立法的直接目的在于法律的适用，如果立法者不追求法律的适用，法律就会变得毫无实际意义。所以法律适用在法律运行过程中有着非常重要的意义和作用。法律冲突在法律适用中首先表现为面对法律冲突的选择适用问题。在法律适用过程中法官面对法律冲突，大致有三种处理情况：一是直接认定法律冲突，并运用违宪审查权，直接宣布违宪的法律无效或宣布予以撤销；二是直接认定法律冲突，并运用冲突规范的原则，选择应当适用于本案的法律直接予以适用；三是不直视法律冲突问题，只对法律冲突的现实作内心判断，从而直接作出选择某一法律予以适用的决定。所以根据各国不同的违宪审查制度，研究法律适用中的法律冲突问题，从而依照不同的国情处理不同的法律冲突，依照不同的法律之间的等级关系处理不同的法律冲突，具有非常重要的现实意义。

第八，从法律冲突的后果看，调整同一社会关系的不同法律规定之间是否不一致或是否存在冲突，需要判别和认定，经过严格的判别和认定程序，才能最后得出法律之间是否存在冲突的结论。所以，有些表面上看起来似乎存在冲突的法律经过判定可能被认定为并不存在冲突。相反，有些表面上看起来似乎并不存在冲突的法律经过判别可能被认定存在着冲突。判定所得出的结论不同，法律冲突的后果便不同。法律冲突的后果直接决定着法律运行是否直接进入解决法律冲突的程序，如果法律冲突是真实存在的，那么就应当依照程序解决法律冲突问题，如果法律冲突是虚假的，那就没有必要启动解决法律冲突的程序机制。

（2）法律冲突的分类。从上述分析出发，我们依据不同的分类标准，对法律冲突进行分类：

第一，权力冲突、权利冲突、义务冲突。以法律冲突的本质为标准，法律冲突可以分为：权力冲突、权利冲突、义务冲突。具体表现为法律权力与法律权力的冲突，法律权力与法律权利的冲突，法律权利与法律权利的冲突，法律权力（权利）与非法律权力（权利）的冲突，法律权力（权利）与法律义务的冲突。

权力冲突是指法律权力与法律权力之间的冲突，即依照法律规定行使国家权力的不同国家权力机关之间的职权冲突，比如立法权冲突，包括中央立法权与地方立法权的冲突，职权立法与委托立法的冲突；司法权冲突，包括管辖权冲突，监督权冲突，解释权冲突；行政权冲突，包括各级政府及政府不同部门之间的权力冲突；立法权、司法权、行政权相互之间的冲突；等等。

权利冲突是指法律权利与法律权利的冲突，即同样是依法享有的法律权利相互之间的冲突。包括不同权利主体之间的权利冲突和同一权利主体的不同权利之间的冲突。

义务冲突是指法律义务与法律义务的冲突，即依法应当承担的两个互不相容的义务之间的冲突，包括同一义务主体必须履行两个无法同时履行的义务和不同义务主体必须履行两个互相对抗的义务。

第二，原则冲突与规范冲突。以法律冲突的内容为标准，法律冲突可以分为：原则冲突和规范冲突。原则冲突是指调整同一社会关系的不同法律对该调整对象的规定在基本原则和基本精神方面存在着不一致或者抵触。规范冲突是指调整同一社会关系的不同法律对该调整对象的规定在有限的范围内存在着数和量方面的差异。

第三，纵向冲突和横向冲突。以法律冲突的形式为标准，法律冲突可以分为纵向冲突和横向冲突。纵向冲突是指在同一立法体系内的不同层级的立法主体所制定的法律之间的冲突。横向冲突是指互相平行、相同层级的立法主体所制定的法律之间的冲突。

第四，静态冲突与动态冲突。以法律冲突的形态为标准，法律冲突可以分为静态冲突与动态冲突。静态冲突是指仅仅由于表现在法律规范、法律条文本身规定上的不一致，从而导致法律内容存在冲突。动态冲突是指法律规范在实施过程中所产生的冲突。

第五，内部冲突与外部冲突。以法律冲突的地域或领域范围为标准，法律冲突可以分为内部冲突和外部冲突。内部冲突是指在一定的地域或一定的法律领域内的法律规定之间的冲突。外部冲突是指一地域或法律领域的法律与另一地域或法律领域法律规定之间的冲突。

第六，绝对冲突和相对冲突。以法律冲突的程度为标准，法律冲突可以分为绝对冲突和相对冲突。绝对冲突是指调整同一社会关系的不同法律对该调整对象作出了完全相反的不同规定。相对冲突是指调整同一社会关系的不同法律对该调整对象的规定只存在数量和幅度方面的差异。

第七，选择冲突和排他冲突。以法律冲突的适用为标准，法律冲突可以分为选择冲突和排他冲突。选择冲突是指在法律适用过程中，两个对同一调整对象作了不同规定的法律，具有选择适用性，选择适用其中的一个法律并不意味着另一个法律无效或者两个法律都可以同时适用于本案，对法律的选择权在法官。排他冲突是指在法律适用中对同一调整对象作了不同规定的法律，只有其中之一能够适用于本案，选择了该法律就必然排除其他法律对本案的适用。

第八，真实冲突和虚假冲突。以法律冲突的后果为标准，法律冲突可以分为真实冲突和虚假冲突。真实冲突是指调整同一社会关系的不同法律之间的不一致经过判定确认为二者之间存在冲突。虚假冲突是指调整同一社会关系的不同法律之间的不一致经过判定确认为不存在冲突。

（四）法律冲突的含义分析

1. 法律冲突种种

（1）内国法与外国法的冲突。内国法与外国法的冲突指内国法律或外国法律对于同一社会关系作了不同的规定而产生的矛盾现象。这种情况在公法领域和私法领域都普遍存在。在公法领域各国处理办法都比较简单，主要解决办法一般是适用法院地法。这一方面法律冲突引起的争议在我国比较鲜见。在私法领域则情况要复杂得多，法律冲突选择适用要看案件的具体情况，主要根据法律适用规范和统一实体规范来解决。内国法与外国法的冲突特点：①二者之间不存在位阶和效力的差别。②法律冲突只有在面对一个具体案件时才产生识别的需要。③识别的结果是选择适用一国的法律，而放弃对另一国法律的适用，但两个法律都同样是有效的，适用一国法律并不意味着对另一国法律的否定。④解决内国法与外国法冲突的方法就是依据冲突规范选择适用法律。

（2）我国内地法律与港澳台法律的冲突。我国内地法律与港澳台法律的冲突是"一国两制三法系四法域"情况下的法律冲突。如此复杂的社会制度、法律体系和法律区域在世界上实属罕见，因而这种法律冲突也是世界上较为少见的法律冲突形式。对于我国大陆地区与台湾地区、香港和澳门特别行政区之间的法律冲突，学者们一般称之为区际法律冲突。所谓区际法律冲突，就是在一个国家内部不同地区的法律制度之间的冲突，或者说是一个国家内部不同法域之间的法律冲突。① 但我国的区际法律冲突较一般国家的区际法律冲突形式更为复杂、特点更为突出。

第一，我国的区际法律冲突是各种不同性质法律之间的冲突。一般来说，一个国家内的区际法律冲突表现为同属于一种社会制度下的相同本质的法律冲突。而我国的区际法律冲突则既存在同一社会制度的法域之间的资本主义法律本质的法律冲突，如香港、澳门和台湾相互之间的法律冲突；也存在不同社会制度的法域之间的社会主义法律本质与资本主义法律本质的法律冲突，如我国大陆与香港、澳门和台湾地区的法律之间的冲突。

第二，我国的区际法律冲突是多元法系之间的法律冲突。我国各法域所属法域各有不同。香港长期处在英国的管辖之下，属于普通法法系；澳门法律深受葡萄牙法律的影响，属于大陆法法系；台湾以罗马法为立法模式，也属于大陆法法系；而我国大陆则属于社会主义的法系。所以我国这种多元法系的法律冲突，既有属于不同法系的各法域之间的法律冲突，又有同一法系内部不同法域之间的法律冲突。

第三，我国的区际法律冲突虽是在单一制国家内但又是特别行政区享有高度自治权的法律冲突。根据中英《关于香港问题的联合声明》和中葡《关于澳门问题的联合声明》以及两个基本法，香港和澳门特别行政区享有高度的自治权，其权力甚至大大超过在联邦制国家内其成员国所享有的权力。在立法方面特别行政区有广泛的权力，在司法上各法域都具有终审权，这些方面都大大突破了单一制国家地方政府传统权力的范围。但我国单一制的国家结构形式并没有改变，特别行政区的高度自治权是国家根据其历史与现实问题赋予其特

---

① 黄进：《区际冲突法研究》，上海学林出版社 1991 年版，第 48 页。

定历史阶段的特殊待遇。从实质上讲，特别行政区与中央政府是隶属关系，这就从法律上避免了中国的区际法律冲突演变为国际法律冲突。

第四，我国的区际法律冲突既有一般法律适用上的冲突，也有国际条约适用上的冲突。根据中英、中葡两个联合声明以及《香港基本法》第 150 条和 153 条之规定，香港特别行政区和澳门特别行政区可以分别以"中国香港"和"中国澳门"的名义，在经济、贸易、金融、航运、通信、旅游、文化、科技、体育等领域单独同世界各国、各地区及有关国际组织保持和发展关系，并签订和履行有关协定；我国中央政府缔结的国际协定，中央人民政府可根据情况和香港、澳门的需要，在征询香港和澳门特别行政区政府的意见后，决定是否适用于香港和澳门特别行政区；我国中央政府尚未参加，但已适用于香港和澳门的国际协定仍可继续适用。这就有可能出现某一些国际协定只适用于某一法域而不适用于其他法域的情况。一般而言，条约的缔约权在中央政府，条约的拘束力遍及该国的全部领土范围，故而不会出现条约适用上的冲突。但我国的这种特殊现状，就有可能导致各法域的本地法同其他法域适用的国际条约之间以及各法域适用的不同国际条约之间的冲突。

第五，我国的区际法律冲突是中央民商事法律和特别行政区地方民商事法律之间平等地位的法律冲突。在民商事立法范围上，香港和澳门的立法管辖权是由有关国际条约和特别行政区基本法加以规定的。但目前我国中央立法管辖权和各法域的立法管辖权并不明确，这种状况会导致各法域享有民商事领域的完全立法管辖权，这些民商事立法之间可能发生全方位而且是同一平面的法律冲突。①

第六，我国的区际法律冲突排除了特别行政区与中央在事权和中央与特别行政区关系方面的法律冲突。如香港特别行政区基本法第 17 条第 3 款规定："全国人民代表大会常务委员会在征询其所属的香港特别行政区基本法委员会后，如认为香港特别行政区立法机关制定的任何法律不符合本法关于中央管理的事务及中央和香港特别行政区的关系的条款，可将有关法律发回，但不做修改。经全国人民代表大会常务委员会发回的法律立即失效。"根据《香港基本法》的规定，特别行政区不得制定有关国防、外交和其他按《香港基本法》规定不属于特别行政区自治范围以及任何改变《宪法》和《香港基本法》关于中央和特别行政区关系的法律。也就是说特别行政区立法不得涉足上述内容，否则该法律被视为无效。

从我国区际法律冲突的上述六个特点我们可以看出，尽管其冲突的形式和

---

① 丁伟主编：《冲突法论》，法律出版社 1996 年版，第 407 页及以下。

内容都相当复杂，大部分法律领域在与内国法与外国法之间的法律冲突与解决方式都很相似，但它与内国法与外国法的冲突相比较有一个最突出的特点，那就是：在特定的即中央的事权范围内和中央与特别行政区关系问题上，特别行政区的法律不得与中央政府的法律相冲突。这是我们研究我国法律冲突问题时必须明确把握的一点。

（3）我国国内不同立法主体制定的法律之间的冲突。根据我国宪法和立法法的规定，我国立法主体既有权力机关，也有行政机关；既有中央立法机关，也有地方立法机关。这些立法主体从性质上来说可以分为两类，一类是权力机关，一类是行政机关。从层级上来说可以分为中央立法和地方立法，地方立法又可以分为省级立法和省会市、较大市以及经济特区立法。所以说我国立法体制可以称之为"一元两级多层次立法体制"。大体上来说，较高层级的法律是较低层级法律制定的依据，低层级的法律不得同高层级的法律相抵触。每一个法律都有其特定的适用范围。一般来说，层级越高的法律它的适用范围越广，而层级越低的法律适用范围越窄。前者是法律制定的规律和特点，后者是法律适用的规律和特点。

我国国内法律冲突源于不同立法主体对同一或同一类社会关系制定了不同法律，当不同的立法主体所制定的或同一立法主体先后制定的不同法律调整同一社会关系发生冲突时，有可能产生两种情况：一是有的法律根据法律制定的某种规则将被认为是无效的；二是有的法律根据法律适用的某种规则将被认为是不予适用的。从这两种情况看，国内法律冲突所导致的结果将冲突分为两类：一类是抵触无效的冲突，一类是选择适用的冲突。

第一，抵触无效的冲突。抵触无效的冲突是指某一法律违反了法律制定的某种规则，该法律一产生就与其他法律相冲突，应当依法被撤销或宣布为无效，或者某一高位阶的法律颁布实施后，既存的低位阶法律与之相冲突，应当依法被撤销或宣布为无效。这种抵触可能是法律精神、原则或制定权限和范围方面的冲突，也可能是法律具体规范不一致的冲突。比如：关于有权制定地方性法规的国家机关的规定。我国《宪法》第100条规定："省、直辖市的人民代表大会和它们的常务委员会，在不同宪法、法律、行政法规相抵触的前提下，可以制定地方性法规，报全国人民代表大会常务委员会备案。"第115条规定："自治区、自治州、自治县的自治机关行使宪法第三章第五节规定的地方国家机关的职权……"除此之外，宪法并未规定其他地方国家权力机关有权制定地方性法规。而我国《宪法》第16条规定的全国人大常委会的职权："（一）解释宪法，监督宪法实施；（二）制定和修改除应当由全国人民代表大会制定的法律以外的其他法律；（三）在全国人民代表大闭会期间，对全国人民代表大会制定的法律进行补充和修改，但是不得同该法律的基本原则相抵触；（四）解释法律……"，其中第二项所称的由全国人民代表大会制定的法律是指《宪法》第62条第3项："（三）制定和修改刑事、民事、国家机构的和其他的基本法律……"涉及哪一级国家权力机关有权制定地方性法规当然是属于有关国家机构的基本法律，全国人大常委会不得染指。但是，经全国人大常委会修改的我国地方各级人民代表大会和地方各级人民政府组织法第7条第2款规定："省、自治区的人民政府所在地的市和经国务院批准的较大的市的人民代表大会根据本市的具体情况和实际需要，在不同宪法、法律、行政法规和本省、自治区地方性法规相抵触的前提下，可以制定地方性法规……"我国《立法法》第63条第4款更规定："本法所称的较大的市是指省、自治区的人民政府所在地市、经济特区所在地的市和经国务院批准的较大的市。"这些规定，明显突破了宪法关于地方性法规制定主体范围的规定，在不按照修宪程序修改宪法的相关规定情况下，由全国人民代表大会及其常委会以法律的形式直接加以规定，是不妥的。在此，"国务院批准的较大的市"这个概念是一个内涵不确定外延可以扩展的概念。从内涵上来说，何谓"较大"的市，并无明确具体的标准，完全由国务院自主确定。从外延上来说，只要国务院批准即可为较大的市，无论从理论上还是事实上，这个数一直在扩大。① 所以，国务院虽然不能批准哪些城市有权制定地方性法规，但它完全可以通过批准这个城市为较大的市，从而实现这一目的。其结果可能导致授权机关的权力失控。由此可见，我国全国人大常委会将地方性法规的制定权授予了省会所在地的市、国务院批准的较大的市、经济特区所在地的市的人民代表大会及其常委会，而这在《宪法》中找不到任何根据，也不在全国人民代表大会和全国人大常委会制定的法律的范围之列。应该说这种抵触不可谓不明显，不可谓不严重，不可谓不明知。但我们没有一个有力的具有可操作性的监督机制，以至于从未看到有一例违宪的法律或违法的行政法规被宣告无效或被撤销。我并不反对这种授权在现实中可能存在着迫切需求及其具有存在的合理性这种实然，我只是想说明在法治社会，《宪法》应当具有至高无上的权威，全社会特别是权力机关应当维护《宪法》权威的应然。

第二，选择适用的冲突。选择适用的冲突是指对同一社会关系有权进行调整或都有管辖权的不同法律，对该社会关系的调整结果不尽相同，且对不同法

---

① 从1984年起，国务院先后四次批准了唐山、大连、吉林、洛阳、宁波、苏州、徐州等19个城市为较大市。

律的内容理解或优先适用也会发生歧义，从而产生需要选择适用其中某一法律的问题。这种法律冲突与国家私法上的法律冲突有某些相似之处。它的前提是几个可供选择适用的法律都是有效的法律。只存在某个法律在一定情况下优先适用的问题，并不意味着未被选择适用的法律无效。在选择法律上，首先要求明确在所有的法律渊源中，有无相应的法律形式对该行为进行规范；其次是在位阶不同的法律渊源中进行识别，找出适用于该行为的法定法律渊源，或者识别一般法与特别法以及前法与后法，从而最终确定行为所应该依据的法律渊源。[①] 比如，我国婚姻法规定的结婚年龄为男 22 岁，女 20 岁，而一些民族区域自治条例或单行条例规定的结婚年龄为男 20 岁，女 18 岁，这种规定明显与我国婚姻法相冲突，但这种冲突是法律允许民族自治地方机关所作的变通规定，只是在具体适用法律时需要对法律适用的对象和条件进行识别，作出优先适用哪个法律的选择，如果选择适用我国婚姻法的规定，并不意味着对民族自治条例或单行条例的否定。法律选择适用的规则通常是：上位法优于下位法；在同一层次的法律规范中，特别法优于普通法，后法优于前法。

2. 法律冲突的不同观点

法律冲突可能存在于任何法律领域之中，所以，法律冲突的很多问题涉及法理学的基本问题。法律冲突是法理学的一个重要范畴，抽象宏观地研究法律冲突应该是法理学的一个重要任务。但长期以来"法律冲突"这个概念基本上只在国际私法领域被经常地广泛地使用，以致使人误解为法律冲突只是国际私法的专有名词，加之法理学对法律冲突问题的专门研究甚少，所以也给人以法律冲突理论是属于国际私法领域的一个范畴的错觉。虽然说冲突法学者比较注意研究法律冲突，但他们与法理学者是完全不同的研究视角，比较注重对法律冲突的识别与协调的研究，研究的深度也只停留在具体操作的层面上，特别是对法律冲突的基本理论的研究并不广泛和深入。所以这就出现了同是对法律冲突的研究，对同一概念的理解和定义，法理学者和国际私法学者有可能是完全不同的，而这种不同还不能完全等同于同一学术领域的不同观点，因为他们有可能虽然在使用着同一个概念，但这个概念所涵盖的范围和所指的对象也许根本就不是一回事。

（1）关于法律冲突的几个不同概念。法律冲突这一概念主要可以分为两大类，一类是专用于国际私法领域的概念，另一类是法理学或一般意义上的概念。

①一般意义上的概念。韩德培先生主编的《国际私法》教材认为："如果

---

① 胡玉鸿主编：《法律原理与技术》，中国政法大学出版社 2002 年版，第 341 页。

从普遍的意义上讲，法律冲突是指两个或两个以上的不同法律同时调整一个相同的法律关系而在这些法律之间产生矛盾的社会现象。一般来说，只要各法律对同一问题作了不同的规定，而当某种事实又将这些不同的法律规定联系在一起时，法律冲突便会发生。"①

黄进先生主编的《国际私法》认为："从广义上讲，法律冲突系指调整同一社会关系或解决同一问题的不同法律由于各自内容的差异和位阶的高低而导致相互在效力上的抵触。一般来说，只要各法律对同一问题作了不同的规定，而当某种法律事实又将不同的法律规定联系在一起时，法律冲突便会发生。比如说，如果中国某省的地方权力机关制定的一项地方性法规与中国现行宪法的某一规定不一致，那么，该地方性法规和中国宪法在效力上就会发生冲突。"②

刘莘先生主编的《国内法律冲突与立法对策》认为："'法律冲突'一词，本是国际私法的基础概念，指的是不同国家对同一问题作了不同的法律规定，而又需要承认外国法的情形。"③ 同时还认为："法律规定之间有冲突、法律规定之间不一致、法律规定相互抵触，又都被概括地称为'法律冲突'。"④

②国际私法上的概念。李双元先生主编的《国际私法学》教材认为："法律冲突，在国际私法上有独特的含义，它是指涉及两个或两个以上国家的民事法律对该民事关系的规定各不相同，却又竞相要求适用于该民事关系，从而造成的该民事关系在法律适用上的相互抵触现象。简言之，法律冲突就是对同一民事关系因所涉各国民事法律规定不同而发生的法律适用上的冲突。"⑤

丁伟先生主编的《冲突法》认为："法律冲突又称法律抵触，指内容相差异的不同国家的法律竞相要求对同一涉外民事法律关系实施管辖而形成的法律适用上的矛盾冲突状态。"⑥

蔡定剑先生认为："法律冲突是国际私法上的一个概念，它是在国际民商事交往中，不同国家对同一问题的规定不同，产生有关国家的法律对同一民商法律的规定相互冲突。……然而，在当今中国，法律、法规、规章和法律解释相互冲突、打架，一点也不逊于国际社会中的法律冲突。"⑦

究竟何为法律冲突？一般情况下人们会把它理解为法律之间的矛盾、抵

---

① 韩德培主编：《国际私法》，高等教育出版社、北京大学出版社 2000 年版，第 85 页。

② 黄进：《国际私法》，法律出版社 1999 年版，第 11 页。

③ 刘莘：《国内法律冲突与立法对策》，中国政法大学出版社 2003 年版，第 3 页。

④ 同上。

⑤ 李双元：《国际私法学》，北京大学出版社 2000 年版，第 3 页。

⑥ 丁伟：《冲突法》，法律出版社 1996 年版，第 2 页。

⑦ 蔡定剑："法律冲突及其解决途径"，载《中国法学》1999 年第 3 期，第 49 页。

触、不一致，甚至表述为"打架"。但关于法律冲突产生的原因、条件以及法律冲突的表现形式、法律冲突的类型等的理解和表述却有着较大的差别。分析上述关于"法律冲突"的定义，对于法律冲突的含义大概有六种观点：一是认为"法律冲突"是对于同一个问题或同一个社会关系不同的法律作了不同的规定。① 二是认为"法律冲突"是不同法律在内容上的差异和位阶上的高低而导致的效力上的抵触。② 三是认为"法律冲突"是基于不同法律要求实施管辖而形成的法律冲突。③ 四是认为"法律冲突"是法律内容和效力上的双重冲突。④ 五是认为"法律冲突"是对同一问题有着不同法律规定，而又需要承认另一法律的情形。⑤ 六是认为"法律冲突"是不同法律在适用上的冲突。⑥ 这几种观点虽然不能代表关于法律冲突含义观点的全部，但关于法律冲突含义的主流观点大致如此。这些观点从某一个角度看它能正确反映法律冲突某一方面的特征，或者说表达了法律冲突这一概念一定的含义，但这些观点的局限性也就在于它们只是一定条件下或一定范围内关于法律冲突的含义，是关于法律冲突片面的或局部的含义。当然这种评价并不是对前述概念的批评和否定，而是要说明他们只是站在国际私法的角度，针对某一方面或某一领域对法律冲突所下的定义，并不是我们今天站在法理学的角度对法律冲突下定义，因而这些对法律冲突的观点，并不为本书的角度所采用。

（2）关于法律冲突所属范畴。整理和分析上述概念，我们不难发现一个有趣的现象：关于法律冲突的概念多见于国际私法学者的著作中，而在法理学者的著作中则较为少见。凡国际私法学著作几乎无一不对法律冲突下一个定义，相反，在很多法理学者著作中几乎不涉及这个问题。更令人感到有意思的是，很多国际私法学者认为法律冲突是法律领域的一个普遍现象，研究法律冲突应当属于法理学的范畴，相反有些法理学者却认为法律冲突是国际私法专属概念或者是本应属于国际私法的概念。这真有点让人匪夷所思。一个本该由法理学专家"耕耘的自留地"却在自己的脚下被荒芜，而由国际私法的学者们

① 韩德培主编：《国际私法》，高等教育出版社、北京大学出版社 2000 年版，第 85 页；李双元：《国际私法学》，北京大学出版社 2000 年版，第 3 页；肖永平：《肖永平论冲突法》，武汉大学出版社 2002 年版，第 4 页。

② 黄进：《国际私法》，法律出版社 1999 年版，第 11 页；顾宇：《国际私法》，中国检察出版社 2002 年版，第 23 页。

③ 丁伟：《冲突法》，法律出版社 1996 年版，第 2 页。

④ 沈涓：《冲突法及其价值导向》，中国政法大学出版社 2002 年版，第 9 页。

⑤ 刘莘：《国内法律冲突与立法对策》，中国政法大学出版社 2003 年版，第 3 页。

⑥ 李双元：《国际私法学》，北京大学出版社 2000 年版，第 3 页。

捷足先登了。我想合理的解释似乎是：国际私法学者在研究中首先发现并关注到了法律冲突现象或法律冲突问题，但当其对这一现象或问题深入研究则进一步发现这是一个在法律领域（无论是国际法抑或国内法中）带有普遍性的问题，而不仅仅是国际私法所独有，故而认为这是一个法理学的问题。问题的普遍性和基础理论理应由法理学者去研究，国际私法学者虽然发现了这个问题并创立了相应的概念，但依然固守在自己的领地，因而对法律冲突问题的研究只限于国际民商事领域，对法律冲突普遍性的研究仍然不够深透。在法理学领域发现和关注法律冲突问题起步较晚，而且在他们开始发现和关注这一问题之前关于国际私法中的法律冲突这一概念已经耳熟能详，并从"先占"的理念出发，内心确信这是一个国际私法的问题，因而疏忽了一个本该属于自己研究范畴的重要问题。当近年来法律冲突问题越来越严重越来越普遍地凸显在人们面前的时候，大家才感到了问题的存在、重要与迫切，匆匆披挂上阵采取兵来将挡水来土掩的救急措施，所以在法理学界虽有一些有关法律冲突问题的研究，仍然显得支离破碎，不够系统和深入。

（3）关于"法律冲突"的表达语。在谈到法律冲突问题时，人们最常使用的表达语就是"法律冲突"。另外，还有"法律抵触"、"法律规定不一致"、"法律之间相互矛盾"，甚至还有"法律之间相互打架"，等等，不一而足。"法律冲突"作为一种复杂的法律社会现象，其表现形式具有多样性，我们研究这种社会现象时，首先要对它进行分类，对不同的现象冠以不同的术语或表达语，每一个特定的表达语有其固定的含义，使我们能够准确地把握每一个表达语所代表或所表示的一个特定的法律冲突现象，从而方便我们关于法律冲突问题的交流和研究。"法律冲突"现象表达语不准确、不规范现状本身就反映了我们关于法律冲突问题的研究不够深入，不够系统。所以对于法律冲突现象进行整理分类，规范和统一表达语，也是我们研究法律冲突问题当务之急。

3. 有关法律冲突的含义

法律冲突是一种非常复杂的法律社会现象，这种社会现象是多种复杂因素的综合效应。我们研究法律冲突的含义，就要从法律冲突现象的各种因素予以着手。这些因素包括：决定法律本质属性的经济因素，制定法律的立法者视角因素，法律等级体系的秩序因素，法律适用范围的管辖因素，法律内容本身的差异因素，法律适用者的价值取向因素；等等。

①从决定法律本质属性的经济因素看，社会物质生活条件的差异决定了法律冲突的产生。"君主们在任何时候都不得不服从经济条件，并且从来不能向经济条件发号施令。无论是政治的立法还是市民的立法，都只是表明和记载经

济关系的要求而已。"① 由于不同国家、不同地区、不同法域经济条件的差异，从而导致了它们相互间法律的差异，这种差异便成为法律冲突产生的最根本的原因。在现代社会特别是在同一个国家，这种差异更多地是通过地区立法差异或全局立法和局部立法之间的立法差异而表现的。当经济差异被立法充分体现以后即表现为法律差异，法律差异达到一定的程度或通过一定连接点使调整某一社会关系为其共同目标时，法律冲突便产生了。

②从立法者视角因素看，立法者认知的不同导致了法律冲突的形成。立法是立法者基于特定的社会需要，为解决一定社会问题而从事的活动，具有很强的目的性，这个目的性包含了它对社会现象的观察，逻辑判断，同时也包含了其价值判断。立法者是法律创制的主体，立法者对法律的认知状况直接决定着法律的创制结果。这种认知状况导致的法律创制结果的差异，不仅表现在不同地区之间的立法主体所制定的法律之间，而且同样会反映在依据上位阶法律制定的下位阶法律及其依据——上位阶法律之间。因为，一方面，上位阶法律不总是明白准确的，总是难以避免"文本"的多义性与模糊性这一先天不足，下位法的制定者往往会阅读出不同的含义；另一方面，下位法的制定者由于实际的需要或者法律信息量所限往往会自作聪明或自以为是，明知或不知上位法的精神，从而创制出与上位法相冲突的法律。

③从法律等级体系所要求的秩序来看，国内法必须确保其体系的和谐统一性。单一制国家的结构形式或对法律的统一性有着更严格的要求。法律的统一性体现在它是以宪法为母法的金字塔式多层级的内部和谐统一的法律体系，即宪法、行政法规、地方性法规、自治条例和单行条例、规章依次排列，下位法不得与上位法相抵触，从而确保法律体系的内部和谐统一。但在现实中由于不同立法主体视角的不同和所立法律调整范围的差异，以及同一立法主体前后所立之法难以避免的不一致，使得确保这种和谐统一的绝对性成为事实上的不可能。因此，为了确保法律的统一性，确立了下位法不得与上位法相抵触和上位法效力高于下位法效力的法律秩序规则。这一规则宣布了在处理国内法律冲突问题上的一个特别后果，即冲突的下位法被认为是无效将导致被撤销。这是国内法律冲突与国际法律冲突最明显的差异。

④从法律适用范围的角度看，管辖权交叉是法律产生冲突的连接点。两个调整对象和适用范围毫不相干的法律之间不具有可比性，因而不存在是否冲突的问题。只有当两个或两个以上的法律对同一对象规定了调整规则，并在其有效的适用范围内同时对该调整对象拥有管辖权时，两个法律才会产生共同的比

① 马克思：《马克思恩格斯全集》(4)，人民出版社1964年版，第121—122页。

较基础。一般来说，国内上下位阶法律之间属于抵触无效的冲突，只要具备同一调整对象和相同的适用范围这样的案件，无须和具体案件或法律事实相联系，即可产生比较的可能和需要，从而依照一定的程序和规则进行识别或解决两个法律之间的冲突，以确定对冲突的某一法律予以撤销或宣布无效。而对于国际法之间或国内同位阶法律之间的选择适用冲突，除了要具备同一调整对象和相同的适用条件之外，还必须与具体案件或法律事实相联系。因为在这种情况下，只有选择适用某一法律的需要，而无撤销或宣布某一法律无效的需要。如果不与具体案件或法律事实相联系，就没有选择适用某一法律的必要和意义。

⑤从法律内容本身的差异看，法律冲突源于对条文的理解和解释。不同的阅读者对是否存在差异有着不同的理解和解释，而决定案件的法官对诸法律之间是否存在冲突的判断才是有效的判断。条文是客观的，但阅读者对条文的理解和解释则是主观的。同时，对该条文的理解和解释真正发挥作用的并非所有的阅读者，而只有那些有权决定该案件的法官才是对该法律作出有效解释的阅读者。关于解释的必要性，德国学者卡尔·拉伦茨认为："法律文字可以这样问题化，因为法律文字是以日常语言或借助日常语言而发展出来的术语写成的……因此有多种不同的说明可能……假使以为，只有在法律文字特别'模糊'、'不明确'或'相互矛盾'时，才需要解释，那就是一种误解……"①对法律的解释和通过解释来解决法律之间是否存在冲突的问题显然是非常必要的，然而任何一个法律的阅读者，都可以对法律进行解释，学者、教授、法官、律师、当事人、普通百姓等……但我认为更为重要的是谁的解释将会产生法律意义上的程序或实体作用。在这里要区分两种情况，两种不同的情况因解释者不同，因而产生的法律后果也不相同。一是法律审查机构官员的解释，二是审理案件的法官的解释，这两种解释产生于两种不同的审查程序之中，所引起的法律后果也不相同。法律审查机构官员的解释产生于法律备案审查，或公民组织对法律审查提出议案之后进行的审查程序中，而法官的解释则发生在对案件审理程序之中。法律审查机构官员解释的直接后果可能导致某一法律按照立法监督程序被撤销或宣布无效。法律解释的直接后果可能会有两种：一是两个冲突的法律之间选择一个予以适用；二是认为两个法律冲突，无法直接选择，送请有权部门对适用那一个法律作出裁决。

⑥从法律冲突的结果来看，法律冲突的实质在于适用法律的后果不同。对于法律冲突来说，法律之间规定的不一致，对法律的理解和解释不同等，归根

---

① ［德］卡尔·拉伦茨著，陈爱娥译：《法学方法论》，商务印书馆 2003 年版，第 85—86 页。

到底，实质问题就是适用不同的法律所产生的法律后果不同。不同的法律后果对不同的当事人的权力或权利以及义务的影响是完全不同的，这正是人们关注法律冲突，甚至发生选择法律适用的争议的根本原因。

综合上述因素，我认为，法律冲突是由于法律产生的原因和条件不同而导致的对同一调整对象都有管辖权的法律之间内容的不一致，法官或有关专门机关认为适用不同的法律将会产生不同法律后果的法律社会现象。

二、法律冲突之判定

法律冲突的判定是指对法律之间是否发生或是否存在冲突的问题进行判断和认定，涉及判定法律冲突的主体、依据、标准和方法等问题。法律冲突的判定是从法理学的角度来分析和研究法律冲突的构成与认定。法律冲突判定的任务是判断法律之间是否存在冲突并予以认定。判定法律冲突就是将需要判断和认定是否冲突的法律规范依主体、区域、时间、内容等要素予以分类，并根据一定的标准或规则判断和认定法律规范之间的一致性问题，从而确定如何处理不一致的法律规范的解决问题。

（一）判定法律冲突的意义

1. 判定法律冲突是法律冲突成立的必要条件

（1）法律冲突的判定是人的有意识的活动。法律冲突是一种客观存在，不管人们是否认识到它的存在，是否承认它的存在，都丝毫不能影响它的客观实在性。但法律作为一种客观事物，它本身不具有判断意识，不能直接对法律冲突的存在与否进行表达，两个客观存在的法律之间是否存在冲突必须通过人的有意识的活动予以判断才能确定。人们只有依据一定的标准，结合一定的条件，通过比较、分析和判断，才能作出关于两个法律之间是否互相冲突的认定。尽管两个法律之间客观上存在着冲突，但未经过法定职权或法定程序的判定，法律冲突也不能认为是成立的。

（2）法律冲突的判定是特定机关或特定人的职权。法律冲突作为一种客观存在可以展现在任何人的面前，所有具有认知力和判断力的人都会对此作出判定。立法者、法官、学者、律师甚至当事人都会有自己的判定。不同的人以不同的身份，在不同的环境中对法律是否冲突的问题作出判定。有着不同的意义：有的判定具有理论研究的意义，有的判定对于法律适用具有参考意义，有的判定则具有法律效力上的意义，即产生法律后果。一般来说，只有立法机关、法官对依职权对法律冲突作出的判定是会产生法律后果的判定，这种判定才是法律冲突成立的必要条件。

2. 判定法律冲突是解决法律冲突的前提

法律冲突解决之后方能进入法律适用，但在解决法律冲突之前所要做的事情是什么呢？那就是要确定法律冲突是否存在。只有在发生或存在法律冲突的前提下，才有解决法律冲突的需要和必要，如果根本不存在法律冲突，那就没有解决法律冲突的必要性。但何以知道法律之间是否存在冲突呢？那就需要判定法律冲突，因此说，判定法律冲突是解决法律冲突的前提。

法律规定表述不同是否构成法律冲突？答案是不确定的，要根据具体情况加以判断。两个法律之间表述不同，有可能是两个法律的基本原则和精神不同，也有可能虽然基本原则和精神相同但其在内容上存在数量和程度上的差别，甚至有可能其原则、精神甚至内容含义完全相同，只不过是表达方式的区别。对于上述不同情况，由有关国家机关或人员对照判定的依据和标准，进行判断和认定，判定不属于法律冲突的，则无须进行法律冲突的解决，判定构成法律冲突的，则进入解决法律冲突的程序。

3. 判定法律冲突属于法律审查的行为

确定判定法律冲突的行为是属于什么性质的行为，要从判定法律冲突行为本身及其产生的后果来分析。我们这里所说的判定法律冲突是指有关机关和人员依法对两个调整同一对象的不同法律规范之间是否发生或存在冲突的问题进行判断并认定。因此这种判断和认定并不是指学者对法律之间是否冲突的理论分析，也不是指律师或当事人对法律之间因是否冲突发生法律选择争议的认识或看法。

判定法律冲突是特定机关和人员的行为。我国法律对于判定法律冲突的机关或人员做了三种情况的规定：

一是直接明确规定判定权。如《立法法》第85条、第86条，规定国务院、法律制定机关、全国人大常委会对法律冲突问题有裁决权。

二是规定中隐含着判定权。如《立法法》第88条的规定，全国人民代表大会，全国人民代表大会常务委员会，国务院，省、自治区、直辖市的人民代表大会，地方人民代表大会常务委员会，省、自治区的人民政府，法规制定的授权机关，有权撤销与其相应的有关立法机关制定的不适当的，或者同上位法相抵触的法律、法规、自治条例、单行条例、规章等。在这些规定中虽然没有使用裁定、判定等字眼，而是直接设定以"不适当"或"相抵触"为条件，以"撤销"为后果的法律审查机制，清楚地表明了只有属于"不适当"或"相抵触"的法律才能被撤销。那么什么是"不适当"或"相抵触"呢？依然需要判定。没有进行是否为"不适当"或"相抵触"的判定，就不存在"不适当"或"相抵触"这个前提，便不能行使撤销权，也不能导致"被撤销"的后果。

三是由解释和选择适用法律的权力而衍生的判定权。法律虽然未授予一些机关或人员法律冲突的判定权，但它赋予其法律解释权或法律适用选择权，那么这些机关和人员在实际上已经取得了一定意义上的法律冲突判定权。因为在涉及两个或两个以上调整同一社会关系的法律之间是否冲突的问题上，法律解释在这时其实就是法律冲突判定权的一种最常见的表现形式，法律适用选择权其实就成了判断两个法律之间构成法律冲突之后的一种处置权。根据全国人民代表大会常务委员会的有关规定以及伴随司法权而存在的司法解释权，人民法院在审理案件适用法律时，对两个调整同一对象的不同法律之间是否存在冲突有权作出解释。当解释为两个法律之间不存在冲突时，它有权选择认为应当适用于本案的法律，当解释为两个法律之间存在冲突时，它有权选择适用高位阶的法律或送请有关机关进行裁决。所以，在我国有权判定法律冲突的机关包括全国人民代表大会，全国人民代表大会常务委员会，国务院，省、自治区、直辖市的人民代表大会，地方各级人民代表大会常务委员会，省、自治区、直辖市的人民政府，法规制定的授权机关，人民法院。这些机关有权判定不同的法律之间是否冲突，从而有些机关有权不选择与上位法有冲突的法律规范，有些机关则有权撤销与上位法有冲突的法律。因此，法律冲突的判定权其本质上是一种法律审查权。

4. 判定法律冲突是确定处理法律冲突方式的基本途径

不同性质或不同情况的法律冲突处理的方式应当有所不同，而如何区分或确定法律冲突的不同性质或不同情况，是通过判定法律冲突或者是在判定法律冲突的过程中来解决的。在判定法律冲突的过程中，首先涉及判定法律冲突的性质及类型，如属于国家或地区间的法律冲突还是国内法律冲突，是相同领域的法律冲突还是不同领域的法律冲突，等等。对于不同性质或不同类型的法律冲突所采取的处理方法是不同的，在国家间或地区间的法律冲突中主要是采取选择适用等协调的方式来处理法律冲突，而在国内法法律冲突，特别是上下位阶法律之间的冲突中，则可能主要是采取撤销下位法或宣布下位法无效等消除法律冲突的方式来解决法律冲突。因此，判定法律冲突的结论确定之际也是法律冲突处理方式确定之时。

（二）判定法律冲突的基本要素

1. 法律冲突的构成要素

（1）调整同一对象。两个法律将同一社会关系作为调整对象是构成法律冲突的基础，同一个调整对象把不同的法律连接在一起，当对同一个调整对象适用不同的法律时，才有可能发生法律冲突。而对同一个对象进行调整的法律必然是同类型、同性质或同领域的法律，没有相同的调整对象，不同的法律之间没有联系，既不存在法律冲突的可能，也没有判定它们之间是否冲突的必要。

（2）字面表述差异。字面表述差异是法律冲突的基本现象，如果两个法律规范的表述完全一致，其含义不存在任何差别，也就不可能发生法律冲突。当法律的字面表述存在差异时，其含义就有出现不一致的可能性。但并不意味着凡字面表述不一致的法律之间均构成法律冲突，或只要字面表述不一就是法律冲突，因为法律冲突不仅仅是法律字面表述不一或含义不同，最根本的是对同一调整对象适用不同的法律其后果是不同的。

（3）适用法律后果不同。适用法律后果不同，这是法律冲突的实质。两个法律是否调整同一对象，是否字面表述不同，都不是人们所关注的法律冲突问题的焦点，人们所关心的是这两个法律适用的结果或后果会有什么不同，因为法律适用的结果或后果才是人们追求的利益之所在，也是法律追求的目的和效果。所以，在法律冲突构成的三要素中，适用法律后果不同是其中的实质性要素。

2. 国内法律冲突判定的特殊问题

（1）关于"抵触"、"冲突"、"不一致"。在我国立法和法律适用中经常可以见到"抵触"、"冲突"、"不一致"这样的字眼。这些字眼大多是指下位法和上位法相互矛盾的情形，这些字眼或者叫概念，没有明确的内涵，其外延所包括的范围也不具体，它们的使用场合也不固定或没有什么特定规律，基本上是根据习惯和偏好随心所欲。

"抵触"一词基本上属于法律术语，多见于宪法和立法法，多数是指下位法与上位法之间的矛盾。如我国《立法法》第 78 条规定："宪法具有最高的法律效力，一切法律、行政法规、地方性法规、自治条例和单行条例、规章都不得同宪法相抵触。"但对"抵触"并未给一个定义或作出解释。"何谓'不抵触'是一个十几年没有争论出结果的棘手问题"①。"不一致"这个概念近几年的使用频率也逐渐多起来了，也可以说成了法律术语，《立法法》之中多处使用了这个概念，一般来说是指同位阶法律规范之间的不同规定，但也有些情况是指上下位阶法律规范之间的不同规定。比如，《立法法》第 84 条规定："同一机关制定的法律、行政法规、地方性法规、自治条例和单行条例、规章、特别规定与一般规定不一致的，适用特别规定；新的规定与旧的规定不一

---

① 刘莘：《国内法律冲突与立法对策》，中国政法大学出版社 2003 年版，第 76 页。

致的，适用新的规定。"但《立法法》第 86 条第二项规定："地方性法规与部门规章之间对同一事项的规定不一致，不能确定如何适用时，由国务院提出意见，国务院认为应当适用地方性法规的，应当在该地方适用地方性法规的规定；认为应当适用部门规章的，应当提请全国人民代表大会常务委员会裁决。"根据我国《行政诉讼法》第 52 条和第 53 条的规定精神，地方性法规的位阶应当高于政府规章，但《立法法》也在地方性法规和部门规章之间使用了"不一致"这个概念。当然它又把地方性法规和部门规章之间冲突的最终裁决权交给了全国人大常委会，似乎又表明部门规章与地方性法规在一定意义上具有同位性。根据以上的分析，我们似乎可以得出这样一个结论：根据我国《宪法》和《立法法》的规定，"抵触"是指下位法与上位法之间的矛盾，"不一致"是指同位法之间的矛盾。"抵触"是指法律精神或原则等"质"的问题上的不一致，"不一致"是指法律具体规定的方式、幅度或程度等"量"的问题上的差别。"冲突"一词仍然是一个学理概念，在我国的法律规定中尚未使用，从字面意思来看，一般认为，"冲突"与"抵触"并无本质区别。冲突是指："（1）互不相容的双方发生公开对抗。（2）相互矛盾，不一致。（3）文艺作品中情节的构成因素。"① 抵触是指： "（1）以角或头撞击。（2）发生矛盾，冲突。"② 可见二者在一定意义上可以画等号。

（2）关于国内法律冲突层次及程度的问题。在国内法律冲突中，有不同层次的冲突，也有不同程度的冲突。

①不同层次的冲突。第一层次是规章、地方性法规、行政法规、法律与宪法的冲突。这类冲突违反的是国家的根本大法，是与国家法律的基本原则和基本精神相抵触，这种冲突是应当绝对禁止的，凡是与宪法相冲突的任何法律、行政法规、地方性法规、规章等都应判定为无效。第二层次是规章、地方性法规、行政法规与法律冲突。这类冲突是全国人大及其常委会制定的普适性法律与地方行政、行业之间的关系，反映的是中央与地方、立法机关与行政机关之间的关系。原则上应该是地方服从中央，行政机关服从立法机关，处理这类冲突的原则也应当是判定与法律相抵触的行政法规、地方性法规、规章无效。第三层次是规章、地方性法规与行政法规的冲突，具体包括地方性法规与行政法规的冲突，规章与行政法规的冲突，规章与地方性法规的冲突，省会所在地、较大市、经济特区市的地方性法规和自治州、自治县的自治条例、单行条例与省级地方性法规的冲突。地方政府规章与部委规章的冲突，省会所在地市、较

---

① 王同亿：《新世纪现代汉语词典》，京华出版社 2001 年版，第 162 页。
② 同上书，第 262 页。

大市、经济特区市的规章与省政府规章的冲突。这类冲突更多地表现为行业、部门之间、下级与上级之间、地方与中央之间职权及利益的冲突。处理这类冲突要在坚持地方服从中央、下级服从上级的前提下，充分尊重地方和部门的职权和利益，应当区别情况，凡地方和部门根据其管辖范围和职权所作出的针对具体情况和具体问题作出的具体规定，不应一律判定为抵触被宣布为无效。

②不同程度的冲突。法律冲突的程度大致可以分为两种情形：一种是下位法违反宪法或法律的基本原则和精神。这种程度的冲突是最严重的冲突，我们可以称之为"抵触"，与宪法与法律原则相违背的法律、行政法规、地方性法规、规章应当判定为法律冲突且应当依照法定程序予以撤销或宣布无效。另一种是下位法与上位法在法律调整的范围、幅度、数额方面存在量的差别，这也属于法律冲突，但是属于较轻度的法律冲突，我们可以称之为"不一致"或称之为"差别"。法律差别是不同的立法者在各自的管辖范围内根据调整对象的实际情况分别作了不同的具体规定。这些规定从不同的角度看，或在不同的环境中，或在不同条件下都有其一定的合理性，应当根据不同的情况选择适用不同的规定，而不应当简单地判定与上位法有差别的下位法相互抵触并予以撤销或宣布为无效。还有另外一种情形，即法律规范之间对同一调整对象的表述不一致，但基本原则、精神含义是相同的，这种情况不属于法律冲突，也不纳入法律冲突的研究范围之列。因此，我认为，法律冲突可以判定为两种情况，一种是法律抵触，一种是法律差别，对法律抵触和法律差别的处理途径和方式是不同的。

（3）关于法律冲突研究的"法律"的内涵与外延。法律冲突也是一种规范冲突，在我国有权制定规范性文件的国家机关可以到县级人大常委会及县人民政府。概括各种规范的概念，大致有"法"、"法律"、"法律规范"、"规范性文件"、"法律规范和其他规范性文件"等。通常我们在狭义的概念上使用"法律"这个词，即专指全国人民代表大会及其常委会制定的规范性文件。在广义的概念上使用"法"或"法律规范"这个词，即专指"规章以上"的法律性规范性文件，包括法律、行政法规、地方性法规，自治条例和单行条例、规章。在更广义的概念上使用"规范性文件"这个词，即指所有的国家机关制定并发布的具有普遍约束力的规则、文件等。在狭义的概念上与法律规范相对应而使用"其他规范性文件"，专指除"法律规范"以外的"规章以下"的规范性文件，即包括没有地方性法规和规章制定权的地方各级人民代表大会及其常委会和地方各级人民政府制定和发布的具有普遍约束力的规则。因此，规范之间的冲突不仅仅是指宪法、法律、行政法规、地方性法规、自治条例和单行条例以及规章之间的冲突，还包括"规章以下"的规范性文件之间的冲突。"规章以下"的规范性文件与"规章以上"的规范性文件之间的冲突问题数量更多，更为突出。我们研究规范冲突应该到哪一个层次才最为科学合理呢？"规章以下"的规范性文件和"规章以上"的法律规范又有何区别呢？

"何谓法律规范？法律规范是指由国家制定或认可，反映和掌握国家政权阶级意志，具有普遍约束力，以国家强制力保证实施的行为规则。"① 从上述对法律规范的普通概念出发，其他各种规范性文件与法律规范相比较，在国家制定或认可，反映国家意志和具有普遍约束力这三个方面并无本质区别。因为所有规范性文件都是由不同性质、不同层级的国家机关制定的，都在用不同方式和在不同程度上反映国家意志，且都在一定范围内具有普遍约束力，凭什么说某些层级、某些方式、某些范围的规范性文件就是法律规范，而另一些层级、另一些方式或另一些范围的规范性文件就不是法律规范？这仅仅是因为名称的不同吗？难道名称中带"法"字眼的就是法律规范、不带"法"字眼的就是普通规范性文件吗？那又如何解释自治条例和单行条例也属于地方性法规，规章也被认为是法律规范呢？恰恰这三种规范都不包含"法"的任何字样！我认为上述三个方面都不是"法律规范"与"其他规范性文件"之间的根本区别，它们之间最主要的区别就是是否由国家强制力保证实施这一点。国家强制力主要表现为军队、警察、法庭、监狱等，也就是说包括武装强制、行政强制、司法强制。军队一般不会介入国内事务，而行政强制要接受司法审查，最后也要表现为司法强制，所以司法强制是国家强制力的最主要形式。在我国，法律、行政法规、地方性法规是人民法院审理案件的依据，规章则作为参照。② 其他规范性文件不作为人民法院审理案件的依据。因此，作为审理依据的法律规范成为对案件进行判决的"准绳"，法院一旦依据法律规范作出生效的判决，这个作为判决依据的法律规范就具体实在地由国家强制力保证实施了。其他不作为人民法院审理案件依据的法律规范，自然不能通过司法程序得到国家强制力的保证实施。所以，"规章以下"的其他规范在内涵上不是由强制力保证实施的规范，在外延上不纳入法律规范的范畴。在研究法律冲突问题时，也不会将此类规范与法律规范及此类规范之间的冲突列入研究对象。

（三）判定法律冲突的方法

判定法律冲突属于法律技术问题，特别是与法律解释问题有着更为紧密的联系。判定法律冲突的基本方法主要有：

---

① 葛洪义主编：《法理学》，中国政法大学出版社 2002 年版，第 251 页。
② 《中华人民共和国行政诉讼法》第 52—53 条。

1. 条文比照法

条文比照法是指根据需要判定是否冲突的两个法律规范的条文的字面含义是否一致，来判定是否存在法律冲突的一种判定法律冲突的方法。法律冲突是两个或两个以上的法律规范相比较而言，虽然我们关注法律冲突是由于冲突导致法律适用结果的不同，但究其原因还是两个法律规范规定之间的不同。因此，我们判定法律冲突首先要从法律条文本身的规定予以着手，基本方法就是将两个法律条文进行比照分析。

条文比照分析法，首先，要对需要进行分析的法律规范的条文进行字面含义比较研究。如果两个法律条文字面含义完全一致，则可以判定两个法律规范没有差别，二者之间不存在法律冲突。其次，若两个法律条文字面含义不一致，则要进一步分析，这种不一致是属于法律差别还是属于抵触。判定法律差别还是法律抵触要以法律条文本身的字面含义为基础，但不能仅仅依据条文本身字面含义。再次，根据两个法律总则、分则及相关法律条文进行全面分析，从而判定两个法律规范之间是否存在冲突，这种冲突是属于法律差别还是法律抵触。

2. 价值判断法

价值判断法是指根据需要判定是否冲突的两个法律规范在对同一调整对象的价值取向上是否具有一致性，来判定两个法律规范是否存在冲突的一种法律冲突的判定方法。"法的价值是法的信仰或精神指导"①，法律的精神通过立法的价值取向予以体现，在判定两个法律规范之间是否冲突，特别是下位法与上位法是否抵触时，运用价值判断法分析下位法的价值取向是否与上位法相一致，从而确定下位法是否与上位法相抵触，是一种有效的判定法律冲突的方法。

3. 原则衡量法

原则衡量法是指根据需要判定是否冲突的两个法律规范之间是否违反上位法或法律的基本原则或具体原则，从而判定两个法律规范是否存在冲突的一种法律冲突的判定方法。法律原则根据其产生的依据不同，可以分为政策性原则和公理性原则，根据其调整的社会关系范围不同，可以分为基本原则和具体原则。法律原则是法律灵魂，各项法律原则如同一条条纽带，把众多的法律规范联系起来，构成一个完整的法律体系，从而基本上保证了法律体系的统一性。但由于法律是由为数众多的法律规范组成的，这些法律规范又是由各类、各级不同的国家机关制定的，所以彼此之间存在一定的矛盾和冲突也就在所难免。

---

① 葛洪义主编：《法理学》，中国政法大学出版社 2002 年版，第 42 页。

我们不仅可以运用法律原则在立法过程中对相互冲突的法律规范进行修改和完善，也可以运用法律原则在法律适用中对是否存在法律冲突进行判定。

4. 背景考察法

背景考察法是指根据需要判定两个是否冲突的法律规范的立法和法律适用的背景，考察法律规范的含义，从而判定两个法律规范是否冲突的一种判定法律冲突的方法。任何法律都是在一定的背景下产生和适用的，法律的精神或含义之中必然会渗入它产生的时代背景，而法律的适用也必然是发生在一种特定的背景之中，如果不联系法律产生和适用的背景来考察法律，就无法把握法律的真谛。我们判定法律冲突只有通过背景考察法才能理解和把握法律的精神，对法律规范的冲突问题作出正确的判定。

三、法律冲突之解决

研究法律冲突的目的在于消除和协调法律冲突。消除和协调法律冲突是解决法律冲突的两种不同的途径。

（一）法律冲突的消除

1. 法律冲突消除的含义与意义

（1）法律冲突消除的含义。法律冲突的消除是指某法律规范违反宪法或法律的基本原则或精神，与上位法形成抵触，应当予以撤销或被宣告无效的情形。

①法律冲突的消除中所指的法律冲突并不意味着仅指两个具体的法律之间直接的冲突。这种冲突有可能是两个具体的法律条文之间规定的不一致，但更多的情况则表现为某法律规范的一些具体规定违反了宪法或法律的基本原则或精神，有时并不存在两个具体法律条文之间的直接比较。这与法律冲突的协调中所指的法律冲突并不完全一样，那里更多地表现为法律条文之间的具体差别，且这种差别的性质、程度和数量并未达到违反宪法和法律基本原则和精神的情形。同时，相互冲突的不同法律都有其具体适用的条件，故存在选择适用的问题。在法律冲突消除的情形下，并不存在选择适用的问题。当一个具体的法律规范违反抽象的法律原则或精神时，需要消除法律冲突的情形便出现了。

②法律冲突的消除是要求法律冲突现象彻底消失，消除法律冲突的方法是撤销冲突的法律规范或宣告其无效。这类法律冲突所指的冲突的法律是与宪法和法律相抵触的法律，而任何一个法治国家都把宪法至上奉为原则，凡与宪法相违背的法律当属无效。这类法律冲突若也要采用选择适用的办法解决，就有可能导致适用违宪法律的后果。所以，解决这类法律冲突就是要由法定机关依

照法定程序宣告冲突的法律规范无效或撤销之。

（2）法律冲突消除的意义。

第一，消除法律冲突是国内法治统一的重要保证。

消除法律冲突是建设法治国家的一项重要任务。消除法律冲突必须从消除法律冲突的原因和消除产生法律冲突的原因两个方面进行。消除法律冲突的原因主要是解决法律之间规定不一致乃至矛盾的情形。消除产生法律冲突的原因主要是解决职责不清、权限不明等体制机制方面深层次的矛盾情形。可以这么说，消除法律冲突的原因是治标，而消除产生法律冲突的原因则是治本。消除法律冲突必须将治标与治本相结合。当然从法学的角度研究消除法律冲突的问题主要还是从"治标"的角度进行的。所以确保国内法治的协调统一，就必须消除法律冲突，而消除法律冲突就要研究和解决法律冲突的原因和产生法律冲突的原因。

第二，消除法律冲突是违宪审查的重要组成部分和主要形式。

违宪审查是确保国家法治统一的制度，消除法律冲突与违宪审查的这一目的是一致的。但二者又有不同之处：一是违宪审查的范围只包括法律或其他法律规范违反宪法的情形，而消除法律冲突的审查还包括下位法违反上位法的情形。二是违宪审查的机构更加专门化和专业化。一般来说，违宪审查的机构只限于制宪机构和司法机构，而消除法律冲突的审查机构还包括一般的立法机关或被授权的立法机关甚至上位法的创制机关。

2. 消除法律冲突的机制

消除法律冲突的机制要从两个大的方面着手建立，一是消除法律冲突的内在机制；二是消除法律冲突的外在机制。

（1）消除法律冲突的内在机制。建立和完善消除法律冲突的内在机制目的在于从根本上减少或消除法律冲突的因素。消除法律冲突的内在机制是指在权力配置、权限划分等方面予以明确规范以消除产生法律冲突的原因的机制。主要包括：

①明确划分和规范中央与地方之间的权力配置和权限划分。中央与地方权力配置或划分的原则：一是内容尽可能周延，以避免交叉和遗漏。二是方法尽可能明确具体，以适合具体操作。应当采用列举和概括相结合、涵盖和排除相结合的方式。比如哪些事权归中央立法，其余属地方立法，或者相反。

②明确划分和规范立法、行政、司法机关之间和立法、行政、司法机关内部不同职能部门之间以及不同层级的立法、行政、司法机关之间的权力配置和权限划分。

③明确划分和规范授权机关与被授权机关的权力及其行使程序和方式。

（2）消除法律冲突的外在机制。

第一，预防机制。预防机制是指防止法律冲突发生的一种机制。一般来讲，消除法律冲突的机制是指在法律冲突存在的前提下的一种运行机制，严格说它不应该被列入消除法律冲突的机制之中，但它是一种很有效的消除法律冲突机制，而且也不能被列入消除法律冲突的内在机制之中，也不宜单独作为一种机制进行专门研究，故将其纳入消除法律冲突的外在机制之中。

这里所说的预防机制主要是指法律创制过程中的法律创制论证审查机制。为了更有效地预防法律冲突的产生，在创制法律之初就应当将法律可能发生的冲突问题作为立法的常规问题予以提出并认真研究，对于提出的法律草案要将法律冲突问题作为专题进行研究，法律草案应当首先公示听取意见，然后才进入立法表决程序。

第二，发现机制。

①社会发现机制。法律冲突是一种法律社会现象，任何一个社会成员都有发现法律冲突的机会，发现法律冲突并及时提出发现的法律冲突问题，对于消除法律冲突起着十分积极的作用。所以应当建立和完善鼓励全社会成员提出法律冲突问题的意见和建议。

②专门机关发现机制。负有法律规范备案审查的机关、司法机关、行政执法机关在工作中发现法律冲突，应当依照一定的程序将法律冲突问题提交有关机关进行处理。

第三，消除机制。

①撤销机制。撤销机制是指违宪审查机关或法律法规备案审查机关依照法定程序，对违宪或违反上位法的法律规范依法予以撤销的机制。撤销机制在世界各国都以不同的形式存在着，但其所发挥的作用却不尽相同。在我国消除法律冲突撤销机制的工作机构主要是违宪或违法的法律规范创制机关的上级立法机关和上级行政机关，但由于这类机构长期以来被弱化，工作制度不健全，职责范围不明确不具体，运作程序不具操作性，所以撤销机制实际上并未真正发挥作用。我们当前的一个重要任务是强化撤销机制，而强化撤销机制的首要任务就是强化这类机构。

②宣告无效机制。宣告无效机制是指有权机关对与宪法或上位法相抵触的法律规范依法宣告无效并不予适用的机制。这个机制主要是指司法审查机制。司法审查机制是世界各国普遍采用的司法政治制度，对于确保宪法至上的权威性与维护国家法治和谐统一性起到了积极有效的作用。在我国还没有标准的或严格意义上的司法审查制度。我国行政诉讼法规定，人民法院在审理行政案件时参照规章。何谓参照？没有进一步明确，但为人们的想象和法院的操作留下

了一定的空间。既然是"参""照"就有"照"与不"照"的选择权，什么
情况下"依照"，什么情况下不"依照"，作出判决的法院或适用法律的法官
具有自主权，而是否"依照"的标准或依据只能是经审查不与宪法、法律或
上位法相冲突，因而有人将此举看成是有限的司法审查制度，也有人更将行政
审判对行政机关具体行政行为合法性的审查看成是司法审查。其实这是对我国
行政诉讼制度的一种误解，也不符合司法审查制度的本意。如果这样理解司法
审查，司法审查就仅仅成了一种法律冲突的发现制度而不是审查制度。所谓审
查权应当既包括发现也包括处理。因此，在我国应当确立司法审查制度，确立
一定层级的法院有权宣告一定层次的与宪法、法律或上位法相抵触的法律规范
无效。

（3）裁决机制。裁决是在有争议或可选择的情况下所采取的一种决断机
制。对于法律冲突来说，需要裁决的情形一般有两种：一是对法律之间是否存
在冲突有争议且意见不能取得统一，最后由第三者居中作出是否存在法律冲突
的决断；二是对两个规定不一致的法律规范选择适用哪一个的问题发生争议，
最后由第三者居中作出确定选择哪一个法律规范的决断。后者不属于消除法律
冲突的机制范畴，只是属于法律冲突协调机制的范畴，因为这种机制的目的并
不在于消除法律冲突而是在冲突的法律中作出选择。前者严格说来也不能算消
除法律冲突的机制，因为它只是消除法律冲突之前必经的一个判定程序。从我
国法律规定来看，裁决法律冲突的并不包含撤销冲突的法律规范的机制和宣告
冲突的法律规范无效的机制。我国消除法律冲突的机制中需进一步完善裁决
机制。

（二）法律冲突的协调

1. 协调法律冲突的含义和意义

（1）协调法律冲突的含义。法律冲突的协调是指两个或两个以上对同一
调整对象都有管辖权的法律之间发生冲突，但并不导致其中部分法律无效，而
是采用选择适用法律的方法解决法律冲突活动。

法律冲突的协调适用于下列情况：

①两个或两个以上的法律对同一调整对象都有管辖权。

②两个或两个以上的法律经法定有权机关判定存在法律冲突。

③两个或两个以上的法律不因互相冲突而被宣布无效或予以撤销。

（2）协调法律冲突的意义。协调法律冲突是通过选择互相冲突的法律之
一予以适用的方式解决法律冲突，其意义在于：

第一，减少因处理法律冲突而投入的成本。因为这种方式不需要重新修改

或废除现存法律，减少了为此而增加的人力、时间、经济的投入。

第二，简化了处理法律冲突的程序。用选择法律适用为特征的协调法律冲突较以宣布冲突法律无效或撤销冲突法律为特征的解决法律冲突而言，在程序上要更加简便快捷，特别是不需要中止正在审理的案件或停止正在处理的事务而等待有关部门作出最后裁决，有利于提高司法效率。

第三，增强了适用法律的针对性。两个或两个以上的法律对同一调整对象都有管辖权。一般来说，两个法律都从不同的角度或针对调整对象的不同情形作了规定。当法律冲突发生时，法律适用者根据当前情况在相互冲突的法律中选择一个最适合当前案件的法律予以适用，增加了法律适用的针对性，使法律适用更加切合实际。

2. 协调法律冲突的原则

（1）区域冲突的协调原则。区域冲突是法律冲突中最常见、最基本的冲突，区域冲突的表现也是多种多样的。因此，解决区域时也应区分情况，确定不同的原则。

第一，管辖为主原则。管辖为主原则是指对于直接涉及区域性社会、经济、文化、科技、生产、生活及市政管理等方面的社会关系，以适用调整该区域的地方性法律规范为主的管辖原则。有关社会秩序、经济秩序及市政管理等方面的行政法律规范，是地方立法所涉及的最多和最主要的方面。我国宪法规定，县级以上的地方各级人民代表大会依照法律规定的权限，通过和发布决议、审查和决定地方的经济建设、文化建设和公共事业建设的计划，讨论、决定本行政区域内各方面工作的重大事项。县级以上地方各级人民政府依照法律规定的权限，管理本行政区域内的经济、教育、科学、文化、卫生、行政、监察、计划生育等行政工作，发布决定和命令。这些都是其他域外法律规范不得涉足的领域。如青海省《牲畜市场管理暂行办法》，南京市《市容环境卫生管理条例》，天津市《建设拆迁安置办法》等。这部分法律规范有两个特点：一、其目的是为了维护本区域的社会稳定，发展本地区经济、文化、教育事业，保护本区域的公共设施及清洁城市环境。二、其内容是关于本区域的具体行政管理事项。由于这类法律规范是保证本地区的正常的社会生活秩序和行政管理秩序所必需的，因而要排除域外法律规范的管辖权。

第二，当事人户籍或居所地原则。当事人户籍或居所地原则是指涉及公民、法人和其他组织的身份、资格以及与此相关的权利义务的确认及承担，应当适用行为人户籍所在地、长期居住的居所地或法人社团成立登记地的法律规范的原则。在我国，这一类的行政法律规范大多由中央统一立法，地方立法较少涉足这一领域，一般很少出现适用冲突问题。但由于各种原因，某些法人、社团登记的条件、有关计划生育、少数民族结婚年龄往往有各地区或本民族的特殊规定。如青海省《循化撒拉族自治县关于施行中华人民共和国婚姻法的补充规定》，北京市《专业文艺表演团体管理暂行规定》，厦门市《经济特区企业登记管理规定》等。公民法人的身份、资格、权利义务的确认及承担，是关系到其人身、资格、财产等方面的重大事项。对于企业和社团组织来说，当其在域外进行业务活动时，他的行为应当依照行为所在地的法律规范，但其资格、人员组成等则应依照企业和社团组织登记注册地的法律规范。否则就可能形成在登记地被认为是合法的企业和组织团体，而在域外活动则被认为是非法经营予以取缔。对于公民个人来说，这类事项与人的身份和地域联系极为密切，如果将二者相分离则不能起到保护公民合法权益的法律效果。

第三，行为发生地原则。行为发生地原则是指有关民事、行政、商业等跨行政区域的行为应当适用主要行为所在地的法律规范的原则。商品经济的发展，给地方性立法和经济交往带来了两个明显的变化：第一，各行政区域有关管理经济方面的行政立法会越来越多，越来越细；第二，跨区域的经济行为会日益增多。由于各地的自然条件、经济基础等情况的差异，势必在地方性立法上表现出来，其结果必然导致法律适用冲突问题的增多并日趋复杂。比如有关违反地方性法规或规章的处罚幅度、城市生活管理的禁止性行为等的规定，各地总会有某些差异，因此，不宜死板地规定只能适用哪个层级或区域的法律规范，或禁止适用哪个层级或区域的法律规范，而是应当规定一个选择适用的范围和条件，在何种情况下适用何种法律规范。这种法律适用选择的意义在于：①有利于防止法律适用冲突。当几个区域对某一经济关系所作的规定不同时，不同经济利益的各方就会要求适用对自己有利的法律规范，于是产生选择法律的纠纷，如果事先确定了法律适用冲突选择的条件和原则，就会避免这类纠纷的发生。②选择适用行为发生地的法律规范更为合理。地方性法律规范都是依据宪法和法律、行政法规结合本地特点所作的比较切合实际的规定。经济活动总是与一定的地理环境、自然条件、经济基础联系在一起，有关经济活动的规范只有与具体的环境、条件等相结合才能体现出它的合理性，因而适用与行为发生地的法律规范是较为合理的选择。

第四，管理机关所在地原则。管理机关所在地原则是指有关执法或法律适用程序，应适用管理机关（或行为处理机关）所在地的法律规范的原则。这里所说的程序法主要是指有关行政管理程序方面的法律规范，即规范本区域行政机关行为方式、步骤及过程的法律规范。适用行政管理机关或处理机关所在地的行政程序法律规范，是由行政管理活动的特点决定的。任何行政程序都必然直接或间接地涉及行政相对人的权利义务，但主要是规范行政机关的行为。

因此，行政管理活动的程序应该保持一致和稳定，对于某一管理机关来说，不能忽而适用一种程序，忽而又适用另一种程序，否则会造成各种行政组织机构处于不断地调整变换之中，会导致工作人员业务上的生疏，易造成失误或引起管理混乱。只有适用行政管理机关所在地的行政立法机关制定的行政程序法律规范，才能保证行政管理活动的顺利进行。

（2）位阶冲突的协调原则。位阶冲突是指下位法与上位法之间的冲突。位阶冲突实际上是和法律规范等级密切联系的一个问题。近年来，无论理论界还是实际工作部门，都力图通过确定位阶的高低来解决法律规范的位阶冲突问题。特别是解决国务院部委制定的规章与省、自治区、直辖市人民代表大会及其常委会制定的地方性法规和省、自治区、直辖市人民政府制定的规章之间的冲突问题。但事实上这种办法不仅难以行得通，而且会产生许多弊端。地方性法规、地方政府规章与国务院部委规章对于某一法律关系的不同规定，一般都是由于其管理范围和管理需要而然，都是从各自的角度和利益出发，有其如是规定的理由。在一定的情况下，部委规章可能更适合业务管理需要，在一定的情况下，则地方政府规章可能更适合地区特点的行政管理需求。它们所涉及的都是行政管理的具体事项或某些有关专业或技术的业务问题，不涉及我国法律制度的基本原则或精神，因此，肯定这个否定那个，或否定这个肯定那个，都是毫无必要、也不应当的，只要明确规定在什么情况下适用哪一个法律规范即可。

法律规范的位阶冲突，突出表现在两方面：省、自治区、直辖市人民代表大会及其常委会制定的地方性法规与国务院部委制定的规章之间的冲突；省、自治区、直辖市人民政府规章与国务院部委规章的冲突。这两类冲突是目前我国法律位阶中最难分高下的法律冲突。我国《行政诉讼法》第53条第2款规定："人民法院认为地方人民政府制定、发布的规章与国务院部、委制定、发布的规章不一致的，以及国务院部、委制定、发布的规章之间不一致的，由最高人民法院送请国务院作出解释或者裁决。"这是我国采用裁决方式解决法律冲突的最早规定。2000年全国人大通过的我国《立法法》第86条第（二）、（三）项也作了类似的规定。依照这种模式，国务院的解释或裁决可能出现三种情况：第一种情况，裁决规章之间是否存在不一致的问题，如果国务院裁决否定送请裁决的规章之间冲突的存在，那么参照哪一个规章则由人民法院决定。第二种情况，裁决适用某一规章，而其他规章与之不一致不应参照。第三种情况，对规章作出新的解释，这种解释也可能是对规章实体部分的修改，因而可以不受规章规定的约束，国务院的这种解释与行政法规具有同等效力。这种裁决制度较以往解决法律冲突的无序状态相比是一大进步，固然也是解决法律适用冲突的一个办法，但它本质上只不过是将传统做法法律化而已，这种裁决制度的缺陷在于：其一，这种裁决和解释一般发生在诉讼过程中，对于大量的未引起诉讼的执法过程中的法律适用冲突的解决无补。其二，这种裁决和解释通常是针对具体案件而言，即在本案中应当适用哪一规章而不应适用哪一规章的裁决，因此，在多数情况下只解决具体问题，不解决普遍问题。即使裁决普通适用，由于具体案件情况的影响，或当时形势、政策的影响，也无法保证当其针对普遍性问题时可能出现偏颇。其三，在进入诉讼阶段发现规章之间不一致，往往要终止案件的审理。逐级上报后，由最高法院送请国务院解释或裁决，无疑会拖延案件的审理期限，影响解决争议的效率。其四，全国所有规章之间的适用冲突都报请国务院解释或裁决，这就造成：一是增加国务院有关部门的工作量，甚至有可能需要设立专门的机构才能应付；二是规章问题相当复杂，国务院要有足够的条件对规章之间的适用冲突作出公正合理处理；三是这种裁决制度不利于加强地方立法者或执法者的责任心，不利于培养国家机关工作人员的法律意识。因此，笔者认为，对于省、自治区、直辖市人民政府规章与国务院部、委规章之间冲突的解决原则应该是：

第一，区别调整对象原则。凡是涉及行业部门内部的组织机构、执法程序、活动原则及技术标准、技术规范的专业性强，或者具有中央宏观调控性质和必须集中统一管理的事项，应当选择适用部委规章。

第二，区别管辖范围原则。凡涉及区域性强或者纯属地方政府职权范围内的社会、政治、经济秩序事项，则应选择适用地方性法规或地方政府规章。

第三，区别职责权限原则。对于下级政府与上级政府规章之间冲突解决的原则应该是：属于应由上级政府统一管理的或涉及其他地区政府所辖区域利益的事项，应选择适用上级政府规章；纯属下级政府管理的本行政区域行政事务的，或者仅与本行政区域行政事务有关的事项，则应选择适用下级政府规章。

（3）性质冲突的协调原则。法律规范的性质冲突是指权力机关制定的地方性法规与行政机关制定的规章之间的冲突。问题的焦点曾经一度集中于省、自治区、直辖市人民代表大会及其常务委员会制定的地方性法规与国务院各部委制定的规章之间的位阶的高低之分。有人认为地方性法规属于权力机关的立法，其位阶应当高于作为行政机关立法的部委规章，有人则认为，地方性法规属于地方立法，而部委规章属于中央立法，地方性法规的位阶不应高于作为中央立法的部委规章。行政诉讼法颁布之后正式确定了"依据地方性法规"和"参照规章"的法律适用格局，表明了地方性法规的地位高于行政规章的地位，即省、自治区、直辖市人民代表大会及其常委会制定的地方性法规，在适用选择上优于地方各级政府规章及国务院部委的规章。这种适用选择的规定，只是解决人民法院审理行政案件以哪些行政法律规范作为依据的问题，而不能从根本上消除性质冲突的发生与存在，特别是在上级政府规章与下级人民代表大会及其常委会制定的地方性法规之间没有制约关系的情况下，冲突是完全可能的，人民法院在审理行政案件时，可以只以地方性法规作依据，而不在乎行政规章如何规定，但行政机关如果也采取如此态度，就等于完全混淆了地方性法规与行政规章之间的界限，规章的某些规定，就会成为一纸空文，这显然无法行得通。因此，行政机关在具体适用法律时，也会产生规章适用的选择问题。

从我国实际情况来看，地方性法规调整的是有关本行政区域内的政治、经济、文化、教育、卫生、民政、民族工作的重大事项，部委规章调整的是有关本部门业务权限范围内的行政管理事项，地方性规章则主要是有关本行政区域内的经济、文化、建设和民政、公安工作的规定；地方性法规是由一级国家权力机关制定的，行政规章则是由国家权力机关的执行机关一级政府或政府的部门所制定；地方政府尽管要接受上级政府的领导，但它首先要依法向本级权力机关负责并报告工作。这些都决定了地方性法规比行政规章的优先适用地位。但值得注意的是，我国各级政府所面临的是这样一种情况：即地方政府在向本级权力机关负责并报告工作的同时，还要接受上一级政府的领导，而这个上级政府又与"本级权力机关"毫无任何隶属关系。

在我国，宪法和法律对权力机关和行政机关之间关系的规定，在中央和地方是不同的。在中央和地方之间，是中央行政机关高于地方权力机关；在地方与地方之间，是权力机关高于行政机关，这一原则在行政诉讼法中表现得尤为明显，这也就造成法律规范在性质方面的冲突表现得尤为复杂。在解决法律适用冲突时，不能不考虑长期以来形成的传统层级关系以及较低层级的权力机关的立法条件。在我国目前状况之下，形成省、自治区人民政府所在地的市和经国务院批准的较大的市的人民代表大会制定的地方性法规的地位高于省、自治区人民政府和国务院部委制定的行政规章的局面，无论从层级关系或是立法技术方面都是难以接受的。但事隔十余年后的我国《立法法》第86条第（二）项规定："地方性法规与部门规章对同一事项的规定不一致，不能确定如何适用时，由国务院提出意见，国务院认为应当适用地方性法规的，应当决定在该地方适用地方性法规的规定；认为应当适用部门规章的，应当提请全国人民代表大会常务委员会裁决。"这与当年《行政诉讼法》规定的"依据地方性法规"、"参照规章"的精神有着明显差别，将地方性法规的优先适用权变成了与国务院部门规章之间同等的选择权。这种变化的原因不得而知，但它强化国务院部门权力、提高部门规章位阶的意图十分明显。我认为，国务院部、委规章的地位应低于下一级权力机关制定的地方性法规，而地方政府规章应高于下一级权力机关制定的地方性法规。这不仅解决了层级关系问题，同时也与处理中央与地方之间关系的做法相协调。因此，解决性质冲突的原则应该是：

第一，区别立法机关性质的原则。省、自治区、直辖市人民代表大会及其常委会制定的地方性法规与国务院部、委制定的规章发生冲突时，选择适用省、自治区、直辖市人民代表大会及其常委会制定的地方性法规。

第二，区别立法机关位阶原则。省、自治区、直辖市人民政府制定的规章与省、自治区人民政府所在地的市和国务院批准的较大的市的人民代表大会制定的地方性法规发生冲突时，选择适用省、自治区、直辖市人民政府制定的规章。

（4）特别冲突协调的原则。特别冲突是指特别法与普通法的冲突。特别冲突调整应贯彻"特别法优于普通法"和"后法优于前法"的原则，这是解决法律适用冲突的一个带有普遍性的原则。根据我国法律规定，自治州（县）和经济特区都可以制定自治条例、单行条例和地方性法规、地方政府规章，在立法权限上带有很大的自主性，特别行政区则更是如此。它们有权根据民族特点、经济特区的实际情况及特别行政区的政治制度状况作出特殊的规定。这些特殊规定与普通法律有所差异，由于这种立法权限上的差异是由宪法和法律所确认的，因而都同时有效地存在。对这种特殊性质的矛盾和冲突，不能简单地否定或排斥某一法律规范的空间效力。在二者同属于一个层次且同样合法有效的情况下，就要考虑选择适用的问题。如果二者对同一法律关系有不同规定时，就应当优先适用特别法，如果特别法对调整同一法律关系的特定事项没有规定或无不同规定时，才考虑适用普通的法律规范。这种适用原则是特殊矛盾采用特殊方法加以解决原理的具体应用，不仅有利于保护特别行政区、民族自治地方和经济特区的合法权益，而且能更有效地保证国家宪法、法律和行政法规在该行政区域的具体实施。

（三）我国法律冲突问题及其解决

1. 我国法律冲突的特殊性

（1）法律冲突性质的非对抗性。我国法律冲突性质的非对抗性是指我国法律之间规定的不一致并非意味着不同的法律代表根本利益相互对立的不同的利益集团，法律冲突的也不会导致利益处置和法律适用的不可调和。我国法律冲突性质的非对抗性是由我国占主导地位的国家性质和《宪法》所确定的基本法律原则和法律精神所决定的，我国《宪法》第 2 条规定："中华人民共和国的一切权力属于人民。"《宪法》第 5 条规定："国家维护社会主义法制的统一和尊严。一切法律、行政法规和地方性法规都不得同宪法相抵触。"我国《宪法》的这些规定保证了：

第一，人民的权力高于一切，任何削弱、损害、剥夺人民权力、基本权利和根本利益的法律都是违宪的。

第二，我国有统一的宪法，任何法律规范都不得与宪法相抵触，不得违反宪法的基本原则和精神，宪法既是衡量和判断法律是否冲突的根本标尺，也是解决种种法律冲突的最终依据。

第三，任何法律冲突都能够在统一的法律体系内依照法律秩序不仅在理论上而且在现实中得到具体实在的解决。

在这种前提和条件下，我国国内法律冲突从法律冲突的内容上和解决法律冲突的程序上看，都不可能成为对抗性的法律冲突。

（2）法律冲突程度的浅层次性。我国法律冲突的非对抗性，决定了法律冲突程度的浅层次性。法律冲突的浅层次性是说，在非对抗性的前提下，我国法律冲突的范围、内容和形式都是处在有限的程度上。我国的法律冲突在内容上都不存在与《宪法》或法律的基本原则或基本精神方面的不一致，只是在某些具体规定方面，如处罚幅度、适用范围、对象、局部及区域间非根本性利益等方面的规定不一致。

（3）法律冲突形式的复杂性。法律冲突形式的复杂性是由我国立法主体情况的复杂性所决定的。在我国，立法主体有全国人民代表大会，全国人民代表大会常务委员会，国务院及其各部、委，特别行政区的立法机关，省、自治区、直辖市的人民代表大会及其常委会和人民政府，国务院批准的较大的市、省会所在地的市的人民代表大会及其常委会和人民政府，自治州、自治县等。这些立法主体之间的关系十分复杂，因而法律冲突的形式也非常复杂，有中央立法和地方立法之间的冲突，有权力机关立法和行政机关立法之间的冲突，有省、自治区、直辖市立法与特别行政区立法之间的冲突，有省、自治区、直辖市以及特别行政区立法相互之间的冲突，有自治区、直辖市立法与省会市、较大市、经济特区立法之间的冲突，有省会市、较大市、经济特区立法相互之间的冲突，等等。

（4）法律冲突体系的不相关性。在我国，地方性立法主要由地方性法规和规章，民族区域自治条例和单行条例，特别行政区法律三类地方法律规范体系所构成。地方性法规和规章以及自治条例和单行条例须服从于国务院行政法规，特别行政区法律得服从于特别行政区基本法。这三类地方法律规范都服从于《中华人民共和国宪法》。三类地方法律规范都有各自独立的体系，有各自的适用范围，在法律适用上也是互不相关的，也不存在效力等级的高低问题，当这三类地方法律规范发生冲突时，只有依照各自的管辖权选择应当适用的地方法律规范。

（5）法律冲突管辖的重叠性。在我国不同的法律规范特别是不同立法主体制定的法律规范，管辖范围有所不同。一般来说，层级越高的法律规范管辖范围越宽，层级越低的法律规范管辖范围越窄。在同一体系内不同层级的法律规范在管辖上会出现重叠现象，即层级较低的法律规范是在层级较高的法律规范的管辖范围内行使管辖权。这是由我国中央事权和地方事权重叠的原因所引起的。在一些西方国家，中央权力与地方权力的管辖范围是明确划分互不重复的，有的国家规定中央权力以外的权力范围都属于地方权力，有的国家则规定地方权力以外的权力范围都属于中央权力。而在我国，《宪法》对中央权力和地方权力是以分别列举的方式加以规定的，在列举的项目中，有些权力本身就是明确作了重叠的设定。这种事权的重叠造成了法律规定和管辖的重叠。

2. 我国法律冲突的特别原因

除了一般产生法律冲突的原因外，我国法律冲突的发生还有它独特的成因：

（1）由于事权不清而导致的立法权限不清。立法权限是指立法主体行使权力的界限范围。立法权限的设定主要取决于这个因素：即国家立法机关之间的权力分配及其相互间的关系。我国《宪法》第62条、第67条、第89条、第99条、第107条、第118条、第119条对全国人民代表大会及其常委会、地方各级人民政府、民族自治地方的自治机关的职责权限作了规定，但这些规定都过于笼统，而且明显潜伏着职权界限不清的隐痕，有些规定只提出了所制定的规范的名称，并未对规范所调整的对象范围予以界定，这就使得法律冲突的产生具有了一定的必然性。我国《立法法》第7条、第8条、第9条、第56条、第63条、第64条、第66条、第73条对法律、行政法规、地方性法规和规章的立法权限虽然作了进一步的规定，但依然是在宪法规定的基础上和前提下所作的规定，由于宪法本身规定的模糊性，《立法法》的进一步明确也是十分有限的明确。对于法律、行政法规与地方性法规之间的权限问题，《立法法》"虽然在中央与地方立法权限的划分上有所进步，但仍未能彻底解决这一问题"①。对于国务院部门规章和地方政府规章之间的权限问题，《立法法》明确了它们具有相同的效力和在"各自权限范围内施行"的管辖范围，但对各自的权限范围缺乏明确界定，而它们的权限范围又存在一定的重叠性，故

---

① 袁曙宏:《社会变迁中的行政法治》，法律出版社2001年版，第198页。

"由于事前没有界限，两种规章的冲突无法事先预防"①。

（2）由于利益冲突导致的地方保护和部门垄断。法律冲突是利益冲突的表现形式之一，因为"调整各式各样、互相干涉的利益，构成了现代立法的主要任务"②。在任何社会状态下都存在不同形式、不同内容、不同范围的各种冲突，而利益冲突始终是这些复杂的冲突交响乐中的主旋律。"这个人、这部分人与那个人、那部分人之间的权利冲突，以及同一个、同一部分人的不同权利需要之间的冲突，这种冲突背后起决定作用的是社会个体间利益关系、财产关系的对立或分配有限利益和财富而产生的矛盾。"③ 我国有诸多不同的立法主体，每一个立法主体都有一定的管辖区域或范围，而这个区域或范围与国家的宪法或其他相关法律存在着局部和整体之间的关系问题，这些立法主体都在一定程度或一定意义上扮演着这个区域或范围利益代表的角色。当这个地区或部门的利益与其他地区或部门的利益发生冲突时，他们作为利益代表角色一面的作用就会凸显出来，其角色意识也必然在部门或行业的立法中予以体现。"有些地方部门在政府立法工作中不同程度地从地方保护主义、部门保护主义出发，不适当地强化、扩大本地方、本部门的权力，甚至各搞各的相互割裂的所谓'法律体系'妨碍社会主义法律的统一和尊严。有些地方和部门超越法定权限，擅自设定审批、许可、收费、罚款和强制措施。有些地方法规、规章同法律、行政法规相抵触；有些规章之间相互打架，你否定我，我否定你，成了'依法打架'的依据。"④

（3）由于漫长的改革导致的体制碰撞。从1978年起我国就进入了改革和开放的时代，至今已有1/4世纪之长，但仍未眺望到即将到达的彼岸。因此，这是一个特殊的时期，而且是一个漫长的时期，漫长到了可以称之为时代的时期。这一个时期又可以大致分为几个不同的阶段，而每个阶段又由于改革的重点和内容的不同及随着改革不断深入带来的必然变化形成了这个阶段独有的体制特征。这一时期体制的总特征是：旧体制不断瓦解，新体制逐渐形成，双重体制共存且此消彼长。"七五"计划报告指出："改革必然是一个渐进的过程，

①　刘莘："制度变迁中的行政立法"，载应松年主编《走向法治政府—依法行政理论研究与实证调查》，法律出版社2001年版，第231页。

②　转引自〔美〕麦克斯·丁、斯基德摩·马歇尔、卡特、特里普著，张帆、林琳译《美国政府简介》，中国经济出版社1998年版，第117页。

③　韩德培：《国际私法学论》，武汉大学出版社1997年版，第125页。

④　王忠禹：《依法行政，从严治政，建设廉洁、勤政、务实、高效政府》（全国依法行政工作会议专辑），中国法治出版社1999年版，第21页。此文为时任国务委员的王忠禹在1999年全国依法行政工作会议上的讲话。

在这个过程中，两种体制同时并存，交互发生作用，新体制的因素在经济运行中日益增多，但还不能立即代替旧体制，旧体制的相当部分还不能不在一定的时间内继续存在和运用。这就决定了改革中不可避免地会出现种种问题和矛盾复杂纷呈的局面。"① 在诸多不可避免及复杂纷呈的"问题和矛盾"中，法律冲突也是其中主要问题和矛盾之一。"双重体制的共存，甚至冲突与摩擦，给立法带来了前所未有的困难，也给立法之间的冲突埋下了伏笔。立法既要保持稳定，保留旧体制中某些尚不能触及的东西，又要保护新生的社会力量，为新的社会关系创造良好的环境。这种需要兼顾新旧社会关系的立法工作，远比单一经济体制下的立法复杂，往往使立法中的新举措不得不选择一条中间道路，力图兼顾两类。这种兼顾多数情况下可行并行之有效，但在不少情况下新旧体制对立明显，难以兼顾，表面兼顾也会适得其反，新旧体制给立法带来冲突也在所难免。"②

改革开放时代的法律冲突主要源于：

第一，是由于新旧体制共存，因而代表旧体制的旧的法律和反映新体制的新的法律之间的冲突；

第二，是由于体制的频繁更替，旧的法律需要及时修订和废除，新的法律需要及时制定，而法律的立、废、改总不能及时适应现实社会发展的需要而导致法律冲突。

第三，是由于体制改革是"摸着石头过河"，缺乏统一详细的推进方案，或方案的推进无法依照改革目标的理论设计需要而只能根据现实可能的步骤有选择地予以实施和推进，所以"成熟一个，出台一个"的分别立法、多头立法的立法方式，导致了法律制定和修改缺乏协调性和统一性，从而形成了法律冲突。

第四，是由于对新体制内涵把握不准确，或指导思想的调整或变化，在立法上形成了太多的模糊性概念或过于原则的规定，导致对法律理解和解释不同，从而产生法律冲突。

（4）由于法律解释的不同导致法律适用冲突。法律解释虽然不是立法，但对于法律适用来说，它具有更直接更实际的意义，而且在我国更兼具特殊性。

但在我国，法律解释被看作是一种独立的权力，并将这个权力配置于各个不同的国家权力机关。法律解释成为一种权力进行配置，从而形成了法律解释

---

① 《关于第七个五年计划的报告》，人民出版社，1985 年版，第 141 页。

② 刘莘：《国内法律冲突与立法对策》，中国政法大学出版社 2003 年版，第 83—84 页。

的权力体制，法律解释的主体出现了多元化状态。所有的法律解释主体所作的法律解释都具有拘束力，且大多法律解释都属于并非针对具体案件甚至法律具体条款的抽象解释。"在中国，法律解释特别是具有拘束力的解释一向被看作一种权力，因而出现了有关法律解释的这样或那样的决定，对谁可以作出解释，可以作哪一方面的解释都作了明确具体规定，由此形成了有着中国特色的法律解释体制，包括司法解释的体制和模式。"① 我国法律解释的主体有立法解释主体、司法解释主体和行政解释主体，具体来说包括：全国人大及其常委会，最高人民法院和最高人民检察院，国务院及主管部门，制定地方性法规的各级人民代表大会常务委员会和省、自治区、直辖市人民政府主管部门。如此众多的法律解释主体在法律适用中甚至不与法律适用相联系都可以对法律作出有拘束力的解释，而有时对同一法律或同一法律条款的解释往往是不一致的，从而导致法律适用冲突。

（5）由于立法粗疏和技术问题而导致法律内容不协调。在我国，由于立法工作上的粗疏和立法技术方面存在的问题导致法律冲突的现象也时有发生。立法工作粗疏方面存在的问题主要表现为：一、在立法准备工作中和立法过程中对相关的法律特别是上位法对有关调整对象的规定了解不全，掌握不准，从而制定的法律出现了与上位法或相关法律相抵触的情形。二、法律概念或词语不统一，分则的具体条款与总则的原则或精神不协调等引发歧义，从而导致法律冲突。立法技术方面存在的问题主要表现为：一、法律规范名称的不统一，即同一机关制定的同样性质的法律、法规或规章的名称五花八门，随意确定叫法，无法辨别相互间的区别，分不清位阶，看不出适用范围。二、法律概念的内涵不稳定，各种规定不一致，甚至造成一些国家机关可以依据不确定的内涵或内涵上的逻辑矛盾达到越权的目的。比如，关于"较大的市"的内涵，宪法的规定和地方各级人民代表大会和地方各级人民政府组织法的规定就不一致。国务院无权授予地级市的地方性法规创制权，但它可以批准"较大的市"，根据地方组织法规定，国务院批准的较大的市即可取得地方性法规创制权，这样，国务院通过批准较大的市便可获得授予地级市的地方性法规创制权。"现代生活的急剧变化使得立法往往表现出'大刀阔斧'的政策指向，大批量的立法显然已经没有了传统立法的那份从容，而对相关概念用语缺乏充分法理分析的结果，必然加剧法律自身的不确定性或开放性。"②

（6）由于历史原因导致的区际法律冲突。区际法律冲突在世界上其他

① 董皞：《司法解释论》，中国政法大学出版社1999年版，第3页。
② 张志铭：《法律解释操作分析》，中国政法大学出版社1999年版，第2页。

国家中并不鲜见，但像我国这样"一国两制三法系四法域"的法律冲突则绝无仅有。香港和澳门过去属于英国和葡萄牙的殖民地，长期处于英、葡的统治之下，其法律分别附随英国和葡萄牙的法律，香港形成普通法的法律体系，而澳门则形成大陆法的法律体系，这两个特别行政区回归祖国之后，按照基本法的规定，其社会制度、法律制度和法律体系不变，这就出现了在我国一个国家内存在社会主义和资本主义两种社会制度，中华法系、普通法系和大陆法系三个法系。台湾岛是中华人民共和国的组成部分，但大陆解放以后，国民党政府长期统治着台湾，现在台湾还处于台湾当局的统治之下，台湾的法律也属于大陆法系，但它又是一个独立的法域。由此，我国存在大陆、香港、澳门和台湾四个法域。四法域之间的区际法律冲突是最具中国特色的区际法律冲突。

3. 我国解决国内法律冲突的特别途径

我国法律冲突的历史不能算长，因而解决法律冲突的历史则更短，解决法律冲突的理论研究和解决法律冲突的实际经验尤其显得不足。加之，我国是单一制的中央集权国家，利用强大的中央权力和下级服从上级的隶属关系，解决法律冲突问题，既行之有效又方便快捷。特别是在建国以后的相当长的一个时期，我国一直处于无法可依的状态，法律冲突的数量之少几乎达到了可以忽略不计的地步，系统解决法律冲突的需求并不那么迫切和突出。这种情况形成了我国在解决法律冲突的途径和方法上的特别之处。

（1）简单告示处理冲突法。在我国，当新的法律颁布时，为了避免旧的未废止的法律与新颁布的法律相冲突，往往会在新法律的附则中专列一条：本法颁布之前的法律凡与本法相抵触的一律无效。这一规定沿用了几十年，至今有时仍然在使用。但对哪些法律是与"本法"相抵触的应当停止适用，哪些与"本法"无抵触可继续适用，并未明确列举，而是交给法律适用者去判断。这种做法不是建立在科学分析和判断的基础上，而是笼统地简单地予以告示，看起来似乎很严密，其实是一种不负责任的态度，是立法者推卸责任的做法。同时，这一规定只是一种原则或是一个对结果的表述，并没有提出解决法律冲突的程序或方法，也没有确定认定法律是否冲突的主体，而且旧法与新法、下位法与上位法不得抵触是一个立法的基本原则，根本无须在具体的法律中再用专条加以规定。所以，这一规定并无多少实际意义。这种规定实际上反映了立法者对法律冲突的发生心中无数，且又担心产生法律冲突的一种矛盾心态，于是索性采取含糊其词的办法，将矛盾踢给执法者。如果在法律适用中解决法律适用冲突，必须在立法中明确赋予司法机关的司法审查权，同时确立判定和解决法律冲突的标准和原则，否则由于法律适用者的素质和所处的环境不同，导致判定结果的不同，从而破坏法制的统一。

（2）通过解释（或批复）处理冲突法。在较长的一段时期内，虽然我国在事实上已经存在或出现了法律冲突问题，但这个问题并未引起有关机关应有的重视，也未及时设定解决法律冲突的程序和方法。实际部门一旦遇到法律冲突的具体问题时，便理所当然地采用行政机关的请示报告或要求上级机关作出解释或批复的习惯做法，以至这种方式一直沿用至今，甚至成为我国解决法律冲突问题的一个法定程序或主流方式。由于这种解决方式的存在，使得大量的法律冲突问题得以非正当合理的程序加以解决，法律冲突的矛盾不那么尖锐，解决的需求不那么迫切的现实状况，致使实际部门和理论工作者对于寻求一条科学合理依法解决法律冲突途径的研究不那么热心。这种解决法律冲突的方式虽然已经被应用并予以默认，在特定时期某种程度上缓解甚至也解决了一些法律冲突问题，但还是存在一些问题：一是这种解释（或批复）一般是由于法律适用机关在适用法律过程中发现法律冲突之后，向其上级机关请示汇报而引起的。通常情况下解释或批复的机关是请示汇报机关的上一级机关，由于解释权的不明确或没有法定的解决程序予以规范，这种务实的应急式的解释往往出现越权解释现象。二是由于就同一个法律冲突问题请求解释的机关可能是不同区域的法律适用机关，而作出解释的机关也并非它们的共同上级机关，这样就容易形成解释出自多门，不同的解释机关各自对法律的理解不同，解释的结果也不尽相同。特别当涉及部门与部门、地区与地区之间的关系或利益时，往往会出现部门或地方保护性的解释（或批复）。三是由于这种解释并非依法定解释程序所作的最权威的解释，而且解释机关与解释结果也并非唯一，具体的解释受解释当时政策，形势等条件的影响，不同时期的解释也会出现差别，使法律适用缺乏连续性、一贯性及稳定性。

（3）通过裁决处理冲突法。通过裁决方法处理法律冲突是我国重视解决法律冲突问题的表现，始于1989年颁布实施的《行政诉讼法》，此后的《立法法》也作了如是规定。以裁决方式解决法律冲突问题，较过去通过请示汇报取得解释或批复这个上方宝剑是一大进步，体现了追求以解决纠纷特点的方式来解决法律冲突的意识。但这种裁决制度依然存在一些缺陷：一是裁决一般发生在执法或诉讼过程中产生争议之时，对于其他众多的未引起争议的法律冲突于事无补，依然带有"水来土掩、兵来将挡"的"救急"之势。二是这类裁决大多是针对具体案件而言，即裁决在本案中适用哪一个法律而不适用哪一个法律，这种裁决多数情况下只解决具体问题而不解决普遍问题。即使裁决具有普遍适用性，也会由于具体案件的影响，或当时形势、政策的影响，无法保证在将裁决结果适用于普遍问题时不出现偏颇。三是裁决往往发生在执法或法律适用过程中，裁决的程序也是逐级上报层层转送，当发生需要送请裁决的事项时，一般要中止案件的审理，等待裁决的结果，这样势必会拖延案件的处理，影响解决争议的效率。四是我国尚无相关的处理法律冲突的专门机构，此项工作是由各有关部门兼顾完成，这就造成了事实上的审查与裁决工作流于形式或者处于停滞状态，不能适应解决法律冲突的实际需要。我认为，解决法律冲突应当区别调整对象、管辖范围、职责权限，依据一定的原则制定选择适用法律的冲突规范，按照冲突规范选择应当适用的法律是科学合理的解决法律冲突的有效途径。

4. 解决我国法律冲突的建议

（1）制定《法律冲突规范法》及其意义。法律冲突问题不仅是重要的法学理论问题，而且是重大的法律实践问题，是直接涉及国家法治的和谐统一的问题，必须通过立法将其法律化，因此，应当制定统一的《法律冲突规范法》。

第一，《法律冲突规范法》是法治和谐统一的需要。法治和谐统一就是要确保宪法至上，确保法律与宪法的一致性，确保其他法律规范与上位法的协调一致。这种和谐一致性存在的前提和基础就是任何法律、法规以及其他规范性文件不得与宪法相抵触，下位法不得与上位法的原则和精神相冲突。尽管不是所有国家都已经制定颁布了统一的法律冲突规范法，但可以肯定的是，任何国家都不同程度地客观上存在着系统或非系统地、正式或非正式地解决法律冲突的机制。实践证明越是系统地、正式地建立了解决法律冲突问题机制的国家，法律冲突问题就解决得越好。所以，我国应当考虑制定统一的《法律冲突规范法》，以解决我国复杂且日益增多的法律冲突问题。

第二，制定《法律冲突规范法》是我国法律冲突现状的需要。我国是一个多层级立法的国家，不同层级、不同区域的立法，在管辖上多有相互交错的情形存在，法律冲突问题形成因素的复杂性导致了法律冲突问题的复杂，且数量有增无减。为了系统有效地解决我国法律冲突问题，应当制定统一的《法律冲突规范法》，以适应解决日益复杂和增多的法律冲突的需要。

第三，制定《法律冲突规范法》具有充足的理论基础和充分的实际条件。近年来我国法学研究部门和法律实际部门对法律冲突问题进行了一定的研究，特别是对于区际法律冲突问题的研究比较深入。我国宪法对于法律冲突问题的解决作了一些基本或初步的规定，特别是实践中积累的案例有着广泛的影响，法律冲突问题受到了前所未有的关注。这一切为创制我国统一的《法律冲突规范法》奠定了较好的基础和提供了有利的条件，应该说研究制定我国统一的《法律冲突规范法》的时机已经来临。

（2）《法律冲突规范法》的指导思想和基本原则。

①《法律冲突规范法》的指导思想。《法律冲突规范法》的指导思想是与创制《法律冲突规范法》的目的及其解决法律冲突的机制和主要手段密切相联系，我国《法律冲突规范法》的指导思想应该是：以《中华人民共和国宪法》的基本精神和基本原则为指导，建立和健全由专门机关、立法机关、行政机关、司法机关为主体的多层级全方位的法律冲突解决机制，以协调各区域和各层级之间的法律冲突及以消除与宪法和法律的原则和精神不一致的法律冲突为手段，确保我国法律体系的和谐与统一。

②《法律冲突规范法》的基本原则。

a. 确保法治统一原则。确保法治统一是创制法律冲突规范法的直接目的，也是《法律冲突规范法》的主要作用。因此，确保法治统一应当是《法律冲突规范法》基本原则之中的首要原则。确保法治统一原则，要求《法律冲突规范法》在设定法律冲突的解决机制、方式、程序方面，在确定审查法律冲突的依据、标准方面，都要依据宪法的基本原则和精神，对法律冲突问题严肃认真、及时有效地予以协调和消除，确保我国法律体系的协调统一。

b. 维护职权划分原则。我国宪法和立法法对各级各类以及不同区域的立法权限作了基本的划分。这些划分是各级和各地事权的划分，在中央与地方之间、权力机关与行政机关之间、行政机关中的不同行业与部门之间，各自在自己的职责权限范围内行使管理权，但在某些领域存在职权交叉的情况，在职权交叉的范围内有可能出现法律冲突。对于职权交叉的范围应当进行进一步的分类，比如在哪些问题上或什么程度上乃至何种情况下由某个机关为主行使职权，在哪些问题或什么程度上乃至何种情况下由另一个机关为主行使职权。那么，当法律冲突发生的时候，可以按照这个职权划分原则，予以明确在哪些问题上或什么程度上乃至何种情况下选择适用哪一个法律，并不需要到发生适用法律的纠纷时才进行裁决适用或不适用哪一个法律，甚至宣布另一个法律无效或予以撤销之。

（3）解决法律冲突的机制。

①机构机制。

a. 设立专门的违宪审查机构。违宪审查机构应当是超脱的、最终解决法律冲突的专门机构。违宪审查机构应该具有三个特点：一是它的超脱性。违宪审查机构不隶属于任何国家机关，只对全国人民代表大会负责，因此，违宪审查机构应当是全国人民代表大会的常设机构，与全国人大常委会无任何隶属关系。二是它的最终性。对于法律或其他法律规范的冲突问题它有最终的审查权和裁决权。三是它的专门性。违宪审查机构的唯一职责就是审查法律主要是法律以及其他法律规范的违宪问题，不得具有任何其他国家事务的管理职能。

b. 赋予法院一定程度上的司法审查权。我国各级法院没有任何实质和形式意义上的包括对所谓抽象行政行为的司法审查权，这种情况在世界各国尚不多见。现实情况是截至目前，我国绝大多数法律冲突问题的发现和解决几乎都是由诉讼而发，但由于法院既没有法律冲突存在与否的判定权，更没有宣告法律规范无效或撤销权，而事实上法院又不得不作出与法律适用相关的法律是否冲突是否无效的判定，引出了不少有关法官解决法律冲突问题的争议。这种法官无权解决法律冲突与法官必须解决法律冲突的职责之间的矛盾，要求设定法律冲突的解决机制必须赋予法院司法审查权。

c. 具有隶属关系的上级机关及授权机关对下级机关和被授权机关的法律规范的撤销机制。这是基于两个对应机关的权责关系及权力来源而设定的一种法律冲突解决机制。这种机制的优越性是效率高，争议少，可以比较及时、彻底地解决法律冲突问题。

根据我国的实际情况，这三种解决法律冲突的机构缺一不可。

②方式机制。

a. 协调机制。协调机制是针对虽然发生法律冲突但并不导致法律冲突的一方无效或被撤销，而是要在冲突的法律之间选择其中之一适用于当前事项的一种机制。《法律冲突规范法》应当明确法律适用选择的具体情况或原则，当遇到法律冲突的具体问题是由法律适用机关直接选择适用的协调机制，以尽量避免法律冲突的裁决。

b. 消除机制。消除机制是针对下位法违反上位法的基本原则或精神，必须宣告下位法无效或予以撤销的情形。消除机制应当是一种严格机制，无论是有权宣告无效或撤销的机关，还是宣告无效或撤销的程序都应当严格予以规范。

③程序机制

法律冲突解决的基本方式有两种，因此与之相适应的程序也应当有两套，即法律冲突的协调程序和法律冲突的消除程序。法律冲突的协调程序重在法律适用的选择程序，法律冲突的消除程序则重在宣告无效和撤销程序。

参 考 文 献

一、中文部分

1. 李步云：《中国立法的基本理论和制度》，中国法制出版社 1998 年版。

2. 李步云：《法理探索》，湖南人民出版社 2003 年版。

3. 何华辉：《比较宪法学》，武汉大学出版社 1988 年版。

4. 李龙：《法理学》，人民法院出版社 2003 年版。

5. 信春鹰：《依法治国与司法改革》，中国法制出版社 1999 年版。

6. 夏勇：《走向权利的时代——中国公民权利发展研究》，中国政法大学出版社 1995 年版。

7. 刘作翔：《迈向民主与法制的国度》，山东人民出版社 1999 年版。

8. 张志铭：《法律解释操作分析》，中国政法大学出版社 1999 年版。

9. 沈宗灵：《现代西方法理学》，北京大学出版社 1992 年版。

10. 张中秋：《中西法律文化比较研究》，南京大学出版社 1999 年版。

11. 宋玉波：《比较政治制度》，法律出版社 2001 年版。

12. 肖永平：《肖永平论冲突法》，武汉大学出版社 2002 年版。

13. 黄进：《区际冲突法》，台北永然文化出版公司 1996 年版。

14. 刘星：《法律是什么》，广东旅游出版社 1997 年版。

15. 韩德培：《国际私法》，北京大学出版社 2001 年版。

16. 范忠信：《中西法文化的暗合与差异》，中国政法大学出版社 2001 年版。

17. 胡玉鸿：《法律原理与技术》，中国政法大学出版社 2002 年版。

18. 沈涓：《冲突法及其价值导向》，中国政法大学出版社 2002 年版。

19. 葛洪义：《法理学》，中国人民大学出版社 2003 年版。

20. 徐永康：《法理学》，上海人民出版社 2003 年版。

21. 沈涓：《中国区际冲突法研究》，中国政法大学出版社 1999 年版。

22. 童之伟：《法权与宪政》，山东人民出版社 2001 年版。

23. ［美］汤普森编，张志铭译：《宪法的政治理论》，三联书店 1997 年版。

24. ［英］詹宁斯著，龚祥瑞译：《法与宪法》，三联书店 1997 年版。

25. ［德］考夫曼等著，郑永流译：《当代法哲学和法律理论导论》，法律出版社 2002 年版。

26. ［奥］凯尔森著，沈宗灵译：《法与国家的一般理论》，中国大百科全书出版社 1996 年版。

27. ［德］卡尔·拉伦茨著，陈爱娥译：《法学方法论》，商务印书馆 2003 年版。

28. 肖永平："冲突规范的现状及其发展趋势"，载《学习与探索》1996 年第 5 期。

29. 范忠信、侯猛："法律冲突问题的法理认识"，载《江苏社会科学》。

30. 胡扬："中国区际法律冲突问题"，载《成都师范高等专科学校学报》2003 年第 3 期。

31. 刘冰："中国区际法律冲突立法模式探析"，载《福建政法管理干部学院学报》2003 年第 3 期。

32. 黄进："论宪法与区际法律冲突"，载《法学论坛》2003 年第 3 期。

33. 沈秀莉："论法律冲突及其消解"，载《山东大学学报》2001 年第 6 期。

34. 朱福惠：“论我国法的冲突及其解决机制”，载《现代法学》1998 年第 4 期。

35. 张中秋、张明新：“对我国立法权限划分和立法权运行状况的观察与思考”，载《政法论坛》2000 年第 6 期。

36. 蔡定剑：“法律冲突及其解决途径”，载《中国法学》1999 年第 3 期。

37. 翟桔红：“论美国联邦最高法院司法审查权的平衡作用”，载《武汉大学学报》（社会科学版）2002 年第 5 期。

38. “法律冲突及其解决途径研讨会”综述，http：//www·e-cpcs·org/jqhd_ d·asp？id＝75。

39. 刘小兵：“比较法学之三形式”，http：//www·yfzs·gov·cn/2003-04-05。

40. 高铭暄、王秀梅：“我国区际刑事管辖冲突的内涵及解决原则”，载《法律科学》1999 年第 6 期。

41. 陈斯喜：“论立法解释制度的是与非及其他”，载《中国法学》1998 年第 3 期。

42. 沈荣华：“地方政府规章的法律效力”，载《政法论坛》1999 年第 6 期。

43. 应松年：“一部推进依法治国的重要法律——关于《立法法》中的几个重要问题”，载《中国法学》2000 年第 4 期。

44. 和正康：“论行政法律规范的冲突及其解决”，载《贵州民族学院学报》（社会科学版）1999 年第 1 期。

45. 杨临萍：“法律规范的冲突规范”，载《人民司法》1998 年第 5 期。

二、外文部分

1. Rosa H. M. Jansen, Dagmar A. C. Koster, Reinier F. B. Van Zutpher：*European Ambitions of the National Judiciary*, 1997 Kluwer Law International.

2. Adam Jan Cygan：*The United Kingdom Parliament and European Union Legislation*, 1998 Kluwer Law International.

3. P. P. Craig：*Administrative Law*, Third Edition, 1994.

4. E. C. Wade, Bradley：*Constitution and Administrative Law*, Eleventh Edition, 1993.

5. Henrry W. Ehrmann：*Comparative Legal Culture.* Prentice-Hall, Inc., Eaglewood Cliff, New Jersey, 1976.

6. W. Friedman：*Legal Theory*, Fifth Edition, Columbia University Press, New York, 1967.

· 中国社会科学院 ［法学博士后论丛］ ·

社会权若干问题研究

A study on Several Issues of Social Rights

博士后姓名　龚向和

流　动　站　中国社会科学院法学研究所

研 究 方 向　法学理论

博士毕业学校、导师　武汉大学　周叶中

博 士 后 合 作 导 师　刘作翔　李步云　夏勇

研究工作起始时间　2002 年 9 月

研究工作期满时间　2004 年 8 月

作 者 简 介

龚向和，男，1968 年生，湖南省邵阳市人，1998 年于西北政法学院获法理学专业硕士学位，2002 年于武汉大学获宪法学与行政法学专业博士学位，2004 年于中国社会科学院法学所博士后流动站出站。现为湖南大学法学院副教授，宪法学与行政法专业硕士研究生导师，湖南大学人权研究中心主任助理，主要从事宪法与人权理论研究。在《法律科学》、《法学》等法学刊物发表论文三十余篇，出版专著二部，主编或参编法学专业教材四部，主持或参加省部级以上研究课题五项。其中，独著：《社会权的若干问题研究》，人民出版社 2006 年。主编：《经社文权利在中国》，人民出版社 2006 年。主要论文：《自由权与社会权区别主流理论之批判》，《法律科学》2005 年第 5 期；《通过司法实现宪法社会权——对各国宪法判例的透视》，《法商研究》2005 年第 4 期；《社会权司法保护的宪政分析》，《现代法学》2005 年第 5 期。

社会权若干问题研究

龚向和

内容摘要：社会权是公民依法享有的，主要是要求国家对其物质和文化生活积极促成及提供相应服务的权利。社会权虽在现代得以全面发展，但社会权并没有受到与自由权同等的重视。这根源于西方自由主义传统主导的主流人权理论。该理论认为，社会权的人权地位即使被承认，也不能获得与自由权同等的地位。因为社会权是积极权利，自由权是消极权利，二者对应的国家义务存在积极义务与消极义务的区别；由于社会资源的稀缺性，主张社会资源的社会权之间相互冲突，而自由权只需国家不干预就能实现而能相互共存。主流理论所谓的"义务区别"和"冲突区别"，是对社会权性质简单化、直觉化的理解，是人为的和虚构的。社会权对国家不只产生政治和道德约束力，同时也产生法律约束力，并在一定范围和程度上产生可由司法裁决的效力。

社会权的可诉性是人权领域争论激烈的重大理论和实践问题。主流理论认为社会权只是一种社会理想和目标，不具有可诉性。实际上，社会权的立法与司法实践早已将这些理论争论抛至脑后，国际、区域和国家三个层面的社会权立法和司法实践，已经确认了社会权的可诉性，并在不断扩大对社会权司法保护的广度和深度。

关键词：人权　社会权　自由权　效力　可诉性

一、引言

自 17 世纪英国自由主义先驱洛克开创自由权理论之时起，社会权的思想就随之产生。① 然而，三百多年人权的发展历史却基本上是一部自由权发展史，社会权在许多国家被视为可怜的异母姐妹（stepsister），一直被人们误解和误传。20 世纪以来，特别是第二次世界大战后《世界人权宣言》的颁布，为人权的发展提出了"所有人民和国家努力实现的共同标准"，但由于意识形态的差异，达到共同人权标准的过程旷日持久。历史上，西方法学家和哲学家给予公民和政治权利以首要位置，迄今许多西方评论人士仍视第一代人权为所有新提出的权利主张的衡量标准。国家"渐进地"而不是即刻实施社会权的义务，以及这些权利的地位及遵守情况所造成的影响目前仍引起争议。两个国际人权公约的分别制定表明国际社会对两类人权的区别夸大其词及对社会权认识的激烈冲突。

人权问题是国际社会、所有国家、组织和个人密切关注的问题，人权研究本质上是一项跨学科的事业。② 在支持或反对社会权的争议中，法学、政治学、哲学、社会学、伦理学、经济学等学科的学者都积极参与论战。有关社会权的分歧主要表现为以下几个相互联系的方面：

（1）什么是社会权？其内容和范围是什么？

（2）社会权是不是人权？反对或支持的道德和哲学根据分别是什么？

（3）社会权与自由权的人权二分法是否科学、合理？

（4）社会权是否是社会主义集团和第三世界国家的创造物？其产生是否与意识形态有关？

（5）社会权和自由权的关系是否等同于积极权利和消极权利的关系？社会权和自由权的区别是否就是国家积极作为义务和消极不作为义务的区别？

（6）国家对社会权的义务的性质是政治义务、道德义务还是法律义务？

（7）是否自由权是"免费"的而互不冲突，社会权是"昂贵"的、受制于现有资源而相互冲突？

（8）社会权是否具有可诉性？可诉性的程度、范围有多大？

以上问题是国际社会热烈争论的焦点，至今尚未达到基本一致，因而对社会权的实施和保障造成了严重影响。现在所有国家都没能完全践行其对人权的

---

① 虽然绝大多数人认为，洛克人权理论排除社会、经济福利为人权内容，但实际上并非完全如此，洛克并不否认经济和社会人权。参见杰克·唐纳利著，王浦劬等译《普遍人权的理论与实践》，中国社会科学出版社 2001 年版，第五章《人权与西方自由主义》。

② 在这一领域的主要学术刊物《人权周刊》（起初称为《普遍人权》），把自己标榜为"社会科学、人文和法律的国际比较期刊"。

承诺，为人权而战是没有终结的战争。①

中国是一个高度重视人权理论与人权制度保障，不断发展人权事业的社会主义国家，对社会权的优先保障使之成为中国人最基本的人权。改革开放20多年来，中国人的法治观念、权利意识显著增强，对权利的需求越来越大，特别是对社会权的需求。中国政府已于 2001 年 3 月批准《经济、社会和文化权利国际公约》，庄严承诺履行该公约规定的法律义务和责任。因此，国家负有法律义务采取一切措施将公约规定的社会权在国内保障实施。但如何将公约中的社会权转化为国内法中的权利，如何认识该类权利的性质，如何保障其被人民实际享有，如何完善现有的权利保障制度，这一系列问题都是不可回避的。本文的选题正是力求解决上述国际、国内人权理论和实践存在的问题，促进社会权理论的健康发展，同时，在国际政治中也有助于回击某些国家在人权问题上对我国政府的无端攻击。

社会权问题的解决需要多学科的共同努力，而且只有通过多学科的视角方能达到对社会权的真正理解。但作为博士后的研究项目，这个简短的研究不可能逐一探讨有关社会权的所有争议。鉴于本人的研究方向和博士后研究的目标，本文的研究视角主要是法学的，特别是法理学、宪法学和人权法学的。根据当今国际社会争论最激烈、迫切需要解决的问题，以及理论界关于社会权的最主要的争议，本文的研究范围集中在以下几个问题：一是"社会权"术语问题；二是社会权与自由权关系的关系问题；三是社会权的可诉性及其程度问题。

二、社会权的概念及历史演变

什么是社会权？这是社会权的本体问题。关于"社会权"术语，法学界、政治学界及社会学界有各种不同的表现形式，对于其内涵和外延则分歧更大。这种混乱现象势必造成社会权学术交流困难和社会权实现受阻，也是社会权一直不能获得与自由权同等法律地位的重要原因。为澄清当前人权理论和实践对社会权的片面甚至错误的认识，准确把握其内涵和外延，下文拟对社会权的概念和历史演变作一深入探讨。

（一）社会权概念的类别与历史演进

按照概念外延的大小顺序，对社会权的现有概念进行归类，大致有九种。

---

① 卡尔·J. 弗里德里希著，周勇、王丽之译：《超验正义——宪政的宗教之维》，三联书店 1997年版，第 112 页。

一是法权或法定之权，即社会权是法律规定的所有权利和权力①；二是指与国家权力相对立的非国家主体的权利②；三是指第二代人权，或概指经济、社会和文化权利③；四是指受益权④；五是指与自由权相对应的权利⑤；六是指请求国家积极为某些行为的积极权利⑥；七是指社会机构承担义务的权利⑦；八是指与经济权利并列的权利⑧；九是指与经济权利、文化权利并列的权利。可见，"社会权"一语可以由不同的人、为了不同目的、从不同角度被使用于不同的场合并被赋予不同的含义。即使在法学领域，法学家和法律家仍然不能对此达成共识。

当然，九种概念中，除了第一种与第十种相距甚远外，第三、第四、第五和第六种概念还是有相对稳定、基本一致的内涵和外延。科学研究的首要任务是建立一套精确、严密、完整的概念体系，使每一个概念互相联系又互相区别。社会权概念的准确界定是人权科学走向成熟、人权实践得到保障的基本前提。由于任何科学的概念都从属于某一学科领域，与该领域中的其他概念构成一个体系而互相联系，界定其中任何一个概念都不可避免会从其与其他概念的关系角度进行。

在人权发展史上，社会权被认可的时间比自由权要晚些，一般认为是19世纪后半叶出现的新权利。但从它产生的那天起就与自由权关系紧张甚至对立，至今还是一个纠缠不清的老问题。因此，界定社会权摆脱不了自由权的限制，必须处理好与自由权的关系。概念是事物本质属性的高度概括。对于权利具体种类的界定，既要抓住权利的类本质，又要注意与其处于同一层面的其他权利的区别，找出其特有的本质。要在对立统一的事物中和在事物的对立统一中概括事物的特殊本质。就社会权的概念而言，至少须明确三个方面的问题：一、社会权的权利主体及其地位；二、社会权的客体；三、社会权义务主体及其义务性质。

（二）社会权概念的内涵与外延

根据以上分析，社会权是指公民依法享有的，主要是要求国家对其物质和

---

① 童志伟：《再论用社会权利分析方法重构宪法学体系》，载《法学研究》1995年第6期。

② 肖金明："政府权力重构论"，载《文史哲》1996年第4期。

③ 李步云：《宪法比较研究》，法律出版社1998年版，第529页；刘海年：《经济、社会和文化权利国际公约研究》，中国法制出版社2000年版，第60—62页；亨利·范·马尔赛文、格尔·范·德·唐著，陈云生译：《成文宪法比较研究》，华夏出版社1987年版，第154页。

④ 林纪东：《比较宪法》，台北五南图书出版公司1980年版，第247页。

⑤ 芦部信喜：《宪法Ⅲ人权》（2）：有斐阁1981年版，第203页。

⑥ 陈新民："论社会基本权利"，载陈新民《宪法基本权利之基本理论》（上），台北三民书局，1992年版，第106—107页；俞可平：《社群主义》，中国社会科学出版社1998年版，第82—73页。

⑦ 徐显明：《制度性人权研究》，武汉大学2001年博士论文。

⑧ 林来梵：《从宪法规范到规范宪法》，第六章"社会经济权利"，法律出版社2001年版。

文化生活积极促成以及提供相应服务的权利。这一概念具有明确的内涵和外延，与自由权既有紧密联系又有严格区别。

1. 社会权的内涵

内涵是指概念所反映的事物的本质属性的总和，也就是概念的内容。事物的本质是多层次、多方位的，提炼事物的概念的目的是为了认识事物、改造和利用事物，并从其他事物中分离出来。上述九种关于社会权的概念争议已经表明，社会权的本质同样是复杂的。社会权的内涵至少包括以下相互联系的三个方面：

（1）从权利主体的地位分析，社会权是被动的要求权。按照公民地位是主动还是被动，权利可分为主动权利和被动权利。如曼维尔对雅典公民权利的论述：被动权利具有法律上的地位感，而比较积极的权利概念则有赖于在公民所属社区内以及对于该社区的行动。特纳也对权利作了主动与被动之分，认为，在创设和扩展权利方面，有国家自上而下的行动（被动），又有社会运动自下而上的要求（主动）。① 可以进一步说，被动权利是一种"合法的存在状态"，主动权利是一种"合法的行为权力"。"存在"意味着一个人拥有权利，它是处于被动状态，很像是自由权和要求权。"行为"意味着一个人拥有创造权利的超权利，它是一个主动的过程，被称为支配权。②

社会权相当于被动权利中的要求权。社会权的权利主体对社会权的享有源自于法律对其身份的确认，其实现依赖于国家自上而下的行动，权利主体在权利实现过程中被动地提出权利的要求，等待国家的行动，而不能单独依靠自身的主动行为达到目标。或者说，社会权需要合作，需要得到国家的肯定、支持和帮助。正因为如此，托马斯·雅诺斯基的公民权利分类中将社会权利与霍菲尔德的要求权相对应。③

（2）从权利客体的角度分析，社会权主要是促成和提供的权利。"我的行为是我同法律打交道的唯一领域，因为行为就是我为之要求生存权利、要求现实权利唯一东西，而且因此我才受到现行法的支配。"④ 这说明法律关系主体间发生联系、作用，只能通过一定的行为来进行，权利客体即主体双方指向的对象应当是行为。

"新自由主义帮助人们认识到这样一个事实：即在权利的维护和实现依赖

---

① 托马斯·雅诺斯基著，柯雄译：《公民与文明社会》，辽宁教育出版社2000年版，第301页。
② 同上书，第38页。
③ 同上书，第54页。
④ 《马克思恩格斯选集》（1），人民出版社1965年版，第17页。

于政治秩序这种意义上，所有的权利都是政治性的。"① 任何权利的维护和实现都依赖于国家的行为，即尊重和保护。任何权利都有被尊重和保护的性质（属性），否则就不是权利，这就是自由权性质的那部分权利，是最基本的权利，也是西方社会给予自由权优先性的缘由之一。从这层意义上说，社会权首先是自由权。但是社会权不只是自由权，主要也不是自由权，其独特本质是促成和提供，社会权指向的国家行为的核心是促成和提供。社会权是更高层次要求的权利，除了被尊重和保护的性质，更为根本的是具有促成和提供的特性。因而给社会权下概念，必须抓住其促成和提供的本质，其作为权利的类本质即尊重和保护无须明示，尊重和保护的性质可以通过权利推定把握，是不证自明、不言而喻的。因此，社会权是促成和提供的权利。

（3）从国家义务性质分析：社会权主要是由国家积极义务保障实现的权利。关于社会权所对应的国家义务性质，是长期以来争论不休的问题。主流观点认为，社会权是要求国家积极行为的权利，国家的义务是积极的；自由权是免于国家干预的权利，只需国家消极不作为。这种观点已经遭到学界的质疑和驳斥。② 实际上，两类人权都需要国家的积极义务和消极义务来保障，不同的只是，义务的地位和作用明显不同。

社会权要求的国家积极义务是在国家不侵害的消极义务基础上的更高层次、更高要求的义务，其本身包含了消极义务（通过权利推定）；自由权要求的国家积极义务也是在消极义务基础上的更高要求。但是，设立社会权的目标不是实现由国家消极义务所尊重的那部分利益（这是不言而喻的，相当于作为自由权的那部分利益，是现有利益，是为自我保存），而是实现由国家积极义务所保护、促成和提供的那部分利益（增加的利益，是为自我发展），否则就不是社会权而只是自由权，也没有必要作此划分。设立自由权的目标不是实现由国家积极义务所保护、促成或提供的某种利益（能否实现还取决于很多因素，不是自由权的当然内容，只具或然性，不具必然性），而是实现由国家消极义务所尊重的那部分利益（现有利益，使之不减少），否则就不是自由权而是社会权了。所以，自由权与社会权之分不在于国家的义务是积极还是消极，而在于两种义务在两种情形下的地位和作用。社会权以国家积极义务作为主要手段达到期待利益的保护、促成和提供，以国家的消极义务作为次要手段

---

① 卡尔·J. 弗里德里希著，周勇、王丽之译：《超验正义——宪政的宗教之维》，三联书店1997年版，第100页。

② 杰克·唐纳利著，王浦劬等译：《普遍人权的理论与实践》，中国社会科学出版社2001年版，第113页。

达到现有利益的尊重；自由权以国家消极义务为主要手段、国家积极义务为次要手段达到现有利益的尊重。

　　2. 社会权的外延

　　社会权的外延是指社会权概念所确指的对象的范围。上述对社会权内涵的分析已使社会权的外延浮出水面。社会权是公民社会人格和精神人格形成和维护所必需的物质和文化生活方面的权利。它主要体现在国际人权公约及各国宪法之中，特别是《经济、社会和文化权利国际公约》中记载的典型形式的社会权。权利是随着社会经济的发展而不断发展完善的，试图提供一个穷尽的社会权清单是不切实际的幻想，也不是本文的目的。借鉴国际人权条约和日本、法国、荷兰等国关于"社会权"的理论和立法实践，本文将社会权的外延泛指生存权、工作权、受教育权、文化权等第二代人权。①

三、社会权与自由权关系的主流理论及批判

　　关于社会权与自由权关系，主流理论一直将其等同于积极权利与消极权利的关系。是否社会权都是积极权利，自由权都是消极权利？是否社会权之间相互冲突而自由权之间则能共存？社会权是针对国际社会、主权国家、社会组织，还是个人提出的要求？就国家作为义务主体而言，这部分保障社会权实现的义务是法律义务、政治义务还是道德义务。在承认国家义务的法律性质的前提下，社会权是否对国家立法、行政、司法权力都有强制性的约束力，或是只对某一权力有强制约束力？社会权是否只是国家权力的指导原则，而无司法强制保障的效力？在这些问题上，学界仍存有重大分歧。而这些问题又是社会权的基本理论问题，对其不同回答将直接影响到社会权的保障实施。

　　（一）积极权利与消极权利的含义及其区别

　　社会权性质的第一个问题是，是否社会权仅仅是一种积极权利，而与社会

――――――――――

　　① 日本宪法学界认为，社会权包括生存权、受教育权、劳动权和劳动基本权，对应于日本宪法第25—28条的规定。《成文宪法比较研究》一书所指的八类经济、社会和文化权利，实际上可归为三类，即生存权（社会保障权、适当生活水准权）、工作权（劳动、自由选择职业权、获得公正的、优惠的报酬权、平等工资权、组织与参加工会权、休息和休假权）和受教育权。日本宪法学界认为，社会权包括生存权、受教育权、劳动权和劳动基本权，对应于日本宪法第25—28条的规定。《成文宪法比较研究》一书所指的八类经济、社会和文化权利，实际上可归为三类，即生存权（社会保障权、适当生活水准权）、工作权（劳动权、自由选择职业权、获得公正的、优惠的报酬权、平等工资权、组织和参加工会权、休息和休假权）和受教育权。参见亨利·范·马尔赛文、格尔·范·德·唐著，陈云生译：《成文宪法比较研究》，华夏出版社1987年版，第154页。

权相对应的自由权只是一种消极权利。当前主流理论虽然承认社会权的人权地位，但同时认为社会权与自由权不同，社会权是一种积极权利，需要国家积极作为予以提供方能实现。在实际运用这对范畴的过程中，人们往往以积极权利与消极权利来分别指代社会权与自由权，这似乎成为一个公理。因而，正确认识积极权利与消极权利的确切含义及其区别，是厘清社会权与自由权关系的理论前提。

　　将权利分为"消极权利"（negative rights）与"积极权利"（positive rights）已有几百年的历史。霍布斯（Thomas Hobbes，1588—1679）大概是第一位讨论消极自由和公民社会问题的思想家。在他看来，"公民社会"（civil society）是"政治社会"（political society）的对立物，是公民行使消极自由，不受政府控制的领域。不过，众所周知，在霍布斯那里，消极自由和公民社会并不是什么好东西，而是无政府状态的代名词。洛克（John Locke，1632—1704）则相反，他把消极自由看成人的自然权利。这些权利不是政府赋予的，而是与生俱来的。政府的职责是保护这些权利，而不能侵犯它们。19 世纪70 年代末、80 年代初，英国的格林（Thomas Hill Green，1836—1882）首次提出了以道德学说为基础的"积极自由"论，强烈主张彻底抛弃自由放任主义，实行国家对经济活动和社会生活的全面干预。他认为个人的自由并非与他人毫不相关，对个人的自由应有所限制。国家对个人的幸福负有直接责任，应该为个人的幸福有所积极的直接的贡献。法国作家贡斯当（Henri Benjamin Constant de Rebecque，1767—1830）是第一位将消极自由与积极自由放到一起讨论的思想家，只是他的叫法不同，将它们分别称作"现代的自由"和"古代的自由"。真正对消极自由与积极自由作出明确划分的是现代哲学家柏林（Isaiah Berlin，1909—1997）。在其"两种自由概念"一文中，柏林拨开人类自由思想史上的重重迷雾，区分了两种自由的观念，即消极自由和积极自由。从柏林的解说来看，"消极自由"，是指"免于他人干涉和强制的自由"；而"积极自由"，则指"去做……的自由"。

　　积极自由与消极自由的分类是相对于积极权利与消极权利而言的。积极自由实质上就是积极权利。积极自由"是具有经济和社会性质的权利，其特点是包含了集体的尤其是政府的。这些权利包括：社会安全的权利、工作的权利、休息和闲暇的权利、受教育的权利、达到合理生活水准的权利、参与文化生活的权利，甚至包括诉诸一种保证这些权利的国际秩序的权利。这些在 20 世纪变得十分突出的权利，事实上有些在早些时候已出现在其他自然权利中。……这些权利不是保护个人以对抗政府或其他当权者的，而是提请公共权力机构注意要让诸如个人自己拥有的那种自由权通过另一些自由而得以实现……"①

关于积极权利的概念，目前在我国政治学和法学研究中深入探讨者甚少。从已有成果来看，大致有两种界定模式。一是根据权利主体的行为方式划分，将权利主体本人以作为方式行使的权利称为"积极权利"，而将权利主体以不作为方式行使的权利称为"消极权利"。② 二是根据义务相对人的行为方式进行划分，将义务人以积极主动的作为保障权利主体实现的权利称为"积极权利"，而将义务人以消极不作为不干预权利主体行使的权利称为"消极权利"。例如，李步云教授认为，权利有两种，一是所谓"消极"的权利，即要求国家与社会"不作为"，以保障人的人身人格权利及政治权利与自由诸如生命权、人身自由权、言论自由权、选举与被选举权等不被剥夺或受侵害。二是所谓"积极"的权利，即要求国家和社会的"作为"，以使人们的经济、文化、社会权利诸如就业权、休息权、社会福利权等得以实现。③

当然，第二种"积极权利"的界定模式得到学界普遍的认可，积极权利一般是针对义务相对人的积极作为义务而言的。所谓积极权利，"就是个人要求国家加以积极所为的权利，这类权利主要是指各种社会福利权利或各种受益权利，如公民的工作权、受教育权、社会救济权、保健权、休假权、娱乐权，等等"。④ 与积极权利相对应，消极权利是指一种自由状态，这种自由只要不受国家的干涉即可实现，是一种免于他人干预的权利。持消极权利观的人认为，人人都享有一种自然权利，权利都是私人的，是在没有他人强制，依照市民社会中自由的法则获得的。对于这些权利，国家只能消极地"不作为"，只有当权利人与他人发生纠纷时才来居中裁决，进行干预。

因此，积极权利与消极权利的区分是明确、具体的。根据中外学者的观点，二者之间的区别可归纳为以下几点：

首先，从产生时间来看，消极权利及其观念先于积极权利及其观念。消极权利观念在西方自由主义传统中根深蒂固，特别是在自由资本主义时期更是大行其道，是自由放任的市场经济的反映。积极权利观念直到 19 世纪后期才萌发，至 20 世纪才逐步普及，是社会主义革命和西方"福利国家"的产物。

其次，从相对应的义务性质来看，积极权利的实现要求义务人采取积极措施，即积极义务或作为义务；消极权利的实现只要求义务人不要干预即可，即

---

① 卡尔·J. 弗里德里希著，周勇、王丽之译：《超验正义——宪政的宗教之维》，三联书店 1997 年版，第 94—95 页。

② 董保华等：《社会法原论》，中国政法大学出版社 2001 年版，第 176 页。

③ 李步云：《论个人人权与集体人权》，载《中国社会科学院研究生院学报》1994 年第 6 期。

④ 俞可平：《社群主义》，中国社会科学出版社 1998 年版，第 82—83 页。

消极义务或不作为义务。

再次，从相对应的义务内容来看，积极权利要求义务人促成享有或提供某种物质或服务，而消极权利要求义务人不要干预。或者说，消极权利仅仅要求其他人的忍耐，而积极权利要想实现，则需要其他人提供食物和服务。①

最后，从实现的条件来看，积极权利受制于现有社会资源，而现有资源总是稀缺的，因而其实现是渐进的并且各种权利互相冲突；消极权利不受现有资源的限制，因而其实现是立即的，并且相互之间并不冲突。

（二）对积极义务与消极义务区别的批判

关于社会权所对应的国家义务性质，是长期以来争论不休的问题。主流观点认为，社会权是要求国家积极行为的权利，国家的义务是积极作为；自由权是免于国家干预的权利，只需国家消极不作为。我们可将这种区别称之为"义务区别"（duty distinction）。因而谈到社会权，人们自然想到积极权利，谈到自由权，就联想到消极权利。这几乎是一种条件反射，很少有人对此提出质疑。学界基本上将社会权与自由权之间的关系等同于积极权利与消极权利之间的关系。然而，这是对社会权性质的简单化、直觉化理解，混淆了两种不同的区分，即将积极权利与消极权利之间的区分和社会权与自由权之间的区分合二为一。实际上，积极权利与消极权利之间的区别根本不同于社会权与自由权之间的区别。将这两种区别看做同一事物，只是一个人云亦云的假设。

很多学者认为，公民权利与政治权利属于消极权利。"民主宪法保护传统的公民权利和政治权利，例如，言论自由、结社自由、选举自由等。这些权利是消极权利，因为他们禁止国家对你做什么。"② 同样，查尔斯·弗雷德（Fried）也将所有传统的公民与政治权利归入消极权利范围，并列出如下具体权利：迁徙自由、言论自由和个人才智发展、性自由、隐私权、政治权利、非经正当程序不得剥夺人的自由或财产的权利、非经陪审团审判和律师帮助不受刑事追究的权利、不自证其罪的权利。③

然而，不是所有传统的公民权利与政治权利都是消极权利，因为不是所有

---

① 杰克·唐纳利著，王浦劬等译：《普遍人权的理论与实践》，中国社会科学出版社 2001 年版，第 32 页。

② Will Kymlicka and Wayne J. Norman. *The Social Charter debate*：*should social justice be constitutionalised*? Network Analyses：Analysis No. 2. Ottawa：Network on the Constitution，1992（2）.

③ See Charles Fried. *Right and Wrong*. Cambridge，Mass：Harvard University Press，1978. 133—134. For another example of conflation between traditional and negative *rights*, see A. Pereira-Menault. Against positive *rights*. Valparaiso Law Review，1988（22）：259—283.

权利只对国家或他人课加了一个不干涉享有者的义务。根据前文对积极权利与消极权利的分析，二者一个重要的区别是相对人承担的义务性质。积极权利的实现要靠国家的积极作为义务的履行，要么促成要么提供，是有成本的；消极权利的实现只需国家消极不作为，不需要靠国家提供资源，是没有成本的。很明显，获得陪审团审判和律师帮助的权利就不是消极权利，因为它需要国家建立完备的国家制度，即建立司法制度、支付法官工资、指定陪审团等。同样，被人权宣言确认为公民权利的接受公正审判的权利也不是消极权利，而是积极权利。因为它迫使国家依法履行行使司法权的积极义务，要求国家为穷人和其他需要帮助的人提供法律援助，并建立监督整个司法体系运作的机制。否则，这个权利便毫无意义。在所有传统的公民权利中，那些调整个人与法院之间关系的权利都是积极权利。①

至于政治权利，它们也是积极权利。言论自由，其实现也得靠政府积极作为，也是有成本的：为了防止某些公民妨碍另一些公民的言论自由，必须要有警察；为了防止政府机关限制公民的言论自由，必须要有法院。而警察与法院都是国家机器的一部分，没有公共财政的支撑根本无法运作。不受虐待的权利通常被看做原型的消极权利：它所要求的不过是国家不要侵犯个人的自由和身体完整。但是，正如杰克·唐纳利分析的那样，确保这种侵犯不会发生，在几乎所有情况下都要求重要的"积极"计划，它包括训练、监督和控制警察和安全部队。在许多国家，这不仅花费极其昂贵，而且如果不改变政权，在政治上也是不可能的。在任何情况下，要使人民免受虐待，都要国家作出重要的积极努力。② 选举权和被选举权是典型的政治权利，但它们也不是消极权利。选举权是公民通过投票和选举各级政权机关代表参加国家民主政治过程的权利。国家的义务是组织有秩序的选举，这包括一系列的活动，从花钱雇人照顾投票箱到打印投票结果和重新安排议会议程进行竞选活动，等等。被选举权也同样要求国家建立和维持选举制度，即保护选举权和组织选举。

与主流理论相反，许多社会权还是消极权利。联合国防止歧视与保护少数者小组委员会前主席埃德（A·Eide）对国家履行保障社会权的义务作了四个层次的划分，其中第一层次就是尊重的义务，即国家必须尊重个人拥有的资源、他或者她根据其自愿选择工作的自由、采取必要行动单独地或者与其他人

---

① See Fabre, Cecile. *Constitutionalizing Social Rights.* Journal of Political Philosophy, 1998（6）.

② 杰克·唐纳利著，王浦劬等译：《普遍人权的理论与实践》，中国社会科学出版社2001年版，第32—33页。

一起使用必要资源的自由，以满足他或者她的个人需要。① 这里的"尊重"义务首先是指国家不得干预、妨害个人自由的消极不作为义务，保障的是个人的消极权利。举例来说，受教育权是社会权家族主要成员之一，它既是积极权利又是消极权利，但首先必须保障作为消极权利的受教育自由权。受教育自由权就是要求国家不得侵害并尊重公民受教育权的享有，与要求国家不作为的"不作为请求权"相对应。这种自由权性质的受教育权是一种防止国家干预的防御权，国家的义务是消极的不侵害，因而是一种消极权利。因此，对于非义务教育，公民有权自由选择是否接受继续深造、是否利用国家提供的受教育条件、是否获得学业的成功，等等。即使听起来非常积极的食物权在许多情况下只要政府不作为就可以实现。促进生产粮食出口创汇而不是供应本地消费的食品用粮的政府发展计划的例子，就能清楚地说明这一观点。在这样的情况下，如果政府不干预农业积极性，食物权就可以得到较好的实现。

因此，积极权利与消极权利之间确实存在一个基本的区别，即"义务区别"，一些权利是积极的，因为它们要求帮助和提供资源的积极义务；一些权利是消极的，因为它们要求不干预的消极义务。但是，积极权利与消极权利之间的基本义务区别并不适用于社会权与自由权之间的区别，将这两种区别合二为一是错误的。大部分权利并非排他性地只对应于积极义务或消极义务，甚至可以说，不管是社会权还是自由权，没有哪一项权利非常准确地只对应于积极义务或消极义务，用杰米·沃德伦（Jeremy Waldron）的话说，社会权和自由权都与一组组义务相联系，包括消极义务和积极义务，它们既要求某种行为的容忍，也要求提供和分配资源。② 这种例子随处可见。例如，作为一项自由权，言论自由与国家尽可能避免对出版物和言论进行审查的义务相对应。同时也伴随国家保护公民不遭受歧视言论攻击或侮辱，以及保护公民团体或政治组织的义务，如依法确认非营利组织的法律地位。这些毫无疑问是积极义务。而社会权也与消极义务有关。假如我们享有生存权，那么，它当然要求国家保护我们的生活资料，促成借以实现生存权的各种机会，并在我们无法照顾自己生活的时候给我们提供食物；但它也禁止国家作出某种行为威胁到我们的生存手段。因此，所有的权利既要求国家的积极行为，也要求对国家予以限制。

此外，一项权利相对积极还是消极，通常取决于特定的历史环境。比如，在堪萨斯的麦地里，食物权完全是一种消极权利，但是，在瓦兹或东洛杉矶，

---

① ［挪威］A. 埃德著，刘海年译："人权对社会和经济发展的要求"，载《经济、社会和文化权利国际公约研究》，中国法制出版社 2000 年版。

② See Jeremy Waldron. *Liberal Rights*, collected papers 1981—1991, 203ff. Cambridge.

它则是相当积极的权利。在斯德哥尔摩，不受虐待的权利基本上是一项消极权利，但是，在南布朗士，它则多少是比较积极的权利；在阿根廷，20 世纪 70 年代后期，它是非常积极的权利，而在今天，它更接近于一项消极权利。①

当然，批判当前关于社会权与自由权关系的错误理论并不意味着二者对应的义务没有任何区别。例如，一个明显的区别就是，社会权是主要由国家积极义务保障实现的权利，而自由权则是主要由国家消极义务保障实现的权利。与我们讨论的问题更重要的一个区别是，虽然两类人权都需要国家的积极义务和消极义务来保障，但二者对应的义务的地位和作用略有不同。

（三）对权利冲突区别的批判

根据前文的义务区别以及社会资源的稀缺性，可以推断出二者的另一个区别，即"冲突区别"（conflict distinction）：社会权不可避免要主张社会资源，而社会资源是有限的，因而其实现是渐进的而各种权利互相冲突；自由权是以禁止方式表现的不干预的权利，没有像社会权那样的自然的不可避免的限制，尊重所有的自由权是可能的，因而自由权能立即实现并能共存。② 与"义务区别"一样，"冲突区别"也被视为排除社会权可诉性的有力论据，其理由是司法权缺乏裁决社会权的能力和合法性。③ 下文笔者将论证，正如主流理论对义务区别的错误理解那样，关于社会权与自由权关系的冲突区别也是虚构的，明显地与社会权一样，自由权之间也存在相互冲突。

首先，根据前文对社会权与自由权之间"义务区别"的分析，主流理论显然是不正确的。而根据这一错误的假设前提推断出二者之间的"冲突区别"也是不可靠的。社会权与自由权都有相关的积极义务和消极义务，假如认为自由权之间不存在冲突，是因为它们只需要国家和他人的消极不干预就能实现，那么，社会权的实现同样需要对其作出某种消极的安排，如不对其进行干扰，因而也必须承认社会权之间不存在冲突。反过来说也是如此，即认为社会权之间存在冲突，基于相同理由必须承认自由权之间也存在这种冲突。

---

① 杰克·唐纳利著，王浦劬等译：《普遍人权的理论与实践》，中国社会科学出版社 2001 年版，第 33 页。

② See Charles Fried. *Right and Wrong*. Cambridge, Mass: Harvard University Press, 1978. 110.

③ See Penuell M. Maduna. *Judicial review and protection of human rights under a new constitutional order in South Africa*. Columbia Human Rights Law Review, 1989 (21); Michael Mandel. The Charter of Rights and the Legalization of Politics in Canada. Toronto: Thomson Educational, 1994 (62).

但有些反对利益论权利观的学者认为，权利永不冲突。See in particular R. Nozick. Anarchy, *State and Utopia*. Oxford: Blackwell, 1974. pp. 28—29.

其次，从一般意义上说，权利冲突是一种非常普遍的法律现象，所有权利都可能相互冲突，特别是以利益为基础（interest-based）的权利。① 在西方权利理论中，有一种比较新且影响较大的理论即利益论（interest theory），拉兹（Joseph Raz）和麦考密克（N. MacCormick）是主要代表。该理论认为，权利的不可缺少的要素是，法律保护或促进一个人的利益，使之免受他人或社会的侵犯，办法是为后者设定对权利主体的义务或责任。但只有在某人的利益本身被认为足以证明别人有义务以某种形式促进这种利益时，才可以说他拥有这种权利。现在假设：甲的某项利益本身非常重要，足以证明丙有义务促进该利益，但同时乙的利益的重要性也证明丙必须履行其他义务，丙的自愿履行相互排斥而无法实现，那么，甲和乙的权利相互冲突。

权利冲突在我国学界也得到普遍认同，并在日常生活和司法审判中频频亮相。权利冲突作为一种社会现象和法律现象早已存在，在中国的法治进程中，权利冲突已经成为一个非常普遍的法律现象并广泛地存在于法制的各个环节之中，尤其是存在于司法审判和日常生活中。② 刘作翔教授在西方权利理论基础上提出了"利益—价值论"这一主客观相统一的权利解释，认为权利是不同的利益和不同的价值观的体现和产物，权利冲突的实质就是利益的冲突和价值的冲突。利益的多样性及人类认识的差异性甚至对立性，必然引起权利冲突，在中国经济转型、法治发展和公民权利意识增强引起矛盾和冲突丛生的环境下更是如此。近年来出现的众多权利冲突案例生动地展示了权利冲突现象的普遍存在，如言论自由与人身权冲突案、夫妻之间生育权冲突案、公民休息权与公民娱乐权冲突案、生命权与隐私权冲突案、生命权和人身安全权与车辆通行权冲突案、政治权利与荣誉权冲突案、医院经营收益权与急救病人生命健康权冲突案、记者采访权与公民隐私权冲突案。③

再次，具体到自由权领域，权利冲突也明显地具有普遍性。从理论上说，既然所有的权利都会发生冲突，那当然也包括自由权在内。实际上，正如美国

---

① 但有些反对利益论权利观的学者认为，权利永不冲突。See in particular R. Nozick. Anarchy, *State and Utopia*. Oxford：Blackwell，1974. pp. 28—29.

② 刘作翔："权利冲突的几个问题"，载《中国法学》2002 年第 2 期；"权利冲突：一个应该重视的法律现象"，载《法学》2002 年第 3 期；"权利冲突：一个值得重视的法律问题——权利冲突典型案例分析"，载《浙江社会科学》2003 年第 3 期。

③ 刘作翔："权利冲突：一个应该重视的法律现象"，载《法学》2002 年第 3 期；苏力："秋菊打官司案、邱氏鼠药案与言论自由"，载《法学研究》1996 年第 3 期；关今华："权利冲突的制约均衡和言论自由优先配置质疑"，载《法学研究》2000 年第 3 期。

政治学家弗里德里希所言："不同自由权之间存在并且一直都有原则冲突。"① 例如，保护个人借助于广播的表达（言论）自由的规章条款，可能会妨害广播设施拥有者的私有财产权，其他如出版自由与隐私权相冲突，与公正获得审判的权利以及其他权利相抵触，等等，这样的例证还很多。② 中国也不乏此类案例。前文提到的近年来中国发生的典型权利冲突案基本上属于不同自由权之间的冲突，即言论自由与人身权冲突案、公民休息权与公民娱乐权冲突案、生命权与隐私权冲突案、生命权和人身安全权与车辆通行权冲突案、政治权利与荣誉权冲突案、记者采访权与公民隐私权冲突案。

以上论述表明，所有权利的保护和实现最终都需国家的强制力保障，都依赖于国家的积极行动，认可社会权的相互冲突性和经济代价性，就必须承认自由权也具有相同的特征。"在权利的维护和实现依赖于政治秩序这种意义上，所有的权利都是政治的。"③ 不管保护什么权利都必须依赖由公共财政支撑的警察、检察、法院、监狱等政府机制，因此，所有的权利都是积极权利，权利是有代价的。④所谓的社会权与自由权之间的"冲突区别"是人为的和虚构的。

（四）对道德义务与法律义务区别的批判

主流理论认为，社会权只对立法者产生道德或政治约束力，而不对司法产生法律约束力，社会权对应的义务只是道德或政治义务，而非法律义务；自由权却能产生对所有国家机关的法律约束力，自由权对应的义务是法律义务。那么，究竟社会权对应的义务是法律义务还是道德或政治义务？社会权对应的义务主体包括哪些？是只针对立法者还是可以越过立法者而直接拘束行政、司法和公民？义务主体承担的义务是直接义务还是间接义务，义务的范围有多大？这些问题尚待我们进一步澄清。

1. 社会权对应的义务都是法律义务，而不仅仅是政治义务和道德义务

不管是西方还是中国，都曾将社会权视为只是国家的立法指示、纲领方针，国家对其公民承担的只是道德义务或政治义务。现在，这种观念还相当盛行，严重影响了社会权效力的发挥，以至社会权一直仅仅被视为国家争取的目

---

① 卡尔·J. 弗里德里希著，周勇、王丽之译：《超验正义——宪政的宗教之维》，三联书店1997年版，第94页。

② 同上书，第106页。

③ 同上书，第100页。

④ See Stephen Holmes and Cass R. Sunstein. *The Cost of Rights*：*Why Liberty Depends on Taxation*. New York：Norton，1999.

标和理想，没有获得与自由权同样的法律地位。

反对社会权具有相应法律义务的人认为，社会权的理想是值得称赞的，但是它们不能成为可诉性的法律权利。从政治和道德角度看它们在国家政策制定中发挥重要作用，但是它们不能像公民和政治权利那样构成法律权利。① 即使社会权被法律化而成为法律权利，也并不意味着它获得了可由司法裁决的法律约束力，也许只是提醒国家机关应该予以关注，仅有对立法者或执法者的道德或政治约束力。而且在法律的构成要素中，除了规范之外，还有原则和政策。因而那种认为社会权既然已经法律化，国家承担的义务是法律义务的看法是有失偏颇的。

反对的观点之所以获得如此广泛、深刻的影响，是因为它建立在当前关于社会权与自由权关系的主流理论的基础之上。如前文所述，主流理论认为社会权与自由权之间的一个重要区别是"义务区别"，社会权只是积极权利，只对国家提出积极提供帮助的积极作为义务，而自由权是消极权利，只对国家提出免于干预的消极不作为义务。

然而，前文分析已证明，当前主流理论是犯了简单化和直观化的错误。社会权和自由权都与一组组义务相联系，包括消极义务和积极义务，它们既要求国家某种行为的容忍，也要求国家提供和分配资源。对社会权相对应的国家义务的务实理解，挪威著名人权学家 A. 埃德的观点全面而中肯。他认为，国家至少负有三种义务，即尊重、保护和实现的义务。尊重的义务要求政府不得对社会权的享有进行干涉；保护的义务要求政府防止第三方对这些权利的侵犯；而实现的义务要求政府采取适当的立法、行政、司法、预算和其他措施以确保这些权利的充分实现。② 因而我们可以说，所有社会权都具有相应的法律效力，并使国家承担相应的法律义务。如《社会权公约》第 2 条规定了缔约国承担的义务性质为一般法律义务，包括行为义务和结果义务。③ 其中，"采取步骤"的行为义务本身不受其他问题的限定或限制，是"立刻生效"的；对于结果义务，缔约国均有责任承担最低限度的核心义务，确保至少使每种权利的实现达到一个最基本的水平，这也是"立刻生效"的义务。大多数社会权只能逐渐地加以实现这一事实——实际上这一点也适用于大多数公民权利和政

---

① See Vierdag. The Legal Nature of the Rights granted by the International Covenant on Economic, Social and Political Rights. NYIL, 1978（103）.

② A. 埃德："人权对社会和经济发展的要求"，载刘海年《经济、社会和文化权利国际公约研究》，中国法制出版社 2000 年版，第 15—16 页。

③ 联合国经济、社会和文化权利委员会："一般性意见 3：缔约国义务的性质"，E/1991/23 号文件。

治权利——并没有改变政府所承担的法律义务的性质。①

2. 社会权对应的法律义务主体是国家，具体由立法、行政和司法三权承担

人权是人对其所在社会提出的要求，法律权利是对公民所在国家提出的要求。作为法律权利的社会权则是指公民依法享有的要求国家对其物质和文化生活（社会人格和精神人格）积极促成及提供相应服务的权利，其义务主体必定是国家，具体由立法、行政和司法三权承担。

鉴于当前人权保障的国际化趋势，以及各国应当履行的保障国际人权的义务，立法者在将宪法中纲领性的客观权利转变为法律规定的具体性主观权利过程中，应当积极参与国际人权法的合作，签署、批准和加入有关保障社会权的国际条约，并尽快切实履行国际人权法在国内法的实施义务。因此，立法机关对宪法规定的社会权的保障可从两个方面进行，一是通过立法落实中国批准和加入的国际人权法规定的社会权内容；二是将宪法有关社会权的条款法律化、具体化。

国际人权在国内的实施方式取决于国际法与国内法的关系。关于国际法与国内法的关系，或者说国际法的效力问题，国际法上没有统一规则，实践中大体存在两种对立的比较典型的模式：一是"个别转换"，即条约的国内法效力依赖于国家通过个别立法实施的转换过程；二是"自动纳入"，即国家一旦缔结或加入某一国际条约，该条约便自动地成为国内法的一部分。② 如果采用"个别转换"方式，唯一的实施方式就是立法机关的立法；如果采用"自动纳入"方式，实施方式将主要是司法机关和行政机关的执法和司法，以及立法机关对国际人权法的解释。但事实上，采用"自动纳入"方式的国家中，条约又分为"自动执行条约"和"非自动执行条约"，"非自动执行条约"的实施实际上和采用"个别转换"方式的国家一样，非经国内立法不得在国内法院直接适用。而且，有些国际条约本身就要求缔约国通过国内立法来实施条约的规定。③ 所以，国际人权法在各国的实施首先必须通过立法机关的立法转换。

立法者除采纳国际标准以外，还必须根据各国的具体国情将宪法的条款具体化为可以操作的国内标准。前文关于西方国家和中国社会权法律效力的理论

---

① A. 埃德："国际人权法中的充足生活水准权"，载刘海年《经济、社会和文化权利国际公约研究》，中国法制出版社 2000 年版，第 220 页。

② 龚刃韧："关于国际人权条约在中国的适用问题"，载夏勇《公法》（1），第 284 页。

③ 例如，1966 年《经济、社会和文化权利国际公约》第 2 条第 1 款就要求各缔约国采取一切适当方法，尤其是立法方法，逐渐实现公约承认的权利。

可知，采取"方针条款"、"宪法委托"和"制度保障"模式的情形比较普遍，这就需要将宪法社会权条款进一步法律化、具体化，唯一途径就是立法机关的立法活动。

社会权经立法权从宪法权利具体化为法律权利并得到立法保障之后，并不必然地自动为公民实际享有，其无阻碍地实现还需对法律执行负有法定职责的国家行政权的积极作为保障。行政执法，是指享有行政权的行政主体在行使行政管理权的过程中，依照法定职权和程序，贯彻实施法律的活动。"徒法不足以自行"，法律的生命力在于它在社会生活中的具体实施。根据宪法规定的国家权力分工，行政权是执行国家意志的权力，立法权表达的国家意志主要由行政权来贯彻执行。如据我国国务院法制局的统计，中国有近 80% 的法律法规是由各级行政机关贯彻执行的。① 社会权需要国家的积极主动促成和提供（给付）方能实现，与行政权行使的主动性、能动性相一致。因而，规定社会权的法律没有行政权的执法保障几乎是不可能实现的。

社会权对于司法权的效力，就是司法机关必须履行保护社会权的法律义务，当社会权遭到立法权、行政权或其他人的作为或不作为侵害时，应受理相关的社会权侵权诉讼案件。这也是司法机关的法定职能和职责。

3. 社会权对应的法律范围：既有一般法律义务，也有可由司法裁决的法律义务

权利都是法律下的权利，是相对的而不是绝对的。社会权莫不如此。权利的界限就是其相对应的义务范围。社会权作为一种法律权利，都要求国家一般法律义务的履行，既要求国家的积极义务也要求国家的消极义务，其中包括一定程度的可由司法裁决的法律义务。

社会权作为消极权利，国家承担尊重的义务，即国家不干涉社会权享有的消极义务，这与自由权对应的消极义务性质完全相同。这种消极义务是直接的、立即生效的，也是自动执行的而不需要国家的积极措施，因而是一种具有国家强制力的法律义务，受到侵害后可由司法进行裁决。

社会权作为积极权利，国家至少在某种程度上承担直接的、立即生效的积极义务，即可由司法裁决的法律义务。这些积极的法律义务包括，国家的保护义务和实现义务。保护社会权不被第三人侵犯与保护自由权不被第三人侵犯具有相同性质，国家机关的不作为将导致其违法而承担法律责任。实现的义务包括促成和提供的义务，它要求国家采取措施以创造条件使每个人都能够采取必要行动来满足自己的需求，在缺乏其他可能性的前提下，直接提供诸如食品或

---

① 高帆：《行政执法手册》，中国法制出版社 1990 年版，第 6 页。

可以用于食品的资源之类的基本需要。提供的义务依赖于国家可以获得的资源，资源的稀缺性使所有的社会权不可能全部得到实现，但不能因此而将国家的保护义务排除在法律义务之外，因为自由权也同样不可能获得完全的实现，难道国家也因此没有法律义务保护自由权吗？显然，社会权对国家的积极义务也应视为直接的、立即生效的法律义务，只不过国家承担保障社会权实现的程度要受国家经济文化发展水平的一定限制罢了。或者说，国家对社会权的促成和实现义务，即政府采取适当的立法、行政、预算、司法和其他措施以确保这些权利充分实现的积极义务，在涉及社会权的某些方面或最基本水平，如最低生活保障、义务教育等，还具有可由司法裁决的性质。

四、社会权的可诉性

社会权的可诉性是人权领域争议最大、影响最广的重大理论与实践问题。在人权问题成为国际国内政治、经济和社会发展主要议程的当代，社会权的可诉性既受到越来越多的关注又面临令人可怕的挑战。关于社会权可诉性的争论已经从纯粹法律领域转移到无序的国际政治竞技场上共同关注的问题，如发展权、全球化的人权维度。① 然而，主流权利理论认为，自由权与社会权之间存在明显的区别，关键一点是，自由权具有可诉性，而社会权只能是一种理想，没有可诉性。实质上，主流理论的这一观点是武断的、不合逻辑的，社会权同样具有可诉性。下文将从立法和司法实践两个方面分别探讨社会权的可诉性：一是社会权可诉性的立法实践分析，分析社会权在国际、区域和国内层面法律规范的形成与发展，揭示其可诉性的已有之义；二是社会权可诉性的司法实践分析，分析社会权在国际、区域和国内层面的司法保护实践。

（一）社会权可诉性的立法实践分析

社会权是国际人权法的重要内容。《世界人权宣言》、国际与区域的一般人权公约，以及旨在消除对特定弱势群体的歧视和对其进行保护的特别人权公约，都对社会权作出了有法律约束力的规定。这些关于社会权的公约已被许多国家纳入国内法律制度，使社会权在国家层面也具有正式的法律效力。国际、区域和国内三个层次的立法实践表明，社会权具有一定范围和程度的可诉性。

1. 国际层面的立法实践分析

由于司法救济对人权保障不可替代的重要作用，在国际人权文件中，尽可

---

① See Kitty Arambulo. *Giving meaning to Economic*, *Social and Cultural Rights*: *A Continuing Struggle*. Human Rights and Human Welfare, 2003（3）：114.

能地发展了司法救济措施，通过建立各种申诉程序使被侵害的人权获得救济。对社会权司法救济的国际文件，主要体现在以下三个方面：第一，联合国通过的有关决议；第二，一般性国际人权公约；第三，对特定弱势群体的特定国际人权公约。

（1）联合国决议的认可。决议与公约不同，决议通过民主程序作出，适用于所有国家，而公约只对缔约国具有约束力。联合国人权组织机构认可社会权可诉性的决议主要有两个，一是联合国大会于 1948 年 12 月 10 日通过的《世界人权宣言》；二是经社理事会于 1970 年 5 月 27 日通过的《第 1503 号决议》。

《世界人权宣言》第 8 条规定："任何人当宪法或法律赋予他的基本权利遭受侵害时，有权由合格的国家法庭对这种侵害行为作有效的补救。"由于《世界人权宣言》特殊的权威地位和影响力而对所有国家具有法律拘束力，该条确认了包括社会权在内的所有基本权利的可诉性。对于宣言第 8 条含义可作如下理解：①

众所周知，人权的实现主要是在国家层次。《世界人权宣言》的通过意味着完成了国际人权宪章的第一步——在国家层次实现人权的司法补救。根据第 8 条的措辞"合格的国家法庭"，可以明显看出第 8 条要求的补救是国家层次而非国际层次的。能够获得司法救济的权利范围非常广泛，应当包括社会权。因为第 8 条明示了宪法或法律所赋予的基本权利。但是，"鉴于起草者们强调免遭权力滥用的保障并强调与保护权、人身权和公平审判之间的联系，因此，我们有理由相信他们主要考虑的是传统上由宪法来保障的政治权利和公民权利"。② 然而，第 8 条的措施是一般性的，应当包括经济、社会和文化权利。

1970 年 5 月经社理事会通过的处理有关违反人权和基本自由来文程序的《第 1503（XLVIII）号决议》，建立了一项程序，意图对"似乎显示大规模严重且有可靠证明的侵犯人权的情势"进行审查和矫正。第 1503 号决议程序是目前唯一对每一个人开放的一般性的人权控诉程序，认可了包括社会权在内的人权的可诉性。

根据该决议，防止歧视和保护人权小组委员会（1999 年经社理事会将其更名为促进和保护人权小组委员会）下设的一个由 5 人组成的来文问题工作组，每年要对声称存在大规模侵犯人权情势的个人和群体递交的数以千计的来

---

① 格德门德尔·阿尔弗雷德松，阿斯布佐恩·艾德著，中国人权研究会组织翻译：《〈世界人权宣言〉：努力实现的共同标准》，四川人民出版社 2000 年版，第 193～214 页。

② 同上书，第 210 页。

文（控诉）进行甄别。如果工作组认定有合理证据表明存在大规模严重侵犯人权的情势，则将该来文提交防止歧视和保护人权小组委员会全体委员审查。小组委员会随后决定是否通过人权委员会的情势问题工作组将该情势提交人权委员会。然后由人权委员会作出秘密决定。

（2）一般性国际人权公约的确认。国际人权宪章的完成分两步走。第一步是通过《世界人权宣言》，在国家层次上实现人权的司法补救。第二步是制定有拘束力的国际人权公约，更为精确地表达《世界人权宣言》中包含的权利，不仅重申人权的国内司法保护，而且确定这些权利的国际监督机制，在国际层次上实现人权的有效补救，包括司法补救。

人权的可诉性在《自由权公约》中的发展是通过两条途径进行的：一是国内个人申诉程序；二是国际申诉程序。第 2 条确认了人权侵害的国内司法补救措施；第 41 条规定了国家间申诉程序①，即一个缔约国能够针对另一个缔约国，以其未履行本公约下的义务为由向人权事务委员会提出指控；而《自由权公约》附加的《任择议定书》规定了国际个人申诉程序。②

自由权的可诉性毫无疑问。引起争议的是，以上《自由权公约》确立的人权司法补救是否适用于社会权呢？当初的立法者确实没有在《自由权公约》中设置社会权的司法补救。然而，从人权公约起草时起已愈 50 年，人权保障的范围和程度早已今非昔比，国际人权的发展促使《自由权公约》的监督机构将有关条款的潜在含义逐步发掘了出来，使之适用于社会权，从而使社会权获得与自由权一样的司法补救性质。这就是《自由权公约》的监督机构——人权事务委员会对公约所做的解释，即其作出的"一般性意见"。而已被挖掘的条款主要是第 26 条：

"所有的人在法律面前平等，并有权受法律的平等保护，无所歧视。在这方面，法律应禁止任何歧视并保证所有的人得到平等的和有效的保护，以免受基于种族、肤色、性别、语言、宗教、政治或其他见解、国籍或社会出身、财产、出生或其他身份等任何理由的歧视。"

根据第 26 条之规定，社会权是否属于该条的保障范围？或者说，法律的平等保护是否只保护本公约中的自由权？

第 26 条的形成是长期的、有争议的讨论的结果。③ 很明显，该条的内容

---

① 申诉（complaint）和来文（Communication，可译为"通知"）很多情况下可以互换。

② 该议定书规定，"凡声称其在公约规定下的任何权利遭受侵害的个人，如对可以运用的国内补救办法，悉已援用无遗，得向委员会书面提出申请，由委员会审查"（第 2 条）。

③ 有关该条形成的历史背景，见曼弗雷德·诺瓦克著，毕小青、孙世彦译，夏勇校：《民权公约评注》，三联书店 2003 年版，第 456—459 页。

来自《世界人权宣言》第 7 条，而且《自由权公约》与《世界人权宣言》一样，除了在第 2 条包括了辅助性的禁止歧视的规定外，还在第 26 条规定了一项独立的平等权。① 人权事务委员会第 18/37 号一般性意见指出："尽管第 2 条把在歧视方面受到保护的各项权利限制在本公约规定的范围内，第 26 条却未规定这种限制。……委员会认为，第 26 条并不仅仅重复第 2 条已经作出的保证，而是本身就规定了一项单独存在的权利。它禁止公共当局管理和保护的任何领域中法律上和事实上的歧视。因此，第 26 条关心的是缔约国在立法及其适用方面承担的义务。因此，当某一缔约国通过立法时，必须符合第 26 条的要求，其内容不应是歧视性的。换言之，第 26 条所载的非歧视原则不仅适用于《公约》规定的权利。"

《社会权公约》是规定社会权最全面、最有影响的一般性公约。由于对社会权认识的偏差以及意识形态的影响，该公约起草之初就以不可诉性与自由权区分对待，因而从文本内容看也难以发现社会权的可诉性。但是，这种窘况在公约生效十年后发生了巨大变化，不但建立了监督实施《社会权公约》的独立专家机构，而且对社会权的补救逐步步入了司法的轨道。

执行《社会权公约》的"林堡原则"提出了应当对社会权提供司法补救的四个原则，即第 17、19、35 和 40 原则。社会权委员会在"林堡原则"的基础上，通过"一般性意见"的形式重申了社会权司法补救的重要性，进一步明确了应当接受司法审查的社会权范围。第一，规定了《社会权公约》在国内司法适用的总原则。委员会认为，必须根据两个国际法原则来解释有关《社会权公约》在国内适用的问题。第一原则是，缔约国应修改其国内法律秩序以履行其条约义务。第二条原则反映在《世界人权宣言》第 8 条中②，即政府必须以司法补救对基本权利的侵害。具有法律效力的国际人权标准应该能够在每个缔约国的国内法律制度中直接和立即运作，从而使有关的个人能够在国内法院和审判庭上要求实施其权利。③ 第二，列举并说明应当予以司法救济的社会权内容。委员会提到："不受歧视地享有公认的人权往往可以通过司法或其他有效补救办法得到适当的促进。"④ 这就将《社会权公约》第 2 条第 2 款

---

① 曼弗雷德·诺瓦克著，毕小青、孙世彦译，夏勇审校：《民权公约评注》，三联书店 2003 年版，第 459 页。

② 《世界人权宣言》第 8 条："任何人当宪法或法律赋予他的基本权利遭受侵害时，有权由合格的国家法庭对这种侵害行为作有效的补救。"

③ 经济、社会和文化权利委员会："一般性意见 9：公约在国内的实施"，第 4 段。

④ 经济、社会和文化权利委员会："一般性意见 3：缔约国义务的性质"，第 5 段，E/1991/23 号文件。

规定的权利的非歧视行使、第 3 条规定的男女平等权利纳入了司法补救的范围。① "在《经济、社会和文化权利国际公约》中还有其他一些条款，包括第 3、7（甲）（i）、8、10（3）、13（2）（甲）、（3）、（4）和 15（3）条，看来也能由许多国家法律体系的司法和其他机构加以立即适用。"② 这些条款中的权利包括：男女平等权、公平工资和同工同酬权、工会权、儿童少年不受歧视权、接受义务教育权、学校选择权、设立和管理教育机构自由权、学术自由权。后来的一般性意见还确认了充足住房权、充足食物权、健康权和水权的可诉性。③

1996 年社会权委员会提出的《任择议定书》草案设立了对社会权侵害的个人或群体的申诉程序。该草案由序言和 17 条正文构成，目的在于通过建立个人和集体申诉程序以保障社会权的充分实现。《任择议定书》草案规定："本议定书缔约国承认委员会有权接受并审查该国管辖下的任何个人和集体根据本议定书提交的来文。"（第一条）"任何声称缔约国侵害公约所载任何权利的受害者的个人和集体，或者任何代表受害者的个人和集体，均可以向委员会提交书面来文，由委员会进行审查。"（第二条）④ 人权委员会将推进这一制定过程并最终通过《任择议定书》。

（3）特定国际人权公约的规定。1965 年通过的《消除一切形式种族歧视公约》（简称《公约》）设立了对所有人平等享有各类人权的种族歧视行为的司法救济程序。《公约》第 6 条规定，缔约国应保证在其管辖范围内，人人均能经由国内主管法庭及其他国家机关对违反本公约侵害其人权及基本自由的任何种族歧视行为，获得有效保护与救济，并有权就因此种歧视而遭受的任何损失向此等法庭请求公允充分的赔偿或补偿。国际申诉程序包括个人或个人联名的来文和国家间通知程序。消除种族歧视委员委员会有权接受和审议一缔约国认为另一缔约国未实施公约规定的通知，并得经争端当事各方的一致充分同意，设立专门和解委员会，为关系各国斡旋，并根据尊重公约的精神，和睦解

---

① 这一点在《一般性意见 3》的第一段也曾提到："《公约》规定逐步实现权利并确认因资源有限而产生的局限，但它同时也规定了立刻生效的各种义务。其中有两项对于理解缔约国义务的准确性质特别重要。其中之一已在另一项一般性意见中作了处理，即'保障''在无歧视的条件下行使'有关权利。"

② 经济、社会和文化权利委员会："一般性意见 3：缔约国义务的性质"，第 5 段，E/1991/23 号文件。

③ 经济、社会和文化权利委员会关于公约第 11 条第（1）款的《一般性意见 4》第 17 段，E/1992/23 号文件；E/C. 12/1999/5，General Comment No. 12（1999），para. 12；E/C. 12/2000/4（2000），General Comment No. 14，para. 59；E/C. 12/2002/11. General Comment No. 15（2002），para. 55。

④ E/CN. 4/1997/105，annex.

决问题。① 在缔约国声明承认消除种族歧视委员会的权限的前提下，委员会有权接受并审查在缔约国管辖下自称为该缔约国侵犯公约所载任何权利行为受害者的个人或个人联名提出的来文。② 这种申诉程序是强制性的。

1979 年通过的《消除对妇女一切形式歧视公约》包括关于国家执行的一般规则。第 2 条第 3 款要求缔约国尽力"为妇女与男子平等的权利确立法律保护，通过各国的主管法庭及其他公共机构，保证切实保护妇女不受任何歧视"，这款规定实质上确立了妇女与男子享有包括社会权在内的平等权利的国内司法保护。

2000 年联合国大会通过了该公约《任择议定书》，将妇女与男子平等权利的司法保护扩大了国际层次，规定了对权利侵害的国际申诉救济。议定书第一条规定，本议定书缔约国承认消除对妇女歧视委员会有权接受和审议根据第 2 条提出的来文。第二条规定，来文可由声称因为一缔约国违反公约所规定的任何权利而受到伤害的该缔约国管辖下的个人或个人联名或其代表提出。如果代表个人或联名的个人提出来文，应征得该个人或联名的个人同意，除非撰文者能说明有理由在未征得这种同意时，可由其代表他们行事。

另外，1919 年《国际劳工组织宪章》的第 26 条到第 34 条确立了保护劳工权利的申诉程序，并对国际劳工组织的所有公约有效。除了这个一般的申诉制度以外，第二次世界大战以后，在工会权领域还形成了一个特殊的申诉程序。③ 联合国教科文组织《反对教育领域歧视公约》第 8 条、1962 年通过的该《公约》的《议定书》第 12 条至 19 条也有规定。④

2. 区域层面的立法实践分析

社会权在区域层面的司法救济，现有欧洲、美洲和非洲制定了相应的区域性人权公约和宪章，建立了相应的实施机制，包括司法救济机制。

（1）欧洲立法实践分析。《欧洲人权公约》⑤ 主要保护的是公民和政治权利，但与《自由权公约》一样，也在一定程度上保障社会权，包括采取司法措施。

首先，《欧洲人权公约》本身涉及社会权条款。这些条款是：第 4 条关于

---

① 《消除一切形式种族歧视公约》第 11 至 13 条。

② 《消除一切形式种族歧视公约》第 14 条。

③ 1950 年 2 月 17 日的经济及社会理事会决议第 277（X）号。

④ 1962 年 12 月 10 日的议定书建立了一个和解与斡旋委员会"以负责寻求国家间可能发生的任何争端的解决"。

⑤ 因《欧洲人权公约》自 1950 年出台以来不断修正，本文所用资料除特别指明外，皆指 1998 年 11 月《第 11 议定书》生效后经修订的文本。

强迫劳动的规定；第 11 条第 1 款关于集会和结社自由的规定；第 14 条关于非歧视待遇的规定；第一议定书第 1 条关于财产得到尊重的规定；第一议定书第 2 条关于教育权的规定。其次，公约中部分条款有向保护社会权方面发展的可能性。《欧洲人权公约》第 14 条关于非歧视待遇条款的适用范围可延伸到社会权，强制要求在社会权领域的平等待遇。① 第 6 条第 1 款规定的公正审判条款也产生同样的效果。再次，《欧洲人权公约》建立了单一的监督机构——欧洲人权法院，设置了确保公约所载权利得以实现的强制性的独立程序，包括国家间控诉程序和个人申诉程序。

《欧洲社会宪章》规定了各项社会权，但由于当时权利观念、意识形态、经济发展程度等各方面的影响，《欧洲社会宪章》的签署较《欧洲人权公约》晚了 11 年，并且被视为对后者的补充，在法律效力上远远低于后者。与其他国际人权公约明显不同的是，最初的宪章既是一个政治宣言又是一个有法律约束力的文件。② 事实上，《欧洲社会宪章》不包括任何有关补救的一般性条款。③ 为弥补这一不足，欧洲理事会不仅先后于 1988 年和 1996 年对宪章规定的权利作过补充、修改，而且先后于 1991 年和 1995 年通过两个议定书对宪章的监督机制进行了改革和完善。其中特别引人注目的是，1995 年《规定集体申诉制度的欧洲社会宪章附加议定书》所建立的针对侵害宪章权利的集体申诉制度，它使被传统人权理论否定可诉性的社会权具有了可诉性。

欧盟在将社会权纳入欧盟法律方面作出了持续的努力。1989 年，欧洲议会通过了《基本权利和自由宣言》，该宣言包括若干涉及社会、经济和文化权利的条款；同一年《共同体工人基本社会权利宪章》作为欧洲共同体成员国国家首脑或政府的宣言获通过；2000 年欧洲理事会通过了《欧盟基本权利宪章》，在自由、平等、团结的章名下规定了许多社会、经济权利，如受教育权、工作权、自由择业权、男女平等权、共同交涉权、合理和公正的工作条件、社会保障和社会援助，等等。宪章尚不具备法律拘束力，但它们已经成为欧盟各机构和各成员国在人权领域活动的参照准则，甚至影响到了欧洲法院的

① 或者说是《欧洲人权公约》第 14 条的扩大适用，对保护社会权作出更实质性的确认。见张丽娟："欧洲人权公约和社会权利"，载赵海峰《欧洲法通讯》(1)，法律出版社 2001 年版，第 68 页。

② 作为宪章起草时两种相持不下的主张折中的结果，宪章第一部分宣布经济与社会权利方面应努力实现的政策目标，只具有宣言性，而不具法律约束力；第二部分规定在经济和社会权利方面应履行的具体义务，这一部分具有法律约束力。见 D. 哈里斯：《欧洲社会宪章》，1984 年英文版，第 16—17 页。转引自白桂梅等《国际法上的人权》，北京大学出版社 1996 年版，第 225 页。

③ 格德门德尔·阿尔弗雷德松、阿斯布佐恩·艾德著，中国人权研究会组织翻译：《〈世界人权宣言〉努力实现的共同标准》，四川人民出版社 2000 年版，第 205 页。

运作。自 1989 年附属于欧洲法院的初审法院设立以来，个人可向初审法院提起直接诉讼，其中包括关涉人权的诉讼。①

（2）美洲立法实践分析。《美洲人权公约》晚于《欧洲人权公约》出台，在人权保护范围和监督机制方面比后者更加全面、完善。《公约》将两类人权熔为一炉，并设立了人权的司法保护机制。

《公约》第 3 章以"经济、社会和文化权利"为章名，规定了缔约国逐步发展社会权的义务。诚然，逐步实现的义务在当时的环境下是不可诉的。但是这一缺陷在 1988 年通过、1999 年生效的《美洲人权公约附加议定书》中获得修正。该议定书的宗旨，"旨在确定应予保护的经济、社会和文化权利并设立制度化机构以妥善保护这些权利"（序言）。为此，议定书规定了许多公约中没有明确保护的社会、经济权利，如工作权、满意工作条件、工会权、罢工权、社会保障权、健康权、环境权、受教育权、教育自由权、文化权利等。

同时，为保护公约权利，公约设立了两个主管机构，即美洲国家间人权委员会和美洲国家间人权法院。人权委员会可以接受和审查个人、组织或缔约国递交的声称公约权利遭受侵犯的请愿书或通知书，而人权法院则有权接受和审理缔约国和人权委员会的关于侵犯人权的起诉。议定书将对自由权的保护机制扩大到部分社会权，主要表现在第 21 条第 5 款，即："在不使以上规定受到影响的情况下，就本议定书第 8、9 和 15 条所载之权利而论，就对这些权利的侵犯可直接归因于本议定书的某一缔约国而论，这类情况应导致适用美洲人权公约第 41 条到 51 条和第 61 条到 69 条所规定的个别申诉程序，同时引起委员会的相应的卷入，而且在适当时，美洲间人权法院也可介入。"②

（3）非洲立法实践分析。《非洲公民与民族权利宪章》（以下简称《宪章》）给予自由权和社会权同等的关注，并将满足社会权作为享有自由权的保证（序言）。在第 1 章《人权和民族权》中，规定了一些国际社会认可的主要社会权，如工作权、同工同酬权、健康权、受教育权、民族生存权等。《宪章》虽然以宣言形式立法，但是却对缔约国产生法律拘束力。由于它将社会权与自由权置于同等重要的地位、采取同样的保护措施，《宪章》对社会权的保护展示了巨大的潜力，允许个人、团体或组织、缔约国提出社会权遭到侵害的申诉。

《宪章》建立的非洲人权和民族权委员会，有权接受和审议有关国家的来

---

① 朱晓青：《欧洲人权法律保护机制研究》，法律出版社 2003 年版，第 245 页。

② 议定书第 8、9 和 15 条分别规定了工会权、罢工权和教育自由权。《美洲人权公约》第 41 条到 51 条和第 61 条到 69 条分别规定了美洲国家间人权委员会和美洲国家间人权法院受理和审议来文和起诉的权限和程序。

文和其他主体的来文，以确保《宪章》权利不受侵犯。《宪章》第 45 条规定，非洲人权与民族权委员会的职能之一是，保障人权和民族权在本宪章拟订的条件下受到保护。第 46 条规定："委员会可以诉诸任何适当的调查方法。它可以接受非洲统一组织秘书长或任何其他能够给委员会以指导的人的来信。"第 47 条到 54 条规定了国家的来文程序。第 55 条到 59 条规定了国家之外的其他主体的来文程序。

3. 国家层面的立法实践分析

由于宪法在几乎所有国家中作为根本法的最高法律地位，对社会权保护最为重要和首选方式就是宪法保护。一般立法作为宪法的执行在保障社会权方面也具有重要的工具作用。因而国内法对社会权的司法救济可以从宪法与一般立法两个层次进行。鉴于在宪法层次司法救济的根本性、权威性和效力最高性，同时考虑到各国一般法律资料的难以获取，下文着重对社会权在宪法层次的司法保障予以规范分析。

关于社会权的可诉性，至少与两个方面密切联系，一是宪法是否对社会权予以确认；二是违宪司法审查制度是否建立。根据这两个标准，下文将宪法对社会权可诉性的确认分为三种情形：

（1）宪法规定了社会权，并确认其可司法性。宪法保护社会权最激进、最有力的方式是宪法明确规定社会权，并建立违宪司法审查制度保障其在宪法层面得以实现。这一方式是对近代自由主义宪法权利理论的重大突破，是 20 世纪随着社会权的广泛入宪，特别是第二次世界大战后人权昌明时代的到来，宪法史上的一次重大变革和巨大的进步。采取这种方式的主要是大陆法系国家，包括德国、法国、希腊、爱尔兰、意大利、日本、西班牙、葡萄牙、瑞典、南非、芬兰、匈牙利以及俄罗斯联邦和其他独联体国家等。① 这些国家大都建立了宪法法院受理并审判声称宪法权利受到侵害者的请愿或起诉。

这些国家中，德国是西方发达国家社会权宪法法院保障的领头羊，俄罗斯是从社会主义国家立法机关违宪审查改制为西方宪法法院模式的代表，南非是第三世界国家追随西方宪法法院模式的后起之秀。宪法对社会权的司法救济，主要表现在针对国家权力的纵向方面，同时也在一定程度上表现于针对第三人的横向方面。

1949 年《德国基本法》和 1951 年德国宪法法院法的颁布确立了现代宪法

---

① 马可尼（Makinen）在其博士论文中对 22 个经济合作与发展组织（OECD）国家进行考察后指出，法国、德国、希腊、爱尔兰、意大利、日本、西班牙、葡萄牙、瑞典九个国家既在宪法中规定了社会权，又建立了违宪司法审查制度予以保障。See Makinen. *Social rights and Social Security*：*The Legal and Political Effects of Constitutional Rights to Social Assistance.* New York：University of Rochester, 2000. 30.

诉愿制度，使社会权的司法救济有了制度保障。《德国基本法》第 1 条规定："人的尊严不可侵犯。尊重和保护人的尊严是全部国家权力的义务。……下列基本权利作为可直接实施的法律，使立法、行政和司法机构承担义务。"《联邦宪法法院法》更加明确规定，任何人都能因其基本权利受到公权力侵害时向联邦宪法法院提起宪法诉愿（第 90 条第 1 项）。从而确立了宪法规定的基本权利对司法机构的实证效力，司法机构有宪法义务保护基本权利，包括其中的社会权。例如，在《德国基本法》第 1 章《基本权利》中，属于社会权的至少包括受教育权（第 7 条）、婚姻、家庭和非婚生子女的权利（第 6 条）、结社自由（第 9 条）、选择营业、职业或专业的权利（第 12 条）。

1993 年《俄罗斯联邦宪法》轻装上阵，站在宪法人权保障的最新前沿，对社会权的保障比联邦德国宪法有过之而无不及。《俄罗斯联邦宪法》首先在第 1 章《宪法制度的基础》中宣布，人、人的权利与自由是最高价值（第 2 条），俄罗斯联邦是社会国家（第 7 条），宪法具有最高法律效力、直接作用并适用（第 15 条）。然后在第 2 章《人和公民的权利和自由》中确认了财产权、土地权、劳动权、住房权、健康权、环境权、受教育权等社会权（从第 35 条至第 44 条），同时用一个总括性条款强调这些权利是直接有效的，它们规定法律的意图、内容和适用、立法权和执行权、地方自治的活动并受到司法保证（第 18 条）。为使宪法效力和宪法权利落在实处，不久后于 1994 年又通过了《关于俄罗斯联邦宪法法院的联邦宪法性法律》，建立了宪法法院。凡是在特殊案件中权利和自由被已经适用的或者是应当适用的法律所侵犯的公民、公民团体，以及联邦法律所规定的其他机构和个人，都有权向俄罗斯联邦宪法法院提出申诉。

南非 1996 年《宪法》广泛致力于保护社会权，在国际社会产生了越来越重要的影响。该宪法同时巩固了一系列公民和政治权利以及经济和社会权利在其权利法案中作为可直接审判的权利的地位。这代表了在国家层面致力于所有人权相互依存和不可分割的意义深远的努力。[①]《南非宪法》规定的社会权分为三个主要类型。第一类是基本权利，包括儿童的社会经济权利[②]，基本教育权（包括成人基本教育）[③]，被关押者的社会经济权利。[④] 这些权利的实现，

[①]　S. 利本堡："在国内法律制度中保护经济和社会权利"，载艾德等著，黄列译《经济、社会和文化的权利》，中国社会科学出版社 2003 年版，第 67 页。

[②]　《宪法》第 28 条规定儿童的社会权有：基本营养、住房、基本健康保健服务和社会服务权，免受营养不良、忽视、虐待或有辱人格的对待，以及免受剥削性劳动安排的权利。

[③]　《宪法》第 29 条第 1 款。

[④]　《宪法》第 35 条第 2 款第 5 项：关押条件符合人的尊严，至少包括由政府保证的锻炼和便利，提供适当食宿、营养、阅读材料和医疗治疗权。

《宪法》并无"逐渐实现"和资源限制的规定，可视为立即实现的可诉性权利。第二类是获得适当住房、医疗保健、食物、水和社会保障的权利。① 这类权利的实现受到一定的局限性，受制于可获得的现有资源，其可诉性也只体现在一定程度上。第三类权利是对国家强制规定了一些禁止行为，包括私人当事人在内。这类权利可对第三人发生效力，产生横向适用效力。南非宪法法院有权受理个人提出的侵害宪法权利的诉讼。

　　（2）宪法没有规定社会权，但确立了司法审查。这类国家宪法虽然没有明确规定社会权，但并不是否定社会权，它们通过特有的宪法理论和有效的司法审查机制，通过适用或解释公民和政治权利的方式对社会权进行间接司法保护。其中最重要的方式是，适用宪法规定的平等和非歧视条款、正当程序条款。美国、澳大利亚、加拿大、奥地利、挪威等国家是典型的、主要是受美国影响比较大的英美法系国家，大多数由普通法院进行司法审查。因而理解美国的宪法理念与宪法制度极其关键。

　　美国宪法被视为保护个人自由权而不涉及现代社会权的宪法典型。宪法第9修正案规定："不得因本宪法列举某些权利，而认为凡由人民所保留的其他权利可以被取消或抹杀。"很明显，权利法案提供的不是一个完整的清单，其他法律如国际法必须考虑在内以确定个人享有的全部权利。对于社会权的司法救济，《美国宪法》第14修正案第1项的规定是法院进行扩大解释的依据和源泉，即"……各州也不得未经由法律正当程序，即剥夺任何人的生命、自由或财产。并在其管辖区域内，也不得否认任何人应享法律上的平等保护"。正如马可尼（Makinen）博士分析美国的社会福利政策和社会帮助宪法权利的司法保护时所言，"美国关于社会福利决定的争论反映了后新政时代美国司法审查的几个原则。首先，像它的德国同行一样，美国宪法运用宪法整体性解释原则和对相互冲突宪法主张的平衡原则；其次，在社会政策案件争议中突出源于第14修正案的两个重要原则，即正当程序原则和法律的平等保护原则"。②

　　加拿大1982年《宪法》也没有规定社会权，但是社会权的可诉性有着坚实的观念与实践基础。《宪法》在第1部分《权利与自由宪章》第15条中规定，任何人在法律面前和法律上是平等的，拥有不受歧视的法律的平等保护权利和获益权，特别是不得有基于种族、民族或人种、肤色、宗教、性别、年龄或心理和身体残疾的歧视；前款规定并不排除任何用于改善处境不利的个人或

---

　　① 《宪法》第26条第1款和第27条第1款。

　　② Makinen. *Social rights and Social Security：The Legal and Political Effects of Constitutional Rights to Social Assistance.* New York：University of Rochester，2000. pp. 77—78.

群体的法律、计划和行动，包括那些因种族、民族或人种、肤色、宗教、性别、年龄或心理和身体残疾处境不利者。与美国法院采取的方法一样，加拿大最高法院正是通过将《宪法》第 15 条规定的不受歧视的法律平等保护，适用于社会福利方面，从而使社会权获得间接保护。

（3）宪法规定了社会权，但只作为国家政策指导原则。社会权在宪法层次的直接司法保护在许多国家已成为现实，但并非所有社会权都获得了这种宪法地位，只是一定范围和一定程度的宪法司法保护，有些国家甚至还没有赋予社会权的直接司法效力。但社会权的保障是不可逆转的，很多国家宪法在将一部分社会权赋予可诉性的同时，还将一部分社会权确定为不可诉的国家政策指导原则（directive principles of state policy），如西班牙①、葡萄牙②、联邦德国③。还有些国家宪法规定社会权都不具有可诉性，只是国家政策指导原则和国家的义务，如爱尔兰④、印度⑤、尼日利亚⑥、纳米比亚⑦、冰岛、斯里兰卡、丹麦、荷兰、瑞士。作为国家政策指导原则的社会权虽然不具有可诉性，但它们课加给国家以政治和道德义务，成为宪法的灵魂。法院通过适用指导原则解释权利法案、立法和其他政府行为，这些指导原则有可能成为新的权利的来源，特别是社会经济发展中的新权利——社会权的来源。在指导原则的适用方面，爱尔兰和印度积累了丰富的实际经验。印度法院对指导原则的适用方法更加积极并取得了成功，是通过指导原则保障社会权的最佳例子。

印度宪法第 3 编《基本权利》规定的是平等权、自由权、反剥削权、宗教自由权、文化教育权和宪法补救权，基本上是传统的个人权利，对国家课加的是法律义务。第 4 编《国家政策之指导原则》则规定了国家应遵循的福利政策原则，包括公民的工作权、受教育权、社会保障权、环境权，等等，内容非常广泛。"这些原则阐明印度作为一个福利国家将要实现的理想和目标。"⑧至于这些原则的效力及作用，第 37 条规定，"本编所含原则之适用范围——本编所含条款不通过任何法院实施，但本编所述原则，系治理国家之根本，国家在制定法律时有贯彻此等原则之义务"。很明显，这些原则不是可诉性的权

---

①　《宪法》第 39 条至第 52 条"经济和社会政策的治理原则"。
②　《宪法》第 9 条"国家的基本任务"。
③　《德国基本法》第 20 条第 1 款"民主和社会国家原则"。
④　《宪法》第 45 条"社会政策的指导原则"。
⑤　《宪法》第 4 章"国家政策的指导原则"，第 36 条至第 51 条。
⑥　《宪法》第 14 条至第 22 条"国家政策的基本目标和指导原则"。
⑦　《宪法》第 95 条至第 101 条"国家政策的原则"。
⑧　路易斯·亨金、阿尔波特·J. 罗森塔尔著，郑戈等译：《宪政与权利》，三联书店 1996 年版，第 114 页。

利，给国家课加的是道德和政治义务，使之制定实现社会经济目标的政策。这些原则在印度的适用和解释经历了三个不同阶段。①

第一阶段，基本权利高于指导原则。这意味着任何与权利法案相冲突的立法，即使是为了促进指导原则的目标，一律无效。法院认为指导原则只与立法机关有关，没有司法效力。第二阶段，努力协调权利法案与改造社会经济的立法的关系。法院因政治和其他压力对指导原则更加注重并视其为权利法案的补充。第三阶段，司法更加关注改造社会经济需要以及国家更加关注对实现指导原则的义务。法院的方法主要基于两点理由，开国者们明确将指导原则置于宪法中是为了让国家承担宪法义务而不只是道德或政治义务进行社会经济改革；他们一致要求立法、行政和司法解决成千上万的人民面对的极度困难。而法院在前30年中采取的保守方法限制了国家作为一个整体履行其宪法义务的能力。这种新的适用方法确认了司法在促使政府创造有利条件有效实现新的个人权利和集体权利中的关键作用。法院在后来的司法审判中表明了其对待指导原则的方法转变。法院认为，法院有义务协调指导原则与权利法案的关系，即使指导原则是不可诉的。法院因此不再认为指导原则不如权利法案重要，并且愿意为适应指导原则而限制基本权利的范围，用指导原则赋予人权以新的内容。通过法院对指导原则的适用和解释，许多社会权条款得以司法实现，如最低工资、同工同酬、生活权、住房权、食物权、健康权、受教育权等。②

（二）社会权可诉性的司法实践分析

有足够的案例法证明社会权是可诉的，并显示了导致未来行动的潜力。首先，公民和政治权利已表明它们拥有社会经济维度。这些传统权利已经被用于主要发展社会权的否定方面，并将不受歧视的权利和平等的权利扩展到社会经济领域。其次，显而易见的是，20世纪80年代拉丁美洲、东欧和南非民主化浪潮中产生的宪法蕴涵的社会权法理学。其中，许多宪法赋予了社会权完全的可诉性地位。为展示社会权的可诉性及其巨大潜力，下文精心挑选了一些典型案例予以分析。这些案例的选择尽量照顾到各个地区、各种社会权之间的平衡，使其具有相当的典型性。同时，本文的意图是通过示范的方式来展示社会权的司法适用，而不是提供某一地区法律的全面分析，因而主要涉及国际条约

---

① See Bertus De Villiers. *Social and Economic Rights.* In：David，John，Bertus，et al. ed. Rights and Constitutionalism. 1995. 619—621.

② S. 利本堡："在国内法律制度中保护经济和社会权利"，载艾德等著、黄列译《经济、社会和文化的权利》，中国社会科学出版社2003年版，第75—77页。

和宪法中规定的社会权。

1. 国际层面的司法实践分析

上文关于社会权可诉性的立法分析指出，社会权已被国际人权法广泛确认，并在一定程度上获得了国际层次的司法救济。主要的国际人权监督机构，如人权事务委员会、消除种族歧视委员会以及反对酷刑委员会，都有相关案例法保护社会权。

（1）人权事务委员会的裁决。通过设在《自由权公约》（下简称《公约》）中的申诉程序来保护社会权，是人权事务委员会对社会权可诉性发展的一大贡献。委员会采用的方法被称之为"综合的办法"（comprehensive, integrated），即通过《公约》明确规定的保护自由权的任务而考虑保护社会权的可能性。[①] 自由权中有社会权的侧面，缔约国不但负有不侵犯的义务，还负有采取积极措施予以保护和实现的义务。

首先，将平等与不歧视适用于社会权（第26条）。对公约第26条含义的这一理解及其展示，归功于人权事务委员会的案例法。其中，最著名的案件是，1984年委员会受理的不涉及《公约》中的其他权利而仅仅声称有关国家违反禁止歧视原则的布鲁克斯诉荷兰案（Broeks v. The Netherlands[②]）和泽万－德·弗里斯（Zwaan-de Vries[③]）案。这两个案件中所涉及的权利与《公约》保障的权利无关，而是与《社会权公约》所保障的权利有关，即社会保障权。

在布鲁克斯（Broeks）案中，委员会在考虑双方争论的问题后，认为第26条涉及国家立法及其适用的义务。虽然第26条要求立法必须禁止歧视，但是该条本身并没有规定立法应载有哪些事项的任何义务。然而，如果这样的立法是缔约国行使主权权力通过的，这样的立法则必须符合公约第26条的规定。就本案而言，争议的问题不是社会保障是否应当在荷兰逐渐建立，而是提供社会保障的立法是否违反了包含在公约第26条中的禁止歧视规定，该条保障所有人获得平等和有效的针对歧视的保护。而《失业救济法》第13条规定，已婚妇女只有在证明她们是"养家馈口"的人的情况下才能获得失业救济，而已婚男人却不需要这样的证明。因此这种基于性别的区分使已婚妇女处于与已婚男人相比不利的地位。这种区分是不合理的。缔约国应该给予布鲁克斯适当

---

① M. 谢宁："作为法律权利的经济和社会权利"，载艾德等著、黄列译《经济、社会和文化的权利》，中国社会科学出版社2003年版，第34页。

② Communication. No. 172/1984，CCPR/C/29/172/1984，9 April 1987.

③ 同上。

的补偿。与布鲁克斯（Broeks）案一样，委员会对泽万－德·弗里斯（Zwaan-de Vries）案基于同样的理由于同一天作出同样的结论。

其次，通过生命权保护社会权（第6条、第10条）。生命权是首要的人权。对生命权之保护，不能仅仅理解为国家消极的不侵害，而要求国家采取积极措施来确保其实现。在这方面，人权事务委员会通过对公约第6条的"社会"解释，使国家在保护生命权方面承担采取积极措施的义务，从而加强对社会权的司法保护。① Lantsova v. The Russian Federation② 就是明显一例。该案通过对生命权的解释和诉求，提出了对健康权的保护。

1994年8月，Mr. Lantsov 因伤害他人被判决民事赔偿并被追究刑事责任，一个月后在拘留所死亡。Mrs. Lantsova 向人权事务委员会提出申诉，主张其儿子进入拘留所时是健康的，由于拘留所极度拥挤、通风不好、食物缺乏、卫生条件令人震惊，患病后没有得到治疗而死亡，俄罗斯联邦政府构成了《公约》第6条第1款、第7条、第10条第1款之违反。

人权事务委员会经审查认为，对人的拘留要求国家承担保护他们的生命权的义务（《公约》第6条）。既然俄罗斯联邦政府没有采取措施确保 Mr. Lantsov 的健康，没有提供充足的医疗帮助及拘留条件，就侵犯了生命权。拘留条件也侵犯了尊重被拘留人固有人格尊严的权利（《公约》第10条）。委员会认为 Mrs. Lantsova 有权根据第2条获得有效的补救。

再次，通过酷刑等保护社会权（第7条、第10条）。Mukong v. Cameroon③ 案通过公约第7条禁止酷刑的适用，将食物权和住房权作为免于酷刑的条件而被保护。

该案申诉人 Mukong 声称他在被关押期间受到残酷的和非人道的待遇。从6月18日至7月12日他一直被关押在一间大约25平方米的牢房中，里面关着25—30名未决囚犯。这间牢房没有卫生设施。当局起初拒绝给他食物，使他饿了好几天，直到他的朋友和家人找到他为止。从1988年7月13日至8月10日，他被关押在警察局总部的一间牢房中，与普通罪犯住在一起。他声称自己不准穿衣服，被强迫睡在水泥地板上。在这样的条件下关押两周后，他患了支气管炎。因此，申诉人诉称他在1988年6月18日至8月10日所遭受的待遇

① 在有关《公约》第6条第1款之下国家保护生命权义务的履行方面，委员会已经作出声明："此项权利之保护，要求国家采取积极措施。在这方面，委员会希望冬运会采取所有可能的措施以减少婴儿死亡率，提高预期寿命，特别是要采取措施消除营养不良和流行疾病。"人权事务委员会一般性意见6/16号第5节。

② Communication No. 763/1997，CCPR/C/74/D/763/1997，15 April 2002.

③ Communication No. 458/1991，CCPR/C151/D/458/1991，1994.

违反了公约第 7 条的规定。

喀麦隆政府却认为，对于申诉人提出的拘留条件侵犯第 7 条的申诉，必须注意的是，《公约》第 1 条的"酷刑"术语不包括纯因法律制裁而引起或法律制裁所固有或随附的疼痛或痛苦。而且国家监狱的条件状况必须与喀麦隆经济和社会发展的状况相联系。

委员会在审查双方提交的资料后作出了最终意见。关于拘留条件，委员会注意到某种最低标准必须遵守，而不管缔约国经济发展水平如何。根据囚犯待遇最低标准规则第 10、12、17、19 和 20 项，这些标准包括每个囚犯最低限度的空间和空气、充足卫生设施、不致侮辱或有损人格的衣着、单独的床和足以健康和强壮的有营养价值的食物。委员会认为，这些是必须遵守的最低要求，即使经济或预算考虑难以履行这些义务也得执行。从文件中得知，这些要求在具文者拘留期间没有得到满足。委员会认为，喀麦隆政府违反公约第 7 条关于任何人不得施以酷刑或施以残忍的、不人道或侮辱性待遇的规定。① 根据第 2 条第 3 款，缔约国有义务为申诉人提供有效的补救。因而委员会敦促喀麦隆政府为申诉人所遭受的待遇给予其适当的赔偿，并保证将来不发生同类侵犯。

（2）消除种族歧视委员会的裁决。消除种族歧视委员有权接受并审查在缔约国管辖下自称为该缔约国侵犯公约所载任何权利行为受害者的个人或个人联名提出的来文。② 其中，委员会的许多裁决明确提出对社会权的保障。A. Yilmaz Dogan v. The Netherlands③ 就是典型一例，该案涉及外国人的平等工作权。

申诉人 Mrs. A. Yilmaz Dogan 是定居荷兰的土耳其籍人。申诉人诉称，她从 1979 年起就受雇于一家公司从事纺织工作。1981 年 4 月 3 日在一次交通事故中受伤并休病假。由于事故的结果，她很长时间不能进行工作，直到 1982 年她自愿开始部分工作任务。同时于 1981 年 8 月与 Mr. Yilmaz 结婚。1982 年 6 月 20 日公司老板向劳动部门提出终止与申诉人的劳动合同的请求。但是申诉人正在怀孕，劳动部门拒绝了雇主的请求。1982 年 7 月 19 日，雇主向市法院提出终止合同的请求，获得了法院的批准。申诉人提出，荷兰政府违反了公约第 5 条第 5（1）项的规定，因为受害人的享受优裕的工作权利和免于失业保障的权利受到了侵害。

经过仔细审查后委员会认为，市法院对合同终止的批准没有解决雇主要求

---

① Communication No. 458/1991，CCPR/C/51/D/458/1991，§9.3.

② 见《消除一切形式种族歧视公约》第 14 条。

③ Communication No. 1/1984，CERD/C/36/D/1/1984，September 1988.

中的种族歧视问题。因此，《消除一切形式种族歧视公约》第 5 条第 5（1）项关于禁止工作权歧视的规定被违反。申诉人的工作权没有受到保护。委员会建议缔约国调查此事并建议确保 Mrs. YilmazDogan 现在的工作或者提供可选择的工作或者提供与此相当的救济。

此外，消除种族歧视委员根据公约裁决了其他许多涉及社会权保护的案件，如 L. K. v. The Netherlands[1] 和 Anna Koptova v. Slovak Republic[2] 涉及住房权的保护，Kashif Ahmad v. Denmark[3] 涉及受教育权的保护。

2. 区域层面的司法实践分析

（1）欧洲司法实践分析。欧洲层面，欧洲人权法院、欧洲社会权利委员会和欧洲正义法院都有相关裁决涉及社会权的保护。

在确认自由权与社会权相互依存、不可分割的基础上，欧洲人权法院对《欧洲人权公约》所保护的权利进行扩大性解释，确认了公约的目的是保护具体、有效的权利，而并非理论、虚幻的权利，从而将公约的保护范围扩大到社会权领域。

首先，通过公平审判权保护社会权（第 6 条第 1 款）。欧洲人权法院第一次表露其根据社会权对《欧洲人权公约》进行解释的倾向，是在 1979 年 10 月 9 日关于 Airey 案的判决中。[4] 这个案件提出的请求是要求司法公正但却遭到建立在财产之上的歧视待遇。因此，欧洲人权法院强调了作为公正审判权的"社会"维度的免费法律援助权。

该案中的 Airey 夫人申请要求与使用暴力的丈夫分居的法院命令，但是因经济困难请不起律师，同时也没有获得法律援助，因而无法获得这一法院命令。据此，欧洲人权法院作出决定：Airey 夫人获得有效诉讼的权利遭到侵犯（《公约》第 6 条），其家庭生活的尊重也未得到保护（《公约》第 8 条）。其理由是：虽然经济、社会权利的发展很大程度上依赖于成员国的状况，特别是它的财政状况；但另一方面，《公约》必须按照今天的现实生活来解释……在《公约》的适用范围内，它主要规定的是公民和政治权利，其中有许多具有经济或社会性的意义；不能仅仅是因为有侵入到经济和社会权利领域这一事实就反对相关的解释；没有一个将经济和社会权利区别于《公约》所涵盖领域的严密划分。因此，假如法律援助对有效诉讼是不可缺少的，就必须拥有法律援

---

① Communication No. 4/1991，CERD/C/42/D/4/1991.

② Communication No. 13/1998，CERD/C/57/D/13/1998.

③ Communication No. 16/1999，CERD/C/56/D/16/1999.

④ Airey v Ireland，50 Leading Cases on Economic，Social and Cultural Rights：Summaries.

助权。而根据本案的复杂性和案件性质，法律援助是必需的。

其次，通过禁止歧视条款保护社会权（第 14 条）。欧洲人权法院将第 14 条与《欧洲人权公约》中的其他实体权利连在一起加以适用，从而保护其他权利。它已不再局限于仅对《公约》所保护权利做社会性延伸的扩大解释，开始对保护社会权利作出更加实质性的确认，通过越来越多地赋予《欧洲人权公约》第 14 条的自动适用性，以此来强制要求在社会权利领域的平等待遇。

在盖古苏兹诉奥地利（Gaygusun v. Austria）案中①，对第 14 条的违反是与第 1 议定书第 1 条的财产权连同在一起的。一位土耳其迁徙工人 Gaygusun 先生认为，奥地利政府不发给他失业补助金的唯一理由就是他是土耳其人，虽然在奥地利工作却不能享受和奥地利工人一样的津贴待遇。因而主张其遭到了基于社会出身的歧视性待遇，其由《公约》第 1 个修正案第 1 款规定的财产权受到侵犯。欧洲人权法院认定奥地利政府的行为违反了公约第 14 条和第 1 议定书第 1 条。同样，在 1979 年比利时语言案（Belgian Linguistic Case）中②，对第 14 条的违反与第 1 议定书第 2 条的受教育权结合在一起，在 Chapman v United Kingdom 案中③，将第 8 条与第 14 条结合在一起适用。

欧洲社会权利委员会的审议结论保护了社会权。迄今为止，委员会已收到 12 项申诉。其中，有 11 项申诉已经被社会权利委员会确认为具有可接受性，社会权利委员会审议后对其中的 8 项申诉提交了结论报告给部长委员会进一步审议，部长委员会因此而通过 6 项决议和 1 项建议。④ 例如，第 1 项申诉宣称，葡萄牙政府违反了宪章第 7 条第 1 段规定的儿童和青年受到保护的权利，即为了确保儿童和青年受保护权利的有效行使，缔约国承诺，规定准许就业的最低年龄为 15 岁，受雇于特定的轻型工作而不损害其健康、道德或教育的儿童例外。申诉组织国际法学家委员会认为，尽管葡萄牙政府制定了法律、采取了措施禁止童工和保证本规则的实施，仍然存在大量的 15 岁以下的儿童在许多部门非法工作，特别是在南部地区。而作为对监督童工立法实施负有主要责任的劳动部门没有有效地发挥作用。童工的工作条件有害于他们的健康。缔约国不仅应该规定最低工作年龄为 15 岁，而且应该采取必要措施保证这一规则的执行。⑤ 社会权利委员会经审议后认为，葡萄牙实际上有数千名 15 岁以下儿童从事各种工作，工作时间超过与儿童健康或教育相协调的标准，因而宣布葡萄

---

① Gaygusuz v. Austria, DH (98) 372, 12/11/1998.

② Belgian Linguistic Case, 50 Leading Cases on Economic, Social and Cultural Rights: Summaries.

③ Chapman v United Kingdom, 50 Leading Cases on Economic, Social and Cultural Rights: Summaries.

④ http: //www. humanrights. coe. int/cseweb/GB/GB3/GB30_ list. htm.

⑤ Complaint No. 1/1998, para. 6, http: //www. humanrights. coe. int/cseweb/GB/GB3/GB32c. htm.

牙政府违反了宪章第 7 条第 1 款。①

　　欧洲正义法院主要通过先决裁决对社会权进行保护。根据《欧共体条约》第 220 条和第 234 条规定，欧洲正义法院拥有先行裁决（preliminary ruling）②的职能。从近年来的实践来看，欧洲正义法院受理的先决裁决案件都超过了当年案件总数的一半。③

　　泰勒诉联合王国案（Taylor v. United Kingdom）④ 是欧洲正义法院审理的关于社会保障权的案件。泰勒先生出生于 1935 年 6 月 3 日，在邮政局工作直至退休，工作期间交付了社会保险金。1998 年颁布的冬季燃料社会补助基金法的规定，男子 65 岁以上、妇女 60 岁以上可以领取冬季燃料补助金。1998 年泰勒先生 62 岁，领取了邮政局养老金，但是还未到领取国家退休金的年龄。因而他不能享受国家给予的冬季燃料补助金。而在同样情形下，与他同龄的妇女却可以领取那笔款项。1998 年 4 月 6 日，泰勒先生向英国高等法院提起诉讼，要求发给他冬季燃料补助金。泰勒先生认为自己受到了基于性别的不合法歧视，冬季燃料社会补助基金法不符合 1978 年欧共体理事会法令（Council Directive 79/7/EEC）。

　　英国高等法院受理该案后，提请欧洲正义法院对所争议的欧共体理事会法令进行解释，作出先决裁决。欧洲正义法院认为，欧共体理事会法令第 3 条规定的逐步实现男女社会保障平等待遇的原则，既然是对老年人的年老风险提供保护，就应适用于本案冬季燃料补助金的享有。冬季燃料社会补助基金法违反了欧共体理事会法令而无效。这样，通过平等与非歧视原则的适用，保障了泰勒先生获得了冬季燃料补助金，实现了他的社会保障权。

　　（2）美洲司法实践分析。美洲层次社会权的司法保护由美洲国家间人权法院和美洲国家间人权委员会承担。在接受和审议的诸多申诉中，有一部分涉及对社会权的保障。

　　在 Comunidad Mayagna（Sumo）Awas Tingni v. Nicaragua⑤ 案中，人权法院保护了土著人的土地和财产权。基本案情是，尼加拉瓜政府批准了在土著人居

---

① Complaint No. 1/1998, para. 34—45, http：//www. humanrights. coe. int/cseweb/GB/GB3/GB32c. htm.

② 先决裁决是指案件起诉到成员国法院之后，并在审理过程中由成员国法院或法庭提出请求，欧洲法院根据成员国法院或法庭的请求，就成员国法院或法庭审理案件中所遇到的欧共体法或欧盟法问题所作的裁决。

③ 朱晓青：《人权法律保护机制研究》，法律出版社 2003 年版，第 266 页。

④ Taylor v. United Kingdom, European Court of Justice, Case-382/98, 16 December 1999, http：// caria. eu. int/.

⑤ Comunidad Mayagna（Sumo）Awas Tingni v. Nicaragua, *Inter-American Court of Human Rights Series* C, No. 79, 31 August 2001, http：//www. corteidh. or. ce/seriecing/serie c 79 ing. doc.

住地进行破坏性采伐的伐木特许证，却没有与遭受影响的当地印第安人协商，申诉者要求人权法院判决尼加拉瓜政府赔偿对印第安人土地侵占造成的损失。他们宣称，政府未能履行划分界限的法律义务，没有保护土著人的法律权利。人权法院审理后作出裁决。法院认为，《美洲人权公约》第 21 条保护财产权，包括在社区财产范围内土著人社区成员的权利。尼加拉瓜政府没有界定土著人的土地，也没有采取其他有效措施保证社区拥有祖先的土地和自然资源等财产，违反了公约第 21 条。

人权委员会收到的另一起涉及社会权的申诉中，申诉人宣称巴西政府侵犯了 Yanomami 印第安人的生命、自由和人身安全权利、法律的平等保护权利、健康权、受教育权和财产权。[①] 人权委员会查明，1973 年在 Yanomami 印第安人居住地区修建高速公路，建筑工人、地质学者、采矿者和农场工人涌入并在该地区定居；入侵者没有对 Yanomami 印第安人的安全和健康采取任何事前适当的保护，导致许多人死于流行病、肺结核、麻疹、性病等；高速公路沿线村落的印第安居民离开自己的家园，沦为乞丐或妓女，而巴西政府没有采取必要措施防止这一事件的发生，并在 1976 年锡等矿产被发现后，采矿者与当地印第安人发生了严重的冲突，影响了印第安人的生命、安全、健康和文化完整性。因此，委员会作出裁决：足够的证据表明，由于政府没有采取及时、有效的措施保护 Yanomami 印第安人的利益，导致出现了侵犯他们下列权利的形势，即《美洲人权利义务宣言》确认的生命、自由和人身安全权利（第 1 条），定居和自由迁徙的权利（第 8 条）以及健康权（第 11 条）。

（3）非洲司法实践分析。非洲人权和民族权委员会根据《非洲人权和民族权宪章》授予的权力审议了许多的来文，保障宪章规定的社会权得以实现。其中，突出的两例是 SERAC and CESR v. Nigeria[②] 案和针对扎伊尔的案件。

在针对尼日利亚的申诉中，两个人权 NGO（尼日利亚的社会和经济权利行动中心和美国的经济与社会权利中心）向委员会提交了来文。来文宣称：尼日利亚军政府直接从事石油开采，侵犯了欧格尼人的健康权、食物权、住房权、天然财富和自然资源处置权、清洁的环境权，申诉人主张宪章第 2、4、

---

① Commission v. Brazil, *Inter-American Commission on Human Rights*, Case 7615 （Brazil）, http：// www. wcl. american. edu/pub/humanright/digest/inter-american/english/annual/1984/85/res1285. html; 50 *Leading cases on Economic, Social and Cultural Rights：Summaries*, pp. 16—17.

② SERAC and CESR v Nigeria, *African Commission on Human Rights*, Case No. 155/96. http：// www1. umn. edu/humanets/africa/comcases/comcases. html. SERAC 是指 the Social and Economic Rights Action Center （Nigeria）, CESR 是指 the Center for Economic and Social Rights （USA）.

14、16、18、21 和 24 条被违背。

委员会经过 11 次会议审议后作出结论，确认尼日利亚违反了申诉人主张的宪章权利。委员会认为，由于政府没有防止污染和生态恶化使欧格尼人的健康权（第 16 条）和清洁环境权受到侵犯；委员会进一步指出，政府没有监督开采行为并让地方团体参与决定而忽视了政府保护其公民的财富和自然自愿不受剥削和掠夺的义务（第 21 条）；委员会也认为，产生于财产权和家庭权的隐含的住房权（包括保护不受驱逐）因房屋被破坏和居民被骚扰而被侵害；最后，政府和非政府机构对庄稼的毁坏和污染违反了尊重和保护隐含的食物权的义务。因此，委员会命令尼日利亚政府确保欧格尼人的环境、健康和生活，即停止对欧格尼地区及其领导人的一切攻击，允许市民和独立调查员自由进入该地区，调查并起诉有关责任人员，给受害人提供充足赔偿，准备环境和社会影响评估，提供健康和环境危险信息。

在另一起针对扎伊尔的申诉中①，四个申诉组织宣称扎伊尔存在严重的和大规模的人权侵犯，范围涉及任意逮捕、拘留、酷刑、宗教迫害，以及药品短缺、政府不提供诸如安全饮用水和电等基本服务。与社会权有关的主要是政府没有提供基本公共服务、药品缺乏、大学和中学关闭了两年。委员会审议后认为，政府未能提供最低健康标准所必需的基本服务如安全饮用水、电、药品，构成了对享有最佳的身心健康状况权利的侵犯，也违反了政府采取措施保护其公民健康的义务（第 16 条）。同时，关闭大学和中学构成了对受教育权的侵犯。

3. 国内层面的司法实践分析

国际和区域层面虽然设立了社会权的司法保护机构，但它们只是国内司法救济的补充，而且穷尽国内救济还是国际救济的前提，各国国内法特别是宪法对社会权的确认为社会权发展为可诉性的人权提供了广泛的平台，即使宪法没有明确规定社会权，国内法院特别是宪法法院仍然可以通过适用或解释自由权而间接保护社会权。国内法院的积极活动使社会权的可诉性从国际、区域层面落到国内层面的实处。通过受理有关社会权的个人或团体的诉讼或申诉，司法机关逐步保障了社会权的充分实现。法院在适用社会权的实践中，逐渐发展出一套特有的方法，主要表现了以下三种：

---

① Free Legal Assistance Group, Lawyers' Committee for Human Rights, Union Interafricaine des Droits de l'Homme, Les Témoins de Jehovah v. Zaire, African Commission on Human Rights and People's Rights, Complaint 25/89, 47/90, 56/91, 100/93. http: //www1. umn. edu/humanets/africa/comcases/comcases. html; 50 Leading cases on Economic, Social and Cultural Rights: Summaries, p. 16.

（1）视社会权为主观权利的直接司法保护。① 将社会权视为主观权利而直接适用司法程序的国家包括德国、法国、希腊、爱尔兰、意大利、日本、西班牙、葡萄牙、瑞典、南非、芬兰、匈牙利以及俄罗斯联邦和其他独联体国家等，其中最突出的是德国、南非和芬兰。

《德国基本法》规定了社会国家原则，要求政府适当平衡个人自由与公共利益，这项任务最终由宪法法院完成。宪法法院通过审理宪法诉愿案件，对《宪法》第 9 条的结社自由、第 12 条的职业选择自由以及第 14 条的财产权进行了保障。② 下文以保障大学入学机会权的"限额案"为例，分析宪法法院对受教育选择权的保护。

《德国基本法》第 12 条不但规定了职业选择的自由，而且还规定了与职业选择相关的受教育场所或机构的选择权。20 世纪 60 年代中期，德国任何完成大学预科（Gymnasium，指高中）并通过毕业考试（Abitur）的学生，都可进入其选择的高校学习。但战后高出生率和中等教育改革使要求接受高等教育的学生猛增。由于学校设施供不应求，从 60 年代末开始，一些大学对某些热门专业如法律、医学、药学等施加入学限额（Numerus Clausus），并根据学生毕业考试的分数择优录取。由于录取名额的限制，一些原来合格的学生不能进入所选择的学习领域。在"大学限额第一案"中③，由于汉堡（Hamburg）大学和慕尼黑（Munich）大学医学院执行了新的入学限额政策，一些通过了毕业考试的学生申请医学院的学习却因设施不足被拒绝，这些学生因此向行政法院提起行政诉讼。学生原告声称，不顾社会急需医师的现实而对选学医学施加这么多年的限制是违宪的。这些限额标准是武断的，侵犯了他们选择受教育场所的权利、职业选择的权利和平等权。因怀疑大学限额可能侵犯了第 12 条的

---

①　西方有些学者按照权利人有无向法院提出司法救济的请求权为标准，将宪法权利分为两类，即客观权利和主观权利。宪法权利作为客观权利，导出的只是宪法上国家的保障义务，而没有宪法权利者的保障请求权。客观权利的主要作用是形成客观价值秩序和制度性保障，对立法、行政及司法的导向功能。公民要想获得向国家提出基本权利的保障请求权，必须拥有主观权利。主观权利对国家和公民之间的关系具有决定性的影响，它使宪法保障的权利产生法律效果。参见哈特穆特·毛雷尔著、高家伟译《德国行政法总论》，法律出版社 2000 年版，第 152—153 页；莱昂·狄骥著、王文利等译《宪法学教程》，辽海出版社、春风文艺出版社 1999 年版，前言第 3 页。

②　与这些权利相关的案件有：1979 年的"共同决策案"（Codetermination Case，50 BverfGE 290）、1958 年"药剂师执照案"（Pharmacy Act Case，7 BverfGE 377）、1960 年的"医疗保险案"（Medical Insurance I Case）、1980 年的"巧克力糖果案"（Chocolate Candy Case，53 BverfGE 135）、1972 年的"大学限额第一案"（Numerus Clausus I Case，33 BverfGE 303）。See Donald P. Kommers. *The Constitutional Jurisprudence of the Federal Republic of Germany.* Duke University Press，1997. pp. 267—288.

③　Numerus Clausus I Case，33 BverfGE 303），See Donald P. Kommers. *The Constitutional Jurisprudence of the Federal Republic of Germany.* Duke University Press，1997. pp. 282—288.

职业自由，行政法院把这一问题提交宪法法院。

宪法法院最后作出裁决：《汉堡大学法》第 17 条违宪，因为法律没有规定绝对入学限制选择标准的类型和优先性；《巴伐利亚州法》第 3 条违宪，因为它规定申请者的入学条件为巴伐利亚州或邻近州居民，而且该州教育机构没有完全利用。

"大学限额第一案"开始了宪法法院对大学教育领域的干预。该案判决要求大学证明其设施已被完全充分利用，否则大学拒绝录取的决定就违反了宪法规定的受教育选择权而无效。此后 1975 年发生的"大学限额第二案"和 1977 年发生的"大学限额第三案"进一步巩固了宪法法院对教育领域的司法审查。在"大学限额第二案"裁决中，联邦宪法法院超越了"中央录取办公室"，直接命令被告大学录取 22 名提出宪法诉愿的学生；在"大学限额第三案"裁决中，联邦宪法法院认为录取标准过于强调学习成绩。[①]

由于特定的历史原因，1996 年南非宪法规定了广泛的社会权，并赋予其与自由权的平等地位。尽管南非已经签署但尚未批准《社会权公约》，南非法院正在发展法理学基础，推进对社会权的保护。南非对社会权司法保护著名的案例是 Grootboom 案。[②] 此案关涉宪法第 26 条以及第 28 条第 1 款 C 项下的国家义务，前者授予每个人以充足住房权，后者规定了国家给儿童提供庇护所的权利。很明显，该案提出了社会权的可诉性问题。

宪法法院一致的裁决指出，宪法要求政府积极行动改善成千上万处于困境中的人民。政府必须提供住房、医疗保健、充足食物和水以及社会保障给那些不能维持生存的人。法院强调权利法案中的所有权利是互相联系和互相支持的。实现社会经济权利以确保人民享受权利法案中的其他权利，也是促进种族和性别平等和社会发展的关键。没有食物、衣服或住所的人就没有人的尊严、自由和平等。虽然自 1994 年以来政府采取了全面的住房计划，并建造了大量住宅，但是政府没有在其可获得的资源条件下，为开普敦地区的那些没有土地、没有住房、生活在难以忍受的境况中的人提供合理的支持。因此，法院总结如下，国家的住房计划不合情理，国家没有履行其逐步实现社会权的义务。

---

① See Donald P. Kommers. *The Constitutional Jurisprudence of The Federal Republic of Germany.* Duke University Press, 1997. 288；张千帆：《西方宪政体系》（下册：欧洲宪法），中国政法大学出版社 2001 年版，第 259 页。

② Government of RSA and others v. Grootboom and others, Constitutional Court - CCT11/00, 4 October 2000. http：//www. concourt. gov. za/summary. php? case_ id = 11986.

　　芬兰法院对社会权的保障非常有力。最高法院 1997 年关于就业法的判决①要求政府履行提供工作的积极义务，否则将承担赔偿责任，因而保障了长期失业者的工作权。该案中，一位一直在寻找工作却未找到工作的长期失业者，诉称市政当局未能履行给他安排一个 6 个月的工作机会的法律义务，违反了《就业法》。《就业法》规定了长期失业者的法定条件，符合条件的人享有获得政府安排工作的个人权利。最高法院裁决认为，市政当局在长期失业者通过其他努力仍然找不到工作时，没有按照《就业法》的规定给他安排一个 6 个月的工作机会，违反了它应承担的法律义务。而且市政当局的法律义务不只是遵循《就业法》规定的给予长期失业者明确保障这一促进就业的一般原则，社会帮助不能取代工作权，原告有权从市政当局获得相应赔偿。

　　除以上针对国家权力侵害社会权的案件外，法院还在实践中发展了社会权在私人当事人之间的适用方法，也即社会权的横向适用性或第三人效力。20 世纪 50—60 年代，德国联邦劳工法院在劳资关系中直接适用宪法基本权利条款，保障工人的劳动权。早在 1954 年的案例中，劳工法院就判决私人企业的雇员有权利用宪法保护的言论自由权，以抗衡雇主的压制措施。在1955 年和 1957 年的两个案例中，集体工资协议规定女性工人的薪水低于类似工种的男性工人，该协议被劳工法院判决无效。1957 年的案例还确立了婚姻与男女的平等权利，并禁止私人企业制定合同以开除结婚雇员。根据1962 年的案例，选择自由的权利还限制了要求离职雇员偿还教育费用的合同。②

　　（2）通过适用正当程序和平等保护规范的间接司法保护。通过正当程序权保护社会权。美国《宪法》第 14 条修正案规定，非经正当法定程序，不可剥夺个人的自由或财产。20 世纪 60 年代福利国家理念的昌盛要求对传统财产权作出新的解释，"补贴和许可——福利国家的特征，构成了新的财产权并且应得到给予传统财产的宪法保护"。③ 60 年代后期，"法律已使福利国家本身成为新权利的一种来源，并以一种与传统财产权利所享有的法律保障可比拟的保护，捍卫这些享受公共救助的权利"④。将政府"恩赐式"施与的补贴等福利转变为"新的财产"，以社会权利的形式受到宪法的保护，是法院适用宪法

---

①　Employment Act Case, Supreme Court of Finland 1997 No. 141.

②　张千帆：《西方宪政体系》（下册：欧洲宪法），中国政法大学出版社 2001 年版，第 450 页。

③　保罗·布莱斯特等著，陆符嘉等译：《宪法决策的过程：案例与材料》（下册），中国政法大学出版社 2002 年版，第 1376 页。

④　伯纳德·施瓦茨著，王军等译：《美国法律史》，中国政法大学出版社 1990 年版，第 275 页。

第 14 条正当程序条款的结果。具有划时代意义的案件是，戈尔德伯格诉凯利案［Goldberg b. Kelly，397 U. S. 254（1970）］①。戈尔德伯格诉凯利案的原则很快被适用到有关政府救助的其他案件上，如失业救济金、公共住宅和政府合同等。在所有这些案件中，不久前的"特权"变成了公民有权获得的给传统财产权提供的全面程序保护的实质"权利"。②

通过法律平等保护权保护社会权。通过对宪法法律平等保护条款的适用，法院保障了宪法没有明确规定的社会权。这发端于沃伦法院第一个最重要的判决，布朗诉教育委员会案。③法院特别是最高法院对教育领域平等问题的裁决，使公共教育逐渐成为一种个人权益（虽非基本权益）并受到法院的保护。而且，"在美国宪法理论中，布朗案有其不可替代的一席之地"，"不管从宪政的角度来说它是否合法，布朗案最终导致了一场美国人生活中的社会与文化革命。"④

布朗第一案⑤中，来自四个州的年轻黑人声称，法律允许或要求白人和黑人小孩在不同的公立学校就读，他们被白人孩子就学的学校拒之门外。根据《宪法》第 14 条修正案，这种种族隔离剥夺了他们享有的法律上平等保护权利，即使黑人小孩就读的学校提供了平等的设施和其他有形要素。最高法院认为，在公共教育领域中，"隔离但平等"原则并不适用。分离的教育设施根本不可能是平等的。因而裁定，根据被指控的种族隔离的理由，原告和其他因类似情况而提起诉讼的人被剥夺了第 14 条修正案所保证的法律上的平等保护的权利。

布朗第一案裁决保护了黑人儿童在就学方面免于种族隔离的权利，紧接着的布朗第二案⑥则进一步要求下级法院以"完全谨慎的速度"建立公立学校非种族歧视的入学基础。虽然布朗案的裁决受到严重的挑战，由于 20 世纪 60 年代国会颁布了一批民权法，以积极实施第 14 条修正案，1968 年最高法院在格

---

① 保罗·布莱斯特等著，陆符嘉等译：《宪法决策的过程：案例与材料》（下册），中国政法大学出版社 2002 年版，第 1377—1381 页。

② 伯纳德·施瓦茨著，王军等译：《美国法律史》，中国政法大学出版社 1990 年版，第 275 页。

③ http://www.findlaw.con/cadecode/.

④ 保罗·布莱斯特等著，陆符嘉等译：《宪法决策的过程：案例与材料》（下册），中国政法大学出版社 2002 年版，第 732—733 页。

⑤ Brown I, 347 U. S. 483 (1954)；保罗·布莱斯特等著，陆符嘉等译：《宪法决策的过程：案例与材料》（下册），中国政法大学出版社 2002 年版，第 709—713 页。

⑥ Brown I, 349 U. S. 294 (1955)；保罗·布莱斯特等著，陆符嘉等译：《宪法决策的过程：案例与材料》（下册），中国政法大学出版社 2002 年版，第 736—737 页。

林案中再次坚持其权威。①

与美国类似，加拿大宪法虽然没有明确规定社会权，却同样能够实现对社会权的司法救济。加拿大法院一直在竭力保护人权的基本价值，并且已奠定了迎接挑战的法理基础。通过适用平等保护条款，法院将实质性保护扩展到社会权。② 最近的一个案例（Eldridge v British Columbia）③ 中，最高法院又作出了保护社会权的裁决。哥伦比亚的医疗保健通过两种主要机制提供给公众。医院服务由政府根据医院保险法提供；医疗服务由医生和其他健康保育执业者根据省医疗服务计划提供。可两项计划都没有为失聪者提供手语翻译。上诉人都是先天耳聋，他们最好的交流手段是手语。他们声称，翻译的缺乏损害了他们与医生和其他健康保健提供者的沟通能力，增加了误诊和无效治疗的危险。上诉人向哥伦比亚高等法院提起诉讼，请求认定不提供医疗服务计划所含保险利益的手语翻译违反了加拿大《权利和自由宪章》第15条第1款。但上诉法院驳回了这一请求。该案提交到加拿大最高法院。最高法院确认，"不能采取积极步骤以确保处于不利地位的群体能够平等受益于向一般公众提供的服务可引致歧视"④。最高法院认为，政府应有权为一般大众提供福利而无需保证处于不利地位的社会成员拥有资源以充分利用这些福利的论点"表明了对第15条第1款的浅薄的认识"⑤。针对政府提出的未能提供服务的原因是财政资源不足的辩解，最高法院坚持加拿大宪法权利理论中的一贯立场，即仅是财政考虑不能证成对宪章的侵犯。因此，未能向失聪者提供手语翻译服务剥夺了这些人的平等享有医疗保健服务的福利，违反了《宪法》第15条第1款。最高法院宣布被诉不作为违宪，并命令哥伦比亚政府矫正违宪的医疗保险制度，使之与第15条第1款相一致。

（3）视社会权为客观权利的间接司法保护。印度宪法中的社会权以"国家政策指导原则"的形式出现，没有直接的司法效力。但印度宪法对法律的平等保护的承诺，加上"国家政策指导原则"作为采取肯定性行动保护、提高印度社会中的"弱者"地位的指令，"印度最高法院全心全意遵照宪法的指

① 保罗·布莱斯特等著，陆符嘉等译：《宪法决策的过程：案例与材料》（下册），中国政法大学出版社2002年版，第741页。

② See Tetrault-Gadoury v Canada（Employment and Immigration Commission），1991 2 SCR 22；Schachter v. Canada，（1991）43 DLR（4th）1，1992 2 SCR 679；Eldridge v British Columbia，（1997）151 DLR（4th）577（SCC）.

③ Eldridge v British Columbia，（1997）151 DLR（4th）577（SCC），http：//www. canlii. org/ca/cas/scc/1997/1997scc89. html.

④ Eldridge v British Columbia，（1997）151 DLR（4th）577（SCC），p. 78.

⑤ Eldridge v British Columbia，（1997）151 DLR（4th）577（SCC），pp. 72—73.

令行事，通过扩大解释，使得某些基本经济人权也像基本权利那样可以实行了"①。于是，"印度最高法院在促进人权的过程中露了一手绝活：在基本权利中纳入了'国家政策指导原则'，像国家有义务提供像样的生活水准、最低工资、公正人道的工作条件、提高营养和公共健康水平等等"②。从而使这些"国家政策指导原则"形式的社会权变成司法上可强制执行的命令。

早在1981年 Francis Coralie Mullin 一案中③，法官巴格瓦蒂就根据社会权条款解释宪法第21条规定的不得剥夺的生命权，他宣称："生命权包括有尊严地生活的权利，包括所有与此相关联的东西：基本的生活必需品如足够的营养、衣着和栖身之所。"此后，法院将生命权扩大解释为包含宪法第四部分"国家政策之指导原则"中的各种社会权。例如，1987年的 Tellis 案④中的生活权，1992年 Jain 案⑤和1993年 Krishnan 案⑥中的受教育权，1996年 Samity 案⑦中的健康权，1997年 Khan 案中的住房权，2003年 PUCL 案⑧中的食物权，等等。

1987年 Tellis 案⑨，即所谓的"街头栖息案"（the so-called pavement-dwellers case）中，最高法院确认请愿者的请求成立，并进行论证并作出裁决。首先，宪法中不存在禁止反言原则。宪法基本权利的目的不只是保护个人，而是为了公众的更大利益，任何人都无权拿基本权利做交易。其次，宪法规定的生命权包括生活权。生命权的范围是宽泛的，生活权是其重要的方面，因为没有谋生的手段任何人都不能生存。假如生活权不是生命权的一部分，剥夺生命权最简便的方式就是剥夺其谋生的手段。而这种剥夺不仅否定了生活的有效内容和意义，而且使生活无法生存。对生命权内容和含义的这种理解，得到宪法第39条第1款和第41条规定的指导原则即适当谋生手段和工作权的支持。再次，任何人要想生活就不能缺少住房，当局拆除房屋的行为构成对生活权的剥夺；失去了住房也就失去了在住房周边地区工作的机会；对请愿者的驱逐必将导致他们生活权的剥夺并最终剥夺生命权。因此，法院根据本案事实作出裁

---

① 路易斯·亨金，阿尔波特·J. 罗森塔尔著，郑戈等译：《宪政与权利》，三联书店1996年版，第118页。

② 同上书，第137页。

③ Francis Coralie Mullin v. The Administrator, Union Territory of Delbi, (1981) 2 SCR 516 at 529.

④ Olga Tellis v. Bombay Municipality Corporation, (1987) LRC (Const) 351.

⑤ Mohini Jain v. State of Karnatak, (1992) 3 SCC 666.

⑥ Krishnan v. State of Andhra Pradesh & Others, (1993) 4 LRC 234.

⑦ Nawab Khan Gulab Khan v. Ahmedabad Municipal Corporation, (1997) AIR SC 152.

⑧ People's Union For Civil Liberties (PUCL), Unreported, 2 may 2003, 50 Leading cases on Economic, Social and Cultural Rights: Summaries, p. 24; www. righttofood. com.

⑨ Olga Tellis v. Bombay Municipality Corporation, (1987) LRC (Const) 351.

定，政府必须确保对具有 1976 年身份证和居住满 20 年的街头栖息者提供可选择的住房；命令将拆除延迟到雨季结束，以减少拆除的困难。

印度的经验表明，即使宪法规定的社会权只是一种国家政策的指导原则，不具有直接的司法效力，也可通过法院利用它们对基本权利的扩大解释，使社会权得以间接的司法实现。当然，这些指导原则"并非笼统意味着要积极强迫国家为其公民提供适当生活资料或工作。相反，它们创立了一个保障民众免受生活威胁或不经法律确立的正当公正程序剥夺生活和经济权利的基础"[①]。

参 考 文 献

一、中文部分

1. 刘作翔："权利冲突的几个问题"，载《中国法学》2002 年第 2 期；"权利冲突：一个应该重视的法律现象"，载《法学》2002 年第 3 期；"权利冲突：一个值得重视的法律问题——权利冲突典型案例分析"，载《浙江社会科学》2003 年第 3 期。

2. 张丽娟："欧洲人权公约和社会权利"，载赵海峰《欧洲法通讯》（1），法律出版社 2001 年版。

3. 李步云：《宪法比较研究》，法律出版社 1998 年版。

4. 刘海年：《经济、社会和文化权利国际公约研究》，中国法制出版社 2000 年版。

5. 夏勇：《人权概念起源》，中国政法大学出版社 1992 年版。

6. 朱晓青：《人权法律保护机制研究》，法律出版社 2003 年版。

7. 张千帆：《西方宪政体系》（下册：欧洲宪法），中国政法大学出版社 2001 年版。

8. 白桂梅：《国际法上的人权》，北京大学出版社 1996 年版。

9. 林来梵：《从宪法规范到规范宪法》，法律出版社 2001 年版。

10. 俞可平：《社群主义》，中国社会科学出版社 1998 年版。

11. 陈新民：《宪法基本权利之基本理论》（上），台北三民书局 1992 年版。

12. 林纪东：《比较宪法》，台北五南图书出版公司。

13. 杰克·唐纳利著，王浦劬等译：《普遍人权的理论与实践》，中国社会科学出版社 2001 年版。

14. 艾德等著，黄列译：《经济、社会和文化的权利》，中国社会科学出版社 2003 年版。

15. 曼弗雷德·诺瓦克著，毕小青、孙世彦译，夏勇审校：《民权公约评注》，三联书店 2003 年版。

16. 格德门德尔·阿尔弗雷德松，阿斯布佐恩·艾德著，中国人权研究会组织翻译：

[①]　S. 利本堡："《在国内法律制度中保护经济和社会权利》，艾德等著，黄列译：《经济、社会和文化的权利》，中国社会科学出版社 2003 年版，第 76 页。

《〈世界人权宣言〉：努力实现的共同标准》，四川人民出版社 2000 年版。

17. L. 亨金著，吴玉章、李林译：《权利的时代》，知识出版社 1997 年版。

18. 路易斯·亨金，阿尔波特·J. 罗森塔尔著，郑戈等译：《宪政与权利》，三联书店 1996 年版。

19. 保罗·布莱斯特等著，陆符嘉等译：《宪法决策的过程：案例与材料》（下册），中国政法大学出版社 2002 年版。

20. 亨利·范·马尔赛文、格尔·范·德·唐著，陈云生译：《成文宪法比较研究》，华夏出版社。

21. 芦部信喜：《宪法Ⅲ人权》（2），有斐阁 1981 年版。

22. 托马斯·雅诺斯基著，柯雄译：《公民与文明社会》，辽宁教育出版社 2000 年版。

23. 卡尔·J. 弗里德里希著，周勇、王丽之译：《超验正义——宪政的宗教之维》，三联书店 1997 年版。

24. 伯纳德·施瓦茨著，王军等译：《美国法律史》，中国政法大学出版社 1990 年版，第 275 页。

二、外文部分

1. Joseph Wronka. *Human Rights and Social Policy in the 21st Century*. University Press of America, 1998.

2. Paul Hunt. *Reclaiming Social Rights*. Dartmouth Publishing Company, 1996.

3. See Bertus De Villiers. *Social and Economic Rights*. In: David, John, Bertus, et al. ed. Rights and Constitutionalism. 1995.

4. Makinen. *Social rights and Social Security: The Legal and Political Effects of Constitutional Rights to Social Assistance*. New York: University of Rochester, 2000.

5. Jeremy Waldron. Liberal Rights, collected papers 1981—1991, 203ff. Cambridge.

6. Will Kymlicka and Wayne J. Norman. *The Social* Charter debate: should *social* justice be constitutionalised? Network Analyses: Analysis No. 2. Ottawa: Network on the Constitution, 1992.

7. Fabre, Cecile. *Constitutionalizing Social Rights*. Journal of Political Philosophy, 1998 (6).

8. Charles Fried. *Right and Wrong*. Cambridge, Mass: Harvard University Press, 1978. pp. 133—134.

9. R. Nozick. *Anarchy, State and Utopia*. Oxford: Blackwell, 1974.

10. Stephen Holmes and Cass R. Sunstein. *The Cost of Rights: Why Liberty Depends on Taxation*. New York: Norton, 1999.

11. Donald P. Kommers. *The Constitutional Jurisprudence of The Federal Republic of Germany*. Duke University Press, 1997.

· 中国社会科学院 ［法学博士后论丛］ ·

村民自治制度实施中的
自制规章及其与
国家法的关系研究

A Study on Self-formulating Regulations in Villagers'Autonomous System and Its Relationship with State Laws

博士后姓名　赵一红

流　动　站　中国社会科学院法学所

研　究　方　向　法社会学

博士毕业学校、导师　景天魁

博士后合作导师　夏勇　刘作翔　韩延龙

研究工作起始时间　2001 年 9 月

研究工作期满时间　2003 年 8 月

作 者 简 介

赵一红，女，社会学博士，法学博士后，中国社会科学院研究生院副教授、国际交流与合作中心副主任。

出版主要专著有《东亚模式中的政府主导作用分析》。合著出版《经济全球化与中华文化走向》、《儒家思想与东亚社会发展模式》、《市场发育过程》。发表主要学术论文：《论东亚发展的文化主体机制》、《社会科学方法论中的价值中立问题》、《后发型现代化——对发展理论的反思》、《东亚地区政府作用形成的社会结构》、《马克思的"亚细亚生产方式"理论与东方社会结构》等。

工作与学习期间，曾先后获得院级优秀论文奖，并进行过多项学术调查研究。先后与日本爱知大学中国问题研究所联合调查新疆喀什、吐鲁番地区经济发展问题；深入中国海关总署，调查政府政策执行情况、政府理性及政府能力等问题；曾经去河南省四道河村调查村民自治制度的有关情况，写出多项调查报告和有关学术论文。

村民自治制度实施中的自制规章及其与国家法的关系研究

赵一红

内容摘要：本文以村民自治制度中的自制规章为切入点，深入研究村民自治制度建设，探讨国家法与村民自制规章在中国特殊环境下的相互关系及其特色，问题集中在：村民自治制度与村民自制规章的含义与内容是什么？村民自制规章的产生、形成、特征及其存在的价值如何？村民自制规章与国家法之间的限定范围与关系如何？村民自制规章在乡村依法治理中的作用与反思如何？村民自制规章与国家法产生冲突的原因及其解决冲突的方法与途径如何？等等。

本文对村民自治制度的含义、基本内容与运行机制尤其是对村民自制规章的含义和基本内容进行了梳理和界定，并指明了它在乡村依法治理中所发挥的重要作用；提出了村民自制规章具有相对独立性和自主性的观点，否定了那种认为村民自制规章只是国家法的补充或主张用国家法取代村民自制规章的观点。指出村民自制规章既不同于国家法也不同于民间法，它表现出当代农民自我管理、自我教育、自我服务的"自治"特点，有其自己的管辖范围和地位，有其自身的制度体系。村民自制规章的内容构成了乡村秩序的一系列规范制度的基础，具有一定的权威性；从体制、职能、运行机制上分析了村民自治制度存在的缺陷，同时还分析了国家行政权和司法权对于村民自治权的干预和影响，从而提出了解决这些问题的途径与方法。本研究项目为村民自治的进一步完善，为农村今后如何进行依法治理，提出了有待于解决的问题及意见。

关键词：村民自治制度　村民自制规章　国家法

一

在中国法制现代化的进程中，村民自治制度起着重要的作用，而村民自治制度实施中的自制规章与国家法的关系研究又是法社会学研究的一项重要内容。

在现代化理论研究中，以现代化的动力源为标准可以区分出"早发内生型"和"晚发外生型"两种现代化模式。"早发内生型"主要指社会现代化的最初动力来自本社会内部；而"晚发外生型"主要指社会现代化的最初动力来自于社会外部。"早发内生型"现代化模式国家，促进现代化的种种因素是在其社会内部逐渐孕育成长起来的，与此相反，"晚发外生型"的国家内部缺乏有利于现代化进程生成的自发性因素，或者这些因素及条件较为薄弱，难以形成推动社会自身现代化的内在张力与动力。按照这种理论框架，西方现代化国家具有原始初创性，现代化的实现过程是在一种循序渐进过程中进行的。因此，西方国家的法治进程与建构具有其相对独立性。

然而，中国作为"晚发外生型"模式的发展中国家，现代化一开始就面临着"早发型"现代化已具有的发展状态，面临着西方现代化国家具有的法治模式。前者在现代化开始时所面临的环境与条件与后者有很大差别。同时，现代化是各种因素综合的整体性过程，各因素之间不是孤立存在的，而是相互间形成了一种较为固定的逻辑顺序，"晚发外生型"模式的环境与条件恰恰导致了这种发展逻辑的改变。

因此，"晚发外生型"国家要在短短几十年的时间内完成西方现代化国家三四百年的历史过程，大量的矛盾与现代化进程的紧迫性同时存在，在较短的时间内实现国家的现代化就成了这类国家压倒一切的首要任务。而处在这种大的历史背景之下，这些国家的法制建构往往成为国家现代化的一个重要组成部分，建构法制的价值意义不得不时刻屈从于国家实现现代化的工具意义之下。

在此情况下，如何进一步运用现代化理论的研究成果及国家、社会、制度的概念作为分析模式，来研究与中国法制现代化有着密切关系的村民自治制度便提到了议事日程。

二

基于上述思考，笔者试图探讨村民自治制度实施中的自制规章与国家法的关系这一问题。

目前学术界对村民自治的研究有两方面的视角：一种研究集中于村民自治的民主方面，尤其关注村民自治制度对于中国未来政治制度安排可能具有的影响，这是从外部来关注村民自治；另一种研究集中于村民自治的治理方面，将村民自治制度看作一种民主化的村级治理制度，尤其关注这种治理制度对于解决当前农村实际存在问题的能力，这是从农村内部来关注村民自治。而本文对于村民自治的研究则是运用社会学的实证材料，试图探讨村民自制规章的含义、内容、特征、作用及其与国家法的关系，揭示出村民自制规章存在的问题及解决的方法与途径。

根据我有限的知识和材料来看，目前学术界对于民间法与国家法的关系已有多种观点和论述，学者们对于民间法与国家法关系问题的研究，在一定程度上反映了两者之间的关系：或认为民间法与国家法相互缺少联结；或认为民间法与国家法之间有一定的结合点。而本文只是试图研究属于民间法范围但又不等同于民间法的村民自治制度中的自制规章等内容及其与国家法的关系，强调的是"自治制度"和"自制规章"，这是本文的关键词，也是特别需要说明的一点。

本文围绕村民自制规章与国家法的融合与对抗，围绕村民自制规章与国家法的冲突展开主题研究，重点从村民自制规章的自主性和相对独立性两个方面分析其与国家法的冲突，从而阐明产生这种矛盾的原因及解决冲突的方法与途径。

同时，围绕研究主题提出如下问题：村民自治制度与村民自制规章的含义与内容是什么？村民自制规章的产生、形成、特征及其存在的价值如何？村民自制规章与国家法之间的限定范围与关系如何？村民自制规章在乡村依法治理中的作用与反思如何？村民自制规章与国家法产生冲突的原因及其解决冲突的方法与途径如何？等等。

对于当代中国农村社会大量存在的自制规章，重要的是积极研究它们的内容、特征、作用和运行机制以及与国家法的关系。从研究方法来看，本文立足社会学的实证方法。在涉及大量的社会学、人类学的实证材料的基础上，从而对当代中国村民自治制度中的村民自制规章的内容进行研究。从研究内容来看，本文体现了法社会学的研究方向：从社会的整体出发研究"法"在社会具体生活中的实际效能；研究法律与社会之间、法律现象与其他社会现象之间的相互联系和相互作用；对与法律现象有着密切关系的农村社会实际问题进行综合性、系统性的研究。从研究问题的角度来看，本文考察了当代中国社会的村民自治制度中的村民自制规章，重点通过村民自治制度目前的存续状态及其发展变化来展现村民自制规章与国家法的关系。特别是处于现代化进程中的村民自治制度已不再是纯粹的孤立状态，而是无时无刻不在与国家法发生联系的情况下，只有把两者联系在一起进行考察，才能比较合理地把握其发展特征。

村民自治制度，使广大农民在基层社会生活中不再依赖于国家和集体组织的管理，而是实行自己的事情自己管理，做到自我管理、自我教育、自我服务，从而形成了一种乡村组织管理形式。这种形式是一种自我管理制度。在此制度下村民自制出各种自我管理的章程和条例，它是村民自我意愿的表达。而国家法的普遍性、统一性和强制性的特点，使得国家法在其实施和运行过程中必然会在实践中引发成文法与村民自制规章之间的融合与冲突。如何保证国家法律在农村的有效运行，同时又尊重合理的村民自制规章，消除不必要的矛盾，便成为一个值得研究的实践课题。

本研究的理论意义与实践意义在于：第一，对村民自治制度的含义、基本内容与运行机制尤其是对村民自制规章的含义和基本内容进行了明确的界定。并指明了它在乡村依法治理中发挥了重要的作用。第二，本文提出村民自制规章具有相对独立性和自主性的观点，否定了那种认为村民自制规章只是国家法的补充或用国家法取代村民自制规章的观点。指出村民自制规章既不同于国家法也不同于民间法，它表现出当代农民自我管理、自我教育、自我服务的"自治"特点，有其自己的管辖范围和地位，有其自身的制度体系。村民自制规章的内容构成了乡村秩序的一系列规范制度的基础，具有一定的权威性。第三，从体制上、职能上、运行机制上分析了村民自治制度存在的缺陷，同时还分析了国家行政权和司法权对于村民自治权的干预和影响，从而提出了解决这些问题的途径与方法。第四，本研究项目为村民自治的进一步完善，为农村今后如何进行依法治理，提出了有待于解决的问题及意见。

三

村民自制规章与国家法之间的冲突与矛盾，不能简单地理解为国家法向乡土农村的单向控制，也不能理解为国家法压制村民自制规章，更不能将国家法与村民自制规章进行地理位置上的划分与界定。

对于村民自制规章与国家法之间的矛盾产生应该从两方面分析。

首先，村民自治制度本身还存在缺陷。在体制上、职能上、运行机制上都存在缺陷。

第一，村民自治制度的体制缺陷。从体制角度看，村民自治发展中面临几方面的关系需要处理。这就是村民委员会与乡镇政权组织、村民委员会与基层党组织之间的关系的处理。村民委员会与乡镇政府的授权来源不同，村民委员会是基层群众实现"自我教育、自我管理、自我发展"的自治组织，其自治权力来源于基层群众的授权，而乡镇政权组织、基层党组织是国家政权力量的代表，行使基层国家权力，其权力虽然从根本上讲也是来源于人民的授权，但在实践中却是来自于上级政府和党组织的任命。这种不同的权力来源容易造成实际运作中的种种问题，这就不可避免地在实际运作中存在种种矛盾和冲突。而在实际中，乡镇政府常常习惯于运用行政方式领导村民委员会，这突出表现在村级民主选举、民主决策和民主监督等环节上。而村民委员会协助乡、镇的人民政府开展工作在实践中一旦遇到村民的利益要求与乡镇政府的利益要求发生矛盾时，就很难实现。这种结构性矛盾的存在，是由现行法律条文的制度安排与其实际运作的两面性决定的，因为从根本上讲，乡镇政府的利益要求与村民的利益要求是一致的，村民委员会作为村民自治组织与乡镇政府作为基层国家机关的权力来源也是一致的，但在实际运行中，诸多具体利益的不一致却难以避免。而执政党在农村的基层组织与村级自治组织的结构关系则是一个更难以把握的问题，它实际上是我国现行政治体制在农村的一个缩影。在《村民委员会组织法》的规定中，村党支部领导村委会与村党支部支持和保证村委会依法行使自治权这方面的内容很模糊，加之又缺乏对党支部的领导权与村委会的自治权之间的明确界分，在实际操作中就会有较大的弹性。如果说村民委员会与乡镇政府的结构困境是一种纵向的自治权力与国家行政权力的权力关系困境，那么村民委员会与村党支部的结构困境就是横向的自治权力配置的困境。

第二，村民自治制度的职能缺陷。村民自治制度的基本职能是履行自治职能，即在国家宪法和法律范围内自主解决村域范围内的自治事务，实现"自我教育、自我管理、自我发展"。但在实践中村民委员会这种自治组织往往容易角色错位，承担了相当多的国家行政功能，村委会的很大一部分工作是承担乡镇以及上级政府交办的任务，村民委员会应该是村民的代理人，但是在实际中却往往是政府的代理人。上述两种结构性矛盾造成的必然结果是村级自治组织自治功能的被侵蚀与弱化。这表明，村级自治组织实际上同时承担着自治职能与行政职能，而且现行基本制度安排并没有明确地区分这二者之间的界限。在村民自治的实际运行中，比较普遍的情况是村委会的自治职能让位于行政职能。上述乡镇政府的侵权与村党支部的"全面领导"造成的直接后果就是村委会自治功能的弱化，使村委会出现了行政化倾向。这样，希望通过村民自治调动村民自我管理、自我教育和自我服务积极性的努力就可能会失败，重新构建乡村和谐秩序的尝试也就可能再次失败。而乡镇政府由于失去了人民公社体制下的那种行政权力，也就会出现村级治理的困难局面。因此，村级自治组织自治职能的弱化的结果，就是既未能调动村民的积极性，又增加了乡镇行政的困难。这种功能配置的困境导致的具体后果表现为：村级自治组织协助乡镇行政不力、村级自治组织维护村民利益的功能弱化、村级自治组织的自治功能不足。因此，如何明确和理顺村级自治组织的自治功能与其他功能之间的关系也是制约村民自治的一个困境。

第三，村民自治运行机制缺陷。一般来讲，组织的良性运行很大程度上依赖于组织自身的制度设计。在村级自治组织的制度安排中，除上述缺陷外，村级自治组织自身结构构造上的困境也值得注意。村级自治组织的体制困境具体表现在：在村级自治组织与村级集体经济组织的关系、村委会与村民会议及村民代表会议的关系等方面常常发生矛盾。例如，在一些地区，村级集体经济组织的工作由村党支部包揽或与村党支部基本重合，形式上村级集体经济组织仍然存在，但事实上，村级集体经济组织从人员安排到发展决策，均由党支部作出决定。这种做法的优点在于可以有效缓解村级组织之间的矛盾和突出党组织的核心领导作用，但是它却造成了村级集体经济组织对村民负责这一原则的失效，不仅会使村民利益得不到保证，而且可能造成村党支部（特别是其负责人）滥用实际掌握的经济决定权牟取私利。关于村委会与村民会议及村民代表会议的关系中，由于村民会议召集难、议事不便，很难组织起来发挥作用，常常表现出名存实亡的现象。因此，尽管现行村民自治组织建立了新的体制，但是并没有解决村级自治组织的治理问题，它缺乏行之有效的集体决策的制度保障，它产生的仍然是权威性自治。

其次，国家行政权和司法权对村民自治权的侵害。①

行政权是一切行政现象的基础，是国家行政机关依靠特定的强制手段，为有效执行国家意志而依据宪法原则对全社会进行管理的一种能力。行政权的主体是国家行政机关，包括行政机关的工作人员。在行政权执行过程中的任何阶段都存在着对村民自治权侵害的可能性，村民自治权则是村民及其自治组织所行使的自治权利，包含着个体权利和集体权利。行政权对村民自治权利的侵害，由违法行政行为、不当行政行为、合法行政行为所引起，表现在以下几个方面：

第一，行政干预和行政强迫命令。行政干预主要指包括以行政权取代自治权，随意性大于规范性，自治组织形同虚设。行政命令主要指强迫命令自治主体及其自治组织承担不符合自身意志和利益的义务。而且如果村民不服从，还施以捆绑和非法拘留等措施，从而形成对自治主体人身自由的侵害。

第二，行政不作为和行政处罚不当。行政不作为指的是对村民的举报、请求和反映的情况不予受理，如以威胁、贿赂、伪造选票等不当手段，妨害村民行使选举权、被选举权的举报，不负责调查并依法处理；村民反映村民委员会不及时公布应当公布的事项或者公布的事项不真实的情况，不调查核实和处理等，都是行政不作为对村民自治权的侵害。行政处罚不当是指对村民中出现的问题，有的本来只应给予批评教育，却给予罚款，甚至滥用行政处罚。

---

① 何泽中：《当代中国村民自治》，湖南大学出版社 2002 年版，第 98—100 页。

第三，行政特权化。虽然行政权属于公共权力，但其运行却与人不可须臾分离。因此如果对行政权的行使者约束不力，就会出现异化、私化和腐化，公职人员就可能利用手中的权力牟取私利，侵害村民的合法权益。

同时，司法权对村民自治权也造成一定的侵害。

村民自治权一经法律确定，对其权利出现的冲突和侵害，村民就有权通过司法渠道予以解决。如集体经济组织依法独立进行经济活动的自主权受到侵害，集体经济组织和村民、承包经营户、联户或者合伙的合法财产权和其他合法的权利和利益受到侵害等，都有权通过司法渠道解决。然而如果司法不公，那么自案件受理至判决作出的司法程序的每一阶段，都可能形成对权利的侵害。如应受理的案件不受理，将对作为自治主体的村民及其组织的诉权形成侵害；审理准备阶段，在获取或使用证据上也有可能对村民自治权形成侵害；审理阶段，对村民自治所享有的某些权利不告知、不尊重，也属于权利侵害行为；判决阶段，无论程序上或事实上的错误，都可能出现对村民自治主体的错案、假案，造成对村民自治权的侵害，等等。

上述两方面原因，反映出农村社会中权力与利益的配置问题从而表现出多层矛盾：即村民自治制度与国家政权之间的矛盾，村民自制规章与国家法之间的矛盾，村民自治制度内部的矛盾，等等。而前两种矛盾是问题的关键，在此，只论述第二种矛盾，即村民自制规章与国家法之间的矛盾。村民自制规章与国家法之间的矛盾往往容易引起四种结果：第一，村民自制规章被改造或转化，使得与国家法律相和谐。第二，导致村民自制规章被破坏，但同时国家法又无法在此发挥自己的功能，处于无序状态。第三，村民自制规章与国家法重复行使，即一个乡村案件需要经过司法机关和村民委员会同时判决和确认。第四，运用村民自制规章去规避国家制定法。这些都是村民自制规章与国家法产生冲突而有可能产生的结果。

那么，解决这种冲突和矛盾的方法和途径是什么？如何协调村民自制规章与国家法的冲突？从上述村民自制规章与国家法产生冲突的原因可看出，这实际上是一个国家权力和村民自治制度的关系问题。解决好这一关系就可减少村民自制规章与国家法的矛盾。而要解决这一矛盾，关键还是要不断提高村民自治的制度化和法制化程度。这是一个重要的措施。

在中国古代，由于正式行政机关只设置到县级（个别朝代在乡一级也曾设置正式机关），因此国家并不直接控制乡村社会，而是通过宗族组织（以血缘为基础）和乡绅阶层（以地缘为基础）实现对乡村社会的统治。农民很少与官府打交道，只是通过家族长老、乡绅等乡村精英来实现与国家政权机构的联系。在中国的晚清时代，这种情况发生了一定变化。由于当时西方资本主义政治、经济、文化对中国社会的冲击，原来的乡村社会结构发生了重大变化。尤其是近代城市文明吸引了大批开明乡绅离开农村而移居城市，使乡村原有的乡绅集团的素质有所下降。他们与农民的矛盾逐渐激化，并最终导致国家与乡村社会之间起缓冲作用的乡绅集团力量的削弱，这在一定程度上为国家力量介入乡村社会创造了条件。

新中国正式成立之后，中央政府建立起了一种实现国家对乡村社会完全控制的新体制——人民公社。不同规模的村庄，按照一定的编制形式被纳入到人民公社控制系统。借此中央实现了对乡村社会的高度垂直领导；同时通过加强对乡村传统文化控制，也维护了村庄组织的单一性。

而以村民自治为基础的村民委员会的建立使国家对于农村社会的直接控制发生了改变：

第一，生产大队改为村民委员会。按照法律，村委会是基层群众性自治组织，乡镇政府与村委会只是指导与被指导的关系，而并没有行政隶属关系。也就是说，国家权力与乡村社会不再是绝对的控制与被控制的关系。

第二，农村实行了家庭联产承包责任制。在此基础上形成的生产资料所有权和使用权的分离，使农户重新成为农村社会运行的基础，从而结束了人民公社时期农民对国家政权的人身依附关系，村级组织与农民也不再是直接的领导与被领导关系。[1]

第三，最明显的改变是村级组织直选制的推行。在过去，村长和村党支部书记大都是上级组织任命，这种体制造成村级组织领导只对上负责，缺乏村民对村级领导的制约。直选村委会成员从体制上改变了以前的任命制，使村很少与官府打交道，民选出来的村领导人形成了对村民负责的意识，也更可能一心一意为乡村社会公共事务谋利益。

由此可以看到，在乡村社会的变革过程中，国家与乡村社会关系的重构已是必然结果。

由此看出，国家权力与村民自治制度之间的关系，既不应该表现为国家权力对乡村社会的全面侵入和替代，也不应该像西方市场经济条件下国家权力与乡村社会界限严格划分的形态，而应是一种"新型的制度化统合的关系构型"[2]。因此国家权力与村民自治制度之间的关系应该是一种协调发展的关系，保证国家权力赋予乡村社会以足够自治和发展的空间。虽然国家权力在很多时

---

[1]　立辉："村民自治在中国的缘起与发展"，载《学术论丛》1999年第2期，第30—34页。

[2]　孙立平等：《动员与参与——第三部门募捐机构个案研究》，浙江人民出版社1999年版，第16页。

候也享有优先权，但制度却同时规范了其行使优先权的条件和限制，也即国家权力的行使受到了更多监督和制约。

这种协调发展的关系，要求在社会主义市场经济条件下不断提高乡村社会的自治性，即乡村社会管理将更多地围绕着协调、整合和实现乡村社会自身利益来展开。从政治发展的角度看，这种自治性因素的提高，必须通过双重的政治发展过程来实现：一是国家权力不断缩小范围，要逐渐减弱国家权力对乡村社会的直接控制和干预；二是提高乡村社会的自主性和独立性，逐步加强乡村社会自我管理、自我协调和自我发展的能力。① 在这一双重关系发展过程中，第一个过程是关键，即要逐渐减弱国家权力对乡村社会的直接控制和干预。只有国家权力对乡村社会直接控制和干预有所减弱，乡村社会才有自主性发展的基础与空间。第二个过程是重点。国家权力与乡村社会之间的关系并非等值互补，即乡村社会自主性和独立性的发展程度并不单纯由国家权力从乡村社会的退出程度来决定，它在相当程度上还取决于乡村社会自身结构的变化、乡村社会发展的水平、乡村社会个体的素质以及乡村社会动员的程度。因此，当前的主要措施是切实提高村民自治的制度化、法制化程度，以便缓解国家政权与村民自治制度之间的矛盾，缓解村民自制规章与国家法之间的冲突。

对于村民自治，学术界基本上有三种不同的观点。第一种观点认为村民自治是乡村自主性力量增长的结果，国家力量在乡村社会会自然减弱。第二种观点认为村民自治是国家推动的结果，村民自治始终在国家的主导下运作，很难有什么真正的自治。② 第三种观点认为在村民自治过程中，能产生国家权力与乡村社会的互相制衡现象。第三种观点就是本文要讲的村民自治制度与国家政权协调发展的关系。村民自治是国家在处理基层政治组织衰败、地方代理者权力失控、干群关系紧张以及由此而引发的国家在乡村社会统治能力与合法性双重危机时的唯一可供选择的制度机制。一方面，国家通过鼓励村级自治组织发展并赋予其更大的自主性，使乡村社会的权利空间大大增加；另一方面，国家通过借助基层选举将其纳入政治体系基层，也相应强化了它对乡村社会的渗透能力。乡村社会的自治权将会形成"双重"功能：一方面，将防范国家权力对村民权利的侵害，保护村民的实际正当利益，另一方面，也将有效地维护国家利益，因为国家在根本上是代表农民利益的。这种双重性可以看作是乡村社

---

① 林尚立："基层群众自治——民主政治建设的实践"，载《政治学研究》1999 年第 4 期，第 47—53 页。

② 毛丹："乡村组织化和乡村民主——浙江萧山市尖山下村观察"，载香港《中国社会科学季刊》1998 年第 2 期，第 10 页。

会与国家权力内在平衡的具体体现。

因此，村民自治制度实施中许多措施还有待于制度化、规范化。其表现之一是在推行村民自治时一些地方的各种制度不健全或徒有其名。这已经在前面关于村民自制规章与国家法相冲突的原因的论述中谈到过，有的地方在选举后没有建立相应的村民议事制度、村民代表会议制度和村务公开制度，或者这些制度存在缺陷，使村民无从参与决策、管理村务和监督村干部。二是在执行制度时备受干扰。某些县乡干部总是习惯于插手村民选举或监督，包办代替。三是无视村委会组织法和选举法，对他人选举意愿横加干扰，破坏公正选举等现象时有发生。

在此过程中尤其要注意加紧制定程序法以保障实体法的有效实施。民主在某种意义上就是一种程序政治。程序法为国家权力的行使设定了严格的规则，在一定程度上控制了国家享有的主导性权力的行使；同时农民也可以运用程序法的规则来否认和排斥违法行使的权力，从而不仅在静态的法律规定上，而且也在权力行使的过程中使自身权益得到保障，做到"不仅是被动地得到保护，而且也可以主动地保护自己"[1]。

在规范国家权力运行的制度设计中，如何协调发展国家政权与村民自治制度之间的关系十分重要，这不仅将村民自治制度作为国家权力保护的对象，也将其作为国家权力在乡村社会运行的监督者和参与者。农民被赋予了广泛的参与权和其他程序性权利，从而在影响制度设计的同时也可以影响制度的具体运行，而国家权力的运作过程也要求得到开放，这样做的结果是进一步激发了其意见表达的积极性和主动性。于是农民的权利（包括实体性权利和程序性权利）成为监督制约国家权力最主要的力量，乡村社会也由弱势群体变成能在一定程度上与国家权力相平衡的一方，同时，国家权力与乡村社会之间存在的紧张也可能被完善的制度所消解。

综上所述，要解决村民自制规章与国家法的冲突与矛盾，首先必须协调好国家权力与乡村社会之间的关系，这是一个制度层面的问题，目前乡村社会在制度安排上还存在亟待解决的弊端。

四

（一）自治[2]

自治一词源于希腊语 autonomia。它有两层含义，一是独立自主，人民自

---

① 应松年：《行政行为法》，人民出版社 1992 年版，第 15 页。
② 何泽中：《当代中国村民自治》，湖南大学出版社 2002 年版，第 1—2 页。

己管理自己的事务；二是国家的某部分独立自主地进行管理，意味着一定的国家集权与分权。

《中华法学大辞典·宪法学卷》从四个方面阐释"自治"概念：第一，社会主义国家实行的不同形式的民族自治制度。采取单一制的一些社会主义国家，实行民族区域自治制度。在国家的统一领导下，在少数民族聚居的地方实行区域自治，设立自治机关，行使自治权，以保障少数民族人民自主管理本民族内部事务的权利。采取联邦制的社会主义国家，各民族都建立了自治共和国等自治单位，保障各民族人民享有平等权和自主权。第二，资本主义国家所采取的一种地方管理制度，指某一行政区域内的居民依据宪法和法律的规定，选举产生地方自治机关，独立管理地方事务。第三，中华人民共和国为实现国家统一而在香港、澳门实行的高度地方自治制度。根据"一个国家、两种制度"的方针和《中华人民共和国宪法》第 31 条的规定，全国人民代表大会在必要时设立特别行政区，制定特别行政区基本法，规定特别行政区实行高度自治，享有行政管理权、立法权、独立的司法权和终审权。第四，中华人民共和国在农村和城市基层实行群众自治制度。这也是基层直接选举的一种形式。根据《中华人民共和国宪法》、《村民委员会组织法》和《城市居民委员会组织法》的规定，在农村和城市基层实行村民、居民自治，建立村民委员会、居民委员会，作为村民、居民自我管理、自我教育、自我服务的群众性自治组织，行使法律赋予的自治权。① 这里主要是通过列举四种自治类型来解释"自治"，但对自治本身并没有涉及。《中国大百科全书·民族卷》中的"自治"条目认为：它是指"一个国家的某一个地区依据国家宪法和法律的规定，自主地行使自治权，管理本地区事务的制度"②，等等。

自治是主权国家在其内部的某些社会区域或社会组织内，由集体主体或成员主体依法对自己的内部事务进行自我管理的制度、模式和方法。换句话说，自治制度是一个民族区域或社会组织其集体主体或成员主体行使自治权，对内部事务实施管理的基本方式方法、工作程序、规则和规范的总和。

自治的基本要素主要有四个：即自治社会区域或社会组织，自治组织，自治成员，自治权。

自治的基本类型主要分为地方自治、民族区域自治、社会自治、基层群众性自治四种。

---

① 许崇德：《中华法学大辞典．宪法学卷》，中国检察出版社 1995 年版，第 895—896 页。

② 《中国大百科全书．民族卷》，中国大百科全书出版社 1998 年版，第 591 页。

（二）村民自治制度

村民自治制度是近年来中国农村改革的新生事物，是当代中国民主政治和法制建设的全新概念，涉及政治、经济、文化和社会生活诸多方面。关于村民自治的界定，目前的学术著作基本上是从现行《宪法》和《村民委员会组织法》中关于"村民委员会"的界定中推导出来的。在中国的宪法和法律中，没有专门的定义。现行《宪法》第 111 条规定："城市和农村按居住地区设立的居民委员会是基层群众性自治组织。"《中华人民共和国村民委员会组织法》第 2 条规定："村民委员会是村民自我管理、自我教育、自我服务的基层群众性自治组织，实行民主选举、民主决策、民主管理、民主监督。"本条实际上是对村民委员会的性质的基本原则进行规定。

近年来，有关权力部门和有关学者对村民自治下了很多定义。全国人大常委会法制工作委员会、国务院法制办公室、民政部有关室司把它界定为：村民自治"是指在农村基层由群众按照法律规定设立村委会，自己管理自己的基层事务，它是我国解决基层直接民主的一项基本政策，是一项基层民主制度"。① 国务院法制办公室政法司又解释："村民自治的含义，就是自我管理、自我教育、自我服务。"② 民政部基层政权和社区建设司还解释："我国的村民自治，是广大农村地区农民在基层社会生活中，依法行使自治权、实行自己的事自我管理的一种基层群众自治制度。"③ 徐勇认为："中国农村村民自治是农村基层人民群众自治，即村民通过村民自治组织依法处理与村民利益相关的村内事务，实现村民的自我管理、自我教育和自我服务。"④ 许安标认为："村民自治是农民依法管理基层社会生活方面的事务。"⑤

根据上述定义，笔者认为村民自治制度的含义应侧重于它的民主与权利、基层政治体制等两方面内容。

村民自治，首先体现的是广大农民的民主权利。

村民自治制度除了具有民主与权利的基本内涵之外，还显示出一种基层政

---

① 全国人大常委会法制工作委员会国家法行政法室、国务院法制办公室行政法劳动社会保障法制司、民政部基层政权和社区建设司编：《村民委员会组织法学习读本》，中国法制出版社 1998 年版，第 84 页。

② 国务院法制办公室政法司编：《村民委员会组织法讲话》，中国法制出版社 1999 年版，第 84 页。

③ 民政部基层政权和社区建设司编：《农村基层政权建设与村民自治理论教程》，教育科学出版社 1998 年版，第 104 页。

④ 徐勇：《中国农村村民自治》，华中师范大学出版社 1997 年版，第 3 页。

⑤ 许安标：《农民如何行使民主权力》，法律出版社 1999 年版，第 14 页。

治体制的内涵。

此外，村民自治与其他自治法律性质有着很大的差别。①

村民自治是具有中国特色的一种自治形式，它区别于中外其他类型的自治。村民自治组织——村民委员会也同样区别于国家政权组织、非国家政权组织和基层政权组织。

首先，村民自治与民族区域自治的区别在于：

第一，民族区域自治是我国地方制度的组成部分，是我国解决民族问题的一项基本政策，是宪法所确认的民族民主制度。村民自治是我国基层制度的组成部分，是我国解决基层直接民主的一项基本政策，是宪法所确认的基层民主制度。

第二，民族区域自治必须以少数民族聚居区为基础，参加者是聚居区境内的各民族，民族自治地方包括自治区、自治州、自治县三级。村民自治在全国农村普遍实行，参加者是广大农民，自治组织只有村委会一级。

第三，民族区域自治的自治机关是一级国家政权机关，受中央和上级国家机关领导。作为村民自治组织的村民委员会则不是政权组织，基层人民政府与它的关系是指导与被指导的关系。

第四，民族区域自治是在本区域内的各民族依法管理区域内政治、经济、教育、科学、文化等事务。村民自治则是农民依法管理基层社会生活方面的事务。

第五，民族区域自治地方的自治区主席、副主席，自治州州长、副州长，自治县县长，副县长由人民代表大会选举产生，自治区主席、州长、县长由实行区域自治的民族的公民担任。村委会主任、副主任则由村民直接选举产生，各民族的公民都可以担任。

其次，村民自治与城市居民自治的区别在于：

第一，居住区域不同。城市居民自治地域在城镇，参加者是城镇居民。村民自治地域在农村，参加者是广大农民。

第二，居民成分不同。城市居民绝大多数是各个社会组织的成员，属于各个机关和企事业单位，绝大多数居住生活单位与工作生产单位脱离，"纯居民"不多。农村居民既是本生产单位的成员，又是本居住生活单位的成员，生产、生活紧密联系。

第三，自治功能和作用大小有别。城市居民的经济、政治、文化和社会事务大都通过生产工作单位处理，与居民委员会直接利益关系不大。农村村民的

① 何泽中：《当代中国村民自治》，湖南大学出版社 2002 年版，第 22—25 页。

经济、政治、文化和社会事务与村委会息息相关，村委会要组织村民依法发展各种形式的合作经济和其他经济，承担本村生产的服务和协调，要依照法律管理本村属于村民集体所有的土地和其他财产。

再次，村民自治与地方自治的区别在于：

第一，地方自治是目前多数资本主义国家实行的一种地方政权体制，是中央政府与地方政府分权的一种形式。村民自治是具有中国特色的基层群众自治制度，是国家与社会分权的一种形式。

第二，地方自治机关构成地方政权，行使国家政权职能，包括一些法定的中央政府不能侵犯或代行的自治权，并具有强制性的管理手段。村委会本身不是政权机关，只行使单一的自治职能，办理本村公共事务，其管理手段是非强制性的。

第三，地方自治机关决策的范围包括政务，以及本区域的教育、卫生、交通、环境、商业、市政和社会福利等公益事业；同时，其自治范围及权限在一些国家并无严格区分，有时与地方政府、地方行政、地方制度等交替使用。村民自治只决策和管理本村群众自己的事情，自治范围及权限有明确的界限。

最后，村民自治与社会自治的区别在于社会自治是全社会各个组织普遍行使自治权的一种自治制度，它把所有社会成员组织起来，形成一个广泛联系的完整的自治体系，所有政权组织、社会组织、经济组织和各种团体都是自治单位，其自治范围广泛，自治权与国家权威等同。村民自治则只在村地域和村组织中实行，只有农村村民参加。其自治范围和决策内容有明确规定，同时接受基层政权组织的指导。

村民自治制度是现阶段农村基层民主最基本的形式。它指村民通过村委会组织起来，对于与村民利益有关的各项村务实行"自我管理、自我教育、自我服务"。村民自治的基本内容包括四个方面：民主选举、民主决策、民主管理、民主监督，而村民自治制度也包括四个方面：村民委员会选举制度、村民议事制度、村务公开制度、村规民约制度，这四方面相互联系，相互作用。

(三) 村民自治的运行机制

上述分析了村民自治的基本内容与制度。村民自治的运行机制又如何呢？

村民自治运行是指村民自治的实现过程。运行是一个过程，没有自治的运行过程，自治就不能实现，而运行的制度化、科学化直接关系到村民自治实现的效果和质量，这就必须有一个良好的运行机制。"机制"是一个工作系统的组织或部分之间相互作用的过程和方式。村民自治的运行机制是从动态角度考察村民自治实现过程及其各种组织的相互作用和关系。从村民自治的法律构架和实际运作规律来考察，村民自治制度运行应该有三维机制：村民自治主体、党的核心领导、县乡镇政府的保障，这实际上反映出在村民自治的运行过程中，如何处理村民自治与村党支部和乡镇政府之间的关系问题，三者关系的处理涉及村民自治的良性运行。

第一，关于村民自治主体与村民自治主体组织的关系。

村民是自治的唯一主体，村民主体的意义包含了村民自治的全部意义，村民自治组织的全部作用亦衍生于主体的作用。因而主体的功能首先是主体充分发挥自治作用，才有真正的村民自治。村民自治主体与村民自治的各种组织及其组织之间的相互关系和相互作用、相互依存的状态形成主体关系。主要有以下几个方面：其一，村民与村民会议的关系。村民会议由全体村民组成，年满18周岁的村民均为村民会议成员；村民会议是村民自治的权力机构；村民主要通过村民会议行使权利，并执行村民会议的各项决定。其二，村民与村民代表会议的关系。村民代表会议由村民或村民小组推选代表组成，每个村民都有被推选的权利，被推选出来的代表是村民合法的代表；村民代表会议讨论决定村民会议授权的事项，村民代表依法代表村民行使自治权利，所作决定，村民必须维护、服从和执行。其三，村民与村民委员会的关系。村民委员会成员由村民直接选举产生，村民有选举权和被选举权；村民委员会有权按照《村民委员会组织法》规定的自治权对村民委员会的工作和成员进行监督，要求落实各项自治权。其四，村民与村民小组的关系。村民小组是全组村民的组织，每个村民都是村民小组会议成员，直接行使民主权利。村民小组会议成员都有推选和被推选村民小组长的权利。

第二，关于村民委员会与乡镇政府的关系。

在中国农村的社会结构和传统文化背景下，村委会究竟应该是一个什么样的机构？它与乡镇政府的关系如何？按照《村民委员会组织法》规定，村民委员会是"自我管理、自我教育、自我服务的基层群众性自治组织、实行民主选举、民主决策、民主管理、民主监督"①。但是村民委员会在具体实践中，"自治"的成分究竟有多大还需要深入研究。

第三，关于村民委员会与村党支部的关系问题。

村民自治必然导致农村公共权力结构的根本性变化：农村权力结构越来越趋同于国家政治结构。而国家层面的党政关系投射到乡村基层，也就促成了农村党政权力结构，这种权力结构的核心内容就是村支部与村委会的关系。自下而上的村民选举制度打破了过去单一的权力来源模式——自上而下的授权机

---

① 《中华人民共和国村民委员会组织法》第2条。

制，农村权力结构正在经历着从以单向授权为基础的结构向以双向授权为基础的结构转型。

案例1：

村民自治的实施，不仅改变了"村官"和村民的关系，还在另外两重关系上给乡村社会的权力格局带来了根本性的变革：一是"乡村关系"，主要体现在乡镇政府和村委会之间的关系；二是"两委关系"，即村委会和村党支部的关系。

三年前，普兰店市夹河庙镇在未经村民投票表决的情况下，一次调整了16名村干部，其中有13人是经村民民主选举上来的村委会成员。事情发生后，13名村委会干部拿着《村委会组织法》到有关部门说理。他们说，我们是村民依法选上来的村干部，如果不是村民罢免或我们主动辞职，谁撤我们谁违法！后来，在有关部门的干预、协调下，13名村委会干部"官"复原职。

还有一件事也挺耐人寻味。去年，大连市有两个乡镇出台了村干部退休制度，受这一政策影响，若干名村委会干部被迫提前离职。他们不服，向有关部门讨说法。对此，权威部门解释：乡镇的行为是变相使用行政手段剥夺由村民赋予村委会干部的权力。后来，这种做法得到了纠正，但深层次的矛盾依然存在。

除了"乡村关系"难处外，"两委关系"也不好处理。《村委会组织法》实施以后，村主任的地位得到了明确的法律规定，而且拥有民意基础，这对于村支书的地位来说，是一个严峻的挑战。尽管在立法之前，制度设计者对"两委"关系也有过激烈的讨论，但始终未定高下，只能含糊地规定党支部处于领导地位，支持村委会依法自治。至于怎么领导，在实践中如何掌握，理解起来就五花八门了，以至于在实际工作中留下不少空白，由一支笔、一本账、谁是"一把手"问题而引发的争论与纠纷屡屡出现。村书记强调，党支部是村里各项工作的领导核心，自己当然就是"一把手"；村主任则称，自己是村里的法人代表，村里的公共事务理所当然由村主任说了算……种种是非，是非种种，其实，说白了就是人事权、财务账由谁来管。据不完全统计，在大连市1290多个行政村中，"两委"关系比较融洽的占60%以上，"面和心不和"的占30%，还有10%的村"两委"矛盾突出。

如何解决这个问题？大连市各乡镇进行了很多可贵的探索。目前，比较普遍的解决之道是"一肩挑"。实现"一肩挑"有两个途径，一是鼓励村书记参加村委会主任竞选，竞争成功理所当然就"一肩挑"了；一是在支部改选中，把竞选成功的党员村主任推选为村支书。此外，也有走"折中路线"的。比如，金州区强调，村里工作以谁为"核心"，要看谁的凝聚力强，谁对村里的贡献大。二十里堡镇刘半沟村、三十里堡镇的北乐村村主任都不是党员，但凭借个人的工作能力和在村民中的威信，两个人都成了各自村里名副其实的"核心"，而且由于他们的"核心"作用发挥得好，两个村的全面建设在金州区都名列前茅。有人把这种现象称之为"自然核心"①。

由此，我们可不可以确定这样一个思路："两委"以谁为"核心"，要具体情况具体对待，一把钥匙开一把锁。如果能在包容和渗透中，实现"两委"的和谐，谁是"一把手"就不再重要了，顺应民意才是第一原则。

人民公社时期的生产大队虽然在形式上也有党政之分，而实质上是以"党的一元化领导"为核心的权力结构，其政治基础就是公社党委对大队、生产队干部的直接任命。其经济基础就是建立在单一公有制基础之上的指令性计划经济，因为这种经济体制保证了权力资源的一元化控制。20 世纪 80 年代以来的农村经济改革，形成了多种经营方式，把土地这一重要经济资源的经营权，从村级组织转移到了农民之手，从而赋予农民更多的自由权利。并且农村非集体化改革使国家与农民的利益交换关系发生了根本性的变化，即从原来通过农村集体组织的间接方式变为可以不通过农村集体组织的直接方式。这就是村级组织职能结构变化的政治经济根源。

农村实行村民自治之后，由于村民的直接选举制度，村党支部与村委会的权力来源出现了分野。村党支部的权力来源主要是乡镇党委任命与支部推选，而村委会的权力只能来自村民选举。从规范政治的合法性来看，村党支部的权力实际上来源于它的基本政治职能，党支部的选择，只是为了选一个执行政策或者贯彻上级指示的人，而不具有程序政治上的授权意义。因此，村党支部的权力并不取决于选举，而是取决于它的政治正确，即保证党的方针政策在本村的范围内得以正确执行。因此在这方面村委会应服从于村党支部。

目前在广大农村，村委会与党支部的关系大约有四种类型：第一种是党支部与村委会分工联合型。这种结构中，村党支部与村委会在明确分工的基础上，建立了民主合作的制度机制。其标志是依照《村民委员会组织法》和《基层党组织工作条例》等制度规范，明确划分双方的职责，建立分工合作制。党支部代表维系自上而下的权威，防止村民自治脱离国家政治轨道。而体现村民自治权威的村委会，在村务上能够独立负责地开展工作。第二种类型是村委会主导型。这种类型的基本特征是村委会控制了村庄大部分权力资源，村主任是村级事务的实际责任人，也是上级任务的主要承担者，而村党支部较为软弱。第三种类型是党支部主导型。这种类型是党支部的组织能力、社会动员

---

① 潘卫科："乡村：走向政治文明"，载《乡镇论坛》2003 年第 3 期，第 8—9 页。

力和政治监控力都比较强，党支部群众威信较高，村委会受党支部领导，只是个执行机构。在这种结构中，村委会具有"行政化"的特征。第四种类型是党支部与村委会互不协调型，相互之间缺乏配合，都不能按照制度规范发挥应有的作用。

实际上党支部与村委会的制度规范各有其特点，掌握了这种特点，双方的关系就容易协调。首先《村民委员会组织法》是村委会权力运作的基本法律规范，其他相关法律也是村委组织行为规范的来源。农村各地制定的村规民约、村民自治章程、村委会办事制度、村民代表会议议事规则等都是村委会的具体行为规范。而村党支部主要依据《党章》和《中国共产党农村基层组织工作条例》运作，党的文件、国家法律、政府法规也是党支部的重要制度规范。上述规范明确了村党支部的权力、职责范围和制度规范。因此，从村党支部与村委会不同的制度规范上可看出其对村委会与党支部关系的影响和作用。村委会和党支部制度规范的差异，是影响农村权力结构的制度因素。村委会与党支部及其负责人角色协调的制度基础，就是党的政策和国家法律的内在一致。制度规范的内在一致是保证党组织自上而下的授权与村民自下而上的授权和谐一致的制度条件。因此，如果村委会与党支部出现了普遍的不协调状况，那么其根源应该在于不同制度规范之间发生了矛盾。村委会和党支部之间的权力矛盾不过是这种矛盾的外化。

坚持村党支部的领导地位与发挥村委会的自治职能，并不存在根本利益的冲突。在农村权力结构的现实格局下，通过一定的制度安排，村委会和村党支部之间可以建立和谐一致的权力关系。目前许多农村开始实行村支书与村主任"一肩挑"及交叉兼职的情况。这种建立在直接选举基础上的交叉兼职选举结构，使村民委员会与村党支部避免了权力冲突。

（四）村民自制规章

国家法律是由国家制定或认可，并以国家强制力保证实施的具有普遍约束力的行为规范。它通过规定权利和义务的方式来规范人们的行为，用以维护有利于统治阶级的社会关系和社会秩序，实现统治阶级的统治。由于法律体现的是统治阶级的总体意志，比较概括，对乡村生活的具体运作规范不可能太细致，因此，村民委员会有必要根据国家法律制定出相关的规章和制度，对乡村生活的实际运作作出安排，加强其规范化建设。这在现实生活中就表现为村民自制规章。

村民自制规章是农村村民共同制定的自我管理、自我教育、自我服务的社会规范。它作为我国法律在农村的补充手段，在保障社会治安的综合治理、维护正常的社会秩序、提高村民的守法观念和道德观念，促进农村社会稳定方面都能起到积极的作用。首先，村民自制规章找到了法律规定与执行的结合点。其次，村民自制规章的推行体现了农村基层民主。村民自制规章的制定体现了现代化进程中农村的法治思想。

村民自治得到亿万农民的拥护，迅猛而有序地发展，不仅是因为有政策的引导，而且是因为有强大的法律武器作保障。村民自治规章的法律依据主要有以下几个方面：宪法、法律、法规和部门规章、地方性法规和地方规章。

村民自制规章的含义、内容、特征是什么？

党的十五届三中全会通过的《中共中央关于农业和农村工作若干重大问题的决定》指出："搞好村民自治，制度建设是根本。"制度是指规矩、法度、法则、准则和章程。自制规章是指在村民自治基础上而建立的各种规章制度，谓之村民自制规章，包括村里的各种章程、准则、条例、规定、规则、细则、守则、公约或直接以"制度"字样标示等形式表现出来的条文。自制规章作为村级组织和村民办事的规程和行为准则，是党的政策和国家法律、法规的具体化，反映村民自治的实质和发展规律，体现村民的利益和意志。

村民自制规章从属于基础社会规范系统，具有一定程度的普遍性和稳定性的特征。村民自制规章与国家法律相比，既提供村民的行为规范，又是不同性质的行为规范。村民自制规章重点在于强调：是农民利益和意志的体现；是农村实施自治的具体手段；只在农村范围内有效，对村民有约束力；执行主要依靠批评教育，依靠道德舆论的力量，依靠党员和干部模范带头作用的影响，依靠村民的自觉行动。村民自制规章不仅必须依靠党的政策和国家法律来制定村级组织和村民的行为规范，而且必须依靠自身所特有的具体手段、方法和途径来实现制度要求。

村民自治规章的内容主要有村委会选举办法和选举制度、村民会议制度、村务公开制度、村民自治章程和村规民约等。

村民自制规章的特征有以下几个方面：

第一，村民自制规章与国家法在形式上较为接近。村民自制规章有很多人为建构的因素，从而使当地的一些土政策的内容尽量与国家法的规定相一致。反映了国家把村民自制规章纳入法制化、民主化的道路；从其制定程序看，村民自制规章有严格的制定程序和审查程序，先由村民会议讨论成文，再由政府司法部门审查备案，对于不符合国家法律要求的土政策、国家不提倡的村风民俗，往往要求重新制定；从村法的形式看，村民自制规章呈现出更科学的形式，例如，村民自治章程，有总则、组织形式等章节之分，与法律形式较为相似。

第二，村民自制规章更加规范化、制度化、权威化。首先，村民委员会成员由选举产生，并依据《村民委员会组织法》制定出村民自治章程。并由村民委员会具体组织实施，村民会议和村民代表大会监督执行，村民代表大会是村民在宪法和法律范围实行自我管理、自我教育、自我服务的群众性自治组织，是全村最高的权力机构。并且规定了村民代表会议的职责和职权范围。其次，村民委员会的规章制度。有村民委员会的工作制度、村民代表会制度、村民行为规则等。其中村民委员会的工作制度有村民委员会的会议制度。坚持实事求是，实行群众路线，充分发挥民主；村民委员会的财务制度。收支账目每年公布一次，并接受村民代表会议的监督。其中村民代表会议制度规定村民代表会在村党支部的领导下，在乡（镇）人大主席团指导下开展工作，对村民负责，为村民服务，监督支持村民委员会的工作。村民代表会要届时召开会议、审议、决定本村重大事项。①

第三，村民自制规章体现了传统与现代性的统一。村民自制规章的适用范围是农村，仍然带有地缘性的特征。村民自制规章要保护农业生产，反映村民和村集体的利益，因此某些方面要与当地村民的习惯相一致，因此，在农村实际日常生活中起着重要的整合作用。但另一方面村民自制规章一经产生就得到国家法的规范，成为国家在农村进行现代化改造的生长点。例如，要求村级组织制度健全规范法制化、民主化，提倡树立新风尚和现代生活方式，反对封建迷信和各种陈规陋习，同时融入了国家对农村发展规范的社区环境建设、道路、通信、传媒等基础设施建设和公益事业社会保障体系等方面的建设。因此，村民自制规章体现出传统与现代性的统一。

第四，村民自制规章在内容上逐步趋向统一。主要表现在村民自制规章的制定逐渐趋于一致。主要围绕村民组织、经济管理、社会秩序管理等方面的内容。

由村民自制规章的特征可以看出，它具备双重性质，相对于国家法来讲它属于民间法的范畴，它是村集体成员自己制定出来的一系列规则。同时，它又不是很纯的民间法，其内容中也渗透了国家的价值倾向和要求，国家对村民自制规章的制定予以引导与肯定。

村民自制规章经过多年的实践越来越规范，村民自制规章不仅在理论上可成立且在实践上也是可行的。第一，在村民自制规章中，村委会作为重要的权威机构具体负责村民自制规章的实施，对村内的成员和事项，村民自制规章也一般的普遍适用，对违反村民自制规章的行为按村民自制规章也可以施以制裁

---

① 四道河村："四道河村村民自治章程"。

措施。第二，村民自制规章具有切实可行的具体内容。村民自制规章中涉及村级事务、村民纠纷，解决村级社区生存所面临的具体问题而形成的重要原则与规则，它对村民的权利与义务进行分配以及对村民与村集体的关系进行界分。在村民自制规章的内容中，一定程度上反映了自制规章主要来自于村民生活实践的"安排秩序"的观念，村民个人生存发展资源的获得往往依赖于村集体的分配，因而村集体成员都不可避免地依赖并受制于其产生的群体基础以及维系群体的社会行为方面的秩序。因此，村民对自制规章较容易采取"内在的观点"来接受它。第三，村民自制规章有自身的体系，其体系在与社会变迁的调适中通过创造新的规则来不断完善。第四，村民自制规章有其地域特征。与国家法律制度不同之处在于，村民自制规章以村为依托，是由村集体创造出来的，面对的是村内成员和社会生产生活中的各种事项。从村民自制规章表现出的特征可看出，村民自制规章在乡村社会已能够发挥出依法治理的作用。

哈耶克认为，人类社会的秩序主要是一种自生自发的秩序。尽管在任何一个规模较大的群体中，人们之间的合作都始终是以自生自发的秩序和刻意建构的组织为基础，但现代社会的建构并不依赖于组织而是作为一种自生自发的秩序演化发展起来的。因而这两种秩序所要求的规则之间存在着很大的差别：组织秩序中的规则是命令性的、干预性的，指向具体；而自生自发秩序的规则都是一般的，指向抽象并且是不断地被发现。自生自发秩序的规则之形成，哈耶克认为："乃是因为那些出于偶然的原因而采纳了有助于形成一个较为有效的行动秩序的规则的群体，会比其他并不具有如此有效的秩序的群体更成功。当然会得到传播的规则，乃是那些支配了存在不同群体之中并使其间的一些群体比其他群体更强大的惯例或习惯的规则。……某些规则的优越性在很大程度上会凸显于这样的事实之中，即它们不仅会在一个封闭的群体内部创造出一种有效的秩序，而且会在那些邂逅相遇且彼此并不相识的人们之间创造出这样一种有效的秩序。"①

哈耶克所持的规则乃行动的结果而非人类设计的结果，以及法律先于立法的观念。村民自制规章在产生、发展、变化之中，可以凸显出法的成长史的上述特点。就村民自制规章来说，更多的是一种自生自发成长起来的秩序与规则。尽管我们不可忽略政府在村民自制规章发展中的作用，甚至在实践的某些场合中，分不清到底是村民自制规章还是国家法在起作用，但是村民自制规章在乡村依法治理中的作用是不容忽视的，其中，村民委员会的选举制度为村民

---

① 哈耶克著，邓正来等译：《法律、立法与自由》，中国大百科全书出版社 2000 年版，第 158 页。

自制规章的产生、实施打下了坚实的基础。

那么，村民自制规章存在的价值又如何呢？

在中国现代化发展的转型期，如果完全依靠国家法律来解决农村问题是不够的。村民自制规章的产生，代表或满足了一定区域、一定人员的法律需求，有其合理的价值和生存的时间、空间基础。在农村较为封闭的社会里，国家法的运作空间和存在价值是很有限的，相反，包括村民自制规章在内的民间法的威力却大得多。人们接受和应用法律的频率比民间法、村民自制规章低得多。人们只知道不杀人、不放火，不偷、不抢，其他一切似乎与法律没有太大的关系。对于国家法的了解较少，但却对习惯、自制规章基本做到了"家喻户晓、老幼皆知"。因此，村民自制规章在广大农村起着相当重要的作用。

第一，村民自制规章丰富和弥补了国家法控制机制的不足。法律是通过对权利义务的界定来调整、控制和引导人们的行为，是社会控制的一种手段，法律越系统、完备和充分，对社会的控制力也就越有力、有效。但是再精细的法律规章也无法对社会完全涵盖。从社会学的观点看，法律始终是依据于客观的现象，来源于实际的需要，是对社会关系中的权利、义务进行"明确、肯定、具体"的调整，即使是再健全的法制也无法像包括村民自制规章在内的民间法那样渗透到人们的衣食住行之中。

第二，村民自制规章是国家法治在农村发展的重要基础。村规民约深深植根于民族的精神观念和社会生活之中，从某种意义上说，社会现实中的习惯、惯例应该是法律的有机组成部分。它通过被人们反复适用，逐渐被人们认同，为特定的社会群体所选择、接纳、共享的资源，凝聚着人们心理、智力与情感，因此，包括村民自制规章在内的民间法在社会中有着巨大的、高度的稳定性、延续性、群体认同性和权威性，它事实上成为乡土社会平时更为常用、更容易接受的法律样式。因此，村民自制规章是国家法治在农村发展的重要基础。

村民自制规章与国家法共同存在于农村社会，那么它们之间的限定范围如何？其相互关系又如何呢？

虽然现代法治是以制定法为中心的，但是国家法并不是全能的普适的唯一的规范。社会中的习惯、道德、惯例、风俗应该是社会秩序的重要组成部分，是国家正式的坚实基础。国家法律一方面是建立在国家强制力的基础上，但更重要的是建立在社会产生的内在亲和力的基础上，否则就无法形成有效的秩序。此外，任何刚性的成文法要产生作用，必须通过反复的适用与实践，人们普遍共同遵守形成惯例后才能真正生效。也就是说国家法是否产生效用，不能完全依靠国家的强制力，国家法得回溯民间，受到民间社会的检验。国家法律的实行，必须让人们从习惯上、心理上接受它，才能保障法律的有效性。

固然"任何法律制度和司法实践的根本目标都不应当是为了建立一种权威化的思想，而是为了解决实际问题，调整社会关系，使人们比较协调，达到一种制度上的正义"①。因此，我们应该避免只依靠建构一种纯国家形态的法律秩序或建立一种权威化的法律可能对人们造成的压制，而应该积极保持法律规范适用的多元性特征，使国家法真正起到协调社会关系的作用。但是，国家法与村民自制规章分别属于不同的范畴，不能混淆。应该分清国家法与村民自制规章之间的调控领域与范围，从而才能分析两者之间的关系。

首先，国家法运用强制性手段规范和调整的是最基本的社会关系。如以杀人、严重违法和犯罪为主要内容的刑法，调整这种社会关系就必须运用国家法，而村民自制规章就无权干预，更不能用村民自制规章去规避、私了国家法。在广大农村社会，由于受文化和地理环境的制约，有许多现象与国家法是相违背和相抵触的。比如规避和抵触国家利益和社会公共利益的行为——不进行计划生育、破坏环境、不履行纳税义务等；再比如忽视公民个人的法定权利——对有"劣迹"和"恶行"的村民进行非法拘禁甚至打死，对"老好人"的偶然过失杀人或假想自卫等，采取"不报告"、"说情"、"包庇"等。这些现象说明，在一些农村地区，社会权利已经越位进入了国家公法规定的公共权力的管辖范围，表明包括村民自制规章在内的民间法在某种程度上已越位代替或取消了国家法的功能，这些倾向和事实不利于农村民主法治的健康发展，不利于农村的法治化进程。

以夏勇教授在迪庆藏区对于藏族习惯在解决纠纷中的有效性问题的调研材料为依据说明这一问题。

案例1：

问："①……②作为民族自治地方，我们当然要根据自己的实际情况来贯彻依法治国方略，经常遇到的问题有哪些？③在我们藏区，法律的执行有哪些问题？据了解，在藏族地区，有很多不同于内地的习惯，如婚姻制度，特别是一夫多妻、一妻多夫；还有杀人案件中的赔命价问题及二次审判等问题。各位是否遇见过这些问题，是如何来处理这些问题的……"

答："……我们不违背法，有一些案件我们按照习惯执行，但是我们不会在判决时违背国法，我们仍按照国法来执行法律。"

问："在我们地区，国家的法律和习惯有冲突吗？我们如何来解决赔命价问题和二次审判的问题？"

---

① 朱苏力：《法治及其本土资源》，中国政法大学出版社1996年版，第28页。

答："这些问题基本上和内地相同，相当规范。不存在赔命价问题和二次审判的问题。杀人要负刑事责任，也要负民事责任。有时赔偿钱财可以抵一部分刑，但首先要追究刑事责任。"

问："基层纠纷有私了的情况吗？"

答："私了在民事上比较多。但是，我们在各个乡镇都设有司法所，无偿调解民事纠纷。前一段有一个过失杀人的案子，我们判了缓刑。被害人家属在经济上无要求。故意杀人案私了的很少，有也上不了统计数字。刑法和刑诉较规范。……"

问："有这么一种说法，在藏区对杀人案件判得较轻。因为藏族人认为，生命是轮回的，不像汉族那样。被害人家属要求一点赔偿就够了，有这种情况吗？"

答："是有这样的情况。藏族人一般认为，被人杀了，就是这个人的时候到了。所以杀人一般判得不是很重。但杀人案的判决，我们这边比西藏要重。"

"在迪庆，常为人道的藏族习惯法中关于处罚违法犯罪的习惯规则（如赔命价、赔血价等）和裁判技术（如火审、捞油锅等），已经被国家的刑事法律规则和审判技术所取代。"

"活佛在某些事项、某些纠纷中还是保有习惯法意义上的决策权威和裁判权威，但这仅限于个别的领域。"①

从上述资料看出，在调整最基本的社会关系的情况下，包括藏区这样一个习惯法较为盛行的地区，都必须遵守国家法律规范，而习惯法在这些社会关系方面作用不大。

其次，村民自制规章规范、调整的是具有强烈的"地方性知识"和民间文化传统的社会关系，特别是当这类社会关系还没有诉诸于国家机关，没有纳入司法调控机制的时候。这部分社会关系更多的是与民众的基本生活有关，它建立在"互惠"的人情基础上，可以依靠人们在长期交往过程中形成的风俗、习惯、人情、伦理等方式来解决。

下面仍然以夏勇教授的调研资料为例：

案例2：

"活佛在某些事项、某些纠纷中还保有习惯法意义上的决策权威和裁判权威，但仅限以下几方面：①涉及山、水对自然物的禁令。如封山、育林、禁牧

---

① 王洛林、朱玲主编：《后发地区发展路径选择》，经济管理出版社2002年版，第222—223、227页。

等，只要活佛宣称某山为'神山'、某水为'神水'就'令行禁止'了。②关于道德风化与社会治安。例如，屡教不改的涉赌涉毒的藏民最怕被拉到活佛面前发誓，一旦发誓，就不能不洗心革面了。③婚嫁丧殡的安排和农牧时节的选择。在这类事务里，活佛主要是日常生活决策的咨询者与传统知识和礼仪的传授者，并不涉及讼争。④遇到规模较大的而且较严重的纠纷难以解决时，站出来说话，这无疑是传统的裁判权威的运用。"①

上述资料显示，村民自制规章调整和规范的只是带有地方传统色彩的社会关系。

再次，由村民自制规章和国家法共同调整和规范的社会关系。这就是，村民自制规章与国家法相容性的问题。这类社会关系的内容包括农民的生产、生活和经济交往中形成的各种民事法律关系，如伤害赔偿等。它处于国家法律与村民自制规章之间的一个独立空间。它由国家法和村民自制规章的互动，共同参与而形成的一种"制度空间。"

由上述分析看出，国家法与村民自制规章都是一种相对独立的社会规范，各自有不同的适用范围。但是相对独立的、同一性质的事物总是会有重合的部分或相容的部分，对于国家法和村民自制规章来说，这种重合主要表现在作用对象上。有融合必然会有冲突。因此，国家法与村民自治制度中的自制规章之间的融合与冲突便是两者最基本的关系。

如前所述，由于历史和现实的社会条件的限制和制约，中国选择了一条"政府推进型"法治道路模式。"依法治国"方略的目标确立之后，中国应该选择一种什么样的法治道路模式？从理论上讲，中国有三种可供选择的法治道路模式：第一，政府推进型模式；第二，自然演进型或社会演进型模式；第三，自然演进与政府混合型模式。

"政府推进型"的法治道路是指相对于"自然演进型"法治道路而言的一种法治化道路模式。所谓"政府推进型"法治道路是指一国的法制化是在国家"上层建筑"的推进下启动和进行的，政府是法治化运动的主要动力，法治目标主要是在政府的目标指导下设计形成的，是"人为"建构的，法治化进程及其目标任务主要是借助和利用政府掌握的本土政治资源完成的。需要指出的是，这里的"政府"是指相对于"社会"而言的广义上的政府，它泛指"国家上层建筑"，这一点在中国尤其如此。所谓"社会自然演进型"法治道路，是指一国的法治化主要是在社会生活或民间社会中自然形成和演变出来的，是社会自发形成的产物，是一种"内源"发展的模型。

---

① 王洛林、朱玲主编：《后发地区发展路径选择》，经济管理出版社 2002 年版，第 227 页。

　　这种法治道路模式的主要特点是，它是在自己内部资源的基础上演变进化而来的，是社会自发形成的产物，是商品经济发展和民众法治意识逐步积累的产物，是一种在逐步积累的过程中自然形成的；这种法治的直接动力主要来自市民社会而非政府和国家上层建筑，这种法治在法治化目标、程序上较少"人为"的痕迹；这种法治需要一个相对漫长的发展过程。西方国家在法治实践中大多属于这一法治道路模式。

　　然而，在中国广大农村，其法治并不是一系列静止的规范体系的集合，而是呈现出不断运动演化的状态，这种状态并不能只凭外部的国家强力就能维系，它更依赖于深处其中的主体在实践中形成的合力的推动。再加上，"我国农村的法治实践或法治现代化，就是一个对各种国家及农村社会法治资源不断进行重新发现、重组及良性互动的过程，其本质是对农村社区范围内的各种现存制度运用权力去引导、控制、规范，以达到维护公共秩序、增进社会公益目的过程"。[①] 在这一过程中，农民自身在经济领域、政治领域等方面实践所形成的合力对法治资源的发现、重组具有决定性的作用，因为较之于借助国家强力的灌输，农民只有在自身的实践过程中才能切身体会到实现法治的必要性。

　　村民自治制度实践中的"四大民主"民主选举、民主决策、民主管理、民主监督问题是整个村民工作的核心内容，也是村民自制规章的重要内容。

　　村民自治制度中的民主选举制度是村民自治制度中的"四大民主"的基础和前提，村民自治制度中的民主选举的程序和方法，切实完善村级民主选举制度，是村民自制规章在乡村依法治理中表现出的第一种作用。

　　村民自制规章要求用法制规范村民的民主权利，切实解决好农村村民的政治参与问题，让村民了解自身利益与政治参与的关系，唤醒农民的政治参与意识，增强他们参与政治生活的能力，引导他们更加积极有效地参与各层面的民主政治，使他们从单纯的动员性的政治参与向自主性政治参与转变，促进农村基层民主政治的制度化和法制化建设。

　　此外，村民自制规章还要求用法制解决和处理好村民自治制度中民主选举的宗法家族势力影响的问题。在农村许多地区宗法家族势力还非常严重，在农村的民主选举中，这一问题常常暴露出来。由于村委会干部在村民自治中有着一些实权，村委会干部的位置必然就成为宗族家族代表人物争夺政治、经济权力的目标，因而就出现了各种家族利益之中的明争暗斗，互相拆台，互控选票，甚至出现不同程度的贿选、大户操纵选举等问题。个别地方矛盾激化，其

---

　　① 田成有、王鑫："转型期农村法治资源的发现、重组与良性互动"，载《现代法学》1998 年第 4 期，第 106—110 页。

至出现殴打选举人员、冲击选举会场、砸坏票箱、撕毁选票等恶性事件，给选举工作带来很大困难。也有的恐怕本宗族家族的候选人选不上，而拒绝参加选举，造成选举过不了法定的票数，选举工作难以进行。因此，村民自治规章的实行要求加强村民的法制教育，增强村民的法制观念，增强广大农民群众的民主意识，引导农民正确行使自己的民主权利，摆脱家族势力的影响和束缚，严格依法办事，逐步提高农民当家做主的水平和能力。

依法规范，切实搞好村民自治制度中的民主决策制度，是村民自制规章在乡村依法治理中表现出的第二种作用。

在村民自治制度中，村民委员会发挥着重要作用，他们的民主素质如何，是能否搞好科学决策的关键。因此，决策者的素质，是科学决策的基础性因素。此外，村民自制规章要求健全民主决策的各种法律制度。要健全民主决策制度，一是要明确民主决策机构的职权范围。即规定哪些事项需要村民会议决策，哪些事项需要村民代表会议决策，哪些事项由村民委员会决策；二是对民主决策各种组织的决策程序进行科学规范。对民主决策的各种组织如村委会会议、村民小组会议、部分村民会议、村民代表会议、村代会议等多种分层决策机制都要作出规范，对它们的决策范围和决策程序及各种规定和议事原则等都要作出法律规定。

民主决策制度化的一个重要内容就是决策必须要有规范化的程序。决策程序的主要内容有：议题提出的程序、讨论程序、表决程序和执行程序等，从而使民主决策的程序规范化和法制化。

村民自制规章坚持村里重大事项的民主决策必须由村民会议讨论这一法律原则，按照村委会组织法规定的原则，村民参与民主决策的重要形式是村民会议和村民代表大会。村民会议是村民直接民主决策的主要法律形式，也是监督和制约村民委员会和村干部执法行为的重要组织保证；而村民代表大会是村民会议的一种补充。村民会议对涉及全村村民利益的重大问题拥有直接决定权。这些重大问题包括：本村经济、文化、教育、卫生及其他公共建设事业的发展规划和年度计划，罢免和补选村委会成员，撤销或者改变村民代表会议和村委会的决定；村委会的年度工作报告和财务收支情况，报告重大问题必须由村民会议讨论决定等多项内容，从而为广大村民行使自治权力提供了合法的阵地。

依法规范村民自治制度中的民主管理制度是村民自制规章在乡村依法治理中表现出的第三种作用。

村民自治制度中的民主管理，就是发动和依靠村民，通过制定村民自治章程等规章制度，规范和约束村民的权利和义务行为，共同管理村内各种事务，维护村内正常秩序，实现村民的自我管理、自我教育和自我约束。

　　村民自治制度中的民主管理是依法治村的重要条件。然而要做到民主管理就必须建章立制，以法治村，使农村民主走向制度化、法制化的轨道。因此要使民主管理制度规范化，就要制定和健全村民自治章程和村规民约及其他配套的制度办法；建立科学的组织管理机构，以落实自治制度的规范。同时村党支部和村委会的干部要提高认识，把依法治村工作作为大事来抓，建立依法治村领导小组。对违法违纪、违反自治章程和村规民约的村民，在处理时要有行之有效的法律措施。加强村民委员会和党支部领导班子建设，加强村民自治教育和民主法制宣传教育，把民主法制教育、提高村民的法制意识和法律水平，作为依法治村的基础来抓。

　　在民主管理、依法治村中要突出重点社区的管理和村民关心的重点事项的管理，在经济较为发达的农村地区，厂矿企业一般都是村里的经济文化活动中心单位，村民的重要活动和大部分时间都在企业，因此，应该切实加强对厂矿企业的依法治理工作。而经济发达的农村地区也要突出重点社区的民主管理。此外，村民自治制度的管理工作涉及众多村民的具体利益，村民关注和关心的问题很多，价值取向又各不相同，这给村民民主管理提出了很高的要求。例如，各种税额的收缴问题、村里财务的收支问题、村里一些重大投资事项问题；等等。在这些方面能否体现依法进行民主管理也是村民自制规章在乡村依法治理中的重要作用。

　　完善村民自治制度中的民主监督制度是村民自制规章在乡村依法治理中表现出的第四种作用。

　　村民自治中民主监督的主体是村民；监督的主要对象是村民委员会、组织及成员；监督的内容是对村中事务的管理活动；监督的目的是确保村民民主权利的实现。民主监督是村民自治健康发展的重要保证。

　　要做好村民自治制度中的民主监督工作，首先就要实行村民的民主权利，建立和完善民主监督制度，实行村务公开制度等等。

　　村民自治制度中的民主权利，首先表现在村民的直接参与性的问题上。村务活动中很多内容都涉及村民的具体利益，如果村民没有权利参与民主监督，那么村民的民主权利就是一纸空文；村民参政议政的积极性就会受到影响；村民的民主选举、民主决策和民主管理过程就会缺乏监督。

　　建立和完善民主监督制度，就是要解决村委会行使权力的制约机制，建立村委会干部选举和村委会工作的管理以及重大问题的决策等一系列问题的规章制度，这些制度具有重要的法律地位，是建立民主监督制度的重要的法律依据。

　　实行村务公开制度。村务公开是村民委员会把涉及村民利益和村民关注的事项定期及时向村民公布，自觉接受村民的监督。村务公开是民主监督的重要内容和手段。村务公开制度，是建立和完善民主监督机制的要求，它既可以对民主决策的过程实施监督，又可以对民主决策的执行进行监督，同时还能对村委会成员进行监督。

上述几方面是村民自治制度中民主监督制度的重要内容，也是村民自制规章作用的体现。因此，要充分发挥村民自制规章在乡村的依法治理中的作用，就必须强化依法进行民主选举的法律地位。科学规范依法进行民主决策的各种法律关系。用《村民委员会组织法》来规范决策主体的决策行为。同时正确处理好乡镇政府与村民委员会的关系、村民代表会议与村民委员会的关系以及村民代表与村民的关系。同时把村民自治中的民主管理制度和民主监督制度法制化。在建立和完善民主选举制度和民主决策制度的同时，必须用法律来规范村民代表会议制度和村务公开制度，为推进村民自治提供制度保障。

综上所述，村民自治制度中的"四个民主"的内容和职能也充分体现出村民自制规章的功能与作用。从《村民委员会组织法》的规定来看，"四个民主"有其各自的内涵和职能，民主选举是村民自制规章实施的重要前提和基础，民主决策是村民自制规章实施的关键，民主管理是村民自制规章的核心和重点，民主监督是村民自制规章的重要保障。因此"四个民主"是村民自制规章在农村依法治理中的重要内容和体现。

（五）村民自制规章与国家法的融合与冲突

对于国家法与村民自制规章之间的关系的探讨，是法社会学研究的热点问题。可以把两者的关系概括为两个方面：融合与对抗。

我们首先研究村民自制规章在农村目前存在的问题，这关系到村民自制规章与国家法为何产生矛盾的问题。

目前在广大农村，依法治村已成为响亮的口号，这表明依法治国方略已在农村基层得到了积极响应。但是国家除了制定了几部原则性很强的法律、法规对依法治村予以宏观指导外，基本上没有制度层面上的安排。

问题之一，村民自制规章能否作为一个独立的社会层面存在于乡村社会之中，这是决定依法治村的关键问题。

村民自制规章是依法治村的具体表现形式之一，尽管村民自治组织建设有着重大的时代意义，但是形式化倾向较为严重。

表现之一，选举过程形式化。从目前村民委员会的选举工作程序安排上看，基本上是规范的。以河南省四道河村的村民委员会选举为例，他们首先成立村民委员会选举领导小组→召开村民大会进行宣传→进行选民登记并公布选民名单→召集有村民代表参加的会议协商确定候选人→召开选举大会进行直接选举→公布选举结果。从程序上看较为规范，组织较为严密。但是在农村的部分地区，选举走过场的现象大量存在。如按照乡政府和村支部意见内定候选人，而不听从大多数村民的不同意见；制造有倾向于内定候选人的舆论导向，甚至向村民进行某种暗示；有的地方在内定等额候选人之后，采取选民当场举手表决的方式使候选人当选。我们从下面的案例可以看到这一现象。

案例3：

抓阄"选"代表资格被取消

2002年初，广东省乐清市乐成镇南岸村在村级组织换届中，一些村民小组利用"抓阄"、"投标"的方式产生村民代表。这一事件发生后，乐清市委组织部、乐清市民政局高度重视，镇党委、镇政府及时采取有力措施，严肃查处，确保了该村换届选举工作依法顺利进行。

据调查，南岸村共有1654户，选民4080人，设50个村民小组。在推选村民代表过程中，一些村民小组没有按照《南岸村村民代表选举办法》进行推选村民代表的工作。据统计，该村50个村民小组中，有15个村民小组按照《南岸村村民代表选举办法》实行无记名投票选举产生村民代表，占村民代表总数的30%；16个村民小组利用"抓阄"方式产生村民代表，占村民代表总数的32%；19个村民小组利用"投标"方式产生村民代表，占村民代表总数的38%，其中有个村民代表的名额被人以4500元投得。35个村民小组共得违规金额4.4万元，涉及的资金大部分用于聚餐，部分被平均分发到户。

南岸村违规产生村民代表事件发生后，乐清市委组织部、乐清市民政局十分重视这一动态，立即派人员对这一事件进行调查。乐成镇召开三套班子紧急会议，迅速抽调人大、纪检、组织办公室人员组成紧急调查组，由镇党委有关领导带队，连夜进村入户，坚决予以制止，把问题消灭在萌芽状态。并立即采取"四条紧急措施"：一是取消违规产生的村民代表资格，对抓阄、投标所分的款项，全部追缴，另行处理；二是按照《村民委员会组织法》等有关规定，依法重新组织推选村民代表工作；三是镇党委对南岸村村两委和万岙办事处在推选村民代表过程中领导、指导不力予以集体通报批评，对该村驻村干部因重大事项未主动向上级报告，予以通报批评和待岗处理；四是按照"时间服从质量"的原则，待条件成熟后，再进行选举。随后又指导召开南岸村村两委会议和南岸村党支部扩大会议，具体研究村民代表的选举办法，对违规推选村民代表问题进行深刻反思。

截至2002年4月22日，该事件已得到严肃查处，现任村委会取消了违规产生的35个村民小组的村民代表资格。严格按照《南岸村村民代表选举办法》，重新推选产生 35 个村民小组的村民代表。

乐清市民政局就这一事件带来的教训向全市 31 个乡镇做了通报，要求各级高度重视村级组织换届选举的组织和宣传工作，坚决杜绝此类事件再次发生，确保村委会组织法在全市范围内健康有序地得以贯彻实施。①

这是一个典型的违反村民委员会选举法的案例。

表现之二，村民自治组织行政化。村委会究竟应该是一种什么样的机构？虽然《村民委员会组织法》规定，是"自我管理、自我教育、自我服务"的基层群众的自治组织，实行"民主选举、民主决策、民主管理、民主监督"②。乡镇人民政府对村委会的工作是指导和支持的关系，而村委会对乡镇政府是协助开展工作的关系。但实际上，多数乡镇政府都对村委会的自治权利缺乏应有的尊重，并将其作为一个派出机构来对待，习惯于套用行政管理方法，把指导关系变成了上下级的管理关系。由此造成村民自治组织的行政化倾向，使村民自治组织过多地对上负责，而缺乏应有的对下负责，使村民感到村委会并不是代表自己利益的自治组织。此外，由于农民几十年的思维惯性和几千年的文化沉积，仍然将这一自我管理的机构，认同为一级行政机关，而在这一自治管理的过程中实际上也仍然存在行政行为。哪怕是由村民自己推选出来的候选人最后当选，村民乃至于当选者本人仍然将村委会成员看成是"当官"的。那么，由一级政府提名最后当选的村委会委员，其"当官的"色彩更加浓厚。下面这一案例最为典型。

案例 4：

一份党委文件违法后的艰难纠错

山西省临猗县角杯乡党委和政府共同签发了一份罢免村委会主任的文件，该文件显然违反了《村民委员会组织法》，文件用的是乡党委的文号，司法能不能介入？怎样介入乡政府这一违法行为？

张宗仰断然没有想到，踌躇满志的他会被突兀地免去职务。两年之前，他以高票当选为角杯乡西张村的村主任。上任之后，他忙着解决村民吃水困难，修学校，又厉行节约。从村里口碑相传的情况来看，还算得上是不负众望。

停职事件发生在 2001 年的 4 月 30 日上午，张宗仰正在村里安装刚修好的水泵，乡里的干部来了，通知他去乡里一趟。

而这时候，一份角杯乡党委的文件已经出笼，正在乡政府大院等待着他。文件称：根据反映，你村支部、村委班子长期不团结，导致群众上访多，通村

---

① 章红："抓阄 '选' 代表，资格被取消"，载《乡镇论坛》2002 年第 6 期，第 8 页。

② 《中华人民共和国村民委员会组织法》第 2 条。

柏油路至今未洒柏油等，支部书记张增收、村委主任张宗仰有间接责任。经乡党委、政府联席会研究决定，张增收、张宗仰停职检查，以观后效。

这突如其来的宣布显然打懵了张宗仰，他清楚自己确实跟乡里的某主要领导有些睚眦，至少算不上是言听计从，但也不至于如此恶化。更重要的是，村主任的当选和罢免都要由村民投票决定，这是村委会组织法明文规定的，乡政府有何权力作此决定呢？

张宗仰向县领导几次反映，没有得到纠正，开始对行政力量感到失望。6月19日，他一纸诉状起诉了乡党委和政府，认为其停职决定属滥用职权，侵犯其合法权利，他希望司法能够帮助他。

临猗县法院法官刘忠社、李兴国接到诉状后研究良久，于25日作出裁定，不予受理。对于当初作出的这个裁定，2002年4月4日，李兴国对记者解释说："这是个比较特殊的案子，虽然文件内容跟法律的规定相悖，但因为文件是乡党委、政府共同签发的，如果提起行政诉讼就面临一个问题，乡党委能否成为行政诉讼的主体？我们在研究之后认为行政诉讼的主体是行政机关和行政机关的工作人员，而乡党委不能成为被告，因此裁定不予受理。"

张宗仰不服，上诉到运城市中院。8月29日，中院的终审裁定下达，驳回上诉，维持原裁定。张宗仰似乎走进了一个死胡同，但他还是想，一件众所周知的违法事情，为什么就没有办法去纠正它呢？

那么，临猗法院后来为什么又受理了？怎样受理？

尽管终审裁定给张宗仰的打击是沉重的，但接下来事情的发展却并没有让这位倔强的中年汉子绝望。他呈递给省人大、省高院的申诉书得到了积极的回应，省高院行政庭、审监庭、综合庭合议后认为，这件事情明显违法，侵犯了当事人的权益，应当立案。

但案件怎么立？角杯乡党委能否作为行政诉讼的主体又一次提上了议题。高院最后作出决定，并发内部提示函到运城中院，要求将角杯乡政府列为此案的被告。

2002年4月5日，记者在运城逗留的时候，电话采访了山西省高院行政庭的袁宝俊副庭长。记者问："如此受理有何依据？"

袁说："行政机关和非行政机关共同署名作出具体行政行为，公民、法人和其他组织不服，以行政机关作被告而起诉的，属行政诉讼的受案范围，人民法院应当受理。"

记者问："记者跟有关专家曾就此作过交谈，有法学专家认为，党委在此事件中行使的是行政的权力，或者说是公共权力，可以将其列为行政诉讼的被告。"

袁说："这只能算是一家之言，并没有相应的司法解释。"

记者又问："宪法规定，一切组织必须在法律的范围内活动。在宪法可能司法化的大背景下，我们来谈论这件事，可否依照宪法来对角杯乡党委的违法行为作出判决呢？如果不能的话，司法作为社会公正的最后底线，怎能对一种公然的侵权事实手足无措呢？"

袁副庭长回避了这个敏感的话题，他换了一种方式作出了自己的回答：一旦政府败诉，党委文件的决定不就自动无效了？

显然这在袁宝俊看来，是一个比较务实而又不犯忌的解决方案。但张宗仰的律师、运城市中城法律事务所所长高国喜有自己的保留看法："在法律和上级党组织没有授权的情况下，角杯乡党委的行为应视为行政行为，可以提起行政诉讼。"

但这种看法未免显得一相情愿，对于当事人张宗仰来说，面临的抉择是，要么单独起诉角杯乡政府，可以受理；要么将角杯乡党委列为共同被告，法院则不予受理。

县法院最终立案了，事情应该说是出现了好的转机，但这并不能令张宗仰满意，因为在他看来，操纵整个事件的是角杯乡党委，而他却必须起诉乡政府，这不能不使他感到遗憾。但比起先前的不受理，现实已让他有些欣慰。

2002年4月4日，县法院二次开庭审理此案。同几天前的第一次开庭一样，被告席上空无一人，而旁听席上则挤满了西张村的村民。

这个时间距张宗仰的被停职差不多已近一年时间，用这么长的时间跨度去纠正这个显而易见的违法行为，使关心此事的村民感到不快，尤其是后来当审判长宣布择日判决时。虽然是大忙时节，却足有五六十名村民在法院的内外聚集、议论和质问着。尽管法院的多名法警出面劝说，村民仍然迟迟不肯离开。

记者找到了临猗县法院副院长卫义德，卫表现得客气而诚恳，他说："这个案子应该说比较清楚，之所以没有法庭宣判，是考虑到判决对全县的影响甚大，是不是先向县委汇报一下。"

记者问："如果县委不同意你们的意见，法院还会依法判决吗？"

卫副院长说："那倒也不至于影响最后的判决，我们只是想让事情缓一缓，柔和一些，因为原被告以后还是要合作共事呀！"

乡政府再次拒绝出庭，是否有藐视法庭的嫌疑？在记者的相约下，角杯乡党委书记武金锁终于露面，他对此解释说："我们没有这个意思，我们也明白，乡党委、政府都要在法律的范围内活动。因为在前不久，我们已经恢复了张宗仰的村主任职务。"

这时候，角杯乡的副乡长李文英递给记者一份党委文件，上面是匆匆的三四行字，内容大意是：根据西张村部分群众要求，结合该村当前的实际情况，经乡党委扩大会议研究决定，同意张宗仰同志恢复工作。格式跟当初的停职文件如出一辙，只是更简略一些。

角杯乡党委的这份最新文件也应该说是于法无据。事情很清楚，作为村主任的非授权主体，擅自停止村主任的职务是违法的，但说恢复就恢复，至少也是越权的决定。

事情的复杂性也许让角杯乡的领导人感到了意外，这当然不仅仅指的是文件的形式问题，更头疼的是，他们还必须为自己当初的冲动付出代价，而这些对于他们来说，也许先前还不曾习惯。

从张宗仰这方面来说，近一年来，他风餐露宿，奔波求助，光法院就跑了四五十趟，仅费用一项，就以数万元计。因此对于张宗仰来说，要求国家赔偿已箭在弦上，一俟行政诉讼尘埃落定，他将不得不发。

4 月 17 日，记者从张宗仰处获悉，法院已经于 4 月 16 日将判决书送达。判决内容为：被告角杯乡人民政府 2001 年 4 月 30 日角党发 2001（4 号）文件关于对原告张宗仰停职检查以观后效决定的具体行政行为违法。案件受理费 100 元，其他诉讼费 250 元，合计 350 元，由被告承担。

另据悉，县法院已受理张宗仰提起的要求国家赔偿的诉讼，择日开庭审理。①

这是一个典型的乡政府违反《村民委员会组织法》的案例。

罢免村民委员会主任要依法。符合法律程序的罢免应该是村民委员会成员在任期内，被本村有选举权的村民通过一定的法律程序，罢掉其职务的法律行为。罢免村官，按照《村民委员会组织法》规定，其程序为：本村 1/5 以上有选举权的村民联名，向村民委员会提出要求罢免村民委员会组成人员，并以局面的形式向村民委员会提出罢免理由。如果村民联名书上已经有罢免理由，就不必另外提出。村民委员会在接到罢免要求的 30 日内，必须召开村民大会，进行无记名投票表决。同时，必须获得过半数的选民同意，罢免案才能生效。当然，村民委员会如果拒不召开村民大会，乡镇人民政府可以直接召开村民大会，进行罢免。

在实际操作中，以下几个问题必须引起高度重视。

第一，罢免案必须由本村有选举权的村民 1/5 以上的人提出，其他任何人任何组织都不能提出罢免案。

第二，由村委会主持召开村民大会，进行无记名投票表决。而不是召开村

民代表会议，更不是用举手的方法表决。

第三，同意罢免的票数，要超过该村全部选民的半数，罢免案才能生效，而不是超过到会人数的半数。

第四，罢免结果要报乡（镇）人民政府和县（市）人民政府民政部门备案。

凡不按照这个程序进行罢免的，都是存在问题的，必须予以纠正。现在有些地方村民委员会换届选举已经半年多，在这段时间里，有的村官违法，有的村官工作不力，等等，广大群众深为不满，乡镇党委、政府也很有意见。对于这些村官，如果他提出辞职，当然可以同意他的辞职；如果本人拒不辞职的，也可以对其进行罢免。如果罢免，那就必须严格依法进行。乡镇党委、政府更不能以"红头文件"罢免、撤销或者停止村民委员会成员的职务。

表现之三，民主管理口头化。《村民委员会组织法》规定的民主管理主要包括：村民会议对村委会成员的撤换、罢免和补选，听取并审议村委会工作的工作报告。讨论涉及全体村民利益的重大问题，制定村规民约，以及监督村委会工作，等等。不少农村地区也制定了众多的民主管理规章制度，但更多的却是供上级领导核查工作或参观用的。由于村委会更多的是扮演乡镇政府派出机构的角色，因而也就更多地应付上面下派的任务，即使是乱摊派、乱收费也照样执行，而不顾及广大村民的意见和呼声，以通过其积极表现争取上级领导的支持和赞许，对涉及本村村民利益的公共事务和公益事业缺乏应有的责任心。有关决策最多是村干部找几个村民代表碰碰头就定了下来，并且不少村委会干部法治观念淡薄，习惯于发号施令，这使村民对民主自治失去信心和热情。

问题之二，村民自制规章是"治村"？还是"治民"？

由于村民自制规章表现出的依法治村的作用，在农村实际中有可能沦为某些基层政府官员治理村民的又一利器，加上我国的法律文化传统，迷信法律的"统治功能"。同时借助宣扬人治的观点，这种情况严重地妨碍了依法治村的落实。

从依法治村的实践来看，由于地方基层的政府官员普遍将依法治村视为治理农民的又一利器，加之国家缺乏从制度上对地方基层行政权进行制约，导致行政权无限扩张，使得农民的人身权、财产权、政治权都被纳入行政的管理权之中。因此，行政权演化出的依法治村往往变成依法治民。例如，乱收费、乱摊派、粗暴干涉农民的经营自主权等。

关于乱收费问题。在广大农村许多地区的农民除了正常纳税之外，还要缴纳基层组织的维持费用，如乡统筹费、村提留费等，农村各种公益性、集体性建设与活动费用，如治安费、干部补助费、各种"达标升级"活动费等。乡村干部无限制地向农民征收提留，导致农民财产权得不到尊重，征收行为的行政强制性使农民无力抵制。

关于干涉农民的生产经营自主权问题。首先是违法占用耕地。一些农村地区的基层组织与农民签订征地协议,当该协议被上级主管部门宣布无效后,村行政组织仍然不执行上级决定,强行征用土地,甚至征用后也不付给补偿费,引起农民强烈不满。其次,干涉农民的生产自主权,农民个人投资行为的计划性限制强度很大,农民种什么要服从上级政府的安排,但是政府对市场的错误判断所带来的严重后果却让农民来承担,自己对此却不负任何责任。

问题之三,有些农村地区的部分村民自制规章是依法治理还是违背法律?

在许多农村地区,各种不合法治精神的村规民约随处可见。如在婚姻方面规定以婚礼而不是登记作为婚姻成立的要件;《婚姻法》规定:"禁止借婚姻索取财物。"可是在农村索要财礼被视为理所当然。还有的乡村规定在自家承包土地里可以任意投放毒药,毒死毁损果树庄稼的禽兽可以免除责任,而这在刑法上已构成了投毒罪。

此外,有的村规民约违背"权利义务对等"原则,对不是本村的村民课以较重的义务,而对他们的权利则百般限制。例如有的村规民约规定:

四十六条:非本村村民在我村建房的,每平方米收 35 元。

五十七条:入户人员必须缴纳入户费 500 元,特殊人员的减免,根据本人的贡献,经集体研究决定。

五十八条:凡 1981 年以后入户的,没有特殊专长和重大贡献的,不安排就业,建房和农转非,子女上学无优惠待遇。①

在村规民约中破坏法治建设最为严重的行为是:将立法、司法、执法等原本属于国家机关并分别行使的权力集中于农村某一主体身上,并且这些主体的法律权限大大超越了法律规定的范围,与相关的国家法律明显抵触。如果村民依据这样的规章来"自我管理、自我教育、自我服务"无疑将会对法律产生一种畏惧心理。在这种畏惧心理的笼罩下,广大村民只会对农村法治的推进持戒备状态。依法治理终会因缺乏对村民的终极关怀和对村民利益的漠视而丧失亲和力,由此农村法治的推行将会彻头彻尾地沦为统治阶级的治民武器。

我们从上述问题可以看出,目前村民自制规章还存在许多问题,亟待我们去研究解决,但是这些问题的存在并不影响村民自制规章在乡村依法治理中的作用。

对于国家法与村民自制规章之间的关系的探讨,是法社会学研究的热点问

---

① 《广东保安岗村村民自治章程》,民政部基层政权司编:《中华人民共和国村民委员会有关法规、文件及规章制度选编》,社会科学出版社 1995 年版,第 471 页。

题。国家法与村民自制规章之间的关系是在坚持国家法价值取向前提下的相互渗透。一方面是村民自制规章对国家法的渗透，另一方面是国家法对村民自制规章的渗透。村民自制规章对国家法的渗透表现在村民自制规章被国家法所吸纳或认可。而国家法对村民自制规章的渗透表现：一是村民自制规章对国家法的直接吸收，二是国家法通过法律规避这一特殊方式影响当事人的行为，并进而通过当事人的各种行为去影响村民自制规章的发展。

鉴于上述两者关系，可以把村民自制规章与国家法的关系概括为两个方面：融合与对抗，即国家法与村民自制规章的融合和对抗。

村民自制规章与国家法的融合关系主要表现在村民自治建设过程中。

在中国法律现代化的进程中，法律的普适性要求国家法能适用于社会每个角落。在这一背景下，农村社区不仅存在自己的自制规章，而且还要受国家法的控制。这就提出了村民自制规章与国家法之间的融合性问题。

那么与此问题紧密相关的另一问题是村民自制规章与国家法之间的融合有没有中介？如果有，是以什么为中介的？在法律的统一集权之下，司法应该是村民自治法与国家法之间融合的桥梁。司法应该如何协调国家权力与自治权、国家法与民间社会规范的关系？

关于司法权与自治权的问题。20 世纪 80 年代以前，国家对农村社会的治理主要是依靠政策调整、行政管理和群众运动的方式，基层农村社会被划分进国家行政管理的体系之中。人民公社统筹安排生产种植规划及干部任命等一切行政事务。农村社会中的各类纠纷主要是通过民间调解和行政方式解决。改革开放之后，由于国家尚未理顺农村土地所有权制度，有关土地所有权和承包合同等方面的法律制度尚未健全，只能依靠村民集体自治和联产承包制维持现状，家庭和村落被确认为基本的生产单位，这使得农村传统习惯在一定程度上发挥着作用，使乡土秩序得以恢复。但是在 90 年代以后，农民的诉讼案件迅速增加，从农村承包合同纠纷到土地转让和移民纠纷，从伪劣假冒生产资料的集团诉讼到农户家庭内部的婚姻家庭继承纠纷，乃至农民与村委会之间、与各级行政机关的纠纷，等等。目前农民在解决纠纷时已经把法院列为最具权威性的机关。

但是，这些纠纷涉及民间社会秩序及村民自治的复杂问题时，法院往往会感到棘手：他们既要考虑政策性的问题和各种利益的平衡，也必须保护个体的合法权益。同时与农民对话也较为困难。农民的要求与法律规则及程序给予他们的权利存在着很大的差距。因此，事实上法院通常都会尽力与农村地方传统习惯达成某种妥协，尽量用调解而不是判决解决纠纷。但是从长远发展来看，随着当事人之间冲突的对抗性加强，而调解的作用日益降低，法院不可能承担起联结国家法与民间社会规范的作用。要么把自治范围内的纠纷拒之于法院之外，要么就只能依据国家的法律规范作出判决。同时还必须承认国家法的逻辑与乡土社会的生活逻辑存在着相当大的冲突，随着个体不愿接受民间秩序和规则而求助于司法，而法官们又无力调解这种纠纷的时候，他们只能维护国家法律规则的权威和统一适用。

案例 5：

"湖南省某地农村 1998 年土地被政府部分征用，获得近 80 万元土地征收的补偿费。为了合理分配这笔资金，村民委员会（村民组）召开村民大会，经多数村民签名通过村规民约，其中规定，'凡出嫁到城关镇的女青年，户口在本镇本村本组的，一律不享受组村民的待遇，婚嫁在农村的青年要在我组落户，承认空头户口，但必须承担上级下达的各种上交任务'。此后，该村民组按照这一规定分配了土地补偿款，每人平均 5000 余元。6 名已嫁到城镇的妇女以及她们户口在该组的子女共同起诉村民组。1999 年 11 月，县法院开庭审理，认为：村民组系集体经济组织，其财产属于全体成员共有。六名妇女虽然已经出嫁，但她们及其子女的户口均留在村民组，应依法享有与其他村民同等的收益分配权。村民组制定的村规民约剥夺了已婚妇女应享有的分配的权益，违背了我国法律中男女平等的原则，该规定不具有法律效力。鉴于本案的特殊性，法院多次组织双方协调，并走访和邀请有关部门做原、被告双方的调解工作，由于双方分歧太大，无法达成一致意见。在多次调解无效后，于 2001 年 4 月作出一审判决：由被告——村民组偿付原告及其子女土地征收费各近 5000 元。"①

从上述案例中看出，法院判决的法律依据和论证都是充分合理的，没有理由说判决是错误的。但另一方面，从村规民约的规定来看也有其存在的理由，在这些地区，此类情况较为普遍，如果每一个"出嫁女"都要求享受与村民同等的权利的话，那么村里的农民所得到的"补偿费"就会减少，而且还会涉及村里的宅基地、土地承包权的分配等一系列重大问题。从而整个乡村的秩序就会土崩瓦解，村民自治也将失去意义。

从这一案例中我们可以看出村民委员会作为被告败诉之后，实际上许多矛盾和问题并没有得到解决，所反映出的问题都是相当复杂和深刻的。

目前，农村的土地承包制度是建立在以家庭为单位的基础之上的，而农村的家庭仍然是以男性为主，妇女嫁出之后原来享受的权利自然应随之消失。如果要改变这种状况，就得涉及现行土地所有权制度和生产方式本身。而这些问题必须通过国家的土地立法才能从根本上解决。由于这种秩序既有政策性的背景，也基本符合农村家庭以男性户主为核心的习惯，因此作为一种约定俗成的

---

① 谢晖、陈金钊：《民间法》，山东人民出版社 2002 年版，第 100—101 页。

方式得到了遵守，同时，在一个较大的地域，人们通过相互间的通婚得到互惠，基本上达到了相对的公平。当然，这些规定对于个别人来讲，可能会产生一定的不公平。但是，在该村的村规民约中规定："承认空头户口，但必须承担上级下达的各种上交任务。"这一条是一种权利义务对等的合理条件。如果履行了应尽的义务，空头户口也可以得到与村民同等的权利，因此，村规民约上的规定也没有错误。

从另一方面讲，基层村民组织享有的自治权，是依靠全体村民的参与实现的，村民的参与权实际上是一种权利义务的集合，包含着对多数决议的服从义务。当出嫁女不在本村生活时，当然就无法行使其民主权利与义务。同时，村规民约的制定，并非针对个人，即使某种规定不尽合理，只要不违反国家法的强制性禁止性规范，就不能认为它是无效的。此外，村民自治组织承担着根据国家法律法规的授权，依照民主的方式建立自治机关，确立行为规范（村规民约），处理自治体范围内的公共事务和公益事业。农村的分配补偿金、土地承包、宅基地分配等涉及村民利益的事务，应该由村民自行解决，不属于法院民事案件的受理范围。

上述案例反映出的问题，实际上就是如何协调国家权力与自治权力、国家法与村民自制规章之间的关系问题。那么随着目前司法权对农村诸多案件的干预日益增多，民间规范的地位、村民自制规章的地位乃至乡土社会秩序会不会随之动摇呢？这是不是一种新的社会失范呢？

根据上述情况，学者们有不同的观点和看法。首先赵旭东通过田野调查认为："乡土社会中习俗秩序是一种互惠的原则为前提的，纠纷解决背后所持守的基本原则就是使原初的互惠关系得到恢复。随着帝国政治制度的解体，代之而起的是在中国所开展的现代民族——国家的建设，这种建设的一个明显特征便是国家权力在不断地向基层的乡土社会渗透。这种渗透打破了中国乡土社会固有的秩序所维持的互惠原则，国家的权力背后所隐含的社会资源与乡民对这种资源的需求之间出现了一种直接的交换，这种交换虽然在交换的两个人之间是互惠的平等，但放大到整个的村落社区所带来的却是一种社会的不平等。"[1]

朱苏力认为，不应该在习惯同国家法相矛盾的时候，就认为习惯的空间越来越小，而国家法的空间就越来越大。"如果谁坚持这种看法，那只是坚持一种本质主义和实在论的观点看待习惯，用一种固定不变的观点看待习惯，用一种必须在习惯与制定法之间作出善恶选择、非此即彼的观点来看待习惯。其实

---

[1]　赵旭东："互惠、公正与法制现代性——一个华北农村的纠纷解决"，载《北大法律评论》2001 年第 1 期，第 133—134 页。

法律学上的那个习惯只是一个被实体化的词，而任何现实中的习惯都是在各种制约因素下形成的，其中有些也不可能完全脱离这种或那种形式的暴力和强权。因此，在现代社会中，国家权力无论是以法律的形式还是以其他的形式挤压了习惯，或者是否更强地挤压了习惯，或者是给习惯留下了更广阔的空间。这都不过是制约习惯生长发展及其表现形态的一系列因素本身发生的某种格局调整。即使假定，此前，在习惯的生长中，国家的力量完全不在场（其他力量就会更多在场，如宗法势力），那么如今最多也只能说是增加了一个制约因素而已。习惯将继续存在，将继续随着人们追求自己利益的过程不断地塑造和改变自身。只要人类生生不息，只要社会的各种其他条件还会（并且肯定会）发生变化，就会不断产生新的习惯，并将不断且永远作为国家（只要国家还存在）制定法以及其他政令运作的一个永远无法挣脱的背景性制约因素而对制定法的效果产生各种影响。"①

从上述分析看出，在村民自制规章面前，国家法的至上性是不容置疑的。法律一方面在防止自治权对个体权利的侵害的同时，另一方面也限制了自治权的生命力。同时，从发展的眼光来看，当农村地区当事人之间冲突的对抗性的加强、调解的作用日益降低时，法院已无力承担起国家法与村民自制规章之间的桥梁作用。

那么是否可以说村民自治规章等民间规范的作用在农村社会越来越受到限制呢？我们应该从另一角度思考这一问题，即民间社会规范主要应该存在于村民自制规章之中，而不应该存在于司法当中。只有村民自治真正走向成熟之后，国家法与村民自制规章等民间社会规范之间的关系才能得到协调。

实行村民自治是中国农村的一次重大的政治体制改革，是农民生产经营自主权在政治上的一种表现，构成了中国乡村政治、法律体系的重要组成部分。

村民自制规章与国家法的融合，主要表现在村民自治建构过程中，国家关于村民自治的法律制度往往来源于村民委员会的实践。这可以从考察村民代表会议制度和村务公开制度的产生中得到答案。

案例 6：

村民代表会议制度最早是由河北省正定县南楼乡南楼村和辽宁省曙光乡峨眉村创造实行的。南楼村在 1984 年 8 月村干部换届后，年轻干部对本村情况不熟悉，为解决划分宅基地等棘手问题，由干部推荐和村民选举相结合推选出"三老"（老干部、老党员、老社员代表）52 人，由后者以其经验和威望处理

---

① 朱苏力：《送法下乡——中国基层司法制度研究》，中国政法大学出版社 2000 年版，第 260 页。

棘手问题，并召开了村民代表会的第一次会议。在分配宅基地以及随后的几件大事中以"三老"为主的村民代表会发挥了积极作用，从而逐渐在村委会决策中形成了不可缺少的地位。①

峨眉村在 1988 年撤队建村委会时，原生产队时期共积累了 18 万元社员股金，同时还有 22 万元的固定资产。联产承包后，一些村民提出这些钱是大伙儿的，集体不应再留着，应该分给村民，但村干部不同意。于是村干部找了村中有威信、敢于直言的 30 名村民代表开会，并让主张分钱的农户也参加。村民代表在干部讲清 18 万元股金作集体生产用的目的和意义后纷纷表示支持村干部，会后代表做工作，得到村民的响应，把这个难题解决了。这件事使村干部看到集体议事的威信，就有了建立村民代表会议的想法，并在 1994 年参照各级人民代表大会制度建立了村民代表会议制度。②

从国家法的角度看，1998 年 4 月 18 日，中央办公厅、国务院办公厅《关于在农村普遍实行村务公开和民主管理的通知》、村民选举制度等都有相应的国家法律、法规或规章制度为依据。从目前来看，关于村民自治的法律制度有：宪法——1982 年宪法；法律——《村组法》；地方性法规——各省、区、市人民代表大会常务委员会制定的《村组法》实施办法，村委会选举办法等；行政规章——国务院和民政部有关的规章；地方规章——县、乡镇《×市村委会换届选举办法》、《×市村民代表会议规则》、《×县村规范化管理试行规定》、《×县市区村民委员会选举办法（实施法）》。③

从上述资料中可以看出，村民自制规章从它诞生的那一天起就与国家法融合在一起。从中央到地方形成了一套较为完善的村民自治的法律制度。这些法律制度通过在全国范围内的农村广泛实施，以国家正式法律制度支持各地的村民自治建设，也提升了村民自制规章本身的权威性与合法性。同时另一方面，广大农村并不是消极接受国家法的推广实施。在村民自治的体制中，农民在实践中创造出许多有效的自我管理、自我教育、自我服务的规章制度。村委会、村规民约、村民自治章程、村民代表会议制度、海选办法等具体制度的确立，通过实践，国家因势利导在全国范围内推广，从而形成一套较完整的村民自治的法律制度。

此外，村民自制规章与国家法相融合的另一表现是，村民自治本身还需在国家法的控制之下进行。

---

① 郑永流：《法哲学与法社会学论丛》，中国政法大学出版社 2001 年版，第 390—391 页。
② 朱苏力：《送法下乡——中国基层司法制度研究》，中国政法大学出版社 2000 年版，第 260 页。
③ 同上书，第 392 页。

村民自制规章是在国家授权之下对农村集体利益行使治权。国家实际上是把所有权制度、户籍制度及相关的村庄内部事务委托给村民组织进行自治。因此说，村民自治本身与国家利益是相一致的。目前村民自治在资源和利益分配中出现的各种问题，根源在于国家关于土地等资源分配制度的改革尚未完成，法律体系尚未建立健全，并不是村民自治本身所造成的。在这种情况下，村民自治、村规民约极有可能会忽略或侵害共同体内部的个体利益，个体也会因为其利益被多数人利益的侵犯不愿服从村规民约制定的共同体者的意志而去诉讼到法院，因此法院面对的难题是：既要保护个体利益不受到共同体利益的侵害，又要对村民自治予以必要的尊重和维护，保障地方秩序的稳定；既要保证国家法律的统一适用，又不能成为地方政府的工具，可见在相当长一段时间内基层司法得承担起协调村民自治与国家法规之间的关系的功能。如果一旦村民自治权的扩大或滥用危及国家法律的贯彻和公民的个体权利的时候，只能通过改革土地和户籍制度解决。

村规民约是村民自我管理、自我服务的行为规范，人称"小宪法"。然而，当前在农村部分地方的村规民约建设中，存在着一些与国家法律、法规相违背的现象，削弱了村规民约的作用。

一是程序不合法，越权制定村规民约。有的村规民约不是村民会议制定的，而是县、乡镇政府驻村干部代劳的，甚至是村委会几个人关在房子里写出来的，在村民代表会上宣读一下就算生效了，然后下发给全村执行。村民委员会组织法规定，只有村民会议才有权制定或修改村规民约、村民自治章程。显然，这样的村规民约应该是无效的。

二是内容不合法。有些村规民约规定，遇有纠纷未经村委会同意，不许上告、上访，违者罚款，办学习班；村民吵架打架 1 次，视情节轻重处罚款 20 元至 50 元。像这种本应该通过批评教育、引导的方式来解决的问题，却规定用处罚来处理，显然都是违法的，不具备法律效力，因为村民会议不具备制定罚款、收费条款的权利。行政处罚只能由具有行政、司法机关及法律、法规授权的组织或个人来行使，其他任何组织或个人无权行使。作为基层群众性自治组织，村委会在处理民间纠纷时只能使用调解手段。有些村的村规民约规定，村委会在处理村民纠纷时要收 20 元至 60 元的"受理费"；凡因需要到村委会办证明、介绍信或盖公章的，每人每次收费 1 元至 5 元。本来这些工作都是村委会干部的分内职责，而有的村委会干部却将其列为村规民约，为他们乱收费、加重农民负担披上"合法"的外衣。

三是村规民约的内容与现行经济政策及经济规律相违背。有的村规民约规定，村集体所有的土地由村委会发包给农民从事生产经营，随时可以收回使用权，承包人不得转包土地或转让合同。实际上，实行家庭联产承包责任制，农民享有承包经营权，可以在承包期内转包土地或转让合同，村委会也必须遵守合同，不得随意违反。再如有的村规民约规定，农民生产经营项目除自己自主决定外，每年须完成上级下达的玉米、烤烟或其他经济指标任务，否则将不能享受国家给予的一些优惠，如国家下发的扶贫、救灾物资等。适应市场要求调整农业结构，政府关键要做好引导服务工作，而下达经济指标是典型的计划经济做法，侵犯了农民的生产自主权。村规民约中的内容如果迎合政府下达经济指标的做法，当然也是不合适的。①

案例7：

山东省成武县白浮镇李河村的李雪香一张诉状把李河村村委会和130户村民推上被告席。其理由是，认为本村的村规民约与国家法律相悖，要求在李河村拥有责任田。

1994年李雪香与上门女婿姜喜龙结婚，但面临的困难是村规民约的规定：男到女家落户的，必须是纯女户或独女户。姑娘结婚后，无论户口是否迁出，调整土地时一律收回责任田。李雪香的父母只好委曲求全，找村委会协商："一不要责任田，二不要宅基地。"村里才网开一面，开具了同意姜喜龙落户李河村的物迁证明。在其户口迁入后，姜喜龙原籍成武县九女乡的姜楼村就取消了他的责任田。当时李河村土地没有调整，李雪香的责任田也就没收回。后来他们有了孩子，全家三人就靠李雪香的一份责任田生活，日子过得很苦。

1995年秋天，李河村的责任田进行了大调整，李雪香的父亲再次向村里提出为女婿要责任田的请求，其结果是不仅没有分给他们责任田，就连女儿李雪香原来的责任田也被收回了，致使李雪香一家三口人陷入了生活困境。

那么，村里是怎样收回李雪香的责任田的呢？一位村干部说："当时，村里针对这件事专门召开群众大会讨论，结果是138户村民中有126户不同意给她地，都以姜喜龙的户口迁入时未经群众讨论同意。与此同时，这126户村民提出按姑娘出嫁后，不论户口迁出与否，一律收回责任田的惯例，李雪香的责任田也应收回。这些群众按当时"村规民约"的精神说得都有道理，又赶上村里土地大调整，村里就收回出嫁女的责任田。再就是通过讨论绝大多数不同意分给她家地，所以当时不但没有给李雪香家责任田，反而抽回了她本人的责任田。

在多次请求村里解决未果的情况下李雪香申请白浮镇政府处理，镇政府依据成武县政府1991年42号文件，关于责任田的问题，根据"姑娘出嫁和男到

---

① 刘绍有："小宪法要合法"，载《乡镇论坛》2001年第2期，第5页。

女家落户的，应坚持户口随人走、地随户口走的原则，户口在哪里，人就在哪里分责任田"的规定，作出处理决定："申请人李雪香、姜喜龙及女儿姜倩玉，应享有本村村民同等份额的责任田，并承担相应的义务，申请人的责任田应于 10 月 25 日前由李河行政村划分。"

对于镇政府的处理决定，李河村有 130 户村民不服，并有 30 多人作为代表到县里上访，说李香雪破坏了村规民约，扰乱了村里正常秩序，要求把李雪香一家三口人的户口迁到男方老家。为此李雪香诉至法院。

成武县人民法院审理认为：男到女方落户符合我国《婚姻法》第 8 条"登记结婚后，根据男女双方约定，女方可以成为男方家庭成员，男方也可以成为女方家庭成员"的法律规定，李河村的"村规民约"与法律相抵触，不予支持。姜喜龙岳父与村委会造成的协议违背了本人真实意愿，属无效协议；被告要求抽回李雪香的责任田，所依据的村规民约与国家法律和政府规范性文件相违背，不能成立。由此，李河村村民委员会败诉。[①]

这一案例说明了村民自制规章必须与国家法相一致，从另一角度阐明了村民自制规章与国家法的相容性。这种相容性表现在司法程序中，司法的正规化、程序化进程则将进一步强调法的统一适用，至少在诉讼程序中，一旦与国家法发生冲突，村民自制规章等民间社会规范的作用余地将进一步缩小。事实上，在基层乡土社会，民间社会规范的调整范围及有效性只能依赖共同体成员的自觉遵守和共同体的凝聚力，否则一旦诉诸司法，且在无法调解的情况下，败北的只能是村规民约等民间规范。那么是否等于说村民自制规章的治权范围将是极其有限的，村民自制规章只能在国家法允许的有限空间内，对国家法不予调整的事项作一些补充？回答是否定的。村规民约、村民自治章程中充满了民间社会的生命力。既有对现有资源与利益的分配，也包括着大量习惯和风俗的确认。

按照中国人民大学张静教授的观点："相对于国家法律，村规民约具有特定的治理原则及管辖范围，虽然在内容上，它越来越受到国家法律的影响。村规民约体现的村庄治权与国家治权有联系又很不同，二者之间的复杂关系表现在：似乎互为补充或需要，必要时有意相互联系，但又尽量避免直接主动地干预他者。这种干预如果发生，往往是在对方要求的时候。……事实上乡规民约早有与政府法令相异的传统。这种相异，与其说是它们的治理原则不同，不如说是它们的治理范围——即所支持的权威中心不同。事实上，村规民约有与正式法令相融合之处，有相互参照甚至吸收对方精要之处，也有未能谋合之处。

---

① 张桂启："村规民约拗不过国家法律"，载《乡镇论坛》2002 年第 7 期，第 35 页。

这些未能谋合的部分，通常各有一个发生作用的领域，并且谁都不愿意对方进入自己的控制区。但它们都需要对方来弥补自己的弱处，比如村规民约需要官方的支持以显示权威性，而官方难以或赖以到达的地方，又需要村规民约帮助其规范秩序。从政府的立场看，村规民约应重在约束自己的共同体而非垄断权力，特别不应与上级法令有冲突之处，不能将上级的权力排除在监控核准之外。"①

从上述案例来说，村委会及村民不同意给李雪香责任田的行为似乎没有什么不妥，因为从村规民约的立场上看，村委会应代表本村大多数村民的利益。在这里村规民约只对人不对事，它有一种不同共同体之间缺少共享资源的原则等特点，清楚地显示出它只能在特殊的社会结构的范围内维护秩序。并且在遇见纠纷时，它并不想求助于他者之裁决，而是希望政府、法律支持自己，也就是说，它承认其他权威的前提是，这种权威必须支持我。而从国家法来讲，又希望村规民约起到一种协助规范秩序的作用。当村规民约与国家法不一致时，国家就必须采取法律的统一适用，以维护个体利益。从这一案例上看，法院的判决也无错误，法官只能如此判决。

如果法院对村民自治问题干预过多，民间规范的地位乃至乡土社会秩序必然随之动摇，社会共同体的凝聚力也会减弱。在现代法治条件下。自治规范应该是在有可能真正依靠自愿和互惠而实现的。只有在这一基础上，共同体的权威和规范才具有正当性。但是，目前农民受户籍制度和土地制度的限制，还不可能实现真正意义上的选择权。因此，村民自制规章等民间规范在相当程度上还与国家法律之间存在着矛盾和冲突，这就提出村民自制规章与国家法之间的对抗问题。

村民自制规章与国家法的冲突表现在村民自制规章具有其相对独立性和自主性。

农村社会是富有地方性的社会，一个村落就是一个彼此熟悉的社会共同体。在这个共同体中，个体归属于整体。在农村，由于出生、继承或婚嫁进入这种共同体社会，取得了天然的生存权利。除了极少部分人通过升学或提干等途径进入其他社会单位外，对于大多数农民而言，他们只能选择乡村共同体社会。因为村民的身份和权益必须与这个共同体紧密相连，这是一个无可选择、也无可替代的联系。这个共同体拥有对他们权益进行解释的权力，当村民出嫁或生老病死，共同体就会收回他们的待遇和权利，或将其财产出卖或充公，以防止外村人享用本村资源。共同体拥有这种裁决的权利地位，显然使村民委员

---

① 张静：《基层政权——乡村制度诸问题》，浙江人民出版社 2000 年版，第 119—121 页。

会的权力比法院更有效地规范着村落生活秩序，因为它规定着村民的权利，也控制着这些权利的实现。因此在农村社会，村民委员会及村民自制规章对农民的影响远比国家法大得多。

正如张静教授的观点："乡规民约确定了个体对于村落的归属关系，由于这种归属关系的存在，个体成员的权利才受到它的承认，个体才有资格要求共同体对其生存提供支持、给养和保障，比如划分住房宅基地、房产、承包土地、鱼塘和山村，享用供电、供水和农用机械等。这说明，村民生活的一般权利并不在抽象的意义上由国家或宪法授予，而是在实际意义上由它们所生活的初级组织授予。村民首先是生活在这种初级组织中，然后才生活在宪法确定的权利关系中。初级组织对于村民权利的优先认定权被当前的社会体制所认定，离开了这种初级组织，他的一般权利——如上所述：划分住房宅基地、房产、承包土地、鱼塘和山林，享用供电、供水和农用机械等，不可能从其他社会单位中轻易获得，也无法从国家宪法赋予他的抽象权利声称中获得。可以说，在这里，基层组织已经在某种意义上取代了其他组织的授权有效性，它事实上是被'同意'代替宪政组织实现村民一般权利的基本单位。"①

从上述分析看出村民委员会这一共同体在它建立的时候起就有自己的相对独立性。而村民自制规章与国家法相比，也有其自身特点。

村民自制规章的相对独立性。

一般情况下，国家以两种方式进入乡村秩序，一种是以立法的方式进入，国家以颁布的法律作为规范村民自治的标准，在这种情况下，村民委员会是执行国家法律的机构，它不应有独立的立法权，而必须以推行国家法律的实施为工作目标。第二种是以司法的方式进入，即国家不直接干预村民自治的管理规则，而是在村民委员会内部或村民自治、村规民约方面出现问题时介入裁定是非。在此情况下，由于法律判决结果须由基层机构去执行，因此，判决的权威性不能不极大地依赖于执行者。同时，由于司法进入是暂时性的，并且只针对某个单一的事件，判决结果不可能成为解决其他纠纷的范例，于是村民自治组织往往制定出自己的规则来处理事件，如村民自治章程、村规民约等等。这些规则不是由国家颁布但是由国家认可的。

村民自治组织的重要性，不仅在于它的官方授权地位，更重要的是在于它是相对独立的、在某种情况下甚至是排他性的管辖机构。这种相对独立性意味着，除了执行国家法令外，在农村的局部范围，村民自治组织往往有长期实践中被承认的部分"立法"及"司法"权力。这些权力虽然不代表国家，但是

---

① 张静：《基层政权——乡村制度诸问题》，浙江人民出版社 2000 年版，第 124 页。

却具有一定的权威性。同时，在执行方面，它们享有相当程度的选择空间。因此，这种基层村民自治组织的管辖权并不能轻易废除和替代。这些内容构成了乡村秩序的一系列规范制度的基础。因此，国家法与村民自制规章是两个相互独立的范畴。这种独立并不是国家法更为"现代"、村民自制规章更为"本土"，也不在形式法和自然法（习惯）的区分上，而是在于两个性质上非常相似的管制规范，在其各自的管辖地位和范围上不同。

村民自制规章主要调整本村内的成员之间的关系，但是在村民自治中，村民既是村集体成员又是国家的公民，这种双重角色使村民受到双重约束，即村民自制规章与国家法。而村民自制规章因其性质、范围及村民活动的广泛性表现出一定的局限性。村委会可以调解一些日常纠纷，但是对于刑事案件无权解决，重大经济纠纷、承包合同纠纷无能力解决。

村民自制规章的相对独立性还表现在，第一，在村民自制规章中，村委会作为重要的权威具体负责自制规章的实施，对村内的成员和事项，自制规章也一般的普遍适用，对违反村民自制规章和村规民约的行为按村民自制规章可以实施处罚。第二，村民自治章程和村规民约有切实存在的内容。它主要指涉及村级事务，村民纠纷，解决村级社区生存所面临的具体问题而形成的重要原则或规则。它对村民的权利与义务进行分配以及对村民与村集体的关系进行界分。在村民自治和村规民约的内容中，一定程度上反映了村民自制规章主要来自村民生活实践的"安排秩序"的观念，村民个人生存发展资源的获得往往依赖于村集体的分配，因而村集体成员都不可避免地依赖并受制于其产生的群体基础以及维系群体的社会行为方面的秩序。因而，村民对村民自制规章较容易采取"内在的观点"来接受它。第三，村规民约、村民自治章程有自身的体系，显示出较为规范的成文法体系，并且在与社会变迁的调适中通过创造新的规则不断达到完善。第四，村规民约及村民自治章程有其地域特点。与国家法律不同的是它是以村为依托的，是由村集体创造出来的，面对的是村内成员和社会生产生活中的各种事项。

村民自治章程和村规民约具有的上述相对独立性的特点，使得它与国家的有关土地法或继承法的某种规定相冲突时，有时村民自制规章会占上风。

案例8：

常村村民薛某，1988年与邻村妇女王某结婚，婚后生一子。由于婆媳、夫妻关系恶化，二人于1991年离婚。根据当地风俗，王某应携子迁出户口，但她不从，反而招婿进村再结婚。而薛某亦另组家庭，并有一子。两户发生土地争执，王某认为，自己仍是村民，有正当户口，不应交出从前分给她和儿子的土地。她上告法院，认为村庄的收地行为属侵权。法院根据户口登记，判决王某及其子继续拥有结婚时该村分配的土地 4.86 亩。但村委会根据乡规民约，将王某作应迁出户口者看待，并决定将其土地收回，分给薛某的新媳妇和儿子使用。①

在上述案例中，法院的判决与村委会的处理都是按照户口来确定村民资格及权利与义务的，在逻辑上应该是一致的，但在事实认定上却遵守着不同的法则。法院认为村民只要没有作户口登记变更手续，就仍然是该村村民。依据村规民约认为在婚姻引起村民资格变动和户口变动方面规定着能否成为该村成员的条件。这是由于长期的习惯形成的。因此，女方的户口是以婚姻为要件的，结婚时可迁入男方村内落户，离婚的，户口应该自动返回女方原先村内。这一习惯被看做是理所当然的规矩，村与村之间也遵守着这条规矩。因此，不具备本村村民资格，就不应该分配本村有限的土地资源。村委会的这种做法是符合经济学的分配法则的，从根本上是维护村里大多数村民的整体利益的。并且村委会的处理方式也是得到国家的法律政策支持的，因为法律规定村集体享有土地的所有权，代表国家进行管理、使用、分配，村集体在分配土地时，自然会排除非本村的村民。同时从户籍制度来讲，村的户口申报工作由本村完成，因此村组织有审核的权力，对于是否是本村村民，村级组织最有发言权。

从上述分析来看村民自制规章有自己相对独立的空间，这一独立的自治空间，是国家法所代替不了的。但必须明确指出，如果国家法律没有给村民自制规章留下开拓创新的空间，仍然保持大一统的控制，村民自治中各种新生事物也可能难以发展。村民自制规章的意义就在于正是依靠自治的实践，才为国家提供了治理村组社区的丰富经验。村民自制规章与国家法在双向互动中获得良性发展。

村民自制规章的自主性。

农村社会利益主体日趋多元化，它是经济利益多元化的必然产物。在权力高度集中的人民公社退出乡村社会后，随着农村经济与社会发展，农村社会结构由人民公社体制下的单一结构深化为多元结构，农民逐渐成为独立的主体，进而分化成多元化的利益主体。其一，农村社会内部已经分化形成狭义的务农农民、个体户私营企业主、农民工、村干部和乡村教师、乡村医生等阶层。同时，农民摆脱了以往人民公社施加在自己身上的束缚，走出农村来到城市从事其他行业，在此基础上出现了以业主关系为基础的利益集团；其二，农村社会实行以家庭承包责任制为核心的双层经营体制，农民家庭利益与集体的经济利益有了明显区分；其三，在人民公社体制下被压抑和消解的宗法观、民间习

---

① 张静：《基层政权——乡村制度诸问题》，浙江人民出版社 2000 年版，第 95—96 页。

惯、法规随着"政社合一"体制的解体而重新活跃。多元利益主体的广泛出现，这首先意味着农村社会已经获得了相对的体制外自立性。

此外，农村企业管理层的作用日益突出。家庭联产承包制的推行和生产队的解体使广大农民家庭获得了农业生产经营的自主权，摆脱了生产队干部的直接管理和控制。与此同时引发的农业剩余劳动力向非农产业的转变，又使越来越多的农民与乡村企业管理者阶层发生了各种各样的关系。一般来讲，企业管理层在社区控制中的地位、作用因社区经济的性质和发展水平的差异而不同。在那些大多数青壮年劳动力都就业于村内企业的社区，这个阶层实际发挥着对大部分村民的职业生活实施直接影响的功能。同时由于企业承包制的推行，承包人在一定程度上摆脱了党政组织的经常性干预，拥有了一定的生产经营自主权，从而使他们有可能作为农村社会权力阶层中的一个重要部分对农村社区决策发挥自主性作用。

农村公共产品的生产与供给开始从村集体经济的单个承担主体，向村集体经济组织、企业和农民多主体转换。这里所说的公共产品相对于农民或家庭自身消费的"私人物品"而言，主要指由当地的乡村社区集体参与共享的"产品"，例如大型农具、道路设施、水利设施等。农民通过缴纳各种各样的费用，已逐渐成为村庄公共产品直接的甚至是主要的投资者。因此，农民具有参与该类产品生产管理和监督的权力。而农民不管以何种形式参与村庄公共产品的管理和监督，最终都要落实到对现有乡村社会管制体制的重构上，并要求其国家为其参与管理和监督提供足够的空间和保障。

村民自制规章自主性最为明显的特点表现在村级组织直选制度的推行。以前村长和村党支部书记大都是上级组织任命，这种体制造成村级组织只对上负责，缺乏村民对村级领导的制约。直选村委会从体制上改变了以前的任命制，由于村委会不在行政体系之内，村委会的自主性增加了，可以自主谋求村落经济和社会事业的发展。镇政府不能像过去那样简单地以行政手段指挥村委会，村与镇政府之间的相互作用形式发生了巨大的变化。这种变化实质反映出国家与农村社会相互关系的转变。

村民自制规章的自主性还表现在村民有权随时罢免他们认为不称职的村委会，政府部门和国家法律不应进行干预，这是村民内部的问题，应该由村民根据村民自制规章自行解决。

下面这个案例是一起村民罢免村民委员会成员的"官职"，而市、区的民政部门却断然判定为无效罢免，引起村民的愤怒。

案例9：

前不久，青海省西宁市城东区发生了一起罢免村委会案件，透视和分析这起罢免案件，可以从中得到很多启示。

村民举手表决，罢了全体村民委员会成员的"官职"，而民政部门却断然判定为无效罢免，于是村民愤怒、不满的情绪油然而起，紧张的气氛一触即发……

大众街办事处先进村有 500 余户 2600 余人，改革开放初期人均占有耕地 1 亩多，有十几家村办企业，使得该村在短时间内一跃成为远近闻名的"百万村"。而如今，人均占有耕地不足 1 分，80% 的土地被征用或出租，而历年来村办企业和土地房屋的出租收入从未向村民公开过，村委会每次动用集体资产时，不召开村民大会征求村民意见，致使村内资产流失现象十分严重。80% 的劳动力无耕可种，无业可就，成为"问题村"、"困难村"。面对这种情况，2001 年 2 月 8 日（农历正月十六），西宁市城东区大众街办事处先进村几百名愤怒的回族村民聚集到村委会大院，张贴标语，喊着口号，对包括村党支部书记（兼任村委委员）在内的 6 位村委会成员提出 33 条罢免理由，接着，到会的村民以举手表决的方式"罢免"了村委会全体成员。2 月 10 日、11 日，省、市两家较有影响的媒体在显要位置分别以《不为群众办实事，村长被罢免》和《资产流失严重，少为群众办事——400 多户村民罢免村官》为题，报道了这一消息。几乎同时，大众街办事处和部分群众向区民政局反映了此事，并称部分村民砸了村委会办公桌上的玻璃板，村党支部书记也被架空。事态有进一步扩大的趋势。

2 月 9 日，市、区民政局、街道办事处领导赶赴先进村，否定了他们的"罢免"结果。指出依据《村民委员会组织法》和《青海省村（牧）民委员会选举办法》规定，罢免村委会有严格的法律程序。然而，村民们对市、区民政部门的解释甚为"光火"，要求省上来人解释，否则扬言要集体上访省委、省政府。为此，市、区、街道于 2 月 12 日紧急请求对《青海省村（牧）民委员会选举办法》具有法定解释权的省民政厅前来进行指导。省民政厅基层政权和社区建设处的同志迅速赶到先进村。一进村委会大院，看到墙上、车上到处贴满了要求"惩治贪官"、"为民做主"的标语。愤怒的人群早已将不足 50 平方米的会议室挤得水泄不通，连暖气片、窗台上也站满了振臂高呼的小伙子。几个手执话筒的组织者在高声吆喝着，喊着话，一股浓浓的"火药"味弥漫着整个会场。省、市、区民政部门有关人员和街道党政领导在几位很有威信的村民的奋力引导下，来到主席台，在作了简短自我介绍后，省民政厅基层政权和社区建设处的同志充分肯定了广大村民参与村务管理中体现出来的民主意识和热情，并向村民们宣讲了《村民委员会组织法》和《青海省村（牧）民委员会选举办法》关于民主选举和罢免村委会的主要法律条款和程序。特别指出，选举和罢免村委会一定要履行投票程序，而不能以口头、联名或举手等非正规形式履行罢免程序，希望广大村民严格依照法律、法规履行自己的民主权利，依法实施罢免。话音未落，会场上群情激愤，有几个年轻村民冲到主席台前，质问省、市民政部门的同志"是来解决问题的，还是替贪官说话的"。年纪稍大的村民说："既然我们大家都同意罢免，你们为什么非要搞这么多条条框框，这分明是不让我们罢免！"会议的组织者———一位年纪约40开外的中年人，手执话筒"发动"村民，向省、市、区民政部门施加压力，把工作组推到了群众的对立面。几个年轻人向楼下跑去，再次发动群众到省委、省政府集体上访，要求政府承认他们2月8日的"罢免"是有效、合法的，并威胁工作组，如果不承认他们的"罢免"合法有效，工作组的人身安全他们不负责任，大有一触即发危险。

为了避免事态扩大，工作组严肃指出："投票选举和罢免村委会是《组织法》和《青海省选举办法》规定的一项基本原则，任何组织和个人无权擅自更改，这个问题不论上访到哪里，都只能是这个答复。"不给对方留下任何幻想，从而很快控制了局面，阻止了集体上访。同时，区、办事处迅速召集村民代表推选产生由11人组成的先进村罢免委员会（因村委会现任6名成员全部被列入罢免对象，不便再召集村民大会），临时负责罢免会议的筹备事宜，推选出会议主持人、唱票员、计票员、监票员若干名。并以最快的速度帮助他们设计出"选民登记表"和"罢免票"样，制定了严密的会议议程。经过3个小时紧张的筹备，到下午4点基本完成了各项准备工作，5点正式开会，被罢免的6个村委会成员自动放弃了申辩权。经过1个多小时的投票、唱票、计票，下午6点正式公布投票结果。6名村委会成员所得的罢免票数全部超过全体选民的过半数票，罢免有效。

当会议组织者手执话筒向全体村民宣布："在省、市、区民政局和办事处各位领导的关心指导下，先进村罢免村委会成功了。"在场的近400余名村民爆发出长久的掌声和欢呼声。同时，村民与工作组之间的对立情绪也一下子缓和下来，有的村民主动过来与工作组的同志握手，说"对不起"。青海电视台、《西宁晚报》、《西海都市报》四名记者全程采访了这场罢免经过。至此，一场沸沸扬扬的罢免村官事件告一段落了。

选举也好，罢免也罢，正常情况下本来应该是局限于一个村庄里的事情，为什么竟然会闹得如此沸沸扬扬、轰轰烈烈？

一场本来很简单的、能够充分体现民意的村民自治范围内的罢免案，为什么会闹得沸沸扬扬，又为什么会惊动省、市、区三级民政部门亲自参与？分析这场罢免案的始末，我们可以从中受到几点启示：

　　启示之一：村委会内部民主管理制度不健全，监督机制不完善是引起村民不满，启动罢免的根本原因。表现在：一是村民自治制度不健全。村民自治示范活动虽然已经开展了十多年，村委会组织法颁布也已经两年多了，但一部分地区的部分村并没有真正建立起一整套行之有效、符合实际的村民自治制度，有些地方即使建立了一些制度，也只是写在纸上、挂在墙上，成了一种装饰，一种摆设。村务不公开，决策不民主，管理不透明是引发村民与村干部之间矛盾，继而导致罢免方案启动的根本原因。据了解，先进村多年来没有建立比较完善的民主管理制度，由于村民居住相对分散，连村民小组和村民代表会议这两种基本的组织机构也都没有建立。历届村委会在遇到涉及村民切身利益的大事时，往往忽视了"民主议事"这个最基本的工作原则，作风不民主，村务不公开，多年来的"传统"工作方法已经习以为常，村民们与村干部之间的矛盾日益加深，终于导致了罢免程序的启动。二是村集体经济管理和监督机制不完善。村委会组织法的颁布实施和村民自治这一基本原则的确立，使得村集体经济财产的所有权、管理权、支配权和监督权从过去的"村财乡管、村有乡审"逐步过渡到"村财村管"。也就是说，法律将村集体经济的管理支配权和监督权界定在村民自我管理、自我监督这个层次上，而在现实生活中，由于历史和现实的诸多原因，大部分农民的文化素质、民主法制意识还相对淡薄，这种情况在经济欠发达的西部地区和地处偏远的农牧区显得尤为突出。据青海省第四次村（牧）委会换届选举统计，全省村干部文化水平达到高中以上的只有14.5%。有相当一部分村没有专职会计、出纳，更缺乏一整套科学的、完善的财务管理和监督制度。而由于村委会是个相对松散的群众自治组织，这就造成几十万、上百万甚至上千万的集体财产管理权和支配权往往掌握在少数几个村干部手中，长期缺乏有效的监督极易滋生村官腐败。显然，村集体财产的管理仅仅建立在村民的自我监督这个层面上是软弱的。从近几年来省民政厅接待的上访和调研的罢免案例分析统计，有60%是由于村务不公开，特别是村财务不公开，村民对村干部怀疑，继而加深矛盾所引起的。这种现象在西宁市城郊结合部和海东经济条件较好的农业区反映得比较突出，已经成为影响农村的一个不安定因素。

　　启示之二：法律、法规的不健全和宣传工作的不到位，是罢免议案难以顺利实施的主要原因。由于罢免程序是新修订的《村民委员会组织法》中新增加的一项有关民主选举的特殊章节，许多地方过去没有现成的罢免经验可循。因此，无论是作为国家法的《村民委员会组织法》，还是作为地方性法规的《选举办法》，其内容都侧重于详细规定了选举的程序和细节，而对如何罢免村委会成员只作了较为原则的规定。如《青海省村（牧）民委员会选举办法》

对选举作了 5 章 30 条的详细规定，而对罢免程序只作了 1 章 5 条的原则规定。如：对本村 1/5 以上有选举权的村民以何种方式联名提出罢免动议？是否还应履行选民名单张榜公布的程序？如果村委会全体成员都被作为罢免对象或者村委会有意拖延召开村民大会的时间，使村民的罢免意愿无法得到正常履行的特殊情况下，应当如何确定主持召开村民会议的机构？罢免要求提出后，应当在多长时间内召开村民会议？一次罢免不成功，应如何确定第二次罢免时间？罢免是否允许委托投票或函投，是否可以设流动票箱等等问题，都缺乏明确的规定，在具体指导罢免过程中，民政部门和村民难以操作，影响了罢免方案的依法实施。加之《村委会组织法》和地方性法规颁布也只有短短的两年多时间，法律、法规的宣传普及工作远远滞后。表现在具体指导村委会选举和罢免工作的乡镇政府和基层民政部门对法律法规了解不深，广大村民对法律法规知之更少，新闻舆论部门对相关的法律法规一知半解，在报道上出现失误，造成负面影响。

启示之三：村民的综合素质不高，法制意识淡薄，是罢免方案难以顺利实施的又一原因。不可否认，近几年来，随着我国依法治国方略的推进和农村基层民主法制建设力度的不断加强，广大村民的民主法制意识较前些年有了很大的提高，但是相对于民主意识而言，法制意识略显淡薄。在实施罢免过程中，由于大多数村民是带着一种情绪在履行自己的民主权利，往往以冲动代表理智，以感情代表法律，只讲民主，不讲法制，因此就极易出现类似先进村的情况：村民与乡镇政府对立，与民政部门对立，甚至作出一些过激行为，使本来有章可循的罢免程序变得复杂和棘手，从而影响了罢免方案顺利进行。①

当然，罢免村民委员会成员是法律赋予村民的合法权利。但是并不意味着有人可以利用这一权利，违背合法程序去达到某种目的。

案例 10：

这样的罢免合法吗

山东省某村村委会主任石传卫称：我是一名村委会主任，因工作上与村支部书记意见不同而发生争执。2000 年 6 月 7 日，因此事被派出所以"寻衅滋事"为名拘留三天。6 月 8 日，部分乡领导和村干部动员村民罢免我，有 1/5 村民签了名。6 月 9 日，这些人主持召开罢免大会，投票通过了罢免案。但我从录像上没有看到村民参加。6 月 10 日，我拘留期满回村，发现村、镇主要路口贴满罢免通告，还在县电视台曝光。身心受到极大伤害的我问一些领导，

---

① 青海省民政厅政权处编："透视'百万村'罢免事件"，载《乡镇论坛》2001 年第 4 期，第 11—13 页。

为什么罢免我？为什么不让我申辩。回答是：因为你被拘留了，所以不让你参加。对这样的罢免，我不服也不解，这样的罢免合法吗？

分析：

有人说，真事比故事还离奇，村委会主任石传卫的遭遇就是这种说法最好的证明。在他被拘留的三天时间里，某些乡村干部以前所未有的高效率把他这个民选的村官给罢免了，参与这件事的某些干部还振振有词地说是依法罢免，使一个有点阴谋色彩的事件似乎披上了一层合法的外衣。那么，这个罢免是合法的吗？对照村委会组织法和山东省村委会选举办法，答案显然是否定的。

分析整个罢免过程，有以下不合法定程序之处：

一是无调查取证过程。第一天提出罢免要求，第二天就开罢免大会，调查取证工作哪儿去了？对于由村民提出的罢免要求，合法程序是接到罢免要求后，由县（市、区）民政部门和乡镇人民政府组成联合调查组，对罢免要求中涉及的事实进行核实，并写出调查报告，递交县（市、区）民政部门和乡镇人民政府。为什么在这个罢免案中，就没有了这一程序呢？有的人可能会说，我们调查核实了，只不过效率高，几个小时就做完了。那么调查报告在哪里呢？为什么被罢免人要求看时拿不出来？而且，平时可能拖拖拉拉总也出不了个结果，这件事却如此迅速地完成了，这难得一见的高效率，不是很不正常，很不合情理吗？

二是剥夺被罢免人申辩权，罢免会议程序不合法。无论是村委会组织法，还是山东省村委会选举办法都规定，被提出罢免的村民委员会成员有权提出申辩意见。公开申辩权是法律赋予的权利，任何组织、个人、单位都无权剥夺，否则就是违法。有的人会说，谁让他被拘留了，给他机会，他也做不到。反过来讲，为什么非得在他被拘留的三天内，在他无法站在父老乡亲面前为自己申辩的时候，召开这个罢免会议呢？接到罢免要求一个月内召开村民会议就是合法的，为什么一定要在接到罢免要求的第一天，在被罢免人不在的时候召开罢免会议呢？难道村民真的如此迫切地等着罢免结果，一天也不能多等吗？退一步讲，即使他不能出席罢免会议，为什么不通知他罢免的事情，让他以书面的形式为自己申辩呢？为什么对与此事利益最直接相关的人，采取封锁消息、暗箱操作的做法呢？谁有权剥夺法律赋予他的申辩权?! 石传卫没有触犯刑法被依法追究刑事责任，所以其职务不能自动终止。在这一前提下，即使他真的不称职，应当罢免，以上两点程序不合法之处，也足以证明这一罢免决定是不合法的，因而是无效的，把这样的罢免结果四处张贴宣扬更是不负责任的。①

①　范瑜："这样的罢免合法吗"，载《乡镇论坛》2001 年第 2 期，第 13 页。

罢免村委会成员，是法律赋予村民的合法权利。但这并不意味着有人可以利用这一权利，违背合法程序去达到某种目的。没有程序合法，就没有实体合法。

从村民自治的自主性可以看出，村民自制规章相对于国家法来讲，在广大农村保留有相当大的空间。在乡村社会里，"村民"的含义是作为一个有限的生活共同体中的成员存在的，它与"公民"的含义有所不同，尽管它可能同时属于外部更大的政治单位，例如国家公民，但后者的法律并不能有效地规范他们的生活，或保护他们的权利。各种成文和不成文的村民自制规章和乡规民约的作用使我们认识到，国家法律不能简单地废除村民自制规章，或取代村民自制规章的地位去直接协调乡村的生活秩序。因此，村民自制规章与国家法有其各自管辖地位和范围。这种关系是一种融合与对抗的协调关系。

从国家法的普遍性、统一性和强制性的特点来看，法的国家属性要求它必须保持国家权力与法制的统一。首先，立法统一，国家在立法上应当由统一的机关掌握立法权，以保证法律的统一性和权威性。其次，执法统一，执法人员在执法活动中要以国家法律为准则，严格依法办事，用法律来规范自己的行为。但是，在一个复杂的多元社会中，多元规范或多元秩序又是客观存在的，法律不是万能的，仅有国家法是不够的，实际上，当国家法律被确定为标准的、现代的参照系之后，就已经蕴藏着地方性规则与国家规则，民间法与国家法冲突的可能性。作为民间法的一部分，其村民自制规章与国家法的冲突是十分明显的。

从上述对村民自制规章与国家法的关系分析看出，村民自制规章经过多年的实践已有了很大的发展。村民自制规章不仅在理论上是成立的，而且在实践上也是可行的，它在乡村依法治理中发挥着一定的作用。村民自制规章与国家法律制度不同之处在于，村民自制规章以村为依托，是由村集体创造出来的，面对的是村内成员和社会生产生活中的各种事项。从村民自制规章表现出的特征可看出，村民自制规章在乡村社会已能够发挥出依法治理的作用。

人们一般认为，后发展国家大多采用的是政府推进型的政治模式。正因为这种观念，从而形成一种倾向，即忽视了中国法律自身的成长史，忽视了本国自发生成的法律在这一过程中对国家法律现代化所产生的影响。村民自制规章的实践表明，中国农村基层自治并没有依照英、美或日本模式，而是通过中国自身的实践，形成了自己的一套自治理论与实践模式，它完全依赖于村级社区建设自身的实践经验以及村民的创造力，这反映出中国农村基层自治制度的特色。因此，能否顺利推进中国农村的法治建设，已经成为影响中国能否实现法治现代化的重要因素。

参考文献

一、中文部分

1. 亚历山大：《国家与市民社会》，中央编译出版社 1999 年版。

2. 邓正来：《自由与秩序》，江西教育出版社 1998 年版。

3. 邓正来：《国家与社会》，四川人民出版社 1997 年版。

4. 王沪宁：《当代中国村落家族文化》，上海人民出版社 1991 年版。

5. 王振耀、白钢：《中国村民自治前沿》，中国社会科学出版社 2000 年版。

6. 景天魁：《中国社会发展与发展社会学》，学习出版社 2000 年版。

7. 赵秀玲：《中国乡里制度》，社会科学文献出版社 1998 年版。

8. 吕红平：《农村家族问题与现代化》，河北大学出版社 2001 年版。

9. 王克安：《中国农村村级社区发展模式》，湖北人民出版社 2000 年版。

10. 孙琬钟：《中华人民共和国村民委员会组织法读本》，国家行政学院出版社 1998 年版。

11. 折晓叶、陈婴婴：《社区的实践——"超级村庄"的发展历程》，浙江人民出版社 2000 年版。

12. 谢晖、陈金钊：《民间法》，山东人民出版社 2002 年版。

13. 刘雅珍、安孝义：《中国乡村法治通论》，中国政法大学出版社 1993 年版。

14. 何泽中：《当代中国村民自治》，湖南大学出版社 2002 年版。

15. 陆学艺：《内发的村庄》，社会科学文献出版社 2001 年版。

16. 曹锦清、张乐天等主编：《当代浙北乡村的社会文化变迁》，上海远东出版社 1995 年版。

17. 贾德裕：《现代化进程中的农民》，南京大学出版社 1998 年版。

18. 张静：《基层政权——乡村制度诸问题》，浙江人民出版社 2000 年版。

19. 王洛林、朱玲主编：《后发地区的发展路径选择——云南藏区案例研究》，经济管理出版社 2002 年版。

20. 于建嵘：《岳村政治——转型期中国乡村政治结构的变迁》，商务印书馆 2001 年版。

21. 高发元：《跨世纪的思考——云南民族村调查》，云南大学出版社 2001 年版。

22. 曹锦清：《黄河边的中国——一个学者对乡村上海的观察与思考》，上海文艺出版社 2000 年版。

23. 张志荣、杨海蛟：《基层民主与社会发展》，世界知识出版社 2001 年版。

24. 蔡定剑：《中国选举状况的报告》，法律出版社 2002 年版。

25. 史卫民：《公选与直选——乡镇人大选举制度研究》，中国社会科学出版社 2000 年版。

26. 高鸿钧：《清华法治论衡》，2002，1（1），4（2），清华大学出版社 2002 年版。

27. 汪太贤：《法治的理念与方略》，中国检察出版社 2001 年版。

28. 王人博、程燎原：《法治论》，山东人民出版社 2000 年版。

29. 黄之英：《中国法治之路》，北京大学出版社 2000 年版。

30. 郭道晖：《历史性跨越——走向民主法治新世纪》，湖北人民出版社 1999 年版。

31. 郑永流：《法哲学与法社会学论丛》，2001，3（2），5（3），中国政法大学出版社 2001 年版。

· 中国社会科学院 ［法学博士后论丛］ ·

诉讼主张：刑事
诉讼的核心

Litigation Claims：The Core of
Criminal Procedure

博 士 后 姓 名　梁玉霞

流　动　站　中国社会科学院法学研究所

研　究　方　向　法理学

博士毕业学校、导师　西南政法大学　徐静村

博 士 后 合 作 导 师　张志铭　王敏远

研 究 工 作 起 始 时 间　2002 年 9 月

研 究 工 作 期 满 时 间　2004 年 8 月

作 者 简 介

梁玉霞，女，1961 年 4 月出生，湖北老河口市人，法学博士、法学教授、硕士生导师，现任广东省检察官（培训）学院副院长，广东外语外贸大学客座教授，民盟广东省委法制委副主任。

1983 年本科毕业于西南政法学院法律系，1997 年中南政法学院获硕士学位，2002 年西南政法大学获博士学位（刑事诉讼法），2004 年中国社科院法学所博士后（法理学）。大学毕业到中南政法学院任教，先后任讲师（1991）、副教授（1994）、教授（1997），硕士生导师。1998 年被确定为湖北省跨世纪学科带头人。2001 年调入广东省人民检察院。2003 年被最高人民检察院授予全国"十佳"检察教师称号。

主要学术成果：《论刑事诉讼方式的正当性》（中国法制出版社 2002 年，获全国第五届诉讼法学中青年优秀科研成果著作类二等奖）；《司法相关职务责任研究》（第二主编，法律出版社 2001 年）；《中国军事司法制度》（社会科学文献出版社 1996 年）；《中国军事法导论》（主编，四川人民出版社 1997 年）。在《中国法学》、《中外法学》、《法律科学》、《法学评论》、《现代法学》、《法商研究》、《中国刑事法杂志》、《诉讼法论丛》、《刑事法评论》、《证据学论坛》等重要学术刊物上发表论文 40 余篇。

诉讼主张：刑事诉讼的核心

梁玉霞

内容摘要：刑事诉讼是一个冲突解决过程。在现代诉讼模式下，控、辩、审三方基于其进行刑事诉讼的利益动机而提出的请求、意见、声明、见解等综合而成的诉讼主张，就成为刑事诉讼的核心。诉讼的任何一方都是为了说明自己的诉讼主张才进行证明的。现行证据理论为刑事诉讼设置了一个非讼性质的待证命题——案件事实，导致刑事诉讼矛盾丛生。实际上，刑事诉讼中从来就没有脱离诉讼主张的案件事实，因为没有任何一个诉讼主体会舍弃其主张而去作无谓的事实证明。本项目研究的意义在于，从根本上改变刑事证明的陈旧说教和僵化模式，建立一种符合诉讼规律和时代精神的刑事证明理论。诉讼主张作为刑事诉讼核心的依据在于，是解纷机制的内在要求，体现了诉讼民主的价值选择，可避开事实发现中的非确定性，填补了诉讼证明欠缺法律的疏漏，是科学构建刑事程序的需要。在程序中，诉讼主张既是起点又是终点。它启动诉讼程序，厘定控辩论争的焦点，规制法院裁判的对象和范围，决定诉讼当事人的立场和行为方式。凸显诉讼主张，将会促使证明责任明晰，证明标准具体，证据范围得到扩展，证明方法变得灵活，并从根本上改变刑事诉讼对社会冲突的调适方式。

关键词：诉讼主张　证明对象　事实论　刑事证明　对话

一、刑事诉讼主张及其构成

（一）刑事诉讼主张的概念与特点

与其他诉讼一样，刑事诉讼也是一个纠纷或冲突的解决过程。控告、争辩与司法裁判，构成诉讼的基本行为特征。并且，从这些行为中，我们可以看出两个共同点：第一，都需要用语言表达。无论控告，还是争辩，都表现为言辞；司法裁判是对言辞争执的评判，当然也要通过言辞的方式表达。这大概是现代诉讼直接言辞原则建立的原始依据。第二，表明了诉讼立场。控告、争辩和裁判，非常简洁地概括了诉讼三方的诉讼角色、立场和态度。控告者是原告，争辩者是被告，司法裁判者就是中立的法官。因此可以说，诉讼中三方的角色、立场和态度，是通过言辞表现出来的。审判的仪式性或程式化本身是需要言辞内容作为依托的，如公诉人不能不宣读起诉书，法官不能不宣判。

所以，刑事诉讼主张就是刑事诉讼主体在刑事诉讼中所提出的请求、意见、声明、见解等的统称，反映的是诉讼主体的立场、对待诉讼的态度和主观目的预期。刑事诉讼主张具有如下特点：

（1）提出者具有诉讼主体地位，承担特定的诉讼职能。诉讼主张是刑事诉讼主体的主张，代表着刑事诉讼主体的基本声音，没有诉讼主体资格者无权独立提出诉讼主张。

（2）具有主观意向性。刑事诉讼主张概括了诉讼主体对于刑事诉讼的要求、意见和观点，带有很强的主观色彩和倾向性。在刑事诉讼中，每一方诉讼主体由于所涉的诉讼利益不同，所站的诉讼角度不同，因而，其主观愿望和要求或者对于诉讼的基本观点肯定都会不同。这是诉讼的必然现象。以消解冲突为目的的刑事诉讼，必须正视各诉讼主体的主观态度、立场和要求，并尽可能地为诉讼各方创造和提供发表意见、表明态度或要求的条件和机会，在此基础上，才能恰如其分地解决冲突。

（3）具有言辞表达形式。刑事诉讼是以直接言辞方式进行的，诉讼主张也必须用口头或者书面的形式作明确的表述。原本存在于诉讼主体内心的意见、要求、声明、见解等，只有借助于语言才能够直接传达给他人，为他人所感知，所以，语言是诉讼主张不可缺少的表现形式。诉讼主体在追求好的诉讼结果时，不能够忽视语言表达的准确性及其应有的效果。

（4）内容和形式具有合法性。刑事诉讼主张从内容到形式，都应当符合法律的规定。刑事诉讼程序是由立法编制的规范化的诉讼运作过程，刑事诉讼主张从提出、展开到论证等，每一步都必须按程序进行，而且在表达方式、方法上也要符合法律的程式化规范，这是程序法治的要求。另一方面，虽然诉讼主张具有一定的主观色彩和自由意志性，诉讼主体可以根据具体情况设定并提出自己的要求、意见等，但这些意见、要求、观点、看法等都不能违背法律，不能违反法律所保护的公序良俗。如自诉人不能要求被告人在法庭上磕头、下跪以示悔罪；公安机关不能要求检察院非提起公诉不可。

（二）刑事诉讼主张的分类

1. 控诉主张、辩护主张和裁判主张

这是依据刑事诉讼三大基本职能而作的分类。

控诉主张。控诉主张是在刑事诉讼中承担控诉职能的一方所持的基本观点、意见和要求，具有明确的追诉意图和利益保护倾向，是刑事诉讼程序启动的根据。在刑事诉讼中承担控诉职能的机关和个人，因诉讼程序不同而有区别，同时，它们的诉讼主张也因诉讼程序不同而不同。

一审程序中的控诉者，在公诉案件中包括侦查机关、公诉机关和刑事被害人；在自诉案件中就是自诉人及其法定代理人。控诉的主张都是认为被告人犯有罪行，要求追究其刑事责任。一审公诉案件的控诉主张，萌生于立案侦查阶段，由于怀疑有犯罪而展开侦查；形成于审查起诉阶段，通过对侦查结果的审查和法律的分析而得出结论；正式提起是以起诉书递交法院为标志，起诉是对一审庭审程序的启动。所以，控诉主张成为贯穿整个审前程序和一审程序的一根主线。救济审程序中情况相对复杂。救济审程序启动的理由通常是原裁判可能存在错误，法庭审理的对象也就是原审裁判，因而，救济审程序中的控诉方已经不再是一审程序中犯罪的追诉者，而应当是原审裁判的利害关系人，是救济审程序上的原告，如上诉、抗诉者。① 控方的主张基本相同，即认为原审法院的裁判有错误或可能有错误，要求重新审理予以审查、纠正。

辩护主张。辩护主张与控诉主张相对，是刑事诉讼中的被告一方针对控方指控而提出的意见、要求和基本观点。在被告人有权获得辩护原则进入各国宪法以来，刑事被告人正是通过提出主张、声张权利、极力争辩的方式显示其诉讼的主体性。所以，广义上的辩护主张应是辩护方所发表的诉讼意见、要求和观点，是被告人作为刑事诉讼一方当事人所发出的声音，无论其主张的内容是承认或反驳指控。而在狭义上，辩护主张就是辩护方反驳指控的抗辩性意见、要求和观点。本文对辩护主张的研究是采其广义，因为辩护方承认指控的情况经常存在，如果理论研究将这一部分内容排除于辩护主张的范围，那么，在由控、辩、审三方构成的刑事诉讼中，被告人的自认行为应如何归类？如果自认行为既不属于控诉，也不属于辩护，那又属于什么诉讼行为呢？在诉讼理论中将其归位，是我们的责任。广义的辩护主张还包括一审程序和救济审程序中的

---

① 现行刑事诉讼在救济审程序中普遍存在诉讼主体错位的现象，这里不再赘述，请参阅梁玉霞《论刑事诉讼方式的正当性》，中国法制出版社 2002 年版，第 4 章第 5 节"刑事救济审主体——行为的错位及其矫正"。

辩护主张。前者是由刑事被告人及其辩护人提出的，内容可能有四种情况：承认指控；否认指控；部分承认、部分否认指控；提出新的意见和观点反驳指控。后者是由程序意义的被告人即原审法院提出的，是为其所作裁判的正确性作出的辩护。①

裁判主张。一般认为，诉讼主张只出自于利益争执双方，法院是中立的裁判者，不应也不能有自己独立的主张。但从刑事诉讼自身的规律来看，这种观念有待更新。裁判主张，顾名思义就是审判案件的法官、陪审团，通过判决或裁定所表达的对案件的看法、意见或观点，是对控、辩双方诉讼主张所给予的评判和意见反馈。裁判主张包含于刑事裁判之中，是刑事审判终结的标志。

对于刑事冲突的解决来说，裁判主张才是决定性的，是对控诉主张和辩护主张进行权衡之后得出的结论，控诉主张和辩护主张都只是裁判主张形成的铺垫，是裁判者决策时的参考。法庭审判的特性决定了控诉主张或辩护主张只有被全部或者部分地吸纳进裁判主张之中，变成裁判者自己的观点，它才能完成从起点到终点的重合。所以，刑事诉讼若仍然走"裁判者无主张"的老路，仅仅关注控诉主张和辩护主张而忽视裁判主张，这就是地道的本末倒置。

法院不仅有裁判主张，而且也要对其主张予以证明。从英美法官洋洋万言的判决书，到我国裁判文书的改革，都显示出一个共同的理念：裁判者必须要对自己的判决说明理由，要解释为什么作出这样的判决而不是那样的判决。对这种解释和说明，更多的人是从自由心证、自由裁量权从无限到规制的角度给以解读，认为心证公开是防止司法专横、确保诉讼公正的精巧装置。实际上，无论在审判技术层面，还是在思维逻辑层面，阐释裁判理由都是法院审判与生俱来的一部分，是其应尽的裁判方面的义务，就如同控、辩双方各自证明自己的主张一样，法院对自己的裁判主张也必须予以证明。② 裁判主张是命题，理由是根据，这两部分是任何一个裁判者都不能回避的内容。如果裁判理由不充分，理由不能合理地证明裁判主张，那么，法院的这个判决就是不成功的，就可能引起新的讼争。可以说，在"主张"和"证明"的亘古命题面前，法院

---

① 梁玉霞：《论刑事诉讼方式的正当性》，中国法制出版社 2002 年版，第 4 章第 5 节。近来出现的一个可喜的现象是，最高人民法院已开始改变"法院不能成为被告"的观念和历史。在最高人民法院审判委员会第 1315 次会议通过的《关于审理人民法院国家赔偿确认案件若干问题的规定》中，不仅将法院视为当事人，而且规定，在确认人民法院司法行为违法案件的审判中，适用举证责任倒置原则，即作出原司法行为的人民法院承担举证责任。刑事救济审程序与赔偿确认程序的原理相同。

② 2004 年 10 月 1 日施行的最高人民法院《关于审理人民法院国家赔偿确认案件若干问题的规定》中，明确要求"原作出司法行为的人民法院有义务对其行为的合法性作出说明"。这也是一个很好的例证。

从来都不是旁观者。

　　2. 积极主张和消极主张

　　积极主张和消极主张是就诉讼主张的态度或倾向而言的。积极主张具有先在性、主动性和独立性，如检察机关指控被告人犯有走私罪，那么，这个控罪主张就是先提出来的，是主动攻击性的，又是独立于其他主张的，在诉讼态度上呈现积极的倾向。消极主张则具有被动性、滞后性和依附性，如被告人承认犯有走私罪的主张就属于此，是顺着积极主张而不得不为之的一种主张。一般地说，控诉主张多是积极的，具有发动程序、主动进攻的特点。辩护主张则可分为两类：承认指控的主张为消极主张，因为是对指控的附和、依附，具有消极被动性；否认指控的主张则是积极主张，如辩护方说被告人没有到过犯罪现场，是相悖于控诉主张而提出的一种新的主张，也具有独立性、先在性和主动性。法院的裁判主张一般应是消极的。法院裁判案件要以控、辩两方的主张为前提和依据。司法的被动性和法院的中立性决定了法院的裁判主张不可以是积极的，否则就可能构成突袭裁判。

　　3. 肯定主张和否定主张

　　根据诉讼主体对所主张的事项是持肯定态度还是否定态度，可以将诉讼主张划分为肯定主张和否定主张。前者如公诉人说：被告人是间谍；后者如被告人说：我不是间谍。在刑事诉讼中，肯定主张与否定主张具有特定事项的对应性，也就是说，是以特定的主张事项为评介标准的。就某一事项，一方肯定，另一方否定，这符合诉讼对抗的心理特征和程序机制。肯定、否定主张与积极、消极主张的分类互有交叉。在不同语境中使用肯定、否定主张或积极、消极主张，既有助于我们准确认识和把握各刑事诉讼主体诉讼主张的核心，也可帮助我们分析各相关主张在举证责任、证明标准方面的差异。

　　4. 实体主张和程序主张

　　刑事诉讼是一个实体与程序混合运动的过程。实体与程序的划分，从来都是以刑法、刑事诉讼法所规范的基本问题为依据的。所谓实体主张就是直接以罪与罚为指向的主张。程序主张是指以程序事项为指向，间接涉及罪与罚的主张。一般来说，上诉、抗诉、申诉等救济审程序中的诉讼主张，都属于程序主张。因为这些主张首先针对的是原审裁判，认为原审裁判有错误要求法院重新审判予以纠正，涉及的主要是程序问题，实体上的罪与罚是被遮蔽在程序之下的，只有在解决程序争议的情况下，才会考虑罪与罚的变更与否。

　　5. 事实主张和法律主张

　　以内容主要涉及事实还是主要涉及法律为标准，可以把诉讼主张分为事实主张和法律主张。罗森贝格在《证明责任论》一书中即提到了事实主张与法律主张的概念。① 事实主张主要关注的是事实、证据问题，法律主张则侧重于对法律的理解与适用。事实主张和法律主张的分类本身就意味着，刑事诉讼证明需要关注的焦点，并不仅仅只是事实，法律也是不可忽略的重要内容。我国刑事诉讼理论一直认为，刑事诉讼要证明的对象就是事实，从而将法律排除在刑事证明之外。

6. 单一主张与复合主张

按照诉因的个数，可以将刑事诉讼中的主张分为单一主张与复合主张两种。一个诉因产生一个诉讼主张，多个诉因就会有多个诉讼主张。在同一个刑事诉讼中，有时只有一个诉因，一个主张；有时会有多个诉因，多个主张，因而出现复合主张。识别单一主张或复合主张的意义就在于，可以防止将两个或多个诉讼主张相混淆、相缠绕。

（三）诉讼主张的意义

研究诉讼主张的意义在于，首先，为控辩双方的诉讼活动提供实质性的理论指导，增强诉讼的理性化程度，提高诉讼的实效性。从根本上讲，诉讼就是控辩双方诉讼主张的较量。当事双方如何设定其诉讼主张、怎样表达其主张并保证其主张的实现，绝非一蹴而就之事，需要经过慎重的考虑和技术性操作。其次，为法院裁判设定前提和范围，防止裁判权对控辩双方主张的藐视进而构成对当事人合法权益的侵害，保证公正审判所需要的程序内当事人对审判权的有效监督和制约。裁判权具有消极、被动性，它的正确行使，离不开诉讼主张作依据。诉讼主张是诉讼程序启动与运行的杠杆，它规制法院审判的对象和范围，法院的审判应当依据诉讼主张并在诉讼主张所及的范围内活动。再次，促使法院与控辩双方的诉讼沟通与互助，推进诉讼的民主、高效、和谐与文明。控辩双方通过诉讼主张对裁判施加影响，法院通过对诉讼主张的关注解决纠纷，是每一种诉讼的应然状态，但在历史的演进中，却因受到多种外力的影响而出现扭曲。强调审判者与控辩双方的互动、互助，应成为现代诉讼的基本精神。最后，丰富诉讼法学理论，开拓诉讼证据理论研究的新视野。正如王敏远教授所说："我们期待证据法学的转变，因为，学界不应在无谓的问题上再花费大量的精力，而应将研究转向那些真正有意义的问题。我们期待证据法学的转变，因为，对证据法学的研究不应再采用传统的方法，而应使我们的研究方法具有科学性。"② 本文试图改变刑事证明的陈旧说教和僵化模式，建立一种

---

① ［德］莱奥·罗森贝格著，庄敬华译：《证明责任论》，中国法制出版社 2002 年版，第 53 页。

② 王敏远主编：《公法》（第四卷），法律出版社 2003 年版，第 486 页。

符合诉讼规律和时代精神的刑事证明理论。

（四）刑事诉讼主张的结构

1. 三重构建：实体、程序与形式

（1）实体。刑事诉讼主张中的实体部分，通常也就是基于犯罪与刑罚而产生的诉讼的实体法律利益，是控、辩双方诉求、争执的权益本身，同时也是法院裁判的根本内容。刑事诉讼是因犯罪而引起，犯罪历来被认为是对国家和社会或对公民个人造成严重损害的行为，在多数情况下，危害都是实际发生了的，因此，国家或者被害人就会向法院提起控罪诉讼，要求追究被告人的刑事责任，以维护国家和社会公共利益以及被害人的个人利益。控、辩双方追求的实体利益不同，决定着诉讼的不同性质和类别。如民事诉讼与刑事诉讼在根本上就是诉讼中的实体问题不同。实体法律利益是诉讼各方进行刑事诉讼的内在动因，决定诉讼的进程、走向和最终结果。

（2）程序。程序是刑事诉讼主张形成、提出、证明与实现的过程。尽管实体法律利益是诉讼主张存在的基本理由，是贯穿于刑事诉讼过程始终的一根红线，但任何实体利益在程序上都只能归结为诉讼主张，都需要依托诉讼主张这一程序"匣子"而在诉讼程序中立足、运行。实体法律利益是潜伏于诉讼主张的底层的，犹如一只看不见的手，在无形中操纵着诉讼程序的运行，但是，它却不能直接浮现于诉讼程序的表面，不能脱离诉讼程序而独立存在和发挥作用。如在发现犯罪的情况下，国家不能直接将犯罪者投入监狱或者处决了事，只能将这种欲求化为诉讼主张通过刑事诉讼程序加以实现，这是文明社会刑事司法的基本规则。

刑事诉讼主张的形成、提出、证明和实现的过程也就是整个刑事诉讼的过程。在这个过程中，控、辩双方实体利益追求能否实现以及实现的程度，取决于其诉讼主张能否成立，能否被法院所采纳、所支持以及支持的程度。按照刑事诉讼法规定的程序恰当地设定并提出诉讼主张，采取合法的手段收集证据，积极证明自己的诉讼主张，就是刑事诉讼控、辩双方制胜的关键。在刑事诉讼领域中，是程序推动着实体目标的实现，是先满足了程序利益之后才会有实体利益的满足，因为实体位于程序的下位。无论诉讼的哪一方，要想胜诉，就必须首先获得程序利益的满足，在没有获得程序利益的情况下就不可能直接获得实体利益，可以说，是程序决定着实体的走向和命运。

（3）形式。刑事诉讼主张的第三个层面就是通过一定的方式将其准确地予以表达，可以称之为表达形式。诉讼主张是诉讼主体对诉讼的意见、看法和要求，是思维和认识范畴的东西，必须通过一定的方式表达，才能为诉讼中的其他主体所知晓和了解。各诉讼主体准确地表达其主张就不仅为诉讼所必需，而且也是各方争取诉讼主张被他方认同和接纳所应当具备的条件。

但从检察机关或自诉人向法院提起诉讼开始，控方就要在起诉书中明确指控的罪名、要求和理由，法院会将起诉书副本送达被告人，并要了解被告方的答辩。起诉书和答辩状中都会简洁明确地陈述控、辩双方的诉讼主张。在英国、美国和意大利，如果被告人在审前自愿地承认控方指控的犯罪，检察官就可撤销指控，或者由法官以低于法定刑的量刑幅度直接判处被告人刑罚。在开庭审判的情况下，控、辩双方都要在法庭上全面、准确地阐明各自的主张并要展开辩论。控方的公诉意见、法庭辩论或总结陈词就是表达其诉讼主张的形式；相应的，辩护方的辩护主张就是通过辩护意见、法庭辩论、总结陈词和被告人的最后陈述加以表达的。法官通过裁判文书，记载和表达其关于诉讼的观点和裁判结果。救济审程序中的上诉状、抗诉书、申诉书、法庭陈词、法官的裁判文书等，都是诉讼主张的表达形式。

2. 内容结构：事实与法律

事实和法律如影随形构成了刑事诉讼主张的基本内容。在一个诉讼主张中尽管会有事实或法律上的偏向，但不会只有事实没有法律，也不会只有法律没有事实。正是在此恒定的基础上才产生了中国刑事诉讼"以事实为根据，以法律为准绳"的原则。①

（1）事实。事实即案件事实。凸显刑事诉讼主张并不是要抛弃案件事实，案件事实过去是、现在仍然是任何刑事诉讼主张都不可或缺的基本内容。案件事实有实体事实和程序事实两类。实体事实是指与刑法中定罪量刑有关的事实。具体包括：有关犯罪构成要件的事实；关于犯罪嫌疑人、被告人身份的事实；有关量刑情节轻重的事实；排除行为的违法性、可罚性和行为人刑事责任的事实。这些事实是控、辩、审各方在其诉讼主张中都会有选择地使用的事实。程序事实是各诉讼主体在其主张中使用或争执的程序性事项。如关于案件管辖的事实，回避的事实，采用强制措施的事实，搜查、扣押的事实，判决、裁定的事实等，刑事诉讼的每一步都是客观存在的事实，都可能进入诉讼主张之中；并且程序的每一步怎样走是可以选择的，有选择就可能有争议。

（2）法律。刑事诉讼主张是具有法律意义的主张，依据法律而提出并会产生法律效果，因此，法律是其天然的支架。法律在这里是指能够成为刑事诉讼有效依据的一切实体法和程序法，主要包括现行刑法、刑事诉讼法及其修正

---

① 当下学术界流行的"法律事实"概念，也是在认识到事实和法律之间密切关系基础上产生的。

案或补充规定，有关刑法、刑事诉讼法的各种有效的立法、司法解释等。

诉讼主张中的事实和法律，犹如手心与手背的关系，有区别但不能分离。现实社会发生的各种事件本身是一种客观实在，它们的存在既不受人们主观意志的约束，当然也不受法律的左右，但是，诉讼主张中的事实却是在法律精神的指引下对社会事实的筛选，因为并不是对社会上发生的一切事件侦查机关都要立案侦查，而只是对那些可能违反刑法构成犯罪的事件才予以追究的。刑事诉讼中的立案、侦查、起诉、审判和执行等，都是在法律的映衬下，对诉讼主体所主张的事实的发现、认定并进而对在此基础上的冲突的解决。在刑事诉讼中，法律是事实运行的路标，事实构成法律适用的前提条件。

3. 程序结构：单体与整合

刑事诉讼是一个包含了多个程序阶段的连续的过程，在这个过程中，参与其中的各诉讼主体的意见、观点和要求既有方向性、原则性的，也有阶段性、具体性的，而且，原则性的主张是通过具体性主张来体现的，并要靠具体性的主张来充实和逐步实现。这就是说，诉讼主张在总的方面看，每一方主体在一个审判周期内通常只有一个，但这个主张是通过许多阶段性、程序性主张汇集和组合而成的。若仅仅谈这样一个主张是很空泛的，我们必须看到诉讼主体为形成和实现这个主张所付出的努力，要关注诉讼过程本身以及具体的诉讼意见和要求，这样的研究才是实在的和有意义的。对于辩护方来说，在整个审前程序是没有机会提出一个正式的辩护主张的，只是到了审判阶段，才能向法院提交完整的答辩意见，如果我们仅仅关注一个基本的正式的主张，就必然会忽略审前程序中嫌疑人的权利及其保障问题。

当国家认为发生了犯罪并且需要追究刑事责任时，它就确定了一个追诉犯罪的基本方向，这是其诉讼主张的主干与核心。与此相适应，侦查机关就要立案、侦查，以查明是谁实施的犯罪，怎样实施的犯罪等。审查起诉阶段，检察机关在认识上是以"可能需要起诉"开始，到"需要起诉"或"不能起诉"终结；对决定提起公诉的案件，才会提出最全面完整的诉讼主张。

面对追诉程序的发动，辩护方的主张在倾向上就是反驳不实的、错误的指控，维护嫌疑人或被告人的合法权益。在具体的方面，其主张可以表现为：提出管辖异议，提出无罪或罪轻的辩解，在嫌疑人或被告人被羁押的情况下申请取保候审，要求请律师，申请办案人员回避，申请调取有利于己的证据，申请重新鉴定、勘验或检查，申请通知新的证人到庭，要求排除非法证据，在法庭上发表辩护意见反驳指控，对裁判提出上诉、申诉，在二审或再审程序中发表辩护意见，申请减刑、假释或保外就医，对侵害其合法权益的行为提出控告等。事实上，不管嫌疑人、被告人是否承认犯罪，与其人身权利、财产权利和最终的命运直接相关的程序性主张都会多少不等地逐渐提出。

根据单体与整合的关系模式，我们可以将诉讼过程中出现的同一主体前后矛盾的主张给予兼收并蓄的考虑。因为人的思维不是直线型运动，诉讼主体对于诉讼的态度、观点也不可能自始不变，如犯罪嫌疑人开始拒不承认实施了犯罪行为，但随着侦查的深入，面对大量的事实证据，就不得不老实供认罪行，这就使诉讼主张的内容发生了转折性变化；再如，侦查机关开始以盗窃罪立案，后来发现是入室抢劫，就以抢劫罪移送起诉，这也是追诉主张的变更。若将每一方诉讼主体的所有观点、意见和要求放在一起进行整合，我们可以很清楚地排除矛盾，看出这种变化以及发展的方向，分清主次。

4. 结果指向：罪与罚

刑事诉讼在其程序的背后潜存着的始终是关于犯罪与刑罚的问题。从立案、侦查、起诉到一审法院的裁判过程，我们可以清楚地看到罪与罚问题如一根红线贯穿始终，全部刑事诉讼活动在实质上就是指向犯罪与刑罚。侦查机关、检察机关或自诉人在实体上是追求查明和认定犯罪，给被告人以刑罚处罚，以维护国家和社会的公共利益或自诉人的个人利益，实现社会正义；犯罪嫌疑人或被告人及其辩护人等是倾向于作无罪或罪轻、减轻或免除处罚的辩护，以维护嫌疑人、被告人的合法权益；最后法院对被告人的罪与罚问题作出裁判，可能判决被告人构成犯罪并判处刑罚或免予刑罚处罚，也可能判处被告人不构成犯罪或不应负刑事责任。控、辩双方的诉讼主张中都对罪与罚问题提出自己的观点、看法和要求，法院用裁判对罪与罚问题作出终局认定。裁判的执行程序就是直接将关于犯罪与刑罚的判决付诸实施的程序，和罪与罚更是密切相关。即使在因上诉、抗诉或申诉等而引起二审程序、审判监督程序或死刑复核程序的情况下，罪与罚问题仍然是诉讼各方追逐的实体目标，只是这一追求被掩隐在程序目的之下，通过程序目的的实现才能得到实现。

强调程序独立与尊重刑事诉讼的实体追求从来都不是矛盾的。犯罪与刑罚问题过去是、现在是、将来仍然是刑事诉讼主体追求的实体结果，离开了这一点，刑事诉讼就不复存在。但是，对实体的尊重任何时候都不能以牺牲程序为代价，正如有了刑法不等于就要废除刑事诉讼法一样。传统刑事诉讼法学，看到刑事诉讼的实体追求就将其视做刑事诉讼的目的、任务，完全忽略了诉讼程序自身的追求，影响了程序法学科学的建构。另一方面，程序独立并不意味着对刑事诉讼实体追求的否定，我们任何时候都不可忽视刑事诉讼主张中对罪与罚这种诉讼实体结果的追逐，否则，就会在许多方面犯错误。

二、刑事诉讼核心：从事实到诉讼主张

（一）刑事诉讼中的"事实论"及其误区

"事实论"在我国刑事诉讼中一直居于主导地位，在刑事诉讼中的表现主要为两个方面：（1）认为刑事证明的对象是案件事实。"诉讼中的证明对象是指案件中必须由司法机关或当事人依法运用证据予以证明的案件事实。"①从我这代学者进入大学时起到现在，经过了 20 多年，这一看法仍在相关的教科书中通行，争议只在于对案件事实范围的理解。对作为证明对象的案件事实的解释，传统上有三种观点：第一种认为是实体法事实；第二种认为是实体法事实与程序法事实；第三种认为是实体法事实、程序法事实与证据事实。无论哪种观点都一致认为，刑事诉讼中的待证事项就是一种事实，是案件事实。所谓案件事实在刑事领域就是指，犯罪案件发生的实际状况和诉讼程序涉及的事实，本身都是先已形成尔后再被意识的客观现象，"是不依赖于公安司法人员的意志而存在的客观事实，公安司法人员只可能认识它、查明它，而不能改变它。"②将案件事实列为证明对象，恰与唯物主义的世界观产生了契合，或者可以反过来说，这是套用唯物主义认知对象的结果。（2）确定刑事证明标准为客观真实。证明标准是指诉讼中对待证事项进行证明所要达到的程度或要求，是判断待证事项是否得到了证实的依据。基于证明对象为事实这一前提，我国刑事诉讼法要求刑事证明必须做到"案件事实清楚，证据确实充分"。案件事实清楚就是要求案件中的实体法事实和程序法事实都必须查证明白。证据确实充分，是要求用于证明案件事实的证据都必须确凿无误，构成证明案件事实的充分根据。事实清楚、证据确实充分，在实质上就是追求案件的客观真实，要用证据再现刑事案件的原始状态，以达到准确地揭露、惩罚犯罪，不冤枉无辜的社会效果。客观真实标准的理论基础是唯物主义认识论的绝对真理观，即认为人类对无限发展着的物质世界的认识能力是无限的，只要人们充分发挥主观能动性，就能够不断接近对客观世界的完全认识，就没有不能发现的奥秘。

社会情势到今天已发生了巨大的变化，"事实论"的局限性或者说误区正逐渐暴露出来。依笔者浅见，其误区主要有四个方面：

---

① 法学教材编辑部《证据学》编写组：《证据学》（高等学校法学试用教材），群众出版社 1983 年版，第 82 页。

② 陈光中、陈海光、魏晓娜："刑事证据制度与认识论"，载《中国法学》2001 年第 1 期。

（1）认识论上陷入迷茫。20世纪90年代中期以来，首先是刑事证明的"客观真实"标准受到了广泛质疑，"法律真实"说与"相对真实"说出现并与"客观真实"说展开了激烈的论战。在此前提下，就自然引出了对"案件事实"的怀疑。有学者主张，必须对诉讼领域中的"事实"作出重新认识。在严格的法律形式主义限制下，裁判者所认定的事实显然不等于社会或经验层面上的"客观事实"，而只能是法律上的事实。实际上，"客观事实"的完全发现既是不可能的，有时也是不必要的。[①]

有关客观真实与法律真实、相对真实的争论，肇始于"事实论"本身，也就是说，只要刑事诉讼以"事实"为证明对象，这样的争执就不可避免。而这场争论除非是用立法作强制性选择，否则，在理论层面注定是难分胜负、难有结果的，因为它"似乎已经将话语从法学语境中移开，卷入了一场自哲学诞生以来至今尚无明确结论的无休止的纷争之中"，也即绝对真理与相对真理的永恒思辨之中。[②] 案件事实先于诉讼而发生，刑事证明能否完全再现案件的客观真实情况，在很大程度上取决于一种信念或价值取向。客观真实、法律真实与相对真实的争论，正反映了诉讼价值选择的冲突，而祸根正是不切实际地将案件事实作为刑事证明的内容或指向。对于司法实践而言，认识论上的迷茫极有可能引起价值观或方法论上的混乱，这或许可构成我们尽快走出误区的一个重要理由。

（2）逻辑上产生混乱。刑事证明的事实命题与控、辩、审各方进行诉讼的目的不相吻合。诉讼是人类创制的一种争端解决方式，刑事诉讼是调适国家与其社会成员之间发生的严重的利益冲突的手段，控、辩、审各方进行刑事诉讼的共同目的仍然是解决争端。在争端解决过程中，通过一些证据对案件事实给予揭示或确认是必要的，但"这种对事实的揭示只是为争端的解决，提供一定的事实基础和依据，创造一定的条件，而不是诉讼的最终目的。裁判者就争端的解决所作的裁判结论，并不一定非得建立在客观真实的基础上不可"。[③] 反过来说，诉讼中查清了案件事实，也不一定就能化解刑事冲突。

将案件事实作为刑事证明的全部内容，首先是犯了逻辑上的诸多错误。包括：①命题不当，将论据当成命题，以手段取代目的。查清案件事实只是消解刑事冲突的一种方法或手段，是证明刑事冲突存在及其过程的根据，而不是要

---

①　陈瑞华："从认识论走向价值论"，载《法学》2001年第1期；樊崇义："客观真实管见"，载《中国法学》2000年第1期。

②　李力、韩德明："解释论、语用学和法律事实的合理性标准"，载《法学研究》2002年第5期。

③　陈瑞华："从认识论走向价值论"，载《法学》2001年第1期。

证明的诉讼命题本身。将案件事实作为证明的命题，只会误导人们纠缠于事实细节而忽略消解冲突本身，扭曲诉讼的社会功能；②种属概念混淆。因为在诉讼证明中，案件事实作为一种手段事项或者论据，显然是从属于证明对象的，是证明对象之下的一个概念，将案件事实直接当做证明对象，就是种属概念的混淆；③以偏赅全，在刑事诉讼待证事项中，案件事实虽占有重要的分量，但它毕竟只是部分而非全部，若将其视为唯一的证明内容，就是以偏赅全。

其次是遮蔽了刑事诉讼争议本身。诉讼争议有事实争议，也有非事实争议，如果控、辩、审三方不加区别地均将视线凝聚于案件事实，甚至纠缠于事实细节，就必然会忽视诉讼争议本身，忽视争议各方的诉讼权益和正当要求，最终不仅无助于冲突的解决，还会造成时间和精力的浪费。

（3）法律遭到贬抑。由于"事实说"的误导，刑事证明中没有给法律留下空间。在唯物论的视野里，事实即"事情的真实情况"①，是原本存在的、不以人的意志为转移的客观状态。诉讼话语中的事实，传统上保留了这一初始含义，用以特指案件发生、发展与终结的全过程和与此相关的各种客观情况。"以事实为依据，以法律为准绳"的原则，就是建立在事实与法律二分法的概念体系之上的。这就是说，在我国，"案件事实"概念中是不包括法律内容的，它仅是一种客观事实的表述。

诉讼证明如果排除了法律，就不能称为诉讼证明；刑事诉讼证明如果排除了刑法、刑事诉讼法，也不能称为刑事诉讼证明。抛开法律去证明所谓的"案件事实"，是令人难以想象的。但若用"法律事实"替代"案件事实"，将法律事实视做刑事证明的对象，② 则也同样未能跳出证明对象就是"事实"这样的窠臼，问题也是显而易见的。一方面，这种提法违反了我国事实与法律二分的习惯；另一方面，法律事实虽然是指法律规定的那些事实，但其本身是不包含法律适用的，换句话说，法律适用不是事实。如张某故意将高某打成植物人，是该认定为故意杀人还是故意伤害？这是个法律适用问题而不是事实问题，因为事实是一定的，即张某将高某故意打成了植物人，需要解决的只是适用什么法律条文的问题。若将法律事实视为刑事证明对象，依然是将法律适用排除在外的，而且还会引起法律事实和法律适用概念上的混淆。

（4）程序上出现缺位。作为一种客观实在的案件事实，在刑事诉讼中缺乏程序概念载体。任何学科都由特定的概念体系构建而成。如化学家眼中的地球是化学元素，而地质学家眼中的地球是岩石、土壤与水。"案件事实"在刑

---

① 《现代汉语词典》商务印书馆 1983 年版，第 1052 页。

② 陈瑞华、樊崇义文。

法学中是以"犯罪构成"为载体的，在诉讼法学中却没有特定的概念做媒介。缺少这种媒介，"案件事实"就只是一个非讼性质的概念。以此概念为诉讼证明的核心，问题就是显而易见的：第一，在同以案件事实为证明对象的刑事诉讼中，为什么控辩双方举证证明的案件事实会有不同？第二，在同以案件事实作为证明对象时，将侦查程序和审判程序分阶段设置还有无必要？第三，假如第一审程序和救济性审判程序也都是以"案件事实"为证明对象的话，这些审判程序是否有叠床架屋、重复低效之嫌？

（二）刑事证明的对象——诉讼主张

"事实论"为刑事诉讼确立了一个非诉性质的外在证明客体，使得诉讼证明违背诉讼自身的规律和客观需要，起点与终点无缘重合。实际上，无论刑事、民事还是行政诉讼，需要证明的内容都只是诉讼主张而不是其他，也就是说，诉讼主体都是为了说明自己的诉讼主张才进行证明的，证明的对象都只是其诉讼主张。证明的目的在于追求诉讼主张的成立，意图使证明所指向的主体能够相信并接受其主张。

诉讼主张就是承载案件事实的程序"匣子"，反过来说，案件事实在诉讼中是被放置于诉讼主张之中的，依附于诉讼主张并成为证明诉讼主张的重要根据。没有任何一个诉讼主体会舍弃其主张而去作无谓的事实证明。此种观点与其说是一种新的建树，毋宁说是对诉讼客观规律的发现和揭示，是对诉讼证明本真的回归。

诉讼主张成为刑事证明对象的依据在于：

1. 是解纷机制的内在要求

"犯罪是社会冲突的特殊表现，是以个人或者组织对国家的反抗、对统治者权威的损害和社会秩序的破坏为本质特征的。在法治社会，犯罪集中表现为对凝聚着国家意志的法律的蔑视和违抗。"[①] 人类自进入公力救济时代，对犯罪案件的处理就是借助于一套特殊的程序即刑事诉讼程序来完成的，所以，刑事诉讼程序在实质上就是一种解纷机制。

诉讼主张中蕴涵了冲突双方各自的意见、要求、对犯罪的不同看法等内容，对于承担裁判职责的法官来讲，正是通过控辩双方的诉讼主张及其证明活动，来了解刑事冲突的具体内容和争议焦点，进而有的放矢地解决争端的。不了解控辩双方的冲突和争执，就不可能有效地解决之。法院的裁判结果如果不能做到恰如其分，或者其裁判理由不能够支撑起裁判结论而让控辩双方信服的

---

① 梁玉霞：《论刑事诉讼方式的正当性》，中国法制出版社 2002 年版，第 53 页。

话，刑事争议将会以新的方式进入下一个程序或者在诉讼之外徘徊。所以，以诉讼主张为证明对象，是解纷机制的内在要求，也应当是刑事诉讼的必然选择。

2. 体现了诉讼民主的价值选择

诉讼民主的实质是诉讼人本主义，以对诉讼主体的尊重、对诉讼主体权益的重视和保障为精神导向，以诉讼程序的公正、公开、文明为显著标志。近代以来，刑事诉讼的民主性主要表现在三个方面：（1）追求诉讼公正和效率；（2）实行诉讼公开和参与；（3）强调诉讼手段的文明。如果说此三个方面是从程序上确保诉讼民主实现的话，那么，将诉讼主张作为刑事证明对象，就是在实质上体现了对诉讼民主的价值选择，是充分尊重参诉各方的主体性，发挥参诉各方诉讼能动性的根本体现，与民主的程序与规则形成内外的相互照应，共同显示出刑事诉讼的人文情怀。

以诉讼主张为刑事证明对象，意味着对参与诉讼各方主体的诉讼意见、要求和进行诉讼的目的的重视，是对诉讼主体利益和权利最根本的尊重。辩护原则、辩论原则、裁判中立原则、法律援助制度、对抗式审判程序的设置等，都在于给控辩双方提供平等的诉讼条件和机会，解决的是诉讼主体进行刑事诉讼的环境问题，如保障诉讼主体尤其是犯罪嫌疑人、被告人，能够以人的姿态，以健全的人格进行诉讼。但是，环境不等于冲突解决本身，诉讼环境再好也不能化解冲突，就如同工厂环境优美不等于就有好的产品一样。刑事冲突的解决在根本上取决于对控辩双方意见和要求的重视和调适，尽管正当程序在这一过程中是不可缺少的，但却不是最重要的。

3. 可避开事实发现中的非确定性

"事实论"者将案件事实视为刑事证明对象，并一直致力于发现案件的"客观真实"，只是有人在发现这种盲目的理想主义难以实现的情况下，才退而求其次，提出了"法律真实"目标——这是一个 1 + 1 无法等于 2 的目标，因为真实 + 法律并不等于法律真实。应当说，事实是客观的、确定的，这是任何一个唯物主义者都确信无疑的真理，但是，我们同样不可否认的是，对事实的发现是要受到许多主观的或客观的条件限制的，由于这种限制，我们发现的"是"就不一定是真"是"，发现的"非"也不一定是真"非"。这种事实发现中的非确定性是"事实论"自身无法治愈的创伤。

在刑事诉讼中，影响事实发现的因素主要有：时间的不可逆性，诉讼的时限性，事实痕迹的可变性，法律程序的强制性等。以诉讼主张为刑事证明的对象，即可避开事实发现的不确定性和由此给刑事证明带来的困难。因为相对于事实发现的不确定性，诉讼主体对于诉讼的主张却是确定的、可把握的。如被告人说"我没有犯罪"，并且在诉讼中始终不承认犯罪，被告人的主张就是很明确的。假如被告方能够有效地反驳有罪指控，如提出不在犯罪现场的证明等，法官或陪审团就可能判决被告人无罪，而不管被告人在事实上是否实施了犯罪。相反，如果被告方提不出无罪的证据推翻指控，在控方有罪主张能够成立的情况下，被告人就可能被判决有罪。对于有限期的刑事诉讼来讲，证明案件事实在许多时候无异于一种奢望，相比之下，证明诉讼主张就要现实和容易得多。

4. 从教条到经验：法律需要论证

对诉讼主张的证明就必然会涉及对法律的理解与运用，只有获得法律上的根据、能够得到法律的支持，诉讼主张才可能得到司法的认同与接受。所以，将诉讼主张列为刑事证明的对象，法律就可显现于刑事证明中，获得其应有的地位，与此相应，刑事证明也就因此而能获得司法特征或法律属性。可以说，诉讼主张是法律进入刑事证明范围的媒介。

20 世纪以来，越来越多的人对法律的确定性产生了怀疑，意识到法律从规则条文到社会实践之间，具有一个转折的过程，是需要解释与论证的。德沃金认为："法律是一种阐释性的概念。"[①] 法律之所以需要解释，在根本上是因为"法律不可能通过强调用语的规范严格达到准确的表达，因为语言本身具有'开放'的特性，它会因语境的不同而出现歧义和模糊"[②]；同时，相同的法律条文对于不同的人也会有不同的意义，因为知识、法律素养、经验等的不同会带来人们感应能力的差异；此外，法律条文也会存在一些漏洞或矛盾。在刑事诉讼中，控辩审三方由于诉讼立场、所涉及的利益以及诉讼目的预期等存在差异，因而，对法律的理解和适用也会有重要区别。刑事诉讼的控辩双方如果不甘愿成为法官专权的奴仆，我们的民众如果不甘愿做法律名义下的冤魂，那么，就必须认真对待法律，就如同对待自己的权利。

5. 是科学构建刑事诉讼程序的需要

可以说，将诉讼主张纳入到刑事诉讼中作为证明的对象，是刑事诉讼实现全面程序化的关键。在以查清事实为核心的刑事诉讼中，程序的外表包裹着的是实体的内容，程序受制于实体，受实体决定，程序的独立始终只是一种似是而非的想法。刑事诉讼全面程序化的实现，必须依赖诉讼主张在刑事程序中居于核心地位，诉讼主张要成为刑事证明的对象，从而取代"事实"对象。转换刑事证明对象就是改变刑事诉讼的内芯，将其进行程序化改造，从而实现诉

---

① ［美］德沃金著，李常青译：《法律帝国》，中国大百科全书出版社 1996 年版，第 364 页。

② 张志铭：《法律解释操作分析》，中国政法大学出版社 1999 年版，导言第 2 页。

讼目的与内容、诉讼内容与形式、案件事实与法律适用的一致与协调。

（三）诉讼主张对刑事诉讼的规制作用

1. 诉讼主张对刑事诉讼主体的规制

（1）被动审判。在以消解冲突为目的的司法程序中，控、辩双方积极主动地发动诉讼并推进诉讼的进程，法院则消极被动地应对，从而出现主动主张与被动审判的司法权力运作格局。司法审判权的消极性，是现代司法的基本特征。法院审判的被动性直接表现为对控、辩双方诉讼主张的依赖，审判受制于诉讼主张。包括：①不告不理。不告，意味着没有发生纠纷或冲突，或者纠纷或冲突能够自行解决或者通过其他途径得到了调处，毕竟，司法不是万能的。所以，没有告诉，法院就不予审理。刑事控告是法院审判案件的依据和前提，能够称之为刑事控告的，首先在于其具有权利要求或主张，正是这种诉讼请求主张，启动了刑事司法程序和法院的司法判断权。②审判不得超出控、辩主张的范围。就是说，控、辩双方没有主张的人和事，法院不得主动进行审判；控、辩双方主张的人和事，法院不能拒绝审判；控、辩双方主张的是 A，法院不得审判 B。法院的审理和裁断，都必须紧紧围绕控、辩主张的事项而进行，这实际上仍然是不告不理原则的扩展。

（2）作茧自缚。刑事诉讼主张一旦提出，就具有了"作茧自缚"的效应，对主张者自己将产生一种约束作用。不过，这种自我约束作用在不同的诉讼阶段会有所区别。

进入审判程序后，这种约束就最为明显和严格，它之所以如此，主要是因为审判程序是诉讼主体集中正式提出并且证明自己的诉讼主张，对立双方相互进行辩驳的程序，是法院作出司法裁决，决定控、辩双方胜负的关键阶段。诉讼各方的自我约束和克制，既是对司法的尊重，对法律的尊重，是司法审判庄重、严肃的表现，又是追求最佳诉讼效果的内在需要，因为任何一方的出尔反尔，都可能引起相对方有理由的攻击，引起其诉讼主张可信度的降低，最终可能导致其诉讼努力的前功尽弃。因此，在审判阶段，刑事诉讼主体一般都会慎重表达自己的主张并受其约束。法院一旦向控、辩双方宣布了对案件的判决或裁定，则该判决或裁定就具有了非依法定程序不得改变的确定性和强制性，包括作出判决、裁定的法院自己也不能随意将其撤销或更改。因为这种结果是在诉讼各方参与下、努力下而由审判者得出的认识，从程序到实体它都具有对过去的锁定功能。"具体的言行一旦成为程序上的过去，即使可以重新解释，但却不能推翻撤回。经过程序认定的事实关系和法律关系，都被一一贴上封条，成为不可动摇的真正的过去。而起初的预期不确定性也逐渐被吸收消化。一切程序参加者都受自己的陈述与判断的约束。"① 审判程序是连接国家与公民个人之间的纽带，是法院的判决、裁定获得权威性和公信力的形式要件。人们之所以信任法官和陪审团关于案件的认识和判断，而不是在冲突或纠纷发生之后将其随便交于其他人帮助解决，正在于审判具有这种给人以神圣感、信任感的仪式性，在于法官认识和判断所具有的无可置疑的确定性。即使裁判的当事者双方不满意裁判的结果，那就让他们上诉、抗诉或申诉好了，由上级法院去审查、确认或改变吧。如果法院没有这种最起码的自信，谁会相信法官能作出正确的裁判呢？当然，法院若发现自己作出的裁判确有错误，则必须依照法定程序更正，这是法律的特别规定。

在审前程序包括立案、侦查、审查起诉阶段，诉讼主张正在形成中，因而对诉讼主体的自我约束作用在内容上限制较小。这时，对案件享有裁决权的法官尚未介入诉讼，无论是控方还是辩护方，都处在为审判做准备的阶段，由于案件信息量的变化，各自的诉讼主张都还不成熟、不稳定；再者，侦查、检察机关或犯罪嫌疑人对其诉讼主张的表达通常也是单方面的，一般具有告知或信息沟通的性质，如告知逮捕理由，因此，此阶段的诉讼主张在我国并不要求内容上的准确性，可以根据情况的变化而做适当调整。

（3）诱发反驳。控诉方的诉讼请求和意见，对整个刑事诉讼都具有主导性、决定性的作用。这种主导性、决定性当然包括对于辩护方的影响。没有控诉就没有辩护，控诉不成立辩护就没有意义。控诉方的诉讼意见和请求对犯罪嫌疑人或被告人的作用表现在：①进行辩护的诉讼上的根据；②抗辩的对象；③控诉的虚实真假等直接影响辩护的方向和内容。

对于被告方来说，超出控诉方主张的范围进行辩护通常是徒劳无益的。如果公诉人指控被告人挪用公款，而被告人辩解说"我没有放火"，这种辩护就属文不对题，是毫无意义的。但是，在被告方实施的有效辩护中，仍然会有超出指控范围的情形，这被称为积极抗辩或攻击性辩护，主要有反诉、新罪抗辩和无罪抗辩三种情况。如不在犯罪现场的抗辩，就跳出了对案件事实经过、相关证据和法律适用问题的纠缠，直接证明嫌疑人或被告人不在犯罪现场，不可能实施犯罪。

嫌疑人或被告人提出的积极抗辩，很容易使指控出现合理怀疑，因而，控诉方必须进行积极的辩驳。如果消极地不理睬，就无异于对辩护主张的认可。

在法院作出判决或裁定即表明其诉讼态度和观点之后，原有的控、辩双方就都成了裁判的相对方，被置于相同的地位上。在此情况下，法院的裁判本身

---

① 季卫东：《法治秩序的建构》，中国政法大学出版社 1999 年版，第 19 页。

又成为原审控、辩双方共同考量、攻击的诉讼客体。如果对判决或裁定不服，自诉人或辩护方可以提出上诉；公诉方如认为判决、裁定有错误，可以提出抗诉。上诉、抗诉不仅引起上级法院对案件的审判，事实上还将引起诉讼主体角色、地位的转换，如原审法院成为程序意义上的被告，原审控、辩双方或一方成为程序意义上的原告。① 所以，救济审程序与一审程序的并存，充分展现了刑事诉讼中控、辩、审三方的互动关系，而这种互动，主要是诉讼观点的冲撞、摩擦与协调。

2. 诉讼主张对刑事证明的影响

刑事诉讼证明是由这样一些因素组成：证明责任、证明对象或客体、证明标准、证明根据、证明方法等。在这些因素中，起决定作用的是证明对象，也就是刑事诉讼要证明什么。需要证明的事项是刑事证明中的核心要素，只有明确了刑事诉讼要证明什么，才能进而清楚证明的责任、证明的标准、证明的根据和方法等。因为证明的对象不同，证明的其他因素也会发生变化，如证明张三患了"非典"与证明李四偷了汽车，在证明的责任、证明的标准、证明的根据和方法上肯定都会有区别。

在以案件事实为证明对象的传统刑事诉讼中，围绕案件事实建构起来的刑事证明范畴是极其狭隘的。在那里，刑事证明基本上成了犯罪控告者的专门义务或责任，犯罪嫌疑人和刑事被告人不负证明责任，法官是否有证明义务成了理论上的一桩悬案，因为英美法系和大陆法系法官所表现出的不同审判风格让人们得出了两种不同的结论。用于证明案件事实的证据就是犯罪实施过程中所留下的各种事实痕迹和物品，证明的标准就是要有足够的证据来证明案件的客观事实真相，因而，证明的方法就是收集、审查和判断这些证据。在这里，证据的发现和收集成了刑事证明的前提和基础，没有证据或证据不足，就不能说犯罪是存在的。全部刑事诉讼证明就如同考古，但要比考古精确得多，不允许以类似考古中的推测与假说认定案件，所以，刑事证明实际要完全仰赖于事实发现技术，能够完全发现事实证据就可以达到证明标准，不能发现或不能完全发现就不能证明案件或犯罪的存在。

对刑事诉讼主张的证明将会引起刑事证明要素的全部改变，这种牵一发而动全身的效应，恰恰体现了作为刑事证明对象的诉讼主张在刑事证明中所具有的核心与支配地位。

首先，促使证明责任明晰。证明责任是指在刑事诉讼中谁负有提出证据证明待证事项的义务。谁承担证明责任这个问题在我国证据理论的研究中一直争

① 梁玉霞：《论刑事诉讼方式的正当性》，中国法制出版社 2002 年版，第四章第五节。

论不断，之所以如此，就是因为在对案件事实的证明中，似乎谁都有责任而又不能将此责任泛化。如果将证明责任加诸每一个刑事诉讼主体，各方的证明内容因无法区分而趋于雷同，最终既混淆了各方的诉讼地位、诉讼职能的差异，又容易陷入有罪推定和强迫被告人自证其罪的泥潭，妨害对犯罪嫌疑人、被告人的权利保障；还可能使法院在案件事实不明时，不知该由哪一方承担败诉结果。所以，刑事证明责任就在这种对案件真实的不懈追求与对刑事诉讼的人权价值选择中，做着艰难的调适。

如果确立诉讼主张为刑事证明的对象，答案显然就是非常明朗的：刑事诉讼的主张者就是证明者，主张者承担证明责任，无主张者不承担证明责任。该答案还进一步延伸为：主张者只对自己的主张负有证明责任，而无义务证明他人的主张；凡是有诉讼主张者都有证明责任，证明责任绝不是诉讼某一方的特定义务。提出诉讼主张的刑事诉讼主体，都要负责举证证明自己的主张，如果不能证明则其主张就不能成立，随之而来的，可能就是承担因主张不成而导致的败诉或其他不利于己的后果。"谁主张谁举证"是一个古老的诉讼原则，对刑事诉讼主张的证明恰恰契合了这个原则的精神，因此，无论是从诉讼原理看，还是从现实的需要与可能来衡量，以刑事诉讼主张为证明对象都是极其恰当而自然的，它带来的首先就是证明责任的明晰与合理。

其次，重构刑事证明标准体系。刑事证明标准也称证明要求，是指刑事诉讼主体运用证据证明待证事项所要达到的程度。刑事诉讼主体对案件事实的证明，在很大程度上要靠事实材料的堆积，而且，堆积的事实材料越多，就越接近证明的标准，这个标准就是发现案件的事实真相——或者是接近于发现案件的事实真相。

对刑事诉讼主张的证明，显然不能套用事实证明标准，因为诉讼主张并非事实。诉讼主张首先是命题，对命题的论证或证明，除了遵从真实外，还应当符合法律规范、形式逻辑规则和思辨科学的要求，它的标准应当是多重的。其次，由于刑事诉讼主张有多种，不同的诉讼主体有不同的诉讼主张，同一个诉讼主体也会有不同的诉讼主张，诉讼主张的内容不同，证明的标准也就不一样。因而，对刑事诉讼主张的证明显然也不能用一个证明标准笼而统之，必须建构一个证明标准体系。

第三，扩展证据范围。在一般意义上，证据就是证明问题的根据，诉讼证据仍然具有一般证据的品性，否则，它就不能称为"证据"。证明案件事实的证据，只能是事实留下的碎片，也就是犯罪发生所留下的痕迹、物品，包括物证、书证，证人证言，犯罪嫌疑人和被告人的供述与辩解，被害人陈述，鉴定结论，勘验检查笔录，视听资料等现行法律关于证据的规定。但是，对于诉讼主张的证明，人们所可以依据的证据就绝不限于事实证据，只要能够证明诉讼主张的依据，无论是事实、法律，还是理论学说、人情事理、自然现象，都可以作为证据。在这里，证据是非常活跃的人类生活的组成部分，而不是僵死的教条。证明的对象不同，人们要选用的证据以及证据的侧重面也就不同，在这里，证据真正恢复了它"证明问题的根据"这一自然本性。立足于广阔的社会生活空间，刑事诉讼主体的经验、智慧和创造力、想象力可以得到充分的挖掘，人才会在刑事诉讼中显示其社会主体的优越性而不再是机械地挪用事实证据的工具。

第四，改变刑事证明方法。对刑事诉讼主张的证明，将会改变刑事证明的方式与方法。因为对诉讼主张的证明，虽然仍然需要对事实证据进行发现、收集、审查与判断，但还必须借助于逻辑学、解释学、心理学、语言学等方法进行分析、推理与说明。证明是一种说理、说服的过程，与事实的发现是不同的。对于诉讼主体的诉讼主张证明来说，有事实证据不一定就能让人信服、接受其诉讼主张；反过来，没有事实证据，其诉讼主张也不一定就不能被人相信与接受。诉讼主张的证明方法是多样而灵活的，就如同其证明依据的多样性一样。证明方法的灵活运用，对于控诉方和辩护方在关于事实主张的证明中也将发挥重要的作用，从某种程度上可以减轻证据负担，增强证明的实效性。

（四）刑事诉讼主张失坠的历史考察

古罗马关于"对物的誓金法律诉讼"的程序具有明显的对抗性质。在英国，"古代的刑事诉讼是提起重罪控诉，由受害人或者其家属通过此种方式将致害人交付审判，并通过决斗来证明他们的控告"。[1] 传说中国古代有法官用独角兽判案，《汉谟拉比法典》记载了水审、火审、占卜等审判形式。这些表明，早期的刑事诉讼有两个鲜明的特点：一是对当事人的主张和权利较为重视，控、辩双方展开辩驳，甚至决斗，在是非难辨的情况下，由法官用水审、火审等类似于赌博的方法作出判决；二是纠纷的解决并不依赖于事实的发现。在裁判事项真伪不明时，采用神判方式解决，这可以说是人类认识能力受到局限所致，但同时也表明，人类化解冲突的智慧是超越于事实发现能力的，古人不可能将疑难留给现代，今人也不可能将问题留给未来。

诉讼主张在刑事诉讼中的淡化和失坠，主要发生在奴隶制后期和封建社会中，是伴随着纠问式诉讼方式的形成和被告人的客体化而完成的。梅因指出："无论如何，当罗马社会认为它本身受到了损害时，它即绝对按照字面地类推

---

① ［英］密尔松：《普通法的历史基础》，中国大百科全书出版社1999年版，第464页。

适用当一个个人受到不法行为时所发生的后果，国家对不法行为的个人就用一个单一行为来报复"。① 可能正是基于国家报复的考虑，刑事诉讼首先在形式上被改变，原有的控、辩诉争、法官居中裁判的格局被国家与被告人两方对峙式的格局所取代。在这种诉讼中，法官拥有绝对的权力，主宰一切，被告人没有主体地位，没有诉讼权利，所以，诉讼主张变得毫无意义，既没有存在的前提也无存在的必要。"随着纠问制的确立，控告所引发的范围广泛的辩论失去了一切存在理由，因此，辩护也变得不那么至关重要。"② "在整个中世纪，当案件事实在很大程度上控制在公诉人或陪审团手中时，有证据表明他们在操纵事实，所以判决结果反映的是他们自己的看法，而并非严格意义上的有关是非的法律观点。"③ 经过漫长的封建社会，诉讼主张在刑事诉讼中几乎完全走失并被人遗忘。

新中国建立的刑事诉讼制度，带有极强的职权式纠问色彩。公、检、法机关"分工负责、互相配合、互相制约"的三位一体的权力构成，形成了对犯罪嫌疑人和被告人的压倒性优势，刑事诉讼以打击、惩罚犯罪为根本价值追求，侦查中刑讯逼供盛行，审判中法院不中立，犯罪嫌疑人、被告人享有法律赋予的辩护权，但权利往往得不到实现和保障。刑事诉讼没有形成控、辩双方平等对话的格局，所以，在这种诉讼环境中，仍然是听不到诉讼主张，当事人稚嫩的权利也无力支撑起主张的大旗。

另一方面，我国在刑事诉讼中将案件事实确立为证明对象，本身还有认识论和政治意识形态做基础。在认识论上，尊崇马克思主义的辩证唯物论，但将唯物主义作了生吞活剥式的理解，导致诉讼认识论上的生搬硬套。很显然，将查明案件的客观真实作为刑事证明的标准，实际上是为刑事证明确立了一个绝对真理的目标，在许多时候是无法达到的。它扔给我们的苦果是：许多案件甚至是严重的刑事案件因达不到此标准而无法认定，即使司法官凭借其自由裁量权勉强按犯罪处理，也会面临是非标准的非难。但是，以案件事实为刑事证明的对象，就必然要确立这样的标准，如果要反思的话，我们是否可考虑：坚持辩证唯物主义的认识论就一定要将案件事实作为刑事证明的对象？证明诉讼主张是否就陷入了唯心主义？

在中国，法律解释技术的落后，也是诉讼主张受到压抑的一个重要原因。法律解释无论是作为一门学问还是一种司法操作技术，在我国都还没有获得司

---

① ［英］梅因：《古代法》，商务印书馆 1996 年版，第 210 页。

② ［意］朱塞佩·格罗索著，黄风译：《罗马法史》，中国政法大学出版社 1994 年版，第 372 页。

③ ［英］密尔松：《普通法的历史基础》，中国大百科全书出版社 1999 年版，第 470 页。

法上和诉讼法学者的普遍认知，法律在人们的观念中仍然是可以信手拈来的准则，无须怀疑，无须解释，更无须证明。所以，刑事诉讼证明的对象只是事实，不包括法律。从这种思维和需要出发，诉讼主张也是不必要的。

在世界范围内，诉讼主张没有成为刑事证明的基本范畴受到广泛承认的一个普遍的原因是，程序法未能从根本上摆脱对实体法的依附，程序法的独立品格未能真正形成。案件事实是实体法直接规范的基本内容，属于实体法的概念范畴，如刑法就是以犯罪与刑罚为内容的，刑事案件事实就是有关犯罪的事实，有关刑罚处罚的事实；但在刑事诉讼法中，案件事实却只是程序话语的下位概念，是诉讼主体诉讼主张中所包含的内容，不能直接上升为诉讼法的概念范畴。将案件事实作为刑事诉讼中的证明对象，是传统上实体决定程序、程序依附于实体的典型表现。如果在观念上不能将实体法与程序法的范畴作出区分，诉讼主张作为一个独立的理论范畴被认同仍然会是困难的事情。

三、证明责任：谁主张谁举证

（一）证明责任概念界定

证明责任是指在刑事诉讼中，谁负有提出证据证明待证事项的义务，它包括证明主体、证明作为和证明不能的后果负担三个方面的内容。明确证明主体是为了防止诉讼主体的推诿与懈怠，各证明主体应当积极作为，努力承担其证明义务，推进诉讼的进程，促进冲突的化解。明确证明责任的另一个作用在于，当诉讼主体所主张的事项处于真伪不明、难以判断的状态时，负有证明责任者即要承受不利诉讼后果。所以，证明责任也是诉讼风险责任。

在此项研究中，证明责任与举证责任具有相同的意义，因为诉讼的任何一方都不可能只举证而不证明或只证明而不举证，举证本身就有证明的效果，就是在证明；反过来说，不举证就无所谓证明，没有证据的证明是不存在的。我国传统上，区别举证责任与证明责任两个概念的缘由或必要性仅仅在于，用于解释大陆法系国家和我国存在的法院调查取证的情况。因为在法院没有诉讼主张这种观念的支配下，法院所进行的调查取证显然与举证责任是不相关的，充其量只是依据职权所承担的证明责任。笔者认为，法院的调查取证活动若发生在法庭以外，其合理性就在于是根据当事人的要求而做，可以看做是对当事人取证的司法帮助行为，与举证责任或证明责任实际上没有关系。如果没有当事人的申请而进行庭外调查取证，则法官的行为就如同中国 1996 年刑事诉讼法已基本否定的那样，原本就不具有正当性，所以不值得我们为其寻找依据。法庭上法官对当事人、证人等的询问，在当代大陆法系国家和我国实际上都已经位居其次了，它有两个作用：一是有助于法官心证的形成。法官是诉讼的裁判者，需要对争议事项有一个清楚的了解，这是正确裁判的基础，如果法官自己都不明白，当然就不能作出明白的裁判，所以，允许法官在没有偏见的情况下，对案件有关情况做补充性询问，是符合现代诉讼的程序规则和实体正义要求的。二是传递法官的思维信息。法官的提问直接或间接地传达了他/她对一些问题的关注或看法，这种信息对控、辩双方是公开、公平的，控、辩双方若能准确地捕捉到这种信息，就可有针对性地进行举证或辩论。即便如此，法官在法庭上的询问也不具有证明或者举证的性质，只能算作是与听证一样的信息收集行为，因为此时法官既没有要证明的对象，也没有证明的指向主体。

（二）现代刑事证明责任的平台——无罪推定

无罪推定的基本含义是指，任何人，在未经法院生效判决确定为有罪以前，应假定为无罪。近代以来，无罪推定已成为世界多数国家的宪法原则和刑事诉讼基本原则，并为联合国重要的法律文件所确认。1789年法国《人权宣言》规定："任何人在未经判罪前均应假定无罪。"英国、美国将无罪推定直接运用于刑事诉讼过程中。意大利1947年宪法中载有："被告人在最终定罪之前，不得被认为有罪。"1948年联合国《世界人权宣言》第11条第1项规定："凡受刑事控告者，在未经依法公开审判证实有罪前，应视为无罪，审判时并须予以答辩上所需之一切保障。"1976年生效的联合国《公民权利和政治权利国际公约》第14条第2项规定："受刑事控告之人，未经依法确定有罪以前，应假定其无罪。"我国1996年刑事诉讼法也吸收了无罪推定原则的基本精神，第12条规定，未经人民法院依法判决，对任何人都不得确定有罪。此外，我国已签署了《公民权利和政治权利国际公约》，对公约也将承担该项义务。

无罪推定的核心是保障人的权利与尊严。"可以说，无罪推定思想是对野蛮、落后、专横、蔑视人的尊严的刑事程序进行深刻反省的产物；无罪推定原则与尊重基本人权和人的人格尊严的理念具有天然的联系。"① 无罪推定对于刑事诉讼证明责任的影响是最直接而实在的，成为现代刑事证明责任确定的基本平台。无罪推定本身就意味着对犯罪的证明责任作了分配：

第一，控告方承担证明有罪的责任。无罪推定是法律设定的一个前提，即任何人都是无罪的，但是，这个假设是可以推翻的。国家或者公民如果要指控他人犯有罪行，可以通过向法院提供有罪的证据来推翻这个假定。控诉方如果能够证明其有罪指控，主张被法院所采纳，就推翻了这一假定；反

---

① 宋英辉：《刑事诉讼原理》，法律出版社2003年版，第92页。

之，如果证明不了被告人有罪，被告人就仍然是无罪的。所以，对于犯罪指控，负有证明责任者是国家公诉机关或自诉人。此外，各国还为控诉方推翻无罪推定确定了一个标准时段，这就是审判阶段。控诉方要在法庭上证明自己的控罪主张，能不能推翻无罪假定，要由中立的陪审团或法官来判定，而不能由控诉方自己来决定，否则，无罪推定就不能起到保护被告人不受无辜追究的作用。

第二，犯罪嫌疑人或被告人不负证明自己有罪的责任。依据无罪推定原则，在法院判决被告人有罪之前，他/她是无罪的；在法院判决被告人有罪之后，他/她无须证明自己有罪。所以，犯罪嫌疑人或被告人没有义务证明自己有罪。犯罪嫌疑人或被告人不负证明自己有罪的责任，可以具体化为两个方面：其一，嫌疑人、被告人不得被迫自证有罪。嫌疑人或被告人可以自愿地承认犯罪，但任何机关或个人都无权强迫其承认犯罪，因为证实其犯罪的义务在控诉方而不在嫌疑人或被告人自己。许多国家如英、美、法、德、日、意等，都在刑事诉讼法中明确规定了"禁止强迫自证其罪"原则和沉默权制度，用于保护犯罪嫌疑人、被告人不被强制供认犯罪。与此相应，各国还用非法证据排除规则排除警方利用强迫等手段获取的犯罪嫌疑人的口供，从根本上防止国家机关将有罪证明的责任强加给犯罪嫌疑人或被告人。其二，面对无根据的指控，犯罪嫌疑人或被告人也不承担证明自己无罪的责任。如果指控主张本身不能得到证实，犯罪嫌疑人或被告人就是无罪的，无须做无罪证明。

（三）谁主张谁举证

谁主张谁举证是一项基本的诉讼规则，从远古传承至现代，足以说明其具有永久的生命力。这一规则的恒常性，一方面说明了它本身具有诉讼规律的特质，反映了诉讼的本质特征和要求；另一方面也是对诉讼主张核心地位的证成：一切诉讼主体都围绕诉讼主张而活动，一切诉讼活动都围绕诉讼主张而进行。主张和证明，构成诉讼包括刑事诉讼主体全部诉讼活动的重心。

谁主张谁举证规则是与诉讼主张作为证明对象的理念相吻合的。"事实论"者尽管也讨论举证责任或证明责任问题，但因其关注的重心是案件事实而非诉讼主张，所以，关于举证责任或证明责任的理论始终充满了矛盾，无法自圆其说。

谁主张谁举证，顾名思义就是主张者举证，不主张者不举证；举证用于证明自己的主张，任何人无义务证明他人的主张；主张者若不能证实自己的主张，则承担不利的后果。但在刑事诉讼中，谁负有证明责任却是一个有争议的问题。事实上，如果不明白刑事诉讼主张是什么，主张者是谁，离开诉讼主张和主张者而泛泛地谈论举证责任或证明责任，就很难获得一致的看法或共识。

在现代诉讼观念和诉讼模式下，刑事诉讼如同其他诉讼一样，是由控诉方、被告方和审判者三方主体共同进行的行为。作为诉讼主体，控、辩、审三方都有自己对诉讼的观点、看法和意见。诉讼的过程，在实质上是各方诉讼主张的形成、表达、交流的过程。审前程序主要是控诉方控罪主张的酝酿、形成阶段。法庭审判是控、辩双方公开、正式地表达诉讼主张，举证证明自己的主张并相互辩驳的阶段。控、辩双方在法庭上的证明，作用在于影响陪审团或法官对案件的看法，是为裁判者形成裁判主张服务的，并不是为证明而证明。控、辩双方关于诉讼的意见、要求与观点，是法院裁判主张形成的基础，而法院的裁判主张对于整个诉讼却是关键性的、决定性的。因此，在刑事诉讼中，控诉方、辩护方和审判者都有诉讼主张，都是主张者，因而就都有举证或证明的责任。

首先，在刑事诉讼中，控诉方以控诉主张启动刑事程序并引起法院的审判，因而，负有对指控事项进行举证证明的义务。

其次，辩护方对于辩护主张，负有举证责任。这里有两点需要解释：（1）辩护方如果期望其诉讼主张能被法院所采纳，就应当对其主张予以证明。犯罪嫌疑人、被告人在刑事诉讼中享有广泛的辩护权，辩护方的诉讼主张是辩护权行使的表现。不承认犯罪嫌疑人、被告人的诉讼主张，无异于从实质上否定了辩护权。犯罪嫌疑人、被告人在提出诉讼主张的情况下，如果不对其主张予以举证证明，就必然会导致其主张的落空，不会被司法官员重视和接受。从这个意义上讲，对诉讼主张的证明本身是实现辩护权的一种义务。人们通常说，犯罪嫌疑人、被告人不承担证明责任，是针对控诉事实而言的；如果泛泛地说嫌疑人、被告人不负举证责任，对保护嫌疑人和被告人的利益是有害而不是有利的。在其他审判程序中，被告也负有证明自己主张的责任，除非被告没有主张。（2）辩护方实体性举证责任只存在于审判阶段。也就是说，对于有罪无罪等实体性主张，辩护方的举证责任一般从审判阶段才开始发生，即在有罪指控在"在表面上能够成立"的情况下才出现。

再次，法院对案件要作出裁判，裁判的结论代表了审判者的主张，因而，法院对其主张也负有证明责任。这就是说明裁判理由。说明裁判理由是指审判者在裁判文书中，应当载明作出裁判结论的事实和法律等依据，公开其采信证据、采纳争议双方诉讼主张的情况和判断推理的过程。这是现代司法制度对法官的普遍要求。如日本刑事诉讼法规定：刑事判决必须附带理由。我国台湾地区刑事诉讼法要求："有罪判决书，应于理由内，分别情形，记载下列事项：一、认定犯罪事实所凭之证据及其认定之理由。二、对于被告有利之证据不采纳者，其理由"，等等。意大利《刑事诉讼法》第 192 条和第 606 条规定，法官对于其所作出的任何判决，有义务对证明的结果阐释其证明的理由。违反此规定构成上诉的理由，如果对于这类上诉法律有特别规定，则此上诉在任何情况下都可以导致撤销原判。法官在整个案件的证明活动中，必须遵守这个规则，他所作出的每一份判决必须是符合逻辑的、理由充分的。①

谁主张谁举证原则在古巴比伦王国的《汉谟拉比法典》中就已存在。② 罗马法对举证责任确立了两个重要原则：（1）每一方当事人对其陈述中所主张的事实，有提出证据证明的义务，也就是"谁主张谁举证"。（2）双方当事人都提不出证据的，负证明责任的一方败诉。但在历史的演进中，这一原则曾两度遭到扭曲。

在国家被害意识强烈的报应刑时代，刑事诉讼也以"有罪推定"与之呼应，将打击犯罪作为最高价值追求。所谓"有罪推定"是指，刑事被告人在未经法院判决确定为有罪的情况下，亦作为罪犯对待，被告人负有证明自己有罪的义务，法律允许对被告人进行刑讯逼供，疑罪作有罪认定。在封建社会，普遍实行这一原则。有罪推定在实质上是将证明有罪的责任强加给刑事案件的被告人，这是国家基于打击犯罪的需要而有意对"谁主张谁举证"原则的违反，反映了奴隶制后期和整个封建社会刑事司法的专横与黑暗。现今理论上对无罪推定与举证责任关系的误读，产生了"被告人在刑事诉讼中不负证明责任"的主流观点。这种观点将刑事诉讼的证明责任与犯罪的证明责任相混淆、相等同，完全将证明责任划归控诉方，使其绝对化、偏面化；同时又忽略了被告人对其主张积极举证证明的责任。这种理论和相应的实践，是从封建时代由被告人承担证明责任的极端走向了现今被告人不承担证明责任的极端，导致"谁主张谁举证"原则的第二次变形。

从古至今，法院作为诉讼争议的裁判机关，其诉讼主张一直没有引起人们的注意，因而，关于法院负有证明责任的观点都不是以诉讼主张为依据的。法院的裁判意见之所以没有被看做是诉讼主张，被排除在诉讼主张的范围之外，最主要的原因大概是：在以案件事实为证明对象的刑事证明体系中，法院是没有资格提出有关事实的诉讼主张的。这首先是因为不知者不证。法官和陪审官不是案件的当事者，不了解案件发生与发现的情况，不可

---

① 何家弘：《外国证据法》，法律出版社 2003 年版，第 319—320 页。

② 如第一条：倘自由民宣誓揭发自由民之罪，控其杀人，而不能证实，揭人之罪者应处死。第三条：自由民在诉讼案件中提供罪证，而所述无从证实，倘案关生命问题，则应处死。《汉谟拉比法典》，法律出版社 2000 年版，第 10—12 页。

能成为诉讼主张的证明者，而只是诉讼证明倾述的对象，是需要通过控、辩双方的证明而了解案件情况的机关。其次是因为无利害关系不主张。案件事实与控、辩双方的实体利益密切相关，诉讼双方的主张均来自于案件事实本身，是基于案件事实而生的实体利益要求，法院与案件没有实体利害关系——这是裁判者中立、无偏私的基本要求，因此，法院无由生出实体性诉讼主张。但是，当我们跳出"案件事实"编制的刑事证明对象的藩篱，站在解决刑事冲突这一高度看问题时，我们会发现，刑事诉讼要证明的其实只是刑事诉讼主体的意见、要求、观点和看法等构成的诉讼主张。在这个相对开阔的场域中，诉讼主张就不再是控、辩双方的专利，审判者不仅有诉讼主张，而且其主张对诉讼有着至关重要的决定作用，所以，遵循"谁主张谁举证"的原则，法院也应当对自己的诉讼主张作出必要的合乎逻辑的论证、说明与解释。刑事证明责任向法院的扩展，是凸显诉讼主张的应然结果。刑事诉讼中存在的上诉审程序、审判监督程序等，形成法院承担刑事证明责任的制度依据。上诉审程序和审判监督程序等都是纠错性程序，旨在纠正法院所作的错误判决或裁定，这意味着，法律允许控、辩双方挑战裁判权威，允许对没有说服力的法院裁判主张提出抗议。

对诉讼主张的证明使刑事诉讼重新拾回了"谁主张谁举证"的原则。

（四）举证责任分配

举证责任分配是法律的一种设定，分配的理由在于：其一，举证责任在许多时候并不明晰，需要法律或者经验规则给予确认。诉讼对抗性的特点决定了，诉讼主张及其证明也具有相对峙的一面，如公诉人指控被告人犯有罪行，并有一定证明有罪的证据，被告人否认犯罪，并提出了一定的否定有罪的证据，双方的观点相反，证明力度持平，在此情况下，仅靠"谁主张谁举证"规则是无法解决争议的，必须借助于举证责任的分配如现代的"无罪推定"原则来最终确定被告人有罪还是无罪。其二，主张者并非都有举证能力。有些诉讼主张本身是不易证明的，如否定主张所提到的消极事实。在许多时候，主张者获取证据的条件受到多种限制，从而对自己的主张难以给予证明。如被羁押的犯罪嫌疑人对于自己受到警察刑讯逼供的指控，就很难提供证据证明。在刑事诉讼中，如果根据实际情况，对举证责任在主张者之间给予适当的分配、调节，将是更为合理、公平的，能够体现社会对于自然秩序的规范和超越。

刑事举证责任分配最重要的表现形式就是确立无罪推定原则。除此之外，常见的形式还两种。

1. 举证责任倒置

举证责任倒置就是肯定主张者不负举证责任，而由其利益相对的一方承担否定主张的举证责任。与"谁主张谁举证"的举证原则相对照，举证责任倒置并没有违反"谁主张谁举证"的形式，但却发生了举证规则的变异。从形式上说，因为否定的主张也是主张，否定者举证证明自己的主张也是合乎规则的，但是，这里的特殊之处却在于：先主张者、肯定主张者不举证，却要后主张者、否定主张者举证，这与一般的情形相反，也违背了罗马法中"为主张之人有证明义务，为否定之人无之"的传统规则。举证责任倒置是法律的特别设定，是立法者鉴于一些重要案件的特殊情况而对举证所作的立法调节，体现了对实体正义的追求。

在举证责任倒置的情况下，举证的公式变成了"他主张是，我举证否"，并不是"他主张是，我举证是"。承担举证责任的一方要对自己否定的主张予以举证证明。现代刑事诉讼由于受到无罪推定的限制，立法对被告人承担举证责任的规定一直持较谨慎的态度，举证责任倒置的情况比较少。在刑事诉讼中，一般有两种情形：

一是让被告人承担证明其无罪的证明责任。如在非法持有毒品、非法持有枪支弹药等案件中，只要执法人员在某人的身上或住处发现了这类物品，就可认定其非法持有，除非被告人能举证说明他有持有的合法依据或者是被人陷害，自己毫不知情，是无辜的。如果被告人不能证明其持有的合法性或非故意性，就要承担不利的诉讼后果。在日本，法律规定的举证责任倒置的情况有：《刑法》第 207 条同时伤害的事实；《刑法》第 230 条有关损害名誉事实中真实性的证明；根据儿童福利法第 60 条第 3 款中"但是，没有过失的时候，不在此限"规定中对"没有过失"的证明；证明不存在爆炸物品管理法罚则中的犯罪目的等。[①] 这种类型的举证责任倒置有三个特点：（1）案件已经形成的状况足以使指控在表面上成立，侦诉机关无须另行举证；（2）全案只需要被告人的否定性证明，如果被告人要否定的话；（3）被告人如不能证明其无罪，就会被法院判处有罪。这种举证责任倒置在形式上与有罪推定的形式特征相似，与后者的根本区别在于，举证责任产生于有罪指控在"表面上已经成立"的情况下，并不是凭空将举证责任强加于被告人。

二是让办案机关承担证明其依法正确行使职权的责任。如关于刑讯逼供的问题，在诉讼中如成为争议点，一些国家的立法或司法判例规定，实行举证责任倒置，由警察承担证明责任而不是由提出刑讯逼供指控的当事人承担举证责

---

① 何家弘：《外国证据法》，法律出版社 2003 年版，第 497 页。

任。另外，在上诉、申诉或抗诉的情况下，由于争议指向的是法院的判决或裁定，所以，关于法院的裁判是怎样作出的，审判程序是否合法等，当事人或检察机关实际上都不便于举证，举证责任是由原审法院承担。法院审判过程的完整记录就是应这样的需要而制作和保存的。

2. 推定

推定是建立在经验基础上，符合逻辑规则的事实认定方式，其公式是：如果 A 事实存在，即推定 B 事实存在。司法过程中使用的推定，有法律上的推定和事实上的推定两种，区别就在于是否有法律上的规定。推定本身具有分配举证责任的功能。即通过一种假设，使某一事实自然达到"表面上能够成立"的状态，从而使主张使用该推定事实者的举证责任被免除，在此情况下，出现举证责任的倒置。推定的作用有三个方面：第一，形成一种拟制的事实。也就是说，在推定成立的情况下，因推定而形成的事实就视为一种客观事实。第二，免除主张推定事实者的举证责任。推定由两部分组成，主张推定事实者只需证明前提事实，在前提事实成立的情况下，推定的事实就无须证明。巨额财产来源不明罪的认定就包含了一个法律上的推定，即，个人拥有超出其正常收入的巨额财产是非法的财产。控方首先必须证明嫌疑人拥有超出其正常收入的巨额财产，如果这个前提得到了证明，推定的结果就会出现，这个结果就是：这些财产是非法获得的，因而拥有者要受到刑事追究。对这个推定的结果事实，检察机关就无须举证。如果当事人不能推翻这个推定的事实，法院就必须认定这个结果。第三，转移举证负担。在使用推定的情况下，主张推定事实者对推定的事实就不需举证，这时，如果这个推定是可以推翻的推定，那么，承受不利推定的一方就要负举证责任，以推翻前边的推定；如果不能推翻，则推定事实成立。

如果我们把推定视为主张者完成了举证责任，那么，接下来相对方对推定的反驳，就是对反驳主张的举证证明，从这个意义上讲，根本就不存在举证责任倒置或转移的问题。"谁主张谁举证"就是一个恒常的原则，没有例外。我们之所以说有举证责任倒置或转移，是从实际内容上来讲的。设定推定的目的，旨在减轻举证者的压力，给反驳者增加负担，因为如果没有推定，举证者要证明某些事实将是非常困难的，甚至是不可能的。

（五）证明责任的免除

证明责任的免除是指法官依据法律、知识或经验，确定在某些情况下免除控、辩任何一方或双方对其主张所负的证明义务。证明责任的免除包含三个意思：其一，被免除的是控、辩双方或某一方的证明责任，决定免除的权力在法院。其二，控、辩双方或某一方本来负有证明责任，只是由于某些特殊情况的出现，才不需要证明。证明义务是前提，如果没有这种义务，就不存在免除的问题。其三，免除证明责任的原因是待证事项由于特殊情况的出现而变得清楚、明朗，不需要再予以证明。从各国的情况看，下列情况将会导致刑事证明责任的免除：

1. 正式承认

正式承认，也叫自认，是指诉讼的某一方就相对方主张的不利于己的情况所表示的出于真实意思的认同或接受。承认也是诉讼主张中的一种，只是具有消极性、被动性，是对相对方诉讼主张在某种程度上的依附。刑事诉讼中最重要的承认是犯罪嫌疑人、被告人关于犯罪情况的承认，但并不仅仅限于这样的承认。一方面，承认的内容除了犯罪事实与情节外，还可能有关于法律的理解与解释，关于程序性事项。另一方面，承认具有双向性，可能是控诉方承认，也可能是辩护方承认。承认可以在法庭上作出，也可以在审判前作出。

真实自愿并符合法律程序的正式承认，在多数时候能够产生免除相对方证明责任的法律效果。因为在一方主张、另一方承认的情况下，控、辩双方的意见和观点趋于一致，这时法官即可给予确认而无须继续证明。英国《1967 年刑事审判法》第 10 条第 1 款规定："在任何刑事诉讼中，公诉人或者被告人或者代表其利益的人的口头证据所提供的任何事实，为该诉讼之目的可以采纳。依据本条之规定，任何一方对任一此类事实的承认都将在该诉讼中用作对其不利的结论性证据。"该条第 2 款还做了几项保护性规定：如果正式承认是在法庭之外作出的，应以书面形式记录下来；如果书面正式承认是个人作出的，应当表明由承认者本人签署，如果是法人作出的，应当由其代表签署；如果正式承认是由个体被告人在审理前的任何阶段作出的，必须得到律师的同意……正式承认的证据不适用非法排除规则。

但是，被告人的认罪表示能否免除控诉方的证明责任，是一个值得考虑的问题。就无罪推定的精神而言，如果控诉方没有指控犯罪的证据，那么，即使被告人承认犯罪也是不能判决其有罪的。我国刑事诉讼法明确规定，只有被告人的供述没有其他证据的，不能认定被告人有罪和处以刑罚。日本刑事诉讼法第 319 条第 2 款规定："不论是否被告人在公审庭上的自白，当该自白是对其本人不利的唯一证据时，不得认定被告人有罪。"在英美法系国家，情形是否会有不同呢？广泛的辩诉交易即表明了一种政策导向：国家对被告人的认罪给予尊重、鼓励与认可。如果被告人在审判前承认犯罪，即可获得从轻或减轻的指控或判刑，甚至会被撤销指控。但是，了解辩诉交易过程的人们知道，交易的前提是检察官在审前程序中对指控证据的开示，被告人及其律师在了解了控诉证据之后，才会寻求某种妥协，所以，辩诉交易仍然是以一定的有罪证据为基础的。2002 年 7 月 1 日生效的新《俄罗斯联邦刑事诉讼法典》规定，如果刑事被告人承认自己实施了犯罪，那么，只有在他的有罪性质被刑事案件现有证据的总和证实时，这种承认才能成为指控的根据。但是，该法对"认罪交易"中的有罪承认却作了放宽的规定。第 314 条规定，在最高刑罚不超过 5 年剥夺自由的犯罪案件中，如果刑事被告人表示同意对他提出的指控，并请求对他进行判决而不经过法庭审理，在正式提出申请的情况下，可以不检查刑事被告人对自己罪过的承认，也不证实陈述本身或者他的有罪性质，而直接作出对他的有罪判决。并且在此情况下，也不得对法官在有罪判决中所叙述的结论，以根据不足为由提起上诉。

　　无论如何，有一点是可以肯定的，那就是在被告人承认犯罪的情况下，控诉方的证明责任明显减轻很多。在实行辩诉交易的国家，被告人对犯罪的承认之所以能够获得较轻的追诉或处罚，其中一个重要原因就是这种承认减轻了检察官的证明负担，节省了司法资源并提高了诉讼效率。法官对交易内容给予确认后即可作出有罪判决，这种有罪认定显然无须遵照"排除合理怀疑"的证明标准。在规定口供补强规则的国家，如我国和日本，法律规定只有被告人的认罪口供而没有其他证据的，不能认定被告人有罪，但是反过来可以说，如果有其他证据印证口供，就可以对被告人作有罪判决，不管其他指控证据是否达到充分的程度。

　　2. 司法认知

　　司法认知是指法官在审理案件过程中，对于其职务上应当知道的事项和那些显而易见或众所周知的事项，给予直接确认而不必主张者进行证明的司法方法。司法认知既是法官的权利，也是法官的义务，是基于审判职责而产生的，其功能在于直接确认诉讼主张所提出的事项并免除主张者的证明责任。

　　司法认知可分为对法律的认知和对事实的认知两类。

　　对法律的司法认知。法官的职责是依据法律审判案件。基于职务上的要求，法官首先必须熟悉、了解国家的宪法、法律和法规、参加的国际公约或条约、司法解释等具有普遍效力的法律文件。在刑事诉讼中，如果控、辩双方或某一方在其诉讼主张中涉及上述法律文件的条款或内容，法官就应当通过司法认知给予确认而无须主张者举证。

　　对事实的司法认知。法官或陪审团的成员首先是心智健全、具有一定社会阅历的人，所以，对于诉讼中所涉及的常识性问题，是无须证明即可确认其存在的。属于司法认知的事实一般包括显著的事实、常识、自然规律、有效的公文证件、理论学说、科学定理等，各国的表述不一样，但基本含义都是指无须证明即很清楚的事实。

3. 已决的事项

已决的事项主要包括两种情况：一是法院已经生效的判决或裁定所认定的事项；二是有效的公证文书所证明的事项。只要没有依法定程序推翻或否定生效裁判文书或公证文书所认定或证明的事项，那么，有关该事项的主张在通常情况下就是无须证明的。

4. 推论事项

如前所述，推定具有免除证明责任的功能，负有证明责任的一方如果已经证明基础事项成立，对于推论事项就可以不予证明了。德国法上有"法律上推定的事实，勿用举证"的规定。推定的合理性在于它以经验常识为基础，而"经验常识都是前人不断验证有效的结果，其中含有前人曾经做过的逻辑论证"。① 推定形成的依据在于其基础事项和推定事项之间所具有的常态逻辑联系，这种常态联系就是经过社会实践反复证明了的规律性。在不能够发现特定案件中的具体情况时，依靠一般的规律也可以达到大致的证明效果。

古代人类更多使用推定以弥补在特定案件中认识能力的不足。在《汉谟拉比法典》中就有很多使用推定的法律条文。如第 10 条规定："倘买者不能领到出售与彼之卖者及买时作证之证人，而仅失物之主提出知其失物之证人，则买者为窃贼，应处死；失物之主应收回其所失之物。"第 11 条规定："倘失物之主不能领到知其失物之证人，则彼为说谎者，犯诬告罪，应处死。"第 13 条规定："倘此自由民所提之证人不在近处，法官可予以六个月以内的期限。倘在六个月中不能领到证人时，则彼为说谎者，应受本案应得之刑罚。"在现代社会，虽然科技发展增强了人类对于刑事案件情况的证明能力，但同时科技的发展也使犯罪更具智能化与隐蔽性，每年仍然有大量的刑事犯罪不能被证实、被追究。所以，在我国的立法、司法中可考虑广泛地使用一些经过实践检验的、符合现代性、科学性的推定，以增强我国刑事司法的制度理性和技术理性。

四、一种开放的刑事证明模式

（一）追求诉讼主张成立

围绕冲突解决这一目标，刑事诉讼各主体依照法律规定的方式方法进行着有益的诉讼行为。对于刑事诉讼的控、辩、审各方来说，各自的诉讼活动尽管

---

① 邓子滨：《刑事法中的推定》，中国人民公安大学出版社 2003 年版，第 33 页。

存在着内容指向上的差异甚至对立，但有一点却是相同的，这就是都在追求诉讼主张的成立。也就是说，刑事诉讼主体进行诉讼的最直接的目的就是要使自己的诉讼主张能够成立，能够被接受、被认同，产生诉讼上的法律效果。其中，控、辩双方都期望其诉讼主张能被法院接受，成为裁判的依据，正是为此目的，双方各显其能，展开竞争和较量，积极举证。在审判前的立案、侦查、起诉阶段，侦查、检察机关的活动也都是为促成诉讼主张的成立服务的，侦查、审查起诉工作做得越扎实、充分，法院接受、认同控诉主张的可能性就越大。辩护方律师在审判前所做的调查取证、阅卷等工作，目的也在于形成并促成辩护主张的成立。法院根据控、辩双方证明的情况作出裁判，在争议事项处于真伪不明状态时，就依据证明责任规则判决未尽证明责任一方败诉。法院的诉讼目的在于，期望控、辩双方接受法院的裁判主张，消除彼此间的争执和矛盾，结束诉讼。法院息事宁人的愿望是与其中立的诉讼地位和审判案件的职能相一致的。

（二）刑事证明标准的多元化

刑事证明要达到什么样的程度才能免除诉讼主体的证明责任，一直是刑事证据理论和司法实践都十分关注的重要问题。可以肯定地说，证明的对象不同，证明的标准是不一样的，证明的主体不同、阶段不同，证明的标准也不相同。建立在"事实说"基础上的传统证据理论，在中国构建了乌托邦式的一元化的刑事证明标准，那就是"案件事实清楚，证据确实充分"，简称客观真实标准。随着学术霸权的淡化，我们看到的则是一元化标准自身的重重矛盾。以诉讼主张为对象的刑事证明标准，自然与诉讼主张的多样性相适应而呈现出多层次性。

1. 依证明责任确定证明标准

从实质上讲，证明标准就是承担证明责任者经过积极的证明活动后可以卸除证明负担的标准，它以证明责任为前提，以积极的证明为手段而得以实现。所以，确定证明标准不能脱离开证明主体和证明责任，不能脱离开它所依赖的诉讼环境而将其作为一个孤立的问题来看待。在刑事诉讼中，证明主体不同，所承担的证明责任不同，其所要达到的证明标准也是有区别的。

认识证明责任与证明标准要用动态的观点，因为在司法实践中，证明责任的履行和证明标准的实现并非一蹴而就的，往往要经过循环、曲折的过程。证明标准本身是刑事诉讼主体卸除证明负担所要达到的证明程度，因此，它以无实质异议地达到应为的证明标准为标志。无实质异议就是不能在实质上动摇证明力的异议，包括没有异议，或者虽有异议但异议不能达到动摇证明的真实性或可信性的程度。如果所作的证明被实质性的异议所抵抗，那就意味着证明责任的承担者没有完成其证明任务，没有达到证明的标准，需要继续进行证明。诉讼主体最初通过举证对证明责任的卸除，是以对其证明的事项尚未有相对方的实质性异议为前提的；如果这种异议一直没有出现或者异议不具有实质性破坏力，那么，证明的标准就算达到，证明责任的承担者就可真正卸除证明责任。

（1）控诉方的证明标准——可信性。可信性是指，控诉方对其要证事项的证明，须达到令人相信的程度，须具有能够被人信赖和接受的特性。当然，可信性本身也会有程度上的差异。最高限度的可信性就是"确信无疑"，在证据制度上就表现为"内心确信"、"排除合理怀疑"或"证据确实充分"。这种最高限度的可信性是各国共同追求的，但由于难以达到，基于诉讼资源的有限性，在英美法系和大陆法系国家，都只将其用于法院在作有罪判决时对指控证明的要求上，而不是在任何场合都使用。从各国证据法的规定和司法实践来看，法院对有罪证据证明力的审查也使用最高限度的可信性标准，也就是说，对有罪证据的采用也必须遵循"确信无疑"的标准。因为有罪指控是靠一个个有罪证据支撑的，如果允许采用模棱两可、似是而非的证据，那么，有罪指控本身就不可能达到"确信无疑"的程度。

最低限度的可信性就是"基本上能够成立"、"有证据支持"。西方学者所说的"优势证明"，即略占优势的证明，就能产生最低限度的可信性。最低限度的可信性适用于审前程序中的证明、起诉主张证明、除有罪判决以外的其他与控诉主张相关事项的证明如法律适用证明，如对采用强制措施的司法令状申请的证明，对上诉、抗诉的证明，对取证手段合法性的证明等，这些证明都不需要达到"确信无疑"的程度，达到最低限度的可信性即可。

可信性证明标准是由控诉方在刑事诉讼中的地位和职责决定的。控诉方是刑事程序的启动者，在诉讼中处于积极进攻、主动出击的地位，它对程序的发动和诉讼的进攻，是依靠其提出诉讼请求并予以相应的证明来进行的。控诉方对其诉讼主张的证明必须达到具有可信性的程度——哪怕是最低限度的可信性，才能产生诉讼上的效果，如能对犯罪嫌疑人予以拘留或逮捕，结束侦查之后能将案件移送审查起诉，自诉人或检察机关向法院提起诉讼能够被法院所受理，上诉、抗诉主张能够获得法院的支持等。作为程序上的先行者，控诉方有义务要证明程序的发动是必要的和有意义的，而不是对诉权的滥用和对社会主体权益的侵害，因此，从正面证明其诉讼主张是有根据的和合法的，能够被人相信是可以成立、可以接受的，就是其进行刑事证明所应当达到的起码要求。

（2）辩护方的证明标准——置疑性。在辩护方承担证明责任的情况下，辩护证明的标准是否与控诉证明标准相同？答案显然是否定的，其依据有两个：第一，辩护方处于被动防御的地位。在刑事诉讼中，犯罪嫌疑人、被告人受到控诉方的指控，在诉讼的攻防关系中，处于被攻击的守势和多数情况下的弱势地位。但依照法律，嫌疑人、被告人享有对控诉的抗辩权，特别是被控犯罪人享有广泛的辩护权，包括有权请律师提供法律帮助或向国家申请法律援助，这使嫌疑人、被告人具有一定的抗衡指控的能力。辩护方的防御地位决定了，抗辩只是"破"而不是"立"，是用"抓辫子，打棍子"的方式寻找指控的漏洞与不足，并给予攻击，旨在破坏控诉的证明，动摇控诉的真实性与可信性，从而推翻指控。所以，作为防御者的辩护方在诉讼证明上的要求显然要比控诉方低，这就如拆桥容易建桥难一样。第二，辩护方的证明能力较弱。首先，自现代侦查制度建立以来，侦查所获得的有关案件的信息资源主要掌握在公诉机关手中，甚至侦查就是直接由检察机关指挥或领导进行的，如德国、意大利等国即如此，辩护方却不论如何是不可能获得侦查权的。因此，国家理当承担起与其侦查权相对应的较重的举证责任，如负责对犯罪嫌疑人、被告人有罪进行证明，而辩护方就只能承担较轻的证明责任。其次，被控犯罪人在多数情况下人身自由都会受到不同程度的限制，没有能力、没有条件从事调查取证活动。律师虽然可以会见当事人，进行调查取证、阅读案件材料等活动，但律师的敬业精神、国家给予律师的执业环境等对于律师作用的发挥是有重要影响的；此外，在很多时候，被控犯罪人根本就没有请律师。所以，辩护方的证明能力是受到限制的。

与控诉证明标准的"可信性"相对，辩护方对其诉讼主张的证明只需达到"置疑性"即可。所谓"置疑性"是指，辩护方的证明只是要将指控主张置于受到怀疑的境地，动摇其真实性、可信性。辩护方的主张都是基于控诉而产生的，具有被动性和滞后性，在需要证明的情况下，辩护方应当以控诉为靶子，攻其薄弱环节，破坏控诉主张的可信性，使其达不到证明标准。置疑性的建立可能会产生两种有利于己的效果：其一，从实质上将控诉主张置于受到怀疑的境地，使控诉明显不可信因而不被法院接受；其二，使控诉事实真伪不明，那么，按照举证责任规则，法院就可能判处控诉方败诉。

（3）裁判方的证明标准——说服性。裁判者对自己的诉讼主张也负有证明责任，但其证明的标准却有别于控、辩双方，既不是"可信性"标准，也不是"置疑性"标准，而是"说服性"标准。各国法律都要求，裁判者对于其所作的裁判，要说明理由或根据，当然有一个例外，如美国的陪审团对于所作的事实裁决就不用说明理由，但美国的法官要在判决书中对此作出必要的解释，包括对事实认定的规则和法律的适用进行说明和论证。法院说明裁判理由，这是现代诉讼文明的基本表征之一。法院对其裁判主张的论证要达到说服性标准，即要说服控、辩双方接受裁判结果，就此化解矛盾，结束诉讼。

对于法院的证明活动，从来就不能以"真实"与"不真实"来衡量。无论是"客观真实"还是"法律真实"都不是法院所追求的目标。强世功先生的一段话，恰当地揭示了这样的道理："正是由于司法过程和司法判决是一个讲道理的过程，因此，对于司法判决，我们只能说合理还是不合理，而不能说'对'还是'错'。因为司法过程不是科学推理的过程，可以说在司法中没有真理，只有合理。如果司法过程如同科学计算那样，那么就不需要律师制度或者抗辩制度了，只需要更高级的、掌握司法真理的人或机构来监督就可以了。"①

"说服性"标准是由法院的审判职能和裁决案件、消解冲突的法定职责决定的。法院的职责是解决纠纷，消除冲突，通过审判裁决来解决控、辩双方的争议，所以，裁判本身必须具有说服性才能达到定分止争的效果。为达此目的，审判者在诉讼中要保持中立的立场和公正的态度，这只是为实现其说服性裁判所应当具备的形式要件，属于外在性说服；而法院如何听证、采证、认证，为什么要作出这样的裁判而不是那样的裁判，裁判的理由或根据是什么等，则是更为关键的，是形成说服性裁判的内容要件，是内在性说服。

2. 依诉讼主张确定证明标准

刑事诉讼要证明的对象是诉讼主张，诉讼主张有多种类型，不同类型的诉讼主张在证明的难度上是不同的，因而证明的标准就有差异。将各种诉讼主张进行综合后，可以筛选出最常见的三种刑事诉讼主张，即有罪主张、无罪主张和其他主张，它们的证明标准是各不相同的。

（1）有罪主张的证明标准。在现代无罪推定原则的限制下，检察机关或自诉人如要向陪审团或法官证明犯罪确实成立，就必须将有罪的主张证明到确实无疑的程度才能够使法院作出有罪判决，这个标准在各国就具体化为"排除合理怀疑"、"内心确信"和"证据确实充分"三种表述。

"内心确信"和"排除合理怀疑"标准是要求，控诉方对犯罪的证明要使陪审团或审判法官在内心确实相信被告人犯有所指控的罪行，没有合乎理由的怀疑。如果陪审团或法官根据控方所举出的证据，不能相信被告人犯有罪行，或者对被告人的犯罪存有重要的怀疑不能得到合理的排除，则法院不能认定被告人有罪和处以刑罚。"内心确信"和"排除合理怀疑"在证明程度上是相同的，都需要达到最高程度的盖然性，而且都是以主观样态表现的证明标准，所

---

① 强世功：《法律人的城邦》，上海三联书店 2003 年版，第 120 页。

不同的只是证明的思维路径不同，前者为证实，后者是证伪。"内心确信"是以"排除合理怀疑"为基础的，只有排除了合理的怀疑，才可能达到内心的确信。当然，排除合理怀疑不是排除一切怀疑，正如英国丹宁勋爵所说："排除合理怀疑的证明并不意味着连怀疑的影子都必须除掉，如果允许幻想的可能性妨碍司法的过程，法律就不能有效地保护社会。如果证据如此有力，以至于某人的利益只有遥远的可能性，'当然这是可能的，但却是丝毫不能证明的'，就应当予以驳回。因为案件事实已经得到了排除合理怀疑的证明。当然任何缺乏这种程度的证明都是不充分的。"[1]

我国的"证据确实充分"标准，在证明的程度上与"内心确信"和"排除合理怀疑"居于相同的层次，区别只在于"证据确实充分"是以客观的样态为标准的，而内心确信和排除合理怀疑是一种主观样态标准。近年来，基于对刑事证明中"客观真实标准"的怀疑，一些学者提出要废除"案件事实清楚，证据确实充分"这一标准，代之以"排除合理怀疑"或"高度盖然性"标准，或者"法律真实标准"。[2] 我认为，我国的"证据确实充分"标准本身没有问题，是可以继续沿用的，关键是怎样去理解、阐释它。

证据的确实不难理解，就是要求证据本身必须是确实可靠的，是可信的，不能是虚假的、经不起推敲的。在有罪证明中，证据的充分可以具体化为四个方面：第一，证据与要证事项之间具有关联性。第二，证据与指控主张在方向上具有一致性。第三，关于有罪主张的证据需要形成一个逻辑上的证明链。所谓逻辑上的证明链，是指证明有罪主张所依据的证据，按照正常的逻辑规律排列，能够形成一个证明体系。逻辑体系不等于证据体系。逻辑体系即证明链是基于证据而形成的分析、判断、推理的思维体系，而不是证据的机械相加，是证明体系而非证据体系。实践中，追求事实证据的堆积而不注重分析和说理，根据某些或某个事实证据的缺损就认定有罪证据不足的做法，是违背诉讼证明的基本规律的。第四，根据有罪证明链能够得出一个排他性的结论。即能够自然得出一个被告人犯有所指控罪行的排他性的结论，这个结论就是排除了合理怀疑的，就实现了证据的充分，法院就可以据此作出有罪判决。

（2）无罪主张的证明标准。证明无罪就是要将有罪指控置于令人怀疑、不可信的境地，因此，对无罪主张的证明不必强调证明链的形成，当然，有条

---

① Miller v. Minister of Pention 1947，2 AILER3721.

② 例如何家弘、陈瑞华、樊崇义教授都主张建立法律真实标准。何家弘："论司法证明的目的和标准"，载《法学研究》2001 年第 6 期；陈瑞华："从认识论走向价值论"，载《法学》2001 年第 1 期。

件形成证明链就更好了。对无罪主张的证明一般做到下列情况之一，就可以使法院作出无罪判决：第一，有一个证明被告人无罪的确实的证据存在。如有人证明被告人不具有作案时间；或者经鉴定，被告人患有精神病；或者被告人提出自己是正当防卫等，如果控诉方不能有效地反驳被告人所提出的这些能够证明无罪的证据，则这些证据就可以被认定而具有了确实性，依据这样一个证据，法院就足可判决被告人无罪。第二，证明有罪主张的证据不足。依据无罪推定原则，控诉方如果不能证明被告人有罪，或者有罪证明不能达到令人信服的程度，那么，被告人就是无罪的，法院就只能作无罪判决。证明有罪主张的证据在表面上已经成立的情况下，就需要被告人及其辩护人对其证据的确实性或充分性提出反驳性质疑，合理地破坏其已经形成的证明链，动摇有罪主张及其证据的可信性。如果对指控主张可信性的动摇达到了使法官对有罪产生了合理怀疑的程度，则无罪证明就已成功。

可以看出，对无罪主张的证明无须达到"证据确实充分"的程度，也就是说，不需要证明到"被告人确实无罪"这样令人无可怀疑的程度，只需证明到"被告人可能无罪"的程度就可以了。证明"被告人确实无罪"需要建立起一个证明链，从多方面排除被告人犯罪的可能性，然后才能得出一个令人可信的较为准确的结论；但证明"被告人可能无罪"就不需要全面垒筑证明的高墙，只需要在控方证明有罪的围墙上挖一个大洞或豁口即可，其证明标准要比证明"确实无罪"低得多。所以，我国刑事诉讼法所确立的"证据确实充分"的证明标准，是不适用于对无罪主张的证明的。并且，对无罪主张的证明也不适用"优势证据"标准，因为在有罪证明和无罪证明并行、有罪证据与无罪证据并存的情况下，无罪主张即使能够被法官所采纳，也并不意味着无罪证据就多于有罪证据，或者无罪证据的证明力就强过有罪证据。法官作出无罪判决的根据可能是因为有罪与无罪的证据和证明达到了均衡的状态。

（3）其他主张的证明标准。其他主张如法律主张、程序主张等，除了有罪主张与无罪主张之外的主张都可包括其中。其他主张在同一个刑事诉讼中可能会有多个，不像有罪主张或无罪主张那样只有一个，而且，其他主张既可能为控诉方所提，也可能为辩护方所使用。如侦查机关向检察机关提请逮捕犯罪嫌疑人，之后律师又可能申请对犯罪嫌疑人取保候审，这就是关于同一个人的两个不同的程序主张。对其他主张的证明，既不能达到有罪证明那样高的标准，也不能按无罪证明的标准执行，而只能选择一种中间状态，既优势证明标准。优势证明就是略占上风、稍显强势的证明，就如同数学上50与51之间的关系，这是证明力的比较，而非证据数量多寡的显示。如关于法律适用的论证、关于程序事项的申请，只要有正当的理由，就可能得以成立，根本无须用

"证据确实充分"或"排除合理怀疑"的标准来衡量，即使在有异议抵抗的情况下，只要异议的理由没有显出优势，对异议即可不予理睬。

3. 依诉讼阶段确定证明标准

前述所论及的刑事证明标准，都具有诉讼终局性，是各证明主体到法院裁判时才需要和可能达到的证明标准。但仅仅关注这一点还是远远不够的，因为刑事诉讼并不只有审判阶段，审判前程序更为漫长，同样需要证明标准的指导。终局证明标准对于侦查和审查起诉活动，犹如理想的明灯或遥远的彼岸，其指导作用是不可低估的，但公安机关、检察机关更需要现实的指导标准，以帮助他们判断案件是否可以移交下一个程序，追诉该不该继续。查清案件事实、收集犯罪证据、查获作案人，是法律对侦查机关提出的基本要求，是侦查机关的基本职责，侦查机关应当尽力完成法律赋予的使命，但是，任务是一回事，能不能完成这一任务就是另一回事。由于主、客观条件的多重限制，侦查机关不能完全查清案件事实情况、不能收集到百分之百的指控证据的情形十分常见，在此情况下，侦查机关就需要作出判断：是以证据不足撤销案件呢？还是移送起诉？对于公安机关移送的案件，检察机关也需要考虑：是以证据不足作出不起诉处理呢？还是向法院提起公诉？当然，在这两种处理之间，检察机关还可以将案件发回补充侦查，但补充侦查之后仍然面临着起诉与不起诉两种可能性。所以，证明标准对于公安、检察机关来说，意义同样非常重要。

（1）立案的证明标准。公诉案件的立案仅指公安、检察机关对刑事程序的发动。它具有控诉的性质，所以，须以刑事犯罪的发生为前提。我国《刑事诉讼法》第86条规定立案的条件是：公安、检察机关认为有犯罪事实发生，需要追究刑事责任。这也可以看做是立案时的证明标准。这个标准是刑事诉讼中最低的证明标准，但又是与追诉犯罪的实际需要相适应的。立案是刑事追诉的开始，只要有证据表明发生了刑事犯罪，而且依照法律这种犯罪是需要追究刑事责任的，则公安、检察机关就应当依职权予以立案侦查。

（2）侦查的证明标准。公安机关和人民检察院对公诉案件的侦查，要达到什么样的证明标准才能终结侦查，是一个非常重要的理论和实践问题。我国《刑事诉讼法》第129条和第162条第1款分别规定："公安机关侦查终结的案件，应当做到犯罪事实清楚，证据确实充分……""案件事实清楚，证据确实、充分，依据法律认定被告人有罪的，应当作出有罪判决。"这两条的规定所确立的都是客观标准，前一个是侦查证明标准，后一个是有罪判决证明标准。可以看出，两条所指的"事实清楚，证据确实充分"并没有区别。

我国侦查证明标准本身，隐含着立法上的两个悖论：首先，既然侦查阶段对案件的证明就达到了"犯罪事实清楚，证据确实充分"的程度，还有必要再由检察机关和法院对案件事实进行重复审查和认定吗？审查起诉和审判不成了纯粹的程序摆设？其次，现行刑事诉讼法将侦查阶段的被追究者称为"犯罪嫌疑人"，并且规定："未经人民法院依法判决，对任何人都不得确定有罪。"这意味着，在侦查阶段，犯罪嫌疑人所涉及的犯罪事实及其证据，无论如何也都只是一种犯罪嫌疑，所以，侦查证明标准也只是要尽可能地证明嫌疑人有重大的犯罪嫌疑，而不应当是查清"犯罪事实"，获取确实充分的有罪证据。法律既然规定只有法院才可以判决被告人有罪，在实际上也就将审判与侦查的证明标准做了区分：侦查是证明存在犯罪嫌疑，审判是证明存在犯罪。审判的证明标准显然应当高于侦查。但是，在证明标准的规定上，刑事诉讼法却没有与这些情况对应起来考虑。

这种悖论的产生，是侦查任务与证明标准相混淆的结果。从国家赋予侦查机关的职责看，侦查就是要查清犯罪案件的事实情况，收集犯罪证据，查获犯罪人，为国家公诉做准备，所以，法律要求公安、检察机关在侦查终结时，应当做到犯罪事实查证清楚，犯罪证据确实充分，任何疑点都必须查证清楚，不能留下可能导致冤枉无辜或放纵罪犯的事实隐患。如果允许侦查环节可以"偷工减料"地开"天窗"，留"漏洞"，那将会助长侦查的虚浮作风，从而降低侦查取证的质量和公诉的水平，严重地削弱国家打击犯罪的力度。所以，侦查的任务应当体现国家对侦查结果的最高追求。但是，要求侦查追求客观真实，不等于侦查实际上就能够达到客观真实。由于案件本身的复杂性或特殊性，或者由于侦查力量、侦查技术、侦查设施设备等的影响，或者囿于人类认识的局限性等，查不清客观真实的案件大量存在，对此，如果侦查机关撤销案件，放弃追诉的话，就将是对国家利益和社会正义的严重损害。因此，法律对侦查证明标准的确定，不能超越于现实而过于理想。

侦查证明标准就是证明有犯罪嫌疑存在。这一标准包含三个基本要素：其一，犯罪确实发生并且需要追究刑事责任。这是进行侦查证明的基本依据。犯罪发生必将引起社会关系的变化，它是一种客观实在，可以通过时间、地点、被害人、被害经过与后果等而得到确证；如果证实不了，就视同犯罪没有发生。其二，有具体的犯罪嫌疑人。查明犯罪是谁所为，是侦查的基本职责，若找不到犯罪嫌疑人，侦查就不能终结。其三，有证明嫌疑人涉嫌犯罪的证据。这些证据能够使犯罪嫌疑在表面上成立，也就是说，嫌疑人有实施犯罪的重大嫌疑，不能轻易推翻。达到这样的证明程度，即使不能获得更多的有罪证据，也可以将案件移送审查起诉。

（3）起诉的证明标准。在我国，法院受理公诉与自诉案件的条件不同，表明公诉与自诉的证明标准是有区别的。

①提起公诉的证明标准。在刑事诉讼法中，提起公诉的证明标准有两个条文分别加以规定，但两者的规定是不同的。第141条要求：检察机关认为"犯罪事实已经查清，证据确实、充分，依法应当追究刑事责任的，应当作出起诉决定……"证明标准尽管带有检察机关"认为"的主观色彩，但仍然是要求"犯罪事实清楚，证据确实充分"，从证明的高度看，与法院有罪判决的要求是相同的。《刑事诉讼法》第150条又规定："人民法院对提起公诉的案件进行审查后，对于起诉书中有明确的指控犯罪事实并且附有证据目录、证人名单和主要证据复印件或者照片的，应当决定开庭审判。"这后一条规定，从立法意图看，原本是为了防止法院的审前预断而制定的，将法院对公诉案件的审查，由过去的实质审查改为现在的形式审查，但它在实际上却起到了公诉证明标准的作用。因为按照这个标准，检察机关就可以将案件提请法院审判，检察机关自然无须用"犯罪事实清楚，证据确实充分"这样的高标准为难自己。这后一个证明标准就是：有明确的指控犯罪事实和证据目录、主要证据复印件或照片等。

两个公诉证明标准相比，显然后一个更为实际和科学。有明确的指控犯罪事实和相应的证据目录等，说明有指控的内容和事实依据，指控能够在表面上获得成立，具有可信性，这就足以构成法院开庭审判的理由。至于指控的犯罪是否为被告人所实施，指控证据是否具有可采性和证明力，指控证据是否充分等，则是法院审判所要确定的问题。因此，提起公诉时的证明标准不应当是"犯罪事实清楚，证据确实充分"。这是因为，首先，就公诉所处的诉讼阶段看，犯罪仍然处于"嫌疑"期，检察机关此时不可能"已经"将"犯罪事实"查清楚，况且，没有经过法庭上的质证与辩驳，检察机关所掌握的证据很难说是"确实充分"的，充其量是自以为如此。其次，就公诉所占的立场看，公诉表明了国家对犯罪谴责和打击的态度，具有控诉的性质，没有必要等到查清了全部犯罪事实并收集到充分的证据之后才表明追诉的立场和态度，在有证据证明指控主张成立的情况下，检察机关即可提起公诉。再者，检察机关不是诉讼的公断人，没有必要像公断人那样，要在查清客观真实、获取确实充分的证据后才做决定。检察机关提起公诉后，法庭要对控诉和辩护的情况和证据进行全面审查认定，所以，公诉主张中的事实和证据对全案来说，不一定是准确和公允的。

②提起自诉的证明标准。我国《刑事诉讼法》第171条规定，法院对自诉案件审查后，对于犯罪事实清楚、有足够证据的案件，应当开庭审判；缺乏罪证的自诉案件，如果自诉人提不出补充证据，应当说服自诉人撤回自诉，或者裁定驳回。这里显示出，法院对自诉案件，采用的是实质审查，相应的，自

诉的证明标准就是比较高的，这个标准就是："犯罪事实清楚，有足够证据。"法院用这样高的证明标准对待自诉，固然可以防止公民滥用诉权诬告陷害或者任意发动无法获胜的诉讼，节省司法资源，但却不利于化解社会矛盾。实际上，指控证据不足的自诉案件并非都不能成立，如果被告人承认指控，自诉证据得到了自认的补强，就不再是证据不足了。所以，降低自诉证明标准，会更有利于社会的稳定。

（4）有罪判决时控方的证明标准。一般所说的有罪判决的证明标准，其准确的说法应当是：法院作有罪判决时控诉方需要达到的证明标准，也就是说，这个证明标准是控诉方的证明标准，而不是法院的证明标准。一般来说，在审判阶段，被告人及其辩护人会针对指控进行反驳，反驳可能会削弱控诉证据的证明力，降低指控的可信性，因而，控诉方还应当继续进行法庭证明活动，以巩固并提升起诉时所达到的证明标准，力争实现有罪判决的证明要求。有罪判决的证明标准，在客观上的样态就是我国的"犯罪事实清楚，证据确实充分，依据法律认定被告人有罪"，以主观形式表现就是英美国家的"排除合理怀疑"和大陆法系国家的"内心确信"标准。

刑事诉讼的证明标准是随着诉讼的进程而逐渐提高、递进的，立案时最低，有罪判决时最高。这种情况同诉讼主体的认识水平和诉讼主张本身的高低相适应。

（三）证明诉讼主张的依据

证据，顾名思义就是证明问题的根据。它是与证明对象密切相关的、能起到证明作用的那些情况。当我们将刑事诉讼证明的对象从案件事实转向诉讼主张之后，我们将会发现，证明诉讼问题的证据也将宽泛得多。因为既然证明的对象不再限于案件事实，那么，刑事诉讼证据也就必然会超越事实证据的范围。因此可以说，凡是能够用于证明诉讼主张的事实或材料，就都可以成为刑事诉讼证据，这些证据大致可分为三类：事实证据，法律规范，经验、定律和常识。

1. 事实证据

事实证据是指案件事实留下来的、能够用于再现或证明案件客观情况的那些事实。在我国就是指刑事诉讼法明确规定的物证、书证，证人证言，被害人陈述，犯罪嫌疑人、被告人的供述和辩解，勘验、检查笔录，鉴定结论，视听资料。这些证据具有如下共同点：第一，是案件事实本身留下的"残片"。这些残片包括作案人或犯罪行为、被害人等留下的与刑事案件相关的痕迹、物品、记忆、思想等。第二，可用于再现或证明案件的客观情况。事实证据的诉讼价值就在于能够再现案件原来的情况，进而使人们理性地认识案件，以确定嫌疑人或被告人是否实施了某种行为，以及行为的性质等。

2. 法律规范

法律规范包括宪法、法律、法规、规章、司法解释、国际条约、外国法等的规定。在以案件事实为证明对象时，查明案件的客观真实就是刑事诉讼的主要目标，那么，能够证明案件事实是否存在或真与假的证据，就只是事实证据，规范性文件与案件事实的真假以及何时、何地、何人、何行为、何后果等无关，不属于事实的范畴，因而不能作证据。我国刑事诉讼法列举的七种证据，都是事实证据，从立法精神到法条的字面意义看，并不包括规范性文件在内。如果将刑事诉讼证明的对象转向诉讼主体的主张，就可以说，法律规范也是诉讼证据，因为法律规范同事实证据一样，也是证明诉讼主张的重要依据。支撑刑事诉讼主张的，可能是事实证据，可能是法律规定，在许多时候是两者兼而有之。检察机关若指控被告人犯有杀人罪，并不仅仅是说被告人实施了杀人的行为，更重要的是这种行为是法律所禁止的。要证明诉讼问题，必然要涉及法律的适用，法律文件是论证法律适用的最基本根据，因而也是诉讼证据。在关于罪名问题、量刑轻重问题的争议中，法律规范就成为证明诉讼主张的主要证据。

3. 经验、定律和常识

在对诉讼问题的证明中，经验、定律和常识常常发挥着不可忽视的作用，既可用于分析、判断其他证据的真假，又可对证据群的证明力作出评估，在很多时候还可构成诉讼证据的重要部分，成为证明诉讼问题的重要根据。经验是人们在日常生活、社会实践中逐渐形成的知识或技能，是经过实践反复证明了的最大可能性。司法判决在一定程度上就是经验判断的产物。经验在很多时候直接影响着诉讼证据的采集和案件事实的判断，并进而影响着对法律的理解与适用。定律是经自然科学或逻辑学等证明具有正确性、可以作为原则或规律使用的命题或公式。在司法中，指纹鉴定、DNA 鉴定、司法精神病鉴定、枪弹痕迹鉴定、化学毒物鉴定等都有定律作为前提，人们将鉴定的结果用作证据，实际上也就首先承认了科学鉴定的前提即定律本身的证据价值，只是定律因不需要证明而常常被人们忽略。常识，顾名思义是常人的知识或认识，是常见的事物和通常的道理。将常识用于证明诉讼问题，是很常见的事情。常识证据可用于证明诉讼中的特定事项符合常情，具有可信性，还常用于证伪，即反证对方所主张的诉讼事项违反常识或常理，因而是不真实、不可信的。

（四）证明刑事诉讼主张的方法

1. 事实判断

刑事诉讼从立案、侦查、起诉，直到法院的判决，始终存在着关于案件事实的分析与判断。事实判断，既是刑事证明的内容，也是证明的基本方法。从已知到未知的探求即证明本身是包含了事实的有无、真假、轻重的判断的。事实判断包括直觉判断、经验判断和证据判断三个层面。在这三者中，直觉判断最为基础和直接，其次是经验判断，证据判断位于最高层面。三者是相互依存、不可分离的。在刑事诉讼中，直觉判断可以引导出经验判断和证据判断，但需要经验判断或证据判断给予印证和表现。一般来说，经验判断和证据判断不能与直觉判断相悖，否则，其真实性和可信性是难以保证的。

2. 诉讼推理

推理是诉讼证明的基本方式，复杂的判断需要借助于推理来进行。逻辑学上所说的推理，是依据一定的逻辑关系组合而成的判断序列，用以表明判断与判断之间的推导关系，由已知推导未知，为未知寻找或者提供适当理由的思维活动。依不同的标准，诉讼推理可分为：事实推理与法律推理，形式推理与实质推理，定罪推理与量刑推理，直接推理与间接推理。

3. 法律解释

诉讼证明的一个重要特点就是运用法律、适用法律的证明。在对诉讼主张的证明中，法律既可以是诉讼各方证明的依据，是作出判断的基础和进行推理的前提，也可能是证明对象本身。也就是说，法律成为诉讼主张的内容和诉讼争议的焦点。而法律并非总是确定无疑的，"法律是一种阐释性的概念"。① 所以，在必要时对法律作出解释就成为诉讼证明的基本方法之一。

进入 20 世纪，法律确定的神话被法律现实主义粉碎之后，法律解释及其相关问题就凸显了出来。所谓法律解释，按照张志铭教授的概括就是"解释者将自己对法律文本意思的理解通过某种方式展示出来"。② 基于控、辩双方的对抗性需要，刑事诉讼中寻找法律的冲突，制造法律解释的冲突，利用这种冲突论证各自的诉讼主张，是永恒的规律。法官是当然的法律解释者。马克思说："法官的责任是当法律运用到个别场合时，根据他对法律的诚挚的理解来解释法律。"③ 但只要法官可以解释法律，与其在司法剧场上同台演出的控诉

---

① ［美］德沃金著，李常青译：《法律的帝国》，中国大百科全书出版社 1996 年版，第 364 页。
② 张志铭：《法律解释操作分析》，中国政法大学出版社 1999 年版，第 16 页。
③ 《马克思恩格斯全集》（1），人民出版社 1982 年版，第 76 页。

方、辩护方也就同样有权解释法律，尽管对法律解释的权威有所不同。依照自己对法律的理解和感受来解释法律，并将其运用于诉讼中来论证、说明自己的诉讼主张，是每一个诉讼主体的权利——一种当然的诉讼话语权。没有哪个法律解释论者会否认解释主体的多维性。解释主体的多维性意味着解释的多重性、差异性。法律解释理论不可能消除法律的歧义，其贡献只在于，正视法律的不确定性和解释的差异性，设定法律解释的价值准则，为法律解释提供恰当的技术和方法，力求扩大解释者的共识，缩小解释的差异。

五、诉讼主张的张扬与冲突的解决

对诉讼主张的关注，既是个案处理的重点，也是当代刑事司法共同关注的焦点，并直接影响着刑事司法的走向和冲突解决的方式。反过来也可以说，当代刑事司法中的人权保障理念，正是通过张扬诉讼主张的方式付诸实现的。

（一）诉讼争点的形成与整理

诉讼争点是诉讼主张对立的直接反映。诉讼对冲突的解决是在凸显矛盾、暴露争执的基础上进行的，是一个"有的放矢"的过程，因而，发现、整理诉讼争点对于整个刑事诉讼就显得十分的重要。

诉讼争点包含于控、辩双方的诉讼主张中，是诉讼主体实体利益冲突和诉讼角色差异在诉讼上的集中表现。刑事诉讼争点的形成过程覆盖除执行程序外的全部刑事诉讼过程——从立案直到法庭就该项特定的诉讼审判终结为止。诉讼争点的形成以控、辩双方存在实际的争议为条件。诉讼的三方构造是从形式上对控、辩双方的对立、争执所给予的认可和预设，而诉讼争点则是控、辩双方诉讼主张实际上存在分歧的表现。控、辩双方若没有诉讼主张上的分歧就不会有诉讼争点，如被告人完全承认控诉方的指控而不作任何辩解。一般来说，有争点的诉讼是常态，无争点的诉讼是例外。在西方国家，无争点的刑事诉讼通常是用简易程序予以审结的，如英美国家的罪状认否程序，但这种情形的出现常常是诉讼制度运作的结果，并非诉讼开始时就没有争点。

"司法判决以案件当事人为直接和主要对象，它需要对当事人提起的争点和论点作出裁决。因此，判决的一个重要功能就是向败诉方表明判决是合法的，是法院对诉诸司法的公民的一种合理回答，而不单纯是一种具有国家权威的行为。"[①] 依照对抗式诉讼的要求，法院在判决书或裁定书中应当对控、辩双方的诉讼主张以及相互的意见分歧给予总结、归纳，以便有针对性地消解冲突。

---

① 张志铭：《法律解释操作分析》，中国政法大学出版社 1999 年版，第 201—202 页。

法院通过对控、辩双方所主张的事实或看法，先一项一项地表明采纳还是不采纳的态度，并且阐明理由，然后，根据其认定的事项汇总进行分析、说明，最后得出判决结果。这使得判决依据明了、过程清楚、结论自然，容易让人接受。季卫东教授曾谈到，制度的正当性取决于正当化的过程以及为了达到这一目的而运用的说服的技术。说服是一种相互作用，参加议论的各方必须有在被说服之后修改或放弃己见的思想准备。而说服的一个重要条件就是原理上的首尾一贯性。①

除了审判法院外，控、辩双方也需要对诉讼争点进行归纳和预测，这是知己知彼、百战不殆的保证。首先，在法院开庭审理之前，有经验的公诉人和律师都会认真地整理和归纳本方对于案件的基本观点、基本要求，从而设定自己在法庭上所持的立场和抗争的技巧。其次，开庭前，公诉人和辩护律师还要对相对方的诉讼主张和观点以及相关的理由作出分析和预测。控诉方的基本主张和相关证据在起诉书上都已反映出来，尽管如此，辩护律师还是要注意分析控诉主张形成的原因、控诉存在的漏洞、控诉方是否会作让步、法庭辩论中控诉方会从哪些方面捍卫其主张等，这是辩护取得实际效果所不可少的工作。公诉人的庭前准备通常是在不知道辩护方主张和观点的情况下进行的，对辩护律师和被告人在法庭上可能会从哪些方面提出辩护意见只能进行预测。再次，在法庭调查和辩论中，控、辩双方都要随时记录对方提出的新的情况和观点。如果不同意对方的意见，就要当场予以反驳，否则就可能被法庭视为承认或认同。

（二）从威权到对话：迈向柔性司法

刑事司法对诉讼主张的重视，促进了整体风格的转换，这就是从国家威权强制到民主对话的嬗变。或者反过来说，是这种嬗变引起了诉讼主张的张扬。从奴隶制后期到资本主义初期，国家以显失公正的诉讼程序和压倒性力量主宰着对犯罪的追究过程。当事人被客体化，没有诉讼权利和权利主张；法官则是审判官、警察、检察官三者的合一。这种制度以司法的专横和国家的绝对优势建立起国家及其司法的威权。但是，近代以来，特别是第二次世界大战后，司法的威权已经不是靠强制维系，而主要是建立在民主对话的基础之上。

市场经济的发育和生成是司法制度发展的原动力。市场需要自由经济人去建构，而在市民社会养成之时，国家就必须将一部分权力放归社会，通过法律的规范、行业的自治、市场的调节等方式确保社会健康、稳定的运行。这一过

---

① 季卫东："'应然'与'实然'的制度性结合"（代译序），载麦考密克、魏因贝格尔著，周叶谦译：《制度法论》，中国政法大学出版社1994年版。

程实际上也是国家司法权对社会作适度让予的过程，人类由此进入人权高歌与对话盛行的时代。

美国学者诺内特和塞尔兹尼克在《转变中的法律与社会》一书中，提出了法的三种类型：压制型法、自治型法与回应型法。三种法的类型所体现的强制性具有显著差异：在压制型法中强制占主导地位，在自治型法中强制被缓和，而在回应型法中强制则退居二线，往往备而不用。总的趋势是用"软性法治"取代"硬性法治"。

轻刑化是柔性司法的表现之一。轻刑化如禁止酷刑，废除或减少死刑，缩短自由刑，改革自由刑并广泛适用自由刑替代措施如社区服务等。19 世纪以来，许多国家普遍采用非刑化措施取代短期自由刑。如英国创立了缓予起诉、暂缓判刑制度①，日本 1955—1976 年有大约 60% 的被判自由刑的罪犯被宣告缓刑，法国 1960 年有 39.3% 的被判拘禁刑者被使用缓刑。与此相伴，假释制度也得到广泛推行。英国 1853 年确立假释制，美国 1970 年共有 18 个州的假释率高达 75%，日本 1954 年的假释率为 79.5%。②

恢复性司法是柔性司法的另一种表现。作为对轻刑化的回应，一种更为积极的司法制度应运而生，这就是恢复性司法。恢复性司法在实质上是一种刑罚理念的嬗变，但它同时带来了刑事诉讼程序中对协商、对话以及消除冲突和对立的更充分关注，更多样化、人性化的冲突消解方式的选择与运用。③ 恢复性司法的具体措施主要包括：（1）赔偿被害人的损失。（2）给刑事被害人提供医疗的、心理的、物质的救助。（3）提供社会服务。即判处被告人为社区或被害人提供一定的服务。就程序而言，恢复性司法是在充分尊重当事人人格与个性的基础上，以合理、合法的意见、要求为导向，积极寻求刑事被告人与被害人、国家之间矛盾与冲突的解决，努力促成犯罪人向受害人做直接真诚的道歉，以加强双方互相的理解。

（三）现代刑事冲突的解决方式

1. 刑事调解

刑事调解是指刑事被害人与加害人在司法人员或警察等的帮助下，通过协商性对话，增进相互的理解与谅解，从而按照双方的合法意愿解决刑事纷争的

---

① 麦高伟、杰弗里·威尔逊著，姚永吉等翻译，何家弘审校：《英国刑事司法程序》，法律出版社 2003 年版，第 424 页。

② 邱兴隆：《刑罚理性评论》，中国政法大学出版社 1999 年版，第 73 页。

③ 麦高伟、杰弗里·威尔逊著，姚永吉等翻译，何家弘审校：《英国刑事司法程序》，法律出版社 2003 年版，第 476 页。

一种纠纷解决方式。现代刑事调解制度的兴起，与刑事司法对受害人和加害人双方的主张及其合意的重视具有直接的关系。受害人在陈述其不幸、痛苦之后，将会合逻辑地提出自己的法律要求，如果我们不是用国家主义的期望限制被害人的话，被害人希望给予补偿并对加害人给予惩罚就是最正常不过的了。刑事调解同时给加害人提供了向受害人做直接真诚道歉的机会，如果其犯罪确有值得宽宥的原因，或者其确实能够真心悔过，或者其愿意积极弥补给被害人造成的损失，那么，在获得被害人一定程度的谅解之时，刑罚采用与否及如何适用就是可以协商、可以选择的了。加害人在这种制度下，也将得到他自主选择的机会和承担他愿意承担并能够承担的责任。刑事调解的过程是冲突双方对话、协商的过程，调解协议是相互同意的、无强迫的参与和决定的结果。当然，刑事调解只是作为刑事审判的一种补充或辅助形式，如果被害人与加害人之间无法达成调解协议，案件就由法院审判或按已经作出的判决执行。

2. 辩诉交易

辩诉交易也即辩诉协商，是发生在国家追诉者与刑事被告人之间的一种刑事冲突解决方式。不管是基于国家被害理论还是基于国家的社会管理职能，国家对犯罪案件的追诉仍然是现代各国遏制犯罪的基本策略。但是，国家对犯罪的追诉方法却因各国不同的法治背景而存在重大差异。在完成了社会法治化、司法程序化进程之后，现代西方国家开始普遍改变刑事司法刻板、僵化、冷冰冰的面孔，使其富有人情味，富有可协商性，能够体现法律在个案中的公平、正义。因此，国家追诉犯罪的一种新的方式——辩诉交易，迅速在美国、英国、意大利、德国、西班牙等国盛行。

辩诉交易作为一种冲突解决方式，在保障人的尊严、权利，尊重当事人的主张方面所显现的积极作用是有目共睹的。如陈卫东教授说："辩诉交易体现了充分尊重被告人主体性的价值理念，表现为实行被告人意思自治。被告人是一方当事人，享有诉讼主体独立的意志，有权自主作出选择。即便选择了有罪答辩，也是为了最大限度地实现自身利益而作出的'自愿而理智'的选择。"[①]

3. 正式审判

古往今来，审判一直是刑事冲突解决的基本手段。审判之所以能解决冲突，原因有两个：强制或者公正。近代以来，随着民主精神和人权理念的渗透，刑事诉讼的强制性逐渐在被弱化，各国通过立法和司法，对刑事诉讼的内在机制进行不断的改造，旨在向公正转化。无论是英美法系、大陆法系国家还是我国，这种努力和变化都是清晰可辨的。但是，在刑事冲突的解决还只有法

---

① 陈光中：《辩诉交易在中国》，中国检察出版社 2003 年版，第 38 页。

庭审判这一种方式，也就是说，在刑事诉讼的控、辩双方别无选择，只能通过法庭正式审判来裁决案件的情况下，审判就仍然是强制的，尽管它可能在实质上是公正的。刑事调解和辩诉交易制度的兴起，给刑事诉讼控、辩双方提供了选择的机会，人们可以选择审判，选择调解，也可以选择辩诉交易。正如当今的美国，刑事诉讼的双方可以随时选择以辩诉交易的方式解决案件，但也有人如前橄榄球明星辛普森选择陪审团审判。在面临选择时，当事人双方如果宁愿放弃简洁、快速且更为体面的结案方式而选择正式审判的话，那么至少可以说，是当事人相信正式审判比其他解决方式更好，更符合他实现公正处理的愿望。所以，可选择的审判才称得上是公正的审判。

公正审判的内在标准是审判者在尊重控、辩双方诉讼主张的基础上作出适当的裁判。尊重控、辩当事者双方的主张是公正审判的第一要求，也是现代刑事诉讼最突出的特点。因为诉讼是为解决双方的冲突而启动的，并将以冲突的消解而结束，不了解冲突事实以及双方对于裁判的要求和愿望，就不能有的放矢地化解矛盾，消除争执。所以，无论是学者们所说的过程公正还是结果公正，其核心都在于，审判要给控、辩双方同等的陈述与表达的机会，不听取当事人主张的审判，不是独裁就是欺骗。

参 考 文 献

一、中文部分

1. ［美］史蒂文·J. 伯顿著，张志铭、解兴权译：《法律与法律推理导论》，中国政法大学出版社 1999 年版。

2. ［美］诺内特、塞尔兹尼克著，张志铭译：《转变中的法律与社会》，中国政法大学出版社 1994 年版。

3. ［美］昂格尔著，吴玉章、周汉华译：《现代社会中的法律》，中国政法大学出版社 1994 年版。

4. ［美］波斯纳著，苏力译：《法理学问题》，中国政法大学出版社 1994 年版。

5. ［美］博登海默著，邓正来等译：《法理学——法哲学及其方法》，华夏出版社 1987 年版。

6. ［美］德沃金著，李常青译：《法律帝国》，中国大百科全书出版社 1996 年版。

7. ［英］丹宁勋爵著，杨百揆、刘庸安、丁健译：《法律的训诫》，法律出版社 1999 年版。

8. ［英］丹宁勋爵著，李克强、杨百揆、刘庸安译：《法律的正当程序》，法律出版社 1999 年版。

9. ［美］罗伯特·C. 埃里克森著，苏力译：《无需法律的秩序》，中国政法大学出版社 2003 年版。

10. ［意］朱塞佩·格罗索著，黄风译：《罗马法史》，中国政法大学出版社 1994 年版。

11. ［德］汉斯·约阿希姆·施奈德著，许章润等译：《国际范围内的被害人》，中国人民公安大学出版社 1992 年版。

12. ［美］肯尼斯·R. 福斯特等著，王增森译：《对科学证据的认定》，法律出版社 2001 年版。

13. ［日］田口守一著，刘迪、张凌、穆浸译：《刑事诉讼法》，法律出版社 1998 年版。

14. ［英］麦高伟、杰弗里·威尔逊著，姚永吉等译，何家弘审校：《英国刑事司法程序》，法律出版社 2003 年版。

15. ［美］米尔建·R. 达马斯卡著，李学军、刘晓丹、姚永吉、刘为军译，何家弘审校：《漂移的证据法》，中国政法大学出版社 2003 年版。

16. ［美］凯斯·R. 孙斯坦著，金朝武、胡爱平、高建勋译：《法律推理与政治冲突》，法律出版社 2004 年版。

17. ［德］莱奥·罗森贝克著，庄敬华译：《证明责任论》，中国法制出版社 2002 年版。

18. ［英］梅因著，沈景一译：《古代法》，商务印书馆 1996 年版。

19. ［法］卡斯东·斯特法尼等著，罗结珍译：《法国刑事诉讼法精义》（上），中国政法大学出版社 1999 年版。

20. ［美］汉密尔顿、杰伊、麦迪逊著，程逢如等译：《联邦党人文集》，商务印书馆 1980 年版。

21. ［英］S. F. C. 密尔松著，李显冬等译：《普通法的历史基础》，中国大百科全书出版社 1999 年版。

22. ［苏］H. A. B. 蒂里切夫等著，张仲麟等译：《苏维埃刑事诉讼》，法律出版社 1984 年版。

23. ［意］贝卡利亚著，黄风译：《论犯罪与刑罚》。

24. 《汉谟拉比法典》，法律出版社 2000 年版。

25. 宋英辉译：《日本刑事诉讼法》，中国政法大学出版社 2000 年版。

26. 卞建林译：《美国联邦刑事诉讼规则和证据规则》，中国政法大学出版社 1996 年版。

27. 张志铭著：《法律解释操作分析》，中国政法大学出版社 1999 年版。

28. 信春鹰：《公法》（第三卷），法律出版社 2002 年版。

29. 王敏远：《公法》（第四卷），法律出版社 2003 年版。

30. 夏勇：《人权概念起源》，中国政法大学出版社 1992 年版。

31. 杨一平：《司法正义论》，法律出版社 1999 年版。

32. 葛洪义：《法律方法与法律思维》（第1、2辑），中国政法大学出版社。

33. 陈金钊、谢晖：《法律方法》（第2卷），山东人民出版社2003年版。

34. 夏勇、莫顿·凯依若姆等：《如何根除酷刑》，社会科学文献出版社2003年版。

35. 张志铭：《法理思考的印迹》，中国政法大学出版社2003年版。

36. 季卫东：《法治秩序的建构》，中国政法大学出版社1999年版。

37. 沈宗灵：《现代西方法理学》，北京大学出版社1992年版。

38. 强世功：《法律人的城邦》，上海三联书店2003年版。

39. 陈兴良：《刑事司法研究》，中国方正出版社1996年版。

40. 陈泽宪：《刑事法前沿》（第一卷），中国人民公安大学出版社2004年版。

41. 徐静村：《刑事诉讼前沿研究》（第一卷），中国检察出版社2003年版。

42. 徐静村：《21世纪中国刑事程序改革研究》，法律出版社2003年版。

43. 梁玉霞：《论刑事诉讼方式的正当性》，中国法制出版社2002年版。

44. 李义冠：《美国刑事审判制度》，法律出版社1999年版。

45. 龙宗智：《刑事庭审制度研究》，中国政法大学出版社2001年版。

46. 周静：《自由心证与陪审制度》，中国台湾天山出版社。

47. 黄东熊：《刑事诉讼法》，中国台湾三民书局1985年版。

48. 杜世相：《刑事证据运用研究》，中国检察出版社2002年版。

49. 汪海燕、胡常龙：《刑事证据基本问题研究》，法律出版社2002年版。

50. 何家弘：《外国证据法》，法律出版社2003年版。

51. 何家弘：《证据学论坛》（第1—7卷），中国检察出版社。

52. 何家弘：《新编证据法学》，法律出版社2000年版。

53. 陈光中、江伟：《诉讼法论丛》（第7、8卷），法律出版社。

54. 陈光中：《辩诉交易在中国》，中国检察出版社2003年版。

55. 卞建林：《刑事证明理论》，中国人民公安大学出版社2004年版。

56. 吴宏耀、魏晓娜：《诉讼证明原理》，法律出版社2002年版。

57. 何家弘、南英：《刑事证据制度改革研究》，法律出版社2003年版。

58. 沈德咏：《刑事证据制度与理论》，法律出版社2002年版。

59. 雍琦：《审判逻辑导论》，成都科技大学出版社1998年版。

60. 邓子滨：《刑事法中的推定》，中国人民公安大学出版社2003年版。

61. 孙长永：《沉默权制度研究》，法律出版社2001年版。

62. 宋英辉：《刑事诉讼原理》，法律出版社2003年版。

63. 王达人、曾粤兴：《正义的诉求》，法律出版社2003年版。

64. 彭勃：《日本刑事诉讼法通论》，中国政法大学出版社2002年版。

65. 胡夏冰等：《司法公正与司法改革研究综述》，清华大学出版社2001年版。

66. 陈瑞华：《问题与主义之间》，北京大学出版社2003年版。

67. 李浩：《民事举证责任研究》，法律出版社1997年版。

68. 张建伟：《刑事司法：多元价值与制度配置》，人民法院出版社2003年版。

69. 井涛：《法律适用的和谐与归一》，中国方正出版社 2001 年版；最高人民法院：《刑事审判参考②》，法律出版社 2003 年版。

70. 毕玉谦：《中国司法审判论坛》，法律出版社 2001 年版。

71. 毕玉谦：《证据法要义》，法律出版社 2003 年版。

72. 李游、昌安青：《走向理性的司法》，中国政法大学出版社 2001 年版。

73. 巫宇甦：《证据学，高等学校法学试用教材》，群众出版社 1983 年版。

74. 张子培：《刑事诉讼法教程》，群众出版社 1983 年版。

75. 王国枢：《刑事诉讼法学》，北京大学出版社 1989 年版。

76. 孙长永：《刑事诉讼法学》，中国检察出版社 2002 年版。

77. 陈朴生：《刑事证据法》，中国台北三民书局 1979 年版。

78. 邱兴隆：《关于惩罚的哲学》，法律出版社 2000 年版。

79. 陈光中、陈海光、魏晓娜："刑事证据制度与认识论"，载《中国法学》2001 年第 1 期，第 37—52 页。

80. 江伟、吴泽勇："证据法若干基本问题的法哲学分析"，载《中国法学》2002 年第 1 期，第 24—38 页。

81. 何家弘："论司法证明的目的和标准"，载《法学研究》2001 年第 6 期，第 41—54 页。

82. 李学宽、汪海燕、张小玲："论刑事证明标准及其层次性"，载《中国法学》2001 年第 5 期，第 125—136 页。

83. 陈瑞华："从认识论走向价值论"，载《法学》2001 年第 1 期，第 21—28 页。

84. 卞建林、郭志媛："论诉讼证明的相对性"，载《中国法学》2001 年第 2 期，第 167—175 页。

85. 汪海燕、范培根："论刑事证明标准层次性"，载《政法论坛》2001 年第 5 期，第 81—91 页。

86. 马静华："刑事和解的理论基础及其在我国的制度构想"，载《法律科学》2003 年第 4 期，第 81—88 页。

87. 徐昕："通过法律实现私力救济的社会控制"，载《法学》2003 年第 11 期，第 86—93 页。

88. 易延友："证据法学的理论基础"，载《法学研究》2004 年第 1 期，第 99—114 页。

二、外文部分

1. Michael H. Graham, *Federal Rules of Evidence*，法律出版社与 West Group 合作出版 1999。

2. John Sprack, *Emmins on Criminal Procedure*, Blackstone Press Limited, Seventh edition 1997.

3. Christopher Allen, *The Law of Evidence in Victorian England*, Cambridge University Press 1997.

· 中国社会科学院 ［法学博士后论丛］ ·

死刑的诉讼程序限制

The Procedural Limitations of Death Penalty

博士后姓名　杨正万

流　动　站　中国社会科学院法学研究所

研 究 方 向　诉讼法学

博士毕业学校、导师　中国人民大学　程荣斌

博 士 后 合 作 导 师　陈泽宪　张志铭　王敏远

研究工作起始时间　2002 年 8 月

研究工作期满时间　2004 年 8 月

作 者 简 介

杨正万，男，侗族，1966 年 11 月 19 日生，贵州省石阡县人，法学学士、硕士、博士、博士后，法学教授，硕士研究生导师，现任贵州民族学院院长助理。社会兼职有：贵州省政协委员，贵州省人民检察院特约检察员，贵州省法学会诉讼法学研究会副会长，贵州省法学会第五届常务理事。独著：《刑事被害人问题研究——从诉讼角度的观察》，中国人民公安大学出版社 2002 年 8 月版；《辩诉交易问题研究》，贵州人民出版社 2002 年 9 月版。合著：《二十世纪的中国法学》、《外国刑事诉讼法教程》、《特种行业执法全书》、《新刑事诉讼法教程》等 4 部。在《中国人民大学学报》、《人民司法》、《政治与法律》、《中国人民公安大学学报》、《云南大学学报（法学版）》等刊物上公开发表论文 20 余篇，其中有 2 篇被中国人民大学复印报刊资料全文转载，《论被害人诉讼地位的理论基础》，载《中国法学》2002 年第 4 期，2003 年获得中国法学会颁发的第五届中青年诉讼法学优秀成果论文类二等奖。目前主持国家课题和省级课题各 1 项。

死刑的诉讼程序限制

杨正万

内容摘要：本文从死刑案件的初审程序、死刑案件的普通救济程序和死刑案件的执行程序三方面论述了死刑的诉讼程序限制。这里的初审程序主要包括陪审团制度的引入、定罪程序和量刑程序的分离三方面。死刑案件普通救济程序包括现行法律规定的二审程序和理论上主张的三审程序。确定死刑的程序结束后，似乎程序对于死刑的限制就再难有所作为。其实不然，就是现行的死刑执行程序也对死刑的具体适用产生了实际的限制作用。不过，由于死刑执行程序存在一系列的缺陷，其限制死刑的作用还没有充分发挥出来。针对死刑执行程序在理论基础和具体规范两方面存在的缺陷，死刑执行程序的完善相应可从死刑执行程序的理论基础重构和死刑执行程序具体规范的完善两方面着手。死刑适用的不得已性是死刑执行程序的新型理论基础。死刑执行程序具体规范的完善又主要包括了死刑执行根据的完善、死刑执行主体的完善、死刑执行阶段权利救济的程序构建、执行死刑核准程序的构建、执行死刑命令签发程序的完善和死刑缓期执行程序变更的完善几项内容。

关键词：死刑的初审程序　死刑的普通救济程序　死刑的执行程序

基于死刑价值的有限性，我国的死刑政策和国际上死刑立法和司法的实际发展趋势说明，死刑走向限制而非扩张才是死刑未来变化的方向。而对死刑的限制主要有实体和程序两条路径。应该说，实体路径是根本性的。刑法条文上死刑刑罚的减少可直接带来减少适用死刑的效果。但是，限制死刑的实体法路径难以适应人们死刑观念变化的过程性而在具体实施过程中会遭到不同意见的强烈反弹。程序法路径因为具有实体法路径所不具备的妥协性、渐进性、隐蔽性、可接受性和反思性，在死刑的限制方面能够发挥更实际的作用。我国传统上限制死刑的程序路径主要指死刑复核程序。仅仅限于传统的视阈，限制死刑的程序路径过于狭窄，因而难以起到程序路径应该起到的作用。基于此，本文就限制死刑的新型路径——刑事诉讼的普通程序和执行程序进行初步的探索。

一、死刑的初审程序限制

死刑案件的初审程序之所以能够对死刑的适用起到限制作用，就在于它贯彻了死刑正当程序的要求。根据死刑案件的正当程序的精神，刑诉初审程序主要在于保障面临死刑的人的公正审判权。本来公正审判权是"由一系列确定的、相互关联的权利组合而成的一项权利"①。本章所涉及的公正审判权是在《公民权利和政治权利国际公约》第 14 条和《关于保证面临死刑者权利的保护的保障措施》的有关规定的基础上借鉴美国死刑案件中公正审判权的内容仅就普通程序中所涉及的几个主要内容进行探讨。② 详言之，这里主要就陪审制、定罪程序中应予落实的几项程序权利、定罪程序与量刑程序的分离等内容进行分析。

（一）陪审制的完善

1. 陪审制的概述

公民参与司法行使审判权的形式主要有两种：即英美法系的陪审团制度和大陆法系的参审制度。我国现行的人民陪审员制度属于参审制。我国的参审制由于本身的设置很不完善，再加上司法环境没有为参审制的运作提供相应的条件，因而目前在很多地方不是处于名存实亡就是形同虚设，实际上未发挥应有的作用。总体而论，笔者赞成龙宗智教授的观点："中国陪审制度改革和完善的关键是解决陪审制基本模式的选择问题。"③ 但囿于中国目前的条件，全面推开似有太大的风险④，因此，本文主张先从死刑案件开始。以下就死刑案件中的陪审团制度进行初步探讨。

（1）陪审制存在的根据。①宪政架构是陪审制存在的应然根据。宪政制度是当今社会的基本社会制度，实行这一制度人们才有更稳定的生活预期，社

---

① 转引自熊秋红："获得司法正义的权利"，载《环球法律评论》2003 年秋季号，第 390 页。

② 所以借鉴美国死刑案件中公正审判权的内容主要在于美国的正当程序对死刑的控制较为成功。具体详述请参见孙长永："通过正当程序控制死刑的适用——美国死刑案件的司法程序及其借鉴意义"，2004 年 5 月 29 日湘潭"死刑的正当程序学术研讨会"交流论文。

③ 龙宗智：《刑事庭审制度研究》，中国政法大学出版社 2001 年版，第 394 页。

④ 王利明教授从加强审判独立和审判监督角度十分推崇陪审团制度，但是，基于国情考虑主张完善参审制。参见王利明：《司法改革研究》，法律出版社 2001 年版，第 435 页。笔者认为要正视现实但不能过于迁就现实。不能因为中国的情况而完全否定了陪审制改革的应然方向。现实的条件制约可以在路径上有所选择但没有必要从根本上放弃。

会才有可能满足人民不断增长的生活需求，因为在宪政制度下，国家权力的任性得到了较好的防止和控制。当然，宪政制度除了宪法性的规范外，还需要许多具体制度的支撑，陪审制就是这些具体制度中的一种。陪审制产生以来的历史表明，它在限制国家权力，保护公民自由方面作出了应有的贡献。难怪布莱克斯通称这一制度是"自由的伟大堡垒"。而凯普顿则认为"陪审团审判的确是我们自由宪政的基础；如果丧失，整个大厦将毁于一旦"①。②我国的政权性质是陪审制存在的实然根据。我国《宪法》第 2 条规定，中华人民共和国的一切权力属于人民。人民依照法律规定，通过各种途径和形式，管理国家事务，管理经济和文化事业，管理社会事务。该条规定不仅说明人民是国家权力的主体，而且还为普通公民参与国家事务提供了具体根据。现行制度中能够体现人民主权的法律制度还有很多，体现普通公众参与刑事司法的形式也不仅仅只有陪审制，但是，能够为陪审制提供坚实基础的就主要是国家权力的人民性。国家权力如果像封建社会是个别人的私有物，则普通公民参与刑事司法的制度就难以找到生存的土壤。

（2）引入陪审团制度的可行性。反对引入陪审团的意见主要从我国公民审判案件的权威性、公正性、正确性、资源的有限性方面进行了论证。② 笔者认为，上述担心虽然不无道理，但是，就我国当前的情况看，上述因素在很大程度上可以克服。

①公民组成的陪审团的权威性问题。基于权力的崇拜心理，我国公民在传统上普遍具有官方权威迷信心理。这种情况如果说在计划经济时代是比较严重的话，现在已经有了相当的改变。在笔者看来，当代人们对于权威的承认并非以前那种盲目跟从所能比。随着市场经济的建立，主体意识的觉醒，人们对于权威的承认已经有了自己独立的认识。权威的确立在于内在的说服力而非外在的压制力。陪审团的权威来自它的客观公正和依据生活经验所进行的独立判断。不能以陪审团成员身份的普通性否定其权威。况且，陪审团是和法官一起在行使审判权，陪审团的权威并未纯粹代替法官权威。应该说受到陪审团严格制约的法官权威和陪审团凭借生活经验和独立精神所建立起来的权威相结合比目前评价不高的司法权威更有助于重塑司法的形象。可见，引入陪审团制度不仅没有降低司法权威，相反加强了司法权威。

②公民组成的陪审团的公正性问题。传统的中国社会是一个熟人社会，人情关系在生活中的重要性应该没有争议。民间所说的"关系就是生产力"可

① 龙宗智：《刑事庭审制度研究》，中国政法大学出版社 2001 年版，第 395 页。
② 王利明：《司法改革研究》，法律出版社 2001 年版，第 434—435 页。

以说是中国社会中人情关系具有重要作用的真实写照。不过对此也要分析看待。传统上的人情关系所涉及的面，远未达到死刑案件中所涉及的陪审团成员的范围。对于被指控犯有可能适用死刑的罪行的公民而言，能够在一个县级行政区域有相当的人情关系就已是极其少见的，能够在一个地区内的公众中有如此关系就是不可想象的了。再加上随着市场经济的发展，传统的熟人社会已经在相当程度上受到冲击。就此看来，熟人社会带来的冲击尚未达到从根本上使得陪审团制度失去效用的程度。

③公民组成的陪审团的准确性问题。由普通公众组成的陪审团之所以能够胜任死刑案件的审判，主要在于：第一，陪审团制度运行的配套制度能够帮助陪审团成员把握决定案件事实和刑罚所需要注意的关键内容。第二，在陪审团运行的配套制度具备的基础上，陪审团成员审判死刑案件主要靠生活经验和客观公正负责的精神，就可以完成。因此，陪审团成员的非专业性不会影响案件的处理。这已经过了国外经验的检验。我国的参审制在具体运行中没有实现设定宗旨就在于配套制度未能跟上。不能够以参审制中陪审员的表现作为陪审员难以胜任的根据，因为我国现行陪审制中的陪审员没有严格的资格限制，如，仅仅具有小学文化、初中文化，甚至是文盲的陪审员也不是个别。试想，以这样的陪审员何以能够胜任判断复杂案件事实的重任。既然如此，也就不能以此作为否定借鉴陪审团制度的合理根据。第三，对于定罪和量刑而言，仅仅具有陪审团的一致认定不是最终的认定。陪审团成员的意见要和法官的意见结合才能发生法律的效力。可见，对陪审团审判案件的准确性的担心是可以解决的。

④公民组成的陪审团的资源耗费问题。陪审团制度的确是耗时费力。正因为如此，西方国家并非对所有的刑事案件均实行陪审团制度。以美国为例，其刑事案件的90%均以辩诉交易方式解决。我国引入陪审团制度也不是旨在适用于所有的或者大多数的刑事案件，而是仅仅适用于刑事案件中占少数的死刑案件。在我国经济已经得到巨大发展的今天，如果仍然以资源耗费为由对于死刑案件的审判不给予充分的程序保障，从价值选择角度看，是一种错误选择的表现。一个社会连生命都不重视，则该社会要想培育一种文明的现代人文精神就是痴人说梦。对于受到可能适用死刑的犯罪的指控之公民而言，维护生命权不仅具有重要性而且具有紧迫性。陪审团制度正因为耗时费力才在维护面临死刑的人的生命权方面具有我国现行程序保障所不具有的优越性。时间的拖延不仅有利于事实真相的暴露，被害人一方精神创伤的治愈，而且有利于公众的非理性情绪向理智的民意转变。资源的耗费会使公众感到死刑成本的高昂而逐渐动摇传统的死刑观念。可见，耗时费力不仅不能成为引入陪审团制度的障碍，反而应该成为死刑案件引入陪审团制度的正当理由。

（3）陪审团制度引入我国死刑案件的意义。

①陪审团制度有利于真正落实陪审制的宗旨。陪审制的宗旨在于以公民的权利制约国家的权力，以维护公民的权利，使公民在进入刑事司法权力领域后少受国家权力任意性的支配。我国现行的参审制既不能真正对陪审员所参与的案件的审判权形成制约，是否施行于具体的案件也不取决于受审者的意志，因而难以落实陪审制的宗旨。就死刑案件而言，从美国的经验来看，陪审团既有事实问题的裁判权，也有量刑问题的裁判权，可以对具体案件的审判权形成真正的制约。同时，按照美国陪审团制度的设计，是否采取陪审团制度取决于被追诉者，因此，陪审团能够真正体现陪审制的权利性质。

②通过陪审团制度可以部分转移决策的风险。正如罗尔斯所言，刑事诉讼程序是一种不完善的程序，无论立法者如何设计都难以绝对实现实体法的目标。难以完全惩罚犯罪以符合当代司法的价值取向，可是惩罚无辜却难以得到人民的谅解，特别是错误剥夺公民的生命总是令公民难以释然。证据裁判制度及人本身的局限性都使得死刑案件的审判难以避免发生错误。陪审团由于在认定事实和适用法律直至最后判处死刑均有相应的权力，因而能够在一定程度上减轻国家在司法错误中的道德责任。

③陪审团制度有利于转变人们的死刑观念。在新型的法庭审判方式导入后，配套制度如果能够实际地跟上，则法庭中的论辩性将大大增强。比如严格的证据制度和直接言辞原则的导入将既能够保证陪审员不受非法证据的影响，又能够保证陪审员对整个法庭审判形成完整的印象。为此，直接参与审判的公民对于死刑的看法将逐渐发生变化。理由在于：第一，控辩双方的充分说理将更多地暴露死刑的弊端，因而死刑的弊端将随着陪审团制度的实施而被越来越多的人所认识；第二，随着参与陪审的人越来越多，通过普通公民亲身的感受，他们会认识到判处死刑有严格的程序保障。而随着死刑错判的暴露，人们会认识到经过严格程序保障后所判处的死刑仍然会发生错误。司法制度的天然局限性说明司法错误是不可避免的。司法神话一旦被打破，普通公民对其生命处于人类这种死刑司法制度的支配下就不能不感到恐惧。对于如此仰赖死刑的中国公民而言认识到这一点极其重要。因为这在某种程度上打破了绝对实体公正观念的神话。对于任何一个具有正常理智的公民来说，基于上述认识都有可能动摇他固有的死刑观念。

④陪审团制度有利于限制死刑适用的数量。死刑在中国的适用主要受到三种因素的影响：即民意、决策者的死刑观念和法官适用死刑的惯性。而陪审团制度的建立对这三种影响适用死刑的因素均会发生相当程度的影响。首先，就是民意问题。其实民意不是全为理智的。特别是犯罪的严重性容易造成民众情

绪化看问题。这就会影响公众看问题的理性。而在普通公众作为审判者参与审判后，在严格的程序规制下，他们的情绪会得到严格的控制，而理智则会占据主导地位。制度营造的独特的司法空间使诉讼各方均与外界暂时地相对隔绝。陪审团成员的思绪在司法话语的环境中会得到相应的整理，这样陪审团成员所代表的民意就得到了相当程度的过滤。至少代表那种野性正义的民意在相当程度上被剔除。换言之，此时的司法超越了应该超越的民意。至于民意中欠理性的部分通过陪审团成员的参与会逐步得到引导，使这部分民意能够随着社会的发展而逐渐进步。剩下来的就是民意中的正确部分，也就在当前死刑保留有现实性的民意，则通过陪审团制度得到了顺应。可见，根据陪审团制度过滤后的民意适用的死刑与根据情绪化的公众所表达的民意所适用的死刑是有很大差距的。其次，决策者的死刑观念主要受民意和社会治安状况影响。陪审团制度现实性地转嫁了普通公众对决策者适用死刑的压力，因而通过陪审团制度的适用在某种程度上能够减轻决策者对于死刑刑罚的依赖。此外，陪审团机制能够在相当程度上抵御暂时来自决策者对于不当适用死刑的干预。等到大量死刑缓用并未危及社会治安后，决策者自然也会减轻对死刑的依赖。再次，陪审团制度的引入因为分享了法院的定罪量刑权，使得法院难以任意适用死刑。这在相当程度上又消除了法官适用死刑的心理惯性。最后，陪审团制度的引入随之而来的是程序的复杂和成本的增加。程序复杂会在相当程度上拖延诉讼时间，这给案件的冷处理提供了条件。实践证明，凡是能够冷处理的案件到最后不适用死刑立即执行在相当多的情况下不会引起社会的强烈反弹。成本增加对于刑事案件总数巨大和死刑案件数量总数巨大的中国而言，无疑会在相当程度上影响决策者、法官和陪审团成员适用死刑的决心。适用死刑的上述诸因素的改变自然会在绝对数量上减少死刑的适用。正是基于上述认识，陪审团制度的引入无疑会带来死刑适用绝对数量的下降。

　　⑤陪审团制度有助于重塑司法权威，增进当前司法运作的正当性。我国审判机关已经作出了很大的贡献，可是社会对于审判机关的评价大不如其历史上曾经有过的地位。为此，法院极欲提高审判的透明度和公正性以增强公众对法院的信任。死刑案件的审判引入陪审团制度表面上只是部分案件吸收了公众的参与，但这种将重大案件的审判权交给公众控制的做法具有极为重要的象征意义，对于提升审判权行使的整体形象都具有关键性意义。这里特别值得一提的是：陪审团参与刑事案件的处理特别是死刑案件的处理，在相当程度上能够增进法院司法的独立性。在现行司法体制下，法院不受行政等干预几乎是不可能的。这严重违背了法官工作只服从法律的职业特点，从而使得法院形象受到了不应有的损害。陪审团不仅不是职业性的而且还是一次性的，因而他们完全有

条件做到依法审判而不管任何政治人物的指示。对于增进司法独立这一点，实践证明现行的参审制是无能为力的。

2. 陪审团制度的构建

完整构筑陪审团制度的内容为笔者力所不逮。这里仅就其中几项内容予以探讨。

（1）陪审团成员的确定。

①陪审员的代表性。既然是作为民意的代表，陪审员当然应该来自不同的地域和不同的行业。我国死刑案件是由中级人民法院负责第一审，因此，陪审员应该从其所在的行政辖区的不同的县或者县级市。同时，来自不同辖区的陪审员应该属于不同的行业。特别要注意，当案件涉及专业知识时要避免相应专业的人士参加以防止他对其他成员产生超出作为普通陪审员的影响。此外，为了保证陪审员的代表性，每个陪审员每年只能参与一次陪审。陪审员参与的次数如果超过一次，会减少实际参与审判的陪审员的绝对数量，同时容易产生"职业性"特点和降低参与的热情。①

②陪审员的个体资格。由于司法工作是建立在生活经验基础之上的，因此，陪审员的生活阅历应该是陪审员资格问题上相对重要的问题。特别是死刑案件事实的认定和死刑适用必要性的把握均与公民的生活阅历和思想成熟程度密切相关。同时，现代科学技术知识在证据的认识方面发挥着越来越重要的作用。陪审员如果没有最低限度的文化素质，势必难以理解一些证据认识中的基本问题。再者，为了保证陪审员的行使权力的公正性，陪审员本人的道德形象也是应该考虑的内容。一个公民如果被剥夺政治权利或者即使未被剥夺政治权利却正在缓刑考验期等情形，以其作为死刑案件审判权的行使者明显不利于实现审判的公正。此外，陪审员的身体条件也是不能忽视的。一个公民如果具有明显的身体疾患明显是难以适用审判工作需要的，应该在陪审员名册中去除。最后，由于专业原因不宜担任陪审员的也应该免除他们的义务。如警察、检察官、法官等。基于上述认识，陪审员的个体资格最低限度应该是：年龄在25周岁以上65周岁以下，文化程度在高中以上，没有违法记录（至少未受到过治安处罚），身体能够适应审判工作需要。

③陪审员名册的确定程序。按照我国传统上由法院来确定陪审员的方式不利于对法院工作的监督，即使法院做到客观公正也不利于树立法院的权威形象。如果以行使选举权的公民的名册为基础予以确定，则陪审员名册的确定程

---

① 对此王敏远教授作了更为细致的分析。参见王敏远《刑事司法理论与实践检讨》，中国政法大学出版社1999年版，第288页。

序既能够保证陪审员的代表性又能够获得普通公众的认同。依此逻辑，由各级人大内部的代表资格审查机构在行使选举权的名单中确定较符合我国的实际。

④陪审团成员的人数。笔者初步认为，我国死刑案件的陪审团也以 12 人为宜，理由：第一，人数过少不利于发挥集体智慧的作用。第二，人数过少不利于抵御来自地方政府的政治干预。第三，我国中级法院一般均有至少十个以上的县级行政辖区，陪审团人数过少难以具有代表性。第四，因为死刑案件的定罪和量刑均由陪审团和法官共同行使，因此，12 人组成的陪审团和法官一道审判可以保证尽可能减少惩罚无辜。在这种情况下再增加人数，司法成本又过高。

⑤陪审员的挑选程序。在陪审员名册基础上，对陪审员进行挑选主要是按照行政辖区的比例随意将名册上一定数量的陪审员通知到法院来，在法官的主持下由控辩双方进行审查。对于具有法定回避理由的陪审员，控辩双方均可申请有因回避。在完成有因回避后，控辩双方均享有一定次数的无因回避。这种无因回避主要是为了保障陪审员的客观公正及负责的态度。对于有些公民，控辩双方一时难以提出法定的回避理由，但是，从他（她）回答问题的方式和面目表情就可看出，该陪审员对被告人抱有偏见。在当事人难以信任陪审员的情况下仍然由该陪审员参与案件的审判，案件审判的公正性明显难以保证。鉴于此，美国死刑案件中的无因回避通常给双方 20 次机会。由于我国公众对死刑所持的特殊态度和官方适用死刑的惯性，死刑在我国具体适用的可能性比美国更大。因此，对于当事人的程序保障应该不低于美国法律的程序保障。这有利于通过程序保障减轻实体法的苛酷。当然，我国的司法资源相比美国而言更为贫乏，过多的无因回避，司法资源又难堪重负。据此，笔者以为 20 次应该是较为恰当的。

（2）陪审团成员的权利和义务。

①陪审团成员的权利内容。第一，定罪权和量刑权。由于死刑案件的特殊性，陪审团成员在行使定罪和量刑的权力，必须是陪审团成员的一致同意。第二，人身安全权。第三，获得经济报酬权。

②陪审团成员的主要义务。第一，本着客观、公正、负责的精神参与死刑案件的审判。第二，服从法院安排、服从法官指示的义务。

（二）死刑案件初审的定罪程序

1. 我国死刑案件定罪程序和量刑程序分离的合理性分析
（1）我国死刑案件初审程序中定罪和量刑合一的弊端。
①我国死刑案件初审程序中定罪和量刑合一，使得案件认识的难度加大，

不利于普通公民对死刑案件的参与。作为非职业人士，面对可能适用死刑的案件，一般缺乏经验。定罪和量刑合一的程序使得陪审员难以把握哪些仅仅对量刑有意义，哪些对定罪具有关键性意义。

②我国死刑案件初审程序中定罪和量刑合一，使得法官常常将量刑情节不自觉地视为定罪情节，从而出现量刑情节定罪化倾向。如对于证据不足的死刑案件法院不宣判无罪而宣告死刑缓期二年执行就是量刑情节定罪化的典型表现。

③我国死刑案件初审程序中定罪和量刑合一，使得死刑的适用过于轻率。从全国视阈宏观观察，死刑案件的法庭审判大都将重点集中在定罪问题上，控辩双方反复论证和辩驳的问题均是集中在证据能否达到定罪的证明要求上，对定罪之后的量刑问题，则难以成为双方的论证重点。其原因大致有三：第一，定罪是量刑的逻辑前提，推翻了定罪这一前提，量刑就失去了存在的根基，因而双方始终在定罪问题上打转转。其中一方如果将论证重点放在量刑问题上则自然意味着承认了指控的正确性。第二，我国检察官一般没有量刑建议权，法庭上一般不就具体的量刑明确提出建议。这就妨碍了辩方辩护活动的充分展开。因此，就量刑部分所发表的意见多数是草草收场。第三，法官一般将量刑视为自己的专有物，不大重视控辩双方就量刑问题所发表的意见。当然也有辩护人将辩护重点放在量刑部分的情况。不过基于上述三点原因，法庭很难就量刑问题进行充分的论证。因而即使在这种情况下，死刑适用的不得已性没有得到很好的论证。

（2）我国死刑案件初审程序中定罪和量刑合一的原因简析。

①重打击、轻保护是立法将死刑案件初审程序中定罪和量刑合一的政策性原因。建国以后的相当长一段时间里，我国都以政治眼光看待犯罪，而非以法律眼光去认识。从政治角度认识犯罪，从根本上视罪犯为社会的异己力量，可以残酷无情地打击甚至加以消灭。这种认识反映到立法过程中，就是只强调和关注定罪的妥当性，量刑问题因不重要就自然被置于次要的地位。在死刑问题上，毛泽东同志尽管发布过著名的"可杀可不杀的不杀"的政策，但在立法上未能彻底贯彻。改革开放后，惯于用政治眼光看待量刑的思维定式不仅没有改变，连毛泽东同志一贯倡导的死刑政策也被抛到了一边。总之，重刑思想主导下的立法，疏于对死刑适用的妥当性和谨慎性的高度强调是死刑的定罪程序和量刑程序合一的诱因。

②误读刑罚的有效性是我国死刑案件初审程序中定罪和量刑合一的法律原因。在立法者看来，刑罚的有效性来源于刑罚的及时性。于是追求诉讼效率就成了立法在审判程序设计上的主导思想。越是重大的案件越要及时才能发挥其示范效应。可能适用死刑的案件一般均是社会影响较大的案件，对此，只有将

定罪和量刑合而为一，才有可能达到快速实现刑罚惩罚功能的目的。其实，刑罚的不可避免性才是刑罚有效性的关键性因素。追求刑罚的及时性难免带来刑罚的负效应，其结果恰恰与追求刑罚的有效性获得相反的效果。

③法治资源不足是我国死刑案件初审程序中定罪和量刑合一的技术原因。在笔者看来，法治语境需要至少两方面的技术支持：一是成熟的民主政治；二是可贵的人文精神。这两点对于我国而言虽然不是可望而不可即的东西，但是，至少我们还在为此进行不懈的努力。自然死刑案件的定罪和量刑程序合一就缺乏应有的技术资源支持。

（3）我国死刑案件初审程序中定罪和量刑程序分离的必要性及合理性。

①死刑案件的正当程序要求我国死刑案件初审程序中定罪和量刑程序应该分开。死刑案件的正当程序作为一种理性对待死刑和人性化对待面对死刑的人的程序要求我国死刑案件初审程序中定罪和量刑必须予以分开，以有利于论证死刑适用的充分性和不得已性。如果说传统上我国死刑案件初审程序中定罪和量刑程序合一，是由于社会不尊重人权的结果，则在宪法申明尊重人权的今天，如果还坚持传统上的这种做法，继续容忍对被告人人权的侵犯，无论如何也是说不过去的。在正当程序已经被视为面临死刑人的一项基本人权和我国宪法已经庄严地宣称尊重和保障人权的情况下，作为落实宪法精神的刑事诉讼法将我国死刑案件初审程序中定罪和量刑程序进行分离是必要的。

②将我国死刑案件初审程序中定罪和量刑程序进行分离，有助于降低陪审员审判案件的难度，有利于减少量刑情节对定罪产生不应有的负面影响，从而提高死刑案件的审判质量，达到限制死刑的目的。对此，我国也有学者进行过深入的分析。该学者指出："如果能够在重大案件特别是死刑案件中将定罪与判刑程序分离，前一个程序中只允许提供与定罪有关的证据，不得提及被告人有何种前科及其他仅仅影响量刑的证据或事实，并且与陪审团制度、证人出庭制度、律师帮助制度等相配套，辅之以实体法或司法解释中对死刑量刑标准的具体化，无疑可以大大减少'留有余地'判处死缓以及错判死刑的现象，对死刑的正常适用也会有相当程度的限制作用。"[①]

2. 死刑案件定罪程序中被告人的几项权利

（1）公正审判权。根据《关于保证面临死刑者权利的保护的保障措施》第5条规定，除了该规定的内容外，《公民权利和政治权利国际公约》第14条的内容可以视为衡量死刑案件是否公正审判的主要标准。《公民权利和政治

---

① 孙长永："通过正当程序控制死刑的适用——美国死刑案件的司法程序及其借鉴意义"，2004年5月29日湖南湘潭"死刑的正当程序学术研讨会"交流论文，第9页。

权利国际公约》第 14 条以及《保障措施》第 5 条规定的内容主要有：法律面前人人平等；审判公正、公开、及时、独立；无罪推定；迅速被告知被指控的性质和原因；辩护准备的保障；与律师联络；自行辩护；辩护人辩护；法律援助；获得全程法律帮助；证人出庭；询问证人；免费获得翻译；不被强迫自证其罪；少年司法程序；复审；刑事赔偿；一事不再理；由主管法院作出最后判决。

就死刑案件的初审而言，公正审判权主要涉及法律面前人人平等；审判公正、公开、及时、独立；无罪推定；迅速被告知被指控的性质和原因；辩护准备的保障；与律师联络；自行辩护；辩护人辩护；法律援助；获得全程法律帮助；证人出庭；询问证人；免费获得翻译；不被强迫自证其罪；少年司法程序；一事不再理等权利。至于复审、刑事赔偿、由主管法院作出最后判决不是死刑案件初审程序中的权力。因此，这里暂不作分析。关于辩护准备的保障；与律师联络、自行辩护、辩护人辩护、法律援助、获得全程法律帮助等权利在下文辩护权和法律援助权中分析。关于证人出庭和询问证人的权利在下文中的质证权中分析。关于一事不再理、无罪推定和不被强迫自证其罪等在下文也有专门分析。因此，这里仅就：法律面前人人平等；审判公正、公开、及时、独立；迅速被告知被指控的性质和原因；免费获得翻译；少年司法程序进行分析。

按照国际标准的要求，在死刑案件的初审程序中，被告人应该迅速被告知被指控的性质和原因。而我国《刑事诉讼法》第 151 条第 1 款第 2 项规定，人民法院决定开庭审判后应当"将人民检察院的起诉书副本至迟在开庭十日以前送达被告人"。该规定虽然没有反对法院在受理起诉之日起就告知被告人被指控的性质和原因，但只要求在开庭前十日告知被指控的性质和原因与国家标准明显不符。据此，立法应该作出强制性规定，要求法院在受理案件之日起三日内告知被指控的性质和原因，只有如此才符合"迅速"告知的要求。根据我国《刑事诉讼法》第 9 条规定："人民法院、人民检察院和公安机关对于不通晓当地通用的语言文字的诉讼参与人，应当为他们翻译。"我国死刑案件初审程序中的法院无疑应该承担为当事人免费翻译的义务，因此，从此说明我国法律已经落实死刑案件中的被告人按照国际标准享有的"免费获得翻译"权。根据我国刑法规定，对于不满十八岁的未成年不能适用死刑包括死刑缓期二年执行，因而也就不存在保障面临死刑的未成年人的权利问题。至于可能在死刑案件中出现的未成年被告人，法律已经给他们作出特殊的保护性规定。不过这些规定在某些地方（如沉默权）与国际标准仍然存在差距。

至于平等权，我国《宪法》第 33 条规定："公民在法律面前一律平等。"

对此，《刑事诉讼法》第 6 条进一步作了落实。该条规定："人民法院、人民检察院和公安机关进行刑事诉讼……对于一切公民在适用法律上一律平等。"不过司法实践表明，关于法律面前人人平等在死刑案件中的落实是很不理想的。首先由于死刑核准权的行使不统一，在执行标准上就存在很大的偏差。这直接影响到了法律面前人人平等原则的适用。其次，司法实践表明，被告人的身份、经济状况等对于死刑适用也有重要的影响。论罪同样该适用死刑的人，如果被告人犯罪前是功臣，其从轻情节往往容易得到办案部门的高度重视。相反，如果被告人向来是作恶多端的人，其从轻情节往往被严重忽视。这说明对于死刑案件具有重要意义的法律面前人人平等原则，中国法律在保障措施方面有相当的不足，致使该原则的具体落实受到很大影响。

关于审判公正、公开、及时和独立的要求，中国《刑事诉讼法》在 1996 年修改后虽然比修订之前更为强调，但是，落实不尽如人意。死刑在中国历史上一直是受到高度重视的刑罚，在适用中，官方向来主张慎重。应该说死刑案件审判程序的公正性对于死刑的慎重适用具有极为重要的保障作用。可即使如此，审判程序的非公正性也从来没有影响死刑判决的生效。比如，被告人方提出的从轻量刑情节，法院没有落实同样执行了死刑；审判人员应该回避而没有回避的，死刑判决照样生效并被顺利执行。[①] 可见，中国刑事诉讼法虽然注意到了程序公正的重要意义，但是，法律规定本身和法律的执行都与审判公正的国际标准存在相当大的距离。就独立性和公开性而言，法律的规定某种意义上仅具有象征性意义。理由在于：①审判委员会的讨论是不公开的，而它对死刑案件又有决定权，这就使得法庭审判的公开性意义大打折扣，审判案件的法官和陪审员无独立性可言。②在政法委员会组织下召开的协调会是不公开的，可该会议对死刑案件的最后决定具有关键性意义，这使法律规定的审判公开的意义进一步减损，同时，法律规定的法院独立也就受到了相当的影响。[②] ③内部请示制度，使得案件的实质决定权掌握在并非审理案件的上级法院，公开的法庭审判对于上级法院来说意义极小。④判决书不说理，使得审判公开也难以达到公开的目的。就受审时间不被无故拖延来说，我国死刑案件的大部分的处理客观上达到了国际标准的要求。由于法律规定的内在缺陷，少数死刑案件的审判是严重超越法律规定期限限制的。及时性和上述其他几个属性一样，只有形

---

　　① 陕西省高级人民法院在审判董伟一案时，没有更换合议庭全部人员就作出了终审裁判。其不公正性具有代表性。参见陈兴良主编《中国死刑检讨》，中国检察出版社 2003 年版，第 217 页。

　　② 实行陪审团制度，让案件的定罪和量刑均由陪审团和法院共同行使，则法院审判的独立性可大大增强。

式上的意义。因为这几个属性在法律上是显示法律正当性的外在形式而非说明法律正当性的内在属性。换言之，法律规定的审判公正、公开、及时和独立，由于只是官方显示法律进步性的手段，因而这些规定只具有权力性而没有权利性。这就说明及时性只是国家惩罚犯罪的手段而非保护当事人的权利措施。

（2）无罪推定和不被强迫自证其罪权。关于无罪推定、不被强迫自证其罪权的内容中国法律没有明确具体的规定。中国《刑事诉讼法》第 12 条规定："未经人民法院依法判决，对任何人都不得确定有罪。"从文本表述看，该条文与无罪推定的表述是相似的。无罪推定本来就是学者们的归纳，因而中国部分学者根据法律的这一文本认为中国刑事诉讼法确定了无罪推定原则，然而不仅参与修改中国刑事诉讼法的官员否认，而且中国学界的通说也不赞成。① 结果立法不仅没有肯定被告人的沉默权，反而规定了被告人的供述义务。此外，司法人员头脑中常常要求被告人一方提供无罪证据，从而推卸举证责任，降低了举证责任之于正确适用死刑的意义。同时，中国刑事诉讼法虽然严禁刑讯逼供等非法逼取口供的行为，但却通过明确被告人的供述义务来逼取口供。被告人拒绝供述除了可能遭到的身体或者精神的折磨外，还会在定罪成立的前提下，受到从重处罚。因此，被告人拒绝供述只有在定罪不成立，而又没有遭到身体或者精神折磨的情况下才对他没有消极影响。换言之，只有在此种情况下被告人拒绝供述才体现不被强迫自证其罪的精神。可这在中国的司法实践中不属于常见现象。笔者认为，确立无罪推定应该是必要和可行的。从中国政府的立场来说，无罪推定并不违背我国政府的根本价值观。因为中国政府在签署加入有关国际公约时对无罪推定并未声明保留。如中国在 1991 年 12 月 29 日批准加入《儿童权利公约》时就未声明对无罪推定原则保留。而该公约第 40 条规定："在依法判定有罪之前应视为无罪。"再者，《中华人民共和国香港特别行政区基本法》第 87 条第 2 款和《中华人民共和国澳门特别行政区基本法》第 29 条第 2 款都明确规定了无罪推定原则。无罪推定和不被强迫自证其罪权属于死刑案件正当程序中国际标准的内容，我国法律只有作出明确规定，才能使我国死刑案件审判程序符合正当程序精神的要求，同时，这种规定也有利于死刑适用的限制。因为按照无罪推定的要求：①在法院依法定罪之前不能以罪犯对待被告人。②举证责任属于控方承担。这不仅意味着证明犯罪成立的标准很高，而且被告人不能被迫成为控方完成举证责任的手段。③罪疑从无。在证据不足以证明犯罪时，不仅应该对被追诉者宣告无罪，而且应该贯彻一事不再理原则，以后即使发现了新的证据也不能追诉。

---

① 甄贞主编：《刑事诉讼法学研究综述》，法律出版社 2002 年版，第 48—51 页。

（3）辩护权和法律协助权。关于辩护准备的保障、与律师联络、自行辩护、辩护人辩护、法律援助、获得全程法律帮助等权利或规范，在我国的刑事诉讼法规定中有些已经得到落实。就死刑案件初审程序来说，与律师联络、自行辩护、辩护人辩护、法律援助、获得全程法律帮助等规定已经得到了一定程度的落实。不足之处在于主要表现在两方面：①辩护人辩护的质量不高。由于法律对律师调查权的限制和律师从业风险过大，愿意从事死刑案件辩护的律师较少。这在相当程度上影响了辩护人辩护的质量。②法律援助不到位。很多死刑案件虽然有法院指定的律师帮助辩护，但是，由于报酬太低、律师管理不到位等原因，即使有律师参与诉讼，律师也没有尽职。同时，基于上述原因，在法律援助律师数量不足的情况下，非律师也被允许为死刑案件的被告人提供法律帮助了。从实践来看，有些非律师承担法律援助的质量比律师从事的法律援助的质量还高。这不是因为他们的专业素质高，而是他们更为敬业。当然这不是正常现象，需要法律从整体上加以解决，死刑案件的法律援助都不能保证质量，何谈政府重视生命？辩护准备的保障在我国至今仍然未能得到有效解决。因为律师在侦查阶段没有调查权，在审查起诉阶段又没有证据先悉权，在审查起诉阶段和审判阶段的调查权又受到极大限制，因此，辩护准备的保障还没有达到国际标准的要求。

（4）向证人发问权（包括质证权）。《公民权利和政治权利国际公约》第14条规定，在判定对他提出的任何刑事指控时，人人完全平等地有资格享受以下的最低限度的保证：讯问或业已讯问对他不利的证人，并使对他有利的证人在与对他不利的证人相同的条件下出庭和受讯问。《公约》作此规定，主要基于两点理由：①证据裁判主义的要求。按照证据寻找过去发生的案件事实必须要尽可能排除证据对案件事实的错误反映。人证的最大特点是可变换性或者可改变性，即主观性。仅仅根据侦查人员对人证内容的书面记录，事实的裁判者难以发现提供证据的人是否真实地提供了其了解的事实内容。②正当程序的要求。根据正当程序的精神，对公民利益的剥夺应该建立在理性的论证基础上，否则就与纯粹的军事镇压没有区别。而对剥夺公民利益的论证具有正当性的标志之一是利益被剥夺者有效地参与了论证。自然对证据的论证无疑是整个诉讼论证的核心内容。鉴于人证本身有很大的可变性，因而《公约》将被告人对证人的讯问作为最低限度程序保障的内容加以规定。

就《公约》的这一要求来说，我国《刑事诉讼法》的规范文本应该说有相当的体现。如该法第37条规定，"辩护律师……可以……申请人民法院通知证人出庭作证"；第47条规定，"证人证言必须在法庭上经过公诉人、被害人和被告人、辩护人双方询问、质证，听取各方证人的证言并且经过查实以后，才能作为定案的根据"；第 48 条规定，"凡是知道案件情况的人，都有作证的义务"；第 151 条规定，法院应当至迟在开庭 3 日以前通知证人出庭作证；第 156 条规定，"证人作证，审判人员应当告知他要如实地提供证言和有意作伪证或者隐匿罪证要负的法律责任。公诉人、当事人和辩护人、诉讼代理人经审判长许可，可以对证人、鉴定人发问"；第 159 条规定，"法庭审理过程中，当事人和辩护人、诉讼代理人有权申请通知新的证人到庭"。可是我国刑事诉讼法运作的实际情况表明，上述法律规定只有象征性意义。很多死刑案件的具体审判根本没有证人到庭。最高法院的司法解释表明，法院不承担当事人这一权利的保障义务。可见，面临死刑的人的证人发问权（包括质证权）在诉讼实践中被架空了。目前，在我国要切实保障死刑案件中被告人的这一权利，还存在很多困难，可正是这种困难的克服表明了我国死刑案件程序正当化在限制死刑适用方面的意义。

3. 死刑案件定罪程序中应坚持的几项原则

（1）集中审理原则。日本法学家田口守一认为，集中审理就是指法院必须尽可能连续开庭、持续集中地审理案件。在日本，这也称持续审理主义。[①]德国法学家克劳思·罗科信认为，集中审理就是指审判程序之进行应尽可能地一气呵成。他又将该原则称为审判密集原则。[②] 对这一原则《日本刑事诉讼规则》第 179 条之二第 1 款，《德国刑事诉讼法》第 229 条、第 268 条，《法国刑事诉讼法》第 296 条、第 307 条，《美国联邦宪法》都有保障性规定。从这些规定和两位法学家的定义可以认为集中审理原则是指法院应该尽可能连续开庭、不间断审理直至审判结束宣告判决的审判准则。其要求有二：一是时间上的连续性。当然正如《法国刑事诉讼法》规定的必要休息时间和进餐时间应该除外。二是审判主体在场性。为此，对于有陪审员参与审判的案件，一般均规定要准备候补陪审员参与审判。集中审理原则的根据至少有如下一些：①从刑法角度看，这是刑罚及时性的要求。因为时间越长，刑罚的效果就越差。②从证据角度看，这是证据裁判主义的要求。证据会因时间的延长而发生改变，因此，为了赶在证据变化之前进行诉讼，就必须对审判的效率提出要求。③从现代诉讼的特征看，这是审判中心主义的要求。因为审判中心主义意味着定罪事实的认定必须建立在法官亲自查验证据而不是建立在侦查人员收集的书面证据上。换言之，法官对事实的认定是建立在对证据的直观感受上而不是证据文件上。这就使得审判的迅速变得重要起来。因为时间的拖延容易冲淡记

---

① ［日］田口守一著，刘迪等译：《刑事诉讼法》，法律出版社 2000 年版，第 161 页。

② ［德］克劳思·罗科信著，吴丽琪译：《刑事诉讼法》，法律出版社 2003 年版，第 130、430 页。

忆。④审判的拖延无疑会让被告人长期处于繁重的诉讼重压之下，因此，集中审理有利于及早解除他的讼累。因而集中原则又是保护被告人诉讼权利的要求。当然，在我国死刑案件中实行这项原则主要是基于实行陪审团制度的需要。对于非专业的陪审员而言，审判时间的拖延既可能妨碍他们的工作，更可能带来审判上的困难。就我国的审判实践看，死刑案件的法庭调查多数没有拖延。问题主要在法庭审判结束后到判决宣告的间隔太长，这也是违背集中审理原则的。

（2）直接言辞原则。直接言辞原则实际包括了两项原则，即直接原则和言辞原则。直接原则指案件的裁判者应该亲自到法庭，通过对证据事实的感性接触作出裁判。言辞原则指诉讼的进行和人证的提供均采用口头语言的方式进行，原则上禁止以书面方式进行诉讼及提供人证。根据德国学者的观点，直接原则包括两点内容：①作成判决的法院，其需自己审理案件；原则上不得将证据的调查工作委托别人来完成。②法院需自己将原始事实加以调查，亦即其不得假借证据的代用品替代。言辞原则主要指裁判的依据只能建立在言辞所陈述和提及的诉讼资料上。直接言辞原则的诉讼来源是起因于 19 世纪的立法改革。引入这两项原则主要是革除侦查法官和审判法官采用书面审理程序时出现的重大弊端。因此，要求法院亲自从被告人以及其他证人及证物本身获得第一印象，以自己活生生的感受作出裁判，使裁判建立在审判程序而非侦查程序基础之上。①

不过除了诉讼构造的原因外，证据裁判所赖以建立的认识方法也是一个重要原因。现代诉讼与传统的诉讼区别之一在于：传统诉讼只是国家自己明白事实真相即可，因此，是否主要依靠书面材料查明事实真相在所不问。与此不同，现代社会要求国家不仅自己明白谁是罪犯，还要证明给社会公众知晓谁是罪犯。而公众认识事实的方法与认识理论原理的方法是有差别的。对于这种差别，哲学学者彭漪涟考察后指出："事实之所以是事实，就在于它是人们（现在或过去的）直接感知的基础上，对事物存在的实际情况所作出的一种陈述，因而，事实必须是能直接或间接观察到的，必须为主体的概念所接受，并由主体对之作出断定的。否则，就谈不上知觉到什么事实。而由于一切理论原理都不是事物个别的、表面现象的反映，而是事物的普遍联系和本质的反映，是一类事物诸个对象的共同点的抽象和概括，因而是不能为人所直接感知的。理论与对象之间的联系只能是间接的，以个别事物、经验事实为媒介的。它不像事

---

① ［德］克劳思·罗科信著，吴丽琪译：《刑事诉讼法》，法律出版社 2003 年版，第 130、429—430 页。

实那样，由于是一定认识主体所直接感知的结果，因而同客观事物有直接的同一性。"① 正是人们认识事实方式的感性和直接性，决定了陪审团成员必须自始至终亲自在法庭聆听在以言辞方式推进的诉讼中被诉讼各方用感性的方式提供的各种事实信息。

在死刑案件中贯彻直接言辞原则的要求，至少具有如下几点意义：①言辞方式提供证据避免了证据反映事实的过度虚假，有利于控制证据在反映事实过程的误差性。人证不是以言辞这种原始方式而是以笔录这种间接转述的方式提供给事实的裁判者，则转述的环节越多，误差的可能性就越大。因此，言辞原则有利于事实的相对而言更进一步的把握。②直接原则要求死刑案件的裁判者自始至终在场，从而避免了审和判的脱节，最后增进了死刑案件程序的正当性。③由于陪审团制度带来的程序复杂化有利于死刑的控制，而陪审团制度运行的前提条件就是直接言辞原则的彻底贯彻。④人证到庭是我国当前乃至今后都难以解决的问题。而直接言辞原则的要求就直指证人的到庭。因此，贯彻直接言辞原则无疑有利于死刑适用的限制。

（3）一事不再理原则。就死刑案件的初审程序结束作出判决后，是否能够再行起诉，各国做法不同。按照英美法系实行的"禁止双重危险"原则，只要一审裁判一作出，不管一审裁判是否生效，均不允许检察机关再行起诉。而按照大陆法系实行的"一事不再理"原则，只有一审裁判生效后才禁止检察机关就同一事实再行起诉。《公民权利和政治权利国际公约》为了寻求最大限度的共识，将一事不再理原则的内容确定了下来。

中国刑事诉讼法虽然规定了证据不足可以不起诉，证据不足可以宣告无罪。可是法律并没有明确规定这种宣告具有永久终结追诉效力。任何时候，司法部门查清了犯罪事实，都可以再行起诉。可见，对于一事不再理原则在死刑案件的初审程序中的应用问题，中国刑事诉讼法里既无明确的法律规定，也没有体现这一规则精神的相关规范。其原因主要有两方面：①中国传统上的"实体公正"观念过于深厚，对于主要体现程序公正价值的一事不再理原则一时难以接受。②在维护判决的稳定性和打击犯罪之间，中国官方的价值观是选择后者的。因为维护判决的稳定性和打击犯罪都是维护现政权的稳定。维护判决的目的在于维护法治，而法治在维护政权稳定方面发挥的作用是长期的。打击犯罪对于维护政权的稳定却是立竿见影的。自然中国的主流价值观倒向了后者。不过随着中国加入世界贸易组织，法治对于改善中国在国际社会中的形象

---

① 彭漪涟：《事实论》，上海社会科学出版社 1996 年版，第 3 页；转引自龙宗智《刑事庭审制度研究》，中国政法大学出版社 2001 年版，第 54 页。

十分重要。同时，限制死刑对中国来说也是十分重要而又迫切的，因此，重新修订刑事诉讼法时，落实《公民权利和政治权利国际公约》的内容以限制死刑适用应当是我国努力的方向。

（4）非法证据排除原则。所谓非法证据是指违背法律规定的方法所获得的证据。非法证据排除原则是指对于违背法律规定而获得的证据应该排除于法庭之外的准则。该原则的确立主要在于：①是实体法上基于惩罚犯罪的个案实现和惩罚犯罪的制度性实现权衡的结果。证据反映过去发生的案件事实的规律性决定了，司法人员获得证据的方法必须符合证据反映案件事实的规律，否则就可能将歪曲反映案件事实的证据收集到诉讼中来，从而使诉讼难以通过证据查明真相，最终危及对犯罪的惩罚。鉴于个案通过非法手段获得证据虽然惩罚了犯罪，但是，该个案的胜利却可能影响宏观上对犯罪的惩罚，因而，在两利相权取其重、两害相权取其轻的原则指导下，确立了非法证据排除规则。②是诉讼现代化的要求。传统上的诉讼手段，在资源严重贫乏的历史条件下，允许证据获取的任意性。由于获取证据的手段极其落后，国家不得不采取较为原始、粗野的方法收集证据，以达到惩罚犯罪维护社会基本秩序的目的。无论是西方国家还是东方国家，公民出于最起码的社会秩序考虑，也宽容了国家司法机关所采用的粗野取证手段。同时，人们在整个生活水平较低，社会的整体文明程度处于初级状态的情况下，对自身利益的维护及对国家尽义务的要求均未达到应有的认识高度。与此不同，现代社会的发展，为国家司法机关取证能力的提高提供了现实可能性。取证手段完全可以在受到相当限制的情况下达到收集证据惩罚犯罪的目的。随着人们生活水平的提高，人们对生活质量越来越关注。在人的尊严普遍受到高度关注的社会条件下，人们对国家司法机关的取证行为提出了更多的限制性要求。换言之，传统上如果说允许以目的的正当性论证手段的正当性的话，现代社会在衡量手段的正当性时完全适用了不同于目的正当性的标准。因而国家不能以为，惩罚犯罪的目的高尚和正当就可以不受手段正当性的限制而不惜牺牲被追究者个体的人格尊严等利益达到目的。详言之，诉讼手段的正当性基础是查明真相和保障人权的结合。而且查明真相要受保障人权的限制。至于限制的程度应该有高限和低限之分。现在有一种功利主义观点，强调为了绝大多数人的利益，诉讼手段的正当性可以不受人权保障的限制。① 这实际上是以多数人的利益否定全人类的利益的表现。因为功利主义最深刻的本质是借维护绝大多数人的利益之名否定的是人性本身。可见，人权

---

① 这是笔者基于美国纽约大学哲学教授麦克尔莱文先生的论述所作的归纳。参见王敏远编《公法》（4），法律出版社 2003 年版，第 160 页。

限制查明真相的程度应该有低限和高限之分。依此逻辑，那么低到何种程度合适？笔者以为低到不能将人贬低为物品为宜。在特定条件下，查明真相的需要也不能从根本上否定人性。至于高限是难以准确量度的。因为社会发展程度不同，一个国家对个人的尊重程度不同，则高限的限度就存在差异。

基于上述认识，对于全部否定说、真实肯定说和折中说这几种非法证据排除的学说笔者均难以赞同。因为这些学说中存在以功利主义为价值取向的考虑。笔者认为，无论要查明的犯罪多么严重都不能对犯罪嫌疑人进行刑讯或者变相刑讯。这是人权限制真相的最低限度。就死刑案件而言也不例外。我国立法如果能够采纳该建议，当然对死刑的限制具有重要作用。本文中强调非法证据排除原则的重要，除了上述考虑外，还因为本文主张的陪审团制度的需要。非法证据如果不予以排除，对于非专业的陪审员而言，判断事实的难度就与他们的实际水平过于不相适应，从而达不到利用陪审团帮助实现死刑案件程序正当化的目的。

4. 死刑案件定罪程序中陪审团和审判委员会的关系

（1）两种制度存在的基础比较。陪审团制度作为公民参与司法的形式之一，主要建立在如下基础之上：①对国家权力的制约。陪审团制度发源于西方。从产生的文化因素看，它起源于英美国家对国家权力的不信任，企望通过陪审团制度监督国家司法权力的健康运行。因此，自其产生以来，它就被作为司法制度的主要内容进行建设。②主权在民的表现。基于主权在民的思想，由公民直接对司法权进行控制，以弥补代议制下任命的法官间接体现人民行使司法权的不足。而我国刑事诉讼中的陪审制虽然也是公民参与司法的形式之一，但是，从产生到现在都主要是一种具有民主性的政治象征。在革命战争年代，它主要是作为争取民心的手段。在 1949 年后，它主要是政权人民性的象征。因此，自始至终它没有作为司法制度的主要内容进行建设。对司法制度的发挥的作用有限。[①] 至于我国司法制度中所建构的审判委员会主要是法院作为一个整体独立行使司法权的保障。鉴于我国司法队伍的整体素质一直不高，审判委员会可以从审判技术的角度弥补合议庭的不足。同时，我国法院实际上是一个行政性很强的机关，受地方控制较大。因此，审判委员会在一定程度上起到了抵御非法干扰的作用。通过比较可以大致得出结论：包括我国陪审制在内的西方国家陪审团制度存在的根本基础应该是公民对于国家权力的监督和制约。而审判委员会存在的主要根据是司法权的独立性，更为现实的根据是案件正确裁

---

① 详细论述参见陈光中主编《刑事诉讼法实施问题研究》，中国法制出版社 2000 年版，第 187—188 页。

判的技术性。

（2）我国陪审员审判与审判委员会的关系。对于我国司法实践中陪审员审判与审判委员会就案件作出决定的关系进行简单的分析，至少有助于说明我国死刑案件中的陪审团与审判委员会之间的关系。从历史和现实看，无论在人民法院组织法就基层人民法院组成合议庭审判第一审案件必须由人民陪审员参与作出修改前还是修改后，陪审员参与审判与审判委员会的关系都是上命下从的关系。从刑事诉讼法角度看，两者之间的上命下从的关系无论在 1996 年之前还是之后也是如此。原《刑事诉讼法》第 107 条规定："凡是重大的或疑难的案件，院长认为需要提交审判委员会讨论的，由院长提交审判委员会讨论决定。审判委员会的决定，合议庭应当执行。"修改后的《刑事诉讼法》第 149 条规定："合议庭开庭审理并且评议后，应当作出判决。对于疑难、复杂、重大的案件，合议庭认为难以作出决定的，由合议庭提请院长决定提交审判委员会讨论决定。审判委员会的决定，合议庭应当执行。"比较而言，虽然立法因为扩大了合议庭权力，从而在相当程度上也意味着扩大了陪审员参与审判案件的权力。但是，这实际上只是表象。理由在于：①由于我国刑事诉讼法为陪审员行使审判权提供的配套制度不健全，致使陪审员在短暂的法庭审判期间难以就案件的实质问题予以充分把握。从陪审员审判案件的实际情况看，合议庭中的陪审员虽然可以平等地发表意见，但因为无法对案件进行实质性把握，从而在作出决定中自觉地居于附和及从属地位。②修改后的刑事诉讼法所扩大的审判权只是一般案件的审判权，而非重大案件的审判权。死刑案件在我国各级法院均被视为重大案件，因此，就死刑案件而言，无一例外是由审判委员会讨论作出决定的。换言之，死刑案件的审判权仍然牢牢掌握在审判委员会手里。基于上述，我国刑事诉讼法中的陪审员审判与审判委员会的关系仍然是上命下从关系。正由于陪审员在实际的审判中并未发挥实际的作用，因此，陪审制的作用仅仅具有符号意义，远远谈不是形式上的法律意义。

（3）陪审团参与审判与审判委员会的关系。通过对我国刑事诉讼中陪审员审判案件与审判委员会决定案件之间关系的简要分析，说明公民参与审判时与法院审判委员会之间如果是上命下从的关系，则公民参与审判的目的就难以达到。因为，这样的陪审制既不能起到对案件质量的监督保障作用，也起不到抵御不法干预，从而增强司法独立的作用。鉴于我国陪审制运作的实践所表明的问题，笔者主张将陪审团审判与审判委员会决定案件之间的关系由原来的纵向关系改为横向关系。详言之，法院的审判委员会的决定只能否定法官的意见，不能否定陪审团的意见。同时，法律应当对于审判委员会讨论案件进行程序限制。凡是审判委员会讨论的案件，必须是参与讨论的审判委员会委员实际上旁听了整个的法庭审判过程。这样设计的好处在于：①它不会因为陪审团的错误惩罚无辜。因为无论是定罪还是量刑，都必须由陪审团和法官共同决定。陪审团的决定如果出现错误，则法官可以行使否决权，从而避免惩罚无辜。陪审团如果不同意定罪或者判处死刑，虽然可能放纵部分罪犯，但是，这恰恰是"宁纵勿枉"的诉讼规律的表现。就死刑案件而言，在传统死刑观念仍然占统治地位的中国，陪审员一般不会在案件证据已经毫无疑问的情况下仍然放纵罪犯。②它可以在一定程度上抵御外界干预，从而在某种程度上保持中级人民法院的司法独立。就现实的国情看，地方各级人民法院受到的干预相对来说更多。陪审团如果与审判委员会的关系是一种横向制约关系，则可大大增强法院抗干扰的能力。③要求审判委员会委员必须亲自参与旁听案件，有利于解决审和判脱节的问题。这对死刑案件而言，其危险性更应该引起高度重视。从可行性角度看，每个中级人民法院每年所判的死刑案件在几十件左右，审判委员会的成员应该能够参与每个案件的审判过程。这同时也从程序上限制了死刑的适用。

（三）死刑案件初审程序中的量刑程序

死刑案件的量刑程序与定罪程序的分离理由前已述及。这里只就量刑程序的具体构造作一初步设计，以期引起更为成熟的思考。由于我国的量刑程序传统上一直都很简单，这里主要借鉴美国死刑案件中量刑程序的经验[①]，在吸收我国死刑案件量刑程序教训的基础上进行设计。

1. 判决前的调查程序

所谓判决前的调查程序是指死刑案件定罪程序结束后，正式的法庭关于量刑听证程序进行之前由控辩双方收集所有影响从重和从轻量刑的方式、方法或者步骤的总称。

由于与量刑有关的情况在定罪程序中进入诉讼容易影响法官及陪审团就被告人的行为是否构成犯罪作出准确的裁判。因而禁止凡是与量刑有关的情况在定罪前的任何阶段被法官和陪审团了解。这样，在量刑时就不存在已经进入法庭的现成量刑情节。再者，犯罪究竟对社会和被害人方面造成了怎样的影响，也只有到了量刑阶段才看得更清楚。从犯罪发生到诉讼中定罪程序的结束，被告人对犯罪的认识态度及对于自己能够挽回的犯罪造成的损失都可能有一定的

[①] 关于美国死刑案件中的量刑程序内容，如果没有特别注明，均参考于孙长永："通过正当程序控制死刑的适用——美国死刑案件的司法程序及其借鉴意义"，2004 年 5 月 29 日湖南湘潭"死刑的正当程序学术研讨会"交流论文。

表现机会了，因此到了量刑阶段也应该能够进行更为全面客观的估计了。基于这些理由，在量刑阶段进行量刑情节的调查比在定罪之前进行该种调查更为适宜。

在我国，法律虽然没有明确检察官的量刑建议权，但是，就死刑案件的起诉权的行使而言，已经明显地包含了死刑的建议权。因为，中级人民法院管辖的第一审案件就是可能判处无期以上直至死刑的案件。因此，检察官应该在定罪程序结束后就量刑的情节进行广泛的调查。其内容主要包括：①罪犯个人情况。这包括罪犯的受教育情况、目前的职业和就业条件、家庭状况、有无受法律处理的情况、有无前科和其他资料。②犯罪造成的社会影响。③犯罪给被害人造成的影响。④犯罪以后的表现。⑤在犯罪过程中所处的地位和所起的作用。不过从世界范围来看，检察官在承担客观追诉时，虽然其努力注意到客观的一面，但是，也总是带有追诉的倾向。这意味着检察官在量刑调查时，可能有忽视从轻情节的一面。基于此，法律同时应该保障律师享有的量刑情节调查权。为了使法院的量刑建立在相对更为客观公正的基础上，法律有必要建立被追诉一方的强制取证申请权。有关机关没有能够满足被告人一方的请求，则应推定该申请所涉及的证据存在，以使被告人一方的利益不致因为国家有关机关的错误而丧失保障。① 为了从程序上能够保障辩方有充分的时间准备量刑有关的证据材料，法官应该在量刑听证进行前十日告知辩方。辩方如果认为难以进行量刑证据材料准备的，可以申请法官延期。法官如果没有正当理由不给予充分保障的，量刑程序不产生法律效力。

2. 被害人一方参与量刑程序的权利

尽管被害人一方参与诉讼有破坏传统的诉讼构造之嫌，但是，就死刑案件而言，被害人的参与却极为重要。理由在于：

（1）被害人参与诉讼，可以从诉讼过程中得到安慰。就死刑案件的被害人来说，可能遭到了犯罪的严重侵害，所受的打击对于普通人来说可能是毁灭性的。其所受的打击越大，国家对其进行的恢复性努力就应越大。除了物质补偿外（这当然是十分重要的），通过诉讼途径给被害人一方提供精神慰藉是被害人一方恢复被害至为重要的方法。

（2）被害人一方亲自参与诉讼，有利于他们了解对犯罪的惩罚需要借助证据实现。而通过证据惩罚犯罪又存在诸多缺陷。这些内在的缺陷至少目前人类难以克服。这对于被害人一方来说，其重要性无论如何强调都不过分。了解

---

① 对于被告人一方所享有的强制取证权的详细论证，请参见陈永生"论辩护人方以强制程序取证的权利"，载《法商研究》2003年第1期，第86—93页。

了这一点，在国家十分无奈的情况下放纵犯罪，被害人一方就不至于纠缠到底。更不至于在国家丧失惩罚犯罪的良机后，诉诸民间势力来解决本应由国家解决的纠纷。

（3）被害人一方参与死刑案件的量刑程序，有利于被害人一方死刑观念的改变。① 传统的法庭审判中，法官一般会禁止控辩双方就刑罚的理性进行辩驳。这从根本上损害了诉讼程序的社会观念引导功能。就死刑观念的进步而言，死刑案件中的量刑程序应该能够发挥关键性影响。因此，在死刑案件的定罪程序和量刑程序分离的情况下，应该允许控辩双方就死刑的理性进行充分的辩论，以有利于引导民众特别是被害人一方的死刑观念的改变。

3. 量刑听证程序

与定罪程序一样，量刑听证程序也由开庭、法庭调查、法庭辩论、被告人最后陈述、评议和宣告判决等几个阶段组成。

（1）开庭程序。在开庭这个阶段，主要是为以下的程序能够顺利进行做好准备。为此，法官应该在这一阶段查明检察官及控辩双方的当事人是否到庭。被害人如果不愿在法庭上公开露面的，法庭同时应该为被害人参与量刑程序做好保护准备。可以采用闭路电视系统的办法或者其他办法，原则上除法官外，出席法庭的其他公民只能听到被害人的声音而不应该见到被害人的面貌。此外，法官仍有必要交代量刑程序中的程序权利，以维护当事人各方的利益。

（2）证据调查和辩论程序。一般来说，是控方主张对被追诉的被告人适用死刑。因此，由控方就应该适用死刑的从重处罚的情节举证。为有利于死刑的准确适用，立法应该引导控方在量刑程序中论证为何不适用死刑对正在审判的案件的处理来说就是不公正的。这主要是引导人们转变死刑适用的思路不要首先考虑适用死刑，而应该首先考虑不适用死刑能否不引起有关各方意见的强烈反弹。为有利于死刑的慎重适用，控方对于从重处理的情节的证明应该达到死刑案件定罪证明的要求。从本质上看，从重惩罚的情节与定罪事实一样，关系到被告人的生命权问题，因此，对于该种事实的证明应该高于一般案件的要求。为了使被告人的生命的剥夺确实属于不得已之剥夺，因此，对于控方为了从重处罚达到适用死刑的目的而举的证据应该要求完全符合证据规则的精神。我们不能以美国法治比我国发达就以他们的做法为根据，认为我国也应该允许控方在量刑阶段出于适用死刑目的而提出传闻证据。

---

① 对于该问题的详细论证请，参见杨正万《刑事被害人问题研究——从诉讼角度的观察》，中国人民公安大学出版社 2002 年版，第 64—127 页。

在量刑程序中，辩方首先有权就控方收集的从重处罚的证据进行质证。经过质证后，法官认为真实性受到动摇的证据，应该主动排除在量刑考虑之外，提请陪审团在量刑时不要考虑该证据。对控方的证据质证完毕以后，辩方有权就法定或者酌定的从轻量刑情节进行举证。当然，辩方所举的证据同样要接受控方的质证。只不过需要注意的是，辩方所举证据证明的从轻量刑事实，在证明程度上不仅不需要达到死刑案件的定罪证明要求的程度，也不需要达到一般刑事案件定罪证明应该达到的程度。只要辩方提出的证据证明从轻处罚的事实成立的可能性大于不成立的可能性就算达到了证明要求。对于辩方这种证明要求的满足只需要陪审团12人中的10人同意或者法官同意就告成立。

需要说明的是，对于在定罪程序中已经确认的情节，无论是从重的，还是从轻的，均不再允许争辩。除非有充分的证据表明定罪阶段的认定确有错误，这首先应该提交陪审团和法官共同决定，以避免无理的纠缠。如果陪审团和法官一致认为定罪程序中的认定系错误认定，则应允许对该证据进行重新调查和辩论质证。

（3）法官向陪审团提问，并依法作出指示。在证据的调查和辩论阶段，只是双方就影响死刑适用的从重情节和从轻情节提出进行调查和辩论。但是，是否成立还需要法官和陪审团评判。对于量刑程序中的证据的评判需要结合全案的有关事实进行，因而要求法官和陪审团在证据的调查和辩论中进行，不利于对于证据事实作出准确的判断。不过，在证据的调查和辩论中，法官可以确认双方没有争议的内容。那么在这一专门的评判阶段，法官主要是就双方有争议的从重或者从轻因素向陪审团提出问题，由陪审团对每一个问题分别作出肯定或者否定回答。凡是对不利于被告人的量刑情节的肯定回答，都应该得到陪审团全体一致同意方始成立。并且，陪审团成员要仔细思考，控方是否已经按照死刑案件定罪证明的证明要求证明了该问题。

（4）陪审团裁决和法官裁决。鉴于生命的不可挽回性以及司法错判的不可避免性，笔者认为，死刑的适用应在陪审团一致同意的基础上由法官判决。这种程序所表现出来的慎重性，与美国联邦最高法院保障面临死刑人接受陪审团审判的宪法权利的性质相似。2002 年，联邦最高法院在"瑞恩诉亚利桑那州"[①] 一案中判决指出，关于判处死刑所必备的加重因素，相当于被控犯罪的一个构成要件，因此，应当由陪审团作出裁决，而不能由法官判定，否则就违反了联邦宪法所保障的接受陪审团审判的权利。

为了有利于陪审团和法官对量刑作出准确的判决，立法机关应该制作量刑

---

① Ring v. Arizona, 122 S. Ct. 2428. 转引自前引孙长永文。

指南。明确系统地说明：从重情节和从轻情节考虑的先后，死刑立即执行和死刑缓期二年执行区别适用的具体标准。笔者以为，对从量刑情节的考虑应该是先分析所有的从重情节，根据所有的从重情节决定应该判处的刑罚的基础。然后在这基础上适用从轻情节。陪审团如果一致同意适用死刑，则该刑罚必须经过法官包括审判委员会的讨论认定后，始能算作初审法院的确定判决。陪审团如果未能达成一致意见，则法官包括审判委员会均不能推翻陪审团的意见。当然，与美国不同，我国公民的实体公正观念比美国公民的实体公正观念更深厚，因此，如果陪审团的裁判存在错误，应该允许控方向上级法院抗诉，以改变陪审团的错误判决。

二、死刑的刑事诉讼普通救济程序限制

普通救济程序指包括可能判处死刑在内的所有案件经过第一审法院审判后，一审法院的上级法院对已按照第一审程序进行审判还没有发生法律效力的案件重新进行审判所适用的程序。在实行三审或者四审终审制的国家，这里的普通救济程序指第二审、第三审及第四审程序，而在实行两审终审制的中国，这里的普通救济程序指第二审程序。基于中国审级制度的内在缺陷，同时，中国司法环境没有能够为中国的审级制度的健康运作提供相适应的条件，因此，学术界正大力倡导实行三审终审制。再者，我国死刑案件的特殊性在审级制度方面也没有相应体现。这与死刑案件的特殊性严重不相称。是故，本文对于死刑的刑诉普通救济程序限制的思考，是在现行立法的框架之外进行探讨的。从重要性上讲，如果说对于所有刑事案件实行三审终审制还没有引起国家高度重视的话，在人权已经写入宪法，在人权已经得到国家领导的高度重视的今天，生命权作为人权之首，为了维护生命权而建立足够的救济机制应该引起国家领导的高度重视。因此，就死刑案件而言建立三审终审制远比普通案件建立三审终审制更为重要。从紧迫性上看，由于现行的普通救济程序已经远远不能给当事人提供救济需要。这在死刑引起国际社会高度关注的今天，在面临死刑的人的生命按照现行程序很快会被合法剥夺的情况下，就死刑案件建立三审终审制比普通刑事案件建立三审终审制更为迫切。

依照上述逻辑，本文中的死刑案件的普通救济程序指所有死刑案件经过法定的一审法院的审判，然后由控方或者辩方提出请求，再由一审法院的上级法院以及上级法院的上级法院进行审判的程序。该程序是所有死刑案件都必须经过的程序，主要包括现行的二审程序和理论上主张建立的三审程序。

（一）死刑案件的二审程序限制

1. 我国死刑案件二审程序之正当性剖析

（1）正当性的标准界定

关于普通救济程序正当性，《公民权利和政治权利国际公约》和《保障措施》的规定略有差异。《公民权利和政治权利国际公约》第 14 条第 5 项规定："凡被判定有罪者，应有权由一个较高级法庭对其定罪及刑罚依法进行复审。"而《保障措施》第 6 条规定："任何被判处死刑的人均有权向拥有更高审判权的法院上诉，并应采取步骤确保这些上诉全部成为强制性的。"从这两条规定看，其主要内容有两方面：一是上诉权；二是复审程序的正当性。对于上诉，《公民权利和政治权利国际公约》只是肯定了它的权利性，而《保障措施》则在权利性基础上又增加了强制性。其意在表明复审对于死刑案件而言是一个必经程序。对于复审程序的正当性虽然两条规定都语焉不详，但是，联系《公民权利和政治权利国际公约》和《保障措施》对于死刑正当程序标准的规定，复审程序的正当性至少应该满足公正审判的要求。根据《公民权利和政治权利国际公约》和《保障措施》的规定，这里的公正审判权主要包括复审、法律面前人人平等；审判公正、公开、及时、独立；无罪推定；辩护准备的保障；与律师联络；自行辩护；辩护人辩护；法律援助；获得全程法律帮助；证人出庭；询问证人；免费获得翻译；不被强迫自证其罪；少年司法程序；一事不再理等权利。

（2）我国死刑案件二审程序之缺陷分析。

①复审权的正当性。面临死刑的被告人的复审权的程序保障出现正当性不足既有立法原因也有司法原因。从立法角度看，主要是该权利的行使没有强制性。中国刑事诉讼法虽然明确赋予了被告人以上诉权，并且规定，二审程序的启动只有被告人一方上诉的情况下，二审法院不能以任何理由加重或者变相加重对被告人的处罚。这就是上诉不加刑原则给被告人上诉权提供的保障。但是，按照我国刑事诉讼法关于上诉权行使的规定，死刑案件的第二审程序的启动完全是取决于当事人在法定期间内的上诉意愿。当事人如果在法定期间内不上诉，则死刑案件的二审程序就不会启动。换言之，死刑案件的上诉不是强制性的。这就不符合《保障措施》关于复审权应该具有强制性的精神。从这一意义上讲，我国死刑案件二审程序的启动不符合国际标准的要求。

从司法角度看，主要是上诉方式和审判间的关系问题。就前者来说，是司法违背立法所造成的。我国《刑事诉讼法》第 180 条规定："被告人、自诉人和他们的法定代理人，不服地方各级人民法院第一审的判决、裁定，有权用书状或者口头向上一级人民法院上诉。"据此，被告人用书状或者口头方式都可以提起上诉。从上述规定看来，本来面临死刑的被告人的复审权的启动应该是符合正当程序要求的。可是最高人民法院发布的《关于执行〈中华人民共和国刑事诉讼法〉若干问题的解释》（下简称《解释》）第 223 条规定："人民法院受理的上诉案件，一般应当有上诉状正本及副本。"那么何种情况不属于"一般情况"呢？《解释》第 234 条规定："被告人、自诉人、附带民事诉讼原告人和被告人因书写上诉状确有困难而口头提出上诉的，第一审人民法院应当根据其所陈述的理由和请求制作笔录，由上诉人阅读或者向其宣读后，上诉人应当签名或者盖章。"至于如何确定"书写确有困难"则语焉不详。当事人如果被确认为不属于"书写有困难"，而当事人实际上又无法书写上诉状，则二审程序的启动就会遇到麻烦。由此可见，我国诉讼实践造成了被告人所享有的复审权的行使受到不应有的限制。

此外，我国上下级法院之间没有贯彻"审级阻断原则"也侵害了面临死刑的人的复审权。所谓"审级阻断原则"就是两个不同审级的法院之间在审理案件时相互不受影响。下级法庭在作出判决时不受上级法庭的干涉；进行复审的法庭，也不应当受原审法庭的影响。两级法庭的定罪和判刑都应当是独立进行的。只有如此，复审才有意义。① 换言之，贯彻"审级阻断原则"，是复审权本质的要求。复审权的本质有二：其一，通过不同审级的法院的审判，使案件事实的认定能够更为可靠。基于证据裁判制度的内在缺陷和人的不可靠性，国家对于一个公民作出有罪的宣告应该十分慎重。审级制度的设立就在于使国家对于一个公民的有罪宣告更为稳妥。由于涉及剥夺生命权，对于这种稳妥性无论怎么强调都不过分。其二，裁判方和当事人之间的内在说服关系可以通过审级制度得到加强。从当事人服判的角度看，除了案件事实的认定和法律的适用使当事人满意外，法官个人的道德确信性对当事人的服判心理也会产生相当的影响。在关涉利益得失的情况下，仅仅通过一审法院的判决，很难使当事人对法官产生信任心理。可是通过更高级别的法院的法官的审判，在结果相同的情况下，一审法官的道德确信性就会得到当事人某种程度的承认。同时，当事人即使没有达到改变原判的目的，但是，他的案件经过了不同的审级法院审判后，他就会在某种程度上被说服。在法官存在错误的情况下，多数情况是不同审级的法官更容易改变观点。如果只能在原法院审判，则当事人说服法官的机会就微乎其微了。可见，复审权的本质决定，上下审级之间保持严格的独

---

① 陈光中主编：《公民权利和政治权利国际公约批准与实施问题研究》，中国法制出版社 2002 年版，第 322 页。

立关系是审级制度具有其存在价值的关键。因为审级之间不独立，则通过上级法院对下级法院认定的事实和适用的法律进行复查就起不到相应的作用。其三，审级之间如果不独立，则不同的上下审级可能以形异神同的面貌出现在当事人面前，这样一来，当事人既难以信任法官也难以被法官说服或者对判决持一种抵触心理。

我国宪法第 127 条规定："最高人民法院监督地方各级人民法院和专门人民法院的审判工作，上级人民法院监督下级人民法院的工作。"据此，我国法院上下级之间是一种监督关系。所以要明确上下级法院之间的关系是监督关系，主要是表明法院上下级之间不同于检察院上下级之间或者行政机关上下级之间的领导关系。两种关系的区别至少有二：其一，意志的独立性不同。领导关系表明上下级之间的意志具有一体性。换言之，下级机关没有自己独立的意志，一切以上级机关的意志为转移。监督关系表明上下级之间的意志具有分散性。换言之，下级机关具有自己独立的意志，不以上级机关的意志为转移。下级机关的认识如果与上级机关有分歧，有权按照自己的意志作出决定。其二，上级机关改变下级机关的意见的方式不同。当上下级之间是领导关系时，上级机关可以以非常灵活的方式改变下级机关的决定。而当上下级之间是监督关系时，上级机关却只能以法定的方式改变下级机关的决定。根据上述，法院上下级之间由于是监督关系，因而在下级法院不同意上级法院的认识的情况下，下级法院可以按照自己独立的意志作出判决。同时，上级法院如果欲改变下级法院的判决，便不能以内部通知、一般性会议决定等方式改变下级法院的判决，而只能以审判的方式予以改变。

从我国法院上下级之间关系的实际状况来看，我国法院上下级之间实际存在着行政隶属关系。我国法院上下级之间在人事、经费、物资等方面虽然不存在隶属关系，但是，在案件的处理方面具有行政隶属关系的性质。其表现主要有三种形式：其一，内部请示制度。所谓内部请示制度是指下级人民法院在处理案件的过程中遇到认定事实或者适用法律或者遇到重大的地方干扰时，向上级法院报告，请求上级法院给予回答，从而该下级法院按照上级法院的答复进行处理的一种习惯上的没有法律根据的制度。为了适应这种需要，某些上级法院在刑事审判庭内设立诸如综合组的机构，专门负责解答处理下级法院就个案所提出的请示汇报。有的上级法院甚至主动要求下级法院就某个案件向其汇报。其二，上级法院主动进行协调制度。该制度指上级法院在处理案件过程中需要就某下级法院的案件进行改判时主动与该下级法院进行联系，以寻求该下级法院理解的一种制度。在这种制度运作过程中，某些本该完全改变的初审判决，就被折中处理了。其三，上级法院与下级法院共同办理案件的制度。这主要指下级法院审判某些在当地有重大影响的案件时，通常由上级法院与下级法院共同组成专案组对该案件进行讨论进而作出处理结论的制度。当然，表现在法庭上并非由两级法院的法官共同组成合议庭，而是由初审法院的法官组成合议庭，上级法院和下级法院的其他专案组成员旁听的形式进行审判。① 从上述三种实际上存在的制度看，我国上级法院与下级法院之间具有一体化趋势。从上述三种制度的内涵可看出，我国上级法院与下级法院之间实际根本没有贯彻"审级阻断原则"。可以想象，在这种上级法院与下级法院之间如此关照的关系运作机制下，当事人在初审结束时，对初审所提的各种意见和异议，自然难以引起上级法院的真正重视，更不用说改判了。换言之，当事人希望通过更高一级的法院的复审达到纠正初审法院错误的想法被彻底摧毁了。法律所赋予的复审权除了具有象征性外，难以有实质性的作用。鉴于上述，我国法院上下级之间的行政隶属关系严重侵害了被告人的依法所享有的复审权。

②审判公正、公开、独立的正当性。《公民权利和政治权利国际公约》第14条规定："……在判定对任何人提出的任何刑事指控或确定他在一件诉讼案中的权利和义务时，人人有资格由一个依法设立的合格的、独立的和无偏倚的法庭进行公正和公开的审讯。"据此，面临死刑的被告人在二审程序中应该享有审判公正、公开、独立的权利。换言之，死刑案件的二审判程序同样应该达到审判公正、公开、及时、独立的要求。那么我国的情况如何呢？下面作一初步分析。

第一，审判公开的正当性。审判公开指法院审理过程中的证据、根据证据认定的事实、根据事实作出的有罪或者无罪的结论，或者在定罪基础上是否量刑以及确定什么刑罚等均应该向社会公布，让公众了解，允许公民旁听和新闻记者采访、报道。既然审判公开的内容是法院审理案件的过程，自然特别是作为审理过程中最核心的法庭审判就更应该向社会公布。这就决定了二审法院审判案件至少应该在法庭上进行。换言之，开庭是审判公开的基础。以此衡量我国死刑案件二审程序的情况，我国死刑案件的二审至少存在如下几方面不足：

首先，我国立法就二审审判的方式的规定没有为死刑案件审判公开提供前提条件。由于我国刑事诉讼法没有就死刑案件的二审程序进行特别规定，这样我国死刑案件二审程序就是按照普通刑事案件二审程序进行的。而我国刑事诉讼法规定的普通刑事案件二审的审判方式有两种：即开庭的审判方式和调查询（讯）问式。后者指二审法院合议庭经过阅卷，讯问被告人、听取其他当事人、辩护人、诉讼代理人的意见，认为事实清楚的，可以不开庭，从而直接作

---

① 顾永忠：《刑事上诉程序研究》，中国人民公安大学出版社 2003 年版，第 52—57 页。

出裁判的审判方式。这种审判方式由于根本不开庭，根本无法向社会公开。由于立法这样规定，尽管立法的本意是将开庭审判的原则和不开庭审判的例外结合起来，以适应社会生活的需要。可是由于立法本身的表述存在词不达意的问题，以至立法条文实际上所传达的意思就是：不开庭是原则，开庭是例外。根据《刑事诉讼法》第 187 条规定："第二审人民法院对上诉案件，应当组成合议庭，开庭审理。合议庭经过阅卷、讯问被告人、听取其他当事人、辩护人、诉讼代理人的意见，对事实清楚的，可以不开庭审理。对人民检察院抗诉的案件，第二审人民法院应当开庭审理。"从条文表述看，"应当组成合议庭，开庭审理"在前，而"对事实清楚的，可以不开庭审理"在后，似乎表明开庭是原则，不开庭是例外。其实不然，因为按照上述立法条文的表述，是否开庭取决于"事实是否清楚"。姑且不论"事实是否清楚"本身就是一个主观性概念，二审法院的审判人员完全可以凭自己的主观选择决定不开庭，就我国和其他国家二审维持原判的比例可以看出，一审法院审判的案件大多数情况下"事实是清楚的"。就我国而言，死刑案件也不存在绝大部分因为事实不清而发回重新审判的情况。因此，死刑二审案件经过合议庭阅卷调查后，一般都认为"事实是清楚的"，因而也就不需要开庭了。① 从此可见，该条文实际表达的意思就是原则上不开庭。正缘于此，我国实践中大部分死刑案件不公开审判。② 实践中的这种情况除了立法原因外，作为具有政策统一功能的最高人民法院对于这一状况的形成起到了强化作用。该法院在 1999 年 3 月 9 日下发的《关于严格执行公开审判制度的若干规定》第 3 条对第二审案件的公开审理进一步作出了限制性规定，一是"因违反法定程序发回重审的和事实清楚依法径行判决、裁定的"上诉案件。二是需发回重审的抗诉案件。这里除了"事实清楚"属于法律规定的可以不公开审判的案件外，另外两种情况属于最高法院作出的限制。

其次，就算我国法律规定的二审审判方式开庭是原则，不开庭是例外，也不能得出开庭就肯定是公开的。不开庭肯定审判就无法公开。因为公众无法在法庭以外的地方亲自感受案件审判的过程。但不能得出开庭就肯定是审判公开的结论。即使法院采用开庭方式审判死刑案件，也还需要法院采取措施保证公

---

① 对此进行的详细论证，请参见顾永忠《刑事上诉程序研究》，中国人民公安大学出版社 2003 年版，第 175—176 页。

② 笔者这一判断并非纯粹的想象。首先就笔者直接从事的死刑案件二审的法律援助的案件看，没有一件是开庭审判的。没有开庭审判，自然就谈不上审判公开。其次，像张子强影响这样大的案件广东高级人民法院都没有采用开庭审判的方式，更何况一般的死刑案件就更难以采用开庭审判的方式进行了。参见陈卫东主编《刑事诉讼法实施问题调研报告》，中国方正出版社 2001 年版，第 196 页。

众能够有条件实际感知法庭审判的内容。可见，仅仅规定开庭的要求，并不能自然达到审判公开的目的。这进一步说明我国立法没有按照国际标准就死刑案件二审审判公开作出较为科学的规定。

再次，我国立法以实体公正为确定二审死刑案件是否应该审判公开的标准严重违背了程序正当性的要求。即使按照程序工具主义的观点，实体公正的实现都是以程序的保障为必要。而我国立法却是在实体公正基础上考虑程序上的审判公开有无必要。这违背了诉讼进行的基本逻辑。更何况审判公开作为最低限度的程序保障标准，主要是从程序正义角度提出的要求，是一种最深刻的人文关怀的需要。可见，我国刑事诉讼法就死刑案件二审审判方式的规定上存在着落后的观念问题，明显与保障审判公开的要求不符。

复次，我国法律对于新闻直播法庭审判没有规范性规定，致使新闻对法庭的监督不当地干扰了案件的处理。这也是我国死刑二审案件审判的公开性方面存在的问题。

最后，由于二审法院的裁判常常不详细阐明判决的理由，导致审判公开只具有形式意义。特别是二审审判的死刑案件，判决理由的缺乏，使审判公开完全成了一种象征，从根本上违背了审判公开精神的要求。

第二，审判公正的正当性。这里的"审判公正"指狭义上审判公正，即审判死刑案件的二审法院应该在审判过程中保持中立地位，不偏袒控辩中的任何一方。从我国立法和实践看，死刑案件的二审程序至少存在两方面的不公正。首先，立法上存在偏向。前引我国《刑事诉讼法》第187条的规定表明，法院只是对所有的抗诉案件才开庭审判，而对上诉的案件则实际上以不开庭审判为原则，开庭审判为例外。这种对控辩双方不一视同仁的做法，严重损害了法律的公正性，同时，严重侵害了被告人的审判公正权。其次，司法上存在偏向。根据我国《刑事诉讼法》第186条规定："第二审人民法院应当就第一审判决认定的事实和适用法律进行全面审查，不受上诉或者抗诉范围的限制。共同犯罪的案件只有部分被告人上诉的，应当对全案进行审查，一并处理。"这里虽然在文字上表明二审法院应该对一审处理的事实问题和法律问题进行审查，同时处理。但是该法第190条对这里的处理作出了限制性规定。该条规定："第二审人民法院审判被告人或者他的法定代理人、辩护人、近亲属上诉的案件，不得加重被告人的刑罚。人民检察院提出抗诉或者自诉人提出上诉的，不受前款规定的限制。"从这两条的规定看出，法律虽然主张第二审人民法院对第一审法院的判决进行全面审查，该怎么处理就怎么处理。但是，当只有被告人一方上诉的情况下，则禁止对被告人作出不利的处理。因为，一审判决如果在事实认定或者法律适用方面真存在问题，则在死刑案件中的控方负有抗诉的责任。控方不抗诉，第二审人民法院如果主动作出不利于被告人一方的处理就与第二审人民法院应该保持中立的地位不符。因为第二审人民法院主动从控方角度考虑加重被告人的刑罚，既是代行控诉职能的表现，也与审判权的被动性不符。可我国的诉讼实践则表明，审判死刑案件的第二审人民法院不仅在第二审程序中加重被告人的刑罚，而且还通过审判监督程序加重被告人的刑罚。通过第二审程序加重被告人刑罚的表现是违背法律规定的发回重新审判的条件而发回重新审判加重被告人的刑罚。详言之，根据《刑事诉讼法》第189条的规定，第二审人民法院只能在"事实不清"的情况下才能发回重新审判。而很多第二审人民法院却在"事实清楚"的情况下发回重新审判。针对此问题，最高人民法院在其颁行的解释第245条第1款第4项规定："对事实清楚、证据充分，但判处的刑罚畸轻的案件，不得以事实不清或者证据不足发回原审人民法院重新审理。"最高人民法院在禁止第二审人民法院通过发回途径加刑的同时，却又支持第二审人民法院通过审判监督程序加刑。因为该法院在上述解释的同条又规定："必须依法改判的，应当依照审判监督程序重新审理。"如果说在审判公开问题上存在偏见是立法所致，对司法机关不应苛求的话，则对于立法已经明确规定不能加刑的情况下仍然寻求其他途径加刑，这从职能分离和审判权的被动性角度，无论如何都难以找到合理的根据。除此以外的其他途径也难以说明审判死刑的第二审人民法院具有令人信服的中立性。因为上述做法难以解释第二审人民法院对被告人一方没有明显的歧视。

第三，审判独立的正当性。司法审判的本质是法官个体对于案件事实和适用法律的把握。整个诉讼规则和制度主要是为了保证法官能够对案件作出理性的判断，从而保证案件的结论出自程序的自治性。审判所以要独立就在于保证法官能够按照认识的理性价值的理性对于案件作出判断。法官如果没有独立的精神和人格，则难以保持其地位的中立。可我国审判死刑案件的第二审人民法院首先就在体制上受到诸多约束，无法完全保持独立。其次，即使我国能够保证它们的这种独立，也不等于就能够实现审判的独立性。因为法官始终受审判委员会制约，无法进行独立的判断。1996年修订刑事诉讼法时虽然作了一定的努力，但是，从根本上说，还没有真正解决死刑案件中法官独立的问题。基于上述认识，我国死刑案件的二审程序在审判独立性上没有体现应有的正当性。

③辩护及法律援助权之正当性。《公民权利和政治权利国际公约》第14条第3款最低限度的程序保障的第4项内容规定："出席受审并亲自替自己辩护或经由他自己所选择的法律援助进行辩护；如果他没有法律援助，要通知他享有这种权利；在司法利益有此需要的案件中，为他指定法律援助，而在他没

有足够能力偿付法律援助的案件中，不要他自己付费。"按照《保障措施》第5条规定的要求，上述内容也是死刑案件第二审程序应该为面临死刑的人提供的保障内容之一。因此，被告人自行辩护及获得法院提供的法律援助都是衡量死刑案件二审程序是否具有正当性的内容。下面以这些内容为标准简要分析我国死刑案件在这一问题上的缺陷。

其一，被告人在二审中的自行辩护权问题。就自行辩护权的文字表述看，它仅仅指被告人通过自己的行为就案件的处理提出自己无罪、罪轻或者应当减轻等有利于自己的一些意见。但是，这仅仅是从形式上理解。无论从设置自行辩护权的实体意义还是从程序正当性角度看自行辩护权的程序意义，自行辩护权的内涵都远远超出了上述文字性表述的内容。从这种意义上分析，审判程序是否保障了自行辩护权，除了在审判中是否允许被告人就案件中存在的有利于被告人的内容进行充分表达外，还包括被告人行使自行辩护权的场所、被告人行使自行辩护权的必要帮助、被告人行使自行辩护权的效果等。以此为标准分析，我国死刑案件二审程序中对被告人的自行辩护权的保障是不充分的。其理由主要在于：第一，被告人行使自行辩护权没有相应的场所保障。这不是说被告人有什么特殊之处，给他发表辩护意见还要给他提供特殊的地方。被告人自行辩护的实质是要针对控方对他提出的指控提出辩驳，以动摇控方指控的基础或者减弱控方指控的作用。就这一点来说，我国死刑案件的二审程序没有给他提供符合辩护权设置的宗旨或者说符合程序正义精神的保障。前文已经述及，我国死刑案件的二审程序大多数采用调查询（讯）问式，而非开庭审判式。这样，被告人一般只能在羁押场所面对法官发表辩护意见。这种做法实际上只满足了字面意义的被告人自行辩护权的行使。被告人在这种场合下进行自我辩护，虽然可以针对第一审法院判决进行，但是，对于控方在第二审人民法院审判过程中所提出的新的观点却无从知晓。因而也就难免使其自行辩护的针对性大打折扣。相反，第二审法院如果采用开庭方式进行，则被告人的自行辩护往往会引起控方的反应，这样被告人就可以从这种反应中了解自己辩护对对方产生的影响。正是在这种面对面的相互辩论中，被告人会从中产生某种认识，从而对被告人最后面对死刑产生某种积极的影响。这往往是传统的实体公正观主导下的诉讼活动所无法具备的。而恰恰就是这些内容使被告人受到了应有的公正对待。第二，被告人在羁押场所接受二审法院法官的讯问，并同时发表辩护意见，无法得到律师或者其他辩护人针对法官的提问可能提供的种种法律上的帮助。从本质上而言，这是违背辩护精神实质的。在开庭审判中，律师或者其他辩护人虽然不能示意被告人如何回答法官的问题，但是，被告人至少可以根据律师的表现得到某种具有针对性的帮助。第三，我国死刑二审裁判的制作一般均比较简单，因此，对于被告人所作的自行辩护一般都没有作出详细的分析回答。这在实质上违背了法院保障被告人自行辩护权的义务。

其二，被告人在二审程序中的律师帮助权问题。根据《保障措施》的要求，面临死刑的人应该获得全程法律帮助。而根据《公民权利和政治权利国际公约》，被告人获得全程法律帮助在死刑案件二审程序中的体现主要有：辩护准备的保障；与律师联络；辩护人辩护；法律援助。应该说，在诉讼的这一阶段，只要被告人有律师为其提供法律援助，被告人与律师联络的权利是得到保障的。而律师援助的主要问题是辩护准备的保障不力、辩护人辩护效果不理想、法律援助的质量太差。辩护准备的保障不力主要是法律没有提供有效的措施使律师能够获得应该获得的证据材料。一方面，律师调查有诸多的限制，完全按照这种限制执行职务，律师根本就不可能获得可以获得的证据材料；另一方面，律师调查存在很多风险，某些情况下，即使律师能够调查可能都会基于自我保护意识而放弃。辩护效果不理想，主要是审判死刑案件的二审法院采用书面审理的方式，使律师无法充分表达辩护意见。特别是律师采用书面辩护的方式，由于无法进一步了解控方的观点和理由方面的变化，难以与控方观点形成针对性，从而影响了辩护意见的充分表达。前已述及，辩护效果的关键取决于法官对待辩护意见的态度。从我国诉讼实践看，有些死刑案件的二审法院从根本上把律师视为异己力量，从而排斥律师的有效参与，甚至出现被告人已经被执行死刑才通知律师。至于在终审判决中不详细分析辩护理由，常常以非常简单的话语就算是对辩护意见有所交代。法律援助质量差，主要是在律师执业本身存在过大的风险，经济报酬又极低的情况下，真正专职律师提供法律援助量少的结果。为弥补律师数量的严重不足，大量的法律援助工作者从事死刑案件的法律援助工作。这自然降低了法律援助的质量。

④质证权的正当性。这里的质证权的正当性仅仅指在死刑案件的二审程序中，面临死刑的被告人对于不利于自己的证人和有利于自己的证人的发问权是否得到了充分的保障。根据《公民权利和政治权利国际公约》第14条第3款最低限度的程序保障的第5项内容规定："讯问或者业已讯问对他有利的证人，并使对他有利的证人在与对他不利的证人相同的条件下出庭和受讯问。"可见，保障面临死刑的被告人对于不利于自己的证人和有利于自己的证人的发问权的充分行使是衡量死刑案件二审程序是否具有正当性的标准之一。据此衡量，我国死刑案件的二审程序在质证权的正当性方面至少存在如下两方面的不足：第一，发问权的行使失去可能性。正如前述，我国死刑案件二审程序审判的方式是以不开庭为原则，开庭为例外。而在调查询（讯）问式审判中，被告人根本不会在审判人员询问证人时到场，因此，对证人的发问无从谈起。第

二，发问权的行使缺乏现实性。最高人民法院发布的《关于执行〈中华人民共和国刑事诉讼法〉若干问题的解释》第119条规定："法庭通知公诉机关或者辩护人提供的证人时，如果该证人表示拒绝出庭作证……应当及时告知申请通知该证人的公诉机关或者辩护人。"该条明显与《刑事诉讼法》第151条规定的法院应当在开庭审判前传唤证人到庭的义务相违背。证人作证是向法庭作证而非向检察官作证，因此，法院推卸保障责任的做法无疑会使被告人质证权落空。如果说检察官因为有国家权力还可以在一定程度上强制证人出庭的话，辩护人一方则因为没有任何国家资源可以利用，因而在法院推卸证人出庭的保证责任的情况下，有利于被告人的证人的出庭就几乎没有保证。由此可见，我国死刑案件二审程序因为没有保证面临死刑的人对其有利的证人或者不利的证人的发问权而在质证权的正当性上明显不足。

2. 我国死刑案件二审程序之完善

鉴于上述分析，我国死刑案件二审程序的完善可以从如下几方面予以考虑：

（1）复审权的保障。既然复审权的正当性不足主要表现在两方面，则完善方向就主要从这两方面展开：即复审程序启动的正当性补足和复审程序本身正当性的补足。

①复审权的启动问题。正如前文分析，我国刑事诉讼法中的复审权的设置存在缺陷，就在于没有强制面临死刑的被告人向初审法院的上一级法院申请复审。基于死刑案件特殊性的考虑，由法律作出规定，令被告人不得放弃复审权具有合理性。理由在于：

其一，生命权的重要性决定了国家用刑罚剥夺生命必须经过充分的论证。生命是人们从事一切活动的基础。因此，生命权也就成了人们行使其他权利的最重要的基础性权利。正缘于生命权的重要性，人们同样基于自然权利学说得出国家有权剥夺生命和无权剥夺生命这两种完全相反的结论。[①] 死刑无论在中国还是在全世界的消灭都尚待时日，但是，死刑的存废之争却动摇了死刑存在的根基。在当今的国际社会，死刑之所以如此具有争议，就在于它所剥夺的利益的特殊重要性。为了使国家对生命的剥夺符合死刑目前既存的观念和制度根据，国家必须充分论证其以死刑剥夺生命的必要性。仅仅根据一审程序对剥夺生命的论证，其充分性显然是不够的。因此，国家要对初审法院适用死刑的必要性进行强制性审查。

其二，鉴于生命的不可挽回性决定了国家适用死刑的谨慎性。死刑的特殊

---

① 邱兴隆主编：《比较刑法》（1）死刑专号，中国检察出版社2001年版，第164页。

性不仅仅在于生命的特殊重要性，还在于生命的一次性。国家以死刑剥夺了某公民的生命，一旦出现错误就不可挽回。而在实际的诉讼中，由于证据反映案件事实的差异性、办案人员认识能力的有限性、办案人员人性的不可靠性等因素决定了死刑的适用具有不可避免的误差性。正是基于这一理由，废止论者对死刑发动了猛烈的抨击。保存论者虽然以刑法的误差性不足于否定所有刑罚为由对废止论作出了相应的回应。但是，国家如果不采用更复杂的程序，更多的程序环节切实地减少死刑适用的误差性，就不仅仅从根本上丧失适用死刑的理性，而且会丧失适用死刑的现实正当性。对死刑案件进行复审，无论从减少误差的实质意义上看，还是从表现适用死刑的谨慎性上看，对国家来说都是绝对必要的。换言之，对死刑案件复审的绝对必要性决定了对死刑案件进行复审的强制性。

其三，鉴于以死刑剥夺生命的现实紧迫性决定了死刑案件普通程序的必要延缓性。正如前述，生命的一次性决定了生命被剥夺后的不可挽回性。因此，即使在死刑保留论者看来，死刑适用的准确性也是绝对必要的。而在避免死刑误差性方面的基本条件就是时间的相对充足性。一方面，很多错误判处的死刑都是在所谓真相暴露后才被揭露出来的。而真相暴露一般有一个过程。时间越长越好，越有利于真相的暴露。这虽然不能说明我国就应该无限期拖延死刑案件的审判，但是，也说明了起码的时间延缓性是避免死刑错判所必要的。一审程序一结束，被告人如果不上诉，按照我国刑事诉讼法的规定，案件就进入了死刑复核阶段。该阶段虽然没有法定办案期限的限制，从法律根据这一角度看，本来是可以适当延缓时间的。但是，我国近二十年的死刑案件审判实践又表明，死刑案件的审判往往极端强调及时性。这就表明，死刑复核程序难以保障死刑案件这种必要的延缓性。同时，它是中国法律制度中特有的程序，国际上不存在类似程序用以衡量该程序的正当性。与此不同，复审程序作为一种普通程序，各国法律或者国际准则均有关于普通程序正当性的最低限度的程序保障。完成这些最低程序保障所需要的时间能够保证死刑案件审判时间的必要延缓性。另一方面，很多适用死刑的错误是在审判人员由浅入深的认识过程中得以避免的。而且，诉讼实践表明，普通诉讼程序对于审判人员这种认识的提高又具有保障作用。如果一审程序一结束，案件就进入死刑复核程序，则普通审判程序对审判人员的认识的提高没有起到应有的保障作用。因为审判人员在普通审判程序中没有足够的回旋余地，其认识水平和能力显然难以在一审程序所提供的空间里得到提高。就此可以看出，复审程序所提供的认识空间对于审判人员提高认识而言是何等的重要。正是在上述意义上分析，普通程序时间上必要的延缓性决定了复审存在的绝对必要性。而这种复审的绝对必要性又逻辑地产生了复审的强制性。

其四，复审制度救济被告人方利益的倾向性决定了强制上诉而非要求检察机关一律抗诉的合理性。既然对死刑案件进行复审是由死刑案件的本质决定的，法律为何不强制检察机关一律抗诉而强制被告人上诉呢？笔者认为，理由主要有如下几方面：

第一，我国刑事诉讼中的抗诉主要是基于检察机关认为初审判决确有错误而提出。而死刑案件经过第一审人民法院的审判不等于一定就存在错误。

第二，检察机关本来负有客观义务，不管是案件从轻处理还是从重处理，只要不符合法律规定的处理标准就应该提出抗诉，请求二审人民法院纠正一审中存在的错误。可是我国诉讼实践中一般都从不利于被告人一方去理解检察机关的抗诉。即使检察机关从有利于被告人的角度提出抗诉，法院也借此作为规避上诉不加刑的理由而实际上对被告人加刑。例如，法院对被告人判了死刑缓期二年执行后，检察机关如果认为对被告人判处死刑缓期二年执行过重而提出抗诉，则上级法院可能以检察机关已经提出抗诉为由而加重对被告人的处罚，从而通过提审改判被告人死刑立即执行。鉴于我国诉讼实践中的思维惯性，强制上诉比强制检察机关一律抗诉更有利于被告人的利益的维护。

第三，就复审的救济功能而言，大多数情况下，需要救济的是被告人一方。因为从死刑案件的初审情况看，一般都是国家起诉个人。而个人在与国家的抗衡中无疑处于弱势地位。尽管现代诉讼理念极力强调控辩平衡，由此各国都尽力采取程序措施限制控方权力，同时给被告人方以更多的程序保障，以图达到控辩的平衡。但是，从诉讼规律和实际情况看，这种努力所实现的效果是极其有限的。某种意义上看，这种平衡是象征性的。这在我国尤为突出。由此可见，个人的生命在这种力量悬殊的对抗中受到极大的威胁。为此，国家特设了复审程序以给被告人救济。正是从这一意义上讲，强制上诉比强制抗诉更符合复审程序的救济功能的要求。

第四，从上诉不加刑角度看，强制上诉因为没有恶化被告人的地位，而在根本上符合正当程序的精神。正当程序最深刻的思想基础就是人文关怀。现代法律尽管难以绝对避免将被告人作为国家的定罪工具对待，但是，现代法律的人文精神要求法律应该注意到这种工具性对待的限度。这种精神体现在死刑案件的复审程序中就是要求法律既要依法惩罚被告人，又要尽力避免给被告人带来过大的精神压力，会让被告人生活在惶惶不可终日的恐怖中。上诉不加刑由于消除了被告人的思想顾虑，因此，强制上诉比强制抗诉更具有正当性。

第五，从复审的统一法律功能角度看，强制上诉比强制抗诉更符合常理。法律虽然是客观的。但是，为了因应生活的变化，法律又具有一定的模糊性。

人们的认识虽然有大致上的确定性，但是，认识主观性本身决定了人们的认识难以获得相当的准确性。这种认识上的偏差出现在生活的其他领域影响不大，可对于剥夺公民生命的准确性而言，影响却极大。换言之，在死刑案件中，统一审判人员的法律适用具有至关重要的意义。检察机关固然应该关心死刑案件中法律适用的准确性，但是，与被告人关心自己的生命比较起来，程度不够。正基于上述认识，强制上诉比强制抗诉更符合这种生活常理。

第六，从复审程序的说服功能看，强制上诉比强制抗诉更符合这种生活常理。从表面现象看，被告人不上诉可能是因为他已服判。其实不然，有些被告人不上诉可能因为更多的其他误解。而在二审程序中，法院通过二审程序的展开将进一步说明死刑适用的根据。这无疑大大加强了一审判决的说服力。因此，从复审程序的说服功能看，强制上诉比强制抗诉更符合这种生活常理。

其五，生命权问题的复杂性决定了死刑案件被告人上诉权的相对性。一个人来到世界上，其生命不仅于他本人有意义，而且于社会也有意义。因此，从这一角度看，任何人都不能随意处置自己的生命。这对于死刑案件被告人而言是同样适用的。一个公民不能因为受到了国家的死罪指控就可以消极处理生命。正如前文所述，国家在适用死刑的时候也可能出现差错。正是基于这样的考虑，死刑案件的被告人的上诉权的行使会受到相应的限制。这只不过是一种权利行使的例外。因此，不能基于权利可以放弃的一般思维来否定死刑案件被告人上诉权行使受到限制的合理性。

②复审权的实质性障碍的消除。既然对于死刑案件的被告人行使上诉权而言具有强制性，对被告人行使上诉的方式进行严格要求就失去了相应的意义。因此，我国司法实践中对被告人行使上诉权作出的"书写上诉状"的要求，会因为法律作出上诉的强制性规定而失去意义。鉴于此，影响被告人享有复审权实质性障碍的最后一个问题就是审级之间没有贯彻"审级阻断原则"。

从我国的实际情况看，上下级法院之间所以不能保持独立，至少有几个原因：其一，政治原因。我国传统上的管理思维存在技术问题政治化倾向。所谓技术问题政治化就是忽视管理过程中的管理规律，简单以立场问题来提高管理效率。这一习惯辐射到审判机关就使我国上下级法院之间的独立关系在某种程度上演变成了一体化关系。也正是由于政治性的原因，某些上下级法院之间就可能会因为某位地方重要领导的"批示"而共同办案。其二，行政性倾向。我国上下级法院之间的关系虽然是监督关系，但是，由于历史上曾经存在的行政兼理司法导致了行政化管理的思维长期影响着我国司法机关现实的上下级关系。其现实的表现就是下级法院主导向上级法院"请示"，上级法院要求下级法院汇报等非正式制度盛行。其三，社会性原因。传统的中国社会是一个熟人社会。熟人社会的典型特征就是降低个人办事的经济成本。它的反向特征是增大社会正式制度健康运作的经济和伦理成本。我国法院系统植根于这样的社会土壤中，难以完全摆脱该种社会特性的影响。因而也就有所谓上级法院关照下级法院之说。鉴于该原因的复杂性，贯彻"审级阻断原则"大致可以从如下两方面展开。第一，宏观层面，要解决党的领导和司法机关独立办案的问题。这是个老话题。共产党作为执政党，是通过法律完成其执政任务的。司法机关根据法律办案实质上就是坚持了共产党的领导，就是在共产党的领导下展开司法工作。我们如果把党的领导理解为党的某些领导对审判机关办理某个具体案件下达行政性命令，那就是破坏党的领导。当然，我国应该把案件本身属于在政治层面解决的范畴与案件在司法层面解决的范畴区分开来。比如，在有引渡需要时，国家领导代表中国政府进行承诺就属于案件解决的政治方式。这种方式不是本文意义上的领导个人干涉具体案件的问题。本文指的是案件本身应该在司法层面解决的时候，某些领导进行干预。这个问题很复杂，需要在中央层面解决。第二，微观层面。中国法院上下级之间关系过于亲近的情况主要发生在地方。因此，可以允许当事人在初审结束后向外省的高级法院上诉，这就可以相对较好地解决因为政治原因、人情原因、行政性原因等因素带来的上下级法院关系过于亲近的问题。此外，应该废除影响复审程序正当化运作的相关制度，如错案追究制度、疑难案件请示制度等。

（2）复审程序的正当化补足。

①审判方式的完善。从前引《刑事诉讼法》第 187 条的规定看，法定的审判方式有应当开庭和可以不开庭两种。根据前文的分析，不开庭是原则，开庭是例外。对于死刑案件的审判方式，法律未作明确的特殊性规定，因此，同样适用普通刑事案件的审判方式。实践中的情况表明，死刑案件仍然是大多数不开庭审判。这表明无论是立法还是实践都未充分注意到死刑案件的特殊性。在学术探讨中，有的学者注意到了死刑案件的特殊性。该学者指出，对于普通刑事案件可以以上诉理由为准区分开庭审判的案件和可以不开庭审判的案件。但是，从其论述的具体内容看，该学者对于死刑案件特殊性的论述是不彻底的。该学者在主张以"上诉理由"为标准区分普通刑事案件的审判方式时，明确主张排除该标准对于死刑案件的适用。可是，在最后该学者又强调，对检察机关没有抗诉、被告人没有上诉的案件应该按照推定上诉案件处理，对于这种推定上诉的死刑案件，则采用不开庭审判的方式，但要求必须提讯被告人和听取辩护律师的意见。其理由在于被告人不上诉，即使开庭他也不会配合。①

---

① 顾永忠：《刑事上诉程序研究》，中国人民公安大学出版社 2003 年版，第 196、206 页。

该学者在前面主张不能以上诉理由作为死刑案件开庭方式划分的标准，在后面又主张未提出具体上诉理由的被推定上诉的案件应该采用不开庭审判方式。其确定死刑案件审判方式的标准不是完全考虑到死刑的特殊性而仍然停留在"所谓上诉理由"的层面。笔者认为，对于死刑案件应该有一个完全区别于其他案件的确定审判方式的标准。详言之，这个标准就是死刑案件的特殊性。换句话说，凡是死刑案件都应该采用开庭审判的方式进行。理由主要有：

其一，死刑案件只有经过二审程序才可以谈得上经过了最低限度程序保障的充分性证明，才可以谈得上死刑的适用是经过理性考虑的，具有最起码的谨慎性，也更说明死刑的适用具有无可奈何性。同时，也说明死刑的普通程序具有必要的时间延缓性。如果认为对于推定上诉的死刑案件可以采用书面方式审理，则案件的实体公正仍然如该学者所认识的那样，因为一审程序存在过多的缺陷而在二审采用书面审方式的情况下就没有保障。至于被告人没有提出上诉理由并非意味着被告人就一定不配合。按照不配合的思路，即使提讯被告人也无意义。再者，即使被告人不配合，开庭审判方式也比不开庭审判的方式要更有价值。

其二，即使对于应该发回重新审判的案件也应该采用开庭审判的方式。无论是事实不清还是程序问题，仅仅采用书面审判方式无法实现死刑案件二审程序处理的目的。主张对于发回重新审判的案件因为没有侵犯被告人的实体权利而可以采用书面审理。这完全是以实体公正性作为死刑案件正当程序的衡量标准。其反映的正当程序观念只是中国传统上的纯粹工具性正当程序观念，与当今国际社会所共同认可的正当程序观念的内涵相差太远。就死刑案件而言，采用这种观点作为确定二审审判方式的标准，负面影响太大。首先，纯粹考虑实体公正的思维定式有使被告人诉讼客体化之嫌。欲避免被告人成为诉讼客体，就应该充分尊重他作为一个人所应该享有的尊严。即使纯粹程序性步骤的展开对实体公正没有任何助益，也不应该否定其合理性。何况，程序公正本身就是审理案件质量的标准之一。如果以为程序公正没有影响实体公正就是多余的，则此种认识不符合诉讼公正的现代性要求。其次，就已经起诉的死刑案件而言，不可能都在实际上会适用死刑立即执行或者死刑缓期执行。这就存在如何说服被害人一方当事人从内心接受判决的问题。就检察机关的起诉慎重性看，在起诉之初，适用死刑的可能性是极大的。可是适用死刑的基本价值取向也不允许对所有可能适用或者可以适用死刑的案件均适用死刑。因为有些情况下是程序障碍使得适用死刑成为不可能，有些情况下是实体方面适用死刑的不得已性没有达到从而使起诉之初适用死刑的估计没能够成为现实。无论属于哪一种情况，要让被害人服判都是极为困难的。立法方面如果不设计充分的程序环节，使被害人一方的认识能够有一个回旋的余地，被害人对上述情况下没有适用死刑就极难以接受。结果不是被害人一方采用私力救济办法破坏法治，就是被害人一方以更大的自我牺牲引起社会的关注。对这种灾难性后果我们不能熟视无睹。从这一意义上讲，允许对二审的死刑案件采用书面审理方式，在一定程度上是不人道的。当然，这不意味着二审的审判方式是公开审判方式就表明被害人一方一定能够接受上述没有适用死刑的现实情况。但是，这至少给被害人一方接受现代诉讼观念创造了相对更为充分的空间。再次，就被告人一方来看，二审发回重新审判并不等于从此不可能适用死刑。即使发回重新审判后他还可以上诉，但是，死刑适用的不可避免性也足以让他感到刑罚的苛酷。立法如果仅仅对程序问题也采用开庭审理方式，则程序的充分保障会在一定程度上减缓实体刑罚的苛酷。

最后需要强调的是，开庭审判不等于做到了公开审判。开庭只不过意味着审判在诉讼各方聚集在一起的情况下进行。而审判公开则意味着法庭审判中的证据质证、事实的查明、裁判的理由等都应该让诉讼各方和社会公众知晓。所以要求对所有死刑案件的审判均应公开，其理由主要有：第一，程序的独立价值、程序过程的意义包括虚假证据的识别、案件真相的发现本身在某种程度上有赖于程序的交流和对话来实现。而程序的交流和对话离开了法庭上的公开审判将难以进行。因此，审判公开绝不是仅仅具有形式意义。第二，从原理上讲，审判公开是社会公正、人们生活所应具有的可预期性的制度保证。由于国家司法权力在社会公正的实现中起着主导作用，因而国家司法权力的规范运作是社会公正实现的基本条件。国家司法权力虽然是由代议机构任命的人员行使，但是，基于信息的非对称性，公民无从了解这些公务员是否按照人民的意志行使权力。有了审判公开制度，国家司法权力行使的公正性就有了制度性保证。即使公民不了解每一个案件的具体情况，他也信任司法审判的公正性。当然，审判公开只是原则性要求，作为例外，根据《公约》要求，涉及道德、国家安全、被告人个人隐私等内容，可以不公开。此外，立法应该在原则上允许新闻报道（特别是电视直播）的基础上，详细规定新闻报道的例外。

②彻底贯彻上诉不加刑原则。正如有学者分析的，诉讼职能的分离、利益权衡、控辩平衡三个方面的结合构成了上诉不加刑原则的法理基础。① 那么，根据诉讼职能分离原理，经过二审程序审判后的死刑案件即使发回重新审判也不应该加刑。当然这只是针对被告人被判死刑缓期二年执行而言的。在这种情况下，初审结束后，被告人如果不上诉，则被告人实际执行的可能性一般不

---

① 顾永忠：《刑事上诉程序研究》，中国人民公安大学出版社 2003 年版，第 76—88 页。

大。正因为被告人上诉才导致了案件被重新审判，从而给控方提供了补充证据的机会，也就使得被告人可能在重新审判的一审程序中被判处死刑立即执行。因此，根据上诉不加刑原则的精神，不应该加重对被告人的处罚。当然，如果控方在被告人上诉时提出了抗诉则不受上诉不加刑原则的限制。不过，有一种观点认为："只有被告人一方提出上诉的案件，二审法院发回原审法院，原审法院不得变更原判决，使被告人处于更不利的地位，除非经重审发现并证实了其新的犯罪事实。"① 笔者认为，该观点注意到了社会公共利益、被害人利益和被告人利益的平衡，因而主张在发现新的事实后可以加刑。但是，从诉讼的技术性构造来说，上述三种利益是在不同的技术规则下得以保障的。正如前文已述，上诉不加刑是以职能分离、利益权衡、控辩平衡等为理论基础的。如果在只有被告人一方提出上诉的案件，在二审法院发回原审法院重新审判的情况下，一概允许原审法院经重审发现并证实了被告人新的犯罪事实就加刑，则可能动摇上诉不加刑原则的根基。控方在一审判决宣告后未表达引起二审程序的愿望，就应该对原判所涉事实范围内的新事实承担不利的后果。这应该是申诉不加刑原则的固有含义。对于原判事实范围外的新事实，公诉机关可另行提起公诉。此时的公诉已经超越了上诉不加刑的范畴，因此，不会危及上诉不加刑原则的基础。当然，被害人可能因为公诉人的失职而承担不利的后果。是故，笔者曾经主张立法应该赋予被害人以上诉权，然后在被害人的上诉权与被告人的上诉权之间平衡。② 被害人一方毕竟有国家作为后盾，因此，立法可以就被害人上诉权导致的加刑后果给予适当的限制。

此外，对于被告人上诉的死刑案件，如果被告人被判处死刑缓期二年执行，也不允许通过审判监督程序加重对被告人的处罚。因为发现适用死刑的错误应该是控方的责任，法院如果主动纠错，对被告人一方来说就不存在公正的法官了。因为法官未维持天平的平衡而自觉地向控方倾斜损害了法官应有的中立性。从利益权衡角度看，个案的胜利远没有从制度上保证检察机关忠于职守，从而有利于还被害人和社会以公正更为重要。

③质证权利的保障。证人出庭对于案件事实的查清和程序公正的实现均具有十分重要的意义。其具体理由前已述及，在此不再赘述。基于此，立法应该作出明确规定：其一，贯彻传闻证据法则的要求，除了客观上不可能出庭的，均应要求提供言辞证据的主体出席法庭接受询问。法律应该就例外作出明确规

---

① 王敏远：《刑事司法理论与实践探讨》，中国政法大学出版社 1999 年版，第 189 页。

② 杨正万：《刑事被害人问题研究——从诉讼角度的观察》，中国人民公安大学出版社 2002 年版，第 316—325 页。

定，并且不能以例外冲击原则。其二，规定法庭质证的方式。实践证明法官直接询问和控辩双方交叉询问的结合是最为有效的方法。法律应该就此作出科学规范的规定。其三，保证证人出庭。立法应在证人出庭所涉及的经济待遇、人身安全、法律责任等方面作出详细规定。如果说在一审法庭审判都没有做到要求所有的证人等提供言辞证据的人出席法庭，对于所有二审案件作此要求有相当困难的话，那么就所有死刑案件的二审均应该做到，就不应该是困难的事。毕竟生命与经济比较而言更为重要。

（4）辩护及法律援助权的完善。

我国律师的执业环境不佳是我国死刑案件被告人辩护及法律援助权受到侵害的主要障碍。鉴于死刑案件的特殊性，我国立法机关至少应该从死刑案件着手逐步改善律师的执业环境。就死刑案件二审程序中的辩护及法律援助权而言，除了减少律师从业的风险外，立法应该主要解决如下问题：第一，大幅度提高死刑案件律师的经济报酬。一般而言，律师从事的法律援助业务最多的就是可能判处死刑的案件。各地对于律师从事法律援助的费用都是象征性的。这使得律师对于死刑案件的法律援助基本上都处于应付状态。在经济待遇提高后，从事死刑案件法律援助业务的律师至少没有了被逼着应付的感觉。在有些地方，律师的生活保障都存在问题，法律要求他们尽好法律义务，显然不现实。第二，在经济保障解决后，再由律师管理部门强化律师从事死刑案件的法律援助业务的管理，从而提高死刑案件法律援助的质量。

（二）死刑案件的三审程序限制

1. 死刑案件三审终审制的可行性

前文已经就死刑案件三审终审制的重要性和紧迫性进行了分析。这里就死刑案件实行三审终审制的可行性作一简要分析。

（1）死刑案件实行三审终审制的经济基础。就增加一道程序而言，所需要的经济耗费主要是两方面的开支：一是国家的开支；二是被害人及被告人等当事人所支出的开支。总体而言，由于死刑案件的特殊性，就死刑案件所支出的经济耗费都主要集中在国家财政上。可以说经过改革开放近 30 年的建设，国家的经济实力已经强大到足以支撑最终被判死刑又上诉到第三审法院的案件量。死刑的准确性涉及公民生命权的维护，与保护公民的生命权比较起来，国家在经济上作出一点牺牲是值得的。

（2）死刑案件实行三审终审制的观念基础。死刑案件三审终审制的建立涉及两个观念的确立：一是人权观念；二是程序公正观念。如果说在 20 世纪 80 年代，人权还被视为资产阶级的专利而被官方视为讳莫如深的事物，那么在人权的保护已经被载入宪法的今天，重视人权和保护人权可以说已经成为上下一致的共识。生命权作为人权之首，其在人权谱系中的地位无须论证。死刑虽然在历史上曾经被作为镇压反抗者的"核武器"，但是，在人权观念获得巨大发展的今天，它对生命权的威胁是有识之士所毋庸置疑的。可见，通过三审终审制减少死刑对生命权的威胁应该能够获得绝大多数的共识，随着程序意识的觉醒，公民不仅要求实体公正能够实现，而且还要求通过程序看见公正的实现。据此，对死刑案件实行三审终审制，既不会被认为是多余，也不会认为是资源的浪费。这正是建立死刑案件三审终审制的观念基础。

（3）死刑案件实行三审终审制的辩护制度基础。辩护制度的完善程度是死刑案件质量得到保障的最基本的配套制度。而辩护制度中最为重要的又是律师辩护制度。我国法律制度尽管由于某种原因未能给律师从事死刑案件的辩护提供应有的制度环境，但是，这一状况可望随着法治的完善而逐步改善。如律师办理刑事案件的风险和与其提供的法律服务严重不相称的经济报酬对律师从事刑事案件的辩护的制约已经成为共识。就死刑案件而言，律师辩护的强制保障是至关紧要的。我国1996年修订的《刑事诉讼法》已经为此提供了相应的法律根据。从2003年国务院颁布实施的《法律援助条例》，将法律援助规定为政府的责任看，上述刑事诉讼法规定的精神有了一定的具体落实措施。我国法律援助制度的施行尽管仍然存在诸多的问题，但是，从初步运作情况看，已经能够为寻求实现死刑案件的程序公正提供一定的制度支持。这是死刑案件实行三审终审制的法律援助条件。没有该条件支持，死刑案件三审终审制的搭建就难以具有现实性。

（4）从最高人民法院的工作量分析，死刑案件实行三审终审制具有现实性。这里需要特别指出，笔者所主张的死刑案件三审终审制是由最高人民法院大区分院完成的三审终审制，而非死刑案件全部集中到北京所实行的三审终审制，也非取消死刑复核基础上的死刑案件三审终审制，而是在保留死刑复核基础上的死刑案件三审终审制。[①] 因此，在论及工作量时，如果不明确最高人民法院大区分院和本院的区别，则死刑案件实行三审终审制的意义和工作量就会确实成为一个问题。由于实行大区分院制，即使在死刑案件的第三审程序中实行公开开庭审判的方式，也能够保证审判任务的完成。大区分院可以使最高法

---

① 以陈卫东教授为代表的学者认为，废除死刑复核程序，代之以死刑案件的第三审程序。陈卫东、刘计划："死刑案件实行三审终审制的构想"；卞建林、韩阳："死刑的正当程序与死刑的控制"；孙长永："通过正当程序控制死刑的适用——美国死刑案件的司法程序及其借鉴意义"，三篇均是2004年5月29日湖南湘潭"死刑的正当程序学术研讨会"交流论文；顾永忠：《刑事上诉程序研究》，中国人民公安大学出版社2003年版，第235页。

院变成几个，这大大分散了最高法院直接开庭所形成的压力。随着死刑核准权的收回，各个高级法院判处的死刑立即执行也会相应减少。这就大大减少了死刑案件实行三审终审制的压力。

2. 死刑案件第三审程序的建构

（1）上诉权的建构。由于死刑案件的第三审程序仍然属于普通救济程序，对于死刑案件二审结束后，如何启动第三审程序的问题，各国做法并不一致。有些国家是强制上诉。如日本，根据《日本刑事诉讼法》第 360 条之二规定："对判处死刑、无期惩役或无期监禁的判决的上诉，不受前二条规定的限制，不得放弃。"借鉴外国经验，同时根据《保障措施》的规定，针对死刑案件的特殊性，死刑案件的复审权无论是二审还是三审均应该采用强制上诉模式，令被告人一方不得放弃上诉权。据此，我国死刑案件第三审程序的启动应该和第二审程序的启动保持一致的启动模式。首先由当事人上诉或者检察官抗诉。并且立法仍然应该坚持检察机关的抗诉是基于检察机关认为二审裁判确有错误才能提起。其次，对于上诉理由和方式不应该作任何限制。只要当事人表示不服，二审法院就应该自动将案件移送上一级法院审理。即使被告人表示不上诉，法律也应该采用强制上诉模式启动死刑案件第三审程序。至于为何采用强制上诉而非强制抗诉的方式，除了在前面二审上诉中已经说明的理由外，我国现行死刑案件被告人行使上诉权的实际情况也表明了强制上诉的必要性。这里的实际情况主要有两点：一是在我国，大量死刑案件中的被告人自身的原因，很可能对判决或量刑乃至程序的公正性认识不足，从而被动接受死刑量刑，放弃或不能有效行使自己的上诉权。二是被追诉人的地位处于弱势，在中国现阶段常常得不到有效的律师帮助。比如，在司法实践中存在着一种现象：在某些死刑案件中，一审判决书送达被定罪人和送达其辩护律师的时间存在差异，往往送达被告人在前，送达律师在后，这一时间差很可能导致上诉权难以行使。[①]

（2）死刑案件第三审程序的审判方式。以往学界大多数认为，国外第三审程序大多采用书面审理方式。但是，根据学者最近的研究表明，国外的第三审程序大多采用开庭审理的方式，只不过比第二审程序中的开庭形式略为简化。[②] 笔者认为，死刑案件第三审程序如果采用书面的审判方式，则难以起到保证死刑适用的谨慎性、难以增强论证死刑适用的充分性。而采用开庭的审判

---

① 卞建林、韩阳："死刑的正当程序与死刑的控制"，2004 年 5 月 29 日湖南湘潭"死刑的正当程序学术研讨会"交流论文。

② 顾永忠：《刑事上诉程序研究》，中国人民公安大学出版社 2003 年版，第 229 页。

方式，法庭审判除了发挥双方书面表达的优势外，还可以发挥双方口头争论的优势。口头争论方式有利于增强双方意见表达的针对性，有利于深化对问题的认识。正因为口头争论方式能够具有书面表达方式所不具有的优越性，负有繁重任务的美国最高法院都很重视该种审判方式的运用。美国最高法院大法官威廉·J. 布伦南指出："口头争论是上诉辩护绝对必要的组成……经常我对案件的全部认识都在口头争论时明确。即使我在口头争论前已阅读过辩护状，也会发生这种情况；确实，这是现在所有最高法院成员的体验……经常我对案件如何发生的想法被口头争论改变……口头争论是大法官和律师之间苏格拉底式的对话。"[①] 此外，从程序公正角度看，死刑案件第三审程序如果采用书面审判方式，也难以保证被告人基于自己的认识从内心接受法院的裁判。因此，无论从实体公正还是从程序公正角度分析，死刑案件第三审程序的审判方式只有采用开庭审判的形式切合死刑案件的实际。当然，采用开庭审判方式比采用书面审判方式客观上可能带来诉讼效率的下降，但是，对于死刑案件而言，生命权的特殊性通过这种公开审判方式的保障得到了某种程度的体现。同时，审判方式的复杂化既能够在一定程度上弥补诉讼认识的不足，又能够给诉讼程序意义的实现营造更广阔的空间。通过审判方式复杂化的设计，死刑的限制趋势会得到明显的体现。

（3）死刑案件第三审程序的上诉不加刑原则。这里的上诉不加刑原则与二审程序中的上诉不加刑原则相同，指第三审法院在审判只有被告人一方上诉的案件不得以任何理由加重被告人的刑罚或者变相加重被告人的刑罚的准则。就二审已经维持或者改判为死刑立即执行或者死刑缓期执行的案件而言，立法应该特别禁止如下几方面的加刑：

①在检察机关为了被告人的利益而抗诉的情况下，禁止加重对于被告人的处罚。传统上，多数学者以消除被告人的畏惧心理作为上诉不加刑的理论依据，因而以此难以解释"在检察机关为了被告人的利益而抗诉的情况下，禁止加重对于被告人的处罚"的正当性[②]。少数学者以不告不理为上诉不加刑原则的理论根据，因此以审判已经超越起诉主张为由，批驳了"在检察机关为了被告人的利益而抗诉的情况下，也可以加重对于被告人的处罚"的观点[③]。

---

① ［美］爱伦·豪切斯泰勒·斯黛丽，南希·弗兰克著，陈卫东，徐美君译：《美国刑事法院诉讼程序》，中国人民大学出版社 2002 年版，第 607 页。

② 较有代表性的观点，请参见王敏远著《刑事司法理论与实践探讨》，中国政法大学出版社 1999 年版，第 181、188 页。

③ 洪道德："控诉与审判分离应贯穿整个刑事程序"，载《政法论坛》1992 年第 1 期；李文键："完善上诉不加刑原则的立法思考"，载《政法论坛》1996 年第 1 期。

该种观点虽然主观愿望很好，但是，由于理由内在的缺陷而显得没有说服力。正如有的学者评价认为，该种观点将"不告"而不"理"的范围扩大到了量刑内容。是对"不告"范围的不当认识。其实，"不告"的范围仅仅指控方未起诉的人和事。这种观点混淆了"起诉范围"和"起诉主张"，因而不具有合理性。① 此外，笔者认为，我国刑事起诉制度的传统立法和理论观点均没有肯定控方的量刑建议权，因此，这种观点显然无说服力。既然此路不通，那么如何解释法院在控方提出有利于辩护方的抗诉理由时不应该加刑，而提出不利于辩护方的理由时则应该加刑的合理性？笔者较为赞同以约束法院司法权为切入点进行思考，但是，不同意从职能分离原理角度进行论证。② 因为职能分离原理要么会回到不告不理原则上去，要么会适得其反，说明法院在控方提出有利于辩护方抗诉理由时加刑的合理性。笔者认为，法院在控方提出有利于被告人方的抗诉理由时仍然加刑，使诉讼中的控方力量过于强大，不利于维持现代诉讼所特有的控辩平衡这一格局。其结果会在实质上使刑事诉讼回到传统的的轨道上去，从而不仅不利于维护辩护一方的利益，也从根本上不利于达到现代诉讼的目的。如果对法院的这一权力进行限制，要求法院只能在控方提出不利于被告人一方的理由时才能加刑，则有利于增强辩护一方的力量，从而有利于维护现代诉讼的平衡结构。这不仅表面更符合现代刑事诉讼的本质，而且从更深的层面体现了现代法的人文精神。

②发回重新审判的情况下，禁止在原判决认定的罪数事实范围内加刑。就上诉引起的二审死刑案件而言，一般不存在判处缓刑或者量刑畸轻畸重的问题。因此，三审终审制中向第三审法院提出上诉的死刑案件主要的具体刑罚内容就是死刑立即执行和死刑缓期二年执行。对于死刑立即执行自然不存在具有现实意义的加重处罚的问题。而对于死刑缓期二年执行，在上诉不加刑原则的规制下，三审法院审判只有被告人一方上诉的案件，不能在审判过程中直接加刑是可以获得共识的。可能否在二审程序之外加刑，基于学界在两审终审制下对该问题存在的分歧，笔者认为，在以后建立的三审终审制的第三审程序中仍然可能存在不同的认识。在三审程序外加刑无外乎通过发回重新审判加刑和通过审判监督程序加刑。通过审判监督程序加刑无疑是对上诉不加刑原则的违反。而通过发回重新审判加刑因为有新证据问题而显得更有道理。因此，笔者在前文已经具体详细说明了在发回重新审判的情况下，

---

① 石献智："刑事审判程序中的不利益变更"，中国人民大学图书馆馆藏博士论文，第107、135页。

② 同上文，第135—136页。

对于原审法院在原判认定的罪数范围内的事实加刑的消极后果。当然，对于在原判认定的罪数之外的事实，由于与上诉不加刑无关，因而不受上诉不加刑原则的限制。

（4）死刑案件第三审程序实行全面审查原则。这里的全面审查原则就是指审判死刑案件的第三审法院应当就第一审判决和第二审判决或者裁定所认定的事实和适用的法律进行全面审查，不受上诉或者抗诉范围的限制。对这里的"全面性"可以从不同角度认识。从理由角度看，第三审法院既要对已经提出的理由进行审查，又要对未提出的理由进行审查；从上诉人角度看，第三审法院既要对已经提出上诉的被告人进行审查，又要对未提出上诉的被告人进行审查；从案件性质角度看，第三审法院既要对刑事部分进行审查，又要对民事部分进行审查；从事实和法律分类的角度看，第三审法院既要对事实问题进行审查，又要对法律问题进行审查；从实体和程序分类的角度看，第三审法院既要对实体问题进行审查，又要对程序问题进行审查。

应该说，对于第三审是否实行全面审查，很多学者都持非常慎重的态度。具有代表性的观点是：以法律问题为原则，事实问题为例外确定审查范围。换言之，当事实问题有争议时可以审查事实问题，当事实问题没有争议时，仅仅审查法律问题。对检察机关没有抗诉，而被告人一方又不上诉的情况下，只审查事实问题。但是，如果指定承担法律援助义务的律师提出了事实问题，应该就事实问题进行审查。[①] 这种观点限制第三审法院对事实进行审查的范围，主要是借鉴国外最高法院只审查"法律事项"的经验。国外限制事实审查的理由主要在于：①通过减少最高法院审查范围来控制最高法院的规模。②防止刺激当事人寻求更高一级救济，从而架空下级法院事实调查的职能。③事实问题不像法律问题那样具有普适性，对于无法确定的事实作出前后反复、相互冲突的评价，有损于司法的权威性和统一性。[②] 当然，对国外经验的借鉴是与中国情况相结合进行的。对事实问题的审查在中国具有特殊的意义，因此，上述观点的主张者承认了第三审法院有限的事实审查权。不过，该种观点对于"事实问题"的限制，并没有形成对于国家司法权力的制约。相反，它有利于对犯罪的打击而不利于对被告人利益的保护。按照该种观点的主张，只要控诉一

---

① 陈卫东、刘计划："死刑案件实行三审终审制的构想"，第 6 页；卞建林、韩阳："死刑的正当程序与死刑的控制"，第 10 页；孙长永："通过正当程序控制死刑的适用——美国死刑案件的司法程序及其借鉴意义"，第 9 页；三篇均是 2004 年 5 月 29 日湖南湘潭"死刑的正当程序学术研讨会"交流论文。顾永忠：《刑事上诉程序研究》，中国人民公安大学出版社 2003 年版，第 237 页。

② 卞建林、韩阳："死刑的正当程序与死刑的控制"，2004 年 5 月 29 日湖南湘潭"死刑的正当程序学术研讨会"交流论文，第 10 页。

方提出事实问题，法律就应该保证对该事实进行严格的侦查，从而达到处罚犯罪的目的。换言之，被告人由于国家司法权力行使的任意性，经常生活在惊恐之中。所以另外一种观点切中了"事实问题"限制的要害，即控方不能在第三审中提供新证据；而且第三审法院也不得主动审理事实问题。① 可以看出，这种观点的出发点是为了更好地保护辩护一方当事人的利益。可能出于实践中的全面审查一贯存在即使只有被告人一方当事人上诉的情况下法院主动查明事实并加重对被告人处罚的情况，因此，涉及全面审查就与法院主动处罚被告人联系起来。这里由此需要声明，本文这里所使用的全面审查并不包含上述意思。

不过，笔者不同意限制法院主动审查事实的观点。理由在于：①我国死刑案件的初审程序不如国外的美国、日本等国家的初审程序那么具有正当性。因而在发现事实真相方面具有很大的缺陷。②我国死刑案件二审程序实行不开庭审判，其对事实问题的复审功能受到极大限制。③实践表明，我国的高级人民法院一般不具备抵御各种基于死刑案件产生的压力的能力。高级人民法院即使发现案件证据根本不足以定罪，也没有能力敢于宣告被指控犯有可能适用死刑的被告人无罪。② ④基于各种原因，被告人即使被冤枉判处死刑立即执行，也有服判的。我国刑事诉讼法不能因为被告人服判，就可以对错误适用死刑予以放任。在这种情况下，第三审法院如果不主动审查事实问题，则有可能出现替人顶罪的情况发生。这对社会和被害人而言均是不公平的。③ 此外，国外的经验也证明，第三审法院以工作量为名放弃对事实问题的审查，会带来过大的错误适用死刑的风险。如美国，其初审程序的完备程度可能会得到很多学者的认同。但是，据研究，美国从1973—1995年所判的5760个死刑案件，其中有68%的案件在重审过程中发现是误判而被推翻。误判的原因主要有：辩护律师无法胜任、控方隐瞒了对被告人有利的证据、选择陪审团成员时持有偏见。④这里的辩护有效性问题在我国死刑案件的一、二审程序中也同样存在并且更为尖锐。我国立法如果禁止第三审进行全面审查，则不利于被告人利益的维护。

（5）死刑案件第三审程序的裁判。如何设计普通程序中的终审裁判的种类，关系到终审程序的效果和死刑案件办理的质量。由于第三审程序仅仅是理论方案，因而只有在总结二审终审制下的终审裁判的种类设置的经验来构筑死

---

① 孙长永："通过正当程序控制死刑的适用——美国死刑案件的司法程序及其借鉴意义"，2004年5月29日湖南湘潭"死刑的正当程序学术研讨会"交流论文，第9页。

② 前引杜培武案件即是。

③ 贵州省在1983年严打中所处理的发生在贵阳市黔灵公园的一起强奸、杀人案件就属于这种情况。

④ 参见"美国六成死刑判决为误判"，载《检察日报》2000年6月14日第4版。

刑案件第三审程序终审裁判的种类。我国《刑事诉讼法》第 189 条和第 191 条设置了三种裁判：即维持原判、依法改判和发回原审法院重审。学者们在设计死刑案件裁判制度时都是从上述三种裁判种类的基本样式出发进行思考的。从种类上说有两种方案：一种是现行的终审裁判的维持、改判和发回重新审判三种；① 另外一种是在现行两审终审制下探讨终审裁判种类的。笔者正是从终审裁判角度将其归为三审裁判种类的理论方案。该种观点主张，二审法院认为一审死刑判决事实不清、证据不足时，应当依法宣判无罪，或者根据已经查明的有罪事实作出相应的有罪判决，不能发回。这样该种观点实际上取消了发回重新审判这种裁判方式，只保留了维持和改判两种。② 应该说，发回重新审判的确有违诉讼规律的一面。至少它存在使诉讼程序倒流、国家司法权的行使具有任意性、事实的反复调查陷入恶性循环等方面的缺陷。取消它具有科学性的一面。可是，在实体观念占绝对统治地位，在司法政治化的特定条件下，取消发回重新审判这种终审裁判方式，不利于法院寻求更大的空间以谋求案件的正当化处理。法院将存在重大疑问的死刑案件留有余地判处死刑缓期二年执行就是法院不具有宣告被指控犯有可能适用死刑的罪行的被告人无罪的能力的明证。③ 基于上述认识，笔者认为应该保留目前终审制度下的裁判种类。但是，在具体适用的情形方面，笔者的认识与前一种观点存有分歧。

就维持原判条件论，法律规定的条件是：原判认定事实和适用法律正确、量刑适当的，应当裁定驳回上诉或者抗诉，维持原判。另外一种观点表述为：对于原判没有错误，并且非杀不可的案件，予以维持原判；对于原判死刑缓期执行没有错误的，维持原判。④ 就《刑事诉讼法》第 189 条和第 191 条规定的条文表述看，这里的"适用法律正确"不包括程序公正的内容。从所引学者表达的维持条件看，也没有包括程序公正的内容。这对死刑案件而言不能不是重大缺陷。其次，从司法实践中运用死刑立即执行和死刑缓期执行的区分看，是否具有法定或者酌定从轻情节是决定是否适用死刑缓期执行的关键。从轻本意是指在法定量刑幅度内作出轻于没有从轻情节的处理。死刑是没有幅度的，

---

① 陈卫东、刘计划："死刑案件实行三审终审制的构想"，第 6 页，2004 年 5 月 29 日湖南湘潭"死刑的正当程序学术研讨会"交流论文；顾永忠：《刑事上诉程序研究》，中国人民公安大学出版社 2003 年版，第 238 页。

② 孙长永："通过正当程序控制死刑的适用——美国死刑案件的司法程序及其借鉴意义"，第 9 页，2004 年 5 月 29 日湖南湘潭"死刑的正当程序学术研讨会"交流论文。

③ 这类案件的细节，可参见胡常龙《死刑案件程序问题研究》，中国人民公安大学出版社 2003 年版，第 330—333 页。

④ 顾永忠：《刑事上诉程序研究》，中国人民公安大学出版社 2003 年版，第 238 页。

因此，对于具有从轻情节的死刑案件应该在死刑以下量刑。就此可以看出，在法律没有具体规定"不是必须立即执行"的标准之前，将应该适用死刑的被告人一律宣告缓期执行，在两年期间才能看出是否属于必须立即执行。期满后，再决定是否立即执行。① 基于上述认识，笔者认为，死刑案件第三审程序维持原判的条件是：原判认定事实和适用实体法和程序法正确、判处死刑缓期执行适当的，应当裁定驳回上诉或者抗诉，维持原判。

就改判论，立法规定的情况有两方面：一是原判认定事实没有错误，但适用法律有错误，或者量刑不当的，应当改判；二是原判认定事实不清楚或者证据不足的，可以在查清事实后改判。另外一种观点是分成三方面：一是对于原判决没有错误，但并不是必须立即执行的死刑案件，改判为死刑缓期执行；二是对于原判在适用法律上有错误的，予以改判；三是对于原判在认定事实上有错误，能够通过书面查清的，予以改判。② 严格说来，第一种由死刑改为死刑缓期执行这一情况可以归入法律适用错误里面。但是，这样归入不利于减少认识上的阻力。所以实践中一般将适用法律错误主要指向定罪不当或者量刑的过大差异。至于适用死刑立即执行和缓期执行的差异并非认为是错误。这主要是下级法院难以从宏观角度掌握必须立即执行的具体标准。而上级法院审查的重要功能之一就是统一法律的适用。因此，将死刑立即执行与死刑缓期执行区分开来是适宜的。但是，仅仅注意到这一点似乎不足以体现死刑案件的特殊性。因为，作为第三审改判必须要受到上诉不加刑原则的限制。于是应该在第三审的裁判制度部分明确这种改判的限制。

就发回重新审判论。刑事诉讼法第189条和第191条规定了两种情况：一是事实不清或者证据不足，可以撤销原判发回原审法院重新审判；二是违反法定诉讼程序的，应该发回原审法院重新审判。笔者认为，对此可以作如下修正。第一，关于重新审判的法院。立法一般是基于诉讼效率的考虑，将事实不清或者证据不足的案件发回原判人民法院重新审判。可从死刑案件审判实践看，很多事实不清或者证据不足的案件，发回重新审判没有达到查清事实的目的，相反给二审法院带来一定的压力。鉴于此，笔者主张，上级法院在发回重新审判时，可以考虑命令该法院的其他下级法院审判。这既可以避免一些不应有的干扰，同时，也可使下级法院能够摆脱认识上的先入为主所带来的负面影响。第二，关于发回次数问题。终审法院发回重新审判如果仍然没有解决问

① 详细论证参见张文、黄伟明："死缓应当作为死刑执行的必经程序"，2004年5月29日湖南湘潭"死刑的正当程序学术研讨会"交流论文。

② 顾永忠：《刑事上诉程序研究》，中国人民公安大学出版社2003年版，第238页。

题，则可以直接根据证据作出判决，而不能反复发回重新审判。这样既不能解决问题，也给当事人造成了不应有的侵害。第三，鉴于程序公正对于死刑案件所具有的特殊意义，法律不能将发回重新审判的程序违法情形限制过严。这对于保证死刑案件的实体公正和程序公正都会发挥积极的作用。

三、死刑的执行程序限制

（一）死刑执行程序的缺陷分析

1. 死刑执行程序的理论基础缺陷分析

（1）死刑刑罚的准确性。死刑刑罚的准确性指死刑应该适用于犯了极其严重的罪的被告人。这包括两层次含义：其一，死刑不能适用于根本没有犯罪的被告人；其二，死刑不仅应该适用于犯了罪的人，而且还应该适用于其罪行最为严重的人。死刑因为剥夺的是公民的最为宝贵的利益——生命，而且这一利益一旦被剥夺就无可挽回，因此，我党历史上一直坚持少杀政策，一贯倡导可杀可不杀的坚决不杀。但是，从立法来看，这一思想没有充分体现到执行程序中。这就是执行程序中的刑罚准确性所存在的缺陷。这里所涉及的刑罚准确性的缺陷主要是就刑罚准确性过于宽泛而言。详言之，死刑适用的准确性在不同的时期基于不同的死刑政策会出现不同的理解。在建国时期，注重对有血债的人适用死刑，只要有死亡结果，就可以适用死刑；在 20 世纪 80 年代，注重对极其严重的犯罪适用死刑，只要犯罪属于极其严重，不管有无死亡结果，都可以适用死刑；在当代，注重严格限制死刑的适用，需要犯罪是最严重犯罪中的最严重者，才能适用死刑。正是基于上述，用"准确性"这一术语作为我国死刑执行程序的理论基础，对那些犯有致人死亡的犯罪或者犯有最严重的犯罪而又非其中最严重者，就可能出现不是很慎重适用死刑的情况。换言之，我国现行的死刑立即执行的执行程序所贯彻的这种"准确性"思想，因为该表述本身存在模糊性，因而存在理论上的缺陷。这一缺陷的存在使得我国死刑立即执行的执行程序不利于控制死刑的适用。

（2）死刑刑罚的及时性。刑罚的及时性就是指刑罚一旦确定，便能够在尽可能不被无必要延误的情况下付诸实施。刑罚越及时就越有效。这是人们基于刑罚的现实性而对人们心理产生强制所作的经验性判断。正是基于这一判断，死刑的执行程序便凸显了时间上的要求。我国立法和司法中死刑立即执行的执行程序具体规范就有力地说明了这一点。如死刑执行命令的签发，本来是执行程序中体现死刑适用准确性的一项极为重要的内容，可是为了追求死刑的及时性，立法机关不惜改变法律作出的由最高人民法院院长签发命令的规定，允许最高人民法院委托其下级的高级人民法院院长签发。再如，立法规定，死刑的执行命令在签发后七天之内执行。从某种意义上讲，对死刑刑罚及时性的强调有无视死刑特殊性之嫌。因为，死刑执行命令签发程序的简化和死刑执行时间如此之短，难以使死刑适用的慎重性考虑有足够的余地。

（3）死刑刑罚的人道性。就刑法中的人道性而言，有对被害人的人道和对犯罪人的人道之分。基于对被害人的人道考虑，一般会加重刑罚处罚的严厉程度。基于对被告人的人道性的考虑，一般会减轻刑罚的实际苛酷程度。因此刑法的这种人道性体现在刑罚方面，就是刑罚对于被告人的人道性和对保护被害人的功利性。可见，人们在论及刑罚的人道性时常常将刑罚对于被害人利益保护的功利性误以为是刑罚的人道性是不准确的。具体到死刑的人道性而言，就应该是指死刑对于被告人而言是否人道的问题。建国以来，我国立法对于死刑的人道性所持的观点是比较落后的。这不仅表现在执行死刑的方法上较为野蛮，给被判刑人造成很大的精神恐惧和肉体的痛苦，而且在执行过程中对待被告人的态度上也比较野蛮，没有把被告人当做一个人来对待，没有尊重被告人作为一个人应该有的绝别时的感情所需。例如，不允许被告人在执行死刑前会见家属等。但是，随着人权观念的进步，死刑的人道性逐渐引起了人们的重视。这表现在执行方法上，1996年修订的刑事诉讼法规定可以采用除枪决外的注射等更为文明和人道的方法。可是死刑的人道性是死刑的根本性缺陷，仅仅限于执行方法或者满足被执行人临刑前的感情所需都是对死刑人道性的肤浅理解。正是基于这样的认识，我国死刑执行程序中的死刑人道性存在深刻的缺陷。这种缺陷不利于在死刑执行阶段实现严格限制死刑的政策意图。

2. 死刑执行程序的具体规范缺陷分析

（1）死刑的执行根据所存在的缺陷。所谓死刑的执行根据是指死刑案件执行活动展开所依照的诉讼文件。对这里的死刑的执行根据可作实质和形式两种含义上的理解。实质意义上的根据就是死刑的判决，而形式意义上的根据就是程序性文件。我国《刑事诉讼法》第208条规定："下列判决和裁定是发生法律效力的判决和裁定：（一）已过法定期限没有上诉、抗诉的判决和裁定；（二）终审的判决和裁定；（三）最高人民法院核准的死刑的判决和高级人民法院核准的死刑缓期二年执行的判决。"此外，按照《最高人民法院关于执行〈中华人民共和国刑事诉讼法〉若干问题的解释》第337条的规定，高级人民法院依据最高人民法院的授权核准的死刑判决和裁定也是发生法律效力的判决和裁定。从上述规定可以看出，最高人民法院核准的死刑判决和高级人民法院核准的死刑立即执行判决和死刑缓期二年执行的判决都是生效判决，都是死刑案件执行活动的实质性根据。而死刑案件执行活动的形式性根据主要体现在我国《刑事诉讼法》第 210 条、第 211 条和第 212 条规定中。该法第 210 条规定："最高人民法院判处和核准的死刑立即执行的判决，应当由最高人民法院院长签发执行死刑的命令"；第 211 条第 2 款规定："前款第一项、第二项停止执行的原因消失后，必须报请最高人民法院院长再签发执行死刑的命令才能执行"；第 212 条第 4 款规定："指挥执行的审判人员，对罪犯应当验明正身，讯问有无遗言、信札，然后交付执行人员执行死刑。"从这些规定可看出，死刑执行命令和验明正身的内容是死刑执行的程序性根据。没有这类程序性根据，死刑是不能执行的。即使在严打期间，死刑案件诉讼程序在被人为简化的情况下，死刑执行的程序性根据也没有被取消。这说明程序性根据在死刑案件中具有相当刚性。可是尽管如此，我国刑事诉讼法规定的死刑执行根据仍然存在如下缺陷：其一，死刑缓期执行没有严格的执行根据。从我国刑事诉讼法的上述规定可看出，死刑执行命令只是对死刑立即执行的案件的要求，对死刑缓期二年执行则未提出如此严格的程序根据性要求。其实，死刑缓期二年执行一旦确定，则被告人一旦犯故意犯罪，就很难摆脱死刑的威胁。死刑缓期二年执行虽然在实践中大多数没有变成死刑立即执行，但是，它毕竟为死刑立即执行提供了前提性条件，因此，对于死刑缓期执行仍然应该十分慎重。立法上没有对死刑缓期二年执行规定特殊的程序性要求，就意味着死刑的适用有扩大的可能。其二，验明正身的程序内容没有形成特殊的程序根据。验明正身既是确定实际被执行人员是否是被判处死刑的人的一项关键的程序，又是发现案件是否有错误的最后、最为重要的一项程序。如此重要的程序内容却没有相应的程序文书作为执行时的根据，无疑是执行根据中的一大缺陷。

（2）死刑执行命令签发程序的缺陷。死刑执行命令既有实体意义又有程序意义。从实体上讲，由中央一级机关签发执行死刑的命令，首先有利于死刑标准的统一掌握。仅仅从这一角度看，很多不符合死刑立即执行适用标准的案件就会被排除在死刑案件之外。其次，中央一级机关时间有限，不可能在短时间内完成大规模的签发作业。这无形中给死刑案件错误的挽回赢得了时间上的条件。从程序上讲，由中央一级机关签发执行死刑的命令，具有极为重要的象征意义。我国古代多数情况下的死刑最后是由最高统治者决定的。这种程序机制虽然最初是为了凸显最高统治者对普通百姓生命的关注，但是，并非是在崇尚生命的意义上强调的。而在当代强调人权的时代背景下，对人权中最为重要的内容——生命权的保护采用最为烦琐的程序，有利于培养人们的生命神圣的观念，从而有利于死刑观念的改变，以为今后废除死刑创造条件。我国刑事诉讼法虽然规定执行死刑的命令应该由核准判决的最高人民法院院长签发，但是，将死刑的核准权和执行命令的签发权统一在一起，在死刑案件核准权下放的情况下就使执行死刑命令的签发制度失去了应有的作用。此外，死刑执行命令的签发应该有一个强制性规定，以保证由签发者本人亲自签阅的方式进行，达到控制死刑的目的。

（3）死刑执行中的准确性保障程序缺陷。由于死刑涉及生命的无可挽回性，立法不仅在死刑案件的普通程序中设置了一些特殊的程序，而且还设置不同一般案件的特别程序来保障死刑的正确适用和限制适用。同理，在死刑案件的执行程序中立法也体现了死刑案件的这种特殊性，设置了相应的程序规范以确保最大限度地发现错误。这些程序规范主要规定在我国《刑事诉讼法》第210条、第211条和第212条的规定中。该法第210条规定："被判处死刑缓期二年执行的罪犯，在死刑缓期执行期间，如果没有故意犯罪，死刑缓期执行期满，应当予以减刑，由执行机关提出书面意见，报请高级人民法院裁定；如果故意犯罪，查证属实，应当执行死刑，由高级人民法院报请最高人民法院核准。"第211条第1款规定："下级人民法院接到最高人民法院执行死刑的命令后，应当在七日以内交付执行。但是发现有下列情形之一的，应当停止执行，并且立即报告最高人民法院，由最高人民法院作出裁定：（一）在执行前发现判决可能有错误；（二）在执行前罪犯揭发重大犯罪事实或者有重大立功表现，可能需要改判的；（三）罪犯正在怀孕的。前款第一项、第二项停止执行的原因消失后，必须报请最高人民法院院长再签发执行死刑的命令才能执行；由于前款第三项原因停止执行的，应当报请最高人民法院依法改判。"第212条第4款规定："指挥执行的审判人员，对罪犯应当验明正身，讯问有无遗言、信札，然后交付执行人员执行死刑。在执行前，如果发现可能有错误，应当暂停执行，报请最高人民法院裁定。"从这些规定可看出，死刑执行程序中对于保障死刑正确适用而设置的程序存在相应的缺陷，不利于死刑的正确适用和限制适用。具体说来，主要表现在三方面：其一，对死刑缓期二年执行期间发现罪犯故意犯罪的情况，应当如何审查，法律语焉不详。司法实践如果仍然采用传统上的内部行政程序对该故意犯罪进行审查，则不仅被告人的诉讼权利得不到落实，而且死刑适用的准确性和限制性更难以保障。最高人民法院的司法解释虽然在一定程度上有弥补作用，但毕竟不如法律规定的效力高。其二，如何在执行死刑的命令签发后的七日内从程序上保障发现死刑判决可能有错误、可能需要改判或者应当改判的情况，法律规定同样语焉不详。仅仅依靠与罪犯密切接触的司法人员的职业意识来防范错误的发生是极其危险的。再者，即使从实质上看，没有错误，程序保障也是十分需要的。这不仅在于实质错误依赖于程序措施发现，而且在于程序权利的保障对于死刑正当性的补充也是极为重要的。其三，验明正身是死刑案件中防范错误的最后关键时刻，立法对这一程序内容没有较为详细科学的程序设计，难于体现对被告人生命的充分保护。从专门听取被告人关于案件意见角度看，这一程序是被告人提供有关案件情况的最后机会。在这一程序中，被告人的意见一般会更容易得到当时参与处理该案件的司法人员的更多的注意。因而详细而科学设计这一程序对国家或者是对被告人来说都具有关键性意义。

（4）死刑执行中权利救济性程序。刑事诉讼程序本身是保护人们利益的手段，可是由于国家追诉犯罪依赖于可能产生错误的证据制度，因此，刑事诉讼程序在具体的运作过程中又极易异化为侵犯人们利益的侵害手段。这一情况一旦发生，对公民来说就是被错误地受到一般性刑事追诉，都是灾难性的，因为这很可能影响他们的一生。而在死刑案件中这种情况的发生就更为可怕。生命因其是一个公民存在的根本，同时，一旦丧失就不可挽回，绝大多数公民对它都很为珍视。而对生命的威胁除了犯罪外就是死刑。犯罪毕竟是可以通过国家、社会或者个人力量在某种程度上予以抵御的，而死刑对任何一个国家依法对其适用死刑的公民来说则无法抗拒。这不仅因为国家有强大的武装力量，还因为国家是以保卫社会这一正义的名义进行。可见，在死刑执行程序中设置权利救济程序是何等的重要。我国刑事诉讼法在死刑的执行程序中虽然设置了一些纠正错误的程序，可都是权力性而非权利性，当事人无法启动这样的程序。如《刑事诉讼法》第211条规定的停止执行和第212条规定的暂停执行都不会因为当事人的请求而变为现实，只有原判人员或者指挥执行的审判人员才有权决定叫停。这种程序设置存在两点缺陷：其一，无论是原判人员的决定还是指挥执行的审判人员的决定都没有相应的程序约束，随意性过大，罪犯的生命是否应该被剥夺完全决定于他一瞬间的意念。这无论如何都是不严肃和不谨慎的表现。其缺陷已显而易见。其二，对于是否存在应当停止执行或者暂停执行的情况，没有相应的程序保障。尽管这里的停止执行或者暂停执行的原因是可能性错误，但是，对于何种情况属于可能性错误也应该有一个程序保障，特别是涉及生死存亡的问题，就更有必要。立法虽然考虑到了死刑执行前的这类紧急情况，但是，程序设计还是过于粗疏。

（5）律师帮助权的缺失。传统的刑事追诉活动如果说具有典型的行政性，则现代刑事追诉活动与之最大的区别就在于具有诉讼性。传统的行政治罪活动虽然也具有诉讼的表面特征——即法官居中裁判，被害人和被告人进行对抗，但是，当事人双方的对抗呈现萎缩态势，整个诉讼是在法官的高压下进行的。可以说，这是一种压制式的诉讼活动。与之不同，现代诉讼中的法官虽然居高临下，但是，不对当事人双方形成过于压制的态势。同时，被害人的控诉地位（在公诉案件中）被检察官所取代。诉讼中的当事人对抗由被害人与被告人变换成了检察官和被告人。整个诉讼活动主要是在当事人双方对抗下进行的。显然，双方力量的平衡对于维护现代诉讼的基本特征具有基础性意义。为此，各国法律都赋予被告人法律帮助权，以增强被告人一方与检察官对抗的力量。《两权公约》进一步将被告人所享有的法律帮助权明确规定为被告人所享有的最低程序保障权的基本内容。《保障措施》甚至将法律帮助权作为死刑执行的基本前提。以此标准衡量我国的死刑执行程序，可以洞见我国死刑执行程序所存在的内在局限。

（二）死刑执行程序的完善

1. 死刑执行程序的理论基础重构

（1）死刑刑罚的不得已性。尽管刑事诉讼的全过程都应该基于刑罚适用的准确性而注重刑事追诉的准确性，但从刑事诉讼的几个阶段看，刑罚的准确性一般主要是在普通审判程序阶段强调。可就死刑刑罚而言，刑罚的准确性在执行阶段的强调与审判阶段同样具有重要意义。从死刑的有效性说，死刑只有适用于应该适用的对象才符合现在人们所持的死刑公正观。死刑如果没有适用于应该适用的对象，对于已经遭受侵害的被害人而言，死刑的运用并没有实现他所认为的公正而没有给他带来精神上的安慰；对于已经实施过极其严重的犯罪的公民来讲，死刑就丧失了其应有的威慑力；对于其他的潜在犯罪人而言，逃脱死刑惩罚的侥幸心理就会增加。从诉讼成本角度讲，死刑一旦没有适用于应该适用的对象就会造成两方面的诉讼成本的巨大支出。其一，诉讼的伦理成本将耗费过大。基于人性的不可靠性和人的知识的有限性，诉讼中的错误将难以避免。这种错误对人们生活影响越大，对诉讼在人们心目中的权威性的影响就越大。死刑作为剥夺生命的一种刑罚，一旦付诸实施，对受刑人的影响将是根本性的。正是基于死刑的这种性质，死刑的误用会从根本上动摇司法在人们心中的地位。其二，诉讼的经济成本也会耗费太多。相对于死刑的正确适用，死刑的误用首先导致既已花费的诉讼费用归于无效；其次，国家还需要另外花费诉讼支出去追诉真正的犯罪分子；再次，对错误执行死刑的被告人国家要支付死亡赔偿金、被告人生前所抚养和赡养的人的生活费等。一个国家维护社会秩序的成本无论是经济成本还是伦理成本都始终是有限的。伦理成本过大，会逐渐动摇司法制度对于犯罪的震慑力；经济成本过大会弱化国家维护社会秩序的能力。总之，死刑刑罚适用的准确性在死刑执行阶段与死刑案件的审判阶段具有同等重要的意义，应该是死刑执行程序建构的最为重要的基本理论基础之一。

上述分析强调死刑刑罚的准确性就传统而言应该是我国死刑执行程序建构

的理论基础之一。鉴于我国死刑执行程序建构的理论基础根植于社会背景之中，随着社会背景的变化，我国死刑执行程序建构的理论基础也会发生相应的变化。详言之，传统意义上的准确性、时效性和人道性已经难以担当起我国死刑执行程序建构的理论基础的重任。准确性本身是一个模糊的概念，它不能为当代社会背景下适用死刑提供确定的概念。在建国之初，它可以指对那些造成死刑后果的被告人适用死刑。在 20 世纪 80 年代，它可以指对那些涉嫌严重犯罪的被告人适用死刑。而在今天，死刑只能适用于罪行极其严重的被告人。正如前文分析，我国立法和司法中所理解的死刑适用的准确性主要建立在重刑政策基础之上的。在刑罚轻缓化的当代，仍然停留在重刑政策基础上认识死刑适用的准确性已与时代主题不符。换句话说，并非被告人犯了严重的罪行均可以适用死刑，而是死刑的适用对于被告人来说具有不可避免性。对于这里的"准确性"的理解不同，在死刑执行程序中针对某些犯罪情况是否实际上执行死刑就有不同。如在罪犯违法剥夺他人生命的事实无疑的情况下，对于罪犯具有从轻情节时可否不执行死刑就会因为死刑准确观不同而产生完全相反的效果。从重刑意义角度分析，只要可以肯定被告人具有可以适用死刑的那种极其严重的犯罪事实，即使从轻情节没有查清，对他执行死刑也不会冤枉他。从不得已角度分析，被告人即使犯了可以适用死刑的那种极其严重的犯罪，在有利于他从轻处理的情节未查清之前，不应该对他执行死刑。正是基于这样的认识，笔者坚持，死刑刑罚的准确性不能为当今社会严格限制死刑提供坚实的理论基础。而死刑刑罚适用的不得已性却可以向社会公众和司法裁断者明确这样的立场：死刑的适用对于最严重的犯罪而言是迫不得已的。

正是基于如上认识，传统意义上所使用的死刑刑罚的时效性应该废止。换言之，应该将时效性从对于从我国死刑执行程序理论基础的传统内容中排除出去。因为死刑刑罚的时效性指死刑刑罚确定后在执行上的时间要求。正如前文的分析，我国现行的死刑执行程序基于刑罚的及时性要求而存在过于追求速度的缺陷。这表明死刑执行程序在时效追求方面应该重新进行思考。从一般刑罚角度看，死刑的及时性的确有其内在的合理性。为此，贝卡里亚说："惩罚犯罪的刑罚越是迅速和及时，就越是公正和有益。"[①] 但是，在运用到死刑刑罚时，应该说这里的迅速和及时是建立在死刑刑罚适用的迫不得已基础上的。没有迫不得已性，死刑刑罚越是迅速和及时，就越是不公正，也就越是没有效益。死刑没有适用于应该受到惩罚的犯罪人，不仅会强化人们那种以恶制恶的报应心理，而且对被告人而言，也是对他生命平等权的一种亵渎，对社会公众

---

① ［意］贝卡里亚：《论犯罪和刑罚》，中国大百科全书出版社 1993 年版，第 56 页。

而言，死刑并非不可避免因而也不存在死刑预防犯罪的作用，结果死刑的适用既无公正也无效益可言。可见，死刑执行的迅速和及时在本质上与当代人们对死刑本质认识相悖。

（2）死刑刑罚的人道性。传统上所理解的作为我国死刑执行程序理论基础的死刑刑罚的人道性也应排除出我国死刑执行程序理论基础的内容。

在 20 世纪的大部分时间里，我国死刑的执行很少考虑到死刑刑罚人道性的要求。从保护观念上分析，这是传统的社会保护意识导致立法者误将死刑的功利性与死刑的人道性混同的结果。传统上基于对被害人利益和社会公众利益的强调，立法者很为重视死刑的迅速执行。其实，这是在追求死刑保护社会利益和被害人利益方面的作用，而非基于人的规定性对死刑人道性的认识。死刑的人道性无疑应该是指承受死刑刑罚的被告人在承受死刑时是否有违人的基本规定性。换言之，在将死刑适用于被告人时，是否有不顾被告人作为一个普通人的感受，而不将被告人当人对待。很明显，这与个人权利保护意识密切相关。现代社会在思考个人权利保护问题时，主要归结为人权保护问题，即一个人作为人应该享有的权利，随着人权意识的勃兴、人权保护入宪，还死刑刑罚的人道性以真实面目已经是时候了。死刑刑罚的人道性包括几个层次的内容。最低层次是肉体痛苦问题；其次是精神痛苦问题；最高层次是对被告人生命的尊重问题。我国刑事诉讼法中的死刑执行程序如果说在 1996 年修订前很少体现其人道性的话，在 1996 年修订后应该说有了一定的变化，至少在最低层次上有了一定体现。不过，死刑执行程序理论基础的人道性内容如果仅仅满足于这一层次，是远远不够的。对于承受死刑的被告人的人道性考虑不足，容易将被告人变成国家实现社会秩序正常化的纯粹工具，会从根本上出现一种否定人的倾向。其所得和所失是不成比例的。鉴于此，笔者认为，应该强调，作为我国死刑执行程序理论基础的人道性仅仅指对被告人生命的尊重。

2. 死刑执行程序具体规范的完善

（1）死刑执行根据的完善。我国《刑事诉讼法》第 211 条只是规定下级人民法院应当执行最高人民法院签发的执行死刑的命令，而没有就死刑的执行根据作出专门的规定。这既不利于保证死刑案件的质量，也不利于规范死刑执行活动，更无法通过死刑的执行活动达到限制死刑的目的。为此，笔者认为，立法在修订时应该明确规定死刑执行的根据。从完善角度认识，死刑的执行根据应该包括如下几种：即生效的死刑判决、依照审判监督程序结案文书、执行核准裁定书、被告人权利救济声明书、执行死刑的命令、被执行人身份确定书。

①生效的死刑判决。我国现行的诉讼程序实行两审终审制，因此，一般案件的终审判决就是生效判决。但是，死刑案件却不同。为保证死刑的正确适用，立法

规定了特别的诉讼程序以确保死刑案件审判的质量。鉴于此，凡是死刑案件包括死刑缓期执行的案件均应该经过死刑复核程序才算是经过了终审程序。换言之，死刑判决只有经过了复核程序才算是生效判决。根据这一认识，我国司法实践中有的死刑立即执行判决和死刑缓期执行判决并未经过死刑复核就发生了法律效力。为保证死刑案件的质量，立法应该分别作出明确规定。理由主要有：

其一，从《刑事诉讼法》第 210 条规定的条文表述看，似乎最高人民法院判决的案件不需要核准就可以直接签发执行死刑的命令。这既有违程序正义的精神，也不利于保障死刑的准确性。在中国历史上，大凡处于政权新旧交替时期，死刑的适用一般会扩大，在死刑适用的程序上趋于简化。死刑的执行根据就不一定是皇帝复核的裁决。但是，在太平盛世，死刑的适用非常谨慎，在程序上就是通过死刑复核程序和死刑复奏制度来确保死刑的严格适用。据考证，唐朝在公元 603 年经复核后全年才判决死刑 29 人。[①] 当今的中国虽然正处于社会转型期，但也还可以称得上是国泰民安的盛世。扩大死刑的适用，简化死刑适用的程序既与历史规律不符，也于维护社会的安定不利。更何况，在人权的保护已经进入宪法的今天，死刑的慎重适用更应引起有关人员的高度重视。连封建时代的皇帝都能够亲自复核死刑案件，而专门负责作出死刑判决的最高人民法院却无法做到对自己的判决进行复核，无论从政权的性质，还是时代的变迁都难以为这种做法进行正当性辩护。

其二，依法应该由最高人民法院核准的案件，委托各高级人民法院核准，既不科学也缺乏有力的法律根据。更何况，前文已述，最高人民法院将应由自己复核的案件委托各高级人民法院核准后，这些案件实际上并没有经过死刑复核程序。本来委托就不科学，因为各高级人民法院的核准不能代替最高人民法院的核准。而实际情况却更糟，连形式上的程序过场都被省略了。这种死刑裁判属于有程序瑕疵的裁判，根本就不能算生效裁判。

其三，立法规定除了由最高人民法院判决的外，死刑缓期二年执行的判决均由各高级人民法院核准。可实际上，各高级人民法院在作为第二审人民法院的时候对死刑立即执行都没有再行进行复核，对死刑缓期执行就更难进行复核了。死刑缓期执行的判决虽然不会立即导致被告人的生命被依法剥夺，但是，依现行立法规定，一旦被告人在判决确定后的两年期间有故意犯罪就同样会导致被告人生命的丧失。为此，死刑缓期执行判决的准确性同样是极为重要的，因而对死刑缓期执行的判决进行复核同样有限制死刑的作用。未经复核的死刑缓期执行的判决根本不能算做是生效的判决。

---

① 转引自肖胜喜：《死刑复核程序论》，中国政法大学出版社 1989 年版，第 32 页。

②依照审判监督程序结案文书。审判监督程序是纠正生效裁判错误的特别程序，一般都在裁判实施过程中或者实施后启动。从我国死刑案件司法实践的情况看，大多数的死刑错误判决的纠正也都是发生在裁判的执行过程中或者执行完毕之后。由于生命的不可挽回性，死刑案件错误在执行后虽然发现并予以纠正，其意义也是十分有限的。鉴于死刑剥夺生命的特殊性，笔者认为，在死刑立即执行实际付诸实施前留出一段暂缓期，以便死刑误判有更充分的时间进行纠正。① 正是基于这样的认识，在死刑实际付诸实施前允许当事人本人或者其近亲属提出申诉，以充分保障当事人的权利。既然审判监督程序是死刑执行前的一道程序，就应该在实际执行死刑时有相应的文书根据，以表明国家已经充分保障了当事人的这一程序权利。当然，当事人也可能没有提出申诉，可作为法律程序性要件，应该要求当事人作出未提出申诉的声明。这一声明书算做当事人的申诉权得到实际保障的证明。

③被告人权利救济声明书。实体不足，程序来弥补。这一观点在前文已多次提及。死刑的执行阶段是程序弥补实体正当性的最后阶段。立法所赋予给当事人的救济权利是否行使完毕，应该由当事人来证明而不应该由司法机关来判断。因此，死刑执行前应该有当事人签名的权利救济声明书表明其已充分行使了立法所赋予的权利。缺少了这一文书，首先，执行死刑的命令就不应该签发，其次，执行的指挥人员即使手持执行死刑的命令，如果没有见被告人本人签发的权利救济声明书，也不应该指挥执行。

④执行核准裁定书。一般来说，死刑复核的时间与死刑执行的时间有相当的间隔。这就使得死刑执行阶段的核准与死刑复核阶段的核准具有不同的意义。其一，可能国家的政治形势有一定的变化，从而使死刑的最高决策者对于死刑统一标准的掌握有相应的变化；其二，案件本身情况可能会有变化，由司法机关主动启动核准程序有利于错误的发现；其三，即使多数案件没有错误，经过了死刑核准程序也没有改变原判决，执行核准程序的设计也从总体上保障了死刑案件的质量。封建时代的复奏制度正是基于这一认识而建立的。因此，死刑核准裁定书是死刑执行时的根据之一。

⑤执行死刑命令。执行死刑命令是死刑案件质量保证的传统办法，在我国的死刑案件质量保证方面发挥了应有的作用。执行死刑命令的签发程序是死刑

---

① 这与死刑缓期二年执行不同，期限一般更短，也正是这一较短的时间可能不利于发现死刑裁判的错误，因此，有学者建议将所有死刑均作死刑缓期二年执行宣告，然后再决定是否执行。参见张文、黄伟明："死缓应当作为死刑的必经程序"，2004 年 5 月 29 日湖南湘潭"死刑的正当程序学术研讨会"交流论文。

的执行性确定后到死刑实际付诸实施的关键性程序环节，因而执行死刑命令是死刑可以付诸实施的关键性标志。

⑥被执行人身份确定书。执行死刑命令可以说是判决书上的死刑付诸实施的确定性标志，而被执行人身份确定书则是实际被执行死刑的人的确定标志，两者缺一不可。

执行根据所以需要上述文书，理由主要有：其一，按照《保障措施》的规定，死刑的执行必须是在所有法律能够提供的救济程序途径穷尽后才能付诸实施；这一方面是被告人的权利，另外一方面也表明了国家对以死刑剥夺公民生命的慎重。其二，死刑本身具有非理性。死刑废除论的重要理由之一就在于死刑错判难免。我们置死刑废除论的这一理由纯粹不理，就难以为死刑的现实正当性提供辩护。即使从死刑保留论角度看，死刑具有合理性也以死刑的运用杜绝错误为前提。因此，死刑的实际执行必须是在所有保障死刑的准确性措施完全实施完毕方能够进行。而每一道保障程序均有相应的司法文书，因此，这些文书均构成了死刑执行的根据。

（2）死刑执行主体的完善。死刑执行的主体各国有很大的不同。日本《刑事诉讼法》第477条规定："死刑，应当在检察官、检察事务官及监狱长或者其代理人在场的情况下执行。未经检察官或者监狱长许可的人，不得进入刑场。"① 这里负责执行死刑的检察官因为生效裁判作出的法院不同而不同。根据日本《刑事诉讼法》第472条规定："裁判的执行，由与作出该项裁判的法院相对应的检察厅的检察官指挥。但在第70条第1款但书规定的场合、第108条第1款但书规定的场合以及其他在性质上应当由法院或者法官指挥的场合，不在此限。上诉的裁判或者因撤回上诉而执行下级法院的裁判时，由与上诉法院相对应的检察厅的检察官指挥。但诉讼记录在下级法院或者在与该法院相对应的检察厅时，由与该法院相对应的检察厅的检察官指挥。"② 而美国目前保留死刑的20几个州中，执行机关虽然不尽相同，但是，多数还是以监狱为专门的执行机关。③ 我国的死刑执行主体是死刑案件的初审法院。这一执行体制虽然存在方便、效率和及时的特点，但这些特点不足以为法院执行死刑提供正当化根据。④ 其一，由原审法院所在地的其他机构执行死刑同样能够具有方便的特点，因此，以方便为由为原审法院扮演执行死刑的主体这一角色进行

---

① 宋英辉译：《日本刑事诉讼法》，中国政法大学出版社1999年版，第107页。

② 同上书，第106页。

③ 胡常龙：《死刑案件程序问题研究》，中国人民公安大学出版社2003年版，第289页。

④ 由法院执行死刑的好处具有方便、效率和及时的特点是胡常龙博士的观点。参见胡常龙《死刑案件程序问题研究》，中国人民公安大学出版社2003年版，第290—291页。

辩护，明显不能成立；其二，对于死刑执行过程中出现的复杂情况需要审查不等于只有法院充当死刑执行的主体才能实现效率。由原审法院所在地的其他机构充当执行主体同样能够实现执行效率。更何况对于死刑执行中出现的问题的审查主要应该追求公正而非效率；其三，司法的权威主要不是建立在效率基础上，相反，司法的权威主要是建立在公正基础上。因此，以司法权威为由也难以替法院的死刑执行主体身份进行辩护。与现行立法观点相反，笔者认为，由监狱执行倒是更为符合死刑执行程序的实际。在死刑执行过程中，无疑存在一些需要法院作为裁判方解决的事项。法院充当执行主体，显然难以实现诉讼的公正。同理，检察官作为诉讼中与当事人对抗的一方，充当执行主体显然也难以让被告人内心信服。因此，由监狱充当执行主体可以解决上述法院或者检察院充当执行主体带来的问题。在现行体制未改变之前，我国死刑执行体制至少应该改变两个方面。第一，法院上下级是监督关系不是行政隶属关系，因此，死刑的执行不能由上级法院委托下级法院代替。第二，按照《保障措施》的要求，律师的法律帮助权应该贯穿于诉讼过程始终。从我国死刑执行的实际情况看，律师的存在确实能够给被告人的利益的维护提供相当的保障。在执行死刑这一阶段，诉讼活动具有行政性，被告人的一切诉讼权利的行使都寄托在法院或者检察院的身上。在互相配合原则的指导下，两机关在维护被告人利益方面应该说不如律师。毕竟律师没有政治压力，也是被告人在执行程序中的利益的专门维护者。律师不承担打击犯罪的任务，有律师参加的执行程序，被告人从内心也更为认可这种死刑执行程序的正当性。为了使律师帮助权落到实处，法律援助应该延伸到死刑的执行阶段。

（3）死刑执行阶段权利救济的程序构建。

①执行死刑阶段权利救济程序的提起。执行死刑阶段是被告人的生命是否会被错误剥夺的关键阶段。因此，在这一阶段对被告人遭受侵害的权利进行救济具有实体和程序双重意义。为有利于死刑错判的发现，当事人及其近亲属、律师和负有监督任务的检察机关均应该有权对被告人被侵害的权利提起权利救济程序。

②受理权利救济程序的法院。权利的救济因为权利的性质不同而由不同性质的法院管辖。属于普通诉讼权利，则应该由普通法院管辖；属于宪法性权利，则应该由专门受理宪法性诉讼的机构受理。我国没有建立专门的宪法法院，普通法院行使这一职责可能不利于公民权利得到实际的有效救济，特别是在法院侵权的情况下更是如此。因此，在刑事诉讼法修订时，规定由全国人民代表大会的法制工作机构对侵害公民权利进行审查既可以避嫌也可以增加救济的可信度。而对于公民的普通诉讼权利受到侵犯的情况下，由死刑案件初审法院的上诉法院受理较为合适。这可以避免地方因素的干扰。同时，当事人如果

对上一级法院的裁定不服，还可以向最高人民法院上诉。

③死刑执行阶段权利救济的审判方式。我国现行执行死刑程序中的问题的解决一般都是采取行政程序式解决方法。这种解决方法的缺陷至少有两点：一是在程序过程中，当事人始终处于被处置的地位，难以对救济其权利的程序产生相当的影响力。这样的救济实质上起不到救济的作用。二是国家难以通过救济程序的展开达到减少实体刑罚过于苛酷的目的，难以说服被告人从内心接受裁判的结论。因为行政式的救济程序难以形成诉讼中控辩双方平等的对抗局面，当事人双方的辩驳、说服无法进行，诉讼主张的交锋等难以形成。这样的诉讼方式即使解决了纯粹的刑罚问题，也因为方式的不正当，而实体刑罚的正当性不仅没有增加反而贬损了。可见，采用诉讼化的开庭方式审判，当事人在执行死刑阶段的权利救济问题无论从程序的诉讼性还是从程序的救济性分析都是有充分根据的。

（4）执行死刑核准程序的构建。① 执行死刑核准制度的思想可以说源自我国封建历史上的死刑复奏制度。我国封建历史上存在死刑复核和复奏制度并存的局面。其原因在于：案件之所以复核，是"惧监官不能平"，案件之所以复奏，则主要是为了提醒皇帝考虑，给皇帝以最后斟酌的机会。大凡复奏的案件，都已经过复核程序核准。复奏制度必须奏请皇帝裁决，复核制度则不一定要皇帝亲自参加，因而复核之外，又要复奏。② 纵观我国的死刑案件裁判，大部分没有经过最高人民法院的复核就产生了法律效力，少部分由最高人民法院作出的死刑判决法律也没有要求再经过复核。就是很多收回死刑复核权的建议都是提出建立最高人民法院分院来行使这一权力。即使按照那种思路，死刑案件仍然需要最高人民法院本部核准才能为避免死刑的错判增加一道保险。就是由最高人民法院本部作出的死刑判决，再由最高人民法院本部进行核准都不只具有纯粹的程序意义。基于这样的认识，执行死刑核准程序的构建不仅是必要的，而且还是十分紧迫的。该程序的建立不仅会增强死刑适用的准确性，而且能够真正增强死刑适用的不得已性。

执行死刑核准程序的具体内容因为核准的内容不同应该有一定的差异。在只核准执行程序之前的判决内容时，最高人民法院可以仅仅在当事人的律师到场和检察官到场的情况下进行。在核准执行程序中发生的新的情况时，最高人民法院采用直接开庭的方式较为稳妥，以充分保障被告人的权利得以实现和案

---

① 建立死刑执行核准制度的构想首先见于王敏远教授的思想。参见王敏远："论死刑的程序控制"，中国法学网。

② 肖胜喜：《死刑复核程序论》，中国政法大学出版社 1989 年版，第 33 页。

件中的真相得以暴露。至于程序的启动，由原审法院的同级人民检察院在死刑复核程序结束后逐级向最高人民法院提出。这样可以让法院始终处于一种比较中立的地位。为了使当事人的诉讼权利得到切实的保障，法官应当将具体的执行期限告知被判处死刑的被告人本人、他的律师、近亲属，先行征求他们的意见，并告知他们，对于《刑事诉讼法》第 211 条和第 212 条规定的在执行之前发现可能存在错误的情况，当事人首先可以申请按照审判监督程序重新进行审理，之后当事人可以按照权利救济程序申请进行审理，最后就是在执行核准程序中也可以提出被告人一方认为的存在错误可能，或者有重大立功表现或者存在怀孕这些情况。

（5）执行死刑命令签发程序的完善。前文已对我国现行的执行死刑命令签发程序存在的缺陷作了分析。相应，该程序的完善主要包括三方面的内容：其一，执行死刑命令的签发时间应该与死刑判决的执行力已经确定的时间有一段相当长的间隔，以给错误的发现留出必要的回旋余地。这除了死刑案件的防错需要外，还有国外的立法例可资借鉴。《日本刑事诉讼法》第 475 条规定："执行死刑，应当依据法务大臣的命令。前款的命令，应当自判决确定之日起 6 个月以内作出。但请求恢复上诉权或再审及申请或提起非常上告或者恩赦时，在该项程序完毕以前的期间，以及对共同被告人的判决确定以前的期间，不计入 6 个月的期间。"① 鉴于我国刑事诉讼程序的正当性不足，而这种情况的改变非短时间能奏效，所以这里的时间应该比日本刑事诉讼法确定的 6 个月更长一点，以 1 年为宜。其二，执行死刑命令的签发者应该与死刑案件的复核和执行核准的裁判者分开，以体现审判职能和执行职能的区别。法官既是裁判者又是执行者不利于当事人利益的维护。笔者不认为法官便于发现错误所以就应该由法官执行，因为法官的主要任务是裁判执行中发生的种种实体或者程序上的争议。在死刑执行程序中，法官的任务是确定死刑裁判的生效性和执行力。其行为性质说明，法院可以向执行机构发出执行的通知而非签发执行死刑的命令。上述所引日本的立法例也说明了这一道理。同时，法院可以通过签发执行通知的形式起到签发执行死刑命令的作用。其三，执行死刑的命令应该由中央一级的执行机构的第一负责人签发，以便他能够在全国范围内统一掌握标准。他如果发现法院所判的死刑案件的标准的差异过大，标准不统一，有权拒绝签发，同时提请检察机关向同级人民法院抗诉，以纠正死刑标准执行不统一

---

① 宋英辉译：《日本刑事诉讼法》，中国政法大学出版社 1999 年版，第 106—107 页。

的问题。① 这样，通过最高审判机关和最高司法行政机关共同把握适用死刑的标准，就更有利于死刑适用的控制。

（6）死刑缓期执行程序变更的完善。我国《刑事诉讼法》第210条规定："被判处死刑缓期二年执行的罪犯，在死刑缓期执行期间，如果没有故意犯罪，死刑缓期执行期满，应当予以减刑，由执行机关提出书面意见，报请高级人民法院裁定；如果故意犯罪，查证属实，应当执行死刑，由高级人民法院报请最高人民法院核准。"对该条规定存在的缺陷前文也作了一定分析。签发命令的问题已经提出了专门的改进意见。这里仅仅就故意犯罪的查证程序提出意见。对于故意犯罪的查证程序最高人民法院已经提出了相应的完善方案。该院于1998年9月2日颁发的《关于执行〈中华人民共和国刑事诉讼法〉若干问题的解释》第339条规定："被判处死刑缓期二年执行的罪犯，在死刑缓期执行期间，如果故意犯罪的，应当由人民检察院提起公诉，罪犯服刑地的中级人民法院依法审判，所作的判决可以上诉、抗诉。认定构成故意犯罪的判决、裁定发生法律效力后，由作出生效判决、裁定的人民法院，依照本解释第275条第（四）项或者第277条的规定报请上级人民法院或者由本院核准犯罪分子死刑立即执行。上级人民法院或者本院核准后，交罪犯服刑地的中级人民法院执行死刑。"该规定虽然弥补了刑事诉讼法第210条规定的缺陷，但是，其法律效力不如刑事诉讼法高，因此，建议立法修改时，将最高人民法院的这一解释吸收到法律中。

如上执行程序的设计无非是为了体现生命神圣和尊重生命的理念。这种理念对死刑执行程序的最低要求是死刑执行的艰难性，最高要求是死刑的废除。出于艰难性考虑，才有死刑执行程序复杂化的思路。

参 考 文 献

1. 王敏远：《刑事司法理论与实践检讨》，中国政法大学出版社1999年版。

2. 王敏远："一个谬误、两句废话、三种学说——对案件事实及证据的哲学、历史学分析"，载王敏远：《公法》，法律出版社2003年版。

3. 陈卫东、刘计划："死刑案件实行三审终审制的构想"，湘潭"死刑的正当程序学术研讨会"交流论文，2004年5月29日。

4. 王敏远："论死刑的程序控制"，中国法学网。

5. 胡云腾：《存与废——死刑基本理论研究》，中国检察出版社2000年版。

6. 宋英辉译：《日本刑事诉讼法》，中国政法大学出版社1999年版。

------

① 本文是基于法院的职能予以分析的，如果从政治影响角度论，就我国传统而言，行政部门可能更难以抵御单纯的政治命令，或者说，行政部门可能更会直接地体现了政治的需要。

7. 张文、黄伟明："死缓应当作为死刑执行的必经程序"，湖南湘潭"死刑的正当程序学术研讨会"交流论文，2004 年 5 月 29 日。

8. 熊秋红："获得司法正义的权利"，载《环球法律评论》2003 年秋季号。

9. 陈兴良：《中国死刑检讨》，中国检察出版社 2003 年版。

10. 甄贞：《刑事诉讼法学研究综述》，法律出版社 2002 年版。

11. ［日］田口守一著，刘迪等译：《刑事诉讼法》，法律出版社 2000 年版。

12. ［德］克劳思·罗科信著，吴丽琪译：《刑事诉讼法》，法律出版社 2003 年版。

13. 彭漪涟：《事实论》，上海社会科学出版社 1996 年版。

14. 陈永生："论辩护人方以强制程序取证的权利"，载《法商研究》2003 年第 1 期。

15. 邱兴隆：《比较刑法》，中国检察出版社 2001 年版。

16. 洪道德："控诉与审判分离应贯穿整个刑事程序"，载《政法论坛》1992 年第 1 期。

17. 李文键："完善上诉不加刑原则的立法思考"，载《政法论坛》1996 年第 1 期。

18. 石献智："刑事审判程序中的不利益变更"，中国人民大学图书馆藏博士论文。

19. 胡常龙：《死刑案件程序问题研究》，中国人民公安大学出版社 2003 年版。

20. ［意］贝卡利亚：《论犯罪与刑罚》，中国大百科全书出版社 1993 年版。

21. 肖胜喜：《死刑复核程序论》，中国政法大学出版社 1989 年版。

22. ［美］爱伦·豪切斯、泰勒·斯黛丽等著，陈卫东、徐美君译：《美国刑事法院诉讼程序》，中国人民大学出版社 2002 年版。

23. 杨正万：《辩诉交易问题研究》，贵州人民出版社 2002 年版。

24. 陈卫东：《刑事诉讼法实施问题调研报告》，中国方正出版社 2001 年版。

25. 孙长永："通过正当程序控制死刑的适用——美国死刑案件的司法程序及其借鉴意义"，湘潭"死刑的正当程序学术研讨会交流论文"，2004 年 5 月 29 日。

26. 龙宗智：《刑事庭审制度研究》，中国政法大学出版社 2001 年版。

27. 王利明：《司法改革研究》，法律出版社 2001 年版。

28. 陈光中：《刑事诉讼法实施问题研究》，中国法制出版社 2000 年版。

29. 卞建林、韩阳："死刑的正当程序与死刑的控制"，湘潭"死刑的正当程序学术研讨会"交流论文，2004 年 5 月 29 日。

30. 钊作俊：《死刑限制论》，武汉大学出版社 2001 年版。

31. 杨正万：《刑事被害人问题研究》，中国人民公安大学出版社 2002 年版。

32. 顾永忠：《刑事上诉程序研究》，中国人民公安大学出版社 2003 年版。

33. 陈光中：《公民权利和政治权利国际公约批准与实施问题研究》，中国法制出版社 2002 年版。

34. 洪道德："控诉与审判分离应贯穿整个刑事程序"，载《政法论坛》1992 年第 1 期。

35. 李文键："完善上诉不加刑原则的立法思考"，载《政法论坛》1996 年第 1 期。

· 中国社会科学院 ［法学博士后论丛］ ·

未成年人致人损害 责任承担研究

A Study on Responsibilities for the Damages Caused by Minors

博士后姓名　姜战军

流　动　站　中国社会科学院法学研究所

研 究 方 向　民商法学

博士毕业学校、导师　北京大学　尹　田

博 士 后 合 作 导 师　梁慧星

研 究 工 作 起 始 时 间　2004 年 9 月

研 究 工 作 期 满 时 间　2006 年 8 月

作 者 简 介

姜战军，男，1972 年 12 月生，河南许昌人，现为西北政法学院副教授，民商法学专业硕士生导师。学术团体职务主要有：陕西省青年法律工作者协会副秘书长，陕西省民法研究会常务理事等。

1989 年 9 月至 1993 年 7 月在北京气象学院读本科，获理学学士学位；1995 年 9 月至 1998 年 7 月和 2000 年 9 月至 2003 年 7 月在北京大学分别攻读民商法专业硕士和博士，获法学硕士、法学博士学位；2004 年 10 月至 2006 年 8 月，在中国社会科学院法学所博士后流动站从事博士后研究工作。在此期间，分别于 1998 年 7 月至 2000 年 9 月在郑州大学法学院、2003 年 7 月至今在西北政法学院从事民商法教学研究工作。

从事法学学习和研究以来，先后在《民商法论丛》、《法律科学》等法学重要刊物上发表专业学术论文近 20 篇，参与多项国家和省部级课题的研究并获得多项奖励，合著著作和参编教材多部。

未成年人致人损害责任承担研究

姜战军

内容摘要：未成年人现实上参与广泛的社会关系，可能在侵权、订立合同、无因管理和不当得利等领域导致他人损害。未成年人致人损害责任承担规则的合理确定对实现未成年人特殊保护、受害人保护和监护人利益维护的平衡意义重大。

近代大陆法所代表的以过错能力为中心确定责任能力的理论忽视了人格构成的消极方面，混淆了责任能力和责任承担的关系，不当地否定了广泛范围内的未成年人责任能力，在法律的发展、尤其是侵权法的现代发展中已经受到理论的质疑和立法及司法实践的否定，应在法律发展和比较法的启示下承认未成年人普遍的责任能力。

应坚持监护人为未成年人侵权行为致人损害责任承担的首要主体，并在"损害救济"的理念下发展其为无过错责任，而未成年人仍只承担与其识别能力范围相适应的过错责任。在订立合同领域，未成年人应只承担所接受履行的现存利益返还责任、缔约过错责任和可能的侵权责任。作为管理人的未成年人，只承担无因管理中未尽到与自己过错能力相适应的债务不履行责任和管理所获利益的现存利益返还责任以及可能的侵权责任。未成年人应一概被视为不当得利的善意受益人，并只在有形的现受利益范围内承担返还责任。

关键词：未成年人特殊保护　受害人保护　未成年人致人损害　责任承担

一、导论：一个被忽视领域的系统研究

未成年人是社会的未来，是社会存在和发展新鲜血液的来源，因此未成年人问题是一个社会至关重要的问题。由于未成年人智力不成熟，不能适当保护自己和处理生活中的事务，对未成年人进行特殊保护以维护其利益和营造宽松

的成长环境就成为各国和地区立法普遍关注的重要问题。在现实的层面上，不仅有各国的《未成年人保护法》等法律对未成年人提供保护外，更有《联合国国际儿童公约》等国际条约规定保护未成年人的基本要求。① 而在有关未成年人的研究中，以未成年人保护为主题的研究几乎已经汗牛充栋。然而，这些立法和研究多是在现行一般的民事、刑事法律之外，外置地规定新的制度，并只是将未成年人作为社会的弱者，基于其利益看护人的角度对其加以保护，将未成年人"客体化"，忽视了对未成年人独立主体地位的应有尊重，忽视了"未成年人都是具有主观能动性的活生生的社会主体，而不是单向地、只能被动接受保护的消极的物体或低级生命体"②，更忽视了在一般的民事法律规则之下内在地对未成年人提供保护，而"权利的存在和得到保护的程度，只有诉诸于民法和刑法的一般规则才能得到保障"③。现行模式导致的后果是，一方面对未成年人的保护泛化、绝对化，忽视未成年人利益与监护人利益、第三人利益的合理平衡，造成三者利益的失衡，另一方面未成年人的保护空洞化和有关规定的缺乏可操作性④，在具体的法律适用中得不到体现和落实。

在现代社会，随着未成年人智力成熟的不断提前和社会不良影响的日益严重，未成年人致人损害日益成为一个突出的社会问题。美国校园枪击案对美国社会造成的冲击和震撼前所未有。⑤ 在新的现实条件下，弥补上述立法和研究的忽视，在一般的法律规则之内确定既体现对未成年人进行特殊保护、又使其在合理的范围内承担责任的规则就具有紧迫性和突出的重要意义。本文将要进行的研究即为在民法领域确定具体合理的未成年人致人损害责任承担规则的研究。

在具体的未成年人致人损害行为中，最常见的、也是最主要的是未成年人侵害他人人身或财产权利的侵权行为。由于未成年人智力上未臻发达，其缺乏足够的理解和控制自己行为的能力，因此，未成年人比成年人更容易侵害他人人身或财产权利。其次，在合同领域，由于对未成年人特殊保护的立法原则，

---

① 我国已经加入《联合国儿童权利公约》。该公约第 3 条第 1 款明确规定："关于儿童的一切行动，不论是由公私福利机构、法院、行政当局或立法机构执行，均应以儿童的最大利益为一种首要考虑。"因此，儿童特殊保护已经是国际通例，我国有关立法如《未成年人保护法》等也已有所反映。参见郭翔："我国对儿童权利的法律——兼析联合国《儿童权利公约》与我国《未成年人保护法》等法律的相关性"，载《政法论坛》1997 年第 6 期。

② 参见叶利芳："未成年人保护法研讨会会议综述"载《青少年犯罪问题》2005 年第 2 期。

③ ［美］彼得·斯坦：《西方社会的法律价值》，中国人民公安大学出版社 1989 年版，第 173 页。

④ 参见佟丽华《未成年人法学》，中国民主法制出版社 2001 年版，第 1 页。

⑤ See Rhonda V. Magee Andrews, The Justice of Parental Accountability: Hypothetical Disinterested Citizens and Real Victims〈CDQ〉Voices in the Debate over Expanded Parental Liability, 75 Temple L. Rev. 375.

未成年人订立的合同一般无效或可撤销，但仍然存在因此发生的未成年人对已接受履行的返还责任、缔约过失责任、侵权责任等情形；而对于可以在一定范围内订立合同的未成年人或者借助于法定代理人的代理而订立合同的未成年人，则可能产生未成年人作为当事人而未能履行合同或未能适当履行合同对合同相对人造成损害的问题。最后，在无因管理和不当得利领域，由于有关行为不要求当事人具有行为能力，未成年人就可以广泛地成为无因管理人或不当得利人，于是也就存在未成年人未尽到管理人义务造成本人损失或未成年人不能返还所取得之不当利益而致人受到损失的情形。

在上述各种情形下，虽然未成年人是事实上造成损害的民事主体，但由于法律特殊保护未成年人的原则，在具体的损害赔偿等责任承担上往往需要规定不同于一般责任承担的规则，以体现特殊保护未成年人的法律价值，并适当考虑与受害人的救济实现的合理协调。在现实的立法中，各国和地区立法为实现上述价值之协调设计了既相似又不相同的规则，对这些规则进行研究并探讨其理念价值，为我国有关规则的合理确定提供参考是一项非常有意义的工作。我国目前的相关研究数量较少，且多立足于现行法的解释和理解，缺乏比较法和现行法改进方面的研究，尤其是缺乏研究未成年人可能致人损害的各个领域，系统地提出未成年人不同领域致人损害责任承担规则的研究。[①] 本文的研究将通过对未成年人在侵权、订立合同、无因管理和不当得利等领域致人损害责任承担的比较研究，在总体上勾勒出未成年人在民法中各种可能的具体责任承担比较完整的图像，提出理论上的既能合理保护未成年人，又能合理保护第三人、未成年人父母以及其他监护人的责任承担制度。同时通过对上述各个具体领域未成年人致人损害责任承担具体规则的研究并提出建议，为我国未来有关具体规则的确定和司法实践中正确处理有关案件以实现未成年人特殊保护、第三人保护、未成年人父母及其他监护人保护的平衡提供有价值的参考。

二、比较法及侵权法现代发展下责任能力意义的重新探讨

（一）大陆法系关于责任能力典型立法例解释

民事责任能力虽然是承担各种类型民事责任的能力，但由于其主要适用的领域是侵权责任，因而被有学者错误地解释为"侵权行为能力"。然而在具体立法规定上，各国一般只规定侵权责任能力。对违约责任能力，一些立法明确规定准用侵权责任能力。对其他具体责任能力，如缔约过失责任能力，权利滥

---

① 前引佟丽华书，第30—31页。

用责任能力、不当得利责任能力、无因管理责任能力等，各国立法一般没有直接规定，有学者认为："依法律制度设计目的分析，缔约过失责任能力、权利滥用责任能力可以准用侵权责任能力，不当得利责任能力、无因管理责任能力则采任何人皆有的原则。"① 从而侵权责任能力的确定是整个民事责任能力确定的基础和中心问题。因此，下文的研究将仅以有代表性各国和地区民法中有关责任能力的规定为中心进行分析。

1. 法国民法典的有关规定及其解释

《法国民法典》第 1382 条规定："任何行为致他人受到损害时，因其过错致行为发生之人，应对该他人负赔偿责任。"本条规定只是强调加害人的过错，并未涉及行为人是否为成年人②的问题，所以理论上有把法国法解释为任何人皆有责任能力，责任能力因出生而自然取得。③ 但是长期以来，由于受个人主义过错思想的影响，"法国法要求侵权责任的承担人必须具有识别能力，也就是能够认识到其行为的后果，如果一个人没有认识能力，即不能责令他就其行为的后果承担侵权责任"。④ 法国学者 Carbonnier 还进一步解释说："无论是侵权行为还是准侵权行为，都必须由具有侵权责任能力的人来实施"，"原则上讲，如果损害的肇事人对其行为无识别和判断能力，则他对损害的发生不存在着过错，因为他的致损事件不能使人们对他进行谴责。此种规则不允许法律责令那些在从事活动时没有识别能力的人就其活动导致的后果承担侵权责任"。⑤ 也就是说，虽然法国民法典没有明确规定没有识别能力的未成年人不承担侵权的民事责任，但学者基于过错的思想，将未成年人识别能力的欠缺解释为没有识别能力和判断能力从而不具有过错能力，不仅无法构成第 1382 条的侵权责任，而且是因为没有责任能力才不承担侵权责任。在此，法国学者对责任能力和责任承担采取了视为同一的立场。

但是，这样的一种解释理论在实践中可能产生不公平的后果，因为它几乎无视受害人确实存在的事实，仅从加害人侵害行为在道德上是否值得谴责来确定其是否具有责任能力和是否承担赔偿责任。20 世纪以来，为了对受害人进

---

① 龙卫球：《民法总论》，中国法制出版社 2002 年版，第 239 页。

② 精神病人等年龄之外的原因导致欠缺意思能力或辨别能力而可能不承担民事责任的情形，不属于本文研究范围，故在行文表述中将不涉及，但所分析之法条和理论一般亦涵盖此类情形。

③ 前引龙卫球书，第 236 页；丁文："自然人民事责任能力制度之反思与重构"，载《法商研究》2005 年第 1 期。

④ 参见张民安《现代法国侵权责任制度研究》，法律出版社 2003 年版，第 57、140 页。

⑤ ［法］Jean Carbonnier：〈Droit civil. Les obligations〉，Presse Universitaires De France，p. 411. 转引自上引张民安书，第 57、60 页。

行保护，法国司法逐渐改变了传统的规则：在 20 世纪初期创设了某些权宜的办法，例如，通过判例的方式要求那些对没有识别能力的人承担监护义务的人就这些人在没有识别能力的情况下所导致的损害承担责任；但到了 20 世纪 60 年代，法国有关未成年人保护方面的法律改变了此种长期以来所践行的规则，认为精神病人亦应对其实施的侵权行为负责；法国判例在 1984 年确立未成年人应对其侵权行为承担责任的规则①，新的规则是："在确定未成年人是否有过错时，无须证实未成年人是否具有认识其行为后果的能力"。对此，Lègier 指出："未成年人的过错不再以其行为的可责难性作为前提条件；只要具有非法性即具有过错，因此，过错是以客观的方式加以评价，此种非法性实际上就是对他人而言被认为不符合规范和危险的行为。"② 这样，未成年人的民事责任不再依赖于其辨别能力，辨别能力不再是一个要讨论的问题。③

2. 《德国民法典》的有关规定及其解释

《德国民法典》第 828 条规定："未满七周岁的人，对其施加于他人的损害，不负赔偿责任；已满七周岁但未满十八周岁的人，如果在采取加害行为时不具有认识其责任所必要的理解力时，对其施加于他人的损害，不负责任。"而根据第 829 条的规定，在受害人对第 828 条之下所受的损害不能向有监督义务的第三人要求损害赔偿时，未成年人在合理的范围内"仍应当赔偿损害"。④

对德国法上述规定的解释，拉伦茨认为完全责任能力随着年满十八周岁而同时发生，不足七周岁的儿童无责任能力，满七周岁但未满十八周岁的儿童和青少年的责任能力，取决于他们在具体情况下进行有赔偿义务的行为时，是否已经具备"认识其责任所必要的理解力"。"理解力"在这里是指认识这种行为的不法性及由此所产生的责任的一般的精神能力。如果不具备责任能力，就无须再审查行为人是否尽了必要的注意。⑤ 中国台湾及大陆学者一般解释为，第 828 条第 1 款规定的是"绝对无责任能力"，第 2 款规定的是·"相对无责任能力"，而第 829 条规定的未成年人合理范围内补充的赔偿责任，是责任能力的例外，为基于衡平的赔偿责任。⑥

---

① 前引张民安书，第 57、140—141 页。

② 前引张民安书，第 57、143 页。

③ 参见［德］克雷斯蒂安·冯·巴尔著，张新宝译《欧洲比较侵权行为法》（上），法律出版社 2004 年版，第 99—100 页。

④ 参见郑冲，贾红梅译《德国民法典》，法律出版社 1999 年版。本文所引《德国民法典》法条除另有特别注明外，均引自该书。

⑤ 参见［德］卡尔·拉伦茨《德国民法通论》，法律出版社，第 156 页。

⑥ 参见黄立《民法债编总论》，中国政法大学出版社 2002 年版，第 254—255 页；刘保玉、秦伟："论自然人的民事责任能力"，载《法学研究》2001 年第 2 期。

然而，上述解释也如对法国法的解释一样，是一种在过分强调过错理论前提下的解释，而对《德国民法典》第 829 条规定的未成年人承担民事责任的情况，也只能牵强地称为例外。并且，上述解释的结果是：未成年人没有识别能力就没有责任能力，但当受害人不能从监督人处获得赔偿时，未成年人有责任能力，因为其在此情况下应承担合理范围内的赔偿责任。如此，本来以识别能力为基础确定责任能力，有无责任能力就是一种自然状态，与未成年人的智力发展水平相对应，理论体系和思路明确合理，但立法对例外的情况下未成年人具有责任能力的规定使得理论的体系性和思路的清晰性荡然无存：因为未成年人是否具有责任能力在许多情况下有赖于受害人可否从有监督义务人处获得赔偿。对此，唯一能增加其合理性的解释是在受害人不能从监督义务人处获得赔偿的情况下，不是未成年人具有责任能力进行赔偿，而是其仍然没有责任能力，但法律特别规定使其承担赔偿责任，即承担的是无责任能力下的赔偿责任。但如此的结果是赔偿责任的承担不一定需要具有责任能力，无责任能力也可以承担民事责任，责任能力不是责任承担的必要条件。如果这个结论能够成立，则民事责任的构成将完全可以脱离责任能力制度而单独存在，立法的规定应只是对责任构成和责任承担的规定，与责任能力没有关系，则理论对立法的解释就失去了合理性，并且责任能力制度存在的意义也大为降低。因此，也许可以换一种思路来理解责任能力问题，将责任能力与责任承担分离，解释为未成年人均有责任能力，但一般可以不承担民事责任无疑更加合理，尤其是在考虑到随着社会的发展未成年人被确定承担民事责任的情况将日益增多的情况下。

3. 日本法的规定及其解释

（1）《日本民法典》的规定及其传统解释。《日本民法典》第 712 条规定："未成年人加害于他人时，如不具备足以识别其行为责任的知识和能力，不就其行为负赔偿责任。"[1] 日本民法的此一规定，被明确标之以"未成年人责任能力"的标题，在解释上自然也被认为是对责任能力的规定。此条规定对未成年人的责任能力统一以有无识别能力作为判定根据，完全不考虑年龄，直接以有无识别能力作为是否承担赔偿责任的标准。至于未成年人是否具有责任能力，则是要在实务中个别判断，但"判例、学说大致上以小学毕业的 12 岁前后的能力为责任辨识能力"[2]。在立法的明确规定之下，日本学者一般将民法

---

① 参见王书江译《日本民法典》，中国人民公安大学出版社 1999 年版。本文所引《日本民法典》条文均出自该书。

② 于敏：《日本侵权行为法》，法律出版社 1998 年版，第 86 页。

的规定解释为对责任能力的规定，原则上不具有识别能力就没有责任能力。

（2）个人能力与责任能力无关说——日本学者对传统解释的批判。在日本民法后来的发展中，出现了对上述通说的有力批判。加藤、野村教授认为，今天的过失论已经采取客观的注意义务违反说，过失已不是主观的心理状态，而是依据客观义务违反的有无来判定，以个人的判断能力为前提的责任能力就已经不再是逻辑上的必然要求。森岛教授认为，违反注意义务作为责任根据的过失责任主义与使不具有辨识行为结果能力者免责的责任能力制度在严格的意义上并不存在一方构成另一方逻辑前提的问题，在客观的注意义务违反这一事实存在时，即使行为者的智能显著低下，也能够以受害者的救济不受加害者能力的影响为理由，采取认定赔偿责任的政策，另一方面，即使在采取无过失责任主义扩大加害者责任的场合下，对由于智能低下根本不可能期待其预先避免结果发生的人，要采取免除其赔偿责任的政策也并非不可能。因此，应该把责任能力看做是与个人的能力无关，只要存在客观注意义务违反的事实时加害者就要负赔偿责任这一客观过失责任主义之下，从认可对一定的能力显著低下者予以免责的政策性考虑出发建立的制度。①

（3）对日本学者观点的简析——具有突破意义的个人能力与责任能力无关说。作者认为，日本学者的上述研究正确地提出了责任的承担与责任能力并不是绝对地具有逻辑前提的关系，责任承担与否以及责任承担主体的确定更主要是立法政策问题，而是否具有辨识能力是自然事实问题，责任能力制度是与个人能力无关的制度这一重要的观点，从而实现了对近代民法简单地将责任能力等同于意思能力或者辨识能力理论的一个重大突破。这种观点正确地看到了侵权法、尤其是现代侵权法损害赔偿责任的认定和承担其核心出发点是对受害者提供公平合理的救济，而意思能力或者辨识能力则是在个人主义的自由思想之下"自主决定、自己责任"观念的一个简单反映。但是这种观念几乎是完全不考虑受害人的。而作为社会现实，无论在近代自由主义盛行的时期，还是在现代自由主义理论修正个人自由、重视社会自由的时期，受害人的利益都是不能完全忽视的，所以即使在近代的民法，也有德国法的所谓衡平责任在辨识能力之外提供对受害人的必需的合理救济，在现代法更有各国进一步对受害人救济的发展。通过这些理论和发展，我们可以看出，理论上更合理的选择就是将责任能力抽象地视为一种个人对其行为造成损害承担责任的资格，而具体的责任承担可以结合社会发展需要和各种立法政策的考量具体确定，如此在理论上将可以妥当地解释各种法律规定，更能适应社会实践不断发展的需要。

---

① 前引于敏书，第81—83页。

4. 中国台湾地区民法的规定及其解释

台湾地区民法典第 187 条规定："无行为能力人或限制行为能力人，不法侵害他人之权利者，以行为时有识别能力为限，与其法定代理人连带负损害赔偿责任。行为时无识别能力者，由其法定代理人负损害赔偿责任。前项情形，法定代理人如其监督并未疏懈，或综合加以相当之监督，而仍不免发生损害者，不负赔偿责任。如不能依前二项规定受损害赔偿时，法院因被害人之申请，得斟酌行为人及其法定代理人与被害人之经济状况，令行为人或其法定代理人为全部或一部之损害赔偿。"

对上述台湾地区民法的规定，王泽鉴先生解释为间接规定了责任能力，并认为责任能力是侵权行为成立的前提，责任能力的判断以有无识别能力为标准，无识别能力者无责任能力。[1] 而对于上述法条规定的无识别能力未成年人在受害人不能从法定代理人处获得赔偿时承担的全部或一部之损害赔偿责任，中国台湾学说称之为衡平责任或公平责任，王泽鉴先生认为"属无过失责任之一种"，"其应斟酌的，除经济情况外，尚应包括加害的种类及方法，责任能力欠缺的程度，以及被害人是否已取得保险金等情事"[2]。黄立先生也认为是"民法过失责任之另一例外"[3]。

5. 北欧国家的有关规定——非常有参考价值的立法模式

北欧国家的法律制度是在大陆法系和英美法系的共同影响之下成长起来的。在关于未成年人承担民事责任的规则上，六个北欧国家最显著的特点是没有一个国家的制定法规定有固定的承担责任的最低年龄界限，使低于这一年龄的儿童没有责任能力，也不承担民事责任。在北欧国家，原则上儿童与成年人适用的承担责任规则是一样的，但是法官可以依据衡平原则减少赔偿数额。在所有的这些国家，减轻责任的传统做法是以儿童的年龄和发育状况为基础的，但是在实践中仅仅适用于不满 4 岁的儿童。超过这一年龄，即使缺乏辨别能力也不排除民事责任。在对未满 14 岁的被告之过失进行判决时，法院适用与年龄相关的较低的注意标准。[4]

北欧国家上述在未成年人致人损害责任承担上不区分未成年人与成年人，在实践中减轻 4 岁以下儿童的民事责任、并对 4 岁以上儿童适用与其年龄相应的注意义务标准的立法，结合法国民法的规定，可以解释为自然人均有责任能

---

[1] 参见王泽鉴《侵权行为法》（第一册），中国政法大学出版社 2001 年版，第 275—277 页。

[2] 同上书，第 278 页。

[3] 前引黄立书，第 255 页。

[4] 前引冯·巴尔书，第 409—410 页。

力，但根据形成过错的不同程度确定其不同的注意义务标准，从而以 1 元的过错形成能力标准不仅圆满地解决了理论上的各种问题，而且妥当地解决了现实中对未成年人利益的合理保护问题。北欧国家的规定提供了一种非常有参考价值的立法模式，也为我们理解责任能力提供了一个完全不同的视野：解决未成年人的特殊保护不一定要通过规定其为责任能力欠缺者的途径来解决，在肯定所有未成年人均有责任能力、具有承担民事责任的资格从而可以承担民事责任的前提下，通过司法实践中的责任减轻和过失判断的特别考虑，完全可以实现对未成年人合理的特殊保护，又可以兼顾受害人利益的维护。以此为基础构建责任能力的理论体系，反而比直接前置性地否定未成年人的责任能力更有利于体系的一贯性和完整性，也更有利于实现合理的利益衡量和公平，从而北欧国家的有关规定具有其突出的优点，完全值得大陆法系国家在进行相关立法或者改进有关立法中加以借鉴。

（二）英美法系责任能力制度解释

英美法系并没有大陆法系权利能力、行为能力、责任能力的理论，因此也没有以这些理论为基础的制度。然而，就承担民事责任的资格而言，英美法系当然也要面对未成年人是否有资格以及在何种范围内有资格就其致人损害承担民事责任的问题。因此，在实然上，英美法系也必然存在未成年人是否有资格承担民事责任以及在多大范围内、在多大程度上承担民事责任的法律规则。

与大陆法系从罗马法就有监护人对未成年人侵权行为承担责任的传统相反，英美法系的传统是父母不为未成年人承担责任。普通法从来不认为父母子女关系的存在是父母承担责任的当然原因。在普通法上，父母承担责任的基础是对自己过错的责任，即自己在照管未成年人子女中存在过失，该过失导致未成年人致人损害。① 即使通过后来的发展，如通过美国的"侵权法重述"，英美法对父母承担民事责任仍然持非常消极的态度，法院甚至会以各种理由拒绝适用"重述"，并且对年龄较大的接近成年的孩子一般不认定父母责任。② 在现代侵权法，英美法、尤其是美国法，多以制定法发展父母对子女侵权行为致人损害责任的承担。尽管这些制定法多数规定了父母的严格责任，但仍然以较低的赔偿数额作为适用的限制，并且更重要的是，许多法院在法律适用中对父

---

① See Jeffrey L. Skaare, The Development and Current Status of Parental Liability for the torts of minors, 76 N. Dak. L. Rev. 89.

② See Rhonda V. Magee Andrews, supra note ［5］. David F. Johnson, Paying For The Sins of Another Parental Liability in Texas For The Torts of Children, 8 Tex. Wesleyan L. Rev. 359.

母责任的认定往往态度消极，抱着一种几乎是敌视的心态，更有法院认为加重父母责任的制定法是违宪的，违反了美国宪法的正当程序条款，非法地限制了父母的自由和剥夺了父母的财产。在这样的法律观念之下，承担侵权责任的当然是未成年人自己了。所以在普通法，"作为一个一般的规则，未成年人对其侵权行为承担民事责任"。正因为如此，普通法允许父母要求加入其子女共同承担责任，以减轻其承担赔偿的数额。① 英美法认为，侵权法的目的是补偿原告或受害人，因此使未成年人及其父母承担责任是公平的，这并不意味着未成年人理解侵权行为并且像成年人一样具备侵权法的知识。② 因此，英美法在使未成年人承担侵权责任时，并不考虑其没有足够的识别能力问题，从而作为普通法的原则，未成年人应该对其造成的损害承担责任，而实践中受害人之所以往往要求未成年人父母承担责任的原因是"年轻的侵害者很少会有财产或者有任何的责任保险"，受害人向未成年人主张赔偿往往得不到任何救济。③

根据上述分析，未成年人当然对其侵权行为承担责任。既然未成年人当然对其加害行为有赔偿的责任，那么借用大陆法系的概念，未成年人就具有相应的责任能力，也就是说，在英美法系，未成年人均有责任能力，可以也应该对自己加害行为造成的他人损失负责。

（三）中国内地责任能力有关立法评析

1. 现行法及有关责任能力规定评析

我国《民法通则》第133条规定："无民事行为能力人、限制民事行为能力人造成他人损害的，由监护人承担民事责任。监护人尽了监护责任的，可以适当减轻他的民事责任。有财产的无民事行为能力人、限制民事行为能力人造成他人损害的，从本人财产中支付赔偿费用。不足部分，由监护人适当赔偿，但单位担任监护人的除外。"

作者认为，我国《民法通则》第133条的规定与国外立法是明显不同的，既不同于德国法划分年龄段并结合意思能力来确定责任承担与否的立法，也不同于日本和我国台湾以识别能力为基础来确定责任能力有无的立法。上述所有这些立法基本上是以过错为基础的立法，是在意思自由、自主决定基础上的立法。然而，民法通则的立法不涉及意思能力或者识别能力，直接规范责任承担

---

① See David F. Johnson, supra note [26].

② Lydia D. Johnson, What Effect Will Yarborough v. Alvarado Have on Texas Law Enforcement Interrogation of Suspect Minors? 30 *T. Marshall L. Rev.* 409.

③ See David F. Johnson, supra note [26].

的主体，其立法主导思想应是对受害人救济的具体实现。也就是说，民法通则立法的重心不在于强调未成年人是否有辨别能力、进而是否有责任能力，而直接立足于未成年人造成损害民事责任如何承担。这种立法思想暗合了现代侵权法从对个人自由界限的确定到为受害人提供合理的救济这一理念的变化，尽管是很初步的，甚至是无意识的。

在这一思想之下，《民法通则》第 133 条第 1 款是关于未成年人致人损害责任承担的一般规则："凡是无民事行为能力或者限制民事行为能力的人实施的行为致人损害，一律采用由其监护人承担责任的办法。"① 在此规定之下，无论未成年人年龄如何，无论其意思能力如何，其原则上一概不承担民事责任，但从规定本身无法看出立法对未成年人责任能力的态度。②

第 133 条第 2 款规定进一步表明了立法对确定责任承担主体的态度：财产能力，即使是未成年人，即使其完全没有意思能力和识别能力，只要其具有财产，就由其以自己财产承担民事责任。这一规定再次把意思能力或者辨别能力在我国法中确定责任承担的核心地位加以摧毁，更加把责任承担的确定明确为一个经济能力问题，只要有经济能力就能承担赔偿责任。这样，结合第 133 条两款的规定，结合责任能力为承担民事责任的资格的一般理论，对现行法合理的解释是，我国立法全面承认未成年人的责任能力，但在具体的责任承担方面，在未成年人有财产时直接由未成年人承担，在未成年人无财产时由监护人承担。

2. 主要民法典草案规定评析

（1）主要民法典草案规定。梁慧星教授为负责人的中国社会科学院法学研究所"民法典研究课题组"在全国人大委托的基础上提出了完整的民法典草案（以下简称为"法学所草案"）。该草案第 1544 条以"侵权责任能力"为标题作出规定如下："无民事行为能力人对自己造成的损害不承担民事责任。限制民事行为能力人对其能够辨别的行为造成的损害承担民事责任……"在对此条的解释中，还明确提出，"所谓侵权责任能力，亦称民事责任能力，是指民事主体是否自己承担侵权责任的能力"。③

以王利明教授为负责人的中国人民大学"民商事法律科学研究中心"也在全国人大委托的基础上起草了完整的民法典草案（以下简称"人民大学草

---

① 参见杨立新《侵权法论》，人民法院出版社 2005 年版，第 435 页。

② 对此，我国著名的侵权法学者杨立新先生解读为"我国侵权法采用了和大陆法系不同的立法"，"不规定责任能力"，作者对此不表示赞同，认为理解为立法未对责任能力进行规定，没有表明对责任能力的态度为宜。参见前引杨立新书，第 435 页。

③ 参见梁慧星《中国民法典草案建议稿附理由》（侵权行为编·继承编），法律出版社 2004 年版，第 7—8 页。

案")。人民大学草案第 1898 条规定："无行为能力人或者限制行为能力人造成他人损害的，应当由负有监护责任的人承担民事责任……"第 1899 条规定："无行为能力人或者限制行为能力人致人损害，负有监护责任的人没有财产，而行为人有财产的，应当依公平原则由行为人对受害人进行适当补偿。"[1]

提交全国人大常委会审议的《中华人民共和国民法（草案）》（以下简称"人大审议草案"）"侵权行为编"第 61 条规定："无民事行为能力人、限制民事行为能力人造成他人损害的，由监护人承担侵权责任；有财产的无民事行为能力人、限制民事行为能力人造成他人损害的，从本人财产中支付赔偿费用。不足部分，由监护人赔偿。"[2]

（2）对主要民法典草案有关规定的评析。上述人大审议草案的规定几乎完全重复《民法通则》的规定，仍然不对未成年人的责任能力作出规定。而如果按照对《民法通则》未成年人原则上没有责任能力的传统解释，则这种规定完全背离大陆法系各国和地区的立法传统，更与未成年人责任能力的发展趋势不符。因此，人大审议草案的规定明显不足取。

上述人民大学草案的规定同样没有对未成年人责任能力作出明确规定，并且其将《民法通则》未成年人有财产就承担民事责任的规定删除，使未成年人仅在监护人没有财产时依公平原则承担补偿责任，从而就排除了在理论上通过有财产的未成年人可以承担赔偿责任而解释为未成年人具有责任能力的可能性，使得未成年人成为完全无责任能力人。而从大陆法系各国和地区立法来看，由于未成年人作为主体的独立性和拥有独立财产的可能性，对以救济受害人为重要目的的侵权责任，都在不同程度上承认未成年人的责任能力，法国法和英美法更是全面承认未成年人的责任能力，使任何的未成年人得成为侵权责任的承担主体。人民大学草案的规定无疑是与各国立法通例完全相悖的。而从利益衡量分析，人民大学草案的规定也将导致不合理的利益失衡：对侵害后果有足够识别能力且有财产的未成年人只要监护人有财产即完全不承担责任，既不能体现侵权法惩戒加害人的目标，也不适当地加重了监护人责任，还不利于受害人救济的实现。因此人民大学草案的规定亦不足取。

法学所草案是三个民法草案中在未成年人责任能力规定方面较优的草案，体现为其回归传统大陆法系民法以识别能力确定未成年人责任能力的模式[3]，

---

[1]　参见王利明《中国民法典学者建议稿及立法理由》（侵权行为编），法律出版社 2005 年版，第 164、167 页。

[2]　参见全国人大常委会 2002 年 12 月 17 日公布的《中华人民共和国民法（草案）》。

[3]　参见前引丁文文。

符合近代民法"自主决定，自己责任"的理性主义精神，具有合理的道德基础以为支持。然而，法学所草案的规定亦存在不足，主要表现为其继续维持德国法模式按照年龄将未成年人区分为绝对无责任能力和相对无责任能力的做法，规定低于一定年龄的未成年人绝对无责任能力，同样存在如德国法的"在法律适用上不当束缚了法院的酌情决定权，不利于在司法实践中个案公平的实现，也不利于法律不断适应社会发展的需要作出适当调适的需要"的缺陷。

（四）比较法及侵权法现代发展的启示与责任能力的合理确定

1. 比较法及侵权法现代发展的启示

从上文大陆法系和英美法系关于责任能力的立法及其在现代社会的发展可以看出：

（1）责任能力在本质上应是自然人独立人格的组成要素。责任能力的本质是责任能力制度存在的根本价值，因此也是确定责任能力有无的最深层的原因。目前关于责任能力本质的认识可以归结为两个主要的类型：一是认为责任能力是自己具体承担民事责任的资格，其特点是强调对责任具体的承担，如果有责任能力就需要以自己的财产承担民事责任；另一种类型是认为民事责任能力是自然人独立人格应有之组成要素，人人皆有责任能力。

从上述立法例的分析可以看出，北欧国家和英美法系对未成年人致人损害采取未成年人为首位承担主体的规则，事实上承认所有未成年人的责任能力。法国法规定上亦采此种模式，虽然在大陆法系过错主义的氛围中被学者解释为有识别能力始有责任能力，但此种解释已经为法国侵权法的现代发展所否定。日本法立法上虽然是采有识别能力始有责任能力的立法模式，但在后来的发展中学者已经提出了有力的批评，认为责任能力与责任承担完全应该分开确定而各有其价值，如此就为全面承认未成年人的责任能力提供了必要的理论通道。

作者认为，上述比较法及侵权法的现代发展已经为重新探讨并认识责任能力的本质提供了充分的启示，应在新的理论框架下重新思考未成年人责任能力的确定。作者认为，在理论上可以认为，权利能力是从积极的方面肯定自然人取得民事权利、承担民事义务的能力，是自然人人格构成的积极方面，其核心是自然人具有积极参与民事生活去追求一定利益的实现以及实现自我价值的资格；责任能力是自然人承担民事责任的资格，是自然人人格构成的消极方面，其核心是自然人作为理性的主体具有承担自己行为的消极后果的资格。积极资格固然是人格构成的必要要素，因为没有资格取得权利、承担义务的主体当然无法具有独立的人格，而消极资格也是人格构成的必要要素，如果一个人不具有承担自己行为后果的资格其人格必然是不完整的，因为理性人必然同时包含了积极行为取得利益和对行为损害承担责任，如此才完整构成一个人格。在此理论框架下，责任能力本质上是自然人独立人格的组成要素。

（2）责任能力和责任承担互相区别。流行理论一般简单地将具有责任能力和承担民事责任等同，认为有责任能力就要承担民事责任，不承担民事责任就是因为没有责任能力。但是，正如日本学者森岛教授已经正确指出的，以违反注意义务作为责任的根据的过失责任主义与使不具有辨识行为结果能力者免责的责任能力制度在严格的意义上并不存在一方构成另一方逻辑前提的问题，在客观的注意义务违反这一事实存在时，即使行为者的智能显著低下，也能够以受害者的救济不受加害者能力的影响为理由，采取认定赔偿责任的政策，另一方面，即使在采取无过失责任主义扩大加害者责任的场合下，对由于智能低下根本不可能期待其预先避免结果发生的人，要采取免除其赔偿责任的政策也并非不可能。① 因此，传统民法理论将责任能力与责任承担等同，认为有责任能力就要承担民事责任，不承担民事责任就是无责任能力的认识是不正确的，就责任承担来说，完全可以基于法律政策的考虑作出与责任能力的有无不一致的规定。传统理论的认识既不具有逻辑上的严密性，因为从责任能力并不必然推导出责任承担，只能推导出有资格承担民事责任，又不具有理论上的必要性，因为作为责任能力和责任承担的理论，完全可以在理论上将责任能力和责任承担分开，没有特别的必要一定要使二者等同。

2. 确定责任能力的法技术考虑——责任能力制度统一问题

各国立法关于责任能力的规定和关于责任能力的各种理论观点，其实均有一个未曾明确但又非常清楚的理论前提，那就是所有的规定和论述基本上是对侵权责任能力的规定和论述。上文的分析和论述基本上也是在这一理论预设前提之下进行的。但是，民事责任的产生和承担，显然不限于因侵权行为而产生的民事责任承担。只要存在民事义务，就可能存在对民事义务的违反，也就可能产生民事责任。因此，在侵权的民事责任之外，还存在违约的民事责任、缔约过失的民事责任、无因管理中的民事责任和不当得利中的民事责任等。② 所有这些民事责任的承担，在理论上均存在责任能力的问题。③

---

① 前引于敏书，第83页。

② 应该说，除了上述四种与债务对应的责任之外，在物权法、亲属法中还存在违反对物权请求权和违反对亲属法上请求权下的义务而产生的民事责任，从而也有相应的责任能力问题。但考虑到物权绝对性和亲属权的特殊性，有义务的人当然有相应的责任能力，不存在责任能力的复杂问题，又考虑到本研究课题篇幅和适当简化，这两部分内容不纳入课题的研究范围。

③ 参见李庆海："论民事行为能力与民事责任能力"，载《法商研究》1999年第1期。

作者认为，对违约责任，虽然未成年人直接以自己行为去订立合同成为合同当事人的合同种类较少，但一旦符合法律关于行为能力的规定，未成年人即可自行成为合同当事人。而更为普遍的是，未成年人可以由法定代理人代理订立合同而广泛地成为合同当事人。在这些未成年人成为合同当事人的情况下，未成年人独立承担所有的违约责任，必然的结论就是未成年人皆有违约责任能力，并且此违约责任能力是与未成年人行为能力无关的全面承担违约责任的能力。①

对无因管理的情形和不当得利的情形，由于其分别为事实行为和事件，均不要求行为人具有相应的行为能力，因此未成年人当然可以成为无因管理中的管理人和不当得利中的得利人，从而发生未成年人需要承担相应民事责任的情形。由于法律并不对承担民事责任的未成年人范围作出特别规定，因此合理的逻辑结论也是：未成年人均有相应的责任能力。②

因此，各国法之所以多没有明确规定违约、无因管理、不当得利中的责任能力问题，应该是在这三种情况下未成年人均具有责任能力，不存在因为年龄或者识别能力而发生的可能的区别对待问题。而对侵权责任能力，虽然传统理论可以找到一定的理由区别不同未成年人责任能力的有无，但在上文的分析之下，这些理由也显得既不充分也不必要。而作为一项制度的确立，从理论简洁和法律简化的角度出发，应该考虑制度的统一问题，如果在不影响制度价值实现的情况下存在较为简洁的制度，当然应该选择此制度。基于此种理由，考虑责任能力制度的统一，应承认未成年人具有全面的、普遍的责任能力。

3. 未成年人民事责任能力的合理确定

结合上文确定未成年人责任能力应考虑的因素的分析，作者认为，将责任能力的本质界定为人格构成的消极因素、人格构成必不可少的要素既有利于构造完整的人格理论也符合比较法及侵权法现代发展的启示。因此，应该接受这种对责任能力本质的观点。

在责任能力与责任承担的关系方面，两者并不具有天然的同一性，其等同只是理论解释的一个后果。因此，基于合理的逻辑分析，完全可能也应该将二者分开，承认责任能力和责任承担有其各自独立的价值：前者为对人格构成消极方面的肯定，后者为在一定的法价值之下对具体承担民事责任主体的确定。而考虑到侵权责任能力之外的违约责任能力、无因管理中的责任能力、不当得利中的责任能力均不考虑未成年人的年龄和识别能力，因此，从建立简洁、统

---

① 参见田土城："论民事责任能力"，载《郑州大学学报》（哲学社会科学版）2000 年第 6 期。

② 参见前引龙卫球书，第 239 页；前引李庆海文。

一的责任能力制度出发，也应该肯定每一个未成年人的侵权责任能力，认为人人皆有责任能力。

综合以上分析，未成年人民事责任能力应被合理确定为：未成年人皆有责任能力。

三、未成年人侵权行为致人损害责任承担比较研究

（一）大陆法系主要立法例下的未成年人侵权行为致人损害责任承担规则

1. 法国法的未成年人侵权行为致人损害责任承担规则

《法国民法典》第 1382 条规定："任何行为致他人受到损害时，因其过错致行为发生之人，应对该他人负赔偿责任。"第 1384 条第 1 款规定："任何人不仅对因自己的行为造成的损害负赔偿责任，而且对应由其负责之人的行为或由其照管之物造成的损害负赔偿责任。"同条第 4 款规定："父与母，只要其行使对子女的照管权，即应对与其一起居住的未成年子女造成的损害，承担连带责任。"第 7 款："如父、母与手艺人能证明其不能阻止引起责任的行为，前述责任得免除之。"

根据前文的分析，第 1382 条虽然没有明确规定对未成年人亦适用，但法国法的本意是不区分年龄统一适用第 1382 条的过错责任。在今天的司法实践中，法国最高法院一再强调法官在确定未成年人的过错时，无义务审查未成年人是否有识别其行为后果的能力，即使未成年人不能识别其行为的后果，仍然可以认定其过错。[①] 这样，法国法全面肯定了未成年人对其过错行为的民事责任。于是，在未成年人加害他人的情况下，首先成立未成年人的过错责任，受害人可以要求未成年人承担民事责任。

其次，根据上述法律的规定，第 1384 条第 4 款规定的是父母的当然责任。根据法国有关判例，父母责任只有在不可抗力以及受害人本人过错的情况下才能免除，即使孩子已经长大，几乎已经成人，或者加害行为发生时孩子在学校，均不能免除对父母的责任推定。[②] 因此，这里规定的父母责任不考虑父母的过错，是一种非常接近无过错责任的责任类型。

另外，监护人应根据第 1384 条第 1 款承担"照管人"责任，"只有在证明其没有任何过错的情况下，才能免负由该条规定所引起的'当然责任'"。[③]

---

① 参见罗结珍译《法国民法典》，法律出版社 2005 年版，第 1076—1077 页。
② 同上书，第 1107—1108 页。
③ 同上书，第 1105 页。

而根据合同被雇佣照管孩子的人只对不作为的过错承担责任。[①]

因此，在法国法上，未成年人侵权行为致人损害的责任承担方式有以下几种：（1）未成年人与父母的连带责任；（2）未成年人与监护人的连带责任。

2. 德国法未成年人侵权行为致人损害责任承担规则

《德国民法典》第 828 条规定："未满七周岁的人，对其施加于他人的损害，不负赔偿责任；已满七周岁但未满十八周岁的人，如果在采取加害行为时不具有认识其责任所必要的理解力时，对其施加于他人的损害，不负责任。"第 829 条规定："……根据……第 828 条的规定对所引起的损害可以不负责任的人，在不能向有监督义务的第三人要求赔偿损害时，仍应当赔偿损害……"。第 832 条规定："（1）根据法律对未成年人或者因精神或者身体状态而需要监督的人负有监督义务的人，对受监护人非法施加于第三人的损害，负有赔偿义务。监护人已尽监督义务，或者即使尽到必要注意仍难免发生损害的，不负赔偿义务。（2）根据合同承担实施监督义务的人，负有相同的责任。"

根据《德国民法典》的上述规定，德国未成年人侵权行为致人损害责任承担的规则较法国法为复杂。首先，对七周岁以下的未成年人，第 828 条规定"不负赔偿责任"，按照第 832 条的规定由负有监督义务的人承担。此监护人的责任是一种推定的过错责任，有监督义务的人可以通过证明自己已经尽到监督义务或者即使尽到必要的注意也难以阻止损害的发生而免责。此处法律规定的是负有法定监督义务的人，包括父母、继父母、养父母和通常监护人。[②] 而法定的监护人之外根据合同监督未成年人的人，与父母等法定监督义务人承担同样的责任。其次，对满七周岁的未成年人，分为两种情况，第一种情况是对加害行为没有必要的理解力，则对损害后果的承担和不满七周岁的未成年人相同。第二种情况是对加害行为有必要的理解力，则根据第 828 条的规定，未成年人应对其加害行为承担损害赔偿责任。在此种情况下，根据第 832 条的规定，负有监督义务的人亦负有赔偿责任，此时应发生未成年人和监护人的连带责任。

另外，第 829 条的规定是德国法明显不同于法国法的特色。受害人无法依据第 828 条也无法依据第 832 条得到法律救济的，可以主张第 829 条之衡平责任之救济，要求加害的未成年人在合理的范围内承担赔偿责任。

因此，在德国法之下，未成年人侵权行为致人损害承担的情况可能有以下

---

① 参见前引冯·巴尔书，第 213 页。

② 同上书，第 181 页，即注 809。

几种：（1）监护人单独责任，在未成年人不满七周岁或者虽满七周岁但对加害行为缺乏必要的理解力下产生（2）未成年人与监护人基于过错的连带责任，在未成年人满七周岁并且能够理解加害行为的情况下发生；（3）未成年人衡平责任，在未成年人不满七周岁或者虽满七周岁但对加害行为缺乏必要的理解力并且监护人尽了监督义务的情况下产生。

3. 日本法未成年人侵权行为致人损害责任承担规则

《日本民法典》第709条规定："因故意或过失侵害他人权利时，负因此而产生损害的赔偿责任。"第712条规定："未成年人加害于他人者，如不具备足以识别其行为责任的知识和能力，不就其行为负赔偿责任。"第714条规定："（1）无能力人依前二条规定无其责任时，对其应予监督的法定义务人，就无能力人加于第三人的损害，负赔偿责任。但是，监督义务人未怠其义务时，不在此限。（2）代监督义务人监督无能力人者，亦负前款责任。"

日本民法的上述规定同时有法国法和德国法的影子。根据上述法律规定第712条，日本民法对未成年人侵权行为致人损害的承担统一采取不区分未成年人年龄，只考虑其有无过错、具体是能否形成过错的立法模式：如果未成年人具备足以识别其行为责任的知识和能力，则未成年人根据第709条自行承担过错责任；如果未成年人不具备足以识别其行为责任的知识和能力，则未成年人不就其行为负赔偿责任。在后一种情况下，受害人可以通过第714条寻求救济，由负有监督义务的人承担推定过错的民事责任。法定监督义务者包括未成年人的亲权人或监护人。此责任可以通过证明已经尽了必要的监督义务得以免除。根据第714条，代监督义务者监督无能力人者，也要就无能力人加于第三人的损害负赔偿责任。[①] 需要强调的是，在存在代理监督义务者责任的场合，并不排除法定监督义务者的责任，"两者的责任构成不真正连带债务"[②]。

因此，在日本民法的规定之下，未成年人侵权行为致人损害的责任承担有以下几种情形：（1）未成年人单独责任，发生在未成年人对加害行为具备足够的识别能力的情况，此单独责任是过错责任。（2）法定监督义务人的单独责任。对加害行为不具备足够识别能力的未成年人致人损害的，由法定监督义务人单独承担责任。此责任为推定的过错责任。（3）代替监督义务者与法定监督义务者的连带责任。在代替监督义务者进行监督的情况下，代替监督义务者承担法定监督义务者的推定过错责任，法定监督义务者与其连带承担责任。

---

① 前引于敏书，第89—90页。

② 同上书，第94页。

4. 我国台湾法未成年人侵权行为致人损害责任承担规则

我国台湾地区民法典第 187 条规定："（1）无行为能力人或限制行为能力人，不法侵害他人之权利者，以行为时有识别能力为限，与其法定代理人连带负损害赔偿责任。行为时无识别能力者，由其法定代理人负损害赔偿责任。（2）前项情形，法定代理人如其监督并未疏懈，或综合加以相当之监督，而仍不免发生损害者，不负赔偿责任。（3）如不能依前两项规定受损害赔偿时，法院因被害人之申请，得斟酌行为人及其法定代理人与被害人之经济状况，令行为人或其法定代理人为全部或一部之损害赔偿。"

台湾地区民法用第 187 条一个法条规定了几乎全部的未成年人侵权行为致人损害责任承担的情况。具体的责任承担包括以下几种情形：（1）未成年人法定代理人单独责任。此责任为推定的过错责任，发生在未成年人实施加害行为时没有识别能力的情况下。（2）未成年人与其法定代理人的连带责任。发生在未成年人对加害行为有识别能力的情况下。此责任对未成年人应是基于台湾地区民法第 184 条的过错责任或者推定过错责任，对未成年人的法定代理人为推定的过错责任。（3）未成年人单独责任。此责任为一般的过错责任，发生在未成年人有识别能力且法定代理人已举证免责的情形。（4）未成年人和法定代理人的衡平责任。发生在受害人无法按照第 187 条第 1 款和第 2 款获得赔偿的情况下。此责任可能是未成年人或其法定代理人的单独责任，也可能是两者的共同责任。①

（二）英美法系的未成年人侵权行为致人损害责任承担规则

1. 传统普通法下未成年人侵权行为致人损害责任承担规则

（1）未成年人对侵权责任的自行承担。在普通法上，"未成年人在法律上被认为是单独的个人，允许他们以其自己的权利为基础进行诉讼"②。"作为一般规则，未成年人对自己的侵权行为负责"③，"受害人能够对犯错的未成年人直接提起侵权诉讼"，"虽然一般情况下未成年人可以以年幼为理由不受其订立的契约的约束，但是作为一项许多司法判决遵循的规则，年幼并不意味着侵

---

① 参见王泽鉴："未成年人及法定代理人之侵权责任"，载《民法学说与判例研究》（3），中国政法大学出版社 1998 年版。需要说明的是，台湾地区民法典原于第 184 条第 3 款仅规定未成年人的衡平责任，1999 年修正为未成年人及法定代理人的衡平责任。

② Kimberly Lionel King: Torts-Liability of Parents for Negligent Supervision of Their Minor Children-Snow V. Nelson, 12 Fla. St. U. L. Rev. 935.

③ See David F. Johnson, supra note ［26］.

权责任的免除"①。这样，在普通法的规则上，作为一种观念，未成年人作为独立的主体，对自己的侵权行为当然承担责任，是受害人寻求救济可以选择的首要对象。普通法的这种规则凸显了未成年人在法律上的独立主体地位，在一定意义上也是对"自己责任"的更彻底的贯彻。

　　尽管普通法原则上认为未成年人需要为自己的加害行为承担侵权责任，但随着时间的流逝，这一严格的规则逐渐被很多限制所"侵蚀"，"未成年人逐渐可以以年幼不具有形成故意的智力或者不能辨别自己违法行为所可能产生的后果等理由成功地进行抗辩"，"法院也考察未成年人的年龄和经验（作为是否判决其承担侵权责任的）决定因素，一些法院更具体将'一个通情达理的孩子在相同环境下（的注意程度），作为判断未成年人是否能够形成过失的标准"，其结果是，现在起诉未成年人获得胜诉的可能性已经非常低。②

　　由于上述的侵权法发展，更主要的是由于司法实践证明未成年人一般缺乏进行赔偿的经济能力，判决未成年人承担赔偿责任导致大量因未成年人侵权而受到损害的受害人得不到赔偿③，这种事实上的对受害人赔偿请求的否定导致了逐渐通过判例或者制定法使父母在一定条件下承担对未成年子女侵权的赔偿责任，而受害人也经常选择起诉父母获得救济。

　　（2）父母对未成年人侵权责任的承担。普通法的传统是父母不对未成年人侵权行为致人损害承担责任，父母关系不当然导致父母的责任。根据普通法的理论，父母在未成年人侵权行为致人损害责任承担中的角色是消极的。作为原则，父母对他既无广泛的义务也没有有限的义务，其对受害人既不承担替代责任也不承担严格责任。④ 对此，纽约州最高法院1910年（的判决）有过非常清楚的说明："父母不对未成年人非法行为承担责任，除非其在一定意义上'参与'了这种行为；并且，这种'参与'必须是被（原告）主张和证明的，不能是仅仅因为存在父母子女关系而作为一个法律上的假定被认为是存在的。"⑤ 这样，在普通法的原则上，父母只对自己的过错承担责任：如果父母的过错导致孩子的行为导致他人损害，父母对受害人承担赔偿责任。⑥

　　另外，在普通法，父母承担侵权责任，并不排除未成年人本人侵权责任的

---

① Valerie D. Barton, Reconciling the Burden: Parental Liability for the Tortious Acts of Minors, 51 Emory L. J. 877.

② See Valerie D. Barton, supra note [51].

③ See Kimberly Lionel King, supra note [49].

④ See Rhonda V. Magee Andrews, supra note [5].

⑤ See Valerie D. Barton, supra note [51].

⑥ See Jeffrey L. Skaare, supra note [25].

承担，即使原告只对父母提起诉讼，"但被要求承担责任的父母可以要求侵权子女分担责任，子女可被作为'负有责任的第三方'追加到诉讼中"。①

2. 现代普通法的未成年人侵权行为致人损害责任承担规则

传统普通法后来的发展仍然没有否定未成年人对自己侵权行为责任的承担，只是基于对未成年人智力不成熟等的考虑，为未成年人承担侵权责任附加了条件，包括"在必须存在'恶意或目的'的侵权行为案件中，未成年的被告可能被认为年纪太小而无法表达恶意"和"'在必须表明缺少合理注意'的地方，对未成年人所要求的关注程度应该与他的年龄和理解力相称"等。② 普通法的这种发展改变了侵权法对未成年人的严苛性，正如上述大陆法系各国所普遍的考虑的，未成年人承担与其理解力相应的责任才具有最起码的合理性。传统普通法的规则过分强调了未成年人主体的独立性，是个人主义思想的一种不恰当的贯彻：在"进行损害赔偿因果关系的分析时，父母从人们的视野中消失了，孩子被作为一个完全独立的角色被推到了最前面"。③ 而事实上，孩子无疑是不能被视为社会中一个完全独立的角色的。

普通法的一个最大发展是对父母承担责任的消极态度得到了很大的改善，在一系列严格条件的限制下，普通法从原则上不承认父母责任到原则上承认父母的过错责任。这种发展典型地体现为美国《侵权法重述（第二次）》第 316条对父母承担侵权责任条件的明确规定。根据《侵权法重述（第二次）》第316 条的规定，在满足下列条件时，父母应对未成年子女的侵权行为承担责任：④

（1）知道或应当知道有能力控制孩子；（2）在知道或应当知道有控制孩子行为的必要性和机会的情况下，如果父母未能合理控制孩子的行为造成他人损害，则父母基于监督的过错承担损害赔偿责任。

其中，父母对未成年人造成他人损害能够预见到是确定责任成立的重要因素。在具体认定中，即使孩子很小，不能形成自己的过错，不影响对父母责任的认定；而如果孩子较大，法院倾向于认为父母不能控制孩子的行为，一般不认定父母的责任。

3. 制定法下未成年人侵权行为致人损害责任承担规则

尽管有《侵权法重述（第二次）》等对普通法的发展，但在实践中仍然存

---

① See David F. Johnson, supra note ［26］.

② 参见徐爱国：《英美侵权行为法》，法律出版社 1999 年版，第 266 页。

③ See Valerie D. Barton, supra note ［51］.

④ See David F. Johnson, supra note ［26］; Rhonda V. Magee Andrews, supra note ［5］.

在无辜的受害人得不到合理赔偿的问题，尤其是许多法院出于敌视父母责任或其他原因，在适用《侵权法重述（第二次）》第316条时过分强调原告对父母可预见其未成年人子女加害行为的证明，导致实践中许多受害人因无法证明"可预见性"而不能获得赔偿。为对应普通法的僵硬和不足，美国各州普遍制定了成文法规范未成年人侵权行为致人损害时的父母责任问题。虽然各州的规定均不相同，但制定法规定的父母责任典型的是严格责任（strict liability）：即无论父母对未成年人致人损害有无过错，能否预见到未成年人行为会致人损害，父母均需对受害人承担损害赔偿责任。①

在具体的立法例上，加利福尼亚州民法典第1714条第1款（a）规定："任何未成年人的故意行为导致他人死亡或其他人身或财产损害，将被归咎于对其进行监护的父母或监护人，由其父母或监护人共同地或单独地与该未成年人一起对损害承担赔偿责任。"加利福尼亚的上述规定将责任限定在未成年人的故意行为。但与此相反的是，夏威夷州制定法扩大了制定法的适用范围。夏威夷州修正制定法第577条第3款规定："未婚未成年人的父母共同地或单独地对其子女侵权行为造成的损失承担赔偿责任……"对此种与普通法明显不同的规定的合理性，夏威夷联邦地方法院将其解释为："这类制定法为侵权行为的受害人提供了救济，如果没有这种救济，受害人一般得不到任何赔偿，因为（侵权的）未成年人往往没有任何财产和责任保险。如果不将过错归咎于父母，受害人将承受全部的损失，而孩子的父母是可以通过购买责任保险将损失分散给一般公众的。"②

制定法的规定是对普通法规则的革命：从敌视父母责任的普通法发展到欢迎、鼓励父母责任的制定法。也正因为制定法对普通法规则巨大的冲击，在实践中受到了合宪性的质疑，被认为不当地剥夺了父母的财产，但总体来说，制定法已经经受住了合宪性的考验，然而也作出了许多重要的妥协。例如，各州一般都规定，适用制定法的赔偿有限额的限制，限额从1000美元到数万美元不等，另一些州规定严格责任仅适用于财产损害的赔偿，对人身伤害的赔偿不适用，造成了"父母更可能对孩子打碎高中教室的玻璃负责，而不是对孩子敲碎高中老师的头盖骨负责"的不合理现象。另外，严格责任一般只适用于孩子故意的或者极其鲁莽的行为造成的损害。③

通过上述制定法的发展，英美法未成年人侵权行为致人损害承担的规则发

---

① See Jeffrey L. Skaare, supra note〔25〕; Rhonda V. Magee Andrews, supra note〔5〕.

② See Valerie D. Barton, supra note〔51〕.

③ See Rhonda V. Magee Andrews, supra note〔5〕.

生了根本性改变，从父母承担责任作为有限的例外到父母承担责任成为一个原则；从严格按照过错责任原则认定父母责任到不考虑父母过错认定其对未成年子女侵权行为责任的承担。同时发生的还有对未成年侵权人自己承担责任认定的严格限制。英美法在未成年人侵权责任承担规则上展现了一个全新的发展趋势：从未成年人自己承担为主到未成年人父母承担责任为主，而未来英美法父母无过错责任的范围和程度都将进一步发展。①

（三）未成年人侵权行为致人损害责任承担规则的比较分析

1. 大陆法系侵权行为致人损害责任承担比较

从以上大陆法系主要国家和地区关于未成年人侵权行为致人损害责任承担规则的分析可以看出，各国立法均在不同程度上肯定未成年人直接单独承担民事责任的可能性，同时，各国共同地、明确地将未成年人父母等负有监督义务的主体作为承担责任的主要对象，但在具体的规则上，各国也存在重要不同。

（1）是否承认未成年人的单独责任不同。在上述各立法中，法国、德国、我国台湾不承认未成年人的单独责任，未成年人要么不承担责任，要么与其法定代理人承担连带责任，日本、意大利承认未成年人的单独责任，在未成年人有相应的识别能力致人损害的情况下，由未成年人单独承担侵权责任。这样，在日本法，监护人责任就是一种补充责任，在未成年人欠缺识别能力而不能作为承担责任的主体时，由监护人补充承担侵权责任。

日本的立法最大限度地肯定了未成年人主体地位的独立性，也最大限度地实现着个人主义下的自己责任，然而这种立法却极大地忽视了未成年人责任承担制度的特殊性。首先，过分强调未成年人承担责任的独立性可能给未成年人施加过重的经济负担，不利于未成年人的成长。未成年人是心智尚未成熟的群体，即使对一定行为有相应的判断能力，但毕竟无法与成年人相比，课其以单独责任将可能导致其面对较多的赔偿请求，从而其财产会有较多的减少，不利于其发展和成长。其次，此种立法不利于受害人救济的实现。正如日本学者批评的那样，由于未成年人大多没有财产或没有足够的财产用于赔偿，认定未成年人单独责任的后果是受害人得不到赔偿。最后，此种立法不利于督促监护人积极履行监护义务。由于如果未成年人有识别能力即由其承担单独责任，则对于有一定识别能力的未成年人，监护人即使有过失也不承担任何责任，如此必然不利于其监督义务的履行。针对此种不足，日本学理和判例均修正立法的规定，认为"即使未成年人有责任能力的场合，在能够认定监督义务者的义务

---

① See Jeffrey L. Skaare, supra note ［25］; Valerie D. Barton, supra note ［51］.

违反与因该未成年人的侵权行为产生的结果之间的相当因果关系时",认定监督者负赔偿责任。[1] 正是由于日本的立法存在上述明显的不足,因此,法、德和我国台湾的立法为优。

(2) 是否规定了衡平责任不同。德国法和我国台湾法在一般的过错民事责任之外,尚规定了衡平责任。德国法规定的是未成年人的衡平责任,台湾法规定的是法定代理人和未成年人的衡平责任。上文已经提及,德国法等规定的衡平责任主要为弥补立法对未成年人致人损害责任承担规定为以过错主义为基础而导致的受害人可能得不到补偿等的不足,并不具有独立的制度价值。与上述立法不同,法国法、日本法等立法没有衡平责任的规定。然而法国法在肯定父母等监护人"准无过错责任"和所有未成年人均可以成为侵权责任承担主体的情况下,即使规定衡平责任,其意义也有限。然而作者认为,从现代法保护受害人理念出发,即使已经肯定监护人责任为无过错责任,亦不妨肯定衡平责任的存在,当然此时的衡平责任是未成年人承担的衡平责任。

就上述关于规定衡平责任的立法例比较,德国将承担衡平责任的主体限定为依法本不承担责任的未成年人,就使得本为弥补法律对受害人保护不足而特设的制度却又打了折扣,因为未成年人财产毕竟有限。我国台湾民法典原仿德国法,规定衡平责任的承担主体亦仅为未成年人,但 1999 年立法修正,将责任承担主体扩大到法定代理人,其立法理由为:"无行为能力人或限制行为能力人之经济状况,少有能力足以赔偿被害人之损害。若不及其法定代理人,实难达到本条立法之目的。为期更周延保障被害人之权利,爰修正第三项增列'法定代理人',使其经济状况亦为法院得斟酌并令负损害赔偿之对象。"我国台湾法此修正务实地把法定代理人一同纳入承担衡平责任的范围,无疑更有利于受害人利益的保护,也更体现出未成年人侵权行为致人损害责任承担中父母等监护人越来越成为责任承担主要主体的侵权法发展趋势。

2. 大陆法系与英美法系侵权行为致人损害责任承担比较

未成年人侵权行为致人损害责任承担问题是一个各国和地区共同面对的问题,其合理处理在各国和地区具有共通性。因此,大陆法系和英美法系在处理上述问题时也表现出了很大的共同性。首先,两大法系均承认未成年人作为责任承担主体的可能性;其次,两大法系均从现实出发,强调父母和其他监护人作为责任承担主体的重要性;最后,作为传统的普通法和近代大陆法理念,均强调父母是对自己监督义务违反承担责任,性质上为自己责任。

尽管两大法系的未成年人侵权行为致人损害责任承担规则存在大量的共同

---

[1] 参见前引于敏书,第 92—93 页。

性，但也体现出如下的一些重大不同。

（1）对父母承担未成年人侵权行为责任的态度不同。首先，英美法，尤其是普通法强调未成年人是责任承担的首要主体，未成年人对自己的侵权行为负责是普通的规则。按照传统普通法，对父母承担责任保持非常消极的态度。即使按照现代普通法，父母也只需要承担过错责任，并且父母过错由受害人证明。大陆法则相反，虽然承认未成年人一定情况下可以承担侵权责任，但其重心还是强调父母对责任的承担，这一点在不承认未成年人单独责任的法国、德国等立法表现得尤为明显：在这些立法中，父母要么单独承担责任，要么与未成年人承担连带责任，从而父母成为责任承担的首要主体。其次，大陆法理论强调未成年人有责任能力始承担责任，而英美法强调未成年人承担责任的普遍性，不强调有无责任能力问题。

英美法强调未成年人个人对侵权责任的承担与其说是因为特别强调未成年人主体的独立性，不如说是对父母承担责任的消极甚至敌视。佛罗里达州最高法院在 Gissen v. Goodwill 案中明确指出："孩子实施的导致他人伤害的行为……不能仅仅因为父母碰巧生下了这个孩子，就由父母承担责任"，而"（父母对孩子的行为）没有责任"的规则是普通法长期的信条。而这种规则之所以能够在美国长期存在，"很大程度上是因为这个国家采用了独特的，如果不是荒谬的，以个人主义神圣而不是集体主义神圣作为文化信条，强烈的个人主义无法合理支持集体主义下的义务，即使这些义务是道德需要的反映"，从而"法律一直支持个人在面对处于危险的他人（获得帮助）的期望时可以选择什么都不做，只有在法院能够在当事人之间建立特殊关系作为正当性基础时才产生行动的义务，这种特殊关系通常是经济方面的，对寻求获得经济利益的一方而不是没有利益的陌生人施加更多的义务"。① 另有学者认为，更大的父母责任意味着更高的培养成本，将侵犯父母养育孩子的自由，并且考虑到养育孩子是有利于社会的，这种对父母自由的侵犯也不符合社会利益。② 因此，英美法对父母责任的消极态度有其深厚的文化渊源。然而，面对社会的发展，面对保护受害人的需要，英美法也不得不不断扩大父母责任的范围，甚至通过制定法确定了一定范围内父母的无过错责任。相对而言，大陆法基本沿袭罗马法父母对子女侵权行为负责的传统，理念上并不排斥父母的责任，这也正是近代法典之代表的法国法直接规定了父母的责任并使其作为首要的承担责任主体的重要原因。因此虽然两大法系之观念各有其合理之处，但从历史发展的角度

---

① See Valerie D. Barton, supra note［51］.

② See Rhonda V. Magee Andrews, supra note［5］.

看，从公正的角度看，英美法的规则无疑是太理想化，也有所偏颇，大陆法的规则无疑更加合理。

（2）对无过错责任的态度不同。英美法与大陆法的另外一个重要的区别是在现行规则上对无过错责任的态度不同。正如上文所说，英美法对父母责任的态度远较大陆法消极，但在普通法不足以应对现实生活的需要的情况下，制定法迅速转向了无过错责任，美国大多数州均制定了父母承担无过错责任的制定法，更有法院发展了"父母必须教育子女不伤害他人"，而一旦伤害他人即属于没有尽到适当教育义务的观念①，从而使得普通法上的父母责任也几近于严格责任。而反观大陆法系，却始终在过错责任和推定过错中徘徊，除了新《荷兰民法典》对 14 岁以下儿童侵权行为父母承担无过错责任外，大多仍是过错推定或者通过扩大解释过错使得父母不能证明无过错而事实上承担无过错责任。② 大陆法的这种做法无疑地反映了其保守性，始终不愿突破监护人责任是"自己责任"的窠臼，千方百计地证明"过错"以寻求责任的道德正当性。

然而法律的规则是为现实生活服务的，在社会需要发生重大改变的情况下，任何既定的理论框架都不应该成为束缚法律发展的羁绊。在近代的个人主义意志自由的侵权法逐渐向社会本位侵权法发展，对人具体的关怀已成新的法律理念的情况下，侵权法也应由"过错责任法"向"损害救济法"演变。为此，在理论上不应再拘泥于监护人责任为自己责任、一定要有过错的理论，而应勇敢地承认监护人责任为一种对他人侵权责任承担责任的替代责任更为合适。英美法为此提出了严格的替代责任的观点，大陆法也应发展类似理论。在此基础上，进一步承认监护人责任为无过错责任。

因此，英美法关于无过错责任的制定法在观念上代表着监护人责任归责原则的发展趋势，值得大陆法系未来的立法学习和借鉴。

（四）我国现行法及主要民法典草案未成年人致人损害责任承担规则评析

1. 中国内地现行法的未成年人侵权行为致人损害责任承担规则评析

（1）现行法的规则。《民法通则》第 133 条规定："无民事行为能力人、限制民事行为能力人造成他人损害的，由监护人承担民事责任。监护人尽了监护责任的，可以适当减轻他的民事责任。有财产的无民事行为能力人、限制民

---

① See Andrew C. Gratz, Increasing the Price of Parenthood: When Should Parents Be Held Civilly Liable For the Torts of Their Children? 39 Hous. L. Rev. 169.

② 前引冯·巴尔书，第 186—187 页。

事行为能力人造成他人损害的，从本人财产中支付赔偿费用。不足部分，由监护人适当赔偿，但单位担任监护人的除外。"

根据上述规定，现行法下未成年人侵权行为致人损害责任承担包括以下情形：①监护人单独责任。在加害的未成年人无财产且被诉时仍然没有财产时发生。一般认为是无过错责任。②未成年人个人单独责任。在未成年人有财产且其财产足以支付赔偿费用时发生。③未成年人和监护人共同责任。在未成年人有财产但其财产不足以支付赔偿费用时发生。

（2）对现行法未成年人侵权行为致人损害责任承担规则的评析。《民法通则》上述规定的进步意义首先体现为改变了传统大陆法系立法以当事人意志自由为基础、以过错为核心来规范未成年人侵权行为致人损害责任承担的立法模式，直接规定了监护人的无过错责任，符合侵权法加强父母等监护人责任的发展趋势。其次，有关立法对未成年人侵权责任的构成也不再考虑未成年人识别能力等过错主义理念下的要求，反映了对传统大陆法系民法的发展。最后，《民法通则》的规定体现了以财产作为责任承担主体确定的核心，反映了重视受害人救济现实实现的观念。

然而，《民法通则》的立法对财产的重视走向了极端，忽视了民法应有的道德伦理价值。在民法、甚至整个的法律体系中，对未成年人进行特殊保护都是一个不能忽视的重要的伦理价值，因此，民法特别设定各种未成年人责任减轻或免除的规则，在侵权法上就是各国民法对未成年人一般只在有辨别能力时才使其承担民事责任的规则。过错主义之所以被长期坚持，与其对未成年人的特殊保护作用密切相关：未成年人不能辨别行为的后果就无须承担民事责任。《民法通则》虽然突破了近代法过错主义的束缚，也规定了父母的无过错责任，但《民法通则》将未成年人侵权行为责任的承担简化为一个纯粹的财产责任承担问题，规定未成年人有财产的，未成年人以其财产承担民事责任，监护人不再承担民事责任。[①] 如此，未成年人侵权行为致人损害责任承担向无过错责任的转化在一定意义上成了对有财产的未成年人的一种严厉惩罚：无论其能否辨别自己的行为，其必须以自己的财产承担赔偿责任！而未成年人的监护人，在此种情况下无论如何不尽监护义务也无须承担任何责任！这无疑是一种非常不当的立法[②]，在受害人保护、未成年人保护和未成年人责任以及监护人责任的利益衡量方面出现了严重的错误。

---

① 参见胡峻、欧阳恩钱："未成年人责任能力比较研究"，载《衡阳师范学院学报》2005 年第 2 期。

② 参见佟丽华："对与未成年人有关的法学研究的反思"，载《政法论坛》2001 年第 6 期。

2. 主要民法典草案规定下的未成年人侵权行为致人损害责任承担规则评析

（1）主要民法典草案规定下的未成年人侵权行为致人损害责任承担规则。法学所草案第 1544 条规定："无民事行为能力人对自己造成的损害不承担民事责任。限制民事行为能力人对其能够辨别的行为造成的损害承担民事责任……"第 1589 条规定："无民事行为能力人造成他人损害或者限制行为能力人在自己的辨别能力之外，造成他人损害的，由监护人承担民事责任。监护人尽到了监护职责的，可以适当减轻其民事责任……"第 1592 条规定："监护人依本法应承担监护人责任的，如被监护人有财产，则应当从被监护人财产中支付赔偿费用，其不足部分由监护人赔偿……"

人民大学草案第 1898 条规定："无行为能力人或者限制行为能力人造成他人损害的，应当由负有监护责任的人承担民事责任……"第 1899 条规定："无行为能力人或者限制行为能力人致人损害，负有监护责任的人没有财产，而行为人有财产的，应当依公平原则由行为人对受害人进行适当补偿。"

人大审议草案第 61 条规定："①无民事行为能力人、限制民事行为能力人造成他人损害的，由监护人承担侵权责任。②有财产的无民事行为能力人、限制民事行为能力人造成他人损害的，从本人财产中支付赔偿费用。不足部分，由监护人赔偿。"

（2）对民法典草案未成年人侵权行为致人损害责任承担规则的评析。上述各民法典草案的规定，人大审议草案的规定只是对民法通则规定的简单改良，其在责任的具体承担上仍然过于注重以财产为中心确定承担赔偿责任的主体，未能对未成年人侵权行为致人损害责任承担应有的伦理价值给予应有的重视，在未成年人有财产时使其承担侵权责任。如此，明显违背保护未成年人的原则，也使得即使监护存在过错的监护人在未成年人有财产时也不承担侵权责任，在利益衡量上明显不当。因此，人大审议草案的立法明显不足取。

比较而言，人民大学草案对《民法通则》的规定作出了显著的改进，表现在该草案通过第 1898 条和第 1899 条的规定，既更加明确了《民法通则》对监护人无过错责任的规定（删除了原民法通则监护人尽了监护职责可以减轻责任的规定），又彻底改变了民法通则完全以财产为中心确定具体的责任承担主体、缺乏基本的民法伦理价值的弊端。在人民大学草案之下，监护人的无过错责任被实实在在地落实到监护人身上，不再受未成年人是否有财产的影响，而未成年人只在监护人没有财产时基于公平原则承担责任。如此，民法对未成年人特殊保护的价值得以凸显，受害人的救济也得以较好地实现。

然而，人民大学草案对未成年人的保护有些过度：在该草案下，未成年人无论识别能力如何、财产状况如何，原则上不承担任何民事责任。如此不仅不利于受害人救济的实现，甚至也不利于未成年人的成长。未成年人是在与社会不断交流、碰撞中对社会生活的理解和认识逐渐成熟，逐渐认识到其对社会和他人的义务、责任，从而人格不断发展完善。如果无论未成年人进行任何行为，包括恶意伤害他人的行为，均不对其发生民事责任的承担，则无疑会助长未成年人对他人、对社会丝毫不负责任、肆意为所欲为恶习的发展和形成。①相比较而言，以德国法为代表的传统大陆法使未成年人在对其加害行为有识别能力的情况下与法定代理人承担连带责任的立法则很好地解决了未成年人特殊保护与未成年人承担合理民事责任的问题，应该予以继承。

法学所草案的进步之处体现在其第 1544 条对"无民事行为能力人对自己造成的损害不承担民事责任，限制民事行为能力人对其能够辨别的行为造成的损害承担民事责任"的规定。此规定是对传统大陆法系未成年人对其有识别能力致人损害承担侵权责任规定的回归。结合上文的分析，使未成年人对其能够识别的加害他人行为承担侵权责任不仅不违背特殊保护未成年人的原则，反而是在有利于未成年人成长、对未成年人利益、监护人利益和受害人利益进行合理衡量方面有着非常积极意义的规则。因此，作者对法学所草案上述规定所代表的进步意义充分肯定。另外，根据第 1589 条的规定，草案维持了《民法通则》对监护人责任无过错责任的规定，并明确了监护人责任承担的前提是未成年人行为除了辨别能力欠缺外，其他方面均满足侵权行为构成要件的前提。这些规定也是值得肯定的。

除上述值得肯定的规定之外，法学所草案在未成年人侵权行为致人损害责任承担的具体规定方面总体不可取。首先，根据草案第 1589 条第 1 款，监护人在未成年人有辨别能力的情况下不承担责任，未成年人承担单独责任。此种规定明显不合理，由于未成年人一般没有财产，如此规定将使受害人在许多情况下处于完全得不到救济的境地。其次，草案第 1592 条的规定几乎是完全维持了《民法通则》的规定，规定监护人责任为补充责任，即无辨别能力的未成年人只要有财产即以其财产承担民事责任，监护人只是赔偿不足部分。此种规定当然也存在如《民法通则》规定的过分以财产为中心确定责任承担，忽视责任承担应有的伦理价值的问题。并且，这种在未成年人一旦有财产监护人无论监护职责履行有何种过错就事实上不承担任何责任的立法不利于督促监护人履行监护职责，并使有财产的未成年人承受监护人不履行监护职责的后果，成为承担责任的首要主体，与各国和地区法律越来越突出监护人在责任承担中

---

① 参见前引佟丽华书，第 48 页。

首要地位的立法趋势明显不符。因此，草案第 1592 条的规定亦明显不可取。

（五）未成年人致人损害责任承担规则的合理确定

1. 侵权法价值基础的变化与责任承担规则的发展趋势

随着民法由近代向现代的发展，社会法学思想的影响得到扩展。在社会法学思想下，人与人不再是陌生而自由和无情的竞争者，而是相互关联、相互依存的整体。① 在意志自由之外，社会利益、人的尊严等价值得到凸显，在侵权法上发生了损害救济理念的发展，对受害人进行必要的救济以维护其正常生活和基本尊严的观念深刻地影响着侵权法。这种变化当然也影响到了未成年人侵权行为致人损害责任承担领域。如果说近代侵权法以个人主义的意志自由为核心价值，关注分配正义，给每一个人以平等的发展机会的话，现代侵权法则同时强调矫正主义，强调修补伤害的道德义务；如果说近代侵权法责任承担规则关注经济的效率，使之优先于矫正主义，现代侵权法则使矫正主义优先于经济效率目标。新的价值基础要求法律的制定者充分意识到侵权法规则对价值的实现，意识到在经济效率之外现代社会的多重目标，努力使法律人性化，法律规则应鼓励人与人之间的同情，以加强普遍人类尊严和促进全人类发展，"而不是加强已经过时的自治理念和促进无情的个人主义。"②

新的理念以矫正正义为核心确定侵权法规则，必然要求强化对受害人的救济。对未成年人侵权，强化对受害人救济的主要途径是扩大父母等监护人承担责任的范围，于是就要求父母责任不能再停留在过错责任或者以过错责任为核心，而应当发展到无过错责任或者准无过错责任。在实践中，大陆法系法国通过判决已发展了准无过错责任，荷兰通过立法确立了无过错责任，英美法系通过制定法，部分地过渡到了无过错责任。作者认为，应坚持并发展这一趋势，最终建立有若干免责事由的无过错的父母责任。强化对受害人救济的另一个途径是合理地规定未成年人个人责任。考虑对未成年人倾斜保护，在具体规则上可考虑其仅是在父母承担无过错责任时作为连带的责任主体承担与其识别能力相适应的赔偿责任和在父母无能力承担赔偿责任时承担衡平责任。

2. 中国内地未来未成年人侵权行为致人损害责任承担规则的合理选择

结合上文对各国和地区立法的比较和对《民法通则》立法及主要民法典草案规定的分析，作者认为，中国内地未成年人侵权行为致人损害责任承担规

---

① ［美］罗斯科·庞德著，沈宗灵、董世忠译，杨昌裕、楼邦彦校：《通过法律的社会控制、法律的任务》，商务印书馆 1984 年版，第 106 页。

② See Rhonda V. Magee Andrews, supra note［5］.

则的确定应在考虑以下因素下合理确定：（1）体现侵权法发展的趋势。未来的未成年人侵权行为致人损害责任承担规则应充分体现侵权法从对个人自由的最低限制向"损害救济"发展的趋势。为此，应加重监护人的责任，结合两大法系的发展趋势，可考虑规定监护人责任为无过错责任。同时，应肯定监护人为责任承担的首要主体，即使在未成年人对加害行为有识别能力的情况下，亦不排除监护人责任而是使其与未成年人承担连带责任。（2）未成年人的特殊保护及其合理限度。未成年人的特殊保护要求对实施加害行为的未成年人不能一概使其承担侵权责任，并且在基于保护受害人将监护人责任确定为无过错责任的情况下，未成年人承担的仍然只能是过错责任。未成年人保护的合理限度要求必须维持未成年人对其有识别能力致人损害行为承担过错责任，不能笼统地一概免除未成年人对侵权责任的承担。（3）考虑特殊监护人的减轻的责任承担，主要是对因合同承担监护义务的人，应维持为过错责任。

在上述各项因素考量的基础上，作者提出对未来未成年人侵权行为致人损害责任承担规则的建议如下：

（1）监护人的无过错责任。此责任为替代责任，不考虑未成年人较低的识别能力。为配合此一规定，可以借鉴英美法的规定，建立完善的责任保险制度，以使监护人可以有分散风险的途径。

（2）未成年人的过错责任。如果未成年人具有识别其行为后果的能力，可以构成过错，则可以构成未成年人的过错责任。在未成年人此责任成立的情况下，与监护人连带地对受害人负赔偿责任。

（3）未成年人的衡平责任。在未成年人依法不应承担侵权责任、而依法应承担侵权责任的监护人没有财产可以进行赔偿的情况下，未成年人有财产的，由未成年人承担衡平责任，对受害人的损失进行适当赔偿。

（4）法定监护人之外的人担任监护人，或者依照合同进行监护的人，承担推定的过错责任，其可以通过提供证明尽了监护义务或者即使尽了监护义务也不能避免损害的发生而免责。在上述监护人责任成立的情况下，其与法定监护人连带地对受害人负赔偿义务。

四、未成年人订立合同致人损害责任承担

（一）未成年人订立合同可能的致人损害责任承担类型

无论在法律上未成年人有无缔约能力，也无论其缔约能力如何，在社会现实中，未成年人总是广泛地参与其中并且与他人发生大量的合同关系。正如有学者指出的那样，"未成年人不是不能订立合同，而是事实上拿着'合同的剑

和无效的盾牌'订立合同","并且事实上确实天天订立合同"。① 这些未成年人参与的合同磋商有的在合同尚未订立时相对方发现未成年的情况而终止，有的已经订立但又被撤销，有的根本无效，也有的法律认可合同订立的效力。在这许多的与订立合同相关情形中，均存在可能导致合同相对人受到损害的情形，也就存在未成年人需要承担责任的各种类型。

1. 未成年人的返还责任

此种责任发生在未成年人订立合同被撤销或者无效，但合同相对方已经进行了全部或者部分履行的情形。在此种情况下，合同相对方的履行没有法律依据或者失去法律依据，根据合同无效相互返还的原理，未成年人应该将所接受的履行返还给相对人。

2. 未成年人的缔约过失责任

缔约过失责任制度是对合同一方信赖利益保护之制度，未成年人缔约能力制度是对未成年人进行特殊保护之制度。两者的关系是一个值得研究的问题。在合同相对人因信赖未成年人具有缔约能力、或者未成年人恶意进行磋商、或者在未成年人有缔约能力的范围内缔约时未成年人存在缔约过失的情况下，存在合同相对人的损失可能依法需要未成年人依照缔约过失责任进行赔偿的问题。在此情况下，未成年人就可能承担缔约过失责任。

3. 未成年人订立合同中侵权致人损害

如果未成年人在订立合同过程中故意或过失造成相对人人身或财产损失，符合侵权行为构成要件的，在可能构成上述各类责任的同时，构成侵权责任，产生侵权责任与有关责任的竞合。此种情况下，按照对责任竞合的一般理论和立法，允许受害人选择请求赔偿的请求权基础，受害人选择主张侵权责任的，未成年人依据侵权责任的有关规定承担其责任。

（二）未成年人返还责任承担比较研究

1. 未成年人返还责任典型立法例分析

（1）大陆法系主要立法例的态度。根据合同法的一般原理，合同无效或被撤销后，合同双方就因合同所接受的给付互相有进行返还、恢复原状的责任，返回到合同成立前的状态。并且，此种返还和恢复原状，"当事人的偿付义务仅以一方由他方受利益为根据，而不问其过错之有无"。② 在未成年人订

---

① Melvin John Dugas, The Contractual Capacity of Minors: A Survey of The Prior Law and The New Articles, 62 *Tul. L. Rev.* 745.

② 参见王卫国："论合同无效制度"，载《法学研究》1995 年第 3 期。

立合同取得对方给付的情况下，合同无效或被撤销时未成年人也应该承担返还责任。然而，由于此一般的返还责任并不考虑接受给付一方对所受给付价值减损是否具有过错，而将所受给付价值减损的风险全部由接受给付的一方承担，对接受给付的一方赋予了较重的法律负担，如果不对未成年人的返还责任承担作出特别规定，由于未成年人心智不成熟，无法正确保存和处理所取得利益，未成年人按照上述原则承担返还责任将非常不利于未成年人的保护，对未成年人也颇不公平。

正因为如此，大陆法系一些国家对未成年人返还责任的承担明确作出了特殊规定。其中，《法国民法典》第 1312 条的规定具有典型性。该条规定，未成年人对其订立合同所受的给付不负返还义务，除非合同相对方证明所进行的给付已使未成年人受益。也就是说，未成年人取消合同后，并无义务返还合同履行所接受的给付，除非未成年人"所接受的利益依然存在"[1]。这样，如果未成年人将某物出售，双方均进行了履行，则在未成年人取消合同时可以要求对方返还交付的物，对方只能要求未成年人返还没有花完的价金。法国学者认为，这种规定恰恰体现了行为能力制度的基本特征，如果采取相反的规则，未成年人需以其他财产"恢复原状"，则其结果是未成年人遭受了损失，法律对未成年人的保护就是虚假的。[2] 与法国法相似的有日本法和意大利法。《日本民法典》第 121 条规定："撤销的行为，视为自始无效。但是，无能力人只于因该行为而现受利益的限度内，负偿还义务。"《意大利民法典》第 1443 条："当契约因缔约人一方无能力被撤销时，无能力人仅在其取得利益的范围内向他方当事人承担返还义务。"

上述立法的共同特点是规定无能力的返还责任的承担只以"现受利益"为限，从而避免了未成年人在所受利益不存在时不得不以所受利益之外的其他财产承担返还责任的可能。

与上述立法不同，德国法和我国台湾法没有关于未成年人返还责任承担的特别规定。依照王泽鉴先生的分析，未成年人虽然因法律之保护缔约等法律行为可以无效，不负"法律行为上责任"，但其仍然可能因不同情形而承担"占有物返还责任"或"不当得利返还责任"。[3] 在法律未作特别规定的情况下，就需要适用有关返还责任的一般规则，发生上文所说的对未成年人不利后果。

（2）英美法系对未成年人返还责任的态度。英美法解决未成年人利益返

---

① 参见尹田《法国现代合同法》，法律出版社 1995 年版，第 145 页。

② 参见前引尹田书，第 146 页。

③ 参见王泽鉴《民法总则》，中国政法大学出版社 2001 年版，第 317—318 页。

还问题的传统规则是：未成年人只需返还其仍然保留的利益，如已经使用过的贬值的或损坏的物品，而对已经享受的服务或因合同给他方造成的其他损失，不负赔偿责任。作为上述规则的例外，在未成年人已经就另一方提供的物品或服务支付了现金时，另一方有权要求完全的恢复原状，具体体现为未成年人不能要求收回自己的支付，对方也不能要求返还。另外一个重要的例外是未成年人对自己年龄有欺诈性表示时，未成年人撤销合同时另一方有要求赔偿的权利，因为此时同时构成侵权。但许多州反对此种做法，认为如此将导致间接地强制执行未成年人订立的合同。①

在英国，根据普通法规则，"如果一份合同对于未成年人是不能强制实施的，那么，未成年人就没有责任返还他根据该合同获得的利益，即使未成年人欺诈说他已经成年而订立合同"也是如此。② 但在 1987 年 6 月 9 日以后，在英格兰和威尔士签订的未成年人合同，适用新的规则。具体为：对成年人承担的返还财产责任适用普通法，对未成年人承担的返还财产责任适用 1987 年《未成年人合同条例》。普通法要求法院判令成年人无条件向未成年人返还财产，而根据《未成年人合同条例》："只有当法院认为对未成年人公平合理，才可判令其向成年人返还财产。"判例将此规则解释为：（1）如果未成年人因成年人欺诈，胁迫或其他不当影响，或因缺乏经验而订立，法院不能判令其返还财产；（2）如果不是上述原因签订，法院可以判令其返还财产，返还对象可以是原物也可以是原物交换所的其他财产；（3）如果未成年人已将取得的财产耗尽，法院既不能判令其返还财产也不能判令其赔偿损失。③

2. 各立法例规定比较分析及作者对未成年人返还责任承担的观点

上述立法例中，大陆法系法国等国和英美法系采取的是对未成年人返还责任明确作出减轻规定的立法模式，德国法和我国台湾法则不对未成年人的返还责任进行减轻。作者认为，对未成年人进行特别保护是各国立法的共同原则。由于未成年人智力成熟的不足，其事实上不能合理保存其订立合同所取得的利益，更不可能合理支配所取得的利益，更常见的情况是未成年人把取得的利益、尤其是金钱利益很快消耗殆尽。而对取得占有的物，未成年人亦可能因照管不周而导致损毁。④ 如果不考虑未成年人的此一特殊情况，使其如成年人一样承担返还责任就会导致实质上的未成年人因订立合同而需要承担赔偿责任的

---

① 参见王军《美国合同法》，中国政法大学出版社 1996 年版，第 75—80 页。
② 何宝玉：《英国合同法》，中国政法大学出版社 1999 年版，第 301 页。
③ 参见张淳："英国法对未成年人合同的调整"，载《法学杂志》2001 年第 4 期。
④ 参见曾见："德国法中的未成年人保护"，载《德国研究》2004 年第 2 期。

情形，从而不能实现法律允许未成年人取消合同以保护未成年人的立法目的，就会发生法国学者所说的"法律对未成年人的保护就是虚假的"之结果。

在规定未成年人减轻的返还责任诸立法例中，法国法的规定彻底贯彻对未成年人保护，将未成年人不仅视为一个无能力订立合同的人，也是一个完全不能合理处理取得利益的人，因此其对取得利益的支配不视为对其有利益，只有未被支配的利益才是受益，因此成年人一方需要完全返还从未成年人一方所取得利益，未成年人一方则只返还现存利益。比较而言，英美法虽然原则上也是仅要求未成年人返还现存利益，但例外考虑公平，对未成年人也已经作出金钱履行的合同往往允许完全的恢复原状。

对此，作者认为，未成年人订立合同原则上无效或可撤销主要是考虑未成年人因智力不成熟，没有必要的理解力进入以追求积极利益为目的的合同。在合同无效或被撤销的情况下，如果发生了实际的履行，就可能产生标的物损毁或者所受履行利益因各种原因不再存在的情况。这种情况如果发生在成年的合同当事人一方，由于其有充分的保存所受利益及合理支配所受利益的能力，由其承担赔偿责任并无不妥。然而，如果这种情况发生在未成年人一方，由于未成年人智力的不成熟，如果未成年人对这种情况的造成没有损害他人利益的故意或者过失，则这种损失的造成就没有道德上的可谴责性，应该被认为是合同法保护未成年人的一个制度代价。此时，如果使未成年人承担完全的恢复原状义务，实质上就是让无辜的未成年人单方承担这种损失。这无疑是不妥当的。考察未成年人保护、未成年人利益和成年人利益诸方面，作者认为还是由成年人一方承担这种风险比较妥当。至于如果未成年人恶意订立合同，明知合同无效而故意或者过失损毁合同相对人的财产，则完全可以通过侵权责任或者缔约过失责任来解决，没有必要在返还责任中考虑这种特殊情况导致对未成年人保护可能过分的问题。在此基础上，作者认为，尽管英美法的做法有其出于公平的理由，但不足为大陆法系国家借鉴，大陆法系完全可以利用法律的体系化功能，通过缔约过失责任或者侵权责任解决特殊情况下的公平问题，而一般情况下对成年相对人经济上的不公平则为保护未成年人必要的制度代价。

因此，作者认为，应采法国法、日本法、意大利法立法模式，使未成年人对接受的对方履行只在现存利益的范围内承担返还责任。

（三）未成年人缔约过失责任的承担

1. 法律和理论对未成年人承担缔约过失责任态度的分析

在立法上，由于各国立法至多是规定了缔约过失责任，对未成年人承担缔约过失的特殊问题尚未涉及，所以在立法上未见到明确规定未成年人是否承担或者如何承担缔约过失责任的规定。从立法例来看，德国法、我国台湾法等少数立法明确了未成年人承担违约责任的特别规定。《德国民法典》第 276 条和我国《台湾民法典》第 221 条均肯定了未成年人违约责任之承担，以侵权法规定过错能力为依据。① 现行各国法均在不同程度上肯定未成年人可以缔结合同、成为可能的承担违约责任的主体，即肯定未成年人可以承受一定范围内的满足他人对积极利益追求的法律负担，那么举重明轻，可以订立合同的未成年人对作为仅仅是保护他人固有利益的缔约过失责任当然应该承担。不过，对不具有缔约能力的未成年人能否承担缔约过失责任法律即使间接的态度也不清楚。

　　在理论上，梅迪库斯认为，从理论上看，对无行为能力人，即使在法律肯定其可以不受订立合同约束的同时，"如果相对人无过错，则至少应赋予其要求赔偿信赖损害的权利"，"法律未特别规定某种赔偿义务，并不意味着无行为能力人也不需要承担因更为一般的责任事由而产生的赔偿义务。此类更为一般的责任事由，如侵权行为或缔约过错即是"。② 在这里，梅迪库斯明确主张在《德国民法典》的规定之下，未成年人应承担缔约过失责任。梅迪库斯的观点代表了主张缔约过错责任具有侵权责任性质的学者的观点。在德国司法部长 1980 年就德国民法中缔约过失责任的完善请梅迪库斯提出建议的时候，梅迪库斯提出的就是依侵权法原理对受害人进行保护的建议。③ 与此相同，法国司法实践也认为"关于订立合同前期因可能的过错而应当承担的责任具有侵权责任性质"，④ 而法国学者更是明确指出缔约过失责任"实际上是《法国民法典》第 1382 条所涉及的侵权责任，因为此种责任以过错、损害以及这两者之间的因果关系的存在作为前提"⑤。与此相对，我国台湾学者黄立认为，构成缔约过失，"应适用民法对行为能力的一般原则，责任人须有行为能力或依法律可独立为法律行为的限制行为能力人"。⑥ 其意指构成缔约过失责任，行为人需有相应的缔约能力而非识别行为后果的侵权法上的过错能力。黄立先生的观点代表了主张缔约过错责任具有为类似于违约责任的性质，认为缔约上过失所形成的法律关系，适用于合同法的规定。在德国理论界，民法典颁布之后

　　① 参见前引黄立书，第 434—435 页。

　　② ［德］迪特尔·梅迪库斯著，邵建东译：《德国民法总论》，法律出版社 2000 年版，第 417 页。

　　③ 参见王洪亮："缔约过失责任研究"载《王洪亮博士论文》第 10—12 页。

　　④ 参见前引罗结珍书，第 1073 页。

　　⑤ Gérard Lègier, droit civil, les obligations, quatorzième édition, 1993, dalloz, p. 22. 转引自前引张民安书，第 187—188 页。

　　⑥ 前引黄立书，第 44 页。

的一段时间，侵权行为说为通说，但其后，契约行为说代替侵权行为说成为判例所采纳的通说。① 但即使采契约行为说，由于此"契约行为"并非一般缔结契约之彼契约行为，从而也不必然导出未成年人不能在广泛的领域内承担缔约过失责任的结论。需要特别提及的是，德国在债法的修改中，对缔约过失责任的性质仍然有意采取了回避的态度，"有意识地放弃了对该问题的规定，即产生保护义务的债之关系无论如何应可以基于法律抑或基于一个有效的法律行为而产生"。② 德国立法的最新态度表明，立法者认为缔约过失责任的性质在理论上仍然是一个有待进一步研究的问题。相应的，承担缔约过失责任的未成年人范围也仍然需要理论的进一步研究和确定。

2. 作者对未成年人承担缔约过失责任的观点

作者认为，缔约过失责任乃是在侵权法和违约责任之间发展起来的一种责任形式，虽然通说认为其是与侵权责任和违约责任相独立的一种责任形式，但相对于违约责任的对约定义务违反的责任，缔约过失责任则是对法定义务违反而产生的责任，在性质上更接近于侵权责任而非违约责任。基于未成年人承担侵权责任的相同理由，未成年人应在有识别能力的范围内承担缔约过失责任。理由如下：

（1）缔约过失责任制度保护的是固有利益，与违约责任同时保护积极利益。缔约过失责任发生在缔约一方未能对缔约他方人身和财产利益尽到诚信的照顾，或者恶意加以侵害的情形。其与一般侵权责任的不同是其发生在特定的已经进入缔约过程的当事人之间，而非普通的没有任何特定关系的当事人之间。作者认为，对缔约过错责任性质的认识，应该透过这种形式上的不同而去发现其实质所在。在一定意义上，任何的侵权行为均发生在特定当事人之间，总是特定加害人对特定受害人的侵害。缔约过失责任之特定当事人之间与此特定当事人的唯一区别是缔约过错责任的当事人最初进入联络是为了订立合同的目的，而对故意借磋商侵害对方利益的缔约过错来讲，连这一点区别也不能成立。但即使有这种最初目的的不同，也仅仅是形式上与侵权行为的不同，不能掩盖实质上仍然是对固有利益侵害的事实：因为无论是缔约过失造成人身伤害，还是导致对方的财产损害，均与缔约本身完全无关，与合同的履行也没有任何关系。因此，从保护利益的性质看，缔约过失责任更接近于侵权责任，而与违约责任明显不同。

（2）缔约过失责任是基于法律规定而产生的责任，与违约责任因为对约

---

① 参见前引王洪亮论文，第10—12页。

② 参见朱岩《德国新债法》，法律出版社2003年版，第85页。

定的违反而产生完全不同。缔约过失责任虽然是在为缔约而进行接触的当事人之间产生，由未尽到缔约中应有的诚信义务的一方承担，但其产生却与当事人的意志完全无关，而是直接依据法律的规定而产生。从缔约过失责任产生的历史看，是因为对耶林所说的缔约过程中一方"暴露于法律的保护之外"利益保护的需要，各国才通过判例或立法对这种利益进行保护。这种保护的产生与当事人的意志毫无关系，只是法律发现了一类需要保护的利益，便通过一定的法律途径进行保护，其保护的产生直接基于法律规定的特点非常明显，而与当事人的意志完全无关。相对而言，违约责任的产生基于当事人对约定的违反，与缔约过失责任的产生基础明显不同。缔约过失责任更接近侵权责任的法定责任，其产生实质上与当事人意志无关，是一个更接近侵权责任的责任形式，并且"在大部分情况下"，该制度解决的问题可以"通过侵权责任的规范"解决。①

（3）未成年人不承担缔约过失责任将使受害人失去救济途径，不符合民法加强受害人保护的发展趋势。由于缔约过失责任保护的是在原来的违约责任和侵权责任之间"暴露于法律的保护之外"的利益，因此，如果未成年人对其缔约中因故意或过失造成他人人身或财产损失的行为不承担缔约过失责任，受害人所受的损失将完全得不到救济，从而非常不利于对受害人的保护。前文已述，现代民法对受害人的保护不断加强，具体表现为侵权法保护范围的不断扩大、无过错责任原则作为侵权法归责原则适用范围的不断扩大和违约责任向无过错责任的发展等。在此种趋势下，在缔约过失领域对受害人保护留下未成年人缔约过错造成对方损失如此大的一个缺口，无疑是非常不合理的。而考虑到未成年人可能具有不同程度的识别能力，在实践中可能发生未成年人恶意借缔约损害他人利益的情况。此种情况下受害人往往不能通过侵权法的规定获得救济，如果其也不能在缔约过失责任之下获得救济，则一方是恶意损害他人利益的未成年人，一方是无辜的受害人，不使受害人获得救济无疑是不公平的。

（4）未成年人承担缔约过失责任对其是公平的，也不会造成未成年人过重的负担。作者认为，使未成年人承担缔约过失责任与立法保护未成年人的传统完全符合，对未成年人是公平的。由于缔约过失责任在性质上是更接近于侵权责任的一种责任，是对侵害他人固有的绝对权利所承担的责任，未成年人缔约过失责任的承担就可以参照侵权法确定。缔约过失责任是一种典型的过错责任，只有在行为人有过错的情况下始构成，对未成年人就是要求其对有关损害后果的造成有识别能力。而在未成年人对损害后果有识别能力的情况下，其可

---

① 参见前引朱岩书，第123页。

以清楚地意识到其行为可能造成他人损失，使其承担责任是公平的。同时，考虑到未成年人处于被监护状态，其造成他人损害行为的进行往往与监护人未尽到监护职责有关，从而未成年人缔约过失责任的承担可以通过监护人的替代承担或者分担加以转移或减轻，对未成年人并不会造成过重的负担。

基于以上理由，作者认为未成年人原则上应承担缔约过失责任。

但是，如果相对人仅仅是由于误信未成年人已经成年而与之进行订立合同之磋商甚至订立合同并受到信赖利益的损失，未成年人不承担缔约过失责任，因为"对无行为能力人和限制行为能力人的保护优于交易安全"，"对行为能力的信赖，既不使法律行为因此成为有效，亦不使无行为能力人（限制行为能力人）负信赖利益的赔偿责任"。①

3. 未成年人缔约过失责任承担的具体设想

在确定未成年人对缔约过错承担责任的基础上，必须明确的问题是未成年人缔约过错责任如何承担：是未成年人承担个人责任还是与监护人承担连带责任？如果是与监护人承担连带责任，那么，未成年人与监护人承担的是过错责任还是无过错责任？

对第一个问题，作者认为，确定未成年人缔约过失责任的承担是个人责任还是与监护人的连带责任，应主要从缔约过失责任的性质为依据。在各国和地区民法上，未成年人的父母等监护人一般对未成年人的侵权行为承担各种形式的责任，但对未成年人的违约责任则不承担责任。究其原因，作者认为，近代法一般规定父母对未成年人的侵权行为在不同程度上承担责任的一个重要考虑是未成年人侵权行为并非为积极追求一定利益的发生，而是未成年人作为社会主体的存在客观上对他人危险的现实发生，而对这种危险的发生受害人无论如何尽其注意也无法避免，并且受害人损害的产生完全是其意志之外的原因，受害人在其中并未有任何积极利益的追求。考虑到未成年人父母是将这种危险加于他人的人，其他监护人也与未成年人往往存在血缘的关系，且所有的监护人对未成年人的行为有监督、管护的职责，因此法律使监护人作为责任承担的主体加入到未成年人侵权行为的责任承担。对此前文已经有详细之说明。而对未成年人合同的缔结可能产生的违约责任，一是由于未成年人已经被法律衡量为可以充分理解自己的行为及其法律后果，具有完全独立的能力，自然应该自己承担行为的后果，而合同相对方选择未成年人订立合同也应该被视为已经对合同另一方的责任承担能力等进行了必要的了解，因此应自行承担可能的损失得不到弥补的后果。二是因为双方均为追求积极利益，如使父母等监护人承担违

---

① 参见前引王泽鉴书，第317—318页。

约责任可能风险会不合理地加大，监护人的负担太重，而违约造成的损失主要是财产利益的损失，对受害人造成的影响远不如侵害人身利益强烈，从而也就没有要求监护人介入作为责任承担主体强烈的道德必要性。对缔约过失责任而言，虽然在一定程度上是受害人选择了未成年人作为缔约的相对方，但由于缔约过失造成的损害本质上仍然是类于侵权法的对人身和财产等固有利益的损害，对父母等监护人而言，本质上还是由于未成年人子女对他人固有的危险性导致的损害，且这些固有利益不涉及额外的对积极利益的追求，是当事人存在和生存的基础，具有很强的伦理价值，因此，应该如侵权责任的承担一样，尽合理的最大可能保障受害人救济的实现。基于此，应该明确父母等监护人与未成年人一起作为缔约过失责任承担主体的地位，由父母等监护人和未成年人承担连带的赔偿责任。

对第二个问题，作者认为，尽管基于缔约过失责任与侵权责任的相似性等原因，肯定监护人与未成年人的连带责任，但考虑到缔约过失责任不同于侵权责任的特点，从公平角度出发，未成年人责任、监护人责任以及未成年人与监护人连带责任的成立均采用一般的过错责任归责原则为宜。理由如下：

（1）侵权责任的发生一般与受害人的行为完全无关，受害人几乎完全无法防范，而缔约过失责任毕竟发生在受害人选择未成年人与其进入缔约磋商的情况下，受害人一是可以采取必要的调查避免与未成年人进行缔约磋商，二是在与未成年人磋商时应采取更谨慎的注意，避免或减少损害的发生。鉴于存在于受害人方面的这些情况，就不应使监护人承担无过错责任，以避免将所有缔约过程的风险不合理地全部分配给监护人承担。

（2）过错责任毕竟是最符合理性主义的规则原则，最容易具有道德说服力，也最能发挥督促当事人、预防侵害再次发生的法律功能，在没有特别的理由采用无过错责任的情况下，就应维持过错责任。而缔约过失责任，由于上述的特殊性，并没有侵权法发展中所展示出的出于无辜受害人保护的强化而采用无过错责任的强烈的道德正当性。

（3）如果未成年人恶意特别严重，未成年人具有识别能力之恶意可以导致侵权责任的构成，相对人可以借由主张侵权赔偿获得适当之救济。

（4）对未成年人来说，出于保护未成年人立法政策的要求，当然只能要求未成年人承担一般的过错责任。

综合以上分析，缔约过失责任由未成年人和监护人承担连带的过错责任，未成年人以有识别能力为限承担责任。

（四）与未成年人订立合同有关的侵权责任的承担

1. 与未成年人订立合同有关的侵权责任的发生

（1）未成年人依法订立有效合同，在合同履行中因履行瑕疵或其他原因侵害了合同相对方人身或财产利益。在接受履行的情况下，如果是租赁、保管、运输或借用等需要由未成年人占有对方财产的合同，就可能因未成年人因过错造成相对人财产损毁的情况。在进行履行的情况下，也可能发生因未成年人进行加害给付或违反附随义务等造成对方人身或财产损失的情况。在这些情况下，未成年人的行为在构成违约的同时，均可能因符合侵权行为的构成要件而发生侵权责任。

（2）未成年人欠缺缔约能力订立合同，合同因缔约能力的欠缺被取消前双方或者相对方已经进行了一定的履行，就可能发生未成年人加害给付造成对方损害，或者对因租赁、保管、运输等合同占有的对方财物过错导致损毁的情况。另外，在接受相对人以转移所有权为目的的标的物交付但合同因欠缺缔约能力被取消后，也可能发生因未成年人过错造成标的物损毁的情况。在这些情况下，也可能因其行为符合侵权责任的构成要件而发生侵权责任。

（3）未成年人订立的合同因为欠缺缔约能力被取消，但未成年人已经接受了相对人为转移所有权为目的的合同标的物的履行。同时，由于未成年人的行为或其他原因，在合同被取消时标的物已经价值贬损或者不再存在。在此种情况下，未成年人作为标的物的支配人，可能因为过错等原因造成了标的物的损毁，也存在是否构成侵权责任、是否允许相对人依侵权责任获得救济的问题。

2. 与未成年人订立合同有关的侵权责任的承担

上述第一种情况是违约责任与侵权责任竞合的问题。大陆法系以德国为代表的立法例均允许这种责任竞合，法国法传统上不允许责任竞合，但"在当今法国，不允许竞合的规则并无实在意义，而允许竞合的例外规则才真正具有意义"①，因此大陆法系国家事实上均允许违约责任与侵权责任的竞合。英美法也允许违约责任与侵权责任的竞合。② 在理论上，王泽鉴先生明确指出："无行为能力人（或限制行为能力人）因其法律行为无效，虽不负法律行为上

---

① 前引张民安书，第 206 页。

② 参见 P. S. 阿狄亚著，赵旭东、何帅领、邓晓霞译《合同法导论》，法律出版社 2002 年版，第396—403 页。

责任，但依其情形得发生……侵权责任，其成立以于行为时有识别能力为必要。"① 既然承认未成年人订立合同中有关行为可以构成侵权行为，在允许责任竞合的理论下就应允许受害人主张未成年人侵权责任的承担。

对上述第二种情况，合同已经被取消，合同相对人不可能主张违约责任，但如果未成年人对损失的造成有过错，就完全符合侵权责任的构成要件，就应允许向未成年人主张侵权责任的损害赔偿。虽然在此种情况下法律基于对未成年人的保护不使其受合同约束，但此保护"豁免"的应只是未成年人对相对人积极利益满足的负担，不应扩展到未成年人可以不尽必要的注意保护相对人的固有利益。因此，对有过错侵害合同相对人固有利益的未成年人就应该使其承担侵权责任。当然，此处未成年人过错的认定必须与其实际的识别能力相适应。

上述第三种情况比较复杂。各国法律出于保护未成年人的目的，一般规定未成年人因缔约能力欠缺取消合同的，就其接受的履行仅在现受利益的范围内负返还责任。这样，如果未成年人所接受的履行已经不存在或者价值贬损，未成年人无义务以其他财产赔偿。并且，由于未成年人是作为所有人支配取得的标的物，即使有过失甚至故意对标的物加以损毁，也难谓有损害他人之过错，因此难谓未成年人侵权责任之构成。如果允许向未成年人主张侵权责任，"当事人在契约关系下得不到救济，转而在侵权行为上得到救济时，则法律对未成年人帮助之目的便告无疾而终"，② 因此从价值衡量上不应允许。

综合以上分析，作者认为，与订立合同有关的未成年人侵权，无论未成年人是否具有缔约能力，原则上均应承认未成年人侵权责任的构成，具体由未成年人及其监护人按照侵权责任承担的一般规则承担侵权责任，但对未成年人因合同履行接受以转移所有权为目的的标的物并因故意或过失致该标的物损毁等情形，在合同因未成年人缔约能力欠缺取消后，出于对合同法保护未成年人价值的真正实现，不应允许向未成年人主张侵权责任。

（五）对我国立法未来完善的建议

由于我国目前没有对未成年人订立合同致人损害责任承担的特殊规则，而根据上文的分析这种特殊规则对贯彻和实现对未成年人在合理程度上的特殊保护是必需的，因此作者结合上文比较法的分析提出对中国内地未来有关规则的建议如下：

---

① 前引王泽鉴书，第317页。
② 参见杨桢《英美契约法论》，北京大学出版社1997年版，第267—268页。

1. 考虑未成年人智力不成熟，不能合理保存和支配所取得的利益，此种情况下，如果强使未成年人返还其接受的利益，对未成年人反倒不公平，因此，明确未成年人返还责任的承担以现存利益为限，如果所受利益不存在时，不予返还，而作为相对方的成年人则有义务就其从未成年人处接受的利益全部返还。

2. 明确未成年人就其缔约过失承担赔偿责任。如果未成年人在参与缔约过程中对对方人身、财产利益有疏于照顾、甚至故意侵害之行为造成对方损失，未成年人应在其识别能力的范围内承担缔约过失的赔偿责任。责任的具体承担可考虑规定未成年人过错归责的缔约过错责任和未成年人监护人过错归责的疏于监护责任的连带责任。

3. 未成年人原则上按照其承担侵权责任的一般规则承担订立合同中所构成的侵权责任，无论合同是否有效成立，是否发生违约责任与侵权责任的竞合。但对未成年人因合同履行接受以转移所有权为目的的标的物并因故意或过失致该标的物损毁等情形，在合同因未成年人缔约能力欠缺取消后，出于对合同法保护未成年人价值的真正实现，不应允许向未成年人主张侵权责任。

五、无因管理中未成年人致人损害责任承担

（一）未成年人无因管理致人损害的特殊性

由于未成年人基于无因管理事实行为的性质可以全面参与无因管理，就应当承担管理人应尽的义务，因此，上文所述管理人致人损害的类型对未成年人也全部可能发生。但是，由于智力不成熟，未成年人无因管理致人损害具有与一般管理人致人损害明显不同的特点。

1. 因未成年人意思能力欠缺，其管理行为导致本人受到损害的风险更大

由于未成年人智力未完全成熟，其对事务的理解往往存在欠缺，就决定了其无法尽到一般无因管理要求的善良管理人注意，只能以其自己的注意程度管理事务。其结果可能是，许多事务的管理不是以最有利于本人的方式进行，甚至还会造成本人的损失。而由于未成年人难以像成年人一样约束自己的行为，其行为也更可能存在过错，从而更容易造成本人的损失。进而，无因管理之管理，非仅为有管理行为为已足，尚需履行相应的通知义务、继续管理义务和为本人计算之义务。对此等义务，由于未成年人意思能力之欠缺，均更可能违反而致本人损失。再有，未成年人乃一非常宽泛之概念，涵盖之年龄从幼儿到成年之前，不同年龄之未成年人识别能力相差悬殊，而法律并不排除年龄幼小之儿童进行无因管理行为。如此可能许多识别能力很低，甚至尚无识别能力之未

成年人参与管理他人事务，对他人利益无疑风险更大，更可能因不当的管理等造成损失。因此，未成年人参加到无因管理关系使得本人利益受到损害的风险大增。

2. 因立法对未成年人特殊保护而导致的在利益衡量上的特殊性

未成年人作为人类社会未来的核心力量，为保护其正常成长的环境，社会对其予以特别保护，从《联合国儿童权利公约》到各国国内特别立法，均为显著的体现。而作为社会基本法的民法，亦对未成年人关爱有加，不仅特设行为能力制度、监护制度对其予以全面保护，更在具体的债权、物权、亲属和继承等法律制度中对其予以特别的优遇。在无因管理制度内，在管理人为完全行为能力人的情况下，法律利益衡量的因素主要为不得干涉他人事务与帮助他人的良好道德风俗之弘扬，[①] 并考虑社会公平，以管理人尽到适当管理等义务作为干涉他人事务违法的阻却。然未成年人管理能力先天欠缺，为避免未成年人承担过多的责任，就必须在有关的权利义务确定中更多地考虑对未成年人的特殊保护。于是在利益的衡量上，本人的利益退居其次，进而居于优位的是保障未成年人参与无因管理的"权力"，并不使其因参与无因管理而受到不当的损失。

3. 未成年人更容易违背本人明知或可推知的意思，构成不适法无因管理而不利于本人利益

由于未成年人不太可能像成年人一样，通过各种情况考虑本人可能的意思，而更可能依照其自己的意思进行有关事务的管理，因此未成年人的管理更可能不符合本人已知或可以推知的意思而构成不适法无因管理。在不适法无因管理的情形下，因为不符合本人对事务管理之期望，因此更可能不利于本人。

（二）未成年人无因管理致人损害责任承担的确定

1. 未成年人无因管理致人损害责任承担的立法例

对未成年人无因管理致人损害的责任承担，一些国家立法设有明确规定。《德国民法典》第 682 条规定："事务管理人无行为能力或者限制行为能力的，仅根据因侵权行为的损害赔偿以及关于返还不当得利的规定负其责任。"《瑞士债法典》第 421 条规定："管理人没有缔结合同的能力的，仅在其所取得的或者其恶意介入的利益范围内承担责任；因此产生的其他侵权责任不受影响。"另外，虽然日本法和我国台湾法没有针对未成年人的特别规定，但在解

---

① 参见马俊驹、余延满《民法原论》，法律出版社，1998 年版，第 777 页。

释上学者均认为应参照《德国民法典》第 682 条确定未成年人的责任。①

根据上述立法规定，对未成年人无因管理致人损害将适用与成年人不同的责任承担规则。瑞士法将此规则规定为"仅在其所取得的或者其恶意介入的利益范围内承担责任"，其意在只使未成年人承担所受利益对本人的返还责任和在恶意介入他人事务而造成他人损失的范围内承担赔偿责任。② 德国法将未成年人承担责任的规则更是明确为仅根据"关于返还不当得利的规定负其责任"，因此对善意的或者欠缺识别能力的未成年人，其只按照不当得利在现受利益的范围内承担返还责任。至于对具备识别能力的未成年人，如果在无因管理中故意或过失侵害本人利益，自然应该按照侵权责任的规定承担侵权责任。这也是瑞士法和德国法共同的规则。

2. 未成年人对无因管理事务所生损害赔偿责任的承担

（1）未成年人对适法无因管理所生损害赔偿责任的承担。对适法的无因管理，各国法一般规定管理人承担过错的债务不履行责任，如《瑞士债法典》第 420 条"无因管理人对其过失承担责任"等的明确规定，而是否有过失的判断无疑是以如法国法所要求的善良管理人应有的注意程度为标准的。但由于上文分析的未成年人无因管理的特殊性，对未成年人不能适用善良管理人注意义务标准。那么，如何确定未成年人应承担的责任呢？对此，我国台湾学者史尚宽先生明确指出："管理人如为无行为能力人，仅负不当得利返还之义务及依《民法》第 221 条之规定唯依《民法》第 187 条之规定负其责任。"③ 其意为未成年人仍需负债务不履行责任，但有无过错以未成年人识别能力为依据。对此，王泽鉴教授提出质疑，认为如此将不能充分实现保护未成年人的目的。④

作者认为，王泽鉴先生之质疑固然具有一定道理，然而其前提的正确性却颇有疑问：立法固然要体现对未成年人的保护，然而对未成年人的保护也应在合理的框架内进行，所谓保护越多越充分越符合立法目的。就无因管理而言，制度之设本为以管理他人事务之好意阻却干涉他人事务之违法性，且好意之体

---

① 参见王泽鉴："未成年与代理、无因管理及不当得利"，载《民法学说与判例研究》（5），中国政法大学出版社 1998 年版。

② 瑞士法的意思是对具有缔约能力的未成年人适用与成年人相同的责任承担规则。由于根据《瑞士民法典》，未成年人有缔约能力只可能是有判断力且经法定代理人同意的情况，一般情况下未成年人均无缔约能力。因此，为行文简便，直接以"未成年人"替代瑞士法中的"没有缔结合同的能力"人。

③ 史尚宽：《债法总论》，中国政法大学出版社 2000 年版，第 66 页。

④ 参见前引王泽鉴文。

现非仅为主观上之善意，尚有客观上足够谨慎的管理始为已足。然未成年人之加入为管理人，客观上已无法为足够谨慎的管理，本于本人已为不利。现允许未成年人不尽善良管理人义务，而结合其具体识别能力确定应尽义务的程度，已是牺牲本人利益，保障未成年人参与的"权力"，对未成年人已是极大的保护。现未成年人如果有一定的注意能力而不尽相当的注意，法律仍以保护未成年人之名不使其承担相应的责任，则对受害的本人，未免有失公平，且有对未成年人保护过度之虞。因此，应使其承担与其识别能力相适应的债务不履行责任。如果未成年人尽到了与其年龄和智力水平相适应的注意程度，"尽其所能为本人利益进行管理"，则未成年人就不承担损害赔偿责任。[1]

（2）未成年人对不适法无因管理所生损害赔偿责任的承担。对不适法无因管理，一些国家和地区立法规定有更严格的责任。德国民法典、我国台湾民法典、瑞士债法典均规定了管理人的无过错责任。然而，在未成年人为管理人的情况下，考虑到未成年人无因管理的特殊性，直接适用此规则无疑明显不妥。在不适用上述一般规则的情况下，如何确定未成年人不适法无因管理致人损害的责任承担呢？对此，王泽鉴先生仍然主张不适用债务不履行责任，只考虑是否构成侵权，如果构成侵权，未成年人依侵权负其责任，如果不构成侵权，未成年人则不负责任，以实现保护未成年人的目的。[2]

作者认为，不适法无因管理在行为的正当性方面已经失去了与本人意愿应该相符这一基础，并且直接抵触了个人自由决定的原则，其正当性只剩下管理行为毕竟在经济上是有利于本人这一条件和为他人管理的好意。但由于其冲突的是近代法"个人自由决定自己事务"的核心原则，"为他人管理的好意"的重要性便明显不可比。在未成年人介入无因管理的情况下，虽然对未成年人的保护和对未成年人帮助他人好意的鼓励可以增加其行为的正当性，但亦不可能使不适法无因管理正当性不足的情况发生根本改变，其正当性仍应明显低于适法无因管理的情形。在现行的法律制度之下，只能仍使未成年人承担债务不履行的过错责任。而考虑未成年人保护和无因管理制度允许未成年人介入的立法态度，此处过错责任过错之认定仍应是与未成年人识别能力相适应的过错认定，而不宜是善良管理人过错标准或其他标准。

（3）未成年人对违反继续管理义务和通知义务致人损害对未成年人违反管理中必要的注意义务致人损害责任承担规则的准用。未成年人作为无因管理的管理人，除负有适当进行管理的义务外，还负有在管理事务需要时继续管理

---

[1]　参见胡小林："论无因管理的司法适用及立法完善"，载《法律适用》1999 年第 4 期。

[2]　参见前引王泽鉴文。

的义务和对本人就管理事务之进行作出及时通知的义务。在违反此两种义务的情况下，也可能造成本人损失，需要承担一定的损害赔偿责任。由于与上文分析相同的原因，在未成年人违反此两种义务承担损害赔偿责任的时候，也不宜适用有关责任承担的一般规则，也需要确定适用于未成年人的特殊规则。但考虑到利益衡量的相似性，上述未成年人对违反管理中应有的注意义务致本人损害承担与其识别能力相适应的债务不履行责任的结论可以准用于未成年人违反继续管理义务和通知义务导致本人损害之责任的承担。

3. 未成年人无因管理中返还责任的承担

《德国民法典》第 681 条、《法国民法典》第 1372 条、《日本民法典》第 701 条、我国《台湾民法典》第 173 条均明确规定了无因管理管理人义务对委任有关条款的准用。依照委任合同有关条款，受任人有将因处理委托事务而收取的以及从事务管理中取得的一切返还委托人的责任，具体包括收取之金钱、物品及孳息，归还于委托人；受托人以自己的名义为委托人取得之权利，亦应转移于委托人；受托人为自己利益，使用应交付于委任人之金钱或使用应为委托人利益而适用之金钱者应支付利息。

上述之规定，对成年人适用至为合理：既为好意帮助他人，自不应期冀从中获得利益，即使他人金钱为自己利益的使用亦与好意助人不合，故应支付相应利息；而于管理事务中取得的利益，自当谨慎保管，以便日后交付于本人。然对于未成年人而言，上述规则却有失苛刻。未成年人虽以好意帮助他人，然于取得的各项利益，却难以完全交付本人。原因首先在于未成年人智力的不足，导致其保管有关物品、权利等利益能力的不足，从而导致取得利益的减少或丧失。未成年人可能不能返还无因管理所获利益的另外一个原因是未成年人对所获利益可能为自己利益的使用，从而导致所获利益事实上的减少或丧失，如未成年人将帮助获得的果实自己吃掉或者将取得的金钱自己消费等。对此种情况，作者认为，法律肯定并保护未成年人不能合理处理有关利益的特殊性。如果使未成年人承担返还责任，实质上就是强迫其承担合理保存和处理取得利益的义务，与法律保护未成年人的立法明显不符。因此，在上述两种情况下，均不宜使未成年人负担取得利益完全返还本人的义务，只应使其承担现存利益范围内的不当得利返还责任。至于对具有相应识别能力的未成年人故意或者过失导致所取得利益减少或者丧失的情况，则应交由侵权法调整，通过侵权责任构成的认定，合理调整未成年人利益和本人利益的保护。

4. 无因管理中未成年人侵权责任的承担

对无因管理中未成年人侵害本人利益问题，一些国家立法有明确的规定，肯定无因管理的构成发生基于无因管理而发生的权利义务不影响侵权责任的构成。《德国民法典》第 682 条规定："事务管理人为无行为能力或者限制行为能力的，仅根据因侵权行为的损害赔偿以及关于返还不当得利的规定负其责任。"《瑞士债法典》第 421 条第 2 款规定："因此产生的其他侵权责任不受影响。"这些立法均明确了即使对未成年人无因管理中责任承担的优遇亦不排除其侵权责任承担的立场。其他立法例对此虽未明确肯定，解释上亦应肯定为宜。因为法律对未成年人优遇更多只应在积极利益追求的领域，于消极利益领域于未成年人有识别能力侵害他人时应使其与成年人负同一赔偿责任。

在未成年人承担无因管理中发生侵权责任的具体问题上，首先是在无因管理责任的存在是否排除侵权责任构成的问题。作者认为，由于前文分析各国对责任竞合均持有肯定态度，因此承认无因管理责任与侵权责任竞合不存在理论和法技术上的障碍。在未成年人行为同时构成无因管理的债务不履行责任和侵权责任的时候，本人可择一行使。其次，未成年人侵权责任承担的归责原则为何？作者认为，对无因管理中的侵权行为，对成年的管理人也只有过错责任，没有无过错责任的规定，对未成年人自然也只能是过错责任。

5. 不真正无因管理中未成年人致本人损害责任的承担

不真正无因管理是指形式上具备无因管理的某些特征，如无法律原因管理他人事务，而实质上欠缺无因管理构成要件的行为。常见的不真正无因管理有三种情况，一为误信他人事务为自己事务之管理（误信的管理），二为误信自己事务为他人事务之管理（幻想的管理），三为明知他人事务而为自己利益之管理。上述第二种"无因管理"由于与他人不发生任何法律上的关联，"管理人"管理自己事务，自己承受有关后果，其主观"好意"不发生任何法律效力，完全不能发生任何无因管理的效力。第一种"无因管理"，由于不具备为他人管理之主观目的，本不构成无因管理，其法律后果："主要依不当得利之规定处理，如其错误有过失时，亦可适用侵权行为之规定。但如其管理并不违背'本人'之意思时，仍应类推适用第 176 条（适法无因管理）之规定。"①而对于第三种"无因管理"，"管理人"为自己利益管理他人事务，与无因管理之制度价值完全背离，"管理人"之行为实乃侵权行为，"然而，本人依侵权行为或不当得利之规定请求赔偿损害或返还利益时，其请求之范围却不及于管理人因管理行为所获致之利益；如此不啻承认管理人得保有不法管理所得之利益，显与正义有违。因此宜使不法之管理准用适法无因管理之规定，使不法管理所失之利益仍归诸本人享有……"②

---

① 参见前引黄立书，第 183 页。
② 参见前引黄立书，第 183 页注 [27]。

不真正无因管理制度在适用于未成年人作为"管理人"的情况时，亦应明确未成年人为不真正无因管理"管理人"时的减轻责任。具体而言，如果"本人"主张未成年人的侵权责任或不当得利责任，自然按照有关的规则具体确定未成年人责任的承担。如果"本人"主张未成年人基于无因管理下的责任，就应同样适用上文所述的减轻责任规则，即未成年人对管理中致本人之损害，承担与其识别能力相适应的债务不履行责任，对管理中取得利益和权利等的返还，以现存利益为限承担返还责任。

（三）未成年人作为无因管理中本人的责任承担

1. 无因管理中本人的责任

虽然无因管理主要是好意帮助他人而阻却违法性的制度，主要规定的是好意的管理人需要尽到那些义务，以及何种程度上的义务始能使法律强制性地使本人与其成立类似委任契约的关系，本人作为被人帮助的受益人其责任较少，也较轻，但由于法律认定为类似委任契约的关系，本人就可能承担与委托人相当的义务。根据各国法律的规定，无因管理中本人的责任主要有：（1）偿还费用责任。在适法无因管理情况下，本人有义务偿还管理人支出之一切费用，包括必要及有益费用，还需偿还费用自支出时起之利息。（2）清偿债务。管理人以自己名义为本人利益负担债务的，本人有义务代为清偿。（3）赔偿损害。管理人因管理事务之进行受到损害的，本人有赔偿责任。

需要强调的是，本人上述义务的产生乃是基于法律的直接规定，至于本人责任的承担，是否以从管理行为中受益为前提，进而是否以所受利益为限，传统理论均作出否定的回答，"纵然本人在客观上并未受到利益，甚至受到损害，亦在所不问。"① 之所以有如此的规则，在于无因管理制度乃调整因好意帮助他人行为而产生的权利义务关系，而非对他人有利的结果而产生权利义务关系。但在如此规则之下，本人不仅需负担上述责任，甚至还可能超出所受利益承担上述责任，从而本人就可能因无因管理行为不仅不能得益，反倒可能受损。

2. 未成年人作为本人在责任承担方面的特殊问题

根据各国和地区立法对适法无因管理的一般规则，本人无论是否受益，更无论是否超过本人受益的范围，本人均有义务对管理人承担偿还费用、清偿债务和赔偿损失的责任，从而在无因管理规则适用之后本人可能受到净损失。此规则未成年人一概适用就会加重未成年人的负担，从而与法律保护未成年人的

① 前引黄立书，第 179—180 页。

政策不符，应结合未成年人的具体情况再作详细考虑。

具体来说，作者认为，应针对未成年人成为无因管理中本人的两种情况分别加以探讨。首先，对未成年人行为能力所可单独决定的事务，构成适法无因管理应符合未成年人明示或可推知的意思。在此情况下，虽然无因管理许多效力之发生可比照委任合同，似乎可以认为无因管理的发生与未成年人有行为能力情况下单独订立契约有同一效力、即未成年人完全承担各种责任，但考虑到无因管理之债的发生乃基于法律的强制性规定，未成年人虽然能够就一定事务充分理解并作出独立的决定，但对于法律在无因管理制度之下强加给本人如此多的义务则难以有充分的理解：对比如出售自己做的简单工艺品等事务能够决定，与能够订立委任合同明显不同。在此情况下，考虑到对未成年人的保护，也考虑到公平合理，未成年人承担本人的责任仍然应以其所受利益为限，超出部分由管理人自行承担损失。未成年人无受益的，不对管理人承担任何责任。

其次，对未成年人本人不能单独决定的事务，构成无因管理应符合法定代理人已知或可推知的意思。考虑到法定代理人有充分的决定事务的能力，可合理决定未成年人事务的利益，符合其意思之适法无因管理一般应为对未成年人有利的安排或至少是最合理的安排。而如果法定代理人有过错致未成年人受到损害，未成年人尚得依侵权行为法向法定代理人寻求赔偿以获得救济。这样，在此场合，未成年人利益已获法律制度合理的保障，故应允许未成年人对管理人承担适法无因管理下本人的各项义务，不论是否超出未成年人获得利益之范围或者未成年人完全未获得利益，以实现对无因管理人的应有保护。

（四）中国大陆无因管理有关法律规定的完善

中国大陆的无因管理制度几乎还没有建立。在现行立法中，只有《民法通则》第 93 条和最高法院贯彻民法通则意见第 132 条对无因管理作了简单的规定。在司法实践中，由于法律规定的极端不完善，更由于对无因管理认知的极度缺乏，对许多本属于无因管理的案件多按照侵权行为或其他规定进行了简单的解决，造成了许多不公平、不合理的现象。在我国目前主要的民法典草案中，人大审议草案只是简单重复了民法通则的规定，完全不可取。法学所草案①和人民大学草案②虽然规定了比较全面、系统的无因管理制度，但其对未成年人无因管理的特殊问题均无暇顾及。

---

① 参见梁慧星《中国民法典草案建议稿》，法律出版社 2003 年版。
② 参见王利明《中国民法典学者建议稿及立法理由》（债法总则编·合同编），法律出版社 2005 年版。

作者认为，我国未来民事立法将建立的应该是尽可能完备的无因管理制度，对未成年人参与无因管理的规则应该加以特别规定，以体现对未成年人的特殊保护和实现无因管理的制度价值。未来立法应以法学所草案和人民大学草案为基础，借鉴其他立法例的规定加以进一步完善。在具体的规则方面，作者建议规定以上文分析结论为基础的未成年人减轻责任，即在所有的未成年人无因管理中，无论适法无因管理还是不适法无因管理，无论真正无因管理还是不真正无因管理，均肯定未成年人对管理中致本人损害承担与其识别能力相适应的债务不履行责任，对管理中取得利益和权利等的返还，以现存利益为限承担返还责任。而对管理中同时符合侵权责任构成要件的情况，发生侵权责任和其他责任的竞合，未成年人得因受害人的选择承担侵权责任。

六、不当得利中的未成年人致人损害责任承担

（一）未成年人不当得利的特殊性

1. 未成年人意思能力不足

未成年人意思能力不足导致以下几个方面的问题需要特殊考虑：一是未成年人取得利益善意恶意的认定问题，二是未成年人妥当保存取得利益的能力以及支配取得利益的合理性问题。对未成年人来说，由于其理解事务后果的能力不足，其往往不能适当地形成过错。其特点是，对特定事件或者特定未成年人，过错可能根本不能被认定；而在另外一些情况下，未成年人即使表面上看起来已有主观故意或过失的能力，但也必须考虑由于其年龄幼小，其是否真的具有应被法律加以考虑的过错能力仍然颇有疑问，尤其是考虑到未成年人所谓的识别能力，无论如何与成年人比较仍是非常稚嫩[①]，不宜以其主观上有所识别而使其负恶意的不当得利返还责任。另一方面，由于未成年人智力不成熟，其对取得利益的使用往往不合理，保管能力也不足。由于年龄较小，未成年人尚不能理解取得利益的艰辛，往往不懂得有节制地使用财富。这样就导致未成年人取得的利益更容易被消耗掉，在需要返还的时候无利益可还。同时，即使未成年人不去挥霍取得的利益，而是企图将其保存，未成年人仍然欠缺妥善保存的手段和能力，像现实案例中未成年人选择将捡到的钱埋藏起来，结果导致遗失。[②]

---

① 参见前引王泽鉴文。

② 参见卢赛林："未成年人拾得钱款欲占有反遗失，应如何确定民事责任"，载《人民司法》1997 年第 7 期。

2. 法定代理人是否介入不当得利的取得

未成年人不当得利的另外一个重要特殊性是未成年人由于意思能力的欠缺，其事务一般由其法定代理人代为进行和管理。这样就可能存在两种情况：法定代理人介入不当得利的取得和法定代理人未介入不当得利的取得。对法定代理人介入未成年人不当得利取得的情形，如法定代理人代理订立合同被撤销而取得不当得利，由于法定代理人具有足够的意思能力，且法律视为其依其职责为未成年人利益行事，此时未成年人不当得利在实质上与成年人不当得利并无不同，未成年人只是法律上的主体而已，体现的完全是法定代理人的意志。此种情况下，一般应适用不当得利的一般规则，不考虑任何特殊性。而在法定代理人未介入不当得利取得的情况下，由于从取得利益的善意、恶意到利益的保存和使用都可能是未成年人个人考虑的事项，就需要考虑适用特别的规则以合理保护未成年人。而如果法定代理人未介入不当得利的取得，但介入了不当得利的使用，也可能需要对相应返还责任的承担作出特别处理。

3. 未成年人特殊保护与利益衡量

未成年人保护是民法的最高原则之一，在不当得利制度中自然也要有充分体现。并且，考虑到不当得利制度是在一方没有正当性的权利作为请求依据，在权利体系之外基于公平给予特别救济的制度，[①] 就为加强未成年人保护的体现提供了更为广阔的空间：因为即使面对权利的时候，未成年人特殊保护也要给予必要的考虑，而面对一个基于权利请求权之外的额外救济的时候，其正当性较弱自然可以更多地体现未成年人保护原则，使未成年人承担合理范围内的较轻的不当得利返还责任。如此完全符合法律利益衡量的原则。另外，在不当得利请求权与其他基于权利的请求权并存的情况下[②]，对基于不当得利的请求权规定较弱的保护将影响有强烈正当性基础的"权利"受损人通过不当得利请求权对受损利益的救济，但由于此种情况下受损人有更有效的基于"权利"主张救济的途径，因此在与未成年人保护利益进行衡量时仍对其不当得利请求权给予较弱保护也是合理的。这样，在确定未成年人承担不当得利返还责任规

---

① 作者认为，民法中的权利具有强烈的正当性，是民法对一定利益正当性的最明确的肯定。因此，对权利被侵害，无论是物权、债权或人身权，均赋予其有典型正当性的救济途径。对其他利益，则认其正当性较弱而给予效力较弱之救济。如对权利，过失侵害即可有责任，而对善良风俗保护之利益，则只有故意侵害始有救济。与此相似，与权利相对应的救济具有强烈的正当性，而不以权利为基础，只是基于利益变动悖于公平而进行调整的不当得利返还请求权，为强烈正当性之权利救济请求之外之救济途径，具有较弱之正当性。

② 我国学者一般主张不当得利请求权可以与其他请求权同时存在。参见邹海林："不当得利请求权与其他请求权的竞合"，载《法商研究》2000 年第 1 期。

则的时候，就要充分考虑尽可能体现对未成年人利益的特殊保护，在合理的范围内尽可能减轻未成年人的返还责任。

（二）未成年人不当得利返还责任的承担

1. 未成年人善意、恶意的认定

各国关于不当得利返还责任的规定中均规定善意受益人的现存利益返还责任和恶意受益人加重的返还责任[①]，后者不仅包括原取得利益的全部，尚包括孳息及应得利益等，无论这些利益是否仍然存在。这样，对不当得利返还责任的确定来说，核心问题就是受益人善意和恶意的认定。

对于一般的不当得利受益人，其主观心理状态由原告加以证明，以其主观上现实之善意或恶意加以确定。然而，对未成年人来说，由于上文分析的其意思能力欠缺的现实，其可能无法具有法律意义的善意和恶意。退一步说，即使其具有道德上可谴责的恶意，仍然要受保护未成年人原则的影响，在认定上需要特别考虑，而法定代理人的介入也会使得这种认定更加复杂。上文已经分析，在法定代理人介入而为未成年人取得不当得利之场合，应按照一般不当得利的规则，根据法定代理人的主观善意或恶意确定不当得利的返还责任，有关责任确定相对简单，而在法定代理人未介入之情形，由于法律未作规定，是否直接认定未成年人不"知"无法律上原因，在德国法上主要有四种观点：

（1）未成年人知之与否，不予考虑，概以善意不当得利受领人待之。（2）不论不当得利之事由如何，未成年人是否知无法律上原因，概以法定代理人为标准。（3）类推适用侵权行为关于识别能力之规定，即未成年人有识别能力者，其是否"知"无法律上原因，就未成年人本身判断，未成年人无识别能力者，则不生"知"或"不知"之问题，不加重未成年人责任。（4）区别不当得利类型而判断之：在给付不当得利之类型，依法定代理人判断；反之，在非给付型不当得利，尤其是在"侵害权益之不当得利"，因其与侵权行为类似，应依侵权行为关于识别能力规定判断之。[②] 此说为德国通说所采之观点。[③]

王泽鉴先生认为，"以上各说，均言之成理，唯比较言之，（1）、（3）、（4）说似仍有斟酌余地"，（1）说对未成年人保护太过，忽视法定代理人之监督义务，（3）说在不当得利法与侵权法性质功能不同情况下类推适用侵权法，

---

① 参见沈达明《准合同法与返还法》，对外经济贸易大学出版社1999年版，第240—241页。

② 参见前引王泽鉴文。

③ 参见前引黄立书，第229页。

是否具有类推适用基础，不无疑问，而（4）说区别对待给付型不当得利和非给付型不当得利于法无据，因而主张采（2）说，并认为（2）说概以法定代理人为判断标准更多和更合理地保护未成年人，而由于未成年人智虑不周，即使未成年人有一定的识别能力，仍然不宜以其为判断标准。[①]

　　作者非常同意王泽鉴先生的"未成年人智虑不周，即使有一定识别能力，仍然不宜以其为判断标准"的观点。事实上，涉及未成年人的责任问题，法律始终面对着受害人合理保护和未成年人特殊保护的价值冲突之难题。作为这两者利益合理衡量的结果，才有了在对固有利益侵害时未成年人以识别能力为限承担责任、在对积极的合同利益侵害时未成年人一般不负责任的原则和无因管理中未成年人只以现存利益为限返还有关利益的原则。确定未成年人对不当得利的返还责任自然也应放在此宏大的法律体系中考虑，而不是仅拘泥于单一的制度、单一规则考虑的合理性。于此背景下，可以看出法律对此利益衡量的合理轨迹：在侵害他人人身财产等固有利益的情况下，由于这些利益为人生存维持之根本，其应该获得保护的正当性最强，未成年人承担的是与识别能力相适应的赔偿责任；在未成年人以好意干预他人事务构成无因管理的情形，未成年人只需在其保有利益范围内加以返还；在涉及他人基于合同而产生的积极利益的情况下，未成年人原则上可以自由撤销合同而不承担任何责任。也就是说，未成年人侵犯他人最根本利益之"权利"时，最多承担的是"与其识别能力相适应"的赔偿责任。在"侵犯"正当性较弱之"他人事务管理权"和"合同利益"的时候，承担责任的程度逐次降低。而不当得利乃为在权利秩序之外为受到损失之个人提供额外救济，其不以受益人过错为责难，在比较上其"正当性"或"值得保护"的程度较上述三种情况为低，按照已有法律体系的逻辑，未成年人承担责任应更轻。而所有主张与识别能力相适应来确定未成年人不当得利的善意、恶意之观点，皆基于潜意识中不能忘却的"过错"观念，无意识地将不当得利的要求返还上升为一种与人身权、物权等绝对权利同一位阶的"不当得利返还权"。考虑到不当得利的应有定位，此一思路无疑是不妥当的。如果说出于对社会"取得有据，不取不当利益"之风尚的弘扬可以在不当得利制度中继续对成年人因其"过错"而强加"惩罚"，那么将这种"惩罚"延伸适用于未成年人无疑将是严重不当的。未成年人即使对利益的取得有识别能力，但其未成年就决定了其思维能力仍然是不成熟的，仍然难以达到理性人应有的谨慎与合理。在上述利益衡量中，一方面是因意思能力不足而需要特殊保护的未成年人，一方是"正当性"较弱的受损人，其结果应是明确

　　[①]　参见前引王泽鉴文。

的：自然不应以未成年人还远未成熟的"过错"来决定其责任承担。

那么不考虑未成年人的过错，是否就应该以法定代理人的过错作为未成年人是否承担加重责任的替代标准呢？作者认为不然。以法定代理人过错作为判断标准事实上就是要让未成年人承担法定代理人过错致人损害的后果。因为虽然判断标准是法定代理人过错，但承担不当得利返还责任的主体却是未成年人，法定代理人并不承担返还的责任。这种做法不仅与保护未成年人，使未成年人即使有过错也在可能和合理的情况下不承担责任或承担较轻责任的立法思想不符，甚至在一定意义上是与之背道而驰的。这种观点的一个主要依据是法定代理人对未成年人有监督义务，不应"忽视法定代理人之监督义务"①。但是，以法定代理人过错为判断标准，使未成年人在法定代理人"知"不当得利的情况下承担加重责任就是使法定代理人承担了适当的监督义务了吗？笔者认为未必，因为法定代理人并不对其过错直接承担责任。也许可以辩解说未成年人承担责任后可以向法定代理人主张未尽到监督义务而致使其受到损失而从法定代理人获得赔偿以最终使法定代理人对其过错承担责任。

对此，作者有以下质疑：（1）由于法定代理人与未成年人的特殊关系，未成年人向法定代理人主张赔偿是非常困难和不便的，这种赔偿请求权在实现中往往面临很大的麻烦和困难。（2）上述规则实质上是以牺牲未成年人的利益保护受损人利益：因为未成年人承担责任后，其追偿能否实现可能由于法定代理人财产状况等多种原因无法保障。因此，作者不赞同以法定代理人的过错作为未成年人取得利益善意、恶意的替代判断标准。那么，如何考虑未成年人在利益返还中的善意、恶意呢？作者认为应采上述诸学说中的（1）说，即"未成年人知之与否，不予考虑，概以善意不当得利受领人对待"，认为唯有如此，才能比较妥当地体现未成年人保护与受损人利益保护的合理衡量，既充分地保护了未成年人利益，又适当地维护了受损人利益。至于对法定代理人监督义务的忽视，只能作为保护未成年人原则贯彻的一个成本，盖任何法律规则之设计皆难以尽善尽美也。在立法例上，《意大利民法典》第 2039 条规定："接受非债给付的无行为能力人，即使是恶意的，仅在其受领的获利范围内承担责任。"此立法明确未成年人即使在恶意亦仅负现存利益的返还责任，无疑非常值得借鉴。

2. 未成年人不当得利返还责任承担的特殊问题

（1）未成年人不当得利返还现存利益的认定。上文已经分析，未成年人

---

① 参见前引王泽鉴文。

应仅负善意受益人返还责任，即仅负现存利益返还责任，倘所受利益已不存在，不负返还或偿还价额之责任。但在取得利益为消费物而被消费的情况下，一般认为如果因该消费节省了支出，应认定有现存利益。在取得利益为金钱的情况下，一般认为金钱无法识别，不能认定所得利益已不存在。作者认为，在此两种情况下，无论对成年人适用何种规则，对未成年人都不宜认定有现存利益的存在。正如上文已经分析，未成年人并不具备妥善、谨慎处理利益的能力，尤其是消费物和金钱。如果能够证明未成年人已将消费物消费，则无必要区分其是否节省了正常的生活开支，一是因为此种区分不易，二是因为如此偏厚受损人而对受益的未成年人极尽苛求，似有不妥。而在金钱被证明已不存在的情况下，无论是丢失或者被消费使用，只要不存在相应之价值形态，如购买某物尚存，则均不宜认定有现存利益。

另外，对使用收益机会的获得，对成年人一般认为属于得利。但"基于对未成年人之保护，应认为使用机会对未成年人未必可视为得利，只有节省必要费用时才能视为得利"①。因此，对不视为得利之使用机会获得，对未成年人尚不构成得利，更不能被认定存在现存利益。

因此，未成年人承担现存利益返还之现存利益应从狭义解释，仅包括有形存在之现存利益，如果利益已经被消费或因其他原因灭失的，应认定利益已不存在。

（2）双务契约时对未成年人的特别保护。不当得利返还之规则，一般系指一方受益一方受损之情形，然于双务契约，在双方已经进行了相应之履行而发生契约不成立、无效或被撤销之情形，则发生当事人双方的不当得利请求权。于此种不当得利的返还，德国早期学说采用"二不当得利请求权对立说"，认为当事人各有独立的不当得利请求权，并可互相主张同时履行抗辩。但此理论将导致一方受领的给付全部或部分消灭时免负返还义务，而仍可向对方主张给付返还的不公平情形。②于是在德国实务界及部分学者采"差额说"以为替代，认为应以双方给付的客观价值计算差额，给付客观价值大的一方，有主张差额的不当得利返还请求权。③

然而于"契约一方为无行为能力人，或限制行为能力人时，基于对于行为能力欠缺之保护，不适用差额说"④。原因在于未成年人为此双务契约之一

---

① 参见前引黄立书，第 194 页。
② 参见前引史尚宽书，第 93 页。
③ 参见前引王泽鉴书，第 222—224 页。
④ 前引黄立书，第 195 页。

方当事人时，契约之不成立或无效一般出于保护未成年人之目的，而不使其受契约之约束。如适用差额说进行不当得利的返还，则发生事实上强制未成年人履行契约的结果，如此明显与法律保护未成年人之目的不符。另外，未成年人由于意思能力的欠缺，难以对所取得利益进行妥善之照管，根据上文的分析，应特别保护使其仅在现存利益内负返还责任。对此，德国实务修正差额说，"未成年人所受领标的物虽已灭失，仍得请求价金的返还"，以"贯彻保护未成年人的基本原则"，王泽鉴教授从之①，作者亦从之。

（3）法定代理人介入所得利益使用的情形。在法定代理人介入未成年人不当得利使用的情形，宜单独考量确定有关法律责任的承担。具体如下：

①未成年人取得不当得利，法定代理人为自己之目的而为使用，从而导致未成年人取得利益在其处的丧失。于此情形，如果仅仅按照未成年人无现存利益返还之规则，则对受损人明显不公平，且明显过分优待法定代理人。对此，作者认为，可按照不当得利中利益转得人亦承担不当得利返还责任的原理②，认定法定代理人为受益人，根据不当得利的一般规则对受损人负不当得利返还责任。②未成年人取得不当得利，法定代理人为未成年人之目的而为使用，从而导致所受利益丧失。作者认为在此情况下亦认定其行为为监督义务之行使，原则上其不应承担责任，唯在如果其行使行为因属监督权力之滥用而对未成年人负损害赔偿责任时，似宜认定受损人可代未成年人之位主张损害赔偿请求权。③无论上述（1）、（2）的情况，还是其他法定代理人直接介入取得不当得利的情况，如果法定代理人有侵害他人权益之故意，可认定其构成侵权行为，由其直接对受损人承担侵权责任。

（4）未成年人不当得利返还责任承担主体的具体确定。不当得利为事件，未成年人可以没有障碍地成为不当得利的受益人，从而成为不当得利返还责任的承担主体。但在具体的责任承担上，我国司法实践有判决监护人与未成年人共同承担返还责任的案例。③对此，作者认为，未成年人可以独立成为不当得利的责任主体，就可以独立承担不当得利的返还，不能简单地将未成年人应承担的责任均强加于监护人承担。在利益衡量上，如果监护人未介入未成年人不当得利的使用，甚至对不当得利完全不知情，则监护人承担不当得利的返还就没有道德上的合理性。再考虑到不当得利请求权为在权利救济体系之外额外给予受损人获得救济的请求权，其正当性的强烈程度不及于基于权利受到侵害的

---

① 参见前引王泽鉴书，第 225—228 页。

② 参见前引黄立书，第 195 页。前引史尚宽书，第 101—102 页。

③ 曾庆朝、程远景、王勇："儿子不当得利，老子被判退赔"，载《乡镇论坛》2005 年第 15 期。

请求权，也没有必要为了受损人利益的回复而加于监护人额外的负担，因此原则上只应确定未成年人为不当得利返还责任的承担主体。

（三）中国内地不当得利有关法律规定及其完善

中国内地目前有关不当得利的法律规定只有《民法通则》第 92 条和最高法院《关于贯彻民法通则的意见》第 131 条的简单规定。上述规定只是最粗浅地勾画了不当得利制度的线条，没有未成年人不当得利的特殊规定。在目前的三个主要民法典草案中，人大审议草案只是简单重复了民法通则的规定，完全不可取。法学所草案和人民大学草案虽然规定了比较完善的不当得利制度，但并没有涉及未成年人不当得利的特殊规定。

作者认为，基于上文的分析，未成年人不当得利有其特殊性，需要适用特殊的规则始能达致公平合理的结果，立法宜对未成年人不当得利作出特别规定。在具体的规定上，首先，应肯定未成年人只承担善意受益人的返还责任。其次，未成年人承担善意受益人不当得利返还责任时，现存利益的认定应从狭义进行，仅包括有形存在之现存利益。再次，在基于双务契约产生不当得利的返还中对未成年人进行特别保护，具体为分别考虑未成年人不当得利返还责任的构成和成年相对人不当得利返还责任的构成，前者适用未成年人不当得利返还的特殊规则，后者适用不当得利返还的一般规则。最后，未成年人的法定代理人只在介入未成年人不当得利使用的情况下根据不同情形承担一定的责任，一般情况下未成年人个人承担不当得利的返还责任，法定代理人不承担责任。

七、结论：独立的主体、切实的保护、合理的责任

未成年人是社会平等的主体，因此，未成年人有关法律规则的确定不能忽视未成年人独立的主体地位，将其仅仅视为监护人看护的对象。然而，肯定和强调未成年人独立的主体地位并不是将其无情地置于残酷竞争的海洋，任凭其飘荡沉浮，而应该是在必要的、充满温情的呵护下使其在合理的范围内承担民事责任。此要求体现在法律上就是首先要充分承认未成年人独立的主体地位，其次要给予其切实的保护、规定其减轻的民事责任，并在此基础上合理地确定未成年人对其致人损害民事责任的承担。

充分承认未成年人独立主体地位，就要承认其完整的人格。在法律制度上就应该不仅肯定其具有权利能力，可以作为取得权利、承担义务的主体，还应该肯定其具有责任能力，可以作为承担责任的主体，承认未成年人全面的责任能力才使未成年人具有法律上的完整人格。近代法所代表的以过错能力为中心确定责任能力的理论混淆了责任能力和责任承担的关系，不当地否定了广泛范

围内的未成年人责任能力，忽视了人格构成的消极方面，在法律的发展、尤其是侵权法的现代发展中已经受到学者的质疑和立法及司法实践的否定。

对未成年人的切实保护，就是要在未成年人致人损害责任承担法律规则中结合未成年人的特点规定减轻的民事责任，具体实现对未成年人的保护。具体来说，首先，在未成年人侵权行为致人损害中，应坚持大陆法系监护人为承担责任首要主体的立法模式，未成年人只在有识别能力的情况下始连带承担责任，彻底改变民法通则未成年人有财产即自行承担责任的不合理规定；而即使基于损害救济的理念不断加强而使监护人责任无过错责任化，未成年人亦只承担与其识别能力相适应的过错责任。其次，在未成年人因订立合同接受履行而合同无效或被撤销的情况下，未成年人只在现受有形利益的范围内承担所受履行的返还责任，即使成年相对人同时承担完全的返还责任。再次，在未成年人为无因管理的管理人时，未成年人只承担违反与其过错能力相适应的注意义务致本人损害的赔偿责任，对管理事务所获利益只在现受利益的范围内承担返还责任。最后，在不当得利返还责任的承担中，未成年人应一概被视为善意受益人并只承担有形之现存利益的返还责任。

合理的未成年人责任就是要在合理的情况下使未成年人承担其致人损害一定范围内的责任，而不是没有原则地一概排除其责任。如此既符合未成年人民事主体地位的要求，又有利于受害人救济的实现，在一定意义上还有利于未成年人成长为一个对社会、对他人有责任心的成熟社会主体。具体来说，合理的责任首先是未成年人对上述减轻的民事责任的承担，在上述情况下承担对受害人的赔偿责任。其次是在上述责任之外，无论是在订立合同中还是在无因管理中，未成年人行为符合侵权行为构成要件的，均允许同时成立侵权责任，未成年人得因受害人的选择而承担与其识别能力相适应的侵权责任。还有，未成年人应在与其识别能力相适应的范围内承担过错归责的缔约过失责任。最后，在未成年人有财产而侵权行为受害人无法按照侵权责任承担的一般规则获得救济的情况下，未成年人承担基于衡平责任的赔偿责任。

总之，通过合理地确定未成年人致人损害责任承担的法律规则，将可以使未成年人和谐地融入社会，既作为受社会小心呵护的主体而存在，亦作为在一定范围上对社会负责任、承担责任的主体而存在，从而在最大的程度上为其营造和谐的成长环境，使其在未来成长为对社会和他人负有责任心的成熟的社会主体。

参考文献

一、中文部分

1. 郭翔："我国对儿童权利的法律——兼析联合国《儿童权利公约》与我国《未成年人保护法》等法律的相关性"载《政法论坛》1997 年第 6 期。

2. 叶利芳："未成年人保护法研讨会会议综述"，载《青少年犯罪问题》2005 年第 2 期。

3. 彼得·斯坦：《西方社会的法律价值》，中国人民公安大学出版社 1989 年版。

4. 佟丽华：《未成年人法学》，中国民主法制出版社 2001 年版。

5. 龙卫球：《民法总论》，中国法制出版社 2002 年版。

6. 丁文："自然人民事责任能力制度之反思与重构"，载《法商研究》2005 年第 1 期。

7. 张民安：《现代法国侵权责任制度研究》，法律出版社 2003 年版。

8. 克雷斯蒂安·冯·巴尔著，张新宝译：《欧洲比较侵权行为法》（上），法律出版社 2004 年版。

9. 郑冲、贾红梅译：《德国民法典》，法律出版社 1999 年版。

10. 卡尔·拉伦茨著，王晓晔译：《德国民法通论》，法律出版社 2003 年版。

11. 黄立：《民法债编总论》，中国政法大学出版社 2002 年版。

12. 刘保玉、秦伟："论自然人的民事责任能力"，载《法学研究》2001 年第 2 期。

13. 王书江译：《日本民法典》，中国人民公安大学出版社 1999 年版。

14. 于敏：《日本侵权行为法》，法律出版社 1998 年版。

15. 王泽鉴：《侵权行为法》（第一册），中国政法大学出版社 2001 年版。

16. 杨立新：《侵权法论》，人民法院出版社 2005 年版。

17. 梁慧星：《中国民法典草案建议稿附理由》（侵权行为编·继承编），法律出版社 2004 年版。

18. 王利明：《中国民法典学者建议稿及立法理由》（侵权行为编），法律出版社 2005 年版。

19. 全国人大常委会：《中华人民共和国民法（草案）》，2002 年版。

20. 李庆海："论民事行为能力与民事责任能力"，载《法商研究》1999 年第 1 期。

21. 田土城："论民事责任能力"，载《郑州大学学报》（哲学社会科学版）2000 年第 6 期。

22. 罗结珍译：《法国民法典》，法律出版社 2005 年版。

23. 王泽鉴："未成年人及法定代理人之侵权责任"，见王泽鉴《民法学说与判例研究》（3），中国政法大学出版社 1998 年版。

24. 徐爱国：《英美侵权行为法》，法律出版社 1999 年版。

25. 胡峻、欧阳恩钱："未成年人责任能力比较研究"，载《衡阳师范学院学报》2005

年第 2 期。

26. 佟丽华："对与未成年人有关的法学研究的反思"，载《政法论坛》，2001 年第 6 期。

27. 罗斯科·庞德著，沈宗灵、董世忠译：《通过法律的社会控制、法律的任务》，商务印书馆 1984 年版。

28. 王卫国："论合同无效制度"，载《法学研究》1995 年第 3 期。

29. 尹田：《法国现代合同法》，法律出版社 1995 年版。

30. 王泽鉴：《民法总则》，中国政法大学出版社 2001 年版。

31. 王军：《美国合同法》，中国政法大学出版社 1996 年版。

32. 何宝玉：《英国合同法》，中国政法大学出版社 1999 年版。

33. 张淳："英国法对未成年人合同的调整"，载《法学杂志》2001 年第 2 期。

34. 曾见："德国法中的未成年人保护"，载《德国研究》2004 年第 2 期。

35. 迪特尔·梅迪库斯著，邵建东译：《德国民法总论》，法律出版社 2000 年版。

36. 王洪亮："缔约过失责任研究"，中国优秀博硕文库。

37. 张民安：《过错侵权责任制度研究》，中国政法大学出版社 2002 年版。

38. 朱岩：《德国新债法》，法律出版社 2003 年版。

39. P. S. 阿狄亚著，赵旭东、何帅领、邓晓霞译：《合同法导论》，法律出版社 2002 年版。

40. 杨桢：《英美契约法论》，北京大学出版社 1997 年版。

41. 马俊驹、余延满：《民法原论》（下），法律出版社 1998 年版。

42. 王泽鉴："未成年与代理、无因管理及不当得利"，见王泽鉴《民法学说与判例研究》（5），中国政法大学出版社 1998 年版。

43. 史尚宽：《债法总论》，中国政法大学出版社 2000 年版。

44. 胡小林："论无因管理的司法适用及立法完善"，载《法律适用》1999 年第 4 期。

45. 梁慧星：《中国民法典草案建议稿》，法律出版社 2003 年版。

46. 王利明：《中国民法典学者建议稿及立法理由》（债法总则编·合同编），法律出版社 2005 年版。

47. 卢赛林："未成年人拾得钱款欲占有反遗失，应如何确定民事责任？"，载《人民司法》1997 年第 7 期。

48. 邹海林："不当得利请求权与其他请求权的竞合"载《法商研究》2000 年第 1 期。

49. 沈达明：《准合同法与返还法》，对外经济贸易大学出版社 1999 年版。

50. 王泽鉴：《债法原理·不当得利》，中国政法大学出版社 2002 年版。

51. 曾庆朝、程远景、王勇："儿子不当得利，老子被判退赔"，载《乡镇论坛》2005 年第 15 期。

二、外文部分

1. Rhonda V. Magee Andrews, *The Justice of Parental Accountability*: *Hypothetical Disinterest-*

ed Citizens and Real Victims 〈CDQ〉 *Voices in the Debate over Expanded Parental Liability.* 75 Temple L. Rev, 375.

2. Jeffrey L. Skaare, *The Development and Current Status of Parental Liability for the torts of minors.* 76 N. Dak. L. Rev, 89.

3. David F. Johnson, *Paying For The Sins of Another - Parental Liability in Texas For The Torts of Children.* 8 Tex. Wesleyan L. Rev, 359.

4. Lydia D. Johnson, *What Effect Will Yarborough v. Alvarado Have on Texas Law Enforcement Interrogation of Suspect Minors?* 30 T. Marshall L. Rev, 409.

5. Kimberly Lionel King, *Torts-Liability of Parents for Negligent Supervision of Their Minor Children.* Snow V. Nelson, 12 Fla. St. U. L. Rev, 935.

6. Valerie D. Barton, *Reconciling the Burden: Parental Liability for the Tortious Acts of Minors.* 51 Emory L. J. 877.

7. Andrew C. Gratz, *Increasing the Price of Parenthood: When Should Parents Be Held Civilly Liable For the Torts of Their Children?* 39 Hous. L. Rev, 169.

8. Melvin John Dugas , *The Contractual Capacity of Minors: A Survey of The Prior Law and The New Articles.* 62 Tul. L. Rev, 745.

9. Saul Levmore, *Explaining Restitution.* 71 Va. L. Rev, 65.

10. Peter Linzer, *Rough Justice: A Theory of Restitution And Reliance, Contracts And Torts.* 2001 Wis. L. Rev, 695.

· 中国社会科学院 [法学博士后论丛] ·

两岸电子合同法制比较研究

A Comparative Study on Electronic Contract between Taiwan and Mainland China

博士后姓名　林瑞珠

流　动　站　中国社会科学院法学研究所

研 究 方 向　民商法（知识产权）

博士毕业学校、导师　中国政法大学

博 士 后 合 作 导 师　李明德　郑成思

研究工作起始时间　2002 年 9 月

研究工作期满时间　2004 年 8 月

作 者 简 介

    林瑞珠，女，台湾省人。1985—1990 年就读于台湾东吴大学法律系，获得学士学位。1991—1995 年，就读于台湾中兴大学法学研究所，获得硕士学位。1995—2001 年，分别就读于台湾中兴大学法学研究所和大陆中国政法大学研究生院，获得博士学位。曾任东吴大学法律系兼任讲师、台湾科技大学专任助理教授、东吴大学法律系兼任副教授等职，现任台湾科技大学专任副教授。

    在 *The Journal of Law*，*Information and Science*、*The Journal of Nursing Research*、《华中科技大学社会科学学报》、《台湾科技法律与政策论丛》、*Taiwan Law Journal*、《月旦法学》（*The Taiwan Law Review*）、《台大生物科技与法律研究通讯》（*National Taiwan University Newsletter Of Biotechnology And Law*）、*Taiwan Journal of Law and Technology Policy*、*International Journal of Management*、《清华科技法律与政策论丛》（*Tsing Hua Journal of Law and Technology Policy*）、《科技法务透析》（*Science and Technology Law Review*）、《台北大学法学论丛》（*Taipei University Law Review*）等刊物上发表了具有一定学术地位和影响的学术论文多篇。出版了个人学术专著《电子商务与电子交易法专论》、《电子合同之变革与发展》、*Introduction to the electronic contract*、《e 世纪电子贸易法》、《电子契约——以电子贸易契约为中心》等，与周忠海先生合著了《电子商务法新论》、《电子商务法导论》。

两岸电子合同法制比较研究

林瑞珠

内容摘要：自网际网络被普遍使用以来，电子交易环境正逐步建构，而电子合同法制亦逐步调整和完善。在这一时代背景下，内地和台湾地区各自制定了电子签名法和电子签章法。对于要约与承诺、电子与书面形式之转换、签名与签章、到达与撤回、当事人身份之确认、证据力和司法管辖等涉及电子网络交易的基本法律问题作出了规定。两岸相关立法在目的和原则上没有什么本质区别，但是在具体制度和技术上存在明显的差异，法律的完善度和适用性也有一些不同。作者对海峡两岸的有关立法进行了认真细致的比较研究，同时广为参考世界其他地区以及有关的国际立法，对于电子网络交易的基本法律问题和未来发展进行了有益的探讨，提出了一些个人的研究成果。除了实体法之问题外，电子合同由于技术本身的发展性，以及交易发生之欠缺地域或法域限制性，主权之概念与管制之可能均受到稀释，从而电子合同本身之拘束力或执行力也同样地受到影响。在这种背景下法律应如何诠释同时存在于虚拟环境与实体社会中之合同行为，将是对于整体执法体系的考验。一如其他发展中之网络法律课题，法规范之发展须依循逻辑推理来探求其与真实世界法规范之兼容性；而在立法努力跟上科技发展脚步的过程中，国际间的趋势、真实世界中的惯例，都对相关的学理研究提出了要求。

关键词：电子合同　成立生效　民事管辖　比较研究

一、引言

回顾电子商务的发展历程，先是网络科技带给人类前所未有的希望。然而快速但不切实际的资本市场操作，却让网络科技在具体孕育出网络产业前将网络的商务应用推入泡沫化的危机，在历经去芜存菁的演变过程后，我们很欣慰地看到各个方面发展渐趋成熟。首先，我们看到网络应用科技已逐渐协助企业迈入 E 化的环境，而电子交易的选择也日趋多元，尤其在政府本身 E 化速度加快以及网络金流问题逐渐获得解决后，电子商务已然不再只是一种会幻灭的梦想，而是真实存在于你我之间的交易类型。面对这种发展，我们看到电子商务的发展趋势也随经济理论由信息经济进一步——这是一种弹指间神游世界的梦想——衍生为知识经济或新经济，日益成熟。此时社会的需求已不再仅是概念式的诠释电子商务的概念，相对的，大家必须很清楚地了解他们在谈论的电子商务，是怎样的交易？如何界定交易？如何厘清交易内容？如何保护消费者？依经济理论来说，交易的信息不明将导致交易双方无法期待从而无从形成供需体制。准此，在社会需求已然形成而整体社会体制仍未臻成熟之际，除了期待政府协助外，如何借助既有之商业惯例更是重要。这也是早期贸易领域中之电子数据交换（Electronic Data Interchange；EDI）为国际间电子商务实务所重视，并借助其自律机制发展电子交易国际规范之因。发展至今，虽然许多电子交易的规范均已成型，然则在涉及交易标的电子信息化时，其本身有别于传统商品及服务的特性，不断衍生出许多原有民商法律无法涵盖的问题，尤其在电子交易之标的为信息之本身时，其牵涉的基本适用法律已不再限于民商法，更及于知识产权法。这也是为何美国在电子商务初始的 1997 年即积极在电子商务政策纲领及之后的千禧年著作权法案与 WIPO 修法中推动著作权保护领域之扩大及于网络接取权（public access right）等的原因。

　　整体言之，知识经济必须始于对知识属性交易标的之保护与权利界定，而这也是在交易发生之初就必须具备的。然则一旦新类型的交易标的（信息或知识）在知识产权架构下获得保障，则民法的交易法规必然面对其交易属性无法为原有法制所涵盖的尴尬处境，从而民法的修改或调整也无法避免，此可证诸于联合国贸易法律委员会之立法趋势、美国的计算机信息交易法与大陆地区的合同法。本文之撰写即在于对应知识交易环境之发展，侧重于整体电子交易应有之调适部分，然将范围局限在国际贸易惯例所及之合同领域，而以电子合同为研究重点。

　　面对电子商务之发展，知识经济的兴起逐渐将传统的交易环境推向全球化、科技化与多元个性化的方向，这对于用来规范并促进变迁中交易行为之法制而言，是一大挑战。此带给合同法制之冲击，主要呈现在对原有的信任基础、法律的基本原则与交易惯例产生根本性的质疑，此亦系牵动电子合同法制兴革方向的重要因素。

　　基本上，当交易当事人不得利用纸与笔来完成其交易，传统书面形式和签章，都将被计算机网络中传输之位讯息所取代时，此亦隐含书面形式与签章之概念需重新加以界定。最早的合同电子化发展系以电子数据交换模式来呈现，以实务运作经验言，虽被认为是无纸化交易发展过程中的重要里程碑，惟其于发展过程中亦遭遇难以突破之法律问题，如：（1）书面形式之问题；（2）签章之问题；（3）证据法上之问题。如何解决传统法律所要求之文书形式与无纸交易特性之兼容性问题，便成为电子交易法制化之发展重点。而为因应电子交易法制化发展之需求，联合国及国际商会等组织快速投入电子交易法律之建构，在可预见的未来，电子交易法制将呈现出从国际到国内的统一化趋势，应如何配合全球化的法制发展趋势，以利新世纪交易之进行，已成为两岸中国人所不可忽视之法律研究课题。基于此，本文特以既有国际贸易规范为出发点并就联合国国际贸易法律委员会（UNCITRAL）于 2001 年起着手研议的《藉数据电文缔结或证明之（国际）合同公约草案初稿》（*Preliminary Draft Convention on ［International］ Contracts Concluded or Evidenced by Data Messages*）① 体现的发展趋势，加以评析以为借鉴。

随着国际规范内国化之发展历程，电子合同的问题②，亦从早期的假设性探讨及侧重电子贸易合同之研究，进入内国法制定后之具体适用问题。以台湾地区之发展经验而言，虽《电子签章法》已正式颁行，但该法尚无法完全解决电子交易所须面临的民事问题，故电子合同的探讨，除电子签章法之规定外，亦应就其与现有民事法规之关联性与兼容性加以涵盖：例如，在当事人身份之确认问题上，有关电子签章与传统签章观念之差异性；③ 在自动化计算机系统与电子代理之应用问题上，有关民法代理规定之适用可能性；在数字商品为交易标的之问题上，有关民法中权利客体概念之适用；在非对话意思表示之生效时点问题上，有关生效时点认定与意思表示撤回之可能性等，均其著例。此外，究应如何判断电子合同缔结过程中电子讯息的出处或归属？如何评价"再确认"机制之法律性质？均有待我们加以探究。对此，本文拟以民事合同之基本规范为基础，遵循网络规范之发展模式，自国际而内国的角度来检视当

---

① 本草案系根据联合国国际贸易法律委员会电子商务工作小组第 38 届会议决议而来，工作小组近期将于 2004 年 10 月 11—22 日假维也纳第 43 届会议中提出公约草案初稿，并送交国际贸易法律委员会会议审议。United Nations Commission on International Trade Law Working Group on Electronic Commerce, Forty-third session, A/CN. 9/WG. IV /WP. 108. 2004.

② 本文所称电子合同，系指狭义之电子合同而言。广义的电子合同，是指以数据电文形式订立的合同，其方式包括但不限于电子数据交换、电子邮件、电报、电传与传真等方式；从狭义而言，电子合同系指以电子数据交换、电子邮件等电子信息的形式，通过计算机互联网缔结之商品或服务交易合同。赵金龙、任学婧："论电子合同"，载《当代法学》2003 年第 8 期，第 43 页。

③ Mohammad Nsour, articlefundamental facets of the united states-jordan free trade agreement: e-commerce, dispute resolution, and beyond, Wash. U. J. L. & Pol'y 2004 (27): p. 742.

前台湾地区电子合同法制所面临之挑战；其中将纳入《电子签章法》颁行后所涉之问题，及其与国际规范或其他国家相关法律制度发展方向之歧异，进而回归到基础民事法相关规定之探讨，以作为两岸后续法规调适之参考。

继前述民商法相关的基础性探讨，纠纷之处理乃研究电子合同法制不可或缺的一环，而电子化环境的冲击，也确未错过此部分。以电子合同之民事管辖课题言，于传统电子数据交换交易中，当事人之间往往透过前置协议来决定双方之通讯设备与网域或网址名称，从而形成以协议来取得管辖基础，此虽较无争议，唯于涉外管辖中自律安排应否加以承认则成问题。再者，随网络交易机制之发展，运用自动化交易系统与数字商品交易时，合同成立、生效时点之认定，成为影响管辖决定因素之重要课题。目前，虽已有论者开始就这类问题加以着墨，但如何自既有相关理论出发，掌握信息社会之特殊性，进而提出可能解决方向的全面性思考，仍有努力之空间，就此本文拟针对涉外电子合同之民事管辖课题之缘起及其可能之解决方案为探讨。

最后，本文将在结论中，具体对于相关法制建设之课题与应有努力方向提出建议。① 以大陆地区而言，现代化或工业化是改革开放后的首要之务，随着网络环境之蓬勃发展，信息化社会之建设已成为其平行于工业化之另一要务，这其中电子交易之重要性或其法律制度之建设，都成为政府所重视之课题，甚至成为其所谓"十五工程"之重要主题。究竟这些发展涵括了哪些重点？与国际间当前之发展趋势是否相契合？都是值得观察之重点。毕竟大陆地区之现代化步伐方兴，市场机制之经验尚在累积，如何掌握自其发展过程中的重要课题，对照国际规范与台湾地区法规之发展经验，以勾画出当前电子交易环境对合同法制之影响，均为本文探讨之重点。

二、电子合同之变革与发展

（一）电子交易环境对合同法制之影响

科技的进步对现代商业所可能产生之影响，已远超过我们所能想象。在中世纪，传统的有纸贸易（paper-based transactions）取代以物易物之互易贸易，此一项革命性的突破，使交易结构亦随之经历了相当大之变化。而今，网际网络所引发的突破将更加剧烈，长久以来广为接受之有纸化贸易，正被与之相对应的电子化交易所替代，而向无纸化社会发展，所有的商业活动亦将在虚拟市场（virtual marketplace）中进行。

---

① 详参附图一：两岸电子合同法制对照表。

在此电子交易环境中，交易之当事人间可以不用纸与笔，便可以完成其交易，传统之书面形式和签章，都将被透过计算机网络中所传输之数字讯息所取代，此一变化所隐含之法律意义，在于书面形式与签章之概念，均需要重新界定。事实上，如果任何交易或合同，其书面形式与签字的纸式原件（original paper copies）能逐渐被电话之类的事物所取代①，那么它们当然可以被数字讯息和电子加密形式所取代，而透过计算机网络迅速传播。联合国国际贸易法律委员会于《国际商事仲裁模范法》第 8 条第 3 款，便把书面的概念扩展到包括电话、电传或提供仲裁协议记录的其他电讯手段。② 然而，当合同之缔结，系透过以电子、光学或类似的方式来生成、储存或传递商业贸易讯息来进行时，电子数据交换、电子邮件（E-mail）等数据讯息，业已取代了曾经是交易信息的主要媒介——纸张，而提供了更快捷、更经济甚至于可以更安全之交易方式，其中 EDI 更被认为是国际贸易发展过程中的一个重要里程碑③，使用 EDI 者运用新的科技来改变其交易方式；然此交易方式却也产生了许多新生法律问题，盖对交易的各当事人而言，使"要约"与"承诺"意思表示合致的是数据讯息，已非传统的纸和笔。是以，如何传送其间之意思表示？而此传送的意思表示之法律效力如何？是否可以满足书面形式及签章之要求？再者，若交易间各当事人对透过网际网络完成之交易发生争议时，各当事人对其主张能提供什么证据？均值得吾人加以研究。基于此，若能以日益发展成熟之 EDI 经验为师④，应有助于吾等具体掌握使用电子数据讯息之合同，因进入"无纸化"环境所涉法律问题，进而对于整体交易电子化相关之发展，有更清楚的了解与因应。准此，吾人拟针对使用 EDI 所涉及之主要法律问题，举其要者，加以说明如后。

1. 书面形式之问题

书面形式的要求，乃现行国际贸易相关各国之国内立法，及国际公约与国

---

① Hamley v. Whipple，48 N. H. 487, 488（1869），在该案中，法院认为行为人在书写要约和承诺时，是用带有一个普通笔杆的一公尺长的金属笔，还是用一条一千公尺长的金属线所形成的"笔"，二者间并无区别；但在 Pike Indus., Inc. V. Middlebury Assocs 一案中，法院认为：即使电报可能被视为符合法律要求的有效书写形式，但透过电报所作的签章仍然不能构成有效签章。

② 刘颖、骆文怡、伍艳："论电子合同中的书面形式问题及其解决"，载《经济师》2003 年第 2 期，第 49 页。

③ Nahid Jilovec. The A To Z of EDI and Its Role in E-Commerce 2nd edition. Loveland：29th Street Press. 1998，p25.

④ EDI 是一种通过计算机，在当事人之间传送标准化商业文件的电子手段，由于使用 EDI 可以减少甚至消除贸易过程中的纸面单证，因此，它又被俗称无纸贸易，见单文华："电子贸易的法律问题"，载《民商法论丛》1998 年第 10 期，第 2 页。

际惯例中最常见到的一项合同要求①，而 EDI 的最大特点，便是以虚拟的电子化环境条件来取代原有交易系统之书面纸张文件，实现所谓"无纸交易"；然而，此与传统的书面合同之主要差异，为表现形式不同、存储介质不同与可信度不同②，而如何使传统立法之文书形式要求与 EDI 交易中无纸之特性兼容，是我们首应解决之法律问题。

若采用机能性方式来分析书面的机能，可认为其有下述之目的：（1）使所有人能理解其信息；（2）留下耐久的永久性交易记录；（3）以复制方式使各当事人保有相同信息；（4）留下署名作成当事人最终意识的记录；（5）以有形的方式简易地保存信息；（6）对具有法律约束力的意思留下有形的证据；（7）使当事人认识合同的效果；（8）易于会计课税的控制及监察。③　其实，在传统的交易过程中之所以会要求签署合同或留下书面之文书，其主要之目的有二：其一，以书面作为合同成立生效要件；其二，以之作为证明合同存在及证明其内容之证据。基本上，欠缺有效性的合同，将不足以作为任何请求权基础之依据，而文书证据正是在传统交易中最容易为法院所接受之证据形式，而今，在电子交易的环境中，电子讯息是否可以等同于传统之文书，具有同等的法律效力，这正是我们必须加以思考的法律难题。

基本上，针对书面性之解决，在 1991 年联合国 EDI 小组曾提出了两种解决之道：一种是透过扩大法律对"书面"一词所下之定义，以便把电子交易记录纳入书面之范畴，来满足传统交易过程中所要求之书面性；另一种方法系透过当事人间之协议，将电子讯息视同书面。④　因以协议方式来解决书面形式法律问题，仅限于国家的法律允许当事人对书面形式要求作出自由处分时方为有效，且仅能约束签订该合同或协议各方当事人，但不能有效地制约第三方的

---

①　使用 EDI 所涉之首要问题，在于传统之文件非仅具传送记载信息之功能而已，其常有表彰财产性价值的私权之功能，需透过该文书使该权利发生移转行使之流通证券。为了落实其交易的安全及确实，各国皆制定法律以为规制。将传统书面形式的文件体系转换为利用 EDI 技术体系方法有（A）实质性方式及（B）机能性方式。前者于不修正相关法律规则的情况下，尽量以电子方式模仿现行法下文书具有的部分机能；后者为了促进 EDI 技术的引进及普及，制定必要的法律完全以电子文书代替传统文书。

②　高云："电子合同中电子邮件应用的法律问题研究"，载《电子知识产权》2000 年第 3 期，第 43 页。

③　朝冈良平、伊东健治、鹿岛诚之助等：图解よくわかる EDI，东京日刊工业新闻社，1998 年版，第 130—131 页。

④　United Nations Commission on International Trade Law Working Group on Electronic Commerce, A/CN. 9/WG. IV/WP. 53. 1991.

权利和义务。① 故在 1996 年 6 月，联合国国际贸易法律委员会（UNCITRAL）
在处理有关 EDI 及相关通讯方法之法律问题时，便采用联合国国际贸易法律
委员会电子商务模范法（UNCITRAL Model Law on Electronic Commerce）之规
定，借由使用"功能等同（functional-equivalent）之方法"试图消除至今电子
讯息无法与纸张讯息有相同法律地位之障碍②，并于模范法第 6 条规定："若
法律要求数据必须为书面或以书面提出，以数据讯息所为之数据，视为符合法
律之规定。"③ 此系以书面形式的基本功能为标准，一旦电子形式具备了传统
书面形式的基本功能，本着对同一功能的法律制度同等对待的法律原则，法律
就确认电子形式的效力并给予书面形式同等的保护。④ 唯不可讳言者，数据电
文与纸面文件在物理性质上有所不同，二者无法相互完全替代，法律承认数据
电文具有书面文件的效力，只是一种等价功能意义上的承认。⑤ 法律上的规定
并不能使一个不具备书面功能的形式变成"书面形式"，只有某种形式具备了
书面的功能，法律方能赋予其在"书面形式"上之效力；而行为形式的"功
能"状况取决于物质条件，即技术水平的发展，因此，法律上意思表示的形
式（包括合同的形式），实际上系由商业活动所追求的高效与安全的目标、当
时的技术发展水平与立法者对该形式所具备功能的认识所决定，故法律与技术
的结合已不再仅限于知识产权的保护，而且已经扩展到交易方式的领域。⑥

以内地之法律规范而言，虽于《民法通则》中并未对合同形式作限制性
之规定，然早期于《经济合同法》第 3 条中规定，"经济合同，除即时结清者
外，应当采用书面形式"；故最高人民法院在《关于适用〈涉外经济合同法〉
若干问题的解答》中，明确表示订立合同未用书面形式的涉外经济合同无效。
是以，如何确定合同的有效性问题，就显得相当重要。故此大陆当局乃于新修
之《合同法》中，将数据电文（包括电报、电传、传真、电子数据交换）等

---

① 刘颖、骆文怡、伍艳："论电子合同中的书面形式问题及其解决"，载《经济师》2003 年第 2
期，第 49 页。

② EDI 的信息讯息与传统的书面纸张文件差距很大，联合国国际贸易法委员会电子商务模范法采
用"功能等同之方法"，系分析法律对传统的纸张文件要求之目的与功能，只要 EDI 的信息讯息符合该
要求，则赋予与书面文件等同之法律效力；United Nations Commission on International Trade Law Working
Group on Electronic Commerce，A/CN. 9/WG. IV/WP. 94 (2002)。

③ 该条之基本精神是避免 EDI 在法律适用上受到歧视，不得因 EDI 之形式而否认其法律效力。

④ 齐爱民："电子合同典型法律规则研究"，载《武汉大学学报》（社会科学版）2002 年第 2 期，
第 159 页。

⑤ 刘颖、骆文怡、伍艳："论电子合同中的书面形式问题及其解决"，载《经济师》2003 年第 2
期，第 49 页。

⑥ 卓小苏："电子合同形式论"，载《法商研究——中南财经政法大学学报》（法学版）2002 年
第 2 期，第 102 页。

可以有形地表现所载内容之形式者，均认为属书面形式，此系以条文之形式重新定义书面形式，扩大解释书面形式之载体，即不再局限于传统之唯一载体"纸"上，而是扩大到有形的、可读的并可在一定时期内储存特定信息的载体上。另，于2002年《最高人民法院关于民事诉讼证据的若干规定》第22条中，"调查人员调查收集计算机数据或者录音、录像等视听资料的，应当要求被调查人提供有关资料的原始载体"，将其归为视听资料。另，于2004年8月通过之《电子签名法》第4条将数据电文视为符合法律、法规要求的书面形式，准此，似将数据电文认为非书面而仅透过视为书面之方式赋予其法律效果，以此观之，似与新修《合同法》之精神不一。①

以台湾地区之民法规定言，并未对书面加以定义，考其立法原意系指纸本文书而言，虽于新修正之《刑法》第220条规定中，将足以表示其用意证明之电磁记录以文书论，但能否扩张解释民法现行"书面"及于电子文件，则不无疑问；虽亦有论者以为，或可参考其他法规之用语，直接认可电子文件之文书性，并援用诸如《会计法》第40条第2项之规定："会计数据采用机器处理者，其机器贮存体中之纪录，视为会计簿籍。"《公司法》第169条第2项规定："（股东名簿）采计算机作业或机器处理者，前项数据得以附表补充之。"及《公文程序条例》第2条第2项："前项各款的公文，必要时得以电报、电报交换、电传文件、传真或其他电子文件行之。"然此种说法，仍令人存疑。盖这些技术性文件的属性毕竟不同于规范整体合同关系之合同文件。

就此，吾人以为若从语源学上对书面一词加以分析，可以看出其限定性含义是如何形成的，起初"write"是指用尖锐物刻标记②，然而随科技之发展，当事人以电报、电传及传真等透过电子媒介传送交易讯息，只需于交易过程中产生一份文书，作为最终传递之结果，便可成为交易所能接受之手段。同样地，透过电子媒介传送之EDI或E-mail，于当事人认为有必要时，同样可透过计算机打印出书面单据或将之储存于磁盘或其他载体，而这些记录其上之讯

---

① 综观内地电子签名法之规定，于数据电文章中共设有九条规定，其中"视为"之规定共有六条并使用达八次，"视为"之法律意义有二，一为本质之歧异性；一为不可推翻性，申言之，因本质之歧异，故而未能含括于现行法之规范范围之中，而以法律的拟制"视为"而赋予与相同之法律效果。据此，似可推知大陆关于数据电文之立法态度，应为赋予非书面之评价而与书面等同法律效果，此一立法态度相较于台湾地区电子签章法之规定，并不相同。具体言之，由法效果之观点而言，适用与视为应无不同，然而于构成要件之基本认定上，则以本质不同为其前提。从而，相较于新修合同法规于书面之定义，电子签名法之立法原意似未尽合于合同法之规定而有待进一步的厘清与判断。

② 韦氏国际英语新词典（第3版），将"write"界定为用笔或类似工具书写的文字或印刷物。该定义仍限于用笔或类似工具形成的标记或符号。

息，应可视为"超文本"之形式。① 对此新兴科技所生之法律议题，于台湾地区《电子签章法》第4条中②，亦认书面文件得以电子文件代之。唯电子文件虽可取代书面文件作为通信及交易的媒介，但并非所有以电子方法制作的电子文件，皆可防止被窜改及伪造，必须以主管机关认可或约定之安全技术、程序及方法所制作之电子文件且可供验证真伪者，始赋予与书面生同等之法律效力。

2. 签章之问题

当交易进入无纸化时，对当事人最重要的问题，系解决书面和签章问题，而此二问题间有密切关系，立法例中往往会要求当事人于文件作成书面后，另须亲自签章，以为该文件成立生效要件之一；而要求当事人签章之目的，在于（1）确定当事人身份及（2）基于其签章，把有关书面文件或讯息载明的权利义务归属于该特定当事人。③ 因此，传统上只有手写签章④被认为符合法律之要求，因签章之目的在确认该文件，以证明当事人愿在合同约定的条件下进行交易。⑤

就台湾地区现行法而言，对签名或盖章并未作定义，但因《民法》第3条系将签名、盖章与其他符号并列，故学者一般认为签名仍需有姓、名、别号、商号、堂名等文字，单纯的符号应不构成签名。故在使用电报或传真时，因其仍在原稿上使用具传统意义之签章，较无争议；然在无纸化交易环境下，无法透过电子媒介亲笔签字时，究竟何种方式之签章可满足无纸交易之需求，并能得到法律上之承认。虽然内地于《合同法》之修正建议草案中，有学者提出将签字定义为"当事人及其授权代表的亲笔签名，或者在运用计算机等

---

① 所谓超文本依《英汉双解网络词典》的注解，是一种向用户展示信息的方法，用超文本方式信息可以由用户安排以非顺序方式访问，而不需要考虑原来的组织方式。超文本是要使计算机能够适应人类非线性思维方式——人类思维和使用信息的方式是联想、关联，而不是像电影、书籍和演讲那样的线性组合；齐爱民："电子合同典型法律规则研究"，载《武汉大学学报》（社会科学版）2002年第2期，第159页。

② 台湾地区于《电子签章法》第4条之规定："经相对人同意者，得以电子文件为表示方法。依法令规定应以书面为之者，如其内容可完整呈现，并可于日后取出供查验者，经相对人同意，得以电子文件为之。……"

③ Lewis, Mark, E-COMMERCE: Digital Signatures: Meeting the Traditional Requirements Electronically: A Canadian Perspective, Asper Rev. Int'l Bus. & Trade L., 2002 (2): 63.

④ 冯大同："国际贸易中应用电子数据交换所遇到的法律问题"，载《中国法学》1993年第5期，第102页。

⑤ 于静："电子合同若干法律问题初探"，载《政法论坛》1997年第6期，第71页。

机器的情况下，能被识别信息传递的合理方法"①，然于新修《合同法》中并未将此作为具体条文规范。② 唯观诸地方性之规范，却有较前瞻性之规定，以上海市及广东省为例，上海市方面，如 1999 年公布之《国际经贸电子数据交换管理规定》；至于广东省方面，早于 1996 年即公布《对外贸易实施电子数据交换（EDI）暂行规定》，唯已于 2002 年失效；其后更于 2003 年 2 月 1 日实施《电子交易条例》。③ 至 2004 年 8 月通过《电子签名法》后，该法第 14 条规定："可靠的电子签名与手写签名或者盖章具有同等的法律效力。"准此，以内地法规范之架构而言，其签名并不因无纸化交易而受影响，唯大陆于电子签名效力之发生，则以可靠与否为前提。④

目前台湾地区系透过所谓电子签章的立法期能解决这方面的问题⑤，盖传统的签章其作为意思行使及查验文书真伪之功能⑥，应可透过电子签章达成，而为使电子签章能配合电子文件广为各行各业应用，减少书面与电子作业并行之不便，充分发挥数字化及网络化之效益，认可其与传统之签章生同等之效力；然并非所有以电子方法制作的电子签章皆有相同的安全性，须依主管机关认可或依约定之安全技术、方法及程序所制作之电子签章，才能满足独特性、辨识力、可靠性及验证电子文件内容真确性等四项条件，始生等同之法律效力。然则，私法自治之空间与合同自由之精神，仍应尊重，故此并不排除交易

---

① 此显然采用了扩大解释的法律途径，参见该建议草案第 28 条第 2 款，载于梁彗星主编：《民商法论丛》1996 年第 4 期，第 447 页。

② 据大陆地区主管信息化工作的国务院信息化工作办公室有关负责人透露，大陆地区电子商务发展框架即将出台，将包括立法的总则、数字化信息的法律地位和网络合同的法律效力以及网络服务提供者的责任四方面；郑成思、薛虹："台湾电子商务立法的核心问题"，载《互联网世界》2000 年第 10 期，第 10 页。

③ 关于美国法的介绍，可参 Epstein, Julian, cleaning up a mess on the web: a comparison of federal and state digital signature laws, N. Y. U. J. Legis. & Pub. Pol'y 2001/2002, (5): 491。

④ 可靠与否，依电子签名法之规定，大别有二：（1）约定可靠；（2）视为可靠。依第 13 条第 2 款之规定，约定可靠者，系指依当事人约定的可靠条件所为之电子签名；至于视为可靠，则是指符合第 13 条第 1 款之电子签名。关于视为可靠之判断，因其基础构成要件已由法律明文规定，适用上固无疑义，唯就约定可靠者，因欠缺明文规定而流于一个模糊的不确定法律概念。

⑤ 《电子签章法》第 9 条：依法令规定应签名或盖章者，得经当事人约定以电子签章代之。但法律明定或经政府机关公告不适用者，不在此限。前项电子签章以当事人依约定之安全技术、程序及方法制作可资验证电子文件真伪者为限。然而，另一个值得研究的问题在于，当契约当事人未依循电子签章法时，其所为之电子交易效力为何？ Huey, Nathan A., Do E-Sign and UETA Really Matter?, Iowa L. Rev., 2003. (88): 681。

⑥ 传统签名或盖章的意义及功能如下：（1）证据：当签署者在文件上签章后，将留下可供鉴别签署者身份的证据，以明责任归属。（2）同意：在现有法律及习惯下，签署者对某文件签章，表示其同意文件的内容。（3）仪式：经由签章的行为，促使签署者审慎思考签署后必须承担的法律责任，以防止思虑不周的合同行为。

当事人间之协议①，而得以合同条文约定。

3. 证据法上之问题

在传统的交易过程中之所以签署合同或留下书面之文书，主要在于满足发生争议时之证据要求。基本上，欠缺一个有效的合同将不足以证明任何请求权基础之存在，而书面证据正是在传统交易中最容易为法院所接受之证据形式，而今，在电子交易的环境中，由于书面合同并非必要，故法院在执行法律时便必须考虑到其他证据和其他可接受之替代证据。而当 EDI 被广泛应用于国际贸易实务上时，传统国际贸易上之合同、载货证券、保险单、发票等书面文件，都被储存在计算机中相对应的电子数据资料所替代，而这些电子数据是否具有证据能力？其是否具有证据价值？是值得我们加以深思的证据法问题，也是国际贸易中推广 EDI 之重要障碍。这些电子数据与传统交易文书相比较，其主要差异在于：传统的交易文书为有形的书面，可长久保存，且其若被变更，亦很容易留下痕迹；而电子数据并非有形物，其系储存在计算机中，透过计算机输入指令时，很容易被更改而不易被察觉。② 因此，这种无纸电子文件，其安全性与真实性受到相当之质疑，故其在诉讼上能否被采为证据，便成为一法律上之难题。

综观各国对证据法则之规定，主要之立法方式有三：③

（1）允许自由提出所有有关之证据，④ 如德国、奥地利、日本等国之立法。在此立法下，电子数据证据原则上是可以被采纳为诉讼上之证据，唯法院仍有权衡量其具有之证据价值及可信度如何。

（2）限制于一定种类之证据，始具证据力，如智利、卢森堡等国之立法。在此立法下，电子数据证据目前都未被列入可接受为证据之清单中，尚无法被采纳为诉讼上之证据。

---

① 联合国国际商务使用 EDI 模范合同，系联合国欧洲经济理事会（United Nations Economic for Europe）第四工作小组，于 1995 年 3 月于第四十一次会议通过，公布供全球 EDI 使用者作为签订网络服务合同之参考，以规范在适用 EDIFACT 标准所设定之规格化电子数据交易行为，其主要内容包括：（1）讯息交换与传输标准；（2）安全控管程序与服务；（3）意思表示之生效；（4）使用 EDI 之有效性；（5）证据；（6）损害赔偿责任；（7）利用第三人提供服务之责任；详见洪淑芬："联合国国际商务使用 EDI 模范合同简析"，参 http://stlc.iii.org.tw/publish/infolaw/8411/841126.htm（visited 2004/8/1）。

② 薛德明："国际贸易中 EDI 的若干法律问题探讨"，载《法律科学》1994 年第 3 期，第 72 页。

③ 参见刘毓骅："国际贸易中 EDI 应用的举证、签字和书面要求"，载《国际贸易》1994 年第 9 期，第 58 页。

④ 冯大同：《国际货物买卖法》，北京大学出版社 1995 年版，第 295 页；单文华："电子贸易的法律问题"，载《民商法论丛》1998 年第 10 期，第 40 页。

（3）主要是指英美法系国家的证据法。在这些国家的证据法中，由于有完整的证据接受法则，而其中传闻证据法则（Hearsay Rule）[①] 排除所谓传闻之可接受性，以及最佳证据法则（The Best Evidence Rule）[②]对于所谓原件（originals）之要求，往往构成 EDI 应用在证据法上之重大障碍。

在联合国国际贸易法律委员会《电子商务模范法》（UNCITRAL Model Law on Electronic Commerce）中，则借由使用"功能等同之方法"之用语，试图消除至今电子讯息无法与书面纸张享有相同法律地位之障碍。另就有关证据效力方面之课题言，在数据讯息中产生二项最争议之问题，即他们是否为"文书"（documents）？可否被法院采为"证据"（evidence）？联合国《模范法》第 5 条为解决此问题，特别规定："一数据不得仅因其为数据资料而否认其法律效力。"同样的，在《模范法》第 9 条中亦认为，应禁止使用"最佳证据法则"及"传闻法则"来改变该数据之法律认定及证据价值。值得注意的是，内地于 2004 年 8 月通过《电子签名法》，亦与联合国《模范法》第 5 条同其规范意旨而于该法第 7 条规定："数据电文不得仅因为其是以电子、光学、磁或者类似手段生成、发送、接收或者储存的而被拒绝作为证据使用。"

以大陆地区之法规范而言，虽有论者认为，电子证据应当归入书证一类。因为《合同法》等法律已经对书面作出了更宽泛的解释，使之涵盖数据电文。将电子证据作为书证不但全面体现了网络的特点和技术性，而且也由于电子证据作为书证具有更强的证明效力有利于确保电子商务的健康快速发展。[③] 吾人以为，可将视听资料作为间接证据，依《民事诉讼法》第 63 条之规定，视听资料是法定七种证据之一；[④] 另依第 69 条之规定，人民法院对视听数据，应辨明真伪，并结合本案的其他证据，审查确定能否作为认定事实的根据。依此规定，一视听资料要成为能证明案件事实的证据，除应当由法院审查核实以外

---

①　所谓传闻证据法则，即为排除传闻证据之法则，依此规则只有原证人亲自之见闻所为之证言，才可作为证据。依该规则，对原证人以外的人明示或默示的事实主张以及在无证人作证之情形下，向法院提出之事实主张，不能被采纳为证明其所主张事实为真实的证据，见薛德明："国际贸易中 EDI 的若干法律问题探讨"，载《法律科学》1994 年第 3 期，第 73 页；换言之，只有亲自见闻的原证人之证言，才能被接纳，因为只有对原证人始可进行反对询问。由于电子数据都是透过计算机自动处理并加以储存，不可能进行反对询问，因此经计算机打印出之数据均属传闻证据，而不予采纳。

②　此所谓最佳证据为原始证据，只有文件的原本才能作为书证为法院所采纳，对电子证据来说，只有所储存的磁盘或电子形式的数据才是原本，经计算机打印出之数据并非原本，所以不能采为证据。

③　李祖全："电子合同的证据法学之思考"，载《常德师范学院学报》（社会科学版）2003 年第 3 期，第 52 页。

④　所谓"视听数据"，是指利用录音录像磁带反映出的形象以及计算机储存的数据来证明案件事实的证据。

还必须有其他证据①或另外的视听数据相互印证，亦即视听数据不能单独、直接地证明待证事实。② 申言之，审查判断电子证据的真实可靠性和如何与其他证据结合起来认定案件事实是最主要的工作，主要包括以下几点：（1）审查电子证据的来源；（2）审查电子证据的收集是否合法；（3）审查电子证据与事实的联系；（4）审查电子证据的内容是否真实等。如与其他证据相一致，共同指向同一事实，就可以认定其效力，作为定案根据，反之则不能③，此为介于大陆法系与英美法系之间的做法。由于尚未有要求网络服务商对传输的电子文件储存记录或转存之制度，部分地方法规已有相应之规定，以广东省为例，早期，广东省《对外贸易实施电子数据交换暂行规定》第 13 条规定即要求电子数据服务中心应有收到报文和被提取报文的响应与记录，唯该暂行规定已于 2002 年失效。其后，广东省于 2003 年复行《实施电子交易条例》，该条例第 18 条第 1 款第四项规定，认证机构应建立认证系统的备份机制和应急事件处理程序，借以确保在人为破坏或者发生自然灾害时认证系统和数字证书使用的安全。

至于台湾地区在《民事诉讼法》中，并未对可成为证据的范围作严格限制④，故电子文件不论储存于科技设备（例如计算机硬盘、磁盘或光盘）、计算机印出（print-out）文书，甚或尚在"暂时存取记忆体"（Random Access Momory；RAM）而得于计算机屏幕上阅读状态，若得举证，均应认可其具有证据能力。⑤ 因此，电子文书于台湾地区民事诉讼程序举证时，大多系经以打印于纸本之文书向法院提出声明书证，若尚未打印书证而仅储存于磁盘等设备者，则因与文书有相同效用而为《民事诉讼法》第 363 条第 1 项之"准文

① 此之"其他证据"，应系指《民事诉讼法》第 63 条规定的书证、物证、证人证言、当事人陈述、鉴定结论、勘验笔录等证据。

② 赵骏："商业 EDI 活动的法律调整"，载《政治与法律》1998 年第 1 期，第 48 页。

③ 陶岚、王芳："试论电子合同的法律效力"，载《南昌高专学报》2003 年第 3 期，第 10 页。

④ 除《刑事诉讼法》第 156 条、第 159 条与第 160 条就被告自由、证人审判外陈述、证人个人意见或推测之词设有证据能力之规定外，民事诉讼法则未有明文。

⑤ 台湾地区"司法院"第九期司法业务研讨会结论及"司法院"第一厅研究意见均认为"计算机数据经由机器之处理录印，显现之文字或符号如能表示一定之意思，为一般人所得知，则可作为文书之一种，可采为书证之一"，引自郑佳政："电子交易中数字签章与电子文件之法律效力浅析"，载《信息法务透析》1998 年第 2 期，第 19 页。因此，依台湾地区实务之见解，可供证据之用的文书，仅需其能表达当事人之意思或思想，不问其为中文或其他符号，均得谓为文书；至于其构成之物质为何？其作成之方法为笔书、印刷、木刻，均在所不问。见"司法院"：《民事法律专题研究》（四），"司法院"司法业务研究会第五期及第九期研究专题，台北：司法周刊杂志社印行，1987 年版，第 520—522 页。

书"，亦可准用声明书证方式于诉讼中提出。①

于兹较为棘手者在于如何提出电子文书之原本？及如何证明其为真正？虽台湾地区于《民事诉讼法》第 363 条第 2 项规定："文书或前项对象，须以科技设备始能呈现其内容或提出原件有事实上之困难者，得仅提出呈现其内容之书面并证明其内容与原件相符。"然就计算机运作流程举例言之，某甲于其计算机缮打订购单，缮打完成时，将之存盘于 A 磁盘中，再以 E-mail 方式将该文件传送给某乙；数小时后，某乙开启计算机并于电子邮件信箱中点取甲传送之文件阅览后存盘，并另存于 B 磁盘片中，嗣后某甲对 E-mail 向某乙购物以否认。就本例言，若法院令某乙提出"原本"时，则某乙应如何举证？虽《民事诉讼法》第 363 条第 2 项规定，某乙于诉讼中声明书证时，得仅提出呈现其内容之书面并证明其内容与"原件"相符，然某乙究应证明与何处之原件相符？就电子文书制作与传输的顺序言，可能为：（1）甲计算机中之暂时存取记忆体（RAM）；（2）甲计算机中之存盘之硬盘（hard disk）；（3）甲另存盘之 A 磁盘；（4）电子邮件传输过程中经过的网络服务器（Internet server）；（5）乙计算机中之暂时存取记忆体（RAM）；（6）乙计算机中之存盘之硬盘（hard disk）；（7）乙另存盘之 B 磁盘。此时，究应以何为原件？以发文方之电子文件之储存载体？抑或首次传输至收受方之储存载体？容生疑义，为避免法院于适用时之困扰，此应透过立法明定为宜。②

于探讨证据法则问题时，应对于文书证据重新观察；文书证据之使用乃至成为具绝对优势地位之因，系源自于人类对于文字阅读及理解能力的提高，从而让交易当事人对以文书为基础建构出来的交易环境产生信任，让立法者开始要求合同应以书面为之或司法之证据法则中强调文书之重要性的规定。然而电子文书之使用应不是单纯的选择问题，而系基于交易环境需求，在过去近百年的发展中，我们虽看到科技的变迁，但仍发现对于文书使用的坚持，此点不论在电话、电报、电传甚至到早期之计算机使用均然；直到网际网络的诞生，信息科技带入了网络即时互动的环境，当事人信任电子交易带来的速度、确定与安全性，甚至对电子数据之信任胜过对文书之依赖。再者，法律对于原件之要求，因电子文书是以数字形式，记忆在计算机中，不可能像传统的书面合同那

---

① 杨佳政："电子交易中数字签章与电子文件之法律效力浅析"，载《信息法务透析》1998 年第 2 期，第 19 页。

② 至于乙若提不出原件，便只有让法院依其自由心证断定其所提出书面之证据力，但纵使乙可以证明与原件相符，亦仅系解决原件提出之问题，法院仍应综合判断该文书之形式与实质之证据力。详见杨佳政："电子交易中数字签章与电子文件之法律效力浅析"，载《信息法务透析》1998 年版第 2 期，第 20—21 页；"最高法院" 1922 年上字第 2536 号、1941 年台上字第 791 号判例。

样直接出示，唯现代的电子技术若能使电子文书具备原件之功能，如保持原样、不被窜改、电子签名等，从逻辑上来说，符合原件功能之电子文书，应按原件对待。① 准此，合同法或证据法应本诸尊重当事人真意之原则，来看待电子数据在证明合同关系存在之价值，而联合国对于 EDI 统合立法之努力，以及当前欧美国家在规范电子签章及电子记录效力上的立法趋势，亦显示合同关系之建立，可透过数字环境来进行，不须依赖传统文书以为证据之方向。②

再者，面对数字化交易我们应思考，究竟何种电子记录（electronic record）或电子签章可以被接受，且具有判断上之证据力？基本上，过去对于文书的要求多侧重于真伪的认定，而在电子代理（electronic agent）介入后，人的因素只停留在传输设备之选择，个别交易（缔约）行为本身已脱离了当事人之意思，对合同关系存否之争执，将不能单纯地探讨当事人行为之有无，而应及于整个交易环境建构过程之理解；换言之，举证之重点已不是有无签章或文书而已，而应及于传输设备由哪一方指定？传输内容如何安排？以及实际传输过程如何的整体判断，此时面对科技中立与记录之不可否认性，我们要思考的证据因素应已扩及于交易的过程，而非原本的要约或承诺行为如何而已。综上，面对电子交易的证据问题，或可透过公证机关借由网络技术措施，建立网络服务器系统，充当"电子公证人"，以降低风险；唯"电子公证人"至少需要采用下列三种信息技术：（1）身份鉴别软件；（2）完整性鉴别手段；（3）不可否认性鉴别手段。③

（二）电子合同之立法新趋势

长久以来，人们一直在期盼统一国际交易有关之法律，特别是统一作为交易基础的合同规范，以排除往来间之法律障碍。是以，国际组织先后展开了统一运动，在经过 20 几年的努力，并于其中尝试提出多项国际规范后，联合国于 1980 年提出了《国际货物买卖公约》（*United Nations Convention on Contracts for the International Sale of Goods*；CISG）④，此乃国际贸易法统一化运动的重大成果。此公约对统一不同社会制度、不同法系及不同国家在货物买卖领域的法律原则，有重大之建树，然其管辖的范围仅限于国际货物买卖领域，未能真正

---

① 马琳："略论电子合同形式的合法性"，载《中国工商管理研究》2003 年第 11 期，第 59 页。

② 其实就合同效力的角度来看，电子合同与数字签章两者之间的关系至为密切，详见 Jonathan Rosenoer. CyberLaw The Law of The Internet. New York：Springer Verlag, 1996. 237.

③ 陶岚、王芳："试论电子合同的法律效力"，载《南昌高专学报》2003 年第 3 期，第 11 页。

④ 又名 1980 年维也纳公约，其制定可溯及 1930 年，目前已是近 50 个国家之内国法，其能为不同社会、法律及经济制度的国家所接受，证明其相当成功。

满足统一合同规范之需求。从而，国际统一私法协会乃进一步于 1994 年 5 月通过了第一版之《国际商务合同通则》（*Principles of International Commercial Contracts*；UNIDROIT），并于其中确立了国际商事合同领域内的各项法律原则，此可谓为国际合同法统一化过程中之另一重大成就。① 其后，于第一版之《国际商务合同通则》实行 10 年后，国际统一私法协会于 2004 年 4 月 19 日至 4 月 21 日之年度会议上，由管理会（Governing Council of UNIDROIT）采行国际商务合同通则之最终标准，通过第二版之《国际商务合同通则》。相较于 1994 年之国际商务合同通则，2004 年之国际商务合同通则新增五个章节，分别为：代理人权限（Authority of Agents）；第三人权利（Third Party Rights）；抵消（Set-off）；权利移转（Assignment of Rights），义务承担与合同承担（Transfer of Obligations and Assignment of Contracts）；消灭时效（Limitation Periods）。此外，条文数亦由 120 条增为 185 条。②

唯随国际网络时代的来临，信息经济、数字经济与电子商务经济的理论正逐渐将传统的交易环境推向全球化、科技化与多元个性化的方向，这对于用来规范并促进变迁中交易行为之法律而言，是一大挑战，而如何配合全球化的法制发展趋势，以利新世纪交易之进行，已成为法律研究之重要课题。基于此，联合国国际贸易法律委员会（United Nations Commission on International Trade Law；UNCITRAL）乃于 2001 年起着手研议《藉数据电文缔结或证明之（国际）合同公约草案初稿》（*Preliminary Draft Convention on〔International〕Contracts Concluded or Evidenced by Data Messages*）③ 以为应对；因此，笔者拟自既有国际贸易规范出发并就此新发展趋势加以评价。

1. 联合国国际货物买卖公约之相关规定

《联合国国际货物买卖公约》④ 之制定可溯及 1930 年代的国际贸易统一运动，其中虽有 1964 年《国际货物买卖统一法公约》与《国际货物买卖合同成立统一法公约》之提出，然参加此两公约之国家为数不多，因此在地区与内容上有局限与不足，尚难谓其为世界性之公约。因此，在 1966 年第 21 届联合

---

① 吴兴光：《国际商法》，中山大学出版社 1997 年版，第 35—36 页。

② http：//www. unidroit. org/english/home. htm#（visited 2004/7/31）.

③ 本草案系根据联合国国际贸易法律委员会电子商务工作小组第三十八届会议决议而来，嗣于 2002 年 3 月 11 日至 25 日，假纽约举行的第三十九届会议中提出公约草案初稿，United Nations Commission on International Trade Law Working Group on Electronic Commerce, Thirty-ninth session, A/CN. 9/WG. IV /WP. 95.（2002）.

④ 详参 United Nations Convention on Contracts for the International Sale of Goods, http：//www. uncitral. org（visited 2004/8/1）.

国大会上，联合国国际贸易法律委员会正式成立，担负起制定国际货物买卖关系之工作，并于 1974 年通过了《国际货物买卖时效期限公约》（*Convention on the Limitation Period in the International Sale of Goods*），1977 年完成了国际货物买卖公约草案，并决定将此两公约合并，定名为《联合国国际货物买卖公约》。① 然于草拟 CISG 之过程中，所面临之最重大立法技术问题系来自于大陆法系（Civic Law）与英美法系（Common Law）的冲突，其后透过折中方式，建构出一套独立的国际贸易法律体系；然而，尽管 CISG 系透过整合两大法系法律原则之方式来建构相关规范，然此并不意味着 CISG 是由不同条款所拼凑成者。基本上，CISG 系本诸促进国际商业交易之目的，配合当时之交易惯例加以折中，并本诸一致性、国际性与诚信等原则，以追求 CISG 之永久适用，故其虽非各法律争点最适当之解决方式，但其所创造的却是能为内地法系与英美法系所共同适用之一般原则。②

《联合国国际货物买卖公约》不仅反映出国际法统一运动的发展趋势，更是规范国际货物买卖行为最权威的国际公约；该公约于 1980 年 3 月通过，并于 1988 年 1 月 1 日正式生效。③ 综言之，其宗旨系以建立新的国际经济秩序为目标，在平等互利的基础上发展国际交易，促进各国间友好关系。该公约共分为四大部分④，全文 101 条；按其规定，公约适用于下列之货物买卖：

（1）缔约国中营业地分处不同国家之当事人间；（2）由国际私法选法之结果导致适用某一缔约国之法律者。

而所谓货物买卖，各国法律虽有不同规定，唯公约则倾向仅限于有形动产及尚待生产与制造之货物，始有其适用。⑤

就买卖合同而言，公约仅适用于合同的缔结与买卖双方的权利、义务而不涉及合同之效力、合同对所有权之影响与货物对人身造成伤害之产品责任等问题。至

---

① 赵威：《国际商事合同法理论与实务》，中国政法大学出版社 1995 年版，第 45—46 页。

② UNIDROIT, Principles of International Commercial Contracts （1994） with comments, http://www.unidroit.org/english/principles/contracts/main.htm （visited 2004/8/1）.

③ 内地亦为该公约之缔约成员，惟作了二项保留：即（1）针对采用书面形式之保留：公约对于国际货物买卖合同之形式，原则上并未加以限制，无论当事人以书面或口头缔结合同，均属有效成立，就此大陆地区坚持国际货物买卖合同，必须采用书面形式，该公约对大陆地区不适用。（2）关于公约适用范围之保留：就公约第 1（1）b 款之扩大适用范围规定，对大陆地区无效。详见董新民：《国际商务法律》，中国审计出版社 1996 年版，第 74 页；张勇：《国际货物买卖法》，南开大学出版社 1997 年版，第 47 页。

④ 公约包括四大部分，即适用范围、合同之成立、货物买卖与最后条款。

⑤ 公约以排除法列举了不适用公约之货物买卖类型：（1）股票、债券、票据、货币及其他投资证券交易；（2）船舶、飞机及气垫船之买卖；（3）电力之买卖；以及（4）卖方之主要义务在于提供劳务或其他服务之买卖。

于公约所未涵盖之问题，则仍可依照双方业已同意的惯例或合同适用之本国法。①

2. 国际商务合同通则之相关规定

另一个值得重视的国际发展，系国际统一私法协会于 20 世纪 80 年代起所投注之努力。在多数国家的经济朝向全球化发展之同时，商业交易急剧地增加，也导致国际社会欲建立符合跨国商业交易之法律环境，借以规范商业交易之需求剧增。因此，在历经 14 年努力后，国际统一私法协会②于 1994 年提出《国际商务合同通则》之最终草案③，该通则系由前言及七大章节所组成，包括：“通则”、“形成”、“效力”、“解释”、“内容”、“履行”、“不履行”七大部分。④ 该通则兼容了不同法律体系的通用法律原则，同时吸收了国际商事活动普遍适用的惯例与最新立法成果，现谨就其内容，试举其要者说明如下：

（1）适用范围。本通则适用于所有国际商务合同，不仅包括提供商品、服务的一般国际贸易，还包括其他类型之经济交易。⑤ 固然《国际商务合同通则》未经国家之立法授权，则不具法律拘束力，但其至少可提供下列之功能：①可为国内或国际立法者立法时之参考；②解释及补充国际规范；③提供当事人草拟合同之参考；④作为规范合同之原则；⑤作为国内法之代替。⑥

（2）基本原则。《国际商务合同通则》之总则部分共 12 个条文，除有基本定义之规定外⑦，更进一步概括地确立基本原则等重要事项，揭示了国际贸易领域中的三大基本原则：

a. 缔约自由原则：当事人有权自由缔结合同并有权自由决定该合同之内容。⑧

---

① 王传丽：《国际贸易法——国际货物贸易法》，中国政法大学出版社 1999 年版，第 36—37 页；郭瑜：《国际货物买卖法》，人民法院出版社 1999 年版，第 64—68 页。

② 国际商会是在非政府间的制法机构中最为重要与成功的一个，成立于 1919 年，是商业组织与商人的一个联盟，它在许多个国家设有国家委员会或会员，它是一个名副其实的世界商业组织，是联合国经济及社会理事会的咨询机构。施米托夫：《国际贸易法文选》，中国大百科全书出版社 1993 年版，第 255 页。

③ 详参 UNIDROIT Principles of International Commercial Contracts，http：//www. Unidroit. org.

④ Bonell, Michael Joachim. The UNIDROIT Principles of International Commercial Contracts：Why? What? How？. Tul. L. Rev. 1995（69）：1121.

⑤ 吴兴光：《国际商法》，中山大学出版社 1997 年版，第 36 页。

⑥ 通则可以拟补国际条约之不足、可用来解释或补充现有之法律档、亦可由当事人选择作为合同准据法或由诉讼和仲裁机构用以解释合同准据法，详参刘晓红："论合同之债法律冲突解决方法及最新发展——兼论《国际商事合同通则》的效力与适用"，载《国际法学》2000 年第 1 期，第 37—38 页。

⑦ 详参 UNIDROIT Principles of International Commercial Contracts Article 1. 12.

⑧ 详参 UNIDROIT Principles of International Commercial Contracts Article 1. 1.

b. 信守合同原则：除由规则明订或经当事人之同意变更或终止合同，双方当事人应受有效缔结之合同之约束。①

c. 诚信与公平交易原则：国际贸易交易中，须遵守诚信与公平交易之原则，且此为强制性规定，当事人不得排除或限制之。②

（3）有关合同成立之重要规定。

a. 有关意思表示成立之方式，除对要约为承诺之方式外，若有充分显示双方当事人合议之行为时，亦可认为合同业已成立。③

b. 有关要约之生效：就对话之要约，采了解主义；而非对话之要约，则采到达主义。④

c. 有关要约之效力：于要约经撤回或拒绝时，要约人所为之要约失其效力。⑤

d. 有关要约之拒绝：要约经相对人拒绝后，失其效力。⑥

e. 有关承诺之时间：口头要约需立时承诺；反之，需于要约人所定之时间内为之，如无约定时间，则需以合理之时间内为之。⑦

f. 有关承诺之迟到：关于要约之迟到，除要约人适当地通知承诺人该迟到事由，该迟到之承诺不因之而失效。⑧

3. 《藉数据电文缔结或证明之（国际）合同公约草案初稿》之相关规定

伴随着对电子商务发展的动力，国际贸易领域亦在联合国之主导下，展开了新的规划，相关研究指出了未来交易电子化发展的最大障碍将在于跨国法制之调和问题⑨，而此正具体显示出当前相关法制所呈现出来的紊乱现象。因此，联合国国际贸易法律委员会第四工作小组（电子商务），继起草了《电子商务模范法》（*UNCITRAL Model Law on Electronic Commerce*）、《电子签章模范法》（*UNCITRAL Model Law on Electronic Signatures*）后，为避免各国立法歧义

---

① 详参 UNIDROIT Principles of International Commercial Contracts Article 1.3.

② 同上书，1.7。

③ 同上书，2.1.1；此规定与 CISG 相较，不限于要约与承诺为意思表示合致之唯一方式。

④ 详参 UNIDROIT Principles of International Commercial Contracts Article 2.1.7；此规定与 CISG 相似，详参 United Nations Convention on Contracts for the International Sale of Goods Article15。

⑤ 同上书，2.1.3 & Article 2.1.4；此规定与 CISG 相似，详参 United Nations Convention on Contracts for the International Sale of Goods Article 16—18。

⑥ UNIDROIT Principles of International Commercial Contracts Article 2.1.5.

⑦ 同上书，2.1.7。

⑧ 同上书，2.1.9.（2）。

⑨ 参见 Amelia H. Rose, Electronic Commerce and The Symbolic Relationship between International and Domestic Law Reform, Tul L. Rev. 1998（72）：1931。

造成交易障碍，进而提出《藉数据电文缔结或证明之（国际）合同公约草案初稿》（以下简称公约草案初稿）①，就其功能言，应可视为《联合国国际货物销售公约》在电子交易环境下的补充版本，于兹试举其要者说明如下：

（1）适用范围

就公约草案初稿第一条规定言，提出之初本有两方案以供选择：A 案不论当事人之国籍与合同之性质，凡以数据电文②为方法所缔结或证明之民商事合同，均有本公约之适用；至于 B 案，以合同缔结时，当事人之营业地不在同一国家，而以数据电文为方法所缔结或证明之国际合同，始有本公约之适用。③ 就其适用之地理范围而言，若采 A 案，则所有以数据电文所缔结或证明之任何合同均涵括在内，而不论当事人之营业地是否在不同国家；若采 B 案，则限于当事人之营业地不在同一国家之国际性合同，始有其适用。④ 而于最新之版本，则限于特定情况下适用于营业地位于不同国家的当事人之间对现行或计划中合同使用数据电文始有适用。⑤

---

①　早于 2000 年国际贸易委员会第三十三届会议上，就电子商务领域未来工作即有共识认为应将重点放在下列三个议题上：（1）以"联合国国际货物销售合同公约"角度考虑的电子缔约问题。（2）网络争议解决之议题。（3）所有权凭证尤其是运输业的所有权凭证的非物质化。由于公约最易达到电子贸易所需要的法律确定性与可预见性，故将公约之拟定列为首要议题，United Nations Commission on International Trade Law Working Group on Electronic Commerce，Thirty-ninth session，A/CN. 9/WG. IV / WP. 95.（2002）。

②　所谓"数据电文"，系指经由电子、光学或类似方法生成、储存或传递的数据，这些方式手段包括但不限于电子数据交换、电子邮件、电报、电传或传真；详参 Preliminary draft convention on〔international〕contracts concluded or evidenced by data messages Article 5（a）. United Nations Commission on International Trade Law Working Group on Electronic Commerce，Forty-third session，A/CN. 9/WG. IV/WP. 108（2004）。

③　详参 Preliminary draft convention on〔international〕contracts concluded or evidenced by data messages Article 1；United Nations Commission on International Trade Law Working Group on Electronic Commerce，Thirty-ninth session，A/CN. 9/WG. IV /WP. 95.（2002）。

④　合同之国际性可从各种角度界定，国内与国际立法采用了各种界定方法，从以不同国家的当事人的营业地或惯居地为准（如联合国国际货物买卖公约），到采用较为一般之标准，如于合同具有"与一个以上国家的重要关联"或"涉及国际商务"等（如联合国国际贸易法律委员会电子商务模范法）。

⑤　备选案文 A：（a）有关国家为缔约国；（b）国际私法规则导致适用某一缔约国的法律；（c）当事人约定适用本公约。备选案文 B：有关国家是本公约缔约国，而且对根据这些缔约国的法律适用下列国际条约之一的现行或计划中的合同使用数据电文：（1）《国际销售货物时效期限公约》（1974 年 6 月 14 日，纽约）及其议定书（1980 年 4 月 11 日，维也纳）；（2）《联合国国际货物销售合同公约》（1980 年 4 月 11 日，维也纳）；（3）《联合国国际贸易运输港站经营人赔偿责任公约》（1991 年 4 月 17 日，维也纳）；（4）《联合国独立担保和备用信用证公约》（1995 年 12 月 11 日，纽约）；（5）《联合国国际贸易应收款转让公约》（2001 年 12 月 12 日，纽约）。United Nations Commission on International Trade Law Working Group on Electronic Commerce，Forty-third session，A/CN. 9/WG. IV/WP. 108（2004）.

而对本公约之实质性适用范围而言，首应加以厘清者在于"电子缔约"之概念，其不应被认为与传统之书面合同有着根本性差异①，而应认其为经由电子、光学或类似方法所缔结之合同，为一种新的缔约方式，并非以任何特定主题为基础之分类方式。② 因此，公约草案初稿主要目的在于试图解决涉及使用数据电文所产生的合同缔结问题，而不涉及要约与承诺等行为之实质要件探讨；亦即，任何特定电子合同所产生的实质性问题，仍将继续沿用传统的法律作为管辖之依据。至于在公约所辖合同之类型，公约草案初稿并不局限于国际货物买卖合同，而扩及于任何以电子方式缔结或加以证明之合同。③

（2）与合同缔结相关之问题。在电子合同中，与缔结有关者除合同缔结之一般性问题外，应特别针对因使用电子数据方法缔约所衍生之特殊问题加以研究。前者主要是在探讨要约与承诺、发出与收受等传统行为观念，如何应对交易环境之电子化；至于后者，虽不是全新的问题，但因其已超过原《联合国国际贸易法律委员会电子商务模范法》所倡议之"功能等同"观念所能解决者，例如法律应如何评价自动化计算机系统（automated computer systems）、电子代理（electronic agents）应用于电子合同之情形下，当事人之权义关系应如何处理？

a. 数据电文在合同缔结中之使用。公约草案初稿第 8 条与《联合国国际贸易法律委员会电子商务模范法》第 11 条均规定，除当事人另有约定者外，要约与承诺双方当事人均可透过电子通信或其他类型的数据电文来表示同意。④

b. 要约之拘束力问题。为厘清要约之拘束力问题，公约草案初稿于第 11

---

① Pompian, Shawn, Is the statute of Frauds Ready for Electronic Contracting?, Va. L. Rev. 1999, (85) 1479.

② Kidd, Donnie L. & Daughtrey William H., Jr., Adapting Contract Law to Accommodate Electronic Contracts, Rutgers Computer & Tech. L. J. 2000 (26): 269.

③ 唯有两个例外，分别是：（a）为个人、家人或家庭目的而缔结之消费者合同；（b）授予有限使用知识产权之权利相关的合同。前者，工作小组虽然注意到将某些消费者交易与商业交易加以区分的实际困难性，但仍认为，公约应不及于此；至于后者之限制标准，非以贸易货物之性质（无论是有形货物或虚拟货物）为区别，而以当事人所缔结之合同性质与意图为准，仅于买受人得不受限制地自由使用该产品时，始有此公约之适用。详参 Preliminary draft convention on [international] contracts concluded or evidenced by data messages Article 2; Preliminary draft convention on [international] contracts concluded or evidenced by data messages Article 9; United Nations Commission on International Trade Law Working Group on Electronic Commerce, Forty-third session, A/CN. 9/WG. IV/WP. 108 (2004)。

④ Preliminary draft convention on [international] contracts concluded or evidenced by data messages Article 8; United Nations Commission on International Trade Law Working Group on Electronic Commerce, Forty-third session, A/CN. 9/WG. IV/WP. 108 (2004).

条中特别针对"要约之诱引"加以辨明，并具体规定，若缔结合同之要约，非向一个或一个以上特定人提出，而仅系可供信息系统使用人查询之用者，除要约人同意受其拘束者外，应视为"要约之诱引"，当事人不因要约而受其拘束。①

此外，随着科技之发展，自动化计算机系统（automated computer systems）与电子代理（electronic agents）应用于电子合同之情形，有日趋普遍之现象，就现有之国际规范而言，仅于《联合国贸易法律委员会电子商务模范法》针对信息之归属设有一般原则性之规定，此尚不足以解决自动化交易系统之法律定位；故公约草案初稿第 12 条，确认自动化系统之缔约效力，对透过自动信息系统与人之间的交互动作或者通过若干自动信息系统之间的交互动作订立的合同，不得仅仅因为无人复查这种系统进行的每一动作或者由此产生的约定而被否认其有效性或可执行性。② 公约草案初稿并要求透过自动化计算机系统表示能够提供货品或服务之当事人，应向使用该系统之其他当事人提供适宜、有效且便于使用之技术方法，让这些当事人能于缔结合同前发现或纠正错误。③

c. 发出与收受数据电文之时点认定。关于合同缔结过程中的收受与发出问题④，依《联合国际货物买卖公约》第 24 条之规定，要约与承诺均以"到达"（reach）时，始生效力。⑤ 就传统通信之方式而言，不论以口头或书面，就其时点之认定，较无疑义；唯于电子通信方式中，如何确定"收到"

---

① 在有纸化环境下，报纸、广播和电视中的广告、价目表之寄送，因其承诺约束之意图不明显，一般均被视为要约之诱引。相同地，当事人透过网络提供货物或服务，亦应视为要约之引诱，而不构成具拘束力的要约。Preliminary draft convention on［international］contracts concluded or evidenced by data messages Article 11；United Nations Commission on International Trade Law Working Group on Electronic Commerce, Forty-third session, A/CN. 9/WG. IV/WP. 108（2004）。

② Preliminary draft convention on［international］contracts concluded or evidenced by data messages Article 12；United Nations Commission on International Trade Law Working Group on Electronic Commerce, Forty-third session, A/CN. 9/WG. IV/WP. 108（2004）.

③ 此规定系参照欧盟 2000/31/EC 号指示第 11 条第 2 款之规定所订立，《加拿大统一电子商务法》（Uniform Electronic Commerce Act of Canada）第二十二节及《美国统一电子交易法》（United States Uniform Electronic Transactions Act）第十节，亦设有类似之规定；详参 Preliminary draft convention on［international］contracts concluded or evidenced by data messages Article 14；United Nations Commission on International Trade Law Working Group on Electronic Commerce, Forty-third session, A/CN. 9/WG. IV/WP. 108（2004）。

④ 在联合国国际货物买卖公约（CISG）与国际商务合同通则（UNIDROIT）之规定中，均以要约到达要约人时，发生效力。详参 United Nations Convention on Contracts for the International Sale of Goods Article 15. ；Principles of International Commercial Contracts Article 2. 3。

⑤ 详参 United Nations Convention on Contracts for the International Sale of Goods Article 24。

（receive）数据电文，即生疑义。因此，联合国国际贸易法律委员会于《电子商务模范法》中，便针对发出与收受数据电文之时点，另设规定。① 此应足以涵盖瞬间即至的电子通信情况，故公约草案初稿基本上亦反映了此立法精神，即除当事人另有约定者外，数据电文的发出时间，是数据电文进入发端人或代表发端人发送数据电文的人控制范围之外的某一信息系统或离开发端人或代表发端人发送数据电子的人控制范围之内的信息系统时；至于收到之时点，除非考虑到具体情形和数据电文的内容，发端人选择发送数据电文的该特定信息系统是不合理者外，当数据电子进入收件人的信息系统时，即应推定收件人能够检索该数据电文，故数据电文的收到时间系以数据电文能够为收件人或由收件人指定的任何其他人检索的时间。②

（3）形式之要求。有关电子合同之书面形式要求，公约草案初稿于第 13 条中规定，本公约任何规定均不要求合同须以书面缔结或以书面证明之；凡法律要求本公约所适用之合同应当采用书面形式者，只要系争数据电文所含信息可以接取（accessible）以备日后查用者，即能满足该项要求。③ 此规定乃参考《联合国国际货物买卖公约》而来，依该公约第 11 条之规定，有关国际货物买卖合同无需以书面缔结或证明之，故可经由口头、书面或其他方式来缔结④，公约草案初稿亦体现此形式自由之原则并将其适用范围扩及于一切合同。此外，公约草案初稿亦采用《联合国国际贸易法律委员会电子商务模范法》中功能等同之观念⑤，赋予数据电文具有等同于书面之效力。

此外，对电子合同之签字形式要求规定，凡法律要求合同或当事人被要求作出或选择的有关合同的其他任何通信、声明、要求、通知或请求应当签字的，或法律规定了没有签字的后果的，对于一项数据电文而言，在下列情况下，即满足了该项要求：（a）使用了一种方法来鉴别该人的身份和表明该人认可了数据电文内所含的信息；而且（b）从所有各种情况来看，包括根据任何相关的约定，该方法对于生成或传递数据电文而要达到的目的而言，既是适当

---

① UNCITRAL Model Law on Electronic Commerce Article 15.

② Preliminary draft convention on [international] contracts concluded or evidenced by data messages Article 10; United Nations Commission on International Trade Law Working Group on Electronic Commerce, Forty-third session, A/CN. 9/WG. IV/WP. 108 (2004).

③ Preliminary draft convention on [international] contracts concluded or evidenced by data messages Article 9; United Nations Commission on International Trade Law Working Group on Electronic Commerce, Forty-third session, A/CN. 9/WG. IV/WP. 108 (2004).

④ United Nations Convention on Contracts for the International Sale of Goods Article 11.

⑤ UNCITRAL Model Law on Electronic Commerce Article 6.

的，也是可靠的。①

三、电子合同之成立与生效

法律之研究须始于法律现象之掌握，尔后进入法律关系、权利义务关系之探讨；此点于当前电子商务环境下之合同法律体系亦然。对于数字（digital）或电子（electronic）环境中的合同而言，在诸多科技与社会条件之冲击下，所呈现出的法律现象主要环绕在"无纸化"、"即时跨国界互动"、"电子媒介之介入"、"电子支付工具或系统之发展"与"认证与交易安全"等问题上。②针对这些问题，在台湾地区之法学研究中，我们看到过去 10 年有许多法学博、硕士论文曾加以探讨③，其中亦有针对电子合同特别着墨者④，但多系从传统民事合同所作假设性之研究，或是先前强调以合同自由或贸易惯例规划为核心之探讨。

随着国际规范内国化之发展历程，电子合同的问题，亦从早期的假设性探讨及侧重电子贸易合同之研究，进入内国法制定后之具体适用问题。以台湾地区之发展经验而言，在《电子签章法》正式颁行后，因该法尚无法完全解决电子交易所须面临的民事问题，而电子合同的探讨，除电子签章法之规定外，更需配合台湾地区电子签章法之制定与民法之适用问题，加以论述。以作者之

---

①　Preliminary draft convention on［international］contracts concluded or evidenced by data messages Article 9；United Nations Commission on International Trade Law Working Group on Electronic Commerce，Forty-third session，A/CN. 9/WG. IV/WP. 108（2004）.

②　林瑞珠：《当前电子商务发展对国际贸易合同法制之影响》，载《信息法务透析》1999 年第 11 期，第 40—48 页。

③　这些问题之探讨，主要散见于下列论文中，如：如林志峰："电子数据交换基本法律问题之研究"，台湾大学法律学研究所硕士论文，1991 年；林冈辉："电子邮件之截收处分"，台北大学法律研究所硕士论文，2001 年；卢骏道："载货证券使用电子数据交换方法所生法律问题之研究"，东吴大学法律学研究所硕士论文，1994 年；罗培方："网络证券经纪商之法令遵循与问题探讨"，台湾大学法律法律学研究所硕士论文，2001 年；张启祥："电子商务法律问题之研究—以交易及付款机制为重心"，东吴大学法律学研究所硕士论文，2001 年；萧维德："论新形态电子支付系统之架构暨其法律关系"，台北大学法律研究所硕士论文，1999 年；李瑞生："电子商务交易安全法制之研究"，东海大学法律学研究所硕士论文，2001 年；魏翠琪："电子商务不可或缺的角色——网络付款与认证机制之法律问题研析"，东吴大学法律学研究所硕士论文，2000 年；朱瑞阳："电子商务认证制度之研究"，辅仁大学法律法律学研究所硕士论文，1999 年。

④　例如：林瑞珠："论国际贸易合同法制在数字化环境下之发展"，中兴大学法律学研究所博士论文，1999 年；吴诗敏："国际网络上电子商务买卖合同成立之初探"，东吴大学法律学研究所硕士论文，2000 年；陈汝吟："论网际网络上电子合同之法规范暨消费者保护"，台北大学法律研究所硕士论文，1998 年；与方冰莹："电子商务合同法律问题之探讨——以网络购物为中心"，东吴大学法律学研究所硕士论文，1998 年。

经验为例，虽早于该法颁行前即有专文论及①，亦有其他学者针对电子商务合同所涉及之法律问题②，加以讨论。但在电子签章法正式颁行后，③该法虽已为电子交易之发展奠立初基，然并无法完全解决电子交易所必须面临的民事法规之基础问题，故有论者从联合国之立法趋势、英美合同法或美国电子交易法制之观点深入探讨台湾地区电子签章法之立法课题④，然而当前各国之相关立法尚不能全面地涵盖一般交易所涉民事法规之实体内容⑤，而台湾地区的电子签章法之立法亦然⑥，更有待我们特别针对《电子签章法》之规定及其与现有民事法规定之关联性与兼容性，加以探讨。因此，本文拟以民事合同之基本规范为基础，遵循网络规范之发展模式，自国际而内国的角度来检视当前台湾地区电子合同法制所面临之挑战，其中并将纳入台湾地区颁行《电子签章法》后所涉之问题，及其与国际规范或其他国家相关法律制度发展方向之歧异，进而回归到台湾地区基础民事法相关规定之探讨，以为两岸后续法规调适之参考。基于此，吾人拟就当事人、标的与意思表示之问题，分述如后。

(一) 电子合同之当事人问题

1. 关于当事人身份之确认问题

在传统合同之缔结过程中，合同之双方多透过人类五官为用，并按传统书面交易方式借对照印鉴或署名，以确认当事人身份并将有关书面文件或讯息载

---

① 作者曾以全球电子商务之发展对电子合同之影响为题，撰稿并收录于周忠海等合著之《电子商务法新论》一书中，详参周忠海等：《电子商务法新论》，神州出版社 2002 年版，第 43—78 页。

② 杨芳贤："电子商务契约及其付款之问题"，载《中原财经法学》2000 年第 5 期，第 291—381 页；黄茂荣："电子商务契约的一些法律问题"，载《植根杂志》2000 年 16（6），第 1—37 页；林瑞珠："当前电子商务发展对国际贸易合同法制之影响"，载《信息法务透析》1999 年第 11 期，第 40—48 页；林瑞珠："当前贸易电子化所面临之法律新课题——以两岸法律因应为例"，载《万国法律》2002 年第 123 期，第 25—36 页。

③ 台湾地区电子签章法于 1990 年 11 月 14 日"总统"（90）华总一义字第 9000223510 号令制定公布；1991 年 1 月 16 日"行政院"（91）院台经字第 0910080314 号令发布自 1991 年 4 月 1 日施行。

④ 杨桢："论电子商务与英美契约法"，载《东吴法律学报》2003 年 15（1），第 41—72 页；冯震宇、黄珍盈、张南熏："从美国电子交易法制论我国电子签章法之立法"，载《政大法学评论》2002 年第 71 期，第 185—236 页；林瑞珠："联合国因应贸易合同电子化之立法新趋势"，载《科技法律透析》2003 年 15（4），第 53—62 页。

⑤ 例如美国之 Uniform Electronic Transaction Act，即将其适用范围限缩在处理"电子纪录"（Electronic Record）、电子签章（Electronic Signature）与实体交易环境中之相对应关系上，而非意图去创造新的法律体系，见 UETA 第二条及第三条之相关定义。另请参见冯震宇、黄珍盈、张南熏："从美国电子交易法制论我国电子签章法之立法"，载《政大法学评论》2002 年第 71 期，第 185—236 页。

⑥ 其本旨在于推动电子交易之普及运用，确保电子交易之安全，见《电子签章法》第一条之立法理由。

明的权利义务归属于该特定当事人。[①] 唯于电子交易中，数字讯息上所显示出之发文者，与实际上制作并发出讯息者是否同一，并无法按传统方式来辨认，虽可依预先安排之密码，透过电子方式加以辨认。[②] 唯当事人间用以确认身份之电子签章其法律属性与法律效力为何？即生疑义。

就台湾地区而言，传统书面合同关系中，多借由对照签名或印章以辨认当事人之身份，故台湾地区《民法》第 3 条中规定，依法律规定有使用文字之必要者：（1）应由本人亲自签名；（2）并得以印章代其签名；（3）如以指印、十字或其他符号代签名者，需经两人签名为证，始与签名生同等之效力。[③] 然而，若应用电子签章于依法律规定应签章之文书时，其本质上究系属"本人之亲自签名"、"印章"抑或为"以其他符号之代签名"，即生疑义？虽台湾地区现行法并未就签章加以定义，但因《民法》第 3 条系将签名、印章与其他符号并列，是有论者以为签名仍须有姓、名、别号、商号、堂名等文字，[④] 故于解释上尚难认电子签章属"本人之亲自签名"或"盖章"。至于电子签章是否得认其属"以其他符号之代签名"？吾人以为，此于实际应用上，易生困扰。当应用电子签章取代传统签章时，若依《民法》第 3 条第 3 项之规定，则需经当事人以外之两人签名证明，始生与签名同等效力，并为法律行为生效之依据；[⑤] 于电子交易合同中，该二人若复以电子签章为之者，则各再需经两人签名证明，此于实际应用上，实不可行。而为解决应用电子签章于依法律规定应签章文书时之难题，特于《电子签章法》第 9 条中规定："依法律规定，应签名或盖章者，经相对人同意，得以电子签章为之。"此可认为系创设一种新的代签章之方式。至于内地方面，2004 年 8 月通过之《电子签名法》即对当事人身份确认有所规范，该法第 13 条第 1 款第一项认为可靠的电子签名应属于电子签名人专有；此外，由第 16 条及第 20 条之规定，当事人之电子

① 林瑞珠："当前贸易电子化所面临之法律新课题——以两岸法律因应为例"，载《万国法律》2002 年第 123 期，第 25—36 页。

② 室町正実，EDI 合同の実務上の留意点（中），〈EDI（電子的データ交換）と法〉.1996，（NBL585）：第 34—35 页。

③ 通说以为，《民法》第 3 条固以规范法定要式行为为其目的；但于当事人约定之法律行为，亦得类推适用之。参王泽鉴：《民法总则》，台北三民书局 2001 年版，第 80—81 页。反对说，参见郑玉波：《民法总则》，台北三民书局，1998 年版，第 63 页。

④ 林诚二：《民法总则讲义》（上册），台北瑞兴图书 1995 年版，第 106—107 页；另可参见 1971 年台上字第 4166 号判决。

⑤ 参见 1931 年上字第 3256 号判例："不动产物权之移转或设定，应以书面为之，此项书面得不由本人自写，但必须亲自签名或盖章，其以指印、十字或其他符号代签名者，应经两人签名证明，否则法定方式有欠缺，依法不生效力。"

签名如需认证，应提供真实、完整和准确的信息，并需对当事人之身份进行查验，准此，亦可间接推知当事人身份之确认。

基本上，电子交易合同中如何确认合同当事人身份，并确保传送讯息与收受讯息为真正，诚属不易；[①] 在电子数据交换运用于电子交易架构时，为免除不必要之争议，当事人多透过合意之方式以签章密码等方式来辨认发文者并确认责任归属。[②] 而于实务运作经验上，有许多辨认之方法，其中较单纯者为密码之设定或采用电子邮件再确认方式，亦有以生理外貌辨识、指纹辨识、瞳孔虹膜辨识、声纹辨识、DNA 比对辨识等技术，作为辨认当事人身份之方式。[③]

至于认证之问题，在传统以书面为基础之合同关系中，常透过公证机构来确认当事人之身份，而于电子合同之缔结中，国际间之发展已普遍采取建立电子商务认证中心，建立起类似印鉴管理和登记制度担当起对电子文书的真实性证明和鉴定责任。[④] 面对非技术因素，如主体欺诈风险、放弃风险、内容异议风险与举证所造成之风险，公证应是控制电子合同特殊风险的有效手段，除对接收、发送电文的行为进行现场公证外，建立"电子公证人"系统、"电子认证"系统，以作为电子证据取证手段。[⑤] 对此，台湾地区与国际间之立法趋势相若，配合数字签章与认证科技之发展，以因电子交易之匿名性所导致当事人身份辨认问题，在当事人同意或选择之基础上[⑥]，一方面透过数字签章作为辨认当事人身份之表征，他方面则透过凭证机构来对签章之真正性加以认证[⑦]，以达保护交易当事人之目的。[⑧]

---

① Berman, Andrew B., International Divergence: The "Keys" to Signing on the Digital Line -The Cross-Border Recognition of Electronic Contracts and Digital Signatures, Syracuse J. Int'l L. & Com. 2001 (28): 125—128.

② 室町正実，EDI 合同の実務上の留意点（中），〈EDI（電子的データ交換）と法〉. 1996 年版，（NBL585）: 第 34—35 页。

③ 吴嘉生："电子商务法导论"，载台北学林文化，2003 年版，第 365 页。

④ 章宏友："关于电子合同若干问题的法律思考"，载《武汉冶金管理干部学院学报》2003 年第 1 期，第 71 页。

⑤ 郑远民、易志斌："试论公证在电子合同中的应用价值"，载《北京理工大学学报》（社会科学版）2002 年第 2 期，第 93—95 页。

⑥ 例如，德国（1997 年）、马来西亚（1997 年）、意大利（1997 年）、新加坡（1998 年）、韩国（1998 年）及美国各州之立法。

⑦ 设置认证中心的重要性在于由其扮演公证第三者角色，使数位签章的签署者难以否认其曾为的意思表示，并为其所发出的讯息负起应负的法律责任，如此电子交易安全方可获得保障，参见洪淑芬："数字签字——公开金匙认证机构介绍"，载《信息法务透析》1996 年第 11 期，第 15 页。

⑧ 周忠海等：《电子商务法新论》，台北神州出版社 2002 年版，第 50 页。

2. 关于当事人行为能力之欠缺问题

在传统合同之一般生效要件中，通常会要求当事人应具有完全之行为能力①，大陆合同法第 9 条中亦规定："当事人订立合同，应当具有相应的民事权利能力和民事行为能力。"而在电子合同中，理应要求当事人具有完全行为能力，合同始生效力。但如何得悉他方是否具有完全行为能力？在传统透过面对面（face to face）的交易模式中，当事人可以经由外貌、言语或行止等，来判断交易相对人是否为完全行为能力人；但于电子交易中，就相对人行为能力有无之判断，则具事实上之困难，而如何在促进电子交易发展之前提下，兼顾无行为能力人与限制行为能力人交易上之保护，则值得我们进一步探讨。

以台湾地区之现况而言，或可参考《邮政法》第 12 条或《电信法》第 9 条之规定，以为讨论的基础②，此二规定虽分就无行为能力人或限制行为能力人所为之邮政事务与电信行为，设特别规定"视为"有行为能力人；唯在电子交易过程中或有利用电信之行为，但尚不能对"使用电信发生之其他行为"，视为有行为能力人所为。③ 因此，就电子交易合同之缔结，于《电子签章法》或其他专法未设有特别规定之情形下，似不宜类推适用邮政法或电信法之规定，而应依民法中有关当事人行为能力之规定，以为效力认定之基础。换言之，应认为无行为能力人所为之意思表示无效；限制行为能力人未得法定代理人之允许，所订立之合同，须经法定代理人之承认，始生效力；或者会造成相对人之不利，进而影响电子交易安全与信赖之保护，必要时可依《民法》83 条之规定，认定限制行为人用诈术使人信其为有行为能力人或已得法定代理人之允许时，应认可其法律行为有效，借以达到权衡限制行为人保护与电子交易安全维护之目的。

综上所述，对当事人行为能力欠缺之问题，如何在交易安全、信赖之维护与限制行为或无行为能力之保护间，加以权衡？笔者虽能于既有法规中找到一

---

① 参施启扬：《民法总则》，台北三民书局 2000 年版，第 198—199 页。另，内地合同法更进一步将之明文化，参见该法第 9 条规定："当事人订立合同，应当具有相应的民事权利能力和民事行为能力。"

② 《邮政法》第 12 条之规定："无行为能力人或限制行为能力人，关于邮政事务对中华邮政公司所为之行为，视为有行为能力人之行为。"至于《电信法》第 9 条则规定："无行为能力人或限制行为能力人使用电信之行为，对于电信事业，视为有行为能力人。但因使用电信发生之其他行为，不在此限。"

③ 对此有论者以为，限制行为能力人或无行为能力人通过网络订立的合同，对于相对人应视为有行为能力，因网络具开放性，相对人又须面对不特定多数人，加以交易不是面对面进行，因而相对人难以辨认对方之真伪；吴楠："电子合同中若干法律问题探析及应用建议"，载《学术界》2003 年第 2 期，第 224 页。

些探讨方向，然传统之书面合同法制是用以拘束当事人之行为，电子合同法制所强调者却倾向于规范当事人之缔约过程；因此，在处理电子合同成立与生效之问题时，不应过度强调科技本身所带来之变动，而应强调科技对人与人间在信息交流与交易关系之互动上所显示之价值，故较佳之处理方式仍应就电子合同环境所赖之私法体系，作一较全面的检讨。

3. 关于自动化计算机系统与电子代理之应用问题

传统合同的缔结是建立于双方当事"人"之意志上，但在电子合同中，此种观念将受到挑战，盖当吾等将自动化计算机系统（automated computer systems）与电子代理（electronic agents）① 之制度应用于电子合同之缔结时，是否能缔结一个等同于传统民事法架构下之成立并生效之合同关系，便成为值得吾等加以探讨之课题。例如，某量贩店甲公司以自动化计算机系统管理库存商品，而甲公司销售之特定产品，系向乙公司购买，唯该特定产品之下单或接单则系透过 EDI，交由各该公司之自动化计算机系统自动进行。此时，甲公司与乙公司间所缔结有关该产品之个别买卖合同中，并未另立书面文书，亦无人为之交涉或意思决定的介入，全交由自动化计算机系统来进行交易，此正是典型的电子自动缔约行为；换言之，整个过程均经由当事人或使用人设计、选择，或程序设计之计算机用以发出或响应相关电子讯息或工作，而不经人为之审视。② 以本例言，电子代理并不是具有法律人格的主体，而是一种能够执行人的意思的、智能化的交易工具。一般的应用工具，只是人体部分功能的复制或延伸，而"电子代理人"则不同，它是商事交易人的脑与手功能的结合与延伸。从构成上看，它是具有自动化功能的软件、硬件，或其结合；从其商业用途看，它可用于搜索某一商品或服务的价格，完成在线买卖，或对交易发出授权。③

此时法律应如何来评价自动化计算机系统（automated computer systems）

---

① 所谓电子代理，指一旦被一当事方所启动，便可在所编制的程序参数范围内开始运作、响应或与其他当事方或其他当事方的电子代理人进行相互联系。见 United Nations Commission on International Trade Law Working Group on Electronic Commerce, Thirty-ninth session, A/CN. 9/WG. IV /WP. 95. (2002)。

② 而此电子讯息相较于传统之代理人而言，存有相当之差异。首先，其签名不能以墨水或亲笔为之。第二，该讯息可能系由计算机之自动行为而非自然人所产生。例如，一个计算机库存管理系统，在没有人为介入下，在其资料呈现出低库存时，开立了一张 EDI 订单。同样地，一个计算机资金管理系统可能在特定银行之户头超过先前同意之门槛时，自动签发电子资金移转。第三，一电子讯息可能由本人而不是其代理人发出。

③ 李祖全："电子合同的证据法学之思考"，载《常德师范学院学报》（社会科学版）2003 年第 3 期，第 53 页。

与电子代理（electronic agents）应用于电子合同之情形？目前，实务上多以当事人间之协议为基础，来解决自动化计算机系统与电子代理之定位问题，然若交易当事人未有合意时，则为立法者或法院所必须面对并加以解决之议题。此于美国学说之论述中或有主张同意理论（The Consent Theory）①、信赖理论（The Reliance Theory）②、侵权理论（The Tort Theory）③、市场信心理论（The Market-Confidence Theory）④、信任理论（The Trust Theory）⑤ 等，至于台湾地区究应如何建构足以衔接既有法规发展之制度，实有赖进一步从事比较法与法律继受之研究。

就现有之国际规范而言，仅于《联合国贸易法律委员会电子商务模范法》针对信息之归属设有一般原则性之规定，然而笔者以为，此尚不足以解决自动化计算机系统与电子代理之法律定位；因此，公约草案初稿第 12 条乃规定，除当事人另有约定者外，即使未经自然人复查计算机系统运作之每一个动作或因此产生之约定，合同仍可透过自动化计算机系统与自然人间之交互运作，或透过若干自动化计算机系统间之交互运作来缔结。⑥ 由此规定观之⑦，计算机的自动化处理并不是未体现当事人的真实意思，而只不过是这种真实意思被格式化、电子化、自动化了而已，且所反映的是当事人订立合同时的真实意思；⑧ 立法者同意电子合同可透过自动化计算机系统来完成，并进一步认为经由计算机程序代为处理商务之人（不论自然人或法人），应就该自动化系统所

---

① Lerouge, Jean-Francois, The Use of Electronic Agents Questioned Under Contractual Law: Suggested Solutions on a European and American Level, J. Marshall J. Computer & Info. L. 1999 (18): 403.

② Raz, Joseph. the Morality of Freedom. New York: Clarendon Press, 1986. 173—176.

③ Gilmore, Grant, the Death of Contract, Columbus: Ohio State University Press, 1995, 95—112.

④ Farber, Daniel A. & Matheson, John H., Beyond Promissory Estoppel: Contract Law and the Invisible Handshake, U. Chi. L. Rev. 1985, (52): 903, 927.

⑤ Raz, Joseph, Promises in Morality and Law, HARV. L. REV. 1982, (95): 916.

⑥ Preliminary draft convention on [international] contracts concluded or evidenced by data messages Article 12.1.; United Nations Commission on International Trade Law Working Group on Electronic Commerce, Forty-third session, A/CN. 9/WG. IV/WP. 108 (2004).

⑦ 公约草案初稿并要求透过自动化计算机系统表示能够提供货品或服务之当事人，应向使用该系统之其他当事人提供适宜、有效且便于使用之技术方法，让这些当事人能于缔结合同前发现或纠正错误，以达衡平之目的。此规定系参照欧盟 2000/31/EC 号指示第 11 条第 2 款之规定所订立，《加拿大统一电子商务法》（Uniform Electronic Commerce Act of Canada）第二十二节及《美国统一电子交易法》（United States Uniform Electronic Transactions Act）第十节，亦设有类似之规定；Preliminary draft convention on [international] contracts concluded or evidenced by data messages Article 12.2.; United Nations Commission on International Trade Law Working Group on Electronic Commerce, Forty-third session, A/CN. 9/WG. IV/WP. 108 (2004)。

⑧ 吕国民："电子合同订立的若干问题探析"，载《财经问题研究》2002 年第 5 期，第 79—80 页。

生成之数据电文负终局责任。①

　　针对上述问题，台湾地区并未设有相关之规定，笔者以为其可能之解决方案，或可透过技术规划②、合同当事人之明示同意、代理制度与理论之探讨③、拟人（人格）化理论之建构④、工具说⑤、电子签章法之调整或电子交易之特别立法（如美国之 UCITA⑥ 或 UETA⑦），加以解决。唯就台湾地区现有之法规范言，电子签章法中并未对此设有规定，而《民法》第 103 条以下关于代理之规定，系以"人"为适用前提，故解释上应认为自动化计算机系统与电子代理虽得自行发出或收受意思表示，但其并无独立之意思，且其所为之发出或响应动作，若均系基于当事人或使用人所设计、控制的，在某种程度上，似可认为是人的意志之延伸，而得将之视为"工具"、基于此，将透过自动化计算机系统与电子代理所为之行为，仅是当事人思维和行为的一种延伸，行为的后果也理应由人承担⑧，与该当事人所为者具同等法律效力。具体而言，人类与计算机分工，计算机作为人类意思之延伸，计算机之表示行为，乃是基于人类本身之意思或间接地以人类之意思为根据⑨，故得将其视为工具。

---

① United Nations Commission on International Trade Law, Thirty-fourth session, A/CN. 9/484 (2001).

② Hermans, Bjorn. Intelligent Software Agents on the Internet: An Inventory of Currently Offered Functionality in the Information Society and a Prediction of (Near) Future Developments. http://www. firstmonday. dk/issues/issue2_ 3/ch_ 67/ visited 2004/08/01.

③ Kerr, Ian R., Spirits in the Material World: Intelligent Agents as Intermediaries in Electronic Commerce, Dalhousie L. J. 1999, (22): 190, 239—247.

④ Solum, Lawrence B., Legal Personhood for Artificial Intelligences, N. C. L. REV. 1992, (70): 1231, 1238—40.

⑤ Preliminary draft convention on [international] contracts concluded or evidenced by data messages Article 12. 1. United Nations Commission on International Trade Law Working Group on Electronic Commerce, Forty-third session, A/CN. 9/WG. IV/WP. 108 (2004).

⑥ UNIF. Computer Info. Transactions Act 107.

⑦ Uniform Electronic Transactions Act 2 (6) 中，对电子代理之定义"单独使用计算机程序、电子方式或其他方法，以发动一行为或是响应、执行电子记录，而其全部或一部并无人类对其再为检查或再为其他行为"。

⑧ 于海防、韩冰："电子合同订立过程中的若干问题研究"，载《烟台大学学报》（哲学社会科学版）2002 年第 2 期，第 158 页。

⑨ 依德国民法有关意思表示之解释，一般系采所谓基于意思表示受领人客观理解之层面或观点为标准，因此在设置者利用计算机及程序使一项意思表示进入法律交易中之情形，即使设置者对于此一意思表示之内容及其相对人为何人，均毫无所悉，此项利用计算机程序及所为之意思表示，亦得归属于设置者本身而成为意思表示。亦即，数据处理系统之设置者，使相对人足以正当信赖其数据处理系统所完成并传达之意思表示具有拘束力下，即得将之归属于设置者而作为其意思表示。详参杨芳贤："电子商务契约及其付款之问题"，载《中原财经法学》2000 年第 5 期，第 297—298 页。

综上所述，关于自动化计算机系统与电子代理之问题，本文所强调的是，在合同当事人与参与者间互动关系之重新界定，而非本诸于传统"代理人"之法则，强调其个别行为在商品或劳务交易过程中之法律属性与定义而已。尤其，随着科技之进步，此自动化计算机系统与电子代理在可预见的未来将具"自主行为"的能力，而不仅拥有"自动行为"之能力。即透过 AI 人工智能之发展，其可能吸取经验，改变自己程序中的指令，甚至设计新的指令，此应如何评价？也许在不久的将来，生化机器人（cyborg）[①] 亦不再只是电影中之虚拟人物或是科技的想象时，此时 cyborg 是不是"人"？而我们又应如何应对？对此，笔者以为法律所应侧重者乃代理之功能，而唯一真正重要的人，则是指导"电子代理"行事之本人，此方不致发生无法解决之哲理困扰，故针对此新兴之法律问题，实应进一步调适相关民事法规以为规范。

（二）电子合同之标的问题

相对于传统合同多以传统之最终商品买卖为交易之标的，电子合同常以知识产权商品为交易标的，故如前述所谓第三类交易标的在电子合同中，即扮演着相当重要之地位。一般人对智慧财产商品之了解，往往将之解释为一种无形资产（Intangible Assets）。而当前大多数国家之做法，是在法律上将无形资产界定为二个主要类别；一类是工业财产，另一类属于人文艺术创作之著作。[②] 对于传统以实体物为合同标的之法律环境而言，民事法之规定有其依附之物理实体及人类感官辨识能力之逻辑，唯今因面对标的之抽象化属性，原有法律规范是否仍足以延续其规范逻辑，值得吾人加以重视。[③]

就现行法律规范观之，合同之标的必须可能、确定、适法与妥当。此在以传统最终商品为交易标的，固然无问题；然就以传统商品、劳务以外之智慧财产商品为标的之电子合同是否可为相同之解释？则不无疑义。吾人以为，台湾地区之民法是以"物"为权利之客体，至于所谓之"物"，既指人身以外，凡人力所能支配并可独立满足人类社会需要之有体物或无体物均属之[④]，故台湾

---

① 此名词系由 Manfred Clynes 与 Nathan Kline 于 1960 年所提出，为 cybernetic organism 的缩写，指的是利用辅助器械，来增强人类克服环境的能力。苏健华：《科技未来与人类社会－从 cyborg 概念出发》，嘉义市南华大学社会学研究所 2003 年版，第 62 页。

② 工业财产（Industrial Properties）又称产业财产权，通常在欧美系指专利、商标、工业设计（industrial design）等。与智慧财产相关之艺术创作主要包括文学、音乐、摄影、电影、绘画、珠宝、唱片、录音带、多媒体传播等。通常这些智慧财产系透过著作权法（Copyright Law）来加以保护。

③ 周忠海等：《电子商务法新论》，台北神州出版社 2002 年版，第 54 页。

④ 林诚二：《民法总则讲义》（上册），台北瑞兴图书 1995 年版，第 242—250 页。

地区民法对于权利客体之定义，在解释上自不以有体物为限，从而以无体物为交易标的之合同，其成立生效似可无异于一般之有体物交易。①

无可讳言，现行法律规范之执行，均本于对有体物交易内容之理解所为之规范②，故适用上难以期待执法者对无体物交易给予特别之考量；如网络上的计算机软件下载合同，究属网络授权合同抑或买卖合同？对当事人之影响甚巨，若为买卖合同，则将涉及所有权之移转，而软件授权合同则仅生使用权之授予而已；③对此，虽有论者以为，无论在传统套装计算机软件或在线商业软件交易中，如消费者所欲交换之经济利益，为无限期、继续使用软件之权利，该软件是否受著作权之保护、是否为民法上之物、究竟系以附载媒体如磁盘片交付或以直接下载传输到消费者计算机方式代替交付，皆无关紧要，换言之，消费者所强调的，在于经济利益之获致，并以"合同主要目的"为判断依据，认为此一合同非属授权合同，而应适用、类推适用买卖之规定。④唯吾人以为，一般软件交易形式上虽以套装方式交易，然仅生授权之效果而与买卖关系中所生移转财产权之"完全交付"显系有别，而美国之所以会特别针对计算机信息商品之交易研拟专法，正是基于对于此类数字商品之特殊性所给予之必要考量。

早在1988年美国司法界就已发现了这个问题⑤，以 Micro Data Base Systems, Inc. v. Dharma Systems, Inc. 案为例言⑥，此涉及一个四方计算机软件合同之债务不履行事件。在所争议的合同中，MDBS 除同意支付 Dharma125000 美元的授权费用（License Fee）以取得使用 Dharma 既有软件之授权外，其另行支付同样金额给 Dharma 要求其调整该软件以符合 MDBS 的需求。⑦ 基本上，这是很典型的计算机软件交易合同，然若细查所谓顾客受领软件之交付应于何

---

① 周忠海等：《电子商务法新论》，台北神州出版社 2002 年版，第 54—55 页。

② 陈汝吟："论因特网上电子契约之法规范暨消费者保护"，台北大学法律研究所硕士论文，1998 年，第 85 页。

③ 杨桢："论电子商务与英美契约法"，载《东吴法律学报》2003 年 15（1），第 65—66 页。

④ 吴瑾瑜："网络中无体商品之民法相关问题——以在线递送付费商业计算机软件为例"，载《政大法学评论》2003 年第 74 期，第 61—107 页。

⑤ 周忠海等：《电子商务法新论》，台北神州出版社 2002 年版，第 55—57 页。

⑥ Micro Data Base Systems, Inc. v. Dharma Systems, Inc., Nos. 97-2989, 97-3138, 1998 U. S. App. LEXIS 10725, (7th Cir. 1988).

⑦ 授权费用系立刻付款，而服务费用（Professional Services）则系约定三次分期付款。依约定第一期的 5 万元在计划开始时支付，第二期则在修改后的软件送交 MDBS 及 Unisys 工作初步测试（Beta Testing）时才支付。

阶段完成验收①，即可了解此合同之法律属性。第七巡回上诉法院就本案提出其观点，认为在合同关系中，当买受人受领软件时，若未能告知出卖人其受领之商品有瑕疵，并表达拒绝受领之意思者，将构成受领给付，虽本案之标的为信息软件调整合同，仍有统一商法典（Uniform Commercial Code）中买卖合同之适用。② 以本案而言，合同之标的会因劳务内容究为原始软件之开发抑或是针对原有软件之调整而有差异，若为"原始软件之开发"，我们通常会视为承揽合同，需待工作物之交付，承揽人之义务始完成；然若以"原有软件的调整"为劳务供给之内容，法院认其属性仍应倾向于买卖，故在商品有瑕疵时，买受人便应在受领时即时检验，或在合理期间内做必要的检查并就瑕疵提出主张，否则即构成受领。

基于此，即便同样是软件劳务供给合同，法院会因给付义务之差异而将其归类为承揽或买卖等不同属性之法律关系，这种法律属性上之差异，亦生不同的法律评价。而这是当时美国各界关切统一商法典增修第 2B 条（Article 2B），及日后不得不单独针对信息软件交易发展出独立之统一计算机信息交易法（UCITA）与统一电子交易法（UETA）的重要立法背景。③ 事实上，美国针对电子合同中因交易标的之改变所作之调整，应可作为未来在实务上及立法修正上之重要参考。

（三）电子合同之意思表示问题

承前所述，电子合同与传统合同在缔结合同之方式上有所不同，在传统合同中，其缔结通常基于当事人之意思，透过口头或书面方式缔结，然于电子合同中，并未如传统之缔约方式般有口头交谈或书面签署之过程，因此，当事人之间的意思表示于何时成立生效？当事人发出的意思表示，是否有撤回的可

---

① 在履约的过程当中，MDBS 先付了第一期款，而且 Dharma 也将 Beta Version 送交 MDBS，让 MDBS 转交 Unisys 以利测试。Unisys 并未向 MDBS 或者 Dharma 表达任何瑕疵之意思。

② 此与 MDBS 从 Dharma 处购买汽车而支付 2 万元买汽车本身，1000 元给 Dharma 来调整该车以符合 MDBS 之特殊需求应无不同。

③ U. C. I. T. A. 系模仿统一商法典，而实际上一开始即是 U. C. C. 一条新的条文，但起草人了解到信息产品之特性不能符合第二章条所规定货品买卖法律规定。故起草人重新命名该法为 U. C. I. T. A. 来表示该法案之范围仅着重在计算机信息取代原先其被称做 2B 之提案，参考 Miller，Fred H. & Ring，Carlyle C.，Article 2B's New Uniform：A Free-Standing Computer Information Transactions Act，http：// www. 2bguide. com/docs/nuaa. html（visited 2004/8/2）；有关其发展见 http：//www. ucitaonline. com（visited 2003/05/28）；关于 UCITA 的优缺点，可参 Yacobozzi，Ruth J.，Integrating Computer Information Transactions into Commercial Law in a Global Economy：Why UCITA is a Good Approach，but Ultimately Inadequate，and the Treaty Solution，Syracuse L. & Tech. J. 2003，（2003）：4。

能？当事人的意思表示有瑕疵时，应如何处理？均值得吾等加以探讨，以下拟先就电子合同与传统合同之缔约流程异同以图表略示如下，并说明之：

【传统合同缔结流程】

A. 当事人交互方式

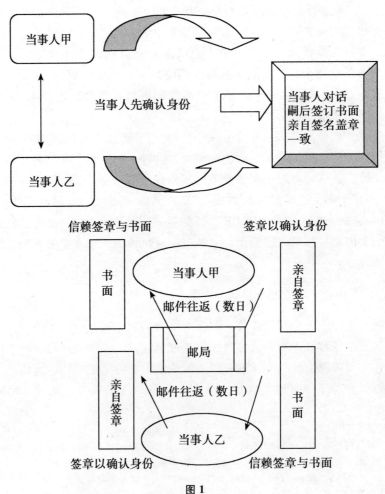

图 1

B. 当事人非交互方式

【电子合同缔结流程】

1. 电子合同中之意思表示问题

（1）电子合同中之要约意思表示。

a. 电子合同中要约之意义。在传统合同之缔结中，所谓"要约"，指希望与他人订立合同之意思表示，为以缔结合同为目的，而唤起相对人承诺之意思

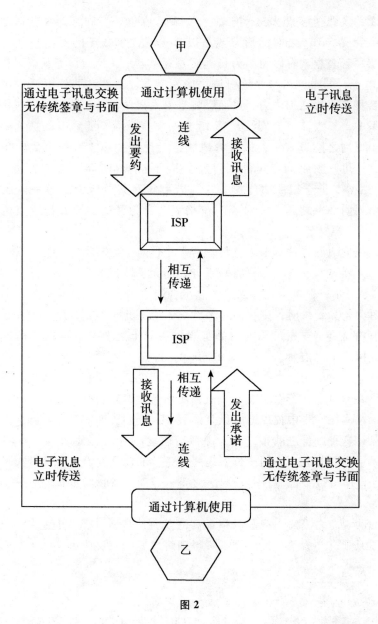

图 2

表示。[1] 要约之成立必须具备下列要件：①内容具体确定；②表明经受要约人

---

① 其具备要件有三：（1）须由特定人为之；（2）须向相对人为之；（3）须足以决定合同之必要之点。孙森焱：《民法债编总论上册》，台北三民书局 2001 年版，第 52—53 页。

承诺，要约人即受该意思表示拘束。① 因此，在电子合同之缔结过程中，不论是以视讯会议、BBS 之对话形态或是以 E-mail 往来或于网页上张贴告示之非对话类型，若表意人有以缔约为目的而为意思表示，均应认为其属要约。

b. 电子合同中要约与要约引诱之区别问题。要约与要约引诱之区别，因关乎是否具有要约之拘束力，进而影响当事人权益甚巨，故应加以区辨；传统合同关系中，于大陆《合同法》第 15 条中规定来看，要约引诱是希望他人向自己发出要约之意思表示；而台湾地区于《民法》第 154 条第 2 项亦设有相关规定，认可"货物标定卖价陈列者，视为要约。但价目表之寄送，不视为要约"。然于电子虚拟商店之网页上，若商家对其所贩售之各种商品，以图文、表格列明商品之编号、种类、价格等，究为要约抑或要约之引诱？仍有疑义。

吾人以为，网络首页上之宣传，若只是针对多数不特定人的广告，希望看到广告的人能与之联系，如果有联系方式而无具体销售合同涉及的内容，只能认为是要约引诱②；申言之，未具体表示合同之内容，或表意人注重相对人之信用、资力始为缔约时，则仅属于要约之引诱；此于英美判例法中亦显示，若将广告、橱窗展示或超市陈列商品都当做法律上之要约，是具有相当危险性的，因此网络上之展示（website display）除于网络上特别指明为要约并符合各种承认条件时所为之回复外，仅能认为是要约之诱引而非要约。③ 至于电子虚拟商店之网页上，若以图文、表格列明商品之编号、种类、价格等，即构成要约；如在网络广告中提供即时供货的服务，让购买人即可在网络上下载其订购之商品，这种广告之散布，电子虚拟商店之所有人（或卖主）对网页上之价格，系可随时修改，不同于价目表之寄送，一旦寄发出去，虽日久价易，商家仍无法即时修改，已非仅是价目表之寄送，而与货物标定卖价无异，应视为要约。④

对此两观念之澄清，德国联邦最高法院判决实务，是以意思表示受领人，本着诚信原则，并参酌交易惯例，可得理解之客观意义为准；⑤ 台湾地区未于

---

① 内地《合同法》第 14 条之规定，亦同其要旨。

② 朱宁先、朱成化、朱顺先："电子商务的电子合同及其法律思考"，载《管理科学》2003 年第 5 期，第 94 页。

③ 详参见杨桢："论电子商务与英美契约法"，载《东吴法律学报》2003 年 15（1）第 50—51 页。参阅孙森焱：《民法债编总论》（上册），台北三民书局 2001 年版，第 50—52 页。

④ 详参见黄茂荣："电子商务契约的一些法律问题"，载《植根杂志》2000 年 16（6），第 17 页。

⑤ 详参见杨芳贤："电子商务契约及其付款之问题"，载《中原财经法学》2000 年第 5 期，第 316 页。

电子签章法中设有相关之规定，我们或可参考公约草案初稿第 11 条之规定①，对经由数据电文传送缔约之提议，若非向一个或一个以上之特定人提出，而仅供信息系统使用人查询之用，除当事人表示愿受该意思表示拘束者外，视为要约之引诱，当事人间不生要约之拘束力。此规定与两岸民法之概念相类似，更能描述出电子合同之特性，应可供台湾地区未来立法之参考。

c. 电子合同中要约之方法。于传统合同缔结时，关于要约之方法，台湾地区民法并未设有特别规定，一般仅将其区分为对话与非对话之要约，而在其生效时点上设有不同之规定。因此，在电子合同之缔结过程中，只需该电子讯息在客观上为具有法效意思之表示意思、表示行为，且为本人所发出者，则应认其属要约之一种。就此，大陆《合同法》有相关之规定值得重视，其虽未特别针对要约之方式加以明定，然依该法第 10 条规定，当事人订立合同，有书面形式、口头形式和其他形式②，合同之形式包括"电子数据交换与电子邮件"，因此，当讯息是经由自动化计算机系统或电子代理所发送时，法律虽未明文规定其法律效果，然在解释上，当该程序是由其所有人或使用人所设计或控制时，则仍可认为该行为人或使用人有使其发出具法效意思之表示行为的意图或真意。因此，该自动发送之要约应与其所有人或使用人自己之行为无异，从而应认其具有法律上之效力。台湾地区《电子签章法》中并未就此设有相关规定，究应如何厘清当事人间因使用电子交易系统行为所生之权利义务关系，以确立责任与风险分配，实有赖进一步立法。

d. 电子合同中要约之生效时点。在传统合同的缔结过程中，行为时间的认定相当重要，常被用来作为法律责任归属的基准③；在电子合同中，要约生效与否应如何认定？遇有纠纷时，应如何确认该电子讯息出处之归属？实值得加以探讨。

在传统合同中，就意思表示之生效时点，依台湾地区《民法》之规定，于对话之意思表示，其生效时点应于相对人客观上可得了解之时；④至于非对

---

① 详参 Preliminary draft convention on〔international〕contracts concluded or evidenced by data messages Article 11；United Nations Commission on International Trade Law Working Group on Electronic Commerce, Forty-third session，A/CN. 9/WG. IV/WP. 108（2004）。

② 有论者以为其他形式是公证、鉴证、批准、登记等形式；江平：《中华人民共和国合同法精解》，中国政法大学出版社 1999 年版，第 11 页。

③ 参见"行政院"研考会研拟："电子签章法草案总说明"，1999 年 12 月 23 三日"行政院"第 2061 次院会审议通过。

④ 参台湾地区《民法》第 94 条之立法理由："谨按向对话人之意思表示，应取了解主义，自相对人了解其意思表示时，即生效力是属当然之事。唯对话不以见面为必要，如电话等虽非见面，亦不碍其为对话。"

话之意思表示①，本法采用受信主义，以其通知达到相对人时发生效力。另依通说及判例之见解②，此所谓之"到达"，应指意思表示到达相对人之支配范围内，相对人随时可了解其内容之状态而言。

因此，在缔结电子合同时，若是通过视讯会议或 BBS 等网际网络之对话方式来缔约时，因其仍具有传统面对面或声音传递之特色，在解释上应采了解主义，于相对人了解时发生效力，此于认定上较无问题；至于，以 E-mail 往来或于网页上张贴告示之非对话类型，应如何解释要约生效之时点，则容生疑义。就电子文件之发出时点言，大陆《合同法》第 16 条第 2 款中规定："采用数据电文形式订立合同，收件人指明特定系统接收数据电文的，该数据电文进入该特定系统的时间，视为到达时间；未指明特定系统的，该数据电文进入收件人的任何系统的首次时间，视为到达时间。"台湾地区则参考联合国《电子商务模范法》③，于《电子签章法》第 7 条中规定，"除当事人另有约定或行政机关另有公告者外，电子文件以其'进入'发文者无法控制信息系统之时间为发文时间"，此具体针对电子文件之发文时点设有规定，应认为系针对电子交易所设之特别规定。④ 至于大陆于 2004 年 8 月通过的《电子签名法》第11 条，亦采相同之立法模式；此外，该法第 10 条亦规定，如当事人约定数据电文需经确认收讫者，其收受时间之确认，则以发件人收到收件人的收讫确认时，视为已经收到。

至于涉及纠纷时，应如何去判断电子讯息的出处或归属？对此，联合国《电子商务模范法》中设有明确之规范；⑤ 此外，新加坡《电子交易法》主要依循下列原则处理：⑥ ①当发文者确有寄送电子记录时，则应认定该记录为发文者所有；②虽该记录不是直接由其寄发时，于特殊情形下该讯息仍将被视同

---

① 参见《民法》第 95 条之立法理由："谨按向非对话人之意思表示，即向不直接通知之相对人为意思表示是也。此种表示，应于何时发生效力，立法例有表意主义、发信主义、受信主义（到达主义）、了解主义四种。本法采用受信主义，以其通知达到于相对人时发生效力。"

② 参见 1954 年台上字第 952 号判例："所谓达到，系仅使相对人已居于可了解之地位为已足，亦不问相对人之阅读与否，该通知即可发生为意思表示之效力"；1958 年台上字第 715 号判例："所谓达到，系指意思表示达到相对人之支配范围，置于相对人随时可了解其内容之客观之状态而言。"

③ UNCITRAL Model Law on Electronic Commerce Article 15，Time and place of dispatch and receipt of data messages.

④ 对此规定可以解释为特别规定优先于民法之适用，抑或解释为对民法规定之补充，以说明"到达"之认定基准。

⑤ UNCITRAL Model Law on Electronic Commerce Article 13，Attribution of data messages.

⑥ 本份法案可参阅 http：//agcvldb4. agc. gov. sg（visited 2004/08/02）。

（deemed）为发文者所寄发；① ③当这些记录被视同为发文人所寄送时，则收文者可以认为该记录是发文者故意寄送；当该收文者明知或可得而知其传输有错误发生时，则无此规定之适用。对此，台湾地区《电子签章法》亦未加以规范，然而证之于前述星国立法，显见攸关当事人权益，值得台湾地区未来立法之参考，以避免当事人间之纠纷。

（2）电子合同中之承诺意思表示。

①电子合同中承诺之意义。在传统合同之缔结中，所谓"承诺"指受要约人同意要约的意思表示，以与要约人订立合同为目的所为之意思表示。唯承诺尚需具备下列之要件，始成立生效：a. 承诺需由受领要约人为之；b. 承诺需向要约人为之；c. 承诺之内容需与要约之内容一致；d. 承诺需于承诺期限内为之。因此，在电子合同之缔结中，不论是以视讯会议、BBS 之对话形态或是以 E-mail 往来或于网页上张贴告示之非对话类型，若受要约人有以同意要约为目的而为意思表示，均应认为其属承诺。

此外，于传统合同之缔结方式中，尚有所谓"意思实现"之情形，指依习惯或事件之性质承诺无须通知者，此时，只要有可认为承诺之事实时，合同即可成立。② 此与内地《合同法》第 26 条规定，"承诺不需通知的，根据交易习惯或者要约的要求作出承诺时生效"相类似，实际上承认，承诺可以通过表示以外的方式，如实际行为作出的可能性。③ 至于意思实现中之"有可认为承诺之事实"，是否须以行为人主观上有承诺之认识为必要？学说上对此有争议，有论者以为，不以行为人主观上有承诺之认识为必要，只要依"有可认为承诺之事实"推断出有此效果意思即可；④ 亦有论者以为，仍应以行为人主观上有承诺之认识为必要，仅无须相对人为受领之意思表示而已。⑤ 基于此，在电子交易合同中，若有某甲利用电子邮件寄送一套电子书给乙，乙在开启信箱阅览后，知悉为某甲之商品并开启所附之电子书档案，同时将其下载并储存

---

① （1）如果是透过发文者所授权之人或其设计的信息系统所寄发，或该信息系统自动（operate automatically）寄发时；（2）若收文者系依原有双方决定采用之程序来确认是否该记录为发文者所寄发时；（3）收文者之所以能收受数据讯息，系透过发文者特别安排之第三者，而该第三者得以透过发文者所采之方法来发现该电子记录是否为其所有时。唯在（2）和（3）之情形下，如收文者明知或可得而知（knows or ought to have known）该记录并非发文者所寄发，或者该收文者业已收受通知，表示若其将该电子记录视同为发文者所寄送系错误时，（2）和（3）之规定并不适用。

② 请参见台湾地区《民法》第 169 条。

③ 杜颖："电子合同的效力问题探析"，载《黑龙江省政法管理干部学院学报》2002 年第 3 期，第 28 页。

④ 孙森焱：《民法债编总论》（上册），台北三民书局 2001 年版，第 27—29 页。

⑤ 王泽鉴：《基本理论——债之发生》，台北三民书局 2001 年版，第 146—147 页。

至他处作为使用之准备①，此时，乙下载该电子书并储存至他处之事实，应可认为是有"可认为承诺之事实"，合同基于意思实现而成立。若是利用在线订票系统订购火车票、电影票等，当该机构为订票人预留票券时，则其已为履行合同之准备行为，亦属意思实现，合同应可成立。

②电子合同中承诺之方法。在传统合同之缔结中，承诺既然是以订立合同为目的所为之意思表示，故应以意思表示为之，至于其方法以明示或默示为之者均无不可。② 唯在电子交易合同中，双方当事人可能会有因传输错误或要约人无法确知相对人是否已为承诺之困扰，故有立法者认为应以"明示同意"为妥。③ 然就台湾地区现行法中并未设有类似之规定，笔者以为，除要约人有特别约定者外，不论以明示或默示方法答复，原则上皆属有效；唯尚需具承诺之主观意思，至于承诺意思之有无，则应依客观事实认定之。至于应以何种方式答复，除要约人有特别约定者外，应无限制，故当要约是以电子讯息形式时，承诺人并不一定要以电子讯息方式答复。

③电子合同中迟到之承诺。在传统合同之缔结中，依《民法》第 159 条之规定，承诺之通知，按其传达方法，依通常情形在相当时间内可达到而迟到者，要约人应向相对人立即发送迟到之通知；要约人怠于为此通知者，则其承诺视为未迟到。此规定于电子合同中亦然，如因网络服务业者之主机故障、邮件服务器故障、计算机当机或遭病毒侵入皆可能造成承诺之迟到，此时要约人应向相对人发送迟到之通知，若怠于为之者则视为未迟到。

④电子合同中承诺之生效。关于承诺生效之时点，就理论上约有以下四种

---

① 有时候为了确定使用者的真正意思，或为了让使用者陈述一些事实数据，以便于决定是或不是、或如何采取下一个步骤，网站会使用点选式的点选按钮或窗体，如果使用者依照网站上的指示，依照自己的意思点选某一个特定按钮或选项，网站就认为使用者已经同意选项所代表的约定或使用者已经作了窗体上所记载之陈述，见钟明通：《网际网络法律入门》，台北月旦书局 1999 年版，第 148 页。

② 凡是以语言、文字或当事人了解的符号或其他表示方法，直接表示意思者皆为明示的意思表示。若以各种方法间接表示意思者，为默示意思表示，然而此与单纯沉默不同，因前者为一种积极的行为，只是经由表示其他意思的方式，或以事实行为表示某种特定的效果意思，如在饮食店中取食菜肴食用；而后者仅系单纯的不作为，并非间接的意思表示，是以原则上不生法律效果，唯依当事人约定或在习惯上有时将沉默视为或解释为"意思表示"，如当事人约定对于要约不于一定期间内拒绝者，视为同意（承诺）。施启扬：《民法总则》，台北三民书局 2000 年版，第 235—236 页。

③ 故于美国统一商法典第 2B 条草案，以"明示同意"（Manifesting Assent）作为计算机信息合同成立之有效要件，所谓明示同意，需要可观要件判断，在欠缺无法得知相对人承诺下，则需符合下列条件：（1）可鉴证过去有表示显然同意的记录；（2）对授权合同同意的一方，曾参与确定表示同意的行为；（3）上述表彰显然同意的记录，已经显然提供或表现被授权人已经承诺；（4）授权人仅是保留该信息、记录，虽未反对，尚难谓为显然同意。杜维武："美国关于信息授权与管辖权相关问题"（上），载《法令月刊》1999 年 50（3），第 19 页。

理论：a. 宣告理论（declaration theory）：据此理论，当相对人书写其承诺时，承诺即生效力；b. 发信主义（dispatch theory）：即为信箱原则（mailbox rule），承诺于相对人将其承诺传送于要约人时，发生效力；① c. 到达主义（receipt theory）：即为受信主义，需要约人收到承诺时，承诺始生效力；d. 了解主义（information theory）：于要约人了解承诺存在时，承诺始生效力。②

　　在传统合同中，就意思表示之生效时点，依台湾地区《民法》之规定，于对话之意思表示，其生效时点应于相对人客观上可得了解之时；至于非对话之意思表示，本法采用受信主义，以其通知达到相对人时发生效力。而内地《合同法》第26条之规定，亦以到达要约人时，发生效力。基于此，在电子合同之缔结中，若以视讯会议、BBS之对话形态，以相对人客观上可得了解之时，在认定上较无问题；然而若以 E-mail 往来或于网页上张贴告示之非对话类型时，应如何解释承诺生效之时点，即生疑义。内地《合同法》于26条中规定，采用数据电文形式，缔结合同时，承诺到达之时点依第16条第2款之规定，应满足下列要件：a. 承诺的意思表示已进入要约人的支配范围；b. 承诺的意思表示已脱离承诺人的支配范围；c. 承诺的意思表示处于可期待要约人能了解的状态。故在电子合同的情况，承诺生效的时间应指承诺到达要约人在虚拟空间的支配范围，如电子信箱、计算机系统等。③ 另，依《合同法》第33条之规定："当事人采用信件、数据电文等形式订立合同的，可以在合同成立之前要求签订确认书。"而以签订确认书时，合同成立。在实践中，电子合同订立过程中要约、承诺以及确认书签订生效日期采取的安全措施是数字时间戳，这是一个经加密后形成的凭证文档，以该机构收到文件的时间为依据，电

---

　　① 例如在美国传统以书面交换为前提之统一商法典（U.C.C.）规范中，原则上系以承诺之发送时点为准，亦即采"发信主义"；此际，一如以邮寄方式发出承诺，以投入邮筒之时点为承诺发生效力之时点，且认为意思表示已于此时合致而成立合同，此乃所谓之"信箱法则"（Mailbox Rule）。在邮件信箱规则下，相互合意的成立时期，原则上即为承诺之发信时点。例如，以邮件发出承诺之情形，于投至邮筒时，该承诺即发生效力。另可参见吴嘉生：《电子商务法导论》，台北学林文化2003年版，第453—456页。关于信箱原则之理论基础介绍，可参 Watnick, Valerie, The Electronic Formation of Contracts and the Common Law Mailbox Rule, Baylor L. Rev. 2004, (56): 175。

　　② Viscasillas, del Pilar Perales , Recent Development Relation to CISG : Contract Conclusion under CISG, J. L. & Com. 1997 (16): 315.

　　③ 如果对"到达"作如此解释，则不论是对纸面合同，还是对电子合同，不论在现实空间，还是在虚拟空间，到达主义能够最恰当地在要约人与承诺人间分配风险。在纸面合同的情况，承诺生效的时间应指承诺到达要约人在现实空间的支配范围，如信箱、收发室、办公室、亲属等。刘颖："论电子合同成立的时间与地点"，载《武汉大学学报》（社会科学版）2002年第6期，第655页。

子合同成立的时间以承诺到达生效或签订确认书的数字时间戳为准。①

此于台湾地区《电子签章法》制定时，参酌《联合国电子商务模范法》之规定，② 于第 7 条中明文，除当事人另有约定或行政机关另有公告者外，电子文件以下列时间为其收文时间：一、如收文者已指定收受电子文件之信息系统者，以电子文件"进入"该信息系统之时间为收文时间；电子文件如送至非收文者指定之信息系统者，以收文者"取出"电子文件之时间为收文时间。二、收文者未指定收受电子文件之信息系统者，以电子文件"进入"收文者信息系统之时间为收文时间。③ 此规定以收文者是否已指定收受电子文件之信息系统为区别标准，具体针对电子文件之收文时点设有规定，应认为系电子交易之特别规定。至于内地之《电子签名法》，则以该法第 10 条及第 11 条为其规范依据。

至于电子合同之缔约过程中，因与传统交易之方式有异，在交易技术之发展上，常设有"再确认"之机制，其法律属性及法律效果为何？亦生争议。对此，台湾地区并未于《电子签章》法中加以规定，是否得援引民事法之相关规定？若是，应如何解释？于兹略以图示并说明如下：

于兹试就当事人间之交易流程，分析如下：①若企业经营者先为"要约"，消费者对交易标的为选定行为后，企业经营者往往会透过确认机制发出"确认"，由消费者对该确认为"承诺"，当要约承诺意思表示合致，则成立合同关系；此时企业经营者将复行"再确认"，消费者对此可能之表示有二：a. 若消费者欲缔约并确认该交易，则合同生效；b. 若消费者因不欲缔约而不确认该交易，则合同关系不生效力。②若企业经营者仅为"要约之引诱"，于消费者为"标的选定"行为后，企业经营者往往会"确认"消费者是否欲缔约，若消费者欲缔结合同则可对企业经营者发出"要约"④，企业经营者将可透过"再确认"机制并为"承诺"，使合同关系基于意思表示一致而成立；对此，消费者可能之表示有二：（A）若消费者欲缔约并确认该交易，则合同生效；（B）若消费者因不欲缔约而不确认该交易，则合同关系不生效力。

---

① 孙在友、苏哲："论电子合同的法律效力"，载《天津工业大学学报》2002 年第 6 期，第 49 页。

② UNCITRAL Model Law on Electronic Commerce Article 15, Time and place of dispatch and receipt of data messages.

③ 有论者以为此种立法方式似乎兼采英美法之发信主义与台湾地区法之到达主义，反而对相对人不公，参见冯震宇、黄珍盈、张南薰："从美国电子交易法制论我国电子签章法之立法"，载《政大法学评论》2002 年第 71 期，第 232 页。

④ 此时，若消费者表示不欲缔约，因自始无要约之存在，并不生要约拘束力亦不成立合同。

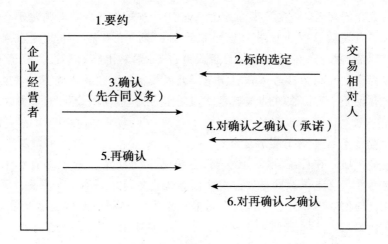

图 3 企业经营者先为要约图

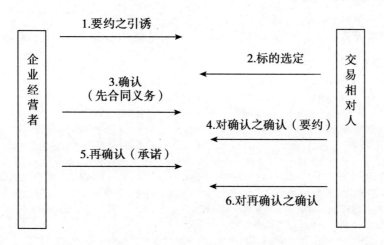

图 4 企业经营者先为要约之引诱图

基于此，笔者以为，合同是否成立，应基于当事人间要约承诺意思表示之一致与否。于当事人成立合同前，企业经营者所予以"确认"①，解释上得以

---

① 依《德国民法》312e 条之规定，企业经营者负有提供交易相对人于发出订单前辨认和修改合同内容输入错误之技术措施。

认为是先合同义务。① 在当事人成立合同后，合同是否生效，则在于企业经营者予以"再确认"时，相对人是否表示确定缔约之意思。唯此究系为确认解除权之行使与否？② 或随意条件是否成就？③ 于解释上实有疑义。故笔者以为，实应对确认之效力，参考《联合国电子商务模范法》④ 或新加坡之《电子交易法》之规定⑤，于立法时纳入规范，以避免当事人间对合同生效力认定上之争议。

2. 电子合同中意思表示之撤回

承前所述，在传统合同中，若依台湾地区《民法》对意思表示生效时点之认定标准，当电子合同是通过对话之方式为之时，因采了解主义，于相对人了解时，即生效力，几乎无撤回之可能。至于，非对话意思表示之效力发生，因采受信主义，从而表意人于意思表示到达相对人之前，均得撤回其意思表示。以传统之邮寄为例，意思表示于到达相对人之前，原得以电话、电报或传真等较邮寄为快速之方式撤回该意思表示。⑥ 若依此解释于电子合同中，发文与收文者双方之讯息，若瞬间即至对方当事人处，在解释上几乎无撤回之可能。⑦

有学者认为，于不甚侵害合同当事人间平衡之情形下，意思表示之撤回、

---

① 企业经营者是否应提供消费者预防或更正错误之机会，虽然台湾地区并未就此设有规定，于解释上或可回归诚信原则"先合同义务"之概念；此亦证诸联合国 Preliminary draft convention on ［international］contracts concluded or evidenced by data messages Article 14（16）；United Nations Commission on International Trade Law Working Group on Electronic Commerce, Forty-third session, A/CN. 9/WG. IV/WP. 108（2004）。

② 关于企业经营者再确认之机制，或可评价为确认是否行使解除权，唯其究为法定或意定解除权之行使，则生疑义；（1）如认属法定解除权之行使，虽得以《消费者保护法》第 19 条为据，然该法仅适用 B2C 之消费关系中，若非 B2C 之消费关系时，尚难谓其有该规定之适用；（2）如为意定解除权，于 B2C 之消费关系中此意定解除权与法定解除权生竞合关系，若消费者确认缔约时，是否属意定解除权之抛弃，对法定解除权之影响又为何？则生疑义。

③ 关于企业经营者之再确认机制，解释上或可评价为对合同附一随意条件之附款；所谓"随意条件"，系指依当事人一方之意思决定其成就与否之条件。参见施启扬：《民法总则》，台北三民书局 2000 年版，第 268 页。

④ UNCITRAL Model Law on Electronic Commerce Article 14, Acknowledgement of receipt.

⑤ 即（1）当双方未就确认之形式（form）加以约定时，则收文者任何行为通知方式（communication）均能满足其要求；（2）当电子记录必须取决于该确认之收受时（conditional upon receipt of the acknowledge），则除非已收受该确认，否则应视同尚未寄送；（3）当合同未有上述条件（condition）且在预定的期间内也未收受任何确认时，或者未在合理期间内收受前述之确认时，则发文者可以要求相对人在合理期间内配合，且要求若未在收到通知后配合办理，则发文者得视同该电子记录从未寄送。本份法案可参阅 http://agcvldb4. agc. gov. sg（visited 2004/08/02）。

⑥ 此于内地《合同法》第 17 条与 27 条之规定亦然。

⑦ 周忠海等：《电子商务法新论》，台北神州出版社 2002 年版，第 66 页。

变更仍得被承认①，例如，当事人间特别约定，要约得于相对人为承诺前撤回或变更之；再者，电子技术与软件系统是由人设计并实现的，在软件设计方面，应参照传统交易方式，依据合同法从实际出发，相应修改设计软件，使参与人有由于失误而可以反悔的机制，以保护双方当事人合法的权益。② 再就意思表示之发出与收受时点认定上，依台湾地区《电子签章法》第 7 条第一项之规定，除当事人另有约定或行政机关另有公告者外，电子文件以其进入发文者无法控制信息系统之时间为发文时间。参酌该条第二项之规定，当电子文件进入发文者无法控制信息系统后，发文者于下述情形下，仍有可能撤回其意思表示：①如收文者已指定收受电子文件之信息系统者，以电子文件"尚未进入"该信息系统前；电子文件如送至非收文者指定之信息系统者，以收文者"尚未取出"电子文件前。②如收文者未指定收受电子文件之信息系统者，以电子文件"尚未进入"收文者信息系统前，发文者仍可撤回其意思表示。在解释上内地《电子签名法》第 11 条亦同其意旨。

故此，本文以为，在不妨碍当前传统合同理论之适用前提下，参酌前述学说之精神，先本着合同自由之原则来解释，而于当事人未特别约定时才回归信息科技本身即时性的考虑，似乎是较佳选择。③ 而台湾地区《电子签章法》第 7 条之规定，亦与此精神契合。这种规范架构正系本诸合同自由来应科技变迁的做法，因此，不论事先当事人之意思，或是当事人对于信息系统之选择，都已成为建构规范的主要依据。

3. 电子合同中意思表示之瑕疵

在传统合同之缔结中，若当事人有错误、被诈欺与胁迫之情事时，当事人得撤销其意思表示。在电子合同之缔结过程中，若有类此之情事时，其法律效果为何，当是另一值得探讨之问题。所谓"错误"，乃表意人为意思表示时，因认识不正确或欠缺认识，以致内心的效果与外部之表示行为不一致之情形。依德国学说就其原因，可分为输入有误、使用有误之数据、系统或程序错误及传送错误。④ 原则上，以台湾地区法律为例，基于错误而为电子讯息之发文

---

① 从电子讯息交换旨在迅速处理交易事务之目的观之，允许撤回、变更之期间，应依其内容等等而做更严格之限制；见野村丰弘，受発注のEDI化の法的诸题の概要，法とコンピュータ.1995 年第 13 期，第 38—39 页。

② 朱宁先、朱成化、朱顺先："电子商务的电子合同及其法律思考"，载《管理科学》2003 年第 5 期，第 94—95 页。

③ 实务上，有以合同限制之。如个人计算机银行业务服务合同范本第六条中即规定："电子讯息系由计算机自动处理，客户发出电子讯息传送至银行后，即不得撤回、撤销或修改。"详黄茂荣："电子商务契约的一些法律问题"，载《植根杂志》2000 年 16（6），第 13 页。

④ 杨芳贤："电子商务契约及其付款之问题"，载《中原财经法学》2000 年第 5 期，第 306 页。

者，应可依台湾地区《民法》第88条有关错误之规定来主张撤销；唯基于交易安全之考量，于意思表示之内容有错误或若表意人知其情事即不为该意思表示者，若表意人欲将其意思表示撤销时，须以其错误或不知其情事，非由表意人自己之过失者为限，始得为之；至于，因传达人或传达机关传达不实者，亦得适用《民法》第89条之规定，撤销之。①

在实务运作经验上，为避免发生此问题，科技界乃试图建构较不易发生错误之系统。例如，透过对话盒要求再确认之机制，或由收受电子讯息者发送确认讯息之电子邮件给发文人，作为电子讯息内容之最终确认方式，以解决当事人间之争议。但此种安排对于未来法律之影响如何？则值得进一步观察，以欧洲联盟有关电子商务之指令为例，便已注意到此问题，并特别规定，当事业经营者是透过网页从事交易时，若该网页之使用者只能依机械式行为选择同意与否，而不能享有其他选择，则合同将因使用者对事业经营者发出同意、事业经营者针对此同意以电子方式发出确认讯息、使用者收受该确认讯息、以其后使用者受领确认讯息经再度确认，始成立。② 因此，欧盟明确表示，当事业经营者已尽其努力避免错误时，若使用者仍因本身之疏失而陷于错误，则基于衡平之理念，实不应由业者承担风险。③ 基本上，这种规范架构系在权衡科技发展及交易安全后所作出的交易风险重行分配，其对电子交易之经营者课以确认当事人真意的较积极义务④，此更于公约草案初稿第14条中更进一步规定，若未提供预防或更正之机会，则该合同不成立生效。然此并不意味着可恣意任由使用者本身之轻忽，导致交易因错误之主张而陷于不确定。至于当电子合同之缔结被诈欺或胁迫时，其问题之本质与传统依文书或口头为意思表示之情形相同，笔者以为，亦应认其得依《民法》第92条之规定为撤销。

综上所述，关于意思表示之瑕疵，得否撤销之问题，由于两岸签章法中并未设有特别之规定，是否可以直接适用民法之相关规定？实有赖进一步之说明或立法、以厘清当事人间之权利义务关系并确立责任与风险分配。

---

① 参阅《民法》第88条与第89条之立法理由；详黄茂荣："电子商务契约的一些法律问题"，载《植根杂志》2000年16（6），第10页。

② 電子商取引の法整備をめざすEU指令案の公表.1999，（NBL 659）：5.

③ Baistrocchi, Pablo Asbo, Liability of Intermediary Service Providers in the EU Directive on Electronic Commerce, Santa Clara Computer & High Tech. L. J. 2002，（19）：111.

④ Preliminary draft convention on［international］contracts concluded or evidenced by data messages Article 14. ; United Nations Commission on International Trade Law Working Group on Electronic Commerce, Forty-third session, A/CN. 9/WG. IV/WP. 108 （2004）.

四、电子合同之民事管辖

信息时代的来临，开拓了人类活动的视野，也开展了人际关系的新境界，而于人类穿越时空限制，在虚拟空间（virtual space）彼此攀谈、互动甚至交易之际，传统世界的人性与争议，亦随之而生。正如同在工业革命发生后，我们看到了法律如何自生活过程的价值冲突中发展成形，乃至制度化；也看到了贸易打开国际族群交流之门后，国际性法制的发展；如今，信息科技带来了跨国与社会虚拟化冲击，将会是另一次革命性的挑战，除延续自国家地域管辖争议之挑战外，各国法制应对措施尚未确定及族群价值观的差异，均加深了管辖冲突的必然性。

以电子合同之民事管辖课题而言，在传统电子数据交换交易中，当事人间往往通过前置协议来决定双方之通讯设备与网域或网址名称，从而形成以协议来取得管辖基础，此虽较无争议，唯自律安排应否加以承认，则成问题。此外，随网络交易机制之发展逐渐取代人工操作及信息商品发展到成为电子交易之标的时，合同当事人之认定与合同成立生效时点之确定，往往也成为影响管辖决定因素之重要课题。目前，台湾地区虽已开始就这类问题有所着墨，但如何自既有相关理论出发，掌握信息社会之特殊性，进而提出可能解决方向的全面性思考，似乎仍有其努力之空间，故笔者拟针对涉外电子合同之民事管辖课题之缘起及其可能之解决方案作探讨。

（一）问题之缘起与冲击

在传统上所谓民事管辖权，应具有两个层次的意义，其一为国际私法上之管辖权，即依国际私法之原则决定该事件应由何国加以管辖，此等管辖权为"国际管辖权"（international jurisdiction）[1]，应属国际私法之问题；另一方面，则是于该案件决定由何国法院管辖后，该案件应由哪一个法院管辖之问题，此等管辖权即为"国内管辖权"（local jurisdiction）[2]，此应属内国民事诉讼法之问题。

通常各国对其内国管辖多设有规定，却鲜有对于国际管辖权加以规定，从而在面临国际民事管辖问题时，往往须由每一国家依自己认为合目的或适当之规定，来决定自己国家之法院是否拥有国际管辖权。[3] 以涉外民事合同相关事

---

[1]　苏远成：《国际私法》，台北五南书局 1990 年版，第 124 页。

[2]　刘铁铮、陈荣传：《国际私法论》，台北三民书局 1998 年版，第 688 页。

[3]　陈启垂："民事诉讼之国际管辖权"，载《法学丛刊》1997 年第 166 期，第 75 页。

项之管辖为例，大多透过当事人间的约定来决定，然而于国际民事管辖权未有明文之前提下，该合意是否应被承认？其是否涉及剥夺国家之审判权？均已成为问题，也挑战着传统之管辖原则。

面对信息时代之来临，我们发现网际网络最独特之地方，应在其跨越国界之国际属性，然而究竟网络上的虚拟空间是否仍能按国家主权之概念来建构其管辖原则？也有争议。笔者以为，网络空间的全球性使司法管辖区域的界限变得模糊，要在一种性质完全不同之空间中去划定地域疆界，将会是传统管辖理论所面临的第一个难题。在一般真实世界的立法都具有地域性（territoriality），而这个地域也就是立法国主权效力所及的领域①，它的管辖区域是明确而有具体物理空间之地理边界；然而网络是一种虚拟的空间，本身并无边界可言，它是一种全球性的系统，无法划分为不同之区域，而即便加以划分亦毫无意义，因其为虚拟无形且无法存有实际的对应关系，我们所能看见的只是一些有形的计算机终端机及连接之线路。因此，真实世界的国家主权概念，是否能及于虚拟世界，不无疑义。再者，网络空间的不确定性，使传统的管辖基础理论产生动摇，在传统管辖理论中，当事人之住所、国籍、财产、行为等之所以能成为取得管辖之基础，是因其与某管辖区域存有物理空间上之联系，如行为之发生地、国籍之归属地、当事人之意思等；然而，一旦将这些因素应用到网络空间，它们与管辖区域所存有物理空间之关联性顿时丧失，我们无法在网络中找到实体住所或有形财产。

面对此冲击，究竟应如何加以解决？有学者主张网络空间的"非中心性倾向"②和新主权理论③，试图从根本上否定国家司法主权，甚至认为虚拟世界具独立之主权概念，此说主要在强调网络空间的新颖性与独特性，对现实的国家权力则持怀疑之态度，并担心国家权力介入会妨碍网络的自由发展，试图以网络自律管理来取代传统的法院管辖。相对于此，亦有学者主张国家主权应

---

① 陈荣传："虚拟世界的真实主权"，载《月旦法学杂志》2001 年第 77 期，第 154 页。

② 所谓"非中心的倾向"，系因网际网络上每一台计算机都可以作为其他计算机之服务器，故在此空间中没有中心没有集权，所有计算机都是平等的。是以，每个网络使用者只须服从它的 ISP，而 ISP 之间则透过协议的方式，以协调统一各自的规则，至于其间发生的冲突便交由 ISP 以仲裁者的身份解决之。王德全："试论 Internet 案件的司法管辖权"，载《中外法学》1998 年第 2 期，第 28 页。

③ 而"新主权理论"则认为，网络空间中正在形成一个新的全球性市民社会（Global Civic Society），这个社会有自己的组织形态、价值标准与规范，完全脱离政府而拥有自治的权力。Frederich，Howard H. , Computer Networks and the Emergence of Global Civic Society : The Case of the Association for Progressive Communication, http: //www. eff. org/Activism/global _ civil _ soc _ networks. paper（visited 2004/8/6）。

可及于虚拟世界，并认为网际网络仅为一种媒介，其运用不影响国家主权行使之依据，反而有利于真实世界中既有价值之实现。① 本文以为，新原则之确立固为未来努力的目标，而如何就现有之体制及国际间的发展，去探求解决之道，更是当务之急。因此，就涉外电子合同之民事管辖而言，当前国际贸易合同领域中为解决电子数据交换所生管辖问题，而发展出的贸易惯例或自治协议，确实有其价值。② 其次，国际间相关理论之发展也同样能提供给我们参考之空间。例如，美国法律学会（American Law Institute）就全面性电子商务发展需求，及配合信息商品买卖所尝试新修之美国《统一计算机信息交易法》（Uniform Computer Information Transactions ActU. C. I. T. A.），便就管辖之处理，提出一些极具参考价值的规定。谨就国际间之相关立法与理论之发展略述如下。

（二）国际立法与美国实务之发展

1. 国际立法之状况

就国际立法之现况言，国际上关于国际民事纠纷管辖权分配，常以多边或双边条约、协议规范之。③ 因此，在国际交易进入电子化后，接续着传统通过多边与双边条约、协议，来解决国际管辖权纷争之倾向，目前已有相关的国际条约或双边条约、协议正在持续发展中，而这其中又以海牙国际私法会议之态度（The Hague Conference on Private International Law）最为积极。④

该会议先于 1999 年 10 月提出了《民商事管辖权及外国判决之承认与执行公约草案初稿》（*Preliminary Draft Convention on Jurisdiction and Foreign Judgments in Civil and Commercial Matters*；以下简称为《海牙公约草案》)⑤，嗣于 2001 年 6 月加以修

---

① 详参陈荣传："虚拟世界的真实主权"，载《月旦法学杂志》2001 年第 77 期，第 155—158 页。

② 日本即采取此态度，即在涉及合同之场合先遵循当事人约定，见道恒内正人·サイバースペースと国际私法——准据法及び国际裁判管辖问题（特集コンピュータ？ネットワークと法）ジュリスト. 1997，(1117)：63。

③ 例如 1940 年 3 月 19 日之 "蒙特维地亚国际民法公约"，其第 56 条第一项规定："对人之请求权，应向构成诉讼标的法律行为之准据法国的法官，提起之。" 1962 年海牙之 "荷兰与德意志联邦共和国关于相互承认与执行民商事司法判决及其他执行之条约" 等，均对管辖权之归属加以规定。

④ 其早于 1971 年即曾制定一项关于承认与执行外国民事与商事判决公约，唯其并未对管辖权作出直接的规定，且该公约仅三个国家参与尚不具普遍性。

⑤ Preliminary Draft Convention on Jurisdiction and Foreign Judgments in Civil and Commercial Matters. Oct. 30, 1999，http://www. hcch. net/e/conventions/draft36e. html（visited 2004/8/6）。

正。① 此草案仍系遵循 1968 年《布鲁塞尔公约》②（Brussels Convention）及 1988 年《卢加诺公约》③（Lugano Convention）中，关于管辖决定及外国判决之承认与执行等基本原则。目前，公约草案虽尚未定案，但已对于未来解决管辖之问题提供一良好之指引，细究之，其主要之目的在于解决管辖权归属及缔约国法院所为判决之承认及其执行力之问题。首先，对管辖权之归属，就普通管辖及特别管辖各设有规定；再者，对国际贸易合同所特别重视之合意管辖部分，依公约草案第 4 条之规定，原则上允许缔约双方当事人经由合意，就一定法律关系而生之争议，约定管辖之法院；④ 但此合意管辖之约定，须以书面形式为之，或经由其他足以传递能供日后参考用信息之其他任何沟通媒介为之，或本着争议双方当事人皆遵循之惯例，抑或本着争议双方当事人应知或可得而知，且争议在特定贸易或商务领域中，同性质合同当事人皆遵循之惯例者，始生效力。⑤

　　至于，因合同关系所生之特别管辖部分⑥，依据公约草案之规定，会因所争事务为商品或劳务之供给而有别。原则上，在涉及商品供给时，以货物之全部或一部供给地之法院享有管辖权；在劳务之提供时，以其劳务之全部或一部提供地之法院享有管辖权；至于在商品与劳务混合供应时，则以其主义务（principal obligation）之全部或一部履行地之法院享有管辖权。但对于企业与消费者间所签订之合同（B2C Contract）而生之管辖权问题，应如何解决，则

---

① Summary of the Outcome of the Discussion in Commission II of the First Part of the Diplomatic Conference, June 6-20, 2001, Jurisdiction and Foreign Judgments in Civil and Commercial Matters, 19th Session, http://www.hcch.net/e/workprog/jdgm.html（visited 2004/8/6）.

② Brussels Convention on Jurisdiction and Enforcement of Judgments in Civil and Commercial Matters, Sept. 27, 1968, 1990 O. J.（C 189）2.

③ Lugano Convention on Jurisdiction and Enforcement of Judgments in Civil and Commercial Matters, Sept. 16, 1988, 1988 O. J.（L 319）9, 重印于 28 I. L. M. 620（1989）.

④ 且此合意管辖，除当事人另有约定外，具有排他效力。Preliminary Draft Convention on Jurisdiction and Foreign Judgments in Civil and Commercial Matters Article 4.1。

⑤ Preliminary Draft Convention on Jurisdiction and Foreign Judgments in Civil and Commercial Matters Article 4："An agreement within the meaning of paragraph 1 shall be valid as to form, if it was entered into or confirmed – a) in writing; b) by any other means of communication which renders information accessible so as to be usable for subsequent reference; c) in accordance with a usage which is regularly observed by the parties; d) in accordance with a usage of which the parties were or ought to have been aware and which is regularly observed by parties to contracts of the same nature in the particular trade or commerce concerned."

⑥ Preliminary Draft Convention on Jurisdiction and Foreign Judgments in Civil and Commercial Matters Article 6.："A plaintiff may bring an action in contract in the courts of a State in which -a) in matters relating to the supply of goods, the goods were supplied in whole or part; b) in matters relating to the provision of services, the services were provided in whole or in part; c) in matters relating both to the supply of goods and the provision of services, performance of the principal obligation took place in whole or in part."

是当前海牙公约草案最具争议之问题。① 由于当初在制定海牙公约第 7 条时，并未将电子商务相关争议纳入考量，故该条是否得以适用到 B2C 之电子商务合同中，于 2001 年 6 月之公约草案修订过程中，虽有部分与会代表团提出不同的替代提案，然因所持观点分歧②，导致公约难以定案。③ 在经过冗长的讨论仍没有结果之情况下，不得不决定先就商业交易中所涉选择法庭协议公约（Convention on Choice of Court Agreements）提出草案④，故于 2002 年 4 月 24 日之第 19 次大会（19th Session of the Conference）中决议成立非正式工作小组（Informal Working Group），针对此先提出草案，交 2003 年 4 月 1—3 日间召开之总务及政策特别委员会（The Special Commission of General Affairs and Policy）讨论。此选择法庭协议公约草案业经前述总务政策特别委员会于 2004 年 5 月间正式确认。⑤

在 2003 年 3 月非正式工作小组提出的选择法庭协议公约草案中，除延续着海牙公约草案重视当事人自主之精神外，更进一步透过列举无效之立法建议，来强化合意管辖之效力。⑥ 相对于原有之海牙公约草案，选择法庭协议公

---

① 就消费者间所签订之合同之管辖权规定略谓：原告得于其住所地所在国之法院提起诉讼，若（a）原告起诉之请求所根据之合同系与被告在该国所进行之交易或专业活动有关或被告之行为或活动导向该国（direct to the State），特别是被告经由公开之方式招揽生意；及（b）消费者采取了在该国订约所必要之步骤者。Preliminary Draft Convention on Jurisdiction and Foreign Judgments in Civil and Commercial Matters Article 7。

② Summary of the Outcome of the Discussion in Commission II of the First Part of the Diplomatic Conference, June 6—20, 2001, Jurisdiction and Foreign Judgments in Civil and Commercial Matters, 19th Session, http：//www. hcch. net/e/workprog/jdgm. html（visited 2004/8/6）。

③ 就此，若透过第十九届大会前后之发展来观察，可知其结论认为应倾向扩大既有公约草案解释涵盖及于电子商务或网络所涉相关问题；http：//www. hcch. net/e/workprog/jdgm. html（visited 2004/8/6）。

④ 依据前述 2003 年 4 月间之总务及政策会议决议文显示，法庭协议公约（Convention on Choice of Court Agreements）除在适用范围上局限于商务事项外，更特别强调仅在处理选择法庭地之协议，不影响嗣后其他与管辖及外国判断之承认与执行相关事宜。http：//www. hcch. net/e/workprog/jdgm. html（visited 2004/8/6）。

⑤ 其详请参见，Preliminary Document No. 8 of March 23（corrected）for the attention of Special Commission of April 2003 on General Affairs and Policy of the Conference；available at http：//www. hcch. net/e/workprog/jdgm. html（visited 2004/8/6）。

⑥ Working Group Draft Text On Choice of Court Agreements Article 5 Priority of the chosen court："If the parties have entered into an exclusive choice of court agreement, a court in a Contracting State other than the State of the chosen court shall decline jurisdiction or suspend proceedings unless -a" that court finds that the agreement is null and void, inoperative or incapable of being performed；b" the parties are habitually resident in that Contracting State and all other elements relevant to the dispute and the relationship of the parties, other than the choice of court agreement, are connected with that Contracting State；or c) the chosen court has declined jurisdiction. http：//www. hcch. net/e/workprog/jdgm. html（visited 2004/8/6）.

约草案于第 4 条中以成立要件之方式来叙述当事人合意之效力，认为交易当事人若存有关于专属管辖法院（exclusive choice of court）之选择时，原则上应赋予该法庭所属缔约国享有管辖权。此外，在解释当事人之合意是否为专属管辖法院之选择时，依选择法庭协议公约草案第 2 条第一项（b）款之规定，任何指定一缔约国之法院（courts in a Contracting State）或某特定管辖法院（a specific court）之安排，除有其他约定者外，均应被视为专属管辖之约定（shall be deemed to be exclusive unless the parties have provided otherwise）。由此可见对当事人合同自主精神的重视与强调。至于在 2004 年 5 月完成的修正草案中，则将本条改列于第 5 条并删除第四项外，其内容大致相同。①

2. 美国司法实务之发展

在当前国际间的发展趋势中，除了前述配合国际贸易电子化发展之需求所作的国际性努力外，美国之经验应是最值得大家关注的发展。就美国民事事件之类型而言，主要可分为对人诉讼（in personal）②、对物诉讼（in rem）③ 与准对物诉讼（quasi in rem）。④ 于兹试就其司法管辖传统理论及发展，简析如下：

（1）对人诉讼之司法管辖理论。就对人诉讼而言，法院在判断其是否对于非本州居民之被告取得管辖权时，必须先依据该州《长手臂法》（*Long-Arm statutes*）⑤ 之规定，加以审视。如发现法院未具备取得管辖权之基础，则不得对之行使管辖；相对的，若认定法院确已取得行使管辖权之条件，则应再进一步检视其管辖权之行使，是否符合美国联邦宪法修正案之正当程序（due process）⑥，即要求被告与法院管辖区域间需有足够之接触，该法院始得对其行使管辖权。基于此，美国法院对非住民之被告行使管辖权时，须被告"实体出现"（physical presence）于法庭地，该法院始得对其行使管辖权。而今，随着科技进步使人们得以延伸其交易空间，尤其于网络交易之场合中，某些被告往往与法庭地相距遥远且仅透过电子设施与法庭地接触，此际，电子连接是

① http://www.hcch.net/e/workprog/jdgm.html（visited 2004/8/6）.

② 所谓对人诉讼，是指法院有权决定当事人间权利义务，而且法院的决定仅在当事人之间发生效力；一般来说，法院是基于对当事人于法院内送达或其他宪法上所规定足够的接触，而主张有管辖权。陈隆修：《国际私法管辖权评述》，台北五南 1986 年版，第 102 页。

③ 所谓对物诉讼，是指当诉讼标的物位于法院管辖区域内时，法院可对该物主张对物诉讼的管辖权，而其效力及于全世界。陈隆修：《国际私法管辖权评述》，台北五南 1986 年版，第 103 页。

④ 所谓准对物诉讼，是指法院决定特定人对于法院管辖区域内特定物的权利。陈隆修：《国际私法管辖权评述》，台北五南 1986 年版，第 106 页。

⑤ Byasse, William S, Jurisdiction of Cyberspace: Applying Real World Precedent To The Virtual Community, Wake Forest L. Rev. pp. 1995, (30): 197, 201.

⑥ Pennoyer v. Neff, 95 U. S. p. 714 (1877).

否作为法院对非住民之被告行使对人管辖权的依据，即成争议。就此，法院多认为，若被告与法庭地间之接触以网络以外的方式为之者①，即使当事人未实际出现于该地，只须被告之行为系有意的形成自己与法庭地间之关联，传统对人管辖权原则即可扩张适用于非住民之被告。但第六巡回法院却在 CompuServe Inc. v. Patterson② 一案中创下先例，将对人管辖权扩及被告与法庭地间之电子接触③，而此种论点，于嗣后为 Pres-Kap，Inc. v. System One，Direct Assess，Inc. ④、Edias Software International，L. L. C. v. Basis International Ltd. ⑤、Heroes，Inc. v. Heroes Foundation⑥ 与 Panavision International v. Toppen⑦ 等案件所援用。⑧ 在 CompuServe Inc. 一案后，从美国相继发展出与之相关案例中，我们发现法院试图创立新原则以为判断之依据，如美国联邦第四巡回上诉法院在 2001 年 7 月 Christian Science Board of Directors v. Nolan 一案中⑨，便认为纵使被告于特定所在地并无住所或居所，仍可基于被告雇用居住于该地之人维护网站的事实，而使得该特定地之联邦地方法院据以为取得管辖权。在本案中，被告虽抗辩其未曾过过北卡罗来纳州，亦未于该州设有住、居所，该州法院对其应无管辖权，但上诉法院则认为，被告委托共同被告 Robinson 于该州维护网站且定期提供信息至该州之行为，已符合"最低接触原则"（Minimum Contacts Test)⑩ 之要求，故要求被告至该州受审，与宪法所保障之"正当程序（due process)"规定亦属无违⑪，从而应认为该法院对其享有管辖权。

---

① CompuServe，89 F. 3d p. 1268.

② CompuServe 与 Patterson 透过 "Shareware Registration Agreement"（SRA）签署合约，于网站上销售 Patterson 的网络浏览软件。嗣于 1993 年，CompuServe 开始在其网站上广告及销售与 Patterson 近似之软件，故 Patterson 控告其侵权。

③ 此判决确立了由下载人、销售合同、电子邮件、传统邮件及软件销售所组成之电子链接（electronic link）足以满足法院对不具住民身份之被告行使对人管辖权之基础。

④ Pres-Kap，Inc. v. System One，Direct Assess，Inc. ，636 So. 2d pp. 1351-53. （Fla. Dist. Ct. App. 1994）.

⑤ Edias Software Int'l，L. L. C. v. Basis Int'l Ltd. ，947 F. Supp. 413，421（D. Ariz. 1996）.

⑥ Heroes，Inc. v. Heroes Foundation，958 F. Supp. 1，3—5（D. Conn. 1996）.

⑦ Panavision International v. Toppen，938 F. Supp. p. 616（C. D. Cal. 1996）.

⑧ Resuscitation Technologies. ，Inc. v. Continental Health Care Corp. ，（U. S. Dist. 1997），亦同采此见解。

⑨ Christian Science Board v. Nolan［CA-99-148-1（W. D. N. C.）；00-2270，4th Cir. Ct. App.].

⑩ 即被告必须有目的地于本州法院管辖区域为行为，将其行为指向本州法院区域，而获取本州法院管辖区域法律的利益及保护，参见杨静宜："网络行为管辖权争议问题初探"，载《信息法律透析》1999 年第 6 期，第 20 页；此原则曾于 International Shoe v. Washington，326 U. S. 310（1945）以及 Burger King v. Rudzewicz，471 U. S. 462（1985）中被法院所援用。

⑪ http：//www. techlawjournal. com/alert/2001/07/27. asp（visited 2003/6/12）.

综合上述，在面临国际网络发展之冲击时，美国当前之实务见解，倾向于认为当事人若有意图地针对其他州居民从事网络链接相关行为者，不论其是利用何种媒介（media）来从事这些行为，法院仍得据以行使对人的管辖权，不能仅以被告未实际出现在法庭地而得以规避该法院之管辖，但仍需以正当程序为其管辖权合理行使之前提。①

（2）对物诉讼之司法管辖理论。对物及准对物诉讼之司法管辖基础，乃法院对管辖区域内之对象所有人欠缺对人诉讼之司法管辖权时，法院具有决定该物之归属或其他法律关系之特定权力。传统上，对物诉讼与准对物诉讼之唯一管辖基础，是该物须位于法院管辖区域内，换言之，仅须该物置于法院管辖区域内，法院即有决定该物之归属或其他法律关系之权力，至于法院对非住民之当事人是否有对人诉讼之司法管辖权限，则在所不问。② 基于此，笔者以为此概念于网络交易行为中，应仍有其适用。因此，若将网站架设于法院管辖区域内时，依前述对物诉讼之管辖理论，法院应可主张对其有管辖权。③ 然若被告仅系在网络上张贴讯息，而允许任何使用计算机之人均得与其接触，此种"消极网站"（passive website）是否足以构成法院取得管辖权之基础，法院则有不同之看法。④ 基本上，实务会依其接触程度之高低而给予不同之评价：若该网站系属静态而少有互动性者，则倾向于认为无管辖权（如 Bensusan Restaurant Corporation v. King 案中⑤，被告仅单纯地从事静态之广告）；至于具较高程度之接触而属互动性高之网站，尤其当其涉及在线交易时，法院则可据之以为取得管辖基础⑥（如 Zippo Manufacturing Co. v. Zippo Dot Com, Inc. 案

---

① 整体而言之，美国法院管辖权有无之判断，仍系采事实导向而以个案认定之方法，期能求取公平正义之落实。Gray, Tricia Leigh, Minimum Contacts in Cyberspace: The Classic Jurisdiction Analysis in a New Setting, J. High Tech. L. 2002（1）：85。

② 蔡馥如："网络管辖之研究"，台北大学法律研究所硕士论文，第44页（1999）。

③ 例如在 People V. Lipsitz，supreme court IA Part A（1997）案中，被告虽抗辩其未于设立网页之地点进行商业行为，但法院认为基于土地管辖原则，法院仍取得管辖权。

④ 采肯定之立场者，如于 Telco Communications Group, Inc. v. An Apple a Day, Inc., 977 F. Supp. 404（E. D. Va. 1997）；Inset Systems, Inc. v. Instruction Set, Inc., 937 F. Supp. 161（D. Conn. 1996）；采否定立场者，如 Cybersell, Inc. v. Cybersell, Inc., 130 F. 3d 414（9th Cir. 1997）、Bensusan Restaurant Corp. v. King, 126 F. 3d 25, 29（2d Cir. 1997）、Brown v. Geha-Werke BmbH, 69 F. Supp. 2d 770, 778-78（D. S. C. 1999）、Barrett v. Catacombs Press, 44 F. Supp. 2d 717（E. D. Pa. 1999）、Roche v. Worldwide Media, Inc., 90 F. Supp. 2d 714, 718（E. D. Va. 2000）、Bailey v. Turbine Design, Inc., 86 F. Supp. 2d 790（W. D. Tenn. 2000）。

⑤ Bensusan Restaurant Corporation v. King, 937 F. Supp. pp. 295—300（S. D. N. Y. 1996）.

⑥ Eric Schneiderman \ Ronald Kornreich. Personal Jurisdiction and Internet Commerce. The New York Law Journal, 1997；引自冯震宇：《网络法基本问题》（一），台北学林1999年版，第59页。

中）。①

（三）解决电子合同管辖权问题之思考

在传统国际贸易合同中管辖之决定，大多系由缔约当事人以合意约定管辖权之归属。此种约定管辖之模式，运用于电子化环境中固然可解决大部分关于管辖之纷争，然于国际民事管辖未明文规定之情况下，该合意是否应被承认，有无剥夺国家审判权之虞，此本有争议。再者，因贸易无纸化之特性，每有因当事人缔约时之意思不明或举证不易，致使当事人无法依约定以定其管辖权归属，此际是否得回归传统管辖决定之标准，或另寻其他依据以决定之，均生疑义。在此，笔者就传统管辖理论出发，试论及网际网络发展所生之冲击与应对之刍议如下：

1. 传统涉外合同民事管辖理论之借鉴

关于如何定国际审判之问题，传统上认为其为国家主权作用的一种，为审判权对人与对物之界限问题，得由各国行使审判权时，自行决定处理原则。因此，学说有采逆推知说②，认为得依民事诉讼法有关土地管辖之规定为逆向推知。至于国际管辖权之问题，学说上向来有"属地主义"与"普遍主义"之分，采取属地主义者，认为管辖权系主权表现之形式；而采取普遍主义者，则认为应基于国际社会互动与交流之需求为考量，涉外民事事件因牵涉诉讼程序之不同、准据法之差异、到庭之困难、移送制度之欠缺等，而应与纯粹之国内民事事件有所不同，故认为于参酌或类推适用民事诉讼法之时，应并从"国际协调"的观点，依实际需要的程度为适当之修正，而不宜全面适用民事诉讼法之规定。③

基于此，以台湾地区《民事诉讼法》第 1 条至第 31 条之规定来看（如"以原就被"原则、主事务所、主营业所、各种特别审判籍等），是规定第一审法院相互间之事务分配事项，其中有关合意管辖之规定，虽认为当事人得以合意定第一审之管辖法院，然考其立法意旨似无意将外国法院定为其管辖法院事项，并规定于上述条文内。若当事人合意定外国法院为其诉讼事件管辖法院，实系合意将该诉讼事件归由外国法院审判，此合意并非改变内国法院间之事务分配事项而已。④ 对此，有学者以为，合意定外国法院为管辖法院，系限

---

① Zippo Manufacturing Co. v. Zippo Dot Com, Inc, （952 F. Supp. 1119. W. D. Pa. 1997）.

② 倘普通审判籍或特别审判籍在甲国内，则可据以推知甲国有国际审判管辖权；反之，倘普通审判籍或特别审判籍均不在甲国，则否定甲国之国际审判管辖权。

③ 详参见丘联恭：《司法之现代化与程序法》，台北三民书局 1992 年版，第 98—102 页。

④ 参见杨建华等：《民事诉讼法新论》，台北三民书局 2000 年版，第 13—14 页。

制国家法权之行使，应不承认其效力；① 亦有论者以为，当事人合意定外国法院为管辖法院时，法律既无禁止规定，自无不可②，且合意定外国法院管辖，虽非单纯定诉讼之管辖问题，但根据处分权主义之原则，除事涉公益之专属管辖外，似无不许之理。③ 本文以为，后种见解似较合理，且符合国际贸易之实际需求，并符合国际立法之趋势④，可谓较为允当之做法。⑤

2. 涉外电子合同之民事管辖理论之建构

网际网络所造成的重要冲击之一，就是"距离之死"。我们可以想象一个蜘蛛网，信息的提供者处在网中央，信息则通过遍布的网络向世界延伸，通过网际网络，在蛛网中心的信息提供者，其商业活动可涵盖到世界各地，此交易形态，已跳脱出了以"空间"作为管辖基础的固有法律，而发生管辖权的适用问题。对此涉外电子合同之管辖问题，台湾地区除修法以为应对外，当前比较实际的做法应是"类推适用现行民事诉讼法之相关规定"，⑥ 除借由双方合意决定管辖法院外⑦，似

---

① 盖合意定外国法院为管辖法院，涉及法院之审判权事项，非仅为法院相互间之事务分配问题，亦非《民事诉讼法》第24条原欲规范之事项；吴明轩：《民事诉讼法》，台北作者自版1981年版，第85页。

② 但须（1）系争事件非为专属管辖；（2）该外国法亦承认当事人得以合意定管辖法院；（3）该外国法院之判决，内国法院亦承认其效力；石志泉：《民事诉讼法释义》，台北三民书局1987年版，第33—34页；张学尧：《民事诉讼法论》，台北三民书局1970年版，第41页；曹伟修：《民事诉讼法释论》，台北曹游龙出版1984年版，第100页；姚瑞光：《民事诉讼法论》，台北大中国出版1991年版，第65页。

③ 但在专属管辖虽亦为法院相互间事务分配之问题，但其事涉公益，在台湾地区法院相互间尚不认他法院有管辖权，参酌台湾地区《民事诉讼法》第402条第1款意旨，自不应承认合意定外国法院管辖之效力。参见杨建华：《问题研析——民事诉讼法》（四），台北作者自版1995年版，第15—16页。

④ 如前所述海牙公约草案第4条之规定，http://wwwchcch.net/e/workprog/jdgm.html（visited 2003/6/12）.

⑤ 另于台湾地区涉外民事适用法第13条第一项之修正中亦规定，非由台湾地区法院专属管辖之涉外民事事件，当事人间定有排除他法院管辖之外国法院管辖协议，以台湾地区法院将来得承认其裁判者为限，当事人不得违反该协议，在台湾地区法院提起诉讼。详见冯震宇、陈家骏等：《电子交易法制相关议题之研究》，台北经建会2002年版，第190—191页。

⑥ 请参见马汉宝：《国际私法总论》，台北作者自版1997年版，第180页；刘铁铮：《国际私法论丛》，台北三民书局2000年版，第276页；林益山："国际裁判管辖权冲突之研究"，载《中兴法学》1993年第36期，第7页；林益山："涉外网络契约管辖之探讨"，载《月旦法学杂志》2001年第77期，第23页。

⑦ 其实为解决网络管辖实际上的困难，网络上目前普遍采用的方式，便是以约定的方式决定其管辖权之归属，若双方未就管辖权有所规定，法院方适用传统的原则决定管辖权之归属，参见冯震宇："论网络商业化所面临的管辖问题"（上），载《信息法务透析》1997年第9期，第31页。

亦可援引相关规定以决定其管辖法院①，在此试举例略述如下：

（1）以"被告之主营业所或主事务所所在地之法院"为管辖法院之可能性：当被告国外厂商在国内设有主营业所或主事务所时，该主营业所或主事务所所在地之法院是否享有管辖，当成为问题。在网际网络之世界中，由于只需通过计算机即可遨游世界，企业经营者透过网站之架设，即可与世界各地的人做交易，无须实际至该地进行商业行为或设立事务所，故传统作为决定管辖基础之主事务所及主营业所等概念，似有视实际状况加以修正之必要。针对于此，内地《电子签名法》第12条规定："发件人的主营业地为数据电文的发送地点，收件人的主营业地为数据电文的接收地点。没有主营业地的，其经常居住地为发送或者接收地点。当事人对数据电文的发送地点、接收地点另有约定的，从其约定。"整体而言之，笔者以为，于决定网络交易中之管辖权决定时，所谓主事务所、主营业所，仍指总揽事业事务之处所②，但应视实际状况而有所区别：③

①若被告该地实际设有主营业所或主事务所，我们认为该地法院享有管辖权，殆无疑义；至于网络上之网页，应被视为该公司之店面橱窗或能独立运作分公司，则仍应就其实际之状况加以判断。

②若于未实际设有主营业所或主事务所者，且其事务之处理，皆是通过联机上网为之者，此时究竟是应以架设该网页之虚拟主机或实体主机所在地，为总揽事业之处所，还是以实际运作该网站之企业经营者所在，为总揽事业之处所还是以网址之所在地，为总揽事业之处所？笔者以为，似应本着既有管辖原则，辅以新的国际发展趋势及国际实务，依实际状况，就虚拟主机或实体主机所在地、企业经营者所在地或网址所在地等多方面与总揽事务相关之行为或处所等为多元之判断。

（2）以"被告可扣押之财产或请求标的所在地法院"为管辖法院之可能性：当被告在内国有可供扣押之财产时，是否以该财产所在地法院为管辖法院？存有疑义。所谓"可扣押之财产"于网络世界究竟指什么？在传统的实

---

① 关于网际网络上管辖权竞合或冲突之问题，法院于处理涉外之民事案件时，亦得依国际私法之原则处理，参见冯震宇："论网际网络与消费者保护问题"（下），载《信息法务透析》1998年第7期，第34页。另可参见，Mann, Catherine L., symposium on intellectual property, digital technology & electronic commerce: the uniform computer information transactions act and electronic commerce: Balancing Issues and Overlapping Jurisdictions in the Global Electronic Marketplace: The Ucita Example, Wash. U. J. L. & Pol'y 2002, (8): 215。

② 杨建华等：《民事诉讼法新论》，台北三民书局2000年版，第14页。

③ 相对于此，内地民事诉讼法并无对主营业所或主事务所设有法院得取得管辖权之规定，是以，如何于具体个案中，求取管辖之依据，恐仍须由私法自治取得一适当平衡之做法。

体世界里，"可扣押之财产"原指被告所有之物或权利而言，而在面临强制执行时，则指得为查封或拍卖之标的物而言，[①] 基于此是否即可推定此些"可扣押之财产"也包括网页或网域名称？笔者以为，即使著名的网页与网域名称具有相当之经济价值，然而，其价值之判断基准不一，且其权利行使之范围，在法律上亦无法加以界定，况且于任一内国法院为执行时，于实务运作上恐有相当之困难，故尚难认定当事人得对网页或网域名称为扣押。[②]

（3）以"债务履行地之法院"为管辖法院之可能性：[③] 当合同当事人是因合同之履行而涉讼时，如果当事人间就债务之履行地有所约定，是否该债务履行地之法院，即享有管辖权。在过去，当交易之标的为实体商品时，不论买受人往取或出卖人赴交商品，均可通过合同以约定债务之履行地，此时债务之履行地应为实体世界中之某一地点，而容许当事人以该地之法院为管辖法院提起诉讼，此固无疑义。但若以数字商品透过网际网络为交易时，鲜有在实体地点为交付或往取以履行合同，常通过将信息或软件传输至指定之电子邮件信箱中，借以遂行所谓之"债务履行"；此时，是否仍应援用前述实体世界中之原则以判断债务履行地？很成问题。电子邮件地址所表彰者，仅是信息服务业者之邮件服务器所在位置，凡拥有该电子邮件地址之使用者名称与密码者，均得通过网络拨接，于任何地方来收发信箱中之电子邮件，故此，网络世界中所谓的"债务履行地"所对应者可能是现实世界中之任意地点。因此，较务实的做法似乎是以网络交易发生与履行所在之核心（媒介）设施所在地为其判断标准，亦即邮件（网络）服务器（mail server or web server）之所在地，或当事人透过设施实际收受该电子邮件等地点，来思考建立其管辖联结之可能，并依所争交易与核心设施间的实际关联性，来决定是否以设施或收受所在地法院为管辖法院。[④] 此外，有论者以为，得以合同当事人订约时或履约时所委托的

---

① 姚瑞光：《民事诉讼法论》，台北大中国出版 1991 年版，第 28 页。

② 唯有以架设该网页之虚拟主机或实体主机之所在地，为网页之所在地，而得对具有价值之网页为扣押；亦得至网域名称权利取得地，对网域名称专用权为扣押。详见蔡馥如："网络管辖之研究"，台北大学法律研究所硕士论文，1999 年版，第 112—116 页。而就内地之《民事诉讼法》而言，因法院管辖权取得的依据，并无因可扣押之财产所在地为管辖权取得之依据，从而，于此一案例之中，并无类推适用之可能；如于法理层次予以解释时，亦应兼顾正当法律程序之原则。

③ 参见内地《民事诉讼法》第 24 条。

④ 此外，有论者以为，得以合同当事人订约时或履约时所委托的电子认证机构的主要营业地、以合同当事人履行支付以及接受支付时所委托的承担在线支付功能的网上金融机构的营业地、以合同当事人订约时或履约时所委托之网络服务提供者的主要营业地、以合同当事人履约时所使用的计算机信息系统中的网络服务器的所在地、以当事人履约时所使用的计算机终端设备所在地；此充分网络技术特点，或可于日后修改或补充合同法之参考。王伟："论在线履行数字电子合同的履行地确认机制"，载《政法论丛》2003 年第 4 期，第 36 页。

电子认证机构的主要营业地、以合同当事人履行给付以及接受给付时所委托的承担在线支付功能的网上金融机构的营业地、以合同当事人订约时或履约时所委托之网络服务提供者的主要营业地、以合同当事人履约时所使用的计算机信息系统中的网络服务器的所在地、以当事人履约时所使用的计算机终端设备所在地来确定管辖法院。此充分网络技术特点，或可于日后修改或补充合同法之参考。

承前论述，以台湾地区现有规范而言，欲解决涉外电子合同管辖问题除得类推适用内国《民事诉讼法》之相关规定外，《电子签章法》第 8 条中有关地点推定①之概念与《消费者保护法》中第 47 条以消费关系发生地之法院，均可作为决定管辖法院判断标准之参考。然而，在决定该法院是否有管辖权时，仍应就可能据以为管辖之基础参酌学理及国际间相关发展，视实际状况与关联性加以判断。据此，若于传统地域管辖理论下，就"网址"是否可以作为定管辖法院之基础，②就法律标准而言，应具备下列两个要件：其一，该因素本身有时间与空间上的相对稳定性（至少是可得确定的）；其次，该因素与管辖区域应存有一定之关联性。基于此，要判断网址是否可成为新的管辖基础，或可从此二要件加以观察。就第一个要件而言，网址虽存在于虚拟空间中，然其在现实空间的位置却是可得确定的，因其存有真实的物理结构③，具有相对稳定性，故其法律定位似相当于"居所"在物理空间中的地位一般；④再者，网址是由 ISP 所授予的，因此其与 ISP 所在的管辖区域的关联性亦确切存在⑤；因此，似可认为网址可以为定管辖基础，此将有助于管辖问题之解决。

另外，若能跳脱传统地域管辖之观念，将网络空间视为新管辖空间而存在时⑥，则我们对网络空间内争端当事人之纠纷解决，则可透过国际网络的联系在相关法院出庭，亦可为解决管辖问题之机制（如美国密执安州，通过数字

---

① 台湾地区电子签章法第 8 条："……以与主要交易或通信行为最密切相关之业务地为发文地及收文地。主要交易或通信行为不明者，以执行业务之主要地……"

② 以德国柏林法院在一有关网址名称登记的案子中，即认为不论网址名称是在美国注册或是可由美国接触到该网站，只要该网址亦可由德国接触，则该法院对本案即有管辖权。引自冯震宇："论网络商业化所面临的管辖问题"（下），载《信息法务透析》1997 年第 10 期，第 13 页。

③ 孙铁成：《计算机与法律》，法律出版社 1998 年版，第 249 页。

④ 王德全："试论 Internet 案件的司法管辖权"，载《中外法学》1998 年第 2 期，第 30 页。

⑤ 刘满达："网络商务案件管辖权的实证论析"，载《法学》2000 年第 2 期，第 39 页。

⑥ 有学者建议，应跳脱地域管辖的观念，而承认网络虚拟空间就是一个特殊地域，并承认在网络世界与现实世界存在有一个法律上十分重要的边界；若要进入网络的地域，必须透过网络或密码，一旦进入网络的虚拟世界中，则应适用网络世界的网络法，而不再适用现实世界的法律。如此一来，将可以不必就行为或交易发生地为何的问题，争论不休。Johnson，David R，& Post，David G，Law and Borders-The Risk of Law in Cyberspace, Stanford L. Rev. 1996，（48）：1367。

记录、视讯会议等高科技工具所设立之"网络法院"即为显例）。① 此外，在美国目前有业者通过定型化合同的方式与客户就管辖法院与准据法等问题加以约定，于美国司法机关承认后，亦为美国《计算机信息交易法》（U. C. I. T. A.）所接受②，此亦为一有效之解决方案。

五、结语

自网际网络被普遍使用以来，电子交易环境正逐步建构，而电子合同法制亦逐步调整，但如何自网络经济、信息经济或电子商务经济的角度来掌握电子交易的发展过程及趋势，并充分掌握国内外之法律对应调整，进而具体汇归相关问题之重心，以为深入从事体系分析或探讨之依据，应是基本的研究态度。以发展历程言，最早的合同电子化发展是以电子数据交换模式来呈现的，这种动力本源于自律的要求，通过私法自治的功能运作，进而促使国际性规范的调整或诞生，来处理不能由合同协议解决之相关问题。然无可讳言者，电子化环境之冲击，已全面性地影响到原有法制结构。以合同之缔结而言，交易当事人并非通过传统的纸和笔，而是经数字信息之交换要约与承诺，基于意思表示一致而成立合同关系；③ 尤其，在将自动化计算机系统与电子代理应用于电子合同之情形日趋普遍时，更衍生出许多新兴的法律问题，此问题虽在过去针对自动贩卖机之缔约与履行之需要，已肯定为无碍于相关意思表示之成立与效力④，然随着科技之进步与发展，自动化计算机系统与电子代理之功能已超越"自动"而有"自主"之能力，此时其法律属性为何？又应如何认定其间所传送讯息之法律效果？均生疑义。再就交易内容而言，原本关税贸易总协议或世界贸易组织（GATT／WTO）架构下的发展是着眼于商品之交易尔后及于服务，如今随着软件与信息本身之交易发展成为跨国交易的重要内容，所谓在线信息授权（licenses of information）交易，带入了所谓第三类型的交易标的，也颠覆了传统买卖合同对缔约行为、缔约过程、履约方式、损害赔偿、纠纷处理等法律规范之要求。与传统书面合同相比较，合同之意义与作用虽无发生改变，但形式上却产生了极大的变化，其主要表现在：（1）订立合同之双方是在一个

---

① 其实此类法院在美国并非先例，在美国北卡罗来纳州早已设立了网络商务法院，该法院的高级法官可以通过电视会议技术对处于不同地点的原被告进行案件审理；http: //www. cnc. ac. cn/news/ news01/0201/news01_ 02011404. html（visited 2003/01/12）。

② 原则上，UCITA 亦承认当事人可以就准据法加以选择；详参冯震宇："论电子商务之法律保护与因应策略"，载《月旦法学杂志》2002 年第 80 期，第 180—181 页。

③ 周忠海等：《电子商务法新论》，台北神州出版社 2002 年版，第 46 页。

④ 参见黄茂荣："电子商务契约的一些法律问题"载《植根杂志》2000 年第 6 期，第 9 页。

虚拟市场中运作；（2）电子合同是典型的无纸合同，是以可读形式储存在计算机磁性介质上的一组数字信息；（3）表示合同成立生效之传统签字盖章方式，被电子合同的电子签名所取代；（4）电子合同的订立与成立有其自有之特点，如自动化交易系统之应用等。① 因此，笔者以为，经由电子、光学或类似方法来缔结合同，应为一种新的缔约方式，而得赋予其"电子合同"之功能性名称。② 但现有之民事法制尚不足以涵盖并规范所有电子合同关系中所有之法律问题，应如何评价，很值得加以研究。

针对逐步成型之电子合同概念而言，虽然联合国贸易法律委员会早于1996 年曾于《联合国贸易法律委员会电子商务模范法》（*United Nations Commission on International Trade Law*）③ 中提出"功能等同"（functional-equivalent）之概念，④ 试图来解决传统民事法中所涉要约与承诺、发出与收受等传统行为概念，因应交易环境电子化之调整问题，但此概念之提出尚不足以解决因自动化计算机交易系统与电子代理普遍应用于电子合同中所新衍生之问题⑤，盖其已超过前述"功能等同"观念所能涵盖之范围。因此，联合国及国际商会等组织均快速投入电子交易法律之建制，未来国际交易环境亦将无可避免地呈现出从国际到内国的统一化趋势，如本文所特别介绍《藉数据电文缔结或证明之（国际）合同公约草案初稿》，正是国际社会持续应对国际贸易环境变迁过程中所作的重大努力，鉴于两岸业已逐步迈入电子化国家之林，对于此种攸关电子交易法制之新发展，实不容忽视，而掌握其发展方向并预为应对是两岸中国人所不可忽视之重要事项。

---

① 赵金龙、任学婧："论电子合同"，载《当代法学》2003 年第 8 期，第 43—4 页。

② 其主要特征有：（1）订立合同的双方往往是互不相识、互不见面的。（2）传统合同的口头形式在贸易上常常表现为店堂交易，并将商家所开具的发票作为合同的依据。（3）表示合同生效的传统签字盖章方式被电子签章所代替。（4）传统合同的生效地点一般为合同成立的地点，而采用数据电文形式订立的合同，收件人的主营业地为合同成立的地点；没有主营业地的，其经常居住地为合同成立的地点。许志坤："浅析电子双方交易与电子合同"，载《河北师范大学学报》（哲学社会科学版）2003 年第 6 期，第 38 页；李祖全："电子合同的证据法学之思考"，载《常德师范学院学报》（社会科学版）2003 年第 3 期，第 51 页；张展赫："关于电子合同法律属性的讨论"，载《科技情报开发与经济》2003 年第 3 期，第 66 页。

③ Report of the United Nations Commission on International Trade Law, U. N. Commission on International Trade Law, 29th Sess. , U. N. Doc. A/51/17 (1996); Uzelac, Alan, Comparative Theme: UNCITRAL Notes on Organizing Arbitral Proceedings: A Regional View, CROAT. ARBIT. YEARB. 1997 (4): 135.

④ http://www. un. or. at/uncitral/texts/electom/english/m1-ec. htm (visited 2003/5/25); http://www. uzp. gov. pl/zagranica/ONZ/UNCITRAL_ english. html (visited 2004/8/5).

⑤ 如自动化计算机系统与电子代理之应用之问题等。Bellia Jr. , Anthony J. , Contracting With Electronic Agents, Emory L. J. 2001 (50): 1047.

　　电子化交易之发展，对于传统合同法制之影响已然具体浮现，而有待我们进一步去调整相关法制以作应对。面对此种国际发展趋势，台湾地区如何借由电子签章立法之初备，探究其与电子合同所赖民事法规间之调和关系，并就电子合同实务中可能面临之民事基础法律问题，参考国际社会之立法精神及实践经验，以为未来法制调适与应对之需，实有探讨之必要。就电子合同所涉及问题而言，本文以当事人、标的及意思表示为主轴的探讨，试图显现出电子化环境所带来的影响。先就当事人部分来言，远距离的互动首先挑战了人类传统彼此辨识对方的经验，动摇了传统法制所建构出的交易当事人互信基础，从而也带动了电子签章法制的诞生，一方面通过数字签章作为辨认当事人身份之表征，另一方面则通过凭证机构来对签章之真正性加以认证，以达保护交易当事人之目的。此外，如何在交易安全之维护与限制行为或无行为能力之保护间权衡的问题，吾等虽能在民法之相关规定中找到一些探讨方向，然较完善之处理方式仍应进一步调适相关民事法规，以为规范。至于，自动化计算机系统与电子代理之应用，乃电子合同缔结过程中使用计算机软硬件之必然结果，而如何跳脱出传统以"人"为基础的代理概念，发展出以预先设计之"自动"系统或具人工智能之"自主"系统为内容，并以之为界定当事人间之权义及责任归属之依据，正是近来国际间法制之重要发展，而值得加以借鉴并立法应对者。至于交易标的所涉问题部分，因智慧财产商品异于传统商品及服务之本质，促使传统贸易的外围法制均呈现涵括不足之现象，这其中又以如何满足确认交易标的及当事人间之权益关系界定问题为最，对此，美国司法实务以类同于买卖合同关系来处理计算机软件研发之做法，以及新修《统一计算机信息交易法》（UCITA）与《统一电子交易法》（UETA）之提出，除印证了国际社会对如何规范信息交易标的之不确定性外，更提供给我们值得借鉴之法制调整经验。最后，以意思表示为核心之探讨，所衍生之要约与要约引诱之区别、非对话意思表示之生效时点认定与意思表示合致过程中之撤回与撤销等问题，乃本文上述所涵括之重点。原则上，本文以为，欲完善电子合同法制，就重要的基础性问题应通过立法加以规范，除对要约与承诺之成立生效时点之认定外，如何去判断电子讯息的出处或归属？如何评价"再确认"之机制？均有待法律给予更明确的规范。内地之《合同法》与台湾地区《电子签章法》中虽有相关之规定，然而仍有不足，从而较佳之处理方式仍应就电子合同环境所赖之私法体系，做一较全面的检讨与补充为是。

　　除了实体法之问题外，由于技术本身的发展性，以及交易发生之欠缺地域或法域限制性，主权之概念与管制之可能均受到稀释，从而合同本身之拘束力或执行力也同样受到影响。在这种背景下法律应如何诠释同时存在于虚拟环境与实体社会中之合同行为，将是对于整体执法体系的考验。一如其他发展中之网络法律课题，法规范之发展须依循逻辑推理来探求其与真实世界法规范之兼容性，而在立法努力跟上科技发展脚步的过程中，国际间的趋势、真实世界中的惯例，以及应对新兴科技所衍生的学理论述，都是我们必须小心对待的。以涉外民事管辖权争端解决方案言，如能通过国际合作签订"多边或双边条约"以决定管辖权之归属，当为最佳的解决之道，然国际间尚未有公约定案之提出，故现阶段尚无法通过此途径解决之。唯海牙《民商事管辖权及外国判决之承认与执行公约草案初稿》与《选择法庭协议公约草案》虽尚未定案，但其中已有共识之部分，仍值得我们加以参考。再者，在决定该法院是否有管辖权时，我们应就可能据以为管辖之基础参酌学理及国际间相关发展，视实际状况与关联性加以判断，以决定法院是否具备管辖之权限。因此，对于涉外电子合同之民事管辖问题，以台湾地区而言除了修法应对外，当前比较实际的做法应是"类推适用现行民事诉讼法或消费者保护法之相关规定"①，或参酌《电子签章法》第 8 条有关地点之推定，以决定法院是否享有管辖权；此外，或可参考美国实务之发展将"网址"作为确定管辖的基础，或承认"网络法院"之运作机制，均有助于管辖问题之解决。最后，本着自由市场经济原则，在法律变动过程中，尊重当事人的选择空间，则是另一个值得大家尊重的原则，其实这也是本文在论及当前国际社会寻求解决电子合同涉外民事管辖问题过程中，所加以强调者。此可证诸于海牙公约草案与《选择法庭协议公约》之规定，在尊重当事人合同自主之精神下，允许缔约当事人得经由合意确定管辖法院，此与民事诉讼法规定大致相符②，且于美国《计算机信息交易法》（UCITA.）亦承认当事人得以就管辖法院与准据法加以选择。③ 因此，在当事人利用网络进行交易时，若得民事诉讼法之规定，任当事人得以合意定管辖法院④，此应可以解决大部分管辖法院决定之问题。

综观电子合同之立法趋势言，我们应对一些根本性的问题加以厘清。首

① 马汉宝：《国际私法总论》，台北作者自版 1997 年版，第 180 页；刘铁铮：《国际私法论丛》，台北三民书局 2000 年版，第 276 页；林益山："国际裁判管辖权冲突之研究"，载《中兴法学》1993 年第 36 期，第 7 页；林益山："涉外网络契约管辖之探讨"，载《月旦法学杂志》2001 年第 77 期，第 23 页。

② 冯震宇、陈家骏等：《电子交易法制相关议题之研究》，台北经建会 2002 年版，第 190—191 页。

③ 详参见冯震宇："论电子商务之法律保护与因应策略"，载《月旦法学杂志》2002 年第 80 期，第 180—181 页。

④ 依内地《民事诉讼法》第 244 条规定，涉外合同的当事人，可以书面协议选择与争议有实际联系的地点的法律管辖。依台湾地区《民事诉讼法》第 24 条之规定，亦得以当事人之合意约定管辖。

先，我们想提出的质疑是，现行法是否适用于电子交易？有无增修之必要？虽有论者以为，电子合同所涉之法律问题，并非电子环境所特有的，而是传统合同关系中都会遭遇的问题，故对电子合同提出新规范，产生质疑。① 笔者以为，工业时代机械式、系统化、结构化的法规范，已不足以涵盖于动态、随机、成长的电子交易环境，但电子交易环境对合同法制所生之影响并非全面抑或绝对地，故就电子合同所涉之问题应可区别为：（1）合同之一般问题（如签章与书面形式等问题）；（2）电子化之特殊问题（如电子代理与自动计算机系统之应用等问题），针对前者我们或可通过适用、类推适用或解释之方法加以解决，对于后者我们则需通过增修现行法或另立新法，加以应对。此可证诸于联合国国际贸易法律发展委员会之立法历程，其于1996年提出电子商务模范法，试图以"功能等同"之概念，来解决合同之一般问题，然而随着科技的发展与实际交易经验中，发现此不足以涵括所有新兴之法律问题，因此，拟提出新公约以解决因新的缔约方式所新生之法律问题。

面对现有之民事法制尚不足以涵盖并规范电子交易之问题，我们是否应增修现行法律？抑或另立专法？② 国际间之发展趋势正逐步影响各国之立法态度，从目前各国立法现状来看，有两种立法模式，一种是制定专门的电子商务法律，如美国、欧盟、新加坡、印度、巴西等国都对电子商务有专门的立法。另一种就是增修现有规范：内地是就原有的合同法律制度进行扩大化解释，以使电子合同纳入原有的法律调整的范围；③ 台湾地区则是透过消费者保护法之增修。因此，内地于合同法中针对电子化之问题设有部分规定，此具预见性的立法对电子商务之发展，起到一定之作用。④ 至于是否尚需制定专法，以为应对？有论者以为，可先采用司法解释的方式解决或补充现有合同法的内容⑤，使其具有适用性；也有论者以为应直接进行电子商务综合立法。⑥ 对此，台湾

---

① United Nations Commission on International Trade Law Working Group on Electronic Commerce, Thirty-ninth session, A/CN. 9/WG. IV/WP. 96. (2002).

② 详参见附图二：立法建议模式。

③ 朱萍："电子合同法律调整：模式与框架的探讨"，载《武汉大学学报》（社会科学版）2002年第5期，第568页。

④ 朱宁先、朱成化、朱顺先："电子商务的电子合同及其法律思考"，载《管理科学》2003年第5期，第96页。

⑤ 张巍："网络立法悠着点"，载《检察日报》1999年4月7日；张娜："中国法学会民法经济法研究会2000年年会综述"，载《人民法院报》2000年10月21日。

⑥ 张楚："关于我国电子商务立法问题的思考"，见中国政法大学民商法教研室《江平教授七十华诞祝贺文集》，中国法制出版社2000年版，第468页；孙在友、苏哲："论电子合同的法律效力"，载《天津工业大学学报》2002年第6期，第48页；吴楠："电子合同中若干法律问题探析及应用建议"，载《学术界》2003年第2期，第224页。

地区之应对，虽于《消费者保护法》中将网际网络之交易纳入访问买卖之类型中，以保障消费者之权益①，并于《电子签章法》设有部分规定外，然就本文所提出之部分问题，虽然或可类推适用相关民事法规，尚难获得周延且全面的解决。②

承上，若我们认为应另立专法，以为应对。究应针对电子合同此特定议题制定专法？抑或先就电子交易行为统一立法？以各国之立法现状而言，美国曾就网络银行之议题，制定电子资金移转法、为信息流通之促进，制定信息自由法、英国亦曾针对反社会行为之防治，制定计算机滥用法；至于涉及电子合同之议题，美国更有 UCC2B、UCITA、UETA（Uniform Electronic Transaction Act）与 E-SIGN 等专法之制定。相对于此，而德国则有多元媒体法之制定、新加坡则有电子商务法之制定。对此，虽有论者以为，以单独制订一部以合同为核心、兼顾其他法律规范的电子商务法为较好的选择，③ 但在进程上理论界有两种不同的观点：（1）先就电子商务出现的具体法律问题，先行制定单行规则或修订传统法律，形成统一思路后，再制定电子商务基本法；（2）先制定电子商务基本法，以此为指导思想，再就各个具体问题制定单行规则或修定传统法律。④

内地在第九届人大三次会议上，虽已有代表就专门电子商务立法提交议案，但有几种不同的看法：⑤（1）电子商务立法的时机不成熟；（2）电子商务立法的市场自身调节说；（3）电子商务立法的已有法律涵盖说；（4）电子商务立法的地方立法说；（5）电子商务立法的技术万能说。故专家们认为，在立法模式上，可以采取的模式有二，：其一为分两步走的方式，从个别法规入手，待时机成熟再统一起草电子商务法；另一种则是由点到面的方式，先通过修改相关部门之法规，再在不断实践中逐步开发连点成面的统一立法。⑥ 而在立法政策上，有人建议采行双轨制，在立法的基本框架和原则

---

① 详参见《台湾消费者保护法》第 2 条第 1 项第 10 款之规定。

② 如自动化计算机系统与电子代理之应用问题、以计算机软件为电子合同交易标的之问题、非对话意思表示之生效时点认定等。

③ 刘俊臣："略论电子合同的法律调整"，载《中国工商管理研究》2002 年第 2 期，第 10 页；张平：《我国电子商务立法的误区，网络法律评论》，法律出版社 2001 年版，第 13 页。

④ 韩勇、王静等："电子商务立法的实践与探索"，见第七届中国国际电子商务大会《中国电子商务政策法律论坛论文集》，北京政策法律论坛组委会 2003 年版，第 4 页。

⑤ 阿拉木斯：《关于中国电子商务立法的五种说法，信息网络与高新技术法律前沿》，法律出版社 2003 年版，第 263 页。

⑥ 杜颖：《电子合同法》，湖南大学出版社 2002 年版，第 91 页。

下，允许行业与企业发展自治规则。① 至于内地制定《电子商务法》应采取什么样的架构，学者主要有两种看法：一种认为，应以《模范法》为模本，进行本土化移植；另一种观点认为，依照内地的立法习惯和中国人的思维方式，宜采取"总则＋分则"模式。② 而立法的核心法律问题，应当包括立法的总则、数字化信息的法律地位和网络合同的法律效力以及网络服务提供者的责任这四个方面。③ 对此立法模式之考量，笔者以为，面对此一新兴科技法律争议，立法者与执法者虽不宜采取冒进的激进行为，或可利用"停、看、听（wait and see）"的策略，只要不是太大的社会伤害，何妨停一下、看一下、听一下，给其他的解决方案以机会，让新的科技法制有应对新文化、新价值观的机会；④ 同时，借由停、看、听，能将国际之规范内国化，借以达到建构完善法律制度之基础。以目前内地涉及电子交易之主要立法而言，除已于合同法中作部分条文修改以应对电子化之问题外，另已有电子签章法草案之拟定并送审查外，企业及行业协会亦提出的电子商务立法建议方案及相关自律规则；相对于此，台湾地区于法制之建构方面，并未就传统民法为修正，除《消费者保护法》中将网际网络交易列入访问买卖之类型中，试图解决 B2C 交易之部分问题外，另有《电子签章法》之制定以解决电子交易中电子签章、电子文书与认证机构之根本问题，更通过政府之措施（如电子商务消费者保护纲领等）与民间之运作（如自律公约与信赖标章之提出）以健全电子交易法制环境。整体言之，两岸电子商务法制显然正朝向"促进具社会容许性之行为"（the promotion of socially acceptable behavior）的方向发展，⑤ 这种发展特色所呈现出的，将是人类互信与多元价值的尊重，是基于道德规范所呈现出之共识⑥，值得我们持续观察之。

---

① 并于立法程序上，鼓励企业与行业动议立法并提出议案，从商业实践中提炼法律规则，更鼓励行业协会发展自治规范，使行业协会真正成为联系企业、学术与政府的桥梁；高富平："确立自治规范与立法规范双轨制，营造安全有效的电子商务法律环境"，见第七届中国国际电子商务大会《中国电子商务政策法律论坛论文集》，政策法律论坛组委会 2003 年版，第 14 页。

② 在拟定《电子商务法（模范法）》的时候，应采取"总则＋分则"模式，其中"总则"部分主要以《联合国电子商务模范法》为模本，确定一些原则，"分则"部分则可以分门别类作具体规定；刘俊臣："略论电子合同的法律调整"，载《中国工商管理研究》2002 年第 2 期，第 10 页。

③ 郑成思、薛虹："我国电子商务立法的核心问题"，载《互联网世界》2000 年第 10 期，第 10 页。

④ 范建得：《新工业革命时代的科技法制》，收录于知识经济与法制改造研讨会专辑，台北元照文化公司 2002 年版，第 50—52 页。

⑤ Denning Dorothy E & Lin Herbert S eds. Rights and Responsibilities of Participants in Networked Communities, Washington : National Research Council National Academy Press 1994. 25—30p.

⑥ Casey, Timothy D. & Magenau, Jeff, A Hybrid Model of Self-Regulation and Governmental Regulation of Electronic Commerce Timothy, Santa Clara Computer & High Tech. L. J. 2002（19）: 1.

附表 1 　　　　　　　　　**两岸电子契约法制对照表**

电子契约之问题类型	电子契约之具体问题		现行法令依据（内地）	现行法令依据（台湾地区）	备 注
电子合同之根本性问题	书面形式		《合同法》第 11 条《电子签名法》第 4 条	《电子签章法》第 4 条	已立法
	签章	中央	《电子签名法》第 2 条及第 14 条	1.《民法》第 3 条 2.《电子签章法》第 9 条	已立法
		地方	1. 上海市《国际经贸电子数据交换管理规定》第 7 条 2. 广东省《电子交易条例》第 6 条至第 9 条		
	证据法	中央	1.《民事诉讼法》第 63 条及第 69 条之规定 2.《电子签名法》第 3 条、第 7 条及第 8 条	《民事诉讼法》第 363 条	台湾地区：宜立法
		地方	广东省：《电子交易条例》第 8 条及第 9 条		内地：已立法
电子合同之成立与生效问题	当事人之身份确认		《电子签名法》第 9 条、第 13 条、第 16 条及第 20 条	1.《电子签章法》第 9 条 2.《电子签章法》第 11 条	已立法
	当事人行为能力之欠缺		《合同法》第 9 条	《民法》第 75 条以下《邮政法》第 12 条《电信法》第 9 条	1. 适用《民法》之规定 2. 另立新法
	电子代理之应用		1. 非《民法通则》第 9 条之民事权利能力主体 2. 自《无同法》第 63 条规范以下之适用	1. 非权利主体(《民法》第 6 条) 2. 无《民法》第 103 条之适用	宜另立新法
	计算机软件下载契约		非属买卖合同（《合同法》第 130 条）	非属买卖契约（《民法》第 345 条）	宜另立新法

续表

电子契约之问题类型	电子契约之具体问题	现行法令依据（内地）	现行法令依据（台湾地区）	备 注
电子合同之成立与生效问题	要约与要约引诱之区	《合同法》第 14 条及第 15 条	《民法》第 154 条第 2 项	1. 适用《民法》之规定 2. 另立新法
	要约之方法	《合同法》第 10 条	未设有相关规定	1. 适用《民法》之规定 2. 另立新法
	要约之生效时点	《合同法》第 16 条第 2 款《电子签名法》第 10 条及第 11 条	《电子签章法》第 7 条	已立法
	意思实现	《合同法》第 26 条	《民法》第 169 条	1. 适用《民法》之规定 2. 另立新法
	承诺之迟到	《合同法》第 29 条	《民法》第 159 条	1. 适用《民法》之规定 2. 另立新法
	承诺之生	《合同法》第 26 条《合同法》第 16 条《电子签名法》第 10 及第 11 条	《电子签章法》第 7 条	已立法
	再确认之机制	无相关规范	无相关规范	宜另立新法
	意思表示之撤回	《合同法》第 16 条至第 18 条《合同法》第 27 条《电子签章法》第 11 条	《民法》95 条、第 162 条及第 163 条《电子签章法》第 7 条	已立法
	意思表示之瑕疵	回归私法之规定，《民法通则》第 58 条及第 59 条	回归私法之规定，《民法》第 88 条以下	解释或类推适用制定特别法或统一法之方式处理

电子契约之问题类型	电子契约之具体问题	现行法令依据（内地）	现行法令依据（台湾地区）	备　注	
电子合同之民事管辖问题	民事管辖基础	《民事诉讼法》第 25 条	《民事诉讼法》第 24 条《消费者保护法》第 47 条	宜另立新法	
	被告之主营业所或主事务所所在地之法院	近似规范：《民事诉讼法》第 22 条《电子签名法》第 12 条	近似规范：《民事诉讼法》第 2 条	私法自治 解释或类推适用 制定特别法或统一立法	
	被告可扣押之财产或请求标的所在地法院	无相关规范	近似规范：《民事诉讼法》第 3 条	内地	私法自治 制定特别法或统一立法
				台湾地区	私法自治 解释或类推适用 制定特别法或统一立法
	债务履行地之法院	近似规范：《民事诉讼法》第 24 条	近似规范：《民事诉讼法》第 12 条	私法自治 解释或类推适用 制定特别法或统一立法	

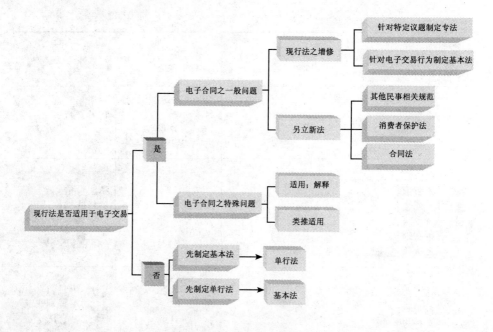

附图 1 立法方式建议

参 考 文 献

中文参考资料

期刊：

1. 于海防、韩冰："电子合同订立过程中的若干问题研究"，载《烟台大学学报》（哲学社会科学版）2002 年第 2 期。

2. 于静：《电子合同若干法律问题初探》，载《政法论坛》1997 年第 6 期。

3. 马琳：《略论电子合同形式的合法性》，载《中国工商管理研究》2003 年第 11 期。

4. 王伟：《论在线履行数字电子合同的履行地确认机制》，载《政法论丛》2003 年第 4 期。

5. 王德全：《试论 Internet 案件的司法管辖权》，载《中外法学》1998 年第 2 期。

6. 冯大同：《国际贸易中应用电子数据交换所遇到的法律问题》，载《中国法学》1993 年第 5 期。

7. 冯震宇：《论电子商务之法律保护与因应策略》，载《月旦法学杂志》2002 年第 1 期。

8. 冯震宇："论网络商业化所面临的管辖问题"（上），载《信息法务透析》1997年第9期。

9. 冯震宇："论网络商业化所面临的管辖问题"（下），载《信息法务透析》1997年第10期。

10. 冯震宇、黄珍盈、张南熏："从美国电子交易法制论我国电子签章法之立法"，载《政大法学评论》2002年第71期。

11. 冯震宇："论网际网络与消费者保护问题"（下），载《信息法务透析》1998年第7期。

12. 刘俊臣："略论电子合同的法律调整"，载《中国工商管理研究》2002年第2期。

13. 刘晓红："论合同之债法律冲突解决方法及最新发展——兼论《国际商事合同通则》的效力与适用"，载《国际法学》2000年第1期。

14. 刘满达："网络商务案件管辖权的实证论析"，载《法学》2000年第2期。

15. 刘颖："论电子合同成立的时间与地点"，载《武汉大学学报》（社会科学版）2002年第6期。

16. 刘颖、骆文怡、伍艳："论电子合同中的书面形式问题及其解决"，载《经济师》2003年第2期。

17. 刘毓骅："国际贸易中EDI应用的举证、签字和书面要求"，载《国际贸易》1994年第9期。

18. 吕国民："电子合同订立的若干问题探析"，载《财经问题研究》2002年第5期。

19. 孙在友、苏哲："论电子合同的法律效力"，载《天津工业大学学报》2002年第6期。

20. 朱宁先、朱成化、朱顺先："电子商务的电子合同及其法律思考"，载《管理科学》2003年第5期。

21. 朱萍："电子合同法律调整：模式与框架的探讨"，载《武汉大学学报》（社会科学版）2002年第5期。

22. 许志坤："浅析电子双方交易与电子合同"，载《河北师范大学学报》（哲学社会科学版）2003年第6期。

23. 齐爱民："电子合同典型法律规则研究"，载《武汉大学学报》（社会科学版）2002年第2期。

24. 吴楠："电子合同中若干法律问题探析及应用建议"，载《学术界》2003年第2期。

25. 吴瑾瑜："网络中无体商品之民法相关问题——以在线递送付费商业计算机软件为例"，载《政大法学评论》2003年第74期。

26. 张展赫："关于电子合同法律属性的讨论"，载《科技情报开发与经济》2003年第3期。

27. 李祖全："电子合同的证据法学之思考"，载《常德师范学院学报》（社会科学版）2003年第3期。

28. 杜维武："美国关于信息授权与管辖权相关问题"（上），载《法令月刊》1999 年第 3 期。

29. 杜颖："电子合同的效力问题探析"，载《黑龙江省政法管理干部学院学报》2002 年第 3 期。

30. 杨芳贤："电子商务契约及其付款之问题"，载《中原财经法学》2000 年第 5 期。

31. 杨佳政："电子交易中数字签章与电子文件之法律效力浅析"，载《信息法务透析》1998 年第 2 期。

32. 杨桢："论电子商务与英美契约法"，载《东吴法律学报》2003 年第 1 期。

33. 陈启垂："民事诉讼之国际管辖权"，载《法学丛刊》1997 年第 166 期。

34. 陈荣传："虚拟世界的真实主权"，载《月旦法学杂志》2001 年第 77 期。

35. 卓小苏："电子合同形式论"，载《法商研究——中南财经政法大学学报》（法学版）2002 年第 2 期。

36. 林益山："国际裁判管辖权冲突之研究"，载《中兴法学》1993 年第 36 期。

37. 林益山："涉外网络契约管辖之探讨"，载《月旦法学杂志》2001 年第 77 期。

38. 林瑞珠："当前电子商务发展对国际贸易合同法制之影响"，载《信息法务透析》1999 年第 11 期。

39. 林瑞珠："联合国因应贸易合同电子化之立法新趋势"，载《科技法律透析》2003 年第 4 期。

40. 林瑞珠："当前贸易电子化所面临之法律新课题——以两岸法律因应为例"，载《万国法律》2002 年版。

41. 范建得："新工业革命时代的科技法制"，载《收录于知识经济与法制改造研讨会专辑》，台北元照 2002 年第 11 版。

42. 郑成思、薛虹："台湾地区电子商务立法的核心问题"，载《互联网世界》2000 年第 10 期。

43. 郑远民、易志斌："试论公证在电子合同中的应用价值"，载《北京理工大学学报》（社会科学版）2002 年第 2 期。

44. 洪淑芬："数字签字——公开金钥认证机构介绍"，载《信息法务透析》1996 年第 11 期。

45. 赵金龙、任学婧："论电子合同"，载《当代法学》2003 年第 8 期。

46. 赵骏："商业 EDI 活动的法律调整"，载《政治与法律》1998 年第 1 期。

47. 陶岚、王芳："试论电子合同的法律效力"，载《南昌高专学报》2003 年第 3 期。

48. 高云："电子合同中电子邮件应用的法律问题研究"，载《电子知识产权》2002 年第 3 期。

49. 章宏友："关于电子合同若干问题的法律思考"，载《武汉冶金管理干部学院学报》2003 年第 1 期。

50. 黄茂荣："电子商务契约的一些法律问题"，载《植根杂志》2000 年第 6 期。

51. 薛德明："国际贸易中 EDI 的若干法律问题探讨"，载《法律科学》1994 年第

3 期。

专书：

1. 马汉宝：《国际私法总论》，台北作者自版 1997 年版。

2. 方冰莹：《电子商务合同法律问题之探讨——以网络购物为中心》，东吴大学法律学研究所硕士论文，1998 年。

3. 王传丽：《国际贸易法——国际货物贸易法》，中国政法大学出版社 1999 年版。

4. 王泽鉴：《民法总则》，台北三民书局 2001 年版。

5. 王泽鉴：《基本理论——债之发生》，台北三民书局 2001 年版。

6. 丘联恭著：《司法之现代化与程序法》，台北三民书局 1992 年版。

7. 冯大同：《国际货物买卖法》，北京大学出版社 1995 年版。

8. 冯震宇：《网络法基本问题》（一），台北学林 1999 年版。

9. 冯震宇、陈家骏等：《电子交易法制相关议题之研究》，台北经建会 2002 年版。

10. 卢骏道：《载货证券使用电子数据交换方法所生法律问题之研究》，东吴大学法律学研究所硕士论文，1994 年。

11. 司法院：《民事法律专题研究（四），司法院司法业务研究会第五期及第九期研究专题》，台北司法周刊杂志社印行 1987 年版。

12. 石志泉著：《民事诉讼法释义》，台北三民书局 1987 年版。

13. 刘铁铮：《国际私法论丛》，台北三民书局 2000 年版。

14. 刘铁铮、陈荣传：《国际私法论》，台北三民书局 1998 年版。

15. 孙铁成：《计算机与法律》，法律出版社 1998 年版。

16. 孙森焱：《民法债编总论上册》，台北三民书局 2001 年版。

17. 朱瑞阳：《电子商务认证制度之研究》，辅仁大学法律法律学研究所硕士论文，1999 年。

18. 江平：《中华人民共和国合同法精解》，中国政法大学出版社 1999 年版。

19. 吴兴光：《国际商法》，中山大学出版社 1997 年版。

20. 吴明轩著：《民事诉讼法》，台北作者自版 1981 年版。

21. 吴诗敏：《网际网络上电子商务买卖合同成立之初探》，东吴大学法律学研究所硕士论文，2000 年。

22. 吴嘉生：《电子商务法导论》，台北学林文化 2003 年版。

23. 张平：《我国电子商务立法的误区，网络法律评论》，法律出版社 2001 年版。

24. 张启祥：《电子商务法律问题之研究——以交易及付款机制为重心》，东吴大学法律学研究所硕士论文，2001 年。

25. 张学尧著：《民事诉讼法论》，台北三民 1970 年版。

26. 张勇：《国际货物买卖法》，南开大学出版社 1997 年版。

27. 张楚："关于我国电子商务立法问题的思考"，载《中国政法大学民商法教研室·江平教授七十华诞祝贺文集》，中国法制出版社 2000 年版。

28. 李瑞生：《电子商务交易安全法制之研究》，东海大学法律学研究所硕士论文，2001 年。

29. 杜颖：《电子合同法》，湖南大学出版社 2002 年版。

30. 杨建华：《问题研析——民事诉讼法》（四），台北作者自版 1995 年版。

31. 杨建华等：《民事诉讼法新论》，台北三民 2000 年版。

32. 苏远成：《国际私法》，台北五南 1990 年版。

33. 苏健华：《科技未来与人类社会——从 cyborg 概念出发》，南华大学社会学研究所 2003 年版。

34. 阿拉木斯：《关于中国电子商务立法的五种说法，信息网络与高新技术法律前沿》，法律出版社 2003 年版。

35. 陈汝吟：《论因特网上电子契约之法规范暨消费者保护》，台北大学法律研究所硕士论文，1998 年。

36. 陈隆修：《国际私法管辖权评述》，台北五南 1986 年版。

37. 单文华：《电子贸易的法律问题》，《民商法论丛》1998 年第 10 期。

38. 周忠海等：《电子商务法新论》，台北神州出版社 2002 年版。

39. 林冈辉：《电子邮件之截收处分》，台北大学法律研究所硕士论文，2001 年。

40. 林诚二：《民法总则讲义》（上册），台北瑞兴图书 1995 年版。

41. 林瑞珠：《论国际贸易合同法制在数字化环境下之发展》，中兴大学法律学研究所博士论文，1999 年。

42. 罗培方：《网络证券经纪商之法令遵循与问题探讨》，台湾台湾大学法律法律学研究所硕士论文，2001 年。

43. 郑玉波：《民法总则》，台北三民书局 1998 年版。

44. 姚瑞光：《民事诉讼法论》，台北大中国出版 1991 年版。

45. 施米托夫：《国际贸易法文选》，中国大百科全书出版社 1993 年版；林志峰：《电子数据交换基本法律问题之研究》，台湾大学法律学研究所硕士论文，1991 年。

46. 施启扬：《民法总则》，台北三民书局 2000 年版。

47. 赵威：《国际商事合同法理论与实务》，中国政法大学出版社 1995 年版。

48. 钟明通：《网际网络法律入门》，台北月旦 1999 年版。

49. 郭瑜：《国际货物买卖法》，人民法院出版社 1999 年版。

50. 高富平："确立自治规范与立法规范双轨制，营造安全有效的电子商务法律环境"，载《第七届中国国际电子商务大会·中国电子商务政策法律论坛论文集》政策法律论坛组委会 2003 年版。

51. 曹伟修：《民事诉讼法释论》，台北曹游龙出版 1984 年版。

52. 梁彗星主编：《民商法论丛》，1996 年第 4 期。

53. 萧维德：《论新型态电子支付系统之架构暨其法律关系》，台北大学法律研究所硕士论文，1999 年。

54. 董新民：《国际商务法律》，中国审计出版社 1996 年版。

55. 韩勇、王静等:"电子商务立法的实践与探索",载《第七届中国国际电子商务大会·中国电子商务政策法律论坛论文集》,政策法律论坛组委会 2003 年版。

56. 蔡馥如:《网络管辖之研究》,台北大学法律研究所硕士论文,1999 年。

57. 魏翠琪:《电子商务不可或缺的角色——网络付款与认证机制之法律问题研析》,东吴大学法律学研究所硕士论文,2000 年。

英文参考资料

1. Amelia H. Rose, *Electronic Commerce and The Symbolic Relationship between International and Domestic Law Reform.* Tul L. Rev. 1998,(72):1931.

2. Baistrocchi, Pablo Asbo, *Liability of Intermediary Service Providers in the EU Directive on Electronic Commerce.* Santa Clara Computer & High Tech. L. J. 2002,(19):111.

3. Bellia Jr., Anthony J., *Contracting With Electronic Agents.* Emory L. J. 2001,(50):1047.

4. Berman, Andrew B., *International Divergence: The "Keys" to Signing on the Digital Line - The Cross-Border Recognition of Electronic Contracts and Digital Signatures.* Syracuse J. Int'l L. & Com. 2001,(28):125.

5. Bonell, Michael Joachim, *The UNIDROIT Principles of International Commercial Contracts: Why? What? How?* Tul. L. Rev. 1995,(69):1121.

6. Byasse, William S, *Jurisdiction of Cyberspace: Applying Real World Precedent To The Virtual Community.* Wake Forest L. Rev. pp. 1995,(30):197.

7. Cheng, Chia- jui., *Basic Documents on International Trade Law.* Boston: Hingham, 1986.

8. D. Casey, Jeff Magenau, *A Hybrid Model of Self-Regulation and Governmental Regulation of Electronic Commerce Timothy.* Santa Clara Computer & High Tech. L. J. 2002,(19):1.

9. Denning Dorothy E, Lin Herbert S eds, *Rights and Responsibilities of Participants in Networked Communities.* Washington: National Research Council National Academy Press, 1994.

10. Epstein, Julian, *cleaning up a mess on the web: a comparison of federal and state digital signature laws.* N. Y. U. J. Legis. & Pub. Pol'y 2001/2002,(5):491.

11. Eric Schneiderman, Ronald Kornreich, *Personal Jurisdiction and Internet Commerce.* The New York Law Journal, 1997.

12. Farber, Daniel A., Matheson, John H., Beyond Promissory Estoppel: *Contract Law and the Invisible Handshake.* U. Chi. L. Rev. 1985,(52):903.

13. Gilmore, Grant, *the Death of Contract.* Columbus: Ohio State University Press, 1995.

14. Gray, Tricia Leigh, *Minimum Contacts in Cyberspace: The Classic Jurisdiction Analysis in a New Setting.* J. High Tech. L. 2002,(1):85.

15. Huey, Nathan A., *Do E-Sign and UETA Really Matter?* Iowa L. Rev., 2003,(88):681.

16. Johnson, David R, Post, David G, *Law and Borders-The Risk of Law in Cyber-space.* Stanford L. Rev. 1996, (48): 1367.

17. Jonathan Rosenoer, *CyberLaw The Law of The Internet.* New York: Springer Verlag, 1996.

18. Kerr, Ian R. , *Spirits in the Material World: Intelligent Agents as Intermediaries in Electronic Commerce.* Dalhousie L. J. 1999, (22): 190.

19. Kidd, Donnie L. & Daughtrey William H. , Jr. , *Adapting Contract Law to Accommodate Electronic Contracts.* Rutgers Computer & Tech. L. J. 2000, (26): 215.

20. Lerouge, Jean-Francois, *The Use of Electronic Agents Questioned Under Contractual Law: Suggested Solutions on a European and American Level.* J. Marshall J. Computer & Info. L. 1999, (18): 403.

21. Lewis, Mark, *E-COMMERCE: Digital Signatures: Meeting the Traditional Requirements Electronically: A Canadian Perspective,* Asper Rev. Int'l Bus. & Trade L. , 2002 (2): 63.

22. Mann, Catherine L. , *symposium on intellectual property, digital technology & electronic commerce: the uniform computer information transactions act and electronic commerce: Balancing Issues and Overlapping Jurisdictions in the Global Electronic Marketplace: The Ucita Example.* Wash. U. J. L. & Pol'y 2002, (8): 215.

23. Mohammad Nsour, *articlefundamental facets of the united states-jordan free trade agreement: e-commerce, dispute resolution, and beyond.* Wash. U. J. L. & Pol'y 2004 (27): 742.

24. Nahid Jilovec, *The A To Z of EDI and Its Role in E-Commerce.* 2nd edition. Loveland: 29th Street Press, 1998.

25. Pompian, Shawn , *Is the statute of Frauds Ready for Electronic Contracting?* Va. L. Rev. 1999, (85): 1447.

26. Raz, Joseph, *Promises in Morality and Law.* HARV. L. REV. 1982, (95): 916.

27. Raz, Joseph, *the Morality of Freedom.* New York: Clarendon Press, 1986.

28. Solum, Lawrence B. , *Legal Personhood for Artificial Intelligences.* N. C. L. REV. 1992, (70): 1231.

29. UA/CN. 9/WG. IV/WP. 96. (2002) .

30. Uzelac, Alan, *Comparative Theme: UNCITRAL Notes on Organizing Arbitral Proceedings: A Regional View.* CROAT. ARBIT. YEARB. 1997, (4): 135.

31. Viscasillas, del Pilar Perales, *Recent Development Relation to CISG: Contract Conclusion under CISG.* J. L. & Com. 1997, (16): 315.

32. Watnick, Valerie, *The Electronic Formation of Contracts and the Common Law Mailbox Rule.* Baylor L. Rev. 2004, (56): 175.

33. Yacobozzi, Ruth J. , *Integrating Computer Information Transactions into Commercial Law in a Global Economy: Why UCITA is a Good Approach, but Ultimately Inadequate, and the Treaty Solution.* Syracuse L. & Tech. J. 2003, (2003): 4.

日文参考资料

1. 朝岡良平，伊東健治，鹿島誠之助，菅又久直．図解よくわかるEDI，東京：日刊工業新聞社，1998。

2. 室町正実，EDI合同の実務上の留意点（中），〈EDI（電子的データ交換）と法〉．1996，（NBL585）。

3. 野村豊弘，受発注のEDI化の法的諸題の概要．法とコンピュータ．1995（13）。

4. 電子商取引の法整備をめざすEU指令案の公表．1999，（NBL 659）。

5. 道恒内正人．サイバースペースと国際私法——准据法及び国際裁判管轄問題（特集 コンピュータ？ ネットワークと法）ジュリスト．1997，（1117）。

网站

1. http：//stlc. iii. org. tw

2. UNIDROIT，http：//www. unidroit. org/

3. http：//www. uncitral. org

4. http：//www. firstmonday. dk

5. http：//www. 2bguide. com

6. http：//www. ucitaonline. com

7. http：//agcvldb4. agc. gov. sg

8. http：//www. eff. org

9. http：//www. hcch. net

10. http：//www. techlawjournal. com

11. http：//wwwchcch. net

12. http：//www. cnc. ac. cn

13. http：//www. un. or. at

14. http：//www. uzp. gov. pl

· 中国社会科学院 ［法学博士后论丛］ ·

请求权竞合与诉讼标的理论研究

On The Doctrine of Rights Conflict over Subject Matters in Civil Action

博士后姓名　段厚省

流　动　站　中国社会科学院法学研究所

研 究 方 向　民事诉讼法

博士毕业学校、导师　中国人民大学　江伟

博 士 后 合 作 导 师　梁慧星

研 究 工 作 起 始 时 间　2002 年 9 月

研 究 工 作 期 满 时 间　2004 年 9 月

作 者 简 介

段厚省，男，1970 年生，安徽怀远人。1996—2002 年在中国人民大学法学院研习民事诉讼法学，先后获民事诉讼法专业硕士和博士学位，2002—2004年在中国社会科学院法学研究所从事民商法学博士后研究，现为复旦大学法学院副教授。攻读博士学位期间，先后在《法学杂志》、《浙江社会科学》、《政治与法律》、《现代法学》和《证据法学论坛》等刊物上发表了学术论文七篇。在博士后学习研究期间，先后在《诉讼法论丛》、《法学家》、《华东政法学院学报》、《政治与法律》、《国家检察官学院学报》、《人民检察》、《检察论丛》和《上海检察调研》等刊物上发表了学术论文九篇。

请求权竞合与诉讼标的理论研究

段厚省

内容摘要：实体法上的请求权竞合现象却导致了诉讼标的的理论从以请求权作为诉讼标的的传统诉讼标的理论向种种新诉讼标的的理论变迁。因为传统诉讼标的理论以请求权作为诉讼标的，一个请求权构成一个诉讼标的。在请求权竞合的情形下，对于一个生活事件，当事人有复数的请求权存在。这些复数的请求权，依据传统诉讼标的理论，经当事人主张，将分别构成独立的诉讼标的。若当事人在一个诉讼中主张，将构成客观的诉的合并。如果当事人在前诉经过后基于同一生活事件，再以不同的请求权起诉，也不构成重复起诉。这在诉讼上显然是不经济的，也是不合理的。从而，请求权竞合问题，使得传统诉讼标的理论陷入了困境，也使得种种所谓的新诉讼标的的理论得以产生。但是，迄今为止，无论实体法学者提出的种种请求权竞合理论，还是诉讼法学者提出的种种新诉讼标的的理论，都未能合理解决上述问题。对此，笔者提出三个解决思路：一是坚持传统诉讼标的理论，以预备的诉的合并来解决请求权竞合问题；二是以诉的声明作为诉讼标的，将请求权作为当事人攻击防御的手段；三是借鉴英美法系以自然的事实作为诉讼标的，请求权同样作为当事人攻击防御的手段。

关键词：请求权竞合　民事诉讼　诉讼标的

一、请求权概念与诉讼标的概念之间的关系

（一）请求权概念

在早期罗马法时代，只有诉权概念，而无实体权利概念，更无请求权的概念。因为在罗马法中，事实与规范尚未分开，是诉讼创造权利，而不是有了权

利，再依据权利起诉。这种通过诉权形成法的事实，使得诉权本身就是实体权利的表现。而诉权又是通过诉讼来体现的，所以，在罗马法中，actio 一词既表示诉权，也表示诉或诉讼，还意味着实体权利。①

在 14、15 世纪，罗马法逐渐为德国继受。继受的过程中，诉权（actio）制度也传入德国。在罗马法诉权制度传入德国的过程中，德国的社会生活日趋复杂，事实与规范一体未分的罗马法已不能适应诉权大量增加的社会现状，诉权的体系化以及事实与规范的分离已成为不可避免的趋势。同时，随着诉权日益实体法化，诉讼法逐渐脱离于实体法而独立存在，实体法与诉讼法、请求权与诉权实现分离。诉权制度逐渐分解，昔日在罗马法中的支配地位已风光不再。为挽救诉权制度的颓势，萨维尼（Savigny）提出私法诉权的学说，认为诉权是实体权利的一个发展阶段，是实体权利的一项权能②，1856 年，温德雪德在《从现代法的观点看罗马法的诉权》（*Die Actio des romischen Civilrechts Vom Standpunkt desheutigen Rechts*）一书中提出请求权概念。认为在罗马法中是审判保护产生权利；而在现代法的意识中，权利是本原，对权利的审判保护则是结果。③ 至此，请求权概念产生。此后，德国学者赫尔维格将诉权、诉讼上的请求权和实体上的请求权三个概念区别开来。认为实体法上的请求权是既存的实体权利，而诉讼法上的请求，则是原告在诉讼程序中所提出的权利主张。此项主张，是原告于起诉时所主张的法律关系。在诉讼程序中，原告须将实体法上的权利或法律关系具体而特定地主张，方能成为法院的审判对象。至此，请求权概念进入民法理论，1900 年，《德国民法典》在第 194 条正式采用了请求权概念，请求权概念进入民法典。

从产生过程来看，所谓请求权，实际上是交易当事人把原来必须通过法院才能向对方提出的请求，直接地向对方提出，这种请求的方式经法律认可后，即成为了一种权利。请求权概念的产生，一方面表明了实体权利与诉权的相对独立，另一方面表明了基础权利与请求权的相对独立。也可以这么说，早期罗马法中的诉权，自请求权概念产生之时，分裂为三种权利，一为实体权利中的基础权利，一为实体

① 因此，actio 一词有时被译为诉［中村英郎著，陈刚、林剑锋译：《民事诉讼制度与理论之法系的考察——罗马法系民事诉讼与日耳曼法系民事诉讼》，载陈刚主编《比较民事诉讼法》（第一卷），西南政法大学比较民事诉讼法研究所 1999 年版，第 21 页］，有时被译为诉讼（［意］彼得罗·彭梵得著，黄风译：《罗马法教科书》，中国政法大学出版社 1992 年版，第 85 页），有时被译为诉权（见张卫平：《程序公正实现中的冲突与平衡》，成都出版社 1992 年版，第 83 页）。

② ［苏联］M. A 顾尔维奇著，康宝田、沈其昌译：《诉权》，中国人民大学出版社 1958 年版，第 6 页。转引自邵明"论诉权"，中国人民大学法学院图书馆藏博士论文。

③ 张卫平：《程序公正实现中的冲突与平衡》，成都出版社 1992 年版，第 107 页。

权利中的请求权，一为纯粹诉讼法意义上的诉权。在本质上，基础权利是某种利益的体现，请求权则是法律上的力的体现，而纯粹诉讼法上的诉权，则是一种公权，是请求国家启动法律上的力来保护基础权利所代表的利益的权利。① 因此，如果说民事权利的本质是利益与法力的结合，则请求权的本质就是法律上的力。有基础权利，说明权利主体被允许享有某种利益；有请求权，说明该种利益已经被赋予法律上的力，可以强制实现；有诉权，则能够请求国家启动法律上的力，从而强制实现利益，使利益从应然状态转化至实然状态。②

（二）诉讼标的概念

一个完整的诉讼，除主观要素外，还须具备客观要素，也就是当事人发生争议并因此而提交给法院，请求法院进行审理和裁判的对象，才能为法院所受理，也才能为法院所审理和裁判。这客观要素，指的就是诉讼标的。也可以这么说，所谓诉讼标的，指的就是当事人讼争的内容，也就是法院审理和裁判的对象。因此，诉讼标的，也称作"诉讼对象"③。从产生过程来看，有诉讼即有诉讼对象，因此诉讼标的概念应当是随着诉讼的出现而产生的。但是"诉讼标的"一词，实际上最早出现在德国 1877 年《民事诉讼法》中，德文表述为 Der Streigegenstand。（其后，德国 1877 年《民事诉讼法》历经修改，但关于诉讼标的的表述沿而未变。）

在德国学理的认识上，关于诉讼标的含义，有传统诉讼标的理论和新诉讼标的理论的分歧。传统诉讼标的理论由赫尔维格创立，认为作为裁判的对象的诉讼标的，是指原告在诉讼中具体而特定地主张的实体法权利或者法律关系。这一观点直到现在，仍然是关于诉讼标的的经典理论，为立法和实务所遵循。但是，由于传统诉讼标的理论在请求权竞合的情形下无法识别诉讼标的（关于这一点，后面还将详细阐述），德国学者罗森伯格（Rosenberg）等又提出了新诉讼标的理论，此一观点经学者们不断发展，几经变迁，已形成与传统诉讼标的理论分庭抗礼之势。根据新诉讼标的理论，诉讼标的不是原告在诉讼中具体而特定的主张的实体权利或者法

---

① 实际上在当代的民事权利体系中，仍然有着诉权与实体权利不分的权利形态的残余，例如，合同法上规定的在显失公平、重大误解、乘人之危等情形下一方当事人请求法院变更或者撤销或者变更合同的权利。由于这种请求权不能直接向对方当事人主张，必须通过向法院提起诉讼的方式来行使，所以具有诉权的性质，与早期罗马法中的诉权实无二致。

② 这也可以解释过了时效期限的债权，或者说自然债权存在的合理性。这种所谓的自然债权，实际上也是一种权利，但是它只代表法律承认的利益（否则我们无法解释如果自然债务人自愿给付，自然债权人为什么有权接受给付），但是不附有法律上的力，无请求权相随，从而也没有诉权，不能请求国家运用强制力来实现其利益。

③ ［日］中村英郎著，陈刚等译：《新民事诉讼法讲义》，法律出版社 2001 年版，第 110 页。

律关系，而是向法院提出的审判请求，请求法院对其声明的法律效果或者法律上的地位进行裁判。德国传统诉讼标的理论与新诉讼标的理论的论证，对主要是继受德国民事诉讼法的日本和我国台湾地区影响深远。

1890 年，日本继受德国 1877 年《民事诉讼法》，于明治 23 年颁布具有近现代意义的民事诉讼法。民事诉讼标的概念随之传入日本，被称作"诉讼物"。1926 年，在 1895 年奥地利民事诉讼法和 1924 年德国民事诉讼法加强诉讼的职权主义的影响下，做了修改，加强了法院职权。1948 年，根据 1947 年日本新宪法和引进美国法院体系的新的法院法，又修改了部分条款。其后还有修改。但日本民事诉讼法的基本原则和体系，仍保持未变。① 诉讼标的概念，也沿用至今。

受德国学理影响，日本民事诉讼法学理也有着传统诉讼标的理论和新诉讼标的理论的分歧。持传统诉讼标的理论的学者如兼子一和中田淳一等，认为诉讼标的就是指原告在诉讼中具体而特定地主张的实体权利或者法律关系。而持新诉讼标的理论的学者如伊东乾、小山昇、三ケ月章、新堂幸司、齐藤秀夫等，则对诉讼标的的含义各有解释，其中可作为代表的是小山昇的观点，认为诉讼标的是原告在诉讼中提出的有关生活利益的主张。但是在日本民事诉讼的实务上，主要还是采传统诉讼标的理论的观点。

1906 年，由沈家本主持制定但未颁行的清末《刑事民事诉讼法草案》，虽系效仿日本和欧洲法律，但并无诉讼标的一词。第二年颁行的《各级审判厅试办章程》，于第 51 条却有起诉状应填写"诉讼之事物及请求如何断结之意识"的规定。但其所谓"诉讼之事物"，应指诉讼的标的物，而非诉讼标的；而"请求如何断结之意识"，却和诉讼标的理论中的"诉的声明"相似。直到 1920 年颁布的仅施行于广东军政府所辖各省的《民事诉讼律》中，诉讼标的概念才正式出现。但由于继受德国、日本民事诉讼法，其诉讼标的概念，均表述为"诉讼物"。次年北京政府颁行《民事诉讼条例》，兼采澳、匈及英美等国民事诉讼法，明定起诉状应记载诉讼标的。七年后国民党政府颁行《民事诉讼法》，要求起诉状须记载诉讼标的。该法历经修订，现为我国台湾地区沿用。

但是，我国台湾地区现行民事诉讼法，虽然使用了诉讼标的一语，却如德国和日本一样，没有明确规定其概念的含义。因此，对于诉讼标的概念，仍需借助学理的阐述和实务的解释来理解。而学理也不得不受到德国和日本的影响，有传统诉讼标的理论和新诉讼标的理论的分歧，从而在诉讼标的概念的含义上，也有不同的看法。但是在实务上，我国台湾地区仍然采传统诉讼标的理论的观点。

就我国内地来看，由于基本上属于大陆法系，所以学理和司法实践在诉讼

---

① ［日］兼之一、竹下守夫著，白绿铉译：《民事诉讼法》，法律出版社 1995 年版。

标的的概念与含义上，也主要是采传统诉讼标的理论的观点。

（三）请求权概念与诉讼标的概念的关系

可以说诉讼标的概念是随着诉讼的产生而产生的。因为只要有诉讼，就必然有当事人讼争和法院裁判的对象，就必然有诉的主观要素和客观要素，而如前述，当事人讼争和法院裁判的对象，或者说诉的客观要素，就是诉讼标的。从法律的生成来看，在人类社会早期，原始的状态是有纷争而无法律的。在国家产生之初，各种习惯是可能存在的，而法律并不是现成的。法律是通过代表国家处理纠纷的法官对纷争的处理而一点一点积累而成的。所以后来有日本学者认为，不是先有实体法律再有诉讼，而是诉讼产生了实体法律。① 因此，诉讼标的的概念早于实体法上的请求权的概念而产生和存在。从而，只要考察请求权概念产生前后诉讼标的概念的含义变化，就能够厘清请求权概念与诉讼标的概念的关系。

1. 请求权概念产生之前的诉讼标的含义

（1）早期罗马法时期以诉权为诉讼标的。诉讼标的概念，最早可溯至罗马法②时代。在罗马法中，诉讼被认为是实施法律强制的一种手段。在私法领

① 日本民事诉讼法学者兼之一在研究古代罗马法以来民事诉讼的发展历史后得出结论，在实体权利产生之前就有诉讼和解决纠纷的审判制度。近代的实体法，只不过是诉讼和民事审判经验的总结。实体法并不是真正调整当事人之间的民事法律关系，它是专门为法院审判民事案件而制定的，是供裁判的规范。从而，把维护私法秩序和保护私权作为民事诉讼目的是本末倒置的，民事诉讼和民事审判是以国家权力解决和调整私人之间纠纷和利害冲突，民事诉讼的出发点和目的并不是从先有的实体权利出发只确认当事人之间原有的权利关系，而是要解决当事人之间活生生的纠纷。兼之一、竹下守夫著，白绿铉译：《民事诉讼法》，法律出版社 1995 年版，译者前言。见应该说，兼之一的观点符合早期民事诉讼和实体法的发展规律，即使在当代民事实体法的生成过程中，也会经常出现兼之一所说的情形。例如在日本民事实体法上的著名的"日照权"的产生，就是法官为了协调和分配当事人之间的利益而通过判例创设的。近年来，随着民事审判方式改革的进行，我国法官裁判的主动权也在积极地发展中。例如在一起著名的关于"受教育权"的判例中，法官从宪法规定的抽象的公民受教育的权利出发，引申并创设了民事主体享有的民事上的受教育权，并以此进行了裁判。虽然即使在当代也还有许多民事实体权利通过诉讼生成，但是，在民事实体法的规范体系已经比较发达的情况下，人们在日常生活中已经自觉或不自觉地遵照着民事法律规范的要求来进行活动，实体法的规范就不能说仅仅是为裁判而设，因为它还作为人们行为的标准独立地指导着人们的民事活动，诉讼的主要功能也不是生成法律和权利，而是根据已有的规范和权利体系来调整人们的利益。

② 从公元前 5 世纪起，罗马法就以十二铜表法和其他市民法形态出现，至公元 5 世纪，经优士丁尼大帝（Justnianus，公元 483—565 年）汇集而制定了成文法典《罗马法大全》。后来罗马帝国势力范围不断扩大。当时为规范从事圣职的人员专门制定宗教法，而罗马法也遇到因各部族习惯不同以至于难以贯彻的困境，为解决这些问题，帝国遂以罗马法为主，并注入习惯法和实务见解，制定了《罗马寺院法》，罗马法的传统经由罗马寺院法得以延续。见叶智幄："我国民事诉讼标的理论之发展"，台北"国立图书馆藏"硕士论文，第 40 页。

域，诉讼是提供给公民借以要求国家维护自己遭受漠视的权利的手段。从而，"诉讼只不过是通过审判要求获得自己应得之物的权利（Actio nihil aliud est quam jus persequendi iudicio quod sibi debetur）"①，因此，在罗马法中，诉讼具有以下三个特征：一，罗马法中的诉讼，是维护实体权利的一种手段，公共权利的介入是这一手段与私利救济的本质区别；二，罗马法中的诉讼，其本身就是一种权利，是"通过审判要求获得自己应得之物的权利，"也就是诉权；三，如前所述，在罗马法中，诉权和实体权利尚处于一体未分的状态，以至于人们经常说有没有诉权，实际上所要表达的是有没有权利。也就是说，在罗马法中，诉讼都与具体的实体权利类型结合在一起，不存在没有诉权的实体权利。典型的情形是，在罗马法最繁荣的时期，法律实际上是在执法官手中不断形成的。由于执法官是为执法而设，他没有立法权。因此，当执法官对法律革新时，不可能采取根据一定的条件确立新的权利这一方式来进行，而通常是一次次地允许或在其告示中宣布在其当政之年根据特定条件可以合法地进行哪些诉讼或审判，以至于那些产生于裁判官的权利连自己的称谓都没有，而是以诉权来表示，如"善意占有诉讼"和"抵押担保诉讼"等。② 这种通过诉权形成法的事实，使得诉权本身就是实体权利的表现。而诉权又是通过诉讼来体现的，所以，在罗马法中，actio 一词既表示诉权，也表示诉或诉讼，还意味着实体权利③。

　　由于在罗马法上，诉讼是通过审判要求获得自己应得之物的权利。诉讼本身虽是一种权利（诉权），但只是作为维护私法上权利的一种手段或为保护当事人私法上利益（审判产生权利）而具有存在的价值。因此，在事实审判中，所谓看原告主张的事实是否可以成立诉权，实际上是要决定原告是否可以获得他所请求的实体利益。换言之，在法律诉讼程序中，作为审判对象的诉讼标的，在表现上是原告的诉权，而在实质上是原告所提出的实体利益的主张或者说原告所请求的实体利益。而这一实体利益，在法律上体现为诉权。

　　在罗马民事诉讼从法律诉讼向程式诉讼和非常诉讼演变的过程中，诉权制

---

　　① ［意］彼得罗·彭梵得著，黄风译：《罗马法教科书》，中国政法大学出版社 1992 年版，第 85 页。

　　② 同上书，第 85—86 页。

　　③ 在中文里，actio 一词有时被译为诉［中村英郎著，陈刚、林剑锋译："民事诉讼制度与理论之法系的考察——罗马法系民事诉讼与日耳曼法系民事诉讼"，载陈刚主编：《比较民事诉讼法》（第一卷），西南政法大学比较民事诉讼法研究所 1999 年版，第 21 页］，有时被译为诉讼（［意］彼得罗·彭梵得著，黄风译：《罗马法教科书》，中国政法大学出版社 1992 年版，第 85 页），有时被译为诉权（张卫平：《程序公正实现中的冲突与平衡》，成都出版社 1992 年版，第 83 页）。原因恐怕也在于此。

度一以贯之，并未发生本质变化。也就是说，在整个罗马法时代，诉讼标的的含义沿而未变，在法律表现上，是原告的诉权，实质上是原告实体利益的主张。须指出的是，罗马法在诉讼上十分强调当事人的意思。成为诉讼对象的，非某一事件本身，而是根据原告所选择的法律，看原告是否成立诉权。在同一事件，依不同的法律可能成立多个竞合的诉权时，完全依当事人的选择来决定作为诉讼标的的诉权。[①]

（2）德国继受罗马法时期仍然以诉权为诉讼标的。在罗马法发达的同时，德国尚处于早期日耳曼社会。与同期的罗马法不同，早期日耳曼社会奉行部族习惯，没有发达的成文法，直到公元 13 世纪萨克森法典出现，才算有了较具体的成文法。日耳曼人以血族为单位，由于环境艰苦，和平是其生存的最大保证。如发生破坏和平的事件，人们就通过向法院提起诉讼的方式来恢复和平。因此，对日耳曼社会而言，诉讼的目的就在于恢复秩序，解决纷争，而不是维护权利。从而成为诉讼对象的，乃是事件本身，而不是如罗马法那样限于当事人所主张的法律上的权利。可以这样说，在罗马法上，诉讼主要是在有法律规定诉权的前提下才能进行；而在日耳曼法，是在对事件进行审判的诉讼中，才产生权利。因此，从表面上看，日耳曼法的诉讼标的，更具有诉讼法的性质[②]，但是，实质上是由于早期日耳曼法的落后，或者说仍然处在早期罗马法产生之初的原始状态，才导致了日耳曼法上诉讼标的含义与罗马法上诉讼标的的含义的区别。

到 12、13 世纪左右，德国仍旧采行其固有的日耳曼法。由于社会经济生活范围的不断扩大，原有的以部落为单位的法律已渐渐不能适应社会调整的需要。因此，德国才开始学习罗马法。[③] 在 14、15 世纪，罗马法逐渐为德国继受，并渐居德国民事诉讼法主流，而成为德国普通民事诉讼法。但萨克森地区所使用的，仍然是日耳曼法。1654 年，萨克森法院法的主体部分，经帝国决议，为帝国法院的诉讼程序所继受，也成为德国普通民事诉讼法的

---

① 中村英郎著，吕太郎译：“民事诉讼制度与理论之法系的考察——大陆法系民事诉讼与日耳曼法系民事诉讼”，载台北《民事诉讼法研讨》（一），第 258—262 页。另见陈刚、林剑锋同名译本，载陈刚主编：《比较民事诉讼法》（第一卷），西南政法大学比较民事诉讼法研究所 1999 年版，第 21 页。

② 同上书，第 22 页。

③ 德国至 12、13 世纪，仍采行固有的日耳曼法。由于各部族围绕在罗马帝国的领域四周，随着交易的扩展，与罗马文明发生了密切关系，因而产生了法律适用的问题。人们寻求统一适用的法律，德国皇帝只好求助于罗马教皇，遂受封成为神圣罗马帝国皇帝。神圣罗马帝国作为罗马帝国的后继者，是罗马寺院法在德国得以采行的精神基础。见中村英郎：《民事诉讼在罗马法理和日耳曼法理》，成文堂 1977 年版，第 4 页。转引自叶智幄：“我国民事诉讼标的理论之发展”，（台）“国立图书馆藏”硕士论文，第 40 页。

一部分。但整体上，德国普通民事诉讼法属大陆法系。德国现行民事诉讼法的前身 1877 年《民事诉讼法》以 1850 年《汉诺威诉讼法》为主体，而《汉诺威诉讼法》又由德国普通民事诉讼法和以法国民事诉讼法为蓝本而制定的 1819 年《葛内夫诉讼法》合成。因此，德国 1877 年《民事诉讼法》应属大陆法系。诉讼标的一词，即于此时正式进入德国 1877 年《民事诉讼法》条文中，德文表述为 Der Streigegenstand。其后，德国 1877 年《民事诉讼法》历经修改，但诉讼标的概念，沿而未变。

如前所述，在罗马寺院法渐为德国继受的过程中，诉权（actio）制度也传入德国。在罗马法诉权制度传入德国的过程中，德国的社会生活日趋复杂，事实与规范一体未分的罗马法已不能适应诉权大量增加的社会现状，诉权的体系化以及事实与规范的分离已成为不可避免的趋势。同时，随着诉权日益实体法化，诉讼法逐渐脱离于实体法而独立存在，实体法与诉讼法、请求权与诉权实现分离。诉权制度逐渐分解，昔日在罗马法中的支配地位已风光不再。为挽救诉权制度的颓势，萨维尼提出私法诉权的学说，认为诉权是实体权利的一个发展阶段，是实体权利的一项权能。①

因此，在德国继受罗马法的过程中，诉讼标的的含义仍然是指诉权。但是，此时的诉权概念，已与早期罗马法中的诉权概念有所不同。早期罗马法中的诉权，是实体权利与程序权利的共同体，并且其程序权利的成分较之实体权利的成分，似乎更强。而在德国继受罗马法时期，诉权日益实体法化，乃至被认为是实体权利的一项权能。也就是说，诉讼标的，已从程序权利和实体权利的双重含义中，逐步地向实体权利演进。

2. 请求权概念产生之后的诉讼标的的含义

（1）第一阶段，以实体法上的请求权直接作为诉讼标的。如前所述，在早期罗马法中，所有的权利均表现为诉权，实体权利只有通过提起诉讼才能行使，不能脱离诉讼而独立存在。在德国继受罗马法的过程中，社会生活日益复杂，交易的形态不断增加，由此诉权的种类和形态也在不断积累。这些通过诉讼所产生和形成的法律关系的模式的积累，使得人们在从事某些交易时可以直接按照某种诉权形态所确定的法律关系的模式进行，而不必经过法官以裁判来确认其法律关系，再按照裁判确认的方式来履行。因此，当事人一方不经行使诉权求得法官裁判而直接向对方主张某种权利开始成为可能。此为其一。其二，随着社会经济的发展，交易数量的增加也要求交易的快速与便捷，如果当

---

① ［前苏联］M. A 顾尔维奇著，康宝田、沈其昌译：《诉权》，中国人民大学出版社 1958 年版，第 6 页。转引自邵明博士论文："论诉权"，中国人民大学法学院图书馆藏博士论文。

事人之间已经约定的内容，仍然必须通过行使诉权来求得法官的裁判，然后才能履行，则会大大地影响交易的速度，无疑也会不必要地加大交易的成本。此种情形下，在没有发生纠纷时，交易主体为行使权利而诉诸法院的愿望必然会降低。因此我们可以设想，那些曾经以诉权的形式存在的法律关系模式，由于人们自愿的不经诉诸法院地遵照其安排交易，以至于其所披挂的诉的外衣逐渐淡出，只剩下实体的内容在逐渐地丰满，以至于最后变成了纯粹的实体权利。人们在行使这些权利时，在正常情况下，是通过向交易对方直接提出履行请求的方式进行，而不再通过向法院提起诉讼的方式来要求对方履行义务。在这里，交易一方向对方提出履行的请求，便是在行使"请求权"，只不过在温德雪德之前，尚未正式称作请求权而已。在此背景下，温德雪德顺应历史要求，提出了请求权的概念。

1856 年，温德雪德就《从现代法的观点看罗马法的诉权》一书，提出请求权概念。他认为，在罗马法中，是审判保护产生权利。而在现代法的意识中，权利是本原，对权利的审判保护则是结果。[①] 温氏观点可以这样理解，就是早期罗马法的原始与落后，使其并无完善的实体权利体系，当事人与对方发生的争议，表现为利益的纷争，在选择一种诉权诉至法院后，通过法官对利益确认的裁判创设权利。因为某种产生争议的利益在被裁判确认之前未受到国家强制力的保护，因此仅仅是利益而不是权利；当裁判对这种利益予以确认后，这种利益就披上了国家强制力的外衣，因而也就转化成了权利。所以说是审判保护产生了权利。随着社会关系的发展，裁判所确认或者创设的权利不断累积，实体权利的体系日趋完善。人们在发生争议时，虽然仍然是利益的纷争，但是由于这些利益已经有了相应的实体权利来保护，因此当事人在诉至法院时，可以直接通过对权利的主张来保护其利益。而法院在一般情况下也无需创设新的权利，只需对当事人主张的请求权加以裁判，即可达到保护当事人利益的目的。此时，实体权利与审判活动的地位与关系已发生了质的变化。裁判创设权利的作用趋弱，而对已有权利的保护逐渐成为其目的。实体权利的地位，从裁判的结果，逐渐变成了裁判的前提。换言之，权利先于裁判而独立存在。此时，实体权利与诉权已经完全分离。温氏提出实体法上的请求权概念后，诉权概念中的实体权利含义随即被请求权取代，诉权概念虽然保留，但是却仅剩下请求法院对进行裁判这一重含义，沦为纯粹的公权。

既然裁判的目的已经从早期罗马法中的创设权利（保护利益）演化为保护权利，那么当事人所主张的实体请求权就成了裁判的对象。因此，人们将实

---

① 张卫平：《程序公正实现中的冲突与平衡》，成都出版社 1992 年版，第 107 页。

体法上的请求权概念直接移入诉讼法中，从而认为诉讼标的就是实体法上的请求权。这一观点影响深远。德国 1877 年民事诉讼法中的请求权概念，有时指诉讼上的请求权，有时指实体上的请求权，即是受温氏观点的影响。德国民事诉讼法多次将原告提出的请求权表达为诉讼标的，例如在关于起诉的第 253 条第 2 项第 2 款和关于判决的第 322 条第 1 项，所使用的诉讼标的概念均与实体法上的请求权未有区分，是指实体法上所规定的请求权。①

此一阶段，诉讼标的含义即指当事人所享有的实体法上的请求权。在诉讼法领域，人们开始将诉讼标的与实体请求权作为相同的概念使用。由于在早期的民事法律关系中，主要是债的关系，因此人们往往将请求权概念与债权概念作为同一个概念使用。也由于早期的民事法律关系比较简单，主要是债的关系，因而起诉到法院的诉讼也主要是给付之诉一种形态。当事人所主张的请求权，就是他所享有的实体上的请求权。此时将当事人享有的实体请求权直接作为诉讼标的，其弊端尚未显现。

（2）第二阶段，以诉讼上的请求权作为诉讼标的。将实体法上的请求权直接引入诉讼法而与诉讼标的概念一体不分，主要是因为早期的民事法律关系较为简单，民事诉讼形态单一，有给付之诉一种形态，尚无确认之诉与形成之诉两种形态。待此两种诉讼形态出现后，就无法以实体法上的请求权来解释诉讼法上的某些现象。例如，①在消极确认之诉的情形，就没有实体法上的请求权存在。如果仍然认为诉讼标的是实体法上的请求权，将得出消极确认之诉的诉讼标的不存在的荒唐结论；②在形成之诉，原告主张的是形成权，并无请求权的存在。因此诉讼标的应当是形成权。实体上的请求权无法构成形成之诉的诉讼标的；③在请求权竞合的场合，同一事件，实体法上有多个请求权竞合存

---

① 而德意志联邦共和国《民事诉讼法》由原德意志帝国于 1877 年制定颁布后，经不断修订而沿用至今。因此，在诉讼标的概念上，实际上仍采等同的观点。以 1950 年文本（谢怀栻译：《德意志联邦共和国民事诉讼法》，法律出版社 1984 版）为例，第 148 条（因其他裁判的中止）："诉讼的裁判，全部或部分地决定于某一法律关系的成立或不成立，而此法律关系是另一已系属的诉讼的标的，或者是应由行政机关确定的，法院可以命令，在另一诉讼终结前或在行政机关作出决定前，中止辩论。"从本条的表述可见，在德国民事诉讼法上，诉讼标的指的是当事人发生争议的民事法律关系。再看该法第 145 条（诉之分离）与 147 条（诉之合并）。第 145 条规定："（一）法院可以命令把在一个诉讼中提出的几个请求，分别在不同的诉讼程序中进行辩论。（二）被告提起反诉，并且反诉中的请求与本诉中的请求在法律上没有牵连关系时，适用前款的规定。（三）被告主张以其反对债权与原告在本诉中主张的债权相抵消，而二者在法律上并无牵连关系时，法院可以命令本诉与抵消分别辩论；此时适用第 302 条的规定。"第 147 条规定："系属于同一法院的同一当事人或不同当事人的几个诉讼，如果作为诉讼标的的请求在法律上有牵连关系，或者是可以在一个诉讼中主张的，法院为了同时辩论和同时裁判，可以命令把几个诉讼合并起来。"从上述两个条文的内容和表述不难看出，德国民事诉讼法立法上的诉讼标的概念，实际上仍是指实体法上的请求权。

在。如果仍然以实体法上的请求权作为诉讼标的，则同一事件将有多个诉讼标的存在，受到多次裁判。这也是学理的困惑所在。

这些问题，到瓦哈（Wach）教授时，始被发现和承认。自1885年起，德国民事诉讼法学权威瓦哈教授于其各项著作中，认为民事诉讼法上的诉权，不过是权利保护请求权的另一形态，权利保护请求权本身就是诉讼标的。他认为实体法上的权利是权利保护请求权的构成部分，从而将实体法上的权利与权利保护请求权均名之为诉讼标的。在客观的诉的合并、诉讼标的的概念的确定上，他所谓的诉讼标的为实体法上的权利；而在裁判对象和既判力问题上，则又指权利保护请求权。从而暴露出将实体请求权直接引入诉讼法领域的弊端。① 瓦哈教授的观点，实际上是为了解决温德雪德将实体请求权直接作为诉讼标的的弊端而转归罗马法来寻求的解决思路，是温氏理论和罗马法上诉讼标的的概念的混合或者说折中。因此，瓦哈的理论仍未走出实体法范围。

直到瓦哈的学说继任者赫尔维格（Konrad Hellwig）提出旧实体法说的诉讼标的理论（也就是传统诉讼标的理论，与新诉讼标的理论之新实体法说相对而言，人们也称其为旧实体法说），诉讼标的始具有独立的诉讼法品格。赫尔维格认为，诉讼标的应依原告的权利主张来确定。诉权、诉讼上的请求权和实体上的请求权三个概念是有区别的。实体法上的请求权是既存的实体权利，而诉讼法上的请求，则是原告在诉讼程序中所提出的权利主张。此项主张，是原告于起诉时所主张的法律关系。在诉讼程序中，原告须将实体法上的权利或法律关系具体而特定地主张，方能成为法院的审判对象。换言之，诉讼标的是指原告在诉讼中所具体而特定地主张的实体法上的权利或法律关系。就是说，在起诉时，原告不是从引起诉讼的事件本身出发，而是从实体规范出发，先找到调整这一事件的实体规范，再依据该实体规范来评价事件，主张自己应拥有的实体法上的权利。原告所主张的实体权利，只是原告在诉讼中认为自己应拥有的权利，这一权利是否真实存在，尚须法院裁判。

此后，诉讼标的即指原告诉讼上的请求权。至于诉讼上的请求权与民法上的请求权也就是实体请求权的区别，大致如下：①民法上的请求权是指既存的实体权利，而诉讼上的请求权则是原告在诉讼中于其主观上向被告所主张的权利或者法律关系，这一权利在客观上未必存在；②原告在诉讼中可以就实体请求权的一部分进行主张，这个部分主张可以构成独立的诉讼标的，但是在实体法上，一个实体权利却是不可分割开来独立存在的；③实体上的请求权仅指请

---

① ［德］Hesselberger, Streitgegenstand, S101—109. 转引自叶月云："德国新诉讼标的理论研究"，台北"国立中央图书馆"馆藏硕士论文。

求权，诉讼上的请求权作为当事人在诉讼中的权利主张，不仅仅是关于实体请求权的主张，还有可能是关于形成权的权利主张。

上述赫尔维格所提出的将原告诉讼上的请求权作为诉讼标的的理论，被称作传统诉讼标的的理论，也被称为旧实体法说。传统诉讼标的的理论的优点是案件的诉讼标的的易于确定，便于当事人攻击防御，便于法院裁判，既判例客观范围明确。因为诉讼标的是原告在诉讼中所主张的请求权，所以只要明确了原告主张的请求权内容，诉讼标的也就确定了。诉讼标的一旦确定，当事人攻击防御的重心、法院审理裁判的范围以及裁判既判例的客观范围也就能够确定了。

德国关于诉讼标的与请求权关系的立法和学理，在德国法系的大陆法系国家影响深远。1890 年，日本继受德国 1877 年《民事诉讼法》，于明治二十三年颁布具有近现代意义的民事诉讼法。民事诉讼标的的概念随之传入日本，被称作"诉讼物"。1926 年，在 1895 年奥地利民事诉讼法和 1924 年德国民事诉讼法加强诉讼的职权主义的影响下，做了修改，加强了法院职权。1948 年，根据 1947 年日本新宪法和引进美国法院体系的新的法院法，又修改了部分条款。其后还有修改。但日本民事诉讼法的基本原则和体系，仍保持不变。[①] 诉讼标的的概念，也沿用至今。并且，受德国 1877 年民事诉讼法影响，日本民事诉讼法中的诉讼标的一词，其含义也是从旧诉讼标的的理论出发，指原告在诉讼中提出的具体的、特定的实体权利或法律关系的主张。与此同时，日本学理也继受了德国的传统诉讼标的的理论。其主张以兼之一为代表。兼之一认为，诉讼标的是原告以诉要求法院审理其对于被告的权利主张在法律上适当与否，原告的请求必须是在法律上能够判断其适当与否的特定实体法上的权利或法律关系。因此诉讼标的的识别标准，是实体法上的权利或者法律关系。[②] 日本另一学者中田淳一认为，原告起诉的目的，是确保社会生活中各种有形或者无形的利益，但是在诉讼上的主张，却必须以特定的法律根据为基础，因此诉讼标的是经实体法加以装饰的生活利益主张。[③] 这种所谓经实体法装饰的生活利益主张，其外观表现就是请求权的主张。因此，在日本的立法和传统学理上，诉讼标的的概念沿袭德国立法与学理，是指原告在诉讼上主张的实体权利。当然，原告在诉讼上所主张的实体权利，除少量形成权外，主要就是请求权。

由于德日民事诉讼法对我国影响很大，所以德国和日本关于诉讼标的与请求权关系的立法和学理，也影响到我国的立法和实践。旧中国关于诉讼标的的概

---

① ［日］兼之一、竹下守夫著，白绿铉译：《民事诉讼法》，法律出版社 1995 年版。

② ［日］兼之一：《民事诉讼法体系》，酒井书店 1954 年版，第 162 页。

③ ［日］中田淳一：《诉讼上の请求》，《民事诉讼法讲义》，有信堂发行 1961 年版，第 163 页。

念，主要是采传统诉讼标的理论的观点，后来为台湾地区沿袭。目前，台湾地区主流学理与此一致，认为诉讼标的是原告在诉讼中所主张的实体权利或者法律关系。①

从新中国建立到 1982 年试行民事诉讼法颁布后的很长一段时期内，我们并没有完整的民事诉讼法典。1982 年颁行的试行民事诉讼法，在第 47 条（关于共同诉讼的规定）、48 条（关于第三人诉讼参加）等条文中采用了"诉讼标的"一词。但是，对于诉讼标的的含义，我国民事诉讼法并未作出规定。1992 年颁布的民事诉讼法在涉及诉讼标的概念的条款上未作改动。我国民事诉讼法在制定的过程中，既有前苏联民事诉讼法的影响，也受到旧中国民事诉讼法和日本民事诉讼法的影响。而前苏联、日本和旧中国民事诉讼法都属于大陆法系，因此我国现行民事诉讼法中的诉讼标的一词，应属于大陆法系诉讼标的的概念，在含义上自然也应依大陆法系的法理来确定。② 总的来看，关于诉讼标的概念，我国学理所采用的仍是传统诉讼标的理论，即旧实体法说。目前我国的司法实践，基本上也是从传统诉讼标的理论也就是旧实体法说的观点出发来对诉讼标的进行处理的。这主要体现在对民事诉讼法第 108 条第三项的理解上。民事诉讼法第 108 条第三项规定，起诉必须有具体的诉讼请求和事实、理由。对于诉讼请求，实务中一般是理解为当事人所欲达到的具体的法律上的效果（而不是抽象的法律效果），也可以说是具体的救济方式，例如给付之诉中

---

① 例如，台湾地区学者杨建华认为："诉讼标的乃指当事人以诉（或反诉）主张或不认之权利或其他法律关系，要求法院加以裁判者而言。其在给付之诉之诉讼标的为当事人以诉主张实体法上之请求权；在确认之诉，则指当事人以诉讼请求确定其实体法上权利，或法律关系存在或不存在者；而在形成之诉，乃系当事人以诉主张的实体法上的形成权。"参见杨建华《问题研析民事诉讼法》（三），台北三民书局 1992 年版，第 111 页。骆永家认为："原告起诉所主张或不认之私法上权利、义务关系，欲法院对之加以裁判者，即谓之诉讼标的。"参见骆永家《既判力之研究》，1977 年版，第 34 页。姚瑞光认为："当事人以诉主张或否认之权利、义务或其他事项，请求法院加以裁判者，亦即法院审判之对象或客体，称为诉讼标的。"参见姚瑞光《民事诉讼法论》，1992 年版，第 310 页。其他如陈荣宗、王甲乙、吕太郎等台湾地区学者，均有类似表述，具体可见陈荣宗：《民事诉讼标的理论》，载《台大法学论丛》第 5 卷 1976 年，第 2 期，第 30 页。王甲乙著："从诉讼标的新理论谈请求权竞合"，载《法令月刊》第 17 卷 1966 年，第 6 期，第 147 页。吕太郎："诉讼标的论之新开展"，载《月旦法学杂志》1996 年第 19 期，第 24—33 页。

② 当然，说我国属于大陆法系，并不意味着我国所有的民事法律制度均是对大陆法系主要国家民事法律制度的承继。例如民事诉讼法第 54 条规定的代表人诉讼制度，就参照了美国联邦民诉规则第 23 条规定的集团诉讼制度。此外，德国民事诉讼法中的主参加制度，实际上不是大陆法系的传统，而是英美法系从事实出发来解决民事纠纷的处理方式。见注 1 中村英郎文，第 28—29 页。我国民事诉讼法中的第三人制度，也应是对该制度的承继。还有，我国民事诉讼法关于调解的规定，也具有我国自己的特色，并非大陆法系传统。但就我国民事法律制度的整体架构来看，应该说主要是在大陆法系的影响下建立的。

的返还财产或赔偿损失的请求、确认之诉中请求确认权利存在或不存在的请求、形成之诉如离婚诉讼中解除婚姻关系的请求等，实际上就是诉的声明。对于事实，实务中一般理解为发生争议的法律上的事实，如侵权、违约、导致婚姻关系破裂的事实等；这些事实都是经过法律评价的事实或实体法所列举的事实，而不是未经法律评价的客观事实或者说自然历史事实。由于本条已将事实单列，所以本条中的理由一词，显然不是指事实，因此实务中一般将其理解为法律依据，并且主要指实体法律依据。换言之，原告于起诉之时，虽有具体的诉讼请求和争议事实，若无实体法律依据，仍无法获得法院的受理。例如，在一起关于所谓"亲吻权"的案件中，原告以"侵害亲吻权"为由向法院起诉，法院以亲吻虽然具有人格利益，但是法律对此无明确规定为由驳回了原告的诉讼请求。① 此外，在我国司法实践中，即使有具体的诉讼请求和争议事实，当事人也列明了实体法律依据，但是如果当事人所选择的实体法律依据被认为与争议事实不符，也将招致不予受理或驳回起诉的后果。例如，在一起关于监护权的纠纷中，当事人双方在离婚时自愿达成了子女抚养协议，在履行协议的过程中发生了争议，原告以被告"侵害监护权"为由起诉到法院。一审和二审法院均以"侵权"案件受理并作出判决后，最高人民法院认为该案属抚养子女纠纷，从而建议再审法院撤销一、二审判决，驳回原告"侵权"的诉讼请求，并告知原告可以以子女抚养纠纷起诉。②

3. 小结

在温德雪德提出请求权概念之前，人们以诉权作为诉讼标的。但是，从早期罗马法到德国继受罗马法时期，诉权概念本身的内涵在不断演变，其程序和实体的两重含义不断分裂直至最后分离。在分离后，其程序上的含义沦为审判保护请求权，其实体上的含义则成长为实体请求权。由于审判保护请求权仅具程序意义，遂进入公权行列；而实体请求权则成为审判保护请求权所要保护的对象，因而也就成为裁判的对象，即诉讼标的。这也就是温德雪德提出实体请求权概念后，人们将实体请求权直接纳入诉讼法作为诉讼标的的原因。从而，在请求权概念产生之初，它在诉讼法上与诉讼标的乃为同一概念。在请求权概念产生早期，人们之间的社会关系简单，产生争议的主要是债的关系。因此早期的请求权与债权请求权基本上没有区别。也由于早期发生争议的实体权利主要是债权，其表现为请求权，所以诉讼只有给付之诉一种形态，所以人们想当

---

① http://www.china-review.com：法律生存：民事案例："四川出现全国首起亲吻权索赔案"。

② 见《最高人民法院关于幸伟克与张晓杰抚养子女纠纷申请再审案的复函》，最高人民法院［1991］民他字第53号，1992年1月24日。

然地形成诉讼标的就是实体上的请求权这样一种观念。随着社会关系的复杂化，纠纷也不断多样化。除了给付之诉外，确认之诉也开始出现。既然承认了积极的确认之诉（请求确认权利存在），就必然要承认消极的确认之诉。而消极的确认之诉是请求确认实体权利不存在。既然实体权利可能不存在，则若仍然将诉讼标的等同于实体请求权，就会得出在消极的确认之诉中不存在诉讼标的的荒唐结论。因为既然有诉讼，就必然存在诉讼标的；如果没有诉讼标的，则不可能形成为诉讼。这一矛盾动摇了人们继续将实体请求权作为诉讼标的的信心。接着，在实体请求权外，形成权概念也不断形成，因形成权纠纷而诉至法院的所谓形成之诉，作为诉讼标的的是形成权，而不是请求权。这进一步动摇了实体请求权垄断诉讼标的的内涵的基础。在此背景下，赫尔维格遂提出诉讼上的请求权概念，认为应当以诉讼上的请求权，也就是当事人在诉讼中主张的请求权为诉讼标的。诉讼上的请求权仍然属于实体法的范畴，但这一请求权是当事人主观上的请求权，而不是实际存在的请求权，严格说来更接近诉讼请求的含义。赫尔维格的理论被称为传统诉讼标的理论，随着德国民事诉讼法向域外的传播，这一理论先是被日本的立法和学理继受，后被中国的立法和学理继受。但是，诉讼上的请求权概念，实际上仍未真正解决将实体请求权直接作为诉讼标的所遇到的困境。因为诉讼上的请求权仍然是以实体请求权为基础的。在实体请求权竞合的情形下，当事人即使在主观上，也拥有复数的诉讼上的请求权。而复数的诉讼上的请求权，将会构成多个诉讼标的。这就为日后诉讼标的理论的变迁埋下了伏笔。

二、请求权竞合与诉讼标的理论的关系

（一）请求权竞合

1. 请求权竞合的产生

根据德国学者赫尔维格的理论，一个法律构成要件（tatbestand）产生一个请求权。但是对于赫尔维格所谓的"法律构成要件"，学者们有不同的理解。

其中一种理解是，法律构成要件是指具体的生活事件（konkrete vorgang）。所谓具体的生活事件，实际上就是指尚未经法律评价的自然的事件，例如借款一百元，盗窃电脑一台，或者打人一拳。这种理解，与刑法上对行为的理解一样。根据这一理解，适用赫尔维格的请求权发生理论，一个具体的生活事件，发生一个请求权。所以，在借款一百元的情形，债权人就发生一个请求权；在盗窃电脑一台的情形，电脑所有人就发生一个返还电脑的请求权；在打人一拳

的情形，受害人就发生一个损害赔偿请求权。若再借款一百元，债权人又发生一个请求权；再盗窃电脑一台，所有权人又享有一个请求权；再打人一拳，受害人又发生一个损害赔偿请求权。各个请求权之间，互不相干，关系明了。

另一种理解，则是将法律构成要件解释为法规构成部分（Der des Rechts-satzes），也就是抽象的法律构成要件。这一观点认为，每一个法规均由两部分所构成，一部分为抽象的构成要件，一部分为抽象的法律效果。在不当得利的情形，得利为抽象的构成要件，应负返还责任为抽象的法律效果；同理，在侵权的情形，侵权是抽象的构成要件，应负损害赔偿责任为抽象的法律效果；其他情形与此类似。发生请求权的法规多由这两部分构成。法律构成要件即是指前半部分规定，所以是"法规构成部分"。

第三种理解，则是把法律构成要件理解为请求权存在基础（Der Entsehun-gs des Anspruchs）。这样，法律构成要件就是经过法律评价的具体的事件关系。例如在盗窃电脑一台的情形，首先，这是侵权行为关系；其次这又是侵害所有人对电脑的所有权的关系；同时，这还是一个不当得利的关系等。这些不同的法律关系，都是请求权发生和存在的基础。这些请求权基础的不同，自然会产生不同的请求权。例如侵害所有权的关系，发生物权上的请求权；侵权关系发生侵权损害赔偿请求权；不当得利关系，发生不当得利返还请求权等。即使是物权上的请求权，也可能同时产生所有权回复请求权，所有物返还请求权甚至占有回复请求权等。这些请求权存在的基础各不相同，形成的请求权相互独立。这就是请求权的竞合。请求权竞合的形态，大致可分为以下几个类型：一、物权请求权与债权请求权的竞合。例如承租人在租赁关系终了拒不返还租赁物时，出租人既可以基于所有权，主张所有物返还请求权；也可以基于租赁关系债权，主张租赁物返还请求权；二、物权之间的竞合。例如所有权人的占有权被侵占时，既可以根据所有权，主张所有物返还请求权；也可以基于占有权，主张占有物返还请求权；三、债权之间的竞合。例如在违约与侵权竞合的情形下，权利人既可以根据契约债权，主张违约损害赔偿请求权；也可以基于侵权之债的债权，主张侵权损害赔偿请求权。例如在租赁关系中，若承租人损害租赁物，出租人既可根据租赁合同主张承租人因债务不履行的损害赔偿请求权，也可以根据所有权，主张侵权损害赔偿请求权。

因此，仅因对"法律构成要件"这一概念在理解上的差异，就在请求权的发生以及请求权的数目上形成了不同的结论，在法律条文发生竞合的情形，就更是如此了。

其实，一个具体的生活事件，可能涉及复数的法律条文的适用的现象，不仅在民法领域，在刑法领域也早已存在。此种问题，在罗马法时期就有讨论。

不过在刑法领域，早在一百多年前，刑法上就发展出了一套比较完整的"法律竞合"的理论，来解决这一问题。而民事行为的复杂，远甚于刑法上的犯罪；民法体系的庞杂，也绝非刑法可比。所以在民法领域出现的请求权竞合或类似的问题，立法少有给出解决方案的。德国早期萨克森民法草案，曾在第149条规定："同一原因而发生的数请求，其获得之目的相同者，其一请求权获得满足时，其余请求消灭。倘数竞合的请求，其目的之实现或请求之实行，范围各不相同者，数请求得以不同之请求方法，前后为实行。"但是这个草案未获实行，因此这一方案也就未能形成为立法。既然立法未有定论，请求权竞合问题，就一直委诸学理来解决。多年来，学理在这一问题上，基本上存在两种观点，一是采请求权竞合论，一是采法规竞合论（关于这一点，后面还将详细讨论），目前请求权竞合论为主流学理。① 大陆法系现代民法传入我国后，请求权竞合问题也随之出现，而关于请求权竞合的大陆法系学理自然也在我国民法学者所讨论的范围之内。从学者们的观点来看，基本上是采请求权竞合论（后面还将论及，此处不赘述）。但是值得注意的是，在一些民法学者的推动下，我国立法者已经开始尝试从立法上部分解决这一问题。例如，1999年颁布的《中华人民共和国合同法》在第122条规定："因当事人一方的违约行为，侵害对方人身、财产权益的，受损害方有权选择依照本法要求其承担违约责任或者依照其他法律要求其承担侵权责任。"上述条款的规定，是在违约与侵权竞合的情形，提出的解决方案。先不论其合理与否（后面还将讨论），就其适用范围来看，仅适用违约与侵权竞合的情形。对于其他形态的竞合，例如物权与债权竞合、物权与物权竞合、债权与债权竞合等，该条款无适用的余地。更需要指出的是，这一条款的前半段是"因当事人一方的违约行为，侵害对方人身、财产权益的"，首先强调违约事实的存在，然后才提出处理办法。因此，即使是以侵权为由起诉，也必须先证明违约事实的存在，才能适用本条款后半段提出的处理办法，进行诉因的选择。因此，该条款的适用范围很小，并不能类推适用到其他形态竞合的情形，而且在违约事实未经证明前，即使在违约与侵权竞合的情形，也无适用的余地。所以实际上并没有为请求权竞合提供一个普适的解决方案，比起萨克森民法草案，似乎还有后退。可见请求权竞合问题的复杂，要在立法上一劳永逸地解决，十分困难。

需要补充说明的是，请求权竞合，主要是因同一事件所产生的复数的请求权之间的竞合。之所以发生竞合，是因为这些请求权的目的相同。如果目的不同，则不构成竞合，而是可以同时存在，也有人称之为并合。

---

① 陈荣宗：《民事程序法与诉讼标的理论》，台北1977年出版，（出版者不详）第247—250页。

2. 请求权竞合理论①

在请求权竞合问题的处理上，传统学理有两种观点，一是法律竞合论（Gesetzeskonkurrenz），一是请求权竞合论（Anspruchskonkurrenz）。此外，在传统请求权竞合理论之后，学理又提出了请求权规范竞合论的学说。

（1）法律竞合论（法条竞合论）。法律竞合论最初是由赫尔维格将刑法上的法律竞合论引入民法领域而形成。这一理论以刑法上的法条竞合论为基础，认为一个法律构成要件在发生的时候，如果导致多个不同的请求权同时存在，而这些请求权的目的只有一个时，实际上是一种法律竞合的现象，竞合的是法条，而不是请求权，真正的请求权只有一个。在这种情况下，解决问题的方法，仅仅是如何正确适用法律的问题。根据法律竞合论的观点，在法律竞合的情况下，各竞合的法条之间，或者存在特别法与一般法的关系，或者存在补充规定与法条吸收的关系。法院在适用法条时，应当审查所涉及的数个法条之间的关系，适用其中最适当的法条，而排除其他法条的适用。以债务不履行的损害赔偿请求权与侵权损害赔偿请求权的竞合为例，根据法律竞合论的观点，由于契约责任是特别义务的规定，而侵权责任是一般义务的规定，所以契约责任排斥侵权责任，当事人实体的请求权只有一个，也就是债务不履行的损害赔偿请求权。19世纪末和20世纪初期，在契约责任和侵权责任竞合的情形，德国学者多采法律竞合论的观点。

但是，法律竞合论本身也存在一些缺陷，以致难以自圆其说，从而在其起源国德国也受到了一些学者的质疑。例如，第一，侵权责任和契约责任是不同的法律制度，二者在管辖法院、诉讼时效、证明负担、证明标准、赔偿范围等方面均有不同，将契约责任作为侵权责任的特别规定，有些牵强；第二，从保护被害人利益的角度，侵权法在某些情形下规定的损害赔偿范围，往往大于契约法的规定。若强令被害人根据契约法的规定主张债务不履行的损害赔偿请求权，则某些时候对被害人的保护就不够周全。例如，在涉及身体健康受到侵害的情形，被害人根据侵权责任请求赔偿，其赔偿范围较之根据违约责任所请求的赔偿，更为有利。因为，德国民法第843条规定，因侵害他人身体或健康以致被害人因此减少或丧失劳动能力或生活上的需要者，应负赔偿责任。被害人亦得依民法第817条请求抚慰金。若被害人死亡，被害人在生前负有扶养义务或者可能负有扶养义务的人，根据民法第844条的规定，对于行为人也有损害赔偿请求权。如果采法律竞合论的观点，就无法说明被害人或者第三人在上述

---

① 参见陈荣宗：《民事程序法与诉讼标的理论》，第247—253页。叶月云："德国新诉讼标的理论的研究"，台北"国立中央图书馆"馆藏硕士论文，第58—68页。

情形时不能依侵权行为法获得比较有利的赔偿，因而必须依违约责任获得赔偿。

因此，学者们虽然承认在某些情形下，民法的法条之间确实存在特别法与一般法的关系，但是由于法律竞合论的上述缺陷，他们逐渐地改采请求权竞合论的观点。

（2）请求权竞合论。请求权竞合论又分为请求权自由竞合论和请求权相互影响论。

请求权自由竞合论认为，在因为同一个事实关系而发生复数的请求权，并且这些请求权的给付目的为同一时，各个请求权可以同时并存。在成立要件、举证责任、赔偿范围、时效以及抵消等方面，各个请求权相互独立。对这些竞合的请求权，当事人可以选择其中一个请求权进行主张，也可以就所有请求权同时主张，还可以就不同的请求权先后主张。权利人还可以将其中一个请求权让与他人，自己保留其他的请求权，或者将请求权让与不同的他人。也就是说，权利人可以自由处分各个竞合的请求权。当其中一个请求权因遇到目的之外的障碍无法行使时，其他的请求权可以继续行使；当一个请求权因为罹于时效而消灭时，其他未过时效的请求权继续存在。当事人行使其中一个请求权未获满足，可以继续行使其他的请求权。但是，如果其中一个请求权获得满足，其他的请求权即随之消灭。

绝对的请求权自由竞合，在某些情况下，可能与法律的目的相违。例如，在使用借贷的情形，借贷关系到期时，出借人基于对标的物的所有权，对借用人享有所有物返还请求权；基于借贷合同，又享有标的物返还请求权。如果在使用借贷期间出借人将标的物的所有权转移，则借贷关系仍然存在。这样，原所有权人，也就是借贷合同的出借人仍然享有届时请求借用人返还标的物的请求权，而新所有权人基于所有权则对借用人享有所有物返还请求权。由于这两个不同的请求权分属不同的主体，若新所有权人起诉主张所有物返还请求权获得胜诉，并不当然使原所有权人标的物返还请求权当然消灭。这样，原所有权人若基于租赁合同起诉主张标的物返还请求权，法院不能拒绝受理和裁判。其结果将是借用人不得不承担双重的付出。这显然违背了公平的原则，与法律的目的不符。因此德国学理和判例又发展出请求权相互影响说。所谓相互影响说，是主张在请求权竞合的情形，当事人只可主张一个请求权，不得重复或同时主张复数的请求权。但是，为克服不同请求权在管辖法院、诉讼时效、证明负担、证明标准、赔偿范围等方面的差异给原告带来的不便和不公，允许不同的请求权之间可以相互影响。在主张契约上的请求权时，可以适用侵权法上的有关规定；在主张侵权法上的请求权时，也可以适用契约法上的有关规定。以损害赔偿的范围为例，在伤害身体健康的情形，权利人在侵权法上享有的广泛的赔偿范围，在主张基于契约的请求权时，可以同样适用。

（3）请求权规范竞合论。此一学说为德国学者拉伦茨（Larenz）提出。拉伦茨认为，在同一事实符合侵权责任和债务不履行责任的规定时，被害人实体上的请求权只有一个。相互竞合的并不是请求权，而是请求权的基础。拉伦茨同时指出，法律竞合论所说的一般义务（不得侵害他人利益的义务）与特别的契约义务的区别是错误的。在法律规定的背后，只有一个义务的存在，只是因为学理上的需要，这个义务才被做了不同的安排。因此只要违反了义务，实际上只有一个违反义务的状况，所以其法律效果也只有一个。这样，以同一给付为目的，而有数个规范作为基础的请求权，权利人只能请求一次，债务人也只须履行一次。该请求权经裁判后，权利人不得对同一事实以其他的法律观点再行提起新的诉讼。德国另一学者 Esser 在处理侵权责任与违约责任时，也采这一观点，认为是请求权基础的竞合，而不是请求权的竞合。他认为，因为同一事实可以适用多个相异的法条时，从权利保护的目的来观察，请求权仅有一个，但是请求权的基础却有多个。因此，除非各法条之间有特别法与一般法的关系外，无论法律效果的发生是适用物权法还是债权法所致，其法律效果都是相同的，请求权也只有一个。例如，在借贷关系中，当借贷期间届满，借用人拒绝返还借用标的物时，所有权人并不是同时享有契约上的返还请求权、不当得利返还请求权、侵权行为请求权以及所有物返还请求权等四种请求权，而是只享有一个请求权，不过这一个请求权拥有四种不同的法律规定作为其基础。在德国，除拉伦茨和 Esser 外，主张请求权规范竞合论的，还有拉伦茨的学生 Georgiades。同时，主张请求权规范竞合论的学者，并没有将请求权规范竞合论作为普适的理论，而是在采请求权规范竞合的同时，对传统的请求权竞合论也做了一定的保留。但是，对于哪些情形适用请求权规范竞合论，哪些情形适用请求权竞合论，这些学者之间却没有一致的看法。以拉伦茨为例，他在物权请求权与债权请求权竞合的情形，仍然认为基于所有权的返还请求权和基于契约的返还请求权是独立存在的两个请求权，应当适用请求权竞合论来处理；而在票据债权和原因债权并存的情形，他认为既然法律已经规定了这两种请求权独立地发生和存在，所以也不是请求权规范的竞合，而是请求权的竞合。

那么，请求权规范竞合论中所说的单一请求权，其性质又如何呢？因为在我们的理解中，请求权有其自身的法律构成要件，一套完整的请求权构成要件，产生一个请求权；复数的法律权构成要件，产生复数的请求权；不同的法律构成要件产生不同的请求权。这也是我们遇到请求权竞合问题的前提。如果我们不改变对请求权产生机制的认识，如何能够得出不同的法律构成要件只产生一个请求权呢？如果我们采用逆向分析法，从解决请求权竞合问题出发，提出不同的法律构成要件只产生一个请求权，那么这个请求权的性质又如何？与各个法律构成要件所产生的传统的请求权又有什么样的区别呢？对此，拉伦茨的学生 Georgiades 认为，请求权规范竞合论中所说的单一请求权，是混合各种规范的产物，具有多重的性质。以侵权行为损害赔偿请求权与债务不履行的损害赔偿请求权为例，这个单一的请求权，既是侵权法上的请求权，也是契约法上的请求权。与传统的请求权不同的是，传统的请求权理论中，一个请求权有一个对应的法律基础，请求权规范竞合论中一个请求权有多个法律基础。但是，这一解释是抽象的。根据传统的请求权理论，不同的请求权，在范围、时效、转移、证明负担等各个方面都有区别，那么，请求权规范竞合论中的单一请求权的具体内容以及范围、时效、移转以及证明负担又如何确定呢？

为此，主张请求权规范竞合论的学者提出了单一请求权在范围、时效和移转等问题上的处理方式。他们认为，竞合理论的任务，是在规范发生竞合的情形，于兼顾个别规范的目的的前提下，解决其间的冲突。而要完成这一任务，须遵循两个原则：第一，在诉讼上，如果债权人享有的一个特定债权，有复数的规范作为其基础，那么债权人在法律上所具有的给付请求的地位，只能使其更为有利，不能使其较为不利。换言之，债权人只须就复数的法律理由的效果进行主张即可，而对当事人所提出的事项，法官必须对支持其主张的所有的法律依据进行审查，援引有利于债权人的规范进行判决。第二，虽然法官在判决时原则上采有利于债权人的原则，但是如果适用这一原则会破坏与所选择的规范相竞合的规范的立法目的时，则应优先适用相竞合的规范。例如，在承租人故意或者过失损害租赁物的情形，承租人既可以以所有物被损害为由主张损害赔偿，又可以以承租人违反租赁契约为由主张损害赔偿。在德国民法上，侵权行为损害赔偿的消灭时效是三年（德国民法第 582 条），而租赁物受损害的赔偿请求权的消灭时效是六个月（德国民法第 585 条）。如果根据有利于债权人的原则，应采三年的消灭时效。但是德国立法在租赁、借贷和用益等问题上，一般都规定为短期时效，其目的是督促债权人尽快行使权利。因此，如果采三年的消灭时效，就会破坏法律的这一目的，从而在承租人因故意或过失损害租赁物的情形，承租人损害赔偿请求权的时效应采六个月的短期时效。再例如，在责任竞合的情形，采纳有利于债权人的原则，反过来说也就是适用对债务人不利的规定。但是，在某些时候，从法律政策以及法律规定的目的来看，又应当优先适用对债务人责任较宽的规定。例如德国民法第 599 条（出借人仅就其故意或者重大过失负责）、690 条（无偿接受保管的，保管人应与处理自己的事务一样尽相同的注意）和 708 条的规定（合伙人在履行其所负担的义务时，应与处理自己的事务一样尽相同的注意）。在上述情形下，根据对义务违反人较宽的责任规定，行为人的行为可能只是带有危险性，还不至于构成损害赔偿的事由。如果优先适用有利于债权人的原则，就会违反上述法律规定的目的。

综上所述，可以看出，请求权规范竞合论在决定单一请求权的内容和性质时，主要从法律的规范目的、当事人利益以及有利于债权人原则这三个因素来衡量。由于德国民法是在传统请求权概念的基础上构筑其庞大的请求权体系，所以仅仅根据以上三个因素，还远不能解决请求权规范竞合论遇到的所有问题。例如：

第一，在请求权竞合的情形，各请求权的时效是不同的。立法者在为不同的请求权设定各自不同的消灭时效时，已经经过了利益的衡量和价值的选择。如果按照请求权规范竞合论所说的那样，先将时效与请求权割裂，再从有利于债权人的角度来选择决定请求权的时效，恐怕将违背立法者的初衷，因而也违背了规范的目的。事实上，正是由于这一矛盾，使得主张请求权规范竞合论的学者相互之间，也分歧不断。

第二，如前所述，请求权是由法律要件构成的。对于当事人所主张的请求权，其举证责任的分配也是根据法律要件来进行的，这就是德国学者罗森伯格主张的著名的法律要件分类说的观点。在侵权案件上，是由债权人证明被告的责任；而在违约案件上，是由债务人证明自己没有责任（我国最高法院《关于民事诉讼证据的若干规定》第 5 条关于"对合同是否履行发生争议的，由负有履行义务的当事人承担举证责任"即属这样的规定）。如果我们将二者结合为一个单一的请求权，如何来决定举证责任的分配呢？

第三，不同的请求权，其损害赔偿的范围、是否涉及第三人、是否允许抵消等，都是不同的。例如在侵权的情形，赔偿范围是受害人因侵权行为所遭受的损失，因侵权行为遭受损失的所有受害人，均可请求赔偿。而在违约的情形，债权人只能是契约的对方，在有约定的情形下，赔偿的数额还受到限制。如果合并为一个请求权，上述问题都无法解决。

基于以上理由，德国学者 Arens 认为，请求权规范竞合论，与德国民法关于请求权的规定格格不入，无法实践，实际上是一种想象的理论。

德国学者关于请求权竞合的理论，随着德国民法的传播，也在日本、我国台湾地区等引起讨论。但是这些讨论，基本上是对德国请求权竞合理论的评价与选择，并无新的观点出现。因此，以上几种理论，实已成为请求权竞合的经典理论。

3. 我国学理与司法实践对请求权竞合的态度

（1）学理观点。我国学者在讨论请求权竞合问题时，既有用请求权竞合概念的，也有用责任竞合概念的。① 但是多认为在一般情形下，请求权竞合与责任竞合具有共同的内容。认为责任竞合是从不法行为人（债务人）角度观察而产生的概念，请求权竞合是从受害人（债权人）角度观察而产生的概念，所以责任竞合与请求权竞合是同一问题的两个不同的方面。② 在学理上，我国大陆学者并没有如德国、日本或者我国台湾地区学者那样，对请求权竞合问题给予较多的关注，也少有就请求权竞合的几种理论展开讨论的。从学者们的观点来看，我国学理一般都采请求权竞合论，③ 对法律竞合论和请求权规范竞合论基本上没有涉及。但是，在讨论违约责任与侵权责任的竞合时，学理虽然采纳了请求权竞合论，允许当事人选择请求权时，也没有采绝对的请求权自由竞合论，而是对请求权竞合做了一些限制。

首先，主张请求权竞合论的学者认为，责任竞合涉及有关法律体系的协调问题，一律禁止是不合理的。事实上，法律无论是通过限制合同法的适用范围，将双重违法行为纳入侵权法，还是通过限制侵权法的适用范围，将双重违法行为纳入合同法，或者是将双重违法行为进一步分类，各自纳入两个法的适用范围，均不能消除竞合现象，也不能合理解决竞合现象。不仅如此，通过限制合同法或者侵权法的适用范围而解决双重违法行为问题，必然会产生以下后果：一方面，法律必须对原有的合同法或侵权法按违法行为的种类逐条作限制性规定，使特定的违法行为只能适用其中某一法律，而不适用另一法律，由此造成法律条文字面含义与其实际适用范围的矛盾。另一方面，还必然形成某种独立于合同法和侵权法的特殊责任制度，导致特别法规的恶性发展，从而会引起法律体系内部的不和谐。在责任竞合的情况下，不法行为人违法行为的多重性必然导致双重请求权的存在，即受害人既可以基于侵权行为提起侵权之诉，也可以基于违约行为提起违约之诉。受害人可以在两项请求权中作出选择，一项请求权因行使受到障碍，可以行使另一项请求权。但是，虽然能选择请求权，但不能在法律上同时实现两项请求权。否则受害人将获得双重赔偿，不法行为人将承担双重责任。允许受害人选择请求权，充分尊重了受害人的意愿和权利，即使会加重不法行为人的责任，这种责任也是其应当承担的。

其次，他们在主张请求权竞合论的同时，并不赞成请求权的自由竞合，而

---

① 王利明主编：《民法·侵权行为法》，中国人民大学出版社 1993 年版，第 211—234 页。

② 同上书，第 214—215 页。

③ 同上书，第 211—234 页；邹海林："不当得利请求权与其他请求权的竞合"，载《法商研究》2000 年第 1 期。

是主张在某些情况下对当事人选择请求权的行为施以适当的限制。因为如果采绝对的自由竞合，容易造成合同法和侵权法内在体系的紊乱，所以多重违法行为在何种情况下才发生责任竞合问题，是需要通过法律和判例明确规定的。严格来说，这种限定并不是对受害人选择请求权的限制，而是对违法行为在何种情况下产生责任竞合的限制。他们认为，对责任竞合现象应作如下限制：

第一，因不法行为造成受害人的人身伤亡和精神损害的，当事人之间虽然存在着合同关系，也应按侵权责任而不能按合同责任处理。因为合同责任并不能对受害人所造成的人身伤亡、精神损害提供补救，而只能通过侵权损害赔偿对受害人提供补救。①

第二，当事人之间事先存在着某种合同关系，而不法行为人仅造成受害人的财产损失，则一般应按合同纠纷处理，这样对受害人也更为有利。

第三，当事人之间事先并不存在着合同关系，虽然不法行为人并未给受害人造成人身伤亡和精神损害，也不能按违约责任而只能按侵权责任处理。尤其应当指出，如果双方当事人事先存在着合同关系，但一方当事人与第三人恶意通谋，损害合同另一方当事人利益，则由于恶意串通的一方当事人与第三人的行为构成共同侵权，第三人与受害人之间又没有合同关系存在，因此应按侵权责任处理，使恶意串通的行为人向受害人负侵权责任。

第四，不法行为人基于合同关系占有对方的财产，造成该财产的毁损灭失，一般应按合同纠纷处理，但如果不法行为人占有财产的目的旨在侵权，则应根据具体情况，确定行为人的侵权责任。

第五，如果当事人之间已经设立了免责条款和限责条款，这些条款又是合法有效的，则在出现这些条款所规定的情事时，应使当事人免责或减轻责任，不产生责任或责任竞合。②

（2）实践处理。在早期的司法实践中，对不具有涉外和涉港、澳、台因素的诉讼，基本上是不承认请求权竞合的。在违约和侵权竞合的情形，要么规定按照合同法来处理，要么规定按照侵权法来处理，或者要求法院审查争议的纠纷究竟合同法上的成分大一些还是侵权法上的成分大一些，按照成分大的来处理。直到现在，在医疗纠纷中，还是倾向于按照侵权之诉来受理。但是在涉外和涉港、澳、台经济审判工作中，是承认请求权可以发生竞合的。其精神主要体现在1986年最高人民法院《全国沿海地区涉外、涉港、澳经济审判工作

---

①　这实际上也是请求权互相影响说产生的原因。请求权互相影响说认为，在此种情形下仍然允许受害人选择请求权，但是其主张的数额，应当包括全部损失。

②　王利明主编：《民法·侵权行为法》，中国人民大学出版社1993年版，第230—234页。

座谈会纪要》中。虽然该纪要使用的不是请求权概念，而是诉因概念，但是实际上是对请求权竞合的处理。这个纪要虽然承认请求权竞合，但是其确定的处理方式是允许当事人择一起诉，不允许当事人就不同的请求权分别或者另行起诉，也不允许当事人在一个诉讼中同时主张多个请求权。因此，这个纪要所采纳的，既不是请求权自由竞合说的观点，也不是请求权相互影响说（主张在请求权竞合的情形，当事人只可主张一个请求权，不得重复或同时主张复数的请求权。但是允许不同的请求权之间可以相互影响。在主张契约上的请求权时，可以适用侵权法上的有关规定；在主张侵权法上的请求权时，也可以适用契约法上的有关规定）的观点，而是一种有限地承认请求权竞合的观点。

1993 年制定、2000 年修订的《中华人民共和国产品质量法》，第 40 条第 1 款规定：售出的产品有下列情形之一的，销售者应当负责修理、更换、退货；给购买产品的消费者造成损失的，销售者应当赔偿损失：（一）不具备产品应当具备的使用性能而事先未作说明的；（二）不符合在产品或者其包装上注明采用的产品标准的；（三）不符合以产品说明、实务样品等方式表明的质量状况的。这一款规定的是销售者和消费者之间的关系，而且范围限于产品本身不合格的情形。因此应当属于违约责任，消费者享有的是违约损坏和赔偿请求权。而第 41、42 和 43 条规定的，是因产品存在缺陷而给消费者造成人身和缺陷产品以外的其他财产损害时的赔偿责任。第 41 条规定第 1 款规定：因产品存在缺陷造成人身、缺陷产品以外的其他财产（以下简称他人财产）损害的，生产者应当承担赔偿责任。根据本条规定，享有损害赔偿请求权的除了向销售者购买缺陷产品的消费者外，还包括消费者以外的其他因缺陷产品遭受人身或者其他财产损害的人，承担责任的主体是生产者。无论请求权主体是否为购买产品的消费者，他和生产者之间都没有直接的契约关系。因此，本条规定的责任应当属于侵权责任，权利人的请求权属于侵权损害赔偿请求权。第 42 条第 1 款规定，由于销售者的过错使产品存在缺陷，造成人身、他人财产损害的，销售者应当承担赔偿责任。根据本条规定，享有损害赔偿请求权的包括消费者和消费者以外的人。就消费者与销售者的关系来看，由于他们之间存在买卖合同关系，因此销售者的责任就存在违约责任与侵权责任竞合的情形。消费者所享有的请求权包括违约损害赔偿请求权和侵权损害赔偿请求权，二者之间存在竞合关系。而消费者以外的人与销售者之间没有买卖合同关系，因此他对销售者享有的请求权，在性质上是侵权损害赔偿请求权。第 43 条规定，在发生因产品缺陷造成人身、其他财产损害时，消费者既可以向生产者主张损害赔偿请求权，也可以向销售者主张损害赔偿请求权。从《产品质量法》第 41、42、43 条的规定来看，产品责任关系的权利人和责任人之间有没有买卖产品的合同关系，对产品责任的成立影响不大。权利人在向生产者主张损害赔偿请求权时，只须证明：（1）产品存在缺陷；（2）权利人受到损害；（3）产品缺陷与损害之间存在因果关系；（4）产品为生产者所生产即可。权利人在向销售者主张损害赔偿请求权时，只须证明：（1）产品存在缺陷；（2）权利人受到损害；（3）产品缺陷与损害之间存在因果关系；（4）产品为销售者所销售。他无须证明与销售者之间存在买卖合同关系。这是其一。其二，在损害赔偿范围和方式上，也采法定主义的原则，排除了消费者与销售者之间约定赔偿范围、赔偿计算方法以及赔偿方式的可能。产品责任具有的这两个特征，均是侵权责任的特征，而不是违约责任的特征。因此，产品责任实际上是侵权责任（对生产者与销售者采过错推定的原则，因此产品责任是一种比较严格的责任）的一种，不具有违约责任的性质。至于认为产品责任是独立于违约责任和侵权责任以外的第三种责任的观点，似乎有些牵强。基于这一认识，笔者认为，在涉及产品责任的场合，法律提供给原告的是侵权法上的救济，而没有给原告选择违约损害赔偿请求权的机会，也就是禁止了请求权的竞合。对此，有人认为，在此类情形，应当充分尊重权利人的自由权，以其选择为依据而给予司法上的合理保护。就商品制造人对买受人的责任，应允许当事人选择令其承担违约责任或者侵权责任。① 这一观点实际上有点似是而非。因为在大多数情况下，买受人与商品制造人之间没有直接的合同关系，只能主张侵权法上的权利。即使在买受人与销售者之间存在直接的契约关系的情况下，产品责任也比违约责任对消费者的保护更周全。因为产品责任实行的是过错推定的原则，在这一点上与违约责任相同；而在赔偿范围上，侵权责任比违约责任的范围更大，从而也更有利于消费者。从这一点上看，产品责任的规定、其救济的方式和法律上的效果似乎又与请求权相互影响说有些类似，因为产品责任虽然给权利人提供的是侵权法上的救济，但是却又引进了违约责任的某些规则，强化了对权利人的保护。

可以说，在《中华人民共和国合同法》颁布前，在没有涉外和涉港、澳、台因素的案件中，我国基本上是禁止请求权竞合的。至《合同法》颁布，在第 122 条终于承认了基于违约的请求权和基于侵权的请求权可以发生竞合。但是，《合同法》第 122 条对请求权竞合的处理，尚有值得探讨之处。《合同法》第 122 条对请求权竞合是这样规定的："因当事人一方的违约行为，侵害对方人身、财产权益的，受损害方有权选择依据本法要求其承担违约责任或者依据其他法律要求其承担侵权责任。"这一规定，至少有以下几个方面需要探讨：

---

① 于海生、刘流："论产品责任法律关系主体请求权的行使"，载中国期刊网。

第一，根据本条规定，只有在当事人一方的行为构成违约的前提下，受损害方才有选择请求权的自由。因此，原告如果选择基于违约的请求权，他固然要对被告的行为是否构成违约进行举证；而要选择基于侵权的请求权，他仍然要对被告的行为是否构成违约先予举证。因为如果不能证明被告的行为构成了违约，他就没有满足选择请求权的前提条件。因此，无论是否对请求权进行选择，他都必须承担对被告违约的举证责任。第二，根据本条规定，受损害方只能在基于违约的请求权和基于侵权的请求权之中选择其一，他不能同时主张，亦不能先后主张，更不能以两诉分别主张，或者在前诉终了之后再行起诉主张。也就是说，原告只有一次选择的机会，也只有一次起诉的机会。那么，如果在经历一次选择和一次诉讼之后，原告所选择的请求权获得满足，他固然也无须再行主张其他的请求权，实际上其他的请求权也随之消灭了。因为对于损害赔偿请求权来说，损害的结果是其构成的要件，当原告选择的请求权因裁判而获得满足，损害的结果也就因得到填补而消灭。作为损害赔偿请求权构成要件的损害结果消灭，请求权自然也就消灭了。但是，如果他所选择的请求权因举证不足等原因而未获满足时，他所选择的请求权固然因行使而消灭；但未被选择的请求权，既未曾被行使，其要件亦未消灭——损害的结果仍然存在，因此这个请求权依然存在。既然这个请求权仍然存在，我们有什么理由禁止当事人行使？进而言之，《合同法》固然可以对当事人基于违约的请求权作出安排，但是不能剥夺当事人基于其他法律所享有的请求权。第三，《合同法》的这一规定，试图以立法的形式，对请求权竞合进行处理，这一思路本身也存在问题。请求权竞合发生的范围极其广泛，例如物权与物权之间可以竞合，债权与债权之间可以竞合，债权与物权之间也可以竞合。而且，随着新的社会关系的不断发展，对这些社会关系进行调整的法律规范也必然会不断形成，新的权利也将不断生成。在这种情况下，试图以部门实体法的规定从立法上对请求权竞合进行安排与处理，是很困难的，甚至可以说是不可能的。如果可能又能够比较合理的话，请求权竞合这一自罗马法时代就产生的现象，不会等到现在还没有从实体立法上获得解决。因此，《合同法》第122条的处理方式，不具有推广的价值。笔者提出这些疑问，并不是对解决请求权竞合问题的前景持悲观态度，也不是对《合同法》第122条的努力完全否定，而是要指出这样一种现实：在民法请求权经长期的发展已经形成了庞大的体系的今天，试图从实体法内部，尤其是试图以部门实体立法的途径来解决请求权竞合问题，实际上是不可能的。既然从实体法内部来解决请求权竞合问题是不可能的，那我们为什么不考虑从诉讼法的角度来解决问题呢？因为请求权既然是法律上的力，而这个法律上的力又必须通过程序法的展开而体现，我们可以试试通过完善民事诉讼法的程序规则，或者修改民事诉讼的标的，来尽可能合理地解决请求权竞合的问题。

（二）请求权竞合对诉讼标的理论的影响

1. 请求权竞合使传统诉讼标的理论①遭遇困境

（1）传统诉讼标的理论的内容及其价值。如前所述，在早期罗马法和德国继受罗马法时期，人们一直以诉权作为诉讼标的。1856 年温德雪德提出请求权概念后，人们就不再以诉权作为诉讼标的，而是直接把请求权概念引入民事诉讼法，以实体请求权作为诉讼标的。由于早期的民事法律关系比较简单，主要是债的关系，因而起诉到法院的诉讼也主要是给付之诉的一种形态。当事人所主张的请求权，就是他所享有的实体上的请求权。此时将当事人享有的实体请求权直接作为诉讼标的，其弊端尚未显现。随着民事法律关系的发展，确认之诉和形成之诉两种新的诉讼形态开始出现，如果仍然以既存的实体请求权作为诉讼标的，则无法解释消极的确认之诉（请求确认实体权利不存在的诉讼）和形成之诉存在的合理性。因此，自 1900 年起，德儒赫尔维格提出，原告的权利主张作为诉讼标的的确定标准。赫氏首先将现代的诉权、诉讼上的请求权以及实体上的请求权三个概念加以区别，使诉讼标的理论走出诉权的阴影。其次，赫氏在建立诉讼上的请求权概念时，以诉讼上的请求权和争议事项间的关系作为理论基础。他认为，实体法上的请求权是既存的实体权利，而诉讼法上的请求，则是原告在诉讼程序中所提出的权利主张。此项主张，是原告于起诉时所主张的法律关系。在诉讼程序中，原告须将实体法上的权利或法律关系具体而特定地主张，方能成为法院的审判对象。这就是传统诉讼标的理论。

传统诉讼标的理论有其自身的优点和价值。

①传统诉讼标的理论将诉讼标的从既存的实体请求权中解放出来，认为诉讼标的是当事人在诉讼中具体而特定的主张的请求权，解决了消极确认之诉以及形成之诉存在的合理性。

②传统诉讼标的理论以当事人在诉讼中主张的请求权作为诉讼标的，就使

---

① 由于大陆法系国家以罗马法为其起源，故大陆法系的法学理论多从早期罗马法中寻其根源，诉讼标的理论也不例外。实际上早期罗马法对后世大陆法系各国的影响，主要体现在实体法上，而不是程序法。这一方面固然是因为程序法带有更多地域的和民族的文化成分，另一方面也是由于罗马法所发展的主要是实体法而非程序法所致。因此，不能因为大陆法系国家的实体法律可溯源至早期罗马法而当然地认为其程序法也同样程度的受到了罗马法的影响。对于诉讼法理也是如此，不能一概地从早期罗马法中寻找根源。但就大陆法系诉讼标的理论来看，由于初期诉讼标的的概念脱胎于实体法请求权概念，因此在对诉讼标的理论溯源时，仍然须依循从程序法到实体法再到早期罗马法的逻辑模式。

得诉讼标的的确定变得更加容易。法院不用去审查当事人主张的请求权是否客观上存在，就可以确定诉讼标的。

③由于诉讼标的易于确定，与诉讼标的有关的一些问题，都可以顺利地解决。确定了诉讼标的，法院就可以随之确定级别管辖和地域管辖；确定审理和裁判的对象、确定当事人攻击和防御的中心。在重复起诉的认定、客观的诉的合并、诉的变更与追加、既判力客观范围的确定等方面，都比较简便。由于将当事人在诉讼中具体而特定地主张的请求权作为诉讼标的，只要比较当事人在不同的诉中主张的请求权内容是否相同，就可以判断是否构成重复起诉。如果当事人在另行或者嗣后提起的诉讼中主张的请求权内容相同，就构成了重复起诉；如果当事人在一个诉讼中主张复数的内容不同的请求权，各请求权就构成了不同的诉讼标的，从而构成客观的诉的合并；如果当事人在诉讼中改变了主张的请求权的内容，就构成了诉的变更，追加了新的请求权内容，就构成了诉的追加。在确定既判力方面，由于当事人主张的请求权内容明确，诉讼标的内容也就很容易确定，而既判力仅及于诉讼标的内容，所以诉讼标的内容确定，既判力客观范围也就比较容易确定。

正由于传统诉讼标的理论有着上述优点，所以这一理论产生之后，逐渐成为关于诉讼标的的经典理论，为德国民事诉讼法采纳后，随着德国民事诉讼法的传播而被日本、我国台湾地区民事诉讼法以及中国内地民事诉讼法所继受。直到现在，这一理论仍然是各国民事诉讼法的主要观点。

（2）请求权竞合使传统诉讼标的理论遭遇困境。随着社会关系的发展，民事法律日渐完备与复杂。同一个自然事实，往往可以经不同的法律进行评价，符合不同的请求权的法律构成要件。这样，一个事实，常因法律观点评价不同，而会产生不同的实体请求权。而不同的请求权，经当事人于诉讼中具体而特定地主张，又产生不同的诉讼上的请求权，依传统诉讼标的理论，这些不同的诉讼上的请求权，又构成了不同的诉讼标的。这就使传统诉讼标的理论遭遇了困境。

首先，一个诉讼上的请求权构成一个诉讼标的，不同的诉讼上的请求权就构成不同的诉讼标的。因此在请求权竞合的情形，虽然自然事实只有一个，诉讼标的却可以有多个。这就给诉讼标的的确定带来了一定的困难。其次，由于诉讼标的不同，当事人在同一个诉讼中，基于同一个事实，主张多个不同的请求权，就构成了诉的合并；在诉讼的过程中，先主张一个请求权，构成了一个诉，追加主张另一个请求权，就构成了诉的追加；如果原主张一个请求权，复主张另一个请求权，就构成了诉的变更；当事人以一个请求权起诉后，再另行起诉主张其他的请求权，因为诉讼标的不同，也不能认为构成重复起诉；同理，既判力的客观范围也只能及于当事人在本诉中主张的请求权，当事人尚未主张的其他的请求权，不受既判力的拘束，当事人可以再行起诉予以主张。这样，在请求权竞合的情形下，根据传统诉讼标的的理论，一个自然事件，可以构成多个法律关系的要件，从而可以经数次起诉、受理与裁判而不为重复。因此，传统诉讼标的的理论在遭遇请求权竞合情形时，可能造成纠纷解决的拖延，诉讼成本的增加，对原告的重复救济或者在原告法律水平不高的情况下，可能因主张的实体权利不同而招致不利等，从而减损民事诉讼的程序功能。

（3）传统诉讼标的的理论开始修正。由于上述原因，始于赫尔维格的传统诉讼标的的理论开始受到质疑。德国学者兰特是传统诉讼标的的理论的最后坚持者，但是他也不得不对传统诉讼标的的理论进行修正。兰特于 1912、1916 著有《民法与民事诉讼法上的法规竞合》（*Die Gesetzskonkurrenz im burgerlichen Recht und Zivilprozoss*）一书，又于 1952 年发表"诉讼标的的学说"一文，并由此奠定了他在诉讼标的的理论上的地位。早期，兰特主张传统诉讼标的的理论，认为诉讼标的的是原告在诉讼上所进行的权利或法律关系的主张，并非实体上的权利或法律关系。因为诉讼标的的纯粹是诉讼上的概念，诉讼上的请求是以法院为对象，而实体上的请求则以对方当事人为对象。因此，当事人在实体诉讼上所主张的权利或法律关系与实体上既存的权利或法律关系不同。后来，在请求权竞合的问题上，兰特承认有例外的情形，也就是当事实只有一个而原告在实体上的权利有数个时，诉讼标的的内容得依原告诉的声明而非权利主张来确定，从而在权利竞合的情形，保持诉讼标的的唯一。也就是说，兰特首先坚持传统诉讼标的的理论，认为诉讼标的的是当事人在诉讼中主张的请求权；而在请求权竞合情形，兰特却认为法院裁判的对象是当事人诉的声明，也就是当事人欲通过诉讼所达到的法律上的效果。这样，在请求权竞合情形，兰特就把诉讼的对象和裁判的对象分离开来，认为诉讼标的的不等于裁判的对象，诉讼标的的是当事人在诉讼中主张的请求权，而裁判的对象是当事人诉的声明。从而，在请求权竞合的情形，即使原告于一诉中主张复数的实体法上的权利，但由于其诉的声明是单一的，所以并不构成客观的诉的合并；若原告从一实体权利主张转为另一实体权利主张，也不构成诉的变更。但是，兰特同时认为，若原告在后诉主张未经前诉裁判的请求权，则构成新诉，不被前诉裁判的既判力所遮断。根据兰特的观点，在一般情形，以当事人在诉讼中主张的请求权作为判断诉讼标的的的标准；而在请求权竞合情形，则以原告诉的声明作为判断诉讼标的的的标准。由于兰特在诉讼标的的识别标准上游移于原告的权利主张与诉的声明之间，因此受到了主张新诉讼标的的理论之一分肢说（后面还将详细介绍）的学者施瓦布（Schwab）

的批评。① 但是，作为传统诉讼标的理论坚持者的兰特，于请求权竞合情形将诉的声明引入作为诉讼标的的识别标准，不再坚持以当事人在诉讼中主张的请求权作为诉讼标的的识别标准，预示着传统诉讼标的理论的衰落，也预示着新的诉讼标的理论将要产生。

2. 新诉讼标的理论的产生

主要是在请求权竞合情形下暴露的理论上的缺陷，以及二战前德国要求扩大和加强司法权的声浪日益高涨，使得盛行达 50 年之久的传统诉讼标的理论日趋式微，新诉讼标的理论（与传统诉讼标的理论相对而言）随之兴起。所谓新诉讼标的理论，非指某一种理论，而是指为克服传统诉讼标的理论难点所提出的不同于传统诉讼标的理论的各种观点。②

在请求权竞合的情形下，传统诉讼标的理论所遇到的困难，总结起来，就是在诉讼标的识别上的问题。所谓在诉讼标的识别上的问题，就是因为传统诉讼标的理论以请求权作为识别标准，导致一个自然事实，被重复地审理。所以，新诉讼标的理论的目的，就是通过修改诉讼标的识别标准，以达到一个自然事实，只经过一次审理的目的。

（1）二分肢说（诉的声明＋事实理由说）的提出。首先提出二分肢说的是德国学者罗森伯格（Rosenberg）和尼克逊（Nikisch）。1927 年，罗森伯格出版了民事诉讼法教科书第一版。在这本教科书中，罗森博格提出二分肢说的观点，认为诉讼标的是诉讼上的请求权而非实体上的请求权，而诉讼上请求权的内容，应依原告诉的声明和事实二要素来确定。原告诉的声明和事实二要素之一为复数诉讼标的的也为复数。这里的声明，是原告关于抽象的法律效果的主

---

① 由于大陆法系国家以罗马法为其起源，故大陆法系的法学理论多从早期罗马法中寻其根源，诉讼标的理论也不例外。实际上早期罗马法对后世大陆法系各国的影响，主要体现在实体法上，而不是程序法。这一方面固然是因为程序法带有更多地域的和民族的文化成分，另一方面也是由于罗马法所发达的主要是实体法而非程序法所致。因此，不能因为大陆法系国家的实体法律可溯源至早期罗马法而当然地认为其程序法也同样程度的受到了罗马法的影响。对于诉讼法理也是如此，不能一概的从早期罗马法中寻找根源。但就大陆法系诉讼标的理论来看，由于初期诉讼标的概念脱胎于实体法请求权概念，因此在对诉讼标的理论溯源时，仍然须依循从程序法到实体法再到早期罗马法的逻辑模式。

② 也有观点认为所谓传统诉讼标的理论是从实体法出发来解释诉讼标的的，而新诉讼标的理论是指从诉讼法的立场来把握诉讼标的的理论。参见中村英郎著，陈刚，林剑锋译："民事诉讼制度与理论之法系的考察——大陆法系民事诉讼与日耳曼法系民事诉讼"，载陈刚主编《比较民事诉讼法》（第一卷），西南政法大学比较民事诉讼法研究所 1999 年印行，第 25 页；罗筱琦，"民事判决对象的比较研究"，载陈刚主编《比较民事诉讼法》（第一卷），第 197 页；张卫平：《程序公正实现中的冲突与平衡》，成都出版社 1992 年版，第 89 页；等。持这一观点的学者，均将新实体法说作为与传统诉讼标的理论和新诉讼标的理论并列的学说，而不是作为新诉讼标的理论的一个流派。

张，事实则是指历史事件或生活过程，不是实体法上的构成要件事实。① 根据二分肢说的理论，原告在一诉中主张数个诉讼标的就构成诉的合并。而诉讼标的是否有数个，须看原告诉的声明或事实是否有数个。这样，在请求权竞合的情形，即使原告主张的实体上的权利有多个，但是由于原告诉的声明只有一个，所依据的事实也只有一个，因此诉讼标的只有一个。若原告从一个实体权利主张变更为另一实体权利主张，由于诉的声明和事实不曾改变，因此不构成诉的变更。若原告在前诉中主张一个实体权利，在后诉中主张另一实体权利，只要其诉的声明和事实均未改变，就构成重复起诉。由于二分肢说认为诉的声明和事实任一要素为多数，诉讼标的也构成多数，所以在声明为一个，事实有数个的情形，诉讼标的也有数个。如签发票据事实和原因事实并存的情况下，虽然原告的声明只有一个，但诉讼标的却有两个。若原告在一诉中主张该两个事实，依二分肢说，应构成客观的诉的合并。对于言辞辩论终结前已存在而当事人未提出，或法院未审理的事项，当事人可以提起新诉而不构成重复起诉。

　　但是，在确认之诉，罗森博格认为既判力客观范围及于当事人已提出和未提出的事实，因此，当事人于前诉未提出的事实或理由，也不得以新诉提出。换言之，在确认之诉，罗氏是以原告在声明中所主张的权利或法律关系作为识别诉讼标的的标准。同样，在形成诉讼，罗氏也偏离了二分肢说的观点，认为应以裁判离婚或撤销婚姻的请求为诉讼标的，既判力客观范围也及于当事人未提出的事实和理由。因此，罗森博格的二分肢说，实际上仅仅适用于给付之诉，而在确认之诉和形成之诉，他实际上采的是一分肢说，即仅以原告诉的声明作为诉讼标的的识别标准。

　　但是，如上所述，即使在给付之诉中，罗氏的二分肢说在票据担保货款的诉讼中，也遇到了识别上的困难，这使得罗森博格逐渐地抛弃二分肢说而改采一分肢说。他在民事诉讼法教科书第三版中，于给付之诉，尚坚持二分肢说；至第四版时，在票据担保货款的情形，已改采诉的声明作为诉讼标的的识别标准；至第六版时，已完全改采一分肢说，在给付之诉、确认之诉与形成之诉中，均以原告诉的声明作为诉讼标的的识别标准。②

　　尼克逊（Nikisch）则早在 1935 年就著有《民事诉讼上的诉讼标的理论》一书。尼氏认为，诉讼标的是指原告的权利主张，即原告请求法院就其实体上

---

① Schwab, Gegegenprobleme der deutschen Zivilprozessrechtswissenschaft, Jus 76，pp. 81—82。转引自叶月云："德国新诉讼标的理论的研究"，台北"国立中央图书馆"藏硕士论文，第 25 页。

② Schwab, Streitgegnstand, pp. 30—31。转引自叶月云："德国新诉讼标的理论的研究"，台北"国立中央图书馆"藏硕士论文，第 20 页。

的权利或法律关系予以确认的主张，这一主张原则上是抽象的法律效果的主张，例外于确认之诉，则指具体的权利主张。而在诉讼标的识别标准上，除确认之诉仅依诉的声明即可确定外，于给付和形成之诉，仍须仰赖事实方能确定。我们可以注意到，尼氏所谓的二分肢与罗森博格的二分肢并不相同。罗森博格的二分肢，是原告诉的声明加上未经实体法律评价的生活事实；而尼克逊所谓的二分肢，是原告权利主张加上请求权存在基础的事实。① 所谓权利主张，与旧实体法说的权利主张不同，主要是指原告抽象的法律效果的主张，而事实，则实际上是实体法上权利构成要件的事实。换言之，尼克逊在权利主张方面，采罗森博格的诉的声明概念，在事实方面，采赫尔维格和兰特的旧实体法说的事实概念。同样，在确认之诉，尼克逊也仅以原告的权利主张也就是诉的声明作为识别诉讼标的的标准。在诉的合并上，尼克逊与罗森博格并无太大区别。但在诉的变更方面，由于罗森博格采审判请求说，将权利保护形态纳入诉讼标的概念，从而原告主张的权利保护形态发生变更，如从确认之诉变更为给付之诉，构成诉的变更，而尼克逊采权利主张说，将权利保护形态排除在诉讼标的概念之外，因此权利保护形态的变更，并不构成诉的变更，仅是原告诉的声明的扩张而已。可以看出，在诉讼标的概念以及诉讼标的识别标准上，尼克逊实际上是在旧实体法说和罗森博格的二分肢说间寻找折中的办法。

目前在德国以及与德国属同一法系的奥地利，二分肢说已成为新诉讼标的理论中的通说。但是，对二分肢说中事实的概念，学说还存在分歧。在德国，关于事实，理论和实务界多采实体法上构成要件的观点。而在奥地利，则又有两派，一派如德国的观点认为事实须是实体法上构成要件的事实，在诉的声明相同的情形，若事实部分构成另一个法律构成要件的事实，则构成不同的诉讼标的；另一派则认为事实概念应属单一的生活过程或生活事实理由，而不是法律构成要件事实。某一个历史上的过程，如根据交易概念或自然的看法，应构成一体的话，则属一个事实。例如订约中的谈判行为、订约、物的给付以及消费等，应视为一个事实。在实务上，也并不是说当一个诉讼标的系属于法院时，仅仅变更其中的事实部分就可以构成诉的变更。但是若前诉已被驳回判决确定，原告又以同一声明，而以另外一个事实理由重新提起诉讼，则不构成重复起诉。

二分肢说是为解决传统诉讼标的理论的难题而提出，但其自身也带有难以解决的问题。典型的例子就是在票据诉讼的情形，虽然给付目的同一，但产生

---

① Nikisch, Der Streitgegenstand im Zivilprozess, 1935, pp. 19—20。转引自叶月云："德国新诉讼标的理论的研究"，台北"国立中央图书馆"藏硕士论文，第 25 页。

给付目的的事实却有两个：原因事实和签发票据的行为。依据二分肢说，事实有二，则诉讼标的也有两个，从而一个给付请求却产生了两个诉讼标的。另外，将事实作为诉讼标的的识别标准的构成要素，固然是无可厚非，但是若将事实作为诉讼标的的构成要素，该事实一经判决确定，即不应再受到重复的裁判。根据二分肢说，原告以同一事实，变更诉讼标的的要素之一也就是诉的声明后，即构成另一诉讼标的。换言之，前述判决已经确定的事实，还可以再受裁判。这是否合理，是存在疑问的。

（2）一分肢说。此说由德国学者伯特赫尔（Botticher）和施瓦布共同完成。1949 年，伯特赫尔发表"婚姻诉讼的诉讼标的"一文，认为婚姻诉讼的诉讼标的，仅依原告诉的声明即可确定，因为在婚姻诉讼中，诉讼标的不是当事人请求裁判离婚或撤销婚姻的理由，而是裁判离婚、撤销婚姻或解消婚姻状态的请求。我们可以以我国婚姻法上规定的离婚之诉为例来说明伯氏的理论。我国婚姻法第 32 条第 3 款规定：有下列情形之一，调解无效的，应准予离婚：（一）重婚或有配偶者与他人同居的；（二）实施家庭暴力或虐待、遗弃家庭成员的；（三）有赌博、吸毒等恶习屡教不改的；（四）因感情不和分居满二年的；（五）其他导致夫妻感情破裂的情形。此外，该条第 4 款还规定：一方被宣告失踪，另一方提出离婚诉讼的，应准予离婚。根据本条规定，可以成为离婚事由的，至少有以下九种情形：重婚、有配偶者与他人同居、实施家庭暴力、虐待家庭成员、遗弃家庭成员、有赌博恶习屡教不改、有吸毒恶习屡教不改、因感情不和分居满二年、一方被宣告失踪。这九种情形，除最后一种外，其他八种都可能同时或先后发生。每一种情形，都可以独立支持离婚请求；而这些情形同时发生，也只能支持一个离婚请求。如果我们把原告的离婚请求看做是诉讼上的请求权的话，则复数的离婚事由同时存在，就构成了请求权的竞合。与一般的请求权竞合不同的是，在一般的请求权竞合的情形，自然的事实只有一个；而在离婚之诉中的竞合情形，自然的事实却有多个，类似于票据债权与原因债权的竞合。原告起诉请求离婚，其离婚请求是诉的声明，而离婚事由则是事实理由。此时，根据二分肢说也就是诉的声明加事实理由作为诉讼标的的识别标准、其中任一要素为复数、诉讼标的就为复数的观点，如果原告在离婚诉讼中主张复数的事由，则诉讼标的就为复数。例如，若原告同时主张重婚、有配偶者与他人同居、实施家庭暴力、虐待家庭成员、遗弃家庭成员、有赌博恶习屡教不改、有吸毒恶习屡教不改等七种事由，则诉讼标的也为七个。法院对这些事由进行审查，构成诉的合并。如果原告先主张其中一种事由，复又主张另一种事由，则构成诉的变更。如果原告先起诉主张其中部分事由，后又起诉主张另一部分事由，也不构成重复起诉。因此，原告可以任意分割离婚事由，进行起诉（当然，如果前诉请求已获满足，后诉将不再具有诉的利益）。这看起来是把一个简单的离婚之诉给复杂化了。伯特赫尔的理论，就是为了把离婚之诉简单化。根据伯氏理论，原告在离婚之诉中所主张的离婚事由，不是诉讼标的，作为诉讼标的的，是原告诉的声明，也就是离婚请求。这样，无论原告主张多少事由，他的离婚请求只有一个，因此，诉讼标的也只有一个。原告主张复数的离婚事由，也不构成诉的合并。

此后，伯氏又将其理论扩展至撤销租赁强制执行异议之诉（形成之诉）和解除契约之诉（确认之诉）①。1954 年，施瓦布于其《民事诉讼标的研究（*Der Streitgegenstand in Zivilprozess*）》一书中，提出审判请求说，将伯氏的一分肢说扩至整个民事诉讼领域。他认为，原告起诉的目的在于请求法院对其声明进行裁判，因此诉讼标的内容，应依原告声明加以确定。

一分肢说固然可以将诉讼简化，因此既解决了请求权竞合问题（除了一般的请求权竞合以及婚姻之诉外，在票据债权与原因债权竞合的情形），也解决了诉讼标的的识别问题：由于将诉讼标的界定为原告诉的声明，而在原因债权和票据债权竞合的情形，原告诉的声明（原告起诉所要达到的抽象的法律上的效果）只有一个，因此诉讼标的也只有一个，但是，简单推敲一下就可以发现，一分肢说在解决了请求权竞合问题的同时，也存在明显的缺陷。例如，在离婚之诉中，如果原告主张其中部分事由，未获得离婚裁判，则只要他以后再行起诉请求离婚，无论其依据的事由是否变化，都将构成重复起诉。因为诉讼标的由原告诉的声明也就是离婚请求构成，无论在后诉中其离婚事由如何变化，离婚请求这一声明的内容是不变的，因此诉讼标的也是相同的，从而后诉构成重复起诉，将被驳回或者不予受理。同理，在相同当事人间请求给付金钱或种类物的给付之诉中，也无法将后诉与前诉区别开来。例如，甲先贷与乙一万元，后又贷与乙一万元。甲先基于前一借贷事实起诉请求乙返还一万元借款，嗣后又基于后一借贷事实起诉请求乙返还一万元借款，由于前后两诉中原告的声明一样，都是返还一万元借款，所以后诉将被禁止。为此，在讨论既判力客观范围时，施瓦布无法保持其理论的一贯性，不得不将事实概念再次引入，从而

---

① Hesselberger, Die Lehre vom Streitgegenstand, 1970, S170, pp. 172—173. 转引自叶月云：“德国新诉讼标的理论的研究”，第 30 页。

又回到了二分肢说的立场。①

（3）新实体法说。二分肢说和一分肢说是力图摆脱实体法的约束，从诉讼法角度解决请求权竞合情形下诉讼标的识别难题的新诉讼标的理论的主要学说。由于这两种学说都没有能够彻底解决请求权竞合情形下诉讼标的识别问题，人们认识到，要完全撇开实体法来解决诉讼标的识别问题，十分困难。因此，学者们又将目光转向实体法，在呼吁实体法学者修改传统请求权竞合理论的同时，试图将诉讼上的请求权和实体上的请求权相结合，来解决诉讼标的识别问题，从而提出了新实体法说的理论。所谓新实体法说，乃是与传统诉讼标的理论相对而言。因为传统诉讼标的理论是以当事人在诉讼中主张的实体请求权或者实体法律关系作为诉讼标的，所以被称为实体法说的诉讼标的理论，而从诉讼法角度寻找解决请求权竞合情形下的诉讼标的识别问题的二分肢说和一分肢说被称为诉讼法说的诉讼标的理论。由于新实体法说也是从实体法的角度来解决请求权竞合情形下的诉讼标的识别问题，所以也被归入实体法说的诉讼标的理论，由于这一理论是在同属于实体法说的传统诉讼标的理论之后产生，所以被称作新实体法说。与此相应，人们又把传统诉讼标的理论称作旧实体法说。由于在诉讼法领域内难以解决请求权竞合情形下诉讼标的识别问题，尼克逊等德国学者呼吁实体法学者也加入到解决这一问题的队伍中来。德国民法学者拉伦茨等响应尼克逊的呼吁，开始修正传统的请求权竞合理论，提出"请求权规范竞合说"的理论。与此同时，德国诉讼法学者亨克尔（Henckel），布罗默（Blomeyer）等也在努力建立他们新实体法说的理论。早在 1956 年，亨氏就从实体法的角度出发提出了他的新观点。② 他将实体请求权的功能分为①学理功能；②含摄功能；③规范功能；④处分客体功能；⑤确定管辖功能。其中，处分客体功能决定了诉讼标的的单复数。在给付之诉中，原告对被告所主张的实体请求权即为诉讼标的，须根据原告声明中所表明的权利保护形态、请求权内容、请求权主体以及在事实中体现的起诉理由来特定；确认之诉的诉讼标的为原告主张的实体权利，仅依当事人主张的内容即可特定；至于形成之诉，亨氏认为不存在私法上的形成权，因此，须诉诸形成诉讼的理由来确定其诉讼标的，从而，形成诉讼的理由为复数时，诉讼标的也为复数。亨氏的学说，虽然较为新颖，但是仍存在以下问题：一是亨氏虽谓实体法上请求权应依

① Hesselberger, Die Lehre vom Streitgegenstand, 1970, S170, pp. 172—173. 转引自叶月云："德国新诉讼标的理论的研究"，第 30 页。

② Henckel, Streitgegenstand im Zivilprozess und im Streitverfahren der freiwilligen Gerichtsbarkeit. 转引自叶月云："德国新诉讼标的理论的研究"，第 37—40 页。

其作用不同而具有不同的意义，却仍未摆脱实体法请求权对诉讼标的理论的影响。至于这些具有不同作用的请求权的性质如何，亨氏也未进一步说明。二是依他的理论，在以票据债权与原因债权竞合的情形，结论与传统诉讼标的理论、二分肢说以及三分肢说并无二致，认为可能成立预备或选择的诉的合并。此一结论仍难避免重复起诉和双重判决的可能。

布罗默则将诉讼标的区分为诉讼上的诉讼标的和本案诉讼标的，前者系指在诉讼中原告要求本案判决的条件；后者指原告请求的实体法上的法律效果。对诉讼系属抗辩、诉的合并以及既判力客观范围的确定有意义的，是本案诉讼标的。就本案诉讼标的的确定，于给付之诉，除原告请求的实体上的法律效果外，还须依诉讼声明和起诉理由才能确定；于确认之诉，仅依原告所主张的法律关系就可确定；于形成之诉，依诉的声明和形成诉讼的理由来确定。但布氏观点未为学者们接受。①

新实体法说虽然没有能够真正解决请求权竞合情形下诉讼标的的识别问题，但是至少给了人们一定的启示，就是诉讼法和程序法的很多问题是相互影响的，单从任何一个方面来孤立地看待和解决问题都是困难的。

除了以上三种学说外，在德国还有人提出过三分肢说和统一诉讼标的理论否定说的观点，但是这两种观点并未进入主流学理。②

3. 日本和我国台湾地区对请求权竞合情形下诉讼标的理论的探讨

前述传统诉讼标的理论和新诉讼标的理论，主要是德国学者提出的观点。日本和我国台湾地区现行民事诉讼法主要是继受德国而来，德国关于诉讼标的理论以及在请求权竞合情形下如何识别诉讼标的的讨论，必然会影响到日本和我国台湾地区学理。

（1）日本的讨论。采传统诉讼标的理论的德国 1877 年民事诉讼法，基本上为日本明治 24 年施行的旧民事诉讼法所继受。③ 德国 1877 年民事诉讼法是在温德雪德私权诉权说的影响下制定的，而在日本引进德国民事诉讼法时，正当在诉权上采权利保护请求权说的赫尔维格于诉讼标的方面所主倡的旧实体法说盛行之时，因此日本民事诉讼法所采用的是旧实体法说的诉讼标的理论，日本的学者也将旧实体法说的诉讼标的理论奉为圭臬。以至于初期德国新诉讼标的理论产生之时，日本大部分学者不愿意关心。日本学者中执传统诉讼标的理论

① Henckel, Streitgegenstand im Zivilprozess und im Streitverfahren der freiwilligen Gerichtsbarkeit, S 228. 转引自叶月云："德国新诉讼标的理论的研究"，第 40—43 页。

② 叶月云：《德国新诉讼标的理论的研究》，第 48—50 页。

③ 日本旧民事诉讼法以对德国 1877 年民事诉讼法的继受为主，部分参酌了法国民事诉讼法。参见邱联恭："律师养成教育的课题与展望"，载台湾《律师法杂志》第 156 期。

的代表为兼子一和中田淳一。兼子一认为，诉讼标的是原告以诉的形式要求法院审理其对被告的法律关系适当与否的主张。由于诉讼以从法律上解决纠纷为目的，所以与调解不同的是，原告的请求须是在法律上可以评价的具体的法律关系或权利。因此，在请求权竞合的情形，即使给付目的是相同的，也可能构成不同的诉讼标的。数请求权并存构成诉的合并，由一请求权转至另一请求权构成诉的变更；一请求权系属于法院时，再以其他请求权起诉也不构成重复起诉；一请求权遭败诉时，对于同一给付目的再以其他请求权起诉时，也不视为对前诉既判力的违反。于形成之诉，则以依产生形成权的原因为诉讼标的。中田淳一认为，原告起诉的目的虽然是为了保护其社会生活中有形与无形的利益，但在诉讼上的主张却不仅仅是生活利益的主张，必须以一定的法律根据为基础。因此，诉讼标的是经实体法加以装饰的生活利益的主张。法院只能就原告的主张进行裁判，不得就原告未主张的请求权进行审理；原告未变更请求权时，法院不得变更。①

1936 年，经中田淳一、齐藤秀夫介绍，新诉讼标的理论传入日本（中田淳一本人则坚持传统诉讼标的理论）。二战后，德、日重开法学交流。经力倡，新诉讼标的理论为日本多数年轻学者所接受。执新诉讼标的理论者，有伊东乾、小山昇、三ケ月章、新堂幸司、齐藤秀夫等。

伊东乾认为，若抛弃传统诉讼标的理论关于诉讼标的的识别标准，可能难以确定既判力的客观范围；而传统诉讼标的理论所依据的实体法，应不仅包括已能识别的实体法，还应包括尚未发现的未知的实体法。因此，对诉讼标的，应按照诉讼进行阶段随时加以观察，等诉讼程序进行成熟，法院于判决之同时，来决定诉讼标的的范围。这就是所谓对诉讼标的的动态把握。②

小山昇则将重点放在纠纷的本身，认为诉讼标的是实体法所承认的生活利益的主张，这一主张只须实体法的承认而无须符合实体法的权利构成要件。因为当今的诉权概念已从实体上的权利中解放出来，实体上的权利只是作为请求有无理由的判断基准，而不再是诉权的产生前提。诉权从最初的形式演变为实体上的权利又进而转变为利益的主张，可谓有利益就有诉权。而权利是法律所认定的主体可以享受生活利益的力量，由于生活利益形态不同，所以权利也各

---

① 江伟主编：《中国民事诉讼法专论》，中国政法大学出版社 1998 年版，第 68—69 页；另见中田淳一："诉讼上的请求"，载《民事诉讼法讲座》第一卷，转引自陈荣宗："诉讼标的理论"，载《民事程序与诉讼标的理论》，第 358 页。

② 余德银：《民事诉讼标的研究》，1974 年版，第 20 页，转引自叶月云："德国新诉讼标的理论的研究"，第 112、118 页。

不相同。在诉讼上，当事人指定纠纷并请求法院加以裁判，实际上是对生活利益的主张。从而诉讼标的概念可以界定为原告对被告的利益主张。所以给付之诉的诉讼标的是原告对被告得请求一定给付的主张，确认之诉的诉讼标的是原告对被告有一定内容的法律效果存在与否的主张，形成之诉的诉讼标的是原告对被告的变更或创设生活状态的主张。① 新诉讼标的理论的二分肢说和一分肢说本来已经脱离请求权的束缚，将诉的声明作为诉讼标的内容。而小山昇更进一步，走出了诉的声明的范围，将诉讼标的界定为原告对被告的利益主张。因为诉的声明还限于法律上的效果，而利益主张则完全脱离了法律上的评价。这样，在请求权竞合的情形下，原告的利益主张只有一个，诉讼标的也就只有一个。

1958 年，三ケ月章从德国回到日本，加入新诉讼标的理论阵营，使日本新诉讼标的理论更臻体系化。三ケ月章认为，民事诉讼的各种形态分别代表不同纠纷的解决方法，不同的诉讼形态有着不同的诉讼机能，因此要确定诉讼标的概念和对诉讼标的进行识别，须着眼于各种纠纷解决方式的具体机能。给付之诉的机能不在于确认各个实体法上的请求权，而在于解决当事人直接的纠纷。原告所关心的以及国家确立给付之诉这一形态的目的，是原告有无以强制执行的方法实现一定给付的法律地位。因此，给付之诉的诉讼标的是指原告可以向对方请求为一定给付的法律地位的主张。在请求权竞合的情形，实体法所承认的仅是一次给付，各竞合的请求权只是支持诉讼标的的各种法律观点或裁判理由，诉讼标的仍然是一个。换言之，应根据纠纷多少而不是实体法上请求权的多少来确定诉讼标的的个数。而在确认之诉，诉讼标的是原告在诉的声明中所表示的一定权利或法律关系是否存在的主张。由于这一诉讼形态的机能是确认实体法上的权利或法律关系，所以诉讼标的的内容和识别标准，均以实体法上的权利或法律关系为依据，也即与传统诉讼标的理论相同。而形成之诉的机能不是确认一定的权利或法律关系，而是以判决的形成力，创设、变更、消灭权利或法律关系，当事人的形成权因判决的宣示而消灭。所以形成之诉的本质，不是对实体法上形成权的确认，而在于法院是否准许当事人获得所主张的形成效果。从而关于实体法上形成权的主张不能直接成为诉讼标的，诉讼标的是原告求得形成判决的法律地位的权利主张。至于构成形成权的事实以及形成权本身，只是当事人攻击防御的方法，是判决的理由。对形成诉讼标的的识

---

① 小山昇："诉讼物论集"，第 19 页；转引自陈荣宗："诉讼标的的理论"，载《民事程序与诉讼标的理论》。

别，也应以原告在诉的声明中所表明的形成效果为标准。① 三ケ月章强调应从各个诉讼形态的机能出发，根据纠纷诉讼个数来确定诉讼标的。若纠纷只有一个，则无论实体法律评价如何，诉讼标的也只有一个。②

从以上介绍可知，日本的新诉讼标的理论学说，并非如传统诉讼标的理论学说那样基本上是对德国传统诉讼标的理论的承袭，而是在介绍德国新诉讼标的的理论的同时，力求提出具有自己特色的观点。在诉讼标的研究上，它们的立足点没有放在对统一诉讼标的理论概念的追求上，而是根据不同的纠纷类型来探寻诉讼标的的内涵，其研究在德国新诉讼标的理论的基础上有更加深入和细化的倾向。但是其目的主要还是解决请求权竞合情形下诉讼标的的识别问题。

新诉讼标的理论在日本也受到了批评。反对者之一的日本民事诉讼法学者中村英郎认为，大陆法系（即我国学者所谓的大陆法系——作者注）属于规范出发型的诉讼标的理论，而日耳曼法系（即我国学者所谓的英美法系——作者注）属于事实出发型的诉讼标的理论，③ 罗马法诉讼标的的理论固然存在着一些问题，而日耳曼法诉讼标的的理论也固然可以更好地说明这些问题，但是，若完全从日耳曼法诉讼标的的理论出发来把握诉讼标的的理论，却并非学问上的正确方法。首先，日本民事法体系整体是构筑在罗马法理之上的，以罗马法理论来理解所产生的每一个问题，是最直接的方法；若以日耳曼法理论来理解其中的问题，无论从诉讼法整体的理论构成还是从以罗马法为背景的实体法解释论来说，都会产生很多问题。其次，罗马很早就有了成文法，并在此基础上构筑了成文法体系。日本也在成文实体法和诉讼法上形成了民事法体系。而且这一实体法不但在诉讼中起了裁判规范的功能，在诉讼前还具有社会规范的功能。应当清楚地认识到既存的现实才能构筑正确的理论。在实体法的社会规范功能中产生了权利、义务的法律关系，当这一社会规范在市民社会的自律性范围内无法实现时，人们为了实现它而向国家提起诉讼。在现行法下，诉讼标的不是单纯的利益主张，而是依原告的意思，是从法规（实体法）出发加以选择的权利主张。罗马法下诉讼标的是诉（actio），就是从规范出发来把握的，日本民事诉讼法系属于大陆法系，其诉讼标的也只有从规范（实体法）出发加以把握或解释才是现行法下正确的诉讼标的观。最后，对于罗马法诉讼标的的理论所产生的具体问

---

① 三ケ月章：《民事诉讼法》，第 114 页，转引自陈荣宗：《诉讼标的理论》，载《民事程序与诉讼标的理论》。

② 江伟主编：《中国民事诉讼法专论》，中国政法大学出版社 1998 年版，第 72—73 页。

③ 中村英郎关于大陆法系和日耳曼法系诉讼标的及其理论的研究，参见中村英郎著，陈刚、林剑锋译："民事诉讼制度与理论之法系的考察——大陆法系民事诉讼与日耳曼法系民事诉讼"，载陈刚主编《比较民事诉讼法》（第一卷），西南政法大学比较民事诉讼法研究所 1999 年印行，第 21—22 页。

题，可以作为现行法的解释适用问题来寻找解决办法，其中一个办法就是对于具体的问题，可以吸收日耳曼法的长处来具体解决。不过，中村英郎虽然反对纯粹从诉讼法出发的新诉讼标的理论流派，但对于从实体法角度来把握诉讼标的的新实体法说，却在观望的同时，认为这是一种回归实体法的正确的思路。①

（2）我国台湾地区的讨论。我国台湾地区民事诉讼法源自大清民事诉讼律，后者又是继受日本民事诉讼法而来，其诉讼标的概念，源自日本，始称"诉讼物"，后称"诉讼标的"，沿用至今。② 长期以来，台湾地区学理多采传统诉讼标的理论。其代表人物为石志泉、姚瑞光、汪祎成等。

在台湾地区曾先后介绍和力倡新诉讼标的理论的学者有陈荣宗、王甲乙、杨建华、骆永家及邱联恭等。其中陈荣宗较倾向于新实体法说，认为诉讼标的的本质是原告对被告的实体权利或法律关系的主张，但对诉讼标的的识别，不应以实体法上规范的多少作为标准，在事实只有一个而符合多个法律规范的构成要件时，真正的实体权利就只有一个。也就是采请求权基础竞合说的理论。在票据担保原因债权的场合，请求权也只有一个，从而诉讼标的也只有一个。③ 而王甲乙和杨建华则主张依民事诉讼的不同形态分别考察其诉讼标的。于种类物和金钱给付之诉，采二分肢说，于特定物和行为给付之诉，以及确认之诉和形成之诉，又采一分肢说，而请求所依据的事实理由，仅作为当事人攻击防御的方法。④ 骆永家则认为，给付之诉，以原告关于给付受领权的存在与否的主张为诉讼标的，此处的给付受领权并非实体法上的请求权，而是受到实体请求权所支持的一种法律地位；在确认之诉，以实体法上权利或法律关系存否的主张为诉讼标的；于形成之诉，则以要求一定的形成的法律地位的主张为诉讼标的。⑤ 邱联恭则主张诉讼标的相对论，认为在诉讼标的问题上，应能使原告有机会基于程序处分权，衡量各该事件所涉实体上及程序上利益的大小，通过对诉讼标的的确定，来平衡追求实体利益和程序利益，避免因特定权利在举证上的困难而使原告付出不必要的劳费，同时须防止诉讼上的突袭。因此，诉讼标的可以以个别的实体权利为内

---

① 中村英郎关于大陆法系和日耳曼法系诉讼标的及其理论的研究，参见中村英郎著，陈刚、林剑锋译："民事诉讼制度与理论之法系的考察——大陆法系民事诉讼与日耳曼法系民事诉讼"，载陈刚主编：《比较民事诉讼法》（第一卷），西南政法大学比较民事诉讼法研究所 1999 年印行，第 23—25 页。

② 王甲乙、杨建华、郑健才：《民事诉讼法新论》，台北三民书局 1988 年版代序。

③ 陈荣宗："诉讼标的理论"，载《民事程序与诉讼标的的理论》。

④ 王甲乙："诉讼标的的新理论概述"，载《民事诉讼法论文选辑（下）》，台北五南图书出版公司。

⑤ 骆永家：《民事诉讼法 I》，第 61、62 页。

容，也可以原告所追求的受领给付的地位为内容，至于以哪一个方面为诉讼标的，则由原告处分。① 但是，由于台湾地区在立法上采传统诉讼标的理论的观点，以及法律强调对当事人权利的保护，因此新诉讼标的理论的观点受到了坚持传统诉讼标的理论的学者的质疑。例如，坚持传统诉讼标的理论的学者汪祎成就批评新实体法说，认为，首先，新诉讼标的理论范围过大，原告提起诉讼的最终目的固然是为了追求社会生活中有形与无形的利益，但在诉讼上则必须有一定的法律依据，才能获得法院的保护；其次，新诉讼标的理论对请求权竞合问题的处理，并未达到自圆其说，这个问题在采传统诉讼标的理论时，可以通过法院对诉讼的指挥来获得解决；另外，新诉讼标的理论一直未能达到统一，在一些问题的解决上也不尽合理。② 姚瑞光也认为新诉讼标的理论"谓其对概念的说明有所贡献，不如谓其只有增加混乱"③。即使在 20 世纪 80 年代初对新诉讼标的理论表示赞赏的杨建华④，后来也对新诉讼标的理论产生了动摇，有回归传统诉讼标的之意。⑤ 目前台湾地区的倾向是对传统诉讼标的理论进行一定的改良与修正。

4. 我国大陆学者对请求权竞合情形下诉讼标的的理论的探索

（1）坚持传统诉讼标的理论。长期以来，德、日以及我国台湾地区关于诉讼标的理论的讨论，并未引起我国大陆学者太多的关注。偶有涉及者，多为对国外诉讼标的理论的一般性介绍，加入讨论者很少。从教科书的表述来看，主流学理所采的，仍是传统诉讼标的理论，也就是传统诉讼标的理论。⑥ 主张传统诉讼标的理论的学者认为，第一，我国诉讼标的理论应以实体法律关系和实体法上权利的主张来定义和识别诉讼标的，这里的实体法律关系或实体法上

---

① 邱联恭："现代律师之使命、任务、功能"，载《司法之现代化与程序法》，1992 年版，第 215 页。

② 汪祎成："关于民事诉讼诉讼标的的新旧理论之我见"，载《民事诉讼法论文选辑》（下）。

③ 姚瑞光《民事诉讼法》，1985 年版，第 312 页。

④ Schwab, Gegegenprobleme der deutschen Zivilprozessrechtswissenschaft, Jus 76, pp. 81—82. 转引自叶月云："德国新诉讼标的理论的研究"，第 25 页。

⑤ 《民事诉讼法之研讨》（五），台湾中华民国八十五年十月初版。

⑥ 例如，中国大百科全书对诉讼标的是这样表述的："当事人之间因民事权益发生争议，要求法院作出裁判的法律关系"，见《中国大百科全书·法学卷》光盘（1.1），中国大百科全书出版社；由柴发邦主编的《民事诉讼法学新编》认为："民事诉讼的双方当事人，因为某种权利义务关系发生纠纷或者受到侵害，要求人民法院作出裁判或者调解，这种需要作出裁判或者调解的权利义务关系就是当事人间争议的诉讼标的"，参见柴发邦主编：《民事诉讼法学新编》，法律出版社 1992 年第 1 版，第 60 页；常怡主编《民事诉讼法学》认为："所谓诉的标的，是指当事人之间发生争议，并要求人民法院作出裁判的民事法律关系。诉的标的，又称为诉讼标的"，参见常怡主编：《民事诉讼法学》，中国政法大学出版社 1994 年版，第 127 页。

的权利，并非客观存在的实体法律关系或实体法上的权利，而是指原告所主张的法律关系或者实体法上的请求权；第二，传统诉讼标的理论拥有的其他诉讼标的理论流派所不具有的理论优势是我国民事诉讼理论非常需要的，这些优势包括便于法院裁判、便于当事人攻击防御以及既判力客观范围明确等；第三，传统诉讼标的理论的缺陷是一个事实，可能存在多个诉讼标的，也不利于一个纠纷一次解决。但这一缺陷只产生于给付之诉，不能因此否认传统诉讼标的理论的其他合理成分。①

该观点虽然强调传统诉讼标的理论的种种优点，但是也不得不承认传统诉讼标的理论存在理论上的缺陷，无法解决请求权竞合情形下的重复起诉与重复判决的问题。虽然这些问题主要产生于给付之诉中，但给付之诉却是民事诉讼中最重要、所占比例最大的一类诉讼。若硬要坚持传统诉讼标的理论，则传统诉讼标的理论的这一难题不解决，民事诉讼程序的整体安定性都会受到影响。

因此，虽然我国主流学理仍以传统诉讼标的理论为主，但为了解决传统诉讼标的理论的难题，学者们还是进行了一些努力，并提出了他们各自的观点。

（2）提出新的诉讼标的理论。例如，有人提出新二分肢说的观点，认为确立诉讼标的理论，应从以下几个方面来考虑：第一，诉讼标的的确定，应当符合我国《民事诉讼法》保护当事人正当民事权益的原则，为此，诉讼活动要符合正确、合法、及时的原则，诉讼标的的规定应有利于实现一个纠纷一次解决；第二，研究诉讼标的，不能完全割裂与实体法的联系，须找出诉讼标的与实体法的连接因素，合理解决诉讼中的问题；第三，应从动态上考察民事诉讼，在诉讼过程中确定具体案件的诉讼标的；第四，因我国广大群众法律意识水平还不太高，又无律师强制代理制度，所以在确定诉讼标的时，人民法院应起主导作用。基于以上考虑，该观点对新诉讼标的理论的二分肢说加以改造，提出了新二分肢说的概念。认为诉讼标的仍由原告诉的声明（审判要求）和原因事实构成，但这里的原因事实是经法律评价的事实，不是二分肢说中的自然历史事实。在诉讼标的的识别上，认为诉的声明和原因事实有一个为单数时，诉讼标的即为单数，而不是如二分肢说那样诉的声明和原因事实其中之一为复数时，诉讼标的就为复数。②

---

① 李龙："论我国民事诉讼标的理论的基本框架"，载《法学》1999 年第 7 期。与此相对应，我国实体法学者也就请求权竞合问题提出了一些解决办法。例如，王利明教授提出，在违约与侵权责任竞合的情形，原告只能选择其一起诉，但在某些情形为受害人利益应予适当限制。参见王利明、崔建远：《合同法新论·总则》，中国政法大学出版社 1996 年第 1 版，第 732—735 页。

② 江伟主编：《中国民事诉讼法专论》，中国政法大学出版社 1998 年版，第 84—87 页。

　　新二分肢说对二分肢说进行了改造，弥补了二分肢说的一些缺陷，又照顾到实体法与诉讼法不可分割的关系，在论证上较为周到，具有一定的合理性和新颖性。据此，在请求权竞合的情形，虽然法律事实为复数，但当事人诉的声明只有一个，所以诉讼标的也就只有一个。不过，该观点在其理论前提和诉讼标的识别标准上，仍有进一步讨论的余地。例如，在立论前提上，首先，该观点反对讼争一成不变的原则，认为诉讼标的应在诉讼过程中确定。但是这样做一方面很容易造成诉讼标的在确定上的飘忽不定，导致诉讼的拖延；另一方面也使当事人攻击防御的重心不定，从而给对方当事人造成诉讼上的突袭，不利于双方攻击防御机会的平等分配与公平行使；其次，该观点主张法院在确定诉讼标的上应起主导作用。这就可能造成当事人诉权与法院审判指挥权的不对等，阻碍当事人处分权的充分行使，助长法院恣意专断；在法院没有或未充分履行阐明义务，心证没有充分公开的情况下，还容易对当事人造成审判上的突袭。另外，在诉讼标的识别上，新二分肢说认为诉的声明与原因事实二要素之一为单数时，诉讼标的即为单一。那么，在金钱或种类物给付之诉中，若后诉与前诉声明的种类与数额相同，但原因事实不同，是否后诉就为前诉既判力所遮断？在形成之诉中也会产生同样的问题。以离婚之诉为例，若前后两诉声明相同，均为离婚请求，而原因事实却不同，则后诉是否为重复起诉？这都是新二分肢说难以解决的问题。

　　除了新二分肢说外，还有人提出了衡平说的观点和双重含义说的观点。前者认为诉讼标的是原告在诉讼上具体表明其所主张的实体法上的权利或法律关系，与诉讼请求、判决对象、诉讼对象是对一个问题不同层面的理解。在分析民事主体为保护自己的权利向法院提起诉讼，以及法院对争议权利义务关系进行审理和裁判等一系列问题时，不能无视实体法的存在，同时也不能仅从实体法出发来分析诉讼问题，应考虑各种因素的存在。从而认为新诉讼标的的理论不切实际，而传统诉讼标的的理论则带有机械性，对新实体法来说，也不能幻想将其理想化。为维护判决的安定性，防止当事人滥诉，禁止重复救济，并从公平、效率和诚实信用的原则出发，除了进一步完善实体法外；对案件的受理审查实行职权主义，由法官在受理案件时，经全面衡量个案利益，来确定诉讼标的，从而避免因请求权竞合导致的重复起诉和重复判决。[①] 后者认为关于诉讼标的的性质，单纯地实体请求权说和诉讼请求权说都是存在缺陷的。实体请求权说的缺

---

　　① 罗筱琦："民事判决对象的比较研究"，载陈刚主编：《比较民事诉讼法》（第 1 卷），西南政治大学比较民事诉讼法研究所 1999 年版，第 202—203 页。

陷无须赘言。诉讼请求权的缺陷就是人为地割裂诉讼标的与实体权利之间存在的内在的、必然的联系。因此，诉讼标的具有实体上和程序上的双重含义。实体意义的诉讼标的是指争议的法律关系，通常是指争议的民事权利义务关系。在消极确认之诉中，虽然当事人要求确认的某种实体权利或者法律关系可能不存在，但原告和被告对某种法律关系的争议却不可能不存在。程序意义的诉讼标的是指当事人依据争议的法律关系在诉讼中向法院提出的裁判请求。关于诉讼标的的识别标准，该观点在对新、旧两类诉讼标的的理论均进行了批判后，认为应将争议的法律关系和诉讼上的请求权两个要素结合作为诉讼标的的识别标准。两个要素中的任一要素为单一时，诉讼标的即为单一。在发生实体请求权竞合的场合，由于其诉讼上的请求权只有一个，故诉讼标的也只有一个。在确定诉讼上的请求权是否只有一个时，应结合争议的法律关系（包括法律关系成立的要件事实）进行判断。[①] 上述两种观点自身尚有一些难以自圆其说的地方。

三、请求权竞合与诉讼标的理论的协调

（一）产生请求权竞合并导致传统诉讼标的理论遭遇困境的原因

自罗马法时代，在长期私权保护说的诉讼目的下，大陆法系形成了规范出发型诉讼的传统。按照规范出发型诉讼的传统，原告起诉，须有实体法律规范上的依据，法院判决也须依据实体法律规范作出。因为在私权保护说的目的论下，民事诉讼的目的是保护公民实体权利，而实体权利是由实体法律规定的，无法律规定则无权利。因此，原告起诉须有实体法律规范支持其权利主张，无实体法律规范则无权利，法院将驳回原告的诉讼请求。法院裁判也须依据实体法律规范作出，无相应的实体法律规范，法院只能驳回原告诉讼请求，而不能作出支持原告诉讼请求的判决。在私权保护说的目的论下和规范出发型诉讼的传统中，大陆法系的立法和司法实务长期以原告在诉讼中提出的实体权利或法律关系的主张为诉讼标的，形成旧实体法说的也即传统的诉讼标的理论。大陆法系规范出发型诉讼的传统，既然以实体法律规范为当事人权利的依据，从实体法律规范出发来进行裁判，就要求以实体法律规范的发达与完备为裁判的前提。这使得大陆法系实体法远较程序法发达，也形成了大陆法系成文法的传统。大陆法系规范出发型诉讼既然以实体法律规范的发达与完备为其前提，并以当事人依据实体法律规范提出的实体权利或法律关系的主张为诉讼标的，就

---

① 彭世忠：“论诉讼标的的定性与识别”，载江伟主编：《诉讼法论丛》（第3卷），法律出版社1999年版，第343—349、355—356页。

不可避免地要产生以下问题。第一，随着社会生活的发展，各种新的社会关系不断涌现，要求法律对其加以调整。而立法落后于社会生活的现实，就使得总有一部分社会关系得不到法律的及时调整。从而对处于这种或这些社会关系中的当事人，他们的利益遭受损害时，就无法诉诸法院，获得裁判上的保护。当然，可以通过对现行法律的解释来尽量将这部分社会关系纳入法律的调整范围，而这也正是大陆法系注释法学发达的原因之一，但解释总是跟随在社会生活之后则是不争的事实；第二，成文法的发达与体系化，使得将社会关系分成各种类型，制定并通过各种法律来对之进行调整就成为必然，也似乎只有这样才是最为理性的选择。而法律规范是通过先假设抽象的事实，再规定对行为的处理或制裁来对社会生活进行调整的。因此，同一个自然事实，就可能符合多个法律规范在假设部分的描述，从而可能被不同的实体法律从不同的角度进行评价，而符合多个法律关系的构成要件。既然旧实体法说以原告实体权利或法律关系的主张为诉讼标的，则难以避免当事人就同一自然事实，依据不同的实体法律规范重复起诉、法院重复判决以及当事人获得重复救济的难题。

　　因此，大陆法系规范出发型诉讼是产生传统诉讼标的理论的基础，也是产生请求权竞合现象的原因，从而也是使传统诉讼标的理论遭遇困境的原因。所谓"成也萧何，败也萧何"，是规范出发型诉讼成就了传统诉讼标的理论，也是规范出发型诉讼使传统诉讼标的理论遭遇困境。但是，大陆法系规范出发型诉讼乃是经过长期的历史积累而逐渐发展形成的，已与人们的社会生活结为一体，成为了一种文化。因此，即使其自身存在固有的矛盾，要想从根本上将其推倒重建，也是不可能的，抛开大陆法系宏大的请求权体系，人们将无法评价其行为，安排其生活。因此，要想解决请求权竞合的难题，或者说解决传统诉讼标的理论所遭遇的困境，只能在现有的请求权体系和诉讼传统下寻找思路。但是，在不动摇请求权体系的情况下，要想在实体法内部解决请求权竞合问题，是不可能的。但是，基于大陆法系诉讼法的地位低于实体法，长期以来虽然民法请求权的体系无法撼动，但诉讼法的制度却在不断地修订，因此我们可以在不改变请求权体系的前提下，对诉讼法的理论与制度进行修改，以缓解或者解决请求权竞合给诉讼带来的难题。以下笔者将对解决请求权竞合情形下传统诉讼标的遇到的困境的几种路径分别进行一些初步的探讨。

（二）解决请求权竞合与诉讼标的问题的几种路径

1. 坚持传统诉讼标的理论，以预备的诉的合并解决请求权竞合问题

　　如果从大陆法系规范出发型诉讼出发，私权保护的目的与传统诉讼标的理论，仍然是最合乎逻辑的结果，这也是虽然各种新诉讼标的理论不断提出，均

未能从根本上撼动传统诉讼标的理论的原因。实际上，传统诉讼标的理论虽然后来被称作一种理论，实际上不仅仅是学者的努力，也是实践中自然形成的结果。因此直到现在，传统诉讼标的理论仍然是大陆法系各国立法与司法实践中坚持的主流观点。而各种新诉讼标的理论，在其自身未能达到完善的情况下，虽然可以在理论上展开讨论，但是却很难进入实践。从这一现实出发，如果能够在不改变传统诉讼标的理论的情况下，通过程序制度的改良，来尽可能地解决请求权竞合问题，乃是最理想的路径，这也是大陆法系立法与司法实践一直在努力的方向。为了达成这一目的，程序法上预备的合并理论，也许可以作为一个待选的路径。

诉的合并分为主观的诉的合并与客观的诉的合并以及主观与客观兼有的合并。因为诉由主观要素与客观要素组成。主观要素是指当事人，客观要素是指诉讼标的。在一个诉讼中合并当事人的，属于主观的诉的合并，例如共同被告，共同原告，第三人参加之诉等。我国《民事诉讼法》第53条规定的共同诉讼的诉讼形态，就是主观的诉的合并。在一个诉讼中合并诉讼标的的，是客观的诉的合并，例如本诉与反诉的合并，一个原告向一个被告主张复数的请求权等。我国《民事诉讼法》第126条规定的反诉和第三人参加之诉等，就是客观的诉的合并。在一个诉讼中既有复数的当事人（多于一个原告和一个被告）又有复数的诉讼标的的，是主观和客观兼有的合并，例如我国《民事诉讼法》第53条规定的诉讼标的为同一种类的共同诉讼等诉讼形态。客观的诉的合并又分为单纯的诉的合并、竞合的诉的合并、预备的诉的合并、选择的诉的合并。所谓单纯的诉的合并，又称为普通的诉的合并，是指同一原告对同一被告，主张多个诉讼标的，要求法院在一个诉讼中进行审理并作出裁判的诉的合并。所谓竞合的诉的合并，又称为重叠的诉的合并，是指同一个原告对同一个被告在实体法上享有几种独立的请求权，但是各请求权的目的同一，也就是请求权竞合情形。各该实体法上的权利在同一诉讼程序中以单一的诉的声明要求法院作出裁判。所谓预备的合并，也称为假设的合并，是指原告为了预防诉讼因无理由而遭受败诉的后果，同时提出理论上完全不相容的两个以上的不同的诉讼标的，当前一位诉讼标的无理由时，请求对后一位诉讼标的进行裁判。选择的诉的合并是指原告在一个诉讼中主张复数的诉讼标的，由法院判令被告选择其中之一履行的诉的合并形态。①

根据预备的合并理论，在请求权竞合的情形，原告可以将各请求权一一

---

① 常怡、李龙：“论民事诉讼客观的诉的合并”，载《浙江省政法管理干部学院学报》1999 年第 2 期。

列出主张，根据自己对各请求权所掌握的证据情况，以及不同请求权的救济方式与救济范围，排出优先与劣后的顺序，请求法院进行审查。若前一请求权获得满足，则后面的请求权一起消灭；若前一请求权未获满足，则法院继续对后一请求权进行审理，若后一请求权获得满足，更后的请求权也归于消灭。若各请求权均未获满足，则法院实际上对所有列出的请求权都做了审查，最后一并进行裁判。当事人未列入的请求权，不得再行提起。此一预备的合并，对原告私权的保护可谓完善，对被告的合法权益，实际上也没有损害。只是诉讼的效率稍受影响，并且在诉讼之前，双方需就所有的请求权做好攻击防御的准备，以应对各请求权均进入审理程序的可能，因此所支出的诉讼的成本，或有增加。但是这一程序的践行，一是需要当事人有较高的法律水平，能够知道有多少请求权发生竞合，并对各请求权的构成要件和证明要求比较熟悉。但是要求当事人都如律师一样熟谙法律，实际上很难做到。因此在没有律师强制代理制度的情况下，需要完善法律援助制度，以在必要时为当事人提供法律上的帮助。二是需要法官承担较多的阐明义务，以在必要时告知当事人应享有的诉讼权利和应履行的诉讼义务，并且通过阐明义务的履行，随时心证公开，加强与当事人的沟通。而法官阐明义务的强化，又需要正当程序的保障，以防止审判权抑制当事人诉权，或者法官偏离中立地位。

2. 以事实作为诉讼标的，将请求权作为攻击防御的手段

以事实作为诉讼标的，是英美法系的实践。而其起源，又在德国早期的日耳曼法。如前所述，德国早期日耳曼社会以血族为单位，由于环境艰苦，和平是其生存的最大保证。如发生破坏和平的事件，人们就通过向法院提起诉讼的方式来恢复和平。因此，对日耳曼社会而言，诉讼的目的就在于恢复秩序，解决纷争，而不是维护权利。从而成为诉讼对象的，乃是事件本身，而不是如罗马法那样限于当事人所主张的法律上的权利。如日本学者中村英郎所说，在罗马法上，诉讼主要是在有法律规定诉权的前提下才能进行，而在日耳曼法，是在对事件进行审判的诉讼中，才产生权利。因此，日耳曼法的诉讼标的，更具有诉讼法的性质。[①]

在德国日益成为大陆法系的一支的同时，日耳曼民事诉讼法上述观点的主

---

① ［日］中村英郎著，吕太郎译：《民事诉讼制度与理论之法系的考察——大陆法系民事诉讼与日耳曼法系民事诉讼》，载台湾地区《民事诉讼法研讨》（一），第258—262页；另见陈刚、林剑锋同名译本，载陈刚主编：《比较民事诉讼法》（第一卷），西南政法大学比较民事诉讼法研究所1999年版，第22页。

流随同日耳曼民族进入英国，历经发展，形成英美民事诉讼标的论的基础。①
因此，现在英美民事诉讼法中，作为诉讼标的的，不是经法律评价的事件，而
是已发生的、未经法律评价的事件。因此，在英美法系民事诉讼中，对诉讼标
的问题的处理，与大陆法系显有不同。下面以美国为例作一简单分析。

在美国民事诉讼法上，除了诉讼标的外，还有诉因（cause of action）和
请求（claim）两个概念。所谓诉因，乃是当事人提起民事诉讼的根据，这个
根据建立在当事人主张的事实和法律评价的基础之上，简言之，就是原告主张
的被告的违法行为，例如侵权或者违约。每一种诉因又包括数个法定的构成要
件（elements）。例如在诽谤（defamation）这一诉因中，一般包括以下四个要
件：第一，有关于他人的虚假的、诋毁其名誉的声明或者陈述（a false and de-
famatory statement concerning another）；第二，未经同意，向第三人公开前述声
明；（an unprivileged publication of the statement to a third party）；第三，如果涉
及诋毁名誉的事项为公众关心事项，公开该事项者至少存在疏忽的过错（if
the defamatory matter is of public concern, fault amounting at least to negligence on
the part of the publisher）；第四，对原告的名誉产生了实质上的或者法律上的
损害（damage to the reputation of the plaintiff, whether actual or presumed by
law）。在英美侵权法或者契约法等法律上，诉因的种类是大量的，凡违背法律
规定的或约定的义务的行为，皆可构成诉因。但是，与大陆法系的请求权概念
不同的是，诉因所构成的不是请求权体系，而是责任体系。换言之，对同样的
一个事件，大陆法系是从保护受害人权利的角度来展开诉讼，而英美法系是从
制裁加害人行为的角度来展开诉讼，出发点虽然不同，其结果却相去无几，都
对受害人所遭受的损害进行了救济。但是从法理的层面分析，诉因制度似乎较
之请求权制度更为合理。因为请求权制度体现的法律理念是：凡法律所赋予的
权利，皆受保护；而诉因制度体现的法律理念是：凡法律所禁止的行为，皆应
制裁。比较而言，诉因制度更能体现"凡法律所未禁止的，皆可行为"这样
的民法理念。此为诉因概念。而请求（claim）概念，则是指原告所主张的救

---

① 公元5世纪，萨克森部族侵入英国，日耳曼法在其控制地开始传播。公元1051年，同属于日
耳曼民族的诺曼族，在诺曼底公爵的率领下进入英国，建立诺曼王朝，诺曼底公爵即威廉一世。虽仍
采行部族法，但更受当地习惯法支配。为对抗各地领主的司法权，又统一了司法制度，对各习惯法予
以挑选之后，逐渐形成了英国普通法。至16世纪，一些新型纠纷不断产生，传统普通法已无法适应由
封建社会向近代资本主义社会的转变，英国又引进罗马法作为普通法的一个部分。18世纪，孟德斯鸠
又引进大陆法系的商事习惯法作为普通法的一部分。普通法后经在美国的发展，最后形成了英美法系
的法律制度。参见自叶智幄："我国民事诉讼标的理论之发展"，台北"国立图书馆藏"硕士论文，第
41页。

济。原告在基于某种或若干诉因起诉后，主张何种救济，例如赔偿损失等。由于在美国的民事诉讼中，诉讼标的是撇开具体实体法权利的一定范围内事实的结合，因此，原告可以将基于此事实所产生的复数的诉因一并提出而不构成诉的合并，同时也可以将基于此事实的复数的请求一并主张，诉因和请求的变更也不构成诉的变更。从利用一个诉讼程序最大可能地解决纠纷的角度出发，法律还强制当事人将与争议事实相关的诉因和请求一并提出。未提出的诉因和请求，将因受到裁判既决效力（Res Judicata）的遮断而不得另行起诉。从而，在美国民事诉讼中，基于同一生活关系（same transaction）产生的原告请求的诉因（cause of action）须一起提出，以部分诉因另外提起的诉讼将不再被承认。一旦当事人基于部分诉因而起诉，法院作出基于此部分诉因的判决后，当事人即不能以残余的诉因再次起诉，此为禁止诉因分割原则（Rule against Splitting a Cause of Action）。① 总之，已发事件的本身就是诉讼标的，对事件的法律评价不能决定事件的范围。因此，把对事件的法律评价进行变更（在大陆法系也就是大陆法系中构成诉的变更），对当事人和法院都是自由的。由于在大陆法系的民事诉讼中，是以经法律评价的事件作为诉讼标的，因此，法官的判决受到当事人请求的约束；而在英美法系也就是英美法系民事诉讼中，是以事件本身作为诉讼标的，因而法官的判决可以不受原告请求的约束。又由于英美法系以事件本身作为诉讼标的，从而当被告存在着与原告所提出的事件相关联的应当主张的权利时，被告须同时提出，法院也必须就被告的主张同时作出裁判。因为被告的主张是因同一事件产生，而该事件就是诉讼标的，应当在法院本案审理、裁判范围之内。②

　　笔者在前面的分析中，曾经指出，在日本的新诉讼标的理论中，三ケ月章所主张的法律地位说，实际上就是受英美法系的影响，以事实作为诉讼标的。三ケ月章认为，给付之诉的诉讼标的是指原告可以向对方请求为一定给付的法律地位的主张。在请求权竞合的情形，实体法所承认的仅是一次给付，各竞合的请求权只是支持诉讼标的的各种法律观点或裁判理由，诉讼标的仍然是一

---

　　① 此一原则实际上渊源于普通法令状制度。在令状制度下，诉讼必须以符合令状规定的方式提出，并在起诉后受到该诉讼方式的约束，若以其他方式即令状未规定的方式进行救济则不被承认。（实际上，就普通法令状制度这一僵化的做法来看，与罗马法诉的制度倒有相似之处，二者都要求当事人于起诉时作出慎重选择，一旦选择错误，就会遭致败诉，只是罗马法要求原告从法律规定中选择正确的诉，而普通法令状制度要求原告选择正确的令状形式。）因此，一个纠纷，只能一次起诉，一次解决。参见中村英郎著，陈刚、林剑锋译："民事诉讼制度与理论之法系的考察——罗马法系民事诉讼与日耳曼法系民事诉讼"，载陈刚主编《比较民事诉讼法》（第一卷），西南政法大学比较民事诉讼法研究所1999年版，第22页之注［4］。

　　② 同上书。

个。换言之，应根据纠纷多少而不是实体法上请求权的多少来确定诉讼标的的个数。而在确认之诉，诉讼标的是原告在诉的声明中所表示的一定权利或法律关系是否存在的主张。由于这一诉讼形态的机能是确认实体法上的权利或法律关系，所以诉讼标的的内容和识别标准，均以实体法上的权利或法律关系为依据，也即与旧实体法说相同。而形成之诉的机能不是确认一定的权利或法律关系，而是以判决的形成力，创设、变更、消灭权利或法律关系，当事人的形成权因判决的宣示而消灭。所以形成之诉的本质，不是对实体法上形成权的确认，而在于法院是否准许当事人获得所主张的形成效果。从而关于实体法上形成权的主张不能直接成为诉讼标的，诉讼标的是原告求得形成判决的法律地位的权利主张。至于构成形成权的事实以及形成权本身，只是当事人攻击防御的方法，是判决的理由。对形成诉讼标的的识别，也应以原告在诉的声明中所表明的形成效果为标准。① 三ケ月章强调应从各个诉讼形态的机能出发，根据纠纷个数来确定诉讼标的。若纠纷只有一个，则无论实体法律评价如何，诉讼标的也只有一个。②

以事实作为诉讼标的，既然是英美法的实践，说明在英美法系的诉讼架构下是可行的。但是，正如前述，大陆法系有着规范出发型诉讼的传统，如果要引进英美法系的诉讼标的论，则必须使大陆法系的诉讼，从规范走向事实。这样一来，大陆法系建立在规范出发型诉讼基础之上的请求权制度和一系列诉讼制度，均须改变。这样无疑等于完全抛弃大陆法系的特征与制度，全盘照搬英美法系的制度。这显然是不可能的。因此，三ケ月章的观点，在日本受到了中村英郎的批评。中村英郎认为，首先，日本民事法体系整体是构筑在罗马法（指大陆法系——笔者注）理之上的，以罗马法理论来理解所产生的每一个问题，是最直接的方法；若以日耳曼法（指英美法系——笔者注）理论来理解其中的问题，无论从诉讼法整体的理论构成还是从以罗马法为背景的实体法解释论来说，都会产生很多问题。其次，罗马很早就有了成文法，并在此基础上构筑了成文法体系。日本也在成文实体法和诉讼法上形成了民事法体系。而且这一实体法不但在诉讼中起了裁判规范的功能，在诉讼前还具有社会规范的功能。应当清楚地认识到既存的现实才能构筑正确的理论。在实体法的社会规范功能中产生了权利、义务的法律关系，当这一社会规范在市民社会的自律性范围内无法实现时，人们为了实现它而向国家提起诉讼。在现行法下，诉讼标的

---

① 三ケ月章：《民事诉讼法》，第114页，转引自陈荣宗："诉讼标的理论"，载《民事程序与诉讼标的理论》。

② 江伟主编：《中国民事诉讼法专论》，中国政法大学出版社1998年版，第72—73页。

不是单纯的利益主张，而是依原告的意思，从法规（实体法）出发加以选择的权利主张。罗马法下诉讼标的是诉（actio），就是从规范出发来把握的，日本民事诉讼法系属于罗马法系，其诉讼标的也只有从规范（实体法）出发加以把握或解释才是现行法下正确的诉讼标的观。最后，对于罗马法诉讼标的理论所产生的具体问题，可以作为现行法的解释适用问题来寻找解决办法，其中一个办法就是对于具体的问题，可以吸收日耳曼法的长处来具体解决。①

不可否认的是，即使在大陆法系的民事诉讼中，也确实有相当大的一部分诉讼，当事人的目的，就是为了解决纠纷。对于这一部分诉讼，以事实作为诉讼标的，还是有其合理性的。既然坚持大陆法系规范出发型诉讼传统的中村英郎，都认为对于具体的问题，可以吸收英美法系的长处来具体解决，那么当一个个具体的解决方式日积月累，形成为新的传统时，新的制度也就形成了。可见，随着两大法系的融合，从长期的发展来看，未来大陆法系以事实作为诉讼标的，将请求权作为攻击防御的手段，也不是完全没有可能的事情。

3. 以诉的声明作为诉讼标的，将请求权作为攻击防御的手段

在前面讨论诉讼标的理论时，笔者曾经提到一种观点，就是一分肢说的观点。一分肢说是以原告诉的声明作为诉讼标的。但是一分肢说的缺点是，在诉的声明相同而产生请求权的事实不同的情况下，无法识别诉讼标的。例如，被告先向原告借款一万元，后又向原告借款一万元。原告先起诉要求被告归还借款一万元，后又起诉请求原告归还一万元。仅依诉的声明，无法将前后两诉的诉讼标的识别开来。此时须将事实要素引入，方能识别两诉的诉讼标的。因此，一分肢说的缺陷是未能保持其理论的一贯性，也就是虽然以诉的声明作为诉讼标的，却未能坚持以诉的声明来识别诉讼标的。但是，笔者在前面分析请求权的本质时，曾经指出，民事权利的本质是利益与法力的结合，请求权的本质就是法律上的力。有基础权利，说明权利主体被允许享有某种利益，有请求权，说明该种利益已经被赋予法律上的力，可以强制实现，有诉权，则能够请求国家启动法律上的力，从而强制实现利益，使利益从应然状态转化至实然状态。换言之，一切权利的核心，都是利益。因此当事人诉讼的目的，绝不是权利本身，而是权利背后的利益。当事人在诉讼中之所以主张请求权，是因为请求权乃是实现利益的法律上的力，获得了这个法律上的力，就可以获得利益。这个利益，在诉讼中就表现为诉的声明，也就是当事人起诉所要获得的法律上

---

① 中村英郎关于罗马法系和日耳曼法系诉讼标的及其理论的研究，参见中村英郎著，陈刚、林剑锋译："民事诉讼制度与理论之法系的考察——罗马法系民事诉讼与日耳曼法系民事诉讼"，载陈刚主编：《比较民事诉讼法》（第一卷），西南政法大学比较民事诉讼法研究所1999年版，第21—22页。

的效果。所以从本质上看，诉讼乃是对利益的争夺，而裁判乃是对利益的安排。从这一认识出发，实际上将诉讼标的界定为诉的声明，是符合权利乃至诉讼的本质的。而且，从大陆法系规范出发型诉讼的内在矛盾来看，一方面对于同一利益的安排，可能存在重复的权利；另一方面，对于某些需要保护的利益，却没有现成的权利。因此以请求权作为诉讼标的，一方面无法解决请求权竞合问题，另一方面可能出现对当事人利益的保护不够周全的问题。以诉的声明作为诉讼标的，则可以解决这一矛盾。

但是，若以诉的声明作为诉讼标的，须解决三个问题。一是诉讼标的的识别问题。关于这个问题，可以通过将诉讼标的与诉讼标的识别标准区别开来构造，引入事实和声明一起作为诉讼标的识别标准的构成要素来解决。二是请求权的地位与作用问题。如果以诉的声明作为诉讼标的，则请求权将沦为当事人攻击与防御的手段。三是审判权与诉权的平衡问题。尤其在有需要保护的利益而又缺乏现成的权利的场合，法官将有造法的权力，此时对法官的业务素质有着极高的要求，对司法的权威也有着极高的要求。因为如果法官业务素质不够，首先，将无法判断当事人主张的利益是否有获得司法保护的必要；其次，他在决定保护当事人主张的利益时也无法进行说理论证；再次，还可能放纵法官的恣意擅断。而如果司法的权威不够，则裁判所创造的权利，将不会被公众所接受。因此，要将诉的声明作为诉讼标的，还需确立相关理念和制度，包括正当程序的理念、司法独立的理念、法官养成制度、心证公开制度，等等。

参 考 文 献

1. 江伟：《中国民事诉讼法专论》，中国政法大学出版社 1998 年版。
2. 江伟：《民事诉讼法学原理》，中国人民大学出版社 1999 年版。
3. 柴发邦、江伟、刘家兴、范明幸：《民事诉讼法通论》，法律出版社 1982 年版。
4. 常怡、吴明童、田平安等：《民事诉讼法学》，中国政法大学出版社 1999 年版。
5. 常怡：《民事诉讼法学》，中国政法大学出版社 1996 年版。
6. 田平安：《民事诉讼法学》，中国政法大学出版社 1999 年版。
7. 刘家兴：《民事诉讼法学教程》，北京大学出版社 1994 年版。
8. 王锡三：《民事诉讼法研究》，重庆大学出版社 1996 年版。
9. 谭兵：《民事诉讼法学》，法律出版社 1997 年版。
10. 张晋红：《中国民事诉讼法学》，中国政法大学出版社 1997 年版。
11. 陈光中、江伟：《民事诉讼法论丛》（第一卷至第四卷），法律出版社出版。
12. 沈达明：《比较民事诉讼法初论》（上、下册），中信出版社 1991 年版。
13. 江伟：《新民事诉讼法学》，法律出版社 1992 年版。

14. 陈桂明：《诉讼公正与程序保障》，中国法制出版社 1996 年版。

15. 肖建国：《民事诉讼程序价值论》，中国人民大学出版社 2000 年版。

16. 李祖军：《民事诉讼目的论》，法律出版社 2000 年版。

17. 张广兴：《大陆与港台民事诉讼制度》，法律出版社 1994 年版。

18. 白绿铉：《美国民事诉讼法》，经济日报出版社 1996 年版。

19. 张卫平：《程序公正实现中的冲突与平衡》，成都出版社 1992 年版。

20. 陈刚：《比较民事诉讼法论》，比较民事诉讼法研究所，1999 年版。

21. 王利明、崔建远：《合同法新论·总则》，中国政法大学出版社 1996 年版。

22. 佟柔主编：《中国民法学·民法总则》，中国人民公安大学出版社 1992 年版。

23. 《中国审判案例要览》（1998 年），中国人民大学出版社 1999 年版。

24. 最高人民法院编：《司法文件选编》，最高人民法院，1989 年。

25. 刘汉福译：《德国民事诉讼法律与实务》，法律出版社 2001 年版。

26. 谢怀拭译：《德意志联邦共和国民事诉讼法》，法律出版社 1984 年版。

27. 白绿铉：《日本新民事诉讼法》，中国法制出版社 2000 年版。

28. 郑冲、贾红梅译：《德国民法典》，法律出版社 1999 年版。

29. 《日本民法典》，中国法制出版社 2000 年版。

30. 郑玉波：《分类六法——民事诉讼法》，台北五南图书出版有限公司民国 82 年版。

31. 郑玉波：《民法债编总论》，台北三民书局 1978 年版。

32. 王泽鉴：《债法原理》，中国政法大学出版社 2001 年版。

33. 王泽鉴：《法律思维与民法实例——请求权基础理论体系》，中国政法大学出版社 2001 年版。

34. 王伯琦：《民法债篇总论》，台北正中书局 1962 年版。

35. 施启扬：《民法总则》，［出版者和出版地不详］，1993 年版。

36. 王泽鉴：《民法总则》，中国政法大学出版社 2001 年版。

37. 石志泉：《民事诉讼法释义》，［出版者和出版地不详］，1987 年版。

38. 《民事诉讼法论文选集》（下），台北五南图书出版公司 1984 年版。

39. 台湾地区邱联恭：《司法之现代化与程序法》，［出版者和出版地不详］，1992 年版。

40. 民事诉讼法研究基金会：《民事诉讼法之研讨》（一至九卷），台北三民书局。

41. 王甲乙、杨建华、郑建才：《民事诉讼法新论》，台北三民书局 1988 年版。

42. 杨建华：《问题研习民事诉讼法》（三），台北三民书局 1992 年版。

43. 杨建华：《民事诉讼法实务问题研究》，台北广益印书局 1981 年版。

44. 陈计男：《民事诉讼法论》，台北三民书局 1994 年版。

45. 陈计男：《民事诉讼法论》，刘振强发行，1994 年版。

46. 吴明轩：《民事诉讼法》，台北五南图书出版公司 1981 年版。

47. 骆永家：《既判力之研究》，"国立"台湾大学法学丛书（一），1977 年版。

48. 姚瑞光：《民事诉讼法论》，台北大中国图书 1992 年版。

49. 邱联恭：《民事诉讼法讲义》（下册），［出版者、出版地与出版日期不详］。

50. 陈荣宗：《民事程序法与诉讼标的理论》，［出版者和出版地不详］，1977 年版。

51. 程荣宗：《诉讼当事人与民事程序法》（第三册），［出版者不详］，1987 年版。

52. ［日］兼之一、竹下守夫著，白绿铉译：《民事诉讼法》，法律出版社 1996 年版。

53. ［日］中村宗雄：《学问の方法と理论》，（日）成文堂 1976 年版。

54. ［日］中村英郎：《民事诉讼在罗马法理和日耳曼法理》，（日）成文堂，1977 年版。

55. ［日］中村英郎著，陈刚、林剑锋、郭美松译：《新民事诉讼法讲义》，法律出版社 2001 年版。

56. ［日］三ケ月章著，汪一凡译：《日本民事诉讼法》，台北五南图书出版公司 1997 年版。

57. ［意］彼得罗·彭焚得著，黄风译：《罗马法教科书》，中国政法大学出版社 1992 年版。

58. ［美］艾伦·沃森著，李静冰、姚新华译：《民事法系的演变及形成》，中国政法大学出版社 1992 年版。

59. ［德］迪特尔·梅迪库斯著，邵建东译：《德国民法总论》，法律出版社 2000 年版。

60. ［苏联］M. A. 顾尔维奇著，康宝田、沈其昌译：《诉权》，中国人民大学出版社 1958 年版。

61. ［苏联］克列曼：《苏维埃民事诉讼》（中译本），法律出版社 1957 年版。

· 中国社会科学院 ［法学博士后论丛］ ·

论促进和保护受教育权的国际标准与中国的实践

International Standards of the Right of Education and Their Implementation in China

博士后姓名　杨成铭

流　动　站　中国社会科学院法学研究所

研 究 方 向　国际人权法

博士毕业学校、导师　武汉大学法学院　万鄂湘

博 士 后 合 作 导 师　陶正华　刘楠来

研 究 工 作 起 始 时 间　2001 年 8 月

研 究 工 作 期 满 时 间　2003 年 8 月

作 者 简 介

杨成铭，男，1962 年生，湖北秭归人，教授，中共党员，中国人权研究会理事，中国国际私法学会理事，北京理工大学法律系副教授，《欧洲法通讯》编委，武汉仲裁委员会仲裁员。1984 年 9 月至 1987 年 8 月在宜昌师专英语系念书，1993 年 9 月至 1996 年 8 月在武汉大学法学院国际法研究所攻读硕士学位，1996 年 9 月至 1999 年 7 月在武汉大学法学院国际法研究所攻读博士学位，1999 年 8 月至今在北京理工大学法律系从事国际法教学研究工作，其中 2001 年 8 月至 2003 年 8 月在中国社会科学院法学研究所国际法室作博士后，2003 年 8 月至 2004 年 7 月在瑞典隆德大学罗尔·瓦伦堡人权与人道主义法研究所作访问学者。

主要著作有：《人权保护区域化的尝试——欧洲人权机构的视角》（中国法制出版社 2000 年版）；《受教育权的促进和保护：国际标准与中国的实践》（中国方正出版社）；《现代国际法学》（中国法制出版社 2001 年版，合著）；《国际条约法》（武汉大学出版社 1998 年版，合著）；《人权法学》（中国方正出版社 2004 年版，主编）；《欧洲人权法院判例评述》（湖北人民出版社 1998 年版，副主编）；《法律援助制度比较研究》（法律出版社 1997 年版，参编）；《妇女权益法概论》（山西人民出版社 1995 年版，参编）；《社会弱者权利论》（武汉大学出版社 1995 年版，参编）；《国际环境法学》（中国方正出版社 2003 年版，参编）；《法学概论》（北京理工大学出版社 2003 年版，参编）；《法例法理》（北京理工大学出版社 2003 年版，参编）。

主要论文有：《从联合国会员国资格论台湾不能重返联合国》（《法学评论》1995 年第 3 期）；《涉外经济合同转让的法定条件及应注意的法律问题》（《经济法制》1994 年第 9 期）；《区域人权条约的理论和实践对现代国际法的发展》（《武汉大学学报》1998 年第 5 期）；《中国历史上的人权意识和人权思想》（《武汉大学学报》1999 年第 2 期）；《论区域性人权机构和世界性人权机构的关系》（《法学评论》1999 年第 3 期）；《论条约对第三国的效力及其最新发展》[《北京理工大学学报》（社会科学版）2001 年第 3 期]；《"入世"对中国司法制度和涉外审判工作的影响》（《中国博士后》2002 年 2 期）；《入世与中国税制的改革》（《中国博士后》2002 年第 3 期）；《欧洲人权机构处理申诉一般方法探析》（《人权》2002 年第 6 期）；《论欧洲人权机构对受教育权的

保护》(《北京理工大学学报》(社会科学版) 2003 年第 1 期);《国际恐怖主义的新特征及其国际防范》(《国际法论丛》2003 年第 3 辑);《欧洲人权机构与人权保护: 启示、缺陷、建议》(《欧洲法评述》2003 第 5 辑);《论受教育权的国际标准》(《当代法学》2004 第 3 期)

　　主要荣誉有: 1998 年 10 月荣获宜昌地区教学教研优秀成果二等奖; 1998 年 11 月荣获湖北省教育教学优秀成果三等奖; 1995 年 11 月荣获武汉大学研究生院优秀学术成果乙等奖; 1998 年 5 月荣获中华人民共和国司法部"九五"期间优秀科研成果三等奖; 2000 年辅导本科生毕业论文获北京市优秀毕业论文一等奖; 2002 年 7 月荣获《中国博士后》杂志优秀论文二等奖。

论促进和保护受教育权的国际标准与中国的实践

杨成铭

内容提要：受教育权是一项"授权性"权利（an'empowerment'right），它本身不仅是一项权利，还是其他权利赖以实现的前提和基础。受教育权见诸于《世界人权宣言》和《经济、社会、文化权利国际公约》等国际人权宪章以及其他国际法渊源之中，同时，各国宪法和法律也对受教育权作出了明确的规定。本文从国际人权法的视角并结合中国的实践采取本体论、比较法和实证研究等方法系统探讨了受教育权的内涵、受教育权的性质和可诉性等基本理论问题，并首次在国际人权法中完整提出了促进和保护受教育权的国际标准。对照上述标准，本文考察了中国在促进和保护基本教育权、初等教育权、中等教育权、高等教育权方面取得的进展，并从微观上探讨了中国接近或赶上世界受教育权保护先进水平在巩固扫盲成果、改革初等教育财政转移支付制度、普及高中教育和高等教育大众化等方面应该采取的对策。

关键词：受教育权　标准　进展　对策

教育对人、国家和社会不可或缺。梁启超先生曾经说过："亡而存之、废而举之、愚而智之、弱而强之，条理万千，皆归于学校。"[1] 教育对个人，启智慧、养情操、扬个性、健体魄；[2] 教育对国家，弘爱国之心、育建国之才，

---

① 梁启超："学校余论"，见《戊戌变法》，国光出版社 1953 年版，第 379 页。

② 被马克思称为"英国唯物主义和整个现代实验科学的真正始祖"的 Frana's Bacon （1561—1626）曾说："史鉴使人明智，诗歌使人巧慧，数学使人精细，博物使人深沉，伦理使人庄重，逻辑与修辞使人善辩。"

教育兴则国旺，教育强则国盛；① 教育对社会，传承文明、昭示人权，行民主之风、尚和平之气。②

因教育关涉人的生存发展、国家的兴旺和发达、社会的繁荣和进步，教育便伴随着人类的起源和演进代代相传，并从传统走进道德，又从道德跨入法律。从孟母三迁到"养不教，父之过"，从"有教无类"到"人人享有受教育的权利"，教育始终与人类处于共生状态。人们普遍认为，受教育权是一项"授权性"权利。什么是受教育权？受教育权的性质是什么？受教育的内容是什么？受教育权保护的现实水平如何？如何进一步提升受教育权的保护水平？这些问题已成为人类永恒的主题，特别是人类处于权利时代的今天，上述问题已越来越受到国际社会和国内社会的共同关注。

一、受教育权基本理论探微

在国际人权法中，受教育权的基本理论涉及的范围十分广泛，本文主要探讨受教育权的内涵、性质和可诉性等基本理论问题。

（一）受教育权的内涵

对受教育权内涵的界定应建立在对受教育权主体、内容和国家在促进和保护受教育权的国际义务的正确认识基础之上，同时，有必要对国际人权法中的受教育权与国内法中受教育权的内涵加以比较。

1. 受教育权的主体

国际人权法文件对受教育权的主体作出了多样性的表述。普遍性的国际人权法文件均将受教育权的主体表述为"人人"、"人"和"每一个人"等。例如，《世界人权宣言》第 26 条第 1 款规定："人人都有受教育的权利。"《经济、社会、文化权利国际公约》第 13 条第 1 款规定："本公约缔约各国承认，人人有受教育的权利。"《取缔教育歧视公约》第 5 条规定："教育的目的在于

---

① 中国近代维新派人士康有为曾言："近者日本胜我，亦非其将相兵士能胜我也，其国遍设各艺，才艺足用，实能胜我。"另一位维新派人士梁启超也曾言："故言自强之今日，以开明智为第一。"梁氏又言："甲午庚子以还，内外志士所呼号，外受列强所侮辱，始之教育为中国存亡绝大问题，于是众口一声，曰教育、教育。"吴松、沈紫金："WTO 与中国高等教育发展"，北京理工大学出版社 2002 年版，第 417 页。

② 1994 年第 44 届国际教育大会通过的《和平教育、人权教育与民主教育宣言》敦促各国采取适当措施，在学校中创造一种有助于国际了解教育成功的良好气氛，以使学校成为实践宽容、尊重人权、实行民主和了解多种多样、丰富多彩的文化特性的最佳场所。鼓励各国制定革新的战略以适应新的挑战，即培养能为和平、人权、民主和持久发展努力的有责任感的公民，并采取适当措施对上述战略进行评估。

充分发展人的个性。"《世界全民教育宣言：满足基本学习需要》第 1 条规定："每一个人——儿童、青年和成年人——都应能获得旨在满足其基本学习需要的受教育机会。"专门性的国际人权法文件则将受教育权的主体表述为"儿童"、"难民"和"无国籍人"等。例如，《儿童权利公约》第 28 条规定："缔约国确认儿童有受教育的权利。"《关于难民地位的公约》第 22 条规定："（一）缔约各国应给予难民凡本国国民在初等教育方面所享有的同样待遇。"《关于无国籍人地位的公约》第 22 条对无国籍人的初等教育权作出了上述同样的规定。

在国际人权法中，受教育权的主体具有两个特征：一是"个体性"；二是"复合性"。《世界人权宣言》和《经济、社会、文化权利国际公约》等国际人权法文件均将受教育权的主体表述为"人人"、"人"或"每一个人"。尽管作为基本人权的受教育权的主体是一般主体，但是，这并不意味着受教育权的主体是抽象的人。在考察受教育权的主体——"人人"、"人"或"每一个人"时，必须把人当成是现实的和具体的人，而不是抽象的人。马克思曾言，如果没有个人的存在和发展的相对独立性，脱离了人的丰富多彩的个性发展的内容而仅仅使个人成为社会共同体的一个肢体，那么，无论个人还是社会，都不能想象会有自由而充分的发展。当然，受教育权主体所具有的个体性并不排除由个人所组成的群体如妇女、儿童、难民等在一定条件下也是受教育权的主体。

受教育权的主体除具有"个体性"特征外，还具有"复合性"特征，即国际人权法上的受教育权的主体同时也是国内人权法上受教育权的主体。个人或者自然人是受教育权的主体，但是，诚如马克思所言，人的本质并不是单个人所固有的抽象物，在其现实性上，它是一切社会关系的总和。因此，自然人作为受教育权的主体提出维护和实现受教育权的要求时，就已经成为了社会物——社会成员。① 社会成员所处的社会有国际和国内之分，因此，社会成员也可分为国际社会的成员和国内社会的成员。作为国际社会的成员，个人或自然人是有关促进和保护受教育权的国际人权法的主体。作为国内社会的成员，个人或自然人的受教育权受到各国宪法和法律的保护，他们又是有关保护受教育权的国内人权法的主体。国际人权法上受教育权主体的"复合性"使受教育权的主体所享有的受教育权受到国际法和国内法的双重保护。

2. 受教育权的内容

《世界人权宣言》在规定教育的目的同时，也规定了受教育权保护的内

---

① 万鄂湘、郭可强：《国际人权法》，武汉大学出版社 1994 年版，第 279 页。

容。根据《宣言》第 26 条第 1 款和第 3 款的规定，受教育权的内容为：义务免费的基本教育；技术和职业教育普遍设立；高等教育根据成绩对一切人平等开放。《世界人权宣言》的上述规定是国际人权法第一次对受教育权的内容作出的表述。《经济、社会、文化权利国际公约》不但对《世界人权宣言》所规定的教育的目的和受教育权内容的顺序进行了科学的调整，而且对受教育权的内容也进行了充实和调整。具体情况为：将职业教育和技术教育归于中等教育的范畴，使各国现代教育制度所具有的初等、中等和高等教育的完整体系在公约中得以体现；为保证家长对其子女受教育种类所享有的优先选择权的实现，增加了教育举办权，并对选择的范围作出了限定，即按家长的信仰作出选择和在公立与非公立学校间进行选择；将基本教育细化为初等教育与扫盲教育；在保留职业技术教育和高等教育普遍设立并对一切人平等开放的同时，提出了"逐渐免费"的新要求；增加了有关学校管理制度，奖学金制度和教师物质条件等规定。经过《经济、社会、文化权利国际公约》的充实和调整，《公约》所规定的受教育权保护的内容已经基本涵盖了在现在教育制度下受教育者接受教育所涉及的主要方面。在《经济、社会、文化权利国际公约》通过以后，联合国大会通过的有关受教育的公约、宣言、决议以及国际会议和国际组织大会通过的宣言和行动纲领对《世界人权宣言》和《经济、社会、文化权利国际公约》所确立的受教育权的内容加以重申或明确，使受教育权的内容越来越具体化。

从国内法对受教育权的内容加以考察，一般认为，受教育权的内容包括三个方面：一是受教育机会权；二是受教育条件权；三是公正评价权。与国际人权法中的受教育权的内容相比，国内法中的受教育权内容实质上是受教育权的结构，而国际人权法中受教育权的内容实质是受教育权的体系。权利结构是指权利内部各要素按照一定方式构成的有机体，这个有机体与其各要素之间是整体与部分的关系，而且缺少一个要素或者一个排列方式的变动都会引起权利本质的相应变化，即质变。权利体系是把一个事物当成一个整体，并按一定标准把这一整体划分为若干组成部分，这个整体与其各组成部分之间的关系是种属关系，缺少其中的一个要素或者变换各要素的排列关系不会影响权利根本性质的变化，但会产生数量上的变化，即量变。因此，在一定意义，国内法中的受教育权的内容重在定"质"，而国际人权法中的受教育权的内容重在定量。应该指出的是，国内法中的受教育权的内容与国际法中的受教育权的内容都包括"质"和"量"两个方面，是质量的统一，只是二者的侧重点不同。之所以出现这一差异，其原因在于：在国内法，受教育权的内容从"量"上而言是由各个主权国家自行决定的，主权国家管辖下的个人只能接受国家已经开办的各类教育，而无权请求国家为其创立或接受国家尚未开办的教育。因此，从受教育权内容扩及的范围而言，个人对国家不享有请求权，个人只能在国家可提供的各类教育或各种形式的教育内按照法律的规定公平享有受教育权。

在国内法的框架内，国家在保护受教育权的内容方面的义务体现公平分配受教育权机会并保障受教育者接受完整的教育的权利，国家不承担开办现行种类或各种形式教育之外的教育的义务，因为产生这项义务的国内法尚不存在。但在国际人权法上，国家不但承担保证受教育者依法接受现存的各类受教育权利的义务，还应承担按照其接受的国际人权法的要求建立适应个人全面发展所需的完整的现代教育体系和教育制度的义务。因此，国内法中保护受教育者接受完整的教育，即受教育权的结构的完整性，已是国际人权法中受教育权内容的自有之意，但是，对于已经接受《世界人权宣言》和其他有关受教育权的国际宣言和行动纲领，特别是批准或加入保护受教育权的国际公约的国家而言，其承担义务的范围还必须扩大到保障国内受教育权内容的体系的完整性，即按照国际人权法的规定，积极创造国内条件开办各类教育。这一点在《世界人权宣言》起草和通过的时代表现得尤为突出。在 1948 年《世界人权宣言》诞生前后，欧美较发达国家虽然初步建立了较为完备的教育体系，但人们对社会教育需求的一般看法是，绝大多数人应当接受初等教育，只有少数人可以接受中等或高等教育。① 亚、非和拉丁美洲欠发达国家只是初步开办了初等教育，许多国家还没有开办中等教育和高等教育，即使在存在中、高等教育的国家，中、高等学校的数量极其有限，接受中等教育和上大学对于大部分普通受教育者而言只是梦想，乃至天方夜谭。而最不发达国家在当时可能根本就没有正规的初等教育体系，更不用说中等和高等教育了。② 正是在这样的历史背景下，《世界人权宣言》的起草者和通过者们才将建立和完善教育体系和制度作为受教育权的主要内容。《宣言》发表以来，特别是 1990 年宗迪恩世界全民教育大会确立到 2000 年前基本普及初等教育的目标以来，经过各国的不懈努力，在 20 世纪末，世界初等教育的普及率已达到 85% 左右。我们有理由相信，这一世界受教育权保护目标会如期实现。

3. 受教育权的界定

在国际法领域，1960 年联合国教科文组织（UNESCO）大会通过的《取缔教育歧视公约》（*Convention against Discrimination in Education*）认为，教育

---

① 《联合国教科文组织世界教育报告》（2000），中国对外翻译出版公司 2002 年版，第 177 页。

② 据联合国教科文组织统计，在 20 世纪 40 年代末，世界一半以上的国家的大学生不足 1000 人，大约有四分之一的国家根本就没有高等学校。见同上书。

意味着各种类型和水平的正规教育，它包括教育的获得、教育标准和质量以及实施教育的条件。① 很显然，该定义并不是一个专门性术语，因为它并没有直接提示出教育的本质属性，但是，该定义提出了现代教育的一个重要特点，即正规性。从《世界人权宣言》和《经济、社会、文化权利国际公约》对有关受教育权的条文形成过程来看，《宣言》和《公约》的起草者均无意对教育一词直接作出定义，除对教育所及范围或教育的种类作出规定之外，他们都把注意力集中在对教育的目的或意义加以界定。为什么会出现这种现象呢？笔者认为，尽管教育发生的事实已有千百年之久，而且当时在部分国家特别是西方发达国家教育的发展已达到相当的水平，但是，当时各国对教育一词无论从国家政策还是学术研究的层面上均未达到基本统一的程度，在此背景下，如果《宣言》和《公约》的起草者匆忙对教育一词加以界定，势必引起在讨论草案的各种会议和场合中的广泛而激烈的争论，乃至争吵，结果可能导致审议及通过上述国际人权宪章的过分延迟乃至搁置。应该说，《宣言》和《公约》的起草者审时度势地选择了一种适当的方法，即在界定教育目的的基础上对受教育权的内容和实现条件作出规定，从而完成了对受教育权核心内容的呈现。国内研究教育法制或受教育权的专家学者，如劳凯声教授、胡锦光教授、尹力博士、任端平博士、龚向和博士等都曾在其著述中对受教育权的概念作出了界定。② 尽管这些定义均是从国内法的视野出发的，但仍给笔者诸多启示。

结合上述对受教育权基本理论问题的认识，笔者认为，国际法上的受教育权是指个人或自然人依据国际法所享有的并由国家保障实现的接受教育的权利。这一定义是对受教育权的权利主体、权利来源、权利内容及权利实现方式等本质属性抽象而来。从这一定义可以看出国际法上受教育权的特征：

（1）从权利主体上看，受教育者是个人。国际人权法和国内人权法上受教育权的主体都具有"个体性"，但是，除此之外，国际人权法上受教育权的主体还具有"复合性"，即个人在成为国际人权法的受教育权的主体同时，便成为国内法的受教育权的主体，因为国家在成为有关促进和保护受教育权的国际条约的缔约国时，有义务采取措施特别是立法措施来保证有关的条约在其国内得以有效的实施。

（2）从权利来源来看，国际法上的受教育权来源于国际法，而非国内法，

---

① 《反对教育歧视公约》（*Convention against Discrimination in Education*）第 2 条第 1 款规定："为本公约的目的，'教育'一词指一切种类和一切级别的教育，并包括受教育的机会、教育的标准和素质、以及教育的条件在内。"

② 劳凯声：《中国教育法制评论》第 1 辑，教育科学出版社 2002 年版，第 456 页；劳凯声：《变革社会中的教育权与受教育权：教育法学基本问题研究》，教育科学出版社 2003 年版，第 476 页。

国际法上的受教育权与国内法上的受教育权在教育的目的、权利的主体、受教育权的内容以及义务主体所承担的义务范围等方面均不同。当然，从国际法实施的现实状况来看，规定教育权的国际法在绝大部分国家需转换成国内法才能在各国内得以施行。除挪威等个别国家外，规定受教育权的国际法是不能在国内直接适用的。但是，无论国际法在国内是直接适用还是间接适用，都不影响国际法作为受教育权的权利来源。

（3）从受教育权的义务主体来看，尽管国际法上的受教育权是国际法所规定的，但这项权利的实现却依靠国家以作为或不作为的方式对其承担的积极的或消极的义务的履行。作为受教育的义务主体，这里的国家既指单一的国家，也指国家组成的国家集团。联合国经济、社会、文化权利委员会和部分国际法学者曾探讨国家在保护受教育权中的"核心义务内容"或"最大限度义务标准"，也有国际法学者提出了国家在保护受教育权时的"一般性义务"以及国家义务和国际社会义务中的关系。国内法上的受教育权的义务主体主要是国家，但在国家以外，家长和社会机构也在一定范围内是受教育权的义务主体。

（4）从受教育权的内容来看，如前已述，国际法上的受教育权的内容主要是从受教育权体系的角度界定的，而国内法中的受教育权的内容是从受教育权结构的视角界定的，这一差异是由国际社会和国内社会在保护受教育权方面的不同权利来源和义务范围所决定的。

（5）从受教育权的性质来看，在国际法上，受教育权是权利而非义务，尽管这一定性已被越来越多的国内法所接受，但迄今为止，仍有包括中国在内的国家在其宪法或法律中将受教育权规定为权利和义务的复合体。对此，笔者将在下一部分加以论述。

（二）受教育权的性质

对受教育权性质的含义有多种不同的理解。有的学者认为，受教育权的性质是指受教育权究竟是权利，还是义务，抑或是权利和义务的复合体；有的学者认为，受教育权的性质可理解为"受教育权利属于什么性质的权利"，并可参照权利的不同分类来加以阐释。[①] 从国际人权法的角度来看，我认为，受教育权的性质乃是受教育权是否是受教育者可以享有的国际法上的权利。而要澄清这一问题，有必要证明有关受教育权的国际法文件对受教育权是否是权利是

---

①　尹力："受教育权利"，载劳凯声《变革社会中的受教育权与受教育权：教育法学基本问题研究》，教育科学出版社 2002 年版，第 185 页。

如何表述的，是否附随了义务，这些表述产生的历史背景是怎样的，这些表述对国家是否具有法律约束力。

《世界人权宣言》第 26 条第 1 款规定："人人享有受教育的权利。"《取缔教育歧视公约》在序言中回顾了《世界人权宣言》确认不歧视原则并宣告人人都有受教育的权利。《经济、社会、文化权利国际公约》第 13 条第 1 款规定："本公约缔约各国承认，人人有受教育的权利。"《儿童权利公约》第 28 条第 1 款规定："缔约国确认儿童有受教育的权利。"《世界全民教育宣言》在诸论中回顾 40 多年前世界各国通过《世界人权宣言》宣告"人人享有受教育的权利"的历史，并重温"教育是我们世界的全体男女老幼和各个民族的基本权利"。《儿童权利宣言》原则七宣示："儿童有受教育的权利，所受的教育至少在初级阶段应是免费的和义务性的。"《萨拉曼卡宣言：关于特殊需要教育的原则、方针和实践》第 2 条宣布："我们坚信并声明：每个儿童都有受教育的基本权利，必须获得可达到的并保持可接受的学习水平的机会；……有特殊教育需要的儿童必须有机会进入普通学校，而这些学校应以一种能满足其特殊需要的儿童中心教育思想接纳他们。"从上述规定来看，国际人权法文件对受教育权性质均作出了一致的表述，即受教育权是受教育者应该享有的一项权利。它是一项权利，而不是一项义务，也不是权利和义务的复合体。

重要的国际人权公约将受教育权表述为"人人都有受教育的权利"，单纯从约文的用语来看，受教育权的"权利"属性是不成问题的。但仅仅从约文的用语来说明受教育权的"权利"属性是不够的，笔者认为，对受教育权"权利"属性的判断还需建立在受教育权条款（即第 13 条）在公约整体中的地位和公约在国际法中的地位的选择之上。

从《经济、社会、文化权利国际公约》的上述结构来看，第一部分和第三部分旨在对公约所保护的权利加以规定，其中第一部分规定的是集体权利，第三部分规定的则是个人权利。第三部分中的第 13 条对受教育权作了专门规定。受教育权不但从第三部分来看是公约所保护的个人权利体系中的一项权利，从整个公约来看，它属于第二部分所规定的缔约国应在国内予以施行的权利和第四部分缔约国应对施行公约所获进展和所遇困难按期进行报告的权利，而且，从第 13 条来看，它也具有权利条款所具有的一般特征，即具体性和明确性。第 13 条由四项构成，第 1 项是规定了受教育权的"质"，第 2 项规定了受教育权的"量"，第 3—4 款规定了受教育权实现的"条件"。可以说，第 13 条对受教育权"质"、"量"和"条件"作出了三维一体的规定，它具有"法律规范"的一般特征。实际上，公约的起草者和通过者也是将第一部分和第三部分作为法律规范来对待的，而且，也得到了学界和理论界的认同。

　　在简要论述了《经济、社会、文化权利国际公约》第 13 条的"权利"属性以后，有必要论证《公约》的"国际法"属性，因为只有将二者有机地结合在一起，才有最终说明受教育权是国际法上的权利的性质。1948 年 12 月 10 日联合国大会 217（III）号决议不仅通过了《世界人权宣言》，而且还决定开始着手把宣言的内容制定成对缔约国有法律约束力的国际公约，并在宣言的基础上增加执行程序和措施条款，以确保公约拟确认的权利与自由切实得以实施。此后经过长达 18 年的反复讨论、起草、研究，两个公约终于在 1966 年经过联合国大会 2200（XXI）号决议通过。国际人权委员会初期的公约起草工作仍限于西方传统的公民与政治权利。1950 年，联合国大会决定，起草中的公约的内容必须包括经济、社会和文化权利。1952 年，联合国大会又决定把公约的内容分成两部分，作为两个独立的公约来制定，"一个包括公民与政治权利，另一个包括经济、社会、文化权利"。为使大会能同时通过两个公约并在同期开放签字，两个公约应尽可能地包括相同的条款，以便强调观点的统一和确保对人权的尊重与遵守。尽管两公约是同时通过的，但各国对两公约的态度却不尽相同。《公民权利和政治权利国际公约》为缔约国规定了"即刻"（immediate）的义务，并为监督公约的施行建立了国际人权事务委员会来处理国与国的申诉和个人申诉，而《经济、社会、文化权利国际公约》却为缔约国规定的是"渐进"（progressive）的义务，既未建立个人申诉和国与国的申诉制度，也没有为监督公约的施行设立专门的监督机构。

　　自 20 世纪 70 年代中期以来，国际社会要求严肃对待《经济、社会、文化权利国际公约》和加强对公民经济、社会、文化权利保护的呼声日益高涨。为了回应这一潮流，国际社会采取了一系列行动来提升《经济、社会、文化权利国际公约》的国际地位，其中较有影响的行动有：

　　（1）联大通过《关于人权新概念的决议》。为增进人权和基本自由的切实享受和完善联合国的人权工作，1977 年 12 月 16 日，联合国大会通过了第 32/130 决议，即《关于人权新概念的决议案》。基于国际人权合作必须对不同社会的各种问题有深切的认识和尊重他们的经济、社会、文化现实情况以及联合国系统内处理人权问题的工作应当适当考虑到发达国家和发展中国家两者的经验和一般情况的认识，该决议提出了联合国系统内今后处理有关人权问题的工作办法应考虑到的人权概念。《决议》指出，一切人权和基本自由都是不可分割的和相互依存的，对于公民权利和政治权利以及经济、社会、文化权利的执行、增进和保护，应当给予同等的注意和迫切的考虑；如不同时享有经济、社会、文化权利，则公民和政治权利决无实现之日。《决议》的通过对于全面、正确理解国际人权概念、匡正和推动联合国的人权活动具有主要意义，同时，它也标志着国际社会开始转变将人权仅仅视为公民权利和政治权利的传统思想。①

（2）设立经济、社会、文化（下简称经社文）权利委员会。1985 年，联合国经社理事会决定设立一个经济、社会、文化权利委员会（the Committee on Economic, Social and Cultural Rights），专司处理各国按期提交的国别报告和对《公约》各条款提供一般性评论。在《经济、社会、文化权利国际公约》通过后近 20 年时间里，始终缺少监督公约实施的专门机构，经社文委员会的设立标志着《经济、社会、文化权利国际公约》在全球层面存在专门公约但无专门机构实行监督的瘫软状态的结束。经社文委员会成立以后开展了卓有成效的工作，它不但审查各国提交的国别报告，并对国别报告作出一般性评述和建议，还召开多次会议对《经济、社会、文化权利国际公约》的条文作出一般性评论，这些评论（包括对受教育权条款的评论）是基于对国际人权法的基本理论和理念及各国的实践作出的，其中既有对公约约文用语内涵的界定，也有对各缔约国承担义务的范围和标准的说明，对于监督各国履行行为具有重要意义。

（3）通过林堡规则。1986 年 6 月 2—6 日，在《经济、社会、文化权利国际公约》通过 20 周年之际，国际法学家委员会、荷兰林堡大学法学院、乌尔本·摩根人权研究所和美国俄亥俄州新西那提大学联合主持召开了讨论《经济、社会、文化权利国际公约》缔约国义务的性质和范围、新近成立的经社文委员会对缔约国报告的审查及国际合作保证《公约》施行为主题的国际会议，来自澳大利亚、联邦德国、匈牙利、爱尔兰、墨西哥、荷兰、挪威、塞内加尔、西班牙、英国、美国、南斯拉夫、联合国人权中心、国际劳工组织、联合国教科文组织、世界卫生组织及主办方的 29 名国际组织官员、人权专家和学者参加了这次会议。会议一致通过了被认为反映了国际法现状的《施行〈经济、社会、文化权利国际公约〉林堡原则》（Limburg Principles on the Implementation of the International Covenant on Economic, Social and Cultural Rights）。《林堡原则》规定：经济、社会、文化权利是国际人权法的组成部分，是各种国际文书，特别是《经济、社会、文化权利国际公约》所载条约义务的内容；《经济、社会、文化权利国际公约》与《公民权利和政治权利国际公约》和《任择议定书》一起旨在阐发《世界人权宣言》，这些文书构成国际人权宪章；由于人权和基本自由是不可分割的和相互依存的，（国际社会）对于公民权利和政治权利与经济、社会、文化权利应给予同等的关注和同样紧

---

① 王家福、刘海年：《中国人权百科全书》，中国大百科全书出版社 1998 年版，第 1108 页。

迫的考虑；《经济、社会、文化权利国际公约》应依照《维也纳条约法公约》以其用语的通常意义并参照其目的和宗旨及准备工作和相关实践善意地予以解释；缔约国应诚实履行其在《经济、社会、文化权利国际公约》中接受的义务。尽管林堡原则诞生于国际专家会议，但它的作用是不可低估的。从与会人员的构成来看，ILO、UNESCO、WHO 等联合国专门机构派员参加了，与会人员中有 4 位经社文委员会的委员，可以说，林堡会议是一次联合国专门机构与学界联袂召开的半官方半学界的国际专家论坛。从会议通过的原则来看，它打破了国际社会在《经济、社会、文化权利国际公约》通过后近 20 年对公约所保持的"沉默"状态，将《经济、社会、文化权利国际公约》与《公民权利和政治权利国际公约》及《世界人权宣言》相提并论，强调人权的不可分割性和相互依赖性，特别是要求各缔约国诚信履行《公约》项下义务。这些原则在现在听起来很平常，并无任何特别之处，可在近 20 年前，它们却具有针砭时弊和开创国际社会重视和认真履行《经济、社会、文化权利国际公约》的划时代意义。(4) 建立缔约国"核心义务内容"模型。《经济、社会、文化权利国际公约》是一项条约，按照《条约法公约》第 26 条的规定，"凡现行有效的条约对各当事方均有拘束力，必须由其善意履行"。如果各缔约国在《公约》第 13 条中承担了义务，那么，这些义务的核心内容是什么？1999 年经社文委员会在其第 21 届会议上通过了关于受教育权的第 13 号一般性意见。从第 13 条的规定来看，这项核心义务的内容是：保障在不歧视基础上进入公立教育机构学习的权利；确保教育与第 13 条第 1 款规定的目标相一致；依照第 13 条第 2 款（甲）项的规定，为人人提供初等教育；通过并执行一项国家教育战略，该战略包括提供中等、高等教育和基础教育；确保在不受国家或第三方干涉的前提下自由选择教育机构，但此类机构须符合"最低限度教育标准"。① 早在 1993 年 12 月经社文委员会召开的第 9 次会议评述健康权时就对"核心义务内容"问题进行了一般性讨论。委员会委员在会上达成共识，"（公约的）每一项权利包含有最低限度的核心内容，这一核心内容构成各缔约国不得降低其履约条件的下限"。经社文委员会在对《公约》第 2 条作出的一般性评论中指出："委员会认为，每一个缔约国负有确保每项权利达到最低基本（保护）水平的最低限度核心义务。"1993 年联合国人权委员会作出的 1993/14 号决议要求各国考虑确定国内标准来承担保障每项权利最基本保护水平的最低限度核心义务。经社文委员会主席 Ph. Alston 认为，"核心内容"这一术语意味着，"每项权利必须有最低限度的绝对授权，如果缔约国疏于这一授权

---

① 国际人权法教程项目组：《国际人权法教程》，中国政法大学出版社 2000 年版，第 627 页。

便构成对其义务的违反"。在学界，也开始对受教育权"核心义务"的探讨。[①]
对受教育权核心义务内容的讨论和研究对受教育权权利性质的发展起到了良好
的作用，因为只有明确了缔约国的最低限度的义务并将其固定下来，受教育权
的权利属性才能显现，受教育权的实现才有保障。（5）起草任择议定书。在
现有国际人权保护的水平下，受教育权要真正发展成为国际人权法中的一项较
为成熟的权利，除了承认其权利属性以外，还必须强化其救济措施和国际监督
机制。与《公民权利和政治权利国际公约》相比，经过国际社会 20 多年的努
力，《经济、社会、文化权利国际公约》的国际法地位和所载权利的权利属性
已经被国际社会所认同，处理国别报告的专门机构也已建立，但个人申诉制度
仍然是空白。在 1993 年维也纳世界人权大会召开前夕，经社文委员会在 Philip
Alston 主席的领导下讨论并起草了关于建立个人申诉制度的任择议定书，并由
委员会将议定书草案提交给世界人权大会讨论，大会所通过的《维也纳宣言
和行动纲领》"鼓励人权委员会与经济、社会、文化权利委员会保持合作，继
续审议《经济、社会、文化权利公约任择议定书》草案"。1995 年 1 月，在荷
兰乌特勒支大学召开的专家会议讨论了经社文委员会起草的《任择议定书草
案》和乌特勒支大学起草的《任择议定书草案》，专家会议通过了乌特勒支任
择议定书最后文本。我们相信，在联合国内外，讨论任择议定书的各种专门会
议和专家会议还会进行，直到有一天，联合国大会正式通过《经济、社会、
文化权利公约任择议定书》。

（三）受教育权的可诉性

受教育权是国际法和国内法上的一项权利。当该项权利受到侵害时，受害
人是否可以依据有关的国际法或国内法向有管辖权的国际或国内机关对加害人
提起申诉呢？如果可以，则受教育权具有可诉性（justiciability），如果不可
以，则受教育权不具有可诉性。对受教育权的可诉性问题，笔者将从全球层
面、区域层面和国内层面分别加以考察。

1. 受教育权的可诉性：全球层面

迄今为止，受教育权在全球层面仍然处于无可诉性状态。尽管受教育权对
个人、国家和社会的生存和发展至关重要，而其可诉性无疑是保障其实现的最
重要的途径和手段，但是，在全球层面人类历史尚未演进到承认受教育权的可
诉性并为其提供组织保证的阶段。受教育权在全球层面具有可诉性需具备三个

---

① Ph. Alston. Out of the Abyss: the Challenges Confronting the New UN Committee on Economic, Social and Cultural Rights. Human Rights Quarterly, Vol. 9, 1987, pp. 332, 381.

条件：一是国际法对受教育权作出规定。二是受害者可以直接援引有关条文作为受损权利救济的依据，并有权向有关国际机构和组织提起申诉。三是存在受理和处理有关受教育权申诉的机构或组织。

关于受教育权的国际法。法国的卢梭认为，在两次世界大战之间，人权的国际保护还只是一个学说上广泛辩论的学术问题，只是从 1945 年起，这个制度才成为实在法。到了 1974 年，法国的瓦萨克认为，关于人权的国际立法已大体完成。受教育权已经成为现代国际人权法的重要组成部分，三大国际人权宪章对受教育权均作出了规定。除此之外，一些重要的一般性国际公约对受教育权也作出了规定，如《儿童权利国际公约》，《消除对妇女一切形式歧视公约》。国际社会还为保护受教育权缔结了一些专门性国际公约，如《取缔教育歧视公约》、《技术与职业教育公约》等。联合国及其专门机构组织或主持召开了为数众多的讨论受教育权的国际会议，如截止到 2002 年，联合国教科文组织已组织召开了 46 届世界教育大会，这些国际会议通过了数量可观的有关保护受教育的宣言和行动纲领。从有关受教育权的国际法的发展现状来看，受教育作为一项基本人权不仅得到了国际人权宪章的首肯，而且见诸于一系列重要的一般性和专门性国际公约，受教育权已经成为当代国际法上的一项重要权利。

关于受教育者的申诉权。上述有关受教育权的国际法文件均未为受教育者设定申诉权。《经济、社会、文化权利国际公约》、《儿童权利国际公约》仅为缔约国施加了在规定期限内提交有关在国内采取的保护受教育权的措施的专门报告的义务。① 《取缔教育歧视公约》则为缔约国施加了在其按联合国教科文组织要求所提交的报告中述及履行公约情况的义务②，其他的有关受教育权的国际法文件既未为国家施加提交履约报告的义务，也未为受教育者创设在其受教育权受到侵害时向有关国际机构提起救济程序的权利。

关于受理和处理有关受教育权申诉的国际组织或机构。现存有关受教育权

① 《经济、社会、文化权利国际公约》第 16 条第 1 款规定："为公约缔约各国承诺依照本公约第四部分提出关于在遵行本公约所承认的权利方面所采取的措施和所取得的进展的报告。"《儿童权利公约》第 44 节第 1 款规定：缔约国承担按下述办法，通过联合国秘书长，向委员会提交关于它们为实现本公约确认的权利所采取的措施以及关于这些权利的享有方面的进展情况的报告。

② 《反对教育歧视公约》第 7 条规定："本公约缔约各国应在它们按照联合国教育、科学及文化组织大会将来所规定的日期和方式向该大会提出的定期报告里，提出关于下列事项的情报：它们为实施本公约而通过的法律规定和行政规定以及所采取的其他行动，包括为拟订和发展第 4 条里所述的国家政策而采取的行动在内；在实施该政策方面所取得的进展以及所遇到的障碍。"

的国际法文件部分规定设立监督文件实施的国际机构①，这些国际机构已经建立和正在运转，其富有成效的工作为促进受教育权在全球范围内的渐进实现发挥了积极作用。从现有的有关监督受教育权实施的国际机构的职能来看，它们主要涉及三个方面：一是审查各缔约国依约提交的国别报告，并对受审报告提供一般性评论；二是对有关公约的约文作出一般性评述，以便对各缔约国在其国内施行公约提供指引；三是对缔约国间就公约约文的解释和施行发生争端时进行和解和斡旋，以便达成有关问题的友好解决。迄今为止，依据有关受教育权国际法文件而设立的监督机构尚无受理和处理受教育申诉的能力。

　　总之，在当代国际人权法的框架内，尽管受教育权已得到国际人权宪章、一般性国际人权公约和专门性国际人权公约及国际组织、国际会议所发表的宣言或行动纲领的承认，但是，上述有关的国际法文件并未赋予受教育者向有关国际机构申诉的权利，有关的国际机构也未赋予受理和处理受教育者申诉的职权。因此，在全球层面上，受教育权仍然是一项不完整的权利，即受教育权受到侵害时不能得到国际救济的权利。包括受教育权在内的当代国际人权法因缺乏有效的权利救济机制而显得脆弱，其"软法"性质受到了国外学者的批评。卡雷在评价国际人权公约时认为，公约所规定的执行程序充满模糊不清的标准以及能使规定失效的各种漏洞，其报告制度是最无效的。罗伯特·李普曼认为，两公约所列举的权利是"那么一般和不明确"，以至"更像是政治原则或政策声明"，而"不像是法律上可以实施的权利"，像是"一个政治文件而不是法律宣言"，是"国家对人权承担的象征性义务"。尽管现实情况并不像上述两位专家所说的那般严重，但是，既然国际人权法已经创设了受教育权，它就应为受教育者真实地享有这项权利创造主体资格和组织条件，亦即，它应为维护该项权利的完整性寻找出路——赋予受教育权在全球层面的可诉性。

　　1985 年设立的监督《经济、社会、文化权利国际公约》施行的经社文委员会（the ESC Committee）检讨了公约的报告程序，发现这一程序出现了如下问题：（1）部分缔约国不能按时提交报告或者根本不提交报告；（2）报告周期过长，无法及时反映各缔约国在实施公约中取得的进展；（3）委员会只享有审议和提出一般建设权，无调查权；（4）各缔约国提交的报告多为一般性政策和措施说明，很少甚至没有个案介绍。为了更好地履行监督职能，委员会

　　① 根据《经济、社会、文化权利国际公约》第 16 条第 2 款设立了经济、社会和文化权利委员会；根据《设立一个和解及斡旋委员会负责对反对教育歧视公约各缔约国间可能发生的任何争端寻求解决办法的议定书》第 1 条设立了联合国教科文组织和解与斡旋委员会；根据《儿童权利公约》第 43 条第 1 款设立了联合国儿童权利委员会。

在其第 7 次会议（1992 年 11—12 月）上讨论了由主席（P. Alston）起草的一份工作报告，该报告旨在赋予个人在委员会的申诉权。随后，委员会起草了一份"分析书"（analytical paper），该"分析书"旨在成为《经济、社会、文化权利国际公约》的任择议定书，以便提供给世界人权大会讨论。在上述"分析书"中，委员会陈述了赋予个人申诉权的理由：（1）《经济、社会、文化权利国际公约》的约文大多系一般用语，缺乏精确性，很少或没有在国内得以援引的机会。因此，通过申诉程序在国际水平上对经社文权利加以界定十分重要，它有利于提高经社文权利在缔约国国内法律秩序中的可操作性。（2）申诉可以发现个人日常生活中面临的一些特殊和确凿的问题，而这类问题是报告程序无能为力的。（3）个人或团体申诉使详尽的调查成为必需，而这是报告程序这一普通程序所不具备的。（4）个人在国际组织提出申诉将迫使有关国家更加努力采取救济经社文权利的措施。（5）国际申诉机构的存在将迫使申诉者准确援引《经济、社会、文化权利国际公约》的特别条款来完成其诉状。在上述"分析书"中，经社文委员会还讨论了申诉的主体、受理申诉的条件及《经济、社会、文化权利国际公约》可能成为申诉依据的条款。上述"分析书"于 1993 年提交给维也纳世界人权大会，委员会在提交"分析书"时发表了下列一般性陈述：委员会相信有足够理由为公约所承认的经社文权利的实现采纳申诉程序，该程序将完全是非强制性的，并允许个人或团体就公约所承认的权利受到侵害的情势提出申诉。经过全体会议和草案委员会的广泛讨论，世界人权大会通过了《维也纳宣言与行动纲领》。《维也纳宣言和行动纲领》"鼓励人权委员会与经济、社会和文化权利委员会合作，继续审查经济、社会、文化权利国际公约任择议定书"。

1993 年维也纳世界人权大会引发的对经社文权利可诉性的讨论仍在进行之中，经社文委员会以及众多国际知名的人权研究机构、非政府组织及专家都热衷于通过一项任择议定书，以便在《经济、社会和文化权利国际公约》所建立的国家报告的基础上创立个人申诉制度。

2. 受教育权的可诉性：区域层面

在区域层面上，《非洲人权和民族权宪章》第 17 条、《美洲人权公约：补充议定书》第 14 条及《欧洲人权公约》第一议定书第 2 条对受教育权均作出了规定。这为受教育权可诉性的获得提供了区域国际法的基础。与国际层面不同的是，区域性国际人权公约都赋予个人申诉权。当然，三大区域性人权机构赋予个人申诉权的情况是不一样的。个人在欧洲人权机构中的当事者地位的最后确定也经过了一个曲折的发展过程。在欧洲人权机构成立之初，个人并不当然享有在人权委员会对成员国提出申诉的权利，在这一点上，倒是美洲和非洲人权机构起点更高，《美洲人权公约》和《非洲人权与民族权宪章》毫无保留地承认个人有权直接向人权委员会提起申诉，它们赋予个人当然申诉权的举措被认为是国际法的最新发展之一。《欧洲人权公约》赋予缔约国在人权委员会的当然申诉权，而对于个人的申诉权，它规定须经缔约国作出特别声明。非洲、美洲和欧洲三大区域不仅在其人权公约中规定了受教育权并赋予个人申诉权，而且建立了区域性人权机构并赋予这些机构受理和处理受教育权受侵害的申诉的职权。美洲和欧洲建立了区域性人权委员会和人权法院，有关受教育权的申诉首先交由人权委员会处理，然后交由人权法院处理。非洲建立了非洲人权委员会，有关受教育权的申诉由其受理和处理，对于影响面很大的案件还可交由非洲联盟（前身为非洲国家统一组织）首脑会议讨论并作出决议。

由于受一体化和统一化进程提速的影响，欧洲人权机构在 1998 年 11 月 1 日《欧洲人权公约》第 11 议定书生效以后，撤销了人权委员会，建立了单一欧洲人权法院，所有申诉包括受教育权的申诉由单一欧洲人权法院直接受理和处理。个人享有诉权，有权在区域性国际法庭起诉一个国家，这在国际社会有史以来一直被视为"神话"。然而，这一"神话"在 1994 年 10 月 1 日被打破，因为批准《欧洲人权公约》第 9 议定书的首批 10 个欧洲理事会成员国以其批准行为宣布：任何个人有权在欧洲人权法院对它们提起诉讼。《欧洲人权公约》第 11 议定书于 1998 年 11 月 1 日生效以后，个人的诉权状况得到了空前的改观。由于第 11 议定书规定，它必须经公约所有缔约国毫无保留地批准后才能生效，因此，第 11 议定书所赋予的个人的诉权便是个人当然享有的。从诉讼法的角度而言，个人在常设单一欧洲人权法院享有的诉讼权利是充分的、完整的，这与个人在第 9 和第 11 议定书生效以前所享有的诉权简直是天壤之别。人们普遍关心的是，个人在常设单一欧洲人权法院中所享有的诉权是否与缔约国是平等的。从第 11 议定书的规定来看，二者仅存在一个差别，即个人提起的诉讼须首先交由 3 人委员会审查决定是否受理。而国家间的诉讼无需经过 3 人委员会程序，而径自交由法庭处理。除此之外，个人与国家的诉权基本上是平等的。① 欧洲单一人权法院建立并运作以后，受教育权的可诉性已由可申诉性发展为可司法性，在受教育权保护方面这不但是全球保护机制难以企及的，也是国内保护机制难以实现的。区域性人权保护机构在保护

---

① 杨成铭：《人权保护区域化的尝试——欧洲人权机构的视角》，中国法制出版社 2000 年版，第 331 页。

受教育权方面涉及受教育权的诸多方面，以欧洲人权机构为例，欧洲人权委员会和欧洲人权法院及单一欧洲人权法院处理的受教育权的案例涉及：受教育权内涵的界定；义务教育；建立教育制度的义务；设立私立学校的权利；家长的权利；外国人受教育的权利。

荷兰林堡大学（University of Limburg）著名国际人权法专家 Fons Coomans 教授曾说："应该强调的是，《欧洲人权公约》第 1 议定书第 2 条所规定的受教育权在欧洲区域已经通过委员会和法院的个人申诉程序变成可诉了。"[①] Fron Coomans 教授的结论同样适用于美洲和非洲区域。因此，在区域层面上，受教育权的可诉性是不存在问题的。当然，各区域性人权保护机制对受教育权的保护重点是不同的，欧洲人权保护机制仅保护作为公民和政治权利的受教育权，非洲和美洲人权保护机制所保护的受教育权是完整的。

3. 受教育权的可诉性：国内层面

受教育权在国内层面具有可诉性是不难证明的。受教育权作为一项基本人权普遍规定于各国的宪法之中。荷兰学者马尔赛文（Maarseveen, H. V.）和唐（Tang, G. v. d.）在 1975—1976 年对 142 部民族国家的成文宪法所作的一项比较研究中，得出结论：51.4% 的宪法规定了受教育权利和实施义务教育；22.5% 的宪法规定了参与文化生活、享受文化成果的权利；23.9% 的宪法规定了教育自由和学术自由的权利。除宪法以外，各国还以法律和法规等形式对受教育权的具体形态，如学前教育、初等教育、中等教育、高等教育、职业与技术教学、课程设置与改革、学位评定与授予、奖学金、助学金与助学贷款等，作出具体规定。

在受教育者的权利受到侵害时，各国宪法或法律均赋予受教育者申诉权，并为受教育者提供多样性的救济途径。一般而言，在受教育者与国家或学校的关系方面，受教育者可就有关的行政决定提出行政复议，对行政复议仍持异议时，可通过行政诉讼解决，同时，在行政决定作出前，有关的受教育者可申请举行听证会；在受教育者与他人（包括监护人）的关系方面，受教育者在其受教育权受到侵害时可通过民事诉讼程序乃至刑事诉讼程序寻求保护。由于受教育权是一项宪法性权利，在穷尽普通行政、民事或刑事诉讼程序后受教育权仍未得到确实保障时，受教育者还可寻求宪法程序保护。当然，为受教育权提供救济的主体与方式，因各国的政治理念、政治体制、法律传统、法院设置等

---

① Fons Coomans. Clarifying the Core Elements of the Right to Education. The Right to Complain about Economic, Social and Cultural Rights in SIM Special No. 18, 1995, pp. 18—19.

不同而有所区别。①

二、促进和保护受教育权的国际标准

国际标准也称国际监督标准，是现存国际法文件对各类受教育权保护水平的要求。上述国际法文件主要是指《世界人权宣言》、《经济、社会、文化权利国际公约》、《儿童权利公约》、《取缔教育歧视公约》及《技术和职业技术教育公约》等。区域性保护受教育权的公约对各该区域内的国家在保护受教育权方面具有监督作用，但对各该区域以外的国家不发生监督效力。联合国大会或联合国各专门机构通过的有关受教育权的宣言和行动纲领对监督各国对受教育权的保护具有辅助作用，但也仅对签署或通过有关宣言和行动纲领的国家具有监督效力。

尽管《世界人权宣言》（下简称《宣言》）并非是一项对各国具有法律约束力的国际公约，但它在确定受教育权国际保护和监督标准时却具有独特的作用。自 1948 年联大通过《宣言》54 年过去了，但《宣言》的起草者在《宣言》第 26 条中对教育的目的和各项受教育权的要求的规定对《经济、社会、文化权利国际公约》及《儿童权利公约》等具有本源作用，《宣言》通过后缔结的国际公约在对受教育权的规定方面主要是以《宣言》第 26 条为蓝本的，在其主要方面均未超过《宣言》起草者和《宣言》通过时所涉及范围。因此，弄清起草者的原意和初衷、对草案两次讨论各方面的修改意见和《宣言》通过时对各方修正案的采纳程度及案文的调整，有助于洞察对受教育权实行国际保护的最初标准。

（一）基本教育权的国际标准

"基本教育"（fundamental education）最早见诸于教科文组织筹备委员会1946 年为教科文组织首届大会提交的一项工作规划的建议之中。基本教育这个概念在国际上仅仅通用了十年左右的时间，它与扫盲教育并入了扩大了的"成人教育"这一概念。起初，"基本教育"和"成人教育"被视为"普及教育"的两个方面，在当时已经是教科文组织会员国的多数国家里，"成人教

---

① 在德国，公民、法人或其他组织如果认为某一公共权力侵犯其宪法赋予的基本权利，又没有法律上的救济途径或者已经穷尽了法律上的救济途径后，有权直接向宪法法院提出控诉，请求宪法法院依据宪法规范对公权力行为是否侵犯其宪法上的权利作出判断。至于宪法对私人之间关系是否具有约束力，存在一种通说，即"间接效力说"，意指私人之间的基本权利保障根本上讲在私法秩序中实现，当不能得到保障而又涉及宪法有关基本权利规定时，就可以受到宪法保障。在美国，普通法院受理并审理因一切法律规范适用而引起的案件，人们并不太在意法院是直接依据宪法规范作出判断，还是直接依据法律规范作出判断，即一个普通法院就为受教育者提供了所有的法上的救济途径。

育"是一个比"基本教育"用得更早，更加广为接受的概念，但它主要指已经受过初等教育并要求接受"更高"的教育或"继续"教育的成年人的学习需要。因此，1949 年在丹麦的埃尔西诺尔举行的首届国际成人教育会议上，与会代表们一致同意把扫盲作为"基本教育领域中与成人教育密切相关、但又与之不同的一部分"。然而，对"成人教育"所作的这种狭义的解释，在多数成年人是文盲的国家里是难以成立的。因此，在后来几十年里，国际上将成人教育的范围逐渐扩大，使之包括扫盲和以往未曾接受过任何正规教育的成年人的学习需要。从基本教育内涵的演变来看，现在，基本教育主要是指扫盲教育。一系列国际法文件涉及基本教育权的国际保护标准。这些国际法文件分为两类：一类是国际公约，另一类是国际组织或国际会议通过的国际文件。前者确立了保护基本教育权的"免费"标准，后者确立了"在 2000 年前文盲减半"的标准。

1. 免费

《世界人权宣言》起草委员会对基本教育权的国际监督最初确立了"免费"和"义务"两项标准。起草委员会将关于基本教育"应免费和属义务性质"的报告提交给联合国第三委员会，第三委员会经过审议最后采取了这样的表达："教育应当免费，至少在初级和基本阶段应如此。初级教育应属义务性质。"上述表达获得了联大的通过。可见，《宣言》的起草者原本希望将"免费"和"义务"作为基本教育权保护的国际监督标准，但在联合国第三委员会审议和大会通过时取消了"义务"标准。对于为什么没有将"义务"当做基本教育权国际监督的标准的原因，至今没有相关的文字和资料可考。本人认为，由于"义务"标准具有强制性，在《世界人权宣言》诞生时国际社会的注意力集中在对初等教育权的保护，基本教育尚未被各国普遍提上议事日程，在此情形下，将发展基本教育作为各国的义务条件尚不具备。在此历史背景下，如果将"义务"作为对各国保护基本教育权的国际监督标准，它将受到各国的普遍反对。《经济、社会、文化权利国际公约》第 13 条第 2 款第 4 项没有沿袭《世界人权宣言》有关"免费"的规定，其措词为基本教育"应尽量予以鼓励或加紧办理"。1999年联合国经济、社会、文化委员会第 21 次会议对《经济、社会、文化权利国际公约》第 13 条所作的一般评论中没有对上述转变作出解释，也没有对"应尽量予以鼓励或加紧办理"是否包括"免费"问题作出说明。① 从严格意义的基本教

---

① Otto Malmgren, ed. International Human Rights Documents – a Compilation of United Nations Conventions, Optional Protocols, General Comments and General Recommendations. Oslo: Norwegian Institute of Human Rights, 2002, p. 349 ISBN82 – 90851 – 36 – 7.

育即扫盲教育而言，由于各国均视为一项基本国策并拨款予以财政支出，有的国家甚至以群众运动的形式开展，对基本教育实行免费是不成问题的。

2. 在 2000 年前文盲率减半

联合国大会确定 1990 年为"国际扫盲年"（International Literacy Year）后，联合国及其专门机构主持召开的一系列政府间会议均将 20 世纪 90 年代的国际扫盲运动列为议题，会议通过的宣言和行动纲领均将"在 2000 年前文盲减半"确定为各国在 20 世纪 90 年代的基本教育目标。1990 年 3 月联合国教科文组织、儿童基金会、开发计划署和世界银行主持召开的宗迪恩世界全民教育大会通过的《满足基本学习需要的行动纲领——实施〈世界全民教育宣言〉的指导方针》将在 2000 年将成人文盲率减少至 1990 年的一半正式确定为各国的扫盲目标。会议通过的《行动纲领》还强调指出，各国应特别注意妇女扫盲工作，以便明显地减少男女文盲率之间的差别。世界全民教育大会在闭幕会上一致通过的《世界全民教育大会的后续活动》的声明指出，《满足基本学习需要的行动纲领》可以看作是对"世界大会"后需要进行的主要活动所取得的一种共识，主要的后续活动将在国家一级展开，各国应进行"需要评估"以确定实现目标所需要的资源是什么。宗迪恩世界全民教育大会以后，一系列国际大会通过的决议和行动纲领都重申在 2000 年前各国应实现文盲减半的目标。

（二）初等教育权的国际标准

与"基本教育"不同，在《世界人权宣言》通过之时，大多数国家都对"初等教育"具有较为明确的定义，即"初等教育"系指正规教育的第一阶段或第一级。当时，大多数国家都已经有了某种类型的小学，而且在联合国 50 多个会员国中大多数会员国已在宪法或其他立法中规定提供一定的免费义务教育，某些国家的义务教育已经超过了小学阶段。《世界人权宣言》的起草者在起初并没有注意到"初等教育"和"基本教育"的差别，他们认为，它们的内涵是相近或相同的，只是看问题的角度不同，只是到了起草的最后阶段，在中国代表 P. C 张先生的坚持下，它们才分别写进《宣言》。随着世界教育的发展，基本教育逐步演变成"扫盲"教育。

初等教育长期以来都是国际社会关注的重点和国内社会优先发展的目标。从《世界人权宣言》到《经济、社会、文化权利国际公约》等有关受教育权的联合国大会通过的国际法文件都毫无例外地规定初等教育应该免费，并属义务性质。以《世界全民教育宣言——满足基本学习需要》为代表的联合国各专门机构主持召开的国际会议形成的宣言和行动纲领为全球初等教育确立了另一项标准，即在 2000 年前应使至少 80% 的儿童完成初等教育。

1. 免费

《世界人权宣言》的起草人卡森教授在《宣言》草案第一稿中对初等教育的"免费"措词为："初等教育对儿童应属义务性质，社区应为此类教育开办适当而且是免费的学校。"卡森教授在他的《宣言》草案第二段中将上述行文改为："初等教育应当是免费的和义务性的。"《宣言》起草委员会对卡森教授的上述草案行文进行了激烈的辩论，辩论的焦点是初等教育如果不是免费的，那它就不应当是义务性的。反之，如果初等教育应属义务性质，那么，它应免费便是顺理成章的事了。由于初等教育的义务性最终得到起草委员会的承认，初等教育的免费便不成问题，并得到了联合国第三委员会及各国的普遍承认。确认初等教育应予免费并予以保护的国际法文件主要有：《经济、社会、文化权利国际公约》第 13 条第 1 款第 1 项；《儿童权利公约》第 28 条第 1 款第 1 项；《美洲人权公约：补充议定书》第 13 条第 3 款第 1 项。上述国际法文件直接确认初等教育应予免费。间接确认初等教育应予免费的国际法文件主要有：《世界全民教育宣言——满足基本学习需要》序言；《儿童的生存、保护和发展世界宣言》第 20 条第 1 款；九个人口大国全民教育首脑会议《德里宣言》第 2 条第 1 款；《哥本哈根社会发展问题宣言》第 29 条第 6 款第 3 项。

2. 义务性

初等教育是否应属义务性质在《世界人权宣言》起草过程中得到了广泛的辩论。卡森教授在其《宣言》草案第一、二段中均认为初等教育应属义务性质，但起草委员会在第三次会议上讨论卡森教授提出的草案时对"义务性的"一词产生了疑虑。卡森教授曾主动解释说，这个词的"意思应当理解为任何人（或是国家或是家庭）都不得阻挠儿童接受初等教育"。他补充说，"这里绝不意味着强制"。但是，帕夫洛先生（苏维埃社会主义共和国联盟）认为，"义务性的"一词所含的"义务"适用于社会和国家，"（'义务性的'一词）所含的概念与受教育权的概念有密切联系。它要求社会的义务与每个人免费接受教育的机会并确保任何人都不被剥夺这种机会"。然而，阿兹库勒先生（黎巴嫩）则认为，"义务的概念与有关权利的说法是矛盾的"。委员会的另外一些委员认为，问题在于国家的作用。例如，威尔逊先生（联合王国）就认为，"在《宣言草案》中使用'义务性的'一词是危险的，因为这很可能被理解为接受国家教育的概念"。另一方面，在勒巴尔先生看来，"（'义务性的'一词）并不意味着国家对教育实行垄断，也不妨碍家长按自己的愿望为子女选择教育的权利"。委员会在这个问题上的两种意见势均力敌。要求删除"义务性的"一词的议案，经表决，以 8 票反对、7 票赞成这样非常接近的票数被否决。后来，在"讨论家庭为儿童选择就读学校的权利"的过程中，上述问题再度被提出，罗斯福夫人以主席的身份发言说，"在她看来，委员会委员们普遍认为，采用'义务性的'一词绝不会引起对那项权利的怀疑"。在联合国第三委员会讨论此问题时，提出了基本教育是否可以真正成为义务教育的问题。《世界人权宣言》对初等教育义务性的定性对全球教育的初等教育的迅猛发展产生了决定性作用。这一定性意味着，所有的家长应该让其儿童受初等教育，各国政府应该为儿童接受初等教育创造条件，而所有儿童应该自觉接受初等教育。

《世界人权宣言》发表以后，《经济、社会、文化权利国际公约》和《儿童权利公约》均明确规定初等教育应属义务性质，世界各国也相继制定了各自的义务教育法，并几乎毫不例外地将义务教育落实到初等教育阶段。

3. 在 2000 年前普及初等教育，使至少 80% 的儿童完成初等教育

在 2000 年前使至少 80% 的儿童完成初等教育的目标最初是由 1990 年 3 月在宗迪恩举行的世界全民教育大会确立的。大会通过的《满足基本学习需要的行动纲领——实施〈世界全民教育宣言〉的指导方针》第 8 条规定：到 2000 年普及并完成初等教育（或任何被认为是"基础"的更高层次的教育）；提高学习成绩，使商定的适当年龄组的百分比（如 14 岁年龄组的 80%）达到或超过规定的必要学习成绩的水平。半年后即 1990 年 9 月在联合国总部召开的世界儿童问题首脑会议对上述目标立即予以确认和支持，会议通过的《90 年代贯彻儿童的生存、保护和发展世界宣言的行动纲领》第 5 条第 5 款规定：在 2000 年前普及基础教育并使至少 80% 的小学学龄儿童完成初等教育。《行动纲领》为国际社会达此目标规定了国家一级和国际一级应采取的具体行动。1995 年 9 月在北京召开的第四次世界妇女大会讨论了女孩的初等教育问题。会议通过的《行动纲领——妇女的教育和培训》第 8 条第 2 款规定："到 2000 年普及女孩的初等教育并争取确保在完成初等教育方面两性平等。"国际社会在上述《宣言》或《行动纲领》中承诺在 2000 年前普及初等教育并使至少 80% 的儿童完成初等教育是全球儿童的福音。1989 年 11 月联大通过的《儿童权利公约》规定"实现全面的免费义务初等教育"、"全面"可以理解为"普及"，但公约未作出实现全面的初等教育的最后期限。鉴此，我们可以认为，国际社会在上述《宣言》和《行动纲领》中的承诺是履行《儿童权利公约》实现全面初等教育义务的具体表现。

（三）中等教育权的国际标准

从有关国际公约的规定和各国的实践来看，中等教育在时间段上处于初等

教育与高等教育之间，在教育形式上既可是普通中等教育，也可是中等职业和技术教育。从现存的国际人权法文件来看，中等教育的国际标准主要有三项：普遍设立；对所有适龄儿童开放；逐渐免费。

1. 普遍设立

尽管在《世界人权宣言》起草和通过时中等教育的发展规模和水平极其有限，但《宣言》的创立者认为，随着初等教育不断受到各国重视和不断发展，继初等教育之后的中等教育便应有所作为，但对中等教育本身及中等教育的类型和各国在发展中等教育方面的义务等均无成熟的思考，因此，《宣言》没有对中等教育作出全面的规定，但《宣言》倡导各国发展职业和技术教育，并要求"应普遍设立"。最早正式规定中等教育权的《取缔教育歧视公约》要求缔约国开展各种形式的中等教育，并使中等教育"普遍化"。《公约》在中等教育权的规定方面比《宣言》先进了一大步，这不但表现为首次在国际人权法中提出了"中等教育"这一概念，而且拓宽了中等教育发展的形式，即"各种形式"，而为使中等教育"普遍化"各国当然应普遍设立各种形式的中等教育机构。《经济、社会、文化权利国际公约》同样要求缔约国承担"普遍设立"中等教育的义务。

2. 对所有的人开放

这一标准最初见诸于《取缔教育歧视公约》。《公约》明确规定，中等教育应对"一切人开放"。广义的中等教育既包括普通中等教育，也包括成人中等职业和技术教育。普通中等教育应以普通初等教育为基础，一般而言，它只能对完成初等教育的儿童开放。比较而言，成人中等职业和技术教育若属于就业前的培训和教育无须以完成普通初等教育为前提，便可向所有的人开放。《经济、社会、文化权利国际公约》也要求各缔约国举办的中等教育向所有的人开放。《儿童权利公约》要求缔约国鼓励发展不同形式的中等教育，以便"使所有的儿童均能享有和接受这种教育"。

上述公约所确立的"中等教育应对所有的人开放"的标准是"平等"原则或不歧视原则的体现。这一标准与中等教育应"普遍设立"的标准是密不可分的，因为只有普遍设立中等教育，它才可能对所有的人开放。这一标准与笔者将在高等教育的国际标准一节里论及的"平等"原则有所不同，后者的平等是一定条件下的平等，而中等教育开放中的平等是无条件的，即在任何情况下对任何人都应平等对待。要实现这种平等，各国需承担更多的义务，因为在保护中等教育权方面不但要对所有的人同等对待，而且要创造满足任何人接受中等教育的物质基础。这就是说，各国在保护中等教育权方面不但要做到法律上的平等，而且还要做到事实上的平等。

3. 逐渐免费

对中等教育实行"逐渐免费"的规定最早见诸于《经济、社会、文化权利国际公约》，《公约》对此的措词为"应逐渐采行免费教育制度"。《儿童权利公约》对此也作出了规定，其措词为"采取适当措施，诸如实行免费教育和对有需要的人提供津贴"。除上述两项重要的国际法文件以外，《世界人权宣言》、《取缔教育歧视公约》以及《世界全民教育宣言：满足基本学习需要》和《儿童的生存、保护和发展世界宣言》等有关儿童权利的国际会议所通过的文件均未涉及中等教育的逐渐免费问题。但笔者认为，这并不妨碍"逐渐免费"成为中等教育权保护中的一项国际标准，其理由在于：第一，《经济、社会、文化权利国际公约》和《儿童权利公约》的缔约国签署、批准和加入时并未对此作出保留；第二，上述公约未对中等教育的逐渐免费规定时间表，各缔约国可以根据自己的国情决定对中等教育的哪个阶段在何时实行免费。第三，包括中国在内的部分国家已将义务教育制度从初等教育扩及中等教育的初级阶段，亦即已对初级中等教育实行免费教育。

（四）高等教育权的国际标准

卡森教授起草的《世界人权宣言》草案第一稿中提出了"高等教育"，在对草案的历次讨论中，均无人对此提出异议。可以说，在《宣言》所涉的四类教育中，只有"高等教育"的概念是确定无疑的。当然，这一概念的内涵处于不断的发展之中。在《宣言》发表时，全世界有 1/4 的国家根本就没有高等教育，即使拥有高等教育的国家，其高等教育的发展水平也是有限的和有差异的。① 现在，按照国际教育标准分类法（ISCED），世界各国的高等教育分为以下三级：第 5 级，高等教育的第一阶段，颁发的文凭低于大学第一个学位文凭；第 6 级，高等教育的第二阶段，能授予大学第一个学位或同等学历的文凭；第 7 级，高等教育第三阶段，能授予研究生学位或同等学历的文凭。从《世界人权宣言》和《经济、社会、文化权利国际公约》的规定来看，世界高等教育的国际监督标准主要有两项：一是根据能力对一切人平等开放；二是逐渐实行免费。

1. 根据能力对一切人平等开放

高等教育应根据能力对一切人开放这一标准实际上也是平等原则在保护高等教育权中的适用。鉴于从起草工作一开始就将所谓"初级和基本阶段"的教育定为人人均应接受的教育，因此，另一个概念，主要是机会均等的概念，

---

① 联合国教科文组织：《世界教育报告》（2000），中国对外翻译出版公司 2001 年版，第 177 页。

便只能应用到教育的其他阶段。在秘书处的原稿中，只提到"（各国）还应促进高等教育，而且不分种族、性别、语言、宗教、社会阶层或财产，让有资格接受此类教育者接受教育"。卡森教授在其宣言第一稿中明确地提出了"机会均等"这一概念。他指出，"应为接受高等教育提供便利，不分种族、性别、语言、宗教、社会地位或经济状况给予所有青年和成人以均等机会"。起草委员会在讨论卡森教授的第一稿时，一开始对是否确实需要使用有关歧视的那一句话犹豫不决，因为这一基本原则可以说已经包含在宣言的其他部分中。但是，卡森教授坚持认为"保留因社会地位或经济状况而产生歧视这一点十分重要"，他得到了科列茨基教授（苏维埃社会主义共和国联盟）的支持，后者表示"他坚决赞成保留有关歧视的这一句"。这时又提出了一个新的概念。威尔逊先生（联合王国）在声明"原则上同意法国和苏维埃社会主义共和国联盟代表的意见的同时，……建议修改文字，以便更清楚地说出要表达的意思；应当说明所有人不分种族、性别、语言或宗教均可接受技术、职业和高等教育，而且只根据成绩进入这些学校"。这是第一次提到"成绩"一词，圣·克鲁斯先生（智利）提出了同样的看法，但措词不同："（职业技术教育和高等教育）的机会应根据个人的天分和接受这种教育的愿望，以平等方式向所有人提供。"结果，起草委员会采用了"成绩"一词，卡森教授由此将该词写进了他起草的宣言第二稿。

　　《经济、社会、文化权利国际公约》将"成绩"（merits）改为"能力"（capacity），《公约》第 13 条第 3 款规定："高等教育应根据能力，……使人人有平等接受机会。"根据联合国经济、社会、文化权利委员会的一般评论，个人的"能力"应根据他的所有的相关"专门知识、技能"（expertise）和"经验"（experience）加以评定。[①]《公约》的这一改变使高等教育权国际标准更切合国际社会的现实。对当今世界大多数国家而言，高等教育远未达到普及的程度。为了实现教育平等，各国对高等教育普遍采取按一定标准录取的做法。应该说明的是，高等教育是初等和中等教育的延续，其录取标准的确定在很大程度上取决于各国初等教育和中等教育的办学模式、教育方法和政策价值取向。现代各国均在提倡变应试教育为素质教育，变片面追求成绩为全面提高能力。因此，《公约》的这一改变是顺应当代世界教育发展潮流的，是对《世界人权宣言》有关高等教育标准的发展。鉴此，本文采用"能力"而非"成

---

　　① Otto Malmgren, ed. International Human Rights Documents – a Compilation of United Nations Conventions, Optional Protocols, General Comments and General Recommendations. Oslo: Norwegian Institute of Human Rights, 2002, p. 349 ISBN 82 – 90851 – 36 – 7.

绩"这一用语。

2. 逐步免费

对高等教育逐步实行免费教育见诸于《经济、社会、文化权利国际公约》,《公约》第 13 条第 2 款第 3 项规定:"应以一切适当方法,对一切人平等开放,特别要逐步做到免费。"《儿童权利公约》只是规定高等教育应"以一切适当方式"使所有的人均有接受的机会,而没有特别地将"逐渐免费"作为"一切适当方式"之一加以强调,但毫无疑问,要使各国的高等教育最终做到使所有的人均能接受,"逐渐免费"是最好的方式或方法。在发展各级各类教育中,高等教育的成本是最昂贵的,实行收费教育的国家在高等教育阶段的收费也是最昂贵的,因此,是否对高等教育实行逐步免费已经成为世界各国在高等教育实施全民教育的一个"瓶颈"。

3. 平等进入

由于高等教育尚不能满足所有人的需求,"平等进入"的原则显得尤为重要。对此,早在《世界人权宣言》的起草时就已受到重视。《世界人权宣言》规定:"高等教育应予人人平等机会";《经济、社会、文化权利国际公约》规定,"高等教育应根据能力,……对一切人平等开放";《取缔教育歧视公约》规定,"使高等教育……对一切人平等开放"。依照国际人权文件对受教育权保护的制度设计,初等教育应为免费义务教育,因此,初等教育不存在平等进入的问题,而是要求人人进入。中等教育应普遍设立,并对一切人开放,因此,中等教育尽管并非要求免费并属义务性质,但它应满足所有人的需求,平等进入也不是它所遇到的问题。有鉴于此,平等进入的问题主要发生于高等教育,并应将平等进入作为监督各国对高等教育权保护的一项国际标准。

三、中国在施行保护受教育权国际法文件中取得的进展

中国参加了《世界人权宣言》的起草,并在议定《宣言》条文中发挥了重要的作用。1946 年 9 月 13 日中国在伦敦签署了《联合国教育、科学及文化组织组织法》,1984 年 6 月 11 日中国承认了《确定准允儿童海上工作的最低年龄公约》,1980 年 11 月 4 日中国批准了《消除对妇女一切形式歧视公约》,1981 年 12 月 29 日中国加入了《消除一切形式种族歧视国际公约》,1984 年 6 月 11 日中国承认了《确定准允儿童于工业工作的最低年龄公约》,1992 年 1 月 31 日批准加入了《儿童权利公约》,2001 年 2 月 28 日中国批准了《经济、社会、文化权利公约》,1991 年 3 月 18 日中国签署了《儿童的生存、保护和发展世界宣言》和《90 年代执行儿童的生存、保护和发展世界宣言之行动计

划》。中国政府还派代表团参加了一系列有关受教育权的国际会议，并于 1995 年在北京承办了第四届世界妇女大会。中国通过签署、批准或加入上述有关受教育权的国际公约以及接受《世界人权宣言》和一系列有关受教育权的国际会议所发表的宣言和行动纲领接受了受教育权保护的国际标准、承担了在国内通过施行上述国际法文件保护受教育权的义务。新中国成立后半个多世纪以来，特别是近 20 多年以来，在施行有关受教育权的国际法文件以保护受教育权方面取得了重大进展。

（一）中国对基本教育权的保护

中国是一个人口大国，也是一个文盲大国。中国的基本教育发展水平的高低，不但反映了中国国民教育和国民素质的发展水平，也在一定程度上决定和制约着世界基本教育和世界人口素质的发展水平。

1. 中国履行宗迪恩承诺举世瞩目

1990 年 3 月 5—9 日，国务委员兼国家教委主任李铁映率领中国政府代表团赴泰国宗迪恩参加世界全民教育大会。在会议期间，中国政府代表团主办了题为"中国全民基础教育的发展和改革"圆桌会议，会议除综合介绍中国基础教育的发展和改革情况外，还介绍了甘肃省安西县通过扫盲脱贫致富的成功经验。中国通过接受大会的宣言和行动纲领向全世界作出承诺：降低成人文盲率，到 2000 年将成人文盲率降低到 1990 年的一半；要特别重视妇女的扫盲，明显减少男女文盲率之间的差异。10 年过去了，中国在履行宗迪恩承诺方面取得了举世瞩目的成就。1990 年全国第四次人口普查表明，中国当时有 15 岁以上文盲 1.82 亿，成人文盲率 22.23%；15—45 岁的青壮年文盲 6171 万，青壮年文盲率为 10.34%；15 岁以上妇女文盲 1.34 亿，成人妇女文盲率为 33%。2000 年第五次全国人口普查主要数据显示：中国内地 31 个省、自治区、直辖市和现役军人口中，文盲人口（15 岁及 15 岁以上不识字和识字很少的人）是 8507 万人，10 年间共扫除文盲近 1 亿，同 1990 年第四次全国人口普查相比，文盲比率已由 15.88% 下降为 6.72%。2000 年，中国的成人文盲率为 4.8%，比 1990 年减低了 54%，青壮年妇女文盲率为 5%。上述统计数据显示：中国在扫盲教育中取得的成就是举世公认的。在 1990 年，中国有 15 岁以上文盲 1.82 亿，至 2000 年中国 15 岁以上文盲为 0.85 亿，10 年间共扫除文盲 1.07 亿，文盲总数减少了 6 成。1990 年中国成人文盲率为 10.38%，2000 年中国的成人文盲率为 4.8%，成人文盲率下降 54%。与 1990 年相比，到 2000 年中国成人文盲总数和成人文盲率都同步下降了 54%，成人妇女的文盲率大幅降低。中国不但如期实现了宗迪恩目标，而且，比在宗迪恩世界全民教育大会上的承诺还高出了4个百分点。联合国教科文组织在其2000年报告中指出："文盲依然是全世界欠发达地区大多数成年人典型的教育状况。估计大多数这类地区的文盲人数仍在增加，尽管增加的速度在逐渐降低。在东亚/太平洋地区，中国长期开展的全国性扫盲运动在减少文盲人数方面似乎起到了决定性作用。在其他地区，虽然扩大了初等教育，但是一直未能遏止新文盲加入现有成人文盲的行列。"①

中国突出的扫盲成就得到了国际社会的充分肯定，赢得了良好的国际声誉。1984年以来，在联合国教科文组织举办的国际扫盲奖评选活动中，中国先后有11个单位获奖，其中有6个单位获大奖。这些奖励和荣誉不仅反映了中国扫盲教育取得了举世瞩目的成就，对世界扫盲行动也作出了重要贡献。②

2. 实行免费的基本教育

按照国务院1988年和1993年《扫除文盲工作条例》的规定，扫除文盲应该与普及初等义务教育统筹规划同步实施。扫除文盲所需经费采取多渠道筹措，除下列各项外，由地方各级人民政府给予必要的补助：（1）由乡（镇）人民政府、街道办事处组织村民委员会或有关单位自筹；（2）企业和事业单位的扫盲经费，在职工教育经费中列支；（3）农村征收的教育事业费附加，应当安排一部分用于扫除文盲教育。各级教育行政部门在扫除文盲工作中，培训专职工作人员和教师，编写教材和读物，开展教研活动，以及交流经验和奖励先进等所需费用，在教育事业费用中列支。国家鼓励社会力量和个人自愿资助扫盲教育。在扫盲教育中，扫盲所需经费主要由乡镇或单位筹措，不足部分由省县两级政府补贴，国家对扫盲验收合格单位给予奖励。云南省对扫盲实行"三包三结合"，政府包宣传、包动员、包入学，教育部门和学校包组织、包教学、包脱盲。脱盲与脱贫致富奔小康相结合、学文化与学科技相结合、集中办班与送教上门相结合。吉林省对扫盲教育实行有效的鼓励制度，通过建立无偿发放教材、学习用品和减免义务工等制度，调动扫盲对象学习的积极性，并

① 联合国教科文组织：《世界教育报告》（2000），中国对外翻译出版公司2001年版，第177页。
② 国际扫盲奖评审委员会于2000年7月27日在巴黎举行会议，决定授予中华人民共和国云南省师宗县教育局"联合国教科文组织马尔科姆·阿迪赛沙（Malcolm Adseshiah）国际扫盲荣誉奖"。师宗是一个山区面积为90%的多民族农业县，境内山高谷深，沟壑纵横，全县9个乡镇中，有3个壮、彝、苗、瑶等少数民族聚居的民族乡。师宗县的文盲具有"三多一大"的特点。"三多"：一是偏僻山区文盲多，山区文盲占全县文盲总数的一半以上；二是家庭妇女文盲多，妇女文盲占全县文盲总数的2/3；三是少数民族文盲多，少数民族文盲占全县文盲的1/3。"一大"所指则是20世纪90年代师宗文盲的年龄普遍偏大。1990年，全县青壮年文盲仍然还有57397人，文盲比例仍然高达30%，人均受教育年限不足4年。至1995年，师宗县的文盲人数已经下降到24516人，文盲比例也由30%下降到15%。至2000年，师宗县已达到把文盲扫除到仅剩2711人，亦即基本达到了将文盲扫除殆尽的新境地。

定期对扫盲先进单位和个人进行表彰。吉林在扫盲教育中无偿印发识字致富课本 15 万册，农民初等文化技术读本 20 万册，编写出版农村专项实用技术教材共 58 种。

（二）中国在保护初等教育权中取得的进展

中国在办世界上最大的教育，这一点同样体现在初等教育方面。1949 年中国有小学 346769 所，在校小学生 2439.1 万。20 世纪 70 年代末是中国小学发展规模最大的时期，在 1978 年，中国有小学 949323 所，在校小学生 1.4624 亿。到 2000 年，中国有小学 53622 所，在校小学生 1.3013 亿。早在 1996 年，中国在校小学生的人数就达到 1.14 亿，超过印度近 400 万而成为世界在校接受初等教育人数最多的国家。[①] 尽管中国经济基础比较薄弱，长期以来走的是穷国办大教育路程，但经过不懈的努力，中国在履行保护初等教育权的国际法义务和宗迪恩承诺方面同样取得了举世公认的成就。

1. 实行义务的初等教育

1986 年 4 月 12 日第六届全国人民代表大会第四次会议通过了《中华人民共和国义务教育法》，该法自 1986 年 7 月 1 日起施行。根据该法的规定，中国实行九年义务教育，整个初等教育都属义务教育。开始接受义务教育的儿童不分性别、民族和种族应年满 6 岁，但不能超过 6 岁，只有条件不具备的地区，才可以推迟到 7 岁入学。1986《中华人民共和国义务教育法》的颁布为义务教育的实施提供了坚实的国内法依据。为了确实在国内实施《世界人权宣言》第 26 条、《经济、社会、文化权利国际公约》第 13 条和《儿童权利公约》第 28 条所规定的义务初等教育，中国政府又制定了一系列的法律法规。1992 年国务院批准颁布了《中华人民共和国义务教育法实施细则》。教育部 1996 年颁布了《普及九年义务教育和扫除青壮年文盲工作表彰奖励办法》、《义务教育学校收费管理暂行办法》、《关于残疾儿童少年义务教育"九五"实施方案》、《关于进一步加强贫困地区、民族地区女童教育工作的十条意见》，1997 年颁布了《农村教育集资管理办法》和《国家贫困地区义务教育助学金实施办法》，1998 年颁布了《流动儿童就学暂行办法》、《关于认真做好"两基"验收后巩固提高工作的若干意见》和《关于加强大中城市薄弱学校建设，办好义务教育阶段每一所学校的若干意见》等。上述法律法规与《义务教育法》构成了较为完整的调整义务初等教育的国内法体系，它们共同规范了中国义务初等教育发展的基本方向，保证了义务初等教育的顺利实施。

---

① 中国教育年鉴编辑部：《中国教育年鉴》（2002），人民教育出版社 2003 年版，第 854 页。

2. 实行免费的初等教育

《世界人权宣言》、《经济、社会、文化权利国际公约》和《儿童权利公约》均规定，各国应对初等教育实行免费。为了在国内施行上述国际法文件，1986 年《中华人民共和国义务教育法》第 10 条规定："国家对接受义务教育的学生免收学费。"为了规范全国的初等教育的收费行为，国家教育委员会、国家计划委员会和财政部于 1996 年 12 月 16 日颁布实施了《义务教育学校收费暂行办法》。《办法》规定，义务教育阶段除收取杂费、借读费之外，未经财政部、国家计委、国家教委联合批准或省级人民政府批准，不得再向学生收取任何费用。对超出规定的收费，学生有权拒交。杂费、借读费作为专项资金，由学校财务部门在财务上单独核算，统一管理。各级教育、物价、财政部门要加强对义务教育学校收费的管理和监督，督促学校严格执行国家有关教育收费管理的政策和规定，建立健全收费管理的规章和制度，对巧立名目擅自增设收费项目、扩大收费范围和提高收费标准的，对挤占挪用杂费收入的，要按国家有关规定予以严肃查处；对乱收费屡禁不止，屡查屡犯，情节严重的，要按国家有关规定对学校负责人给予行政处分。对家庭经济困难的学生可酌情减免杂费，保证他们不因经济原因而失学，减免办法由省、自治区、直辖市人民政府制定。《暂行办法》的颁布施行对规范全国各地的初等教育收费和确保义务教育的免费性起到了积极的作用。

3. 履行在宗迪恩世界全民教育大会上对发展初等教育的承诺

宗迪恩世界全民教育大会确立在 2000 年普及初等教育的目标后，由于大会发表的《宣言》和《行动计划》并没有对"普及"作出定义，确定"普及"的指标便显得尤为重要。在 20 世纪 90 年代早期，部分地区用初等教育的毛入学率来衡量初等教育的普及程度，这一指标逐步受到了质疑，因为将大量复读生或超龄儿童计算在内不能正确反映初等教育的普及情况。到 20 世纪 90 年代中叶，世界各国大都采用净入学率作为衡量初等教育的普及性，同时，为了强调真正的普及，在净入学率之外，还要考虑初等教育完成率，也就是说，儿童应该按时接受初等教育，并且应该接受完初等教育。从 1993 年中国国家教育委员会发布实施的《普及义务教育评估验收暂行办法》可以看出，中国在评估和验收初等教育普及率时采用的指标是净入学率，即适龄儿童的入学率，而在评估和验收初等教育的完成率时采用的是小学在校学生辍学率。《暂行办法》所采用的上述指标是现在世界各国通行的，也是联合国教科文组织所采用的。经过 10 年的努力，至 2000 年，中国如期地实现了宗迪恩承诺。1999 年中国小学学龄儿童（7—11 岁）的净入学率为 97.80%，2000 年中国小学学龄儿童的净入学率上升到 99.50%，男女学童的性别差由 1992 年的 2.10 下降到 2000 年的 0.07。在中国

31 个省、直辖市和自治区中，有 21 个省和直辖市的小学学龄儿童的净入学率超过 99%，该指标最高的 10 个省市是：天津市（100%）、上海市（99.99%）、北京市（99.95%）、浙江省（99.94%）、河北省（99.87%）、河南省（99.85%）、福建省（99.85%）、吉林省（99.81%）、江苏省（99.78%）和山东省（99.78%）。上述省市在实现宗迪恩目标中起到了示范作用。

在完成率方面，中国主要采用小学学龄儿童辍学率。20 世纪 90 年代初期，中国小学学龄儿童辍学率较高，如 1994 年为 1.85%，到 1998 年，这一比例下降了一半。1999 年，中国小学学龄儿童辍学率为 0.9%，这不但履行了宗迪恩承诺，而且超过了宗迪恩世界全民教育大会确定的使 80% 的学龄儿童完成初等教育的目标。

4. 中国初等教育在世界初等教育发展中的地位

中国初等教育的规模是世界上最大的，就学龄儿童的人数而言，是美国或加拿大的 6 倍，英国、法国或德国的 3 倍，相当于英国、法国和德国的总和，是美国和加拿大总和的 2 倍。在 1990 年宗迪恩世界全民教育大会之前，中国就对初等教育实行了义务教育。在 1997 年，中国初等教育的毛入学率为 122.8%，超过世界平均水平 21 个百分点、较发达地区平均水平 19.3 个百分点、北美洲平均水平 21.4 个百分点、欧洲平均水平 15.6 个百分点、转型国家平均水平 22.7 个百分点、欠发达国家平均水平 21.1 个百分点、最不发达国家平均水平 51.3 个百分点，与印度相比，中国 1997 年初等教育毛入学率超过印度 23.3 个百分点。由于超龄儿童和复读生的大量减少，中国初等教育的毛入学率大幅降低，但净入学率却在整个 20 世纪 90 年代保持持续增长的态势，到 2000 年，中国初等教育的净入学率达到 99.5%，性别差降低到 0.07%，辍学率降低到 0.9%。[①] 上述三项指标说明，在世纪之交，中国初等教育普及到每一个适龄儿童，他们几乎都能在没有性别差异和歧视的情况下接受初等教育，并完成初等教育，从这一点上说，中国初等教育在 20 世纪 90 年代的大发展是世界教育史上的壮举。

（三）中国在保护中等教育权中取得的进展

中国的中等教育分为两个阶段，在初级阶段，实施义务初中教育，在高级阶段，实行普通高中教育和高中职业技术教育。中国在履行保护公民中等教育权方面取得了长足的进展，主要表现为对中等教育的初级阶段义务教育化、高中教育普遍设立和中等教育费用低等。

---

① 国家教育发展研究中心：《2000 年中国教育绿皮书》，教育科学出版社 2000 年版，第 167 页。

1. 中等教育初级阶段的义务教育化

1986 年中国颁布实施的《中华人民共和国义务教育法》规定中国实行九年义务教育，这标志中国对中等教育的初级阶段即初中开始实行义务教育。截至 2001 年，中国普及初中义务教育的县（市、区）已达 2573 个，有 11 个省（直辖市）已完全普及初中义务教育，普及初中义务教育的人口覆盖率已经超过 85%。自 1990 年以来，中国初中教育的毛入学率、升学率和每 10 万人口中的初中生数都呈现不断上升的势头。在 2001 年，中国共有初中学校 6.66 万所，在校初中生达 6514.38 万人，比上年增加 258.09 万人；毕业生 1731.5 万人，比上年增加 98.05 万人；初中阶段毛入学率为 88.7%，比上年增加 0.1 个百分点；初中辍学率 3.12%，比上年下降 0.09 个百分点；初中毕业生升学率 52.9%，比上年增加了 1.73 个百分点；初中专人教师 338.57 万人，比上年增加 9.88 万人；初中教师学历合格率 88.72%，比上年增长 1.72 个百分点。尽管目前没有国际法文件明确规定各国应对中等教育实行义务教育，但中国根据社会发展需要，逐步普及初中义务教育。在此过程中，中国将作为中等教育一部分的初中教育像初等教育和基本教育一样作为发展国民教育的"重中之重"给予高度重视，并动员全社会的力量加以普及。中国将发展中等教育纳入"双基"和"普九"工程之中，并取得了举世公认的进展，这为欠发达国家积极发展中等教育提供了借鉴。

2. 中国高级中等教育的普遍设立

《世界人权宣言》和《经济、社会、文化权利国际公约》对各国发展中等教育提出的一项标准是中等教育应"普遍设立"。如上所述，中国在中等教育的初级阶段已实行了义务教育，这一阶段已超越了国际标准。在中等教育的高级阶段，中国实行了普通高中教育和中等职业技术教育。[①] 普通高中教育一直是中国中等教育高级阶段的主体，长期以来受到中国政府的大力支持和扶持，并得到了迅速的发展。为了实现《国务院关于基础教育改革和发展的决定》提出的"十五"期间"高中阶段入学率达到 60% 左右"的发展目标，按照"积极进取、实事求是、分区规划、分类指导"的原则，中国各地通过挖掘现有潜力、学校布局结构调整、初高中分离、支持民办教育等措施，有效地推进

---

① 各国中等教育的办学体制模式有三种：第一种是综合模式，即由单一的学校为所有学生提供教育，美国、新西兰、澳大利亚和瑞典等国采取这一模式；第二种是选择性模式，即由不同的学校为不同能力或倾向的学生提供不同的教育，德国、匈牙利和荷兰采取这一模式；第三种模式是混合模式，即综合模式和选择性模式两者并存。现在多数国家对中等教育采取的办学模式是，在初级阶段实行综合模式，在高级阶段实行选择性模式，只有英国和加拿大等少数国家采取的是混合模式，但这两个国家的中等教育现在也已经高度综合化了。

了普通高中教育的发展，并形成了初中义务教育和普通高中教育共同发展的新局面。

3. 中国中等职业技术教育的普遍设立

中等教育在校生数和毛入学率是反映中等教育是否"普遍设立"的两个重要指标。从纵向来看，1985 年，中国中等教育的在校生为 5170 万人，2001 年，中国中等教育的在校生数为 8901 万人，16 年间增加了 3731 万人，增长率为 72%；1985 年，毛入学率为 48.5%，2001 年，毛入学率为 70.8%，增加了 22.3 个百分点，增长率为 46%。从横向来看，1985 年中国中等教育在校生数为 51.7 百万，占世界总数的 17%，1997 年中国中等教育的在校生数为 771.9 百万，占世界的 18%，增长了 1 个百分点；1985 年，中国中等教育的毛入学率为 39.7%，比世界平均水平低 8.8 个百分点，1997 年，中国中等教育的毛入学率提高到 70.1%，比世界平均水平高出 10 个百分点。与发展中国家相比，1985 年，中国中等教育的毛入学率高出发展中国家平均水平 2 个百分点，1997 年，中国中等教育的毛入学率高出发展中国家 18.5 个百分点，这足见中国在改革开放以来切实履行"普遍设立"中等教育义务方面取得的可喜进展。这一结论还可以从中国与印度的比较中得到印证，1985 年，印度的中等教育毛入学率与发展中国家平均水平完全持平，到 1997 年，印度不但没有在中等教育毛入学率上积极赶超发展中国家的平均水平，反而比发展中国家的平均水平落后 2.5 个百分点，这与中国同期大力发展中等教育的局面形成鲜明的对比。

4. 中等教育的逐渐免费

为了直观地分析中国中等教育的经费来源和分布情况并从这些情况中探讨中等教育的逐渐免费问题，笔者以 2000 年中国各类中等教育经费收入为例来进行分析。2000 年，中国各类中等教育总收入为 139870119 千元，其中学杂费收入为 26943348 千元，占 19%。中国对中等教育实行免费是从中等教育的初级阶段即初中开始的。中国初级中等义务教育并非像法国或加拿大等国那样的"书包式"或完全的免费教育，因为国家只对初级中等教育实行免学费，而不免杂费和择校费。2000 年，中国初级中学教育经费总收入为 56995819 千元，其中杂费收入为 6314009 千元，杂费收入占全部初级中等教育收入的 11%，当年农村初级中学的杂费收入占全部初级中等教育收入的 12%，比城市初级中等教育杂费多收 1 个百分点。2000 年，中国高级中学教育的总收入为 19103193 千元，其中杂费收入为 4438278 千元，杂费所占比例为 23%。① 上述两组数据表明，中国对中

---

① 中国教育年鉴编辑部：《中国教育年鉴》(2002)，人民教育出版社 2003 年版，第 854 页。

等教育的逐渐免费是分阶段进行的，在初级阶段，中国免学费，只收杂费和择校费。在高级阶段，中国向学生收取学费、杂费和择校费。中国的中等教育主要由国家举办，中国高中教育向学生所收费用仅占整个教育费用的1/5，初中因实行义务教育向学生所收费用只有高中生的1/2。

（四）中国在保护高等教育权中取得的进展

在《世界人权宣言》发表时，中国尚未建立完善的高等教育制度和体系，除了为数不多的几所大学以外，高等教育在中国还处于相当落后的状态。新中国建立后，特别是20世纪80年代以来，中国的高等教育实现了快速乃至跨越式的发展。

1. 中国高等教育的广为举办

早在"文化大革命"结束前的1975年，当时主持中央工作的邓小平同志就提出了包括高等教育在内的治理整顿的问题。1977年8月，邓小平在全国科学和教育工作会议上发表了《关于科学和教育工作的几点意见》。在邓小平作了《几点意见》的讲话后，中国高等教育发生了历史性的根本转变。首先，《几点意见》促使中国高等院校恢复了从应届高中毕业生中统一考试、择优录取学生的高考招生制度，这是中国高等教育实现拨乱反正的根本性措施。其次，《几点意见》加快了中国高等院校重点大学建设的进程，这是中国高等教育发展的基础性工程。再次，《几点意见》提出了中国高等教育发展的一系列具体的措施，特别是邓小平提出的"关键是教材"，"教材要反映现代科学和文化的先进水平"的重要思想，这是今天中国高等教育应对知识经济和信息社会挑战，实施中国高等教育"跨越式"发展的基本途径。改革开放的20多年以来，中国政府充分认识到高等教育的重要性，倾注了大量的人力、物力、财力发展高等教育，对高等教育的管理体制、筹资方式、招生就业制度都进行了巨大的变革。高等教育的规模得到了迅速扩大，结构有了明显改善，质量在稳步提高、效益在不断增强，中国高等教育的发展进入了一个新的大发展时期。

2. 中国高等教育的"逐步免费"：30年"免费加人民助学金"制度

中国的"免费加人民助学金"的学生资助制度一共实施了30年。政务院于1952年7月8日颁发了《关于调整全国高等学校及中等学校学生人民助学金的通知》，同年7月23日教育部也发出了《关于调整全国各级各类学校教职工工资及人民助学金标准的通知》。在这两文件颁发后，中国免费上大学加助学金的资助政策经过了几次调整。其中最重要的是1955年和1964年的调整。1955年2月进行了地区标准的调整，把全国分为10类地区，同时提高了部分地区的资助标准。1955年8月对学生资助范围进行调整，从1955年10月起，除高等师范院校外，把助学金的发放范围从全体学生，缩小到部分学生。1964 年的调整是提高助学金标准，扩大受资助学生的比例，全国普通高校一般大学生的受助比例接近 80%。1977 年全国高等院校恢复考试招生，高等教育发展步入正轨。1977年 12 月 17 日，教育部财政部公布了《关于普通高等学校、中等专业学校和技工学校学生实行人民助学金制度的办法》（下简称《办法》）。《办法》恢复了 1964年大学生资助方案和发放办法，这一《办法》一直贯彻实施到 1982 年。与此同时，研究生资助制度进行改革，由研究生助学金改为奖学金。1991 年 12 月，国家教委、财政部联合颁发《高校研究生奖学金制度试行办法》，规定从 1992 年 1月 1 日开始，研究生奖学金分为普通奖学金和优秀奖学金，凡是政治表现合格、学习成绩合格的在校研究生均可获得普通奖学金。对那些政治表现和学习成绩突出者，除了享受普通奖学金外，还可享受优秀奖学金。

3. 中国对高等教育平等权的保护

中国在保护高等教育权的平等性方面同样也取得了可喜的进展。首先，中国恢复高考制度，建立高等教育平等进入机制。1977 年中国恢复了因"文化大革命"而被停止的普通高等学校入学考试，此举被公认为是中国高等教育实行拨乱反正的根本性措施。1978 年，中国对高考实行统一命题、统一阅卷、统一录取，这使中国高等院校招生工作重新走上了规范化的道路。中国高考制度的建立根本改变了在"文化大革命"时期实行的以"阶级"、"出身"或"成分"来推荐选拔大学生的制度，它意味着中国的高等教育再次像建国初期那样根据"能力"向受教育者平等开放，这一做法是国际人权公约所要求的，也是各国所通行的。其次，中国进一步加强和完善高等学校招生考试制度，使受教育者所享有的高等教育平等权受到切实有效的保障。中国自恢复高考制度以来，不断对该制度加以完善，使中国对高等教育平等权的保护落到实处。中国对各国的高等教育入学考试制度及考试方法和标准进行比较研究，吸取各国之所长，特别是吸取各国在考试方法和命题标准方面的成功经验，不断完善中国的高考制度。随着社会监督的不断加强和百姓的呼声不断高涨，中国高考以命题、考试、阅卷、登分、分数公布、志愿填报和录取等各个环节越来越规范化和科学化，高考不仅成了中国基础教育的指挥棒，而且已经成为受教育者能否成为大学生的试金石。最后，中国不断扩大高等教育平等权的保护范围。在恢复全国普通高等学校入学统一考试以后，中国又实行了全国成人高等学校入学统一考试，2000 年以来，中国部分省市放宽或取消了参加全国高等教育考试的年龄限制。可以说，中国已初步建立起开放的满足所有人基本学习需要的高考招生考试制度。为了真正做到在"能力"面前人人平等，中国各省市逐步取消了用钱买分的自费线制度，1997 年，中国对全国所有普通高等学校招生全部实行并轨，即不再按公费生和自费生分别划定录取分数线，对所有普通高校录取新生实行一线制。为了增加招生录取工作的透明度和自觉接受社会对高校招生工作的监督，自 1999 年起，中国开始试行在网上录取，2001 年和 2002 年，中国中央电视台先后对北京大学和清华大学的网上录取新生工作向全国进行全程现场直播，至 2004 年，中国绝大部分普通高校均已实行网上录取。

四、中国全面达到受教育权保护国际标准的对策

（一）中国达到基本教育权保护国际标准的对策

尽管中国在扫盲工作中取得了举世公认的成就，但由于中国人口多，文盲基数大，且文盲数和新增文盲数每年超百万，中国的扫盲工作任重而道远。

1. 查清文盲数，确定扫盲目标和对象

中国各地目前应做好如下扫盲实事：（1）核清底数，健全档案。各地要根据全国第五次人口普查的有关数据，以行政村为单位，核清文盲底数。对新生文盲、复盲、迁移性文盲等要加强监测，完善扫盲工作档案，建立扫盲工作动态管理机制，为制订扫盲规划奠定基础。（2）确定目标。已经实现基本扫除青壮年文盲的县（区、市），要以乡镇为单位，将青壮年非文盲率巩固或提高到 95% 以上，并全面扫除有学习能力的青年（15—24 周岁）文盲，使青壮年脱盲人员普遍接受扫盲后继续教育。基本控制复盲现象，在巩固的基础上进一步提高青壮年非文盲率。城市和经济发达地区，要在巩固提高扫盲成果的基础上，全面扫除有学习能力的青年（15—24 周岁）文盲，积极探索功能性扫盲和多种形式的扫盲后继续教育的途径和方法，使青壮年脱盲人员普遍接受扫盲后继续教育，把扫盲教育与建立学习化社区工作结合起来。西部地区尚未实现基本扫除青壮年文盲的县（区、市），特别是已经普及初等教育的县（区、市），应根据《扫除文盲工作条例》的要求，在普及初等教育后的 5 年内，基本扫除青壮年文盲，将青壮年非文盲率提高到 95% 以上。内蒙古、云南、贵州、甘肃、宁夏、青海等省（自治区）将青壮年非文盲率提高到 90% 以上。西藏自治区要大力推进普及义务教育工作，最大限度地减少新文盲产生，积极扫除青壮年文盲。（3）确定对象。扫盲的主要对象为 15—50 周岁的青壮年文盲，鼓励 50 周岁以上的文盲参加扫盲学习。①

---

① 详见 2002 年 7 月 22 日中共中央办公厅，中共中央办公厅国务院办公厅转发教育部、中央宣传部、国家民族事务委贾会、财政农业部、文化部、国家广播电影电视总局、国家林业部、军委总政治部、共青团中央、全国妇联、中国科协等 12 部门关于《"十五"期间扫除文盲工作的意见》。

2. 扫堵结合，巩固和提高扫盲成果

中国应广泛开展堵盲和扫盲后巩固、提高工作，应认真贯彻《中华人民共和国义务教育法》，采取特殊政策和措施，控制义务教育阶段在校生辍学，加大堵盲工作力度，最大限度地减少新文盲产生。在当地政府的统筹下，由当地中小学负责对 15 周岁以下的文盲进行补偿教育，使其接受国家规定的义务教育。积极扫除青壮年文盲，保证有一个脱盲一个。要使脱盲人员普遍接受扫盲后继续教育，把扫盲后巩固提高工作与公民道德建设、普法教育、科普教育和社会主义精神文明建设结合起来。中国应充分发挥农村中小学和成人学校的作用，在青壮年脱盲学员中普遍开展各种形式的扫盲后阅读和适用技术培训及各类专项教育活动，制订具体措施，不断推进工作，定期进行检查督促，切实巩固、扩大扫盲成果。中国应重点推进贫困地区、少数民族和妇女扫盲工作。在尚未实现基本扫除青壮年文盲的省（自治区）设立贫困地区扫盲项目。在 10 万人口以下的民族中，设立民族扫盲项目。已经实现基本扫除青壮年文盲目标的省（自治区、直辖市）设立妇女扫盲项目，重点扫除妇女文盲。

3. 多渠道解决扫盲经费问题

按照国际人权公约的规定，基本教育应该免费。中国文盲基数大，所需扫盲经费多。为此，中国应建立多渠道筹措扫盲经费的机制：一是中央财政继续安排扫盲奖励专项经费，根据各地扫盲项目的进展情况给予奖励。地方各级人民政府视自身财力状况设立扫盲专项经费，用于扫盲项目及表彰奖励。二是进一步落实《扫除文盲工作条例》规定的经费渠道：（1）由乡（镇）人民政府、街道办事处组织村民委员会或有关单位自筹；（2）企业、事业单位的扫盲经费，在职工教育经费中列支；（3）未实行税费改革试点的地区征收的农村教育费附加，应安排一部分用于农村扫盲工作；（4）各级教育行政部门与扫盲工作有关的培训教师和专职工作人员、编写教材和读物、开展教研活动，以及交流经验和奖励先进等所需费用，在教育事业费中列支；（5）鼓励社会力量和个人自愿资助扫盲教育。三是做好扫盲宣传工作，积极争取国际社会的支持与合作。

（二）提升中国初等教育权保护水平的对策

1. 改革初等教育财政转移支付制度

2002 年 5 月 16 日，中国国务院办公厅下发了《关于完善农村义务教育管理体制的通知》（下简称《通知》）。根据《通知》的规定，农村义务教育的直接责任人，将由过去的"以乡镇为主"提升到"以县为主"，即由县级人民政府负

责筹措农村义务教育经费，合理安排使用上级转移支付资金，确保按时足额统一发放教职工工资，统筹安排农村中小学公用经费，组织实施农村中小学危房改造和校舍建设，等等。根据近年教育部财务司《中国教育经费统计年鉴》统计的数据，在中国义务教育经费总量中，政府财政预算内拨款所占比重维持在50%—60%之间，剩下的40%—50%的经费则通过募捐、集资、摊派、教育费附加和学杂费等形式，由农民、企业和受教育者负担。相比之下，对于非义务教育的高等教育，政府却负担了70%以上的经费；中国大学生人均国家拨付的经费近9000元，而小学生人均国家拨付的经费只有530元左右。新的农村基础教育财政体制应该实行县级统筹，但必须强调中央、省、市、县四级政府分担。必须加大中央与省级财政教育转移支付的力度，保证农村，尤其是贫困农村基础教育的基本投入，缩小地区间基础教育投入的巨大差距。新的农村基础教育财政体制要想有效地实施，一方面要看各级政府在农村基础教育经费的分担比例是否合理，另一方面还要看上级政府能否找到有效的监督方法与机制。有鉴于此，尽管此次国务院文件规定了"以县为主"的具体内容，但实行起来仍然难度很大。因此，中国初等教育仅将以乡镇为主的管理模式变更为以县为主的管理模式是不够的，而必须从结构上改革初等教育财政支付转移制度。

2. 逐步对初等教育实行完全的免费教育

义务教育是中国的一项基本国策，也是一项重要的法律制度。中国现在的小学、初中"义务"教育经费是政府负担一部分，个人通过交纳杂费负担一部分。虽然对大多数城市和较富裕农村人口来说，杂费的负担是可以承受的，但对于贫困人口（主要在农村）来说这是一个不轻的负担，许多人甚至是承受不起的。因此，对这部分人来说，免收杂费是非常重要的。能否实行免费教育，是彻底实现"普九"目标的关键、甚至是唯一的选择。

实际上，对初等教育实行完全的免费教育在19世纪已有之，而现在更是世界各国通行的做法。① 中国人均GDP已经超过发展中国家的平均水平，但中国的教育经费却低于发展中国家占GDP4%的平均水平，一直徘徊于2%—3%左右。如果把教育经费提高到发展中国家的平均水平，那么就有足够的财力实现免费义务教育。笔者建议，为了避免财政负担过重，可以首先在农村实行小学免费义务教育，以后随着经济发展，再推广到初中，在全国真正实现九年制免费义务教育。笔者算过一笔账：全国农村小学生约有1亿人，以每人每年学

---

① 在19世纪，落后的普鲁士和俄国就已经实现了小学义务教育。在20世纪50年代，经济不发达的朝鲜、尼泊尔等国家也实现了小学义务教育。现在有相当多的发展中国家都实现了义务教育，而这些国家的义务教育无一例外都是免费教育。

杂费 300 元计算，只要政府增加投入 300 亿元人民币就够了，而这只相当于一个大型工程项目的投资。如果这 300 亿元由中央和地方政府分担，如贫困地区或较贫困地区由中央负担全部或大部分，富裕或较富裕地区由地方政府负担全部或大部分，问题就很容易解决了。如果我们稍微放慢一点发展速度，把教育尤其是基础教育问题解决好，那么，从长远看，中国现代化的代价可能更小，步伐可能更坚实，发展的后劲可能更大。邓小平同志在论及教育时曾经说过："一个十亿人口的大国，教育搞上去了，人才资源的巨大优势是任何国家比不了的。"① 中国前教育部部长陈至立在其《认真学习贯彻〈决定〉精神，开创基础教育工作新局面》的讲话中指出："近年来，许多国家尤其是发达国家，都积极采取措施，加大教育特别是基础教育的改革力度，以提高人才的培养质量和教育的国际竞争力，保持本国在积极全球化浪潮中的优势地位。因此，我们面临前所未有的压力和挑战。基础教育上去了，就可以把沉重的人口负担转化为巨大的人力资源，这是任何国家都无法比拟的。基础教育上不去，国民素质的提高就无从谈起，国家的现代化就没有希望。"② 正是从这一战略高度加以考量，笔者认为，中国应尽快对初等义务教育实行真正意义上的免费教育，让所有的中国适龄儿童都有学校可上，而且都上得起学，因为基础教育工程是中国的世纪工程、未来工程和民心工程。

3. 修改《中华人民共和国义务教育法》

《中华人民共和国义务教育法》是 1986 年制定的，该法在中国建立起世界上最大规模的义务教育体系，并使中国的初等教育取得了举世公认的历史性突破和进步。但是，由于中国实行义务教育是一项开创性的工作，而且，该法制定和开始实施时的国内环境已经发生了一些变化，因此，有必要根据中国义务教育所处的现实环境和现实要求对该法作如下修改：

第一，《义务教育法》应该进一步明确国家、父母或其他监护人在发展义务教育中的责任。国家应为适龄儿童提供接受初等义务教育的学校、教师、教学设备和学费。父母或其他监护人的义务是保证适龄子女或者被监护人按时入学。

第二，中国的义务教育并非完全的免费教育。《义务教育法》规定免收学费，《义务教育法实施条例》规定可收杂费和借读费，但二者均未对学费、杂费和借读费作出定义，也没有对上述三种费用的范围作出明确规定，这导致义务教育借读费昂贵，杂费名目繁多，收支混乱，如前已述，有的省向小学生所

---

① 吴松、沈紫金：《WTO 与中国高等教育发展》，北京理工大学出版社 2002 年版，第 417 页。

② 张乐平：《教育政策法规的理论与实践》，华东师范大学出版社 2002 年版，第 270 页。

收的杂费多达 50 多种，有的贫困乡镇将从小学生收的杂费用于支付教师的工资。义务初等教育的乱收费问题在全国范围内屡禁不止，它已经成为了一个社会问题。尽管在初等义务教育阶段儿童辍学或者不能完成初等教育的原因是多样的，但因家庭贫困交不起上学所需费用是其中的主要原因。因此，在综合国力不断增强的形势下，中国应实行真正意义上的初等义务教育，即免费的强制性的初等教育。中国对初等义务教育实行免费可以一步走，也可以分步走。如果选择分步走，笔者建议，东南沿海各省和北京、天津、上海三个直辖市首先对义务教育实行免费，两年以后，中部各省和西部少数民族聚居的自治区对初等义务教育实行免费，五年后，西部各省实行免费的义务教育。鉴于此，笔者建议将《义务教育法》第 10 条修改为："国家对义务教育实行免费（或实行免费的义务教育）"或者"国家对义务教育实行免费。自×年×月，东南沿海各省对义务教育实行免费；自×年×月，中部各省及少数民族聚积的自治区对义务教育实行免费；在×年×月，西部各省对义务教育实行免费"。

第三，《义务教育法》现第 12 条规定："实施义务教育所需事业费和基本建设投资，由国务院和地方各级人民政府负责筹措，予以保证。"该条没有对中央和地方政府对义务教育的投资比例作出明确规定，在施行过程中，中央政府对义务教育的投入仅占不到 2% 的比例。中央政府将为数有限的教育经费主要用于发展非义务教育，而承担绝大部分义务教育经费的地方政府又不堪重负，这使得义务教育经费经常捉襟见肘，小学危房没钱修和拖欠教师工资等严重妨害《义务教育法》实施的行为屡见不鲜。鉴于此，笔者建议将该条修改为："实施义务教育的经费由国务院和地方各级人民政府按比例筹措。对中西部各省和民族自治区域实施义务教育确有困难的，由国务院设立的专项资金予以资助。"

第四，《义务教育法》现第 14 条规定："全社会应该尊重教师。国家保障教师的合法权益，采取措施提高教师的社会地位，改善教师的物质待遇，对优秀的教育工作者给予奖励。"该条实施的效果是不能令人满意的。据教育部不完全统计，截至 2000 年 4 月，全国 22 个省、自治区和直辖市仅拖欠教师工资总额就达到 76.68 亿元，部分教师的工资是从向学生收取的杂费中提取的，有些地区从事初等教育的教师由于工资太低或拿不到工资而改行，有些年轻的小学女教师甚至弃教从商。教师不能按时足额获得工资，社会地位的提高、物质待遇的改善、合法权益的保障及对教师的尊重都将成为不切实际的空谈。因此，《义务教育法》必须在此条作出补充规定："禁止拖欠教师工资。"

《义务教育法》在施行过程中存在的问题绝不止于上述四个方面，例如，在少数民族聚居地区使用当地通用的少数民族语言进行教学的教师权益的保障和保护问题，对违反义务教育义务的惩戒体系的完善和重构问题等。但上述四方面是主要问题之所在，中国政府应对《义务教育法》实施的情况和效果作出认真的检讨和评估，尽快改变与世界义务教育发展不相适应的方面，修改、补充和完善现有的《义务教育法》，使该法更好地发挥进一步促进中国初等义务教育发展的作用。

（三）中国提升中等教育权保护水平的途径

中国中等教育是中国教育发展中的"软肋"，"两头大中间小"的教育格局已经严重影响和制约了中国教育的整体水平和未来发展。对于中国的中等教育走出"沼泽地"或壮大的问题，国内有教育管理者在思考，有学者在探讨和呼吁，世界银行专家组在其完成的《21世纪中国教育战略目标》报告中也提出了建议。笔者认为，中国认真履行保护中等教育权和壮大中等教育的政策选择应是：将普及高中教育确定为中国教育发展的国家目标。

1. 普及高中教育国家目标的必要性

将普及高中教育确定为中国国家教育发展目标是十分必要的。

第一，普及高中教育是中国积极履行"普遍设立"中等教育的国际法义务的需要。与世界教育发达国家和地区相比，中国的中等教育的普及率是很低的，离国际人权法所确立的"普遍设立"中等教育并对"所有的人开放"的要求相差甚远。造成中国中等教育普及率低下的主要因素在于中国的高中教育供给和发展规模严重不足，因为中国已对初中教育实行了义务教育，初中的普及率已经达到了国际人权法的要求和世界先进水平，其可待挖掘的潜力相当有限。因此，要提高中国中等教育的普及率，最主要的途径或唯一可行的途径就是普及高中教育。

第二，普及高中教育是中国实现高等教育大众化的基础。中国目前正在走高等教育大众化的道路，与高等教育直接衔接的次位级教育便是高中教育，如果没有足够的高中在校生和较高的高中升学率，中国要实现高等教育的大众化同样是不可能的。

第三，普及高中教育可以缓解中国目前的就业压力。近年来，中国的初中毕业生持续增长。1990年，中国的初中毕业生为1109.1万人，2001年，中国初中毕业生增加到1731.1万人，增加了近60%。但是，中国初中毕业生升学率增长缓慢，1990年为40.6%，2001年为52.9%，11年间只增长了11%。这种不均衡发展的结果是，一方面，中国大量的初中生直接进入劳动力市场，并与下岗的洪峰相叠加，正形成持续的严重的就业压力。另一方面，大量初中生未能升入高一级中等学校学习，形成"就业缺口"，影响人力资源的积累。

如果逐步普及高中教育，让更多的初中毕业生进入高中、中专、职业高中或技术学校学习，就可以推迟他们加入就业大军的时间。从国际经验来看，进入失业高峰期，政府应大力发展教育，这既是解决失业的治标之策，也是提高未来劳动者竞争力的治本之道。①

第四，普及高中教育是强化教育收入再分配和调节收入差距的需要。中国很难改变上一代人的贫困，但是，中国有责任改变下一代的贫困，并缩小他们的差距，力争实现全体中国人民的共同富裕。要缩小贫富差距，就必须缩小教育差距，保障人人享有能够改善其生活状态的必要的教育水平。这不但是中国履行保护受教育权义务的需要，也是中国保护公民充分享有发展权和基本人权的需要。世界教育和经济较为发达国家的经验和中国的情况表明，现阶段必要的教育水平应该是 12 年的基础教育。普及高中教育就是强化和提高年轻一代的教育资产和知识资产，从而提高他们在未来的就业能力，扩大他们在未来增加收入机会，这对许多农村家庭和城市贫困家庭的子女来说是"雪中送炭"。

第五，普及高中教育是有利于拉动中国内需和经济的持续发展的。中国居民的银行储蓄已经达到十万亿人民币之多，正确地引导居民消费和提高如此庞大的资金的使用效率已经成为中国政府的一件亟须解决的事情。不难发现，近年由于中国城乡居民收入的大幅增加和基本生活水平的进一步保障，中国城乡居民的教育支出和文化消费逐步增加，采取普及高中教育的措施稳定或进一步激发他们的消费情绪和消费热情的时机和条件已基本成熟。"一年之计树谷；十年之计树木；百年之计树人。"② 教育的成效虽非一日可见，但投资教育是一本万利的事业。中国如果现在将普及高中教育确立为国家目标，并努力去实现这一目标，20 年或者更长的时间后，中国会由教育大国逐步发展成为教育强国，教育对经济和社会发展的促进作用就会日益显现。

2. 普及高中教育国家目标的现实条件

普及高中教育的现实条件已基本成熟，这些条件主要是：（1）中国已基本普及小学和初中教育。九年义务教育大大增强了全体公民的教育和受教育意识，探索出了适应中国国情的开展教育普及工作的方式、方法、体制、制度和标准，这些都是普及高中教育现成的和不可或缺的条件。（2）中国高等教育

---

① 中央教育科学研究所：《中国基础教育发展研究报告》（2001），教育科学出版社 2002 年版，第 420 页。

② 蔡元培："普通教育与职业教育"，参见华东师范大学教育系《中国现代教育文选》，人民教育出版社 2000 年版，第 13 页。

的大众化为普及高中教育拓展空间。自 1999 年秋季，中国开始连续 4 年大规模扩大高等学校的招生规模，这不但使高等教育的毛入学率迅速从 1998 年的 10.5% 增长到 2002 年的近 14%，而且大大提高了高中的升学率。1998 年中国高中的升学率仅为 46.1%，2001 年达到 78.8%，短短 4 年间增长了近 33 个百分点，每年增长超过 8 个百分点。高中升学率的大幅度提高增强了高中教育的吸引力，也为高中教育的普及提供了空间。（3）中国实行了严格的计划生育政策，绝大多数城市家庭和大部分农村家庭都是一对夫妇一个孩子，"望子成龙"的教育需求十分明显。国家统计局和中国经济景气监测中心对"居民储蓄消费意愿"的抽样调查结果显示，居民储蓄的 10% 将用于教育。（4）中国第三产业的崛起为中等职业技术教育的拓展提供了广阔的空间。中国第三产业近年来异军突起，这一新兴市场迫切需要大量的中等职业技术人才，具有越来越高的就业弹性。与 20 世纪 80 年代相比，20 世纪 90 年代中国第一产业的就业增长弹性由 0.209 下降到 − 0.441，第二产业的就业增长弹性由 0.532 下降到 0.182，第三产业则由 0.584 上升到 0.772，这说明中国第三产业已经成为吸纳社会劳动力最强的部门。

（四）中国提升高等教育权保护水平的对策

目前，中国在保护高等教育权方面存在的问题主要有三：一是高等教育发展规模不足，毛入学率偏低；二是高等教育收费过高，现行制度不足以支持贫困大学生顺利接受高等教育；三是高等教育平等性保护不力。为根本改变这一状况，中国应采取以下三项对策：一是在扩大高等教育供给上走高等教育大众化的道路；二是建立高等教育合理的收费和助学贷款制度；三是加强对高等教育平等性的保护。

1. 中国高等教育的大众化

"高等教育'大众化'"是美国学者提出的衡量高等教育发展阶段和水平的一个概念。1970 年和 1971 年，美国著名教育社会学家、加州大学伯克莱分校的马丁·特罗教授在《从大众向普及高等教育的转变》和《高等教育的扩展与转化》中提出了高等教育发展阶段划分的理论：当一个国家大学适龄青年中接受高等教育者的比率在 15% 以下时，属于精英（Elite）高等教育阶段；15% —50% 为大众化（Massification）高等教育阶段；50% 以上为普及化（Universal）高等教育阶段。根据特罗的分析和研究，高等教育的阶段性发展是由高等教育自身的社会功能和组织结构演进所引起的，不同阶段的高等教育呈现出不同的社会功能、学术标准及管理模式等。高等教育的大众化必然伴随着高等教育办学模式的多样化、管理上的自主化与分权化、资源筹措的多元化、教育机会的开放化、教学制度的灵活化、高等教育机构的社会化（面向社会办学，强化与社会的联系，加强社会参与）、院校的个性化（特色化）、结构的合理化（层次与科类结构符合社会需求）等一系列重大变化。这些变化对于中国结合基本国情制定高等教育发展与改革政策具有重要的参考意义。

改革开放以来，中国经济的快速增长及教育的发展与改革为高等教育向大众化阶段的过渡提供了基础条件。尽管中国已经具备了高等教育"大众化"的基础条件，但就中国现实情况而言，要实现高等教育"大众化"还面临众多挑战，例如，中国高等教育整体发展水平不高，地区间高等教育发展水平还很不平衡；随着高等教育"大众化"进程的加快，高等教育规模的扩大与高等学校毕业生就业难的矛盾将会加剧。鉴于此，在制定高等教育向大众化过渡的政策和步骤时，中国应该处理好五大关系：（1）扩大规模与提高质量与效益、优化结构的关系；（2）深化高等教育体制改革和以改革促发展的关系；（3）当前发展与可持续发展的关系；（4）制度创新与教学改革的关系；（5）普及与提高的关系。根据国外经验教训与中国具体情况，中国高等教育向大众化过渡期间应做好如下政策选择：第一，进一步改革高等教育管理体制，扩大高等学校的办学自主权。以条块分割和"统"与"包"为主要特征的中国旧的高等教育管理体制与高等教育"大众化"的要求是不相适应的。要建立起与"大众化"阶段相适应的管理体制、布局结构基本合理、办学形式多样、学科门类齐全、规模效益好、教育质量高的高等教育体系，必须深化高等教育管理体制改革。第二，深化办学体制改革，积极发展民办高等教育。根据中国国情和国外的经验，中国要充分重视民办高等教育在推进高等教育"大众化"方面的重要作用。应当消除对民办教育的偏见，把民办高等教育也纳入到高等教育的发展规划与政策调控的视野之内，对民办高等教育的发展给予更多的鼓励与扶持。第三，促进高等教育机构与办学模式的多样化，优化高等教育结构，实现各类教育的协调发展。第四，构建与终生学习社会相适应的高等教育体系。在中国推进高等教育"大众化"的过程中，中国要把正规高等教育与非正规高等教育、普通高等教育与成人高等教育、学历高等教育与非学历高等教育、学术性高等教育与应用性高等教育、专科教育与本科教育及研究生教育有机地统一起来，努力改善中等教育与高等教育的衔接关系，改善入学考试和评价制度，构建一套满足社会多样化、终生化学习需求的高等教育体系。

2. 建立合理的高等教育收费制度，完善大学生资助体系

高等教育提供的是一种高等教育服务，其直接产出是学生知识、能力的增进，思想品德修养的提高，或者是人力资本的形成。就学生和学校的关系而言，

学校提供的仅仅是教育服务。按照经济学中的公共产品理论,高等教育服务是准公共产品,或者叫做混合产品。公共产品应由政府提供,个人产品应由市场提供,准公共产品应由市场和政府共同提供。高等教育服务产品的性质决定了高等教育学费的性质,如果高等教育在性质上属于像家电产品一样的私人产品,学费的性质就是高等教育服务的价格,与其他商品一样,学费就应由市场供求形成和调节,随行就市,一般情况下,高等教育学费与高等教育成本相一致。如果高等教育服务在性质上是如同国防服务一样的公共产品,就应由政府免费向消费者提供,大学生就不用支付学费,高等教育的成本的支付方式是,政府通过税收获得收入,再支付高等教育的成本。既然高等教育是准公共产品,政府与消费者(即学生或者其家庭)应共同承担其成本,受教育者直接负担的形式就是学费,学费从性质来说是准公共产品的收费,或者是成本分担。由此,学费应是高等教育成本的一部分,它不等于成本,更不应高于成本,也不是高等教育服务的价格。学费标准的确定一般要考虑两个因素:高等教育服务成本和居民收入水平。现代国际人权法对各国施加了"对高等教育实行逐渐免费"的义务。中国在对高等教育实行了长达30年的全免费制度以后,现在开始对高等教育实行收费,而且是高收费,这与中国承担的国际法上的义务是相抵触的。中国为了切实履行上述国际法义务,应根据自身实际采取如下对策:

建立大学生学费听证会制度,确立收取学费的合理标准。学费不是教育价格,而是公益性事业服务收费,与学费相关的各方,包括政府、学校、学生家庭在利益上存在一定的矛盾。政府更多的是关注教育发展和教育公平以及财政支付能力,学校更多的是关注教育成本,学生及其家庭关注的是对学费的支付能力。学校总是希望多收费,存在多收学费的倾向,倾向把学费标准定高;只要不影响社会稳定,政府为减轻财政负担,也总是希望多收学费。正因为学费涉及社会各方面的利益,所以学费标准和收取办法的制定应是公共选择的结果。为此,可采取学费听证会制度克服上述困难与矛盾,通过听证会确定学费标准,同时对学校的收费情况进行监督。①听证会可在中央与省一级进行,听证会可由政府有关机构(教育、计划、财政、税收)、高等学校代表、学生及家庭代表和有关专家组成。会前应由政府有关机构提供高等教育成本、居民收入、高等教育供求等信息,同时作为高等教育服务的直接提供者,学校也享有一定的权利。学费与高等教育供求有一定关系,应采取差别定价的政策。不同类别的学校,不同的专业,同一类别的不同质量的学校,学费应有差别。由于

---

① 王善迈:"论高等教育的学费",载《北京师范大学学报》(人文社会科学版)2000年第6期,第24、29页。

名牌学校、平均成本高的学校，在未来的劳动力市场竞争中竞争力较强，收益较高，收费标准应较高，进一步扩大收费差别，以使教育成本与预期收益对应，较高的预期收益应付出较高的成本。在进行充分听证的基础上，由中介机构或专家学者提供可选择的多种学费标准及收取方案，方案应规定学费标准的上限或者基准线，学校有权在一定范围内浮动，以增加学校的自主权，增强学校的激励机制。省一级政府在各种方案的基础上进行决策，最终形成学费标准。在采取听证会确立大学生收费标准时，中国应根据自身承担的国际法义务把握以下原则：（1）近年在高等教育收费的总量上不得突破。中国现行的高等教育收费标准已达世界"先进水平"，即属世界收费最高之列，高收费已经影响了对高等教育权的切实保护。因此，中国近年可以对不同学校、不同专业的收费标准作出调整，但不应该继续大幅提高收费标准，在收费问题上应保持相对稳定，不得突破。（2）中国今后在调整高等教育收费标准时，应使其与城乡居民收入的增长速度保持一致。1999年以来出现的学费增长速度与城乡居民收入增长速度严重背离的现象决不能再次发生。严格来讲，中国高等教育的收费标准增长速度应该逐步低于居民实际收入的增长速度，否则，何言中国对高等教育逐渐实行了免费？

进一步完善国家助学贷款制度。助学贷款应是国家、政府对贫困学生的主要资助手段，政府应当承担责任，现在的问题是政府除了补贴一部分利息外，把其他责任都推卸给商业银行，这是不合理的制度安排。中国可以通过政府担保、学校组织学生集体签订贷款合同等制度创新完善现行国家助学贷款制度，更重要的是应该考虑建立政策性非盈利的教育银行或者基金组织，通过政府财政和社会捐提供贷款资金，由非营利性的政策银行或者基金组织负责发放国家助学贷款，来承担贷款不能收回的风险和损失。学生贷款制度面临着交易中的逆向选择问题，即便在市场经济制度相对完善、信用制度比较完备成熟的发达国家，实行起来也是很困难的。在资金来源有保证的条件下，建立非营利性的教育银行或者基金组织，专门负责发放、回收助学贷款工作，保证足额按时发放助学贷款，确保每一个贫困生能够获得所需的资金，是一种可能的选择。

3. 加强对高等教育平等权的保护

中国高等教育资源十分短缺，远远满足不了日益扩大的社会需求。在供需矛盾十分突出的历史背景下，严格遵行国际公约所规定的根据能力向一切人开放高等教育，并切实维护受教育者所享有的高等教育平等权是中国建设好高考录取工作这项民心工程的现实选择，为此，中国应正确制定和施行提升保护高等教育平等权水平的对策和措施。

首先，严肃考风考纪，切实维护应试者的公平竞争机制。高考最重要和最基本的优势在于它的公平和高效，"分数面前人人平等"提供了社会公正的基本防线和人才标准的公信度，但所有这一切均应建立在高考成绩的真实性上。一年一度（现正在改革为一年两度）在中国大地举行的高考情系千家万户，送子赶考、守子赶考已在中国蔚然成风。为了使这条关系中国百姓福祉命运的千里大堤免于蚁穴之毁，自恢复高考以来，中国从中央到地方都精心动员和组织这场全球最大的会考。中国高考的组织性、严肃性、科学性、公正性和真实性都在逐年提高。2002年底，中国遭到突如其来的SARS病魔的袭击，中国一方面万众一心、众志成城抗SARS，一方面从早布置和准备七月高考。2003年5月，中国教育部庄严宣布，2003年高考如期举行。高考在中国人心目中的地位和严肃性可见一斑。但是，由于中国正处于社会转型时期，受社会腐败、社会监督疲软和利益驱使的影响，高考这块"净土"也不同程度地受到玷污。对此，中国应采取如下措施：第一，进一步完善高考考试规则，提高高考的组织性；第二，认真审查考场工作人员的基本情况，对考场工作人员在一定区域内实行统一领导、统一培训、统一调配，以便从源头上围堵高考集体舞弊行为。第三，针对高考舞弊的科技含量越来越高，中国应加强对高科技高考舞弊行为的研究，同时，应充分利用高科技手段监测、发现和干扰高考舞弊行为，并为查处此类行为收集和保存相关证据。在条件成熟的地区，可试验采用人工与电子眼相结合的方式监考，也可尝试建立电子高考考场。第四，对舞弊者发现一例处理一例，决不心慈手软。近年出现的几起严重集体舞弊案已经受到严肃查处，涉案考生已被取消录取资格，涉案工作人员有的受到行政处分，有的还被追究法律责任。

其次，进一步完善保送生制度和加分制度，使其确实有利于选拔优秀人才。保送生制度和加分制度是高考制度的必要组成部分，保送和加分是对以考试分数为重心的选拔人才标准的必要补充，它旨在使人才选拔标准更接近考生的能力。与按考分录取相比，保送生制度和加分制度灵活性较大，操作起来也更难。考生考分的水平是在高考中"一锤定音"，而保送生的水平和加分水平则是考生在高考前的中等教育中积累而成的，高考试题及评分标准是全国统一的，而保送生在接受中等教育时的考试成绩只是其所在学校或地区组织的各次考试的结果，至于三好生、特长生的加分依据更无全国统一标准，同样具有较强的地方性和差异性。腐败是一种社会现象，教育本身也存在腐败，由于中国处于社会转型时期，腐败问题更加严重。相对于高考而言，腐败对保送制度和加分制度的侵蚀和破坏更为严重，许多地方的保送生和加分生主要是当地党政军部门的干部子女和当地学校及教育主管部门的子女便是最好的例证。对于完善保送生制度和加分制度的对策，笔者认为主要有：首先，进一步规范保送生制度和加分制度，对于保送生的条件和加分条件要细化和科学化，以便操作和合理实施。在保送生的选择和加分过程中，要面向所有的受教育者，而不能人为地画框框定范围，要排除当地权力部门和教育机构的不当干预。对于保送生，要进一步做好综合测验工作，既要考察其平时成绩和表现，又要考察其实际达到的水平。对于加分生，应着重甄别其加分依据的来源及真伪，必要时应予以复查和审核。其次，对于实施保送生制度和加分制度条件不成熟，工作不配套的地区可暂缓或停止施行上述制度，例如，黑龙江省就取消了保送生制度。最后，对于在保送生选拔和加分制度落实过程中弄虚作假、徇私舞弊的行为要严肃查处，不但要追究有关责任人的行政乃至法律责任，而且要取消加分和被保送人员的保送生资格，并取消有关学校或地区继续实行保送生和加分制度的资格。

最后，逐步实行全国统一划定录取分数线。近年来，中国百姓对不同省市学生和城乡学生高等教育入学机会分配不公反映强烈，并有因当地分数线过高而落榜的考生进京状告教育部的案例出现。自恢复全国统一高考以来，中国实行按考分录取大学生，这在高等教育入学机会上已做到了形式上的平等。但实际录取学生采取的是分省定额、划线录取的办法，它加剧了原本已经存在的城乡之间的教育不平等。中国高等教育入学机会的城乡不平等主要归因于忽视城乡差距、以城市社会和居民为出发点的"城市中心"的价值取向。长期以来，在城乡二元结构、高度集中的计划体制下，中国形成了一种忽视地区差别和城乡差别的"城市中心"的价值取向：国家的公共政策优先满足甚至只反映和体现城市人的利益，例如过去的粮油供应政策、就业、医疗、住房、劳保等各项社会福利，等等。教育作为一种公共产品，也具有一种社会福利的性质，尤其是过去免费的高等教育，因而也体现"城市优先"的价值取向。① 随着市场经济体制的逐渐建立和城市化的进程，这一思路显然已经不合时宜；但作为一种思维定势，它仍有较大的惯性，依然潜存于社会决策之中，对此应当有相应的认识并逐步予以矫正。

---

① 程方平：《中国教育问题报告——入世背景下中国教育的现实问题和基本政策》，中国社会科学出版社 2002 年版，第 496 页。

参考文献

一、中文部分

1. 万鄂湘、郭可强：《国际人权法》，武汉大学出版社 1994 年版，第 279 页。

2. 董云虎：《中国人权年鉴》，当代世界出版社 2000 年版，第 1742 页。

3. 王家福、刘海年：《中国人权百科全书》，中国大百科全书出版社 1998 年版，第 1108 页。

4. 杨成铭：《人权保护区域化的尝试：欧洲人权机构的视角》，中国法制出版社 2000 年版，第 331 页。

5. 杜育红：《教育发展不平衡研究》，北京师范大学出版社 2000 年版，第 203 页。

6. 胡东芳、将纯焦：《“民办”咋办？——中国民办教育忧思录》，福建教育出版社 2001 年版，第 265 页。

7. 中华人民共和国教育部发展规划司：《中国教育统计年鉴》（2000），人民教育出版社 2001 年版，第 393 页。

8. 国家教育发展研究中心：《2000 年中国教育绿皮书》，教育科学出版社 2000 年版，第 167 页。

9. 世界银行、联合国教科文组织高等教育与社会特别工作组：《发展中国家的高等教育：危机与出路》，教育科学出版社 2001 年版，第 121 页。

10. 张人杰：《中外教育比较史纲》，山东教育出版社 2001 年版，第 693 页。

11. 李少元：《农村教育论》，江苏教育出版社 2000 年版，第 490 页。

12. 陈培瑞：《教育大视野：现代教育改革难点热点问题透视》，青岛海洋大学出版社 1999 年版，第 429 页。

13. 刘新科：《国外教育发展史纲》，中国社会科学出版社 2002 年版，第 353 页。

14. 赵建中：《教育的使命——面向二十一世纪的教育宣言和行动纲领》，教育科学出版社 1996 年版，第 260 页。

15. 联合国教科文组织：《为了 21 世纪的教育——问题与展望》，教育科学出版社 2002 年版，第 319 页。

16. 王英杰、曲恒昌、李家永：《亚洲发展中国家的义务教育》，人民教育出版社 1997 年版，第 509 页。

17. 中国教育年鉴编辑部：《中国教育年鉴》（2002），人民教育出版社 2003 年版，第 854 页。

18. 杨九俊：《挑战与对策：基础教育改革论》，江苏教育出版社 2002 年版，第 293 页。

19. 王善迈、袁连生：《中国教育发展报告：90 年代后半期的教育财政与教育财政体制》，北京师范大学出版社 2002 年版，第 279 页。

20. 中央教育科学研究所：《中国基础教育发展研究报告》（2001），教育科学出版社 2002 年版，第 420 页。

21. 劳凯声：《中国教育法制评论》第 1 辑，教育科学出版社 2002 年版，第 456 页。

22. 劳凯声主编：《变革社会中的教育权与受教育权：教育法学基本问题研究》，教育科学出版社 2003 年版，第 476 页。

23. 褚宏启：《学校法律问题分析》，法律出版社 1998 年版，第 512 页。

24. 钱民辉：《职业教育与社会发展研究》，黑龙江教育出版社 1999 年版，第 402 页。

25. 李晓燕：《教育法学》，高等教育出版社 2001 年版，第 548 页。

26. 程方平：《中国教育问题报告——入世背景下中国教育的现实问题和基本政策》，中国社会科学出版社 2002 年版，第 496 页。

27. 世界教育报告 2000：《教育的权利走向全民终身教育》，中国对外翻译出版公司联合国教科文组织出版 2001 年版，第 177 页。

28. 袁振国：《发展我国教育产业政策研究》，华东师范大学出版社 2002 年版，第 234 页。

29. 吴松、沈紫金：《WTO 与中国高等教育发展》，北京理工大学出版社 2002 年版，第 417 页。

30. 张乐平：《教育政策法规的理论与实践》，华东师范大学出版社 2002 年版，第 270 页。

31. 刘楠来："关于国际人权公约下缔约国义务的几个问题"见王家福、刘海年、李林《人权与 21 世纪》，中国法制出版社 2000 年版，第 110—111 页。

32. 王可菊："国际人权条约缔约国的义务和权利：人权"，2002 年第 3 期，第 22—23 页。

33. 王善迈："论高等教育的学费"，载《北京师范大学学报》（社会科学版）2000 年第 6 期，第 24—29 页。

34. 胡鞍钢、熊义志文："确立新的教育发展国家目标：普及 12 年教育"，见中央教育科学研究所：《中国基础教育发展研究报告》（2002），教育科学出版社 2002 年版，第 71—73 页。

35. 赵志群："劳动与受教育是公民不可放弃的权利"，载《辽宁大学学报》1991 年第 3 期，第 30—38 页。

36. 尹力："受教育权利"，见《变革社会中的受教育权与受教育权：教育法学基本问题研究》，2002 年版，第 184—186 页。

37. 袁连生、王善迈："义务教育财政转移支付制度研究"，见中央教育科学研究所：《中国基础教育发展研究报告》（2002），教育科学出版社 2002 年版，第 119—143 页。

38. 杨成铭："论欧洲人权机构对受教育权的保护"，见《北京理工大学学报》（社会科学版）2003 年第 2 期，第 27—29 页。

二、外文部分

1. Peter R. Baehr, Fried van Hoof, Liu Nanlai, Tao Zhenghua, ed. *Human Rights：Chinese*

and Dutch Perspective. the Hague: Martinus Nijhoff Publishers, 1996, p. 160 ISBN 90-411-0210-8.

2. Göran Melander, Gudmundur Alfredsson and Leif Holmstr? m, ed. The *Raoul Wallenberg Institute Compilation of Human Rights Instruments.* Leiden: Martinus Nijhoff Publishers, p. 684 ISBN 90-04-13857-9.

3. Haag D. The Right to Education: *What Kind of Management. Paris:* UNESCO, 1982, p. 175 ISBN 92-3-101930-9.

4. *Tarrow N B. Human Rights and Education.* Oxford, New York, Beijing, Sydney: The Whitefriars Press Ltd. . 198, p. 261 ISBN 0-08-033887-9.

5. Eide A, Krausen C, Rosas A, Economic, ed. *Social and Cultural Rights.* the Hague: Martinus Nijhoff Publishers, 1995, p. 506 ISBN 0-7923-3277-6.

6. Hodgson D. *The Human Rights to Education.* Dartmouth, 1998. p. 233 ISBN 1-85521-909-3.

7. KnightS. *Proposition 187 and International Human Rights Law: Illegal Discrimination in the Right to Education. Hastings International and Comparative Law Review.* 1995 (19), pp. 183—184.

8. Sohn L. *The Human Rights Law of the Charter Texas International Law Journal.* 1997 (12), pp. 129—131.

9. Halvorsen K. *Notes on the Realization of the Human Right to Education. Human Rights Quarterly.* 1990 (12), pp. 341—350.

10. El Fasi M. *The Right to Education and Culture. Journal of the International Commission of Jurists.* 1968 (8), pp. 34—35.

11. Cullen H. *Educational Rights or Minority Rights. International Journal of Law and the Family.* 1993 (7), pp. 143—148.

12. Christopher C. Plyler v. *Doe and the Right of Undocumented Alien Children to a Public Education. Boston University International Law Journal.* 1954 (2), pp. 513—514.

13. Phillip A. Out of the Abyss: *The Challenges Confronting the New UN Committee on Economic, Social and Culture Rights. Human Rights Quarterly.* 1987 (9), pp. 332—381.

14. Philip A, Simma B. *First Session of the UN Committee on Economic, Social and Cultural Rights. American Journal of International Law.* 1987 (8), pp. 747—756.

15. ECOSOC Working Group. *Commentary: Implementation of the International Covenant on Economic, Social and Cultural Rights. The Review of the International Commission of Jurists.* 1981 (27), pp. 26—39.

16. Craven, Matthew. *The Domestic Application of the Covenant on Economic, Social and Cultural Rights. Netherlands International Law Review.* 1993 (44), pp. 367—404.

· 中国社会科学院 ［法学博士后论丛］ ·

自决权理论研究

A Study on the Theory of Self-determination Rights

博士后姓名　王英津

流　动　站　中国社会科学院法学研究所

研 究 方 向　宪法学与行政法学

博士毕业学校、导师　中国人民大学　黄嘉树

博 士 后 合 作 导 师　白钢、张庆福、莫纪宏

研 究 工 作 起 始 时 间　2002 年 9 月

研 究 工 作 期 满 时 间　2004 年 9 月

作 者 简 介

　　王英津，1969 年 1 月生，汉族，山东沂源人，2002 年 7 月毕业于中国人民大学国际关系学院，获法学博士学位，毕业后留校任教。同时，2002 年 9 月至 2004 年 9 月在中国社会科学院法学所博士后流动站从事研究工作。多年来一直从事政治学理论、中国政治和台湾问题的教学与研究工作。2001 年 12 月获"中国人民大学博士生科研创新奖"一等奖；2003 年 12 月获"中国人民大学优秀博士学位论文奖"；2004 年 3 月出版个人专著《国家统一模式研究》（由台北博扬文化事业有限公司出版）。独立主持"国家社会科学基金"课题和"中国博士后科学基金"课题各一项。在《政治学研究》、《中国人民大学学报》、《太平洋学报》、《文史哲》、《中国评论》（香港）、《公共行政》（澳门）等刊物上发表专业学术论文 50 余篇。

自决权理论研究

王英津

内容摘要：自决作为一种思想，是 17—19 世纪资产阶级民主革命的产物。法国资产阶级革命和美国独立战争标志着自决由理论走向了实践。尔后在列宁和威尔逊的主张和推动下，自决由国内政治实践走向了国际政治实践。二战后，自决被确立为国际法的一项基本原则。

笔者认为自决权具有对内和对外两重属性；在此基础上，笔者提出自决权的层次理论，主张将自决权按其发展层次区分为国内政治层面上的自决权、国际政治层面上的自决权和国际法层面上的自决权。要完整地、准确地理解和把握自决权理论，除了研究自决权范畴本身之外，还应厘清自决权与相关范畴的关系。

自决权与国家主权。自决权不含分离权，自决权的主要内容应是独立权，独立与分离是两码事。自决权与国家主权是不冲突的，两者之间是内在统一的关系。

自决与自治。从两者的区别来看，自决权是国际法上的概念，其主体是殖民地和其他被压迫民族；而自治权是国内法上的概念，其主体是国内少数民族或地方行政区域。从两者的联系来看，自治是自决权的行使结果之一。

自决与民主。两者分属于不同的范畴，两者之间没有必然的逻辑关系。两者之间具有相当的关联性，主要表现在：（1）早期的自决权是为争取民主而提出的；（2）自决可以推动民主。

自决权的主体。自决权的主体应该是殖民地和其他被压迫民族，其具体包括：殖民地、国际托管地；半殖民地也应视为自决权的主体。

自决权与公民投票。公民投票是自决权的实现方式之一，但并非所有的公民投票都是自决权的实现方式，只有自决性公投才是自决权的实现方式，所以自决权的实现方式和公民投票之间是逻辑上的交叉关系。自决性公投的议题主要是领土归属和主权独立。民主性公投的议题主要包括：宪法的制定和修改、大选、加入国际组织、道德问题等。

关键词：自决权　国家主权　自治权　民主　公民投票

导言

（一）选题意义

1. 理论意义

众所周知，自决理论作为一种反殖民主义的武器，曾对美国独立战争、法国资产阶级革命、欧洲民族主义运动、俄国十月社会主义革命、20 世纪非殖民化运动等等都起过非常积极的作用，但由于这一理论受到国际社会的政治、经济、文化、宗教、语言、历史等复杂因素的影响，使自决成为具有不同背景和思想根源的复杂概念。围绕着自决的概念及其相关理论，在学术界产生了颇多的争议，从而使自决权问题的探讨就像是打开了"潘多拉之盒"。[①] 自决权本身的复杂性和模糊性，使得这一理论被当今的少数分离主义势力所利用，他们对自决理论进行随意地发挥和曲解，主张在一些主权国家内部搞自决运动。为了解决利用自决权来分裂国家领土完整问题，有些西方学者对"民族自决权"作了扩大解释，试图将"民族自决权"的含义突破"反殖"和反外族征服的含义局限。在此基础上，西方学者逐步把"民族自决权"作为主权国家内部少数民族权利保障的法理基础，一种新"民族自决权"理论也在西方学术界发展起来，并被许多人所接受。[②] 面对西方学者提出的新"民族自决权"理论，我们该如何看待和评析？

基于解释上述一系列问题的需要，我们今后必须进一步研究：自决权究竟是一种什么样的权力？它的性质、本质以及基本属性是什么？它的主体有哪些？它的适用条件是什么？它是否只适用于殖民地人民和其他被压迫民族？如果是，自决与独立有什么区别？如果不是，主权国家内部的人民是否享有自决权？如果享有，其主体是一国的整个人民还是一国的部分人民？由此又引申出

[①] Antonio Cassese, Self-determination of Peoples, A Legal Reappraisal, Cambridge University Press, 1995, p. 1.

[②] 概括起来，这种新"民族自决权"理论的基本要点是：将"民族自决权"可以分为"对内自决权"和"对外自决权"；主张主权国家内部的少数民族有权行使"民族自决权"；强调国家主权和"民族自决权"应当协调共存，不应过分重视哪一个方面。（转引自尹成左："台湾问题与国际法"，载《联合早报》2004 年 2 月 19 日版。）

许多相关理论的问题，如自决权与国家主权、自决权与人权、自决与民主、自决与自治等到底是什么关系？殖民体系瓦解后，国际社会对民族问题及其相关的民族自决权出现了新的认识和思考。诸如：殖民体系瓦解后民族自决权是否已完成了历史使命？民族自决权可否适用于主权国家中的民族、少数民族、土著居民或部落？民族自决权是否包括分离权？实施民族自决权如何防止国家分裂？等等。这一系列的问题都需要我们从理论上作出科学的回答。

2. 现实意义

可以说，在 20 世纪风起云涌的民族解放浪潮中，民族自决权理论发挥了不可磨灭的历史功用。然而，到了 20 世纪末，它对多民族国家的负面效应，也逐渐显露出来。特别是冷战结束前后苏联解体为开端的自决运动，突出表现出对统一的多民族国家的解构。民族自决被引向民族国家的分裂或解体。这不仅给陷入冲突的国家和民族，也给国际局势的和平发展增添变数。冷战结束以来，在苏联解体、东欧剧变的背景下，世界局势动荡，一些国家的领土和版图受到冲击，从捷克斯洛伐克的分裂到南斯拉夫的不复存在；从加拿大魁北克省的独立要求、北爱尔兰的分离倾向到东帝汶的独立。这些分离主义行动在法理上寻找的一个共同依据就是打着行使自决权的旗号。与此同时，一些国家的民族分离主义者乘机非法提出分离要求，蓄意制造动乱，如俄罗斯的车臣危机、中国的"藏独"和"疆独"活动，等等。为此，民族自决原则的合法性，引起了不少多民族国家的恐慌和质疑。从国际社会来看，个别强权国家打着"人权高于主权"的旗号，借着自决权属于集体人权，而主张将自决权适用于主权国家内部的某些场合，以便通过行使自决权来达到分裂国家领土的目的。国际社会政治斗争的现实，需要我们从理论上厘清自决权与主权、人权之间的关系。从我国的政治现实来看，"台独"分子也打着"自决"的旗号，特别是"台独"势力正在筹划进行分裂国土的"全民公投"。面对这种现状，我们必须从理论上给予有力的批驳，这就要求我们必须对自决权理论进行进一步的梳理和发掘。

（二）研究现状

首先，从国内来看，学术界有关自决问题及其理论的研究，虽然也有一定数量的成果问世，但这些研究成果过分体现于学术论文，目前国内有关专著也是着重分析和研究国际法层面上的自决权问题。另外，也有些著作是从国家与民族关系的视角来研究自决权的。对于这些研究成果的意义，我们必须给予积极的肯定和高度的评价。但从总体说来，国内对于自决这一重要时代课题的研究，倘若和西方国家的研究比较起来，尚显得欠系统、欠深入。

其次，从国外来看，学术界对该问题的研究，主要是从国际法或国际政治的角度来进行的，特别着眼于从法律操作层面来对其进行研究。例如科本（Alfred Cobban）、凯尔逊（Hans Kelson）、埃默森（Rupet Emerson）、卡塞斯（Antonio Cassese）等学者大都是从国际法或国际政治的角度来研究自决的，而对于有关自决的一系列政治学基础理论问题，特别是自决与主权、民主、人权等理论的关系问题，仍缺乏深入的探讨；充其量有些学者，如福克斯（Gregory H. Fox）等为解决分离与国家领土的冲突而提出了"内部自决"与"外部自决"的区分。就整体而言，国内外学术界缺乏从政治学的视角来研究自决问题，特别是缺乏研究自决范畴与其他范畴（如自治、民主等）之间的关系问题。

最后，从学科的视角来看，有关这方面的研究大都集中在国际政治学和国际法学领域，而国内外的政治学研究或宪法学研究基本上不涉及这一命题。

（三）课题创新

笔者认为，本研究报告的主要贡献在于运用新的研究方法对以往学术界中零散的、混乱的理论材料进行了梳理、归纳和界定，进而提出了个人的观点。概括起来，本研究报告的创新之处，主要体现在以下几个方面：

1. 厘清自决范畴与其他相关范畴的关系

本研究报告注重对自决及其相关范畴的界定和解析，以求能够从内在逻辑上厘清它们之间的不同和关联。自决理论的混乱源于自决权概念的混乱，我们只有在科学界定自决权概念内涵的基础上，进一步厘清自决权与主权、自治权、民主等相关理论范畴的关系，才能认清和把握其实质内涵；同时，在区分分离、分立、独立等概念的基础上，进一步厘清了自决权与国家主权、人权、自治权和民主等范畴的关系，以便更好地理解和把握自决的内涵和本质。

2. 对自决权进行层次划分

笔者不赞同西方学者将自决权区分为内部自决权和外部自决权的观点，但认为自决权具有对内和对外双重属性。在此基础上，笔者认为，自决权可以划分为以下三个层次：即国内政治层面上的自决权、国际政治层面上的自决权和国际法上的自决权。

3. 对公民投票进行了新的类型划分

以往学术界对公民投票的类型划分，要么单纯局限于民主领域，要么单纯局限于国际法领域。笔者认为，这失之偏颇。事实上，公民投票既存在于国内民主政治领域，也存在于国际法领域。为了在覆盖两个领域的基础上进行分类，笔者主张将公民投票划分为自决性公民投票和民主性公民投票。这样可以看清很多打着"自决"旗号的政治行为的性质。

（四）研究方法

内容决定形式，目的决定手段。与本报告的研究内容和目的相适应，本研究报告主要采用以下研究方法：

1. 历史研究方法

自决权概念的演进与近代民族国家发展史、国际关系史密切相关，在分析自决权的含义、性质、功能、运作等问题之前，我们先结合近代民族国家发展的历史、国际关系发展的历史，来对自决思想的源流作了历史考察和分析。我们研究自决权产生和发展史的目的在于从根源上准确地把握自决权概念的真谛，并从各种事件的关系中找到因果线索，演绎出造成问题现状的原因，以便更好地解决自决权在当前所面临的问题，及推测和把握自决权在未来的演变趋向。

2. 案例分析方法

本课题通过该方法对人类历史上典型公民投票个案进行实证分析和研究，以此来考察和归纳公民投票在国际社会中的适用条件和具体操作模式。本研究报告所采用的案例分析方法属于其中的"学科化——形态研究方法"。

3. 比较研究方法

探讨自决权的法理基础必然要联系到主权、自主权、自治权这几个概念。可以说，这几个概念是界定自决权概念外延与内涵的参照物，只有深刻研究把握这些概念，通过自决权和这些概念的比较，才能揭示自决权所蕴涵的学理价值，准确理解其意义。采用比较方法研究自决权的目的不在于单纯地罗列自决权与主权、自治权和民主等概念的表面异同，而在于透过表面的异同，分析其产生原因。通过比较，可以凸显自决权的独特功能和存在价值，可以提高人们对自决实践的政治认知和判断能力。

4. 阶级分析方法

对有关自决理论的解析，需要通过阶级分析的方法来反映问题的实质。例如，就生活在同一时代的列宁和威尔逊来说，他们都对自决权理论进行过较为系统的论述，但由于两位政治思想家分别处于无产阶级和资产阶级的不同阶级立场，所以他们对自决权的见解和论述存在着很大的差异。同样，殖民国家的政治思想家和被压迫民族国家的政治思想家对自决权理论的认识和表述，也会有很大的不同。我们只有结合某一政治思想家的阶级背景、阶级立场，才能对其自决权理论和观点有深刻的认识。

一、自决思想的由来与发展

（一）　自决思想的起源

从政治思想史的角度来看，"自决"思想是 17—19 世纪资产阶级民主革命的产物。但是，作为反映这一思想内涵的观念却可以向前追溯到 15—16 世纪的西欧。从历史上看，在最早明确表达民族独立和国家统一思想的西欧政治思想家中，意大利的马基雅维利（1496—1527）是其中比较重要的一个。当时意大利在政治上处于四分五裂的状态，这种状态极大地激发了他的民族主义情感，他坚信民族独立和国家统一是意大利人不可剥夺的权利；对于意大利而言，君主正是帮助人们去实现这一权利的伟人。因此，他在其《君主论》中向当时统治佛罗伦萨的君主呼吁："将意大利从蛮族手中解放出来。"① 中世纪的欧洲大都以神权的名义实行君权统治，宗教改革运动的加尔文分支提倡自主的、以个人信仰为基础的宗教生活。英国的清教徒走得更远，他们把宗教的自主和政治的自主联系起来。历史证明，清教徒的理想尽管没有在英国实现，却为后来北美新大陆的独立运动奠定了思想基础。17 世纪，荷兰著名法学家格劳秀斯（1583—1645）首先把主权概念引用到国际法领域，提倡民族平等的主权学说，强调国家对外主权的独立性、平等性，为刚刚摆脱西班牙殖民统治而独立的荷兰共和国进行法律辩护。② 很显然，他的主权理论中也包含着民族自决的思想。17 世纪，英国政治思想家霍布斯（1588—1679）也指出，一部分人去统治另一部分人，或者一个民族去统治另一个民族，均是不合理的。这里面包含着人与人之间或民族与民族之间相互独立平等的意思。因而，他也被认为是最早承认人民或民族自决权的政治思想家之一。英国的另一位政治思想家约翰·洛克（1632—1704）在其社会契约论中也包含着自决思想的萌芽。根据洛克的社会契约论，统治者的权力只能来自于他与其国民之间的社会契约，人民的同意是政府建立的合法性基础。他认为虽然个人在自然状态下可以享有种种权利，但这种自然状态有许多缺陷。为了摆脱这些缺陷，他们"同其他人协议联合组成一个共同体，以谋求他们彼此间的舒适、安全和和平的生活，以便安稳地享受他们的财产并且有更大的保障来防止共同体以外任何人的侵犯。……当某些人这样的统一建立一个共同

---

① ［意大利］马基雅维利：《君主论》，商务印书馆 1997 年版，第 121 页。
② 转引自叶立煊：《西方政治思想史》，福建人民出版社 1992 年版，第 175—177 页。

体或政府时，他们因此就立刻结合起来并组成一个国家，那里的大多数人享有替其余的人作出行动和决定的权利"①。洛克在其社会契约论中，特别强调社会中的其他人必须服从大多数人的合议。因为"如果不这样，它就不能作为一个整体、一个共同体而有所行动或继续存在"②。从洛克社会契约的合意性论述中，我们可以清晰地看到有关自决思想的萌芽。

在思想史上，对"自决"思想的形成有着直接而又深远影响的理论是以卢梭（1712—1778）为代表的"自然权利说"和"天赋人权"说。按照卢梭的这一理论，国家权力是公民意志的自主运用，其最终来源是人民，人民是根据自己的自由意志组织和参与政治，以平等自由的身份为公共生活订约立法。这种"主权在民"的思想也为 19 世纪欧洲民族国家的建立提供了国际法依据，即当解决领土纠纷时，应根据当地人民的意愿来全民表决。卢梭的人民主权思想为人民自决权的提出奠定了思想基础。从某种意义上讲，人民自决权思想是由人民主权学说直接导出的；换言之，人民自决权是人民主权的逻辑延伸。

考察"自决"观念在思想史上的起源，就不能不提到康德（1724—1804）。首先，他是哲学史上主张个人自由，充分肯定人的自主权利的学者之一。他认为，人的道德意识之所以成为可能，并非来自上帝或外部客观世界，道德意识不是自然的物理定律或神的戒律，而是来自于人的先验的对自由的需要，这种自由表现为对至善至美的追求，因为人是不完美的和受客观物理规律支配的，所以人把上帝作为绝对自由与完美的象征。人之所以自由，不是因为他不受外部世界的约束，而恰恰相反，自由的人必须服从一种内在的法律（即道德）。只要服从内在的规范，一个人即使是受奴役的，他在意志上也是自由的。为了达到善，必须能自由选择善；善不是由外部权威来定义的，而是人自主选择的结果。正如道德完善的人是自主的，好的政治也是自决的。其次，康德关于国家独立的理论与"一国整个人民的自决"也有着密切的联系。康德认为任何独立存在的国家都不能通过继承、交换、出售或捐赠的方式被另一国家夺取。根据康德的理论，"国家是由许多人依据法律组织起来的联合体"③，除了它自己，谁都没有统治或处置的权利。再次，康德主张在自然条件所需要的许多国家内，特别是在尚未发展成国家的地区内，所有人都有寻求自由的权利。康德强调每个社会都有自己进行统治或处置的权利，其他任何人

①　［英］洛克：《政府论下篇》，商务印书馆 1997 年版，第 59—60 页。
②　同上书，第 60 页。
③　［德］康德：《法的形而上学原理》，商务印书馆 1985 年版，第 139 页。

都没有凌驾于它之上的权利。辛莫尼兹认为，尽管康德在这里并未使用"自决"一词，但很显然，他的这些观点是对人民自决思想的阐发或说明①，是针对自决权而言的。

还有的学者沿循着康德的思想脉搏，从新康德主义者那里寻找自决理论的渊源。他们认为，人民自决的观念发轫于德国哲学家费希特（1762—1814）把自由意志的主体从个人扩大到团体（包括社群和民族）的学说②。费希特认为，个人的完全自主最终要求民族的自主。因为在他看来，世界是作为一个整体而存在的，是一种普遍意识的产物。个人的自由意志参与其中，形成了一个"自我"，这个"自我"又超越了所有个体，成为一种公共意志，这种公共意志能够提供个体意志所无法提供的社会秩序的稳定性、有序性。因此，整体重于和大于所有组成它的个体，个体要证明自己的存在和实在性，就要通过在整体中占有一个位置来进行。个人的自由在于他自身从属于整体进而获得他的实在性。完全的自由即意味着完全地融入整体。人的自由就是自我实现，自我实现就要完全融入普遍意识。个体因整体而存在，并从整体中获得意义。个体的自决要通过整体的自决来实现。可见，新康德主义者在康德的自由和自决观念的基础上进一步推演和发展出了民族自决观念。

上述欧洲政治思想家、哲学家虽然都没有直接就自决问题展开论述，但他们在政治哲学著作中关于"自己管理自己"、"不受外来统治"、"独立自主"以及"各社会间平等"等学说，无疑包含着自决思想的萌芽，这为后来自决概念的正式提出奠定了理论基础。

（二）自决思想的形成和发展

1. 从观念到概念：资产阶级革命的产物

"自决"思想的形成和发展是与 17 世纪的欧洲宗教改革运动、18 世纪末19 世纪初的法国大革命、欧洲建立民族国家运动和美国独立战争分不开的。其中，对自决思想的发展最有推动力的是美国独立战争和法国资产阶级革命。

美国独立战争的领袖人物托马斯·杰弗逊受洛克的自然权利理论的影响颇深。他在 1774 年给英国政府的一份文件中写道，美国人与英国人一样享有自然赋予所有人的权利，上帝给了我们生命，同时也给了我们自由。美国独立的

---

① Dr. Frank Przetacznik, The Basic Collective Human Right to Self - detemination of Peoples and Nations as a Prerequisite for Peace, Vol. 8 New nNork School Journal of Human Rights, p. 56.

② Cf. Ernst Tugendhat, Self - consciousness and Self - determination, Cambridge, Mass.: MIT Press, P1986. Frederick Neuhouser, Fichte's Theory of Subjectivity, Cambridge: Cambridge University Press, 1991, chap. 4.

原因正像独立宣言接着指明的："人人生而平等，他们都从他们的造物主那边被赋予了某些不可转让的权利，其中包括生命权、自由权和追求幸福的权利。为了保障这些权利，才在人们中间成立政府。而政府的正当权力，应当来自被统治者的同意。如果遇有任何一种形式的政府变成损害这些目的，那么，人们就有权利来改变它或废除它，以建立新的政府。"据此，北美十三个殖民地宣布独立，他们要做自己命运的主宰者。独立宣言中虽然没有使用"自决权"这个词，但其中有关自决权的含义是不言而喻的。学术界甚至认为美国独立战争是自决权的首次行使。

法国资产阶级从欧洲启蒙思想家那里得到启示，在 1789 年的资产阶级革命中提出了"平等"、"自由"、"博爱"和"人权"等口号，颁布了《人权和公民权宣言》，明确提出了民主主义、民族主义和民族自决权的口号，反对封建专制的王权和罗马教皇的神权。1790 年自决作为一项领土转让的标准被宣布出来。1791 年制定的《宪法》规定："法国不从事以征服为目的的战争，亦决不用其兵力反对民族的自由。"① 直到 1793 年，自决原则才被正式写进法国宪法草案。由于法国资产阶级革命在西欧资产阶级革命史上具有非常重要的地位，因此这一时期产生并被确认的人民自决权和不干涉国内政等原则，对西欧其他资产阶级革命的进程产生了十分广泛而深刻的影响。在这一思想的影响下，意大利和德意志的民族主义觉醒，两个民族也通过战争的手段摆脱了异族的统治，到 1871 年时西欧各国已大体上分别实现了民族统一，完成了单一民族国家的建立，从根本上打破了中世纪以来西欧邦国林立的分裂割据状态。可见，自决作为西欧新兴资产阶级的政治要求，适应了当时欧洲民族主义兴起的需要，在历史上具有进步意义。

2. 从国内政治范畴到国际政治范畴：列宁和威尔逊的贡献

资产阶级革命的胜利，并未将人类带入当家做主的理性自治的王国。资产阶级取得国家政权之后，驱于资本的本性，展开了血腥的资本原始积累历程，他们对内盘剥劳苦大众，对外进行殖民扩张，从而促成世界范围内压迫民族和被压迫民族的分化。殖民地和被压迫民族为维护自身最基本的生存、发展权而奋起抗争。至此，"民族自决"这个为资产阶级民主革命反对封建专制和神权而提出的理论，在马克思、恩格斯的启导下移转到了广大殖民地和被压迫民族的手中，并成为摧毁殖民体系，促进民族解放运动的思想武器。

无产阶级革命家列宁在领导俄国人民反对沙皇专制统治、进行民主革命和

---

① 转引自孙建中："国家主权与民族自决权的一致性与矛盾性"，载《北京大学学报》（哲学社会科学版）1999 第 2 期。

社会主义革命的过程中，提出了与西欧"民族主义"完全不同的"民族自决权"原则，主张被压迫民族享有自决权，并将其作为殖民地半殖民地国家人民反对帝国主义殖民统治、争取民族解放的思想武器。"列宁被认为是第一个向国际社会坚持自决权应成为民族解放的一般标准的人。"① 他用马克思主义的观点研究自决问题，得出结论说："所谓民族自决，就是民族脱离异族集合体的国家分离，就是成立独立的民族国家。"② 列宁认为："从历史—经济的观点看来，马克思主义者的纲领上所谈的'民族自决'，除了政治自决，即国家独立、建立民族国家以外，不可能有什么别的意义。"③ 列宁的民族自决思想的核心内容是反对民族压迫和殖民统治，他强调各民族间的平等，每个民族都有权建立民族国家。但是这并不意味着每个民族都必须或能够独立，因为"无产阶级认为民族要求服从阶级斗争的利益。……因此，无产阶级就只提出所谓消极的要求，即要求承认自决权，而不向任何一个民族担保，不向任何一个民族答应提供损害其他民族利益的任何东西"④。十月革命的胜利扩大了民族问题的范围，使民族问题从反对欧洲民族压迫的局部问题，变成了国际上反对一切帝国主义、反对一切殖民主义、反对一切民族压迫，把一切被压迫民族、殖民地和半殖民地的人民从帝国主义的压迫下解放出来的普遍性问题。⑤ 十月革命胜利后，使自决权的概念在世界范围内流行起来，自决思想成为反对殖民主义的重要辩护词。

将自决原则推向国际社会的领导人除了列宁之外，还有一位，那就是美国总统威尔逊。他第一次涉及自决的问题是在 1918 年 1 月 8 日向美国国会联席会议宣布的他的"十四点原则"中。他指出，人民都有选择它愿意接受其统治的主权者之权利。他说："如果不承认和接受政府的所有正义权力都来自被治者的同意的原则，任何和平都不会也不该持久；无论在什么地方都不存在把人民像对待财产那样从一个主权交给另一个主权的权利。"⑥ 威尔逊的自决思想以被统治者的同意为基础，他是从典型的西方民主观点来关注自决问题的。因此威尔逊认为自决就是人民自由地选择他们自己的政府，决定政府的形式。自决原则要求允许每个国家的人民有权自由地选择国家政府和政治领导人。自决的意思就是自治。⑦

---

① 白桂梅：《国际法上的自决》，中国华侨出版社 1999 年版，第 8 页。
② 《列宁全集》（25），人民出版社 1988 年版，第 225 页。
③ 同上书，234 页。
④ 同上书，238 页。
⑤ 《斯大林全集》（4），人民出版社 1956 年版，第 148—149 页。
⑥ 转引自 Michla Pomerance, United State and Self-determination: Perspectiveson the Wilsonian Conception, Vol. 70 American Journal of International Law . 1976. p. 2.
⑦ Antonio Cassese, Self-determination of Peoples, A Legal Reappraisal, Cambridge University Press, 1995, p. 19.

尽管列宁和威尔逊的自决思想有着很大的不同，但他们都对人民自决权在国际法上后来的发展产生了不同程度的重大影响。① 同时，我们也应当看到，他们的自决思想在当时所起的作用也存有一定的局限性，自决原则成了使战胜国重新分割欧洲合法化的工具。在第一次世界大战后重新瓜分欧洲的巴黎和会上，自决要求的胜败与 19 世纪末时一样，很大程度上取决于一个或几个大国的支持。"在多数情况下，谁胜谁负不是以谁的自决主张最强烈，而是由列强的政治计算标准和它们感觉到的需要来决定的。除了几个前线区域以外，没有举行任何公民投票或全民公决来决定受到凡尔赛划定版图影响的人民的意愿。实际上，1919 年后的许多领土处置是在欧洲盟国战时达成的密约基础上解决的。"② 1919 年的"巴黎和会"恰恰损害了"民族自决"的原则，战后成立的国际组织——国际联盟的盟约也只是通过法律的形式把这些都固定下来，盟约中从未提到过"自决"或"民族自决"。③ 第一次世界大战后的国际实践中，人民自决原则虽然得到了广泛的传播，但是殖民主义者并不甘心主动退出其殖民地，让其所统治的人民实行自决。因此说，我们现在所理解的人民自决权原则在当时的国际法上是根本不存在的，它的发展是从第二次世界大战以后，主要是非殖民化运动中的事情。④

3. 从国际政治原则到国际法律原则

随着自决运动在国际社会广泛而深入地开展，自决权越来越受到国际社会的重视。为了彻底摆脱或根除殖民主义，必须在国际社会中将殖民地和其他被压迫民族用以反对殖民统治或民族压迫的理论武器——自决权理论，由政治原则上升为法律原则。在苏联和众多第三世界国家的不断努力下，国际会议通过一系列法律文件的形式，将自决确立为一项国际法原则，并在今后的实践中不断将其加以丰富和发展。概括起来，自决作为国际法上的一项基本原则，在其确立和发展的过程中，大致经历了以下几个国际法律文件的签署阶段：

---

① 白桂梅：《国际法上的自决》，中国华侨出版社 1999 年版，第 14 页。

② Hursthannum, Self – determination in the Post – colonial Era, in Self – determation: International Perspectives, edited by Donald Clark and Robert Willianmson, St. Martin's Press, Inc., 1996, pp. 13—14.

③ 因为战胜国比战败国还心虚，主要原因是英国有爱尔兰和印度问题，加拿大有魁北克问题，美国有夏威夷、印第安人、黑人及南北战争的遗留问题。

④ 在学术界，"非殖民化运动"有广义和狭义之分。广义上的"非殖民化运动"，历史跨度相当大，经历了一个漫长的发展过程。如果美国独立战争可以作为非殖民化的第一次尝试的话，从 18 世纪末开始的非殖民化过程，由于第一次世界大战和十月革命的影响曾有很大的推进，到 20 世纪六七十年代达到高潮，80 年代末进入尾声，前后经历了几个世纪的时间。而狭义上的"非殖民化运动"是单指第二次世界大战后开始的殖民地人民和其他被压迫民族的民族解放运动。这里所谓的"非殖民化运动"是就狭义而言的。

（1）1941 年 8 月的《大西洋宪章》。1941 年 8 月，美英两国签署的《大西洋宪章》中提出："尊重各民族自由选择其政府形式的权利，各民族中的主权和自决权有遭剥夺者，两者将努力设法予以恢复。"该宪章虽然没有将自决权作为一项法律原则提出来，但这是第一次通过国际法律文件的形式对自决权加以肯定，这对自决权的发展无疑产生了积极的意义。

（2）1945 年 6 月的《联合国宪章》。"二战"胜利后，在前苏联的大力推动下，"自决"原则被明确写进了该宪章，在《联合国宪章》第 1 条规定联合国的第二项宗旨时提出："发展国际间以尊重人民平等权利及自决原则为根据之友好关系，并采取其他适当办法，以增强普遍和平。"同样，《联合国宪章》在第 55 条也提及自决原则。《联合国宪章》是最早将人民自决权作为一项原则提出的国际文件。《联合国宪章》为殖民地人民的自决提供了法律依据。

（3）1952 年的《关于人民与民族的自决权》。该决议指出："联合国会员国应拥护各国人民与各民族自决的原则，同时承认非自治领土和托管领土民族的自决权。"联合国大会还通过了许多与支持殖民地人民实现自决权直接相关的决议。这些决议一般都承认殖民地人民享有完全的自决权并谴责殖民国家侵犯人权和违反人民自决权原则的行为。联合国大会的这些实践表明这样的一种趋势，即至少在联合国范围内，人民自决权原则正在成为国际习惯法原则。

（4）1955 年的《亚非会议最后公报》。该公报作为一个区域性国际文件也为国际法上人民自决权原则的形成起到了积极的推动作用。会议通过的《亚非会议最后公报》宣布："完全支持联合国宪章中所提出的人民和民族自决权的原则，并注意到联合国关于人民和民族自决权的各项决议，自决是充分享受一切基本人权的先决条件。"[1] 该公报虽然不是具有法律约束力的文件，但它对世界非殖民化运动产生了深远影响，对于国际法上自决原则的形成作出了贡献。

（5）1960 年的《给予殖民地国家和人民独立宣言》。该宣言把殖民统治与基本人权和世界和平紧密地联系在一起，宣布："所有的人民都有自决权；依据这个权利，他们自由地决定他们的政治地位，自由地发展他们的经济、社会和文化。"该宣言还宣布自决是一项必须马上得到执行的权利。"在托管领地和非自治领地以及还没有取得独立的一切其他领地内立即采取步骤，依照这些领地的人民自由地表示的意旨和愿望，不分种族、信仰或肤色，无条件地和无保留地将所有权力移交给他们，使他们能享受完全的独立和自由。"[2] 可以说，这时的自决不再仅仅是一项政治原则了。

---

① 王铁崖：《国际法资料选编》，法律出版社 1981 年版，第 27 页。
② 同上书，第 11 页。

（6）1966 年的《公民权利和政治权利国际公约》。1966 年 12 月 9 日，联合国通过《公民权利和政治权利国际公约》，也即《国际人权公约 A 宪章》。公约第 1 条规定："所有人民都有自决权。他们凭这种权利自由决定他们的政治地位，并自由谋求他们的经济、社会和文化的发展。"同日联合国通过《经济、社会文化权利国际公约》，它又被称为《国际人权公约 B 宪章》，其第 1 条第 1 款又重申"A 宪章"中上述原则。

（7）1970 年 10 月的《关于各国依联合国宪章建立友好关系及合作之国际法原则之宣言》（简称《国际法原则宣言》）。该宣言指出："根据联合国宪章所尊崇之各民族享有平等权利及自决权之原则，各民族一律有权自由决定其政治地位，不受外界之干涉，并追求其经济、社会及文化之发展，且每一国均有义务遵照宪章规定尊重此种权利。"① 与联合国宪章的规定相比，宣言的这一段似乎比较具体地解释了自决原则中"决"的含义和方式。该宣言具有解释宪章和宣布现存国际法原则双重作用，它构成了自决原则是国际法原则的重要证据，是自决原则发展史上的里程碑。

（8）1975 年 8 月的《欧洲关于指导与会国间关系原则的宣言》。这个文件因其是区域性的国际文件而不具法律拘束力。② 该文件宣布："与会国将始终按照联合国宪章的宗旨和原则，按照国际法，包括关于各国领土完整的国际法的有关准则，尊重各国人民的平等权利和他们的自决权。""本着平等权利和民族自决的原则。各民族始终有权在他们愿意的时候，按照他们的愿望，在没有外来干涉的情况下，完全自由地决定他们的内外政治地位，并且根据他们的愿望，实行政治、经济、社会和文化的发展。"该文件对消除殖民统治争取民族独立，只字未提。

（9）1993 年的《维也纳宣言和行动纲领》。该文件对自决权阐述道："所有民族均拥有自决的权利。基于这种权利，他们自由地决定自己的政治地位，自由地追求自己的经济、社会和文化发展。"同时指出，这不得被解释为授权或鼓励采取任何行动去全面或局部地解散或侵犯主权和独立国家的领土完整或政治统一。以上这些论述是各国讨论后形成的，其重要性在于它不是一个人的

---

① 王铁崖：《国际法资料选编》，法律出版社 1981 年版，第 7 页。

② 它和前面的亚非会议最后公报虽然都是区域性的国际文件，却有着根本的不同。亚洲和非洲的绝大多数国家都有被殖民统治、被外国压迫或剥削的历史，在 1955 年时还有相当一部分殖民地人民没有获得独立。然而，恰恰相反，这些情况在欧洲不仅完全不存在而且绝大多数的殖民国家都分布在欧洲。在自决问题上，欧洲殖民国家更多的是承担义务，它们应该做的是尊重殖民地人民的自决权，给他们以自由和独立。这两个区域在非殖民化和自决问题上存在的利益上的根本冲突导致了两个相应的国际文件在自决问题上立场和侧重点的不同。

权利，而是一个民族的权利，是一个群体的权利。

上述这些文件在不同历史时期对自决原则的发展产生了不同的影响。特别是 1970 年《国际法原则宣言》中关于自决权的规定在后来的"国际立法"实践中得到反复引用，这种实践进一步证明自决原则作为国际法原则已经确立。

（三）　自决权理论的研究动态

许多民族或国家打着自决权的旗号获得了国家独立以后，自己又面临着国内其他民族（nationality）也打着自决权的旗号来独立建国的问题。为防止和解决利用自决权原则来分裂国家领土这一现象，有许多学者竭力地从理论上去寻求解释或解决分离与国家领土完整冲突的办法。在这个问题上，第三世界国家从维护本国的利益出发，坚持将自决权原则的适用范围限定在"外国统治下的人民"，以排除次国家实体（substate entity）和整体人民中的部分人行使自决权的合法性。这种做法通常被称为"排除法"。

而西方发达国家却是通过另一种策略去解决分离与领土完整的冲突。卡塞斯教授为解决分离与国家领土完整的冲突而系统论述内外自决区分。

在卡塞斯看来，外部自决权主要是指被压迫民族，包括殖民地人民和其他在外国统治下的民族，摆脱被压迫的地位，获得独立的权利。[①] 随着非殖民化运动的基本结束，外部自决权的内容已经超出了这个范围，但是，无论如何外部自决原则主要涉及人民或民族在国际上的地位问题，或者说外部自决原则主要调整一个人民或民族与其他人民或民族之间的关系。在某种程度上，外部自决与国家主权平等原则有着密切联系。因此，即使并不局限于将外部自决权理解为殖民地人民获得独立的权利，也仍然超不出国家间关系这个传统的范围。外部自决权的权利持有者主要是殖民地人民和其他被压迫民族，包括非自治领土和托管领土的人民。随着非殖民化运动的基本结束，外部自决权逐渐地只剩下其历史意义。因此，"内部自决"概念的提出成为使自决原则延续下去的重要因素。

根据卡塞斯教授的观点，内部自决权是指"真正自治（self-government）的权利，即人民自由组织政府、选择其政府形态、经济体制和社会文化制度的权利。内部自决是一种持续的权利，它不因曾经援引并行使过而失效或消失"[②]。根据内部自决的这一持续特性，阿纳亚（S. Janes Anaya）教授直接将

---

① 白桂梅：《国际法上的自决》，中国华侨出版社 1999 年版，第 64 页。

② Antonio Cassese, Self‐determination of Peoples, A Legal Reappraisal, Cambridge University Press, 1995, p. 101.

其称为"持续性的自决"（ongoing self-determination），而称外部自决为"构成性的自决"（constitutive self-determination），认为"持续性自决"需要有一个统治的法律秩序，在此秩序下个人和团体能够在持续的基础上就关系到生活的所有问题作出有意义的选择。①

除此之外，西方学者还从竭力地从国际法上寻找内外自决权划分的依据。他们认为《赫尔辛基最后文件》就是承认"内部自决权"的文件，该文件与1960年《给予殖民地国家和人民独立宣言》和1970年《国际法原则宣言》有着明显的不同，主要表现在它通过主张"各民族……自由地决定他们的内外政治地位"，强调自决原则中的民主因素。该文件试图扩大自决的概念，使其适用于当时的东西德国、北爱尔兰以及种性、种族和语言少数者的情势。据此，有些西方学者认为，《赫尔辛基最后文件》是侧重于所谓"内部自决"的文件。

西方学者认为，将自决权分为内、外两部分可以消除因分离与国家领土完整的冲突使自决原则面临的"危机"。因为作为内部权利，"可能要求一国从根本上重新调整国内法，以便达到对该权利的遵守，但无须重新划分国家的边界"②。根据福克斯的分析，这种将内部自决权"包容"到自决概念中去的策略可以避免分离与国家领土完整的冲突。但是福克斯的这种"包容"的策略是想首先通过扩大自决原则的内涵，使其包括内部自决的内容，然后用内部自决取代外部自决，最终达到避免自决与国家领土完整冲突的目的。内部与外部自决的概念区分是为了解决分离与国家领土完整之间的冲突，特别是非殖民化运动基本结束后，为了解决自决概念所面临的"危机"才提出来的。

（四）正确看待自决权理论及其发展

为正确分析自决权理论及其研究动向，我们先须对自决权理论的历史变迁作一总结性分析：

从以上自决权思想的发展脉络来分析，自决最早是一个国内政治哲学领域中的概念。自决思想的渊源表明，自决一开始就包含着"内部自决"的含义。它与民族主义是紧密联系在一起的，当时的民族主义主要是反封建的，属于资产阶级民主革命的范畴。可见，自决的历史实践最早是在国家内部进行的，属

---

① S. Janes Anaya: A Contemporary Definition of the International Norm of Self - Determination, 3Transnational law and Contemporay Problems, 1993, p. 151.

② Gregory H. Fox, Book Review: Self - Determination in the Post - Cold War Era: a New Internal Focus? 16 Michigan Journal of International Law, Spring, 1995, p. 734.

于国内政治运动的范畴。当资本主义发展到帝国主义阶段后，列宁提出并主张
被压迫民族享有自决权，并把民族自决权作为殖民地半殖民地国家人民反对帝
国主义殖民统治、争取民族解放的思想武器。因而，在列宁和威尔逊等政治家
的推动和倡导下，自决权的概念才从国内政治领域逐步走向了国际政治领域。
在这个过程中，自决的内涵开始有内部自决的含义引申出来了外部自决的含
义，即脱离"异族的统治"。然而，直到第二次世界大战结束，民族自决还只
是一项政治原则，而不是法律权利。第二次世界大战后，民族自决权进入了新
的发展阶段。在前苏联等国家的努力下，自决原则被写进联合国宪章并逐渐演
变成为一项国际法原则，并不断得以发展。

　　从上述自决理论的发展过程来看，自决应当划分为国内政治领域的自决、
国际政治领域的自决和国际法上的自决三个发展阶段或层次。很显然，国内政
治领域的自决是就内部自决而言的，而国际政治领域的自决和国际法上的自决
却是就外部自决而言的。因而，我们说，自决思想包括内部自决和外部自决两
部分，不是人们凭空臆造的，而是自决思想在发展过程中本身所具有的逻辑内
容。我们也可以说，在政治原则层面上，自决权可以划分为内部自决权和外部
自决权两部分；但在国际法层面上，自决权没有内外之分，它是专指外部自决
权而言的。

　　至此，笔者认为，应用自决权"层次法"（即将自决权划分为国内政治领
域的自决、国际政治领域的自决和国际法上的自决三个层次的方法）来取代
"二分法"更为科学。因为"二分法"并不能解决问题，反而使问题变得更加
复杂。为进一步理解自决权理论及其本质，我们还需注意以下几点：

　　1. 正确认识自决权的存在价值和具体含义

　　前面的分析表明，随着时代的发展和变化，自决权先前的适用情形是不存
在了，即殖民地和被压迫民族的确是不存在了，但这并不意味着自决权本身没
有存在的必要了。在历史上，自决权作为摆脱殖民统治和民族压迫的工具而获
得存在意义；而现在，自决权作为防止出现新的殖民统治和民族压迫的工具而
获得存在价值。正如我国学者白桂梅所说："它仅仅随着非殖民化运动的终结
而失去了通常适用的范围，但它的法律效力依然存在。就像国际法上的禁止奴
隶制度的规则一样，虽然奴隶制度已经消灭，但这项规则并不因此而过时并从
而失去法律效力。它的效力体现在禁止出现新的或类似的奴隶制度。人民自决
原则在当代现行国际法上的效力体现在禁止建立新的殖民统治或类似的制
度。"① 所以，自决权理论没有过时。但是，也不能为了使自决权在新的历史

_____

① 　白桂梅：《国际法上的自决》，中国华侨出版社 1999 年版，第 229 页。

条件下获得独立存在意义而人为地将对外自决和对内自决进行随意地嫁接。笔者认为，如果硬要将自决权区分为内部自决权和外部自决权，那也只能是在政治原则层面上进行的区分；而在国际法层面上则不能作这样的区分。理论和实践表明，两者均有各自不同的适用范围、条件和场合，不能混淆。众所周知，欲对任何概念进行科学的评析或解读，必须先建立一定的标准和规则。只有在一定的标准和规则下，才能将两个概念进行分类和比较。就"自决权"这个概念而言，当前使用上的混乱，在很大程度上就是使用的标准和规则不一致而造成的。所以，我们将来在使用"内部自决权"与"外部自决权"这些概念的时候，首先要看是它在什么意义上（即在国际法上还是在政治原则上）所作的区分，否则容易陷入自决学说的理论误区。

2. 正确认识自决权理论的工具性

任何理论都具有工具性，自决理论自然也不例外。这集中表现在民族自决权兼具从属性与条件性。在资产阶级民主革命时期，民族自决的发生或倡导乃从属于资产阶级的革命利益。从被压迫者而上升为统治者的资产阶级发现民族自决理念对其海外殖民政策形成掣肘时，便毫不犹豫地否定之。回顾历史上的自决实践，自决理论通常服务于一定阶级的需要。在联合国成立后的头二十多年中，西方国家一直淡化《联合国宪章》第 1 章第 2 条，认为它只是笼统的一般原则，并不能用以支持反殖民主义，它们竭力反对自决权理论；但随着殖民地人民独立解放潮流的不可逆转的发展，特别是自决权演变成为集体人权以后，他们想借助"人权高于主权"理论来干涉他国内政时，西方国家的理论家和外交家们转守为攻，开始纷纷主张自决权原则，且赋予其新的含义，即对自决权进行内外划分。由此可以看出，自决权理论不是什么目的性的神圣理论，而是具有现实性和工具性的理论。我们不可对其产生迷信。

3. 防止自决权理论发展中的陷阱

自决权理论是一个非常敏感的热点理论，我们对该理论的发展动态应持谨慎的态度，防止陷入法理上的泥潭。国内有学者从对内自决权与公民投票的关系的角度向人们提醒，警惕可能出现两个法理上的陷阱：一个是国际法上的陷阱，外国假借民主的名义干涉内政。当人道主义干涉与对内自决权结合在一起时，涉及面必然要扩大到政治体制和决策方式，滥用的危险会成倍增大。自决权靠投票行为来实现，却又因投票行为而分解。另一个是宪政设计上的陷阱，即在把自决权融化为个人权利之后，自决权将名存实亡。国际法上承认的自决权是一种集体性人权，其主体是殖民地和被压迫民族的人民或者主权国家内部的全体公民。虽然自决权的范围有扩大到国内少数民族、族群的倾向，但并没有改变基本属性的定义。然而，当对内自决的标准改变为对市民自由权的保障，并且通过一人一票的表决来判断时，实际上自决权的主体就由复数的人民变成了单数的个人，集体性人权与个体性人权的界限也被抹杀殆尽。在这样的状况下，人民自决原则已经失去了本来的内涵，甚至不再具有存续的意义。没有个人自决就很难落实人民自决权，而承认个人自决却又可能挖空人民自决权。①

二、自决权与国家主权

自决权原则与国家主权原则均是获得国际法确认的基本原则，均具有被广泛承认的合法性基础。20 世纪 80 年代以前，无论是在理论上还是在现实中，很少有人提出自决权与国家主权相冲突的问题。但是，20 世纪 80 年代以后在殖民体系已不复存在的背景下，一些现存主权国家内部的种族（nationality）、地方政治实体也纷纷打着"自决权"的旗号要求建立新的主权国家，从而形成了所谓的自决权对国家主权的严重挑战问题。② 那么，如何看待这种挑战？这种挑战究竟有没有合法性基础？自决权和国家主权究竟是什么关系？这些问题自然引起了国内外学术界的关注。

（一）自决权均不包括分离权：理清自决权与国家主权关系的关键

理清自决权与国家主权的关系的关键，是要理清自决权与分离权的关系，其核心是弄清自决权是否包括分离权。由此，必须先澄清分离、独立等几个容易混淆的概念。

1. 分离与独立的内涵之比较

（1）分离（secession）是指某一个主权国家一部分或几部分脱离母国。如中国近代史上的外蒙古从中国脱离出去。分离的部分可能成立独立国家，也可能成为另一个国家的一部分，也可能与另一个国家合并，这些都可能是分离的结果。分离的重要前提是分离的部分在分离前是母国的组成部分。分离是发生在一个现存主权国家内部的事情，分离发生后母国仍然存在。国际法上虽然常常可以碰到"分离"这个概念，但那只是国际法的具体领域所涉及的国际社会中的政治现象，而且仅涉及这种现象的结果；国际法对"分离"行为本身从不触及。例如，国际法上的承认和继承制度都涉及分离这个现象，但是对分离行为本身，如分离的合法性或正当性等问题并不问津。到目前为止，国际法上尚不存在任何规范分离行为的规则。

---

① 季卫东："自决权与宪政理论"，载《二十一世纪》2003 年第 2 期。
② 曾令良："论冷战后时代的国家主权"，载《中国法学》1998 年第 1 期。

（2）独立（independence）就是在国际关系中不依附其他任何政治实体，通常特指包括殖民地在内的非自治领土、托管地土及其附属领土实现自主。如："二战"后亚非拉的殖民地半殖民地获得独立而成为新兴民族国家。独立与分离有联系也有区别。联系主要是：分离的结果可能是独立。因此，人们在使用这几个术语时容易将它们混淆。另外，在汉语中"独立"的含义有时与分离相同。例如，平时说某国的一部分"闹独立"，实际上就是"闹分离"的意思。①"分离"和"独立"在一定程度上能够构成因与果的关系，但是，两者不能互相替代。分离可以用来说明独立的原因，但不足以表达独立的含义；独立可以用来描述分离后的状态，但不能用来描述分离本身。另外，要求独立的实体原本就不是宗主国的一部分，从国际社会的实践来看，多数在非殖民化运动中宣布独立的实体都是殖民地和其他附属领土，而要求分离的实体却是原主权国家内部的一部分。

为了更清楚、更深入地理解独立与分离的区别，我们还必须将这两个概念与"分立"（dismemberment）这一概念区分开来。所谓分立亦即解体，是指一个国家分裂为两个或两个以上部分，各部分分别成为独立国家或并入他国。原有国家因分裂而不复存在。② 如 1991 年苏联的解体。它在国际法上的地位与分离是相同的，即国际法仅涉及其结果而不关心其行为本身。但是有一点必须特别指出，分立或解体对母国产生的影响与分离完全不同。前者使母国的国际人格完全消失，因此不发生分立与母国国家领土完整冲突的问题；后者仅使母国失去部分领土，母国作为主权国家依然存在，只是其领土完整因此而遭到了破坏，因而分离能够引发与母国领土完整的冲突。正是由于分离对母国的这种影响，才使自决权是否包括分离权成为学术界的敏感话题。由于同样的原因，区别分离、独立和分立这几个不同的概念对于我们研究自决权问题具有重要意义。

2. 自决权的主要内容是政治独立权，而不是政治分离权

自决权的含义是政治独立权。但在现实政治中，人们却常常将自决权与分离权联系在一起。只要考察自决思想的流变，我们就可以发现，自决权与分离权没有必然的联系，自决权不包括分离权。

（1）列宁的民族自决理论：自决权不包含分离权。有的学者认为，列宁提出的民族自决权就是分离权。因为列宁曾经说："所谓民族自决，就是民族

---

① 白桂梅：《国际法上的自决》，中国华侨出版社 1999 年版，第 181—183 页。

② ［英］詹宁斯、瓦茨：《奥本海国际法第一卷》（第一分册），中国大百科全书出版社 1995 年版，第 143 页。

脱离异族集体的国家分离，就是组织独立的民族国家。"① 但是，实际上列宁在这里所说的"分离"与通常人民理解的分离，即一个主权国家内的一部分从该国分离，是截然不同的。这一方面可以从列宁时代的苏联提出民族自决权的背景及实施或促进实现此项原则的实践中反映出来。另一方面，还可以从苏联宪法写进自决原则的起因及苏联在 69 年间，特别是苏联解体时实施此项原则的实践中反映出来。苏联宪法中规定的"分离权"只是起到了扩大加盟共和国数目、"建立大国"、"使各民族接近乃至融合"的作用，它在苏联的历史上从未被适用过。1991 年苏联的解体，被一些学者援引为在殖民地范畴以外行使自决权的例子，并用它来证明自决权包括分离权的观点。实际上波罗的海三国和其他共和国的独立都不是行使苏联宪法中规定的分离权的结果。因为从苏联的解体或分立过程看，先是波罗的海三国在 1991 年 9 月先后分别宣布独立；然后是其他加盟共和国（格鲁吉亚共和国除外）通过签约的方式建立了独联体，分别成为独立国家。至此苏维埃联邦社会主义共和国不复存在。众所周知，波罗的海三国历史上曾经是独立国家，只是在 1940 年才被强行并入苏联版图的。这三国在要求独立时所提出的合法性依据是要恢复 1940 年以前的独立地位，② 而不是苏联宪法第 72 条规定的分离权。与波罗的海三国不同，其他 12 个加盟共和国的分立是在法律程序之外完成的，是苏联中央的政治危机加上地方的离心力剧增所引起的突发事件的结果。1991 年 12 月 21 日 12 个加盟共和国的 11 个（格鲁吉亚除外）在哈萨克首都阿拉木图签署了建立独立国家联合协议议定书，正式宣布建立独立国家联合体。因此，这种情况属于前述的"分立"，而不是"分离"。在各加盟共和国的母国不复存在的情况下，不存在分离的问题，也就谈不上行使"分离权"了。所以，苏联的解体并非行使"分离权"的结果。

（2）非殖民化运动中的自决权包含的是指独立权，而非分离权。众所周知，殖民地和其他被外国占领或统治的领土，从来就没有被它们的宗主国视为其领土的组成部分，而是作为它们的海外属地对待的。殖民地人民及其他被外国占领或统治的领土上的居民也没有与宗主国本土的居民同等的地位。从殖民地及其他被压迫民族的角度来看，它们过去曾经是独立的民族国家或某个主权国家的一部分，是帝国主义的侵略和殖民主义统治才使它们处于被压迫、被奴役的地位。因此，殖民地及其他被压迫民族的独立和解放既是结束被压迫、被

---

① 《列宁全集》（25），人民出版社 1988 年版，第 225 页。
② 马勒森："人民自决与苏联的解体"，载罗纳德·麦克唐纳《王铁崖纪念文集》（英文版），1993 年版，第 134 页。

奴役地位的一种方式（而且是最主要的方式），也是它们的一项权利。但是这种权利不是分离权，因为这与从一个主权国家分离出去没有任何关系。因此，殖民地及其他被压迫民族的自决权所包含的应该是独立权，而不是分离权。可见，用非殖民化运动来支持自决权包括分离权的观点，显然是站不住脚的。①

（3）国际法不承认分离权。《联合国宪章》和相关的国际人权文件把"民族自决权"定义在非殖民化范围的同时强调：第一，它作为一项基本人权仅适用于处于外国殖民统治、外国占领或外国奴役下的人民；第二，不得借口自决权而从事分裂主权国家的活动。如：1960 年《非殖民化宣言》第6 项规定："任何旨在部分或全面地分裂一个国家的团结和破坏另一国国内统一及领土完整的企图都是与联合国宪章的目的和原则相违背的。"1993 年《曼谷宣言》第 13 条规定："强调自决权利适用于外国统治，殖民统治或外国占领下的人民，而不应用来破坏各国的领土完整、国家主权和政治独立。"1970 年《国际法原则宣言》还就民族自决权作如下规定："每一国均不得采取目的在局部或全部破坏另一国国内统一及领土完整之任何行动。"民族自决权原则："不得解释为授权或鼓励采取任何行动，局部或全部破坏或损害在行为上符合上述各民族享有平等权及自决权原则并因之具有代表领土内不分种族、信仰或肤色之全体人民之政府之自主独立国家之领土完整或政治统一。"② 国际法和国际实践何以对分离权持否定态度呢？究其原因，主要是：分离权与国家主权和领土完整是对立的。就像托马斯·弗兰克（Thomas M. Frank）教授所指出的那样，"如果国家有领土完整权，国家的少数者就不能有分离权。如果少数者拥有分离权，其所属国就不能有领土完整和边界不受破坏的权利"③。"正是因为分离权与国家领土完整的这种冲突的关系，作为国际法的主要制定者的世界各国根本不会制定出任何允许主权国家的一部分有分离权的国际法。"④ 因为主权国家不可能允许属于其一部分的人口和领土分离出去，不可能同意因国内的"民族分离"而导致其国力削弱，直至"国家解体"。

通过以上对自决权发展的历史和现实两方面所做的考察，我们可以发现：自决权不包括分离权；只要主权国家作为制定国际法的主要制定者这个事实不改变，国际法将来也不会承认导致破坏国家领土完整和政治统一的分离权。

---

① 白桂梅：《国际法上的自决》，中国华侨出版社 1999 年版，第 190 页。

② 同上书，第 204 页。

③ 托马斯·弗兰克：《国际法上和国际组织中的公平》，1995 年英文版。

④ 马勒森：《人民自决与苏联的解体》，载罗纳德·麦克唐纳《王铁崖纪念文集》（英文版），1993 年版，第 580 页。

（二）造成自决权碰撞国家主权的原因分析

从自决权、分离权、国家主权三者之间的关系来看，殖民地和其他被压迫民族过去曾经是独立的民族国家或某个主权国家的一部分，是帝国主义的侵略和殖民主义统治才使它们处于被压迫、被奴役的地位。因此，殖民地及其他被压迫民族行使自决权，结束被压迫、被奴役地位并获得独立，当然不属于从母国分离，更谈不上行使分离权的问题，这自然不会对宗主国的国家主权产生伤害。但是，如上所述，相当一部分学者将殖民地人民享有的自决权所包括的独立权误解为分离权，并错误地认为自决权当然包括分离权。正是这种理论上的混乱致使一些学者主张国家内部的次国家实体为了实现自决权可以从其母国分离，从而为种族或地区的分裂主义活动提供理论根据。

笔者认为，自决权与国家主权和领土完整并不冲突。因为在正常的状态下，人民利益与国家利益是一致的。如果认为自决权与国家主权相对立、相冲突，那就犯了简单化、片面化的错误。一方面，如果一国境内的少数民族、土著居民或部落行使的只是对内自决权，就不会碰撞其所属国的国家主权，因为这一部分权利是在其所属国的管辖之下依照宪法程序进行并实现的。另一方面，一个现行主权国家内的某一民族（nationality）坚持以建立一个新的独立国家为目的而行使所谓的自决权，那是对自决权的歪曲，如前所述，那是民族分离而不是民族自决，其行使的结果势必挑战其所属国的国家主权和领土完整。事实上，这不是民族自决与国家主权发生了碰撞，而是民族分离与国家主权发生了碰撞。

就自决权而言，真正对国家主权构成影响、挑战的情形是：人为地混同外部自决权和内部自决权的适用条件，将外部自决权所包括的独立权适用于主权国家内部的场合。如果这样，必然会导致多民族国家的被无限分割，主权国家的稳定性将受到极大的破坏，且基于主权国家而建立的国际关系体系将陷入空前的混乱之中，世界将不是更加整合、融会，而是将出现无数个的碎片式"袖珍国家"。至于将不属于自决权内容的分离权适用于主权国家内部的场合，那不是行使自决权，而是分裂国家主权和领土完整的分离主义行为。由以上分析可见，自决权与国家主权的矛盾，是人为因素造成的。我们不可将民族分离与国家主权的矛盾，视为民族独立与国家主权的矛盾；更不可因此得出自决权与国家主权相互排斥的结论。

（三）内在统一：自决权与国家主权关系的实质所在

从自决权与国家主权产生的历史背景和历史实践来看，两者的内在统一性，具体体现在以下两个方面：

1. 国家主权是自决权的最高体现

从历史上看，民族自决导致了大量近代民族国家的产生。许多殖民地的独立，正是通过行使民族自决权，进而获得独立自主地处理对内对外事务的权力，即国家主权。民族自决权的政治诉求，源于人们自我管理的本能欲望和民族主义的朴素要求。而国家主权原则赋予了主权国家对内最高和对外独立的地位，确保了国家内部的统一完整和在国际社会中的自主身份，因而建立自己的民族国家便成为被压迫民族和人民行使自决权，以摆脱政治奴役处境的基本目标和前进方向。在某一民族获得独立或与别的民族共同建立一个主权国家后，这个已经实现了的自决权就开始上升为国家主权，或以国家主权的面目出现。作为单一民族国家，它的民族自决权此时就等于国家主权，两者完全重叠；对统一的多民族国家来说，国家主权就是各民族自决权的共同体现或最高表现，代表各民族的根本利益，由各民族共同行使。按照民族主权与国家主权的关系，国家主权的获得可通过革命的途径，但国家主权合法性的确认则必须经过各个民族的主权让渡这一环节。既然各民族分别进行权力让渡而形成国家主权，那么国家主权就是最高权威，这时各民族主权应自觉服从国家主权。国家主权就是各个民族共同让渡民族主权而形成的最高公共权威。各民族在让渡民族主权形成国家主权的时候，实际上就是达成了一个契约，这个契约的现实表现形式就是宪法。这个契约一旦生效，任何一方不得擅自违约，否则会造成对其他缔约方的伤害。这时个别民族虽仍拥有内部自决权，但内部自决权的行使却已受到了严格的限制，即它的行使不能挑战作为各民族共同利益体现的国家主权，否则就会对其他民族的利益造成伤害。

2. 自决权的行使应以实现或维护国家主权为前提

从自决实践来看，有些国家在沦为殖民地半殖民地以前，它们原本就是独立的主权国家，只是后来被列强帝国给征服了。它们之所以要行使自决权，就是因为它们原先拥有完整的国家主权，它们行使自决权的目的就是要恢复到原来的主权状态。也就是说，殖民地和其他被压迫民族行使自决权的前提就是它们原本就是一个主权国家。因而，从这个意义上说，国家主权是自决权的前提。从内部自决来看，只有拥有完整的国家主权，才能在真正意义上行使民主自治权；没有国家主权便谈不上什么内部自决，内部自决权的实现必须在主权国家内部进行。可见，自决权是一种相对权利，它的实施必须考虑其他相关民族的利益，必须以尊重领土完整和国家主权为前提。因此，随着殖民地和其他被压迫民族的消失，民族自决权与国家主权之间应该是相互依存的和谐关系。"所有的民族应当形成一个统一民族，民族独立意味着这个民族获得了国家主权，而不是各民族分别独立。"① "无论是国际条约还是国际实践都不支持把民族自决解释为国内一个民族对抗中央的权利。"② 所以，"在统一的主权国家形成之后，就应坚持主权高于一切的原则，民族自决权的行使应以维护国家主权为前提"。③ 为此，《联合国宪章》和相关的国际人权文件强调：自决权作为一项基本人权仅适用于处于外国殖民统治、外国占领或外国奴役下的人民；不得借口自决权而从事分裂主权国家的活动。这表明，在国家主权与自决权之间，应坚持国家主权高于自决权的原则。该原则获得了包括中国在内的广大发展中国家的广泛支持。

由以上分析可知，自决权与国家主权之间应该是一种相互并存的关系。主权是国家构成的一个核心要素，也是国际法首要的概念和基本原则，只要国际社会的基本成分仍为国家，国家主权原则就永远是国际社会及其法律秩序的核心。国家主权的这一核心地位并不因民族自决权的形成与发展而动摇。民族自决权也并不因坚持国家主权原则和殖民体系瓦解的事实而失去其意义。

三、自决与自治、民主

当一个族群尚未独立，其自决表现为外部自决——国家主权的独立，一旦建立独立主权国家的意志实现，其自决的权利依然没有丧失，而是表现为内部自决，消极的意义上说它指的是内政的不受干涉，积极的意义上说是人民永远有权利随时收回他们赋予政府的统治权力，政治的过程就是人民自决的过程，在此自决与自治、民主有着必然的联系。

（一）自决与自治的关系

1. 自治的含义

"自治"在英文中是"self-government"，"self-government"作为一种伦理哲学意义的用语是自主，即"autonomy"。auto 意思是自我，nomos 意思是法律；auto-nomy 就是有理性的人给自己规定法律的理想境界。④ 德国学者马克斯·韦伯（Max Weber）认为，自治是相对于他治的一个概念，"自治意味着不像他治那样，由外人制定团体的章程，而是团体成员按其本质制定章程"。⑤

---

① 宁骚：《民族与国家》，北京大学出版社 1995 年版，第 204—205 页。

② 韩德培：《人权的理论与实践》，武汉大学出版社 1995 年版，第 975 页。

③ 杨小云："全球化、新干涉主义和民族自决对国家主权的挑战"，载《现代国际关系》1999 年第 12 期。

④ ［美］科恩著，聂崇信等译：《论民主》，商务印书馆 1988 年版，第 273 页。

⑤ 马克斯·韦伯：《经济与社会》（上卷），商务印书馆 1997 年版，第 79 页。

"因为自治的概念，为了不致失去任何明确性，是与一个根据其特征以某方式可以划定界线的人员圈子的存在相关联的，哪怕是特征会有所变化，这个人员圈子依据默契或者章程，服从一项原则上可由它独立自主制定的特别法"。"依据默契或者制订成章程的制度，赋予一个人员圈子的自治，在本质上也不同于纯粹的缔约自由。"① 这里所说的"人员圈子"就是团体，即社会组织。由此可见，自治是一种在一定的社会团体中，由其成员独立自主地制定章程，并由章程支配其成员行为的能力。它的核心是独立自主，即不受外力的干预和影响。《布莱克维尔政治学大百科全书》将"自治"描述为："某个人或集体管理其自身事务，并且单独对其行为和命运负责的一种状态。更狭义地说，它是指根据某个人或集体所特有的'内在节奏'来赞誉自主品格或据此生活的品格（这需要摆脱外部的强制）的一种学说。"该书还将"自治"划分为以下三个层次：在最低层次上，是文化上的自主；第二个层次则是法律上的自主；第三个层次是内部政治上的自主。②

2. 自决与自治的区别

二者之间的区别是：（1）从法律层面上来看，自决权是国际法上的概念，而自治权则是属于国内法上的范畴，两者之间没有必然的联系。当然，也有人在学术上主张将国内少数民族的自治与国际法联系起来，但争议很大，至少在目前的国际法上尚不存在有关少数民族"自治"的规定。（2）从政治层面上来看，自决权的含义要比自治权的含义广泛。在政治原则层面上，自决权可分为内部自决权和外部自决权。其中，这里的内部自决权在很大程度上就等同于自治权。（3）享有自决权的主体是作为国际法主体意义上的国族（nation），享有自治权的主体是国族的某一成员——少数民族（nationality）或地区行政区域单位。换言之，主权国家内的少数民族不享有国际法意义上的自决权，只享有国内宪政意义上民族自治权。

3. 自决与自治的关联

虽然自治权不同于自决权，但它们之间并不是没有联系。当主权国家没有建立（或出现）时，民族自决权的目标是获取国家主权。主权国家建立后，少数民族成为主权国家的成员，于是自决权就成为国内少数民族享有的，在国家主权管辖下的管理本民族、本地方内部事务的自主权，即自治权。因此，民族自治是民族自决权在实现了独立建国后的区域表现形态。自治是自决权行使的结果之一。一个充分的民族自决权的行使结果，往往会倾向于建立独立国

---

① 马克斯·韦伯：《经济与社会》（上卷），商务印书馆1997年版，第56页。

② 邓正来：《布莱克维尔政治学大百科全书》，中国政法大学出版社1992年版，第693—694页。

家。但这并不是自决权行使的必然结果，自决的结果也可以是选择其他方案，如最普遍实行的地方自治制度。

（二）自决与民主的关系

美国总统威尔逊（Woodrow Wilson）认为，人民自决是建立在"政府的正当权力来自于被统治者的同意"的概念。因此，他认为人民自决与民主之间密切不可分。约翰逊教授从国际政治的分析角度，把外部和内部自决与民主和民族主义紧密地联系在一起。他指出："民主的理论既然主张民族建立在人民同意的基础上那么它就是主权的可以决定自己作为国家的地位。结果产生的民族国家（national state）是人民民主意志的政治表达，同时也是民族主义愿望的实现。约翰逊教授通过强调人民的同意或人民民主的意志与民族和民族国家之间的关系，把内部和外部自决有机地结合起来了。"① 可见，民主和自决，在理念方面有很多相似甚至重叠之处，都强调人民做主的权利。正由于如此，现实中，有些分离主义势力借着自决与民主的某些关联性，人为地进行概念的偷换和嫁接，来为其分裂国家领土的行径作理论辩护。所以，我们必须对自决与民主的关系进行一番梳理，以深化对诸如此类的现实问题的认识。那么，自决与民主到底是什么关系呢？

1. 自决与民主的差异

不论在理论上还是在实际上，民主都需要确立范围，确立边界。纽约州选州长，别州的人无权参与；纽约州通过的决议只适用于纽约州，对别州无效，且不能违背联邦宪法，如此等等。没有预设疆界的"民主"并不是民主，因为无法判定"多数"。民主政治必须在大家已经预先接受了的领土疆界范围内运作。国家的疆界属于"外务"，民主只能用来决定"内务"，不能用来决定国家的疆界。② 正如美国耶鲁大学政治学家达尔所指出，民主选举只能决定既定政治体内部的事务，却不能用于决定政治体的边界，因为民主选举的多数原则的计算，已经预设了大家共同接受的政治体的边界。

可是，自决却正好意味着要对这个范围、这个边界作修改，要质疑或否定这个范围，这个边界，所以它会陷民主于两难，所以它和民主有区别。我们还要知道，自决和自由和民主也都是有区别的。这就是说，一个自由的、民主的国家完全有可能不承认自决原则而仍不愧为自由民主。美国不承认南方有权独

---

① Harold S. Johnson: Self - Determination with in the Community of Nations, 1967, p. 27.

② 潘维："全民公决的历史流变与逻辑困境"，载《南方周末》2002 年 8 月 29 日。

立，英国不承认北爱尔兰有自决权，但美国、英国都是自由民主的国家。不错，加拿大承认魁北克有权自决，但那只是近些年的事。魁北克地区早就有人要求自决、要求通过自决实现独立。只是到了后来，加拿大才同意魁北克自决，我们不能说此前的加拿大就不自由不民主。

2. 自决与民主关系的非必然性

（1）不存在引起与被引起的逻辑关系。自决与民主之间虽然存在着先行与后继的关系，但没有引起与被引起的关系。一般说来，自决行为往往发生于国家独立或成立行为之前，从非殖民化的历史可以看出，大量的殖民地和被压迫民族通过自决来实现国家独立，或许可以说，自决是民族或国家独立的重要手段。而民主通常后于国家的独立或成立，在殖民地里无所谓民主可言；换言之，民主是一个国家内部如何落实和操作人民主权思想的具体制度；只有先有基于人民主权思想的国家，尔后才能谈得上民主。所以，有的学者认为，自决权是人民自由选择国家地位的原则，而不是自由选择政府形式的原则。因此，在一定程度上，自决权对于建立一个以民众意愿为基础的国家政体是必要的，但却不是一个充分自足的原则。而民主是人民自由选择政府形式的原则。

（2）不存在前因与后果的逻辑关系。通过自决可以实现国家的独立，但独立后的国家并不一定是民主国家，也可能是专制国家，也就是说，自决并不必然地导致民主，它与民主之间没有必然的逻辑关系。"按照以人民意愿进行统治、民主政府的合法性来自其居民同意这样一种理论观念，自决权当然是最基本的、最符合逻辑的，是民主政治的逻辑结果。然而，对民主自由政府来说，自决权却不是一个令人满意的答复。它所能提供的仅仅是我们所说的外部主权，由最初一致同意而建立起来的摆脱外国统治的自由。就广为接受的主权定义而言，它意味着政府'不效忠于任何更高权力，其本身在国内秩序中就是最高的'。但是，这并不意味着其公民可以享受政治权利和人权，或民主的理性国家中的基本自由。阿明（Idi. Amin）统治下的乌干达肯定具备了外部主权定义的条件，而且从外国控制下获得了自由。但是，处在本地独裁者专制统治下的乌干达居民所享受到的自由和人身安全的保证，是有限度的。乌干达并不是一个例外。我们还可以列举其他同样的例子。自决权本身并不提供可以避免多数人暴政的保证，也不能避免少数人——政治少数——通过欺骗和暴力的手段获得政权。"①

---

① ［美］菲利克斯·格罗斯著，王建娥、魏强译：《公民与国家——民族、部落和族属身份》，新华出版社 2003 年版，第 114 页。

3. 自决与民主的某些关联

自决与民主没有必然性的逻辑联系，并不意味着两者之间没有任何关联性。事实上，两者之间具有相当的关联性。概括起来，主要有：

（1）早期自决权：为争取民主而提出的理论。在 19 世纪，民族自决的观念伴随着民主的概念，引起了欧洲未独立民族的密切关注。E. H. Carr 曾经指出："在这令人欣喜的进步中，民族自决和民主相伴而来。民族自决实际上可能暗含在民主思想中，因为如果在关涉个人归属某一政治体的事务上，每个人应受尊重的权利都能得到认可，那么在关涉该政治体的形式和范围上，他也被假定拥有同等受尊重的权利。"① 近代历史上早期资产阶级的民族自决诉求在价值体系上从属于其平等、自由、博爱的资本主义民主精神。从权利属性来看，它包含在资产阶级倡导的"天赋人权"之中；从主体意识上来看，它是主体由自在向自由自觉即自治的转换。单就主体范围而言，小到自主自然人渐次推及自主的社团、政党、各种经济组织乃至民族和国家。各种不同范畴主体权利意识的觉醒，极大地调动了各个体在社会生活中争取和维护自身权益的自觉性。民族自决不仅有效地瓦解了封建专制制度，冲破了宗教神权对人们久已成习的思想禁锢，亦契合了资产阶级实现人民主权的民主革命的时代诉求。

（2）自决可以推动民主。虽然自决要求民主投票的程序，但民主不能保证民族冲突或民族问题的解决，通过民主程序的胜方在取得权力后不一定再恪守民主原则，例如在前南斯拉夫的波—黑地区和从前苏联分离出去的一些共和国，民主选举恰恰为新的民族歧视与迫害提供了合法的借口。最近的例子是白俄罗斯总统卢卡年科以 80% 以上的得票使"独裁"合法化。可见，民主不是解决民族冲突或民族问题的灵丹妙药。但是，在对内民主的前景不看好的情况下，通过与中央政府的协商以及其他压力活动就分离独立达成合议，或者反过来以对外自决为杠杆推动民主的进展。换言之，虽然对内民主权利的享有不一定就能充分阻止对外自决的主张，但为了避免分离则必须加强对内民主权利的制度性保障。在这种意义上，自决可以成为推动自治化和民主化的一根杠杆。

四、自决权主体

自决权是只能被反对殖民主义或帝国主义压迫的殖民地和其他被压迫民族所享有，还是也可以被人种意义上的其他民族或人民所享有？换言之，谁来自决？即自决权的主体是什么？下面将对此问题作进一步的探讨。

---

① Edward Hallett Carr: Conditions of Peace, New York: Macmillan, 1942, p. 39.

（一）围绕自决权主体问题的论争

在一些国际法律文件中，自决权的主体的表述基本上用的是两个词，即"民族"和"人民"。联合国大会于 1952 年通过的《关于人民和民族自决权》的决议，要求"支持一切人民和民族的自决权"。1960 年的《给予殖民地国家和人民独立的宣言》指出："所有人民都有自决权。"其他的国际法文件也作了相应规定。问题是其中的"人民"、"民族"两词到底指什么？"人民"和"民族"是否含义等同？由于这些概念之间的关系问题没有解决，使得在自决权主体问题上产生了纷争。有的学者认为，"人民"是泛指的，是指所有人民。而有的学者则反对这种观点，认为"人民"是特指殖民地和其他被压迫民族的人民。

主张"人民"泛指者认为，《世界人权宣言》虽未提及"自决"一词，但它接受了人民的意志是政府权力的基础这一原则，"这一意志应以定期的和真正的选举予以表现，而选举应依据普遍和平等的投票权，并以无记名投票或相当自由投票程序进行"。这一原则在 1976 年生效的《公民权利和政治权利国际公约》和《经济、社会、文化权利国际公约》中得到更具体、更加明确的表达。两个公约的第 1 条第 1 项均用的是："所有人民都有自决权。"尽管早在 1960 年的联合国大会通过的《给予殖民地国家和人民独立宣言》中已有相同的表述，但在那时它是特指殖民地人民，并且反对破坏现存国家的领土完整。现在世界上绝大多数殖民地已经独立，因此一般都认为这里的人民是泛指的。两个公约还具体规定了用于实现人民自决权包括自由选举在内的某些程序权利。人民自决权具有广泛的适用性，人民不仅有权选择是否独立，而且也有权选择政府。这意味着它是一种连续性权利，而不是仅仅在独立时才表达的一次性权利。它使国家很难再以主权为由妨碍其治下的人民自由地表达意愿与寻求基本人权。

反对"人民"泛指者认为，虽然大都使用"人民"一词，但是整个《国际人权盟约》第 1 条的规定，并没有给"人民"下任何定义。"所有人民都有自决权"，这种不加限定的措词在实际运用中一定会引起公约的解释问题。一些国家担心不限定自决权的适用范围可能导致一国的种族、宗教、语言等少数者要求行使自决权。因此，印度在签署两个《国际人权盟约》时专门对此作出声明："……'自决权'一词仅适用于在外国统治下的人民，不适用于主权独立国家或一个人民或民族的一部分，这是国家统一的根本。"① 而荷兰在反

---

① 在联合国秘书处登记的国际多边条约汇编 1991 年英文版，第 124—125 页。

对印度的保留性声明时指出："任何限制该项权利的范围或附加条件的企图都将损害自决权的概念，并将严重削弱其普遍接受的性质。"由印度的保留引起的关于自决权权利持有者的争论集中反映了两个《国际人权盟约》共同第 1 条缺乏"人民"或"民族"的确切定义带来的约文解释上的分歧。实际上，关于"人民"定义的争论一直贯穿第 1 条起草的整个过程。以前苏联为代表的一些国家坚持缩小自决权的适用范围，尽量将其限制在殖民地人民的范围。一些西方国家，特别是像法国、英国、比利时那样的老牌殖民主义国家，反对限制自决权的适用范围，更反对将其仅限于殖民地人民。由于当时各国对"人民"的解释实在难以达成一致，以至于影响到了自决权的条款最终能否写进人权盟约。国际人权盟约没有给自决权下任何定义实际上是一个妥协的产物。

由于人民自决权原则当中的"人民"在所有规定该原则的国际公约中都没有确切定义，而且"人民"、"民族"、"国家"这些词语相互之间都有联系，有的甚至相互混用，结果似乎为确定自决权主体造成了更大困难。"人民"（peoples）和"民族"（nation）这两个词在国际文件中，主要是联合国的文件中通常采用习惯用法，但有时又相互换用，当需要加以区别时可能不大容易做到。另外，不同语言之间的差别也为准确把握这些词的一般含义带来一些困难。例如，"民族"一词在英文里有广泛的含义。它可以包括国家、殖民地、被保护国等，这个词在中文里的含义更加广泛。在同样的情况下"西方语言用不同词语表达的概念，中文都用'民族'一词表达"。① 例如，中文里广义的民族，指所有族体，英文中用"people"和"peoples"来表示；中文"国族"指与国家概念相连的民族，如"中华民族"、"美利坚民族"等，在英文里用"nation"来表示；中文里狭义的民族，在英文里则用"nationality"来表示。② 最后，从国际政治和民族学的角度来看，这两个词本来就是相互关联的。总之，"人民"和"民族"在用词上的混乱为确定自决权主体带来一定困难。

（二）国际法意义上自决权主体的含义与具体内容

既然国际法律文件没有给"人民"下任何定义，那么，要确定"人民"的具体所指，必须诉诸有关的国际实践。通过对自决权实践的分析，可以肯定地说，自决权的行使主要限于殖民地人民和其他被压迫民族这个范围。在

① 宁骚：《民族与国家》，北京大学出版社 1995 年版，第 4 页。
② 同上书，第 4—5 页。

这个范围内，自决权的权利主体（即殖民地人民和被压迫民族与民族）和国家的关系是比较简单的。当一个人民受到外国的统治和压迫而沦为殖民地人民和被压迫民族的人民时，该人民为了摆脱殖民统治和外国压迫建立了代表该人民所有成员的政治组织，并且得到国际社会的承认，那么它就是自决权的主体。在国际上具有与一个主权国家内部的民族完全不同的法律地位。一旦它们以建立独立国家的形式实现了它们的自决权；它们就与现存国家没有什么不同了。中西方的绝大多数学者都认为，自决权的主体是殖民地人民和其他被压迫民族。

1. 殖民地和其他被压迫民族的具体内容

（1）殖民地（Colony）。殖民地是指在帝国主义阶段，受资本主义强国侵略，丧失了主权和独立，在政治上和经济上完全受宗主国统治和支配的国家或地区。广义上还包括在不同程度上失去政治和经济独立而依附于外国的保护国和附庸国等。15 世纪末至 18 世纪中叶，葡萄牙、西班牙、荷兰、法国、英国等先后向东南亚、美洲、非洲地区和印度、日本、锡兰、波斯等国开拓殖民地，以武力打开通路，直接掠夺和进行奴隶贸易。18 世纪中叶欧洲工业革命开始后，殖民地变为殖民国家的原料产地、商品销售地和劳动力供应地。1763—1875 年，英国的殖民扩张活动发展极快，成为世界上最大的殖民国家。19 世纪末 20 世纪处，资本主义进入帝国主义阶段后，殖民国家竞争加剧，又出现了德国、意大利、比利时、日本等殖民国家。在帝国主义时代，殖民国家除了掠夺殖民地的原料和向殖民地倾销产品外，更将殖民地作为重要的投资场所，殖民地成为垄断资本获取利润的重要来源。到 20 世纪初，世界领土已被帝国主义列强瓜分完毕，形成了帝国主义殖民体系。1914 年，世界有近 67% 的土地和 60% 的人口处于殖民国家的统治下。

殖民地人民受到殖民主义列强政治、经济、文化方面的残酷剥削、奴役、掠夺和压迫，对内失去自主权，对外失去独立交往权，由殖民国家实行直接或事实上的统治。对殖民地的统治，在殖民扩张的不同阶段有不同的形式，主要有：第一，总督制。殖民国家以总督为殖民地的最高权力代表，对该国行使最高军事、行政、立法、司法权力，如英国在美洲的殖民地和独立前的印度。第二，附庸国。名义上独立，实际上在各个方面受宗主国控制和操纵的国家。如 1846—1947 年在英国控制下的尼泊尔。第三，保护国。被迫签订不平等条约，将部分主权行使权交给强国"保护"的国家。如 19 世纪 80 年代至 20 世纪 50 年代，突尼斯为法国的保护国。第四，委任统治地。第一次世界大战后，战胜国以国际联盟的名义，以委任统治的形式，对战败国的殖民地和属地进行重新的瓜分和统治，英、法等国家被委任统治的地区曾达 120 多万平方公里。① 自第一次世界大战以后特别是第二次世界大战以后，大多数殖民地人民逐渐觉醒，殖民地、半殖民地的民族独立运动高涨，大批亚洲、非洲国家相继获得独立。至今，殖民主义在全球范围内已彻底结束。

（2）国际托管地（International Trusteeship）。所谓国际托管，就是把一些领土依特别协定置于联合国权力下按照一定程序进行管理或监督。托管的基本目的之一是增进该领土居民"趋向自治或独立之逐渐发展"。实际上，国际托管是第二次世界大战后各管理当局在国际管理名义下对殖民地进行统治的一种形式，是国际联盟的委任统治的继续。托管地与委任统治地的不同是，托管地必须定期接受实地考察，并且一般说来能迅速取得独立。按《联合国宪章》的规定，被托管的领土包括：第一，大战结束时尚未独立的前国联委任统治制度下的领土；第二，从第二次世界大战战败国割离的领土；第三，负管理责任的国家自愿置于该制度下的领土。在实际执行中，并无任何殖民国家自愿将其负责管理的领土置于托管制度之下，而第二类领土也只有意大利对索马里的托管一例。因此，托管地主要是第一类领土。自联合国成立后，托管领土共有十一处。② 由于托管地人民坚持反对殖民统治、争取民族解放，自 1975 年巴布亚新几内亚宣告独立后，11 个托管地中已有 10 个终止效力。这些托管领土，有的已单独成为主权国家，有的已加入相邻的独立国家，实现了独立或自治。③

（3）半殖民地国家（Semi-colonialstate）：国际法意义上的特殊自决权主体。半殖民地国家是指具有形式上的独立和主权，但实际上在政治、经济、军事、外交等方面受帝国主义列强操纵和控制的国家。它是独立国家向殖民地演变的中间形式。半殖民地国家与殖民地的不同之处在于，半殖民地国家具有形式上的主权、完整的国家组织系统、对内的最高决策权和对外的国际关系主体地位，但本国在领土、领海、海关、司法等方面的主权行使权遭到严重破坏，在政治、军事、外交等方面失去部分自主权。虽然农业、税收仍以本国为主体，但工业、金融、贸易等依附于外国资本；国内实行封建军事统治和买办官僚政治。当帝国主义把世界领土瓜分完毕时，他们使用比民主殖民地更全面的方式对落后的独立国家进行入侵和渗透，使其沦为半殖民地。历史的发展表明，随着民族解放运动和人民革命的发展，许多半殖民地国家成为独立主权的社会主义国家；

---

① 《中国大百科全书》（政治学卷），中国大百科全书出版社 1992 年版，第 519 页。

② 它们是：英国管理的多哥、喀麦隆和坦噶尼喀，法国管理的多哥和喀麦隆，比利时管理的卢旺达－乌隆迪，新西兰管理的西萨摩亚，澳大利亚管理的新几内亚，澳、新、英管理的秘鲁，意大利管理的索马里，以及美国管理的太平洋若干岛屿。

③ 《中国大百科全书》（法学卷），中国大百科全书出版社 1984 年版，第 237 页。

另一些半殖民地国家在本国民族资产阶级领导下逐步摆脱了外国资本的控制，实现国家独立。① 半殖民地国家所进行的旨在推翻帝国主义或殖民主义压迫的民族解放运动，是世界民族解放运动的重要组成部分，属于非殖民化运动的范畴。所以，半殖民地国家也被视为国际法意义上的自决权主体。

综上所述，《联合国宪章》及其实践已经把人民自决权限定在非殖民化这一特定领域。民族自决权只属于被殖民或外国统治下的人民，并不适用于生活在主权国家合法政府统治下的人民。可以说，国际法意义上的自决是一种只能在某一特定领土（殖民地和附属国）中行使的一次性权利，其特征表现为摆脱帝国或外国统治而独立。因此，现存国家中（哪怕它以前曾是殖民地）少数民族进行的分离运动并不在民族自决权的保护之下。大多数学者认为，自决权主体还是应该限定在殖民地和其他被压迫民族的范围内，随意扩大是不恰当的，也是不符合实际的。

（三）少数者和民族：能否成为自决权主体

1. 少数者（Minority）

世界上的绝大多数国家都是多民族国家，几乎每个国家都有少数者或少数民族。② 因此，少数者问题是国际社会普遍存在的问题。少数者权利的保护是国际法上人权保护的最早领域，其历史可以追溯到 17 世纪初。③ 但自决权成为一项国际上普遍承认的集体权利不过是 20 世纪六七十年代的事情。在国际实践中，国家也常常面临如何处理自决权和少数者或少数民族关系的问题。在非殖民化运动基本结束的当今世界，少数者是否可以行使自决权的问题又成为一个争论的焦点。下面，笔者将以两个国际人权盟约关于自决权和少数者权利保护的规定为视角，来探讨少数者是否为自决权的主体。

首先，两个《国际人权盟约》都在第 1 条第 1 款中用同样的措词规定："所有人民都有自决权，他们凭这种权利自由决定他们的政治地位，并自由谋求他们的经济、社会和文化的发展。"④ 在这里，"所有人民都有自决权"，这种不加限定的措词在实际运用中引起了对公约解释的分歧。印度在签署两个国际人权盟约时专门对此作出声明。实际上有此担心的也不仅仅印度一个国家。

---

① 《中国大百科全书》（政治学卷），中国大百科全书出版社 1992 年版，第 7 页。

② 许多国家有数量很大的民族，例如美国、印度、印度尼西亚、俄罗斯各有 100 多个；中国、巴西、澳大利亚、加拿大、墨西哥各有数十个；尼日利亚有 250 多个；扎伊尔有 254 个；苏丹有 570 多个。

③ 龚刃韧："国际法上人权保护的历史形态"，载 1990 年《中国国际法年刊》，第 226 页。

④ 《联合国人权国际文件汇编》第一卷（第一部分），1994 年版，第 8—9、19—20 页。

许多国家都对少数者可能与自决权联系起来表示担忧。因此在自决权主体问题上，主流的观点是：自决权是整个人民的权利。① 其次，《公民权利和政治权利国际盟约》第 27 条规定："凡有种族、宗教或语言少数团体之国家，属于此类少数团体之人，与团体中其他分子共同享受其固有文化、信奉躬行其固有宗教或使用其固有语言之权利，不得剥夺之。"② 第 27 条也没有给"少数人"下定义。只是在范围上加上了"人种的、宗教的或语言的"限制。这说明仅仅数量上少算不上第 27 条所指的少数人，否则一国将充满少数人。少数者的权利是个人的还是集体的权利？从该条款的措词上看，没有给予少数者以明确的集体权利，但该款的起草过程表明，第 27 条所涉及的个人的权利。为了强调少数者的权利是个人的权利而非集体权利，防止歧视保护少数小组委员会认为应用"属于少数者的个人"取代"少数者"，理由是少数者不是法律的主体，"属于少数者的个人"用在法律上容易界定。为此，国际人权盟约起草者们尽力避免自决权与少数者之间的联系，强调"人民"是一个整体，目的是为了避免将少数者视为人民的一种；强调少数者的权利是个人权利，意在避免将少数者视为一个整体，结果可能与自决权联系在一起。

但是，在实践中自决权与少数者权利之间的关系一直是存有争议的。人们之所以将两者联系在一起，是因为人们将自决权与少数者权利混淆了。事实上，自决权与少数者的权利是有重大区别的。就国际法究竟赋予人民和少数者什么权利这个问题来说，主流的观点是，国际人权盟约第 1 条赋予人民以集体权利；第 27 条赋予少数者以个人权利。应该说，从理论上区分作为集体权利的自决权和作为个人权利的少数者权利似乎并不难。但在实践中，自决权与少数者权利之间的界限有时并不是分得那么清楚。两个《国际人权盟约》第 1条和《公民权利和政治权利国际盟约》第 27 条均表明，自决权是集体权利，即"所有人民的权利"；少数者权利是个人权利，即"属于少数团体之人"的权利。国际法上对少数者的保护属于人权问题。虽然自决权也可以属于人权问题，但是少数者的人权是个人的人权，自决权则是属于殖民地人民的集体人权。二者是不应混淆的。少数者不是国际法意义上自决权的持有者。③

2. 民族 （Nationality）

从前面分析可知，"民族"显然包括非独立民族，或者可以说该原则成为国

---

① Patrick Thornberry："Self – Determination, Minorities, Human Rights: A Review of International Instruments", Vol. 38 International and Comparative Law Quarterly. 1989, p. 880.

② 王铁崖：《国际法资料选编》，法律出版社 1981 年版，第 175 页。

③ 白桂梅：《国际法上的自决》，中国华侨出版社 1999 年版，第 105—122 页。

际法基本原则时主要是针对非独立民族的，前苏联科热尼科夫、奥地利的阿·菲德罗斯、我国的王铁崖都持这种观点。当然，其中的非独立民族应包括该地区的所有人民和所有组成它的各民族，作为一个整体享有民族自决权，因此民族自决权不是给予每个具体的少数民族的，正如我国政治学者宁骚所言："当今世界的各个民族国家的范围内，作为国族的各个组成部分的民族，是不享有民族自决权的。"① "自决权的定义不适用于主权独立国家或一个人民中的一部分，这是国家完整所必须的。"② 如果认为每个民族都有自决权，第一，会严重损害国家主权。每个国家都是由不同的民族来组成的，如果每个民族可随时以自决的名义抛开国家而独立，就意味着每个国家的主权不存在任何权威，民族自决虽不等同于民族分立，但作为自决的不良后果之一就是国家领土的分离，这是任何主权国家都不支持的。第二，会破坏现有既定的国家格局。一般认为，全世界现有大小民族 3000 多个③，如果让每个民族都去建立一个国家，世界就可能有 3000 多个国家，这种彻底改变现有国家格局的态势是不可想象的。事实上，当今世界国家格局在大民族的作用下已基本定型，小民族已失去独立建国的机会和条件。即使有些弱小民族能够勉强获得独立，则小国寡民，资源贫乏，经济基础薄弱的客观现实使其民族经济的发展举步维艰，如非洲 47 国的财政收入总和少于多国公司埃克森的年度收入（470.19 亿元对 494.91 亿美元）④，这种状况不利于形成有力的民族意识，致使民族政权动荡不安。客观地讲，这些民族独立后带来的不是民族的发展与繁荣，相反可能会形成新的民族冲突。

"民族"（nation）不是指一个国家中的不同的民族（nationality），而是指一个国家之内的整个人民，或者尚处于外国统治下的殖民地人民。因而，如果混淆 nation 和 nationality，势必会把民族自决权引入民族分裂主义的误区。其实，民族是有层次的，如中华民族（the Chinese nation）与汉民族（Han nationality）、回民族（Hui nationality）就不是处在一个层次上⑤。Nationality 是由 nation 派生而来的，它与 nation 的原则区别在于，nationality 不像 nation 那样具有国家、民族互为表里的含义⑥，因此，切不可把这两者相混淆。关于这一

---

① 宁骚：《民族与国家》，北京大学出版社 1995 年版，第 399 页。

② 管建强："我国宜对《公民权利盟约》作出保留及调整相对的国内法"，载《法学》1999 年第 4 期。

③ 宁骚：《民族与国家》，北京大学出版社 1995 年版，第 59 页。此外，还有人认为世界上共有民族有 2000 多个。UNPO 组织认为有 5000 多个。

④ 同上书，第 305 页。

⑤ 潘志平：《民族自决还是民族分裂》，新疆人民出版社 1999 年版，第 140 页。

⑥ 同上书，第 161—162 页。

点，恩格斯早在 1866 年撰写的《工人阶级同波兰有什么联系》一文中就作了经典的论述，其明确指明 nation 和 nationality 不容混淆。显然，一个国家内不同的 nationalities 并非民族自决权的主体，它们没有权利要求自决，否则就是滥用民族自决权、搞民族分裂。

五、自决权与公民投票（一）：民主性公投

公民投票作为国内政治领域内自决的实现方式之一，的确可以弥补代议民主制的许多不足，具有许多积极的意义。但在现实中，人们有时会走入极端，将公民投票看做是至善至美的制度。更有甚者，有些政治团体或个人还将公民投票作为实现其特定政治目的的挡箭牌。因此，我们有必要对该制度的功能及其局限性进行进一步研究，以形成对公民投票制度的科学认识。

（一）民主性公民投票的含义、形式和议题

目前学术界对公民投票的使用比较混乱，有时出现将国际法上解决领土争端的公民投票和国内法上作为直接民主的公民投票混同起来的现象，为此，笔者提出"民主性公民投票"这一概念。要理解民主性公民投票的含义首先要理解公民投票的含义。所谓的公民投票通常是指全体公民通过行使投票的权利对国家或社会的重大问题或特定事项进行投票表决。狭义上的公民投票主要是指国家全体公民或社会全体成员就某一项重大事务投票表决。广义上的公民投票还包括某一地方（州、省、市、区等）的全体居民对有关地方事务进行投票表决。本文所使用的公民投票是广义上的公民投票。公民投票通常又被称为全民公决或公民表决。严格地说，"公民投票"比"全民公决"具有更为宽泛的含义。公民投票表决的事项很多，既包括全国性的，也包括地方性的。"全民公决"虽然表明全体公民或全体居民都有权利参与投票表决，但实际上全体公民或全体居民未必都参加投票，在强调"全体性"的场合下，使用"全民公决"一词更为合适，在不强调全体性的场合下，使用"公民投票"一词更为合适。在一般情况下，"全民公决"与"公民投票"可以互代使用。

所谓民主性公民投票是指民主意义上的公民投票，它是相对于自决意义上的公民投票而言的。自决性公民投票和民主性公民投票的划分是依据公民投票的范围是否存在一个既定的领土疆界这一标准来进行的。自决性公民投票是指创设领土边界以实现独立建国或决定领土归属以合并到他国的公民投票。和自决性公民投票相比，民主性公民投票是指在一个国家的既定疆域内，对全国性或地方性重大事务进行表决的公民投票。它在英文中，通常用"referendums"描述。该类型公民投票的一个重要特点是，它必须在既定的领土疆界内运行，

它是实现直接民主的最重要方式。

民主性公民投票的结果可以是建议性的（advisory），也可以是强制性的（mandatory）。一方面，公民投票的结果可被视为针对某项特定议题所作的广泛民意调查，具有咨询或参考的性质。在条件成熟时，它可进一步发展成为法律或政策。另一方面，它可以是法规生效过程的一部分，即有时在修改宪法或法律之前，必须取得多数人的投票同意，才被视为有效或具有合法性。而在某些情况之下，投票结果可说是具有"创制"（initiative）的法律效果。根据民主性公民投票的议题和地域范围，可将其分为全国性公民投票和地区性公民投票。全国性公民投票主要是针对全国性的事务而举办的，而地区性公民投票则是针对地区性事务举办的。

从举办过民主性公民投票的世界各国的情况来看，其表决议题也各有不同。但大多是关系国家前途命运和国计民生的重大问题。如果将它们加以概括和归类，通常包括以下几个方面：

（1）宪法议题。在宪政建设方面，最重要和最起码的一步便是全民公决宪法。同样当推动一项重大变革时，诸如中央政府体制的改变、国号的改变选举制度的改革、中央与地方政府权力的重新划分等，执政者基于宪法的规定或政治谨慎考量起见，通常会寻求选民对这些特定议题的同意。例如，1995 年 8 月，哈萨克斯坦以全民公决的方式通过新宪法，重新规定了国家政体。

（2）大选的议题。包括直接选举总统和对是否提前进行总统或议会大选进行全民公决。新加坡一直以全民投票的方式直接选举总统。

（3）国际的议题。包括就是否参加国际组织、签订国际条约、加入国际行动等进行公民投票。瑞士在 1984 年曾经举行全民公决反对加入联合国，但是后来，经过全民公决又决定加入联合国。

（4）道德的议题。例如，在西方国家中，"堕胎"议题通常是引发广泛争论的问题之一。这些道德议题通常是跨越政党界限的，在政治人物之间也存有相当大的差异，而这些议题通常会造成支持和反对阵营的壁垒分明。针对此类的问题，许多国家（如瑞士等）通常会通过公民投票的方式，去寻求解决问题的途径。

（5）其他的议题。在有些国家中，公民有权坚持将某些事务交付公民表决。在实际政治运作中，在宪政体制内有时常遇到很难解决的事情，诸如选举制度的改革、扩大选举权的范围、中央政府体制的改变、国号的改变等，常常造成政党对立，议会瘫痪，此时若能将各方相持不下的议题交付公民投票，或能解决问题且能停止纷争。在瑞士、意大利以及美国的一些州中，有许多议题要由选民来决定。

（二）民主性公民投票制度的功能

公民投票是"直接民主"的基本手段，也是民主程度最高的决策手段。它体现了西方人"主权在民"的思想，就是说人民的事情应由人民自己做主。长期以来，学术界围绕着公民投票的制度功能进行了广泛的讨论，这些讨论与民主政治的实现需要何种机制的理论探讨是密切关联的。一般认为，公民投票是公民直接参与的制度化工具，可以弥补代议民主制的某些缺失。概括起来，其制度功能如下：

1. 增强正当性

从公民投票的本质意义上来说，其政治价值就是使得政权合法化、正当化。在一个自认为是民主的制度中，权力应该来自于人民，而且权力的形式必须处于人民的监督之下。先前，权力的继受也许可以通过世袭、任命、考试、递补等等，但是这些形式渐渐地消失甚至变为非法，而选举或投票成为政府权力合法化的必由之路。每个人之间是平等的，没有人可以天然地对另一个人发号施令。于是必须找寻一种方式来创造权威，建立秩序，进行管理。而"少数服从多数"的公民投票正是近现代民主制的要旨和核心，也是近现代民主的基础，还是政府构成和运作合法性的本原。也可以说，这是公民投票的最大优点——它体现着民主，并使得民主的结果得到最大程度的正当化。

一般说来，威权政体订立规则主要依靠政治高压；而民主政体建立规则，则主要靠人民同意，其中，他们特别重视最大多数民众正当性所达成公共事务决策的参与途径。公民投票能够使选民深信，由他们自己作出的政策会比由政府官员作出的决策更具正当性。因为公民投票的结果比起民意代表所代为表达的，带有更明确的人民意志性。公民投票能促使公共利益凌驾于个体利益之上。根据美国研究选民对公民投票态度的一项调查结果显示，多数受访者并不认为一般民众的聪明才智会优越于在职的民意代表，甚至多数人认为，由立法机关制定、执行的法律会优越于人民创制的法律。尽管如此，仍有77%—88%的受访者赞成公民投票。因为受访者认为，民众可借由公民投票来对特定议题行使直接参与的权利。[①] 从上述表明：公民投票结果最具权威性。因为它不必通过民意代表间接转达人民意愿，而民众本身就能直接表达自己的意志。因此，在人民主权、政治平等、大众咨商与多数统治四原则的制度下，借由公民投票来行使直接民主，其所赋予的正当性是代议制间接民主所不能比拟的。

---

① David B. Magleby, Direct Legislation: Voting on Ballot Propositions in the United StatesBaltimore, Md: John Hopkins University Press, 1984, pp. 7—20.

当然，这并不意味着所有的政策都必须靠公民直接参与来决定，也不是意味着直接民主制一定比代议民主制所产出的决策更加科学。这里只是说，当代议民主制的决策需要增加正当性时，采用公民投票无疑是个恰当的方式。

2. 促进参与感

众所周知，大众参与是民主政治运作的核心。公民投票是最大限度地发掘公民潜在价值的最佳方式。正如巴柏（Barber）所言：“唯有直接的政治参与（即指公民参与），才是民主制相当成功的公民教育教材。而公民参与在政治上的影响力，诸如借由公民直接参与才能体会民主真谛。当然，倘若公民直接不具任何政治效能感或影响力，则公民的参与将只是儿戏。此结果将造成所有参与的公民自觉幼稚无知，尔后只愿把时间花在追寻私利。”① “直接参与派”的学者主张，民主国家政治体制良好的最重要指标，是公民参与政治的程度。参与程度高就意味着该国政治体制良好，而参与程度低则意味该国政治体制已有明显病症。投票是公民参与不可或缺、也是最低限度的要素。因此，当越来越多的人开始谈论政治、运作选举、提供政治献金、参与政治性大会，投票率则成为检验该国政治体制的最重要指标。大多数主张公民投票者坚信，倘若能够直接针对政策议题进行投票而不是局限于在候选人之间作出抉择，那么，公民参与投票的意愿会更高。克罗尼（Thomas E. Cronin）举例指出：虽然创制权的存在未必会导致高投票率。但所有的研究显示，美国部分州选举，选票上列有创制案，其投票率则远高于没有该项设计的州。②

（三）民主性公民投票制度的局限性

学术界一致认为，作为直接民主方式的公民投票，在其制度功能上有其明显的局限性。概括起来，主要有以下几点：

1. 易导致多数暴力

民主与暴政之间没有天然的不可逾越的界限，民主始终存在着向极权主义演变的危险。因此，不能认为实现多数人的意志就能防止暴政，恰恰相反，多数人的意志如果没有制度的制约，最容易、最可能演变为暴政。而且民主制尤其是直接民主制的实质与必然结果，是与平等以及坚决地“扶弱制强”紧密地联系在一起的。这就必然地忽略少数人的利益。民主并不是一种完美无缺的

---

① Benjamin R. Barber, Strong Democracy: Participatory Politics for New Age, Berkeley: University of California Press, 1984, pp. 235—36.

② David Butler, Austin Ranney, 吴宜容译：《公民投票的理论与实践》, 台湾韦伯文化事业出版社2002年版，第21—22页。

制度。罗索夫斯基认为我们至少应该区别两种民主，一种民主是国家政治层面上的民主，是说每个人都有平等的一票来决定什么人来统治我们，我们应该选择什么样的人，这种是"人人平等的民主"。另外一种民主模式，应该是有所不同的，应该不是一人一票的，不同的人说话的分量应当不一样。民主的悖论之一在于，假如大多数人投票决定实行专制的时候，也就是说，通过民主的方式作出反民主的决策，民主的倡导者该如何是好？而我们看到人类历史上并不是没有过这种经历。譬如希特勒的上台。公民投票能否达到民主的本质，这是一个疑问？"民主制度所推崇和认可的多数人的统治，假如没有人性的反省和追求，假如人道主义得不到高扬，假如不在追求自己的自由同时，也尊重他人的自由，那么，民主大树上所生长的，往往只能是'多数人的暴政'这样的畸形恶果。"

2. 未必能保障人权

公民投票确实体现民主，但以多数决定为原则的公民投票，并不必然地提供保护少数人基本权利的手段，有时反而提供压制少数的方法。大国内部的直接民主有时会导致欺负少数族裔。少数族裔的"自我民主"又可能欺负多数民族。少数族裔独立建国后，原来的少数变成了多数，原来的多数变成了少数，又开始多数欺负少数的循环。南斯拉夫及其所属共和国自 1991 年以来在不断的公投中分崩离析，十多年来陷于原始的民族仇杀中难以自拔，宪法秩序荡然无存。没有法治的直接民主是原始制度，摧毁法治的直接民主是蔑视和伤害人权的制度。把人权与多数决定的民主混为一谈是冷战后的一个大"谜团"（myth）。[①] 从历史的经验来看，公民投票不仅保障不了人权，反而可能会给人类社会造成重大灾难。

3. 未必符合正义

公民投票虽是民意的体现，但可能演变成多数人为自己的利益压迫少数弱势人的情形，这也不符合正义原则。数量本身并不体现正义。古雅典崇尚"为平民所悦者即法律"，但如果真的让法律随人民的意志朝令夕改，那么有谁能够确定今天有效的法律，到明天还能有效？还能"有法可依"吗？前面已经分析了，公民投票的目的是使政权或者决定获得正当性。投票本身带有天然的民主色彩。民主就是正当性的代言。然而，民主真的就是完美的制度设计吗？而且有公民投票制度就一定有民主吗？对于第一个问题，民主是一项比较完美的制度设计，然而不能绝对完美。在现代社会，它能带来正当性，然而不一定带来正义，也不一定带来正确。其中，可以印证这一判断的就是古老的命

---

① 潘维："全民公决的历史演变与逻辑困境"，载《南方周末》2002 年 8 月 29 日。

题——民主可能带来多数人的暴政。

4. 未必能避免专制

公民投票虽然能够抗衡专制，但未必能避免专制。并非所有人都同公决（公投）之事有直接的利害关系，并非所有人都能认识到公投之事的眼前乃至长远利益关系，并非所有人都拥有足够的相关知识和判断能力，从而实施正确的"一投"。相反，有相当数量的参与"公投"者，并不一定就深思熟虑，有相当多可能"随大流"；有相当部分可能因一时之利或其他未必正当的原因等而"盲从"。这使少数政客就有了充分的机会以人民的名义操纵多数，甚至以人民的名义实行专制。这不是"危言耸听"，有众多历史事实：法国大革命复兴了"人民主权"观念，自此法国曾频繁使用全民公决。1800 年的全民公决批准了一部给专制开绿灯的法国宪法，1802 年的全民公决任命拿破仑为终身执政官，1804 年的全民公决任命拿破仑为法兰西皇帝。后来，拿破仑的侄子路易·拿破仑步其叔之后尘，也通过公投，推翻共和，复辟帝制。在 20 世纪30 年代，欧洲所有的独裁者都频繁使用全民公决，特别是希特勒和墨索里尼。希特勒在纳粹德军占领奥地利之后，即举办德、奥合并的公民投票。由于野心家、煽动家最善于玩弄民意，他们也特别善于将公投作为政治图谋的工具。第二次世界大战后，人们才发现，看上去最民主的决策手段"公投"，其实也完全可能成为让独裁政权合法化的最有效手段。

（四）民主性公民投票的进一步分析

由以上分析可知，民主性公民投票虽然有其积极的功能，但也不是尽善尽美的制度。对于该制度的功能及其局限，我们应作客观的分析。为此，我们还应注意以下几点：

1. 应真正认清民主性公民投票的价值追求

从价值目标上来看，民主追求的是合理。所谓合理就是按照多数人的意志协调利害得失。民主是多数统治（majority rule），不是多数暴政（majoritytyranny）。焚烧国旗是否有罪？在美国多数人认为是有罪的，要求制定法律予以制裁。国会多次未获通过，就是为了保护少数人表达对这个国家的不满权利，虽然这是不正确的表达，但以多数人的名义制裁少数人表达的权利，就成了多数暴政。为了防止多数统治变为多数暴政，必须制约权力。任何人，不论是多数，还是少数，只要拥有不可制约的权力，就会产生暴政。美国思想家麦迪逊和汉密尔顿在《联邦党人文集》中说：把所有权力赋予少数人，他们就会压迫多数人；把所有权力赋予多数人，他们就会压迫少数人。民主反对少数人的为所欲为，不是代之以多数人的为所欲为。民主的原则不是仅仅把少数和多数的数量关系颠倒过来，更重要的是反对、否定、取消任何专横。① 按照民主原理，一个群体、一个社会在采取共同行动时，只有按多数人的意志来决定才是合理的。但合理的并非总是正确的；即使不正确，多数决定仍然是合理的；少数人的意见未必不正确，有时真理就掌握在少数人手中，即使意见正确，少数强加于多数仍然是不合理的，根本之点在于对权力的尊重。民主是由多数人的权利作出决定，而不是由智慧作出决定。民主追求的是合理而不是正确。

2. 民主性公民投票是非常态的民主表达方式

通过以上分析，我们可以看出：民主性公民投票既具有积极的价值和功能，也有其制度功能上的局限性。公民投票未必带来正义、科学、人权。一种制度的萌生需要具备它应有的条件，在条件不具备的情况下，硬是采行这一制度，其结果很容易被扭曲。从公民投票的实践来看，公民投票虽然是直接民主的表达方式，但大部分民主国家却只是偶尔举行公民投票而已。目前主要的民主国家，如印度、以色列、日本、荷兰、美国等均未举办过全国性的公民投票。自有史以来，世界计有800多次全国性公民投票，其中有半数在瑞士举行，其余的公民投票则分散于其他国家。就整体而言，公民投票是危机处理的重要机制，是为解决某项特定问题或赋予某一途径的合法性而举行的。但就举办过全国性公民投票的赞成比例来看，公民投票的程序也不是随意启动的。世界上绝大多数采行公民投票国家也是将其视为"不到紧要关头绝不动用的最后手段。"② 即使到了紧要关头，动用了公民投票，其结果也未必具有正义性与合法性。这正如前所述的公民投票在历史上多次被专制势力所利用，就是典型的例证。因此，我们在肯定公民投票积极功能的同时，切不可将其视为绝对的神圣的理论。否则，我们将会陷入误区。

3. 防止民主性公民投票制度的滥用

现实中，公民投票制度之所以会被滥用，是因为该制度也存在着自身的问题。从公民投票的历史实践来看，这里的问题是，有谁来启动公民投票的程序，有谁来决定公民投票的议题。众所周知，议题设计不同，投票结果可能会大相径庭。在现实政治运作中，公民投票通常是由"精英"来启动和主导的，这便使得公民投票很容易按照"精英"的意图去运作，少数政客就有了充分的机会以人民的名义操纵多数，甚至以人民的名义实行专制。从而失去全民公决的本来意义。在公民投票中，防止被误导。全民公决很容易被少数势力所利

---

① ［美］汉密尔顿：《联邦党人文集》，商务印书馆1997年版，第198页。

② David Butler, Austin Ranney, 吴宜容译：《公民投票的理论与实践》，台北韦伯文化事业出版社2002年版，第336页。

用而变成"精英"公决。所以，在实施公民投票时，应注意加强制度防范，防止其被滥用。

六、自决权与公民投票（二）：自决性公投

（一）自决性公投：自决权的实现方式之一

关于自决权的实现方式，在有关的国际公约中找不到任何具体答案。《联合国宪章》中几处提到自决权的地方都是一带而过，没有任何具体规定。1966 年两个《国际人权盟约》共同第 1 条中只有一个副词是直接与决定相联系的，该条第 1 款规定：所有民族均享有自决权，根据此种权利，自由决定其政治地位及自由从事其经济、社会与文化之发展。① 除了"自由"，在语法上应该是"自由地"这个词外，整个公约中就再也没有与如何决定有关的规定了。"自由地"这个词应该理解为非被强迫地、完全按照自己意愿地、不受外部力量摆布或干预地等等。当然，自决权的基本含义就是自己来决定，如果是按照他人的意愿甚至由他人来决定或由他人强加的决定，连自己决定都谈不上，更不用说自由地决定了。

纵观非殖民化运动的历史，殖民地人民行使其自决权的方式主要有两大类：

一类是暴力斗争的方式，即通过暴力反抗外国侵略和外国统治、通过暴力推翻专制政府。多数都是通过武装斗争的方式行使他们的自决权。这是因为，殖民主义者不愿自动退出历史舞台，他们千方百计地阻挠以便延缓非殖民化的进程，迫使殖民地人民不得不拿起武器，与顽固的殖民统治进行武装斗争。弗洛文（Jochen A. Frowein）教授指出："在国际公法的历史上，自决自然地与使用武力联系在一起。在自决的名义下，人民把自己从过去的统治者中解放出来；殖民国家在民族解放战争中遭到攻击。已经有人提出这样的主张，即存在着使这种行为合法化的国际公法规则，而且第三国有权进行干预以支持要求自决权的人民。"② 自决的确与非殖民化运动和民族解放战争紧密相连，因为殖民地人民为摆脱殖民统治以实现自决权不得不采取武装斗争的方式，这就发生了殖民地人民与殖民国家之间的战争，一般称为"民族解放战争"。

另一类是和平的方式，即通过签订协议和公民投票的方式来行使自决权。

---

① 王铁崖：《国际法资料选编》，法律出版社 1981 年版，第 155—156 页。

② Jochen A. Frowein, Self-Determination as a Limit to Obligations under International Law, in Modern Law of Self-Determination, 1993, p. 213.

人民以和平的方式行使自决权，这无疑是国际社会和各国人民所希望的。究竟有多少殖民地人民是在和平的环境中不受殖民国家压制地自由行使其自决权的呢？几乎没有，即使以公民投票的方式取得独立的殖民地人民也是长期与殖民统治斗争（也包括武装斗争）的结果。全民公决或公民投票应当说是人民行使自决权的最重要的和平方式。人民通过公民投票的方式来行使自决权的做法，已经得到了国际社会的普遍赞同和推崇。当代许多国家的一些重大问题，正是在国际社会的监督下通过全民公决的形式得到解决的。

由以上分析可见，公民投票包括自决性公投和民主性公投，而只有自决性公投才是自决权的实现方式；但自决权的实现方式除了自决性公投之外，还包括武装斗争。因而我们说，自决权的实现方式和公民投票之间的关系是逻辑上的交叉关系。

所谓自决性公投，是指创设领土边界以实现独立建国或决定领土归属以合并到他国的公民投票。在英文中，它更多的是用"Plebiscite"来描述。它与国际法上的自决密切相关，是自决权的实现方式。该类型公投的一个重要特点就是，在举行公民投票时，并不存在既定的领土疆界或领土归属；相反，这个领土疆界或领土归属正在等待着由公民投票来决定。实施这类公民投票必须具备相应的条件，即必须是归属不明的地区或殖民地才能进行。通过这种投票方式，自由表达实行民族自决的人民的意志，自由确定其民族领土的命运。但全民公决应以保证该领土的全体居民投票的充分自由的方式进行，并应当由国际组织进行监督，其合法性取决于居民意志是否真正得到充分自由的表达。自决性公投的议题主要包括领土归属和主权独立。自决性公投主要有两种形式，即归属性公投和独立性公投。

（二）　自决性公投个案及分析

1. 归属性公投个案简介

萨尔区。萨尔区位于德、法之间，绝大多数居民属德意志血统。近代史上，该地曾多次在两国争战中易手。1919 年《凡尔赛条约》除将该地交国际联盟托管外，还规定 15 年之后由当地人民进行表决，以决定其归属问题。根据 1935 年 1 月 13 日全民投票的结果，有 90.8% 的人主张归并于德国。于是，德国国社党政府设该地区为萨尔省。1945 年德国战败，萨尔区再次落入法国之手。法国当局本想使该区自此与德国脱离，因此于 1954 年推出了一个规定该区永久接受西欧国家共管的"萨尔地位协议"。时值美、英出于围堵共产主义阵营的需要，积极争取西德加入北大西洋公约组织，以使其成为西欧防线的前沿基地。另一方面，法国时运不济，除债台高筑、濒于破产外，所属殖民地又前赴后继争相造反。法国所处的境况极为险恶，若非获得美国的支持便无法渡过难关。于是在此背景下，法国不得不对美国所施加的压力作出让步，允许萨尔区人民举行投票，以表明他们对"萨尔地位协议"（即分裂）所持之态度。萨尔区人民在 1955 年的投票中再次坚决地反对分裂的选择。次年，萨尔地区重新归并于德国。①

2. 独立性公投个案简介

多哥。第一次世界大战爆发后，多哥被英国和法国占领，1922 年成为国际联盟下的委任统治地，分别由英国和法国统治；1946 年又成为联合国下的托管领土，继续分别由英国和法国管理。多哥人民从第二次世界大战以后就开始了结束托管、实现自决的斗争。1956 年法国决定在法属多哥举行公民投票并要求联合国托管理事会派观察团。但是，由于法国安排的公民投票没有为多哥人民提供独立这一选项，只有建立自治共和国或继续托管。法国的做法遭到联合国的反对。但法国不顾联合国的反对，公民投票于 1956 年 10 月举行，72% 的投票人同意建立"自治共和国"；1957 年联合国大会建立了一个 6 人委员会对法属多哥的整个形势进行审查。结果，该委员会拒绝接受在法属多哥举行的公民投票的结果，不同意终止托管协定。经过多哥人民的不懈努力，终于在 1958 年 4 月 27 日举行了由联合国监督的选举，有明显的独立倾向的政党获得选举的胜利，法国同意多哥于 1960 年 4 月 27 日独立。② 1956 年 5 月英属多哥在联合国主持下举行公民投票，多数多哥人民同意并入当时的英属殖民地黄金海岸，后者于 1957 年 3 月 6 日宣告独立，现称加纳。

3. 案情分析

从以上两个自决性案例可以看出，涉及国家主权和领土变更等方面所进行的公民投票自决活动，是有其特定的适用范围。它只适用于殖民地、托管地、非自治地区，以及那些被其他民族国家兼并，原本就是独立的民族和国家。比如，1962 年 7 月，作为法国殖民地的阿尔及利亚举行全国公民投票，宣告独立。它根本不适用于某些历史遗留问题，比如说港澳问题，在 1972 年，联合国就应我们国家要求，将港澳从应给予自治或独立的名单中删除。

"公民投票"作为一种表达公民意志的民主手段，运用在什么地方，如何运用，有其法理原则和适用范围。它最早以国际法形式出现是在第二次世界大战结束后，同盟国起草《联合国宪章》时，认为世界上仍有殖民地与殖民主

---

① 俞力工"住民自决论"的盲点，载台北《中央日报》1990 年 12 月 1 日。

② Yves Beigbeder International Monitoring of plebiscetes Referenda and National Elections: Self – Determination and Transition to Democracy, Martinus Nijhoof Publishers, 1994, pp. 130—133.

义存在，势必给世界和平造成困扰，这就需要有一个能以"自决"原则终止殖民地与非自治领土的办法。于是，在《联合国宪章》的宗旨中增加了"尊重人民平等权利及自决原则"。在这一原则下，1960 年，许多刚脱离殖民主义统治并在独立后加入联合国的国家，共同推动了主张民族自决就等于是反殖民主义的提案，即当年通过的《授权独立宣言》（联大第 1514 号决议案）。显然，联合国提出的"自决"原则，是用来支持殖民地人民起来推翻殖民控制而成为独立自主国家的。

（三）自决性公投不包含分离性公投

在现实中，有些地区分离主义者或民族分离主义者企图借着公民投票来实现其从原主权国家分离出去的目的，我们把这种公民投票称为分离性公投。前已所述，自决权的主要内容是独立权，而不包括分离权。所以，自决性公投也不包括分离性公投。为此，我们有必要通过相关的个案来对分离性公投进行进一步的研究。

1. 案情简介

加拿大魁北克的公民投票。从历史上看，魁北克有组织地独立运动，始于第二次世界大战以后。1976 年 11 月，以争取独立为纲领的魁北克人党首次在该省选举中获胜。自此，要求独立的呼声进一步高涨。1979 年 10 月，该党正式提出要在加拿大联邦和魁北克省之间建立"一种新的平等的伙伴关系"，即政治上独立，经济上与其他地区保持联系的"主权—联系"方案。1980 年 3 月，魁北克省议会经过激烈辩论，通过了一项在全省举行一次关于是否要同联邦中央政府谈判独立问题的公民投票的决议，同年 5 月 20 日举行了第一次公民投票，以 6 比 4 的投票结果否决了"独立"的主张，从而避过了一次可能导致加拿大分裂的风波。1995 年 10 月 30 日，加拿大第二次就魁北克独立问题举行公民投票，支持独立的人数为 49.4%，以微弱的少数再次失败。面对国家被分裂的危险，加拿大联邦政府果断采取了一系列法律手段。1998 年 8 月，加拿大最高法院发布法规，规定魁北克不能单方面决定独立，而必须得到联邦和其他省份的认可。加拿大最高法院指出，无论加拿大法律或国际法都不允许魁北克在未经谈判、未获联邦政府同意的情况下片面宣布独立。2000 年 3 月，加拿大联邦政府又通过《公决明确法》，规定今后魁北克省若再就独立问题举行公民投票，必须得到联邦政府的批准才能生效。

2. 案情分析

以上案例是国际社会最为典型的国内地区分离性的"公民投票"实践，它们都没有涉及外国的因素或国际的因素，这个地区的"公民投票"是纯属主权国家内部的事项。

首先，该案例表明，一个主权国家的内部的地方行政单位无权单方面通过公民投票的形式从事分离活动，中央政府有最终的权力决定是否允许其脱离。在加拿大魁北克省的公民投票中，加拿大联邦最高法院和联邦政府要求魁北克省的公民投票结果必须经过最高法院的司法审查，并且必须与联邦政府和其他省进行协商。由此可见，作为主权国家组成部分的地方行政单位企图通过公民投票的形式脱离主权国家都是主权国家所绝对不能允许的。

其次，该案例还表明，任何一个国家的领土与主权属于全国的全体人民，个体或部分人都无权分割属于"全体人民"的领土与主权。魁北克的主权不是属于魁北克当地居民，而是属于包括魁北克在内的全体加拿大人民。如果某个地区，未经中央政府和全体人民的批准，而片面地宣布"独立"，那是无效和非法的，中央政府有权用各种手段予以镇压。要想获得法理上的真正独立，就必须得到主权所有者的批准。加拿大的魁北克、乌克兰的克里米亚，以及英国的北爱尔兰、斯里兰卡东北部泰米尔人聚居区等地区至今没有获得独立，就是因为无法获得其主权所有者的批准。1960 年联合国大会通过的《给予殖民地国家和人民独立宣言》中明确规定：只有前殖民地国家享有自决权，可以通过公民投票取得独立。至于其他国家内部一个地区或一个民族，根本不享有这种权利。公民投票还有一个重要原则，地方性的公民投票只能适用于决定地方事务，不能够决定国家领土的分割。涉及国家主权的公民投票活动，必须经过主权所有者的同意或主权国家中央政府的认可。

由以上分析可知，作为国际法上领土变更的方式，公民投票的前提是：要有合法、正当的理由；当地居民能够自由投票表达人民的意志；应当由国际组织进行监督。在国际法上，"公投自决"有特定的适用范围和原则。它只适用于殖民地、托管地、非自治领地，以及原本就是独立的民族和国家，在涉及国家主权和领土变更等方面所进行的公民投票。倘若不具备一定条件，即使采取"公民投票"的方式，企图在一个国家内部单方面地寻求"分离"也是行不通的，是国际社会和任何一个国家的政府所不允许的。

参 考 文 献

一、中文部分

1. 白桂梅：《国际法上的自决》，中国华侨出版社 1999 年版。

2. David Butler，Austin Ranney，吴宜容译：《公民投票的理论与实践》，台北韦伯文化事业出版社 2002 年版。

3. 列宁："论民族自决"，载《列宁全集》（20），人民出版社 1958 年版。

4.《斯大林全集》（第四卷），人民出版社 1956 年版。

5. 马基雅维利：《君主论》，商务印书馆 1997 年版。

6. 洛克：《政府论下篇》，商务印书馆 1997 年版。

7. 张乃根：《西方法哲学史纲》，中国政法大学出版社 1993 年版。

8. 卢梭：《社会契约论》，商务印书馆 2001 年版。

9. 康德：《法的形而上学原理》，商务印书馆 1991 年版。

10. 王铁崖等：《国际法资料选编》，法律出版社 1981 年版。

11. 李铁成：《联合国的历程》，北京语言学院出版社 1993 年版。

12. 江伟钰：《现代国际法原理解析》，中国人民公安大学出版社 2002 年版。

13. 黑格尔：《法哲学原理》，商务印书馆 1961 年版。

14. 董云虎、刘武萍编著：《世界人权约法总览》，四川人民出版社 1990 年版。

15. 王哲：《西方政治法律学说史》，北京大学出版社 1988 年版。

16. 何春超等：《国际关系史纲（1917—1985）》，法律出版社 1987 年版。

17. 王祖绳等：《国际关系史资料选编（17 世纪中叶—1945）》，法律出版社 1998 年版。

18. 邓正来：《布莱克维尔政治学大百科全书》，中国政法大学出版社 1992 年版。

19. 马克斯·韦伯：《经济与社会》（上卷），商务印书馆 1997 年版。

20. 科恩著，聂崇信等译：《论民主》，商务印书馆 1988 年版。

21. 夏勇：《人权概念的起源——权利的历史哲学》，中国政法大学出版社 2001 年版。

22. 梅因：《古代法》，商务印书馆 1996 年版。

23. 卢梭：《爱弥尔》（下卷），商务印书馆 1978 年版。

24. 曼弗雷·德诺瓦克著，毕小青等主译：《民权公约评注》（上册），三联书店 2003 年版。

25. 周恩来：《周恩来选集》（下卷），人民出版社 1957 年版。

26. 柳炳华著，朴国哲等译：《国际法》，中国政法大学出版社 1997 年版。

27. 宁骚：《民族与国家》，北京大学出版社 1995 年版。

28. 王启富、刘金国：《人权问题的法理学研究》，中国政法大学出版社 2003 年版。

29. A. 罗伯特：《达尔. 现代政治分析》，上海译文出版社 1987 年版。

30. 萨托利著，冯克利等译：《民主新论》，东方出版社 1998 年版。

31. 潘志平：《民族自决与民族分裂》，新疆人民出版社 1999 年版。

32. 富学哲编：《从国际法看人权》，新华出版社 1998 年版。

33. 汉密尔顿：《联邦党人文集》，商务印书馆 1997 年版。

34. 菲利克斯·格罗斯著，王建娥、魏强译：《公民与国家——民族、部落和族属身份》，新华出版社 2003 年版。

35.《中国大百科全书》（政治学卷），中国大百科全书出版社 1992 年版。

36.《中国大百科全书》（法学卷），中国大百科全书出版社 1984 年版。

37. 托马斯·伯根索尔著，潘维煌等译：《国际人权法概论》，中国社会科学出版社1995 年版。

38. 詹宁斯、瓦茨：《奥本海国际法第一卷》（第一分册），中国大百科全书出版社1995 年版。

39. 叶立煊编：《西方政治思想史》，福建人民出版社 1992 年版。

40. 慕亚平等：《当代国际法》，法律出版社 1998 年版。

二、外文部分

1. Christian Tomuschat （ed）：*Modern Law of Self-Determination*，Martinus Mijhof Publishers，1993.

2. Antonio Cassese："*The Helsinki Declaration and Self-Determination*"，in *Human Rights，International Law and the Helsinki Accord*，edited by Thomas Buergenthal，1977.

3. Heraclides，Alexis：*The Self-Determination of Minorities in International Politics*，Frank Cass，1991.

4. Hurst Hannum：*Autonomy，Sovereignty，and Self-Determination：the Accommodation of Conflicting Rights*，1990.

5. Barber，Benjamin R. ：*Strong Democracy：Participatory Politics for a New Age. Berkeley：University of California Press*，1984.

6. Cronin，Thomas E. ：*Direct Democracy：The Politics of Initiative，Referendum，and Recall. Cambridge，Mass：Harvard University Press*，1989.

7. Dahl，Robert A. ：*Democracy and Its Critics*，New Haven，Conn. ：Yale University Press，1984.

8. Hahn，Harlan，and Sheldon Kamieniecki：*Referendum Voting：Social Status and Policy Preferences. Westport，Conn. ：Greenwood Press*，1987.

9. LaPalombara，Joseph：*Democracy Italian Style. New Haven，Conn. ：Yale University Press*，1987.

10. Neuman，W. Russell：*The Paradox of Mass Politics. Cambridge，Mass. ：Harvard University Press*，1986.

11. Osbun，Lee Ann：*The Problem of Participation. Lanham，Md. ：University Press of America*，1985.

12. Ranney，Austin：*The Referendum Device. Washington，D. C. ：American Enterprise Institute*，1981.

13. Sartori，Giovanni：*The Theory of Democracy Revisited. Chatham，N. J. ：Chatham House*，1987.

14. Schmidt，David D. *Citizen：Lawmarkers：The Ballot Initiative Revolution. Philadelphia：Temple University Press*，1989.

15. Walker，Geoffrey deQ：*The People's Law. Sidney：Centre for Independent Studies*，1987.

16. Zimmeman, Joseph F. : *Participatory Democracy*: *Populism Revisited*. New York: Praeger, 1986.

17. Zisk, Betty H. Money: *Media and the Grass Roots*: *State Ballot and the Electoral Process*. Newbury Park, Calif. : Sage Publications, 1987.

18. Magleby, David B. : *Direct Legislation*: *Voting on Ballot Proposition in the United States*. Baltimore, Md. : Johns Hopkins Univeisity Press, 1984.

19. See Karl E. Meyer, Woodrow Wilson's Dynamite: *The Unabated Power of Self-Determination*, New York Times Aug. 14, 1991.

20. See Dov Ronen, *The Quest for Self-Determination*, New Haven: Yale University Press, 1988.

21. Cf. Ernst Tugendhat, *Self-consciousness and Self-determination*, Cambridge, Mass. : MIT Press, 1986.

22. Michla Pomerance, *United State and Self – determination*: *Perspectives on the Wilsonian Conception*, Vol. 70 American Journal of International Law . 1976.

23. Hurst hannum, *Self-determination in the Post-colonial Era*, in *Self-determation*: *International Perspectives*, edited by Donald Clark and Robert Willianmson, St . Martin´s Press, Inc. , 1996,

24. Rosalyn Higgins, *The Development of International Law Through the Political Organs of the United Nations*, Oxford University Press, 1963.

25. Gregory H. Fox, Book Review: *Self-Determination in the Post-Cold War Era*: *a New Internal Focus?* 16 *Michigan Journal of International Law*, Spring, 1995.

26. S. Janes Anaya: *A Contemporary Definition of the International Norm of Self-Determination*, 3 *Transnational law and Contemporay Problems*, 1993.

27. Morton H. Halperin and David J. Scheffer with Patricia L. Small: *Self-Determination in the New World Order*, 1992.

28. Thomas M. Franck: *The Emerging Right to Democratic Governance*, 86 *American Journal of International Law*. 1992.

29. Deborah Z. Cass: *Rethinking Self-Determination*: *A Critical Analysis of Current International Law*, 18 Syracuse J. International Law and Commerce, 1992.

30. Allan Rosas: *Internal Self-Determination*, in *Modern Law of Self-Determination*, edited by Christian Tomuschat, 1993.

31. Cf. S. Farren and B. Mulvihill: *Beyond Self-Determination Towards Co-Determination in Ireland*, Etudes Irelandaises Vol. 21 No. 1.

32. Albert O. Hirschman, Eit, *Voice, and Loyalty*: *Responses to Declinein Firms, Organizations and Sates*, Cambridge, Mass. : Harvard University Press, 1970.

33. Patrick Thornberry: *The Democratic or Internal Aspect of Self-Determination. Christian Tomuscht*: *Modern Law of Self-Determination*, 1993.

· 中国社会科学院 ［法学博士后论丛］ ·

政府采购之国际规制

The International Regulations on Public Procurement

博士后姓名　　肖北庚

流　动　站　　中国社会科学院法学研究所

研 究 方 向　　国际法

博士毕业学校、导师　武汉大学　李龙

博 士 后 合 作 导 师　王可菊　陶正华

研 究 工 作 起 始 时 间　2002 年 9 月

研 究 工 作 期 满 时 间　2004 年 9 月

作 者 简 介

肖北庚，男，1963 年 10 月生，湖南师范大学法学院副院长、教授，宪法学与行政法学博士、政府采购法制博士后。1986 年毕业于衡阳市教育学院；1990 年毕业于华东师大马克思主义原理研究生班，获得研究生学历；2001 年毕业于武汉大学，获博士学位；2004 年中国社科院法学所博士后出站，主要研究方向政府采购法制。已主持完成《GPA 协定实施机制与我国对策》、《政府采购法制比较研究》、《入世后政府管理法律问题研究》等省部级课题 5 项；在《现代法学》、《法学评论》等核心期刊发表《GPA 协定之实施机制》等论文近 40 篇，其中近一半被《新华文摘》、《人大复印资料》等转载转摘；出版《政府采购国际规则比较研究》等学术专著 2 部，主编教材 5 部；2 次获湖南省社会成果优秀奖。拟赴美国研习美国政府采购法。

政府采购之国际规制

肖北庚

内容摘要：政府采购国际规制是经济全球化背景下的贸易自由化要求及快速发展的跨国网络空间促成的客观趋势，与国际贸易自由化发展程度成正相关关系。从国内财经政策到国际贸易政策是促成政府采购国际规制的主要动因，国家主权的考虑、国家利益与国际共同利益的协调、政府采购市场发育程度等是政府采购国际规制的主要考量。基于自由贸易要求的国际规制，其内容始终围绕消除歧视性政府采购贸易壁垒展开，并形成了规范内容完整耦合、规范结构逐层展开、深具内在张力的内在体系。其内逻辑为：价值目标和基本原则是政府采购国际规制的逻辑前提、适用范围是政府采购国际规制的效力领域、采购方式和程序是政府采购规制的核心内容、合同授予是政府采购国际规制的关键环节、救济制度是政府采购国际规制的逻辑延伸。

关键词：政府采购　自由贸易　国际规制　合同授予

引言

政府采购是目前世界各国规范公共资金使用的一种重要方式，其作为高层面的国际贸易方式在我们寄身于其中的全球的市场中，正逐步升起并在很多地区呈蔓延之势[①]，经济全球化背景下的贸易自由化要求及快速发展的跨国网络空间是促成这一变化的客观力量。现在，每年在国际贸易中以政府采购方式所使用的公共资金已超过国际贸易总额的 10%，达数千

[①] Alan Branch：International Purchasing and Management Copyright by Thomson Learning EMEA, 2001, p. 1.

亿美元。① 这部分资金的走向和使用方式已给国际贸易带来重要影响，或成了自由贸易的新障碍。国际社会对这种新障碍已给予高度关注，各不同的国际组织都分别从自身的国际法地位出发，制定了相应的政府采购规则，实现了政府采购的国际规制。其目的在于为各国政府采购规范制定提供法律资源或直接对各国政府采购法制提出现实要求，进而在促进政府采购市场开放中推动国际贸易自由有序发展。在这一过程中，这些规则主要包括，联合国国际贸易法委员会制定的《货物、工程和服务采购示范法》，WTO 法律框架下的《GPA 协定》、《欧盟采购指令》，以及世界银行制定的《国际复兴开发银行贷款和国际复兴开发协会贷款采购指南》等。当然，我们从不同视角理解"国际"一词的含义，这些规则还包括一些区域性的采购指南。在以往的国际贸易中，这些政府采购国际规则事实上对国际政府采购市场起了一定的规范和引导作用。但实践上的这些作用与我国理论界对它的探讨极不相对称，我国过去对政府采购的国际规则研究主要停留在介绍层面上，很少有将这些规则纳入到自由贸易化进程、公共管理方式的变迁以及政府采购的各种特有功能中进行全面分析。更少有从上述三个方面结合政府采购主要国际规则进行比较分析。由此如果将上述规则从理论层面结合公共管理理论、自由贸易理论和全球化理论进行全面分析，既有助于把握政府采购国际规制的范围和对象，进而寻找出政府采购立法的规律；又有助于为实践部门从理论高度理解政府采购国际规制的地位、现实价值、具体操作以及政府采购自身的操作规程等；同时，还能有助于全面把握规制内容的逻辑关联性等。可见，深化政府采购国际规制的理论研究是理论对实践的必要回应，既具有填补理论空白之理论意义，又有很强的实践价值。

从国际社会规制政府采购的努力来看，其所规制的政府采购规则应包括所有全球性及区域性国际组织所制定的一切规范文本。出于理论研究的需要，本文仅以上述提及的四个具体文本为研究范本，这种选择是受下述理由支撑的。首先，政府采购国际规制的主体较多，具体文本也不少。要全部研究，既因范围太大有收集资料之困难；又可能使理论研究失之笼统。更为重要的是上述四个具体文本具有典型意义和代表性，对其进行透视既可以对政府采购国际规制的演进规律和发展趋势有准确了解；又能够对政府采购国际规制的内容有系统掌握。其次，作为中国学者研究国际法制，在文本选择上，选择对中国相应实践具有现实意义和理论价值的国际规制进行研究是首要标准。我们知道，GPA 协定是 WTO 框架下的多边协定，尽管我国当前还未加入该协定，但作为世贸

---

① 鲍先广：《中华人民共和国政府采购法实施手册》，中国财经经济出版社 2002 年版，第 1138 页。

组织成员的中国，随着贸易实践的发展加入该协定只是时间的问题，未雨绸缪式的研究是必不可少的。而 GPA 协定在很大程度上打下了《欧盟采购指令》的烙印，不分析《欧盟采购指令》就难以准确理解 GPA 协定。至于联合国国际贸易法委员会制定的《货物、工程和服务采购示范法》（以下简称《示范法》）尽管从本质上看不完全具备法律性质，其是否属于完整意义上的国际经济法渊源，理论界也尚未达成共识。但《示范法》的示范功能是确实存在的，世界不少国家通过国家实践和法律确信在国内立法中对《示范法》的有关规定进行了转化。我国也不例外，1998 年上海市制定的《上海市政府采购办法》第 14 条就吸收了《示范法》的资格预审条款；2002 年所制定的《政府采购法》无论大致框架还是规范均与《示范法》类似。同时依据王铁崖先生"国际习惯法可以从国际组织的决定以及判决中找到"① 的观点，《示范法》显然具有习惯国际经济法的性质。② 上述分析可见，《示范法》从某种意义上说其国际经济法性质不可否定，其对我国立法的影响也是显而易见的。就《国际复兴开发银行贷款和国际开发协会信贷采购指南》（以下简称《采购指南》）而言，他虽然主要规范利用其贷款进行采购的行为，不具有完备意义上的政府采购国际规范的性质，但其对如何规范公共资金的有效使用具有极强的启示意义。加之我国利用世界银行进行采购的实践已经发端并呈扩大之势，将其纳入研究视野显然有助于理论研究的系统化。

一、政府采购国际规制之考量与流变

政府采购的国际规制可能因国际与规制两词含义过于抽象而引起歧义，因此，必须对"国际"与"规制"两词进行界定。"国际"一词至少有三种含义：其一是行为或活动跨越国境具有涉外因素可用"国际"一词；其二举凡国家间的交往与联系可采"国际"之义；其三现象和行为之全球性指向，这里主要从全球性这一视角出发宏观地使用"国际"一词。而由于国际社会没有统一的立法机构，所以"规制"一词既可以指具有促进国际社会法律逐步协调和统一职能的国际组织制定决议和文件之行为，也可以是指国家与国家之间签订条约之活动，同时，条约又包括签订、加入和实施等，面对这种复杂情形，下面也主要从宏观上使用"规制"一词，即政府采购被国际社会的指南和条约所规范。由此政府采购的国际规制指政府采购被全球性国际组织（至

---

① 王铁崖：《国际法》，法律出版社 1995 年版，第 146 页。
② 曾华群在其 1997 法律出版社出版的《国际经济法导论》一书中提出了"习惯经济法"的概念。他指出：习惯国际经济法是指调整国际法主体之间的国际经济关系的国际惯例。

少是具有重大影响的区域性国际组织）所规范。

（一）政府采购国际规制的主要考量

1979 年以前，各国政府采购市场都是孤立封闭的，政府采购主体只能在国内市场采购货物、服务和工程，因而只有少数政府采购市场得以建立的国家有政府采购立法，这样就无所谓政府采购国际法规制。政府采购国际法规制是政府采购职能转变和贸易自由化要求的结果。政府采购法制的最初职能是财政政策手段，随着政治经济的变化，政府采购法制的国内职能也发生了相应的变迁。当其职能由单纯的财经政策向财经政策、社会经济政策两者合一转变时，政府采购在国内可以起到扶持民族工业和特定产业，实现宏观调控之功能，而这种产业扶持功能转换到国际贸易领域则成为了贸易壁垒。而削减甚至取消各种贸易壁垒一直是国际自由贸易的永恒话题，正是这种贸易自由化要求，促使了政府采购由国内法制规制走向国际法制规制。然而政府采购像国际领域其他现象一样，其被国际法规制不是无缘无故的，是由众多因素综合的结果，这些因素主要包括国家主权的考虑、自由贸易化进程、国家利益与公共利益的协调及政府采购市场发育程度等。

1. 国家主权的考虑

政府采购国际规范与所有国际法律规范一样，都是主权国家相互交往的产物，"一般国际法和 WTO 法赖以形成与发展的社会基础都是国际社会，都是国际社会的基本成员——主权国家相互交往的产物"①。在主权国家相互交往过程中，尽管传统的国家职能不再由国家单独行使，而必须通过国际合作的方式进行。② 但国家依然是政治组织的最高形式和权力的中心，国家在参与国际交往及对国际交往形式和产物的接受方面都必然从主权视角加以考虑。从国际法律规范来看，一国是否通过国家实践和法律确信等形式接受或加入某一国际条约，总会考虑到主权是否受到重要影响，如果受到重要影响则为保留甚至不接受。政府采购法制作为满足履行公共职能需要进行的物资筹措或其他活动，直接涉及政府活动本身的决定权，与主权有着重大联系。可见，政府采购的国际法规制对主权具有较为明显的影响，这正如美国学者 Paul J. Carrier 所指出的："犹豫不决或拒绝参加《政府采购协定》的主要原因是对让渡和丢失国家主权的担忧。"③ 政府采购纳入国际法规制对主权的影响主要体现在以下几个

---

① ［奥］菲德罗斯等著，李浩培译：《国际法》，商务印书馆 1981 年版，第 12 页。

② Henry G. Schermers and Niels M. Blokker, International Institutional Law（1995），third revised edition，Martinus Nijhoff Publishers, pp. 1—3.

③ ［美］Paul J Carrier：Sovereignty under the Agreement on Government Procurement（Minn. J. Global Trade, V01. 6：67, 1997）.

方面：首先，政府采购涉及一国预算、外汇收支平衡、公共资金使用，因而对一国国民经济形成举足轻重的影响，如果不考虑特殊情况，一味地考虑建立统一政府采购市场，极有可能使一国受外来经济和政治的力量之控制，使其决定受外部政治和商业巨头的影响。① 其次，政府采购很大一块涉及国家安全，如国防采购。如果将政府采购纳入国际公开竞争范畴，政府采购也就没有保密可言，而"防卫比财富更重要。"② 尽管在当今"和平崛起时代"，国家安全相对来说没有成为一个国家参与国际交往的最重要考量，但完全放开政府采购对国家安全的影响是肯定存在的。再者，主权所服务的是该国的公共利益，对于现实主义者来说，一国参与国际一体化进程的目的主要是为了国家利益，为了使各自国家实力最大化。③ 政府采购纳入国际公开竞争，必然影响一国的社会公共政策，进而对主权造成一定影响。

政府采购国际规制对国家主权会发生一定影响，因此其是否能够进行，关键在于组成国际社会的国家对政府采购影响主权的判断。如果其认为国际规制会对本国主权产生重大影响，必然没有加入国际规制的动力，缺乏众多国家的加入也就很难谈得上国际规制，即使有国际法规制，也只能是语义上的规制，没有现实意义。正因为这样，所以政府采购国际规制在具体规范中大都通过具体规制来减少对国家主权的影响，如全球性的政府采购国际规范 GPA 协定就从多方面尊重参加国主权，GPA 协定第 3 条第 2—3 款、第 5 条第 1—3 款和第23 条就是这样的条款。可见，国家主权考虑是决定政府采购国际法规制的重要因素。

2. 贸易自由化程度

国家主权考虑主要是一国从维护本国经济安全角度来判断是否参与政府采购的国际规制，而决定政府采购是否纳入国际规制，不仅取决于主权国家的主观判断，更取决于经济发展的客观要求。当政府采购成为发展国际贸易自由化的重大障碍之一时，其纳入国际规制就在所难免，因此，贸易自由化程度是决定政府采购国际规制的又一重要考量。

自由贸易追求是国际贸易的永恒主题，其实现则是一个不断消除贸易壁垒的过程。贸易壁垒（trade barrier）是指国家为了限制或阻止外国商品进口所设置的各种障碍。④ 在人类贸易发展的不同阶段，贸易壁垒的种类和形式及其

---

① ［美］约翰·H. 杰克逊著，张乃根译：《世界贸易体制》，复旦大学出版社 2001 年版，第 26 页。

② ［英］亚当·斯密：《国富论》（1776）第 4 卷第 2 章。

③ Lake, David. International Political Economy, p. 68. 2nd ed. 1991, St Martin's Press, New York.

④ 《经济大辞典》，上海辞书出版社 1992 年版，第 1790 页。

对国际贸易的影响是不一样的。从国际贸易法制视角来看，特定时期的贸易法制总是将当时最影响贸易自由的贸易壁垒纳入法律规制范畴，GATT 的发展历史就证明了这一点。GATT 体制很大程度上是为了消除贸易壁垒，促进自由贸易而建立的，进而推动全球经济发展。在 GATT 体制建立前，各国竞相采取"以邻为壑"的外贸政策，不仅征高关税，各种数量限制手法也无不用其极，造成了对国际贸易的巨大破坏。可见，这一时期阻碍贸易自由的最大障碍是关税和数量限制，数量限制则更为突出。因此当时参与建立国际贸易组织的各国最后只接受了主要规范关税减让和数量限制的《关贸总协定》。这样关税和数量限制也就被纳入国际法规制范畴，由于历史上欧洲各国在 19 世纪的通商条约中，很少允许数量限制这种手段，因此，《关贸总协定》对数量限制则更是严加禁止。"细心的人不难发现 GATT 的法律结构有个鲜明的特色：对关税是情有独钟，对数量限制则严加禁止。"[①]

贸易壁垒的形态经常翻新，当旧的壁垒不起作用或不便保留时，新的贸易壁垒就会出现。[②] 被纳入国际法规制的关税壁垒和数量限制壁垒，由于受国际法的规制，各国在国际贸易中常常慎重考虑或弃之不用，逐渐使这两种贸易壁垒在国际贸易中的阻碍作用减少。尽管在国际贸易中各国大都主张限制甚至消除贸易壁垒，而采取新的贸易壁垒的国家却可以从中获益。当关税和数量限制贸易壁垒作用减少时，各国又采取了技术性贸易壁垒和出口配额措施等，于是 GATT 在进一步的贸易谈判回合中，将这些壁垒纳入国际法规制范畴。20 世纪 70 年代，随着政府采购市场比例的提高，歧视外国供货人和外国产品的保护主义政府采购政策成为国际贸易自由化的最大障碍之一，于是政府采购壁垒也就纳入了国际法规制范畴。

3. 国家利益与国际共同利益的协调

"贸易自由，即使从经济学理论上说完全正确，也只能作为各国及其人民长远的奋斗目标，而要达到这个目标还需妥善处置并兼顾各国的眼前利益，尤其要兼顾涉及一国国计民生大计或紧急、特别情况，才有可能建立一种现实而稳定的国际贸易秩序。这就需要在长远目标和眼前利益之间寻求某种大家均可接受的妥协、折中或平衡。"[③] 可见，自由贸易规则需兼顾国家利益和国际共同利益。

从法的内在特征来看，国际法和国内法一样，是多种利益分化与协调的产物，其产生实质上也就是将各种利益转化为权利义务关系以及实在规范。国际

---

① 赵维田：《世贸组织（WTO）的法律制度》，吉林人民出版社 2000 年版，第 164 页。
② 袁曙宏、宋功德：《WTO 与行政法》，北京大学出版社 2002 年版，第 75 页。
③ 赵维田：《世贸组织（WTO）的法律制度》，吉林人民出版社 2000 年版，第 166 页。

法的主体是国家，国家的利益分化与自我利益主张是社会分工甚至分裂以及国际关系形成的基础，也是国际法存在的外部条件。① 且 "法律根本上必须在合作本能与利己本能之间维持均衡。社会控制的任务就在于使我们有可能建立和保持这种均衡"。② 其实 "使集团的合作、集团外敌视逐渐削弱的联系是利益联盟，其前提是服从相对稳定的关系有利于利益所在而非共同的善恶观"。③ 可见，从法律的内在特征来看，国际法规范就是国际利益和国际共同利益协调的产物。欧盟法实践证明了这一点，"欧盟的一体化在从经济联合走向政治联合发展的过程中，应该说集团利益和国家利益是相互协调、相互促进的"④。政府采购的国际规制理当遵循这一规律。在世界政府采购市场上，由于各国自身的技术、资源等优势不同，各国与交往主体在国际市场上可以通过比较优势获得各自的交换剩余。一方面交往主体关系中的许多因素如对未来合作的愿望造成主体间的高度相互依赖性，在这种依赖性中每一方主体的利益转化成他方主体的利益；⑤另一方面国际政府采购在一国国民经济和社会生活中占有越来越重要的地位，这样一个国家的利益就不再只是具体交往中狭隘的、短暂的利益，也不只是个别交往中的个体利益，国家所需要考虑的是长远与整体利益。⑥ 这表明政府采购市场同样存在国家利益与国家公共利益的关系，如果只注重某一国家的利益，或片面强调缺乏具体化的抽象的国际共同利益，主权国家参与的积极性必然不高，市场及其相应的游戏规则也就不可能形成。只有在政府采购市场中，国家利益与国际共同利益能够有机协调，方能产生政府采购的国际规制。

4. 政府采购市场发育程度

如果说上述三个因素是从政府采购与其他国际贸易现象共通规律来探析政府采购国际规制的考量，那么政府采购市场自身的发育程度则是决定政府采购国际规制的个性因素。

政府采购发育程度决定各国参与国际贸易竞争的起点和把握市场准入机会的能力。"国际竞争并非简单的比较优势之间的竞争，而是综合国力之间的竞争。"⑦ 政府采购市场的国际竞争也同样如此，如果政府采购市场发育程度较

---

① 李龙、汪习根："国际法与国内法的法理学思考"，载《现代法学》2001 年第 1 期，第 15 页。

② ［美］庞德：《通过法律的社会控制、法律的任务》，商务印书馆 1984 年版，第 89 页。

③ ［美］昂格尔著，吴玉章译：《现代社会中的法律》，中国政法大学出版社 1994 年版，第 137 页。

④ 杨逢珉、孙定东："欧盟一体化进程中的集团利益与国家利益"，载《南州大学学报》1997 年第 4 期，第 50 页。

⑤ ［美］麦克尼尔：《新社会契约论》，中国政法大学出版社 1994 年版，第 126 页。

⑥ 程卫东："交往利益与国际私法的价值取向"，载《南京社会科学》1998 年第 7 期，第 67 页。

⑦ 袁曙宏、宋功德：《WTO 与行政法》，北京大学出版社 2002 年版，第 282 页。

低，有些国家有比较完整的政府采购市场，有些国家国内根本没有政府采购市场，这样两类国家在国际政府采购市场竞争的起点和把握市场准入的能力显然差异较大，根本难以形成竞争，没有竞争就无所谓竞争规则。只有政府采购市场有一定的发育，各国都有一定的能力把握政府采购的市场准入机会时，方可形成初步竞争，进而产生竞争规则。

政府采购市场发育程度决定各国政府采购市场开放程度。一般来说，政府采购市场发育程度不同的国家其市场开放程度不完全相同，通常政府采购国内市场越发达其开放程度就越高。因为国内市场的发达，市场经济就越完善，供应商参与政府采购市场竞争的积极性和竞争能力就越强。同时，政府对政府采购调控能力以及调控手段也就越强，调控规则也就越完善，这样开放本国政府采购市场对本国的经济部门冲击就越少且冲击也有可能在较短的时间内迅速分散，不会造成大的经济波动与社会波动。这样，也就会有开放政府采购市场的动力。相反，国内政府采购市场不发达，国内相应的规则不完善，供应商的竞争能力不强，一国就缺乏开放政府采购市场的动力。可见，只有政府采购市场有较高的发育程度，大多数国家都愿意开放政府采购市场才能形成国际政府采购市场，进而才会有政府采购的国际法规制，如果政府采购市场发育程度低，则不可能形成国际性政府采购市场，也就没有制定相应游戏规则的必要。

（二）政府采购国际规制的历史演进

政府采购国际规制的考量告诉我们，只有当国际社会主要国家认识到政府采购法制能够平衡国家利益与共同利益，歧视性政府采购贸易壁垒必须得到予以限制、甚至予以清除方能促进贸易自由流动时，政府采购方可进入国际法制规制。政府采购国际规制历史演进则从实践层面印证了这一点。

政府采购应当纳入国际法制规制早在 20 世纪 40 年代就被国际社会所认识并试图进行相应实践。1946 年联合国经济社会委员会成立之时，美国就向联合国提出了一份著名的"国际贸易组织宪章（草案）"，该草案首次将政府采购提上国际贸易的议事日程，要求将最惠国待遇和国民待遇作为世界各国政府采购市场的原则。[①] 然而，政府采购作为一国经济目标实现手段被人们认识的同时，各国也考虑政府采购对国家主权的影响。因为政府采购只是一国经济目标实现的手段，而不一定是世界经济发展目标的手段（至少在经济全球化和自由化未充分发展时不是世界经济发展目标的重要手段）。正是这种认识，加之政府采购在当时的国际贸易中只是一种隐性而非显性的贸易壁垒，美国的这

---

① 王小能："政府采购法律制度初探"，载《中国法学》2000 年第 1 期，第 83 页。

一动议并没有成为全球的法制实践。许多国家的国内立法机构并未批准国际贸易组织宪章。正是因为这样，后来的关贸总协定也将政府采购视为国民待遇和最惠国待遇的例外，该例外规定在 GATT 第 3 条第 8 款，该款规定：政府机构购买供政府使用的，不以商业转售为目的或者不用以生产供商业销售为目的的产品采购的法律、管理规定或要求不适用于该条的规定。由此可见，早期的关贸总协定和联合国经济社会发展委员会的有关文件并未能将政府采购纳入规制领域，将政府采购视为国际贸易的例外。

尽管贸易发展要求在 GATT 体制运作之初，由于对政府采购作为自由贸易壁垒属性认识的不透，没有引起对政府采购的足够关注。但政府采购法制国际规制与国内规制一样，其作为财经政策可以提高资金的经济性和效率性，早在 GATT 体制运作不久就被世界银行这一国际组织所认识。世界银行是世界银行集团的简称，其主要职能就是为世界各国发展项目提供资金，而其所提供的资金却来自各会员国的股本及世界银行从国际资本市场上所筹集的资金，因此世界银行在给发展项目贷款时还必须考虑资金的安全有效运作，这种监督资金安全运作的责任使得世界银行有必要采取加强对贷款资金监督管理的措施。在考虑和制定这种措施时，世界银行借鉴了当时西方发达国家政府采购的做法，在1964 年制定了《国际复兴开发银行贷款和国际开发协会贷款采购指南》以促进贷款资金依世界银行规定的目的所运作。实践上这一《采购指南》也确实起到了资金监管作用。正是这样，随着国际经济和世界银行自身的发展，世界银行对《采购指南》不断进行了修改和完善，最后一次大修于 GATT《政府采购守则》颁布后不久的 1985 年，1996 年 1 月和 8 月又作了两次补充修改，形成了现在的《国际复兴开发银行贷款和国际开发协会贷款采购指南》（以下简称《世行指南》）。

如果经济全球化和贸易自由化未充分展开时，国际采购法律规制仅在于保障资金的安全性和经济性，只能产生近似于政府采购法制的采购规则；那么经济全球化和贸易自由化必然要求将政府采购给予国际法制规制。经济全球化必然使国际经济活动加快，加深各国经济间相互依赖关系。各国或地区的政府愈发难以贯彻一些有价值的经济活动政策，因为这种活动往往是跨国的，超出了某国政府控制所及。① 因此，国际法制对各国经济活动政策的实现作用日益加强，那么在现代社会作为影响一国经济活动政策重要手段的政府采购上升到国际法制领域就成了经济全球化的一个必然要求。全球贸易一体化的实现是一个

---

① John H. Jackson: Law and Policy of International Economic Relations The MIT Press, Second Edition, 1997, p. 1.

动态的过程，它往往以区域经济一体化为基础，"区域一体化是全球贸易自由化的'营造物'（building‑blocks）"①。政府采购的国际规制也始于区域一体化组织，在全球的区域一体化组织中，欧盟处于领先和典型地位，其对政府采购的规制也先于全球性的 GPA 协定制定。

　　欧盟的前身是 1958 年 1 月 1 日正式成立的欧共体，其成立的目标是通过关税同盟、经济同盟、政治同盟，实现欧洲的经济一体化和政治一体化。它主要通过消除贸易壁垒，取消关税，促进货物、资本和人员流动来实现经济一体化。因此，欧共体自成立之初就开始制定取消关税和贸易限制的协议与指令。在取消贸易限制过程中认识到歧视性政府采购对自由贸易的限制，于 1966 年出台了有关政府采购的专门规定以期减少政府采购的贸易壁垒功能。当 1968 年欧共体实现成员完全取消关税和贸易限制，统一了对外贸易政策时，政府采购这一贸易壁垒对自由贸易的影响变得尤为突出，欧共体便开始着手政府采购方面的法律规制，从 1971 年开始，欧共体相继通过了两个政府采购指令，即《政府工程招标指令》（EEC70/305 *PUBLIC WORKS DIRECTIVE*）和《政府部门货物采购招标指令》（EEC77/62 *PUBLIC SICTOR SUPPLY CONTRACTS DIRECTIVE*）。② 这些法令规定了欧共体内公开招标要求，为成员国供应商提供了公平竞争，实现了政府采购市场的内部化。可见，欧共体作为区域经济一体化组织比 GATT 这种全球化贸易组织对政府采购的规制要早。随着全球经济的发展，以及 GATT 所制定 GPA 协定对欧盟的影响，欧盟理事会又修改了先前的政府采购指令，并在 20 世纪 90 年代前后制定了《关于协调政府物资采购合同程序》、《关于协调给予公共工程合同的程序》、《关于协调给予公共服务合同的程序》、《关于协调有关对公共供应和公共工程合同的给予执行复查程序的法律条例和行政条款》等指令。当然区域性一体化组织对政府采购的规制还远不止欧盟，几乎所有的区域化一体性组织都制定了相应的政府采购规则，只是欧盟相对早一些。

　　区域经济一体化组织促使政府采购多边协定的产生，而经济全球化和贸易自由化的全球一体化高度发展时，全球性的政府采购协定相应也就产生了，WTO 对政府采购规制就是这一过程的必然产物。

　　首先，经济全球化必然促使各国经济社会化程度提高和国家行政职能扩张。经济社会化程度较高、国家经济行政职能不断膨胀的国家，由于其政府采

---

　　① 曾令良："欧共体对多边贸易体制的影响"，载《武汉大学学报》（人文社会科学）2000 年第 3 期，第 76 页。

　　② 鲍先广：《中华人民共和国政府采购法实施手册》，中国财经经济出版版社 2002 年版，第 1341 页。

购市场所涉资金较大①，政府采购对经济宏观调控作用明显，极力主张开放各国政府采购市场并倡导国际社会制定相应法制。正是在众多政府采购市场开放国家（尤其是美国）的倡导下，国际社会自 20 世纪 70 年代开始政府采购国际规制实践。在这种实践中，发达国家相对来说，已经建立了一套较为完整的自由、开放和竞争性的政府采购体制，而大部分发展中国家却对政府采购这一管理经济的现代化手段还不甚了解，甚至在有的国家，根本不存在政府采购，或者即使存在也形同虚设，政府采购体制极不完备。这样，要协调法制差异极大的国家之间的政府采购，离不开国际组织政府采购规范的制定。

其次，随着国际经济的发展和关贸总协定在国际经济作用发挥的加强，国际贸易自由化的呼声不断高涨。在长期国际贸易发展中，关税、配额制等阻碍国际贸易自由化的传统壁垒逐步减少或消除。政府采购对国际自由贸易的障碍和壁垒作用变得特别明显，政府采购虽然并不体现为国家政府直接参与国际市场竞争，且政府采购也并不直接为市场创造财富，但毫无疑问，各国政府对巨额公共资金的运用将直接影响到市场产品的最终消费（即物流）和市场资金的流向（即资金流），故政府采购势必影响国际贸易的走势。在促进国际贸易自由化的进程中，政府采购无疑将占据相当重要的位置。为此国际社会就相互开放政府采购市场而不断努力谈判和磋商。在这种谈判和磋商过程中，形成一些作为谈判成果的国际组织政府采购规则也就顺理成章了。

再次，在全球化语境下，各国普遍认同各自具有比较优势、必要的国际竞争并参与到国际竞争，既利己又利人，可以实现国际贸易收益的最大化。各国为了本国最大的国际贸易收益，就必然要充分发挥自身的比较优势，想方设法为本国的优势产品进入外国市场提供便利。② 而市场的开放是对等的，不是单方面的，因此，各国为了换取外国市场的同等开放，不得不对等开放本国市场，这种市场开放的逻辑延伸，必然包括政府采购市场。由此，协调先前具有差异的各国政府采购法制就成为平等开放政府采购市场的必然要求。

正是上述因素作用的结果，1978 年关税贸易总协定东京回合谈判后，签署了第一个《政府采购协定》。该协定经过 1987 年的小幅修改，在关贸总协定乌拉圭回合谈判中再次成为谈判的议题，1994 年，就该议题形成了最终法律文件，即现在的 WTO《政府采购协定》。

---

① Dr. Gray J. Zenz and Dr George H. Thompson 在 Purchasing and Management of Material，一书中指出美国政府在 1989—1992 间每用于货物及服务的采购就占其 GDP 的 26%—27% 以上，每年有大概 2000 亿美元用于政府采购。

② 袁曙宏、宋功德：《WTO 与行政法》，北京大学出版社 2002 年版，第 264 页。

不仅关贸总协定关注政府采购国际化，而且联合国国际贸易法委员会也十分关注在政府采购过程中法律体系不完备国家的公共资金巨大浪费问题，试图为促进国际社会各国健全政府采购法制提供范本，于是 1993 年在维也纳通过了《联合国国际贸易法委员会货物和工程示范法》，1994 年，对该示范法进行了部分修订，并在纽约通过了《联合国国际贸易法委员会货物、工程和服务采购示范法》（以下简称《示范法》）。

二、价值目标和基本原则：政府采购国际规制的逻辑前提

政府采购由一国财政政策向国际贸易政策转变，使政府采购国际规制成为现实需要，而任何法律规制都是在一定价值观念指导下，并确定一定原则后而展开的。因此，价值目标和基本原则是政府采购国际规则的逻辑前提。

（一）价值目标和基本原则在政府采购国际规制中的地位

法律是调整社会关系的行为规范，而规范的设计和创制总是在一定价值目标指导下进行的，价值目标是"可能对立法、政策适用和司法判决等行为产生影响的超法律因素"①。而法律原则则是法律规则创制中价值目标现实化、具体化的中介。因此，价值目标和基本原则是政府采购国际规制的价值原点和逻辑起点。

1. 价值目标：政府采购国际规制的核心精神

法律是调整社会关系的规范体系，它通过将人们的行为纳入法定的轨道而促使社会发展和进步。而法律规范作为一个人造的规范体系，是人们为追求和保护一定的社会价值而创设的，任何一部法律都不是凭空产生的，"它们是一些观念或普遍原则，体现对事物之价值、可追求的理想性等进行的判断。在存在争议的情况下，它们可能以这种或那种方式有力地影响人们的判断"②。都必须反映一定时代的人们对当时社会价值的追求，价值目标是法律规制的核心精神。政府采购法制国际规制也同样如此。国际社会的法律规制更是如此。创设国际法制的实践者们总是以一定价值目标来规制国际社会行为规范和模式的，规则创设者总是先协商确定一定的价值目标，然后再编制出一套有利于该目标实现的法律规范体系，法律体系的构建和具体运行，总是受规则规制者价值观念的支配。

首先，政府采购国际规制本身必须追求一定价值，"法律价值是指包含人

---

① ［英］沃克著，邓正来等译：《牛津法律大词典》，光明日报出版社 1988 年版，第 920 页。

② 同上书，第 920 页。

的价值预期的法律在与人发生相互作用的过程中所表现的对人的效应"①。国际社会创制政府采购国际规范或国家接受政府采购国际规范都不是无缘无故的，它必须是基于一定价值追求而创制或接受，正因为这样，所以不同价值追求的国家对政府采购某一国际规则接受和加入以及将政府采购国际规范转化国内规范的积极性和动力都不一样。GPA 协定到目前接受国家不多，正说明了这一点。其次，政府采购国际规范在实施过程中并不是简单地将条文与现实进行对比，其实施中必然遇到复杂情况和情形，甚至遇到不同规范的冲突，对这种冲突和复杂情形的解决还必须通过价值目标来衡平和判断，进而得到解决。正因为这样，人类历史上法学家们总是十分注重法律的价值研究，借此解决法律冲突。"在法律史的各个经典时期，无论在古代或近代世界里，对价值准则的论证、批判或合乎逻辑的适用，都曾是法学家的主要活动。"② 再次，政府采购法制国际规制后，必然形成相应规范，这些规范在国际贸易中通过国家实践接纳和实施过程中，必然促进一定价值，这是法律实现包括国际法规范实施的一个基本规律。

价值目标是政府采购法制国际规制的核心精神，那么这种核心精神到底是什么呢？要回答这个问题，就必须清楚政府采购国际规制不是单一的，而是多方面和多层次的。可见，问题的回答可以从共性和个性两个方面进行，个性是以下各节所要论及的。从总体上审视共性则是贸易自由和法律协调。理论上看，贸易自由的追求可以使全球范围生活水平得以提高，"有关自由贸易，或比较自由的贸易的论证，实质上只有一种，但却是非常有力的论证，即自由贸易促进了相互有利的劳动分工，极大地增强所有国家的潜在生产力，并且，使全球范围的生活水平可能得以提高"。③ 而贸易自由的实现，是通过规则的协调来进行的，因此，促进各国政府采购法制的协调也是政府采购国际规则的价值取向之一。统摄 GPA 协定的 WTO 协定反映了这一点，《欧盟政府采购指令》反映了这一点，《示范法》也反映了这一点。

2. 基本原则：政府采购国际规制的规范基础

价值目标作为一种法律规则的核心和灵魂，要转化为现实的法律规则使价值目标具体化、现实化还离不开法律原则这一中介环节，法律原则是法律规则创制价值目标现实化、具体化的中介。因此，价值目标择定后，还必须在这种

---

① 吴家清："论宪法价值发生的人性基础"，载《宪法学、行政法学》2001 年第 5 期，第 7 页。

② ［美］庞德著，沈宗灵、董世忠译：《通过法律的社会控制——法律的任务》，商务印书馆 1984 年版，第 55 页。

③ ［美］保罗·萨缪尔森：《经济学》，纽约麦格劳出版社 1980 年版，第 651 页。

目标指导下确立一些基本原则来为具体规范的创制提供基础。政府采购国际规制更需要以基本原则为基础，因为国际法制是不同利益主体为提供国际社会共同行为准则协调不同法律体系、不同法律背景、不同法律原则条件下形成的规范差异较大的具体国别法律的结果。

法律原则是"法律的基础性真理或原理，为其他规则提供基础性或本源的综合性规则或原理，是法律行为、法律程序、法律决定的决定性规则"①。法律基本原则更是这样，可见，基本原则具有抽象性、高层次性和查漏补缺的功能，正是这些决定法律基本原则是法律规范的基础。首先，法律原则具有概括性，法律原则是人们在各种法律现象和法律实践基础上归纳总结出来的，是人们抽象思维的结果且以高度概括的语言文字表述，这就使得法律原则在对人及对事的覆盖面上较具体的法律规则宽，即法律原则具有更大的宏观指导性，某一法律原则常常成为一群规则的基础。② 其次，基本原则具有较高层次性，依据法律规范对社会关系调整的确定性和细密度，可将其分为规则、原则和基本原则。基本原则弹性较大③，处于较高层，它贯穿于整个法律体系，因此，其他原则和规范是基本原则的具体化。再次，基本原则具有查漏补缺作用，由于社会现象的复杂性和人类理性的有限，法律在任何时候都不可能制定出规范一切社会现象的准则。"人类个性的差异、人们行为的多样性、人类事务无休止的变化，使得无论是什么技艺在任何时候都不能制定出可以绝对适用于所有问题的规则。"④ 因此，就需要高度抽象的原则宏观指导。可见，基本原则是法律规范的基础，实践中不同法律原则会产生不同的法律规范，更为此提供了论据。国际法像国内法一样，基本原则是法律规范的基础，同时从国际经济法的演进视角来看，国际经济法的很多原则在国际经济法的演进过程中后来成为具体国际条约的规范。众所周知，国际经济法的基本原则是在国际经济法发展基础上由国际组织通过宣言和决定的形式加以归纳和概括提炼出来的，法制的进一步发展，使得这一些原则演变成为了具体的国际经济法规范，有时通过国家实践甚至转化为国内规范，国际投资领域中的国有化和征收规范就说明了这一点。政府采购国际规制也必然遵循这一规律，首先必须创制出一些基本原则，并以其为导向进行规范创制。

基本原则是规范的基础，那么政府采购国际规范通常会包括哪些原则呢？

① Black's Law Dictionary, West Publishing Co. 1983, p. 1074.
② 张文显：《法理学》，高等教育出版社、北京大学出版社 1999 年版，第 75 页。
③ 姜明安：《行政法与行政诉讼法》，高等教育出版社、北大出版社 1999 年版，第 38 页。
④ 宋功德：《行政法哲学》，法律出版社 2000 年版，第 531 页。

这与价值目标一样，同样有共性和个性之分，但从总体上审视，主要包括公理性原则和政策性原则。① 公理性原则是根据政府采购国际规范所调整的国际政府采购关系领域里的客观规律而存在的不随时代的变迁和国际贸易形势的变化而演变的基本原则。而政策性原则则是指政府采购国际规制者基于政府采购的政策性目标而对其所设计的基本原则。

（二）价值目标的择定

价值目标即法律的目标，也可称为法律理念。任何一项制度，其规范构成均应具有合"目的性"，法律的理念是法律的基本元素之一，因此确定政府采购制度的目标，即政府采购法律制度的法律理念非常重要。国际组织在制定政府采购法制时，往往首先对其法律目标进行规制。尽管因制定政府采购规则的历史背景、所需解决问题等不同，不同国际组织在具体价值目标上呈现一定差异，然其促进贸易自由化的价值目标却是一致的。

1. 促进贸易自由化是 GPA 协定和《欧盟采购指令》的核心价值目标。

贸易自由是国际贸易中的永恒主题，基于消除贸易壁垒而产生的 GPA 协定和《欧盟采购指令》必然将贸易自由作为自身的价值追求。不过两者价值追求的规范表现形式存在一定差异。

（1）GPA 协定价值目标：促进贸易自由化。GPA 协定在其开头开门见山地提出了促进贸易自由化的价值目标。"认识到需要就有关政府采购的法律、法规、程序和做法建立一个有效的权利和义务的多边体制，以期实现世界贸易更大程度的自由化和扩大、改善进行世界贸易的国际框架。"② 它要求各国致力于建立一个有效的关于政府采购的法律、规则、程序和做法等方面的权利与义务的多边框架来实现国际贸易的更大程度自由化，改善国际贸易运行环境。这一价值目标与 GPA 协定的立法背景密切相关。正如前面所述，1979 年以前，各国的政府采购未能纳入国际自由贸易范畴，然而在 20 世纪 50 年代以后，"国家公共服务职能的扩大和国际经济关系的增长，现代运输和通信系统的迅速发展，便利了货物和服务的全球性发送和供应，许多国家的政府和政府控制的机构成为产品和服务数额最大范围最广的采购人，占据了货物和服务市场的很大份额"③。政府采购市场比例的提高，在采购领域里歧视外国供应商和外国产品的进入，必然会形成一种新的贸易保护主义形态，在关税、技术等

---

① 有关公理性原则和政策性原则的划分，吸纳了张文显的法理学一书中观点。

② 参见 WTO 政府采购协定前言。

③ 于安：《政府采购制度的发展与立法》，中国法制出版社 2001 年版，第 21 页。

贸易壁垒被逐步消除的自由贸易时代，这种新形态是发展国际贸易自由化的最大障碍之一，因此，要提高国际贸易自由化程度就不能再无视政府采购的贸易自由化问题。GPA 正是为了消除贸易保护主义支配下的歧视性政府采购政策引起的贸易壁垒而创制的，这样促进政府采购市场的对外开放、扩大国际贸易，提高国际贸易的自由化程度自然成了 GAP 协定的首要目标。

贸易自由化的实现，不是一个抽象的目标，这个目标需要通过确定国内外供应商在一国的法律地位及待遇来实现。因此，在贸易自由化首要价值目标下又有一个规制国内外供应商待遇的价值目标。这个价值目标是各国关于政府采购的法律、法规、程序和措施等做法均不得对国内供应商提供保护，从而在国内外供应商之间形成差别待遇。不仅在供应商之间不能造成歧视，而且国外产品与服务同国内产品与服务也要实行一致保护。同时，国外产品或服务和国外供应商之间在一国也不应造成歧视性的厚此薄彼。

贸易自由化价值目标的实现还与一国的贸易法制与政策是否为供应商所了解或认知相关，因为没有执行权和了解权的话，就根本不可能了解一国法制对国内外供应商、国外供应商之间、国内外产品与服务、国外产品与服务之间是否构成歧视，进而影响国外产品进入国内市场。为此，GPA 协定确定的第三个价值目标就是各国应提高政府采购法规和程序做法的透明度，GPA 协定中明确提到"认识到有关政府采购的法律、法规、程序和做法宜具有透明度"。

贸易自由化程度还与供应商的权利救济及对阻碍自由贸易的制裁相关。因此，贸易自由化目标还需权利救济目标来支撑。为此，GPA 协定设计了"建立磋商监督和争端解决的国际程序，以保障有关政府采购的国际规则能得以公正、迅速有效地实施并维护权利和义务的最大可能的平衡"[①]。这一目标克服了 1979 关贸总协定《政府采购守则》的三大缺陷中的一大缺陷。众所周知，1979 年关贸总协定《政府采购守则》重大缺陷之一就是缺乏保障其实施的争端解决机制，正是这种机制的缺乏使得《政府采购守则》在促进贸易自由化上并没有发挥其应有的价值和作用。因此，作为对旧守则改造的 GPA 协定必然要确定救济制度价值目标。

当然，贸易自由化价值目标并非绝对。这正如任何事物都不可能绝对，绝对的事物是不可能存在的。政府采购国际法制价值目标的确定同样也适用这一规律，同时，发达国家与发展中国家政府采购市场的发达程度、采购法制的完善程度也具有较大差异，如果将贸易自由化价值目标绝对化的话，必然会使得一些国家对 GPA 失去兴趣，尤其是发展中国家，考虑到从 GPA 协定获取的潜

---

① 朱建元、金林：《政府采购的招标与投标》，人民法院出版社 2000 年版，第 101 页。

在利益远远大于其失去的现实利益，而置 GPA 协定于双边或多边谈判之外。正是这些因素，促使 GPA 还设计了充分考虑发展中国家，尤其是最不发达国家的发展、财政和贸易需要之价值目标。这个价值目标通过规定原则和具体规范而在 GPA 协定中现实化。

（2）《欧盟采购指令》对贸易自由追求的规范特色。《欧盟采购指令》的"贸易自由"价值目标表面上看似乎近似于 GPA 协定的"贸易自由化"价值目标，其实两者是有很大差异的，首先《欧盟采购指令》追求的是区域性的贸易自由，从全球来看，它是一种背离非歧视原则的集团方式的贸易自由[①]，从一定程度上带有集团式的贸易保护主义色彩，与全球贸易自由是有重大差异的。其次，两者在规范表现形式上也有明显差异，GPA 协定所规定的贸易自由价值目标就直接在该协定的序言中。而《欧盟采购指令》的价值目标则须结合《欧洲共同体条约》和各个指令的相关规定予以分析，如《供应指令》和《公共工程指令》在序言中并没有规定贸易自由目标，而是写明"考虑到《欧洲共同体条约》，特别是其中第 57 条第 2 款、第 66 条和第 100 条 a"；而《服务指令》则既表明了考虑《欧共体条约》的有关规定，又直接规定了贸易自由目标。再次，对价值目标实现的方式也不一样，GPA 协定规定为了促进政府采购市场的自由开放，要求成员国政府采购法律、政策和做法应当符合 GPA 协定要求；而《欧盟采购指令》"并不要协调缔约国公共采购方面的国内立法，而是通过制定一般最低限度的规则体系，适用于一定限额以上的合同，来协调各国国内合同授予程序"[②]。进而来促进政府采购中的货物、服务和资本的自由流动。

2.《示范法》与《世行指南》的特有性质及价值目标

《示范法》与 GPA 协定及《欧盟采购指令》不一样，它是由联合国国际贸易法委员会制定的，而不是由各国通过谈判方式形成的，因而从性质上来看具有国际习惯经济法的性质。

正是《示范法》制定主体的法律地位以及本身习惯国际经济法性质造成了它与 GPA 协定完全不同的价值目标，它的价值目标在于为各国提供示范功能。因为《示范法》的立法目的不在于为国际贸易和国际经济发展提供一套具有强制性和普遍约束力的法律规则，而在于寻找各种不同文化背景和政府采购市场发达程度具有差异的国家价值目标的共同点，并致力于使这种共同点消

① 曾令良："欧共体对多边贸易体制的影响"，载《武汉大学学报》（人文社会科学）2000 年第 3 期，第 62 页。

② 张莹："国际组织政府采购法律规则的研究"，载《法学家》2001 年第 2 期，第 57 页。

除国情痕迹，进而为各国法制实践所采纳。这样，《示范法》在考察政府采购法制共同规律以后提出了一些能涵纳不同法系、不同法律文化传统的政府采购价值目标。根据《示范法》序言，这些价值目标可归纳为：（1）节省开销和提高效率；（2）促进国民待遇，以促进国际贸易；（3）促进公平竞争；（4）促进采购过程的公平、公正；（5）促进采购的透明度。

《世行指南》的价值目标与世行的活动宗旨密切相关。众所周知，世行的活动宗旨是：（1）为用于生产目的投资提供便利，协助会员国的经济复兴与发展；（2）通过保证私人贷款和其他私人投资方式，促进私人对外投资，并在适当情况下运用银行本身资本或筹措资金向会员国提供生产性贷款，补充私人投资之不足；（3）鼓励会员国从事生产资源的国际开发，促进国际贸易长期均衡发展，维持国际收支平衡，提高会员国人民生活水平并改善劳动条件；（4）优先考虑会员国急需的贷款项目；（5）密切注意国际投资对会员国商业情势的影响，协助会员国实现从战时经济到平时经济的平稳过渡。这就决定《世行指南》的核心价值目标是促进借贷国国内承包业和制造业发展。

（三）原则的确定

法在对行为以及社会关系进行规范时，需要遵守一定的原则，即法律的原则。法律原则处于法律目标以及法律规范之间的中间地带，是体现制度目标的具体纲领①，它为法律主体行为提供基本模式。法律原则既是规范内容之方向指导，在法律适用时也是对规范内容的有效补充，因此原则的确定就成了价值目标选择后的逻辑必然。政府采购国际规制在其价值目标指导下，其所确定的原则主要包括非歧视原则、透明度原则和竞争原则。对这些原则，GPA 协定规定最为详尽，下面以 GPA 协定规定为基础，并结合《欧盟采购指令》、《示范法》、《世行指南》等规则对原则进行具体分析。

1. GPA 协定对非歧视原则和透明度原则的规定

GPA 协定是 WTO 协定框架下的复边贸易协定之一，其原则在很大程度上受 WTO 协定原则所统摄，因此，其基本原则在很大程度上是世贸组织原则在政府采购中的具体化。

（1）非歧视原则——GPA 协定的首要原则。非歧视原则是世贸组织的一个基本原则，又称无差别待遇原则，它是指一缔约方在实施某种限制或制裁措施时不得对其他缔约方因其国别或所有权等因素而采取差别待遇，实施歧视。在近 50 年中，关贸总协定与世贸组织的关键条文均规定，在各成员方之间以

---

① 史际春、邓峰：《经济法总论》，法律出版社 1998 年版。

及进口商品与本国制造商品之间进行歧视是非法的。作为世贸组织法律框架的 GPA 协定自然也要贯彻这一原则。

GPA 协定第 3 条规定："对于本协定涵盖的有关政府采购的所有法律、法规、程序和做法，每一参加方应保证：（a）其实体不得依据外国联营或所有权的程度而给予一当地设立的供应商的待遇低于给予另一当地设立的供应商的待遇。（b）其实体不得依据供应产品或服务的生产国而歧视当地设立的供应商，只要该生产国依照第 4 条的规定属本协定的参加方。"其具体要求是各缔约方的立法机构所制定的政府采购法律法规应不得包含有基于国别属性和所有权成分的比重而在当地设立的供应商之间实行差别待遇的条款、不得包含有基于被提供的产品与服务的生产国别而歧视当地设立的供应商和条款。

非歧视待遇需要通过国民待遇原则来实现，在这一点上，GPA 协定作为世贸组织法律框架之一也体现了它与世贸组织法律体制的一致。因为，在世贸组织的基本原则中，非歧视原则常常通过国民待遇原则和互惠原则来实现。国民待遇原则常被视为非歧视原则的第二种形式。① GPA 协定的国民待遇原则规定在协定的第 3 条，该条规定："对于本协定涵盖的有关政府采购的所有法律、法规、程序和做法，每一参加方应立即无条件地对其他参加方的产品、服务或提供产品或服务的其他参加方的供应商提供不低于下列水平的待遇：（a）给予国内产品、服务和供应商的待遇；及（b）给予任何其他参加方的产品、服务和供应商的待遇。"它要求各缔约方的政府采购法制应当无条件地保证向来自另一缔约方的产品、服务及供应商提供不低于向国内产品、服务及供应商所提供的待遇，不低于向其他一方的产品、服务及供应商所提供的待遇。

在此要注意的是 GPA 协定中的非歧视原则与世贸组织非歧视原则贯彻上的一个重大差异。即 GPA 协定的非歧视原则不要求通过最惠国待遇原则来贯彻，这是 GPA 协定对政府采购市场各国自由度、成熟度差异较大考虑之安排。

（2）透明度原则——非歧视原则的保障。非歧视待遇原则要求政府采购过程中国内外供应商之间不存在歧视，这种非歧视的有效实施离不开透明原则的保障，只有竞争条件或环境的公开化才能做到采购主体对供应商的非歧视。

GPA 协定的透明度原则规定在协定的第 17 条，其具体内容包括：首先每一缔约方鼓励其采购实体，以公开的方式表明其受理来自非 GPA 协定参加方的供应商投标书的法律条款和条件，包括背离竞争性招标程序和援用诉讼程序的条件。其次，各供应商应当公开本国政府采购法律、法规和政策包括政府采购程序、方式对本国供应商的优惠政策等，以使各缔约国潜在供应商对招投标

---

① 李双元、蒋新苗：《世贸组织（WTO）的法律制度》，中国方正出版社 2001 年版，第 20—21 页。

的条件和程序有充分了解，进而决定自己是否参加竞标。再次，各成员国公开政府采购信息，并设法让所有感兴趣的潜在的供应商知道，加强采购的竞争力，以提高资金的使用效率。其中包括对投标者的要求、评标的标准，以及授予合同的条件等，并应有足够的时间，以便投标者准备标书。最后，透明度原则体现在非 GPA 协定参加方的政府在遵守有关条件情况下，有权在告知各参加方后，作为观察员身份参加政府采购委员会。

2. 《欧盟采购指令》在原则确定上的固有特色

《欧盟采购指令》为了实现其价值目标，确定了透明度原则、非歧视原则和竞争性原则，这三个原则表面上看似乎与 GPA 协定的原则并无二致，实际上无论在规范表现形式上，还是突出重点上都有所不同。

首先，《欧盟采购指令》不像 GPA 协定将非歧视原则和透明度原则作为核心原则，而是将竞争原则作为核心原则。《欧盟采购指令》中的各个具体指令都对竞争性作了规定，如《公共工程指令》的序言中就规定"鉴于为了在公共工程活动领域发展有效竞争，由成员国缔约机构起草的合同必须在共同体范围内做广告"。《服务指令》序言中也规定："鉴于为消除限制一般性竞争，特别是限制其他成员国参与合同的做法，必须使服务提供者更好地掌握授予合同的程序。"《供应指令》序言中同样规定："有鉴于为保证政府合同领域中有效竞争的发展，必须把各成员国招标机构起草的合同通知在共同体内广而告之。"《公共事业指令》中也有类似规定。① 《欧盟采购指令》突出限制竞争性原则，一方面与《欧洲共同体条约》有关，欧洲共同体条约第 5 编就以"竞争、税收和法律近似化的共同规则"为标题，同时该篇第 1 章也是标以"关于竞争的规则"。而该条约中的各个篇章中都根本找不到以"国民待遇"、"最惠国待遇"等非歧视性原则的标题，也找不到有关透明度的标题。另一方面，欧洲共同体目标是建立一个促进贸易自由流动的统一大市场。对于市场来说首要的是竞争，同时，《欧洲共同体条约》已对成员国国民的待遇和法制要求作了规定，因而政府采购市场的开放必须突出竞争原则。

其次，两者的规范外现形式不一样，GPA 协定第 2 条就是标以"国民待遇和非歧视性待遇"。同时，统摄 GPA 协定的 WTO 协定和服务贸易协定，对透明度进行突出标明。② 而无论是统摄《欧盟采购指令》的《欧洲共同体条约》还是《欧盟采购指令》中的各具体指令都没有以透明度和非歧视为标题。这些原则基本上是以具体规则的形式而外现。如《供应指令》序言规定："有

---

① 可参见公共事业指令序言。
② 参见《WTO 服务贸易总协定》第 3 条的标题。

鉴于合同通知中包含的信息必须能够使在共同体内开业的供应商作出他们对提出的合同是否感兴趣的决定；有鉴于为此目标向他们提供关于需要供应的货物和关于他们的供应条件的充分信息是适当的；有鉴于特别是在限制程序中，广告打算是各成员国的供应商，寻求招商机构根据要求的条件进行投标，表现出自己对合同的兴趣。"就透视出透明度原则，而该指令第 17 条第 4 款规定："每个成员国都应保证，招标机构在招标时，不对符合条件的其他成员国国民进行歧视，一律使用对其本国国民同样的条件。"就是非歧视原则的规范形式。《服务指令》和《公共工程指令》规定的原则也存在于规范中。①

最后，《欧盟采购指令》所规定的原则在适用的范围和国际贸易中所发挥的实质作用也明显有别于 GPA 协定。《欧盟采购指令》适用范围仅限于欧共体，其实质作用发挥相对有限，而 GPA 协定适用范围将可能触及至全球范围，对政府采购市场的全球开放发挥重要作用。

《示范法》和《世行指南》同样对上述原则作了规定，但由于该两个规范在性质上不同于 GPA 协定和《欧盟采购指令》，因此其与 GPA 协定及《欧盟采购指令》在具体规定上有较大差异。仅就《示范法》与 GPA 协定比较而言，在 GPA 协定中，透明度原则涉及的内容较为广泛，包括政府采购的法律法规、采购程序、采购信息以及非成员方对缔约国政府采购市场的了解，这一规定是由 GPA 协定强制法性质决定的；而《示范法》的透明度只涉及政府采购的程序透明，其他内容则不在透明度原则要求范围之内。GPA 协定的非歧视原则也有较详尽的内容，涉及非歧视原则的内容与非歧视原则的灵活适用等方面；而《示范法》的非歧视原则主要体现在要求一国政府采购法应规定给予所有供应商和承包商以公平和平等待遇的条款。

三、适用范围：政府采购国际规制的效力领域

价值目标和基本原则是政府采购法制国际规制的逻辑前提，它所解决的是政府采购法制国际规制的指导思想和价值导向。而在规制过程中除了解决导向问题外，我们还必须考虑规制所及领域范围，也就是说作为规制的产物——政府采购国际规范在什么领域发挥效力，它是政府采购法制国际规范生成②和实施的基础。因此，要研究政府采购法制国际规制，首先必须触及适用范围。

---

① 可参见《服务指令序言》第 27 条第 4 款及公共工程指令序言和第 21 条第 4 款。

② 这里生成一词借用了张文显的法理学中法的生成中"生成"一词的含义，可参见该书的第 260 页。

（一）经济主权原则与适用范围的确定

法律视角上看政府采购国际规制实质上是为当事国在政府采购领域约定权利和义务，而权利和义务不是抽象的而是具体的。具体的权利和义务必然就有权利享有者、义务履行者及权利义务指向对象的确定，可以说一国经济主权对这一约定有很大影响，因为国际法实际上是各国"权威决策的总和"。① 就政府采购法制国际规制来说，这种规制基本上是一种"平等者"之间的合作。它与国内立法明显不同，不以统治权为基础，也不像国内法那样具有超当事者（国家）的实质的最高权威。它基本上是一种以国家主权者"相互协作为条件"，在一定程度上是以国家意志和国际舆论为动力。② 可见，适用范围的确定要受到国家意志支配的国家主权影响，政府采购法制作为经济领域的法制，也就要受经济主权原则影响。

经济主权原则是国际经济法的一项重要原则，其核心内容是一国对本国经济活动享有决定权，在国际经济决策中享有平等参与权与决策权，其对适用范围有以下几方面的影响。

首先，国家的平等参与权与决策权决定政府采购适用范围所采取的方式。在国际规制中，适用的方式通常有三种，即所规制的法律适用于政府行为、适用于一般义务、适用于私人企业和个人的行为。同时适用呈一种新趋势，条约和习惯国际法可能适用于个人、国家与国际组织。一般来说，适用范围方式的采用与国际规制对国家主权的影响呈正相关关系。通常是国际规制如果对国家主权的影响不大，则可以采用直接适用私人和企业行为。如《联合国国际货物销售公约》就直接适用于国际贸易交往中个人和私人企业行为；当国际规制可能与国家的管理活动有关但这种管理并不直接影响经济主权原则行使时，就可能采用直接适用政府行为，如 WTO 货物贸易和服务贸易协定它所规制的就是政府对私人供应商贸易活动的管理；而当国际规制可能直接影响经济主权原则时，则更多地采用适用一般义务。政府采购的国际规制，它所规范的是安排政府为满足政府履行公共职能需要进行的物质支撑和其他活动，因此对一国行使国际经济主权，可能产生一定的直接影响。这就决定政府采购国际规制采取适用一般义务之方式。

其次，经济主权原则影响适用主体范围。经济主权原则强调一国对本国

---

① 这是美国现实主义法学派的观点。转引自邵沙平、余敏友：《国际法问题专论》，武汉大学出版社 2002 年版，第 43 页。

② 这里参见了梁西《国际法律秩序的呼唤》一文，该文刊载于《法学评论》2002 年第 1 期。

的经济活动有自主管理权，就政府采购国际规制来说，一国愿意将哪些主体政府采购行为纳入到国际规制范围与这种规制造成对经济主权原则行使可能产生的影响有关，如果将所有主体政府采购行为纳入国际规制范围对其经济主权原则行使产生重要影响，则其必然考虑只将部分主体行为纳入规制范畴；如果不产生重要影响，则可能全面放开。同时，经济主权原则中的一国对本国经济活动享有决定权，表明本国有权决定政府采购在本国的适用范围，这必然造成不同国家政府采购适用范围不一致，进而影响国际法制对适用主体范围的规制。

再次，经济主权原则影响政府采购国际规制适用客体范围。经济主权原则表明各国在经济领域里有自主立法的权力，这就使得各国政府采购法对客体的规制有很大差别，如我国政府采购法制与瑞士政府采购法制所规制的客体就有很大差异。① 即使同一国的不同地区对政府采购法规制的客体也不尽相同，如《中华人民共和国政府采购法》与台湾地区《政府采购法》规制的客体就有很大的差异，要全面分析这种差异需要很大篇幅，下面仅就工程这一客体的差异进行分析。依据《中华人民共和国政府采购法》第 2 条第 5 款之规定，工程是指建筑物和建筑的新建、改建、扩建、装修、修缮等行为，从其文义上来看，并不包括工程勘察、设计及监理等专业服务及技术服务。而台湾地区采购法所称"工程"则是依据联合国中央货物分类，第一章所表示土木、建筑工事为准。② 其范围显然比《中华人民共和国政府采购法》工程外延要宽。这种差异必然给国际规制带来影响。同时，经济主权原则决定下的各国政府采购法制中的主体与客体连接方式也有多样性，如有些国家将租赁、租借等连接方式纳入政府采购范围，而有些国家仅限于购买方式，这就产生国际规制如何取舍的问题，而取舍离不开对国家经济主权的考虑。

最后，经济主权原则是强调政府采购法制国际规制的平等决策和平等参与，而平等在现代社会则被赋予实质平等的意义。③ 因此，为了保障实质平等，就必然要给予参与政府采购国际竞争能力较差的国家和把握市场准入机会实力不强的国家给予特别考虑，这种考虑在法律形式上往往表现为例外，可见经济主权原则也决定了适用例外。

---

① 可参见我国《政府采购法》第 2 条与《瑞士联邦国家购买法》第 5 条。
② 唐国盛：《政府采购法律适用篇》，台湾永然文化出版公司 1988 年版，第 71 页。
③ Janusa Gilas：International Economic Equity，Polish Yearbook of International Law，vol. 14，1985，pp. 65—66.

（二）适用主体范围

适用主体范围是指一种法制对何种主体有效，这是法律生效的核心问题，离开了对主体的效力，也就无所谓法律效力。国际法律规则适用主体范围同样具有特别重要的价值，因为它直接决定一国际法律规则的性质、法律地位以及规范国际社会某一行为的作用。政府采购的国际法规范通常都对规范的适用主体范围作明确规定。从现有政府采购国际规范来看，对适用主体范围确定主要有三种模式：

1. 由承诺确定适用主体范围——GPA 协定确定适用主体之模式

《政府采购协定》第 1 条第 1 款规定：本协定适用于有关本协定涵盖实体所从事的任何采购的任何法律、法规、程序或做法，本协定所涵盖实体在附录 1 中列明。这表明协定所规定的权利和义务只适用于缔约国在附录 1 中所列明的主体，对附录 1 没有列明的主体是否产生法律效力需依据该实体是否与承诺表中列出的实体之间存在某种法律隶属关系来判定，如有法律隶属关系和责任关联则发生法律效力，否则不产生约束力。协定只适用于缔约国加入时所承诺的采购主体。

附录 1 包括 5 个附件，其中附件 1 包含中央实体，附件 2 包括地方政府实体，附件 3 包括依照 GPA 协定规定进行采购的所有其他实体。只有签署国提交的上述采购实体才受 GPA 协定约束。附件 1 所列明的采购实体，是 WTO 政府采购规则中最早达成一致的，不过在"政府"一词的理解上，各国有着不同的认识，有的国家主张只指行政机关，有的国家则主张应是包括立法、司法和行政机关在内的所有国家机关，从 GPA 协定的实践来看，应该是后一种主张得以成立，由此可见，GPA 协定对政府一词作了法律视角上的扩充解释。对于附件 2 所列明的实体，一般来说，对实行单一制的国家没什么问题，只是对实行联邦制的国家存在着中央政府是否有权保障地方政府遵守 GPA 协定的疑问，实践上通常要求联邦制国家加入 GPA 协定时对地方政府给予符合法律规定的承诺。因此，美国在签署 GPA 协定时，就明确承诺不是所有的州政府都适用 GPA 协定，只有 37 个州政府适用该协定。对于附件 3 所列明的采购主体，签署国在谈判时，往往争论较多，也是谈判的核心话题之一，从实践上来看，各国政府在列明这类采购主体时，通常包括机场、码头、港口、电力、能源等从事公益性基础设施项目的机构。

在这里特别需要说明的是，缔约国在附件中所作的承诺为什么具有国际法效力，也就是说 GPA 协定的适用主体范围涵盖附件 1、附件 2 和附件 3 的国际法依据是什么？这种依据在于 GPA 协定自身和《关于国家和国际组织间或国际组织相互间的维也纳公约》（以下简称《维也纳公约》），GPA 协定第 24 条第 12 款规定："本协定的注释、附录和附件为本协定的组成部分"。《维也纳公约》第 31 条规定，为了解释条约的目的，条约的上下文则包括序言和附件在内的约文，可见，根据《维也纳公约》所载的条约解释规则，每一缔约方承诺表中所包含的附件也具有同等的效力。同时，实践中如何确定某一采购实体是否属于 GPA 协定的适用范围并非简单地查阅该实体是否被列入附录中即可做到。① 具体实例中要确定某一采购实体是否属于 GPA 协定适用主体范围，还应当结合缔约国国内组织法、缔约国因缔结 GPA 协定所订与该条约有关的任何协定、一个和更多缔约国因缔结 GPA 协定所订立并经其他缔约国接受为该条约的有关文书的任何文书等，有时甚至要结合一缔约国语文写成的承诺表因为翻译成英文时可能引起的词义变化和含糊，WTO 框架下的政府采购个案，尤其是韩国政府采购个案更充分地说明了这一点。

2. 适用主体范围由规范和承诺双重决定模式

这种模式为《欧盟采购指令》所采用。《欧盟采购指令》是协调成员国国内的合同授予程序，使成员国相关立法趋于接近指令要求。具体到哪些法律、法规和做法应与《欧盟采购指令》的规范趋于接近，主要取决于指令所规定的主体进行的采购活动所适用的法律，以及缔约方在政府采购方面所承担的义务。因此，必须先对适用主体范围进行界定。

《欧盟采购指令》是分别由《供应指令》、《服务指令》、《公共工程指令》和《公用事业指令》构成，因此其适用主体范围分别规定了上述指令和成员国的承诺，可见，分而述之是《欧盟采购指令》确定主体适用范围的重要特色。由于前三个指令所规范的主要是国家当局采购机关，后面一个指令主要规范的是公共事业采购机关，这样两者的规范主体范围不同。就前面三个指令所规范的采购主体来看主要包括中央、地方和地方机构、公法管理的团体、由一个或多个这种机构或公法管理团体组成的联合会。这里中央、地方和地方机构主要是指国家机关与 GPA 协定的中央和地方政府有点类似，实践中要确定哪些主体属于适用范围之例，还必须结合成员国宪法和组织法的有关规定。而公法管理团体则是指为了满足符合普遍利益的需求的具体目的而建立，大部分资金由中央、地方或地方机构，或公法管理的团体提供；或接受这些机关的管理监督；或设有一个半数以上成员由中央或地方等任命的行政、管理或监督委员会；不具有工商业特色的法人团体。《欧盟采购指令》之所以将公法管理团体纳入采购指令适用主体范围，主要是考虑到成员国宪法或行政法的相关规定，

---

① 王贵国：《世贸组织法》，法律出版社 2003 年版，第 582 页。

如法国宪法就对地方公共团体或共同体作了专章规定。① 法国行政法也规定："公务法人或地方团体以及国家一样是一个行政主体。"② 德国宪法或行政法也对公法法人作了类似规定，依据德国行政法，公法法人是指在财力和法律上较具独立性、具有自身的预算、自己的经济方针，并通常具备持续的法人人格的机构、财团或社团。③ 可见，《欧盟采购指令》充分考虑了各国的宪政体制，这种考虑在用词上也相当考究，在采购适用主体范围上，使用的是"authorities"，而不是"government"一词。同时《欧盟采购指令》对一个或多个这种机构或公法团体组成的联合体的存在形式作了具体规定，如《供应指令》第18条规定："可以由若干个供应商群体进行投标，不得要求这些群体为了投标而具有特定的法律形式；但是，当合同已经授予选中的群体时，可以要求该群体具有特定的法律形式，如果这种改变对于满意地执行合同是必要的。"《公共工程指令》和《服务指令》也有类似规定。④ 再者，《公共工程指令》对适用主体作了更为明确的具体规定，该指令第2条规定："成员国在向由它们本身以外的实体给予的工程合同直接补贴50%以上时，它们得采取必要的措施确保采购机构遵守或确保遵守本指令。"这一条就使得采购实体不能通过补贴方式规避指令的适用。

《公共事业指令》在规定主体适用范围，除了上述主体可适用指令的有关规定外，还将"隶属企业"纳入适用范围之中。而"隶属企业"通常是指被国家授予特许权或专有权，而履行相应职能的一些国有化产业，以及交通、能源、水利或通信领域提供公用事业服务的私营公司。这类特殊企业之所以纳入到适用主体范畴，主要是它们通过一定方式获得了国家特许权或专有权。正是这种权利的获得往往使他们在经济生活中处于垄断地位，不利于竞争原则的贯彻，为了公平竞争，将其采购纳入政府采购范畴实有必要。

同时，为了在实践中不产生对适用主体范围的歧义和模糊，《欧盟政府采购指令》还要求成员国对适用指令的采购实体作出具体明确的承诺，以上每个指令都包含有指令所适用的名单附件。当然，尽管有名单，实践中也不是对名单附件进行一一对应，而必须结合具体个案进行明确判断。因此欧盟法院也有可能在案件的具体适用中对采购实体作出具体解释，以确定其是否属于指令适用范围。如欧盟法院曾解释：为完成某项任务，由立法授权设立的机构，即

① 可参见法国 1958 年《宪法》第 11 章和第 2 章。
② 王名扬：《法国行政法》，中国政法大学出版社 1988 年版，第 127 页。
③ ［德］平特纳著，朱林译：《德国普通行政法》，中国政法大学出版社 1999 年版，第 18—20 页。
④ 可参见《公共工程指令》第 21 条。

使不是正式的国家机关或公法团体，也可以视具体情况被任命为采购实体。

3. 适用主体范围由规范直接确定模式

这种模式为《示范法》所采用。《示范法》案文 1 将"政府采购"的主体界定为可包括颁布国政府的所有政府部门、机构、机关以及其他任何单位，并涉及颁布国政府的中央一级以及各级地方政府及其下属单位。但该案文同时制定了保留条款，即颁布国政府可根据实际情况将某些政府部门、机关、单位排除在政府采购的主体之外。而与案文 1 的仅适用于国家政府机关的规定不同，案文 2 规定颁布国政府可以在政府采购主体范围中加入除政府机关之外的其他实体或企业。至于加入企业或实体的范围，各国可自行拟定。自行拟定，即意味着在该领域存在着争议。《示范法》为了取得各国的认可，而不得不采取较为灵活的态度。不过在《示范法》的《立法指南》中还是就加入企业或其他实体所应考虑的因素作了推荐性列举。

（三）适用客体范围

适用主体范围表明政府采购国际规制对哪些主体有效，而采购主体行为必然涉及具体的采购对象，并以合同形式与供应商规定权利和义务，采购主体权利和义务所指向的对象就是政府采购客体。政府采购国际规制在适用客体范围上规定一致，总体上都是包括货物、工程和服务等。总体一致并不掩饰具体规定的差异性，《示范法》、《欧盟采购指令》与 GPA 协定就存在不同之处。

《示范法》与 GPA 协定差异就体现在多方面：首先，在立法手段上有所差异，《示范法》采用定义方式界定适用客体范围，而 GPA 协定除了第 1 条第 2 款作了规定外，其具体适用客体还需要通过结合其他条款和附件来加以判明。其次，在购买目的上，是为了取得客体的所有权或使用权上也有所不同，《示范法》的规定是只能取得所有权，而 GPA 协定应该包括所有权和使用权。因为，它的第 1 条第 2 款规定："本协定适用于通过任何契约方式进行的采购，包括通过购买、租赁、租购等方法，无论有无购买选择权，包括产品和服务的任何组合。"显然 GPA 协定在是否取得采购客体所有权上，既包括购买，又包括租赁和租购（包括分期付款购买和有无期权购买等）。再次，GPA 协定明确提出了产品与任何服务的组合属于政府采购客体范畴，而《示范法》无此规定。最后，透过 GPA 协定条文可以看到 GPA 协定不适用 BOT 项目，而《示范法》对此则不置可否。造成上述差异的原因应当从两协议的国际法性质和地位进行考察，《示范法》只具有示范功能，这种功能的发挥离不开规范内容具体详尽，有指导性和导向性。而 GPA 协定对签署国具有强制性，需要结合签署国承诺和转化为国内法制才能有效实施。

《欧盟采购指令》之规制方式和范围与 GPA 协定相比较都有自己的特色。首先，《欧盟采购指令》对适用客体范围的规定，分别规定在四个不同的实体指令中，同时在实体指令名称中直接就包含着客体。其次，在《供应指令》中对货物购买的目的进行了明确规定，即包括取得客体的所有权和使用权。其表述为"为了金钱以书面形式订立的、涉及产品的购买、租赁或分期付款购买（无论是否具有购买选择权）的合同。上述产品的运送还可以包括选定道路和装运产品的作业"。显然，它将分期付款购买目的也纳入了适用范围之中。同时为产品运输而提供的有关作业也为《供应指令》所规制，其规定之详尽是 GPA 协定所不及的。产品的具体外延判断上其依据是欧共体的产品分类名称表，而 GPA 协定对产品的具体分类没有明确规定，须结合当事国的承诺和 GPA 协定中的某些条款来加以辨明。再次，在"工程"的外延规定上，《欧盟采购指令》规定的较为具体，"工程"意指建筑或土木工程的成果，整个工程本身足以履行一项经济或技术功能，其外延也比 GPA 协定中的工程要宽。最后，《欧盟采购指令》对服务的界定特别详细，对纳入政府采购的 16 项服务进行了肯定式例举，包括车辆与设施的保养与维修；陆路运输含装甲车服务和外交信使服务，但不含邮政运输和铁路运输；航空运输不含航空邮政运输；陆路邮政运输不含铁路和空中邮政运输；电信服务不含音频电话、电传、无线电寻呼和卫星通信服务；金融服务含保险业服务及银行与投资服务；计算机及相关服务；研究和开发服务（收益全部归购买者或者服务费用全部支付给购买者）；会计、审计和记账服务；市场调查和民意测验服务；建筑设计服务、工程服务和综合工程服务、相关的科技咨询服务、技术检测分析服务；广告服务；建筑物清扫服务和财务管理服务；交费和按合同出版与印刷服务；排污及垃圾处理服务、环保与类似服务等。

（四）适用例外的规制

对于法律的适用例外，一般存在以下两种情况：第一种是任何一种法律制度，只要其旨在调整某一方面社会关系，除必须考虑该社会关系的普遍性之外，还应考虑其特殊性，从而为制度留下缺口，以使制度不至于过于封闭而失去张力，《示范法》同样也不例外；第二种考虑是，当该法律体系所追求的普遍性目标与一个更高层次的价值目标相冲突时（有时体现为暂时的冲突），不得不为了实现后者而放弃前者，所以政府采购领域除了应考虑普遍性的政府采购的经济性、效率性以外，有时也必须考虑到其他价值要求。对于第一种例外，作者认为主要应体现于一些诸如战争、自然灾害之类的紧急情况的出现，而第二种情况在政府采购领域一般体现于出于国家安全的考虑。

政府采购国际规制通常对上述情况予以考虑，尤其是 GPA 协定对适用例外的规定，印证了以上观点。GPA 在第 23 条例外条款中即规定，协议不适用于任一缔约方对武器、弹药或战争物资的采购；出于维护国家安全方面的采购；另外在非歧视条件下，为维护社会公德、秩序或安全、人类、动植物的生命与健康或实施知识产权保护以及对残疾者利益的保护、慈善事业等进行的采购。GPA 协定除了规定了安全例外和公共利益例外外，还对发展中国家和特别不发达国家作了一些例外安排。

四、采购方式和程序：政府采购国际规制的核心内容

适用范围是政府采购国际规制的效力领域，而效力则是指规范的效力，政府采购规范作为规制采购行为的规则，必然要求采购行为依据一定的方式和程序进行，采购方式和程序是政府采购的核心内容。

（一）构建采购方式和程序的理论基础

采购方式作为政府采购国际规制的核心内容，是政府采购国际规制基本原则得以实现的关键性步骤，其具体构建离不开一定的理论指导。它总是以一定理论为基础，并使原则具体化。

采购方式和程序的设计其实质也是一种制度设计，总是在一定理论指导下进行。马汀博士在对政府采购法制研究中认为在采购方式和程序的构造问题上，存在着两种理论考虑："一个是以'自由市场'为本位的'经济理性'论，另一个是包含更多的'干预主义'观念的'工具性或再配置使用论'。"[1]这从一定程度上概括了采购方式和程序构造的理论，加之政府采购作为政府主导的采购行为，必然还要对政府权力予以控制，控权论对采购方式和程序构造也定会发生一定影响。政府采购国际规制也离不开这些理论指导。

"经济理性"论是奠定在经典的经济效率原则基础上的一种理论，他认为在经济活动中激烈的竞争能进一步降低成本获得更大的经济效率，进而为国库节约资金，使操作效率得到最大化，这样能保证纳税人的金钱得到公平、公正的使用。[2] 而政府采购主要是对公共资金的使用，力求公共资金使用效率最大化，这样在采购方式和程序的构造中，充分体现出"经济理性"论的要求也

---

① Jose M. Fernandez Martin, The EC Public Procurement Rules: critical Analysis, Oxford: Clarendon Press 1996. p. 52.

② 樊志成："重庆市实施政府采购的有益尝试"，载《中国行政管理》1998 年第 8 期，第 41 页。

是很自然的，更是必要的。^① 它必然要强调采购程序应以强制性的竞标为核心内容；要求在程序的构造中尽可能地保证市场中所有的潜在供应商都能参与竞标；要增加程序的透明度以及严格限制采购机关自由裁量权的边际。因此，政府采购国际规制的采购方式和程序大多强调公开招标方式及相应程序。《欧盟采购指令》更是突出地反映了这一点，现在欧共体法令中关于采购程序构造的要求与规定，能够从"经济理性"论中获得很好的理解。^②

"干预主义"观念下的"再配置使用"论将政府采购视为利益的再分配，该理论认为自 19 世纪以来伴随社会的转型，以及国家职能的结构性变化，国家用于社会管理的手段也出现量和质的变化，利益分配方式成为政府实现其预期目标的重要方式。^③ 而政府采购是公共资金的使用，当然是一种利益再分配，如果把他看做给付行政和福利国家下国家职能重组以后的又一种新的政府职能的话，政府对于同样具有参加采购资格的竞标人来说就存在着公平竞争、机会均等的问题。这些又会转化为政府在采购程序上必须履行的义务，因此采购方式和程序设计也就是政府义务的规制，政府只有履行公开、透明义务和遵循严格程序规则，才能确保竞争公平。这样我们也可以理解为什么在政府采购国际规制中大多把公开招标作为首先采购方式和程序。

控权理论是一种众所周知的传统理论，为什么政府采购方式和程序的设计要受其影响？这主要是政府采购是一种政府主导的行为，政府采购是在供应商参与下政府与供应商通过一定程序而进行的活动。尽管采购活动肯定会涉及相对方竞标行为，必然在相对方的积极参与下才能完成。但整个采购活动必须在采购主体的控制和主导下有目的地进行，因此，采购主体的活动就构成整个采购活动的核心。^④ 同时采购是一种相对复杂的现实活动，采购机关不仅享有一定的采购权限，而且还必然行使一定的裁量权。因此，要使采购活动成功，而且成为"对采购机关富有技艺和合理的管理的结果，而不是像采购那样，是对减缓市场压力的有效反映"^⑤。就必须对采购机关的权限，特别是其所享有的自由裁量权进行有效控制和规范，并为其设计合理的边际。人类法制演进史表明，科学的程序是为自由裁量权设计合理边际的有效方法。可见，政府采购

---

① 余凌云：《行政契约论》，中国人民大学出版社 2000 年版，第 222 页。

② Jose M. Fernandez Martin, The EC Public Procurement Rules: critical Analysis, Oxford: Clarendon Press 1996, pp. 41—43.

③ Daintith, Law as a Policy Instrument, in Daintity (ed.), Law as an Instrument of Economic Policy: Comparative and Critical Approaches, Berlin, 1988, p. 6.

④ 余凌云：《行政契约论》，中国人民大学出版社 2000 年版，第 217 页。

⑤ Turpin Government Procurement and contracts, Longman, Harlow, 1989, p. 70—71.

必须设计有效的采购方式和程序规范。同时，政府采购作为采购主体与供应商的互动行为，其目的"本来就是在分离的、非人格的商业行为与政府和契约相对方之间几乎是一种共生关系之间的一种折中"①。要在采购方与供应商之间形成一种良好的共生关系和行为互动就必然要规范一定的采购方式和程序，当然公开透明的采购方式是双方获得信任并能持续有效地展开活动的科学选择。

（二）采购方式的国际规制

政府采购国际规制的宗旨在于促使政府采购国际化和政府采购法制国际化，打破贸易保护性质的国内政府采购，要求各国政府采购主体超越国界选择供应商，以价格与质量而非其他商业性标准作为设计政府采购方式的核心标准。② 以期实现经济资源在全球范围内的自由流动和自由配置。为此，各不同国际规范都对政府采购方式作了完整的规定。

最早对采购方式作出规定的是《欧盟采购指令》。它的各具体实体指令确定了公开招标、限制性招标、谈判（含竞争性谈判和非竞争性谈判）、框架协议。③

首先，各实体指令均在第 1 条中以定义方式对各种采购方式进行内涵概括。依据这种概括，公开招标是指所有感兴趣的供应商、服务商或承包商均可以参与竞标的采购方式；限制性招标是指只有受采购实体邀请的供应商、服务商或承包商方可参与竞标的采购方式；谈判则是指采购实体据以同其选择的供应商、服务商或承包商进行磋商，并确定中标承包商的采购方式，包括竞争性谈判和非竞争性谈判。而《公共事业指令》对框架协议进行了定义，框架协议是指采购实体与一个或者多个供应商就采购的条件进行协商，在日后的具体采购中一旦发生符合此条件的采购，即将合同授予给就采购条件达成一致的供应商的采购方式。这里要指出的框架协议也需通过竞争性程序达成。各实体指令之所以均在第 1 条即总则中规定采购方式，一方面与指令均含有"程序"二字有关。"程序"二字之使用表明各指令的侧重点在于规定采购程序，而采

---

① Turpin Government Procurement and contracts, Longman, Harlow, 1989, p. 70.

② 盛杰民、吴韬："多边化趋势——WTO 政府采购协议与我国政府采购立法"，载《国际贸易》2001 年第 4 期，第 46—48 页。

③ 框架协议是政府采购实体按照与供应商事先达成的采购条件，待采购实体产生采购需求时，根据此条件进行采购的一种合同签订方式。表面上看，并不一定促成现实的采购，难能成为一种独立的采购方式，但框架协议有助于政府与供应商建立良好关系，只要其不妨碍限制和扭曲竞争，也可视为一种采购。

购方式的确定是确认采购程序的前提，不同的采购方式有不同的程序，可见要突出程序就必须先确定采购方式；另一方面，可能与指令本身在欧盟法律体系中的地位有关，指令的作用在于使各国相关法律趋于一致，而不是统一。在政府采购法制中采购方式和程序可以一致，政府采购的价值目标却难以趋同。

其次，《公共事业指令》对采购实体在采购过程中具体采用何种采购方式没有作出条件限制，采购实体在这方面有权自由选择。而其他三个实体采购指令则规定公开招标是无条件的，限制性招标和谈判方式则是有条件的。这种规制技术主要是考虑公共事业指令是对涉及水利、电力、能源和电信部门经营领域里采购程序的规定，而这些部门在很大程度上属于企业范畴。在市场经济条件下，竞争是企业的固有理念，这些部门在采购过程中也必然会贯彻这种理念。

《欧盟采购指令》这种公开招标是无条件的，而其他采购方式必须是有条件的采购方式规制模式后来被其他国际规范所吸收。GPA 从总体上吸收了这一模式，但也克服《欧盟采购指令》在第 1 条就规定采购方式而使整个规范体系欠逻辑严密性之缺陷，将采购方式纳入到适用范围基本原则等规范后予以规制，进而使 GPA 协定规范更具严密性。同时，在用词上 GPA 协定也放弃了《欧盟采购指令》所采用的 "restricted tendering procedures" 和 "negotiated tendering procedures"。而采用 "selective tendering procedures" 和 "limited tendering procedures"。进而形成了被各国法制所普遍采用的公开招标（Open）、选择性招标（Selective）和限制性招标（Limited）。公开招标即指对供应商或承包商的范围不作任何限制，任何想参与政府采购的供应商或承包商均可参加。这种招标方式，最能体现政府采购的市场竞争原则，但其缺点在于招投标程序繁杂、成本过高，且政府自由度太小，在出现紧急情况时无法充分保证社会公益的实现。选择性招标，由采购实体根据政府采购的需要，邀请供应商或者承包商进行投标。这种招标方式，在一定程度上有的放矢，可以节约采购成本，但是采购的效果容易受到采购实体信息与技术水平的局限。限制性招标，也称为竞争性谈判，即允许采购实体分别与单个供应商或承包商分别进行接触。限制性招标的极端方式为单一来源招标，即采购实体从单一来源处获得所采购的工程或货物。采用限制性招标的采购实体的目的性最强，且最能降低采购成本，适用于采购的货物或工程供应来源极其有限的情况。但是，这种招标方式极大地限制了市场竞争且容易成为滋生腐败的温床，因此各国政府采购法均规定只有在经过限定的几种特殊情况下，方可使用限制性招标的方式。从以上三种招标方式来看，每一种均有其各自的特点，且不能为其他采购方式所取代。

在采购方式的确定上，《示范法》将 GPA 协定规定的公开招标作为政府采购首选方法。同时，还规制其他可供选择的六种方法：两阶段招标、限制性招标、建议请求、竞争性谈判、邀请报价和单一来源采购。所不同的是《示范法》根据货物、工程以及服务的不同性质，将服务的采购方法单列为一章来讨论，同时在服务采购领域里，《示范法》规定了当事人方法，即对当事人不加以限制。① 《示范法》之所以拓宽采购方式类型，是基于为各国立法提供更为宽阔的选择空间之考虑。《世行指南》在采购方式上对前述三个共同方式作了规定以外，还根据资金运作安全性和效益性需要规定了许多独具特色的采购方式，其所规定的 BOT 和类似于私营部门投资的采购、银行提供担保的贷款采购、社区参与采购都具有明显个性特征。

（三）采购程序之国际规制

采购方式只为政府采购国际有序竞争提供有效方法，而方法实际作用的发挥离不开程序支撑，采购方式和采购程序总是紧密地结合在一起，采购程序是采购方式发挥良好效果的保障。"一个健全的法律，如果使用武断的专横的程序去执行，不能发生良好的效果。一个不良的法律，如果用一个健全的程序去执行，可以限制和削弱法律的不良效果。"② 政府采购国际规制中大多对采购方式辅之以相应的程序，不同的采购方式有不同的程序，通常是公开招标程序最为严格。同时，在公开招标程序规定上，本文所择定的四个政府采购范本，在很大程度上具有一致性，下面以 GPA 协定对公开招标予以说明。

公开招标是 GPA 协定首选招标方式，其程序规定相当严格，主要由以下环环相扣的具体步骤构成。

1. 供应商资格的审查

为了确保招标过程公正有效，GPA 协定要求采购实体在招标前对供应商资格进行审查，GPA 协定虽然对资格审查程序没有作出直接、具体的规定，但它要求各国的法制对资格审查的条件和时间及要求作具体规定。在对缔约国法制统一性要求上，每一缔约国的法制应努力缩小各实体间资格审查程序的差异，除非确有必要，否则缔约国内每一采购实体及其附属机构应实行统一的资格审查程序，这主是针对联邦制国家而言的，因为联邦制国家除联邦有独立的法律体系以外，联邦各实体也有自己的法律体系，这两类不同的法律体系有时可能会产生冲突，正是针对这种可能存在的冲突，GPA 协定提出了资格审查

① 姚艳霞："世贸组织政府采购协议的完善及其对我国政府采购制度的影响"，载《国际贸易问题》2002 年第 2 期，第 15 页。

② 王名扬：《美国行政法》，中国法制出版社 2000 年版，第 235 页。

程序统一的要求。在对供应商资格要求方面，GPA 协定提出了具体规定。首先对这种规定作出原则要求，这种原则要求包括两个方面：即不得基于供应商的全球商业活动和其在采购实体所在地的商业活动而给予差别待遇，不应在外国供应商之间或者本国与外国供应商之间实行差别待遇。除了原则要求以外，GPA 协定还对有资格参与招标程序的供应商作了具体条件规定，这些条件包括：资金担保、技术资格和确定供应商资金、商务和技术能力以及资格审查的证据等。而在资金、商业和技术能力方面应结合供应商的全球业务活动和在采购实体所在地的商业活动等综合考虑，并对各供应商内部组织之间的法律关系给予适当考虑。这表明，GPA 协定在规制供应商资格条件时，对供应商的组织形式给予了考虑，因为前面对资金等因素的综合判断在很大程度上就是针对跨国公司而言的。尽管在审查资格时，要注意供应商的资金和信誉等因素，但当供应商因破产或虚报财务状况时，如果拒绝该种供应商构成对 GPA 协定的国民待遇和非歧视原则的破坏，那么这种拒绝也应予以排斥。在审查时间和过程上，GPA 协定主要规定不得因供应商资格审查过程和所需时间而阻止外国供应商进入供应商名单，或阻止外国供应商作为某一特定意向采购的考虑对象；对要求参加某一特定意向采购活动的供应商，在特定意向采购活动招标前，虽未通过资格审查，但只要有足够的时间完成资格审查程序，也应对其资格审查，而不能以时间为理由对其不予考虑。

2. 参与意向采购的邀请

GPA 协定规定，各实体对参与意向采购供应商的邀请，可以采取公布邀请参与意向采购招标的通知（简称拟购通知）、计划采购通知、关于资格审查的通知等形式进行。拟购通知是公开招标必经程序之一，一切实体采用公开招标方式时都可以以此方式邀请参与意向采购的供应商。拟购通知发布后，如有必要还可对其进行修改。对此 GPA 协定作了如下规定：在公布意向采购招标参加邀请通知之后而在通知或招标文件确定的开标或接标日期之前，如有必要修改或重新公布该通知，则修改过的或重新公布的通知的发行范围应与据以修改的原文件的发行范围一样，给予一供应商关于某一特定意向采购的任何重要资料，亦应同时给予所有其他供应商，并使他们有充足的时间研究此种材料后作出反应。除了以拟购通知书邀请意向采购参与者外，GPA 协定附录 1 中的附件 2 和附件 3 中所列实体还可以"计划采购通知"和"关于资格审查的通知"作为采购招标的邀请。

3. 招标

对招标程序，GPA 协定主要对招标文件的内容及其各实体招标文件的提交条件作了规定。在招标文件内容上，GPA 协定规定，招标文件应当使用世贸组织官方语言，其具体内容除拟购通知应包含的内容外还应当包括如下信息：向实体寄送投标书的地址；索要补充资料的地址；提交投标书和投标文件须使用的一种或几种语言；接标的截止时间以及可接标的期限；开标时授权在场的人员及开标的时间和地点；对供应商提出的任何经济上和技术上的要求、资金担保以及资料和文件；所购产品或服务或任何必备条件的完整说明，包括技术规格、产品应具备的合格证、必要的图样、图纸和说明书；授予合同的标准，包括价格以外的任何因素，即评估投标要考虑的因素以及评估投标价格的费用因素，如运输、保险和检验费用；如果是其他缔约方的产品或服务，还要考虑关税和其他进口费用，捐税和支付货币；支付条件；任何其他条件；对来自非本协议缔约方国家的投标，只要不违反透明度原则，其条件符合该条程序，应予以受理。在招标文件的提交方面，进行公开招标时，各实体应在参加招标程序的任一供应商的请求下提供招标文件，并应对有关解释招标文件的合理要求迅速给予答复。各实体应对参加招标程序的供应商提出的关于提供有关资料的任一合理要求立即答复，条件是此种资料不会使该供应商在该实体授予合同过程中处于优于其他竞争者的地位。

4. 投标

GPA 协定对投标应采用的形式和期限作了具体要求。在形式上，投标书应当以书面形式直接或通过邮寄方式向采购实体提供，如果采购实体准许供应商使用电传、电报和传真方式进行投标的，则投标需备有为评估所需要的全部资料，特别是投标人建议的价格以及投标人同意投标邀请书的一切条件和各项规定的申明。这些材料一旦应采购实体要求提供时，投标供应商应予提供。不过，当采购实体逾期收到的任何文件与电传、电报和传真内容有出入或相抵触时，应以电传、电报或传真内容为准。但是，投标供应商，在提供文件时由于粗心大意出现错误，应当允许其在开标前予以改进，不过这种改进应符合非歧视性原则。在投标书递交方式上，电话提交方式是被禁止的，这主要考虑到电话方式不便作为证据。在投标时间上，GPA 协定分不同情况规定了不同的投标时间。一是公开方式实行招标的投标截止日，从采购通知发布之日起不少于 40 天；二是第二次采购时，若第二次或以后发出的通知中所包含的信息，在性质上类似于原采购合同，则投标截止日从采购通知发布之日起不少于 24 天；三是特别情况下投标期限的规定，如果采购实体有充分证据证明出现了紧急情况时，原定期限不可行，则上述规定期限还可缩短，但不能少于 10 天。

5. 谈判

谈判不是公开招标的必经程序，但在符合下述两个条件时则需谈判，一是在拟购通知书中规定了谈判，二是按拟购通知和招标文件规定的具体评估标准来进行评估时，没有一项投标明显具有优势。谈判的目的主要是通过谈判明确各方的优势，以确定有实力的投标商为中标者。因此，各实体在与供应商谈判时，应对各项投标的材料和信息予以保密，尤其不得提供旨在帮助某些参加者将其投标书提高到其他参加者相同水平的信息，更不得在谈判过程中对不同供应商实行差别待遇，且应保证：淘汰参加者应按通知和招标文件规定的标准进行；关于标准和技术要求的全部修改应以书面形式传递给所有正在谈判的参加者；基于修改后的要求，所有正在参加谈判者应有同等的机会提出新的或修改了的投标；待谈判结束时，仍在谈判中的所有参加者应被允许按截止日期提出最终投标。

6. 开标

采购实体应当依据国民待遇和非歧视待遇原则，保证对依据正常开标条件接受的投标予以开标，有关开标的资料应由进行采购的实体保存，并由该实体的政府当局支配，以便在供应商和政府采购委员会要求时给予公布或提供并接受政府采购委员会的审议。

7. 合同授予

开标后，经过评议，应当按要求决定将合同授予给中标供应商。此问题在下一主题要进行专门分析，在此不予展开。

当然，我们只是为了研究的方便才以 GPA 协定为例，宏观分析政府采购国际规制的采购程序，实际上各不同范本对采购程序规定有很大的差异性。在此特别值得一提的是《欧盟采购指令》规定的 PIN 公告。PIN 公告即采购计划预先通告，它为《欧盟采购指令》所独有的法律规制。其内容因各具体指令而异，但大体内容基本一致。它要求采购实体在其预算年度开始后，尽快使其在随后 12 个月中将采购总量的估算价值等于或多于 75 万欧盟元的服务采购或货物采购发送欧共体官方出版物即《欧洲共同体正式公报》上予以公布①，并使之广为人知。但通知在发送欧共体官方出版局之日前不得在《欧洲共同体正式公报》和采购实体成员国的国家报刊上发表，且通知不得包含发表在《欧洲共同体正式公报》上的信息之外的信息。这种程序规定实际上是向供应商和服务商预告未来采购，它有助于供应商或服务商在早期了解成员国政府采购方面的信息，进而能参与到竞争中去；更反映了欧共体在政府采购领域里竞争性原则的要求。这里要注意的是《公共工程指令》虽然没有要求成员国政府预先公布预算年度公共工程合同的总量，但其规定成员国采购实体应采取指

---

① 可参见《供应指令》第 9 条、《服务指令》第 15 条。

示性通知方式公布他们打算给予估算价值不低于 60 万欧元的公共工程合同。①也就是说，成员国就某项公共建设工程作出决策时就应予以公告，广为人知。有点类似于 PIN 公告。在《公共事业指令》里 PIN 公告相当于竞争邀请，在发布 PIN 公告情况下，可以不再发表招标公告。《欧盟采购指令》这一程序规定，更充分地体现了采购信息公开，是对透明度原则的完整反映，应当成为政府采购国际规制将来的一种发展趋势。

五、合同授予：政府采购国际规制的关键环节

采购方式和程序设计的目的在于以竞争方式授予合同，合同授予既是采购过程的结束，又是合同履行的起点。从政府采购目标实施过程来看，政府采购可以分为采购阶段（又称先合同阶段）和采购合同履行阶段（又称合同阶段）。② 而政府采购合同则是这两个阶段的中介和连接点，它既是政府采购活动的成果，是政府采购当事人经过法定程序讨价还价后形成的文字约定，又是政府采购目标实现、政府采购契约得以履行的依据。由此，政府采购合同在政府采购中起到"承上启下"的作用，是政府采购中的核心和枢纽，属政府采购的核心部分，合同授予是政府采购国际规制的关键环节。而合同授予主要涵盖授予程序、授予标准、合同形式及合同履行保障等。

（一）合同授予程序

我们用"授予"一词来界定政府采购合同的缔结，其目的在于区别于普通民事合同缔结所采用的"订立"。授予与订立的主要差别在于，订立是双方意思表示一致的结果，而授予具有一定的行政色彩，突出行政主体一方，"采购契约实际上是一组原则上以政府为一方签订的契约的组合"③。在政府采购中也就是突出采购实体一方的意志。再者合同授予程序是政府采购程序中的一个关键步骤。可见合同授予程序对于合同授予至关重要，从本文所选择的四个文本来看，合同授予程序通常以以下次序展开。

1. 采购实体的要约邀请

区别于一般民事合同缔结过程中要约邀请行为的法律性质，采购实体的要约邀请行为具有法律效力，采购实体在未尽政府采购国际规范所规定得要约邀请具体义务的情况下，理应承担法律责任。对采购实体的要约邀请之规范，政

---

① 可参见《公共工程指令》第 11 条。
② 余凌云：《行政契约论》，中国人民大学出版社 2000 年版，第 188—189 页。
③ 同上书，第 188 页。

府采购国际规制主要着眼于对采购实体公布的投标邀请书以及招标文件的内容进行最低限度的规定。而对以上文件公布内容进行最低限度的规定，则主要出于提高透明度和确保有效竞争。有关采购实体的要约邀请应受法律规制的一个典型体现，即对其邀请招标文件所规定的采购实体接受投标文件的期限作出严格规定。因为，有的采购实体，出于非法目的，企图人为地造成供应商无法在合理的时间内提供投标文件，从而使其实际丧失参加采购的机会，进而影响到政府采购的充分竞争。具有强制性效力的国际条约 GPA 协定对其作了具体规定，而只具有示范价值的示范法对该问题则缺乏任何规定。

2. 供应商或承包商的要约

因为政府采购的公益性、行政行为必要的连续性，所以作为行政合同相对一方的供应商或承包商的要约行为理应受到比缔结普通民事合同更为严格的约束。政府采购国际规制对供应商要约行为的约束包括：要约的形式及其提交、要约的撤回、要约担保、要约的修改等。对于前面三个方面的内容，文章后面将详述，在这里主要对要约修改进行分析。关于要约修改的一般规定是：必要时供应商或承包商可对招标文件进行修改，但是一般应于招标文件规定的截止日期之前进行。在普通民事合同的缔结过程中，要约人发出要约以后，除在要约到达受要约人前或同时到达时发出撤销要约的通知以外，其要约从到达受要约人时发生效力，即要约人应受其要约的约束。如果完全按照民事合同缔结的法律原则来处理政府采购领域供应商对其招标文件的修改的话，供应商应为其修改要约承担法律后果，要么被没收招标担保金，要么应接受采购实体的承诺。然而在招标过程中，特别是在进行一些重大工程招标时，往往因国际市场价格的变化，而影响工程所用的材料的成本总额，从而进一步影响到供应商或承包商的招标价格。当出现这样的事先无法预料的情况，并且将对供应商的经济利益产生重大的消极性影响时，政府采购国际规制通常规定允许供应商在招标文件截止日期前修改或撤回其招标文件，而使其免于承担经济赔偿责任，也不丧失招标担保。

3. 采购实体对要约的审查

对要约的审查通常由招标书的审查、评审以及比较构成。因为政府采购的成功与否牵涉社会公益的实现，所以在审查招标文件时，应严格遵照招标文件所规定的形式以及内容要求，不符合招标文件所规定的投标应将其剔除。但是，从另一方面来说，如果采购实体为迎合某些不法利益而滥用职权，将某些完全合格或存在非实质性瑕疵的投标剔除的话，将极大地影响招标活动的公开、公平、公正，进而影响到政府采购活动的正常进行。这样，政府采购国际规制通常规定，即使投标书有些小的偏离，但并不涉及招标文书所规定的特点、条款、条件以及其他实质性规定时，应将这样的投标视为合乎规定的投标。通过对要约的审查，最后往往确定中标成交商，并与之签订合同。

4. 特殊情况的例外处理

合同授予程序一般经过上述三个步骤即可，但政府采购国际规制也考虑到特殊情况下的例外。对于特殊情况的例外处理，GPA 协定和《欧盟采购指令》规定得较为全面。

GPA 协定规定当一采购实体收到比其他正常供应商所提交的投标书条件异常低的投标书时，则采购实体可询问该投标人以保证该投标人能够遵守投标承诺的条件并能履行合同条款。这一规定实际上使政府采购合同授予中要约和承诺过程增添了一个程序，使之更加复杂。

《欧盟采购指令》对例外情况的特殊审查，规定更为详尽。其内容是当某项投标价格大大低于货物、服务和工程应有价格时，应给予特别审查。其具体要求是采购实体要拒绝投标价格大大低于货物工程的应有价格、服务应有价格和工程造价的供应商的投标，就应当以书面形式要求供应商提供有关投标组成部分的细节，这些细节内容包括制造过程的经济因素、所选择的技术解决办法、投标者为货物供应能够得到的特别有利的条件等，并在对这些细节进行检验和考虑后，方能拒绝其投标。① 这种内容规定有助于防止法律规避和保障合同授予后能切实执行。

（二）合同授予标准

一定的标准是合同授予客观、公正的考量，既为采购实体提供了授予合同准则，也为供应商判断是否受到歧视提供了尺度，而且作为程序正义的合同授予程序，必须与实体正义的合同授予标准相互契合才能保证合同授予的公正，这样政府采购国际规制往往对合同授予标准进行严格规范。

在合同授予标准问题上，GPA 在第 13 条第 4 款作了具体规定，根据该规定政府采购合同授予应遵循下列规则：（1）符合招标条件的供应商方可中标；（2）当供应商的投标价格特别低时，应考虑其履约能力，以防止恶意投标；（3）应按照招标文件的标准以及基本要求来授予合同。

相较于 GPA 的规定，《示范法》规定更为详尽。它规定，采购实体可以按照在招标文件中列明的标准，并尽量将每一标准进行量化，来对每一投标进行估值，并选择估值最低的投标中标。在确定这些估值的标准时，《示范法》规定颁布国可以参考以下标准：投标价格；操作、保养和修理货物或工程的费

---

① 参见《供应指令》第 27 条、《工程指令》第 30 条、《服务指令》第 37 条。

用，交付货物或完成工程提供服务的时间，货物或工程的特点，付款条件以及保证；接受投标对采购国外汇平衡产生的影响、对销安排、当地化程度、投标的经济发展潜力、就业激励、技术转让；国防以及国家安全的考虑等。这样规定，当然相对于 GPA 协定对于国家立法来说更具有诱惑力，但同时不可否认的是容易被国家利用来成为贸易壁垒，因此 GPA 对此不作规定有其必然性。

《欧盟采购指令》可以说对合同授予标准作了最为细密的规定。《欧盟采购指令》中各实体指令所规定的"共同参与规则"和"质量选择标准"两章对授予标准进行了详尽规定。其内容包括合同授予的基础性标准、实质标准和特定情况额外审查要求。基础性标准因各实体指令的内容而呈现个性特征，在货物采购中合同授予的基础性标准是：价格最低和成本最低，成本最低的确定又是对价格、交货日期、运行成本、成本的有效性、质量、审美上和职能上的特点、技术特点、售后服务和技术援助等综合比较的结果。同时，当以价格最低为标准时，采购人还应当考虑投标者依据采购实体所要求的规格标准而提出的不同方案。① 服务采购合同授予的基础性标准是最低出价和最具经济优势的投标。最具经济优势的投标之确立是对服务质量、技术优点、美学和功能特点、技术援助和售后服务、交货日期、交货限制和完成工期、价格等因素综合考虑的结果。如果以最具经济优势的标准考虑合同授予时，采购实体还应考虑投标人所提供的，并且符合采购实体要求的最低规格的各种方案；且缔约机构在合同文件和招标通知中说明他们打算实施的标准，在其可能情况下，按其重要性依次排序。② 工程采购的合同授予基础性标准与服务采购基本上相似。③ 上述规定可以看出，《欧盟采购指令》对合同授予基础性标准规定的甚为严格和详细，这十分有助于限制采购实体的自由裁量权，保障竞争的公平。在实质性标准上，欧盟各采购指令主要规定供应商应提供证明其财务和经济地位的证据、技术能力的证据以供采购实体审查。采购实体在审查时对成员国公民和本国公民一律使用同样条件，并依据《欧盟采购指令》中所规定的技术领域里的共同规则进行，但对破产和即将破产及卷入法律诉讼并影响其经济能力的供应商可以不授予合同。④ 这些条文的内容十分全面，它既为采购实体提供了切实可行的操作准则，也为欧共体委员会判明成员国的政府采购法律是否与《欧盟采购指令》相一致提供了标准，使得指令的实施有了自身的可靠保证。

---

① 参见《供应指令》第 16 条、第 26 条。
② 参见《服务指令》第 36 条、第 24 条。
③ 参见《公共工程指令》第 19 条、第 30 条。
④ 参见《供应指令》第 19 条、第 22 条、第 23 条，《服务指令》第 27 条、第 31 条、第 32 条，《公共工程指令》第 22 条、第 26 条、第 27 条。

（三）合同形式及条款

合同形式是表示政府采购合同当事人双方意志一致法律行为的方式①，通常包括书面形式和口头形式。纵观国际社会的法律规定，一般只有在特殊情况下才能采用口头形式，其他情况均用书面形式。如我国法律规定，即时清结的合同可以采用口头形式，美国法律也规定只有标的比较少的合同，才可采用口头形式。政府采购合同一般涉及数额都比较大，因此原则上来说都要以书面形式。然政府采购国际规制中，只有《示范法》对书面形式作了具体规定，其他的几个规则则没有直接规定。

GPA 协定、《欧盟采购指令》、《世行指南》等都没有直接规定政府采购合同应当以什么形式，但从政府采购合同本身来看，政府采购活动往往涉及金额较大（GPA 协定规定中央实体采购最低限额为 13 万特别提款权，相当于 100 余万人民币，《欧盟采购指令》规定的最低采购限额也为 20 万欧元）。同时，合同履行期限也往往比较长，因此，应采用书面形式。这是一般理论分析，如果我们结合上述三个规则来分析也会得出同样的结论。

GPA 协定制定的目的是要求各国的政府采购规则和程序符合该协定的基本精神，而不是要求采购实体履行 GPA 协定条款，实质上按 GPA 协定精神，各采购实体在进行具体采购时一般都是以本国法律为行为准则，而国际社会各国的法律在政府采购合同形式上怎么规定，上面的一般分析已给出了具体答案。

《欧盟采购指令》尽管对采取什么形式授予合同没有作出具体规定，但从各实体指令的条款来看，肯定是书面形式。各指令规定"采购实体应当有书面形式邀请挑选出来的候选人投标，招标书应附上合同文本和附件"，且及"以电传、电报、图文、传真和电话请求参与投标的应在投标规定时期结束前发出信件以确认提出的请求"②等条款中可以看出。合同文本肯定是各成员国在自己的长期法制实践中形成的含有具体条款的书面文本；而信件的确认表明电传、电报、电话等非书面形式的请求必须以信件这种书面形式确认后才发生实质效力，这表明合同是以书面形式为准。至于合同应当包括哪些条款，则由于欧盟各成员国既包括判例法国家也包括成文法国家，同时政府采购合同在一些成员国视为行政合同（例如法国），而在另一些成员国视为一般民商事合同（例如英国、德国）；尽管《欧盟采购指令》实施多年，欧盟各成员国在政府

---

① 杨紫烜、徐杰：《经济法学》，北京大学出版社 2000 年版，第 418 页。
② 参见《供应指令》第 11 条、《服务指令》第 19 条、《公共指令》第 13 条。

采购法制的差异性依然存在，甚至在实体规则上这种差异还比较大，成员国法制差异较大，使得采购指令对具体条款就很难予以规定。同时，指令也主要是为成员国法制趋于一致提供程序性准则和要求，对合同条款这样的具体内容自然也就不会关注太多。

《示范法》其目的在于为各国政府采购立法提供指南，且这种指南着重在于如何保障政府采购中采购行为的公正、公平，采购资金的有效利用，这些目的的实现，在合同形式上必然也要采取比较严谨、正式的形式。《世行指南》涉及世行的贷款，而金融领域中合同往往都是书面形式。

（四）合同履行保障

合同履行保障即保证合同顺利缔结、履行的一套方法体系。"无救济即无法律"，同样我们可以说："无履行保障即无合同。"有效合同所约定的权利义务，具有承诺性质，其区别在于法定的权利义务主要不是依赖法律的强制力来实施，而更多地依赖于合同当事方的诚实信用来保证。因此如何在合同缔结以及履行过程中体现当事人的诚实信用，是合同履行首先应当考虑的问题。可见履行保障不一定完全靠救济制度来实现，在这里所要探析的也正是救济制度之外的合同履行保障。从这个层面来看，合同履行保障最根本的依托于成员国国内法，这是国际法的一般法理，不予详细分析，以下着重对本文所选择的四个范本中所规定的具体保障措施予以探析。

1. 投标担保

投标担保在性质上，应该属于缔约担保的范畴。缔约担保产生于合同法上的缔约过失责任，即在合同尚未成立或合同无效时，因一方当事人的过失行为，而使另一方当事人蒙受损失，而弥补合同违约责任不能适用时，产生的对损失方的救济。缔约过失产生于合同订立阶段，其产生的基础是因一方当事人违反诚信而使对方当事人的信赖利益遭到损失，并且区别于违约责任，缔约过失责任为一种法定责任形态。具体而言，违反诚信的行为，概括起来有：要约人违反要约；缔约时意思表示不真实；违反初步协议；违反附随义务；无权代理等。

体现在政府采购领域，违反诚信的行为一般体现为：采购实体发布招标文件且供应商进行投标后，一旦供应商出于维护其利益的考虑，如原材料供应价格的变动而引起的成本上升，而撤回投标，甚至已经中标的供应商因种种原因而撤回投标，将会给采购实体带来巨大的经济损失。因此，为了在一定程度上杜绝这种现象，或者在一定程度弥补采购实体的经济损失，政府采购国际规制或对投标担保进行了直接规定，或要求成员国国内法应对此作相应规定。《示范法》对投标担保作了较为明确规定，其第 32 条规定准许采购实体要求参加投标的供应商进行投标担保。

2. 履约担保

合同一旦成立，一般而言合同双方的债权、债务关系即告成立。因此，为了保证在合同一方出现违约情况时，另一方不必要通过繁杂的谈判程序或冗长的诉讼，而通过在合同中规定履约担保就能迅速获得救济。所以履约担保的价值在于能有力地保障合同的顺利履行，同时为受损方提供了强大的救济机制。

政府采购领域相较于一般的民事采购，项目一般更大、周期一般更长、价格的变动因素更大；而且项目本身又与广大公民的公益息息相关，因此如何确保合同的顺利履行是政府采购法律所应考虑的重要问题。如果通过诉讼去解决问题，显然程序过繁、成本过高。规定履约担保是最佳解决办法：首先，一旦出现供应商违约的情况，采购实体能迅速获得担保金或对担保物进行拍卖，从而减少项目损失；其次，即使进入诉讼程序，也保证了可执行的财产。有关履约担保，GPA 协定和《欧盟采购指令》将这一问题留给了成员国国内法。而《示范法》虽没有作专门规定，但第 36 条的关于采购合同的生效中，有所提及，其处理有其合理性，因为履约担保一般与各国规定的担保法中所规定的担保大体一致，所以无须特别规定。而《世行指南》出于资金运作效率的考虑，对履约担保中的履约保证金作了全面规定，《世行指南》要求在招标文件中有要求中标的投标者提供履约保证金的条款。为了保证采购合同的履行，保证金的多少应足够抵偿借款人在承包商违约时所遭受的损失。保证金的形式应按照借款人在招标文件中的规定以适当的格式和金额提供，主要采用银行保函或履约担保书的形式，其金额的大小根据提供保证金的类型和工程的性质和规模的不同而不同，保证金的有效期要延至工程完工日之后，对借款人最后验收前的责任缺陷或维修期也承担保证责任，保证金可以单独缴纳也可以在每次付款中扣留一定百分比的金额作为保留金直到最后验收为止。

3. 分包禁止

分包禁止规定得比较有特色的是《欧盟采购指令》，它规定获胜投标商要想将合同分包给第三方，必须在参与采购实体投标时予以明确。同时除工程特许合同和超过 30% 以上的分包合同外，其他分包合同一般不适用采购指令，但这种不适用只是不适应采购指令所规定的采购程序，并不是说中标成交商可以随意分包给其他供应商，随意分包可能被成员国法制所禁止，进而可能承担相应的法律责任。同时，采购实体在给政府采购合同咨询委员会准备备查的授予合同的书面报告中也要将合同分包内容纳入其中。这些规定就可以防止中标成交商任意分包合同，进而保障合同切实有效履行。

六、救济制度：政府采购国际规制的逻辑延伸

政府采购合同授予是采购主体循一定采购方式和程序确定中标成交商并与之签订合同的法律行为，其是否公正取决于各方当事人，尤其是政府采购主体对义务的遵守程度。政府采购主体遵守采购程序的义务则构成对所有程序参加者的责任，随之而来的逻辑结论就是如何对在政府采购中受到歧视待遇、被不合理地排斥在外的第三人进行救济。这种救济制度对采购阶段第三人权利的保障，不仅对他们实现参与政府采购预期具有现实意义；更为重要的是从权力控制视角来看，有利于规范政府采购行为中采购主体的自由裁量权，从而在保证政府采购正常运作及其所体现的政府职能与预期的最终实现的同时，促进有利于贸易自由化的政府采购市场之形成。可见，救济制度是政府采购国际规制的逻辑延伸。

（一）模式选择

受政府采购国际规制价值取向和基本原则影响的政府采购救济制度在模式设计上必然主要针对采购过程。如前所述，政府采购可分为前契约阶段和契约阶段，作为采购过程的前契约阶段，政府采购实体掌握着充分和足够的信息，并在很大程度上享有合同授予的决定权，处于主导地位。而与政府实体相对应的供应商和承包商则只能通过招标书和一些通知掌握有限的信息，处于被动地位。信息的不对称使得供应商心中"潜在的危机感"、"不安全感"始终是存在的，对于外国供应商和承包商来说更是如此。这样，我们就可以理解政府采购国际规制中在采购程序采购方式设计中特别强调公平和非歧视。救济制度作为一种权利受损后的补救制度，也应当与采购方式和程序设计相契合，确保前契约阶段中受到采购行为不利影响的人能够得到有效救济，使法律规制保持一贯性和连续性。救济制度主要针对前契约阶段设计，并不忽视后契约阶段的救济要求，而是将后契约阶段救济留给当事国法律处理。后契约阶段也就是契约履行阶段，由于契约对双方当事人权利义务进行了有效规范，且契约理念源远流长，信守契约已根植于民众心中，加之合同法律制度较为发达，世界各国对违约责任规定较为完善，契约阶段中各方当事人不履行义务留给成员方国家法律救济在国际法原则保障下也不会对救济制度的公平和秩序价值造成重大影响。

政府采购国际规制在救济制度设计上主要是针对前契约阶段，那么前契约阶段的规制应当选择何种模式呢？这离不开对已有法律资源的利用及不同法制

的协调。从政府采购国际规制前已有的法律资源来看，主要有公法救济模式和私法救济模式。私法救济模式的典范是英国和德国，在这两个国家政府采购合同中，权利受到损害的供应商或承包商通常只能寻求限制竞争法与民法规定的救济措施，这些救济措施使救济必须满足特定的条件，具有一定难度。同时供应商在提出救济时还必须向法庭证明其有很大机会获得采购契约的义务，更使得很多供应商望而却步。[①] 因而其在救济效果上，相对于采取私法救济模式来说是不太令人满意的。[②] 采用公法模式的典型国家是法国，法国是行政法制较发达的国家，其救济制度设计，强调采购程序中发生的纠纷与采购契约履行纠纷的一致性，进而要求救济途径保持一贯性和连续性，一律采用公法救济模式。如果考虑采购契约性质本身的复杂性也即依行政法律关系和特别条款来衡量采购合同，其既有可能是民事合同，也有可能是行政合同，这种不分特殊情况一律适用的公法救济模式有其弊端。好在"可分离行为理论"为克服上述各种弊端提供了有益借鉴，这种理论主张政府采购实体在采购过程中实施的采购行为与契约相分离、相对自治，因而在救济制度设计上也应相对分开，对前契约阶段的救济采取一种与契约阶段不同的救济模式——即私法救济模式。这些可资借鉴的法律资源为政府采购国际规制提供了有益启示，在救济制度设计时，通常将前契约阶段和契约阶段分开，并主要针对前契约阶段采取公法救济模式。

救济模式选择并非救济制度的全部内容，救济制度内容还涵盖救济途径和手段，救济提起的条件以及他们的关联性等。这些内容既受之于救济模式，同时还离不开其他因素的影响，影响因素概括起来应包括：救济请求的提起必然要求提起人能够证明其与诉讼结果有充分的利益关系，存在着某种程度合理的法律确定性；救济途径和手段的设计要尽量能够在采购合同签订前促成纠纷的解决、纠正程序违法，进而使供应商能够继续返回采购程序，并在较公正的环境下结束采购程序等。

救济制度的设计主要是针对"域内救济"而言，而要使"域内救济"能够有效实现，还离不开"域外救济"的设计，也即在用尽当地救济的前提下，作为外国自然人和法人的内国为了保护本国国民的利益而参与进来，从而提出国际诉讼和请求有关专门组织对纠纷进行解决。因此，在政府采购国际规制时，大多设计有"域外救济"条款或规定。

---

① Jose M. 第 Fernandez Martin, The EC Pubic Procurement Ruler: A Critical Analysis, Oxford: Clarendon Press1996, p. 270.

② 余凌云：《行政契约论》，中国人民大学出版 2000 年版，第 230 页。

（二）救济途径

救济制度是保障政府采购国际规范有效运行的重要制度，政府采购国际条约和国际协定通常都对其作了全面规定。透过本文所选择的范本，可看到具体救济途径包括准司法性质的审议、司法审查、纠偏机制等。

1. 准司法性质的审议

准司法性质审议又称行政审议，它是政府采购国际规制所创设的有特色的救济方式。众所周知，当行政权与相对人发生关系，并使相对人权益受损时，最常见的救济措施是行政申诉和行政诉讼。然而从各国国内法来看，行政申诉尽管快捷，但忽视制度本身运作可能会对救济结果带来偏误，进而导致不能最大程度地实现公正；而司法救济尽管结果较为客观公正，但隐含有司法程序冗长、当事人请求难以及时满足之弊端。而救济制度是当事人权益受损后寻求法律保护的一种途径，通常情况下只有当事人意识到法律所提供的救济途径迅速、有效和公正的时候，才能激发其寻求法律救济的热情，而不使法律规定的救济形同虚设。① 这样创设一种能够平衡行政申诉和行政诉讼利弊的救济措施就成为政府救济制度的必然追求，政府采购国际规制迎合了这一要求，创设了要求成员国建立尽可能迅速有效并公正解决采购争端的审议方式。

《欧盟采购指令》首创了这一程序，其救济指令规定了审议程序。该程序要求成员国建立尽可能迅速有效的审议程序，对违反欧共体公共采购法律或者违反执行欧共体法律的国内规则进行审查。要求成员国设立有解决政府采购争议、享有使权益受损的供应商和承包商获得有效救济之职权的审查机构。该审查机构可以不具有司法性质，也可以具有司法性质，若是不具有司法性质的话，那么该机构作出的决定必须合理并经司法审查或经《罗马条约》第 177条意义上的法院或特别法庭审查。②

审议程序的具体内容包括：任何在公共采购过程中，权益受到损害或有可能受到侵害的当事人都可以向审议机构提出请求，但在提出请求前，当事人有义务将其请求意愿通知对被诉行为负有责任的采购实体。③ 这一规范为采购实体提供了反省被控采购行为的机会，同时也使采购实体在审议之前有可能通过与当事人接触解决纠纷，特别是纠正那些因采购官员疏忽大意和未尽到应尽之注意义务而造成的违法。正是这一意义，使审议程序之规定受到了欧共体各成

① 余凌云：《行政契约法论》，中国人民大学出版社 2000 年版，第 246 页。
② 张莹："国际组织政府采购法律规则的比较研究"，载《法学家》2001 年第 2 期，第 59 页。
③ 可参见《公共救济指令》第 1 条第 3 款。

员国的普遍欢迎。当事人提出请求后，审议机构应当对当事人的请求进行全面审议，同时在审议时应当确保不提出审议请求当事人的国别不同而存在歧视，尤其要确保提出损害赔偿的当事人不存在歧视。审议机关经审查后，在听取当事人的意见前提下，可出作出具有法律约束力的决定，但如果审议机关不具有司法性质，该种决定还必须进行司法审查。

《欧盟采购指令》所创设的这种审议方式可谓是对行政申诉救济和司法救济途径的辩证摒弃，创造了一种新的救济方式，但作为一种新方式，只是从宏观上对审议作出了决定，并未涉及一些微观细节，GPA 协定在审议程序基础上，创设了质疑程序并从微观领域完善了审议程序。

GPA 协定质疑程序规定在该协定第 21 条第 2 至第 8 款，该条款从质疑程序的设计要求、内容、质疑主体、质疑要求等方面对质疑程序作了具体规定。总体要求是："每一缔约方应提供一套非歧视的、及时、透明且有效的程序以使各供应商对其有或曾经有利益关系的采购过程中可能存在的违反本协议的情况提出质疑。"① 为了达到这个总体要求，要求成员国法律和行政法规中应设立处理这一程序的具体机构，它是对《欧盟采购指令》救济制度相关规范的继承，不过在继承的基础上对审议程序作了一定发展，拓宽了审议范围和增添了处理特定情况之程序规定。首先，GPA 协定对质疑内容和范围作了抽象概括，使审议置于广阔的领域。GPA 协定对质疑的内容和范围没有作出具体规定，只是抽象地规定了"供应商对与其有或曾经有利害关系的采购过程中，可能存在的违反 GPA 协定的情况提出质疑"。这一规定实质上将质疑的内容和范围规定得非常的宽泛，将某一项具体采购过程中所有可能与 GPA 协定违反的情况都纳入了质疑的范围。依据 GPA 协定的规定，这个范围大体可包括采购实体违反法定义务；采购方式、招标文件、招标程序、招标评标过程、中标供应商或其他投标资格、招标文件等内容不符合法律规定。这一规定对成员国法制和采购实体提出了很高要求，它既要求成员国采购法制应在上述内容上与 GPA 协定保持一致，也要求 GPA 协定成员国采购实体不违背协定及本国在上述内容方面的法律规定。其次，在特定情况下，对质疑程序作了具体规定。前面提到了 GPA 协定要求成员国设立独立的公正审议机构来受理质疑程序或由法院来受理质疑程序。当法院受理质疑程序时，我们知道当今世界各国都有相应的诉讼法，受理和处理质疑的程序自然遵循诉讼程序，因此，无须专门作出规定。但如果成员国设立独立公正的审议机构，专门受理和处理质疑，往往没有现成的程序可以照搬，为此，GPA 协定规定如果受理或处理质疑的机构不

---

① 杨汉平：《政府采购法律制度理论与实务》，西苑出版社 2002 年版，第 242 页。

是法院，则应规定以下程序："（a）在作出一份评价或一项决议前，能听取参加人陈述其词；（b）参加人能够代表和陪同；（c）参加人应参与所有过程；（d）审议过程可公开进行；（e）应书面就作出评价和决议的依据进行说明；（f）证人可以出庭；（g）向审议机构透露文件。"① 这些程序有点类似诉讼程序，可见 GPA 协定为了保障供应商合法权益用心多么良苦。目前，GPA 协定成员方基本上在国内法制上都遵循了这一规定，如日本规定受理政府采购质疑程序的是政府采购审查局而非法院，因此其政府采购法制规定："质疑人与采购实体在审查阶段享有在代表的陪同下参加审查局召开的会议的权利；有权向审查局提交辩论和证人的证词；有权在审查局的会议上听取另一方的陈述，审查局认为此种做法不合适的情况下不在此限；有权基于质疑的事实要求公开审理。"②

《世行指南》和《示范法》也对准司法性质的审议作了相关规定，但基本上都是对 GPA 协定的吸纳，创新之处不多，此处不赘述。

2. 司法审查

前面对准司法性质的分析，可以看到该程序对受理和处理的主体作了严格规定，即受理和处理政府采购纠纷的主体如果不是法院则应是独立公正的审理机构，且当受理和处理主体不是法院时，质疑程序应受到司法审查，因此，司法审查是救济制度的司法要求。

司法审查的"核心精神是以审判式的程序解决行政争议，监督行政活动"③。而政府采购活动中，采购实体或是行政机关、或是行政机关的委托机关，因此，在很大程度上与行政行为有密切联系，当行政行为侵害供应商权利时，司法审查就可以使供应商通过成员国的国内司法程序来寻求救济，可见司法审查是政府采购过程中当事人权益受损时的一种司法救济方式。因此，政府采购国际规制也通常规定司法审查，只不过在规定司法审查上对审查的机构要求不完全一致。《欧盟采购指令》规定：司法审查机关可以是法院，也可以是仲裁庭，但它必须具有独立性。既要独立于采购实体，又要独立于审议机构。④ 为了确保其独立性，救济指令对此类独立机构组成人员的资格和任命都作了具体规定。在技术资格方面至少独立机构的负责人应当具有与审判员一样的法定专业技术资格。在任命上独立机构的成员应当由法律规定任命条件，而

---

① 参见《GPA 协定》第 20 条第 6 款。

② 扈纪华：《中华人民共和国政府采购法释义及实用指南》，中国民主法制出版社 2002 年版，第190 页。

③ 张军旗：《WTO 监督机制的法律与实践》，人民法院出版社 2002 年版，第 194 页。

④ 可参见《公共救济指令》第 2 条第 8 款。

且其免职条件应与审判员一样。而其他机构国际组织的政府采购规则规定司法审查都应当是法院。

3. 纠偏机制

纠偏机制是指各不同政府采购国际条约或指南在规范救济制度时，自身还设计专门纠正政府采购过程中一些不符合条约和协定要求的机构来促使当事人权益获得更为有效的救济。此种救济制度的主要考虑是上述两种救济方式总体上是针对成员国法律法规和行政程序而言，而并非就采购过程本身提出要求。《欧盟采购指令》可以说在这方面也起了一个开先锋之作用。救济指令赋予欧共体委员会一定职权来纠正政府采购的程序违法，形成了欧共体委员会的纠偏机制。其内容是在政府采购合同授予前，采购实体若明显违反欧共体规则，欧共体委员会可以通知成员国及缔约机构要求其改正，通知中应当包含其认定的某种显然违反欧共体规则行为已经实施及要求改正的理由。成员国在接到通知后21天内（《公共事业指令》为30天）将下列情况回复给欧共体委员会：被确认违反欧共体规则的行为已经得到纠正；对未被纠正的行为应提出为何不纠正的充分合理的意见；合同授予程序已经被中止或者采购实体主动中止了采购程序等。①

《欧盟采购指令》所设计的纠偏机制将纠偏权力赋予欧盟最高权力机构欧共体委员会，表面上看是十分注重纠偏的权威性，而实质上正是这种权威性背后隐含了权威精力的有限，无暇顾及具体采购纠纷，进而在实践上也可能导致制度的虚置。GPA协定针对这一缺陷，设计了政府采购委员会，赋予政府采购委员会执行GPA协定和促进GPA协定各项目标等问题进行磋商的职权，进而将成员国政府采购寄予其监督下，并在这种监督中保障当事人权益。

以上是从主要方面来探讨救济途径的，其实，各不同的政府采购国际条约和指南还设计了一些独特的救济方式和程序。如《欧盟采购指令》中的证人监督程序和调解程序、GPA协定的磋商程序等。这些程序也丰富和发展了救济制度，但由于篇幅所限不在此专论。

（三）救济措施

救济途径是给当事人以救济方式指示，而政府采购过程中当事人更关心的是他可以获得何种具体救济，也即救济措施问题。政府采购国际规制通常对救济措施进行具体规定，这种规定也起源于《欧盟采购指令》，因此下面主要是结合《欧盟采购指令》予以分析。

---

① 参见《公共救济指令》第3条、《公共事业救济指令》第8条。

《欧盟采购指令》中的救济指令着重规定了以下救济措施。第一，采取临时措施。临时措施主要是包括暂停或者能够确保公共采购程序中止的措施，以纠正违法或阻止对有关利益的进一步侵害。① 它主要是为了避免既成事实，尤其是避免因违反程序授予合同而导致的不可回复性损害，其效果是让采购程序在救济期间暂时停下来，并非终止程序。因此，临时措施采取应当是在采购实体未授予合同前，合同授予后只能采取其他措施。欧盟委员会调查发现，在政府采购过程中，大多数被指控的违法行为都发生在合同授予前，主要是采购实体在合同授予前有意和无意忽略强制性程序和不遵守其中的某一步骤，进而损害供应商和承包商的权益。因此，该措施是《欧盟采购指令》中最常见的救济措施。当然此种措施可能会造成公共采购的不必要延期，进而损害公共利益和供应商利益，故措施的采取必须受到限制，也即此种措施只有在其所带来的消极后果低于其所获得的利益时，方可采取，否则不能采用。② 可见，审议机关是否采取临时救济措施，要进行适当性衡量，权衡该措施可能对各方带来的损害。③ 第二，撤销采购程序中的违法行为。临时性措施只是中止采购程序，并未对采购程序作出合法和违法判断，比较难以满足第三人的预期，因为采购中的第三人不能通过临时性救济措施判明将来的采购程序是否会被撤销，自己是否有可能参与到采购过程中去。而撤销采购程序中的违法行为则表明原来的程序因违法撤销后，采购实体会重新进行和恢复采购程序，有意向的供应商则可能重新参加到公平的采购竞争中去，这正是救济指令规定这一措施的根本原因。而撤销违法行为的措施包括撤销歧视性的招标规则或招标文件、合同文件和其他与合同授予程序相关文件中的含有歧视性技术、经济或财务说明书。第三，损害赔偿。撤销违法行为之措施通常是在采购合同未授予前，如果合同已经授予甚至开始履行，撤销采购程序中的违法行为，显然因第三人已经失出获得采购合同的可能，而没有实际意义。在这种情况下，采取赔偿方式则可能给当事人提供有效救济。而救济指令对于损害赔偿只作了原则性规定，并未对赔偿范围作出具体规范。④ 实践中往往只能获得直接损害赔偿（即为投标而付出的成本），而间接损害赔偿则由于欧盟各国政府采购合同通常是以"最具经济优势标准"授予，当事人不容易证明其有取得合同授予的完全机会而难以实现。损害赔偿请求只有在国内救济制度中提出。而在向欧盟法院提出救济时，

---

① 可参见《公共救济指令》第 2 条第 1 款。
② 可参见《救济指令》第 2 条第 4 款。
③ 余凌云：《行政契约法论》，中国人民大学出版社 2000 年版，第 266 页。
④ 可参见《公共救济指令》第 2 条第 1 款。

不能请求此种救济措施。

GPA 协定在吸收《欧盟采购指令》救济措施的有益成分和平衡各国政府采购救济措施后，也对救济措施作了具体规定，其内容有：在确保商业机会前提下采取果断措施纠正违反 GPA 协议的行为，这些措施可以包括中断采购程序，但如采取中断采购程序，应当考虑这种中断不会对采购各方利益包括对公共利益产生重大不利后果。如果在质疑处理决定没有规定这种果断措施，则必须对为什么不规定作出有正当理由的说明。对在采购过程中权益受到损害或损失的供应商应规定补偿措施，但补偿标准不得超过投标者准备投标和提出质疑之费用的总和。

结语

政府采购国际规制是国际贸易和经济全球化的必然结果，其自身演进存在着内在逻辑规律，这种内在逻辑规律是一个内含各个方面的规律体系，本课题仅涉及定性分析侧面。其实，定性分析需要定量分析支持，对政府采购国际规制的影响因子定量研究、对定性与定量探讨的关联性研究都是必不可少的内容。同时，政府采购国际规制也不能仅囿于内容范围，尚需探究国际规制之间的相互借鉴、吸引与扬弃的具体成因及转承关系，这也是本文未充分展开所在。同时，从法律实现的角度来看，政府采购国际规范实效的发挥也离不开国内法的支撑，然而国内法如何影响政府采购国际规范的实效发挥，也是一个大课题，本文并未详细涉及，对其全面研究仍是日后努力所在。尤其是探讨政府采购国际规制的现实和理论价值更在于为完善我国相关立法提供理论指导，因此对政府采购国际规制的因应也是日后理论研究必须加强的。

参 考 文 献

一、中文部分

1. 赵维田：《世贸组织（WTO）的法律制度》，吉林人民出版社 2000 年版。
2. 王名扬：《法国行政法》，中国政法大学出版社 1988 年版。
3. 王名扬：《美国行政法》，中国法制出版社 1995 年版。
4. 肖北庚：《国际组织政府采购规则比较研究》，中国方正出版社 2003 年版。
5. 余凌云：《行政契约论》，中国人民大学出版社 2000 年版。
6. 姜明安：《行政法与行政诉讼法》，高等教育出版社、北京大学出版社 1999 年版。
7. 于安：《政府采购制度的发展与立法》，中国法制出版社 2001 年版。
8. 朱建元、金林：《政府采购的招标与投标》，人民法院出版社 2000 年版。

9. 漆多俊：《经济法基础理论》，武汉大学出版社 2000 年版。

10. 李双元、蒋新苗：《世贸组织（WTO）的法律制度》，中国方正出版社 2001 年版。

11. 唐国盛：《政府采购法律适用篇》，台湾永然文化出版 1988 年版。

12. 王贵国：《世贸组织法》，法律出版社 2003 年版。

13. 王铁崖：《国际法引论》，北京大学出版社 1998 年版。

14. 梁慧星：《民法学说判例与立法研究》第 2 辑，国家行政学院出版社 1999 年版。

15. 戴桂英：《招投标法知识问答》，企业管理出版社 1999 年版。

16. 张军旗：《WTO 监督机制的法律与实践》，人民法院出版社 2002 年版。

17. ［英］凯恩斯：《就业、利息和货币通论》，商务印书馆 1981 年版。

18. ［美］波斯纳著，蒋兆康译：《法律的经济分析》（上），中国大百科全书出版社 1997 年版。

19. ［美］杰弗里·普费弗著，隋丽群译：《用权之道——机构中的权利斗争与影响》，新华出版社 1998 年版。

20. ［美］麦克尼尔：《新社会契约论》，中国政法大学出版社 1994 年版。

21. ［美］庞德著，沈宗灵、董世忠译：《通过法律的社会控制——法律的任务》，商务印书馆 1984 年版。

22. ［美］保罗·萨缪尔森：《经济学》，纽约麦格劳出版社 1980 年版。

23. ［美］沃尔夫冈·弗德曼：《变化中的国际结构》，哥伦比亚大学出版社 1964 年版。

24. ［德］平特纳著，朱林译：《德国普通行政法》，中国政法大学出版社 1999 年版。

25. ［日］石井昇：《行政契约的理论和程序》，弘文堂 1988 年版。

26. ［美］博登海默著，邓正来译：《法理学——法律哲学与法律方法》，中国政法大学出版社 2004 年版。

二、外文部分

1. David H. Rosen bloom：*Public Administration*：*Understanding Management*，*Politics*，*and Law in the public sector*，Harvard press 1988.

2. Harry Robert Page，*Public Purchasing and Material Management*，Mass. D. C. Heath & Company 1998.

3. McCrudden：*Public Procurement and Equal Opportunities in the European Community. A States of the European Community and under Community Law*，Bbrussels. （1994）.

4. Lake，David. *International Political Economy*，1991，St Martin's Press，New York.

5. John H. Jackson：*Law and Policy of International Economic Relations* The MIT Press，Second Edition，1997.

6. *Black's Law Dictionary*，West Publishing Co. 1983.

7. Jose M. Fernandez Martin，*The EC Public Procurement Rules*：*critical Analysis*，Oxford：Clarendon Press 1996 .

8. *Turpin Government Procurement and contracts*, Longman, Harlow, 1989.

9. *Peter Malanczuk Akehurst´s Modern Introduction to International Law*, Rout ledge 1997, 7thed.

10. John Rawls, *A Theory of justice*, Harvard University Press1997.

11. Alan Branch: *International Purchasing and Management Copyright by Thomson Learning EMEA*, 2001.

三、规范文本

1. 《WTO〈政府采购协定〉》

2. 《联合国国际贸易法委员会货物、工程和服务采购示范法》

3. 《国际复兴开发银行贷款和国际开发协会贷款采购指南》

4. 《欧盟关于协调授予公共服务合同程序的指令》

5. 《欧盟关于协调授予公共供应合同程序的指令》

6. 《欧盟关于协调授予公共工程合同程序的指令》

7. 《欧盟关于协调有关对公共供应品合同和公共工程合同授予及审查程序的法律、规则和行政条款的指令》

8. 《欧盟关于协调有关水、能源、交通运输和电信部门的采购程序的指令》

9. 《欧盟关于协调有关水、能源、交通运输和电信部门的采购程序执行共同体规则的法律、规则和行政条款的指令》